JOHAN HARSTAD

MAX, MISCHA & DIE TET-OFFENSIVE

AUS DEM NORWEGISCHEN
VON URSEL ALLENSTEIN

ROMAN | ROWOHLT

Die Originalausgabe erschien unter dem Titel
«Max, Mischa & Tetoffensiven»
bei Gyldendal Norsk Forlag, Oslo, 2015.

Die Übersetzung wurde von NORLA,
Norwegian Literature abroad, gefördert.

1. Auflage April 2019

Satz aus der Garamond, InDesign,
bei Dörlemann Satz, Lemförde
Druck und Bindung
CPI books GmbH, Leck, Germany
ISBN 978 3 498 03033 9

We were in the jungle.
There were too many of us.
We had access to too much money,
too much equipment,
and little by little, we went insane.

FRANCIS FORD COPPOLA,
CANNES 1979

[I]

[11]

THIS IS FOR US

(NEW DAY RISING, THE BATTLE FOR HUẾ)

HERBST 2012

1

Der Tag beginnt.

Nichts zu machen. Nichts zu machen, nichts zu ändern, nichts und wieder nichts. Das ist das Schlimmste, kein einziger Morgen ohne diese allumfassende Enttäuschung: *noch ein Tag.* Der jedes hundserbärmliche Mal wieder von vorn beginnen muss. Nie eine Fortsetzung an dem Punkt, wo der vorherige endet, sondern ein Dienstag, der immer weiter Dienstag bleibt, bis der erste Schnee fällt, alles wird von neuem angestoßen, pedantisch und ausnahmslos, alle vierundzwanzig Stunden, auf die Minute und die Sekunde, wie ein bockiges, altkluges Kind, das mit seiner absurden Pünktlichkeit Eindruck schinden will. Man hätte doch wenigstens mit einer doppelt so langen Woche experimentieren können, um nicht einen Montag nach dem anderen vor den Latz geknallt zu bekommen. Kaum sind der Tag und die Woche da gewesen, kommen sie auch schon wieder, unterschiedslos, von der immergleichen, durchschnittlichen Beschaffenheit, sie werden dir bis an die Haustür geliefert, durch den Briefschlitz geschoben, in das offene Fenster geschleudert, den Schornstein geworfen, das Maul gestopft, die Speiseröhre hinab, wie ein Abo, das du nicht abbestellen kannst, weil die Firma nicht versteht, wie auch nur irgendjemand auf ihr Produkt verzichten kann.

Morgengrauen über Minneapolis / St. Paul. Noch keine Wolke am Himmel, es verspricht ein schöner Tag zu werden. Ganz sicher ist das aber nicht, denn das Wetter ist in den Stunden, bevor die Sonne aufgeht, oft schöner, klarer, milder und freundlicher; ich nehme an, es gibt eine meteorologische Erklärung dafür, ich hätte jemanden fragen können, der es bestätigte, aber ich habe Angst, der Befragte könnte den Kopf schütteln, die Unterlagen mit der Analyse und der Wettervorhersage beiseitelegen, bemüht lächeln und antworten: *Das Wetter am frühen Morgen? Das ist nur so gut, um uns die Kraft zu geben, noch einen Tag durchzustehen.* Dasselbe gilt vermutlich auch für die Morgensonne. Gott muss in der Werbebranche sein oder zumindest gelernter Bühnenbildner. Etwas anderes ist kaum vorstellbar. Deshalb sieht das meiste morgens besser aus. Mit Ausnahme des Menschen. Der macht sich abends am besten. Erst im Stockfinsteren zeigt er sein wahres Gesicht. Und später wird es dann von den blauen Zahlen des Digitalweckers auf dem Nachttisch erhellt: 4:44 Uhr. Ich hätte schlafen sollen, ich kann nicht schlafen. Ich habe schon lange nicht mehr gut geschlafen, kaum mehr als ein paar Stunden unruhigen Dösens. Ich wache im Dunkeln und bin von einer knisternden Stille umgeben, nein, keine Stille, eine beunruhigende Ruhe. Anonyme Schritte auf weichem Hotelflurteppich jenseits der Tür, eine Schlüsselkarte, die behutsam in einen Schlitz in der Nähe gesteckt oder wieder herausgezogen wird, ein Räuspern oder ein Fragment von Sex (schwer zu unterscheiden), ein Stück entfernt, vielleicht fünf, sechs Zimmer den Flur hinab, welches Zimmer genau, lässt sich kaum ausmachen. In zwei Fenstern der Universität auf der anderen Straßenseite brennt Licht, sicher übereifrige oder verzweifelte Studenten, die schon die ganze Nacht dort sitzen und bald nach Hause gehen. Sie befinden sich in einer anderen Stille, einer sanfteren Stille, an deren Ende der durchwachten Nacht eine wie auch immer geartete Belohnung wartet. Jemand Nacktes vielleicht. Nach allem, was ich weiß, könnte einer der Studenten sogar heute Abend auftauchen, bei der letzten Vorstellung des Stücks, mit dem ich gerade toure, das ist nicht abwegig; auch in Minnesota war *Better Worlds Through Weyland-Yutani,* schon lange bevor wir herkamen, ausverkauft. Es ist meine achte Produktion innerhalb von dreizehn Jahren. Viel ist das nicht, ich hätte sicher mehr arbeiten können, schneller sein sollen, effektiver. Doch wenn man den Theatersaal verlässt, wird man jedes Mal unweigerlich von einer Fäulniswolke eingehüllt, als hätten die Zuschauer alles, was ihnen von den Schauspielern auf der Bühne vorgesetzt wurde, in sich hineingefressen und nur die halbverdauten Zweifel wieder ausgespuckt, die man partout nicht loswird, mit dem zunehmenden Gefühl, aus fast nichts anderem mehr zu bestehen. Ich habe schon früh in meiner Karriere den Fehler begangen, meine Seele in meine Arbeit zu legen. Das sollte man auf keinen Fall tun, denn man bekommt sie nicht mehr zurück oder jedenfalls nicht im selben Zustand wie vorher. Ich trage sie mit mir aus dem Theater, und sie fühlt sich zunehmend fremd an, wie eine vergessene Requisite, die ich aus Höflichkeit wegräume, ehe die Scheinwerfer ausgehen.

Neben mir auf dem Nachttisch liegt die Übersicht der Spielstätten, die Städte, die hinter uns liegen, die Wochen, die vor uns liegen: New York, NY; Boston, MA; Cleveland, OH; Minneapolis, MN; Milwaukee, WI; Houston, TX; Albuquerque, NM; Wichita, KS; Denver, CO; Phoenix, AZ; San Francisco, CA; Seattle, WA; Los Angeles, CA. Mit Ausnahme des Mark Taper Forum in L.A. haben wir nur kleine Bühnen gebucht, das war eine meiner Bedingungen, mich überhaupt darauf einzulassen, das Stück aus New York und dem Minetta Lane Theatre herauszunehmen. Sälen mit mehr als vierhundert Plätzen habe ich immer misstraut. Irgendetwas passiert mit dem Publikum, wenn es zu groß wird, der Meinung war ich seit jeher, es mutiert zu einem hässlichen, einheitlichen Organismus, der kollektiv auf alles reagiert, was er sieht oder hört, wohingegen die Schauspieler immer mehr nachlassen, während sie vergeblich versuchen, ihre Energie auf die Horden im Parkett und auf den Rängen zu übertragen. Am liebsten wäre es mir, wir würden für maximal fünfzig Personen spielen und höchstens zehn Dollar Eintritt nehmen; Theater für Krethi und Plethi. Ich hätte gern mal Besuch von den Geizhälsen, von denen, die kein Interesse oder nichts Besseres vorhaben und lieber woanders hingehen würden, von denen, die einzig und allein deshalb auftauchen, weil die Eintrittskarten so billig sind, dass es dämlich wäre, nicht zuzugreifen. Diese Leute hätte ich gern auf den Stühlen, um die Schauspieler auf sie loszulassen; ein Publikum, dessen Erwartung nur darin besteht, dass es zwei Stunden seiner Zeit verliert, die es seiner Überzeugung nach niemals zurückbekommt. Diejenigen, die normalerweise nicht ins Theater gehen, keine Lieblingsdramatiker nennen können und nicht verschiedene Inszenierungen ein und desselben Stücks miteinander vergleichen, die den Unterschied zwischen Tennessee Williams und Eugene O'Neill nicht kennen, noch nie von

Tschechow und Ibsen gehört haben und erst recht nicht von Yasmina Reza; Leute, die nicht genau wissen, was sie in den Pausen mit sich anstellen sollen, und sich wundern, was es mit dieser schrillenden Glocke auf sich hat; Leute, die an den falschen Stellen klatschen und möglicherweise sogar in Tumult ausbrechen, Leute, die schlecht gekleidet sind und ihre Einkaufstüten unter den Stühlen verstauen, Leute, die sich eine Aufführung nicht in erster Linie ansehen, um anderen erzählen zu können, sie seien *im Theater* gewesen. Das wäre was. Das würde ein bisschen frischen Wind in die Sache bringen.

Neben unserem Reiseplan liegt die Zeitschrift mit dem großen Interview, das ich gegeben habe, ehe wir New York verließen und auf Tournee gingen, und in dem meine ganze Karriere zusammengefasst und bewertet oder auch auseinandergenommen wurde. Zu diesem Zeitpunkt hatte ich meinen Nachtschlaf längst aufgegeben.

«Mein Essen mit Max», lautet die Überschrift. Nicht gerade originell. Wobei wir tatsächlich während des Interviews aßen. Man muss die Dinge nehmen, wie sie kommen. Nichts zu machen. Vielleicht habe ich zu viel über Grotowski gesprochen, vielleicht habe ich mir diese Paraphrasierung selbst eingebrockt. Peter Brook. Jerzy Grotowski. Das ganze Artaud-Zeug. *Das tote Theater; das heilige Theater; das raue Theater; das unmittelbare Theater;* das reiche, das synthetische und das grausame Theater und der Weg zu einem *armen Theater*: Diese Typen hatten wirklich den Durchblick, Hut ab. Ich dagegen habe mich schon immer ans inkonsequente Theater gehalten. Oder ans zweifelnde. Frei von allen Dogmen, es sei denn, sie waren ein Zufallsprodukt. Übrigens war es Wohlman, der mich als Erster auf Grotowski aufmerksam machte, er lieh mir ein paar Bücher von ihm sowie Louis Malles Film *Mein Essen mit André*, den ich mir mehrfach anguckte (im Gegensatz zu den, rein technisch betrachtet, der dritten Generation angehörenden Videokassetten, die er mir ebenfalls schickte, mit langen, unbegreiflichen Aufnahmen vom japanischen Nō-Theater oder einer nur sporadisch untertitelten, im Ein-Kamera-Verfahren aufgenommenen Produktion eines experimentellen Bühnenstücks von Peter Weiss aus dem Jahr 1968, *Diskurs über die Vorgeschichte und*

den Verlauf des lang andauernden Befreiungskrieges in Viet Nam als Beispiel für die Notwendigkeit des bewaffneten Kampfes der Unterdrückten gegen ihre Unterdrücker, sowie über die Versuche der Vereinigten Staaten von Amerika, die Grundlagen der Revolution zu vernichten, auch schlicht bekannt als *Viet Nam Diskurs* und weitaus uninteressanter als Peter Brooks experimentelles Vietnamstück *US* aus dem Jahr 1966, das wiederum im Film *Benefit of The Doubt* von 1967 im Workshop-Format dokumentiert wurde, und als der Spielfilm *Tell Me Lies*, 1968 in Cannes abgelehnt), erst pflichtschuldig, dann aus eigenem Interesse und weil meine Mutter ihn, wie alles, was mit Theater zu tun hatte, so sehr mochte. Wohlman war Mordecais und mein erster Schauspiellehrer an der Garden City High School, Anfang der Neunziger, einer Zeit, in der die Tage und Jahre vor uns lagen und in ganz anderen Farben leuchteten, als sie es heute noch tun. Mein Leben spielte sich damals auf den Straßen von Long Island ab, und ich sehnte mich mehr nach Norwegen, als mir guttat, wahrscheinlich klammerte ich mich deshalb so sehr an alles, was mir erzählt wurde und was ich verwerten konnte. Und Wohlman nannte die Dinge beim Namen: *Nichts zu machen*, sagte er. Ich glaube, er wollte uns trösten. Oder sich selbst. Ich glaube, er sprach eher aus Erfahrung als aus dem Bedürfnis heraus, Beckett zu zitieren. Ich werde später noch mehr von ihm erzählen. Und von Mordecai. Und meiner Mutter. Und meinem Vater. Und meinem Onkel Owen und dem Pförtner Antichrist (der in Wirklichkeit natürlich anders hieß) an der Ecke 78th / Broadway. Und von Mischa. Nicht zuletzt von ihr werde ich erzählen.

Ich werde von jedem von euch erzählen.

Denn ich schreibe das alles trotz allem für euch, für uns, für mich. Ich schreibe es, bevor es mir abhandenkommt, wie es euch vielleicht längst abhandengekommen ist, weil früher oder später alles zu Dreck wird, wie Wohlman ebenfalls zu sagen pflegte, *everything turns to shit* (Mordecai hatte die Theorie, dass Wohlman in Wirklichkeit 仕手 – das japanische Wort *shite* meinte: den Hauptdarsteller der Nō-Dramen). Ich schreibe nicht, weil das, was uns passierte, nicht auch anderen passiert wäre; unsere Leben waren in keiner Weise spektakulär oder bedeutungsvoll. Sind es nie gewesen, bis heute nicht. Aber es waren unsere Leben, sie waren miteinander verwoben, und ich habe solche Angst, sie zu verlieren. Ich habe bereits angefangen, euch zu verlieren. Owen ist tot, nur seine Aufzeichnungen habe ich noch, eine Art Tagebuch, das für niemanden bestimmt ist. Mischa ist nach Kanada zurückgekehrt, nach Montreal. Mordecai ist in Kalifornien, ich hätte ihn öfter anrufen sollen. Mein Vater auf dem Parkplatz von LAX. Und meine Mutter? Klammert sich an Howard Beach fest.

Wir zerbröckeln. Genau wie die Orte, aus denen wir kamen. Vielleicht habe ich meine letzte Produktion schon auf die Bühne gebracht, vielleicht ist dies meine letzte. In vielerlei Hinsicht hoffe ich es, ich weiß nicht, ob ich noch eine schaffe, noch eine durchstehe. Reicht es? Reicht es nicht? Ist es nicht bald genug? Wie oft muss man einstempeln, bis einem nicht mehr schon am Premierenabend die Frage gestellt wird, welches Projekt als Nächstes kommt? Wie Beckett sagte: *Ich kann nicht weitermachen, ich werde weitermachen.* Man stürzt sich mit der Hoffnung in die Arbeit, einen Teil von sich selbst zu erkunden und zu bewahren, vom Wunsch erfüllt, mehr über sich zu erfahren. Aber es ist immer dasselbe: Wenn man auf der anderen Seite wieder herauskommt, begreift man weniger als zuvor. Ich kenne mich selbst jetzt schlechter als noch vor zehn Jahren. Ich verstehe immer weniger. Nach über zwanzig Jahren in diesem Land weiß ich nur eines sicher: dass hier niemand zu Hause ist. Amerika ist ein Land der Heimatlosen.

Deshalb schreibe ich dies. Weil wir einander abhandenkommen und uns in Menschen verwandeln, die wir noch nie waren, ohne die Fäden, die uns einmal zusammenhielten. Ich glaube, Owen schrieb aus demselben Grund. Nicht aus Sentimentalität, sondern um zu überleben, und dies ist die Hand, die ich über euch halte, beschützend, ein Versuch, uns ein für alle Mal, ein allerletztes Mal, in die Arme zu schließen. Ich schreibe auf Norwegisch, weil ich nicht anders kann. Einige von euch müssen es übersetzen lassen, aber ich bin dazu gezwungen, weil es einmal meine Sprache war und ich jetzt meine eigene Stimme hören muss. Ich schreibe auf Norwegisch, weil ich seit zwanzig Jahren Englisch spreche und es so vieles gibt, was ich nie habe sagen können. Ich schreibe auf Norwegisch, weil es die Sprache ist, die ich im Glauben zurückließ, sie würde sowieso für immer mir gehören. Ich schreibe auf Norwegisch, obwohl ich während meiner ersten Jahre in den USA so oft zu hören bekam, es würde klingen, als hätte man Kieselsteine im Mund, und es gab eine Zeit, in der mich das verlegen machte, und deshalb hörte ich damit auf, legte die Sprache ab und benutzte sie nur, wenn ich mit meiner Mutter allein war. Inzwischen weiß ich, dass es stimmt, ich höre selbst, wie meine Sprache an Steinchen erinnert, die zwischen den Zähnen knirschen. Und so soll es auch sein. Die Kiesel sind das Resultat einer Sprache, die Jahrtausende überdauert hat, sie wurde aus dem Altnordischen herausgeschliffen, von Gletschern aus Felswänden geschürft, mit den Sedimenten aus dem Fjord gewaschen, vom Wind fortgeweht, monatelang unter Schnee und Eis begraben, im Frühling wiederentdeckt in Talsohlen und auf Moränenrücken, in schweren Rucksäcken nach Hause geschleppt und auf dem Küchenfußboden wieder ausgepackt, Wort für Wort, scharfkantige Silben, mit Konsonanten, die so steil aufragen wie Bergspitzen, eine Silhouette hinter einem Elch im Sonnenuntergang. Ich schreibe auf Norwegisch, weil ich mich nach meiner Heimat sehne und es für eine Rückkehr zu spät ist. Ich schreibe auf Norwegisch, weil ich einmal Norweger war.

Ich schreibe dies in Minnesota, wo Norwegen künstlich am Leben erhalten wird, ich schreibe in einem Zimmer, wo nichts passiert, wo ich nichts tue, außer erschöpft zu sein. Ein Zimmer, das aussieht wie alle anderen. Ein Zimmer, in dem intensiv daran gearbeitet wurde, jedes Lebenszeichen früherer Gäste zu beseitigen. Genau das ist die endgültige Bankrotterklärung für den real existierenden Sozialismus – wir wollen nichts voneinander wissen. Wir können einander nicht ertragen. Ein fremder, abgeschnittener Fußnagel auf dem Boden im Bad, und sofort hechtet man ans Telefon und ruft an der Rezeption an, um nach einem neuen Zimmer zu verlangen. Das diskrete Brummen der Minibar, das Surren der Klimaanlage; wir atmen einander ein und vereinigen uns unfreiwillig in der Nacht, als wären wir nicht schon vorher eins gewesen, aus dem Umlauf der Welt dort draußen herausgenommen; als Hotelgäste existieren wir jenseits der Zeit und jenseits der Konsequenzen aller Dinge, in unsere vorübergehenden Gemächer platziert, festgenagelt und ausgestreckt wie Insekten, bis wir die Rechnung begleichen und aus dem Kokon schlüpfen.

Der Tag beginnt.

Wie eine Regieanweisung.

Als Kind habe ich mir immer vorgestellt, der Tag müsste manuell angeschoben werden, und wenn niemand die Verantwortung übernimmt, bleibt es für immer Nacht. Ich sah eine Art Gesandten Gottes auf Erden vor mir, einen kräftigen Burschen, der jeden Morgen, noch vor Anbruch der Dämmerung, ehe alle anderen aufwachten, missmutig losstapfte, mit Regenstiefeln, die im Sumpf schmatzen, mit einem schmutzigen Overall und einer selbstgedrehten Kippe im Mund, zu einer Hütte tief im Wald, die nur er kannte, und dort anfing, knarrend den neuen Tag mit der Hand anzukurbeln. Er brachte die Sonne dazu, sich über das Land zu erheben, und den Verkehr zum Fließen und die Radios und Fernseher dazu, ihre Nachrichten zu verkünden, und die Vögel zum Singen, als täten sie es freiwillig, aus reinem Enthusiasmus; und uns Menschen brachte er dazu, aufzuwachen und uns anzuziehen. Und erst wenn die morgendliche Hektik tatsächlich ausgebrochen war, stapfte er erschöpft denselben Weg wieder zurück, legte sich hin und kümmerte sich nicht darum, dass ihn die Nachbarn als arbeitslosen Taugenichts beschimpften, der zu faul war, die Rechnungen aus dem Briefkasten zu holen oder den Rasen zu mähen. In meiner Familie schnaubte man verächtlich über Gott, weshalb ich ihm als Kind in meiner Vorstellungswelt nie näherkam als in ebendieser Form. Ein Mann des Volkes. Ein Arbeiter im Verborgenen. Wenn es irgendetwas gab, das meine Eltern in meinen ersten Lebensjahren in Stavanger anbeteten, dann höchstens den bevorstehenden Zusammenbruch der Märkte und den endgültigen Sieg der Gemeinschaft, und ich hätte mich leicht über sie lustig machen können, als sie die eingerollten Banner später auf den Dachboden räumten und ihre einstigen Parolen und Ideale vergaßen, aber das wäre mir nie eingefallen. Die Scham im Blick meines Vaters, als ich ihn im Alter von acht Jahren fragte, was die Roten Khmer seien, nachdem ich in einer Kiste eine Flagge, einen Stapel von Maos kleinen roten Büchern und ein paar FNL-Abzeichen gefunden hatte, Relikte aus den Jahren, als meine Eltern gegen den Krieg der Amerikaner in Vietnam demonstrierten, war mehr als genug gewesen. Zu diesem Zeitpunkt arbeitete er schon als Pilot bei der SAS, und meine Mutter hatte ihren eigenen Handarbeitsladen, sie verdienten genug, wir lebten gut und taten so, als wäre nichts gewesen. Dabei war so einiges gewesen. Meine Eltern hatten sich zehn Jahre lang in der Partei engagiert, die zu dieser Zeit als die dogmatischste und revolutionärste galt, der Kommunistischen Arbeiterpartei (der Marxisten-Leninisten), aus Gründen der Zeitersparnis besser bekannt als AKP(m-l). Übrigens glaube ich, dass meine Mutter den Kommunismus weniger ernst und wortwörtlich nahm als mein Vater. Damit wir uns nicht missverstehen: Auch meine Mutter, die einer weitaus wohlhabenderen Familie mit Villa im Stadtteil Eiganes entstammt, trat ein für die Rechte der Arbeiter und die Möglichkeit des Volks, gegen jenes Besitzbürgertum aufzubegehren, dem sie selbst angehörte. Doch für sie war es nicht so wichtig, eine große, bewaffnete Revolution herbeizuführen und nie auch nur einen Millimeter von den Grundsätzen der Bewegung abzuweichen. Um ehrlich zu sein, glaube ich, dass sie manchmal lächelnd den Kopf über die Anstrengungen ihrer Genossen schüttelte, wenn die darum wetteiferten, wer der unverfälschteste, aufopferungsvollste Sozialist in der ganzen Partei war – ob es nun darum ging, allem Kleinbürgerlichen oder Elitären abzuschwören oder nach vielen Semestern das Studium hinzuwerfen, um auf einem Schiff anzuheuern, in See zu stechen und die Ärmel hochzukrempeln. Wenn man meiner Mutter glaubt, bestand das grundlegende Problem der AKP(m-l) darin, dass die meisten Parteimitglieder überhaupt keine Arbeiter waren, sondern Akademiker, die bürgerliche Karrieren vor sich hatten. Wenn ich raten sollte, was meine Mutter, abgesehen von der Sorge um Nordvietnam, mit der die Jugendorganisation SUF sie ursprünglich anlockte, so sehr an der Partei und der Bewegung faszinierte, glaube ich, die Antwort liegt in der geheimnisvollen Aura, in die sich die Genossen der AKP(m-l) so gerne hüllten, an ihren Decknamen und ihren atemberaubenden, umständlichen Umwegen zu den verschiedenen Treffpunkten in Stavanger, häufig verbunden mit dem Wechsel diverser Verkehrsmittel, weil sie überzeugt waren, sie würden permanent überwacht, beschattet und abgehört, vom Staatsschutz, der nachts auch die Mülltonne durchwühlte. Und damit lagen sie nicht einmal falsch. Aber ich glaube, dass dieses Dasein meiner Mutter einen Zusammenhalt vermittelte, wie sie ihn sich schon ihr ganzes Leben gewünscht hatte. Vielleicht erlebte sie nur hier je eine echte Gemeinschaft. In der Bewegung war sie umgeben von Freunden und Kameraden, von Liebe und gegenseitiger Aufopferung; im Widerstand gegen die Staatsgewalt gingen sie durch dick und dünn, und sie müssen sich unbesiegbar und grenzenlos glücklich gefühlt haben. Jedenfalls solange es währte. Bis Maos Kulturrevolution umschlug. Und Pol Pot sein wahres Gesicht zeigte und sich ein einfacher Mann mit Einkaufstüten auf dem Platz des Himmlischen Friedens vor einen Panzer stellte und die Welt wieder einmal aus den Fugen geriet. Doch da war es längst vorbei. Ich denke oft, dass sie die letzte Generation waren, die glaubte, sie könnte etwas verändern; ich gehöre der ersten Generation an, die verstand, dass wir es nicht konnten.

Meine Mutter war auf eine andere Art radikal als mein Vater, die persönliche Freiheit war ihr genauso wichtig wie die sozialistische Verantwortung, und für ihn wie auch für die Bewegung muss es eine Herausforderung gewesen sein, wenn sie im einen Moment aus Parteisicht ein leuchtendes Vorbild abgab, indem sie zeigte, wie Lenins Modelle beispielhaft in Strickkooperativen für die Frauen der Arbeiter bei der Rosenberg Werft – wo auch mein Großvater angestellt war – umgesetzt werden konnten, nur um im nächsten Moment wie ein Blumenkind in bunten, selbstgenähten Kleidern und mit einem riesigen Filzhut auf dem Kopf in eine Versammlung zu platzen und eine Botschaft von Frieden und Versöhnung zu verkünden, während sie Lieder von Melanie Safka oder Lovin' Spoonful summte und von so viel Liebe und Fröhlichkeit erfüllt war, dass sie im Laufe des Abends jeden damit ansteckte. Mein Vater muss sie sehr geliebt haben. Solange es währte. Dasselbe galt wohl auch für die Partei, ich habe Fotos von meiner Mutter als junge Frau gesehen, aus dieser Zeit, damals hatte sie nichts gemein mit der Mutter, mit der ich aufwuchs, jedenfalls nicht mit der Mutter, die in Long Island endete und deren größtes Glück darin bestand, zum Stammitaliener am Ende der Straße zu gehen. Doch wenn ich diese alten Bilder betrachte, kann ich verstehen, dass die meisten Parteimitglieder über ihre Eigenheiten hinwegsahen und sie so akzeptierten, wie sie war. Sie war überwältigend hübsch, auf eine natürliche – fast hätte ich gesagt, ungepflegte – Weise, und hatte ein so selbstsicheres, schelmisches Lächeln, dass man es nicht wagte, sie auszuschließen, weil man fürchtete, sie könnte dieses Lächeln für immer mitnehmen, wenn man sie aus der Partei warf, woraufhin die Mehrheit der Genossen an allem zu zweifeln anfinge.

Das muss meinen Vater dazu gebracht haben, sich in sie zu verlieben. Das muss es gewesen sein. Vielleicht war er jemandem wie ihr noch nie begegnet, ich kann mir vorstellen, dass sie etwas verkörperte, dessen Existenz er kaum für möglich gehalten hatte. Sie konnte reden wie ein Wasserfall, über alles, mit jedem, sie schlug nie einen Kaffee aus, sie war die Umgänglichkeit und das Wohlwollen in Person, offen und neugierig, selbst den dümmsten Ideen gegenüber aufgeschlossen, und sie lachte viel. Jedenfalls bis wir in Long Island ankamen.

Nur was sah sie in ihm, meinem Vater? Einen bekümmerten Mann mit einem an Angst grenzenden Respekt vor Autoritäten, ausweichend und wortkarg, bedächtig und zugleich zielstrebig. Ob er ihr leidtat? Ich bin mir nicht sicher. Vielleicht verliebte sie sich einfach so in ihn, so was kommt vor und lässt sich nur schwer erklären, und erst wenn es zu spät ist, stellt man sich die Frage, was um alles in der Welt man sich damals eigentlich dachte. Möglicherweise war er der traurigste Mensch, den ich kannte, und das Allertraurigste daran ist, dass er sich dessen gar nicht bewusst war, denn er gehörte nicht zu den Männern, die hinterfragten, wie es ihnen eigentlich ging. Womöglich machten die politischen Visionen, mit denen er aufwuchs und für die er eintrat, eine solche Selbstreflexion überflüssig; er dachte wohl, solange er für eine neue Weltordnung kämpfte, wären die meisten Dinge im Lot, und die, die es noch nicht waren, würden spätestens dann ins Lot kommen, wenn das Ende der Klassengesellschaft erreicht war. Als sich jedoch herausstellte, dass das Ende nie kam, und meine Mutter und er dem Klassenkampf den Rücken kehrten und sich für ein traditionelleres Leben entschieden, bei dem Familie, Karriere und persönliche Freiheit im Mittelpunkt standen, blieb er auf der Strecke. Ich glaube, er hatte keine Ahnung, wie er an seinem neuen Dasein Freude entwickeln oder die alte Freude bewahren sollte. Also machte er im Großen und Ganzen so weiter wie bisher, arbeitete zu viel und strengte sich zu sehr an, ohne sich umzusehen und ohne dass es irgendjemand würdigte. Und vielleicht wurde ihm, wenn er auf dem Weg von LAX nach CDG mit einer Tasse Kaffee auf dem Pilotensitz seiner 747 saß, den Sonnenaufgang im Rücken und die Dämmerung vor sich, niemals bewusst, was für eine Ironie darin lag, dass er sich kilometerhoch über den Menschen befand, für die er einst hatte kämpfen wollen, und dass der Gedanke, auch der Pilotenberuf sei ein Arbeiterberuf, allenfalls ein notwendiger Selbstbetrug war.

Das durchwachsene Verhältnis meines Vaters zu dem Gespenst, das in Europa umging, fand auch in den Vornamen seiner Kinder Ausdruck. Wenn schon nicht in meinem eigenen, so zumindest in dem meiner Schwester. Ich verabscheue meinen Namen maximal, seit ich ihn trage. Max ist wohl deutsch, der Name meines Urgroßvaters, aber mein Vater sagte immer, das sei Zufall, er habe mich so genannt, um meiner Mutter gegenüber ein Zeichen zu setzen. Meine Schwester ist vier Jahre älter als ich, und als mein Vater schon glaubte, er habe Windelwechseln, Kinderkacke und durchwachte Nächte endlich hinter sich und die Möglichkeit zu einem halbwegs vernünftigen Gespräch mit seiner Nachkommin sei in greifbarer Nähe, kündigte ich meine Ankunft an. Höchstanzahl d. Kinder: max. 2. Es war ihm ein Bedürfnis gewesen, das auf subtile Weise festzuhalten. Meine Schwester hat es mindestens genauso schlimm getroffen, sie ist nach Ulrike Meinhof benannt worden. Ich glaube, mein Vater wollte damit ein Exempel statuieren. Es ging ihm wohl irgendwie darum, dass auch diejenigen die Welt verändern, die sie zerstören. Um sie dann wieder aufbauen zu können. Manchmal habe ich überlegt, ob er vielleicht für Ulrike Meinhof schwärmte, ob er davon träumte, dass sie eines Tages breitbeinig mit der Kalaschnikow über der Schulter in seinem Cockpit stehen und ihn in ein anderes Leben entführen würde. Ich glaube, er fand sie hübsch, so muss es gewesen sein, und das ist auch schon das Einzige, was man als mildernden Umstand heranziehen könnte. Wenn ich darüber nachdenke, hatte mein Vater auch eine gewisse Ähnlichkeit mit Andreas Baader, jedenfalls auf alten Bildern. Aber damit war er in den Siebzigern ja nicht allein. Doch als Meinhof im Jahr 76 starb, war mein Vater bereits dabei, von seinem marxistisch-leninistischen Pfad abzukommen, und da war es nicht mehr so opportun, eine Tochter zu haben, die ihn ständig daran erinnerte, wer er gewesen war. Also füllte er in aller Stille, ohne es mit jemandem abzusprechen, Formulare aus und änderte ihren Vornamen, er ergänzte ihn – zur Erleichterung meiner Mutter – um ein zusätzliches K und informierte die Dreijährige, dass sie von nun an Ulrikke war.

Während mein Vater bei der Namenswahl seiner Nachkommen das letzte Wort hatte, oblag meiner Mutter das Vetorecht in Sachen Erziehung, und das autoritäre und reglementierte Leben, für das die AKP(m-l) stand, könnte durchaus dazu beigetragen haben, dass meine Schwester Ulrikke und ich als Kinder umso mehr Freiheiten genossen. Vielleicht war es aber auch ein Ergebnis des Naturells meiner Mutter, gepaart mit dem Unwillen meines Vaters, ihr zu widersprechen, wenn er von der Arbeit nach Hause kam und die Küche als Rummelplatz vorfand und Ulrikke und ich die Kleider und damit gewissermaßen auch das Geschlecht getauscht hatten oder wenn ich ihm mitteilte, ich wolle mein Zelt im Garten aufschlagen und dort schlafen, obwohl ich seiner Meinung nach längst in mein Bett gehört hätte und er genau wusste, dass ich dort draußen kein Auge zutun würde und er derjenige wäre, der mich in ein paar Stunden, wenn alles in Tränen endete, wieder hereintragen müsste, dass er es wäre, der dort in der Dunkelheit stehen und alle Zeltleinen entwirren müsste. Während mich mein Vater ständig belehrte, wie weit ich mich vom Haus entfernen durfte, wenn ich auf der Straße spielte, und genau wissen wollte, wo ich mich aufhielt, waren die Regeln meiner Mutter einfacher: *Geh nur so weit, dass du den Heimweg noch findest. Und komm nach Hause, bevor du müde wirst.* Mitunter sehnte ich mich nach einem Vater, der sich darin durchsetzte, Grenzen zu ziehen, einen Rahmen abzustecken. Einem Vater, dem es meine Mutter erlaubt hätte, abends hinauszugehen und nach mir zu suchen, wenn er meinte, ich wäre schon zu lange fort, und der sich Sorgen machte. Ich weiß nicht, ob ich den Heimweg noch finde. Und meine Eltern wissen es wohl auch nicht.

Der Tag beginnt. Die Zeit vergeht, aber jetzt weiß ich, dass der Tag nicht von einem mürrischen Arbeiter angekurbelt wird, er wird nicht manuell oder gedanklich in Gang gesetzt, das meiste ist jetzt automatisiert; die Zeit ist bestenfalls eine schrammelige Karaokeanlage mit einer Endlosschleife von sieben Tracks aus zweiundfünfzig Alben, die dir im Morgengrauen einen elektrischen Schlag versetzt und dich dazu zwingt, nach dem Mikrophon zu greifen und aus vollem Hals zu singen, vor einem gähnenden Publikum, das nervös in Richtung Ausgang schielt. Doch noch ist es hier still, fast vollkommen still. Und manchmal halte ich selbst still, bin mucksmäuschenstill in der Stille, bis ich ein Teil von ihr werde oder sie selbst ausmache, die Stille, wenn ich mitten im Hotelzimmer stehe, barfuß auf dem kurzflorigen Teppich, über den der Staubsauger einmal pflichtschuldig gezogen wurde, wohlwissend, dass es zum Saubermachen mehr bedarf, wozu aber keine Zeit war, denn es sind immer zu viele Zimmer und zu wenig Zeit, es ist immer zu wenig Zeit, das Einzige, wovon es zu viel gibt, ist zu wenig Zeit, der Teppich ist nicht sauber, sondern nur gesaugt, Hautschuppen und andere Hinterlassenschaften früherer Gäste sind mit ihm verschmolzen und klammern sich an die Fasern, so wie ich mit der Stille verschmolzen bin; ich stehe still in der Mitte des Zimmers, und nach einer Weile fühlt es sich an, als hätte man die Welt auf Pause gestellt, eine willkommene Unterbrechung von allem, von den Gedanken an die Arbeit, die in wenigen Stunden, höchstwahrscheinlich nach nur wenigen Minuten Schlaf, erledigt werden soll, und an die bevorstehenden Aufgaben, die Gespräche und

Besprechungen und Telefonate und Duschen und Mahlzeiten und Rechnungen und Tickets und Hemden aus der Hotelwäscherei, die zwischen neun und zwölf geliefert werden, und was nicht noch alles, Verpflichtungen und Erwartungen; für einige wunderbare Minuten ist es, als wäre alles auf Pause gestellt, und ich bilde mir ein, dass, wenn ich aus dem Fenster sähe, hinunter auf die Straße, die Autos angehalten hätten, auf dem Asphalt erstarrt wären, an einem Punkt zwischen hier und dort fixiert, ihre Fahrer reglos hinter dem Steuer, auf dem Weg zu einer Brücke über den Fluss, der nicht mehr fließt, ehe die Welt nicht wieder eingeschaltet wird, als hätte man die Moleküle vorübergehend der Eigenschaft beraubt, zu vibrieren, Stillstand bis hinab aufs Elementarteilchenniveau, wenn so etwas überhaupt möglich ist, ohne dass die Welt aus den Angeln gehoben wird, und auf der anderen Straßenseite blättern die Studenten nicht länger in ihren Büchern oder machen sich Notizen, und das Räuspern oder Fragment von Sex fünf oder sechs Zimmer weiter den Flur hinab ist verstummt. Erst als ich mich im Hotelzimmer bewege, kehrt die Normalität zurück, und alles fängt wieder von vorn an.

Der Tag beginnt.

2

Eine neue Stadt, ein neues Theater. Wir haben uns bewegt, und alles ist gleich geblieben: dieselben Leute, die mich den ganzen Tag umgeben, dieselben Zuschauer am Abend; ich weiß nicht, ob sie den Saal beseelt oder deprimiert verlassen. Kein Schlaf, aber neue Bettdecken, unter denen man sich fürchten kann. Neue Tage, neue Anfänge. Milwaukee, Wisconsin. Die Hitze des Mittleren Westens und eine pissgelbe Sonne am Morgen. Ein Hotel mit Aussicht auf den Fluss, der durch die Stadt fließt, aber im nächsten Moment stößt sich der Blick an einem gläsernen Hochhaus, darin Bürolandschaften, wo Leute ihr Bestes geben oder so tun, als ob. Mehr habe ich nicht zu erzählen. Dies könnte überall sein, und das meine ich nicht positiv.

Im Hotelzimmer, meine Klamotten: ein grauer Pullover. Ein Hemd zum Unterziehen, schwarz. Die Grundausstattung des Theaterregisseurs. Irgendwann schaut man in den Spiegel und sieht Ingmar Bergman. Ab und zu tragen wir aber auch Kapuzenpullis, um Lockerheit und Originalität zu simulieren, das hätte Bergman nie getan. Er hätte höchstens eine hellere Freizeitjacke übergezogen. Aber einmal, nur ein einziges Mal, würde ich gern im selben Aufzug wie der Tod in *Das siebte Siegel* ins Theater kommen, komplett mit der schwarzen Badekappe auf dem Kopf und allem, würde Szenen unterbrechen und Regie führen, indem ich meine Kappe und meine Sense schwenke; dann würde garantiert alles an Fahrt aufnehmen.

Ich finde keinen Schlaf, ich kann genauso gut aufstehen, mir die Sachen anziehen, die ich aus alter Gewohnheit ordentlich auf dem Stuhl vor dem Schreibtisch bereitgelegt habe. Saubere Socken. Eine braune Cordhose, ein paar ausgelatschte Turnschuhe. Es ist wichtig, dass die Schuhe abgetragen sind, niemals neu, kein Schauspieler traut einem Regisseur mit polierten Schuhen. Und dann dieser Schal, dieser ewige Schal, ohne den irgendwann kein Regisseur mehr das Haus verlässt, er ist zur Gewohnheit geworden. Zur schlechten Gewohnheit. Ein Schutz gegen den Rotz. Diese Angst vor einer Erkältung, vor Krankheiten jeder Art. Als würde die Welt untergehen, sobald der begnadete Regisseur einmal nicht in Topform ist und sein Wissen über den unbeholfenen Schauspielern ausgießt, die nicht einen Finger heben können, ohne dass man ihnen die Hand hält. Man trägt diesen verdammten Schal, um zu rechtfertigen, dass man überhaupt etwas am Theater zu suchen hat. Wie der Dirigent, der seinen Taktstock auf und ab schwenkt, als wollte er sagen, seine Aufgabe sei so komplex, dass er sie nicht mit dem Arm allein ausführen könne. Viele Theaterstücke hätten davon profitiert, wenn der Regisseur einfach im Bett geblieben wäre. Und ich würde gern mal eine Beethoven-Aufführung ohne Dirigenten sehen, bei der das Tempo steigt und fällt, weil sich die Musiker irgendwann selbst vergessen und an andere Dinge denken oder über lange Strecken hinweg die Verbindung zueinander verlieren; das würde die Möglichkeit zu einer viel dynamischeren Symphonie eröffnen.

Der Tod trägt nie einen Schal.

Ich bin fünfunddreißig Jahre alt, fühle mich aber eher wie sechzig. Ich habe ein Gesicht, das zu wahren mir zunehmend schwerfällt. Die Person, die sich dahinter verbirgt, hat nichts mehr mit mir zu tun. Es ist, als würde ich mit jeder Nacht, die ich nicht schlafe, um ein ganzes Jahr altern, und womöglich bin ich tot, wenn diese Tournee vorüber ist. Oder ich sterbe im selben Alter wie Shakespeare. Ja. *Sitzen oder stehen – das ist hier die Frage.* Und im Grunde auch die einzige, zu deren Klärung der Regisseur tatsächlich etwas beitragen kann. Davon abgesehen tappen wir gemeinsam mit unserem Ensemble im Dunkeln. Trotzdem erliegen allzu viele Regisseure der Versuchung, ihre Schauspieler über die Bühne flattern zu lassen wie gackernde Hühner, denen sie ein bisschen Wortfutter hinwerfen, um so *die Dynamik des Raums* und die *Kontraste und Visualität* auszuschöpfen oder einfach nur um allen zu zeigen, dass jemand Regie geführt hat. Vom Zuschauerraum aus wirkt das so, als würde man einem Tennisspiel mit technischen Mängeln zusehen. Und wenn es etwas gibt, das ich dem Theaternachwuchs gern beigebracht hätte (obwohl ich nie Lust gehabt hatte, zu unterrichten), ist es genau das: dass es im Großen und Ganzen keinen Grund gibt, aufzustehen, aber allen Grund, sich hinzusetzen. Damit liegt man nie falsch, doch jedes Mal, wenn ich mit neuen Schauspielern arbeite und sie darum bitte, sich in einer Szene hinzusetzen, blättern sie sofort ängstlich im Text vor und fragen mit gezücktem Stift: *Also … und wann soll ich dann wieder aufstehen?* Man sieht ihnen diese Angst an, dass ich ihnen auf der Stelle ihren halben Werkzeugkasten wegnehmen könnte. Dabei zeugt meine Aufforderung gar nicht von mangelndem Respekt vor der Körperlichkeit oder der Physis des Schauspielers als das Wichtigste, was er mit auf die Bühne bringt. Ich will eher das Gegenteil erreichen, die Vergegenwärtigung von Respekt. Es geht mir – so hätte ich es formuliert, wenn mir daran gelegen wäre, Theaternachwuchs zu unterrichten – genau darum: *Vergegenwärtigung*. Hätte ich unterrichtet, und sei es auch nur für einen Tag, eine Stunde, einen zwanzigminütigen Vortrag, hätte ich gesagt, das Dramatischste überhaupt ist jemand, der nicht aufsteht, obwohl es dringend geboten wäre, oder, besser noch, jemand, der sich auf den Boden legt, vom Publikum abgewandt, ohne das geringste Anzeichen, je wieder auf die Beine zu kommen. Es geht darum, hätte ich betont, dem Hall des Raumes zu lauschen und zu wissen, dass man nirgendwohin flüchten kann, dass jede Bewegung – ob eine flüchtige Geste mit der Hand, eine minimale Justierung der Sitzhaltung oder ein Fuß, den man in dem Moment, bevor das eine Bein über das andere geschlagen wird, auf dem Boden anwinkelt – im Zuschauerraum wahrgenommen wird: als Echo der inneren, der allerwichtigsten Regungen. Es geht darum, hätte ich ergänzt, dass der Mensch hauptsächlich ein motorisches Wesen ist und die Sprache dazugehört und wir uns nicht bewegen müssen, um bewegt zu werden, und dass sich unsere tägliche Angst vor dem Ernst auf unsere tägliche Angst vor, und unsere Skepsis gegenüber, den Wörtern erstreckt. Darin liegt die Dramatik, hätte ich gesagt. In dem Augenblick, in dem man nicht mehr weiß, ob man der Figur trauen kann. Und, hätte ich geschlossen, seht euch nur einmal Beckett an, die letzte Regieanweisung, mit der *Godot* endet, nachdem Wladimir und Estragon zu gehen beschlossen haben, dort stehen nur diese sechs Wörter: *Sie gehen nicht von der Stelle.* Ich will gar nicht leugnen, dass auch ich meine Protagonisten über die Bühne jagte, sie hüpfen und Purzelbäume schlagen und krabbeln und einander in die Arme springen ließ. Das waren allerdings nie die besten Szenen, ich tat es, um einen schlechten Text oder mein mangelndes Figurenverständnis zu vertuschen. Meinem Empfinden nach setzen sich die Leute lieber hin, wenn es die Möglichkeit dazu gibt. Ich lasse meine Schauspieler nur selten stehen und noch viel seltener gehen, es sei denn, es ist sinnvoll (so war es beispielsweise, als ich *LAX* inszenierte, hier wurde die Art und Weise, wie die Schauspieler ungeduldig herumstanden und sich nie setzten, beinahe wichtiger als das, was sie sagten). Oder sie müssen einen bestimmten Ort erreichen. So wie in *Weyland-Yutani:* Ein überdimensionaler Konferenztisch, eine Vorstandssitzung, und drei Stunden lang verlässt keiner seinen Platz, mit Ausnahme des zweiten Vorsitzenden; in einer Szene steht er auf, um sich einen Kaffee aus dem Automaten im Flur zu holen, der sich leider als defekt erweist. Dies ist der dramatische Höhepunkt des Stücks, was dessen Körperlichkeit angeht. Wahrscheinlich haben Nagg und Nell in *Endspiel* deshalb immer zu meinen Lieblingsfiguren gehört. Sie sitzen in ihren Mülltonnen, beinlos, und können nirgends hin; man weiß, wo man sie findet. Und Winnie in *Glückliche Tage*, die bis zum Hals in einem Erdhügel steckt, unter einem brennenden Sonnenschirm: Auch sie kann sich nicht von der Stelle rühren und scheint sich damit abgefunden zu haben. Ich hätte *Glückliche Tage* wirklich gern mal auf die Bühne gebracht; das ist vielleicht das Einzige, worauf ich immer noch Lust hätte. Aber auch das ist fraglich. Ich weiß nicht. Es hat angefangen, mich aufzufressen, es ist zu anstrengend geworden. Ich weiß kaum noch etwas über mich selbst. Und dann sind da noch die langen Proben, auf die ich immer geschworen habe, ganze sechzehn Wochen, und die klaffende Leere im Anschluss.

In den ersten acht Wochen betreten wir die Bühne so gut wie gar nicht. Wir reden, diskutieren, tauschen endlos Erfahrungen aus, die uns, das Stück und unsere Figuren auf unterschiedliche Weise miteinander verbinden. Aber die meiste Zeit unterhalten wir uns über völlig andere Dinge, Themen, die dem Anschein nach gar nichts mit unserer bevorstehenden Aufgabe zu tun haben, aber nichtsdestotrotz eine Rolle spielen, indem wir uns mit dem vertraut machen, was uns innewohnt: den Erinnerungen und Erfahrungen, die wir haben. Zu den wertvollsten Wochen meiner Karriere zählen genau diese Phasen, in denen wir uns dem Stück mit keinem Wort nähern, sondern uns immer weiter davon entfernen, bis wir am Ende einen Ort erreichen, an dem es das Theater nicht mehr gibt, wo nur noch dieses Gefühl existiert, gemeinsam weit draußen auf dem Meer zu sein. Ohne einen Streifen Land in Sicht. Ich habe Schauspieler erlebt, die sich rückhaltlos öffnen, so wie ich selbst, und auch Bühnenarbeiter, die ich in dieser Phase oft miteinbeziehe, und ich habe die Angst in ihren Gesichtern gesehen, wenn wir uns so weit aufs Meer hinausgeredet hatten und das Wasser unter uns so tief geworden war, dass der ganze Raum als bedrohlich empfunden wurde, angefüllt mit unumkehrbaren Konsequenzen. Erst ab dem Moment sind wir auf den Text losgegangen. Dann habe ich sie behutsam bei der Hand genommen und sie wieder in den Stoff hineingeführt, in die Technik, die Regie – und sie allein gelassen. Erst jetzt konnte ich mit dem Bühnenbildner und Beleuchter zusammenarbeiten und die nötigen Justierungen vornehmen, ohne die Schauspieler in ihrem Rhythmus zu stören. Dann haben sie genug damit zu tun, auf sich selbst zu achten und ihre eigenen Herausforderungen zu bewältigen.

Viele meiner Kollegen haben mit einer Mischung aus Neid und Verachtung auf meine Methoden und das scheinbar enorme Selbstbewusstsein geschielt, mit dem ich verschlossene Türen einrannte und denjenigen, die das Geld und die Macht hatten, ihre Daumen zu heben oder zu senken, Vorschläge zu teuren, langwierigen Produktionen unterbreitete. Mit Selbstbewusstsein hat das aber wenig zu tun. Der Zweifel ist immer wichtiger gewesen, er war der eigentliche Ausgangspunkt und das wichtigste Instrument. Wir haben uns gemeinsam vorangezweifelt, und mittlerweile gelange ich immer mehr zu der Überzeugung, dass es genau dieser Zweifel war, der mir meine ersten Chancen in der Branche eröffnete. Dass ich gerade nicht hereinkam und voller Selbstgewissheit meine Idee präsentierte, sondern auf ziemlich unamerikanische Weise dort vor den Intendanten und Produzenten saß und ganz offenkundig zweifelte, während ich sie nuschelnd fragte: *Könnte das vielleicht etwas sein?*

Diese Art der Ansprache hatten noch nicht sonderlich viele von ihnen erfahren.

Ich glaube, es war der Zweifel, der mir die zusätzlichen Minuten einbrachte, die ich brauchte, um sie für mich zu gewinnen. Ich glaube, der Zweifel kam mir zugute wie ein Windstoß in einem verstaubten Raum mit abgestandener Luft; er könnte etwas in diesen Menschen geweckt haben. Trotz der ganzen Heuchelei, trotz Gnadenlosigkeit und Kommerz: Einige von denen, die die Bühnen dieses Landes leiten, sind noch immer aufrichtig am Theater als Kunstform interessiert, und es gibt nach wie vor jene, die den *Versuch* über den *Erfolg* stellen. Diese Türen habe ich eingerannt, in diesen Räumen traf ich Menschen, die Verständnis für das zeigten, was das Theater so wertvoll und mühsam macht, das Vergängliche unserer Arbeit, in dem das Leben auf eine fast herzlose Weise gespiegelt wird, in dem alles zugrunde geht oder bestenfalls sofort in die Erinnerung über, sobald es stattgefunden hat. Man muss sich das immer wieder vergegenwärtigen. Natürlich kann man immer wieder dasselbe aufführen, aber es wird nie genauso sein wie in der Aufführung davor, die Erlebnisse werden nie identisch sein, weder für das Publikum noch für das Ensemble. Wir kehren wieder und wieder zurück, doch sosehr wir uns auch anstrengen, kommen wir doch nie an denselben Ort. Die Unmöglichkeit, nach Hause zurückzukehren, könnte man sagen. Und eines Tages ist endgültig Schluss. Früher oder später wird das Stück vom Spielplan genommen, die Kulissen werden abgebaut, und jeder geht seiner Wege oder zum nächsten Projekt, und je weiter wir uns von dem entfernen, was wir zurückgelassen haben, desto mehr zerbröckelt und zerfällt es. Bis wir uns nicht mehr korrekt daran erinnern. Oder konkret. Das ist der Hauptgrund, warum ich meine Produktionen nie nach der Premiere verlassen habe, sondern bei jeder einzelnen

Vorstellung anwesend war und vor jedem Abend, oder währenddessen, hinter der Bühne, meine Regie angepasst habe. Eine konstante Suche nach einem Heimweg oder eine Verzögerung des Moments, in dem wir akzeptieren müssen, dass es dafür zu spät ist. Hinzu kommt: Die meisten Schauspieler sind auf Dauer unzuverlässig. Lässt man sie für ein paar Wochen unbeaufsichtigt und kommt dann in die gleiche Inszenierung zurück, ist die Luft raus und der Anspruch, zu erschaffen, was auch immer erschaffen werden sollte, verloren. Es ist ihnen schon mal gelungen, und damit haben sie bis zu einem gewissen Grad aufgegeben. Sie fallen unfreiwillig in sich zusammen. Fast so, als müsste man die ganze Zeit Münzen in sie einwerfen, damit sie nicht aufhören zu tanzen, andernfalls verkrümeln sie sich Stück für Stück aus der Vorstellung, bis ihre Charaktere zu etwas verkommen sind, mit dem man ebenso wenig einen ganzen Abend verbringen möchte wie mit Sportlehrern, Filialleitern bei Costco oder Inhabern dubioser Matratzenläden am Rande der Stadt.

In vielerlei Hinsicht ist es paradox, und doch wieder nicht, dass ich, als Sohn meiner Eltern, am Ende Theaterregisseur geworden bin und mit *Better Worlds Through Weyland-Yutani* durch die USA toure, einem Stück des quebecschen Dramatikers / Wirtschaftsprofessors Hervé Corsaud, das den Kapitalismus verzweifelt verteidigt. Noch paradoxer erscheint es, dass dieses Stück in erstaunlich vielen der hymnischen Kritiken als «blutrot» bezeichnet wurde oder auch als «außerordentlich gelungene Verteidigung der Einführung des Sozialismus in den USA». Andere wiederum nannten es «wahrscheinlich, nein, sogar ganz sicher, das deprimierendste Theaterstück, das je in diesem Land aufgeführt wurde». Mag sein, dass sie alle recht haben, wer weiß, aber so richtig paradox wird es erst dadurch, dass die Amerikaner in einer Stadt nach der anderen vor den Ticketschaltern anstanden, um an etwas teilzuhaben, das im Grunde nichts anderes als eine langwierige Vorstandssitzung war.

Das ist natürlich die einfache Version der Geschichte. Ab hier gestalten sich die Dinge allmählich schwieriger.

Ich habe zum ersten Mal im Jahr 2001 von dem Stück gehört, als Mischa an den hyperrealistischen Malereien von tür- und fensterlosen Konferenzräumen arbeitete, die den elementarsten Teil ihrer Ausstellung *From The Office of Things Unhinged* in New York bildeten. Der Dramatiker, Kanadier wie sie, hatte ihr das unveröffentlichte Manuskript geschickt, nachdem er von ihren Bildern gehört hatte, und ich las es in unserer alten Wohnung im Apthorp Building mit einer Mischung aus Faszination und Ekel. Vielleicht waren auch die abscheulichen Betonstaubschlieren der eingestürzten Zwillingstürme (die wochenlang über der Stadt zu hängen schienen) schuld an diesem Eindruck. Und meine Kindheit und Jugend, in der auch nur der entfernteste Gedanke, der Kapitalismus könne natürlich oder gar menschlich sein, unmöglich war.

Ich las das Stück, legte es aber wieder beiseite. Ich fand keinen unbefangenen Zugang zu dem Stoff, und außerdem war ich zu dieser Zeit gerade mit *Ocean* beschäftigt, einem Stück über zwei Arbeiter, die auf dem Meeresgrund festsaßen, und das war viel näher an dem, was wir alle in diesen Tagen empfanden, als Corsauds Text, der nichts anderes darstellte als eine eiskalte Verteidigung der freien Marktwirtschaft. Erst viele Jahre später, 2008, nach einem anderen, fast genauso dramatischen Kollaps – angesichts der Trümmer der Leman Brothers und anderer Banken, die auch die Häuser und Jobs und die Hoffnungen vieler Menschen unter sich begraben hatten, in einer Zeit, in der auch wir selbst und die anderen Mieter kurz davor standen, aus dem Apthorp-Gebäude vertrieben zu werden –, wurde mir Corsauds Stück wieder gewahr. Ich kramte es zwischen den Umzugskisten hervor, und ich weiß noch, dass er sich an das Stück, das er schon vierzehn Jahre zuvor geschrieben hatte, offenbar kaum mehr erinnerte, als ich ihn anrief, um mich nach den Rechten zu erkundigen. «Ist das nicht von gestern?», fragte er allen Ernstes. Nach diesem scheinbar unspielbaren Text hatte er das szenische Schreiben ganz an den Nagel gehängt und sich auf die Universität und Lehre beschränkt. «Es gibt keinen besseren Zeitpunkt», antwortete ich. «Das ist der Moment, in dem die Welt untergeht.»

So fing sie an, meine womöglich letzte Produktion. Ich flog zurück nach Los Angeles und saß in langen Besprechungen mit Vertretern von 20th Century Fox (ihnen gehörten die Rechte zu *Alien*, dem legendären Horrorfilm aus dem Jahr 1979, an dessen Handlung das Stück angelehnt war), und meine Anwälte, die ich erst ein paar Tage zuvor angeheuert hatte – und deren langjährigen Mandanten ich nun, so gut es ging, spielte –, lotsten mich durch das schwierige Fahrwasser der Filmbranche. Wir unterschrieben Verträge, Klauseln, Addenda und Vorbehaltserklärungen, und als ich am Freitagnachmittag nach New York zurückkehrte, hatte ich die Zusage in der Tasche, auf der Bühne machen zu dürfen, was ich wollte, wenn ich im Gegenzug fast alle Tantiemen abtrat. Genau das erschien mir ganz im Sinne der Thematik des Stücks und daher unproblematisch. Vielleicht war es, im Nachhinein betrachtet, sogar eine Voraussetzung unseres Erfolgs. Ich musste am eigenen Leib erfahren, wie es war, ausgenutzt zu werden, wie es war, selbst die ganze Arbeit zu machen, während andere das Geld kassierten, um ein Gefühl für den Kapitalismus entwickeln zu können. Wenn diese Tournee einmal vorüber ist, wenn alle Gagen und Löhne ausgezahlt und alle Produktionskosten gedeckt sind, wenn wir uns wieder trennen und ich noch einmal alle Menschen verliere, mit denen ich mich umgebe, werden mir genau 1212 Dollar mehr bleiben als das Honorar, für das ich üblicherweise arbeite. Egal.

In dem Film *Alien*, unserer Vorlage, wird die Besatzung des Raumfrachters Nostromo im Jahr 2122, ehe sie auf die Erde zurückkehrt, vom Zentralcomputer MU-TH-UR aus dem Kälteschlaf geweckt und erhält den Auftrag, einem vom Kleinplaneten LV-426 abgesetzten Notsignal nachzugehen, was auf Umwegen dazu führt, dass ein Besatzungsmitglied von einer parasitären Lebensform (in Ermangelung eines besseren Wortes) «befruchtet» wird, deren Brut im Sinne dessen, was das Publikum sich bei diesem Genre erwartet, nur wenige Stunden später mit einem Blutschwall aus seinem Brustkorb herausbricht und so den Weg bahnt für eines der furchterregendsten Geschöpfe der Filmgeschichte, ein blitzschnelles, phallusartiges Monster, in dessen Adern Säure statt Blut fließt, mit Klauen, Säbelzähnen, einem messerscharf geschliffenen Schwanz und nur einem Ziel vor Augen: alles Leben auszurotten. Die Existenz dieses Organismus wird unverzüglich an den Auftraggeber gemeldet, der Konzern (auch bekannt als Weyland-Yutani, ein britisch-japanisches Joint Venture mit zweifelhafter Geschäftsmoral sowie der Verantwortung für die menschlichen Kolonien außerhalb des Sonnensystems durch *Die Extrasolare Kolonialbehörde*, einem festen Sitz im *Untersuchungsausschuss* der *Interstellaren Handelskommission*, einer immer umfassenderen Präsenz auf der Erde, mit Zentralen in Tokio, San Francisco, im Stillen Ozean und auf dem Planeten Thedeus) stuft die Lebensform daraufhin als Xenomorph XX121 ein und beauftragt den Androiden des Raumschiffs mit der Umsetzung von *Sonderauftrag 937: Priorität: Sicherstellung des Fremdorganismus zu Analysezwecken. Alle anderen Belange sekundär. Besatzung ersetzbar.* Was zu hektischer Aktivität und einer anhaltenden Verzweiflung unter den Protagonisten führt.

In *Better Worlds Through Weyland-Yutani* sind dagegen alle Merkmale von Action und / oder Spannung ausradiert. Das Stück orientiert sich zwar an der Handlung des Films, doch in den verhältnismäßig geschützten, angenehmen Räumen des Vorstands auf der Erde wird nicht das Wohl der Besatzung diskutiert, sondern nur der Organismus als solcher und dass man als Unternehmen mitunter sogar *verpflichtet* ist, hin und wieder ein zerbrochenes Ei in Kauf zu nehmen, oder anders ausgedrückt: Liegt es nicht in der Natur des Menschen, die Hühner des Nachbarn bis aufs letzte Ei auszuquetschen, um der eigenen Familie ein Omelett zu servieren? Und falls es so ist, würde man dann nicht sowohl gesellschaftlichen Konventionen als auch der Natur zuwiderhandeln, wenn man die Möglichkeit ungenutzt ließe, zu unermesslichem Reichtum und militärischer Macht zu gelangen, nur um sieben Vertreter der Arbeiterklasse zu retten? Was wiederum zu einer Grundsatzdiskussion unter meinen Schauspielern führte: Gibt es überhaupt einen Unterschied zwischen der Wirtschaftselite und dem Bösen an sich, oder gehört womöglich beides so untrennbar zu uns, dass wir es akzeptieren mussten? Ich erinnere mich, dass wir wochenlang diskutierten, warum uns das Böse noch immer überrascht und schockiert, wenn wir medial oder persönlich damit konfrontiert sind, obwohl wir – nach dem Holocaust und den Völkermorden in Kambodscha und Ruanda und einer Reihe anderer, die man endlos fortsetzen kann – doch längst wissen müssten, dass das menschgemachte Böse unermesslich ist. Gibt es, so fragten wir uns (zunehmend verwundert darüber, dass es uns nicht recht gelang, diese These zu widerlegen), möglicherweise Parallelen zwischen den Lageraufsehern in Auschwitz-Birkenau und den Vorständen der Finanzinstitute unseres Landes? Eine vergleichbare Art zu rationalisieren? Wenn jemand genau weiß, was er seinen Mitmenschen mit dem eigenen Handeln antut, und sich trotzdem im Recht sieht; wenn jemand weiß, dass seine Entscheidungen für unzählige Menschen katastrophale Folgen haben, aber trotzdem abends guten Gewissens zu Ehepartner und Kindern nach Hause geht und überzeugt ist, er habe gute Arbeit geleistet – worin liegt dann noch der Unterschied? Wir diskutierten lange darüber, ob das eine ungeheuerliche Behauptung sei oder nicht und ob wir eine der Figuren über den Vergleich von Aktienhändlern und dem Sonderkommando der Todeslager grübeln lassen sollten, ob wir die Schornsteine der Krematorien im Fenster durchscheinen lassen sollten oder ob das zu explizit wäre. Wir wurden uns nie einig. Wir wurden uns einig, dass die Milliarden, die sich einzelne Vorstände noch unter den Nagel rissen, ehe sie ein Unternehmen verließen, das das ganze Land in den Ruin getrieben hatte, keineswegs aus dem Nichts kamen, sondern einen konkreten Ursprung hatten. Ein faszinierender Gedanke: Was wäre, wenn auf einem 100-Dollar-Schein der ehemalige Besitzer zu sehen wäre und nicht der vor Ewigkeiten verstorbene Franklin, was wäre, wenn man als Manager mit den Blicken all dieser Arbeiter konfrontiert würde, sobald man das Geld entgegennähme? Wurde das gedruckte Geld deshalb immer mehr durch bargeldlosen Zahlungsverkehr ersetzt, damit man kein schlechtes Gewissen mehr hat? Wir waren uns einig, dass unzählige Kredite vergeben worden waren, von denen schon vorher feststand, dass niemand sie zurückzahlen kann. Nach diesen Diskussionen kam ich abends mit bohrenden Kopfschmerzen nach Hause, voller Angst, wir könnten uns auf ein ähnliches vermintes Terrain begeben wie zwölf Jahre zuvor, als ich in Manhattan *740 Park Hamlet* inszeniert hatte. Wie mutig ich damals war. Heute undenkbar. Es war meine zweite Produktion, die Idee dazu hatte ich bereits nach meiner Examensaufführung *Napoleon Wants to Stay up a Little Longer* gehabt, als wir alle noch ganz berauscht waren von der Rezeption und der Aufmerksamkeit, die das Stück bekam. Allen voran Mordecai und ich, *Napoleon* war unsere Gemeinschaftsproduktion, entstanden aus trotzigem Protest, weil wir das Gefühl hatten, auf der Theaterakademie immer nur dasselbe vorgesetzt zu bekommen; ein klassisches Drama nach dem anderen. Es war ein biographisches Stück über Napoleons letzte Jahre in der Verbannung auf St. Helena, geschildert aus einem beinahe irren Stanley-Kubrick-Blickwinkel. Der amerikanische Regisseur, der selbst sein halbes Leben im britischen Exil zugebracht hatte, stand Ende der sechziger Jahre kurz vor der Realisierung eines großen Filmdrehs über den früheren Kaiser. Jahrelang hatte er sich eingelesen, vorbereitet, seinen großen Wurf geplant. Zehntausende Statisten hielten sich bereit, die Kostüme waren fertig genäht, und die Produktionsmaschinerie lief in vollem Gange, als MGM aus heiterem Himmel die Finanzierung zurückzog und Kubrick an der Umsetzung dessen hinderte, was er selbst als den besten Film aller Zeiten bezeichnete. Zwischen diesen Trümmern fanden wir unseren Stoff; wir dichteten dem kleinen Korsen eine Schlafphobie an und ließen ihn nachts auf einem Dreirad durch das feuchte, zugige Longwood House auf St. Helena radeln, zur wachsenden Verzweiflung seines Leibarztes, der immer wieder flehte, er solle sich endlich hinlegen; wir setzten ihn – in einer später berüchtigten stundenlangen Szene – stummen Grübeleien über den schwarzen Monolithen aus, der plötzlich in seinem Kräutergarten stand. Hinzu kamen ein *Clockwork-Orange*-inspiriertes Wohnzimmer, in dem Napoleon und seine Entourage in ihren weißen Nachthemden und mit ihren Sturmhüten auf dem Kopf saßen und sich von einem Maler porträtieren ließen, sowie eine Arsenvergiftung, die von der Schlacht von Huế in *Full Metal Jacket* inspiriert war. Die Schauspieler wirkten auf den ersten Blick dämlich und albern, bis in die Haarspitzen durchtränkt von Blödsinn und Macken, doch irgendwie, ohne dass ich es richtig erklären kann, war es uns trotzdem gelungen, die schreckliche Einsamkeit zum Vorschein zu bringen, unter der Napoleon auf dieser Insel, so weit von der Zivilisation entfernt wie nur irgend möglich, gelitten hatte. Wir arbeiteten heraus, wie er sich mit seinem korsischen Französisch immer als Außenseiter vorgekommen war, und sorgten dafür, dass sich die Szenen, in denen Napoleon darauf bestand, dass ihm die übrigen Anwesenden dabei halfen, seine großen Schlachten im Wohnzimmer nachzustellen, allmählich veränderten – von idiotischen Versuchen, mit zu Schiffen umfunktionierten Möbeln die Schlacht von Trafalgar nachzuspielen und mit Hunderten brennenden Kerzen das Feuer am Horizont darzustellen, hin zum Rückmarsch von Moskau und der Völkerschlacht bei Leipzig, wo sämtlichen Beteiligten, nicht zuletzt Napoleon selbst, immer schmerzlicher bewusst wurde, dass nur das existierte, was auch passiert war. Und dass all dies eine einzige, allumfassende Niederlage für diesen Mann darstellte, für den wir am Ende nichts als Mitgefühl empfinden konnten.

Wenn ich einen Augenblick benennen soll, einen einzigen Augenblick in all meinen Inszenierungen, in dem uns tatsächlich etwas Außerordentliches gelungen war, würde ich die Szene am Ende dieser Aufführung wählen, in der Napoleon schließlich doch in seinem Bett einschläft, erschöpft und dem Tode geweiht, während hinter den zerbrochenen Fensterscheiben die Sonne aufgeht und sich eine beinahe gespenstische, aber doch wohltuende Ruhe über die Bühne und die Zuschauer legte, die, selbst als das Licht wieder anging, vollkommen reglos ausharrten, um ihn nicht versehentlich zu wecken. Langsam und ehrfürchtig verließen sie den Saal, voller Scham, weil es erst wenige Stunden her war, dass sie lauthals über seine wilde Dreiradfahrt gelacht hatten, und sie nun erfüllt von einem ganz neuen Mitgefühl für einen Kriegstreiber waren, der schon seit 175 Jahren unter der Erde lag.

Und Mordecai. In der Titelrolle. Wir liebten ihn für seine Arbeit. Er *war* Napoleon.

Wahrscheinlich lag es an diesem Erfolgserlebnis gleich beim ersten

Versuch, dass ich mir aus purem Größenwahn vornahm, den ultimativen *Hamlet* zu inszenieren, jetzt, wo mir die Türen plötzlich so weit offen standen. Und die lockeren Zügel meiner Mutter hatten wohl auch nicht unbedingt zu der Einsicht geführt, dass gute und schlechte Ideen in ein und demselben Bett schlafen und in der Dunkelheit leicht miteinander verwechselt werden können.

Aber zurück zu *740 Park Hamlet.*

Die gerade erst geöffneten Türen hätten sich mir nach meiner zweiten Regiearbeit für immer verschließen können, meine Rettung hatte ich vermutlich eher Glück und Verzweiflung zu verdanken als Talent. Damals sah ich das aber noch nicht so, und die anderen auch nicht. Damit blieben die Türen offen und sind es bis heute.

Und ich stehe im Durchzug.

Meine Idee, die sich folgerichtig als schlecht erwies, beruhte darauf, aus Shakespeares dänischem Hof eine stinkreiche Familie zu machen, die in einer riesigen Wohnung an einer der exklusivsten Adressen Manhattans wohnt, der 740 Park Avenue. Es war eine, vom Start weg, ziemlich katastrophale Theaterproduktion. Extravagant und mit einer geradezu manischen Detailversessenheit rekonstruierten wir in einer Lagerhalle in Lower Manhattan eine herrschaftliche Wohnung, mit Originalkunst an den Wänden, mit Marmorböden und Designerstücken. Allein die Kosten für die Bodenleisten beliefen sich auf rund 25 000 Dollar. Die Ausgaben für Handwerker und Requisite verschlangen 90 Prozent des Gesamtbudgets, während die Schauspieler und ich auf jede Form der Entlohnung verzichteten, um das Projekt voranzubringen. Hätten es unsere im Vorhinein abgeschlossenen Verträge nicht erfordert, die Lagerhalle nach der Spielzeit in ihren ursprünglichen Zustand zurückzuversetzen, hätten wir die Wohnung – abzüglich der gemieteten Kunstwerke und Möbel – an den Höchstbietenden versteigern können. Sogar ein funktionierendes Wasser- und Abwassersystem gab es. Und Strom und Heizung. Nichtsdestotrotz wurde das Stück schon nach nur einer Woche abgesetzt, und der dafür ausschlaggebende Grund waren nicht die horrenden Produktionskosten.

Vielmehr hatte ein nur wenige Tage vor der Premiere in der New York Times erschienener Artikel eine heftige Debatte ausgelöst, die schnell aus dem Ruder gelaufen und unsachlich geworden war. Ehe ich mich's versah, hagelte es Antisemitismus-Vorwürfe, Boykottaufrufe und Schlimmeres. Da half es auch nichts, dass ich einen der berühmtesten Sätze umgeschrieben hatte zu *Hier, mördrischer, blutschändrischer, verruchter … Mensch!*. In meiner Fassung des Stücks waren Hamlet und seine Familie Juden, und die Mischung aus Kulturreligiösem und leicht abgewandelten Dialogen – in denen die schmutzigen Geschäfte der großen Banken unseres Landes mehr als angedeutet wurden – machten es schon nach kurzer Zeit unmöglich, die Vorstellung weiterlaufen zu lassen. Ich wäre nie auch nur auf den Gedanken gekommen, dass uns eine solche Reaktion bevorstehen könnte, und wurde nun mit jedem neuen Artikel und Kommentar verzweifelter, bis ich schließlich so am Boden zerstört war, dass ich nicht mehr die Kraft oder den Mut hatte, überhaupt noch aufzustehen. Ich lag im Bett, befand mich im freien Fall. Ich weiß noch, wie ich dachte: *Jetzt ist es aus. Jetzt will niemand mehr etwas von mir wissen.* Und ein Teil von mir verspürte wohl auch eine gewisse Erleichterung darüber, tief in meinem Inneren hoffte ich immer noch darauf, des Landes verwiesen und in Schimpf und Schande nach Hause geschickt zu werden. Oder meinetwegen auch ohne Schande, Hauptsache, nach Hause. Mordecai und ich saßen abends zusammen und betranken uns, und ich redete davon, dass ich mir schon immer einen jüdischen Hintergrund gewünscht hätte, worauf er sagte, in seinen Augen sei ich «jüdisch by proxy» *(mit deinem dunklen Haar, deinem traurigen Blick und deinem zeitweisen Selbsthass bist du doch praktisch schon einer von uns, wenn man mal von der gottlosen Hauthülse auf der Speerspitze deines Penis absieht)*, und die Anschuldigungen seien absurd und unmöglich, weshalb man ihnen nicht anders begegnen könne als mit Schweigen. «Außerdem», fuhr Mordecai fort, «mag dieser Sturm zwar gigantisch wirken, aber für neun Zehntel der Bevölkerung hat das Theater überhaupt keine Bedeutung, vergiss das nicht. Den meisten Leuten geht diese Sache am Arsch vorbei.» Diese Botschaft wiederholte er so oft, bis ich sie verinnerlichte, und die Einsicht, dass er recht hatte, dass die allermeisten Menschen ganz andere Probleme hatten, war ein Segen. Diese Erkenntnis verschaffte mir ein überwältigendes Freiheitsgefühl, das seither stetig gewachsen ist und sich mit einer fast berauschenden Kraft Bahn bricht, wenn ich an solchen Stücken arbeite. Trotzdem quälte mich die Wut des übrigen Zehntels der Bevölkerung zu dieser Zeit ganz fürchterlich, umso mehr, als die Vorwürfe gegen mich haltlos waren. Kein Wort davon stimmte. Es war furchterregend, wie schnell man die Deutungshoheit über die Wahrheit verliert, welch großen Schaden ein Missverständnis anrichten kann, wie verletzlich eine austarierte Übereinkunft ist und wie ein einziger Zeitungsartikel ein Feuer entfachen kann, das so gleißend brennt wie Phosphorgranaten.

Also tat ich das Einzige, was ich noch tun konnte.

Mit einem Aufruf bei der New York Times lud ich zu einem Abend ein, während dem ich allein auf der Bühne saß, ohne Text, ohne etwas, an dem ich mich festhalten oder dem ich die Schuld geben konnte. Und dann redete ich. Eine Stunde, zwei Stunden, ich stellte den Zuhörern Fragen und bekam Antworten. Tags darauf wiederholte ich das Ganze, weil draußen auf der Straße eine Gruppe von sechzig oder siebzig Menschen wartete, die sich vermutlich im Datum geirrt hatte.

Drei Wochen lang ließ ich diese improvisierte Apologie und Erklärung laufen, die nach einer Weile wie von selbst die Form einer Vorstellung annahm und in *740 Park Sorry* umbenannt wurde; ich sprach über Migration und Kindheit, über Krieg und Kunst, über Rating-Agenturen und die Banken an der Wall Street; ich schlüpfte in immer neue Rollen und Zeitperspektiven, in dem einen Moment war ich ein Regisseur, der durch die Trümmer seiner Vorstellung führte und sich aufrichtig entschuldigte, im nächsten Augenblick befand ich mich in einem Lager oder ging durch die Büros von Standard & Poor's oder Lehman Brothers; ich verwandelte die Bühnenwohnung in Flughäfen und Gletscher und südostasiatische Dschungel, in amerikanische Landschaften und nächtliche Autofahrten durch den Mittleren Westen, in Schiffe auf dem Weg nach Ellis Island zu Beginn des 20. Jahrhunderts. Und noch ehe ich es selbst begriffen hatte, wurde die daraus entstandene Aufführung wie ein wirkliches Stück besprochen – ausgerechnet in ebenjener Zeitung, die den Skandal entfacht hatte. Ich bekam glänzende Kritiken, wurde sogar für einen Theaterpreis nominiert, an dessen Namen ich mich nicht mehr erinnere (wohl aber daran, dass ich ihn nicht bekam), ich war gezwungen, Eintrittskarten zu verkaufen oder, besser gesagt, Plätze zu reservieren, weil ich kein Geld annahm.

Ein paar der Kritiker, die anfangs am hitzigsten reagiert hatten, wollten jedoch nicht lockerlassen und beschuldigten mich, alles von langer Hand genau so geplant zu haben, um den Medienrummel um meine Person noch anzuheizen. Sie meinten, anhand der Komplexität und des Timings des Ganzen erkennen zu können, dass eine akribische Vorbereitung dahinterstecke. Wieder wollte ich protestieren, und wieder sagte Mordecai: «Den meisten Leuten geht es am Arsch vorbei. Und einige werden immer das meinen, was am naheliegendsten ist, damit sie genug Kraft haben, um es grölend auf der Straße zu verkünden. Lass es sein.»

Tatsächlich arbeitete ich Tag und Nacht daran, wie ich mich während der Vorstellung am besten verständlich machen konnte. Darum ging es. Wir singen unsere Lieder, führen unsere Stücke auf, weil wir herausfinden wollen, *warum* wir tun, was wir tun. Dasselbe galt für *740 Park Sorry*. Ich wollte, dass die Leute begriffen, was ich gemeint hatte und wie ich auf die ursprüngliche Form gekommen war; deshalb kam es auf die präzise Vermittlung an. Was wiederum am Ende dazu führte, dass sich all diese Dinge zu einer Inszenierung zusammenfügten. Sie war das natürliche Nebenprodukt meines umständlichen Bedauerns. Und natürlich, wie bei allem anderen im Leben, half die Routine. Nach der ersten Woche war ich mir nicht mehr im Unklaren, was ich sagen sollte und wann. Hatte ich in diesen Wochen Leute hinter der Bühne, die sich um die Kostüme und eventuelle Änderungen am Bühnenbild kümmerten? Auf jeden Fall. Hatten wir Licht- und Tontechnik eingesetzt? Klar. Eine eigene Aufführung war entstanden, und es gibt keinen Grund, das zu leugnen; das ist trotz allem mein Beruf. Aber wenn ich sagen sollte, was mir aus der Zeit mit *740 Park Sorry* am besten in Erinnerung blieb, dann war es nicht die Tatsache, dass wir unseren abgestürzten Hamlet wie einen Phönix aus der Asche emporsteigen ließen, sondern dass es uns gelang, einige Tage, Wochen, einen Monat in Manhattan zu veranstalten, in dem die Leute zusammenkamen und einander verstanden. Daran erinnere ich mich.

Better Worlds Through Weyland-Yutani hat uns bislang keine vergleichbaren Probleme bereitet. Vermutlich auch, weil wir auf die Sonderkommando-Referenz verzichteten. Und auf die Schornsteinsilhouetten im Fenster. Für die Inszenierung war nichts davon nötig, nur für unser eigenes Verständnis. Genauso nebensächlich ist die Nationalität oder die Religion der Figuren, das Stück enthält keine direkten Anspielungen auf die amerikanische Wirtschaft. Aber mit Weyland-Yutani als britisch-japanischem Joint Venture konnten wir wenigstens die Diskussion über den Zusammenhang zwischen dem Kapitalismus und dem Bösen, zwischen Konzentrationslageraufsehern und Börsenmaklern und Hedgefondsmanagern hinüberretten. Während Weyland-Yutani in *Alien* als Inbegriff von Habgier dargestellt wird, besteht die Herausforderung und Spannung unseres Stücks darin, das Unternehmen und die handelnden Figuren Abend für Abend aus tiefster Seele zu verteidigen, weil sie, so der Gedanke, aus der Gesetzmäßigkeit menschlicher Eigenschaften, wenn nicht gar aus der Gesetzmäßigkeit eines jeden Organismus heraus handeln: Überleben und Expansion. Wie die Figur Yamauchi in der Mitte des Stücks sagt: *«Wir verurteilen die Tiere nicht für ihre Handlungen; wir werfen dem Eichhörnchen nicht vor, dass es Nüsse für den Winter hamstert, und wir nicken verständnisvoll, wenn wir sehen, dass es mehr hamstert, als es in den kalten Monaten selbst verzehren kann. Denn das Eichhörnchen weiß nicht, wie lange der Winter dauert.»*

Einige Zuschauer, die unsere Vorstellungen besuchen, sind in meinem Alter oder jünger, sie sind Amerikaner, die an der Schwelle zu einer Karriere standen, als die Krise sie traf. Sie wissen einiges darüber, wie lang der Winter sein kann und wie kalt er wird, und ich stelle mir vor, dass sie dem Schneesturm ausgesetzt waren und ihre Hoffnungen erfroren sind, und jetzt kommen sie zu uns in die Wärme. Und sehen das hier: einen Vorstand, der seinen Entschluss verteidigt, ihnen ohne Skrupel ein weiteres Mal die Essensvorräte wegzunehmen.

Das zu begreifen, muss extrem deprimierend sein.

Vielleicht überlegen sie, ob sie rausgehen sollen.

Oder Schlimmeres.

Doch dann betritt Miranda die Bühne, in einer Rolle, die wir eigens für sie in den Text hineingeschrieben haben, nachdem ich sie letztes Jahr in ihrem zweiten Film sah. Sie ist der Hauptgrund dafür, dass wir jetzt hier sind. Auf Tournee. Der einzige Grund, wie ich inzwischen mehr und mehr glaube. Kurz vor Produktionsbeginn flog ich noch einmal nach Los Angeles, um sie endgültig zu überzeugen, die Rolle anzunehmen. «Aber das ist ja in New York», wandte sie ein. «Was ist, wenn das Stück ein Erfolg wird und ich am Ende da wohnen muss? Man kann Menschen nicht einfach so umtopfen.» Ich versprach ihr, dass das Stück kein Erfolg werden würde. Ich gab ihr den Text und sagte: «Ich möchte, dass du bei deinem ersten Auftritt nichts sagst. Wenn du das erste Mal auf die Bühne kommst, sei einfach still. Du sollst dem Publikum lediglich vermitteln, dass das Ganze zu ihrem Besten ist und alles wieder gut wird. Das ist das Einzige, was ich von dir erwarte.» «Warum darf ich nichts sagen?», fragte sie. «Manchmal gibt es einfach nichts zu sagen», sagte ich. «Später dann schon, die nächsten Male, wenn du dann auf die Bühne kommst …» «Wie viele Auftritte habe ich denn, wie lange?» «Sechs oder sieben, ich bin nicht sicher, das müssen wir ausprobieren. Ich möchte, dass du eine Art Erzählerin bist. Weißt du, was ich meine? Wie in den alten Märchen. Wie der Troubadour in Robin Hood, erinnerst du dich?» «In dem Zeichentrickfilm?» «Ja.» «Ich fand ja immer, Robin und Marian waren ein bisschen … wie soll ich sagen … sexy? In der Disney-Version. Ist es schräg, so was zu denken? Ich war fünf, als ich den Film gesehen habe, und, tja, irgendwas ist da mit mir passiert. Ich glaube, es war eine Art Verliebtheit. Was meinst du?» «Ich glaube, animierte Füchse sind eine Klasse für sich», antwortete ich, und dann fügte ich hinzu: «Aber jedenfalls darfst du die anderen Male dann schon reden. Da kannst du im Grunde sagen, was du willst. Na ja, solange du dabei ein Loblied auf den Kapitalismus singst.»

Dass Miranda mitkam, war eine Voraussetzung für mich, überhaupt mit *Weyland-Yutani* auf Tournee zu gehen. Sie ist auch der Grund dafür, dass wir die letzten Vorstellungen in Los Angeles spielen. Ich habe ihr versprochen, dass sie zu Hause bleiben darf, sobald wir in L. A. angekommen sind. Dann ist es vorbei.

Viele, die unsere Vorstellungen besuchen, kommen nur, um Miranda zu sehen.

Und ich? Ich harre aus, weil ich für den Moment lebe, wenn sie zum ersten Mal die Bühne betritt und ins Publikum sieht, oder nein, es *an*sieht, als würde sie jeden einzelnen Zuschauer ansehen, so lange, bis er sich gesehen fühlt. Und dann tanzt sie. Sozusagen. Eine Art Tanz, anfangs komisch und ungelenk, doch je länger sie tanzt, desto deutlicher erkennt man, wie komplex der Tanz ist und wie schön jede einzelne Bewegung in Wirklichkeit ist. Ein ehrlicher und tröstlicher Tanz für all jene, die sich mit dem zufriedengeben müssen, was man kriegen kann.

In ihren anderen Szenen, wenn sie sich vor den schweren Eichentisch im Konferenzraum stellt – oder darauf –, improvisiert sie meistens. Doch der Effekt ist immer der gleiche. Sie tritt auf, diese große, dünne Gestalt mit dem unfassbaren Haar und den schrägen Kleidern, und dann öffnet sie den Mund. Ich weiß nicht mehr genau, was mich zuerst für sie einnahm, das brillante Drehbuch zu ihrem zweiten Film, von ihr selbst verfasst, oder ihre Stimme und ihr Charakter; ich weiß aber noch, wie sich mir ihre Stimme einprägte, diese sanfte kalifornische Stimme, bei deren Klang ich schlaflose Nächte verbrachte, während ich ihre Erzählungen anhörte, die sie für die Hörbuchfassung eingesprochen hatte, und die Art und Weise, mit der sie das Wort *patio* aussprach, vor allem das, aber auch alle anderen Wörter, schleppend und zeitweise fast flüsternd, mahlend; ich hörte mir die Erzählungen mehrmals an, ohne auf den Inhalt zu achten, ich lauschte nur ihrer

Stimme, während ich über das Textbuch gebeugt dasaß und genau vor Augen hatte, in welcher Szene sie auftreten sollte, als eine Figur, die ich mehr und mehr als den personifizierten Kapitalismus vor mir sah, eine tröstende und geduldige Gestalt voller Optimismus, die vertraulich und hingebungsvoll mit dem Publikum spricht, als teilten sie ein dunkles Geheimnis.

Sie betrat die Bühne und paraphrasierte Milton Friedmans Betrachtungen über die menschliche Gier und den Wirtschaftsliberalismus so, dass sie plötzlich verlockend klangen, schelmisch und ein bisschen melancholisch, aber unvermeidbar und notwendig, wie wenn man sich die Mandeln herausoperieren lässt und auf die Eiscreme danach hofft, obwohl man weiß, dass es im Leben für nichts eine Garantie gibt. Sie gab dem Kapitalismus ein Gesicht, ein Gesicht der Liebe, während sie Dinge sagte wie: «Wären wir zum Fliegen bestimmt, wären wir mit Flügeln zur Welt gekommen. Wären wir dazu bestimmt, Sozialisten zu sein, wären wir mit einer vollentwickelten Fürsorge und Empathie füreinander zur Welt gekommen. Aber so ist es nicht. Das ist eine Konstruktion. Genau wie ein Hut. Oder eine hautenge Jeans, mit der man Blicke auf sich zieht. Ich möchte diese Jeans haben. Aber damit ich sie mir leisten kann, muss ich arbeiten. Und weil ich selbst zu sehr beschäftigt bin, das Geld zu verdienen, das ich brauche, um sie zu kaufen, muss sie jemand für mich nähen. Außerdem sind nicht genug Jeans für alle da, manche werden hosenlos bleiben. Auch die Hosenproduktion hat ihre Grenzen. Bedeutet das, dass ich mich freiwillig bereiterklären sollte, nackt durch die Gegend zu laufen, nur weil ich in Kalifornien wohne, wo es meistens warm ist und man auch Shorts oder einen leichten Rock tragen könnte? Was ist, wenn ich eine Hose haben will? Was ist, wenn ich denke, dass ich nie jemanden kennenlernen werde, und schon gar nicht den Mann, der für mich bestimmt ist, wenn ich mir nicht diese Jeans anschaffe? Was ist, wenn ich nicht weiß, wann ich ihm begegnen werde – vielleicht ist der erste, dem ich begegne, ja nur einer, von dem ich lediglich annehme, er wäre der Mann meines Lebens, und kurz darauf wird mir klar, dass er es doch nicht ist, und ich muss weiter warten, muss meine Jeans für den richtigen Moment aufheben. Was ist, wenn es plötzlich Winter wird?»

Jeden Abend hoffe ich, dass sie das Wort *patio* sagt.

Nur ein einziges Mal.

Aber ich glaube, Miranda sehnt sich danach, endlich nach L.A. zurückzukehren. Sie verbringt immer mehr Zeit allein, so wie ich, und ich weiß nicht, was sie eigentlich macht. Vielleicht ist sie genauso vom Schlafmangel zermürbt, wenn auch aus anderen Gründen. Den übrigen Schauspielern sehe ich immer deutlicher an, wie sehr ihnen diese Arbeit zusetzt. Sie gehen jeden Abend zugrunde, die Thematik des Stücks und die Rollen, die sie spielen, ziehen ihnen den Boden unter den Füßen weg. Und das über einen langen Zeitraum. Es ist eine Pointe des Stücks, dass man in der Materie hängenbleibt, in ihr festsitzt, deshalb wird ein Großteil des Textes wiederholt, dieselben Dilemmas und Fragen werden ständig von neuem diskutiert, mit immer längeren Abschweifungen, bis sich die Zuschauer am Ende geschlagen geben. Und die Schauspieler ebenfalls. Es ist wie mit Goebbels' Rede im Berliner Sportpalast: Man weiß, wie krank es ist, aber man kann nur schwer weghören. *Better Worlds Through Weyland-Yutani* ist wirklich ein unsympathisches Stück. Aber es könnte auch das Beste sein, was ich je gemacht habe. Das muss reichen. Die Vorstellung selbst wird im Übrigen auch jeden Abend länger, ich registriere, dass die Zeitungen darüber schreiben, sie werten es als Qualitätsmerkmal, dass das Stück auf der Suche nach sich und einer endgültigen Antwort ist. Doch für die Schauspieler auf der Bühne verhält es sich anders, für sie ist es, als hingen sie in einem Strudel von Argumenten fest, die sie nicht vorbringen wollen und von denen sie fürchten, sie eines Tages für sich zu übernehmen. Ich weiß nicht, ob die Zuschauer den Saal beseelt oder deprimiert verlassen.

3

Der Tag beginnt. Ich bin nach wie vor in Wisconsin. Noch mal vierundzwanzig Stunden. Es regnet. Ist windig und kalt. Die Leute eilen geduckt zu ihren Arbeitsplätzen oder nach Hause. Gestern ist eine Zuschauerin nach der Hälfte der Vorstellung aufgesprungen, sie rief *Ich halte das nicht mehr aus!* und stürmte hinaus, ich glaube, sie sprach uns allen aus der Seele. Die Leute klatschten, schallender Applaus im ganzen Saal. Aber sie blieben sitzen. Anschließend sagte Miranda, sie hoffe, eines Abends würden alle gehen.

Die Stunden, bevor wir im Theater eintreffen, sind nur selten verplant, wenn wir nicht gerade unterwegs in die nächste Stadt sind, haben wir die Tage im Großen und Ganzen für uns, Zeit für Erledigungen, Telefonate und E-Mails, Zeit, um uns die Gegend anzusehen oder auf den Hotelzimmern auszuruhen, zu schlafen oder an die Wand zu starren. Ich glaube, manche gucken auf ihren Laptops Serien oder Pornos, andere lesen oder üben den Text für das nächste Stück, für das sie nach unserer Tournee besetzt sind. Joe, der den Vorstandsvorsitzenden spielt, hat Stricken gelernt, er sagt, seine Hände zu beschäftigen, bewahre ihn davor, den Verstand zu verlieren, und ich habe ihm ein paar Strickmuster von meiner Mutter versprochen, wenn ich wieder in New York bin, er will mir einen ordentlichen Norwegerpullover schenken. Ich habe ihm nicht gesagt, dass noch gar nicht sicher ist, ob ich überhaupt nach New York zurückkehre.

Ziellos umherzustreifen, sorgt schnell für ein unbehagliches Gefühl der Desorientierung. Ich biege um eine Ecke und sehe einen Laden, den ich aus einer anderen Stadt zu kennen glaube. Ich komme in eine Straße und erwarte ein Restaurant, in das ich gehen will, nur um einzusehen, dass es in einem anderen Staat liegt, in dem wir ein paar Tage zuvor gewesen sind. Alles verschwimmt zu einem Wirrwarr aus Straßen, in denen wir uns nie lange genug aufhalten, um ihre Ordnung im Gedächtnis zu behalten, und womöglich verändern sie sich auch jedes Mal, sobald wir ihnen den Rücken kehren. Also lasse ich das Zentrum von Milwaukee an diesem Morgen hinter mir und fahre in meinem Mietwagen, den ich seit Cleveland habe, ans südliche Ende der Stadt. Der Typ vom Hotel hatte gesagt, dort könne man im Herbst gut spazieren gehen. «Und es gibt einen schönen Strand, wo Sie sitzen und auf den Lake Michigan schauen können», fügte er hinzu. Ich hätte am liebsten erwidert, das Wetter lade wohl kaum dazu ein, irgendwo im Freien zu sitzen, aber weil er sich so darüber zu freuen schien, dass ich in Kürze zu dem Ort unterwegs sein würde, an dem er aufgewachsen war, brachte ich es einfach nicht über mich, etwas anderes zu tun, als mir von ihm einen Schirm mit dem Hotellogo zu leihen.

Während ich durch das Wohngebiet am Grant Park fahre, fällt mir auf, wie sehr nicht nur das Zentrum von Milwaukee an andere amerikanische Städte erinnert, sondern auch die umliegenden Viertel und Vororte. Überall das gleiche Straßenmuster, die gleichen Alleen, wohin man auch fährt; ich könnte genauso gut in Garden City auf Long Island sein, mit dem einzigen Unterschied, dass die Häuser hier ein bisschen kleiner sind. Ansonsten ähneln die Straßen jenen, in denen ich mich bewegte, als wir uns in den USA niederließen und ich davon träumte, das Land sofort wieder zu verlassen, selbst die Straßennamen sind ähnlich oder gleich: Sycamore Avenue, Elm Street, Oak Street, Aspen, Cherry, Pine, Walnut und dann – wie um das Ganze zu vervollständigen – eine Emerson Avenue. Wie viele Elm Streets und Pine Streets gibt es in diesem Land? Ich google mit der rechten Hand, während ich in Richtung Park und Strand abbiege und an ein paar Golfplätzen vorbeikomme, auch sie Abbilder derer, die ich aus Garden City kenne. Es gibt 88 411 Elm Streets in den USA.

All diese Straßen, die sich gleichen, die ganze Zeit, als würde man durch einen defekten View-Master starren. Und trotzdem gibt es ihn, diesen einen Ort, wo man hingehört. Ich hätte euch in allen Einzelheiten von der Straße erzählen können, in der ich in Forus in Stavanger gewohnt habe, wie merkwürdig sie sich um die Kurve schlängelte, von der Asphaltdecke, die gesprungen und wieder geflickt worden war, vom Löwenzahn am durchlöcherten Zaun und von den Graffitis an den Trafostationen; ich hätte euch erzählen können, wer wo wohnte und wer wie war, wovon wir träumten und wovor wir uns fürchteten, wie das Gras nach einem langen Winter aussah oder im Spätsommer; ich hätte euch von der Straße erzählen können, die einmal mir gehörte, und was sie zu einer unverwechselbaren Straße machte, und ihr hättet verständnisvoll genickt, denn diese Straße würde euren Straßen ähneln, ganz egal, ob die Straße, die ihr vor euch seht, so lang und vielbefahren ist, dass ihr immer geglaubt habt, es wäre die längste Straße im Universum, oder so kurz, dass sie auf jeder Karte vergessen wurde, eine Straße, an deren Namen sich niemand erinnert. *Das klingt genau wie der Ort, an dem ich aufgewachsen bin*, hättet ihr gesagt. Aber es hätte nicht gestimmt. Nicht ganz. Denn der Einzige, der in dieser Straße aufgewachsen ist, bin ich.

Doch der Lake Michigan ist unvergleichlich. Hundert nautische Meilen, bis man Michigan erreicht; es ist eine Erleichterung, wieder Wasser zu sehen. Ich gehe in nördlicher Richtung am Sandstrand entlang, der hart und feucht ist unter meinen durchnässten Turnschuhen, und in dem Moment flattert eine Möwe auf mich zu, von einer Böe erfasst, macht sie einen unfreiwilligen Sturzflug, setzt beschämt zur Landung an, schüttelt resigniert den Kopf und stakst unschlüssig im Sand umher, bis sie sich erneut emporschwingt und hinter den Bäumen verschwindet. Ich muss an die Tauben denken, die sich immer unter den großen Bäumen am Breiavatnet in Stavanger versammelten. Rastlos wackelten sie durch die Gegend und warteten wie Bettler darauf, dass das nächste Kind mit seiner Mutter im Schlepptau vorbeikam und eine Handvoll Brotkrumen in ihre Richtung warf. In der Luft schienen sie völlig beherrscht, doch kaum waren sie gelandet, wirkten sie verwirrt und unzufrieden, als wären sie gezwungenermaßen in eine Wirklichkeit zurückgekehrt, die ihnen nicht behagte, als würden sie in einem fort *nein, nein, nein* vor sich hinsagen, während ihre Köpfe auf und ab schnellten wie Stempel, und ich überlegte, wie viel sie auf diesen Spaziergängen eigentlich mitbekamen; ob sie überhaupt irgendetwas sehen konnten bei all dem frenetischen Nicken oder ob es gerade das war, was sie so grenzenlos irritierte, dieser Witz einer Anatomie, der sie wie einen Haufen unfähiger Idioten aussehen ließ. Kein Wunder, dass sie nicht zwischen Futter und Müll unterschieden und außerdem nicht den geringsten Wert auf Hygiene oder Körperpflege legten; sie waren sowieso am Ende, und jeder ihrer unkontrollierten Schritte bestätigte das aufs Neue.

Und dann erkenne ich, dass auch der Lake Michigan etwas anderem gleicht als nur sich selbst, vielleicht liegt es am Regen oder am Strand oder an den Wellen, die immer größer werden, es könnte alles zusammen sein; plötzlich gleicht der Lake Michigan der Aussicht auf Fire Island in jenem Sommer vor langer Zeit, an jenem Tag, als Mordecai und ich uns auch am Strand aufhielten und vom Regen überrascht wurden. Von der Sonne auf Fire Island werde ich euch später erzählen. Ich werde mich für euch daran erinnern, denn das war der Tag, an dem ich Mischa kennenlernte. Aber nicht heute, nicht an einem Tag, an dem ich die Straßen nicht voneinander unterscheiden kann.

Ich bin noch nie gern nur um des Spazierens willen spazieren gegangen, das wird mir mehr und mehr bewusst, als ich den Strand verlasse und zum Grant Park hinüberschlendere, über Holzbrücken, Bäche und kleine Schluchten, auf einem von entlaubten Bäumen gesäumten Weg. *Autumn leaves.* Autumn left. Gelbe, vermodernde Blätter auf dem Boden, gespenstische Leere. Es ist schön hier, aber ich langweile mich trotzdem. Mischa dagegen hat solche Ausflüge geliebt, ihr Sonntag war im Eimer, wenn wir nicht rausgingen. Wohin, war nicht so wichtig. *Nur eine kleine Runde*, konnte sie sagen, *einmal durchs Viertel, mehr nicht. Oder in den Park.* Um kurz frische Luft zu schnappen. Ich selbst brauchte immer ein Ziel, wenn ich mitkam, einen Laden, eine Ausstellung, etwas, das man unterwegs kaufen konnte. Einen handfesten Beweis dafür, dass wir vor der Tür gewesen waren.

Noch sinnloser ist es, allein spazieren zu gehen, und ich bin wirklich allein, kein einziger Milwaukeer hat sich in den Regen hier hinauslocken lassen. Also sieht auch niemand, dass ich vom Weg abweiche, um das Erlebnis interessanter zu gestalten und es von den Streifzügen abzuheben, auf die Mischa mich mitnahm, dass ich auf meinen matschigen Pfaden stolpere und den Regenschirm fallen lasse, als ich mich mit den Händen abfangen will, und anschließend geradewegs in eine trübe Pfütze trete. Und niemand hört, wie ich meinen durchnässten Turnschuh ausziehe, der jetzt braungrau ist vom Schlamm, das Schnalzen des sich lösenden Vakuums und wie es in meinem rechten Schuh schmatzt, als ich den Hang hinaufstapfe, in dieselbe Richtung, aus der ich gekommen bin, den ganzen langen Weg zurück zum Auto, mit einem kaputten Regenschirm, während es immer weiter schüttet. Noch ist es früh am Morgen, der Tag liegt vor mir, ob ich will oder nicht, und ich sollte zum Hotel zurückfahren und mir wenigstens trockene Klamotten anziehen. Aber allein der Gedanke, erneut dieses Zimmer zu betreten, ist mir zuwider, es ist zu eng, zu eng und zu leer, und ich habe auch keine Lust, noch mehr Zeit mit dem Ensemble zu verbringen, deshalb habe ich die Inspizientin gebeten, all meine Flüge ab Cleveland zu stornieren und mir stattdessen einen Mietwagen zu buchen. «Dir ist aber schon klar, dass du mit dem Auto bis Chicago sechs Stunden brauchst?», hatte sie gefragt. «Und das ist noch eine der kürzeren Strecken. Von Milwaukee bis Houston braucht man schnell auch mal siebzehn, achtzehn Stunden. Und von da aus sind es mindestens zwölf Stunden bis Albuquerque. Und so weiter. Vor dir liegt eine zwölfstündige Fahrt durch die Wüste von Phoenix nach San Francisco über L. A., nur um anschließend wieder nach L. A. zurückzufahren, nachdem du davor den ganzen Weg bis Seattle hinter dich gebracht hast. Bist du wirklich sicher, dass du das willst?» «Ja», sagte ich. Ich wollte es. Mit der Uhr im Blick meine Koffer packen, pünktlich erscheinen und auf die anderen warten und dann zum Flughafen fahren, noch ein Flughafen, noch ein gemeinsames Check-in mit den Schauspielern und dem Produktionsteam, in der Abflughalle warten, zähe Stunden mit Smalltalk, unbequeme Flugzeugsitze, unter jedem Sitz befindet sich eine Rettungsweste, bei einem Druckverlust in der Kabine fallen automatisch Sauerstoffmasken von der Kabinendecke, wir zeigen Ihnen, wie Sie den Sicherheitsgurt öffnen und schließen;

am Gebäckband herumstehen, noch dazu mit der Inspizientin, die uns mit der Effizienz einer Schafhirtin vorantreibt, während sie mit dem Fahrer des Minibusses telefoniert, der uns abholen und ins nächste Hotel bringen soll, ein weiteres Check-in, Zimmerschlüssel und Stille. Das alles weitere zehnmal zu wiederholen, war keine Alternative. «Besorg mir einfach ein Auto», bat ich. «Und ein Navi.» Sie gab mir die Nummer des LKW-Fahrers, der unsere Kulissen und Ausstattung von einer Stadt zur nächsten transportierte. «Falls ihr zusammenfahren wollt», sagte sie. Wollten wir nicht.

Normalerweise fahre ich schon abends los, wenn die letzte Vorstellung vorbei ist und der Abbau begonnen hat, um einen Vorsprung zu haben. Der Mietwagen ist ein schwarzer Range Rover Baujahr 2007. Ein hässliches Auto, aber wir sind froh, dass wir uns haben; erleben glückliche Momente miteinander. Wie einmal, als ich in einer regnerischen Nacht von Chicago nach Minneapolis fuhr und das Radio eingeschaltet hatte, es herrschte kaum Verkehr, und ich sang, grölte, es muss sich angehört haben, als würde ich schreien. Oder in anderen Nächten, quer durch Amerika und keine einzige Wolke am Himmel, nur das schwache Zodiakallicht, das von den Staubpartikeln im Sonnensystem reflektiert wird und die öde Provinz und die schlafenden Farmen erleuchtet. Onkel Owen war der Erste, der mir von diesem Phänomen erzählte, er hatte es mehrmals in Vietnam erlebt, während seiner Nachtwachen auf dem Stützpunkt Bastogne, mit Aussicht auf den Dschungel. Ein unheimliches Licht, *false dawn* nannten sie es. Mir gefällt der Name. Als ob sich die Morgendämmerung nachahmen ließe, als könnte man sich einen guten Tagesbeginn erschwindeln.

Millston, Wisconsin. Angola, Indiana. Love's Cafeteria in Oakdale, Wisconsin. Ich fahre durchs *Flyoverland.* Und hinter dem Steuer bin ich nicht müde.

Ich will nicht zurück ins Hotel.

Noch nicht.

Also ziehe ich die Schuhe aus und lege die Socken aufs Armaturenbrett, hänge die Jacke und den Pullover über das Lenkrad und strecke mich so auf dem Rücksitz aus, dass ich den See im Blick habe. Meine

Hose ist auch nass, meine Oberschenkel und der Stoff klammern sich so fest aneinander, dass es fast weh tut, aber ich traue mich nicht, sie auszuziehen, nicht hier; ein freies Land, ja, aber kein gutes Land für öffentlich Hosenlose. Den Schal behalte ich an, das hilft ein bisschen. Die Wolle ist nicht völlig durchnässt und fühlt sich am Hals warm und schützend an. Wohlig. Es gießt immer noch in Strömen, für einen kurzen Moment verschwimmen See und Parkplatz ineinander. Ich bin Regisseur. Ich werde versuchen, von jetzt an freundlicher zu mir zu sein. In diesem Punkt muss ich mir selbst Regieanweisungen geben. Proben, bis alles sitzt.

Ich krame in meinem Rucksack nach der Wasserflasche und einer Tüte Nüsse, die ich vor ein paar Tagen gekauft zu haben glaube, in Madison, WI, auf dem Weg nach Minneapolis, aber ich muss sie schon gegessen oder woanders hingepackt haben, ich finde lediglich eine Schachtel Zigaretten und ein Feuerzeug, meine Notizbücher und Stifte, die Zeitschrift mit dem Interview, das ich gegeben habe, und, ganz unten, in einer der kleineren Taschen verborgen und vergessen, eine Packung Schlaftabletten der Marke Ambient. Ich habe sie in Chicago verschrieben bekommen, als mein ständiger Schlafmangel anfing, mir die Tage kaputt zu machen. Der Arzt, ein Mann Mitte fünfzig ghanaisch-australischen Ursprungs mit einschüchternd stark behaarten Armen und dem ungewöhnlichen Namen Dr. Fola, stellte mir ein Rezept über zehn Tabletten aus und schenkte mir dazu eine CD mit Walgesängen, die vor der hawaiianischen Küste aufgenommen worden waren. *Buckelwale*, sagte er. *Die singen am häufigsten. Und am lautesten. Sie erreichen bis zu 190 Dezibel, wussten Sie das? Wenn das Wasser nicht wäre, würde man taub davon. Sie singen immer das Gleiche, jedenfalls innerhalb der Gruppe, halbstündige Themen, die sich ganz sachte entwickeln und verändern. Man weiß nicht, warum sie das tun, warum sie singen; vielleicht tun sie es einfach aus Spaß. Aber viele Menschen empfinden den Klang als beruhigend.* Ich aber fand bei ihren Gesängen keinen Schlaf. Wenn überhaupt, machten sie mir Angst, denn als ich mit meinen Kopfhörern allein in meinem Hotelzimmer in Cleveland lag, hörten sie sich einfach nur furchtbar einsam an. Klagend und leidend, als wollten sich die Wale verzweifelt mitteilen, wie es ihnen ginge, fänden aber nie die richtigen Worte, und die Strafe für ihre kommunikative Unfähigkeit bestünde darin, dass all ihre Sehnsucht für andere Arten nur wie ein Summen klang, von dem man sich in den Schlaf spülen lassen konnte. Als ich gerade gehen wollte, erzählte mir der Arzt noch, dass Buckelwale bis zu 200 Meter tief tauchen können. Ich weiß nicht, warum er das sagte. In der Nacht kam mir der Gedanke, dass sie sich möglicherweise so unfassbar tief hinabbegeben, um sich selbst zu entkommen und für ein paar Minuten Ruhe zu finden, vom Wasserdruck in eine kolossale Umarmung gezwungen. Am Ende schluckte ich eine der Schlaftabletten und schlief in den nächsten fünf Stunden tief und fest zu der monotonen und fast unhörbaren Melodie, die nur Zolpidem erzeugen kann, in einer dunkelblauen Welt des absoluten Nichts. Doch ich erwachte mit dem Gefühl, die ganze Nacht nicht geatmet zu haben, als hätte jemand auf meiner Brust gehockt und überlegt, ob er mich überhaupt wieder aufwachen lassen sollte. Seither nahm ich die Tabletten nicht mehr.

Ich stelle das Radio an. Auf einem Lokalsender läuft eine Sendung über die Geschichte des Bestecks. Ich schalte ab und trinke einen Schluck Wasser, blättere in der Zeitschrift, lese einige der Antworten, die ich gegeben habe. Ich erkenne mich selbst nicht mehr, ich weiß nicht, wer dieser Mann ist, der da auf all die Fragen zu meiner bisherigen Karriere antwortet, aber er redet über Dinge, an die ich mich gut erinnere, über meine erste Inszenierung nach *740 Park Sorry*; eine Bühnenfassung von Upton Sinclairs sozialistischem Roman *The Jungle* aus dem Jahr 1906 über litauische Einwanderer und die unhaltbaren Arbeitsbedingungen in der Chicagoer Fleischindustrie, ein total überladener Text. Doch am Ende wurde etwas daraus, und meine Mutter liebte mich dafür, ich tat es ihr zuliebe, der Roman war eines ihrer eindrücklichsten Leseerlebnisse gewesen, und sie sah das Stück bestimmt acht Mal. Ich glaube, sie verliebte sich sogar ein bisschen in den Darsteller von Rudkus, einen ihrer alten literarischen Helden. Dagegen bin ich mir nicht sicher, ob sie *Better Worlds Through Weyland-Yutani* noch sah, ehe wir New York verließen – der diametrale Gegensatz zu

Sinclairs Schlachterei. Wenn ja, hat sie es mir nicht gesagt. Sie kommt nicht mehr so oft nach New York.

In dem Interview rede ich mich Stück für Stück durch die vergangenen fünfzehn Jahre. Es erinnert vordergründig an eine Gerichtsverhandlung, eine öffentliche Anhörung. Ich entschuldige und rechtfertige mich, ohne dabei etwas anderes anbieten zu können als technische Finessen, Analysen der Inszenierungen und ihrer Besetzung, Erklärungen zu Bühnenbild und Rhythmus; ich sage nur wenig darüber, was eigentlich hinter diesen Aufführungen steckt, warum ich mich für diese und nicht für andere Stücke entschied, warum ich mich beispielsweise konsequent von den amerikanischen Klassikern fernhielt, mich vor Tennessee Williams, Arthur Miller und Eugene O'Neill drückte. Dasselbe gilt für die Skandinavier: Ibsen, Strindberg. Ich lasse die Finger von ihnen, sie sind meine Sache nicht. Und die Gegenwartsdramatiker, Jon Fosse, Lars Norén? Vielleicht. Einen von ihnen zu inszenieren, würde mir leichter fallen, vor allem die Schweden. *Personenkreis 3.1* habe ich übrigens sogar versucht anzubieten, ich weiß nicht mehr genau, wem, aber ich habe gesagt: *Das ist das Wichtigste, was ich je gelesen habe, Norén ist vermutlich der wichtigste Dramatiker, den es in den letzten dreißig Jahren in der westlichen Welt gegeben hat.* Ich erzählte, worum es in dem Stück ging, ich erzählte, dass es sechs Stunden dauert. Und erntete Kopfschütteln.

Es ist auch nicht sicher, ob ich überhaupt erklären kann, warum ich wie entschied, ganz so wie man die Stücke nie dazu bringt, ihre Aussage klar vorzutragen. Ich weiß nur, dass alles, was ich gemacht habe, untrennbar mit den Menschen verknüpft war, die mich umgaben, mit denen ich lebte. Und dass es Zusammenhänge gab, die nicht in Worte zu fassen sind. Verborgene Hinweise und Andeutungen. Doch all das benannte ich im Interview nicht. Die Unsicherheit, den Zweifel und das Zögern, die ganze grässliche Sorge, die ich ständig mit mir herumgetragen habe, über die spreche ich nicht, die reibe ich dem Journalisten und der Jury nicht unter die Nase und sage: *Das ist am Ende die Essenz des Ganzen, eine tiefsitzende Angst davor, kein Zuhause zu haben.* Stattdessen erscheine ich wie jemand, der ich gern gewesen wäre, den ich aber nicht wiedererkenne, als mich seine Sätze auf dem Papier erreichen. Jemand, der eine lange Karriere vor sich hat. Ein Regisseur, der nicht im Kreis seiner Schauspieler steht und sagt *nein, ich weiß nicht, lasst uns … vielleicht sollten wir, könnten wir nicht versuchen … nein*, sondern der sagt: *Wir machen das so.*

Und trotzdem bin auch ich es, der in diesem Interview spricht. Mein Name steht unter den Zitaten, und hin und wieder komme ich flüchtig zum Vorschein. Die meiste Zeit wirke ich aber verschlossen. Fast schon unwillig. Fragen über Norwegen und meine Familie weiche ich konsequent aus; jedes Mal, wenn Mischas Name fällt, schweige ich, bis der Journalist versteht, dass ich nicht aufhöre zu schweigen, ehe er zu neuen, anderen Fragen übergeht. Ich rede über *Ocean*, verfasst von der sonderbaren, in Vermont lebenden Dramatikerin Frances York, ein Stück, in dem ich erforscht habe, wie lange sich Inaktivität auf der Bühne ausdehnen lässt, wie sich der Stress von der Bühne auf den Zuschauerraum überträgt; ich rede über *LAX*, das erste und einzige Stück, das Roberto Gorza vollendete, bevor ihn seine alten Freunde von der Mara Salvatrucha aufspürten, ein Stück, auf das ich mich vorbereitete, indem ich tagelang die Choreographie des Wartens studierte, während ich in der Ankunftshalle von JFK herumstand; und irgendetwas mussten wir wohl richtig gemacht haben, denn wir spielten vor ausverkauften Sälen; *LAX* bescherte Roberto den Pulitzerpreis für Dramatik und uns die Möglichkeit, einige Jahre später am Vineyard Theatre in Manhattan, einer Off-Broadway-Bühne, *Bob Ross Paints a Pretty Clear Picture* zu inszenieren, ein über weite Strecken Ein-Mann-Stück mit Mordecai in der Hauptrolle, das rein gar nichts mit Bob Ross zu tun hatte. Den Titel wählten wir, weil wir beide gern seine Malsendung im Fernsehen geschaut hatten und uns erinnerten, wie er immer sagte: *There are no mistakes, only happy accidents.* Und weil es der richtige Slogan war für das, was wir schrieben, und der einzige Weg, wie wir es wagen konnten. Und weil seine Stimme so sanft und einschläfernd war. Und weil wir beide sein Interview gelesen hatten, in dem er zugab, seine nestähnliche Dauerwelle gern aufgeben zu wollen, aber die Produzenten hatten darauf bestanden, denn die kugelförmige Frisur war zu seinem Markenzeichen geworden, ihre Silhouette schmückte ein ganzes Arsenal von Merchandise-Produkten, und seine Karriere wäre noch am selben Tag beendet gewesen, an dem er die Schwelle zu einem anderen Friseursalon übertreten hätte. Während unserer Arbeit an *Bob Ross* begriffen wir zum ersten Mal, dass wir eines Tages unsere eigene Zeit aus den Augen verlieren würden, dass man das Leben hinter sich lässt, während man weitergeht, und dass an die Zeit denken dasselbe ist wie an den Tod denken. Wir wollten unsere Jugend in Garden City in einem annähernd autobiographischen Stück konservieren, was uns aber nicht ganz gelang. Wir glaubten, es geschafft zu haben, wir waren sicher, dass es uns gelungen war, und erleichtert darüber, doch wenn ich jetzt im Nachhinein das Interview lese, erkenne ich, dass wir viel zu sehr damit beschäftigt waren, Theater zu machen. Möglicherweise waren wir zu nah dran, um klar zu sehen, und wir sprachen nicht über alles, worüber wir hätten sprechen sollen, wir übertünchten es lediglich mit neuen Mythen.

Anschließend zog Mordecai endgültig nach Kalifornien.

Ich erzähle dem Journalisten von meinem Stück *The Mill Stone* aus dem Jahr 2010, das auf der gleichnamigen Dokumentar- und Spielfilmreihe des bosnischen Filmemachers Milorad P. Andersson basierte, in der er sich mit den Übergriffen während des Balkankriegs und dem medialen Drang beschäftigte, Sensationsgeschichten auszugraben. Es ging um die Ausleuchtung der Kluft zwischen den tatsächlichen Ereignissen und der offiziellen Berichterstattung, zwischen der Manipulation und dem Vermittlungskönnen/-willen der Medien einerseits und der vorgefassten Meinung des Empfängers andererseits. Und um die Art und Weise, wie wir uns selbst an das erinnern, was uns widerfährt. «Ich glaube, dieses Stück haben ungefähr siebenundachtzig Menschen gesehen», erzähle ich dem Journalisten. «Viele davon waren sicher Bekannte des Dramatikers, unter anderem bosnische Einwanderer, die in der Pause lauthals über Tito sprachen und sich darüber stritten, welcher Ort im Krieg am heftigsten zerstört worden war und wer die meisten noch lebenden Verwandten dort hatte, und einige dieser Zuschauer gingen, soweit ich weiß, anschließend nie wieder ins Theater. Aber es war ein notwendiger Stoff, eine Herausforderung. Ich hätte diese Arbeit nicht missen wollen. Und gleichzeitig würde ich nicht noch einmal etwas Vergleichbares machen.»

Napoleon Wants to Stay up a Little Longer. 740 Park Hamlet / Sorry. The Jungle. Ocean. LAX. Bob Ross Paints a Pretty Clear Picture. The Mill Stone. Better Worlds Through Weyland-Yutani.

Das ist alles. Mehr ist es nicht.

Aber mehr als genug.

Das Interview mündet in einer langen Diskussion über *Weyland-Yutani* und die bevorstehende Tournee, über Geld, über das Böse und über die Mathematik als einzige Wahrheit in einem Universum voller Variablen. «Es ist ein Stück für die Tyrannen», sage ich. «Für die Tyrannen, die nicht wissen, dass sie Tyrannen sind. Die sich selbst nicht als solche betrachten. Ich wollte den Gewissenlosen eine Stimme geben. Man hört so selten etwas von ihnen, sie flüstern sich nachts selbst beschwichtigend zu, während wir anderen schlafen.»

Und das tue ich jetzt auch; ich schlafe ein, ich schlafe. Noch bevor ich meine letzte, ausführliche Antwort an den Journalisten gelesen habe, an die ich mich nur noch bruchstückhaft erinnere, lege ich die Zeitschrift beiseite und strecke mich so lang aus, wie es die Rückbank eines Range Rovers zulässt; der Regen trommelt auf das Autodach, und die Wellen im Lake Michigan schöpfen neue Kraft, es ist unmöglich, bei dieser Geräuschkulisse nicht einzuschlafen. Ich schlafe ein. Endlich schlafe ich ein, den Kopf auf meinem feuchten Pullover ruhend und die Beine gegen die Tür gestemmt, gehe ich meiner langersehnten Ruhe entgegen, wir geben uns kurz die Hand, dann führt sie mich in einen dunklen Raum und zieht den Vorhang zu.

Das, woran ich mich erinnern kann, hätte mich nicht so gut schlafen lassen.

Ich schlafe, und ich weiß, dass ich schlafe, und ich weiß, dass ich weiterschlafen will. Ich will weiterschlafen, aber ich schlafe schon seit Stunden, und irgendwo in den Tiefen meines Schlafs kündigt sich irgendein Klingeln an irgendein Klingelton ein Telefon es muss mein

Telefon sein im Traum oder in der Wirklichkeit und langsam wird mir bewusst dass der Ton aus einer Welt kommt in die ich nicht zurückwill aber das verdammte Telefon hört nicht auf zu klingeln und der Vorhang wird aufgezogen und ich werde ins Licht gezerrt oder nicht ins Licht sondern in den dämmrigen Nachmittag und es blinkt aus meiner Jackentasche heraus und vibriert im Stoff und mir bleibt nichts anderes übrig als mich aufzusetzen mich danach zu strecken und dranzugehen.

«Hallo?»

«Max Hansen?»

Meine Stimme: «Mm.»

«Guten Tag, mein Name ist Tobias Meyer, ich leite die Abteilung für Gegenwartskunst bei Sotheby's.»

Er lässt mir einige Sekunden Zeit, etwas zu erwidern, aber ich sage nichts.

«Ich rufe an, um Ihnen das Ergebnis der Auktion gestern Abend hier in New York mitzuteilen.»

«Aha.»

«Also, ich habe die Freude, Ihnen mitzuteilen, dass wir sehr zufrieden mit dem Verkauf des Werks sind, mit dem Sie uns beauftragt hatten. *Vietnamization (Colby)* von Mischa Grey erzielte ein Höchstgebot von 1515000 Dollar inklusive Käuferprämie. Wie Sie ja wissen, ist es ein wirklich exquisites Werk.»

Ein Loch im Herzen. Ich spüre, dass mir schlecht wird, ich hätte es nie verkaufen sollen. Jetzt ist es für immer weg. So schnell geht das.

«Wer hat es gekauft … wer bekam den Zuschlag?»

Tobias Meyer raschelt auf seiner Seite des Landes mit Papieren und blättert sich durch die Informationen.

«Lassen Sie mich mal sehen … das Gebot wurde telefonisch abgegeben. Nach einem langen Tauziehen zwischen zwei Bietern ist es an einen anonymen Käufer gegangen.»

«Was bedeutet das?»

«Das bedeutet, dass ich Ihnen den Namen des Betreffenden leider nicht nennen kann.»

«Und was ist mit der Nationalität? Darf ich fragen, ob der Käufer in den USA lebt?»

«Ja. Er befindet sich in Kalifornien, allerdings sieht es so aus, als würde das Bild in New York verbleiben. Das ist aber wirklich alles, was ich Ihnen sagen darf, dafür werden Sie doch sicher Verständnis haben. Wir sind jedenfalls sehr zufrieden und freudig überrascht, die bisherigen Höchstgebote bei Grey sogar noch übertroffen zu haben. Wenn Sie möchten, kann ich Ihnen alle Gebote per E-Mail zuschicken.»

«Danke.»

Zwölf Sekunden später: «Jetzt müssten sie angekommen sein. Ich kann nur noch einmal betonen, wie froh wir sind, dass wir diejenigen waren, die Grey in diese Preisklasse gebracht haben, wissen Sie, der Markt erholt sich allmählich wieder nach dem … Rückgang. Also falls Sie zufällig auf weitere Werke von ihr – oder anderen Gegenwartskünstlern – stoßen sollten, hoffe ich sehr, dass Sie uns kontaktieren werden.»

«Es war nur das eine.»

«Verzeihung?»

«Das eine Bild. Es war alles, was ich hatte.»

«Ich verstehe.»

«Nein, das glaube ich nicht», erwidere ich.

Nachdem ich aufgelegt habe, gehe ich die Verkaufsliste durch, die Meyer mir geschickt hat. Mischa ist in guter Gesellschaft, das wird ihr gefallen. Rothkos *No. 1 (Royal Red and Blue)* aus dem Jahr 1954 ist für fünfundsiebzig Millionen Dollar weggegangen, Pollocks *Number 4, 1951* für vierzig, ein Bild von Bacon für knapp dreißig und so weiter; De Kooning, Richter, Franz Kline, Yves Klein, Warhol, Basquiat, Murakami, Koons, Richard Prince und natürlich Wade Guyton und Gabe Gorsky zum Preis einer doppelten Mischa. Aber ich habe keine Ahnung, wie sie die Neuigkeit, dass ich *Colby* verkauft habe, aufnehmen wird, vielleicht ist es das Schlimmste, was ich ihr antun konnte.

Warum zum Teufel habe ich es verkauft?

Ich war so wütend, ich wollte alles Alte komplett ausräumen, über

Bord werfen und los sein. Ich bin nicht mehr wütend. Ich bin müde. Ich will nach Hause. Und ich weiß nicht, wo das ist.

Inzwischen ist es schon spät, ich habe stundenlang auf dem Rücksitz geschlafen, ohne dass mich jemand bemerkt hat. Mein Rücken tut weh, und meine Beine sind steif, ich muss raus, um mich zu strecken. Es hat aufgehört zu regnen. Keine Sonne, eine geschlossene Wolkendecke. Die Scheiben des Autos sind von Kondenswasser benetzt, Spuren von Schlaf. Ich friere, es scheint, als hätte ich die Zeit verloren; in meinem Kopf ist es immer noch Morgen, auf der Uhr schon später Nachmittag. Und bald muss ich zurück, mich auf den Abend vorbereiten. Ich nehme wieder denselben Weg, durch Viertel, die allen anderen Vierteln gleichen, dann auf die Autobahn, am Flughafen vorbei, und da, mitten auf einem Grundstück, wo neue Wohnungen entstehen sollen, eine schwarze Werbetafel des Bauunternehmens mit großen, schwarzen Buchstaben auf einem kreideweißen Hintergrund: IF YOU LIVED HERE, YOU'D BE HOME BY NOW.

Im Hotel bleibe ich unter der Dusche stehen und lasse mich langsam vom heißen Wasser aufwärmen, von außen nach innen, bis mein Herz zur Ruhe kommt und es Zeit ist, mich anzuziehen. Eine neue Hose, ein sauberes Hemd, ein frischgewaschener Pullover. Mein Schal und die andere Jacke, die ich mitgenommen habe. Dasselbe Gesicht. Ich nehme den Aufzug hinunter in die Lobby, wo die Inspizientin wartet.

«Bist du bereit?», fragt sie.

«Nein», sage ich.

Und dann gehen wir.

4

Ich habe immer wieder geträumt, dass wir nach Hause zurückziehen würden, als wir gerade nach Amerika gekommen waren. Ich träumte, das Flugzeug würde rückwärts über den Atlantik und die Nordsee und die Bohrinseln, die Fischgründe und Fladen Grunn gezogen und sich dann auf die windgeprügelten Sanddünen neben der Rollbahn 11 in Sola hinabsenken, wo wir mit dem Heck voran landeten und unsere Anschnallgurte lösten, während die Stewardess die Sicherheitshinweise in sich einsaugte; wir hoben unser Handgepäck aus den Fächern, verließen das Flugzeug, entfernten die Gepäckanhänger, checkten aus und gaben unsere Tickets zurück, spazierten rückwärts zum Taxi, bekamen das Geld wieder und wurden zu unserem alten Haus gefahren, während die Summe auf dem Taxameter immer kleiner wurde, bis wir vor unserem Haus hielten, ausstiegen, den Schlüssel ins Schloss steckten, in die Zimmer gingen, die immer uns gehört hatten, und unsere Klamotten und übrigen Habseligkeiten wieder in die Schränke legten, am Esstisch Platz nahmen und Bissen für Bissen aus unseren Mündern holten, das Wasser aus dem Mund ins Glas rinnen ließen, das immer voller wurde; und immer so weiter, alles rückwärts, bis wir wieder den Punkt erreichten, wo meine Schwester und ich noch nicht erfahren hatten, dass wir umziehen würden, und die Zukunft noch immer berechenbar war.

Displaced persons, pflegte Onkel Owen zu sagen, aber er meinte nicht uns, obwohl ich uns immer genau so gesehen habe. Wir haben kein Recht auf diese Bezeichnung, keine triftigen Ansprüche, sie ist den Vertriebenen vorbehalten und den Flüchtlingen, die keine Wahl haben, sondern nur die Hoffnung, am Leben zu bleiben, die mitten in der Nacht aufbrechen und innerhalb weniger Minuten entscheiden müssen, was sie mitnehmen und was sie für immer zurücklassen; den unfreiwilligen Emigranten, die auf CNN mitansehen müssen, wie ihre Heimat niedergebrannt wird. Wir haben nie zu ihnen gehört, aber trotzdem fühle ich mich diesem Schicksal verbunden. Als wäre es möglich, einfach von einem Ort an den anderen versetzt zu werden, als Mensch. Als wäre es nur eine Frage der Logistik, ein Leben und die Ordnung des Kosmos wiederherzustellen.

Wir wurden nicht versetzt, wir wanderten aus, das ist nicht dasselbe. Aber eigentlich ist auch das nicht ganz richtig. Kinder emigrieren nicht, sie werden ins Exil gezwungen, hat mal irgendwer gesagt. Das stimmt schon eher. Ihre Taschen sind nie groß genug, sie müssen das meiste zurücklassen, all die Dinge, die so klein sind, dass die Erwachsenen sie überhaupt nicht wahrnehmen und deshalb nicht dafür sorgen, in ihren eigenen Koffern ein bisschen Platz dafür freizuräumen.

Houston, Texas. Ich habe *Brewster McCloud* im Hotelzimmer dieser Stadt gesehen, nach unserer vorletzten Vorstellung lief er nachts im Fernsehen, und ich blieb wach und schaute mir diesen sonderbaren Film an, verfolgte abwechselnd die Handlung auf dem Bildschirm, der Shelley Duvall in ihrer ganzen Schönheit einfing, und starrte aus dem Hotelzimmerfenster, wobei mir immer klarer wurde, dass es zwischen dem heutigen Houston und der Stadt, wie sie vor über vierzig Jahren aussah, als der Film gedreht wurde, kaum noch Ähnlichkeiten gibt. Die Stadt verwittert. Erodiert. Verändert sich. Alles, was man wiedererkennen, womit man sich identifizieren, woran man sich orientieren kann, verschwindet. Es wird abgerissen, neu aufgebaut, über Nacht versetzt, umgestaltet und in moderneren, größeren, helleren Räumen wiedereröffnet. Ich weiß aber auch nicht, ob ich Stavanger wiedererkennen, mich auskennen würde, wenn ich jetzt dorthin zurückkäme, liefe ich Gefahr, mich zu verirren, es wäre schrecklich. Ich habe keine Ahnung, ob Forus noch existiert, jedenfalls so, wie ich es in Erinnerung habe, bis heute. Bis auf weiteres. Es könnte sein, dass aus unserem Viertel in der Zwischenzeit ein Industriegebiet geworden ist. Schon als wir noch dort wohnten, gab es in Forus zahlreiche Fabriken, und ich weiß noch, dass ein solches Vorhaben im Raum stand, als ich acht oder neun war, meine Eltern lasen das nüchterne

Behördenschreiben, das die Anwohner darüber informierte, was passieren würde, wenn die Gemeinde beschlösse, sie zu enteignen, mit welcher Entschädigung zu rechnen sei und wo wir hinziehen müssten oder könnten (einige Nachbarn saßen schon in ihren Gartenstühlen über Broschüren von Wohnungsbaufirmen, die ihnen ihre Traumhäuser bieten würden, sobald das Startsignal käme). Auch damals schon wollte ich nicht umziehen. Ich weinte, und irgendwann hörten die Leute auf, darüber zu reden, die Kommune legte die Pläne auf Eis, die Nachbarn legten ihre Prospekte beiseite und holten erneut ihre Maßbänder hervor, um darüber zu streiten, wie viele Zentimeter die angrenzende Hecke in den eigenen Garten ragte; ich glaube nicht, dass meine Tränen der ausschlaggebende Grund waren. Forus und Umgebung könnten aber genauso gut immer noch dort sein, aus freien Stücken verlassen oder erweitert und lebendiger denn je. Schöner als in meiner Erinnerung. Die Gegend am Hang zum Fjord, die landwirtschaftlichen Nutzflächen, die Felder, die niemand bewirtschaftete, und die beiden Pferde, die da unten den lieben langen Tag im Kreis trotteten, ohne dass sich jemand um sie kümmerte; die müssen inzwischen längst tot sein. Entweder hat man dort Fabriken gebaut oder teure Wohnungen mit Fjordpanorama für Familien aus Stavanger, die mit Öl reich geworden sind, und ich hätte es überprüfen können, ich hätte meine Neugier siegen lassen und mit Google Maps den Schritt in die Straßen gehen können, mehrmals war ich kurz davor, es zu tun, ich habe mich an Stavanger herangezoomt, aus der Vogelperspektive auf den Gandsfjorden geblickt, fast wie an jenem Tag im Jahr 1982, als mich mein Vater in einer knallgelben Piper Club mit hinauf in die Lüfte nahm, damit ich Forus von oben sehen konnte, und ich lernte, wie die Straßen miteinander zusammenhingen und die Stadtviertel mit den Bezirken, und ich hätte mich noch näher heranzoomen können, bis zum Asphalt, hätte das hellgrüne Google-Maps-Männchen auf die ehemals vertrauten Landstriche setzen und sehen können, wie sich alles seit 1990 verändert hat; ich war wirklich mehrmals kurz davor, ich ließ das Männchen über der Karte baumeln und sah die Straßen blau aufleuchten, bereit für Street View, ich hätte nur den Finger heben müssen, und schon wäre ich zurückgewesen. Doch was, wenn ich die Fotos der Straßen betrachtet und darüber vergessen hätte, wie sie früher einmal aussahen? Das Gedächtnis ist ein Archiv mit unzuverlässigen Mitarbeitern.

Robert Altmans Film hat sich aber gut gehalten, jedenfalls mehr oder weniger, *Brewster McCloud* ist für mich immer noch genauso unbegreiflich wie beim ersten Mal, nicht einmal aus Bud Cort werde ich schlau, wie im Übrigen auch in *Harold and Maude* nicht. Er ist gut, das ist es nicht. Ich verstehe ihn nur nicht. Oder vielleicht tue ich es doch. Wie auch immer. Als der Abspann kam, hatte ich Lust, ihr eine Nachricht zu schicken, ich wollte schreiben: *Ich bin in Houston, Texas, und im Fernsehen läuft* Brewster McCloud. *Erinnerst du dich? Ich bin in Houston, wo auch Shelley Duvall herkommt. Sie ist wohl hierher zurückgezogen. Ich bin in Houston, wo die Rothko-Kapelle ist, die du dir immer anschauen wolltest. Ich bin immer noch da.*

Ich schickte keine Nachricht. Ich verließ mein Hotelzimmer und setzte mich auf dem Parkplatz ins Auto. Ich fuhr nicht einmal zu dieser Rothko-Kapelle, während ich in der Stadt war, obwohl ich das hätte tun sollen, Mischa war überzeugt, sie wäre wichtig für mich. «Er hat da so einen Ort geschaffen», sagte sie. «Eine Endstation.» Und sie war sicher, dass Rothko und ich gute Freunde gewesen wären, hätten wir zur selben Zeit gelebt. «Er hat seinen Eltern auch nicht verziehen, dass sie ihn an einen Ort verpflanzt haben, wo er sich nie ganz zu Hause fühlte», erklärte sie und fügte hinzu: «Er kam aus Lettland, das damals zu Russland gehörte, sie mussten vor den Pogromen flüchten. Weißt du, die meisten Menschen träumen davon, den Ort zu verlassen, an dem sie geboren sind. Mark Rothko und du, ihr seid die Einzigen, die ich kenne, die nie ganz davon losgekommen sind.»

«Es macht einen Unterschied, ob man freiwillig oder unfreiwillig wegzieht», antwortete ich.

Albuquerque, New Mexico. Wichita, Kansas. Denver, Colorado. Neue Städte, neue Orte, neue Theater, neue Zuschauer. Aber dieselbe Vorstellung. Dieselben Nächte. Wir sind in Phoenix, Arizona. Ich habe den Versuch aufgegeben, in Hotelzimmern zu schlafen, ich kann unter den Laken keine Ruhe finden, als würde das ganze Land dieselbe Großwäscherei beauftragen und ich hätte eine Allergie gegen das entwickelt, was auch immer sie ihrem Waschmittel beimischen. Ich schlafe im Auto, in den Morgenstunden, schlummere auf der Rückbank oder auf den zurückgeklappten Vordersitzen mit einer Decke über mir. Den Mund halbgeöffnet, mit rasselndem Atem, kein schöner Anblick. Die wenigsten Hotels mögen das, und ich kann sie voll und ganz verstehen; in die Garage zu kommen, um etwas aus dem Auto zu holen, und einen scheinbar leblosen Menschen im Fahrzeug nebenan vorzufinden, weckt wohl nicht gerade Vertrauen in die Unterkunft. Allerdings gibt es auch nirgends eine Hausordnung, die eine Grenze dafür festlegt, wie lange man sich in seinem eigenen Auto aufhalten darf, während es in der Hotelgarage steht. Vielleicht wird der Hintergrund des betreffenden Gastes anhand der angegebenen Personalien etwas genauer überprüft, aber wenn auch dann keine Alarmglocken schrillen, muss das Hotel diesen Umstand wohl oder übel akzeptieren. Richtig gut schlafen kann ich sowieso nur in den Nächten, in denen ich in eine neue Stadt unterwegs bin. Es gab mal eine Zeit, da konnte man unbehelligt auf den Seitenstreifen der Interstates halten und die Augen schließen; 2012 ist das nicht mehr so. Zu gefährlich und illegal, ich weiß nicht, was zuerst kam. Doch versteckt zwischen den Sattelschleppern auf den großen Parkplätzen neben den Raststätten, schlief ich ungestört. Dass ich am Ende diese eher unorthodoxe Lösung wählte, hat nichts mit Reiseromantik zu tun; ich meine, ich gehöre nicht zu denen, die es für eine gute Idee halten, das College hinzuwerfen und auf den erstbesten Güterzug zu springen, um als blinder Passagier die Nation kennenzulernen, wie sie wirklich ist, *get away from the Man and live off the land;* ihr werdet mich nicht in der letzten Reihe eines Greyhound-Busses finden mit einem zerfledderten Kerouac-Paperback voller unterstrichener Sätze in den Händen und in den Hosentaschen zerknüllte Zettel mit Adressen von Sofas in skid rows, auf denen man hoffentlich eine Zeitlang übernachten darf, sobald man da ist, wo auch immer da ist, und eigentlich hat es auch keine Bedeutung, solange da da ist und solange es einfach nur *ist*; ich spiele nicht Gitarre und hatte noch nie das Bedürfnis, Lieder von Woody Guthrie zu singen, und ich habe nie, nie, nie so viel zu tun, dass ich nicht meine Unterwäsche wechseln und meine Zähne putzen würde, und deshalb bin ich noch lange nicht (meine ich, behaupten zu können, und zwar voller Entschiedenheit) pedantisch. Oder neurotisch. Ich bin lediglich ein Mensch, der fest daran glaubt, dass es wichtig ist, ein absolutes Mindestmaß an Körperpflege aufrechtzuerhalten. Also, wie dem auch sei: Dass ich meine Nächte im Range Rover verbrachte, war reiner Pragmatismus, nichts anderes. Ich brauchte dringend Schlaf. Und so begann es: Ich hatte auf dem Weg von Albuquerque nach Wichita in Tucumcari angehalten, um Wasser und etwas zu essen zu kaufen, es regnete, und ich setzte mich hinter das Steuer und aß etwas, das einem anständigen Hamburger ähnelte, aber keiner war, das Radio lief, und vielleicht lag es am Regen oder am ordentlichen Schlafpensum, das ich am Lake Michigan erreicht hatte, jedenfalls erlag ich der Versuchung und erlaubte es mir, noch einmal im Auto zu nächtigen, während im Hintergrund, so meine ich mich zu erinnern, die gedämpfte Symphonie irgendeines polnischen Komponisten lief, an den sich das Symphonieorchester von San Francisco herangewagt hatte. Ich schlief, und als ich irgendwann im Laufe der Nacht unter meinen Augenlidern hervorspähte, um auszumachen, woher die leisen Stimmen und Schritte und das anhaltende Motorengeräusch kamen, sah ich, dass zwei große FedEx-Lastwagen schützend rechts und links von mir parkten und die Fahrer im Regen standen und Zigaretten rauchten und über Fernstrecken und unfähige Auftraggeber sprachen. Ab und zu schielten sie in meine Richtung, und ich würde zu gern sagen, dass ich zu ihnen hinausgegangen wäre, ein Schwätzchen mit ihnen gehalten und erzählt hätte, warum ich dort war, und dass sie zustimmend genickt und etwas gesagt hätten wie *ein Mann muss tun, was ein Mann tun muss*, und dass dadurch in dieser Nacht ein feines Zusammengehörigkeitsgefühl zwischen uns entstanden wäre. Doch das Einzige, was ich zustande brachte, war ein missglücktes Winken, nachdem sie so lange zu mir herübergestarrt hatten, bis ich dachte, ich müsste reagieren, und sie schüttelten die Köpfe und gingen in Richtung Raststätte. Als ich das nächste Mal aufwachte, waren sie weitergefahren. Es war halb elf am Vormittag. Ich hatte sieben Stunden geschlafen.

Seither suche ich aktiv nach Orten zum Schlafen. Sechs wunderbare Stunden habe ich zwischen Wichita und Denver gedöst, auf einem Parkplatz vor einem Motel nahe der Interstate 70 und dem Städtchen Colby, ein Name, bei dem ich unmöglich weiterfahren konnte, und vor einem Autohandel in Durango, Colorado, war ich fünf Stunden lang beinahe bewusstlos. Ich habe angefangen, mich auf diese Nächte zu freuen, während ich in Hotels unter der Dusche stehe und mein Kopf dröhnt und meine Augen vor Schlafmangel brennen; ich phantasiere vom perfekten Ort, während ich hinter der Bühne sitze und höre, wie die Schauspieler sich durch dieses zusehends schwierigere Stück arbeiten, diese immer unmöglichere Aufführung. Ein Ort, an dem ich einschlafen kann und für einen Moment einfach nicht existiere.

In vier Tagen ziehen wir weiter. Ich werde wieder durch die Wüste fahren, an Joshua Tree vorbei und in nördlicher Richtung nach San Francisco, anschließend stehen einzig Seattle und Los Angeles aus. Noch drei Wochen. Dann ist es vorbei. Das meiste haben wir schon hinter uns.

5

Hier ist der Ort, an dem es beginnt: Ich liege im Gras, im Wald zwischen den Fabriken von Forus in Stavanger, es ist der letzte Ferientag im Spätsommer 1988. Ich bin tot, zum achtzehnten Mal an diesem Nachmittag habe ich mein Leben geopfert, und das muss jetzt aufhören, allmählich wird es langweilig, so im Gras zu liegen und laut bis fünfzig zu zählen, ehe ich wieder in die Welt der Lebenden zurückkehren darf. Auf dem Rücken liege ich, die Arme zur Seite ausgestreckt, so theatralisch, wie ich gefallen bin – wie wir alle gefallen sind; wir starben damals alle dramatisch und immer gleich, die Arme zu den Bäumen und zum Himmel emporgestreckt. Wir verwandelten den Wald in einen Kriegsschauplatz, und ich erinnere mich, dass wir sogar bis dreihundert zählen mussten, wenn Angst (wie er zu diesem Spitznamen kam, weiß ich nicht mehr, nur dass ich nie erfuhr, wie er richtig hieß) uns getroffen hatte, mit seiner M72, die er quer über dem grauen Bergans-Rucksack trug, während er durch den Dschungel pirschte, und wie lange er brauchte, um sie abzunehmen, Stellung zu beziehen, das leere Teleskoprohr herauszufahren und zu zielen, bevor er eine imaginäre Granate auf uns abfeuerte. Wir stritten jedes Mal mit ihm darüber, ob er uns getroffen hatte oder nicht und wie viele von uns wirklich tot waren. Wir warfen ihm vor, er nähme nicht ernst, dass die M72 nun mal eine Einweg-Waffe war, wenn er uns mehrmals hintereinander damit tötete; er drohte stets damit, nach Hause zu gehen. Das ließen wir nie zu, denn ohne seinen Granatwerfer war der Krieg einfach nicht dasselbe. Aber das Schlimmste daran, dort im Gras zu liegen, war nicht der Tod an sich oder die nervenaufreibende Zählerei, die in einem für die anderen akzeptablen – und wenn man Angst fragte, auch *realistischen* – Tempo ablaufen musste, das Schlimmste war, dort zu liegen und die schnellen Schritte zu hören, die ständig ganz dicht an deinen eigenen Ohren entlangführten, die Stimmen und das Geschrei und dieses Gefühl, das Leben ginge für alle außer dich weiter, als würde es überhaupt keine Rolle spielen, dass auch du einmal Teil dieses Lebens warst.

Vielleicht sollte ich hinzufügen: In diesem Sommer bin ich elf Jahre alt und habe vor zwei Tagen zum ersten Mal *Apocalypse Now* gesehen. Und bevor jetzt jemand protestiert und den Kinderschutzbund alarmiert, muss ich auch festhalten, dass ich schon fast alle von Walter Cronkites CBS-Vietnamreportagen gesehen habe, zusammen mit meinem Vater, der sie im amerikanischen Versandhandel bestellt hat. Zwölf VHS-Kassetten, deren NTSC-Farben kaum mit unserem PAL-Videorekorder harmonierten. Wir haben sie trotzdem geguckt. Mein Vater meint, sie seien ein Beispiel für guten Journalismus. Aber ich habe auch *The Deer Hunter* gesehen. Ich habe *Platoon* und *Full Metal Jacket* gesehen und außerdem ein paar (im Nachhinein betrachtet) weniger denkwürdige Filme: *The Boys in Company C* und *Hamburger Hill* und, nicht zu vergessen, obwohl sie nur vage mit Vietnam zu tun haben: *First Blood* und *Rambo: First Blood Part II.* Meine Eltern wissen noch nicht, dass ich sie gesehen habe, und sie haben es mir nie erlaubt (das heißt, mein Vater hat es nie erlaubt, und er weicht keinen Millimeter davon ab, dass die staatlich festgesetzten Altersbeschränkungen sehr ernst zu nehmen sind; meine Mutter kennt die meisten Filme wahrscheinlich gar nicht und meint außerdem, dass ich selbst wissen muss, ob sie mir Angst machen oder Unbehagen bereiten), doch damit nicht genug. Wenn diese Tage, von denen ich jetzt erzähle, zu Ende gehen, werden sich meine Eltern auch fragen, was sie falsch gemacht haben, wenn ihr Sohn im Wald den Vietnamkrieg nachspielt und nicht einmal in die Rolle der FNL schlüpft, sondern in die der *Amerikaner* – alles, was sie immer verurteilt haben, alles, wogegen sie protestiert haben –, und dabei ist der schlimmste Abend von allen zu diesem Zeitpunkt noch gar nicht angebrochen, jener Abend, an dem sie sich der Einsicht stellen müssen, dass sie (d. h. mein Vater, aber meine Mutter erweckt den Eindruck, als sähe sie es genauso, was sie später noch bereuen wird) insgeheim schon immer eine Schwäche für das Land hatten (*für das Land*, wie sie sich gegenseitig versichern werden, *nicht für seine Regierung*), eine heimliche Zuneigung, für die sie noch vor wenigen Jahren mit Sicherheit aus der Partei ausgeschlossen oder zumindest effektiv und brutal isoliert worden wären, zu ihrem vollsten Verständnis, natürlich, weil es eine notwendige Reaktion auf diese eine zutiefst demoralisierende, antiproletarische Kardinalsünde war; und an jenem Abend, der in eine Nacht übergeht, die wie keine andere Nacht zuvor ist, haben sie zum ersten Mal einen Grund und das Bedürfnis, es zur Sprache zu bringen.

Doch zu alldem später, wenn wir aus der Pause zurückkommen.

So wenig, wie meinen Eltern klar ist, welchen Filmen ich mich im Keller aussetze, hinter zugezogenen Gardinen, die Fernbedienung umschaltbereit in der Hand und nach Schritten lauschend, so wenig wissen sie auch, dass Stigs großer Bruder zwei Videorekorder hat und außerdem einen Kumpel, der bei Lura Video jobbt. Dieser Kumpel – und in hohem Maße auch Stigs Bruder selbst – ist frei von Skrupeln, was Filme und Altersfreigaben angeht. *Da stehen wir drüber*, wie sie sagen, und deshalb hat Stig de facto Zugang zu so ziemlich allen Filmen, die man sich nur wünschen kann. Davon abgesehen ist Stigs Bruder laut meinen Eltern ein typisches, leuchtendes Beispiel für die vulgäre Kleinbürgerlichkeit, die sich in den achtziger Jahren allmählich in Stavanger ausbreitete, vor allem hier draußen in der Vorstadt, wo so viele Offshore-Arbeiter – deren ansonsten angesehener und hochgeschätzter Repräsentant auch Stigs Vater ist – wohnen und wo auch die Hauptsitze ihrer Arbeitgeber liegen, jener Firmen, die sie mit so viel Geld und Prestige ausgestattet haben, dass sie (*und* ihre Kinder) anscheinend davon ausgehen, sie könnten sich so ziemlich alles erlauben. Stigs Eltern haben drei Autos, meine Eltern sagen, sie bräuchten nur eins. Und zwar nicht den DeLorean, mit dem Stigs Bruder jeden Tag zur Schule fährt und den er lässig neben den Autos der Lehrer abstellt, auf dem Platz hinter der Schule, der allgemein als «Lehrerparkplatz» bezeichnet und von allen anderen auch als solcher akzeptiert wird, jedoch nicht mit einem Schild versehen ist, sodass Stigs Bruder durchaus direkt neben dem Datsun des Schuldirektors parken darf, ohne dass ihn die besagten Lehrer – oder der Rektor – bitten dürfen, einen anderen Parkplatz für jenes Gefährt zu finden, das unbestritten das sagenumwobenste Auto dieses Jahrzehnts ist, einen anderen Parkplatz, damit sich die Lehrer nicht morgens und nachmittags einen Weg durch die dichte Schülertraube bahnen müssen, die sich um den DeLorean versammelt hat, um das *swooosh* der Hydraulik zu hören und zu sehen, wie sich die Türen nicht seitlich öffnen, sondern nach oben gleiten, und um Stigs Bruder zu bewundern, wie er sich hinters Steuer setzt und an ein paar Knöpfen dreht, die dringend bedient werden müssen, ehe er die Türen hinabgleiten lässt und den Zündschlüssel ins Schloss steckt, rückwärts ausparkt und davonbraust, weg vom Parkplatz und der Schule, wo der Rektor zurückbleibt, dem davor graut, zum wiederholten Male ins Schulgebäude zu gehen und den Hausmeister zu bitten, ihm sein Startkabel auszuleihen. Meine Eltern haben auch Stig selbst gegenüber Vorbehalte und gegenüber seinem sogenannten Einfluss auf mich, sie sähen es lieber, wenn ich meine Freizeit mit anderen Leuten verbrächte, aber sie drängen mich nie in eine andere Richtung, sie akzeptieren die Gegebenheiten, denn Stig ist trotz allem, zusammen mit Andri (dessen Familiengeschichte eine Isländer-Saga ist, bestehend aus einem Vater, der einen Tag vor Weihnachten alles hinwarf, zurück nach Akureyri ging und seinen Sohn und dessen zunehmend härter arbeitende und bekümmertere Mutter in dem weißen Haus zwei Hecken weiter zurückließ, wo die beiden seither vergebens darauf warten, dass er zur Vernunft kommt und wieder zu ihnen zurück, und in der Zwischenzeit so vorsichtig und überfürsorglich miteinander umgehen, wie es ihre ungesunde Symbiose eben zulässt), mein bester Freund. Wir waren schon immer zusammen, ich kann mich an keine Zeit erinnern, in der wir es nicht waren.

Apocalypse Now ist der letzte Vietnamfilm, den wir uns anschauen. Und der, über den wir anschließend am wenigsten reden, aber am meisten nachdenken. Für Stig und Andri ist Vietnam in erster Linie etwas Exotisches, Unbekanntes, das in die Welt der Unterhaltung gehört, für mich geht es darum, meine Eltern zu verstehen, wo sie herkommen, wer sie waren. In dem Maße, in dem so etwas möglich ist.

Ich bin acht oder neun Jahre alt, als ich zum ersten Mal verstehe, dass meine Eltern nicht so sind wie die anderen Eltern in unserer Straße. Ich bin auf dem Dachboden, um für einen Sketch, den Stig, Andri und ich bei der Schulweihnachtsfeier aufführen wollen, ein paar von den alten Klamotten meines Vaters zu holen, und habe gerade zwei Kisten durch die niedrige Tür des Verschlags gezogen, als zwei Buttons klirrend auf den Boden fallen. *Sieg für die FNL* steht auf dem einen und auf dem anderen: *SOLKOM*. Ich stecke sie in die Hosentasche und wühle den viel zu großen Terylen-Anzug hervor, auf den ich es abgesehen hatte, und als wir später beim Abendessen sitzen, lege ich die Anstecker auf den Tisch.

«Was bedeutet FNL?», frage ich.

Meine Eltern werfen sich einen Blick zu.

«Wo in aller Welt hast du den denn her?», will meine Mutter wissen.

«FNL steht für *Front National de Libération*», antwortet mein Vater zwischen zwei Blumenkohlbissen, «das war eine vietnamesische Befreiungsarmee. Sie hat im Auftrag des Volks für ein vereintes Vietnam gekämpft. Hast du den vom Dachboden?»

«Mm. Und das hier?» Ich schiebe meinem Vater den SOLKOM-Button hin.

«Solidaritätskomitee für Vietnam», sagt er, dreht die runde Blechscheibe zwischen den Fingern und studiert sie, als müsste er tief im Gedächtnis graben, um sich zu erinnern, worum es geht. «Wir haben in den Sechzigern und frühen Siebzigern den Kampf der Vietnamesen gegen die amerikanischen Kriegstreiber unterstützt.»

«Max! Frag sie mal, ob sie Kommunisten sind», sagt meine Schwester Ulrikke feixend.

«Seid ihr …», setze ich an, ohne zu wissen, was die Frage bedeutet.

«Ulrikke, jetzt reicht's aber. Nein, Max, das sind wir nicht mehr», antwortet mein Vater.

Meine Mutter sieht ihn an.

«Was ist denn?», frage ich.

«Nichts, iss deine Karotten auf.»

Es ist mein Vater, von dem ich die Wörter Imperialismus und Kolonialismus lerne. Und Kommunismus. Und Tet-Offensive. Er erzählt mir alles über Vietnam, nicht weil er es will, sondern weil ich nicht mehr lockerlasse, nachdem ich ihm die erste Ungeheuerlichkeit entlockt habe. Er erklärt mir, was Napalm und Flächenbombardements sind, und es ist etwas ganz anderes als die Geschichten über den Krieg, die ich bislang gehört habe. Davor gab es in meiner Welt nur einen Krieg, den Zweiten Weltkrieg, den Krieg aller Kriege, und das wenige, was ich darüber weiß, wird von diesem neuen Inferno, das mein Vater vor mir entwirft, vollkommen in den Schatten gestellt. Er zeigt mir sogar eine Fotografie in einem Buch, ein schreckliches Schwarz-Weiß-Bild von einem nackten Mädchen, dessen versengte Haut sich schält und das mit wildem Blick auf den Fotografen zurennt. Er sagt: *Sie war in deinem Alter. Das hättest du sein können. Deshalb haben wir dagegen gekämpft.* Er sagt: *Erzähl deiner Mutter nicht, dass ich dir das gezeigt habe.*

Danach bestellt er die Cronkite-Videos. Und immer wenn wir zusammen in der Bibliothek sind, stehle ich mich davon und suche die großen Bildbände, in denen ich ein paar Minuten lang die Pressefotos betrachten kann, von brennenden Dörfern und von Soldaten, die durch den Dschungel und die Reisfelder stapfen, während die Hubschrauber ungeduldig über ihren Köpfen kreisen. Manchmal habe ich auch ein kleines Messer dabei, manchmal schneide ich Fotos aus, die in mir das Bedürfnis wecken, sie mir später noch einmal genauer anzusehen. Ich glaube, mein Vater weiß davon, jedenfalls fragt er mich nie, wo ich das ganze Material herhabe, das sich nach einer Weile auf meinem Schreibtisch häuft, wo auch Fredrik Skagens dokumentarischer Vietnamroman *Purpurherzen* und die *The'Nam*-Comics von Marvel liegen. Er lässt sich nichts anmerken, und ich fange an, mit auswendig gelernten Slang-Ausdrücken um mich zu werfen, und sage *di di mau*, wenn wir uns beeilen müssen, oder *xin loi*, wenn ich mich entschuldigen will. Ich rufe *numbah ten thou!*, wenn meine Mutter Fischauflauf macht. Und auf meinem Schulranzen habe ich seine alten Aufnäher befestigt. *The Jungian thing.* Nur ein einziges Mal protestiert er. Aus einem Fotoband habe ich ein heikles Bild des Polizeichefs von Saigon ausgeschnitten, der während der Tet-Offensive auf offener Straße einen Vietcong-Soldaten hinrichtet, und es über mein Bett gepinnt. Als er an jenem Abend zu mir hereinkommt, sagt er nur *das hängen wir aber ab*, bevor er es ruhig von der Wand nimmt und vorsichtig zusammenfaltet. Später, kurz bevor ich einschlafe, höre ich, wie er seine Hausschuhe anzieht, um den Müll hinauszubringen.

Von *Apocalypse Now* erzählt mir nicht mein Vater, sondern Stigs Bruder. *Der krasseste Film von allen*, sagt er. Der einzige, der Vietnam zeigt, wie es wirklich war. Wir betteln ihn an, uns den Film bei Lura Video zu besorgen, aber er schüttelt den Kopf. «Die haben ihn nicht mehr», sagt er, eigentlich ist er nur in Stigs Zimmer gekommen, weil er ihn um ein paar Kronen anpumpen will, worauf Stig aus dem einfachen Grund nicht eingehen kann, dass er ihm schon vor zwei Tagen sein ganzes Geld gegeben hat. «Der letzte Kunde», sagt der Bruder, während er noch einmal einen Blick durchs Zimmer schweifen lässt, ob nicht doch noch irgendwo ein paar Zehnkronenscheine herumliegen, die Stig und er übersehen haben, «ist von dem Film verrückt geworden. Echt wahr. Völlig durchgeknallt. Kennt ihr den Typen vom Ende der Straße, in der Arvid wohnt?» Wir wissen, wen er meint, dieser Kandidat gehört zu denen, über die wir nur tuscheln und bei deren Anblick wir auf der Stelle kehrtmachen und die auch keinen spezifischeren Spitznamen brauchen als der Typ vom Ende der Straße. «Tja», sagt Stigs Bruder, «vorher war der ganz normal, nur dass ihr's wisst. Der Film ist ihm wohl einfach nicht gut bekommen. Die Pfleger aus Dale mussten die Videokassette zurückbringen, nachdem man ihn zwangseingewiesen hatte, und auf der Hülle waren Zahnabdrücke, *richtig fette* Abdrücke von seinen Hauern. Danach hat man beschlossen, den Film nicht mehr zu verleihen.»

In der offiziellen Version der Geschichte hat der Typ vom Ende der Straße seine Frau verloren, als am 27. März 1980 die Alexander-L.-Kielland-Bohrinsel in der Nordsee kenterte, und wurde darüber wahnsinnig. Die offizielle Version begründet es damit, dass die Identifizierung der Leiche besonders schrecklich gewesen sei: Laut der offiziellen Version wurde die Frau von einer herabpeitschenden, gerissenen Ankerkette in der Mitte gespalten.

Schwer zu sagen, was man glauben soll, und den Typen vom Ende der Straße traut sich niemand zu fragen.

«Aber du hast den Film gesehen?», frage ich.

Stigs Bruder nickt und tippt sich mit dem Finger an die Stirn. «Starke Psyche», sagt er. «Man braucht eine echt starke Psyche. Ihr wisst, was Apokalypse bedeutet, oder? Ragnarök. Weltuntergang.»

Wir können den Film gar nicht schnell genug sehen. Ein halbes Jahr später fällt mir in einem Elektrogeschäft zufällig eine Programmzeitschrift für den Kabelkanal FilmNet in die Hände, als mein Vater und ich eine neue Waschmaschine kaufen, und ich sehe, dass der Film dort im Laufe des Sommers mehrmals ausgestrahlt wird. Und Andri und seine Mutter haben Kabelfernsehen. Außer ihnen kenne ich niemanden, der das hat. Auf Island interessiert man sich nämlich für den Rest der Welt. Wir anderen in der Straße verlassen uns darauf, dass uns der Norwegische Rundfunk schon erzählt, wenn da draußen etwas passiert, das wir wissen müssten.

Ich schaue den Film bei uns im Souterrain, gemeinsam mit Stig, hinter schweren Vorhängen, die die grelle Sommersonne und die sechsundzwanzig Grad Wärme abhalten, sodass der Raum dunkel und kühl bleibt. Andri traut sich nicht, seine Mutter besteht darauf, dass er bei dem schönen Wetter draußen spielt, und er ist sich sicher, dass sie es merkt, wenn er es nicht tut; es war schwierig genug für ihn, den Film aufzunehmen, ohne dabei erwischt zu werden.

«Hast du mal geguckt, ob alles funktioniert hat?», frage ich ihn, als er mir am besagten Tag die unbeschriftete Videokassette überreicht.

«Ja. Ich glaube schon. Der Abspann war jedenfalls drauf.»

«Was soll das denn heißen?»

Andri scheint in seinen Hosentaschen nach einer besseren Erklärung zu suchen, steht am Ende aber noch immer mit leeren Händen da.

«Na ja, er fängt direkt an.»

«Aha?»

«Es kommt nicht erst ein Titel oder so was, bevor er anfängt.»

«Aber du bist sicher, dass du den Anfang mit drauf hast?», frage ich ernst und nachdrücklich, und sofort flackert es nervös in seinem Gesicht.

«Ich habe die Aufnahme schon ein paar Minuten früher gestartet, zehn vielleicht. Erst kommt eine Stimme, die sagt, dass es dieser Film ist, den sie zeigen … Und dann fängt er einfach an. Ich habe auch ein bisschen vorgespult. Die ganze Zeit Krieg.»

«Gut.»

«Wir sehen uns morgen.»

Wir hören ihn lachen und *wartet auf mich!* rufen, nachdem er sich aus dem Keller geschlichen und jemand anderen zum Spielen gefunden hat. Wir hören sein Lachen noch mehrmals, ehe er und die anderen leiser werden und zum Spielplatz ziehen oder wohin auch immer sie unterwegs sind. Andri wird einen schönen Tag draußen in der Wärme verbringen. Hier ist es nicht so kalt wie auf Island.

Schließlich sind die Stimmen ganz verklungen, und wir legen die Kassette ein und drücken auf *Play*.

Es ist wie eine Fieberphantasie. So ist es wirklich.

Noch Wochen später plagt mich die Erinnerung an die Soldaten bei der Do-Lung-Brücke, die mit ihren Samsonite-Koffern im Schlepp auf das Patrouillenboot zuschwimmen und vergebens darum flehen, mitgenommen und von dort fortgebracht zu werden. *Take me home!*, ruft einer von ihnen. Die Koffer erinnern mich an den Koffer meines Vaters. Und den meiner Mutter. Noch am selben Abend, nachdem der Film aus und Stig nach Hause gegangen ist, befällt mich eine tiefe Unruhe. Ich gehe früher ins Bett als sonst, obwohl es draußen noch warm ist und ich die anderen Kinder auf der Straße höre, wie sie die Möglichkeit ausnutzen, noch eine weitere Stunde zu spielen, ehe man sie nach drinnen ruft. Ich rede mit niemandem, sage nur kurz meiner Mutter gute Nacht, aber ich kann nicht schlafen. Nachts ist mir schlecht, ich habe Angst, die Wände meines Zimmers färben sich grün, rotbraun, rosa und orange, die Hubschrauber fliegen draußen vor meinen Gardinen vorbei, und eine unendliche Reihe weiß bemalter Ureinwohner, die fast wie Leichen aussehen, segelt mit weit aufgerissenen Mündern durch das offene Fenster herein, und jetzt rasen die Hubschrauberschwadronen auf mein Bett zu, wirbeln die Decke hoch, und die Jagdbomber werfen über meinem Kopfkissen Napalm ab, während jemand durch mein Haar surft; ich kann nicht schlafen, kann mich auf nichts anderes konzentrieren. Es gibt keine Sicherheit. Nur Feuer und Rauch. Und bei genauerem Hinsehen erkenne ich, dass das Hubschraubergeschwader den Umriss von Norwegen angenommen hat, allerdings auf der Seite liegend. Als wäre das Land umgefallen und hätte sich in die Lüfte erhoben.

Trotzdem sehe ich mir den Film ein zweites Mal an, nur wenige Wochen später. Er ist wie ein entzündeter Zahn, den man immer wieder mit der Zunge befühlen muss. Ich sehe ihn allein bei uns im Keller oder bei Stig, dort ebenfalls im Keller, unter dem rotierenden Deckenventilator, den sein Vater als Bar-Accessoire angebracht hat. Wir sehen den Film mehrmals, aber wir reden nicht darüber, weil wohl keiner von uns zugeben will, dass wir ihn nicht verstehen, und noch viel weniger, dass er uns eine Höllenangst einjagt und wir in unseren spätsommerlich schwülen Kinderzimmern mit dem Bild von Kurtz vor Augen einschlafen, das sich in unsere Netzhaut eingebrannt hat.

Der Film lässt uns nicht mehr los. Ich verstehe ihn einfach nicht, und einige der Dialoge, diese langen, statischen Gespräche, übersteigen meinen Horizont wohl bei weitem, aber ich bilde mir ein, dass ich allmählich anfange, meine Eltern zu verstehen – dass es das ist, wogegen sie auf die Barrikaden gestiegen sind. Dieser Albtraum. Ich würde sie gern fragen, ob sie den Film gesehen haben, aber ich traue mich nicht. Das Einzige, was ich tun kann, ist, sie insgeheim dafür zu bewundern, dass sie gegen diesen Irrsinn protestiert haben, der nicht annähernd an das heranreicht, was ich aus anderen Filmen kenne, die in Stig und mir eher den Heldentraum geweckt haben, ein durchschnittlicher Fußsoldat im lebensgefährlichen Dschungel zu sein, auf der Flucht vor Gefangenschaft und russischem Roulette, unter der Tyrannei psychopathischer Truppenführer, im Sonnenuntergang mit Panzern durch ausgebrannte Ruinen rollend, während wir die Erkennungsmelodie vom Mickey Mouse Club singen. Stig und ich waren die treibenden Kräfte dafür, dass wir in den letzten Wochen fast jeden Vormittag in den Wäldern beim Industriegebiet Forus den Vietnamkrieg nachgestellt haben, aber die anderen Eltern geben meinen Eltern die Schuld daran, dass ihre Kinder nach Hause kommen und am Abendbrottisch über den Vietcong sprechen. Als wäre man ihnen gegenüber nicht ohnehin schon skeptisch genug, immerhin schmücken wir an Weihnachten die Lenin-Büste auf dem Kaminsims mit weißem Bart und roter Mütze (in Wirklichkeit steht die Büste dort aus alter Gewohnheit und weil meine Mutter sie schön findet, sie dient nur noch als Andenken, wie eine Ansichtskarte aus vergangenen Zeiten). Die anderen Eltern sähen es lieber, ihre Kinder würden – wenn sie schon Krieg spielen müssen – wenigstens den normalen Krieg nachspielen, das heißt den Zweiten Weltkrieg, das heißt Milorg, den Widerstand gegen die Deutschen, und dabei wäre es ihnen am liebsten, wenn die Kinder der anderen die Deutschen spielen würden. Diese Eltern haben, so könnte man meinen, selbst Eltern, die im Krieg Helden waren, und als Kinder sind wir darauf programmiert, einander darin zu übertrumpfen, wer die heldenhaftesten Großeltern hat, die am meisten und am längsten in der Gefangenschaft in Grini oder Sachsenhausen oder Bergen-Belsen gelitten haben. Norwegen ist, so könnte man meinen, ein Land mit vier Millionen Einwohnern und doppelt so vielen Kriegshelden, die Rechnung geht nicht ganz auf, aber darüber spricht man nicht, wo es dem Land so gut geht und die Ölgelder fließen.

Und dann gibt es noch einen anderen Film, es ist der letzte Film, den uns Stigs Bruder besorgt, und ich glaube, es ist Ende September desselben Jahres, nachdem ich meine Eltern über das sprechen hörte, worüber ich sie nicht sprechen hören wollte. Wir sitzen bei Stig im Keller, in der Bar, unter dem Deckenventilator, den wir neuerdings jedes Mal anstellen, wenn wir dort unten sind, weil es uns gefällt, dass er wie ein Rotor über uns kreist, obwohl Andri – der *Apocalypse Now* noch nicht gesehen hat und deswegen nichts versteht – klagt, dass er friert, und als wir dort sitzen, kommt Stigs Bruder herein und setzt sich auf einen der beiden wackeligen Barhocker, die schon seit zwei

Jahren wackeln, weil der Vater so oft offshore ist, dass er weder Zeit noch Lust hat, die Bar fertig herzurichten und lockere Schrauben an Hockern festzuziehen, wenn er endlich zu Hause ist, um sich zu entspannen, und Stigs Bruder hat Bier dabei, er stellt ein Sixpack in den Kühlschrank, öffnet eine Flasche, setzt sie an den Mund und wackelt auf dem Hocker hin und her, und in dem Moment sagt Stig aus dem Nichts:

«Max hat ihn jetzt gesehen.»

«Wen?», fragt Stigs Bruder.

«Na, *den Film*. Von dem der Typ vom Ende der Straße verrückt geworden ist. *Apocalypse Now.*»

Stigs Bruder atmet tief durch die Nase ein, dann hebt er die Bierflasche zu einem feierlichen Gruß in meine Richtung.

«Respekt», sagt er und leert die halbe Flasche in einem Zug. Pause. «Und? Hat er dir gefallen?»

Andri sieht mich an, und dann sehen wir beide Stig an und fragen uns, warum er nicht damit angibt, ihn auch gesehen zu haben, noch dazu mehrmals.

«Er war schon gut», antworte ich möglichst unbeeindruckt. «Der Tiger war ziemlich cool, zum Beispiel.» Stigs Bruder balanciert von seinem Hocker herab, schlendert zu mir hinüber und legt mir die Hand auf die Schulter. Es ist eine großartige Hand.

«Er hier», sagt Stigs Bruder zum Publikum, «hat echt den Durchblick.» Und ich weiß nicht, ob Stig befürchtet hat, sein Bruder würde sich über uns lustig machen, weil wir einen Film gesehen hatten, für den wir viel zu jung waren, und ob er nur nicht selbst in die Schusslinie geraten wollte – oder ob er will, dass ich, der in den Augen dieser Familie sonst nicht viel zum Angeben hat, die Ehre für mich allein habe; ich weiß nur, dass Stig mein allerbester Freund ist, und ich platze vor Stolz. Für einen kurzen Moment sind Stigs Bruder und ich auf Augenhöhe.

«Und wie fandest du den Hubschrauberangriff auf das Dorf?»

«Krasse Scheiße», sage ich. Normalerweise fluche ich nicht. Jetzt mache ich eine Ausnahme, obwohl es Andri unangenehm ist, und ich sehe, wie es Stig unter den Nägeln brennt, auch etwas zu ebendieser Szene zu sagen, doch zum Glück kann er sich beherrschen, und Stigs Bruder nickt und meint, diese Sequenz gehöre zum Realistischsten, was je gedreht worden sei, und dann erzählt er, wie viel Dope die Filmemacher genommen hätten und dass der Film deshalb so merkwürdig wäre, und ich würde ihn gern fragen, ob er sich an die Szene erinnert, wo die Leute neben der Brücke mit ihren Koffern im Wasser schwimmen, ob er sie schlimm findet, aber ich weiß nicht, ob es eine wichtige Szene ist oder nicht, und ich will ungern etwas Falsches sagen, also sage ich lieber nichts über nichts, sondern höre zu, wie Stigs Bruder von Marlon Brando erzählt, während er Bier trinkt und Zigaretten raucht, und dann sagt er: «Wenn du was mit *Apocalypse Now* anfangen kannst, gefällt dir vielleicht auch *Brewster McCloud*. Also, das ist kein Kriegsfilm, aber trotzdem verdammt gut.» Stigs Bruder verschwindet weiter hinten im Raum und sucht zwischen seinen Videokassetten; sie stehen in einem eigenen Regal, dem wir uns nur in seinem Beisein nähern dürfen.

«Hier», sagt er und gibt mir die Kassette. «Du kannst sie dir ein paar Tage ausleihen. Aber nicht verschlampen oder so, okay?»

«Okay.»

«Also, das ist ein alter Film, nur dass du es weißt, fast genauso alt wie ich. Aber einer der besten, die es gibt. Und schräg. Vogelkacke bekommt eine ganz neue Bedeutung, wenn man den Film gesehen hat, glaub mir.»

Ich nehme die Kassette entgegen und schiele wieder zu Stig hinüber, der jetzt mürrisch und eingeschnappt aussieht, weil sein Bruder ihm nichts von dem Film erzählt hat. Normalerweise ist Stig das verlängerte Sprachrohr seines Bruders, wenn der Bruder nicht selbst vor Ort sein und uns mit seinem Wissen bereichern kann. Indem ich mit dem Kopf erst auf die Videokassette deute und dann auf Stig und Andri, gebe ich aber gleich zu verstehen, dass wir ihn uns natürlich zusammen anschauen werden. Stig bekommt wieder etwas Farbe im Gesicht und wirkt weniger gedemütigt, und er wendet sich wieder an seinen Bruder, als wäre nichts geschehen.

«Gehst du heute weg?»

«Ist heute Freitag?», fragt Stigs Bruder und schwingt sich graziös wieder auf den Barhocker. Ein Balanceaktkünstler ist er noch dazu.

«Ja», sagt Stig.

«Dann gehe ich tatsächlich weg», antwortet Stigs Bruder. «Party am Hinnastrand.»

«Ist es nicht ein bisschen kalt dafür?», fragt Andri. «Im September.»

«Auf einer Party wird einem doch nicht kalt.»

Das stimmt wohl.

«Man kann ja eine Jacke anziehen, weißt du», sagt Stig, als wüsste er, wovon er redet. Aber er weiß es nicht. Keiner von uns weiß, wovon er redet. Ich träume davon, erwachsen zu werden und freitagabends Pläne zu haben, träume von langen, wilden Partys am Hinnastrand und einer Zeit, in der uns ganz Stavanger offensteht und in der unsere Heimatstadt riesig und freundlich und gefährlich ist und wir jeden Winkel von ihr kennen und wissen, wie er bei Nacht aussieht, so wie wir unser Viertel kennen und Forus, so wie wir heimlich auch einen Blick auf die Welt außerhalb unserer Zimmer geworfen haben, wenn wir nachts aufgewacht und ans Fenster gegangen sind. Hier werden wir aufwachsen. In dieser Stadt werden wir unser Leben leben, und wir freuen uns darauf. Wir finden, wir haben Glück gehabt. Wir kennen nichts anderes.

Aber noch sind wir Kinder, und wenn *Apocalypse Now* für uns schon nicht einfach zu verstehen war, ist *Brewster McCloud* völlig unbegreiflich. Wir verstehen schon, dass es irgendetwas auf sich hat mit diesem Vogeldreck, den die Leute die ganze Zeit auf den Kopf kriegen, aber was er bedeuten soll und worum es in dem Film eigentlich geht, ist schwer zu sagen. Das Einzige, was mir der Film gibt, ist Shelley Duvall. Nachdem Andri und Stig gegangen sind, sitze ich tagelang da, spule die Videokassette vor und zurück und schaue mir die Szenen an, in denen sie mitspielt, wieder und wieder, sehe mir Standbilder an und studiere sie. *So ein Mädchen*, denke ich. *Mit so einem Auto. Und in dieser Stadt.* Als wir Stigs Bruder das nächste Mal treffen und ich ihm die Videokassette zurückgebe, vermeide ich die Frage nach der

Vogelscheiße, so gut es geht, habe aber doch das Gefühl, *irgendetwas* sagen zu müssen.

«Ziemlich nettes Mädchen in dem Film», sage ich. «Die mit den dunklen Haaren.»

Aber Stigs Bruder sieht mich an, als hätte ich gerade behauptet, die Erde sei eine Scheibe und mit Marzipan überzogen. Dann lacht er laut und höhnisch. «Dein Frauengeschmack ist also auch kommunistisch.»

Ich bin mir nicht ganz sicher, was das jetzt wieder heißt. Doch als ich Stigs Bruder ein paar Wochen später zusammen mit seiner Freundin sehe, verstehe ich es vielleicht doch. Er hat überhaupt keinen Geschmack.

Der Sommer 1988 steht ganz im Zeichen von Vietnam, und die Schlacht um Huế tobt nun schon seit fast zwei Wochen, unten bei den stillgelegten Silos und im angrenzenden Waldgebiet. Völlig ungestört können wir in dem fünf Stockwerke hohen Fabrikgebäude wüten, wo schon mehrere Scheiben eingeschlagen wurden, können in den ehemaligen Büros machen, was wir wollen mit dem verstaubten Inventar, den Stühlen, Tischen, Aktenschränken, Papieren und allem anderen, was dort nach der Schließung noch zu finden ist. Jeden Vormittag treffen wir uns im Wald, immer zehn, zwölf Jungs aus der Nachbarschaft und alle ungefähr im selben Alter, und verteilen uns auf das amerikanische oder vietnamesische Lager, nach Regeln, die so kompliziert sind und so untrennbar verknüpft mit Faktoren wie Freundschaft, dem genauen Alter, der Adresse, der Menge an Ausrüstung und der allgemeinen Kompetenz, dass ich sie hier lieber nicht im Detail wiedergeben möchte. Und auf dem Weg dorthin befinden wir uns auch jetzt, Stig, Andri und ich. Ich trage eine grüne Wanderhose, die Hosenbeine in die Socken gestopft, und ein zu großes T-Shirt von meinem Vater, aus der Zeit vor tausend Jahren, als er seinen Wehrdienst ableisten musste, und die Jacke, in der er vor zwei Jahren aus Protest von seiner ersten und letzten Reservistenübung türmte. Auf meinem Kopf sitzt der gelbe Helm vom Zivilschutz, den mir mein Onkel Jan geschenkt hat, ich habe mit schwarzem Edding das Wort *Zivil* durchgestrichen und FORUS drübergeschrieben und bin ziemlich zufrieden damit. Doch das ist nichts im Vergleich zu dem Spielzeugmodell der M16, das Stig auf Mallorca gekauft hat und das ein täuschend echtes Geräusch macht, wenn man zwei Batterien in den Kolben einlegt (vorsichtshalber hat Stig immer eine Ersatzbatterie dabei), und seiner Tigerstripe-Uniform in Kindergröße, die sein Vater Gott weiß wo erstanden hat und zu einem Preis, den zu nennen Stig sich nicht scheut, den ich zu Hause aber nicht ein einziges Mal zu flüstern wage. Andri hat eine Knallpistole von der letzten 17.-Mai-Feier dabei und ein Gewehr, das er im Werkunterricht selbst gebastelt hat, er trägt auch eine Mütze – eine grüne Strickmütze, die seine Mutter ihm gegeben hat, weil sie keine Zeit hat, seinen Kopf jeden Nachmittag nach Zecken abzusuchen –, die er jedoch meistens abnimmt, wenn er zum ersten Mal stirbt, oder sogar schon vorher, wenn wir ihn deswegen aufziehen.

Beiläufig muss auch Johan erwähnt werden, der nicht mehr mit uns spielt, der aber in den fast 90 Minuten, die der erste Kriegstag andauerte, den größten Schrecken verbreitete und auch den größten Respekt einheimste. In Ermangelung einer selbstgeschnitzten oder gekauften Spielzeugwaffe, die er mit in den Busch nehmen konnte, marschierte er geradewegs an den elterlichen Schlafzimmerschrank, holte das AG-3 seines Vaters hervor, das dieser als Mitglied der Heimwehr dort aufbewahrte, warf es sich über die Schulter und verließ das Haus. Die Gerüchte, die in den Wochen danach kursierten, besagten, dass Johan, ehe er sich auf den Weg zum Foruswald machte, in den Keller ging, wo sein Vater die Munition aufbewahrte, und das Magazin selbständig mit 7.62-mm-Patronen aus verkupfertem Blei bestückte und es in das Sturmgewehr zurückschob. Wir, die an diesem Tag dabei waren, wussten jedoch, dass das nicht stimmte, nicht allein deshalb, weil er öfter als notwendig das Magazin herausnahm und «neu lud» und wieder hineinschob und wir bemerkt hätten, wenn es voll gewesen wäre (denn uns entging trotz allem nicht das kleinste Detail, wir waren so beeindruckt von seiner Waffe, dass wir jede Einzelheit in uns aufsaugten), aber noch wichtiger: Mag sein, dass Johan in der Klemme steckte, weil er nicht die passende Ausrüstung für unseren Krieg besaß und deshalb eine unüberlegte Entscheidung traf, aber so verrückt oder dumm, dass ihm jedes Verständnis dafür fehlte, welchen Schaden ein solches Gewehr anrichten konnte, war er nicht. Er wollte einfach nur mit in den Krieg. Er wollte einfach nur, dass unsere Seite gewann. Doch natürlich beobachtete eine ganze Reihe von Hausfrauen den Jungen dabei, wie er mit dem schweren Gewehr über der Schulter durch die Straßen eilte, und man weiß nicht, ob sie sich erst gegenseitig anriefen oder gleich die Polizei alarmierten, Details und Reihenfolge sind unklar. Doch wir, die an diesem Tag dabei waren, wissen noch, wie der Wald am helllichten Tag plötzlich von Blaulicht durchdrungen war und von Müttern mit grauen Gesichtern und zwei Polizisten mit Visier und Megaphonen, die uns mit respekteinflößenden Stimmen befahlen, uns flach auf den Bauch zu legen und die Arme zur Seite zu strecken. Anschließend wurde Johan abgeführt und auf die Rückbank des Polizeiautos gesetzt, wo ihm und seiner Mutter angeblich der tödliche Ernst der Lage eingebläut wurde. Ich sage *angeblich*, weil ich es nicht weiß, weil keiner von uns anschließend mit Johan gesprochen hat. Wir sahen ihn nur einige Male im Garten sitzen, halb von der Hecke verdeckt, zusammen mit seiner Mutter und einer Frau, die vermutlich Sozialpädagogin war, denn sie hatte einen kurzen und einen langen Ohrring und eine asymmetrische Frisur und hielt obendrein den Kopf schräg und redete mit einer fast unheimlichen leisen, aber entschiedenen Stimme auf ihn ein. Wir sahen ihn, wie er mit gefalteten Händen dasaß und ab und zu aufschluchzte. Von nun an würde die Sonne am blauen, wolkenlosen Himmel für ihn nie wieder etwas sein, das er mit ausgelassenen Spielen an langen, schönen Tagen verband, mit kühlen Abenden, an denen er erschöpft und glücklich war und nur so tat, als würde er protestieren, wenn seine Mutter darauf bestand, dass er sich den Sand und Kies und anderen Dreck abspülte, der im Laufe des Tages an seinem Körper haften geblieben war, und ihm sagte, dass jetzt das Abendessen fertig sei und sie danach vielleicht eine

Folge der Serie schauen könnten, die sie beide so mochten, wenn er nicht trödelte, sondern sofort im Bad verschwand. Die Sonne, unter der er jetzt saß, auf dem weißen stockfleckigen Gartenstuhl, war eine sengende Strafe von oben, die ihn langsam grillte und ständig daran erinnerte, was ihm ab sofort für immer verwehrt war. Der Hausarrest kam von seinen Eltern (der Vater, der so beschämt und erschrocken über die ganze Sache war, trat anschließend wohl auch aus der Heimwehr aus oder wurde rausgeworfen und musste seine Waffe abgeben) und dauerte wochen-, vielleicht sogar monatelang, und als er endlich ein Ende hatte, war so viel Zeit vergangen, dass keiner von uns mehr auf die Idee kam, bei Johan zu klingeln und ihn zu fragen, ob er mitkommen wollte. Vielleicht hatten wir aber auch selbst angefangen, sie zu glauben – die Gerüchte, die besagten, dass er nicht ganz normal war und man sich besser von ihm fernhielt.

Ab diesem Tag mussten sich sämtliche unserer Soldaten einer umfangreichen Waffenkontrolle unterziehen, ehe sie an die Front marschieren durften.

Jedenfalls habe ich dieses Bild von uns im Kopf: ich, Andri und Stig mit dem gelben Helm, der grünen Mütze und der fabelhaften Dschungeluniform, wie wir zusammen durch die Straßen ziehen, zur alles entscheidenden Schlacht in der forusschen Tet-Offensive des Jahres 88. Am nächsten Tag werden wir mit der fünften Klasse beginnen, aber vorher gilt es, einen Krieg zu gewinnen. Es ist ein brütend heißer Vormittag, es müssen die Rekordtemperaturen des Sommers sein, und in den anderen Teilen der Stadt strömt bereits der Grillgeruch aus den Gärten, wo die Eltern möglichst früh mit der letzten Mahlzeit anfangen und möglichst viel vom letzten Ferientag haben wollen, bevor die Routine mit Schulbroten, Sportsachenwäsche und Hausaufgabenhilfe von neuem beginnt, und nicht am Grillanzünder sparen, um ja kein Risiko einzugehen. Doch in unserer Nachbarschaft riecht es nicht nach Grillkohle, es riecht nach Gras, Sommer, Parfüm und Mentholzigaretten, denn hier regieren die Mütter, während die meisten Väter (und auch die ein oder andere Mutter) gerade auf einer zweiwöchigen Schicht in der Nordsee sind. Stigs Vater ist draußen, dasselbe gilt für die Väter von Ommundsen (keiner kennt seinen Vornamen), Harald, Lars, Bjørn Erik und Håkon. Im Grunde alle, abgesehen von meinem Vater und einem Lehrer-Vater, der genau wie seine Schüler acht Wochen frei und ein Meer von Zeit hat, um auf der Treppe vor seinem Haus zu sitzen und in die Sonne zu blinzeln, während er auf seinem Walkman Vorträgen über Physik lauscht. Hätte er seine Kopfhörer für einen Moment abgenommen, wäre ihm aufgefallen, dass die Straße dafür, dass die meisten Nachbarn gerade weg waren, von außergewöhnlich vielen Stimmen und Geplapper erfüllt war. Ich weiß nicht, ob er die Unterschiede überhaupt jemals bemerkte, aber wir anderen stellten unsere Uhren nach dem ewigen Wechsel zwischen dem Lärm und der Stille, die sich zeitweise auf die Straßen und unsere Siedlung herabsenkte. Stille und Lärm, im ewigen Wechsel, wie ein Metronom der Kindheit, ein langsamer, unerschütterlicher Puls, der mit dem Kommen und Gehen unserer Väter zusammenhing und mit dem niemand je ganz vertraut war. Der Krach von mir und den anderen Kindern, vermischt mit dem Krach der Fabriken, die uns von fast allen Seiten umgaben. Und die anschließende Stille. Sie legte sich wie eine schwere Löschdecke über unser Dasein, sobald die Väter von ihren Plattformen nach Hause zurückkamen.

Wenn die Väter offshore waren, war das Leben leichter, wir durften länger draußen sein und wurden verwöhnt und verhätschelt, man durfte die Mütter auf spannende Einkaufstouren begleiten und abends aufbleiben und Fernsehserien gucken, die man sonst nicht gucken durfte, die Jüngsten durften im elterlichen Doppelbett schlafen und freitags und sonntags Brause trinken. Doch das war so plötzlich vorbei, wie es angefangen hatte. Die Väter kamen wieder nach Hause, in Taxikolonnen, noch immer in ihren orangefarbenen Überlebensanzügen und mit ihren riesigen Seesäcken, und von dem Moment an mussten wir leise sein, denn die Väter mussten sich entspannen und erholen, sie hatten auf den Bohrinseln zwei Wochen lang in Zwölf-Stunden-Schichten geschuftet, hatten die Taschen voller Tariflöhne und Überstunden- und Risikozuschläge und waren erschöpft. Manche Väter fanden in den vier Wochen, bis sie wieder abreisten, nie die ersehnte Ruhe, egal wie leise wir waren. Es gab Männer, die zweimal am Tag den Rasen mähten; Männer, die mit Zahnbürsten die Dachrinnen und die Schieferplatten in der Einfahrt reinigten und Zimmer renovierten, die niemand benutzte, und die Brennholz in solchen Mengen hackten, dass sie eine neue Eiszeit bei 30 Grad Innentemperatur überstanden hätten. Ich würde zu gern sagen, ich hätte mir das alles ausgedacht. Aber ich erinnere mich sogar an einen Vater, der jedes Mal sein komplettes Auto auseinandernahm, wenn er zu Hause war, nur wenige Stunden nach seiner Heimkehr fing er an, seinen Saab bis auf die kleinste Schraube zu zerlegen, weg mit der Karosserie, raus mit Sitzen, Armaturenbrett, Vergaser, Auspuff, Kupplung und dem Gehäuse der Innenraumleuchte. Er brauchte vierzehn Tage, um das Auto vollkommen zu demontieren und jeden Hinweis darauf zu entfernen, was es einmal gewesen war. Und wenn es nichts mehr zu sezieren gab, schraubte er es wieder zusammen, Stückchen für Stückchen, im gleichen monotonen, freudlosen Rhythmus. Er schaffte es gerade noch, sich mit einem Scheuerlappen die Ölflecken abzuwischen, bis das Taxi kam und ihn zum wartenden Hubschrauber brachte. Und dann war alles wieder auf Anfang, die Lautstärke wurde aufgedreht und das Leben wieder aufgenommen, das andere Leben, und ich habe nie verstanden, ob sich die Mütter freier fühlten, wenn ihre Männer auf See waren, oder ob die ganze Aktivität, der Lärm und die Langmut in Wahrheit nur ihre Art war, die Enttäuschung darüber zu verarbeiten, dass ihre Männer an fast jedem Feiertag weg waren, an Weihnachten, an Neujahr und am siebzehnten Mai, wenn die Zuschläge astronomisch waren, und die ständig nagende Angst, was ihnen dort draußen auf dem Meer alles zustoßen konnte, Helikopter konnten abstürzen, Körperteile im Drilling eingeklemmt werden, Bohrköpfe einen Menschen töten, Plattformen kentern, und vielleicht war die übertriebene Behaglichkeit nur ein Versuch, von all diesen Sorgen abzulenken. Und vielleicht hatten sie überhaupt nicht das Gefühl zu leben, wenn ihre Männer weg waren, vielleicht dachten sie einfach nur, sie würden feststecken in dem, was in vielerlei Hinsicht ein Sumpf war und blieb.

Stille. Lärm. Stille. Lärm. Immerhin existierte eine Art System. Für die meisten. Doch meine Mutter, Ulrikke und ich hatten nie einen Plan, an den wir uns halten konnten, mein Vater kam und ging, ohne dass man es genau vorhersehen konnte, bzw. hätte dies ein Verständnis des komplizierten internationalen Streckennetzes der SAS vorausgesetzt; Verspätungen, Warteschleifen, in welche Flieger er in welcher Woche gesetzt wurde, allein beim Gedanken daran konnte einem schon schwindelig werden, und das wurde es mir auch oft, wenn ich im Sommer auf der Wiese lag und in den Himmel hinaufstarrte, wo die Kondensstreifen minutenlang weiße Furchen in den blauen Himmel gruben, hinter einem Flugzeug, auf dem Weg hinauf in die Ferne oder hinab nach Hause, mit Leuten an Bord, die nicht schnell genug vorankommen konnten oder sich wünschten, nie abgereist zu sein.

Wenn sie am Himmel über Forus entlangflogen, überlegte ich oft, ob die Passagiere uns von ihren Plätzen dort oben sehen konnten, wenn sie nicht gerade mit Zeitungen und Büchern oder Protokollen und Berichten beschäftigt waren. Manchmal winkte ich sicherheitshalber, denn sie sollten wissen, dass sie über einen schönen Ort mit netten Menschen hinwegflogen, die gerne winkten, wenn sie einen Moment Zeit hatten. Aber ich konnte mich nicht erinnern, selbst einmal Menschen aus einer solchen Höhe gesehen zu haben; wenn ich geflogen war, hatte ich Autos gesehen, Boote, Landmaschinen und Lastwagen, Fabriken und Häuser und Gärten und Fußballplätze; falls ich auch Menschen sah, und noch dazu welche, die mir gewunken oder wenigstens in meine Richtung geblickt hatten, erinnerte ich mich nicht mehr daran. Und wenn es so war, wenn es schwer oder gar unmöglich war, von einem Flugzeug aus, das über Forus am Himmel vorbeiflog, Menschen zu sehen, entging den Menschen dort oben dann ebenfalls, dass es hier unten zwischen all den Fabriken und Lagerhäusern auch Wohnhäuser gab? Waren Forus und Nord-Jæren auch einfach nur *flyoverland*? Wussten sie nicht, dass wir uns dafür entschieden hatten, hier zu wohnen, und dass mindestens einer von uns mitten auf dem Rasen im Garten stand und winkte, weil er stolz darauf war, hier zu leben? Sie hätten wissen sollen, dass ich als Siebenjähriger detaillierte Karten von Forus-Ost auf große Papierbögen im A0-Format zeichnete, die mir mein Vater besorgt hatte, der mir auch dabei half, die Gebäude und Straßen im richtigen Maßstab anzuordnen. Sie hätten wissen sollen, dass an der Wand in meinem Zimmer drei riesige Bögen hingen und ich neben einem Forus im Format 84 × 350 cm schlief, mit der Trabrennbahn, den Hauptsitzen von Statoil, Mobil, BP, Agip, Shell usw., mit der Schule und dem Fußballplatz zwischen dem Nådlandsberg und dem Ulsberg, mit dem Fjord und dem Strand und dem Sägewerk, nur einen Steinwurf von unserem Haus entfernt, und den lebensgefährlichen Eisenbahnschienen dahinter und der Firma Papirlageret AS, die auf der anderen Seite unserer Hecke lag und zum Motorengebrumm von deren Lastwagen wir einschliefen, wenn sie im Leerlauf darauf warteten, mit Toilettenpapier und Küchenrollen beladen zu werden; mit der Brauerei, den Druckereien, IKEA, diversen Fabriken, die Rohre und Kabel in allen erdenklichen Varianten herstellten oder vertrieben, und der Zentrale des Obst- und Gemüsegroßhändlers BAMA, wo man, wenn man über die richtigen Kontakte verfügte, nach Feierabend eine Runde Hallenhockey zwischen den Paletten spielen konnte. Und all die Straßen und Wege, deren Namen sich zum Verwechseln ähnelten, ein Albtraum für jeden Briefträger: Gamle Forusvei, Forushagen, Forusmyra, Forusvågen, Forusstraen, Forane. Abends konnte ich in meinem Bett liegen und die riesige Karte studieren, auf der die Namen von wirklich jedem einzelnen mir Bekannten auf die Häuser geschrieben waren, in denen sie wohnten, und ich betrachtete es als mein Reich, einen Ort, den man kennen musste, um ihn zu finden, und wenn man es nicht tat, verpasste man so einiges.

Ich bin wieder tot, tot im Dschungel vor Huế, und nur wenige Meter rechts von mir kauert Angst zwischen den Bäumen hinter einem moosbedeckten Stein und müht sich damit ab, seine M72 vom Rucksack loszukriegen, damit er das Teleskoprohr ausziehen und auf mich zielen und mich erneut kaltmachen kann, kaum dass ich wieder auf den Beinen bin. Er hat seinen Einweg-Granatwerfer heute so oft abgefeuert, dass man es schon als betrügerisch bezeichnen könnte, und wenn nicht als betrügerisch, dann zumindest als sinnlos, es ist sinnlos, dass er eine Minute braucht, um die Waffe von seinem Rucksack loszufriemeln, und eine weitere, um sie anschließend wieder zu befestigen, bevor er weiterläuft. Deshalb liegt Angst die meiste Zeit irgendwo in Deckung, mit ewigen Vorbereitungen für den perfekten Moment beschäftigt. Doch das ist es gar nicht, was mich stört; was mich über alle Maßen irritiert, ist die Tatsache, dass wir in diesem Wald umherirren wie kopflose Hühner, wieder einmal habe ich Stig, Andri und den beiden anderen in meiner amerikanischen Truppe – Ommundsen und Tore – den Befehl gegeben, die Flanken zu überwachen, wenn wir uns in Keilformation voranbewegen, und wieder einmal ist es Angst trotz seiner völligen Unkenntnis der Flanke und ihrer taktischen Bedeutung gelungen, diese zu durchbrechen und uns problemlos umzulegen, während wir alle Hände voll damit zu tun haben, das Feuer zu erwidern, das vor uns aus den Bäumen kommt, von Petter, Lasse und Ralf (der doch tatsächlich einen asiatischen Reishut und Sandalen trägt), die jetzt in vollem Galopp auf uns zustürmen, aus dem laubbedeckten Schützengraben, in dem sich P und Kuddi verschanzt haben, mit Wasserbomben, die vielleicht, vielleicht auch nicht Exkremente von der kranken Katze enthalten, die immer auf dem Spielplatz im Forushagen herumstreunt und von der niemand weiß, wem sie gehört. Die anderen besitzen nicht ansatzweise dasselbe Wissen über militärische Manöver, das Stig und ich uns mühsam angeeignet haben, was auch verständlich ist, denn sie haben alle schon mit der Muttermilch dieselben realitätsfernen Filme über den Zweiten Weltkrieg aufgesogen, in denen der Angriff grundsätzlich frontal erfolgt und die Soldaten immer siegreich und unbeschadet – von ein paar Rußflecken im Gesicht und einer schmutzigen Uniform abgesehen, aber stets mit derselben, tadellosen Frisur – auf die andere Seite gelangen. Doch unwiderruflich tritt ein, was sie – der Vietcong – auch eingesehen zu haben scheinen, nämlich dass sie alles, was sie machen, egal was, vollkommen richtig machen, denn mit Angst in der Flanke und einem Feind, der direkt auf unseren Perimeter zustürmt, werden wir – die Amerikaner – entweder in Panik geraten, uns aufteilen, in unterschiedliche Richtungen davonlaufen und uns in dem ganzen Durcheinander gegenseitig erschießen oder zu einer Igelformation übergehen, die Angst mit Leichtigkeit erledigen kann.

Und Letzteres passiert dann auch. Ich zähle fertig und stehe auf, um Stig zu assistieren, während er nachlädt (es gibt keine klaren Regeln, wie oft man nachladen darf, aber wer es nicht hin und wieder tut, riskiert, dass er ebenfalls bis fünfzig zählen muss), und Andri, Ommundsen und Tore haben dieselbe gute Idee und eilen zu unserer Verstärkung herbei. Es hagelt stinkende Wasserbomben, sie zerplatzen an den Baumstämmen um uns herum, sodass die Brühe in alle Richtungen spritzt, und wir sitzen aneinandergedrängt in der Hocke und rufen *Da-da-da-da-da-da-da* in Richtung des Angreifers. Doch unser Kriegsgeschrei zeigt nicht die geringste Wirkung, denn Angst erhebt sich seelenruhig, zielt mit seinem Granatwerfer auf uns und ruft *BOOM! IHR SEID ALLE TOT!* Und es nützt nichts, gegen den Beschuss zu protestieren. Wir müssen brav liegen bleiben und bis dreihundert zählen, während der Vietcong wie ein Gespenst im Wald verschwindet, wo er uns entkommt und sich neu formiert, und ich bin erst bei einhundertachtundsechzig, als der Alarm von Andris Digitaluhr, die er letztes Jahr zu Weihnachten bekommen hat, laut zu piepsen beginnt und eine Stimme aus dem Totenreich sagt: «Ich muss jetzt nach Hause.» «Vergiss es!», fauche ich, denn dies ist der letzte Tag, und er weiß es, er weiß, dass wir gewinnen können. «Du bleibst hier, bis wir fertig sind.» Ich kann Andri nicht sehen, er liegt hinter mir auf der Seite, er drückt einen Knopf an seiner Uhr, damit das Piepsen aufhört, und sagt: «Na gut. Einmal kann ich noch sterben, aber dann muss ich wirklich nach Hause. Wir essen heute früher.»

Weil uns niemand observiert, beschließen wir, dass es dicke reicht, nur bis 220 zu zählen, rappeln uns auf, positionieren uns in Lineartaktik mit Stig als Späher und mir in Ruhestellung hinter ihm, und Stig führt uns ruhig und wachsam durch den Dschungel, peinlich darauf bedacht, nie mehr als fünf Meter Abstand zum Vordermann entstehen zu lassen, damit wir nicht wieder zu einer leichten Beute werden.

Ommundsen geht als Letzter und behält hinten alles im Blick, falls wir verfolgt werden, aber das werden wir nicht. Im Wald herrscht eine Totenstille, auch im dunkelsten und wildesten Teil, den wir so gut wie nie betreten, in den schon seit Ewigkeiten kein Schwein mehr einen Fuß gesetzt hat und wo uns Farn und Gestrüpp bis zur Taille reichen und sich um tote und sterbende Bäume ranken, die nicht genug Licht oder Platz zum Überleben haben, bis hin zum leeren Wasserreservoir aus Beton, einer massiven, runden Konstruktion, halb in die Erde eingelassen und am Boden und an den Seiten mit Moos, Pilzen und Gras bewachsen, die sich durch die Risse gequetscht haben. Hier gehen wir selten hin, weil das Reservoir etwas ist, in das man leichter hineinfällt als wieder herauskommt, und weil Gerüchte besagen, dass sich tief im Inneren zwei riesige Drainagerohre befinden, vor deren schwarzen Öffnungen einmal Schutzgitter hingen, die es nun nicht mehr gibt.

Ommundsen schließt zu uns auf.

«Was meint ihr?», fragt er.

Ich schüttele den Kopf. «Sie waren auf keinen Fall hier.»

«Das kannst du doch gar nicht wissen», entgegnet Ommundsen und schielt nervös in den Wald.

«Dann hätten wir flachgetrampeltes Gras gesehen», wendet Stig ein. «Außer uns ist niemand hier.»

«Vielleicht sind sie zu den Silos gegangen», schlage ich vor. «Zur Fabrik.»

Stig denkt nach. «Kann sein. Andri?»

«Sehe ich auch so. Die Fabrik.» Unauffällig versucht er einen Blick auf seine Uhr zu werfen.

«Okay», sage ich, und dann hocken wir uns in das hohe Gras, um nicht gesehen zu werden, während ich mit ihnen den Plan durchgehe, den ich tagelang für einen Anlass wie diesen ausgetüftelt habe. Meine Taktik basiert darauf, dass wir uns in zwei Gruppen teilen, sobald wir die Nordseite der Fabrik erreichen. Andri und ich werden durch das offene Fenster auf der Westseite einsteigen, Stig nimmt zur gleichen Zeit Ommundsen und Tore mit um die Ecke und verschafft sich über den Haupteingang auf der Ostseite Zutritt. Wenn ihnen Widerstand aus der Öffnung zwischen den beiden Silotürmen auf der anderen Seite der Straße entgegenschlägt, könnten Andri und ich unverzüglich durch das Gebäudeinnere zur Verstärkung anrücken, genau wie Stigs Truppe von Osten her, wenn wir in Schwierigkeiten geraten sollten. Doch keiner der anderen hat eine Ahnung von Himmelsrichtungen, sodass ich am Ende alles noch einmal wiederholen muss, diesmal unter Verwendung der etwas langweiligeren Begriffe *rechts und links.* Stig trommelt mit den Fingern auf seine Waffe und überlegt einen Moment.

«Es kann aber sein, dass wir im ersten Stock ins Kreuzfeuer geraten», gibt er zu bedenken. «Wenn sie weiter drinnen auf uns warten.»

«Das stimmt.»

Aber einen anderen Plan haben wir nicht.

«Didi mau», sage ich.

Zwanzig Minuten später – wir legen keine große Strecke zurück, bewegen uns aber so leise und konzentriert wie möglich, darauf bedacht, nicht mit unserer Ausrüstung zu klappern oder andere unnötige Geräusche zu machen, denn wir haben auf brutale Weise erfahren, dass so etwas schneller zu einer eingebildeten Kugel in den Hinterkopf führen kann, als uns lieb ist – kommen wir aus dem Wald und betreten den Kiesweg, der zu der offenen Grasfläche führt, die wir unbemerkt überqueren müssen, weil uns der Feind dort ohne weiteres einen nach dem anderen abknallen könnte; von hier aus können wir die Silotürme und den Fabrikkomplex mit dem hohen, grauen Hauptgebäude sehen, das über und über mit Graffiti beschmiert ist und unheimlicher aussieht, als ich es in Erinnerung habe. Es ist still hier. Kein Windhauch, kein bellender Hund, kein Geräusch einer einzigen Welle des Fjords dringt an unser Ohr. Keine Autos. Die Leute grillen oder sind weit draußen auf der Nordsee. Sie warten darauf, dass die langen Schulferien zu Ende gehen und das Leben wieder seinen üblichen, ermüdenden und repetitiven Lauf nimmt. Doch während wir zur Nordfassade der Fabrik spurten und uns an die Wand drücken und ich das Signal gebe, uns in zwei Gruppen zu teilen, meine ich, weiter entfernt einen Schusswechsel zu hören, und eine B-52, die ihre

Last aus großer Höhe abwirft und den Boden unter uns erbeben lässt. Es ist Sommer, es ist mitten am Tag, aber es ist auch ein Neujahrsfest, Tet, im Januar 1968, dem Jahr des Affen, es ist auch Abend, und Huế steht in Flammen, überall riecht es nach Rauch; wir müssen uns von Haus zu Haus kämpfen, von Straße zu Straße, und Andri folgt mir, als ich auf die Öltonne unter dem offenen Fenster klettere und in das schimmelige, feuchte Bürogebäude mit dem scheußlichen Keller steige, in den sich bisher keiner von uns hinuntergewagt hat. Wir stehen nebeneinander, halten die Luft an, pressen uns mit dem Rücken an die Wand. Die Stille ist hier drinnen noch aufdringlicher als draußen, ich glaube, es liegt am Licht, die paar Strahlen, die durch die wenigen noch unzerbrochenen, schlieringen, staubigen Fenster fallen, schlucken fast alles. Auf dem Boden verstreut liegen Scherben von Bierflaschen; wir sind nicht die Ersten, die sich hier hereinwagen. Und dann wird langsam ein Flügel des Haupteingangs aufgeschoben, und Stig kommt zum Vorschein, sieht mich an und wartet auf mein Handzeichen. Ich winke ihn zu mir, und wir gehen hinter den beiden zentralen Säulen in Stellung.

«Hier ist auch niemand», flüstert er mir zu. «Was sollen wir tun? Willst du dich umsehen?»

«Lass uns Stockwerk für Stockwerk hinaufsteigen.»

Stig blickt zur Treppe. Wir sind nie weiter als bis zum zweiten Stock vorgedrungen, eine Etage wirkt abstoßender und verlassener als die nächste. Heute könnte der Tag sein, an dem wir bis in die fünfte müssen.

«Du zuerst», sagt Stig.

«Du bist der Späher», widerspreche ich.

«Nicht mehr», erwidert er. «Nicht hier drinnen.»

Wir setzen uns widerwillig in Bewegung, steigen die Betontreppe hinauf, hier und da wurde sie von schweren Gegenständen beschädigt, die entweder geworfen oder darüber hinweggeschleift worden sein müssen, die Stufen sind mehr oder weniger zerbröselt und wirken dadurch wie ein Schlund mit mehreren Reihen scharfer, schiefer Zähne. Hier gibt es nur uns. Unseren Atem, während wir einen Schritt nach dem anderen tun, unser Gewicht auf der Treppe von einem Fuß auf den anderen verlagern, erst in den ersten Stock, dessen Räume genauso verlassen sind wie die im Erdgeschoss; dann weiter, in den zweiten, dritten und vierten Stock, immer langsamer und konzentrierter, als würden wir fast auf der Stelle treten und ganz allmählich emporgezogen. So weit oben waren wir noch nie, und es können auch nicht viele andere vor uns hier gewesen sein; es ist noch dunkler als unten, doch als sich unsere Augen an das Dämmerlicht gewöhnt haben, fällt uns auf, dass die Räume ganz anders aussehen als jene, aus denen wir kommen. Hier liegen keine verstreuten Papiere auf dem Boden, die Möbel wurden nicht umgestoßen, die Schubladen nicht aus den Aktenschränken gerissen und durch die Gegend geworfen. Die Fensterscheiben sind nicht zerbrochen. Der Boden ist mit einer dicken Staubschicht bedeckt, in der darüberhuschende Nager ein diskretes Muster aus kreuz und quer verlaufenden Pfotenabdrücken hinterlassen haben; überall Rattenkot. Keiner von uns hat Lust, die letzten Stufen bis zur fünften Etage hinaufzugehen. Das haben uns die Jugendlichen aus der Nachbarschaft eingetrichtert, seit wir die verlassene Getreidesilofabrik entdeckt haben: *Haltet euch von der fünften Etage fern.* Niemand von uns hat je eine klare Antwort darauf erhalten, warum dieses Gebot um jeden Preis befolgt werden muss, obwohl die Frage schon oft gestellt wurde und weitaus mehr Leute, als wahrscheinlich ist, angeben, schon einmal dort gewesen zu sein. Irgendjemand hat gesagt, dort oben gebe es einen Holzboden, der völlig verfault sei, und man könnte einbrechen und in einem internen Silo mit hohen, glatten Wänden und ohne Ausgang landen; andere sagen, dort oben würden Junkies hausen, die überhaupt keinen Wert auf Besuch legen, oder erzählen von einem versiegelten Raum, in dem die Deutschen im Zweiten Weltkrieg Zyklon-B-Fässer gelagert hätten, die im Lauf der Jahre korrodiert seien, weil es durch die Decke geregnet habe. Außerdem wurde von mindestens einer Person behauptet, in der fünften Etage gebe es einen höher gelegenen Dachboden mit dem Schild BÜRO, in dem man dem Teufel leibhaftig gegenüberstehe.

«Ich muss nach Hause», flüstert Andri.

«Gleich», antworte ich.

Wir gehen die letzten Stufen hinauf, weil der Sommer fast vorbei ist. Stig, Andri und ich wagen es, während sich Ommundsen und Tore weigern und im vierten Stock zurückbleiben, wo sie Wache halten, falls jemand von unten hochkommen sollte, und ich bin stolz auf Andri, weil er immer noch bei uns ist, anstatt nach Hause zu gehen, denn er ist zwar der Netteste von uns dreien, aber nicht der Mutigste. Ich weiß, dass er heute Nacht hiervon träumen und es am nächsten Tag seiner Mutter erzählen wird, weil es für ihn nichts Besseres gibt, als wenn sie ihm seine Angst nimmt und ihn in eine Decke aus Fürsorge hüllt und ihn so tröstet, wie es ihr eigentlich gar nicht ähnlich sieht, und ihm für ein paar Tage ein Gefühl der Größe gibt, obwohl er dafür sicher den Preis zahlen muss, dass sie ihm in Zukunft verbieten wird, das Fabrikgebäude zu betreten, was sie ihm aber sowieso verboten hätte, wäre sie eingeweiht gewesen.

Ich weiß nicht, was ich erwartet habe und gegen welchen Anblick einige von uns sich innerlich wappneten, als wir das Ende der Treppe erreichen, aber einen Teufel gibt es hier, soweit wir sehen können, nicht. Und der Boden ist aus Beton, er bricht nicht ein. Keine versiegelten Räume mit Giftgasbehältern, keine Junkies, mehr tot als lebendig, zwischen gebrauchten Spritzen, Exkrementen und schmuddeligen Schlafsäcken. Nur massenhaft Vogelfedern und Taubenscheiße, deren Erklärung in den drei Löchern in der Decke zu finden ist, durch die warmes Sonnenlicht fällt. Davon abgesehen: nichts. Keine Möbel, keine Tür, kein Schrank und keine Papiere. Ein staubiger Boden mit Fußabdrücken von nur einem Paar Turnschuhen, die den Boden überquert haben und dann wieder gegangen sind, undramatisch; wir haben keine Ahnung, wem sie gehören, nur dass viele ihren Besitzanspruch anmelden werden, wenn wir davon erzählen.

«Ist das alles?», fragt Andri beinahe enttäuscht.

Stig zuckt mit den Schultern und sagt etwas wie *sieht so aus.* Er geht ein paar Schritte in den Raum hinein, folgt den fremden Fußspuren. Er ist der zweite Mann auf dem Mond.

Allmählich dämmert uns, dass wir an der Nase herumgeführt worden sind und sich der Vietcong überhaupt nicht in diesem Gebäude befindet, und das macht mich wütend, denn jetzt werden wir den Rest des Tages damit verbringen, die anderen zu suchen. Und nicht nur das, ein kleines Gefecht, hier, in einem der oberen Stockwerke der Fabrik, hätte das große Finale sein können, das diesem langwierigen Krieg würdig wäre. Daraus wird jetzt nichts, das kommt dabei raus, wenn Leute, die keinen Schimmer haben, worum es geht, plötzlich improvisieren und die Regeln ändern. Alle wissen, dass die Fabrik das Hauptquartier ist, wir haben schon oft darüber gesprochen und hier gekämpft; alle waren sich einig, dass die Seite, die die Fabrik einnimmt, der Sieger ist. Und dann haben sie trotzdem einfach darauf gepfiffen, sind woandershin gegangen, nach Hause, denke ich mir, das wäre typisch Angst, er könnte die ganze Bande überredet haben, abzuhauen, nur um uns zu ärgern und uns um unseren Sieg zu bringen.

«Was ist, wenn sie nach Hause gegangen sind?», frage ich und kicke einen Klumpen getrocknete Taubenkacke über den Boden.

«Glaube ich nicht», antwortet Stig.

«Dann hätten wir ja gewonnen», sagt Andri. «Ich meine, wenn sie nicht hier sind, hätten wir gewonnen. Glasklar. Dann haben sie katipu… kaputi…»

«Kapituliert», sage ich.

«Ja.»

«Das wäre aber dumm von ihnen», erwidert Stig.

Alles sollte auf diesen einen Augenblick hinauslaufen, alles. Wir sind sogar im fünften Stock, und dann: nichts. Ein ziemlich beschissener Ferienausklang.

«Wir hauen ab», sage ich, und dann habe ich eine Idee, eine gute Idee, wie ich finde: «Sag Ommundsen und Tore nicht, dass es hier oben nur Vogelkacke gibt.»

«Warum denn nicht?», fragt Andri.

«Weil dann der Zauber vorbei wäre», antworte ich.

Stig geht als Erster die Treppe hinunter, ich folge ihm, und schon lange bevor wir den vierten Stock erreicht haben, fangen die beiden verbliebenen Soldaten an, uns zu löchern.

«Kein VC», erklärt Stig kopfschüttelnd.

«Aber … was habt ihr da oben gesehen?», will Ommundsen wissen. «War sonst jemand da?»

«Wart ihr im Büro? Habt ihr die verschlossene Tür gefunden?»

Sie schauen Andri an, dem es auf brillante Weise gelingt, so auszusehen, als hätte er gerade das schlimmste Erlebnis aller Zeiten gehabt.

«Sagt doch was!», schreien sie beinahe.

«Was wir gesehen haben», sage ich, und Stig muss sich wegdrehen, um sein Grinsen zu verbergen. «Was wir gesehen haben, ist unbeschreiblich. Ihr müsst mir hoch und heilig versprechen, dass ihr niemals dort hinaufgeht. Niemals. Okay?»

Zögernd und widerwillig legen sie ihr Gelübde ab. «Aber ihr könnt doch wenigstens sagen, wie es da oben aussieht und warum es so schrecklich war, dass ihr nicht einmal darüber reden wollt.»

«Wir haben dem Tod ins Auge gesehen», sagt Stig, mit einem Mal ernst – es ist ein beeindruckender Anblick. «Und wir haben unseren eigenen Tod gesehen, wie wir sterben werden, an welchem Tag und in welchem Jahr. Andri wird nicht alt werden.»

Ommundsen und Tore schauen wieder zu Andri hinüber, der seine Furcht jetzt nicht mehr simuliert, denn was Stig gerade gesagt hat, wirkt so echt, dass er nicht länger weiß, was er glauben soll, also nimmt er das Schlimmste an, außerdem hat er sowiso schon einen Heidenbammel davor, jung zu sterben, anscheinend liegt es in seiner Familie, einen frühen Abgang hinzulegen.

«Lasst uns nach Hause gehen», sage ich und schlurfe die Treppen hinab zum Ausgang, die anderen im Schlepptau.

Es kommt, wie es kommen muss, und sei es nur, weil die Kindheit eine Flut aus unvorhergesehenen, unverständlichen Ereignissen mit unabsehbaren und unüberschaubaren Konsequenzen ist. Fakt ist nämlich, dass P, Angst, Petter, Kuddi, Lasse und Ralf – die sechs Mitglieder dieser höchst lokalen Fraktion des Vietcongs – meine Soldaten und mich aus ihrem gemütlichen Versteck im Anbau neben den Silotürmen auf der anderen Straßenseite dabei beobachtet haben, wie wir das graue Hauptgebäude einnahmen, und anschließend, in einem einmaligen Die-Ausnahme-bestätigt-die-Regel-Fall von tatsächlichem taktischem Gespür, lange genug im Verborgenen ausharrten, bis sie sicher waren, dass wir uns im Gebäude nach oben bewegten, woraufhin sie selbst die Fabrik durch den Haupteingang betraten und dort bequem für einen gut abgestimmten Angriff aus dem Hinterhalt in Stellung gingen – nicht im Erdgeschoss, wo wir höchstwahrscheinlich wieder auf der Hut gewesen wären, sondern im ersten Stock, wo wir nichts Böses ahnten und munter schwatzten, während wir die Treppen zum vierten, dritten und zweiten Stock hinunterschlenderten, noch immer stolz und selbstzufrieden, nachdem wir im berüchtigten obersten Stockwerk gewesen und mit dem Leben davongekommen waren. Der Angriff aus dem Hinterhalt ist in allen Punkten ein Musterbeispiel für Kriegsführung im vorpubertären Alter und damit ein Kabinettstück.

Erst kommt das Geräusch. Es ist das infernalische Geschrei und Geheul von sechs Mini-Vietcongsoldaten, die in einer synchronen Bewegung aus ihren strategisch geschickt gewählten Verstecken hinter Schreibtischen und Schränken und Kisten im Halbdunkel zwischen der Nord- und Westwand der ersten Etage hervorspringen, als wir ihnen gerade den Rücken zukehren, um die letzte Treppe hinabzugehen, und die uns derart überrumpeln und aus dem Konzept bringen, dass wir abrupt stehen bleiben, uns zusammendrängen und zur Lärmquelle umdrehen. In dem Moment kommen die Wasserbomben zum Einsatz. Und ob sie tatsächlich Katzenexkremente enthalten oder nicht, ist allenfalls noch Formsache oder Detailfrage – denn Gestank, Farbe und Konsistenz der Brühe, die auf uns hinabregnet, während wir uns panisch aneinander festklammern und uns gegenseitig an den Rand drängen, um selbst vor dem Beschuss in Deckung gehen zu können, lassen keinen Zweifel: *Es ist Scheiße.* Dann geht alles ganz schnell. Angst legt seinen Granatwerfer an, während Stig fieberhaft und planlos sein ganzes, imaginäres Magazin im Raum verballert, ich treffe Lasse, der vornüberfällt, und Andri tut es ihm gleich – nicht weil er ebenfalls getroffen wurde, sondern weil sein Körper ihm den

Befehl gibt, sich flach auf den Boden zu werfen, weil das der sicherste Ort zu sein scheint; Ommundsen und Tore geben sich, so gut sie können, gegenseitig Deckung, doch es nützt wenig, weil wir uns in geschlossenen Räumen befinden und Angst ein Projektil losschickt, das einer irdischen Logik nach eigentlich jeden von uns inklusive ihn selbst von der Erdoberfläche tilgen müsste, doch anscheinend gelten jetzt andere Spielregeln, denn während des Totseins zählen wir allerhöchstens bis zehn, wenn wir uns überhaupt so lange Zeit lassen, ehe wir wieder aufspringen, und keiner hat mehr den Überblick, wer lebt und wer stirbt und wer gewinnt, und in diesem Chaos, als Petter nicht aufhört zu schießen, obwohl er längst hätte nachladen müssen, und Angst sich einen Weg an der Westwand entlang sucht, um die Treppe zu überwinden und von Osten her anzugreifen, und Stig verzweifelt schreit und P anfängt, Papiere und Aktenmappen und danach auch Stühle und anderes Mobiliar nach uns zu werfen, und Tore einen Schreibtisch in einen Rammbock verwandelt; in diesem Chaos packe ich ohne nachzudenken einen Feuerlöscher, der an einer der Säulen im Raum hängt, ziehe das Ventil, richte den Schlauch in die ungefähre Richtung des Feindes, der uns jetzt von allen Seiten umzingelt, drücke den Griff und stoße einen furchterregenden Schrei aus, während ich die ganze Etage einräuchere und wir uns im feinen, weißen Pulver verlieren, aber trotzdem weiterkämpfen, rufen und schreien, und jemand brüllt *Stopp!*, aber niemand hört darauf, und wir können uns nicht mehr sehen, aber ich glaube, Angst ist links von mir, und ich packe seinen Arm und höre im selben Moment das metallische Klirren eines weiteren Ventils, das in der Nähe gezogen wird, und dann einen Knall wie von einer Nebelgranate, aber der weiße Rauch, der auf uns zuströmt und sich mit der Wolke des Feuerlöschers mischt, ist etwas völlig anderes, er brennt in den Augen, im ganzen Gesicht, ich kann nicht atmen, wenn ich Luft hole, habe ich das Gefühl, ich würde ertrinken; Spucke rinnt mir aus dem Mund, meine Nase läuft, und ich suche verzweifelt nach einem Fluchtweg, doch es ist unmöglich, sich zu orientieren, also versprühe ich willkürlich das restliche Pulver aus dem Feuerlöscher, verliere die Bodenhaftung, stolpere zurück, und vielleicht rempelt mich im Tumult jemand an oder reißt mich mit, ich weiß es nicht, aber ich werde zu einem der zerbrochenen Fenster gezerrt / gestoßen, und in der nächsten Sekunde, die wirklich eine dieser Sekunden ist, die Stunden zu dauern scheinen, schwebe ich in der Luft vor dem grauen Hauptgebäude, im freien Fall mit rudernden Armen aus dem ersten Stock, bis ich auf dem Feuerlöscher lande, begleitet vom ekelerregenden, überraschend lauten Geräusch beider Schlüsselbeine und Handgelenke, die brechen, und einem brillanten Feuerwerk aus Licht, das hinter meinen Augen explodiert, als die Knochensplitter die Nervenenden tiefer ins Fleisch hineinpressen.

Ich rolle mich auf den Rücken und kann mich ironischerweise sogar noch an einem Chinook von Helikopter Service erfreuen, der gerade am knallblauen Himmel vorüberfliegt, bestimmt unterwegs auf die Nordsee, doch in meiner Welt ist es ein Truppentransport im Luftraum über Huế. Dann höre ich in der Ferne ein Husten und Würgen und Schritte auf der Treppe und jemanden, der meinen Namen ruft. Ich sehe sie nicht, als sie kommen, weil ich die Augen geschlossen halte, meine Netzhäute, mein Gesicht und meine Lunge brennen, und ich bin nicht der Einzige; sämtliche Soldaten, die aus dem Gebäude taumeln, um nach mir zu sehen, sind in Not, sie japsen nach Luft oder übergeben sich unkontrolliert, denn irgendwer hat da oben im ersten Stock eine CS-Granate geworfen, deren Herkunft wir mehrere Monate lang diskutieren werden (sämtliche Beteiligten werden hartnäckig leugnen, sie dabeigehabt zu haben, auch derjenige, der sie tatsächlich dabeihatte, wer auch immer es war, dies ist eine Frage, die für immer unbeantwortet bleiben wird, nur eines weiß man sicher: Der Teufel war es nicht), und wir werden uns alle einig sein, dass diese Granate, in all ihrer Erbärmlichkeit, der Höhepunkt war; wir werden allen, die es hören wollen, und denen, die es nicht hören wollen, erzählen, wie unerträglich es war, sich in diesem Raum aufzuhalten, und die Übertreibung wird mit jedem Mal größer, und wir werden uns einig sein, dass wir dieses Erlebnis trotzdem niemals missen möchten, denn es bedeutete, dass wir im Krieg waren, und das Tränengas hing noch tagelang in unseren Klamotten, bis die Väter vom Meer heimkehrten und unsere Mütter kopfschüttelnd darüber informierten, dass man die betroffene Kleidung separat waschen müsste, damit die Partikel nicht auf die sauberen Sachen gelangten, und dass der Grund für unsere lauten Proteste gegen das Duschen der wäre, dass Wasser das Gas erneut reaktivierte und verbreitete, von unserem Haar, das voll davon war, bis zu unseren Augen, Nase und Mund, und dass wir nicht schlau genug waren, so lange wie möglich die Luft anzuhalten, sondern panisch um uns schlugen und die kleinen Partikel so im ganzen Bad verteilten, ehe die Väter, lächelnd, aber irritiert, mit in Zitronensaft getauchten Tüchern vor dem Gesicht und Seife und Scheuerlappen in der Hand auf Bad und Söhne losgingen, bis sie einen Krampf bekamen und der kleinste Partikel des hocheffektiven chemischen Stoffes beseitigt war.

Bei unserem ersten Debriefing, das Andri, Stig und ich ein paar Tage später in meinem Zimmer halten, während ich auf dem Bett liege und darauf warte, dass die Zeit schneller vergeht, bis ich die nächsten Schmerztabletten nehmen darf, noch bevor Andri erzählt, wie der Schulanfang war und wer sich im Laufe des Sommers verändert oder angefreundet oder zerstritten hat oder wer nicht mehr wiederzuerkennen ist und deshalb im Guten oder weniger Guten als durch und durch neuer Mensch eingestuft werden muss und wie unser neues Klassenzimmer im Vergleich zum alten ist und welche Mädchen hübscher sind, als wir sie aus den letzten Junitagen in Erinnerung haben, und ob dieses Schuljahr, die fünfte Klasse, der ideale Zeitpunkt ist, um mit einem dieser Mädchen zusammenzukommen, und bevor Andri uns die Tabelle zeigt, die er am Vorabend angelegt hat, mit unseren Namen in der einen Spalte und denen der betreffenden Mädchen in der anderen und einer Menge Pfeile und Prioritäten und Wahrscheinlichkeitsrechnungen in verschiedenen, farblich aufeinander abgestimmten Parallelsystemen, die uns die Entscheidung erleichtern sollen, in wen wir uns a) verlieben könnten und bei wem wir b) die besten Chancen hätten; noch vor all dem erfahre ich, dass es Stig war, der den ganzen Weg von den Getreidesilos und der Fabrik bis zu unserem Haus gerannt ist und dreimal hintereinander geklingelt hat und am Ende selbst die unverschlossene Tür aufriss, weil er nicht die Geduld oder die Nerven hatte, noch länger zu warten, obwohl nicht viele Sekunden vergangen sein können, bis meine Mutter an Ort und Stelle war und mit einer Miene, die vermutlich eine Mischung aus Ich-wusste-dass-es-passieren-würde-Resignation und akuter Panik ausdrückte, Stigs Lagebericht lauschte und einen Krankenwagen rief und der Notrufzentrale die Situation erklärte, ehe sie sich aufs Fahrrad schwang und hinter Stig herstrampelte, der, so schnell er konnte, wieder zum Unglücksort rannte, wo ich immer noch ungefähr so dalag, wie er mich zurückgelassen hatte, inzwischen aber dermaßen schrie, dass meine Stimme fast versagte, weil mir das Tränengas so sehr in den Augen brannte, dass ich sie mir unmöglich nicht reiben konnte (was es nur noch schlimmer machte), und jede Bewegung von neuem die Nerven anfachte, wenn die zersplitterten Knochen dagegenrieben, in der Hoffnung, ich würde zur Vernunft kommen und mich einfach nur ruhig verhalten.

Ich selbst habe keinerlei Erinnerung an all das.

Auch daran, wie die Rettungssanitäter kamen, und an die Fahrt ins Krankenhaus, die ich gern erlebt hätte, weil ich schon immer wissen wollte, wie so ein Krankenwagen von innen aussieht, kann ich mich nicht im Entferntesten erinnern. Ich weiß nur noch, wie meine Mutter mich ansah und mir über das Haar strich, aber ich kann nicht sagen, ob das unterwegs passierte oder nachdem ich in einen Aufnahmeraum geschoben worden war, wo ich eine halbe Ewigkeit wartete, bis jemand kam und mich abholte und weiter durch die Abteilungen fuhr wie eine Trophäe oder wie auf einer Parade; ich bekam nicht mit, wie die Ärzte einen Schnitt unter jedem Schlüsselbein machten und Wundhaken befestigten und sich bis zu den freiliegenden Knochen vorschnitten, diese zusammenpressten und mit zwei Stahlplatten verbanden, Löcher hineinbohrten, alles festschraubten, mich wieder zusammennähten und meine Arme in Gips einpackten. Ich sah nie, wie sie fertig wurden, dass sie weggingen, ihre Gummihandschuhe auszogen und ihre Instrumente sterilisierten, während ich in den Aufwachraum gebracht wurde, all das fand ich erst später heraus, als ich die Broschüre las, die man mir mitgegeben hatte; all das sind Dinge, die ich jedes Mal vor mir sehe, wenn ich mit dem Zeigefinger an der Unterseite meines Schlüsselbeins entlangfahre und den blanken Stahl darunter fühle.

Dagegen erinnere ich mich noch genau an die grenzenlose Freude, die ich empfand, als ich dort im Krankenhausbett lag, umgeben von meinen Eltern und meiner Schwester Ulrikke, die mir den weißen Krankenhaustelefonhörer ans Ohr hielt, als Stig anrief, um den Gedanken auszusprechen, der mir auch schon gekommen war: «Jetzt bist du im Kampf verwundet worden», sagte er nachdenklich. Und noch immer, wenn ich an dieses Gespräch zurückdenke, ist es genau das, was mich zum Lächeln bringt, dass er es voller Überzeugung sagte, als wäre es nichts, woran man zweifeln oder worüber man Witze machen könnte. «Du bist jetzt ein Kriegsveteran. Das sind wir alle. Aber du hast die Millionen-Dollar-Verletzung. Dafür wirst du ein Purple Heart bekommen.» Ich weiß noch, wie er sagte, wir hätten den Krieg gewonnen, anscheinend war sogar Angst dieser Meinung. Wir hatten hart und tapfer gekämpft, und wir hatten gewonnen. Wir hatten es uns verdient, nach Hause zurückzukehren. *«The horror»*, flüsterte ich, aber ich weiß nicht, ob Stig da schon aufgelegt hatte oder ob ich es laut genug sagte, dass er es hörte, *«the horror»*.

Es war das allerletzte Mal, dass wir Krieg spielten.

Tja, ich hätte sagen können, dass das Problem (was infolge meiner Verletzung auftrat und nach dem sich in der Schule fast alle, die ich kannte – aber auch viele, die ich nicht kannte –, mit ein und derselben Frage erkundigten: *Wie kriegst du das hin?*, mit *das* meinten sie scheißen, ohne Hände, und alle, die fragten, kannten die Antwort, schon lange bevor sie den Mut aufbrachten zu fragen, sie wollten es mich nur sagen hören, damit sie schockiert sein und etwas erwidern konnten wie *das würde ich nicht zulassen*, ohne darüber nachzudenken, dass sie in derselben Situation ebenso wenig wie ich den Luxus hätten, sich wahlweise auf etwas einzulassen oder nicht, sondern dass auch sie, jeder Einzelne von ihnen, gezwungen wäre, sich mit gewissen unabänderlichen Tatsachen abzufinden), ich hätte sagen können, dass die körperliche Logistik das Schlimmste war, was in diesen Tagen passierte, und ich hätte euch sicher alle eine Weile damit unterhalten können, das zu erzählen, was ihr gern hören würdet, nämlich wie traumatisch es war, sich mehrmals am Tag von der eigenen Mutter (mein Vater weigerte sich und wollte eine Pflegekraft engagieren) das Glied halten zu lassen, als wäre man ein Kleinkind, und wie absurd es war, dass sie jedes Mal danach darauf bestand, auch meine Hände (d. h. die Fingerspitzen) zu waschen, obwohl ich nicht ansatzweise damit in Berührung gekommen war, und anschließend hätte ich behaupten können, wie sehr es mir davor gegraut hatte, ein großes Geschäft zu machen, und dass ich vor dem ersten Mal tagelang eingehalten hatte, bis ich am Ende starke Bauchschmerzen bekam und aufgeben musste, und dass ich jedes Mal, wenn ich vornübergebeugt im Bad saß und mir von meiner Mutter den Hintern abwischen ließ, einen nicht enden wollenden Albtraum durchlebte.

Doch in Wahrheit ist es gar nicht so schlimm. Weil meine Mutter eine natürliche und beinahe wohlwollende Einstellung zu allem Körperlichen hat und weil wir uns in einer Lage befinden, die sich keiner von uns gewünscht hat, der wir aber auch nicht entkommen können und in der wir deshalb wohl oder übel zusammenhalten und zusammenarbeiten müssen, entsteht dort im Bad eine ganz spezielle Form der Nähe zwischen uns, eine besondere Intimität, bei der es nicht darum geht, was wir gerade machen bzw. was sie macht, sondern um uns. In diesem Bad, weit entfernt vom Wohnzimmer, wo mein Vater und Ulrikke gerade sitzen, und von den Straßen davor, wo das Leben seinen gewohnten Gang geht, reden meine Mutter und ich so viel miteinander wie schon seit langem nicht mehr; dort drinnen hat meine Mutter Zeit und Raum, über die Dinge zu sprechen, an die sie gerade denkt, an ihren Job und ihre Kollegen und alles, was sie beschäftigt und was sie meinem Vater in den wenigen Stunden, in denen er zu Hause ist, viel zu selten erzählen kann und auch nicht den anderen Müttern, zu denen sie kein besonders enges Verhältnis hat.

Sie erzählt mir, wovor sie Angst hat und worüber sie sich freut, während ich geduldig mit ausgestreckten Armen vor ihr auf der Toilette sitze, und manchmal zögere ich es so lange hinaus, wie ich kann, um ihr Freiraum zu verschaffen, eine Gelegenheit, das zu sagen, was sie auf dem Herzen hat, bis ich selbst den Mund aufmache und sage: *Ich bin dann fertig.* Trotzdem erzählt sie mir nicht das Allerwichtigste, das, was sie am meisten beschäftigt und sich mit einer rasenden Geschwindigkeit überschlägt und bestimmt Funken sprühen würde, wenn man ihr direkt ins Gehirn sehen könnte, und das nahezu zwei Jahre lang immer weiter an Fahrt aufnimmt, bis die Entscheidung dafür oder dagegen getroffen ist und sich verfestigt, unumkehrbar, und nachdem ich es am Ende gehört oder, besser gesagt, an jenem Abend zufällig mitbekommen habe, wage ich es auch nicht, sie danach zu fragen. Doch insgeheim hasse ich sie für ihr Schweigen, das sie mit all dem Gerede übertönt.

Das ist rückblickend das schlimmste Ereignis nach dem Krieg: Es geschieht an einem der letzten Tage, bevor mein Gips abgenommen wird (er ist bis auf den letzten Millimeter mit Unterschriften bekritzelt, sämtliche Mitschüler haben sich darauf verewigt und die Sätze *CHARLIE DON'T SURF* und *I LOVE THE SMELL OF NAPALM IN THE MORNING* kreativ umrahmt, die Andri mit sicherer Hand und einem dicken, schwarzen Edding auf meinen rechten bzw. linken Arm geschrieben hat, nicht weil er selbst mit diesen Zitaten irgendeinen tieferen Sinn verbindet, sondern weil er im Gegensatz zu Stig eine schöne Schrift hat und ich sie wohl kaum selbst hätte schreiben können). Inzwischen ist es schon September, bald werde ich wieder ich selbst sein, der Gips kommt ab, und ich kriege meine Arme zurück und bin nicht länger abhängig von Stig, der mir auf dem Pult die Seiten meiner Schulbücher umblättert, und vom überschätzten Wohlwollen meines Sportlehrers und der übertriebenen Anerkennung seiner Kollegen dafür, dass er mehrere Wochen lang für mich «den Lehrplan anpasst», während meine Klassenkameraden an Seilen hochklettern und über Böcke springen und Völkerball spielen und was nicht sonst noch alles, ich weiß es wirklich nicht, denn der «angepasste Lehrplan» (den niemand genauer hinterfragt, weil alle in Anbetracht meiner vorübergehend eingeschränkten körperlichen Leistungsfähigkeit und der langjährigen und beeindruckenden fachlichen Überlegenheit meines Sportlehrers davon ausgehen, dass er mir bewältigbare Aufgaben zuteilt, die mich ebenso herausfordern wie stimulieren) besteht ausschließlich darin, dass er mir einen Fernseher und einen Videorekorder auf die Bühne der Turnhalle rollt und mich auf einen Stuhl setzt, damit ich mir Cecil B. De Milles vierstündigen Monumentalfilm *Die zehn Gebote* mit Charlton Heston in der Rolle des Moses ansehe, und zwar nicht nur ein, sondern sogar zwei Mal, denn wie er, ohne zu verhehlen, dass ihm diese Erkenntnis in seiner Zeit als Missionar auf Madagaskar aufgegangen war, in einer Vergangenheit, die er mit einer überraschend großen Zahl von Lehrern an dieser ansonsten überaus durchschnittlichen und nicht zuletzt säkularen Schule teilt, sagt: *Die Botschaft der Bibel verbirgt sich in den Details. Es ist doch ziemlich beeindruckend, das Meer allein durch die Kraft seines Glaubens zu teilen. Findest du nicht?* Währenddessen kniet er in seinen engen Shorts vor mir, die mehr betonen als nur seine Beine, die er alle zwei Wochen frisch rasiert, um sich noch etwas länger in der Old-Boys-Schwimmmannschaft der Schule behaupten zu können, die sich jeden Donnerstag in der Hetlandshalle trifft. *Charley don't surf*, antworte ich. Aber er hat *Apocalypse Now* anscheinend nicht gesehen.

Ich hocke in der Umkleidekabine auf der Bank, während die anderen duschen. Der Dampf weicht meinen Gips ein wenig auf, sodass ich die Handgelenke leicht bewegen kann; es fühlt sich gar nicht so schlimm an. Ich habe auch kaum noch Schmerzen in den Schlüsselbeinen. Andri und Stig tragen abwechselnd meinen Schulranzen nach Hause, sie setzen ihn auf den Bauch und schieben ihre Fahrräder neben mir her, ich glaube, sie freuen sich auch auf den Tag, an dem ich meine Arme wiederhabe. Bald wird es kalt, die Straßen gefrieren und werden glatt, nur noch wenige Monate, und die Fahrräder müssen bis zum Frühjahr in der Garage bleiben. Doch bislang gibt es noch dieses Glück darüber, dass wir bald wieder unser altes Ich zurückhaben und Andris Tabellensystem in der Realität erproben können. Die Mädchen. Uns. Die fünfte Klasse. Wir werden unsere Eltern um Erlaubnis bitten, zur Jugenddisko an der Godeset Schule fahren zu dürfen, wir müssen erst tanzen lernen, wir können nicht tanzen, jedenfalls nicht viel besser als der Typ im Video zu unserem Lieblingslied «Beds Are Burning», und damit würden wir garantiert rausfliegen. Aber eigentlich spielt es gar keine Rolle. Denn Andris Mutter wird es garantiert nicht erlauben, und Stig wird wahrscheinlich seinen Vater fragen müssen, wenn der das nächste Mal von der Nordsee nach Hause kommt und in der richtigen Stimmung ist, solche Fragen zu beantworten, und wenn er sie bejaht, dann nur unter der Bedingung, dass Stig um spätestens halb zehn abgeholt wird, was für Stig von vornherein ein K.-o.-Kriterium wäre, und ich habe keine große Lust, allein hinzugehen, aber irgendwie macht das alles nichts, jedenfalls noch nicht, nicht an diesem Tag, wo es nur noch kurze Zeit dauert, bis ich wieder ich selbst werde und wir damit alle drei wieder wir selbst werden; vor uns liegt ein ganzer Herbst, vor uns liegen Jahre.

Im Übrigen erkenne ich jetzt, was ich mache, während ich hier sitze und schreibe, all diese Umwege, wie ich mich in Details vergrabe, die die eigentliche Erzählung aufhalten: Ich schiebe das vor mir her, was ich nicht sagen will, meine furchtbarste Erinnerung, doppelt furchtbar, weil ich der Einzige bin, der es so erlebt hat, doch genau das ist der Nullpunkt, das Epizentrum jenes Bebens, das zu unserem Exodus wurde; das ist es, was ich nicht erzählen und damit Wirklichkeit werden lassen will. Der schlimmste Abend. Ich liege im Bett, zum vorletzten Mal von meiner Mutter in die Decke eingepackt, vorher hat sie mich auf die Toilette begleitet, mir die Zähne geputzt und mir dabei geholfen, das Kissen unter meine Arme zu legen. Sie hat mir eine gute Nacht gewünscht und die Tür hinter sich zugezogen, aber ich schlafe nicht. Es gibt zu vieles, was mir durch den Kopf geht, zu vieles, was passieren wird, und eine knappe halbe Stunde später höre ich das Geräusch der Haustür und meinen Vater, der von zwei Hin- und Rückflügen nach Trondheim wiederkommt. Er ist erschöpft, das höre ich an seiner Stimme, die scharf und frustriert klingt, er sagt: «Ich weiß verdammt noch mal nicht mehr, was die sich eigentlich denken, ob sie uns alle feuern wollen oder darauf warten, dass wir keine Lust mehr haben und von selbst kündigen?» Die Stimme meiner Mutter, sanfter, beschützend: «Soll ich dir das Essen aufwärmen? Wie wäre es mit einem Glas Wein?» Mein Vater murmelt irgendetwas, ich kann ihn nicht verstehen, aber ich glaube, es geht um die SAS und die anderen Piloten, und schließlich ändert sich der Ton meiner Mutter. «Dann müssen wir eben umziehen», faucht sie. «Aha, das heißt, du hast darüber nachgedacht?», fragt mein Vater. Schweigen. Verbissenheit. «Ich denke die ganze Zeit darüber nach», antwortet sie barsch, «du lässt mir schließlich keine andere Wahl.» «Es könnte aber doch schlimmer sein?» «Ach ja, könnte es? Bist du sicher?» «Es sind nur die USA, nicht der afrikanische Dschungel. Schau dich doch mal um, wir leben sowieso schon fast wie die Amerikaner, welche Rolle spielt es da noch? Bei American Airlines könnte ich eine viel bessere Stelle haben, das weißt du. Ein Anruf genügt.» «Was ist mit Max, was glaubst du, wie er das aufnehmen wird? Hm? All seine Freunde sind hier, seine ganze Welt ist hier, willst du ihn einfach hier rausreißen?» «Meine Güte, Beate, es wird doch wohl in Amerika auch Freunde für ihn geben, du musst nicht immer alles gleich dramatisieren.» «Es ist dramatisch, Svein. Für mich jedenfalls. Und für Max wird es das auch sein.» Mein Vater stöhnt. «Lass uns jetzt nicht so ein Theater um die Sache machen, bevor es überhaupt entschieden ist», sagt er. «Wir reden morgen darüber.» «Aber es scheint, als hättest du es längst entschieden.» «Vielleicht. Ja.» «Und wann ist in diesem Fall deiner Meinung nach der passende Zeitpunkt, um ein Theater zu machen? Morgen? In zwei Wochen? An Weihnachten, wäre das besser?» «Wir brauchen nicht …» «Was ist denn mit Braathens Safe, die müssten doch auch etwas für dich haben, ich weiß nicht, hast du …» «Du weißt, dass ich mich erkundigt habe, wie oft soll ich das denn noch sagen, die haben dieselben Probleme. Ich sage nur, dass ich glaube, wir könnten es schön haben in New York. Es ist trotz allem New York, Beate.» «Na ja, Long Island, das ist wohl nicht ganz dasselbe.» «Du weißt, was ich meine.» «Ja, weiß ich, und ich sage, dass ich darüber nachdenken werde.» «Wir müssen ja nicht umziehen, bevor Max in die Mittelstufe kommt, bis dahin schaffe ich es sicher noch irgendwie.» «Ich sage doch, ich werde darüber nachdenken.» «Tu das.»

Eines ist auf jeden Fall sicher: Ich denke darüber nach. Ich liege hellwach in meinem Bett, und mir strömen die Tränen über das Gesicht, während ich höre, wie meine Eltern weiter darüber reden, in die USA zu ziehen, und eine Flasche Wein aufmachen und meine Mutter das Essen aufwärmt und sie lauter sprechen und lachen, ich höre, wie die Stimme meines Vater voller, milder wird, ebenso wie die meiner Mutter, sie sitzen im Wohnzimmer und reden die USA herbei und malen sich unsere neue Existenz aus und planen die Auswanderung, und ich will es nicht hören, ich will sie nicht so reden hören, denn vor nichts auf der Welt habe ich mehr Angst als vor einem Umzug, und genau darüber sprechen sie jetzt, und es gibt nichts, vor dem ich mir lieber die Ohren zuhalten würde, aber meine Arme sind eingegipst und meine Schlüsselbeine immer noch steif, mir bleibt keine andere Wahl, als all das mitanzuhören, was ich nicht erfahren soll, und ich beschließe, es keiner Menschenseele zu erzählen, nicht Stig, nicht Andri und nicht meiner Mutter, die dann wissen würde, dass ich sie belauscht habe. Es könnte ja sein, dass sie irgendwann einfach aufhören, darüber zu sprechen, so wie die Kommune irgendwann auch nicht mehr über die Enteignung unserer Häuser gesprochen hat. Ich kann morgen aufwachen und mir einreden, all das nur geträumt zu haben.

Als der Gips zwei Tage später aufgeschnitten wird, sind meine Arme blass und dünn, sie sehen lächerlich aus, wie sie aus meinem T-Shirt herausragen. Doch noch ist es warm, die letzten sommerlichen Tage im September. Ich bin oft draußen und sorge dafür, dass meine Arme möglichst viel Sonne abkriegen. Ich tue so, als wüsste ich nicht, dass unsere Stunden hier gezählt sind.

Ich tue so, als wäre ich glücklich.

6

Marin am Morgen. Ich sitze auf einer Bank, umgeben von Touristen mit iPhones und Spiegelreflexkameras, die eine unerschöpfliche Speicherkapazität haben und mit der Geschwindigkeit von Kleinfeuerwaffen Fotos schießen können. Genau wie ich sehen sie auf die Golden Gate Bridge hinab; sie sind froh, hier zu sein. Wir alle sind froh, hier zu sein. Wir alle haben unsere Gründe. Unser Lächeln ist eine Sprache mit einer Million Dialekte. Viertel vor acht am Morgen, die nächtliche Kälte liegt noch in der Luft, will noch nicht loslassen, obwohl der Tag längst begonnen hat. Auf der anderen Seite die Stadt: San Francisco. Alcatraz und weiter draußen Berkeley. Ich bin vorher noch nie hier gewesen. Es ist eine schöne Stadt, nicht wie Los Angeles; in San Francisco würde ich gern dazugehören. Wir sind gestern angekommen. Heute Nacht habe ich hier geschlafen, im Auto. Ich habe gut geschlafen, fast acht Stunden, ungestört, bis ein Deutscher an meine Scheibe klopfte, um mich zu fragen, ob das Parken hier kostenpflichtig sei. Da war es Zeit, aufzustehen. Aufzustehen und sich gleich wieder hinzusetzen. So ist das nämlich. Es gibt keinen Grund, sich zu bewegen, wenn man kein Ziel hat. Ich sitze hier auf einer der beiden Bänke, seit über einer Stunde habe ich sie in Beschlag; ich rauche Zigaretten und trinke Wasser, obwohl in dieser Gegend nur eines von beidem sozial akzeptiert ist. Irgendwo da unten in der Stadt liegt das Theater. Im ersten Moment fällt mir der Name nicht ein, aber was spielt das schon für eine Rolle? Die Adresse ist sowieso im Navi gespeichert, und dasselbe gilt für The Fairment, wo ich schon eingecheckt habe. Theoretisch jedenfalls. Das Ensemble hat sich gefreut, herzukommen, San Francisco ist bekannt für sein interessiertes Theaterpublikum, und ich gönne ihnen die leichteren Tage, sie haben sich Zuschauer verdient, die sie mit offenen Armen empfangen, wenngleich das meiste, was bei diesem Stück von der Bühne auf sie hereinbricht, eher Anlass gäbe, sich von dieser Brücke dort unten zu stürzen. Damit wären sie nicht die Ersten. Und auch nicht die Letzten. Eine beunruhigende Zahl von Menschen nimmt sich hier das Leben, so viele, dass die Behörden in Erwägung ziehen, ein Netz zu spannen, um all die Unglücklichen und Verzweifelten noch einmal aufzufangen, ehe sie uns für immer verlassen. Vielleicht sollten wir das auch fürs Theater überlegen. Ich schäme mich, *Better Worlds Through Weyland-Yutani* inszeniert zu haben. Was wollte ich damit bezwecken? Ich glaube, ich habe es aus Wut getan, ich glaube, ich wollte diese Wut auf der Bühne zeigen, in der Hoffnung, sie würde sich dadurch legen. Doch das tut sie nicht. Brav nehmen die Zuschauer diesen Text auf, der ihnen erzählt, dass sie unwichtig sind und sich niemand um sie schert, wenn es hart auf hart kommt. Es ist ein schrecklicher Anblick. Wie sie ihrem eigenen Untergang applaudieren, weil sie denken, sie hätten es nicht anders verdient. Ich erblicke einen Typen, der in Richtung Marin County über die Golden Gate Bridge joggt, und für einen kurzen Moment fürchte ich, er könnte einer von denen sein, die plötzlich aufgeben, auf das Geländer klettern und verschwinden, einer von denen, die nicht einen Moment zögern. Aber er läuft einfach nur dort unten entlang, den Körper gegen den Wind gestemmt, ein Mann Anfang oder Ende vierzig, das lässt sich aus dieser Entfernung nicht so genau erkennen. Eine halbe Stunde später keucht er den verschlungenen Weg bergauf und läuft an mir vorüber, atemlos und knallrot im Gesicht, mit einer leeren Wasserflasche, und der Schweiß rinnt unter seiner hellblauen Mütze hervor, auf der mit großen, gelben Buchstaben das Wort AWESOME steht. Er sieht aus wie ein Mann, der alles bereut. Früher oder später wird auch er am Ziel sein. Das weiß ich, weil ich auch einmal einer war, der gelaufen ist.

Jeden Montag, Mittwoch und Freitag treffen wir uns in der Turnhalle unserer Schule in unseren dunkelblauen Trainingsanzügen, auf deren Rücken *Forus und Gausel Sportverein* steht, immer pünktlich, immer gleichzeitig, jedenfalls Stig und ich, wir schieben unsere Fahrräder in den Ständer und frösteln in der kühlen Nachmittagsluft. Dann kommt mit einigen Minuten Verspätung Andri. *Tut mir leid*, sagt er, *Mama hat so lange für das Mittagessen gebraucht.* Das braucht sie immer. Kochen ist nicht ihre Stärke.

Man erzählt uns, wir hätten alle Möglichkeiten und könnten es weit bringen, wir hätten Athletenpotenzial, und unsere Trainer, größtenteils Eltern aus der näheren Umgebung mit unterschiedlich ausgeprägter sportlicher Fachkompetenz, klagen unaufhörlich über all die Jugendlichen, die plötzlich nicht mehr zum Training erscheinen, sobald sie vierzehn oder fünfzehn sind. Aber wir werden bleiben, das haben wir uns fest vorgenommen. Inzwischen glaube ich selbst daran, denn bisher haben meine Eltern den Umzug noch mit keiner Silbe erwähnt, und wir haben schon 1989, mehr als ein Jahr ist vergangen, es ist Anfang Oktober, und ich bin zwölf Jahre alt. Ich glaube, dass wir bleiben werden. Also kommt es nicht in die Tüte, dass ich Sean enttäusche, den Physiotherapeuten aus Irland, der unsere körperliche Verfassung stets überschätzt und uns, inspiriert vom Training der Spetsnaz-Spezialeinheiten, auf unmögliche lange Läufe mit integrierten Bergsprints schickt, oder Ola, den gutgelaunten, glatzköpfigen Meditationsguru, dem die Flutlichtanlage ein Rätsel ist und der uns im Dunkeln auf dem Sportplatz Hürdenlauf und Speerwurf üben lässt und bizarre Hindernisparcours in der Turnhalle aufbaut, die ebenso schwer zu begreifen wie zu bewältigen sind, wenn wir für die letzte halbe Stunde ins Warme kommen.

Doch, wir werden weitermachen, auch mit über fünfzehn. Natürlich.

Wir laufen, es ist ein Gefühl, als würden wir sterben. Und draußen ist es kalt. So habe ich das gesamte Training aus dieser Zeit in Erinnerung, als etwas, das im Herbst oder im Winter stattfindet, wenn es dunkel ist und sich der Regen im Asphalt spiegelt. Wir müssen auch im Frühjahr und im Sommer trainiert haben, aber ich erinnere mich nur daran, dass wir immer weiße Atemwolken vor dem Gesicht hatten und in Bewegung bleiben mussten, um nicht auszukühlen, und dass die Straßenlaternen hinter uns in der Finsternis verschwanden, wenn wir mit jedem Mal weiter und weiter liefen, an Orte, wo wir noch nie gewesen waren, ohne eine Ahnung, wann wir wieder bei der Schule ankommen würden. Wir, das sind Stig, Andri und ich, gemeinsam mit Seans ältestem Sohn und einem weiteren Siebzehnjährigen, der in Ulrikkes Klasse geht und Springsteen-Fan ist, was uns beides entsetzt. Die beiden Ältesten übernehmen immer die Führung und kennen den Weg, und sicher hoffen sie insgeheim, die drei hinter ihnen herhechelnden Zwerge würden zurückfallen und am Ende das Handtuch werfen, umdrehen und beschämt nach Hause trotten. Aber das tun wir nicht. Wir beißen uns durch, auch wenn wir schon mehr als zwanzig Kilometer gelaufen und sicher sind, niemals lebend zurückzukommen. Wir halten die erste Viertelstunde durch und die erste halbe Stunde, die immer am schwierigsten ist, am härtesten, mit Seitenstechen und Atemproblemen, die man unmöglich in den Griff bekommt, wir sprechen in Haupt- und Nebensätzen, um uns abzulenken oder einfach nur um zu zeigen, dass wir noch überschüssige Energie haben; wir laufen durch ganz Forus, und jede unserer Stationen hat einen Namen, ich weiß sie alle noch: Wir laufen den Ulsbergsbakken hinauf und den Heddeveien entlang, durch den Wald und das Godeset-Tal, und nach und nach verstummen wir, werden unsere Stimmen abgelöst vom Geräusch unserer Schuhe auf dem nassen Asphalt und unseren regelmäßigen Atemzügen, ein, aus, ein, aus, im Takt, wir atmen synchron, wir sind wie ein menschliches Metronom in Bewegung, eine organische Maschine, die einfach nur läuft und läuft und läuft, und bald wird es um uns herum dunkler, und die Abstände zwischen den Straßenlaternen und Häusern werden größer, jetzt sind wir draußen auf dem Land, bei den Höfen und Feldern im Jåttaveien. Sobald wir nicht mehr darüber nachdenken, wie anstrengend das ist, was wir gerade machen, wenn unsere Beine und Gehirne getrennte Wege gehen und sich gegenseitig in Ruhe lassen, passiert in unseren Köpfen etwas Merkwürdiges. Das ist es, wovon Ola uns in seinen Meditationskursen ständig erzählt: *den Kopf fliegen lassen*. Also mache ich genau das. Ich lasse meinen Kopf fliegen, und wir laufen hügelabwärts in Richtung Autobahn und Hinna, und ich verlasse meinen Körper und werde in die Luft gehoben, höher und höher, ich kann uns nicht länger hören, und die Landschaft breitet sich unter mir aus, ich sehe uns aus der Vogelperspektive laufen, durch diesen letzten Beweis dafür, dass die Industrieregion, in der wir wohnen, einmal ein Ackerbaugebiet war; weit weg von der Stadt, weltabgewandt. Ich werde noch höher emporgehoben und starre auf die Siedlungen und die Straße und die Schulen und Fabriken, die die dunkelgrünen Koppeln umringen, wo die letzten verbliebenen Pferde ruhig vor sich hingrasen, ahnungslos über die Entwicklung, die um sie herum vor sich geht, und inmitten von alldem kann ich gerade so fünf Menschen erahnen, die schneller laufen als am Anfang, ihre Beine, die wieder und wieder ausholen und sie weitertragen, ein phantastischer Anblick, und dann verliere ich uns unter einer Wolkendecke für einen Moment aus den Augen. Erst als wir den Jåttavågen passieren, wo die Condeep-Bohrinseln gebaut und in die Nordsee hinausgeschickt werden, sehe ich uns wieder, jetzt auf dem Rückweg, und ich glaube, in dem Augenblick glühen wir, jedenfalls weiß ich, dass ich es tue, aber ich bin nicht erschöpft, keiner von uns ist es; wir sind unschlagbar, wir stehen an der Schwelle zu etwas Großem, bald werden wir auf der weiterführenden Schule sein, schon nächstes Jahr wird unser Leben beginnen, und man kann unmöglich wissen, was danach passiert, die Wirklichkeit wird sich vor uns auftun, und wir mittendrin. Wir kämpfen uns den letzten Hügel hinauf, den endlosen Gauselbakken, noch immer lebendig, noch immer mit Reserven. Ich kann mein eigenes Gesicht sehen, als ich die Anhöhe erreiche, die Schule erblicke und weiß, dass wir da sind, ich kann mich selbst sehen, und ich weiß, was ich denke, denn ich denke an meine Eltern, ich denke daran, dass Freitag ist und dass ich bald, nach einer weiteren halben Stunde in der Halle, wo wir uns zum Schluss noch durch eine brutale Hockeypartie kämpfen müssen, ehe wir Feierabend machen dürfen, nach Hause fahren werde. Ich werde mich von meinen Freunden verabschieden und mich aufs Rad schwingen, und meine Mutter wird ein Knoblauchbaguette aus dem Ofen nehmen und es mir zusammen mit einem Glas Limonade servieren, ich werde ein bisschen was essen und anschließend duschen gehen, und während ich mich abtrockne und saubere Klamotten anziehe, höre ich die Titelmelodie von *Unterwegs in Norwegen* und rieche das Feuer im Kamin und höre meinen Vater, der meiner Mutter irgendetwas erzählt, und sie lacht, bevor sie kurz darauf anklopft und mir sagt, die Pizza sei fertig, und dann werden wir zusammen im Wohnzimmer sitzen, auf dem braunen Sofa, das gegenüber vom guten Sofa steht, auf das wir uns nie zu setzen wagen, es sei denn, wir haben Besuch, doch den haben wir fast nie. Ulrikke ist heute mit ihren Freunden unterwegs, und ich habe sie ganz für mich, meine Eltern, von denen ich glaube, sie lieben sich. Mein Vater fragt, wie das Training war, und ich erzähle von unserer Strecke und wie sich die Landschaft verändert, und er fragt, ob ich unten in der Bucht die drei riesigen Betonpfeiler der neusten Condeep gesehen hätte, die bald fertig sein soll, und ich nicke, schiebe mir mehr Pizza auf meinen Teller und schenke mir Limonade nach, und so gehen diese Abende normalerweise weiter, bis sie in etwas Diffuses hinübergleiten und sich allmählich auflösen. Ich glaube, es liegt daran, dass ich müde bin, es ist eine lange Woche gewesen, und ich bin so weit gelaufen, und jetzt muss ich schlafen, also verschwinde ich wieder im Bad, putze mir gründlich die Zähne und hänge meine Klamotten über den Badewannenrand, ehe ich in mein Zimmer gehe, mich unter die Bettdecke lege und darauf warte, dass jemand kommt und mir einen Gute-Nacht-Kuss gibt, denn das mag ich nach wie vor, dafür bin ich nicht zu alt, und nur wenige Minuten später kommt meine Mutter herein, sie geht leise, darauf sind ihre Füße eingestellt, anders als die meines Vaters, der durch die Welt trampelt, als würde er durch nassen, schweren Schnee stapfen und müsste seinen Füßen Halt verschaffen. Doch der Gang meiner Mutter ist gewissermaßen damit verwandt, denn sie scheint die ganze Zeit Angst zu haben, das Eis könnte unter ihren Füßen nachgeben und das blaue Wasser über sie hereinbrechen. Weder mein Vater noch meine Mutter trauen dem Boden unter ihren Füßen.

«Bist du schon müde?», fragt sie und setzt sich auf meine Bettkante.

«Irgendwie ja.»

«Aber du weißt, dass wir morgen ausschlafen können. Morgen ist Samstag.»

«Ja», antworte ich. «Morgen ist Samstag.»

Es ist der Samstag, an dem meine Eltern – während Ulrikke auf der Armlehne eines Sessels sitzt und demonstrativ die Arme verschränkt, weil sie woanders sein will und keine Zeit für improvisierte Familienversammlungen hat, und ich erwartungsvoll auf einem Esstischstuhl neben ihr hocke – uns erzählen, dass wir im Sommer, sobald das Schuljahr um ist, in die USA ziehen werden.

Es wird Herbst. Der Herbst 1989, und ein neues Jahrzehnt bricht an, Winter und Frühling 1990. Es sind die letzten Wochen unseres Lebens, ehe wir auf die weiterführende Schule kommen, das Abschlussfest zu Hause bei Anne findet nach dem letzten regulären Schultag Mitte Juni statt, ein Fest, das um Punkt 18 Uhr beginnt und um 22 Uhr endet. Spätestens. Wir tanzen zu Percy Sledge, essen süße Brötchen und Kuchen, und irgendjemand hat eine Diskokugel an der Decke befestigt, um für ein bisschen Partystimmung zu sorgen. Viele von denen, die heute da sind, waren schon öfter in der Jugenddisko und wissen, wie das Ganze abläuft. Stig, Andri und ich gehören nicht dazu. Aber in einem Punkt sitzen wir alle im selben Boot, jeder in dieser Klasse, die sechs Jahre zusammengehalten hat, verbringt den Abend feiernd, um die Sorgen und Ängste zu verdrängen, die uns plagen, weil die Einheit, die wir waren, von nun an nicht mehr existiert, respektvoll haben wir uns von unserem Klassenlehrer verabschiedet und versprochen, ihn zu besuchen (und wahrscheinlich werden das nur zwei der Mädchen einlösen, höchstens ein Mal, leicht beschämt, weil ihnen in dem Moment aufgeht, dass das etwas ist, was man zwar sagt, aber nicht macht, denn jetzt hat der Lehrer neue Schüler, um die er sich kümmern muss); wenn der Herbst anfängt, kommen wir in neue Klassen, und einige von uns werden in andere, weiter entfernte Schulen gehen. Wir werden neue Lehrer und neue Klassenkameraden bekommen, die mit uns konkurrieren oder uns mobben. Fast so lange, wie wir denken können, haben wir zusammen existiert, wir hatten unsere festen

Plätze und wussten alles voneinander. Wer gegenüber, hintereinander, zwei Reihen weiter oder rechts von einem saß; nichts von dem werden wir mitnehmen. Doch gleichzeitig können wir es kaum erwarten, der Sommer wird uns unendlich erscheinen, bis wir auf die andere Seite kommen, dorthin, wo die Zukunft liegt und die weiterführende Schule anfängt. Ab hier gibt es zum Glück keinen Weg zurück. Ab hier wird man nur noch älter, und die Dinge werden im Großen und Ganzen schwieriger. Von jetzt an gilt es, die Chancen zu ergreifen, die sich einem bieten. Und die Welt wird anders riechen: ein Siegesgeruch.

Aber ich werde dann nicht mehr hier sein. Niemand weiß es, weil ich keiner Menschenseele erzählt habe, dass wir in ein paar Wochen umziehen. Dass wir Norwegen für immer verlassen. Ich hätte es tun sollen, und ich hatte auch wirklich vor, es zu sagen, wenigstens Stig und Andri. Doch dann habe ich es bleibenlassen, habe so getan, als wäre nichts, selbst wenn wir darüber sprachen, in welche Klassen wir im Herbst zu kommen hofften, oder über den Willkommensbrief der Schule, von dem ich behaupte, ihn auch erhalten zu haben. Ich habe es immer weiter hinausgezögert, so lange, dass ich inzwischen denke, vielleicht wäre es das Beste, eines Tages einfach fort zu sein.

Die ersten beiden Wochen dieses Sommers. Sie wollen nicht enden, schlängeln sich durch brennend heiße Junitage voran. Im Verborgenen, hinter den Gardinen meines Zimmers, packe ich langsam meine Sachen und mein bisheriges Leben zusammen. Mir stehen zwei Umzugskartons zur Verfügung, die ich mit in die USA nehmen darf, und viele weitere Kartons, die ich mit allem füllen soll, was ich weggeben «möchte», in die Altkleidersammlung oder wohin auch immer. Eigentlich ist es seltsam, dass uns niemand fragt, was eigentlich vor sich geht, denn einige Nachbarn müssen zweifelsohne bemerkt haben, wie es bei uns rumort, dass wir die schweren Velourgardinen im Wohnzimmer abgenommen haben und ein Lastwagen nach dem anderen mit unseren Möbeln beladen wird und abfährt, je näher der Abreisetag rückt. Vielleicht glauben sie, wir würden renovieren. Der Großteil unserer Möbel stammt noch aus den siebziger Jahren, und viele Leute richten sich über Sommer neu ein.

Und dann ist er plötzlich da, der Tag. Ich hätte längst zu Hause sein müssen, aber ich will nicht. Ich sitze zusammen mit Stig und Andri auf dem Gipfel des Ulsberget, hinter uns liegt die Aschenbahn, und wenn wir uns anstrengen würden, könnten wir gerade noch die Elfjährigen erkennen, die dieses Jahr mit dem Leichtathletiktraining angefangen haben und auf der Innenbahn hin- und herlaufen, während ihnen ihr Trainer, vermutlich einer ihrer Väter, etwas zuruft, sie bittet, schneller, besser, sauberer oder kontrollierter zu laufen – aber wir sitzen mit dem Rücken zu ihnen, sodass wir sie nur hören, wie aus weiter Ferne, die Rufe und die Füße, die über die Asche laufen, und vor uns, unter uns, liegt Forus mit seinen Fabriken und Tankstellen und der Scania-Werkstatt, den Reihen von Trailern, die dort für die Nacht geparkt wurden, und ich hätte längst zu Hause sein müssen, aber ich bin hier. Ich will nicht gehen, ich will sitzen bleiben, denn es ist ein hoffnungslos schöner Abend, und wir sitzen zusammen, unter uns liegt Forus, und allmählich wird es kühler, obwohl die Sonne noch nicht untergegangen ist, das wird sie frühestens in einer Stunde tun, und ich will nicht gehen, aber vielleicht hat es gar nichts damit zu tun, dass es ein schöner Abend ist, vielleicht ist dieser Abend kein Abend, an dem das Wetter eine Rolle spielt. Vielleicht hätte es regnen können, und ich wäre trotzdem glücklich gewesen, ich weiß es nicht, ich weiß nur, dass es ein fast unheimlich schöner Abend ist und ich nicht nach Hause gehen will, aber keine andere Wahl habe, denn alles, was noch nicht eingepackt, mit meinem Namen versehen und auf die angewiesenen Plätze gestellt worden ist, ehe mein Vater sich zum letzten Mal in unserem Haus schlafen legt, wird dortbleiben.

Morgen früh um sechs ist es zu spät.

Dann fahren wir. Für immer. Bevor die Nachbarn aufwachen. Um zehn vor sechs wird uns ein Taxi abholen, und anschließend werden sämtliche Spuren von uns beseitigt werden, als wären wir nie da gewesen. An der Stelle, wo all die Jahre unser Mazda gestanden hat, wird ein Umzugswagen stehen, und Männer, die niemand von uns kennt, werden mit dem Schlüssel, den mein Vater ihnen gegeben hat, unser Haus betreten und eine Kiste nach der anderen hinaustragen und dafür sorgen, dass sie an unsere neue Adresse gelangen. Bald werden neue Menschen und Stimmen die Räume erfüllen, ihre eigenen Möbel mitbringen, ihre Gardinen und Gewohnheiten, ihre Rasenmäher und Wäscheständer und ein anderes Auto in die Garage stellen. Und die Nachbarschaft, die unser Haus umgibt, die Straßen und Wege, Fabriken und Ölfirmen, der Verkehr und die Wälder, die Eisenbahnschienen und die Hügelkuppen, der Strand und der Fjord, nichts davon wird mehr mir gehören, andere werden es übernehmen, mir bleibt nur die Erinnerung, dass ich einmal hierhergehört habe, an genau diesen Ort, wo die Sommer feucht und im besten Fall durchwachsen sind und die Winter nie ganz kalt, sondern einhergehend mit Nässe und Sturm und ewigem Schneeregen und sporadisch vereisten Straßen von November bis April. Und ich werde meine beiden besten Freunde verlieren. Deshalb habe ich Stig und Andri auch noch nichts davon gesagt.

Solange ich nichts sage, ist es auch nicht wahr.

Inzwischen ist es nach zehn. Es ist tatsächlich kühl geworden, obwohl uns die Sonne immer noch blendet, ich schließe den Reißverschluss meiner Jacke und ziehe die Knie näher zu mir heran. Dies ist einer der ersten Julitage, an denen normalerweise, während alle Ferien haben, grundsätzlich schlechtes Wetter herrscht, aber in diesem Sommer ist vieles anders. Erst vor ein paar Stunden sind wir die Hänge zum Fjord hinabgelaufen, zum Kai hinter Sønnichsens Rohrwalzenwerk, wo Andri immer angelt (obwohl es auf keinen Fall gesund sein kann, den Fang von dort zu essen); wir sind zum Gauselstrand geschlendert und haben gebadet, eigentlich ist das Wasser noch zu kalt, aber Stig meint, es sei wichtig, im Sommer zu baden, weil es Glück bringt, mir wird klar, dass er sich das genau in dem Moment erst ausgedacht hat, trotzdem stakse ich ihnen mit einer Gänsehaut bis ins Gesicht hinterher, in den steinigen Fjord, und trete auf einen Seestern, ehe ich mich ins Wasser werfe und hinausschwimme und mir wieder warm wird, und ich denke, dass ich immerhin besser schwimmen kann als sie alle zusammen. Ich schwimme die siebenhundert Meter um die Insel Gauselholmen, wo ein paar Teenager, drei Jungs und drei Mädchen, sitzen und grillen und rauchen, sie haben ein silberfarbenes Zelt aufgeschlagen und wollen dort bestimmt übernachten, es sieht so schön aus, ich spüre, wie ich sie beneide, und einer von den Jungs, ein Typ mit halblangen Haaren, Wollpulli und Schlaghose und einer selbstgedrehten Zigarette im Mund, steht auf, als ich an ihnen vorbeischwimme, grinst und feuert mich an, und für einen Moment habe ich fast das Gefühl, er wäre mir ähnlich, doch dann dreht er sich um und sagt etwas zu den anderen, und sie lachen, ich weiß nicht, worüber, und ich schwimme zurück zum Strand, wo Stig und Andri am Ufer sitzen, Krabben mit Steinen bewerfen und darauf warten, dass ich an Land komme. Wir bleiben sitzen und lassen uns an der Luft trocknen, ohne viele Worte zu verlieren, und anschließend gehen wir denselben Weg zurück, die Hügel hinauf, wir laufen einfach nur herum, schlendern durch Forus, von der Storaberget-Terrasse zum Heddeveien durch den Kviestølen und Bamsefaret über den Ulsbergsbakken, Petroleumsveien und die Løwenstrasse und wieder zurück, ich weiß nicht mehr, worüber wir geredet haben, nur dass sich das Ganze anfühlte wie eine Prozession, wie der Abschluss von etwas, das eigentlich dazu bestimmt war, viel länger zu dauern, beim Lebensmittelgeschäft im Kviebakken treffen wir einige unserer alten Schulkameraden, mit denen Stig und Andri im Herbst in einer Klasse sein werden, ich gehe in den Laden, streife zwischen den Regalen herum, schlage Zeit tot, während die anderen quatschen, und ich gehe nicht raus, ehe ich sehe, dass Stig und Andri wieder allein sind. Anschließend kaufen wir jeder eine Flasche Cola und große Baguettes, die wir ohne Belag essen, während wir an der roten, warmen Ziegelsteinfassade des Lebensmittelgeschäfts lehnen. Dann setzen wir unseren Weg fort, als hätten wir es eilig, und so ist es auch, wir kreuzen unsere eigenen Spuren und ziehen in den Wald hinter der großen Wohnsiedlung, auf den Ulsberget hinauf, den höchsten Punkt, den wir finden, und dort setzen wir uns hin, und dort sitzen wir schon viel zu lange, als ich es endlich sage:

«Ich ziehe morgen von hier weg.»

Es ist lange still, bis Stig leise sagt:

«Hab mir gedacht, dass irgendetwas ist. Weißt du das schon länger?»

«Eine Weile.»

Sie nicken langsam.

«Dann wird wohl nichts draus, dass wir im Herbst auf dieselbe Schule kommen», sagt Andri. «Das Trio und so.»

«Ihr kriegt das sicher auch ohne mich hin», erwidere ich.

«Schon, aber trotzdem. Wir drei wollten doch …» Er beendet den Satz nicht, stattdessen fragt er: «Wo ziehst du denn hin?»

«Nach Amerika. Long Island.»

Wir erschrecken alle drei, als wir einsehen, wie weit weg das ist.

«Liegt das … in Kalifornien?», hakt Andri nach. Besser, man lässt sich nichts anmerken.

«Nein, in der Nähe von New York, glaube ich.»

«Kalifornien soll cool sein. Hollywood. Vielleicht kannst du da mal hinfahren?»

«Vielleicht.»

Und dann reden wir ein bisschen über Kalifornien und wie es da unserer Meinung nach ist, weil es keinen Zweck hat, über Long Island zu reden, von dem wir sowieso keine Ahnung haben, und Andri sagt, dass in Kalifornien manchmal Leute auf offener Straße erschossen werden, wenn sie sich auf dem Highway zu spät in den Verkehr einreihen, *einfach durch die Windschutzscheibe erschossen*, sagt er, das hat er irgendwo gelesen, und vermutlich stimmt es. Aber gleichzeitig gibt es in den USA auch Filmstars und Geld und die besten Bands und riesige Portionen von allem, was auch immer man bestellt, das erzählen wir uns gegenseitig, und wir sind uns völlig einig, dass Amerika cool ist, nichts dagegen einzuwenden, wir können uns alle drei vorstellen, dort zu wohnen, dorthin zu ziehen und so zu leben, wie wir wollen. *Irgendwann mal.* Aber nicht heute, nicht morgen. Es ist einfach so verdammt früh.

«This is for us», sagt Andri und blickt auf Forus.

«Hä?»

«Das habe ich mal zu einer Frau gesagt, die bei uns geklingelt hat, letztes Jahr war das, glaube ich, sie sprach nur Englisch und hat Ullandhaug gesucht, wollte wohl hoch zu der Schule oder so, sie hat gefragt: *Is this Ullandhaug?*, und ich habe geantwortet, nein, das ist Forus. Aber irgendwie habe ich es komisch ausgesprochen, und ich glaube, sie hat mich falsch verstanden, denn sie ist sauer geworden, hat sich einfach umgedreht und ist gegangen.»

«*This is for us*», wiederhole ich.

«Und irgendwie stimmt es ja auch», sagt Andri.

«Das ist ein Dreckskaff», sagt Stig. «Seht euch doch nur mal um, ich fasse es nicht, wie die Leute hier wohnen können.»

«Aber es ist *unser* Dreckskaff», entgegne ich.

«Es waren die Nazis, die Forus überhaupt erst bewohnbar gemacht haben, wusstet ihr das?»

Wir wussten es nicht.

«Echt wahr», sagt Stig, «niemand redet laut darüber, aber es stimmt. Die Nazis haben Forus vor dem Untergang gerettet.»

«Glaube ich nicht», sagt Andri.

«Doch, wirklich. Sogar der Satan vollbringt mindestens eine gute Tat», erklärt Stig. «Sie sind 1940 über den Seeweg gekommen, die Sandstrände am Jæren hochgekrochen und über Land Richtung Norden marschiert. Bis sie hier angekommen sind. In Forus. Ich glaube, sie müssen den Ort unbesehen eingenommen haben. Hätten sie sich die Mühe gemacht, im Voraus die Eto… Etylomo… Etomylogie …»

«Etymologie?»

«… des Ortsnamens zu prüfen, hätten sie kapiert, dass Forus *Sumpfgebiet* bedeutet. Dass es Ärger bedeutet, versteht ihr? Aber sie sind tatsächlich gekommen, die Nazis sind durch den Sumpf marschiert und haben beschlossen, das Hauptquartier für die Luftwaffenverbände an dem Ort mit den schlechtesten Wind- und Wetterbedingungen einzurichten. Sie haben Landebahnen aus Beton gebaut und einen fünf Kilometer langen Rollweg und splittersichere Hangars, sie haben im Schlamm geschuftet und geackert und am Ende stabile und effektive Kanäle konstruiert, sie haben das Moorwasser in den Gandsfjord und den Hafrsfjord geleitet und den Untergrund von Forus für immer entwässert und befestigt. Und dann sind sie abgeschwirrt. Es muss das einzige Mal gewesen sein, dass die Startbahn benutzt worden ist.»

Das kann man sich leicht vorstellen. Der erste und der letzte Auftritt. Wer einmal zu viel geblinzelt hatte, dem waren sie entgangen, die Messerschmitts, die Forus in der Formation eines stahlglänzenden Hakenkreuzes am Himmel verließen.

«Später», fährt Stig fort, «dreißig Jahre später, als das Öl zu sprudeln begonnen hatte und die hohen Immobilienpreise vom Zentrum um sich griffen und unerschwinglich für die meisten wurden, haben einige Leute ihre Sonntagsausflüge an diese Orte gemacht, die früher einmal reines Ackerland waren, um zu sehen, ob man sich vielleicht stattdessen dort niederlassen könnte.»

Auch das kann man sich leicht vorstellen: Meine, Stigs, Andris und all die anderen Eltern, wie sie unabhängig voneinander hierherfuhren, aber mit gemeinschaftlicher Skepsis oder gemeinschaftlichem Enthusiasmus die Kataloge studierten und Grundstücke in Augenschein nahmen, miteinander diskutierten und in die Hände spuckten, den Spaten in den Boden stachen und ihre Bank anriefen, um ein Kreditgespräch zu vereinbaren. Wir schlugen hier Wurzeln, erst zögernd und tastend, nach und nach aber mit aufrechtem Rücken. Und diejenigen von uns, die geblieben waren, zwischen den Fabriken und Bürohäusern, die überall um uns herum aus dem Boden wuchsen, trugen die Zugehörigkeit zu Forus wie einen Button, einen Beweis dafür, dass man unter allen Bedingungen überleben konnte. Wir waren Bürger. In Häusern. In der Vorstadt. Mit trockenen Füßen im Sumpf.

«Dann sag doch, dass du nicht willst», sagt Stig. «Sag, dass du dich weigerst.»

«Glaubst du, das hätte ich nicht versucht?», antworte ich.

Wieder schweigen wir, es ist nicht so leicht, noch mehr dazu zu sagen.

«Aber wir können ja zu Besuch kommen?», schlägt Andri vor und versucht, dem Ganzen etwas Positives abzugewinnen. «Nächstes Jahr in den Sommerferien vielleicht. Wir können bleiben, bis die Schule wieder anfängt.»

«Klar», sage ich.

Aber sie werden niemals kommen.

Das wissen wir alle drei, wir sagen es nur nicht laut.

Stattdessen erzähle ich ihnen von den Umstrukturierungen bei der SAS und dass mein Vater den Tipp bekommen hat, dass American Airlines in New York Piloten sucht, ich erzähle, dass sie dort die richtig großen Flugzeuge haben, die zu fliegen sich mein Vater immer erträumt hat, den Jumbojet, die Boeing 747, und dass wir umziehen, damit mein Vater weiter fliegen kann, größere Flugzeuge, mehr Geld verdient und geregeltere Arbeitszeiten hat, und dass wir in ein paar Jahren vielleicht wieder nach Forus zurückziehen werden, das kann sein, sage ich, vor allem, weil ich weiß, dass es nicht stimmt, und wir reden und reden über die Unterschiede zwischen der Boeing 737 und der DC-9 und der 747 und anderen Flugzeugtypen, die ich kenne, alles nur um nicht zu schweigen, und wir versprechen, dass wir uns Briefe schreiben werden, das können wir doch wohl machen, ich verspreche, ihnen so schnell wie möglich meine Adresse zu schicken, und wir schmieden Pläne, uns im nächsten Sommer wiederzusehen, als wäre das realistisch, und dann muss es fast elf sein, denn am Ende stehen wir auf und gehen den Hügel hinunter und durch den Wald, und auf dem Schotterweg zwischen dem Sportplatz und den Siedlungen verabschieden wir uns voneinander, Stig und Andri geben mir beide die Hand, als hätten wir einen offiziellen Termin beendet. Ich kehre ihnen den Rücken zu und gehe nach Hause, höre, wie auch sie sich ein Stück weiter hinter mir voneinander verabschieden und getrennte Wege gehen, nachdem sie ausgemacht haben, sich am nächsten Tag zu treffen, vielleicht wieder an den Strand zu gehen, wenn das Wetter gut ist, man weiß ja nie, wie lange es sich hält, in diesem Dreckskaff regnet es schließlich fast immer, und jetzt ist es nicht mehr kalt, die Wärme kehrt zurück, es wird schwül, meine Turnschuhe kleben am Asphalt, und ich schwöre, dass in dieser Nacht ein Gewitter über der ganzen Stavanger-Region aufzog, ein schreckliches Unwetter, das offenbar bis weit in den August anhielt und in einen viel zu frühen Winter überging.

[II]

GARDEN CITY

(BRACE BRACE HEADS DOWN STAY DOWN)

1990 – 1993

1

64 Poplar Street, Garden City, Nassau County, Long Island, New York. Amerika. Eine dörfliche Enklave auf knapp vierzehn Quadratkilometern im Herzen der Stadt Hempstead, mit drei Golfvereinen, von denen jeder der exklusivste sein wollte. Das ganze Jahr hindurch gepflegte Alleen und saubere Bürgersteige und mexikanische und puertoricanische Gärtner, die aus dem Nichts auftauchten und das Laub aus unseren Einfahrten bliesen, während sie Melodien pfiffen, die wir niemals lernen sollten.

Diese Erinnerung habe ich an uns, meine Eltern, meine Schwester und mich, hier, am ersten Tag in Amerika, einem Julitag im Jahr 1990, unserem allerersten Tag; viel zu warm angezogen, pendelten wir zwischen dem Umzugswagen an der Bordsteinkante und dem neuen Haus mit seinen noch unvertrauten Zimmern, in die wir einziehen sollten. Wir waren an einem kühlen Morgen in Stavanger aufgebrochen, und unser Anblick in dicken Wollpullovern mit skandinavischen Mustern muss die Vermutungen unserer neuen Nachbarn endgültig bestätigt haben, sie konnten einander vielsagend zunicken: Wir waren nicht vorbereitet. Und ich erinnere mich, wie der Nachmittag in den Abend überging, während mein Vater eigenhändig das riesige hellbraune Sofa über den Rasen zum Haus wuchtete. Er keuchte, ihm rann der Schweiß, und die Sofabeine hinterließen tiefe Furchen im Gras, doch er war fest entschlossen, er, und nur er, sollte unser wichtigstes Möbel an seinen Platz befördern, ich glaube, es hatte symbolische Bedeutung für ihn; erst wenn es drinnen am richtigen Ort stand, wären wir zu Hause. Dachte er. Als Einziger von uns. Mehrere neugierige Nachbarn hatten sich versammelt, um das eigenartige Manöver näher in Augenschein zu nehmen, und boten ihre Hilfe an, doch mein Vater schüttelte nur den Kopf.

«Nein, danke», sagte er mit einem tapferen Lächeln und kämpfte sich weiter voran. «Geht schon.»

Auf halbem Weg ließ er sich zu einer Verschnaufpause und einem Bier überreden, und das ist der Moment, der mir von diesem Tag am eindrücklichsten in Erinnerung geblieben ist: wie mein Vater auf dem frisch malträtierten Rasen vor unserem Sofa steht, umgeben von Nachbarn in luftigen Hemden und Sommerkleidern, während er selbst Wolle trägt, und wie er sich am Ende den Pullover auszieht und ihn auf das Sofa wirft. Und die neuen Nachbarn Beifall klatschen. Und ich meinen Pullover anbehalte. Und wie die letzten Sonnenstrahlen den Kopf meines Vaters erleuchten und ihn glühen und größer aussehen lassen, als er ist. Und wie meine Mutter aus dem Haus kommt und ihn umarmt und einen Schluck aus seiner Flasche nimmt und die neuen Nachbarn begrüßt, die ihr zuprosten.

Und ich friere und reingehe.

Wie wäre es gewesen, wenn wir uns stattdessen von Anfang an in Manhattan niedergelassen hätten, alles wäre anders gewesen, alles neu, nichts Wiedererkennbares, sondern ein gleichmäßiger Strom von Zerstreuungen und Geräuschen, die mich von dieser grässlichen, nicht nachlassenden Sehnsucht abgelenkt hätten. Denn das größte Problem an Garden City war nicht, dass es in Amerika lag, sondern dass es so sehr an zu Hause erinnerte, ohne zu Hause zu sein. Die Häuser hier sahen vielleicht nicht so aus wie die, in denen ich und meine Freunde aufgewachsen waren, und die Straßen und Alleen wirkten schöner, als ich es gewohnt war, gepflegter. Und trotzdem war es das Gleiche, die gleiche wellenartige Abwesenheit von Lärm; Autofahrer, die aus Rücksicht auf die spielenden Kinder langsam fuhren, Nachbarn, die sich morgens grüßten und abends den Rasensprenger ausschalteten, nachdem er den ganzen Nachmittag wie hypnotisch zwischen der Rasenfläche und dem Bürgersteig hin- und hergeschwenkt war; dasselbe Vorstadtgefühl, das uns zu verstehen gab, dass wir unter uns waren und glücklich darüber sein sollten. Die ganze Zeit bläute Garden City uns, mir, schmerzlich ein, dass wir nicht da waren, wo wir sein sollten. Jedes Mal, wenn ich in die Küche ging, um ein Glas Milch zu trinken, und für einen Moment vergaß, dass ich nicht in Stavanger war, nur um kurz darauf das Zucken in meiner Hand zu spüren, wenn ich die Milchtüte nahm, und die Nerven ein Signal an mein Gehirn sendeten, dass die Packung größer war als gewohnt und anders gehalten werden musste. Oder wenn ich mir an manchen Tagen einbildete, ich würde mich wohlfühlen, und in meinem neuen Zimmer Musik hörte und mitsang und von der Zukunft träumte und davon, wie ich irgendwann, früher oder später, aber ganz sicher irgendwann – vielleicht dann, wenn man mich längst aufgegeben und vergessen hätte – triumphierend nach Stavanger zurückkehren, mein Gepäck mitten auf die Straße stellen und sagen würde: *Hier bin ich wieder.* Und mich feiern ließe. Oder wenn ich meinen Fahrradschlauch flickte oder mich dabei ertappte, dass ich ein Lied im Radio mitsummte, oder ausgestreckt mit dem Gefühl auf dem Sofa lag, dass es gutgehen würde, das hier, dass es doch gutgehen könnte, bis meine Mutter hineinplatzte und mich darauf aufmerksam machte, dass sie unten an der Straße Jugendliche in meinem Alter gesehen hätte und ich vielleicht hergehen und ihnen hallo sagen, etwas unternehmen könnte, anstatt hier zu sitzen und zu grübeln, gammeln, zu prokrastinieren; sie hatte ein ganzes Arsenal an Wörtern für Nichtstun.

Dann war der Tag für mich ruiniert. Er ging kaputt, und wieder konnte ich unmöglich vergessen, wo ich herkam; unmöglich vergessen, dass ich an einem anderen Ort war. Er ließ sich nicht mehr in Ordnung bringen.

Vom Fenster aus sah ich die Jugendlichen, von denen meine Mutter gesprochen hatte. Drei Jungs und zwei Mädchen, eins davon hübsch, sie kamen in der glitzernden (und das war noch untertrieben) Nachmittagssonne daher, die Jungs kurvten langsam auf coolen BMX-Rädern im Zickzack um die Mädchen herum; sie lachten und schubsten sich gegenseitig, sie sahen völlig sorgenfrei aus, und ich hätte nichts lieber getan, als zu ihnen hinauszugehen. Aber noch lieber hätte ich zu ihnen gehört. Am liebsten wäre ich nach draußen gerannt und hätte mich ihnen angeschlossen, wohin sie auch unterwegs waren. Ihre Sprache wäre meine Sprache gewesen, ich hätte wie sie gesprochen, ganz instinktiv die Worte geformt und mich nicht auf die schwierigen th-Laute am Ende konzentrieren und jedes Mal schämen müssen, wenn ich es nicht richtig hinbekam. Ich ging aber nicht raus. So lief das einfach nicht mehr. Als Fünfjähriger, vielleicht noch als Zehnjähriger, konnte man einfach auf jeden zuspazieren, und wenn man ein paar Stunden später nach Hause kam, müde und glücklich und den Mund voller Erlebnisse, die einfach so heraussprudelten, hatte man neue Freunde.

Jetzt nicht mehr. Nicht als Dreizehnjähriger. Nicht jetzt, wo die Möglichkeit zu reden nicht mehr existierte.

All die Phrasen, Referenzen, haarfeinen Nuancen, Doppeldeutigkeiten und Unverblümtheiten; die Ortskenntnis und die Sicherheit, von der Sprache getragen zu werden, die seltsamen Witze, mit denen ich um mich geworfen, und die Dialekte, die ich nachgeahmt hatte, um meine Freunde in Forus zum Lachen zu bringen, all das war über Nacht unbrauchbar geworden, sobald ich das Haus verließ. Es gab nichts, was ich sagen konnte, ich war verstummt. Zwar hatte ich Englisch gelernt, bevor wir hergekommen waren, aber mir fehlten der Feinschliff der neuen Sprache, die subtilen Details. Schlimmer noch, Mund und Stimmbänder mussten einen Spagat zwischen zwei Kontinenten hinlegen: Tief im Rachen steckten die norwegischen Wörter und ließen mich langsam ersticken, ihrer Funktion beraubt, lösten sie sich auf und verfaulten, rannen die Speiseröhre hinab und ließen mich sauer aufstoßen; vorn auf der Zunge dagegen, mit einem ungewohnten, mehligen Geschmack, lag die englische Sprache in all ihrer Fülle und war bereit, jederzeit unkontrolliert aus meinem Mund zu strömen, wenn ich ihn nur aufmachte; um sie zu meistern, stopfte ich das amerikanische Englisch in so rauen Mengen in mich hinein, dass es mit großen Rülpsern wieder hochkam, ich lag stundenlang reglos auf dem Sofa vor dem Fernseher und ließ mich von Stimmen und Sätzen waterboarden, weil ich glaubte, mich auf diese Weise selbst auslöschen zu können, ich glaubte, es wäre die einzige Lösung, wenn ich alles Alte hinunterschluckte und verdaute, es durch den Verdauungstrakt zwang und ein für alle Mal loswurde, weil die Bauchschmerzen, die es mir bereitete, mit einer unbrauchbaren Sprache durch die Gegend zu laufen, fast unerträglich waren, nachts, aber auch morgens, in den ersten Sekunden nach dem Aufwachen, wenn mir klarwurde, wo ich immer noch war und nicht sein sollte. Ich wollte einfach nur, dass alles wieder gut war. Ich glaubte, es würde mir nie wieder gut gehen, und ich wollte, dass meine Eltern es sahen, dass es ihnen schmerzlich bewusst wurde, ich wollte ihnen ein unerträgliches, schlechtes Gewissen bereiten, sie persönlich verantwortlich machen für das Elend, dem sie mich aussetzten, und sie brutal für ihre Entscheidung bestrafen, indem ich in aller Öffentlichkeit litt und mich isolierte, abschottete, dichtmachte, allem Leben und allem Vorankommen eine Absage erteilte, ich kehrte Stalins Befehl Nr. 227 um: *Nicht einen Schritt weiter!* Ich freute mich darüber, dass die Anspannung bei meinen Eltern mit jedem Mal wuchs, das ich mich weigerte, vor die Tür zu gehen, obwohl ich es hasste, ein Stubenhocker zu sein, es hasste, keinen Ort zu haben, an den ich gehen konnte, mich selbst hasste für diesen erbitterten Widerwillen und diese kindische Rebellion, die mich nur noch einsamer und einsamer machte, bis mein Gefühl, ich hätte abgesehen von meiner Familie keinen einzigen Menschen, an den ich mich wenden konnte, am Ende so ungeheuerliche, schambehaftete und klaustrophobische Ausmaße annahm, dass ich manchmal sogar Atemnot davon bekam. Ich weiß noch, wie ich mich am Fenster duckte, wenn die Jugendlichen mit den BMX-Rädern an unserem Haus vorbeifuhren, weil ich Angst hatte, sie könnten mich entdecken und denken, ich wäre nicht normal, weil ich zu dieser Tageszeit, zu dieser Jahreszeit drinnen war. Ich fürchtete, meine Einsamkeit wäre von der Straße aus sichtbar und die Kunde von ihr könnte sich verbreiten, die Nachbarn würden sich vor unserem Haus versammeln und so lange Sprechchöre skandieren, bis ich widerstrebend mit erhobenen Händen zu ihnen hinauskam und sie an dem Augenblick teilhaben ließ, in dem mein Fremdheitsgefühl mit einem Knall explodierte und Schockwellen über das Meer schickte und Schiffe zum Kentern brachte und einen Reporter von der Lokalzeitung herbeilockte, der ein unscharfes Foto machte.

Jeden Abend ging ich, erleichtert, dass der Tag vorbei war, und bedrückt, weil am anderen Ende des Schlafs ein neuer Tag bevorstand, ins Bett. Eine Zeitlang war mein einziger Grund, aufzustehen, die Gewissheit, dass der Tag schneller vorbeiginge, wenn ich in Bewegung bliebe. Ich versuchte, nicht auf die Uhr zu sehen, weil ich hoffte, so würden die Stunden schneller verstreichen; manchmal empfand ich beinahe etwas wie Glück, wenn ich sah, dass vier Stunden vergangen waren und nicht wie befürchtet erst zwei. Wenn es draußen dunkel wurde, entspannte ich mich, denn dann würde für den Rest des Tages niemand mehr etwas von mir verlangen. Der Abend gehörte mir, und ich konnte machen, was ich wollte. Ich starrte an die Wand. Ich las viel. Ich saß oben in meinem Zimmer und las und dabei nudelte ununterbrochen dasselbe Jane's-Addiction-Album rauf und runter, das mir bei einem Ausflug ins Roosevelt Center im Plattenladen zugefallen war, als meine Mutter sich meiner erbarmen oder einfach nur einen listigen Vorwand finden wollte, mich an die frische Luft zu locken, indem sie mir zwei CDs versprach, wenn ich sie zum Einkaufen begleitete. Wieder und wieder spielte ich dasselbe Lied, «No One's Leaving», in voller Lautstärke, bis meine Mutter Schmerztabletten nehmen musste und in den kurzen Pausen, ehe es wieder von vorn losging, demonstrativ seufzte. *Ain't noboby leaaaaaviiing.* Genau das war das Problem. Ich war traurig und wütend, ich glaube nicht, dass meine Mutter den Text mitbekam. Sie wartete einfach nur darauf, dass ich es satthatte. Ich hörte Musik, und ich las, und wenn ich beides leid war, stellte ich die Stereoanlage aus, legte das Buch beiseite und schrieb. Meistens schrieb ich einzelne Wörter, unzusammenhängende Wörter, aber auch Sätze und längere Passagen, was ich vielleicht sagen könnte, zu Leuten, denen ich begegnete – wenn ich je welchen begegnen würde. Witze, Anekdoten, Eisbrecher, Wörter, die erklären konnten, wie es mir ging. Ich schrieb auf Norwegisch, und während ich schrieb, hörte ich durch die Sprache hindurch meine eigene Stimme; das hatte etwas Beruhigendes. Es war etwas, an dem ich mich festhalten konnte. Ich schrieb: *Ich bin gerade nicht so gut drauf.* Ich schrieb: *Ich gehe allmählich vor die Hunde.* Ich schrieb: *Wir können uns gerne küssen, wir können ruhig zusammenkommen, aber eines Tages werde ich mein eigenes Ding machen.* Dann übersetzte ich es nach bestem Wissen und Gewissen ins Englische, suchte nach Entsprechungen und Bindegliedern, konstruierte eine Sprache ausgehend von dem, was ich vermitteln wollte. Ich füllte ganze Kladden und hoffte dabei immer, jemand käme zu mir und klopfte an meine Tür, jemand aus meiner Familie würde sehen, wie sehr ich mich trotz allem bemühte, ein anderer zu werden, einer, mit dem wir es alle für den Rest unseres Lebens aushalten konnten. Doch wenn dann endlich jemand kam – und meistens war es meine Mutter, die ich härter strafte als jeden anderen, indem ich ihr die Nähe und Freundschaft verweigerte, die wir geteilt hatten, seit sie mir beim Hinternabwischen, Waschen und Zähneputzen geholfen hatte, in jenen Wochen, nachdem ich in Huế verwundet worden war, und die bis zum Tag unseres Umzugs angedauert hatten; ich bestrafte sie am härtesten von allen, weil ich sie am meisten brauchte, und sie muss sich genauso einsam gefühlt haben wie ich. Wenn mein Vater weg war, hatte sie niemanden, an den sie sich halten konnte, und er war ständig weg; und ich sah ihr an, wie traurig es sie machte, wenn ich ihr den Rücken zuwandte und ihr mit meiner ganzen Körperhaltung zu verstehen gab, dass wir nie wieder zueinanderfinden würden und sie von meiner Seite keinerlei Hilfe zu erwarten brauchte, nachdem sie dafür gesorgt hatte, dass wir hier gelandet waren, in dieser Scheiße, und trotzdem war meistens sie es, die zu mir hinaufkam, ein ums andere Mal, nach all den Zurückweisungen, eine brutaler und herzloser als die nächste; sie war es, die in meiner Tür stand mit einem Stapel Wäsche oder etwas zu essen oder der Frage, ob ich nicht mit nach unten kommen wolle, weil gleich *Twin Peaks* anfange und es ja Tradition sei, dass wir die Serie zusammen schauten. Dabei sah sie mich unsicher an, riss sich dann aber zusammen, damit sich ihre Angst vor einer neuen Zurückweisung nicht in ihrem Blick spiegelte. Und als wäre ich enttarnt worden und wollte mein Projekt nicht preisgeben, versteckte ich meine Notizen und folgte meiner Mutter ins Wohnzimmer, wo sie schon alles vorbereitet und zwei Gläser und Chipsschalen auf den Tisch gestellt hatte. Und während wir dort saßen, meine Mutter und ich, nebeneinander, auf dem Sofa verbarrikadiert mit Kissen und Decken und Wein (Limo für mich) und Chips, und sie sich schon während des Vorspanns erwartungsvoll nach vorn lehnte und während der ganzen Folge so sitzen blieb, mit verschränkten Armen, und von ihrem Glas zu trinken vergaß, vollkommen losgelöst von allem, was um sie herum vorging, während die Folge über den Bildschirm flimmerte, ohne dass wir groß etwas verstanden, und wir trotzdem eine schrecklich schöne Zeit miteinander hatten, und sie erleichtert darüber schien, dass ich mich wenigstens in dieser einen Stunde wohlfühlte, da dachte ich: *Wenn du wüsstest.* Aber du verdienst nicht zu wissen, dass es Hoffnung für mich gibt, niemand verdient das zu wissen. Nach solchen Abenden ging ich anschließend mit einer neuen Leichtigkeit und dem Glauben, dass sich schon alles fügen würde, auf mein Zimmer. Mir juckte es in den Fingern, etwas von dem aufzuschreiben, was ich im Wohnzimmer gedacht hatte, und es in Worte umzuformen, die man in diesem Land verstand. Und dann passierte jedes Mal das Gleiche: Ich setzte mich an meinen Schreibtisch neben dem Bett, blätterte durch meine Wörtersammlung, freute mich darüber, wie sie gewachsen war und bald groß genug wäre, und jedes Mal gab ich der Versuchung nach, das allererste Wort anzusehen, das ich notiert hatte: *Niemand / No one.*

Ich kannte niemanden. Ich hatte niemanden.

Niemand.

Ich verabscheute dieses Wort, und ich war dieses Wort, war niemand, hatte niemanden. Ein kurzes, hartes Wort. Auf Englisch war es noch schlimmer: *no one*, doppelt unangenehm, ein rigoroses *Nein*, gefolgt von einem *Ein*, eine Boshaftigkeit, die die Einsamkeit noch sichtbarer machte, eine Diagnose: *Bist du schon lange allein? Ganz allein? Sag ich doch. Hm. Tja, tut mir sehr leid, aber ich muss dir mitteilen, dass deine Testergebnisse positiv waren und du dich mit NOONE infiziert hast. Und wie es aussieht, ist es ein chronischer Verlauf, weit fortgeschritten und unheilbar. Diese Fälle häufen sich, vieles deutet darauf hin, dass Linderungsversuche durch sozialen Kontakt zum Gegenteil führen: dass sich die Patienten gegenseitig anstecken. Mittlerweile kann man beinahe von einer Epidemie sprechen. Eine Genesung ist bedauerlicherweise selten und unwahrscheinlich, aber wer weiß, mit etwas Glück bleiben dir vielleicht noch sechs Monate, ein Jahr oder länger. Es gibt Menschen, die jahrzehntelang mit NOONE gelebt haben, bevor sie zugrunde gegangen sind. Na ja, man kann sich natürlich fragen, inwiefern es überhaupt wünschenswert ist, das Leiden noch zu verlängern. Ich weiß, das ist nicht das, was du hören willst, aber ich kann dir leider nichts anderes verordnen als einen Büchereiausweis und einen Gutschein für die Videothek. Diese Krankheit geht selten gut aus, aber ich bin vom Staat New York dazu verpflichtet, dich über die Prognose zu informieren, die wir für realistisch halten. Am wahrscheinlichsten ist es, dass du mit NOONE-Metastasen im ganzen Körper sterben wirst und deine Familie dich nicht mehr wiedererkennt, falls du dann noch eine Familie hast. Du wirst NOONE so lange ausdünsten, bis sie – damit meine ich deine Angehörigen oder Vertreter des Gesundheitsamtes, je nachdem, was du wünschst und was dir zu dem aktuellen Zeitpunkt noch zur Verfügung steht – den Riegel vorschieben und dich dorthin zurückschicken, wo du hergekommen bist. Mehr darüber kannst du in dem Informationsblatt von SMN lesen – der Selbsthilfegruppe für Menschen mit NOONE. Sie hat nicht viele Mitglieder. Bei den Sitzungen wirst du selbst Kaffee kochen und deinen Stuhl aufstellen müssen, um dich einer leeren Turnhalle anzuvertrauen. Ach, eins noch, bevor du gehst: Selbstmitleid ist leider eine häufige Begleiterscheinung von NOONE, aber was ich eigentlich sagen wollte: Komm nächste Woche wieder, dann können wir, äh, du weißt schon, noch ein paar Tests durchführen.*

Da schrie wieder etwas in mir danach, einen Weg zurück zu finden, einen Ausweg, eine Lösung, was auch immer; manchmal träumte ich davon, mir eine wirklich tödliche Krankheit einzufangen, damit meine Eltern mit ernsten Mienen an meinem Bett stehen und sagen würden: *Es ist wohl besser, wenn wir wieder nach Hause zurückziehen.*

Mein Vater: «Würde das helfen?»

Meine Mutter: «Wir können nichts tun, als zu hoffen.»

Wieder zu Hause, würde ich mich schnell erholen.

Zu Hause.

Das schönste Wort in meiner Muttersprache.

Vielleicht ging ich deshalb weiter laufen. Jedenfalls habe ich diese Zeit so in Erinnerung, den Herbst 1990 auf Long Island und die darauffolgenden Frühlingsmonate: Ich lief, weil es für mich die einzige Möglichkeit war, zu atmen. Ich lief jeden Tag, am liebsten nach Einbruch der Dämmerung, wenn die Gefahr geringer war, all den Nachbarn zu begegnen, die ich nicht kannte, oder gar jemandem in meinem Alter, ich lief durch die Straßen von Garden City, im gelben Laternenlicht – wattstark und grell, damit nichts im Schatten blieb –, über Alleen mit herrschaftlichen Häusern und gepflegten Betonbürgersteigen, ich lief kreuz und quer und wieder zurück, durch die Poplar Street und Lovust Street, Chestnut und Brook, St. James und Clinton Road, Washington Avenue, Pine, Willow und Meadow Street, durch die Vorortstraßen mit ihren unaufdringlichen, beinahe klanglosen Namen, die uns glauben machen sollten, wir lebten in einer Art Naturreservat. Ich lief, meine alten Joggingschuhe hinterließen Abdrücke auf den neuen Straßen, und meine Füße waren Stricknadeln, ich wollte die Viertel zu einer neuen Stadt zusammenstricken, in der man sich zu Hause fühlen konnte. Es gelang mir nicht besonders gut. Fast immer hatte jemand die Maschen aufgeribbelt, wenn ich am nächsten Morgen aufstand. Und ich musste wieder von vorn anfangen.

Garden City und Long Island gehörten zwar auch zu New York, jedenfalls zum Staat, und Manhattan war mit dem Auto nur eine Dreiviertelstunde entfernt. Aber mir kam es so vor, als wäre der Times Square so weit weg wie Chicago. Das meiste, was in Manhattan oder den anderen vier Bezirken passierte, betraf uns irgendwie nicht. Der Abstand – nicht konkret, sondern in einem anderen, unerklärbaren Sinn – war einfach zu groß, wie auch die Nation an sich. Amerika war gigantisch, ich merkte es jeden Tag und stellte mir lange vor, dass es unaufhörlich weiterwuchs, bis es eines Tages endlich an einem der anderen Kontinente anlanden würde, mit Urgewalt und infernalischem Lärm dagegenstieße, sodass wir nach Hause kämen, wenn wir nur lange genug durchhielten.

Ich lief abends und bildete mir ein, die Zeitzonen wären verschwunden, damit wir immer noch gemeinsam liefen, Stig, Andri und ich, an unseren jeweiligen Enden der Welt, aber trotzdem auf eine Art miteinander verbunden. Es war ein schöner Gedanke, dass wir vielleicht fast gleichzeitig müde wurden, aber noch ein paar Kilometer durchhielten, und dass sie sich genau dann erschöpft auf die Bank vor der alten Schule in Forus fallen ließen, um zu verschnaufen, wenn ich auf die Bank an der Ecke Meadow / Clinton sank. Und genau in dem Moment glitt die Zeit wieder auseinander, bei mir wurde es Nacht und in Norwegen Morgen, meine Freunde schliefen und würden erst in ein paar Stunden aufstehen, und ich saß verschwitzt und erschöpft auf der Bank und verfolgte den Verkehr auf der Kreuzung, in meinen abgelaufenen Joggingschuhen und denselben alten Trainingsklamotten, die ich schon getragen hatte, als wir tatsächlich noch in Schlagweite voneinander liefen. War ich nach wie vor bei ihnen, auch außerhalb der Briefe, die wir über den Atlantik schickten? Liefen sie auf der anderen Seite durch die Gegend und dachten, dass auch ihre Straßen jetzt ein wenig leerer waren, sprachen sie von mir, wurde ich erwähnt? Bestand eine Chance, dass auch sie abends Bauchweh hatten und morgens Kopfschmerzen; passierte es, wenigstens ab und zu, dass sie weinten und alles unerträglich fanden? Aber sie hatten ja einander, und ihre Tage waren noch genau wie früher. Ich wusste nicht, ob ich vermisst wurde, und das war das Schlimmste. Der Gedanke, dass zu Hause alles so weiterging wie immer, man die Autos in die Garage fuhr, Essen kochte, auf der Straße spielte, den Garten pflegte und den ganzen Sommer über den Rasensprenger laufen ließ, damit das Gras in der Hitze nicht verdorrte, Stig am Freitag bei Joí klingelte und sie zusammen zur Jugenddisko in der Godeset Schule gingen, wo alle anderen auch waren, vielleicht lachten, vielleicht tanzten bis spät in die Nacht und zusammen nach Hause liefen, zu zweit oder auch mit ein paar Mädchen aus der Klasse, und niemand nach mir oder der Familie Hansen fragte, *was wohl aus ihnen geworden ist?* Das war es, was so schrecklich weh tat, der Gedanke, dass in Stavanger alles weiterlief, alles so war wie früher, dass die Sonne auf- und unterging, als wären wir nie dort gewesen. Und niemand einen Unterschied bemerkte.

Morgens, jeden Morgen, radelte ich widerwillig zur Garden City Middle School, wo mich lange Tage in einem Klassenzimmer erwarteten, in dem ich nicht sein wollte. Für alle anderen war es das beste Jahr, der große Endspurt vor der Highschool, und die Freundschaften waren längst geschlossen und gefestigt; es half auch nichts, dass ich aus Norwegen kam; entweder war das nicht exotisch genug, oder sie wussten einfach zu wenig darüber, um etwas damit anfangen zu können. Ich blieb *der Typ aus Europa* und musste mit den Restbeständen vorliebnehmen, den Außenseitern und Eigenbrötlern. Doch im Unterschied zu unserem Haus in der Poplar Street, wo ich mich hinter den geblümten Gardinen verstecken und erst nach Anbruch der Dunkelheit hinauswagen konnte, gab es in der Middle School keine Schlupfwinkel. In den Pausen stand ich auf dem Schulhof und tat so, als wäre ich mit irgendetwas beschäftigt. Oder ich las. So habe ich das Jahr in Erinnerung. Ich lief und las. Und wartete darauf, dass es besser würde. Wurde es aber nicht. Und dann der Regen. In diesem Herbst regnete es, ich stand allein unter dem Vordach und legte mir ganz genau zurecht, was ich sagen würde, wenn ich später nach Hause kam. *Es reicht jetzt*, würde ich sagen, *ich halte das nicht mehr aus*, würde ich sagen, und *können wir nicht einfach aufgeben und abhauen?* Ich überlegte, wie ich über die Lippen bringen könnte, dass niemand mit mir redete und ich das Gefühl bekam, als würde alles, was ich war, allmählich zerbröckeln. Wenn das so weiterging, wollte ich sagen, würden sie mich bald nicht mehr wiedererkennen.

Ich stand auf dem Schulhof und war von einem Lärm umgeben, an dem ich nicht beteiligt war.

Und es regnete.

Aber an diesem Nachmittag sagte ich nichts von dem, was ich mir vorgenommen hatte, ich brachte es nicht über mich. Ich verlor den Mut, als ich von der Schule wegradelte oder als ich ins Wohnzimmer kam und meine Mutter lächelte und ich lächelte und keiner von uns aufrichtig lächelte.

«Wie war dein Tag?»

Viel zu viel Hoffnung in ihrer Stimme.

«Okay.»

«Es läuft doch gut, oder?»

«Schon.»

«Die Dinge brauchen einfach ein bisschen Zeit, weißt du.»

«Ja.»

«Und … hast du jemand Nettes aus deiner Klasse kennengelernt?»

«Nein.»

«Niemanden? Irgendjemanden muss es doch geben?»

«Nein.»

Meine Mutter seufzte und legte ihr Strickzeug beiseite.

«Du weißt aber schon, dass du auch etwas dafür tun musst, Max, oder? Es hilft nichts, wenn man so … ich weiß nicht … na ja, es hilft jedenfalls nichts.»

«Ja. Nein.»

«Jetzt mal im Ernst, kannst du nicht normal mit mir reden? Wie alt bist du eigentlich?»

«Zu alt für die Middle School.»

Sie lachte. Sie nahm ihr Strickzeug wieder auf. Ein Pullover. Es würde ein kalter Winter werden.

«Verstehe», sagte sie mitfühlend. «Aber es ist doch nur noch bis zum Sommer, stimmt's? Das schaffst du.»

«Muss ich wohl.»

«Es wird besser, wenn du auf die Highschool kommst.»

«Und was, wenn nicht?»

«Es wird besser.»

«Was, wenn es schlimmer wird?»

«Versprich mir einfach, dass du dich morgen ein bisschen mehr anstrengst, ja?»

Allmählich ging sie mir auf die Nerven.

«Wie soll ich mich deiner Meinung nach eigentlich *anstrengen*? Soll ich einen Kopfstand machen?»

«Ich will, dass du mit jemandem redest. Kannst du nicht einfach sagen, wie es ist?»

«Und wie *ist* es?»

2

Ich strengte mich mehr an, wie ich es meiner Mutter versprochen hatte. Aber um nichts in der Welt wäre ich ihrem Vorschlag gefolgt, mich morgens in den Schulbus zu setzen. Irgendwo war Schluss. Ich fuhr weiter mit dem Rad, allein. Es war mehr als genug, dass ich mich uns allen zuliebe zwang, mit meinen Mitschülern zu reden, damit die Tage erträglicher wurden und ich meiner Mutter etwas vermelden konnte. Es spielte keine Rolle, mit wem ich sprach, ich wollte es einfach nur gemacht haben.

Ich meldete mich im Unterricht. Ich lachte, wenn die anderen lachten. Ich stellte meinen Klassenkameraden nichtssagende Fragen, nur um ein Gespräch in Gang zu halten und mir selbst und wem auch immer zu beweisen, dass ich auf keinen Fall schüchtern war. Und ich betonte ihnen und mir selbst gegenüber meine Andersartigkeit. Ich, der Norweger. Demonstrativ zog ich meine gröbsten Wollpullis an und steckte die Hände in die Taschen, wenn wir morgens den Fahneneid leisten sollten. Einmal tat ich sogar so, als würde ich meinen Lehrer unbewusst auf Norwegisch ansprechen, und verzog keine Miene, als im Klassenzimmer Gelächter ausbrach.

Ich kann mit euch reden, dachte ich. *Ich kann mit euch die Zeit totschlagen. Aber das ist auch schon alles. Ich habe nicht vor, hier länger als unbedingt nötig zu bleiben.*

Ich fieberte den Ferien entgegen, dem verspäteten Sommerurlaub im Laufe des Herbstes, den man mir versprochen hatte, weil wir im Sommer wegen des Umzugs keine Zeit für andere Dinge gehabt hatten. Mehrere Jahre hintereinander landeten wir schließlich in Florida, obwohl nur mein Vater dorthin wollte; wir wohnten immer in einem der Hotels in Daytona, die er noch aus seiner Zeit als Pilotenschüler kannte. Die Hotels waren allerdings selten so, wie er sie in Erinnerung hatte. Entweder fuhren wir dann auf die andere Seite, in die Tampa Bay, oder nach Clearwater, wo wir uns für ein paar Wochen unter den

Sonnenschirmen parkten und wo alles sauber und surferesk und aus Plastik war und die wenigen Wolken, die nachmittags über der Bucht aufzogen und über Nacht verschwanden, keine andere Funktion hatten, als uns zu zeigen, dass die Zeit verging.

In den vielen Briefen, die ich Stig und Andri in den ersten Jahren schickte, ließ ich das Wesentliche aus. Ich glaube, ich erwähnte nicht ein einziges Mal, wie sehr ich mich nach Stavanger zurücksehnte und wie stark ich sie oft vermisste. Mit keinem Wort. Vielleicht spürten sie trotzdem, wie es um mich stand. Mir gefällt die Vorstellung, dass sie es taten. Denn das, was ich ihnen in einer lässigen und weltgewandten Sprache schrieb, war ein einziges, langes Täuschungsmanöver, um nicht eingestehen zu müssen, wie es wirklich war. Ich schrieb, als würde ich bald zurückkommen, im Sommer vielleicht, wenn ich Zeit hätte, und ich schrieb über Dinge, die jenes verklärende Bild bestätigten, das wir immer von den USA gehabt hatten, bevor ich umgezogen war; *alles ist groß hier*, schrieb ich, *absurd groß, die Milchpackungen und Limoflaschen und Autos und Gebäude, im Kino isst man Popcorn aus Eimern*, schrieb ich, *wir haben mindestens hundert verschiedene Fernsehkanäle, und die Autobahnen sind achtspurig, neulich haben wir gesehen, wie jemand erschossen wurde*, schrieb ich, *wir steckten im* gridlock (ich liebte es, englische Wörter einzustreuen, die für mich einen ganz besonderen Klang hatten, um ihnen vorzugaukeln, ich würde jetzt schon radebrechend die Sprachen vermischen) *auf dem* Long Island Expressway (und ich liebte es, die Namen von Straßen und Autobahnen einzubauen, mit denen sie nichts anfangen konnten, selbst wenn es für das, was ich sagen wollte, völlig irrelevant war), *als neben uns ein schwarzer Typ im Auto erschossen wurde, weil er nicht schnell genug losfuhr, als die Ampel grün wurde.* Das war natürlich gelogen. Den einzigen Konflikt, den ich bisher mit eigenen Augen beobachtet hatte, war ein Mann mittleren Alters mit Kinderschänderbart und USS-irgendwas-Cap, der an einer Kreuzung die Scheibe herunterkurbelte und dem Fahrer im Auto nebenan den Mittelfinger zeigte und mehrmals hintereinander brüllte: *get the fuck outta here.* Doch in jenem Amerika, mit dem Stig, Andri und ich aufgewachsen waren, ehe ich herkam, in dem Land, das wir uns vorgestellt hatten, hätte so etwas passieren können, ohne Vorwarnung und ohne Mitleid. Jederzeit. Und ich bildete mir ein, dass es dieses Land war, über das sie etwas hören wollten. Also schrieb ich darüber. Und log. Ich schrieb über alles, was nicht passierte; dass ich oft den Bus nach Manhattan nahm und stundenlang zwischen den Wolkenkratzern umherspazierte und das Empire State Building hinauffuhr, um die Aussicht zu genießen, und dass mir ein Wachmann, dem ich zufällig auf der Fulton Street in die Arme gelaufen war, erlaubt hatte, aufs Dach des World Trade Centers hinaufzufahren, und da oben, schrieb ich, da oben stürmt es die ganze Zeit. Wegen der Höhe, schrieb ich und behauptete, an klaren Tagen könne man von dort sogar die Erdkrümmung sehen. Ich erzählte von den Leuchtreklamen am Times Square und wo es die besten Burger gab, beinahe zu groß zum Essen, und von einer Bar, die ich mit meinem Vater besucht hatte, wo man die Erdnussschalen einfach auf den Boden warf, von Filmstars, die ich auf der Straße gesehen hatte, und dass die New Yorker keine Miene verzogen, wenn sie welche trafen, ich erzählte von verrückten Leute, die an der Straßenecke standen und *no one in particular* anschrien, und von Obdachlosen in der *subway* und von Vietnamkriegsveteranen und gelben Taxis, die anscheinend jeden Tag mehr wurden. Und von dem Licht. Ich schrieb über das Licht, das einem den Atem raubte, wenn man abends über die Brooklyn Bridge nach Manhattan fuhr und die *skyline* funkelte, oder wie nachmittags die letzte Stunde des Tageslichts über die Hochhäuser strich, *the sun strikes those most brilliantly then.* Ich schrieb ein New York herbei, das nicht existierte, eine Stadt aus Kulissen, von denen ich hoffte, sie würden die beiden herbeilocken oder zumindest mich selbst davon überzeugen, dass ich gern hier war, damit ich nicht früher oder später zugeben musste, was Sache war – dass ich mich von morgens bis abends mutterseelenallein fühlte. Ich schrieb aber auch Wahres, über Garden City, meine Lehrer, die amerikanischen Mädchen, die nicht hübscher waren als unsere, über die Musik, die ich hörte, die Platten, die ich gekauft hatte, und ich versuchte die ganze Zeit, mir etwas Neues einfallen zu lassen, das ich erzählen oder beschreiben konnte, um ihnen etwas zu bieten, obwohl ich am allerliebsten nur Neuigkeiten von ihnen gehört hätte. Denn am Ende liefen meine Briefe doch immer nur auf einen Haufen Fragen hinaus; was sie gerade machten, was sich seit meinem letzten Brief ereignet hatte, mit wem sie sich verabredeten, wie die neue Schule war und was sie abends unternahmen. Streiften sie immer noch den ganzen Tag ziellos durch die Straßen, wie wir es früher getan hatten? Hatten sie inzwischen eine Freundin? Ich fragte nach den Mädchen, die auf unserem Radar geblinkt hatten und die man unmöglich vergessen konnte und die mir trotzdem nur abstrakt in Erinnerung geblieben waren. Und sie schrieben auch wirklich zurück. Andris Briefe waren oft kurz und handelten vor allem von seiner Mutter, die zu viel arbeitete, und vom Vater, der immer noch nicht zurückgekommen war und es wohl auch nie tun würde, sie endeten jedes Mal so abrupt, als würde ihm Knall auf Fall der Erzählstoff ausgehen oder als würde seine Mutter rufen: *Das Abendessen ist fertig!*, und er müsste sich beeilen, den Brief in einen Umschlag zu stecken und meine Adresse daraufzukritzeln, um ihn seiner Mutter zu geben, wenn er nach unten ginge, damit sie ihn am nächsten Tag auf dem Weg zur Arbeit einwerfen könnte. Die Briefe von Stig waren länger, aber nach einer Weile gefielen mir Andris Briefe wohl trotzdem besser. Stig schrieb lang und breit darüber, was zurzeit los war; wenn ich seine Briefe las, fühlte ich mich wie ein Vogel, der über ihm in der Luft kreiste, während er sich zusammen mit Andri unverdrossen durch unser altes Viertel und die Orte bewegte, die auch für mich einmal selbstverständlich gewesen waren und jetzt beinahe magisch wirkten. Er schrieb über alles, was er tat, und eine Zeitlang lebte ich durch ihre Erzählungen. Ich sammelte alle Briefe, Zeitungsausschnitte und die wenigen Bilder und Passfotos, die sie mitschickten, als wären sie unersetzliche Reliquien. Ab dem Moment, wo ich selbst die letzten Neuigkeiten in den Briefkasten geworfen hatte, wartete ich wochenlang ungeduldig darauf, wieder von ihnen zu hören. Ich hoffte, sie taten dasselbe. Doch allmählich schien der Fundus, aus dem wir unsere Geschichten schöpften, zu versiegen, das muss im Herbst 1991 gewesen sein. Irgendwie gab es nicht länger etwas zu erzählen, das wir an unserem jeweiligen Ende der Welt mit einem beifälligen Kopfnicken quittieren konnten. Mir wurde klar, dass sie beide mit dem Training aufgehört hatten, weshalb auch ich nicht mehr über das Laufen schrieb. Andris Vater kehrte nicht zur Familie zurück, und die meisten Namen der Jungen und Mädchen, die Stig erwähnte, sagten mir nicht länger etwas, und zu ihnen gesellten sich neue Straßen und Adressen, die ich nicht vor mir sehen konnte und durcheinanderbrachte, wofür ich mich dann im nächsten Brief entschuldigen musste. Was ich über Andri und Stig zu hören bekam, passte nicht mehr damit zusammen, wie ich sie gekannt hatte, und so entglitten sie mir, erst der eine, dann der andere, und damit auch die gemeinsamen Anknüpfungspunkte, bis unsere Briefe kürzer und kürzer wurden und nur noch sporadischen Lebenszeichen glichen, wir stempelten für einen Moment im Leben des anderen ein und gleich darauf wieder aus und kümmerten uns anschließend wieder um unseren eigenen Kram, bis nichts übrig blieb als die jährlichen Geburtstagskarten, und als auch die am Ende nicht mehr kamen, war es, als könnte man es hören, das Geräusch des Seils, das mit einem Knall in der Mitte des Meeres zwischen den Blechdosen unserer Kindheit riss. Und die tosende Leere, die folgte. Sie breitete sich aus und befiel auch andere als mich.

In Norwegen hatte meine Mutter gearbeitet, jetzt war sie plötzlich Hausfrau. Sie, die genau wie ihre eigene Mutter mit Ausnahme von Wochenenden, Feiertagen und Krankheiten keinen Tag zu Hause verbracht hatte und am 8. März jedes Jahr mit Parolen wie *Gleicher Lohn für gleiche Arbeit* oder *Arbeit für alle* auf die Straßen gegangen war. In Stavanger hatte sie sogar ihren eigenen Laden geführt, *Verflechtung*, eine Garn- und Handarbeitsboutique in der hintersten Ecke des Einkaufszentrums in Mariero. Hier verbündete sie sich schnell mit ihren vielen Stammkundinnen, die sie *Schwestern* nannte. Ich war immer gern dort gewesen und hatte sie häufig nach der Schule besucht. Im Hinterzimmer des Ladens, umgeben von vergilbten Plakaten mit Werbung für neue Strickmuster und Angeboten für 100 Gramm dreifädiger Merinowolle in den Farben 43lila, 52taubenblau, 62türkis, 63lime oder 82gelb (25 Kronen), Selbu-Fäustlingen, Patchworkdecken, Makramee-Sets, Norwegerpullovern, Strumpfgarn und Filzpantoffeln, erledigte ich rasch meine Hausaufgaben, um anschließend mit einem Glas Saft den hitzigen Stimmen draußen im Laden zu lauschen. Es waren starke Frauen, engagierte Frauen, die im Vergleich zu den meisten anderen Kundinnen einen eher pragmatischen Zugang zur Handarbeit hatten. Man strickte Sachen, für die es gerade die passende Wolle gab, in den Farben, die man noch übrig hatte, und wenn die Männer oder Söhne und Töchter protestierten, sagten sie immer: *Das ist hier keine Modenschau.* Oder: *Dann macht es eben selbst.* Sicher hätten sie die schönsten Dinge herstellen können, wenn es darauf angekommen wäre, aber in ihrer Welt war es viel wichtiger, Kleidung zu stricken, die andere Leute warm durch den Winter und den Kalten Krieg brachte, und ich bewunderte sie dafür, wie sie *Verflechtung* in ein politisches Diskussionsforum verwandelten, und für all ihr Wissen über die Gesellschaft, in der sie lebten; sie konnten selbst die schwierigsten und trockensten Themen als Brennpunkte präsentieren, die man dringend in Angriff nehmen musste. Diese Frauen in Aktion zu sehen war fabelhaft, ganz besonders wenn sie darüber sprachen, wie wichtig es war, auf die Barrikaden zu gehen, dann sah ich Straßensperren und wehende Fahnen vor mir; ihre Stimmen wurden heiser vor Eifer oder Frustration, wenn sie über Maschen und Makropolitik redeten, über regionale Angelegenheiten, Diskriminierung und Feminismus diskutierten und Pläne für eine bessere Zukunft schmiedeten, und als ich später einmal über den Namen *Verflechtung* nachdachte, erschien er mir ungeheuer passend. Denn sie hatten eine enge Verbindung, ein Netzwerk, diese Frauen, die jede Woche stundenlang im Laden saßen und mich nie verhätschelten oder wie ein Kind behandelten, sondern immer als einen Menschen, von dem sie erwarteten, dass er und seine *Brüder* einmal Verantwortung übernehmen würden.

Warum meine Mutter sich keine andere Beschäftigung suchte, als wir nach Long Island kamen, oder welche Vereinbarung mein Vater und sie getroffen hatten, weiß ich nicht, ich fragte sie nie danach. Ich glaube, ich hatte Angst vor der Antwort.

Meistens blieb sie in der Poplar Street. In den aktuellen Debatten war sie keine aktive Teilnehmerin mehr, sondern lediglich Zuhörerin. In Garden City musste sie sich der Konformität unterwerfen, um zur Nachbarschaft zu gehören, und einen großen Teil von sich aufgeben. Schon in Stavanger, in Forus, war sie immer die «andere» Mutter gewesen, die einzige Kommunistin in der Straße, aber die übrigen Mütter hatten sie größtenteils akzeptiert, vermutlich dank ihres Lächelns und ihrer gewinnenden Art. Auf Long Island lief es jedoch nicht so. Auf Long Island konnte man mit einer gewinnenden Art keine Rechnungen bezahlen, und sie war eine Zugewanderte. An und für sich hätte das noch kein Problem darstellen dürfen, vor allem weil Norweger als naive, aber ehrliche Leute galten, auch wenn sie aus einem Land kamen, wo es das ganze Jahr hindurch kalt und hell war und die Leute mit Skiern zur Arbeit fuhren und in den Pausen ein paar traditionelle Tanzsprünge machten, um sich aufzuwärmen, aber jedenfalls waren sie kein Volk, das sich scheute, die Ärmel hochzukrempeln und anzupacken; und außerdem hatten sie eine lange Verbindung zu den USA, es gab die Norwegisch-Amerikaner in Minnesota, North Dakota und noch irgendwo anders, drüben in Seattle, oder? Hatte es sie nicht auch dorthin verschlagen? Wenn man genauer darüber nachdachte, lebten die Nachfahren der Norweger über das ganze Land verstreut, und dann war da noch das Öl-Märchen, Norwegen und seine Einwohner schwammen doch im Geld, war es nicht so? Doch, so musste es sein, jedenfalls nahmen es die meisten unserer Nachbarn im Stillen an, allein aufgrund der Tatsache, dass wir es uns leisten konnten, in Garden City zu wohnen, und nicht weiter in den Süden gezogen waren, nach Hempstead. Und mein Vater Pilot bei American Airlines war, ein ehrlicher und respektabler Beruf mit einem gewissen Prestige. All das war in Ordnung, all das war unproblematisch. Aber dass meine Mutter so bunte Sachen trug und vor dem Haus im Gras saß und rauchte und Radio hörte, noch dazu in einer Sprache, die wie Kauderwelsch klang, als hätte man ein Haarbüschel im Mund, und dass sie obendrein *strickte*, am helllichten Tag; das war zu viel. Oder dass sie mich mit dem grünen, verwaschenen, weiß beflockten Kapuzenpullover mit dem Wort *PROVIDENCE* auf der Brust, den ich auf dem Dachboden gefunden hatte, wo er vielleicht von einem mexikanischen Gärtner vergessen worden war, auf die Straße ließ. Wäre unser Leben ein Film gewesen, hätte meine Mutter hoffen können, dass sich die Vorbehalte der Nachbarn eines Tages in Wohlgefallen auflösen und sie bewundernd zu ihr aufsehen würden, an jenem Tag kurz vor dem Abspann, an dem sich die Einwohner von Garden City von ihrem Joch befreien und beschließen würden, sie selbst zu sein; was auch immer es kostete, unabhängig von allen Konsequenzen, sie wären danach vielleicht ein bisschen verrückt, Yoga und neuen Sexpraktiken gegenüber aufgeschlossen, aber frei. Aber unser Leben war kein Film, und deshalb setzte sich auch niemand neben meine Mutter ins Gras und schnorrte eine Kippe oder fragte, was sie da gerade hörte. Stattdessen nickten die Nachbarn nur etwas angestrengt, wenn sie vorbeigingen.

Ich glaube, meine Mutter langweilte sich schrecklich, es kann nicht anders gewesen sein. Sie muss dieses Dasein gehasst haben. Oh, wie sehr muss sie es insgeheim gehasst haben.

Aber vermutlich war es ihr Weg, um zu überleben. Jeder von uns hatte sich eine Überlebensstrategie gesucht. Meine Mutter mit ihrem Radio, meine Schwester Ulrikke mit ihrem Studium und ihren Freunden aus der Wohngemeinschaft in Morningside Heights in Harlem, mein Vater, der immer öfter mehrere Tage am Stück beruflich unterwegs war, auf immer längeren Flugstrecken. Und ich? Ich tat mein Bestes, um die Zeit an der Middle School durchzustehen. Ich wartete auf den nächsten Urlaub, auf was auch immer. Wie Willard in *Apocalypse Now* hatte ich keine andere Wahl, als weiter den Fluss hinaufzugelangen. Und im Boot zu bleiben. Bis zum Tag des DEROS, an dem die Hubschrauber über den Baumwipfeln auftauchten und ich mit grünem Rauch eine LZ markieren und darauf warten würde, dass sie landeten, damit ich an Bord klettern konnte und aus dem Dschungel ausgeflogen wurde und nie wieder zurückkommen musste.

Aloft … cutlery … fuselage … shenanigans … attire … pavement … obstacle … epiphany … vehicle … albeit … whimsical … gridlock … godspeed …

jackhammer … ventriloquist … hopscotch … reluctant … miscellaneous. Ich zwang mich, sooft ich konnte, englisch zu denken. Gegen Ende des Frühlings 1991 lief ich an den Abenden durch Garden City, und Horden von neuen Wörtern, die ich gelernt hatte, schwirrten in mir herum, Ausdrücke und Wendungen, die ihre ureigenen Farben und Klänge hatten. Ich hatte das Gefühl, an der Schwelle zu einem beginnenden Verständnis für dieses Land zu stehen, und zog daraus eine seltsame Energie. Ich lief. *Radio car … johnny pump … standing in line … bridge-and-tunnel people … another day, another dollar … everything but the kitchen sink … a wild goose chase … don't even* think *of parking here.* Es muss *unsane* (wie ich lange trotzig sagte) gewirkt haben, wie ich davonsprintete und unzusammenhängende Wörter ausspuckte, wieder und wieder, Wörter, die ich in Zeitungen und Zeitschriften aufgeschnappt oder im Fernsehen oder von anderen Leuten gehört hatte, ich lief durch die sanft gebogene Wyatt Road und gab keuchend irgendwelchen Unsinn von mir wie *he jackknifed at the corner* (was die Leute dazu veranlasste, besorgte Blicke in meine Richtung zu werfen) oder *a yawn on the lawn at dawn. Entreched in entrails from the entrée. If you're neckless you can't wear a necklace.* Sie wurden meine neuen Kleider, diese Wörter, eine Hülle, die man von Zeit zu Zeit überziehen, mit der man sich umwickeln und so ein anderer werden konnte. *Tedious, tedious, tedious,* wiederholte ich, während ich immer schneller lief, in dieser Zeit muss das eines meiner Lieblingswörter gewesen sein, alles war *tedious* oder *hideous,* die Fernsehsendungen und das Essen und das Wetter und der Unterricht und die Schulaufgaben und die kleinen Pflichten im Haushalt, die mir meine Mutter sonntags auftrug, ich sah meine Lieblingswörter leibhaftig vor mir, sie waren zwei Miesepeter aus dem antiken Griechenland, der quengelnde Tedious und der klagende Hideous, zu denen sich hin und wieder auch Onkel Nauseous und der Philosoph Oblivious gesellten.

Doch während ich die Wörter eroberte, sie mir aneignete und sie zu etwas machte, das ich anwenden und mit dem ich überleben konnte, gelang mir dies mit den Straßen von Long Island nicht. Sosehr ich mich auch bemühte, ich nahm sie nie in Besitz; selbst wenn ich inmitten von ihnen stand, sie manchmal sogar anbrüllte, um auf mich aufmerksam zu machen, blieben sie mir doch fremd. Die Sprache reichte einfach nicht aus, meine neuen Sätze sickerten nicht tief genug in die Straßen und Wege, Seitengassen und großen Kreuzungen, legten sich nicht über die großen Villen und gepflegten Rasenflächen, die mit der Präzision eines Golfenthusiasten gemäht worden waren, kein Grashalm länger oder krummer als der des Nachbarn. Meine Vokale und Konsonanten passten nicht zu den Autos, die schräg in der Einfahrt parkten, als hätten es die Familien eilig gehabt, nach Hause zu kommen, und ihre Zeit nicht damit verschwenden wollen, das Garagentor zu öffnen, vielleicht sollte auch der Fluchtweg freibleiben, falls sie beschließen würden, mit einem Vorlauf von nur vier Minuten umzuziehen. Das geschah im Übrigen ständig, ich kannte mein Viertel und konnte genau sagen, wer wo wohnte, wer bald ausziehen würde und welche Nachbarn den Umzugswagen verabschiedet und den letzten Karton über die Schwelle getragen hatten, wo sie ihn kaum abgestellt hatten, ehe sie wieder zu neuen Zielen aufbrachen. Manchmal frage ich mich, ob der amerikanische Traum tatsächlich vom Aufstieg handelt oder nicht vielmehr vom Ausstieg aus dem Stadion der eigenen Existenz, ob es nicht eher darum geht, einen *home run* zu schlagen, der einen wegführt, weit fort oder weg für immer, wohin genau, spielt keine Rolle, Hauptsache, meilenweit entfernt VON HIER.

Die Straßen kriegte ich nicht, die Wörter dagegen massenhaft. Ich sammelte sie und verwaltete sie in Notizbüchern, meine kostbarste Währung, ein Werkzeug, dessen vollen Wert ich erst jetzt nach und nach erkenne. Das Englisch vertrieb die norwegischen Sätze und Wörter, deren Konservierung ich so lange beharrlich betrieben hatte, und als der Sommer kam, radelte ich an einem Junitag zum allerletzten Mal in die Garden City Middle School, fast Schlangenlinien fahrend vor Erleichterung, diesen Ort endlich hinter mir lassen zu können, und anschließend wieder zurück in die Poplar Street, wo meine Mutter schon dabei war, unsere Koffer zu packen, weil bald das Taxi kam, um uns nach LaGuardia und zu unserem Flug nach Florida zu bringen, schon wieder, obwohl wir erst vor vier Monaten dort gewesen waren, und als wir am Ferienort eintrafen und ich nicht mehr zusammen mit meinen Eltern und einer abgestandenen Limonade in der Hand unter dem Sonnenschirm liegen wollte, sondern stattdessen beschloss, durch die Straßen zu schlendern, und dort, losgelöst von allen Familienbanden, bemerkte, wie ich ganz langsam eine andere Persönlichkeit annahm, und vor Erleichterung, nicht länger ich selbst zu sein, in einem Moment unparteiischer Impulsivität entschied, ein Raucher zu werden, der diametrale Gegensatz zum Läufer, zum Athleten, einer, der längst genug gelaufen ist, und den erstbesten Kiosk aufsuchte und eine Schachtel Zigaretten kaufte, die ich kurz darauf nicht röchelnd und hustend, sondern in vollen Zügen genoss, auf dem Betongeländer sitzend, das den Strand von der Straße und den Restaurants trennte, neben dem Minigolfplatz, wo lächelnde Väter heimlich, wenn die Mütter nicht hinsahen, ihre Söhne ohrfeigten, weil sie so erbärmlich und ungeschickt spielten, und auf meine Sandalen starrend, die ich ebenfalls an diesem Tag erworben hatte, ein paar robuste Sandalen, braun, aus Leder, weil es das passende Schuhwerk für jemanden war, der in Bewegung bleiben musste, und weil meine Militärstiefel viel zu warm waren; da merkte ich, wie meine Feindseligkeit diesem Land gegenüber abnahm, und am nächsten Tag war dieses Gefühl wieder da, nur stärker; ich ließ meine Eltern am Strand zurück und beobachtete aus der Ferne, wie sie sich gegenseitig eincremten und den ganzen Tag in der Sonne brieten, und ich kaufte noch mehr Zigaretten und setzte mich an dieselbe Stelle und notierte noch mehr Wörter, *destroyed, distraught, calamity, calm and mighty, ipso facto*, und ging in den Laden an der Ecke, holte eine Limo und fragte den fetten Verkäufer *how are you?*, als wäre es die natürlichste Sache der Welt, während ich die Dose auf den Tresen stellte und dachte, Mann, ist der *fat, portly, rotund, plump, stocky, stout, robust, corpulent, a man of generous proportions feeding on generous portions;* in dem Moment war ich dabei, Amerikaner zu werden.

Ich hätte es als Niederlage werten können, das wäre normal gewesen. Aber ich tat es nicht. Ich sah es als Weg, nicht zugrunde zu gehen. In Tampa, Florida, traf ich die Entscheidung, machte mit einer wilden Entschlossenheit, wie sie nur Vierzehnjährige haben können, die Leinen los, warf den größten Ballast über Bord und bildete mir ein, nichts wäre leichter als das; ich warnte vor Napalmangriffen und wartete nicht länger auf den Evakuierungshubschrauber; ich lief in den Dschungel, wo ich unauffindbar bliebe, vor allem für mich selbst. Am Ende des Sommers wartete der Herbst. Highschool. Ein Neuanfang. Ich riskierte, für immer *in country* zu bleiben. Ich redete mir ein, keine Angst zu haben, ich erzählte meiner Mutter, dass es keinen Grund zur Sorge gebe, wir saßen zusammen in einem Restaurant und aßen unser T-Bone-Steak und sprachen darüber, wieso um alles in der Welt wir T-Bone-Steaks bestellt hatten, obwohl es so heiß war, viel zu heiß, um T-Bone-Steaks zu essen, und wir waren nur zu zweit, mein Vater hatte seinen Urlaub abbrechen müssen, damit American Airlines den Flugplan einhalten konnte, und Ulrikke war irgendwo in Mexiko, um surfen zu lernen, und ich sah, wie sich die Schultern meiner Mutter um mehrere Etagen senkten, als ich erklärte, welchen Entschluss ich gefasst hatte, während wir uns die riesigen Fleischstücke hineinzwangen und uns die Tränen kamen, und es war schwer zu sagen, ob es am einen oder am anderen lag, doch an diesem Abend kehrte unsere Nähe zurück, wir schlenderten die Mandalay Avenue entlang, sie legte den Arm um mich, und ich ließ es zu, und als wir ins Hotel kamen, blieben wir zusammen auf dem Balkon sitzen und blickten auf den Strand, wir hatten Sand in den Sandalen, und meine Mutter sprach über meinen Vater und öffnete eine Flasche Wein und schenkte mir ein halbes Glas ein, und ich erwiderte die Annäherung, indem ich meine Zigaretten hervorholte und mir eine ansteckte, woraufhin sie sich nicht protestierend auf mich warf, sondern kurzerhand die Schachtel nahm, nachdem ich sie auf den Tisch gelegt hatte, und sie eine Weile studierte, den Teer- und Nikotingehalt mit dem ihrer eigenen Zigaretten verglich und sagte: «Wann hast du mit dem Rauchen angefangen?»

«Am Donnerstag.»

«Tja, meiner Meinung nach solltest du wieder aufhören.»

Dann zündete sie sich ebenfalls eine Zigarette an, und wir schmiedeten Pläne für den nächsten Tag. Wir wollten in das Aquarium, das ein Stück weiter die Straßen hinunter lag. Und lange schlafen.

3

Mordecai Weintraub. An diesem Punkt tritt er – mit seinem beinahe parodistisch klingenden jüdischen Namen, der eigentlich nicht zu ihm passt und eher an einen greisen Rabbiner mit tiefer, rauer Stimme denken lässt, der sein osteuropäisches Schtetl vor Äonen verlassen hat, als an einen gleichaltrigen, säkular eingestellten Typen, der kaum einen Schimmer von den Ge- und Verboten des Talmuds hat – ernsthaft in die Erzählung. *Mordecai*. Kein guter Name, finde ich auch. Aber was soll man machen? Max, Mischa, Mordecai. Wir hatten es alle nicht leicht.

Meine Mitschüler in der Garden City High, mit der ich im Herbst 1991 begann, kannte ich größtenteils schon aus der Middle School, aber der Übergang von einem Ort, den wir mit der Kindheit verbanden, zu einem anderen, an dem wir erwachsen werden sollten, sorgte dafür, dass die früheren Konstellationen aufgebrochen wurden und sich neu fanden, andere Freundschaften und Zusammensetzungen wurden ausprobiert, Gruppen öffneten sich oder grenzten sich ab, und diejenigen, die nach der Middle School umgezogen waren, wurden durch Neuzugänge von Schulen aus der Umgebung ersetzt. Einer dieser Neuzugänge war Mordecai Weintraub, mein bester Freund. Wir lernten uns im Schwimmbad kennen.

Während der Rest der Klasse *Schwimmen für Anfänger* gewählt hatte und mit Plastikbällen am flachen Ende des Beckens auf und ab schaukelte, hatten wir uns unabhängig voneinander für *Schwimmen für Fortgeschrittene* entschieden und verbrachten die nächsten beiden Stunden damit, so viele Bahnen Freistil zu schwimmen, wie wir konnten, die einzige Aufgabe, die Mrs. Gibbs' Kompetenz nicht überschritt. Keiner von uns war ein guter Schwimmer, aber Schwimmbäder machten mich so klaustrophobisch, dass ich es nicht riskieren wollte, mich im Kielwasser der anderen abzustrampeln. Ich glaube, Mordecai ging es genauso.

Ich konnte mich nicht erinnern, ihn vorher in der Umkleidekabine gesehen zu haben, aber an jenem ersten Donnerstag kamen wir ungefähr gleichzeitig ins Schwimmbad, und es entging uns nicht, dass nur wir beide resolut die Hauptgruppe verließen und das andere Ende des Beckens ansteuerten. Einige Minuten saßen wir schweigend am Rand unter einem Schild, auf dem in großen, schwarzen Buchstaben *DEEP END* stand, und starrten unsere Mitschüler an, die sich ein Stück entfernt hilflos an den Händen hielten, Wasser traten und dabei ein Lied sangen, das keiner von ihnen beherrschte, und einen Ball herumreichten, während Mrs. Gibbs trockenen Fußes an der Seite stand, die Trillerpfeife im Mund und den Rettungsring bereit, und sie beaufsichtigte. Dann zog sich Mordecai die weiße Badekappe über, auf die er mit wasserfestem, schwarzem Filzstift die Worte *DO NOT RESUSCITATE* geschrieben hatte, stand auf, schlenderte zum Sprungbrett und verschwand leiser als ein Seufzer im Museum im Wasser. Ich konnte keinen Kopfsprung, also wartete ich, bis niemand in meine Richtung sah, und ließ mich genau in dem Moment ins Becken gleiten, als er mit dem Kopf auftauchte und auf mich zeigte.

«Das ist Betrug», sagte er.

«Aber es ist ein Anfang», sagte ich.

Anschließend schwammen wir. Wasserkaskaden spritzten empor, als wir mit den Armen kraftvoll das Wasser durchbrachen und uns mit den Beinen abstießen, ein beinahe stilles Rauschen, während wir monoton unsere Bahnen zogen – vor und zurück, der ganze Körper in Bewegung, in unserem eigenen, stakkatohaften Tempo, solange es ging. Nachdem wir eine knappe halbe Stunde zwischen den beiden Enden des Beckens hin- und hergependelt waren und dabei jedes Mal das Gebiet mit dem hohen Verkehrsaufkommen passieren mussten, wo unsere Mitschüler inzwischen entfesselt dem glitschigen Ball hinterherjagten, schwamm ich zu Mordecai hinüber und tauchte irgendwo im tiefen Fahrwasser neben ihm auf.

«Das ist doch beknackt», sagte ich. «Ich habe keine Lust mehr.»

«Und ich dachte schon, du würdest nie aufgeben.» Mordecai räusperte sich erleichtert und steuerte auf eine Ecke des Beckens zu, wo wir uns eine Weile aufhalten konnten, ohne allzu viel Aufmerksamkeit auf uns zu ziehen.

Wir glotzten zum Rest der Klasse, der jetzt am anderen Ende *Der Hai kommt* spielte. Ein dicker Junge trieb zwischen unseren Mitschülern kieloben auf dem Wasser, als wäre er dem Hai schon zum Opfer gefallen.

«Hast du *Der Schwimmer* gesehen?», fragte ich. «Das ist der Film, wo sich Burt Lancaster vornimmt, durch die Swimmingpools in den Gärten der anderen Leute nach Hause zu schwimmen.»

«Schafft er es?»

«Nein.»

Mrs. Gibbs zog den Dickwanst mit Hilfe eines Keschers und der tatkräftigen Unterstützung einiger Mitschüler an Land, wo sie ihn auf einen weißen Plastikstuhl hievten, damit er sich ein paar Minuten erholen konnte. Mordecai zupfte seine Badekappe zurecht und schien unangenehm berührt. Er murmelte irgendwas darüber, wie sehr er Schwimmbäder hasste. Dann geschah etwas Unerwartetes. Er schrie; aus heiterem Himmel schrie er los.

«I just wanted to learn to fuckin' cook, man!»

Ich traute meinen Ohren nicht. Es war ein Satz aus *Apocalypse Now.*

«The man is clear in his mind, but his soul is mad», schrie ich zurück.

«We train young men to drop fire on people, but their commanders won't allow them to write ‹Fuck› *on their airplanes … because it's obscene!»*

Mrs. Gibbs warf uns einen strengen Blick zu, aber Mordecai grinste nur frech, legte sich auf den Rücken und umkreiste mich schwimmend, während er ein Zitat nach dem anderen deklamierte.

«Do you know that ‹if› is the middle word in life?»

Ich lachte. War das lange her.

«As for the charges against me, I am unconcerned. I am beyond their timid lying morality, and so I am beyond caring», fuhr er fort.

«Wie oft hast du den eigentlich gesehen?», rief ich ihm glücklich zu, aber er hörte gar nicht hin. «Kannst du den ganzen Film auswendig?»

Mordecai schwamm ganz dicht an mich heran, legte mir seinen Zeigefinger auf die Brust und flüsterte:

«*Are you an assassin?*»

«*I am a soldier.*»

«*You're neither. You're an errand boy, sent by grocery clerks, to collect the bill.*»

Ich hatte einen Freund gefunden.

«Du weißt, dass der Film auf einem Roman von Conrad basiert, oder?», fragte ich, um zu zeigen, dass ich auch einiges darüber wusste.

«*Herz der Finsternis*», konterte er wie er aus der Pistole geschossen.

«Und das Gedicht, das Brando liest …»

«T. S. Eliot.»

Ich war sprachlos. Du stehst auf, fährst zur Schule, steigst aus deinen Klamotten und steigst ins Wasser. Und dann das.

«*We are the hollow men*», begann ich enthusiastisch, «*we are the stuffed men, leaning together, headpiece filled with straw!*»

«*Alas!*», rief Mordecai aus.

Auch das Gedicht konnte er auswendig.

«*Our … our …*» Es wollte mir nicht einfallen.

«*… dried voices, when we whisper together, are quiet –*»

«*… and meaningless, as wind in dry grass, or rats' feet over broken glass in our dry cellar.*»

Jetzt hatte Mrs. Gibbs endgültig begriffen, was wir taten beziehungsweise nicht taten, und rief demonstrativ von der anderen Seite des Schwimmbads zu uns hinüber, damit auch ja alle in unsere Richtung schauten.

«He, ihr beiden da hinten! Das ist Schwimmen für Fortgeschrittene und kein Planschen. Also macht schon!»

«Aber ich glaube, *Der letzte Tango in Paris* mag ich noch lieber. Jedenfalls im Moment. *Go get the butter.*»

«Den habe ich nicht gesehen», sagte ich bedauernd.

Ich hatte von dem Film gehört, ihn aber noch nicht gesehen. Es war ein Film, von dem meine Mutter schwärmte, und genau deshalb hatte ich bisher einen Bogen um ihn gemacht.

«Wusstest du, dass beide Filme denselben Kameramann hatten?», fragte Mordecai.

«Vittorio Storaro», antwortete ich.

«Er ist Italiener.»

«Ich weiß.»

«Man sieht es an den Farben.»

«Kann ich mir vorstellen.»

«Und Marlon Brando spielt auch in beiden mit. Versprich mir, dass du dir *Der letzte Tango in Paris* ansiehst. Ich kann ihn dir ausleihen, ich habe ihn zu Hause.»

«Cool.»

«Ihr beiden da hinten!» Mrs. Gibbs war das Warten leid.

Widerwillig schwammen wir wieder los, hin und her, ohne weiterzureden, wir hatten genug damit zu tun, den Kopf über Wasser zu halten, und Mordecai zog langsam davon, und als die Schulglocke endlich schellte und Mrs. Gibbs in ihre Trillerpfeife blies, lag er fast eine ganze Bahn vor mir. Er kletterte die Aluminiumleiter hinauf und setzte sich auf die Bank, während ich ein paar letzte kraftvolle Armbewegungen machte und energisch mit den Beinen strampelte, um zu ihm zu gelangen. Als ich endlich den Beckenrand erreichte, stand er auf und ging in Richtung Umkleidekabine, als hätte er gar nicht auf mich gewartet.

Mordecai war in Manhattan aufgewachsen. Lenox Hill, 66th Street, Ecke Madison, fünfter Stock; eine mit Möbeln vollgestellte Wohnung. Den Großteil des Inventars hatten sie zurückgelassen, als sie umzogen. Dinge, wie ich sie in meinen Briefen an Stig und Andri erfunden hatte, waren vor Mordecais Zeit auf Long Island tatsächlich Bestandteil seines Lebens gewesen. Er hatte sich im Central Park rumgetrieben und mit den Obdachlosen gekickt. Nachmittags war er durch die Straßen gestreift und hatte genau gewusst, wo es den besten Burger gab. Und die beste Hühnersuppe. Oder den besten Babka. Er hatte zwischen den Lichtern und Wolkenkratzern und Verrückten und den gelben Taxis gelebt, und jetzt wohnte er zehn Minuten mit dem

Fahrrad von mir entfernt, weiter oben in der 10th Street, ein Jude in einem Teil von Long Island, wo die heidnische Mehrheit Menschen wie ihm gegenüber in der Vergangenheit nicht gerade freundlich eingestellt gewesen war. Mordecais Vater hatte bei Lehman Brothers gearbeitet, und die Familie war erst vor einigen Monaten hergezogen. Wenn ich es richtig verstand, lebten sie immer noch aus ihren Umzugskartons, worüber die Mutter jeden Freitag in der Dämmerung klagte, wenn sie in dem Durcheinander immer verzweifelter nach ihrem Kerzenleuchter suchte, ausgelöst von einer ihrer, wie Mordecai es nannte, vorübergehenden Sabbatphasen. Was für eine Stelle der Vater genau bei der Bank gehabt hatte und warum sie die Upper East Side verlassen hatten und nach Garden City gezogen waren, erfuhr ich nie im Detail, aber genau wie unser Umzug hierher für keinen von uns einen Triumph darstellte, konnte man aus dem Ungesagten herausfiltern, dass Mordecais Vater wohl ein Problem mit seinem Taschenrechner gehabt haben musste. Und ich glaube, das war eines der Dinge, die uns so zusammenschweißten: dass keiner von uns darum gebeten hatte, hier zu landen, und trotzdem waren wir hier.

Wie auch immer, so fing es jedenfalls an. Als wir uns im Schwimmbad kennenlernten, waren wir schon beinahe eine Woche in dieselbe Klasse gegangen, und ich bin mir fast sicher, dass er mir bis dahin nicht aufgefallen war. Ganz im Gegensatz zu den meisten anderen. Während ich die erste Woche vor allem damit verbracht hatte, mich im Schulgebäude zurechtzufinden und unseren Stundenplan zu studieren, war Mordecai in derselben Zeit schon in den Asiatischen Verein (zur Förderung des Wissens über die einzigartige asiatische Kultur) eingetreten und außerdem in den Schachclub, den Börsenverein (zur Förderung des Wissens über den Aktienhandel) sowie in die Redaktion der I. W. D. I. A. (der vierteljährlich erscheinenden Literaturzeitschrift der Schule, die eine kleine Auflage und eine noch viel kleinere Leserschaft hatte und deren kryptisches, angeblich kapitalismuskritisches Akronym niemand mehr aufschlüsseln konnte, seit ihre Gründerin Margot Marschhausen im Winter 1971 nur wenige Tage vor dem Erscheinen von Nr. 1/Jahrgang 1 bei einem Skiunfall in Aspen ums

Leben gekommen war). Mordecai war in meinen Augen ein überdurchschnittlich gut aussehender Typ (basierend auf dem Mittelwert aller männlichen Schüler, abzüglich der beiden brasilianischen Austauschschüler), was schon für sich genommen die Verweildauer der auf ihn gerichteten Blicke verlängerte, und er war zwar auch unterdurchschnittlich groß (noch einmal abzüglich der besagten Brasilianer), kompensierte dieses Manko aber durch tadellose Kleidung und Frisur. Ich hatte noch nie jemanden in meinem Alter gesehen, der mit einem so unerschütterlichen Selbstbewusstsein Hemd und Jackett tragen konnte, ohne dabei verkleidet oder spießig zu wirken. Vermutlich lag es auch daran, dass er seine Anzugjacken hauptsächlich in Secondhandläden gekauft oder von seinem Onkel geerbt hatte und seine Hemden immer ein paar Nummern zu groß waren und um ihn schlackerten. Und ich weiß noch, dass er braune Lederschuhe trug. Auch damit war er der Erste. Ein Vorreiter oder ein Penner, das lag im Auge des jeweiligen Betrachters. Aller ihm zuteilwerdenden Aufmerksamkeit zum Trotz kursierten aber auch einige Gerüchte über Mordecai, die weniger beneidenswert waren und zeitweise für derartige Diskussionen unter den Mitschülern sorgten, dass sie auch ihm nicht entgangen sein konnten. Mal betrafen sie seinen Vater und warum er nicht mehr für Lehman Brothers arbeitete, mal waren sie etwas vager, schienen jedoch mit einer Einbruchserie in diesem Sommer im Garden City Country Club und in ein paar Villen auf der Westseite zusammenzuhängen (unter anderem war die Kellertür der Hurley-Villa in der Kensington Road aufgebrochen worden, und im Anwesen der Familie Houston auf dem Whitehall Boulevard – wo sich eine der beiden Töchter nur acht Monate zuvor mit Schlaftabletten oder Kohlenmonoxyd, die genauen Umstände waren unklar, das Leben genommen hatte – stand eines Morgens ein Fenster im ersten Stock offen, bei verräterisch im Wind flatternden Gardinen und mit ebenso verräterischen Turnschuhabdrücken auf dem Teppich im Schlafzimmer). Und eine Reihe von Zeugen meinten, zu den fraglichen Zeitpunkten einen Typen in der Nähe beobachtet zu haben, dessen Beschreibung auf Mordecai passte. Doch niemand fragte ihn konkret danach. Nicht einmal ich. Soweit ich wusste, auch nicht die Polizei. Alles in allem glaubten wir wohl doch nicht ganz daran, weil wir es nicht wollten, aber auch weil wir uns nur schwer vorstellen konnten, was es dort überhaupt für jemanden zu holen geben sollte, der aus der reichsten Gegend Manhattans kam und sicher ein viel spannenderes Leben geführt hatte als jeder von uns. Wegen Mordecai trat ich schließlich auch dem Schwimmclub bei; er meldete uns an, damit wir uns auch in Zukunft in den Schwimmstunden nicht unter den Rest der Klasse mischen mussten und weil es, wie er sagte, ein besseres Licht auf die guten Schwimmer im Schulteam werfen würde, und ein besseres Licht war nie verkehrt. *Du weißt schon*, sagte er, *einige müssen ertrinken, damit die anderen oben treiben können.* Doch der eigentliche Grund, warum er uns auf die Liste setzte und uns auf diese Weise einen Platz in der Mannschaft sicherte, in der es ohnehin immer viele freie Plätze gab, war die Garantie, dass wir uns so regelmäßig trafen. Bevor wir uns sicher sein konnten, dass ein künstlich herbeigeführter Reiz nicht mehr nötig war.

Außerhalb des Schwimmbads sprachen wir nie über das Schwimmen.

Wir sprachen über alles andere.

Falls wir je eine Stopp-Taste gehabt hatten, war sie schon am ersten Tag kaputtgegangen.

Wir sahen bei mir zu Hause *Der letzte Tango in Paris*, und meine Mutter war sofort von Mordecai begeistert, als sie erfuhr, welchen Film er dabeihatte. *Ich habe ihn vor ewigen Zeiten einmal mit deinem Vater im Kino gesehen*, sagte sie und machte keinen Hehl daraus, dass sie sich gut vorstellen konnte, ihn ein zweites Mal anzuschauen, mit uns zusammen. *Er hat ihn überhaupt nicht verstanden.* Hinterher war ich heilfroh, durch irgendeine Bemerkung dafür gesorgt zu haben, dass sie stattdessen einkaufen ging. Ich wusste nicht genau, was ich von der Szene mit der Butter halten sollte. Oder überhaupt von dem ganzen Film, und Mordecai und ich diskutierten lang und breit darüber, ob Brando in Vietnam oder in Frankreich besser war; ich nannte seinen Film prätentiös, Mordecai wiederum behauptete, dass

Apocalypse Now am Anfang und Ende Längen hätte, und erklärte, wie Storaros Verständnis von Francis Bacons Kunst die Kameraführung und die orangen und beigebraunen und rosa Nachmittagsfarben in *Der letzte Tango in Paris* geprägt hatte; wir vertieften uns in Pauline Kaels legendäre Kritik des Films und verstrickten uns in komplizierte Diskussionen über die besten und wichtigsten Filme und Bücher, die der eine von uns gelesen hatte und die der andere lesen *musste;* und über Musik, wir spielten einander Platten vor und spannen Verbindungslinien zu den Büchern und Filmen, die wir gerade erwähnt hatten, wir verknüpften Norwegen mit den USA und Europa und der ganzen Welt, wir mühten uns ab, durch unser Geflecht einen Sinn zu erzeugen, und ich glaube, keiner von uns hatte schon einmal jemanden getroffen, mit dem er so ewig über diese Themen reden konnte, ohne dass der andere den Blick gesenkt hätte und nach dem Ausgang schielte, jedenfalls nicht so detailliert und eingehend, mit einer solch einvernehmlichen Geduld und gemeinsamen Gier und der ungeteilten Meinung, dass es die Details waren, die zählten, die winzigen Momente und Augenblicke. Ich hätte behaupten können, es war, wie zum allerersten Mal gehört und gesehen zu werden, aber so war es nicht. Es war wie sehen und hören, einer *anderen* Person wirklich *zuzuhören*, alle erdenklichen Informationen aus ihr herauszufiltern und die Gemeinsamkeiten und Unterschiede zu studieren und so sich selbst zu konstruieren, Stück für Stück, auf eine ganz andere Weise als mit Stig und Andri; wir waren uns fast immer einig gewesen, waren uns ähnlich gewesen. Ich hätte mir keine besseren Freunde als sie erträumen können, damals, aber die Gespräche mit Mordecai verlangten einen ganz anderen Grad an Konzentration, sie erinnerten an die Diskussionen, die meine Mutter mit ihren Freundinnen im Laden geführt hatte, sie transportierten das gleiche Gefühl, dass alles wichtig war, dass es jetzt darauf ankam, hier und jetzt, dass alles um uns herum hellauf entbrannt war und es keine Möglichkeit gab, die Flammen zu löschen oder einzudämmen, man musste sie auf das ganze Haus übergreifen lassen, und wir merkten beide, wie wir daran wuchsen, an all den Informationen wuchsen, die in der Luft herumwirbelten, und wie die Stunden zu Nachmittagen und Abenden wurden, an denen wir alles diskutierten, debattierten, beleuchteten und analysierten; wir schrieben das Grundgesetz neu und verfassten neue Unabhängigkeitserklärungen. Ich weiß noch, wie trocken meine Kehle war, wenn Mordecai nach Hause radelte oder ich oder wir uns an irgendeiner Straße in Garden City trennten, nachdem wir durch die Gegend gezogen waren, viel zu lange, hier und da, ohne Sinn und Ziel oder eine Ahnung, wohin es uns verschlagen hatte, nur um am nächsten Morgen mit dem heftigen Verlangen aufzuwachen, unbedingt an genau dieser Stelle wieder anzuknüpfen, so sehr, dass ich manchmal den Impuls verspürte, mich sofort aufs Rad zu schwingen, versessen darauf, schnellstmöglich loszuwerden, was auch immer mir auf der Seele brannte, Mordecai zu erwischen, bevor er zur Schule kam, ihm den Weg abzuschneiden und etwas zu sagen wie *ich habe über das nachgedacht, worüber wir gestern gesprochen haben, und die Sache ist die* … Und so weiter. Es war wie Verliebtsein. Ich redete auch in einer Tour von ihm, Mordecai sagt dies, und Mordecai meint das, und das Schöne war, dass sich meine Mutter in keiner Weise darüber lustig machte, im Gegenteil, sie gab sich die größte Mühe, mir in Mordecais Abwesenheit den Gesprächspartner zu ersetzen, ich glaube, sie tat es gern, und in vielerlei Hinsicht waren es auch ihre besten Tage seit dem Umzug. Endlich hatte auch sie jemanden, mit dem sie reden konnte (Mordecai trank oft einen Kaffee mit ihr, wenn wir uns verabredet hatten, manchmal hörte ich es klingeln, und erst eine Viertelstunde später kam er mit einem fast leeren Becher die Treppe hinauf), und wenn ich eines bereue, dann dass ich meine Mutter nach und nach an den Rand drängte. Die Zeit war einfach zu knapp, um drei Stimmen Gehör zu verschaffen, und der Gedanke macht mich fertig, dass sie es vielleicht schon damals wusste, ganz am Anfang, wenn sie dort mit ihrem frischgebrühten Kaffee saß, an den Nachmittagen oder Abenden, an denen Mordecai verhindert war, dass sie dort zusammen mit mir saß und wusste, dass sie sich mit jeder weiteren Minute unaufhaltsam dem Augenblick näherte, an dem wir keine Zeit mehr für sie haben würden. Ich glaube, sie beneidete mich, wenn ich gegen sechs, nach dem Abendessen, das Haus verließ, ohne einen bestimmten Plan zu haben, einfach nur rausging, und sie beneidete mich darum, immer als ein etwas anderer zurückzukehren, mit noch mehr Dingen, die wichtiger, klarer, entscheidender geworden waren, mit Gepäck, das jeden Tag in schöner Weise schwerer wurde, und einem Glücksgefühl darüber, gleich zu Beginn des Schuljahres jemanden kennengelernt zu haben, und mit der Euphorie über all die Zeit, die noch vor uns lag. Ich glaube, sie beneidete mich darum, unbesiegbar zu sein, der am wenigsten einsame Mensch in ganz Amerika, und sie hasste die Gewissheit, dass so etwas nie für immer war, weil, lange bevor man es für möglich hielt, der Tag käme, an dem Seelenverwandter ein Wort war, das man nur noch benutzte, um nett zueinander zu sein, und nicht weil es uneingeschränkt stimmte, weil der Tag käme, an dem es niemanden mehr gab, mit dem man davonradeln konnte, oder nicht mehr genug Zeit dafür blieb. Der Tag, an dem niemand mehr zu Hause war. Was für eine Angst sie gehabt haben musste, dass auch ich es irgendwann einsehen würde: Früher oder später wurde alles zu Dreck.

Mordecai und ich trainierten in diesem Herbst an zwei Nachmittagen in der Woche mit dem Schwimmteam unserer Schule, und jeden dritten Samstag im Monat fanden regionale Wettkämpfe statt. In meiner Erinnerung sind diese Tage in einen Dunst aus Chlor gehüllt, den man einfach nicht loswurde, selbst die Industrieseife, die mein Vater vom Bodenpersonal in JFK mitbrachte und die auf der Haut brannte, kam dagegen nicht an. Ich erinnere mich an den Chlorgeruch und daran, wie uns das Geräusch der Welt entgegenschlug, wenn wir aus der hypnotischen Stille des Wassers auftauchten, aus den Umkleidekabinen kamen und auf die Straße hinaustraten. Es war jedes Mal aufs Neue unheimlich. Wir standen an den Fahrradständern und brüllten uns an. An einigen Wettkämpfen nahmen wir mit einem gewissen Enthusiasmus teil, die vielen Medaillen und wackeligen kleinen Pokale, die allenfalls eine kleine Anerkennung für einen ehrenwerten Einsatz darstellten, habe ich längst weggeworfen oder verschlampt. Für die meisten Zuschauer waren solche wie wir lediglich Zeitverschwendung, sie warteten auf den Auftritt der richtigen Stars, jenen Schwimmern, die, seit sie denken konnten, fünf Mal in der Woche hart trainierten und jedes Härchen an ihrem Körper abrasierten, um widerstandslos durch das Wasser zu gleiten. Die Schwimmer, die am Horizont schimmerten, waren auf der Jagd nach den Ivy-League-Stipendien, sie schossen wie Torpedos durchs Becken, und der Applaus brandete mit ihrer Heckwelle auf; solche wie wir waren ihnen nur im Weg, und einige Zuschauer lasen während unserer Starts Zeitung oder erschienen erst, wenn wir fertig waren. Es gab aber auch Leute, die kamen, obwohl sie keine Ahnung hatten, wie ein guter Butterfly aussah, und denen die Ergebnisse egal waren. Die kamen, um die Schwimmer zu sehen, nicht das Schwimmen. Sie machten kein großes Aufhebens um sich, und sie waren nicht besonders zahlreich – vor allem wenn man die beiden älteren Typen in den Allwetterjacken abzog, die immer in der letzten Reihe saßen und uns mit ihren Blicken besudelten, bis ein Wachmann sie daran erinnerte, dass sie hier nicht erwünscht waren –, aber es gab sie.

Eine von ihnen war Alison.

Sie tauchte an einem Februartag im Jahr 1992 auf, ich weiß noch, dass Stanley sie entdeckte, während wir auf unseren Start warteten, und sagte: «Seht ihr die dadrüben mit den braunen Haaren? Möchte jemand ein Kaugummi?»

Er riss eine Packung auf und reichte sie an uns weiter, Sean, Nate, Mordecai und mich, aus irgendeinem Grund sollte es gut sein, etwas zu kauen, bevor man ins Becken sprang. Ich glaube, in unserem Fall hielt sich die Wirkung in Grenzen.

«Wen meinst du?», fragte ich und schaute zur Tribüne hinauf.

Stanley steckte sich drei Juicy Fruit auf einmal in den Mund. «Hinterste Reihe. Die Dritte von links. Das ist Alison …»

Fünf Bademützenköpfe drehten sich gleichzeitig um und starrten sie an.

Sie sah gut aus. Umwerfend hübsch, ohne tussihaft zu sein oder sich anzubiedern, weder besonders anmutig noch affektiert, für den Geschmack europäischer Modedesigner, die androgyne Anorektikerinnen bevorzugen, mindestens zwei Kilo zu schwer, aber trotzdem nicht so vulgär wie die Ladys in der Swimsuit Illustrated, sondern eine amerikanische Import-Schönheit, das Ergebnis eines komplizierten transkontinentalen Projekts, ein lateinamerikanisch-osteuropäisches Kolloquium, sie hockte ziemlich gekrümmt da, wie ein Truckfahrer, der seinen letzten Hotdog verschlingt, bevor er sich wieder auf den Weg macht, und ihr langes, dunkles Haar sah sogar aus der Ferne so weich aus, dass man sofort an eine ganze Badewannenladung von Haarpflegeprodukten dachte, die deutsche Experten in Geheimlaboren oder auf Alpenwiesen entwickelt hatten, vielleicht war ihr Haar aber auch von Natur aus schön, *einfach so*, von allein, ohne Brimborium und tägliche Prozeduren, von einer solch makellosen Beschaffenheit, dass selbst erfahrene Friseure den Kopf schüttelten, wenn sie zur Tür hereinkam, und ihr eine kostenlose Kur und unzählige Pröbchen anboten, weil es ihnen eine Ehre war, ausnahmsweise einmal mit einem so perfekten Rohstoff zu arbeiten; sie war natürlich schön und wusste es auch, trotzdem war nichts zufällig an der Art, wie sie ging und stand und sich kleidete, die auffällige, knallblaue Sportjacke mit dem Phantasiewappen auf der Brust, das den Blick auf ebendiesen Körperteil lenkte, die braune Cordhose, die ihre weißen Turnschuhe leuchten ließ und von denen aus die Aufmerksamkeit wieder zu ihrem Gesicht wanderte, in einer Endlosschleife; sogar ihre Frisur war locker, fast schon verlottert, ein nachlässig gebundener und viel zu hoher, schon in Auflösung begriffener Pferdeschwanz, und das mit Absicht, ihre Bewegungen wirkten beinahe einstudiert, so kalkuliert und berechnend, dass sie ihr fast die Natürlichkeit raubten, die sie nichtsdestotrotz ununterbrochen ausstrahlte, ihr ganzes Erscheinungsbild war äußerst verwirrend; sie sah nicht gefährlich oder unnahbar aus, sondern sympathisch, auf eine beinahe verdächtige Weise hübsch, und wir vier Jungen, die sie gerade zum ersten Mal in der feuchten Schwimmhalle erblickten, kamen nicht über das Mysterium hinweg, dass sie uns – im Gegensatz zu Stanley – noch nie aufgefallen war, denn wenn man sie erst wahrgenommen hatte, konnte man sich unmöglich vorstellen, wie man sie je hatte übersehen können, sie glich keiner anderen, und selbst in einer Gruppe von Hunderten Menschen hätte man sie innerhalb von Sekunden ausmachen können; sich in sie zu verlieben, wäre beinahe zu naheliegend, zweifellos war sie für viele Jungs die Hauptattraktion schlafloser Nächte und heimlicher Aktionen unter der Bettdecke, selbst für jene mit etwas kultivierteren und längerfristigen Vorstellungen von der Liebe, und vermutlich, so könnte man sich denken, auch für das ein oder andere Mädchen.

Und ich war gegen ihre Wirkung ebenfalls nicht immun.

Sie sah aus, als würde sie sich zu Tode langweilen, die ganze Zeit musterte sie ihre Finger oder spielte mit ihren Haaren oder starrte ausdruckslos auf die große Uhr an der gegenüberliegenden Wand des Schwimmbads.

Bis wir an der Reihe waren.

Da richtete sie sich auf, und während ich mich durch meine Bahn kämpfte und Mühe hatte, zu Mordecai aufzuschließen, als wir in Schieflage kraulend um den letzten Platz rangen, konnte ich gerade noch sehen, dass sie jede unserer Bewegungen verfolgte. Ich schluckte Unmengen Wasser und verlor die Konzentration schließlich ganz. Kam als Letzter ins Ziel. Und als wir endlich aus dem Becken geklettert waren und nach Luft japsend auf dem Rücken lagen, tat sie, was niemand zu hoffen gewagt hatte. Sie kam zu uns hinunter, und für eine lange Sekunde standen alle Möglichkeiten offen, alles konnte geschehen, und für einen kurzen Moment konnte ich es sogar vor mir sehen, jedes winzige, unbedeutende Detail von dem, was da kommen mochte. Dann war der Augenblick vorbei, und sie stellte sich breitbeinig über Mordecai.

«Hallo», sagte sie.

«Hallo.»

«Hast du heute Abend schon was vor?»

«Nein.»

«Lust, was zu unternehmen?»

«Warum nicht», antwortete Mordecai lässig.

«Gut. Ich heiße Alison.»

«Mordecai.»

«Ich weiß.»

Mit diesen Worten kam Mordecai zu seiner ersten Freundin, und unzählige Schüler der Garden City High hätten sich daraufhin am liebsten sofort in der Dämmerung auf dem Cross Island Parkway vor ein Auto geworfen. Aber es wunderte niemanden, dass sie ein Paar wurden; sie hatten beide tolles Haar.

Als unmittelbare Konsequenz aus dieser neuen Konstellation verbrachten wir noch mehr Zeit mit Sport. Unsere Abende zu Hause bei mir oder bei Mordecai wurden seltener und waren allenfalls kleine Abweichungen von dem neuen Rhythmus, zu dem wir jetzt beide tanzten. Wir schwammen nicht nur, sondern saßen uns bei den Lacrosse-Spielen der Mädchenmannschaft, in der Alison und die meisten ihrer Freundinnen spielten, regelmäßig unseren Hintern auf der Tribüne platt, und während wir weiterhin talentfreie Wassermänner blieben, wurde das Lacrosse-Team Jahr für Jahr zu einer der besten Highschool-Mädchen-Mannschaften des Landes gekürt und gewann die B-Meisterschaft des Staates New York. Wir mussten einfach nur sitzen bleiben und dabei zuschauen. Ich sah Alison weiterhin an, aber jetzt, wo sie mit Mordecai zusammen war, mit anderen Augen, aus der Ferne schwärmend und seinetwegen glücklich. Ich unternahm ehrliche Anstrengungen, mich zu entlieben, und bemühte mich, nach anderen Mädchen Ausschau zu halten. Es war nicht gerade einfach. Alison war *second home* in der Mannschaft, eine Art Stürmerin, so viel stand fest, davon abgesehen war Lacrosse eine merkwürdige Sportart, die weder Mordecai noch ich ganz durchschauten. Aber wir klatschten und jubelten an den richtigen Stellen und konnten aus fünfzig Meter Entfernung mit fünfundsiebzigprozentiger Trefferquote einen Baseball von einem Lax-Ball unterscheiden.

Doch nichts währt ewig, und der Langzeiteffekt dieser Überdosis Alison war, dass ich eines Tages die Nase voll hatte. Vom Lacrosse, vom Tribünenhocken, von ihren Freundinnen, die nicht gerade nett waren und immer ironisch hoch drei, sodass man sich auf den Kopf stellen und um mehrere Ecken denken musste, um sie zu begreifen, und diese obligatorische Phrasendrescherei nach dem Spiel, bei der sich Mordecai und Alison umschlungen hielten, ging mir auch auf die Nerven: *Ihr wart gut heute / nee, wir haben doch gar nix auf die Reihe gekriegt / doch, ihr wart super / hast du das letzte Tackling gesehen? / ich sag doch, ihr wart gut / oh Mann, wir waren wirklich sowas von sauschlecht / das kannst du doch nicht ernst meinen / schon mal was von Ironie gehört? / oh.*

Wahrscheinlich genügt diese Kostprobe, um sich vorzustellen, wie ermüdend es war, wirklich dabei zu sein.

Nach und nach hatte ich auch von Alison die Nase voll, ich hatte sie zu oft angeglotzt und mich zu häufig dabei ertappt, wie ich träumte, sie würde sich neben mich setzen, wenn Mordecai gerade abgelenkt war, und sagen: *Du weißt, dass ich eigentlich dich will, oder?* Und insgeheim betete ich, dass sie wenigstens einmal einen Bad Hair Day haben oder urplötzlich mit ihren Eltern verreisen würde, damit Mordecai und ich wieder ein bisschen Zeit für uns hätten. Ich ging nicht mehr zu den Spielen. Mordecai rief mich an. *Nein. Vielleicht komme ich später nach*, sagte ich. *Nächstes Mal*, sagte ich. Ich zögerte es hinaus. Ich hatte keine Lust. *Weiß nicht so richtig. Vielleicht, wenn ich es schaffe.* Ich hatte nie etwas anderes vor. Trotzdem war die Zeit ein Problem. Zeit war schon immer ein Problem gewesen. In die eine oder andere Richtung.

Jedes Mal wartete ich darauf, dass Mordecai sagen würde *na gut, dann lass ich das Spiel auch sausen und komme stattdessen zu dir.* Aber er tat es nicht. Ich verstand ihn gut, obwohl ich bis zuletzt hoffte, dass er ein bisschen Zeit abzwacken würde, für Tage und Abende, wie wir sie früher verbracht hatten, aber es schien, als wären wir nicht länger gleichgesinnt, und wenn ich Pläne schmieden wollte, fiel es ihm plötzlich schwer, sich festzulegen. *Glaub schon*, sagte er, *ich muss vorher noch mit Alison reden, aber es sollte eigentlich klappen.* Und die Enttäuschung war groß, wenn er dann mit ihr im Schlepptau an unserem vereinbarten Treffpunkt auftauchte.

Oder überhaupt nicht auftauchte.

Ich hockte in meinem Zimmer – auf dem kleinen Zweier-Sofa,

das mein Vater und ich, nur wenige Tage bevor Mordecai und Alison einander fanden, gekauft hatten – und wartete vergebens. Eigentlich hatten wir es gekauft, damit die Leute nicht mehr auf dem Boden oder auf dem Bett sitzen mussten, wenn sie mich besuchten. Wenn Mordecai mich besuchte. Das Sofa war noch fast unbenutzt. Normalerweise stapelte ich Bücher darauf, um darüber hinwegzutäuschen, dass niemand dort saß.

Doch an dem Abend, an dem Mordecai nicht auftauchte, hatte ich es freigeräumt. Ist es eigentlich merkwürdig, dass ich mich nicht mehr daran erinnern kann, was wir an dem Tag vorhatten? Es ist nicht mal gesagt, dass es etwas Besonderes war. Vielleicht wollten wir einfach nur Musik hören oder reden und in fliegendem Wechsel am offenen Fenster Zigaretten rauchen, so viele, dass meine Mutter am Ende aus dem Wohnzimmer rief *vergiss nicht, zu lüften, Max.* Aber ich erinnere mich, dass wir die Verabredung fast eine Woche im Voraus getroffen hatten und sie wichtig für mich war. Und es viel zu besprechen gegeben hätte. Und er nicht kam. Daran erinnere ich mich. Daran und dass meine Mutter Limonade und eine Schale mit Keksen in der Küche auf die Arbeitsplatte gestellt hatte und beides unangerührt blieb. Und meine Mutter aus dem Wohnzimmer fragte:

«Hattest du nicht gesagt, Mordecai wollte kommen? Oder war das nicht heute?»

Ich konnte mich nicht überwinden, zu ihr hineinzugehen.

«Nein, war nicht ganz sicher», antwortete ich.

«Was hast du gesagt?»

«Wir hatten nur kurz darüber gesprochen.»

«Ich habe euch Limo rausgestellt.»

«Das sehe ich.»

«Was?»

«Das. Sehe. Ich. Danke.»

«Kann es sein, dass er schon länger nicht mehr hier war? Mordecai, meine ich. Hat er etwa eine Freundin?»

«Mehr oder weniger.»

«Wie bitte?»

«Mehr oder weniger», wiederholte ich. «Bist du neuerdings schwerhörig?»

«Nein, und wenn du einfach ins Wohnzimmer kommen würdest, um dich mit mir zu unterhalten, wie es normale Menschen tun, müssten wir auch nicht durchs ganze Haus schreien.»

Ich ging in den Flur und rief Mordecai an. Er war nicht zu Hause. Mrs. Weintraub, seine Mutter, die immer derart leise sprach, dass man den Hörer ans Ohr pressen musste, bis es weh tat, und sich auf jedes ihrer dahingeflüsterten Worte konzentrieren, wisperte, er sei mit einem Mädchen unterwegs. Ich meinte, einen gewissen Stolz aus ihrer Stimme zu hören. Aber ich kann mich auch verhört haben. An diesem Tag waren alle schwerhörig. Es war unerhört. Dann dachte ich, sie hätte aufgelegt, und wollte gerade dasselbe tun, als ich erneut ein Flüstern vernahm.

«Wie bitte?»

«Ich habe gefragt, ob ich ihm ausrichten soll, dass er dich zurückruft, wenn er wieder nach Hause kommt?»

«Nein», antwortete ich. «Nicht nötig.»

Anschließend sagte sie nichts mehr. Soweit ich hören konnte.

Am nächsten Morgen radelte ich schon zeitig zur Schule, diesmal aber nicht, weil ich dringend weiter über etwas reden wollte, was ich gelesen oder gehört hatte. Ich begegnete ihm am Ende vom Rockaway.

«Wo zum Teufel hast du gesteckt?»

Mordecai sah müde aus. Und verwirrt.

«Wie meinst du das?»

«Gestern? Ich habe auf dich gewartet.»

«Oh … Mist, ich … sorry. Ich …»

Er wirkte plötzlich verzweifelt.

«Macht nichts», sagte ich. «Wie sieht es heute Abend aus?»

Die Verzweiflung breitete sich bis zu seinen Händen aus, die den Fahrradlenker umklammerten.

«Was ist denn los?»

«Nichts … bin nur kaputt.»

«War spät gestern, oder?», feixte ich. «Oder besser früh?»

«Nee, es ist eher …»

«Also? Was ist mit heute?»

«Ich glaube … oder, nein … eigentlich steht schon fest, dass ich mit Alison ins Kino gehe. Hab vergessen, dass ich es ihr versprochen habe … aber du kannst natürlich gern mitkommen.»

«Was wollt ihr euch denn ansehen?»

«Basic Instinct.»

«Nee, danke. Ich bleibe lieber zu Hause.»

In meiner Naivität nahm ich an, dass es eine Ausnahme gewesen war, eine Abweichung, und dass Mordecai, in seinem relativ frischverliebten Zustand – und mit einer beschränkten Aufnahmefähigkeit im Hinblick auf alles Unalisonische –, unsere Verabredung schlichtweg verschwitzt hatte. Aber im Frühjahr kam es wieder vor, und das Muster wiederholte sich so oft, dass selbst das schlichteste Gemüt kapiert hätte, was Sache war. Wir schmiedeten Pläne, und Mordecai sagte im letzten Moment ab, oder wir trafen uns bei ihm oder bei mir oder irgendwo in der Mitte, konnten aber nicht mehr so miteinander reden wie früher, wir liefen gegen eine Wand, unsere Gespräche waren zäh, aufgesetzt und gezwungen, sie holperten vor sich hin, ohne irgendeinen Gewinn oder eine gegenseitige Erhellung mit sich zu bringen. Wir taten, als wäre nichts, und unterhielten uns weiter, suchten jedoch in jedem Satz, den der andere aussprach, nach versteckten Vorwürfen und Mehrdeutigkeiten. Und keiner von uns wollte der Erste sein, der das Thema Alison anschnitt.

Mangels substanzieller Themen redeten wir neuerdings sogar über das Schwimmen, über Techniken und Ergebnisse, über die Fortschritte, die wir nicht machten. Das war neutrales Gebiet, ein rhetorisches Niemandsland, und wir verdünnten es so lange, bis es kein Tröpfchen Chlor mehr enthielt, das wir nicht herausgefiltert und diskutiert hatten. Dann deutete Mordecai Anfang Juni an, dass er überlege, im Herbst aus dem Schwimmteam auszutreten. Oder sich eigentlich sogar schon ziemlich sicher war. Die Entscheidung im Grunde schon getroffen sei, wenn er genauer darüber nachdachte, wie er auf mein Nachhaken hin zugab. «Es wird mir zu stressig», sagte er, «mit Alison. Und mit den anderen Vereinen und so weiter. Nächstes Jahr werde ich Herausgeber des I. W. D. I. A., sie brauchen jemand Neues. Irgendwie ist es sinnlos geworden. Sich im Wasser abzukämpfen, meine ich.»

Und damit wurde es auch sinnlos, über das Schwimmen zu reden.

Mordecai und mir waren die ungefährlichen Themen ausgegangen, und als wir in der letzten Nacht vor den Sommerferien rauchend auf der Treppe vor dem Haus in der Roderick Lane saßen, wo Nicole eine Klassenparty für weit mehr als nur unsere Klasse gab und die Gästeschar noch größer war als von ihr befürchtet, kam es mir so vor, als würden wir plötzlich französisch sprechen, nur dass weder er noch ich die Sprache beherrschte und keiner von uns ein Wort von dem verstand, was der andere sagte; uns blieb nichts anderes übrig, als mit den Schultern zu zucken und vieldeutig zu grinsen.

Gegen zwei Uhr gingen wir ein Stück zusammen nach Hause, betrunken, das ja, so gleichgültig und halbherzig, wie man als Fünfzehnjähriger eben betrunken sein kann, aber ohne ein Fitzelchen von dem Spaß, der eigentlich damit verbunden sein sollte, und nuschelten einander unsere Sommerpläne vor. Mordecai würde zunächst wie immer nach Maine ins Ferienlager fahren und anschließend wahrscheinlich gemeinsam mit seinen Eltern eine Woche in den Hamptons verbringen. Danach hatte er rein gar nichts vor, er wollte sich einfach nur treiben lassen in Garden City, zusammen mit Alison. Er sagte auch etwas darüber, was sie plante, irgendetwas mit Mailand, und dass ihr Vater jemanden kannte, der jemanden kannte, der dort ein Haus hatte, oder so ähnlich, an einem See, und vielleicht war es auch gar nicht Mailand, sondern nur ein Ort in der Nähe, und da wollten sie wohl hinfahren, und wenn sie, wann auch immer, zurückkämen, wären ihre Pläne genauso unbestimmt wie seine.

Ich erzählte auch, wohin ich fahren würde, nach Florida, wieder einmal, schrieb die Telefonnummer des Hotels in Daytona Beach auf und reichte ihm den Zettel. Mordecai kritzelte seine Nummer darunter, riss das Papier in der Mitte durch und gab mir eine Hälfte zurück.

«Wir telefonieren, okay?», sagte ich.

«Machen wir», antwortete er. «Dann schöne Ferien.»

«Bis zum Herbst.»

«Ja, bis dann.»

Daytona. Es war ein Sommer in Wiederholung. In der ersten Woche fuhren wir für ein paar Tage nach Orlando, gefolgt von einigen Tagen in Miami und Fort Lauderdale, an die sich anschließend keiner von uns gern erinnern sollte, und die übrige Zeit lagen wir wie gelähmt am Daytona Beach, wo das große Gesprächsthema unter Touristen und Ortsansässigen die fünf Meter hohe Monsterwelle war, die Anfang Juli völlig unerwartet und ohne Erklärung die Strände Daytonas überspült, Segelboote in parkende Autos geschleudert, Hunderte Menschen verletzt und Gebäude beschädigt hatte. An mehreren Stellen waren die Aufräumarbeiten immer noch in vollem Gang, einige Restaurant- und Ladenbesitzer besserten ihre Fußböden aus und verbarrikadierten den unteren Teil der Fassaden mit Sandsäcken, für den Fall, dass eine neue Flutwelle käme, und die Touristen wussten nicht genau, schämten sich ein bisschen für ihre Dummdreistigkeit, als sie sich schon tags darauf wieder in ihre Liegestühle pflanzten und ihre Sonnenschirme öffneten und weiter die Ferien genossen, die sie schon so lange im Voraus gebucht und auf die sie sich den ganzen Winter über gefreut hatten.

Ich tat dasselbe wie schon in Tampa; sobald es mir auf die Nerven ging, mit meinen Eltern und Ulrikke ölgötzenhaft am Strand zu liegen, machte ich lange Spaziergänge durch die Straßen oder am Strand entlang. Ich flanierte auf der Promenade auf und ab, setzte mich auf jede Bank, verspielte meine Münzen am Flipper und an den anderen ramponierten Spielautomaten und inspizierte jede einzelne Ware, die es in den Läden zu kaufen gab. Ich fuhr mit dem Riesenrad, sechs Mal hintereinander. Die Aussicht von ganz oben tauchte Daytona Beach in ein vorteilhafteres Licht. Ich fuhr mit der klapprigen Achterbahn, lauschte in den Kurven besorgt dem Quietschen der Bolzen und war fest davon überzeugt, dass sich die ganze Anlage seit ihrer Glanzzeit in den fünfziger Jahren klammheimlich allen Sicherheitsprüfungen und Instandsetzungen entzogen hatte. An den Schießbuden verlor ich mein Geld noch vor der Überzeugung, dass ich einen Volltreffer landen würde, ich schwamm ein bisschen vor mich hin, trainierte einige Butterflyübungen, die ich nie richtig beherrscht hatte. Ich las ein paar Bücher, aber noch häufiger starrte ich an die Wand.

Von Mordecai hörte ich nichts.

Ich versuchte mehrmals, ihn von der Telefonzelle an der Strandpromenade aus zu erreichen, aber wenn ich im Ferienlager anrief, wusste nie jemand, wo er gerade steckte, und in den Hamptons und bei ihm zu Hause in Garden City meldete sich keiner. Ich hinterließ Nachrichten.

Er rief kein einziges Mal zurück, erst in der letzten Woche ließ er von sich hören; ich war gerade aus der Dusche unseres Hotelzimmers gekommen und wollte ins Restaurant gehen, um dort meine Eltern und Ulrikke zu treffen, die schon vorgegangen waren.

«Hallo», sagte ich.

«Wie geht's?» Er klang, als wäre er ganz weit weg.

«Gut. Und dir?»

«Gut.»

«Schöner Sommer.»

«Schön.»

«Und du … hängst mit Alison rum?»

«Ab und zu.»

«Läuft es gut?»

«Ja, ganz gut. Und bei dir?»

«Gut.»

«Gut.»

«Okay.»

«Du, ich muss leider los. Essen.»

«Ja, ich auch.»

«Ja.»

Nachdem ich aufgelegt hatte und in einem ordentlichen Hemd und Sandalen über die Straße zu dem Fischrestaurant latschte, das mein Vater als elegant und zeitlos beschrieben hatte, kam sie endlich, die große Ernüchterung. Sie hatte nichts mit dem überwältigenden Einsamkeitsgefühl zu tun, das mich im ersten Jahr in Amerika befallen hatte, es war, als wäre auch meine Angst erwachsener geworden; ich war einfach nur wütend. Und verzweifelt. Es war so was von erniedrigend. Armselig! Armselig! Armselig. Wenn er so sehr damit beschäftigt war, dieses Mädchen zu befummeln, dann bitte – ich würde mich ihm jedenfalls nicht in den Weg stellen. Ich hoffte, sie bekäme Herpes, einen plötzlichen, furchterregenden Ausbruch, während Mordecai und sie gerade akrobatisch ineinander verschlungen bei ihr zu Hause auf dem Sofa lagen. Ich hoffte, sie würde stürzen und sich verletzen, wünschte ihr rekonstruktive Chirurgie und lebensnotwendige Rhinoplastik, damit sie wieder atmen konnte. Meine Liste an Verwünschungen wurde immer länger, ich erinnere mich kaum noch an das Essen, kaum an die nächsten Tage, ich weiß nur, dass ich die ganze Zeit wütend war, verzweifelt, unausstehlich und deshalb am Ende die ganze Zeit allein blieb und abends ohne die anderen auf dem Hotelzimmer aß, nachdem ich mitten beim Verspeisen des Tagesfangs in dem von meinem Vater ausgewählten Restaurant – das ebenso wie die meisten anderen, die er noch aus der Zeit kannte, als er hier gelebt hatte, nicht mehr dem früheren Standard entsprach – ausgeflippt war und gebrüllt hatte, ich hätte keine Lust mehr, in einem Restaurant nach dem anderen zu hocken und zu verschimmeln und so zu tun, als wären wir eine glückliche Familie, obwohl wir es ganz eindeutig, ohne den leisesten Zweifel, nicht waren, ja, nicht einmal eine zufriedene Familie, sondern nur eine, die so tat, als ginge es ihr gut, und so tat, als wäre unser Vater nicht die ganze Zeit weg, und so tat, als hätte meine Mutter ein zutiefst erfülltes Dasein, und das sei das Schlimmste, sagte ich, das Erniedrigendste und Erbärmlichste, dass wir einander nicht einmal eingestehen könnten, dass diese ganze Scheißidee nicht funktioniert hätte und es uns in diesem Land schlechter gehe, als wir es uns je hätten träumen lassen – und außerdem, fügte ich hinzu, weil es das Schlimmste war, was mir einfiel: *Florida ist ein Loch. Die Einzigen, die sich hier wohlfühlen, sind alte Knacker und Pädophile. Und ihr.*

Als Ulrikke am Abend ins Hotel kam, redeten wir kaum miteinander. Ich tat so, als würde ich interessiert einen Film schauen, und beachtete sie nicht. Aber ich wusste es zu schätzen, dass sie wiederum so tat, als wollte sie den Film ebenfalls sehen, und sich neben mich aufs Sofa setzte und sich auch nicht über mein ununterbrochenes Gequalme beschwerte. Ich wusste es zu schätzen, dass sie mich anlächelte, als sie sich neben mich setzte, und nicht von mir erwartete, dass ich zurücklächelte. Zusammen hörten wir, wie sich unsere Eltern im Nebenzimmer stritten, bis Ulrikke den Ton aufdrehte oder ein Fenster öffnete, damit sich die Vorwürfe, die sie einander machten, mit dem Verkehrslärm und der Brandung mischten.

Wieder nach Garden City zurückzukehren, war allerdings noch schlimmer. Ich rief Mordecai nicht an, um mich zu erkundigen, ob auch er wieder zu Hause war. Es interessierte mich nicht die Bohne. Wobei, das war gelogen. Ich wünschte, es wäre so gewesen; doch das Gegenteil war der Fall. Paranoid und vor Eifersucht kochend, radelte ich durch die Gegend und suchte die Straßen nach ihm ab, nachmittags und abends patrouillierte ich auf den Wegen, die wir normalerweise einschlugen, in der absurden Hoffnung, ihm dort zu begegnen, mit Alison oder einem der anderen Freunde von der Literaturzeitschrift oder dem Schachclub oder dem Asiatischen Verein oder womit er verdammt noch mal so wahnsinnig beschäftigt war. Doch ich traf ihn nicht. Und so fing ich an, in die Fenster der Leute zu glotzen, radelte an Alisons Haus vorbei und spähte dort, wo ich ihr Zimmer vermutete, nach Lebenszeichen, zutiefst überzeugt, dass Mordecai dort drinnen saß und es sich gutgehen ließ.

Plötzlich hatte ich gar keine Freunde mehr. Wie schnell das ging. Es war ein seltsamer Zustand. Seltsam traurig. Aber ich fühlte mich nicht einsam. Spürte nicht einen Hauch von Selbstmitleid, sondern nur, dass ich es leid war, einen neuen Versuch zu unternehmen. Ich wollte es einfach nur durchstehen, ohne mich mehr als nötig anzustrengen. Den Kopf einziehen und in Bewegung bleiben. Im Boot bleiben. *Drei Jahre*, dachte ich, während ich vergeblich und ziellos durch die Gegend radelte, um mir Gewissheit zu verschaffen über das, was ich nicht wissen wollte, *drei Jahre, und dann gehe ich zurück. Nach Stavanger. Sobald die Highschool vorbei ist. Noch drei Jahre. Und dann werdet ihr mich nie wiedersehen. Verdammtes Kackland.*

4

Es gibt so viele Empfangskomitees, so viele Menschen, die auf einen anderen warten. Eines der meistveröffentlichten Fotos aus dem Vietnamkrieg – mit dem Pulitzerpreis ausgezeichnet und zuvor in aller Eile auf einer Flughafentoilette entwickelt, um der Konkurrenz zuvorzukommen – bezeugt einen solchen herbeigesehnten Augenblick. Es zeigt keine öffentlichen Hinrichtungen während der Tet-Offensive; kein nacktes Mädchen auf der Flucht nach einem südvietnamesischen Napalmangriff auf ihr Dorf, keinen brennenden buddhistischen Mönch neben Benzinkanister und Schaulustigen, in der äußersten Form des Protests. Diese Aufnahme ist von einer anderen Brutalität: Oberstleutnant Stirm wird 1973 auf einem Militärrollfeld in Kalifornien nach fünf Jahren Kriegsgefangenschaft in Vietnam mit seiner Familie wiedervereint, und der beinahe alltäglichen Szene haftet etwas Unwirkliches an, vielleicht ist sie aber auch einfach nur zu privat; seine Frau und seine Kinder haben so lange auf ihn gewartet, sie ahnen wenig oder nichts darüber, was sein Leben in den vergangenen Jahren ausgemacht hat, falls er gefoltert oder gequält wurde, wissen sie es nicht; sie hatten sich mit dem Gedanken vertraut machen müssen, dass er womöglich niemals zurückkehren würde, aber jetzt ist er wieder da. Nach fünf Jahren. Sie stürmen auf ihn zu, in ihren besten Kleidern, mit offenen Mündern und ausgestreckten Armen; seine fünfzehnjährige Tochter, die ihn zuerst erreicht, hebt fast ab vor Erleichterung; sie schwebt, auf dem Foto berühren ihre Füße nicht den Boden, sie wurde mitten im Sprung eingefangen, und im nächsten Moment wird sie ihren Vater erreicht haben und ihn spüren und riechen, und dann wird all das Unerträgliche vorbei sein. So viel Glück und Freude, dass es den Rahmen eines 35-mm-Films sprengt. Das Bild wird großen Symbolwert erlangen, wird als bleibender Beweis für das Ende des Kriegs und den Beginn einer Heilung stehen.

Doch es ist übereilt, die Art und Weise, wie es entwickelt wurde, ist übereilt, und es erzählt nur die halbe Wahrheit; die Brutalität ist unterbelichtet, verborgen hinter der zweideutigen Miene der Ehefrau. Ich weiß nicht, ob die Zeitungen schon damals darüber berichtet haben oder ob das erst später bekannt wurde: Drei Tage zuvor, am selben Tag, als die Vietnamesen ihn in Hanoi freilassen, erhält Stirm seinen letzten Brief in Gefangenschaft, er ist von ihr; sie hat die Scheidung eingereicht und möchte wieder heiraten.

Sämtliche Familienmitglieder werden einen Abzug des Fotos rahmen lassen und es sich zu Hause an die Wand hängen.

Er wird sich nie dazu überwinden können.

An diese Geschichte musste ich denken, als ich Mordecai im Café an der Kreuzung Franklin, Stewart und 9th traf, ein paar Tage bevor die Schule wieder anfing. Er hatte mich angerufen. Ich tat, als wäre nichts gewesen, und ich erwartete auch nichts, traf jedoch auf die Minute pünktlich ein, damit er nichts sagen konnte. Er war schon da und hatte seine zweite Tasse Kaffee bereits halb geleert.

«Gute Ferien gehabt?»

«Ja, nicht schlecht, und du?»

«Hab schon Schlimmeres erlebt.»

«Ich auch.»

Anscheinend hatte keiner von uns Ferien gehabt, mit denen man angeben konnte.

«Wir werden doch sowieso nie besser werden», sagte Mordecai. «Im Schwimmen, meine ich. Und wir sind bei weitem nicht gut genug. Also höre ich auf.»

Ich sah ihn fragend an. Er hatte doch schon vor dem Sommer angekündigt, dass er aufhören wollte, das war nichts Neues für mich, also warum saß er da und erzählte mir Schnee von gestern?

«Und du?»

«Weiß noch nicht», antwortete ich.

«Verstehe. Nate und Stanley machen, glaube ich, weiter. Sie hoffen, dass sie in die Auswahlmannschaft kommen. Also wärst du schon mal nicht allein.»

Was zur Hölle wusste er vom Alleinsein?

«Mal sehen», antwortete ich. «Ich bin mir auch nicht sicher, ob ich noch Lust habe.»

«Außerdem ist der Schriftzug auf meiner Badekappe abgewaschen, schon das ist ein Zeichen, dass meine Glanzzeit vorbei ist.»

Er redete weiter von seiner Badekappe und von Badekappen im Allgemeinen, wollte mich damit zum Lachen bringen, erreichte aber nur, dass die alte Leier vom Schwimmen zum fadenscheinigen Vorwand für unser Treffen geriet. Worüber er eigentlich sprechen wollte, blieb unklar, und so trank er seinen Kaffee und ich meine Limo, und wir rauchten ein paar Kippen, und ich erwähnte – hauptsächlich, um das Badekappen-Thema zu beenden – ein neues Album, das ich mir in Florida gekauft und in letzter Zeit viel gehört hatte, eigentlich jeden Tag, von morgens bis abends.

«Blind Melon», sagte ich, «kennst du die?»

Und plötzlich war es, als hätte jemand das Licht in uns angeknipst. Es umflackerte uns dort im Café, und Mordecai wurde ganz andächtig und legte die Handflächen auf den Tisch.

«Ich glaube … das ist das beste Album, das es je gab», sagte er.

«Hast du das Video gesehen?»

«*No Rain*?»

«Das Bienenmädchen?»

Darauf musste ich unbedingt noch eine rauchen. Und Mordecai brauchte noch einen Kaffee.

«Ich würde sie sofort adoptieren», sagte er schwärmerisch. «Im Ernst, gib mir die Papiere und sag mir, wo ich unterschreiben soll.»

«Ich glaube, die anderen Bienenleute kommen dir am Ende des Videos zuvor.»

«Stimmt. Aber ihr Gesichtsausdruck, als sie sie findet …»

«Die anderen, die so sind wie sie.»

«Genau.»

«Wenn ich jetzt eine Band gründen würde, also heute, würde sie wie Blind Melon klingen.»

Wir stürzten uns in eine angeregte Diskussion darüber, ob eine neopsychedelische Band wie Blind Melon eine Reaktion auf Grunge oder eher eine Weiterentwicklung desselben war, immerhin hatten sie das Album auch in Seattle aufgenommen, und noch während wir dort im Café saßen, wurden unsere Haare länger und unsere Klamotten weiter und abgerissener, denn es war eine Zeit, in der man idealerweise so aussah, als wäre man nackt in einen Altkleidercontainer gesprungen und in kompletter Montur wieder herausgekrabbelt, ganz im Gegensatz zu heute, heute sehen alle Teenager aus wie überbezahlte Serienkiller, und ihre Eltern liegen vor Angst wie gelähmt unter ihren Bettdecken und horchen auf das Klappen der Haustür. Wir redeten über die sechziger Jahre und die Hippies und San Francisco und Haight-Ashbury und beneideten sie und verziehen ihnen, dass sie ihre Freiheit wieder verschenkt hatten; als Beispiel führte ich meine Eltern an, die an die Revolution geglaubt hatten und gegen den Vietnamkrieg auf die Barrikaden gegangen waren und mit geballten Fäusten Parolen geschrien hatten, nur um ihren Idealen eines Tages mir nichts, dir nichts den Rücken zuzukehren und so zu tun, als wäre nichts gewesen. Wir redeten und meinten, es wäre Zeit für eine neue Ära, einen neuen Versuch, von was auch immer, es müsste ein neues Woodstock geben, höchste Eisenbahn (zwei Jahre später war es dann auch so weit, allerdings nicht so, wie wir es uns vorgestellt hatten); Mordecai meinte, das neue Album der Lemonheads sei auch nicht übel, und wir überlegten, ob es ein Zufall sei, dass die eine Band so hieß wie eine Süßigkeit, die andere was mit Melone, und dann gab es ja auch noch Pearl Jam, mit der Marmelade. Und Soundgarden, sagte einer von uns, *ein Garten, stimmt's?*

«Wir stehen an der Schwelle zu milderen Zeiten», sagte Mordecai.

«Vielleicht.»

«Ich für meinen Teil überlege, ob ich Vegetarier werden soll.»

«Ist das denn *koscher*?»

«Das ist die Frage.»

«Das ist immer die Frage.»

Es war ein sorgloser Tag. Wir waren fast wieder wir selbst. Ich radelte in Sandalen nach Hause, und auch in der Poplar Street war eitel

Sonnenschein; ich beschloss, so zu sein, wie meine Eltern mich haben wollten, und half meinem Vater dabei, eine Hollywoodschaukel für meine Mutter im Garten aufzubauen. Kniend steckten wir unsere Köpfe in die Werkzeugkiste und fanden die richtigen Schrauben und Muttern, Drillbohrer, Hammer und Seile; es war unser erstes Gemeinschaftsprojekt, seit ich denken konnte, und wir ließen uns viel Zeit, zeichneten, rechneten, diskutierten länger als nötig verschiedene Lösungsansätze, und meine Mutter musste unzählige Male Probe sitzen, ehe wir die Seile strafften und ordentlich befestigten. Anschließend grillten wir. Für ein paar Stunden sahen wir aus wie alle anderen. Und am Abend saß ich bei offenem Fenster in meinem Zimmer, die warme Luft und der milde Duft vom frischgemähten Gras aus der Nachbarschaft wehten zu mir herein und mischten sich mit dem Rauch meiner Zigaretten, während ich mehrmals hintereinander das Blind-Melon-Album hörte und zu meinem Sofa hinüberblickte. Ich war bereit für das neue Jahr. Doch dann, irgendwann im letzten Lied, kroch etwas anderes durch das Fenster, ein Unbehagen darüber, wie Mordecai und ich über zwei Stunden lang zusammensitzen und reden und reden konnten, ohne auch nur mit einer Silbe zu erwähnen, wie es uns eigentlich ging. Wir hatten über alles andere gesprochen, über die Musik und darüber, wie die Welt sein sollte. Aber nicht darüber, wie sie war. Ich hatte mich nicht einmal nach Alison erkundigt, das musste ihm aufgefallen sein. Ob er sie deshalb nicht mehr erwähnt hatte? Oder kamen einem solche Themen nicht mehr über die Lippen, ohne dass man sich Herpes einfing?

Alison war immer noch Teil der Gleichung, als das Schulhalbjahr anfing, so viel stand fest, aber die Rechnung ging nicht auf, sodass ein ärgerlicher Folgefehler entstand. Wenn Mordecai nicht gerade damit beschäftigt war, sich durch den Wust an Essays, Interviews und Beiträgen für den Kurzgeschichtenwettbewerb zu wühlen, der immer größer geworden war, seit er den Redakteurposten beim I. W. D. I. A. übernommen hatte (und die Zeitung nicht mehr wie früher vierteljährlich, sondern monatlich herausgab und zugunsten höherer, billigerer Auflagen und eines unprätentiöseren Erscheinungsbildes außerdem nur noch in kopierter und zusammengehefteter Form), oder im Eilverfahren japanische Phrasen für das nächste Treffen des Asiatischen Vereins zu lernen oder Schachtheorie für die bevorstehenden Kreismeisterschaften zu büffeln (den Börsenverein, die einzige Freizeitaktivität, die sein Vater wirklich unterstützte und deren Sinn ihm einleuchtete, den Börsenverein hatte Mordecai ebenso wie das Schwimmen aufgegeben, vor allem weil sein Vater strikt dagegen war, dass er aufhörte), verbrachte er Zeit mit Alison.

Immerhin konnten Mordecai und ich ansatzweise wieder miteinander sprechen, obwohl es lediglich unverfängliche Gespräche über Dinge waren, die keinen oder nur wenig Zusammenhang mit unserem Leben hatten, Wortwechsel, wie man sie mit jedem beliebigen Gesprächspartner hätte führen können. Meistens redeten wir über die Schule, ich saß in den Freistunden mit ihm zusammen, oder besser gesagt – mit ihm und Alison und ihren Freundinnen –, aber ich ignorierte sie weitgehend und wandte mich ausschließlich an Mordecai. Bei ihnen kam das gar nicht gut an, aber ich glaube, Mordecai fiel es nicht auf, jedenfalls ließ er sich nichts anmerken, und wenn ich vorschlug, eine rauchen zu gehen, quittierte er Alisons Schmollen jedes Mal mit einem Schulterzucken und kam mit. Was ein paar Minuten zu zweit bedeutete.

In diesem Herbst trafen wir uns einige Male auch abends, nur wir beide, entweder bei mir oder bei ihm. Und jedes Mal freute ich mich darauf, ihn zu treffen, heute, dachte ich, heute kriegen wir es hin. Und jedes Mal gingen wir enttäuscht auseinander. Diese Treffen erinnerten vor allem an eine Pflichtübung, ich war völlig fertig, wenn wir uns wieder trennten, nach zähen Gesprächen, die im Kreise verlaufen waren. Allmählich erwischte ich mich selbst dabei, wie ich hoffte, er würde keine weiteren Verabredungen vorschlagen, und ich begann die Zeit zu vermissen, in der wir gar nichts mehr zu bereden gehabt hatten, das war irgendwie ehrlicher gewesen, und außerdem hatte man es auch schneller hinter sich. Wir machten jedes Mal dasselbe, folgten demselben Muster, spielten uns gegenseitig Musik vor, wie früher, blätterten in Zeitschriften und diskutierten über Bücher, die wir gelesen hatten (ich glaube, es war das Jahr, in dem Mordecai versuchte, Thoreau zu verdauen, als Teil jenes Vegetarierlebens, das er sporadisch und mit unterschiedlichem Erfolg führte und in dem er seine Liebe zur Natur und den einfachen Dingen entdeckte – plötzlich wollte er Klamotten aus ökologischer Baumwolle tragen und fuhr mit dem Bus bis in die 55th Street in Manhattan, um sich Turnschuhe mit Sohlen aus recycelten Autoreifen zu kaufen), doch wenn ich irgendetwas in Richtung Alison andeutete oder darüber, wie abwesend und gequält er wirkte, wich er mir aus, dann war das Schweigen wieder da und machte unsere gemeinsame Zeit noch trister, verbunden mit dem Gefühl, dass wir jetzt beide gegen die Wand liefen. Ihm muss aufgefallen sein, dass ich mich langweilte, vielleicht war das ein Grund dafür, dass er zunehmend früher nach Hause ging. Ihm kann auch meine Erleichterung nicht entgangen sein, wenn er aufstand und sagte, *ich glaube fast, ich muss jetzt gehen.* Ich hatte ein furchtbar schlechtes Gewissen deswegen, besonders wenn er sich lächelnd verabschiedete, auf sein Fahrrad stieg und mit gebeugtem Rücken langsam davonrollte. Als würde er es nur äußerst widerwillig tun. Als wäre er nur gegangen, weil er nicht hatte abwarten wollen, dass ich ihn darum bat.

Im Oktober und bis in den November hinein fehlte er oft in der Schule, zuerst nur einen oder zwei Tage, dann plötzlich eine ganze Woche, wodurch ich auf einmal für Alison interessant wurde. Sie und ihre Freundinnen verbrachten die Freistunden mit mir und versuchten sich nicht anmerken zu lassen, dass sie mich nur ausquetschen wollten, was *eigentlich* los war. Ich wusste selbst nichts und sagte noch weniger, und als Mordecai wieder zurückkam, waren seine Erklärungen bestenfalls vage, er hustete ein paar erklärende Stichwörter hervor, Grippe und Erkältung oder ein verlängertes Wochenende in den Hamptons, aber irgendwann wurde es unglaubwürdig, und so blieb es nicht aus, dass bald wieder erste Gerüchte über ihn kursierten, die mich über den Redaktionssekretär der I. W. D. I. A. erreichten. «Er hat Depressionen», erklärte der, und als wollte er deutlich machen, dass er weit mehr im Bilde war als ich und noch dazu Experte auf dem

Gebiet, fügte er hinzu: «Er bekommt die beste Behandlung. Er ist in guten Händen.»

Das war allerdings nur die halbe Wahrheit. Die Lage verschlimmerte sich. An einem bitterkalten Novemberabend tauchte Mrs. Weintraub unangemeldet bei uns zu Hause auf. Ich wurde aus meinem Zimmer geholt und in der Küche ins Kreuzverhör genommen. Ob ich etwas darüber wisse, wo Mordecai gerade sei? Wann ich ihn zuletzt gesehen hätte? Und ob er mir etwas gesagt habe? Sie sei gerade bei Alisons Eltern gewesen, aber auch die wüssten nichts. Im niedrigsten Dezibelbereich flüsterte Mrs. Weintraub, dass sie ihren Sohn seit zwei Tagen nicht mehr gesehen habe und keinen anderen Ausweg mehr wisse, als eine Vermisstenanzeige aufzugeben. Sie war außer sich vor Sorge, und es kostete meine Mutter eine geschlagene Stunde Zeit und drei Gläser Wein, um ihr zu entlocken, dass Mordecai eine Nachricht hinterlassen hatte, der zufolge er lediglich einen Ausflug nach Manhattan machte und die Absicht hatte, wieder zurückzukehren. «Da sehen Sie», sagte meine Mutter und schenkte Mrs. Weintraub noch mehr Wein nach, «er ist nicht verschwunden, er ist nur in New York. Geben Sie ihm doch noch einen Tag.» Meine Mutter lächelte mich an. «Wäre ich im Alter unserer Jungs, ich wäre die ganze Zeit dort, wir sollten froh sein, dass unsere Kinder so ehrlich sind und wir die meiste Zeit wissen, wo sie gerade stecken. Finden Sie nicht auch?» Mrs. Weintraub wusste nicht genau, was sie darauf erwidern sollte, bekam aber allmählich wieder ein bisschen Farbe im Gesicht. Vielleicht war es aber auch der Wein, der sie so kolorierte. «Und wir sind uns doch bestimmt auch darüber einig», fuhr meine Mutter fort, «dass einen dieser Ort, Garden City …» Sie schüttelte den Kopf und lachte, «durchaus um den Verstand bringen kann.» – «Ich möchte nur, dass er wieder nach Hause kommt», flüsterte Mrs. Weintraub, und in dem Moment tat sie mir leid, denn sie war wirklich besorgt und erschöpft und beileibe nicht zu Scherzen aufgelegt. Vermutlich wusste sie weit mehr über die ganze Angelegenheit als meine Mutter und auch als ich. Unaufgefordert holte ich eine neue Weinflasche, ein paar Cracker und Trauben. Ich nahm mir die Freiheit, auch mir ein Gläschen einzuschenken, da wir in dieser schwierigen Situation zu dritt in einem Boot saßen, doch der Blick, den mir Mrs. Weintraub daraufhin zuwarf, sorgte dafür, dass ich das Glas nicht anrührte. «Ich bin mir ganz sicher, nein, ich bin *überzeugt*, dass es keinen Grund zur Sorge gibt», sagte meine Mutter. «Nicht vor morgen – frühestens. Teenager sind wie Katzen, wenn der Hunger groß genug ist, kommen sie schon wieder nach Hause. Aber ab und zu müssen sie draußen rumstreunen und ihr Revier abpinkeln. Verzeihen Sie meine Ausdrucksweise.»

Meine Mutter. Die Poetin.

«Er hat Depressionen», sagte ich, nachdem Mordecais Mutter gegangen war. «Er ist wohl auch in Behandlung deswegen.»

«Ja, wer hat die nicht in diesem Land? Bestimmt bringen sie bald auch noch Prozac mit Minzgeschmack auf den Markt. Aber Mordecai? Warum in Gottes Namen sollte er depressiv sein? Mit seiner Freundin und seinen netten Eltern und dir und allem. Das Problem ist, dass ihr solche Stubenhocker seid. Und dass er aus einem überbehüteten Elternhaus kommt. Er sollte mal rausgehen und ein bisschen frische Luft schnappen. Als ich in eurem Alter war, sind wir ständig unterwegs gewesen. Und waren nicht depressiv.»

Ich hoffte, die Versicherungen meiner Mutter waren bei Mrs. Weintraub angekommen. Sie hatte jedenfalls erleichtert gewirkt, als sie zu ihrem Auto gegangen war, wo sie lange nach ihren Schlüsseln kramen musste. Was natürlich auch am Wein gelegen haben könnte. Ich für meinen Teil war mir gar nicht so sicher, wachte aus Sorge um Mordecai in der darauffolgenden Nacht mehrmals auf und sah in der Dunkelheit die schrecklichsten Dinge vor mir. Als ich wieder einschlief, träumte ich von ihm, ich träumte, wie ich dabei half, eine Leiche aus dem Hudson River zu ziehen, und hörte mich sagen *ja, das ist er.*

Am nächsten Morgen um kurz nach sieben rief Mrs. Weintraub bei uns an. Zu diesem Zeitpunkt saß Mordecai wohl schon wieder zu Hause in der Küche und verdrückte Marmeladenbrote, als wäre es das Normalste auf der Welt.

Er war zurückgekommen. Unversehrt. Ich begann zu glauben, er wäre unsterblich.

«Danke», flüsterte Mrs. Weintraub am Telefon wieder und wieder, «danke, dass Sie mir die Tür geöffnet haben.» Wenn sie gewusst hätte, dass meine Mutter jedem die Tür öffnete – nur klingelte leider so selten jemand. Zwei Tage darauf wurde uns ein prachtvoller Blumenstrauß geliefert, und in der beiliegenden Karte wiederholte sich Mrs. Weintraub ziemlich stark. Meine Mutter war jedoch so gerührt und dankbar, dass sie sich schnurstracks daranmachte, eine Jacke mit Setesdalsmuster für Mrs. Weintraub zu stricken, die sie ihr ein paar Wochen später persönlich vorbeibrachte. Ich glaube nicht, dass Mrs. Weintraub sie je anzog. Sie passte vermutlich kaum zu den Kostümen, die sie normalerweise trug.

Auf dem Weg zur Schule radelte ich bei Mordecai vorbei, und wir fuhren das letzte Stück gemeinsam. Ich versuchte herauszufinden, wo er gewesen war und was er dort getrieben hatte, aber er winkte nur ab und sagte, er verstehe die ganze Aufregung um seine Person nicht. Ich konnte ihm nur aus der Nase ziehen, dass er Freunde in Sniffen Court oben an der E36th Street besucht habe und es herrlich gewesen sei, für ein paar Tage aus Long Island wegzukommen.

«Manchmal muss man Ferien machen, auch wenn kein Sommer ist.»

«Ich wusste nicht mal, dass du Freunde in Murray Hill hast», sagte ich beleidigt.

Ich beneidete ihn darum, einfach so nach Manhattan abzuhauen; um seinen Mut. Gleichzeitig war ich wütend und verletzt, weil er mich nicht gefragt hatte, ob ich mitkommen wollte.

«Tja, hab ich aber», antwortete er nur und stellte sich auf die Pedalen, als er die Rockaway Avenue hinaufstrampelte.

Es war das erste und letzte Mal, dass ich von diesen Freunden hörte.

Auch ich hatte mit dem Schwimmen aufgehört. Es machte keinen Spaß, alleine abzusaufen. Doch manchmal verbrachte ich die Wochenenden mit Stanley und Nate, wenn Mordecai wieder mal keine Zeit hatte oder nicht erreichbar war. Es war nicht ganz dasselbe, aber es war auch nicht schlecht. Die beiden waren in der Schwimmmannschaft zwei Stufen aufgestiegen und erzählten jetzt von «gerissenen Serien» und wie sie mit Flossen trainierten, um ihren Beinschlag zu verbessern. Sie knabberten Cashewkerne und Pekannüsse und verzichteten, wenn möglich, auf Fruktose und Glukose. Sie tranken acht Gläser Wasser am Tag. Sie hatten Schwimmerkörper. Und ständig rote Augen. Aber ich war gern mit ihnen zusammen, sie lachten viel und begegneten den meisten Dingen mit derselben mangelnden Ernsthaftigkeit, mit der sie auch Fernsehwerbung sahen. Außer wenn es ums Schwimmen ging, dann waren sie ernsthaft und voll konzentriert bei der Sache, um sich für die Bundesstaaten-Finals zu qualifizieren. Und gleichzeitig waren sie offenbar fest davon überzeugt, es würde schon gutgehen, irgendwie.

«Man muss nur schnell genug schwimmen.»

«Und immer geradeaus.»

«Mehr ist es nicht.»

Mir machte es nichts aus, ihnen zuzuhören oder mich sogar an der Diskussion zu beteiligen, jetzt, wo ich mich dem Ganzen nicht mehr in Badehosen stellen musste.

«Warum hast du eigentlich aufgehört?», fragte Stanley.

«Das Wasser wurde mir zu kalt», antwortete ich.

«Dann musst du einfach ins Becken pinkeln.»

«Das wird schon wieder, ist doch mit allem so», sagte Nate. Das war unser Refrain, wenn wir zusammen waren, meistens zu Hause bei Stanley in der 5th Street, in dem großen Backsteinhaus an der Ecke zur Hilton, wo er den ganzen Dachboden für sich hatte, nachdem sein Bruder ausgezogen war, um Tennis auf Collegeniveau zu spielen. Ich habe mich nie mehr so schlappgelacht wie mit den beiden, die Heimfahrt mit dem Rad nach einem Abend bei Stanley stand unter dem Zeichen völliger Plättung, und trotzdem waren sie das genaue Gegenteil eines Energiefressers, wie es Mordecai in letzter Zeit gewesen war. Der Unterschied bestand darin, dass Stanley und Nate nicht unerlässlich waren. Sie waren *Crew expendable*, um es mit *Better Worlds Through Weyland-Yutani* zu sagen. Noch während ich mit ihnen zusammen auf dem Dachboden saß und über ihre Witze und Lebensbetrachtungen lachte, wusste ich, dass ich nie um ihre Freundschaft kämpfen würde, sobald die Highschool vorbei war; sie würden ihr Ding durchziehen und ich meins, und das war's. Keine Telefonate, keine Versprechen, einander zu besuchen, nur unverbindliche Verabredungen, mal ein Bier trinken zu gehen, wenn wir alle in den Ferien wieder in Garden City wären, über Weihnachten oder im Sommer. Wenn wir uns das nächste Mal sähen. Aber damals war ich dankbar, sie in meinem Leben zu haben, denn ich hatte in letzter Zeit zu wenig gelacht und zu viel nachgedacht. Mit ihnen war dagegen fast alles unkompliziert. Sie hörten die ganze Zeit dasselbe Beastie-Boys-Album, kannten aber kaum eine Textzeile daraus, sie ließen es einfach nur im Hintergrund laufen, um das Gefühl zu haben, sie wären am Leben und die Party im Gange. Eigentlich waren sie Mordecais Freunde, er hatte sie zuerst kennengelernt, und bevor er mit Alison zusammengekommen und in einen sozialen Winterschlaf gefallen war, wäre es komisch gewesen, sie anzurufen und zu fragen, ob wir uns treffen wollten, ohne dass Mordecai dabei war und als Mittelsmann diente. Aber es war sowieso eine komische Zeit. Warum sie sich überhaupt mit mir abgaben, war mir anfangs schleierhaft, sie hatten mich genauso wenig nötig wie ich sie, und ich brauchte lange, bis ich unverkrampft, *ach, übrigens* vorzuschlagen wagte, dass wir uns ja mal samstags treffen könnten und *tja, ich weiß nicht, irgendwas machen?* Abgesehen vom Schwimmen hatten wir herzlich wenig gemeinsam; wir hörten nicht dieselbe Musik; sie schlugen nie ein Buch auf, es sei denn, sie bekamen gute Noten dafür, und auch äußerlich schienen wir wie von unterschiedlichen Planeten, Stanley und Nate trugen kurze Haare und tadellose Kleidung von angesagten Marken, wohingegen ich aussah, als hätte ich die Adresse meines Friseurs verloren und bezöge meine Klamotten aus dem Fundus der Heilsarmee. Nach einer Weile verstand ich trotzdem, warum sie mich ins Warme ließen und in ihr Duo aufnahmen: Sie taten es Mordecai zuliebe. Ich glaube, sie betrachteten es als ihre Aufgabe, ein bisschen auf den düsteren Norweger aufzupassen, der über komplizierte Themen reden wollte, bis sein eigentlicher Kumpel wieder auftauchte und übernahm. Wenn er es denn je tun würde. Ansonsten erwähnten wir Mordecai kaum, es war deutlich, dass auch Stanley und Nate nicht mehr wussten als ich oder wahrscheinlich sogar noch weniger, und im Grunde kamen sie in all ihren Gesprächen früher oder später auf Alison zu sprechen, die sie, wenn es um Mädchen ging, als Richtschnur, als Maßeinheit nahmen, nach der alle anderen Vertreterinnen des anderen Geschlechts beurteilt wurden. Wie Lydia, klassifiziert als 0,65 Alison und deshalb durchaus im Rahmen des Akzeptablen, wenn sich eine Möglichkeit ergeben sollte, oder Astrid, eine 0,09 Alison, also keine Kandidatin, es sei denn, *verzweifelte Zeiten erforderten verzweifelte Maßnahmen*, aber selbst in einem solchen Fall wäre es immer noch besser, auf Erica mit ihren 0,35 Alison zu setzen, wohingegen Kelsey und Michelle, obendrein Freundinnen von Alison, schon aus offensichtlichen Gründen und wegen ihrer Nähe zum Original mindestens 0,9 auf der Alison-Skala erreichten. So redeten sie unbekümmert daher und meinten es nicht böse, obwohl sie sich durchaus wunderten, warum sich Alison ausgerechnet Mordecai vom Büfett des Lebens gegriffen hatte. Dass er gut aussah, mussten sie ihm lassen, wenn es das war, worauf es ankam, aber andererseits war er ja auch … ziemlich seltsam. Und genau das faszinierte sie – dass Alison, die in fast jeder Hinsicht Stanleys und Nates Idealvorstellung einer künftigen Ehefrau entsprach, von jemandem träumen konnte, der ihnen so unähnlich war. An diesem Punkt ging die Patience einfach nicht auf. Und deshalb versuchten sie erst gar nicht, sie zu verstehen, sondern ließen sich lieber davon unterhalten. Im Großen und Ganzen waren sie anständige Kerle aus gutem Haus mit Wurzeln in Boston, MA, oder von kleinen, kartoffellosen Höfen in Irland, wenn man den Stammbaum nur weit genug zurückverfolgte, und sie würden so lange weiterschwimmen, bis sie an eine Grenze stießen, vermutlich irgendwo an der Spitze der Kreisliga und in der Mitte der Regionalliga. Danach würden sie aufgeben und sich anderen Dingen zuwenden, das war kein Drama, denn letzten Endes ging es nur darum, eine halbwegs akzeptable Lösung zu finden, um die Zeit bis zu dem Tag totzuschlagen, an dem sie sich der Familientradition gemäß in Harvard oder Yale einschrieben und wahrscheinlich auch dort ein bisschen Zeit totschlagen würden, ein gewisser Leerlauf war laut ihren Vätern unvermeidlich. Dann warteten ein paar Jahrzehnte Berufsleben irgendwo an der Ostküste, in Firmen mit langen Namen und vielen Partnern, eine Ehe mit Gütertrennung, ein paar Schwangerschaften und Umzugswagen, die vor den Einfamilienhäusern irgendwelcher Vorstädte anrückten, möglicherweise sogar hier in Garden City, zurück zum Anfang, jetzt allerdings mit einer Mitgliedschaft in einem der drei hiesigen Golfclubs, mit Joggingrunden auf markierten Pfaden, bei denen sie alte Beastie-Boys-Songs hörten, nicht weil sie ihnen irgendeinen nostalgischen Trost boten, sondern weil sich der Rhythmus so wunderbar zum Laufen eignete, und dann kämen neue Jahrzehnte, die etwas gemächlicher dahinplätscherten, davon abgesehen aber an den Ursprungszustand erinnerten, mit dem ihr Leben begonnen hatte. Und mit Kindern, die denselben Weg gehen würden wie sie, von gut eingerichteten Dachzimmern hinab nach Harvard oder Yale oder Princeton, Brown etc. Sie wären gegen eine Invasion im Irak oder Afghanistan, aber für den Krieg gegen den Terror. Sie würden nach außen hin die Demokraten unterstützen und heimlich die Republikaner wählen. Ich nahm sie nie mit zu mir in die Poplar Street, sie setzten nie einen Fuß in unser Haus. Erst jetzt fällt mir auf, dass sie es nie taten.

5

Meistens aber war ich allein. Nicht auf Stanleys Dachboden und auch nicht am Anfang, in der Mitte oder am Ende eines verkrampften Abends mit Mordecai. Wenn ich Zeit mit anderen Menschen verbrachte, dann in der Regel mit meiner Mutter. Das zählt nicht. Meistens war ich allein.

Ich ging mit ihr einkaufen, ich saugte Staub und putzte die Fenster, ich schrubbte die Dusche. Ich schnitt Gemüse und kochte Nudeln. An den Wochenenden liehen wir uns Filme aus oder sahen gemeinsam fern, ab und zu schenkte sie mir auch ein Glas Wein ein, wenn mein Vater nicht da war. Eigentlich war er fast nie da. An den Wochenenden befand er sich hoch über Amerika, in der Luft über Illinois und Missouri, Kansas und New Mexico oder an anderen Orten, flog kreuz und quer über den Mittleren Westen und die Südstaaten bis nach Kalifornien und an die Westküste. Wochenendzuschläge. Außerdem musste er seine fehlenden Dienstjahre bei American Airlines ausgleichen. Die Leute hatten keine Zeit, bis Montag zu warten. Glaubten wir. Und meine Mutter und ich traten im Wohnzimmer auf der Stelle. Einmal machte sie sogar den Vorschlag, mir das Stricken beizubringen. Das war der absolute Tiefpunkt.

«Hast du morgen schon was vor?», wollte sie eines Donnerstags aus heiterem Himmel wissen.

Ich sah sie fragend an.

«Gut, dann fahren wir nach New Haven.»

«Was gibt es denn in New Haven?», fragte ich.

«Theater. Es wird dir gefallen.»

Als ich ein Kind war, waren wir regelmäßig zusammen im Theater, sie und ich, wir hatten fast alle Stücke gesehen, die im Rogaland Theater liefen, auch die Erwachsenenvorstellungen, obwohl ich noch nicht so weit war, sie zu verstehen. Ibsen. Strindberg. Molière. Tennessee Williams. Eugene O'Neill, Pinter; wir sahen fast alles, und fast alles überstieg meinen Horizont, und trotzdem gefiel es mir, mit ihr dort zu sein, in den tiefen Plüschsesseln zu sitzen, in der knisternden Stille, und den Geruch der konkurrierenden Parfums und Rasierwasser zu riechen, mit denen sich die Leute eingesprüht hatten, weil man ja nicht jeden Tag ins Theater ging. Und genau das, wie meine Mutter etwas Alltägliches daraus machte, etwas so Natürliches, dass sie mich manchmal einfach spontan in ein Stück entführte, wenn wir zufällig gerade in der Gegend waren, oder auf die Idee kam, während ich in der Schule war, und wir abends kurzerhand den Bus ins Zentrum nahmen, in unseren Alltagsklamotten, in der Hoffnung, dass es noch Karten gab, genau das unterschied uns von den anderen Zuschauern, jedenfalls sah ich uns so, als Außenstehende, während das ordentlich gekleidete Publikum zu einem Teil der Vorstellung wurde, zu einer Kulisse, und das Theater zum Theater machte; und hin und wieder, vor allem wenn mich das Stück langweilte oder ich der Handlung nur mühsam folgen konnte, schielte ich zu all diesen ziemlich erwachsenen Menschen hinüber, die uns umgaben – ich beobachtete, wie sie mit den Händen im Schoß dasaßen oder zwei Finger nachdenklich auf die Lippen gelegt hatten; ich registrierte, an welchen Stellen sie lachten oder wie sie unbewusst ihre Sitzhaltung änderten, wenn ihnen etwas, das auf der Bühne passierte, unangenehm war, und wie sie anscheinend immer genau wussten, wann eine Vorstellung zu Ende war und sie klatschen mussten, auch wenn sich der Vorhang noch nicht gesenkt und sich niemand verbeugt hatte.

Die meiste Zeit aber starrte ich die Schauspieler an. Es hatte etwas beinahe Unheimliches, dass sie uns so nah waren, nur wenige Meter entfernt, so nah, dass ich die Spucke wie einen feinen Sprühnebel aus ihren Mündern fliegen sah, wenn sie sich anschrien oder ereiferten, ich konnte das Knarren der Bühnenbretter unter ihren Füßen hören und ihre Theaterschminke erkennen. Ich konnte sehen, dass sie Schauspieler waren, und gleichzeitig waren sie doch nicht da, sondern weit weg, in anderen Ländern, in einer anderen Zeit, waren nicht sie selbst, sondern jemand anders, wen auch immer sie darstellen sollten. Und obwohl ich mir jedes Mal, wenn wir in den Saal gingen und unsere Plätze aufsuchten, vornahm, dass ich ihnen diesmal nicht auf den Leim gehen, sondern die ganze Vorstellung sehen würde, ohne auf die Kulissen und Kostüme und ihre Vorspiegelung hereinzufallen, dass wir uns an einem anderen Ort befanden als im Theater im Zentrum von Stavanger, gelang es mir nie. Ein Schauspieler trat ins Rampenlicht, schnupperte die trockene Bühnenluft, ignorierte das vereinzelte, aber anhaltende Husten der Zuschauer (die wohl weniger mit einem tatsächlichen Hustenreiz kämpften, sondern vielmehr das Bedürfnis hatten, ein Signal zu senden, um sich selbst daran zu erinnern, dass sie anwesend waren), schritt über die Bretter und öffnete eine Tür.

Und was auch immer er dahinter sah, sah auch ich.

In meinem Kopf begann es zu arbeiten.

Wir hatten auch ein gemeinsames Spiel, meine Mutter und ich, ein Fortsetzungsspiel, das sie *Die Kunst, keine Orange zu werfen* nannte und das wir jedes Mal spielten, wenn wir im Theater waren. Kurz vor Vorstellungsbeginn legte sie mir feierlich eine Orange in die Hand und sagte: Du kannst sie essen. Oder während des Stücks einen Schauspieler damit bewerfen.

Der Sinn, so verstand ich allmählich, bestand nicht in der Möglichkeit, meine Unzufriedenheit auszudrücken, wenn mir das, was ich sah, nicht gefiel, sondern ein Gefühl dafür zu entwickeln, wie verletzlich eine Theatervorführung eigentlich war, welch harte Arbeit es erforderte, dieses Universum aufrechtzuerhalten, das die Schauspieler aufbauen und verwalten mussten, und wie wesentlich die Zusammenarbeit zwischen ihnen und uns – dem Publikum – war. Eine fliegende Orange, und für Hunderte Menschen wäre die Illusion zerstört. Mehr brauchte es nicht. Eine einzige Ablenkung, und man riskierte, dass alles zusammenfiel.

Ich warf sie nie. Das Wissen, dass ich es tun konnte, genügte.

Meistens presste ich sie mit der Hand zusammen, bis die Vorstellung fast vorbei und die Orange weich und klebrig war, und am Ende geschah immer dasselbe: Der Duft der Orange strömte langsam durch die Sitzreihen, und meine Mutter legte mir die Hand auf die Schulter, während ich die Orange schälte und mir die Stücke nacheinander in den Mund schob.

Seit wir nach Long Island gezogen waren, hatten wir kein einziges Stück gesehen.

«Ihr seid zweieinhalb Stunden pro Strecke gefahren, um euch ein Theaterstück anzugucken, das fünfzig Minuten dauert?», fragte mein Vater ungläubig, als wir nach dem Abend im Long-Wharf-Theater in New Haven zurückkehrten, es war fast Mitternacht, und er war gerade von JFK und dem letzten Flug in dieser Woche nach Hause gekommen. Es war eines seiner wenigen dienstfreien Wochenenden.

«Nicht irgendein Theaterstück», erwiderte meine Mutter. «*Die Zoogeschichte.* Das beste Theaterstück, das je geschrieben wurde.»

«Lasst mich raten: Es spielt in einem Zoo.»

«Ja und nein», antwortete meine Mutter lakonisch.

Sie hatte recht. Es war das beste Theaterstück aller Zeiten. Dieser Meinung blieb ich. Obwohl es über die Jahre so verwässert wurde, trotz der zahlreichen Laieninszenierungen und Theaterschüler, die in der festen Überzeugung, es sei ein kinderleichtes Stück, alles dafür taten, es zu misshandeln. Doch genauso eindrücklich wie die damalige Inszenierung des Stücks über die beiden Menschen, die sich zum ersten Mal auf einer Bank im Central Park begegnen, habe ich die anschließende Rückfahrt im Auto in Erinnerung, wie wir über die Figuren sprachen und über die letzte Szene; kilometerlang diskutierten wir das Ende, während wir auf der Nordseite des Long Island Sound durch Connecticut fuhren, meine Mutter fragte mich, warum Jerry sich meiner Meinung nach so verhielt, und hörte mit aufrichtigem Interesse zu, was ich zu sagen hatte. Dann erzählte sie von Trisha Meili und was ihr zugestoßen war, als sie an jenem Abend im Jahr 1989 durch den Central Park joggte. Soweit ich mich erinnere, erlebte ich meine Mutter damals zum ersten Mal angsterfüllt, ja regelrecht panisch bei dem Gedanken, dass man in diesem Land überfallen werden konnte, nur weil man das Haus verließ. Es gab keine Sicherheitszonen, keine Garantie dafür, lebend heimzukommen. Dass wir aus einem Winkel der Welt kamen, wo so selten ein Mord geschah, dass die Polizeibeamten in Ruhe ihre Zeitung lesen und ihre Thermoskannen mit Kaffee füllen konnten, ehe sie zum nächsten Tatort fuhren und gemächlich mit den Ermittlungen begannen, machte die Sache natürlich nicht besser. Meine Mutter las auch Zeitung, die amerikanischen Zeitungen, und sie sah auf die Kriminalstatistiken, und keins von beidem war eine sonderlich beruhigende Lektüre, denn die späten Achtziger und frühen Neunziger sollten als eines der dunkelsten Kapitel in die Geschichte von New York City eingehen, mit über tausend Morden pro Jahr, die innerhalb der Stadtgrenzen begangen wurden. «Versprich mir, dass du vorsichtig bist», sagte sie.

Eines Nachts, Mitte Dezember, wurde ich von einem seltsamen Geräusch geweckt. Zunächst klang es entfernt, wie ein Echo des Traums, den ich gerade verlassen hatte, oder als käme es vom anderen Ende der Stadt; dumpf und zugleich sanft. Dann wurde es stärker, beharrlicher. Kehrte wieder. Ich setzte mich im Bett auf und horchte in die Dunkelheit, doch plötzlich war es wieder verschwunden. Das Haus lag im Dämmerschlaf, regungslos, gefangen in der plötzlichen Eiseskälte und dem halben Meter Neuschnee, der in den letzten Tagen gefallen war; ich konnte meinen Vater ein Stockwerk tiefer schwer und rhythmisch schnarchen hören.

Dann erklang das Geräusch wieder. Diesmal etwas lauter. Ich blickte zum Fenster, konnte durch die Gardinen aber nur das gelbe Licht der Straßenlaterne erkennen.

Fump.

Etwas prallte gegen mein Fenster, und ein dunkler Schatten glitt an der Scheibe auf das Fenstersims herab. Vorsichtig schlich ich mich heran und spähte durch die Gardinen nach unten in die Einfahrt.

Im selben Moment explodierte nur zwei Zentimeter neben meinem Gesicht ein Schneeball.

Fump.

Ich zog die Gardinen zur Seite und öffnete das Fenster. Mordecai stand vor unserem Haus und hielt schon den nächsten Schneeball in der Hand, er trug eine Mütze, einen leuchtend grünen Schal, eine dicke Jacke, doppelt gefütterte Winterstiefel und einen kleinen, dunkelblauen Rucksack.

«Was zum Teufel machst du hier? Es ist mitten in der Nacht», flüsterte ich, so laut ich konnte.

«Komm, wir machen einen Ausflug», erwiderte er nur, mit Frostatem vor dem Mund.

Ich zögerte. Zum allerersten Mal traute ich ihm nicht ganz.

«Es ist eiskalt. Und es schneit.»

«Es ist Samstag.»

Dagegen konnte ich nichts sagen.

Ich zog mich an. Ließ mir viel Zeit. Ein Teil von mir hoffte, dass er das Warten leid geworden wäre und nicht mehr da sein würde, wenn ich hinauskäme. Der Nachmittag war schön gewesen und der Abend auch, ein echter Vorweihnachtsabend, die reinste Disneystimmung; meine Mutter und ich hatten zusammen gekocht und anschließend *Late Night with David Letterman* gesehen. Robin Williams war zu Gast gewesen, meine Mutter mochte ihn sehr und hatte herzlich über seinen trockenen Witz gelacht, zuvor hatte sie sogar den Kamin angezündet, was wir nur äußerst selten taten, und schon gar nicht, ohne dass mein Vater die Rolle des Feuerentfachers übernahm, es war ein Ritual, alles musste in der richtigen Reihenfolge geschehen und die Rauchklappe unaufhörlich kontrolliert werden, als wäre der Kamin ein Flugzeug, das er vor dem Start inspizierte. Doch meine Mutter hatte die Scheite eigenhändig aufgeschichtet, sich hingekniet und eine Viertelstunde mit Streichhölzern und Zeitungspapier hantiert, bis die Flammen endlich auf das Holz übergriffen und wir auf dem Sofa zusammenrückten, im warmen Wohnzimmer, und durch die Fenster auf den Schnee sehen konnten, der sich im Garten, auf der Hecke und der Garage türmte.

«Ist es nicht schön», hatte meine Mutter gesagt, «dass es endlich schneit? Horch mal, wie still es ist.»

«So still, dass man die Eichhörnchen furzen hört.»

«Also Max!»

«Glaubst du nicht, dass sie ständig furzen müssen, bei den vielen Nüssen, die sie fressen?»

Es gefiel mir, dass meine Mutter eine Weile ernsthaft überlegte, ehe sie sagte: «Vielleicht hast du recht. Darüber habe ich noch nie nachgedacht.»

Als ich nach oben gegangen war, um mich schlafen zu legen, spürte ich noch die Wärme des verglühenden Feuers und roch den Duft des verbrannten Holzes. Ich hatte im T-Shirt in meinem Zimmer gesessen und ein bisschen gelesen und dabei Musik gehört, bevor ich es mir im Bett bequem machte und dort weiterlas. Nach einem letzten Blick aus dem Fenster war ich froh gewesen, im Haus zu sein.

Ich konnte sehen, dass Mordecai immer noch auf der Straße stand und Schneebälle warf.

Leise schlich ich die Treppen hinunter, am Schlafzimmer meiner Eltern vorbei, durch deren angelehnte Tür es nach Schlaf roch, und in den Flur hinaus.

Er lächelte, als ich nach draußen kam. Aber es war ein tapferes Lächeln, um den Schein zu wahren. Ich fand, dass er dünner aussah, trotz seiner ganzen Klamotten.

«Eine schöne Nacht, oder? Die schönste seit langem.»

Ich sah mich um, das ganze Viertel war unter einer Schneedecke verschwunden, die Bürgersteige, die Straße und Gärten wurden eins, vom Gewicht des Schnees beschwert. Eine flache Landschaft, weiße Bäume mit Ästen, die bis auf den Boden hingen. Er hatte recht.

«Schon. Aber kalt.»

«Willst du ein Bier?» Er wühlte kurz in seinem Rucksack und zog zwei Flaschen hervor, öffnete sie und drückte mir eine in die Hand.

Wir gingen Richtung Westen.

«Warst du bei Alison?», fragte ich, während wir die Washington Avenue entlangschlenderten, die in der Dunkelheit noch länger wirkte und schöner.

Er schauderte. «Nein.»

«Was ist los?»

«Nichts. Hab nur so gut wie gar nicht geschlafen.»

Wir kickten ein wenig mit den Schuhspitzen im Schnee und warteten darauf, dass der andere etwas sagte. Mordecai trank einen Schluck Bier und steckte sich eine Zigarette an, die Flamme des Feuerzeugs wirkte deplatziert in all dem Weiß.

In dieser Nacht hatten wir Garden City für uns allein, die Stadt war auf Pause gestellt, nicht ein Auto fuhr, sogar die Ampeln an der Ecke Stewart / Franklin hingen heute reglos und schwer über der Kreuzung. Wir begegneten niemandem und sahen niemanden. Wir stapften durch die schneebedeckten Straßen und redeten nicht viel, aber es war trotzdem schön, überraschend schön, ein unangestrengtes Schweigen zwischen uns in der bläulichen Dunkelheit, deren Farben beinahe arktisch wirkten, und hinter uns die langgezogenen Fährten unserer Fußspuren, über die sich die Menschen morgen früh wundern würden, mit dem vagen Gefühl, dass etwas passiert war, während sie geschlafen und es verpasst hatten.

Wir setzten uns in die Pizzeria Alphonso's, die aus unerklärlichen Gründen bis vier Uhr morgens geöffnet hatte, obwohl ringsherum alle Geschäfte geschlossen waren. Kapitalismus. Verfügbarkeit. Wir waren die einzigen Gäste. Das Personal bestand aus zwei müden Typen, von denen keiner so aussah, als hieße er Alphonso. Also lag Alphonso selbst wahrscheinlich wie jeder normale Mensch zu Hause im Bett und schlief. Versunken in einen tiefen Traum über die schlaflosen Trottel, die seinen Laden nachts am Laufen hielten.

Wir bestellten. Wir bekamen unser Essen. Wir starrten darauf. Es sah nicht gut aus. Einer der Typen machte einen Fernseher an, um die Sportnachrichten vom Vortag zu schauen. Mordecai nahm einen Bissen von seiner Pizza und versuchte ihn mit seiner Cola herunterzuspülen. Dann bat er stattdessen um einen Aschenbecher. Auf dem Bildschirm gaben gerade zwei kanadische Stabhochspringerinnen auf, anscheinend hatten auch sie einen harten Arbeitstag hinter sich.

«Man braucht bestimmt enorm viel Kraft in den Armen, um das hinzukriegen», sagte ich.

Mordecai lehnte sich im Stuhl zurück und betrachtete die anderen Athletinnen, die vergeblich versuchten, einen Rekord aufzustellen.

«Sieht ziemlich gefährlich aus. Was macht man denn, wenn man es sich ganz oben plötzlich anders überlegt?»

«Man fällt.»

Einer der beiden Angestellten kam und räumte beschämt die fast unangetastete Pizza ab. Er sagte kein Wort. Im Fernsehen sah ich, wie es einer Stabhochspringerin gelang, das Hindernis zu überwinden, sie landete auf der Matte und riss jubelnd die Arme in die Höhe.

«Ist es nicht komisch, dass ich immer noch nicht in Alison verliebt bin?», fragte Mordecai und sah mich an.

«Wie meinst du das? Bist du nicht?»

«Nein, es ist eher so, dass … ich die ganze Zeit darauf warte, dass es passiert, weißt du? Dass ich plötzlich aufwache und es nicht erwarten kann, sie wiederzusehen. Sollte das nicht eigentlich so sein? Habe ich mir jedenfalls immer so vorgestellt. Und ich denke nicht, dass man jedes Mal, wenn das Telefon klingelt, zusammenzucken und hoffen sollte, dass sie es nicht ist.»

«Schwer zu sagen», erwiderte ich diplomatisch. «Wahrscheinlich ist das von Mensch zu Mensch verschieden. Manche brauchen vielleicht einfach ein bisschen länger.»

Aber eigentlich wollte ich sagen: *Wo zum Teufel hast du den ganzen Winter gesteckt?*

«Manchmal bin ich mir nicht mal sicher, ob ich sie überhaupt mag», sagte er leise. «Sie kaut zum Beispiel mit offenem Mund. Und sie lispelt, das ist echt nervig.»

«Warum bist du dann überhaupt mit ihr zusammen?», fragte ich lachend, ich glaube, erleichtert.

Mordecai sah mich an, als hätte er mich nicht verstanden.

«Weil sie mich gefragt hat», antwortete er dann.

«Ist das alles?» Allmählich war ich irritiert. «Jemand kommt zu dir und stellt die richtige Frage, und schwups, bist du das ganze nächste Jahr beschäftigt? Und wir beide reden nicht mehr miteinander, und du hörst mit dem Schwimmen auf und bist über den Jordan?»

«Lass mich dir eine Frage stellen: Wer auf unserer Schule ist am bemitleidenswertesten?»

«Gerard», antwortete ich, ohne zu zögern, «er braucht eine Stunde, bis er in der Dusche ist, ich habe es selbst gesehen. Die anderen legen Radiergummis vor die Reifen seines Rollstuhls, wenn er es nicht merkt, nur um dann zuzugucken, wie er sich abmüht, von der Stelle zu kommen.»

«Falsch. Am bemitleidenswertesten ist das hübscheste Mädchen. Weißt du, was der Unterschied dazwischen ist, *eines der hübschesten Mädchen* und *das hübscheste Mädchen* zu sein?»

«Nein.»

«Nur eine der beiden wird es schaffen. Während *eines der hübschesten Mädchen* die Freiheit hat, aus seinem Leben das zu machen, was es will, und wahrscheinlich auch noch die ganze Zeit Applaus dafür bekommt, ist *das hübscheste Mädchen* immer im Dienst, ob es will oder nicht. *Eines der hübschesten Mädchen* strengt sich an und bekommt gute Noten: Toll, sie ist hübsch und außerdem auch noch schlau! Aber wenn *das hübscheste Mädchen* dasselbe macht, werden alle misstrauisch. Auf Dauer mag niemand diese Seriensieger, nicht einmal ihre engsten Freunde, und die Leute fangen blitzschnell an, nach etwas zu suchen, wobei sie *das hübscheste Mädchen* überführen können. Sie erzählen sich, sie würde zu viel Make-up tragen und morgens ganz anders aussehen – da hättest du sie mal sehen sollen – oder bei Tageslicht! Die Leute behaupten, sie würde nach Schweiß riechen. Und hätte Missbildungen, große Füße zum Beispiel, die Gerüchteküche brodelt. Mehr als einmal ist die Rede von Scheidenpilz. Man erstellt Memos von ihr, die die Runde machen, heimliche Mappen mit Paparazzi-Fotos bei unvorteilhafter Beleuchtung. Das Problem *des hübschesten Mädchens* ist aber, dass sie auch morgens hübsch aussieht. *Das hübscheste Mädchen* ist immer hübsch, ob in weißem, grellem Licht, ohne Make-up, ohne Schlaf. *Das hübscheste Mädchen* zu sein, ist eigentlich eher ein Schicksal als ein Vorteil, wenn man länger darüber nachdenkt.» Mordecai deutete mit seiner Zigarette auf mich. «Das ist im Grunde Realwirtschaft. Darum geht es. Ressourcen. Devisen. Sobald ein Dollar nicht mehr einen Dollar wert ist, bricht das System zusammen. Das ist Sozialismus, Max, das ganze Projekt scheitert in dem Moment, in dem die

Revolution gelingt und es nichts mehr gibt, um das man kämpfen müsste, weil alles in den Besitz des Volkes übergegangen ist und alle gleich sind, gleich einsam, gleich verloren. Keiner gewinnt. Und Alison? Alison ist *das hübscheste Mädchen.* Sie wird nie eine überragende Lacrosse-Spielerin sein, dafür strengt sie sich nicht genug an. Sie wird nie Medizin oder Jura studieren, aber nicht weil sie nicht klug genug ist, sondern weil man sie zur Strecke bringen wird, noch bevor ihre Noten gut genug sind, um für einen der beiden Studiengänge zugelassen zu werden. Es ist eine Geschichte der Entmutigung, Max. Und sollte sie es doch tun, angenommen, sie würde allen Widrigkeiten zum Trotz am Ende Jura in Yale studieren, wäre es beinahe unmöglich für sie, als Anwältin Karriere zu machen, niemand würde sie ernst nehmen, alle hätten das unzweifelhafte Gefühl, hinters Licht geführt zu werden. Früher oder später werden die Leute anfangen, *das hübscheste Mädchen* wie den letzten Dreck zu behandeln. Allerdings muss erwähnt werden, dass *das hübscheste Mädchen* manchmal, beinahe hätte ich gesagt glücklicherweise oft, auch von Geburt an dumm ist, und das ist immer eine Wohltat für alle Beteiligten, so können die Leute in ihrer Umgebung leichter Mitleid für sie empfinden. Anstatt mit ihren zerplatzten Träumen zu hadern, gewinnt sie Schönheitswettbewerbe und jobbt als Hostess, zuerst auf einem rotierenden Podium bei der IAA in Frankfurt und schließlich, zehn oder zwanzig Jahre später, als Moderatorin in einem Teleshop für alle, die nachts nicht schlafen können. Eine Win-win-Situation für alle Beteiligten. Doch wenn es nicht so ist, wenn *das hübscheste Mädchen* etwas erreichen, etwas aus ihrem Leben machen will, gibt es einen eingebauten Totmannschalter, der ihre Träume beendet, lange bevor sie sie verwirklichen kann und durch den Wunsch ersetzt, *irgendetwas mit Menschen* zu machen. *Oder Kindern. Oder Tieren.* Wenn die Leute dir die ganze Zeit erzählen, wie schön du bist, gibt es irgendwann keinen Grund mehr, auch noch auf andere Weise Eindruck schinden zu wollen. Zum Schluss bist du die eigentliche Währung. Deine eigene Goldreserve. Es gibt aber keine schönen Astronautinnen. Für *das hübscheste Mädchen* existieren deshalb nur zwei mögliche Ausgänge der Geschichte: Entweder entpuppt sich der außergewöhnlich gut aussehende Junge an ihrer Seite, schon wenige Jahre nachdem sie den Kontakt zu ihren alten Freundinnen verloren hat, als Psychopath und sorgt dafür, dass sie – im besten Fall – im Gerichtssaal Nummer soundso steht und derart in Tränen aufgelöst, dass ihr der Rotz aus der sonst so perfekten Nase läuft, erzählt, wie er sie dazu gezwungen hat, all seinen Kumpels einen zu blasen, und, noch schlimmer, das Ganze sogar gefilmt hat … oder sie kommt mit dem größten Sportneandertaler der ganzen Schule zusammen, dessen geringe geistige Fähigkeiten ansteckend sind und auf sie übergreifen und sie lähmen, bis sie sich eine Küchenschürze umbindet und zu einer staubsaugenden Statistin wird, die jammernd die Tischbeine anhebt, damit sie in alle Ecken kommt. Das Einzige, worauf sie sich freut, das einzige Mal, dass sie wirklich brilliert und zu ihrem Recht kommt – der einzige Tag, dem sie noch entgegensieht –, ist das jährliche Fest im Matratzen-Outlet, den sie zusammen mit zwei Freunden betreibt, und es ist ein langer, unbeschwerter Samstagnachmittag mit einem Barbecue und Wein und einer Hüpfburg für die Kinder, wenn nur das Wetter mitspielt, und in der darauffolgenden Woche werden die Vorjahresmodelle Queen, King und California King Size des Testsiegers GreatSleeper® im Angebot sein und mehr Kunden als üblich anlocken, was wiederum einen ordentlichen Bonus und ein paar freundliche Herbstmonate mit wenig oder gar keinen Zankereien verspricht, und viele der geladenen Gäste werden ihr Komplimente über ihr Aussehen machen und fragen, ob sie früher mal als Model gearbeitet hätte, sie kennen sie nicht, und deshalb liegt auch kein Hauch von Verachtung in ihren Stimmen, wenn sie das fragen. Noch nicht.»

«Und was ist die Pointe?»

«Die Pointe ist: *Das hübscheste Mädchen* zu sein, *sucks cock in hell*, um es mit Captain Howdy zu sagen. Alle wirklich hübschen Mädchen haben eine unabänderliche Klausel in ihrem Vertrag stehen, die besagt, dass du sie nicht verlassen darfst, nur weil du sie nicht liebst. Vorausgesetzt, du bist nicht noch hübscher als sie, kannst du nie mit *dem hübschesten Mädchen* Schluss machen, ohne dass es riesige Wellen schlägt, es ist, als würde man mit einem Ast im Universum stochern, alles wird aufgewühlt. Sie wird verwirrt sein, ihre Freundinnen werden verwirrt sein, und weil sie spürt, wie verwirrt ihre Freundinnen sind, wird sie noch verwirrter und noch verzweifelter – denn so etwas ist noch nie vorgekommen. Niemand verlässt *das hübscheste Mädchen*, man campiert bei Regen und Matsch im Schlafsack vor ihrer Haustür, aber man verlässt sie nicht. Niemals. Und wenn es doch passiert, wird sie sich noch mehr anstrengen, denn *das hübscheste Mädchen* zu sein, ist alles, was sie hat, und wenn sie von einem, der in der ästhetischen Hierarchie weit unter ihr steht, verlassen wird, sinkt der Kurs ihrer Währung. Das Gold ist sein Gewicht nicht mehr wert, verstehst du? Wären wir in einem Film, hätte sie eine Lektion gelernt und verstanden, dass Äußerlichkeiten nicht alles sind und echte Liebe zu sich und anderen von innen kommt. Aber das ist kein Film. Und jetzt, wo der Stachel des Zweifels erst einmal in ihr sitzt, wird sie nie wieder zurück an die Spitze kommen, die Gerüchte werden sich noch schneller verbreiten als vorher, über ihn, der sie sitzengelassen hat, und tausend gute Gründe, die ein jeder hätte, sie zu verlassen. Und ehe sie sichs versieht, ist sie schwanger, und noch keine zwanzig, sitzt sie mit zwei Kindern in einer Kellerwohnung ohne Hausnummer und hält sich mit zwei Minijobs über Wasser. Es gibt kein Happy End. Will ich derjenige sein, der sie in den Abgrund reißt? Will ich derjenige sein, der die Schuld daran trägt? Nein. Ich nicht.»

«Was ich eigentlich meinte: Worauf willst du hinaus?»

In diesem Moment fiel mir auf, dass Mordecai eine Verletzung an der linken Hand hatte. Eine kleine, längliche Wunde an der Seite, aus der ein dünnes Rinnsal Blut über sein Handgelenk lief.

«Was hast du mit deiner Hand gemacht?»

«Ach, das? Nur ein Kratzer», antwortete er und legte eine Serviette darüber.

«Hast du dich geschnitten?»

Er wischte meine Frage beiseite. «Bin auf dem Weg zu dir irgendwo hängen geblieben. Kein Drama. Ich würde mich so gern in sie verlieben, Max. Und ich gebe mir die größte Mühe, wirklich. Diese Sache, dass sie mit offenem Mund isst, ich weiß schon, da bin ich überempfindlich, das hat nichts zu sagen, es ist, tja, ich weiß nicht, irgendwie auch niedlich. Und dieses Lispeln, das war ungerecht von mir, es fällt ja kaum auf, und sie macht es nur, wenn sie aufgeregt ist. Aber ich empfinde nichts für sie. Nichts. Das ist das Schlimme … ich will nicht, dass sie als Frau des Matratzenladenbesitzers endet, es ist nur …»

Ich überlegte, was mit seiner Hand passiert sein könnte, und wollte ihn danach fragen, aber es ging nicht. Dies war keine Nacht, in der man fragen konnte, was man wollte.

«Dir ist schon klar, dass das eine lächerliche Theorie ist? *Das hübscheste Mädchen*?»

«Aber was ist, wenn sie stimmt», gab Mordecai zu bedenken, «was ist, wenn es genauso abläuft? Was ist, wenn ich Alisons Leben zerstöre, weil ich mit ihr Schluss mache? In diesem Land Mädchen zu sein, ist schon hart genug. Aber wenn du auch noch das hübscheste Mädchen von allen bist, ist das so, als hättest du Aussatz. Ich glaube, Alison hat mich gewählt, weil ich in diesen ganzen Vereinen bin, nicht nur im Schwimmteam. Ich habe einen gewissen Kleidungsstil, ich hänge mit dir ab …»

«Mit mir? Sie hasst mich.»

«Sie hasst dich nicht, aber du bist ein Konkurrent. Sie ist schlau, stimmt's? Ich habe viel von ihr gelernt, es ist nur schade, dass sie jedes Mal über sich selbst lacht, wenn sie etwas Kluges sagt, ein kurzes, entschuldigendes Lachen, als wollte sie sich selbst dafür verspotten, etwas Intelligentes von sich gegeben zu haben. Als wäre es eine Charakterschwäche. Du solltest sie mal in Mathe erleben, kubische Funktionen sind ein Klacks für sie. Und dann ist da natürlich noch was: Ich glaube, sie liebt mich.»

«Hm.»

«Das alles denke ich schon seit Februar.»

«Aber wenn du überhaupt nicht in sie verliebt bist? Wie lange willst du das denn noch durchziehen? Bis du zum Psychopathen mutierst?»

«Bis sie mich verlässt, vielleicht.»

«Wirklich ehrenhaft.»

«Nein. Ich bin einfach nur feige. Und ängstlich.»

«Wovor hast du Angst?»

«Allein zu sein.»

Einer der beiden Nicht-Alphonsos schwebte an unserem Tisch vorbei und hinterließ dabei diskret die Rechnung. Es war vier Uhr morgens. Sie wollten nach Hause. Wir wollten das Gegenteil. Es war bald Weihnachten.

«Ich war wütend auf dich», sagte ich. «Und hab mir Sorgen gemacht.»

«Da bist du nicht der Einzige.»

«Was meinst du damit?»

«Dass es mir leidtut.»

«Wir haben ja fast nicht mehr miteinander geredet. Bei der ganzen Sache geht es nicht nur um Alison, oder?»

Mordecai wand sich auf seinem Plastikstuhl.

«Tja, ich weiß nicht, vielleicht nicht … das war ein komisches Jahr, können wir nicht später darüber reden, wenn es vorbei ist?»

«Ich finde, wir sollten jetzt darüber reden.»

«Nein. Das ist ein Thema für einen anderen Tag.»

«Versprochen?»

«Versprochen.» Er wechselte das Thema. «Hast du schon mal von 松本 貴代子 gehört?»

«Was da wäre?»

«Kiyoko Matsumoto. Sie hat sich 1933 mit einundzwanzig Jahren auf einer Insel vor Tokio in einen aktiven Vulkan gestürzt. Und damit eine Art Trend begründet. Neunhundertvierundvierzig Japaner sind im selben Jahr ihrem Beispiel gefolgt und haben sich das Leben genommen.»

«Wirklich?»

«Ja, wirklich. Jemand aus dem Asiatischen Verein hat es erzählt.»

«Warum hat sie das getan?»

Mordecai verzog das Gesicht.

«Sie war verliebt.»

«Oh.»

«In die falsche Person.»

Wir legten das Trinkgeld nicht wegen des Essens hin, sondern weil die beiden Angestellten so lange auf ihren Posten ausgeharrt hatten. Wir wollten, dass sie morgen auch noch da wären.

«Na dann, sollen wir weiterziehen? Ich hätte Lust, noch ein Bier zu trinken. Aber wenn wir es hier aufmachen, könnte es Ärger geben.»

«Wie viele Flaschen hast du eigentlich noch in deinem Rucksack?», fragte ich, während wir unsere Jacken überzogen und unsere Schals umbanden.

«Zu viele.»

Nachdem wir das Alphonso's verlassen hatten, streiften wir ziellos durch die weißen, kalten Straßen. Wir kamen am Garden City Hotel vorbei, wo in nur zwei Fenstern Licht brannte. Fünfundsechzig Jahre zuvor hatte sich dort Charles Lindbergh unruhig in einem der Betten gewälzt, ehe ihn das Morgenlicht allein auf seinen dreiunddreißig Stunden langen Flug über das Meer schickte, bis nach Paris, wo ihn hundertfünfzigtausend Franzosen mit eingeschalteten Autoscheinwerfern erwarteten, um die Umgebung für den Mann zu beleuchten, der als Allererster nonstop den Atlantik überquerte. Wir dagegen hatten kein Ziel. Wir gingen in die Lobby, zogen ein Päckchen Kippen aus dem Automaten und schlenderten dann zum Bahnhof, um nach dem ersten Zug aus New York Ausschau zu halten, aber er war zu spät, oder wir waren zu früh, also drehten wir um und liefen zum Cherry Valley Golfclub schräg gegenüber, dessen Greens, Fairways und Bunker von Schnee bedeckt waren, sodass die ganze Anlage wie eine Gebirgslandschaft aussah, weit oberhalb der Baumgrenze, oder wie ein zugefrorener See, und wir bewegten uns vorsichtig darüber hinweg, unsicher, wo sich die Wassergräben befanden und wo es bedrohlich unter unseren Füßen knacken könnte, nur wenige Sekunden bevor das Eis nachgäbe. In der Ferne fuhr ein Lastwagen, ein brummendes Motorengeräusch, das uns über Hunderte Meter Stille hinweg erreichte. Abgesehen davon war kein Laut zu hören. Während wir durch die konturlose Landschaft gingen, brannte es mir unter den Nägeln, Mordecai zu fragen, was er mit «vielleicht nicht» gemeint hatte, und nach seiner Hand; wo er gewesen war, bevor er bei mir aufkreuzte, doch ich traute mich nicht, ich fürchtete, er würde wütend werden, weil ich es nicht akzeptierte, dass es Dinge gab, über die er reden wollte, und Dinge, über die er nicht reden wollte, und im schlimmsten Fall abhauen und dass wir dann wieder gezwungen wären, durch lange Gänge neu entstandenen Schweigens und gegenseitigen Misstrauens zu gehen, bei null anzufangen. Ich ließ es bleiben, denn das Wichtigste war, dass wir hier waren, wir beide; dass es das war, worauf es wirklich ankam, dass es mein Fenster war, gegen das er Schneebälle geworfen hatte, und ich ihn viel mehr vermisst hatte, als ich es mir selbst je eingestanden hätte.

Als wir das letzte Stück zum südwestlichen Ende des Golfplatzes zurücklegten, die Straße überquerten und zum Freibad neben dem Garden City Community Park kamen, setzte erneut Schneefall ein, große Flocken, die sich auf unsere Mützen legten und sie so schwer machten, dass sie uns über die Augen rutschten. Wir suchten uns eine Bank unter dem Vordach neben dem größten Schwimmbecken und der Berg-und-Tal-Bahn-ähnlichen Wasserrutsche, die bei den hiesigen Kindern nur «Kotzmühle» hieß (und für die Bademeister «Zusatzarbeit»), fegten mit der Hand den Raureif weg und setzten uns. Meine Mutter war im Sommer oft hier, kam früh am Morgen und machte es sich unter einem Sonnenschirm bequem, mit einem Buch und einem Sandwichpaket und einem besonderen Augenmerk auf die Sicherheit der Kinder, wenn die Bademeister ihrer Meinung nach zu sehr mit sich und ihrer Sonnencreme beschäftigt waren. Mordecai und ich waren auch schon hier geschwommen und bei einem der wichtigsten Wettbewerbe, bevor wir das Schwimmen endgültig drangaben, unter den Letztplatzierten gelandet. Meine Mutter hatte auch da zurückgelehnt in ihrem Sonnenstuhl gelegen und dabei zugeschaut, wie ich wild mit den Armen rudernd darum kämpfte, nicht als Letzter ins Ziel zu kommen. Irgendwann hatte sie sich vorgebeugt, um besser sehen zu können, während sie auf ihrem Brot herumkaute, vollkommen unbeeindruckt von der Tatsache, dass ihr Sohn der miserabelste Schwimmer von allen war. Als ich anschließend zu ihr hinüberging, erkundigte sie sich nicht, wie es gelaufen sei, sie lobte mich auch nicht. Stattdessen fragte sie: «Wie war das Wasser? Ist es kalt?»

Dann gab sie mir eine Limonade und wollte wissen, ob ich Hunger hatte.

Mordecai stellte den Rucksack auf seinen Schoß, holte die beiden letzten Bierflaschen heraus und reichte sie mir.

«Ich hab dir was mitgebracht», sagte er. Er zog einen Walkman hervor, überprüfte den Lautstärkeregler und legte ihn neben mich. «Setz die Kopfhörer auf.»

Ich folgte seiner Aufforderung, und er drückte die *Play*-Taste. Einige Sekunden hörte ich nur die rauschende Kassette und betrachtete den Schnee, der sich auf unseren Schuhen sammelte, die unter dem Dach hervorragten; bald würde der Morgen kommen, die Geräusche würden zurückkehren und diese Nacht zu einer Erinnerung verblassen, die wir einander später gegenseitig ins Gedächtnis rufen würden, ohne je das wahre Erlebnis rekonstruieren zu können, wie wir zusammen durch Garden City gingen, so verlassen, wie es an jenem Tag war, mit demselben Gefühl von Freiheit und den vielen Möglichkeiten, die wir damals hatten; wir würden es nicht annähernd wiederaufleben lassen können. Dann erklang in meinen Ohren eine Stimme, eine etwas nervöse, ungeduldige und zugleich selbstsichere Stimme; die Aufnahme knisterte. Die Stimme sprach englisch, und vor jedem neuen Satzteil hielt sie ein paar Sekunden inne, als wollte sie ihrem nach Worten suchenden, französischen Dolmetscher die Möglichkeit geben, wieder aufzuholen. Es klang, als hätten beide Schwierigkeiten, sich verständlich zu machen. Die englische Stimme sagte:

My film is not a movie.

My film is not about Vietnam.

It is Vietnam.

It's what it was really like. It was crazy.

And the way we made it was very much like the way the Americans were in Vietnam.

We were in the jungle.

There were too many of us.
We had access to too much money,
too much equipment,
and little by little, we went insane.

Dann endete die Aufnahme abrupt. Ich setzte die Kopfhörer ab.

«Was ist das?»

Mordecai öffnete das Kassettenfach, nahm das Tape heraus und drückte es mir in die Hand.

«Coppola», sagte er. «Francis Ford Coppola spricht über *Apocalypse Now*, auf den Filmfestspielen in Cannes 1979. *And little by little, we went insane.*»

Es hatte etwas Absurdes an sich, dass die Worte des Filmemachers ausgerechnet ins Französische übersetzt wurden, denn die Franzosen hätten haargenau dasselbe sagen können; über ihre Katastrophe in Vietnam. Auch sie hatten in diesem Land den Verstand verloren.

«Wo hast du das her?», fragte ich verblüfft.

Mordecai tat so, als hätte er meine Frage nicht gehört.

«Es gibt auch eine Workprint-Version», sagte er stattdessen. «Vom Film. Hast du die gesehen?»

Ich hatte keine Ahnung, wovon er sprach.

«Sie ist fünf Stunden lang. Coppola hat sie wohl als Grundlage für den Schnitt des Films benutzt. Mit noch viel mehr Doors-Musik und so weiter. Und Colby hat Dialoge, Colby spricht. Mein Cousin David … aus Chicago hat die Version gesehen und sagt, dass sie eine ganze Stunde unbekanntes Zusatzmaterial enthält, die Szenen spielen in einer französischen Gummiplantage mitten im Dschungel, wo eine französische Oberklassefamilie immer noch ausharrt und Willard und seine Mannschaft zum Dinner einlädt … David sagt, es ist vollkommen unfassbar, warum Coppola nichts davon in die endgültige Version aufgenommen hat, denn die Szenen fügen dem Film eine ganz andere Dimension hinzu und machen ihn politischer … und gespenstischer. Als wären diese Franzosen eigentlich tot und würden sich weigern, das zu akzeptieren. Verstehst du?»

Ich nickte.

«Und Brando zitiert das ganze Eliot-Gedicht und liest aus Zeitungen vor … David sagt, dass es auch eine Szene gibt, wo die PBRs auf dem Fluss ein verlassenes Sampan finden, das von ausgemergelten Affen belagert wird. Und in dem Moment, als die Boote aneinander vorbeifahren … weht das Segel des Sampans zur Seite und enthüllt eine halbzerfressene Leiche, die am Mastbaum hängt … David hat auch den Dokumentarfilm, den Coppolas Frau über den Dreh von *Apocalypse Now* gemacht hat, hast du den gesehen? *Hearts of Darkness* von Eleanor Coppola? Er enthält unter anderem heimliche Tonaufnahmen von ihrem Mann, auf denen er mit Selbstmord droht.»

Ich musste das Tape unbedingt ein zweites Mal hören. Mordecai schob die Kassette in den Walkman und spulte zurück.

And little by little, we went insane.

Ich brauchte den Film nicht noch einmal zu sehen, um zu wissen, dass Coppola nicht übertrieb.

«Glaubst du, dein Cousin hat ihn noch?», fragte ich ungeduldig. «Kannst du ihn uns besorgen?»

«Weiß nicht. Ich kann's versuchen.»

«Sicher?»

«Everyone gets everything he wants.»

Aus Mordecais Mund klang das nicht wie etwas wirklich Wünschenswertes.

Unsere nächtlichen Wege trennten sich an der Ecke zur 4th of Hilton, fast genau in der Mitte zwischen seiner und meiner Straße. In einer Stunde würde es hell werden. Die ersten Autos hatten sich schon in Bewegung gesetzt. Wir umarmten einander, wünschten uns eine gute Nacht und einen guten Morgen, und genau in dem Moment, als ich zurückwich, um meinen Teil der Umarmung zu beenden, drehte er sein Gesicht ein winziges Stück zur Seite, und für einen kurzen Moment geschah etwas höchst Unerwartetes, sein Mund streifte meinen, ohne innezuhalten, wie ein Auto, das der Leitplanke zu nahe kommt und nicht mehr ausweichen kann, ein flüchtiges Touchieren, kaum mehr, aber genug, um das ungewohnte Gefühl fremder Lippen auf meinen zu spüren. Ich steckte die Hände in die Taschen.

«Eins noch», sagte Mordecai und sah weg. «Wenn du Kinder bekommst, eine Tochter, dann sorge dafür, dass sie nicht zu hübsch wird. Das wird nicht gut enden.»

«Und was ist, wenn ich keine Kinder bekomme?»

«Doch, wirst du.»

«Lass das mit ihr einfach», sagte ich. «Ist nicht deine Schuld.»

Mordecais Augen wurden feucht, und dann kam es wieder, dieses tapfere Lächeln. Aber diesmal wirkte er ein bisschen erleichtert.

«Wir werden sehen. Bis Montag.»

Und wir sahen es, am Anfang des neuen Jahres; alle, die auf unsere Schule gingen, bekamen mit, wie Mordecai die Do-Lung-Brücke ein für alle Mal sprengte. Nachdem die erste Ausgabe der I.W.D.I.A. am 5. Januar 1993 in der Schulkantine zum Verkauf angeboten worden war, an die übliche Schlange von vier Personen, die bereitstanden, um sich auf die Lektüre zu stürzen, vergingen weniger als achtundvierzig Stunden, bis die Katastrophe eine Tatsache war, ausgelöst durch die Kurzgeschichte des Monats auf Seite 8–23, die zu diesem Anlass – und zum ersten Mal überhaupt – vom Herausgeber Mordecai Weintraub persönlich verfasst worden war und den Titel trug: «Without Clothes We Are Harder to Spot». Die Kurzgeschichte war, trotz ihrer Länge, vollkommen frei von Metaphern und anderen literarischen Tropen. In einer nüchternen Sprache, so trocken wie das Telefonbuch und so detailversessen wie ein Anatomieatlas, nahm sich Mordecai seine Beziehung zu Alison und ihren Freundinnen vor. Er veränderte keine Namen, keine Ereignisse, fügte nichts hinzu und ließ nichts aus – mit Ausnahme seiner Wenigkeit. An keiner Stelle trat Mordecai selbst in Erscheinung, nicht einmal ein versteckter Hinweis gab Aufschluss über die Persönlichkeit, den Standpunkt oder die Beteiligung des Erzählers an dem, was er beschrieb, und das verstärkte den unheimlichen Eindruck von Voyeurismus im Text nur umso mehr und schloss mildernde Umstände von vornherein aus. Im Gegensatz dazu war die Freundin des Erzählers omnipräsent und konnte sich nicht verleugnen. Es war keineswegs so, dass der Inhalt als solcher anstößig oder bösartig gewesen wäre, Alison kam so gut wie überhaupt möglich weg in ihrer Rolle als Teenager, dessen Geheimnisse ausnahmslos freigelegt wurden. Und gleichzeitig übertraten die Schilderungen alle Grenzen. Sämtliche Türen wurden aus den Angeln gehoben und ermöglichten dem Leser den uneingeschränkten Blick auf Alison: in lähmenden Details, zu allen Tages- und Nachtzeiten, in allen Situationen, es gab Geräusche und Gerüche, Intimität und rekonstruierte Gespräche über Musik, Beschreibungen vom Pizzaessen im Bett und von einem Tampon, den sie auf dem Waschbecken ablegte, bis sie aufstand und ihn in den Mülleimer am anderen Ende des Raums warf, mit der rechten Hand, Daumen und Zeigefinger, in hohem Bogen, wie eine Basketballspielerin, und davon, wie sie einen wasserdichten Trick gefunden hatte, um bei Physiktests zu spicken (das heißt: bis ihr Lehrer die Kurzgeschichte gelesen hatte), und bei allen Dialogen blieb der Erzähler stumm, seine Aussagen und Bemerkungen waren durch Auslassungen gekennzeichnet, ehe Alison fortfuhr. Es gab auch Gespräche zwischen ihr und einigen ihrer Freundinnen, die infolge der Veröffentlichung wiederum Freundinnen verloren, weil nicht alles, was sie gesagt hatten, für andere Ohren bestimmt gewesen war. Hätten die Leute sich die Mühe gemacht, die Geschichte gründlich zu lesen, wäre ihnen aufgefallen, wie bedacht der Autor darauf war, den guten Ruf, den Alison genoss, zu wahren. Ihren Freundinnen brachte er dagegen nicht unbedingt gleich großes Wohlwollen entgegen. Es war kaum möglich, den Text zu lesen, ohne ein bisschen von Alison angetan zu sein; ja, am wahrscheinlichsten war, dass man sich Hals über Kopf in diesen Menschen verliebte, der zur Entspannung komplizierte Matheaufgaben in Unterwäsche löste, dabei Steve Martins Stand-up-Album hörte und kein einziges Mal lachte, sondern lediglich mit den Mundwinkeln zuckte, wenn er ausrief *excuuuuse me!* Für den aufmerksamen Leser trat Alison weder als unintelligent noch als unsympathisch in Erscheinung. Das Problem war das Ausmaß, in dem sie in Erscheinung trat, und die meisten lasen schnell, und die Erzählung war lang, sodass viele ihr Urteil bereits nach der Hälfte gefällt hatten.

Die Kurzgeschichte kam nicht gut an. Nur Stanley, Nate und ein paar andere Schüler (hauptsächlich die Sportfreaks und auch das ein oder andere Mädchen) sahen zu Mordecai auf wie zu jemandem, der dem Zauberer das Tuch entrissen und den Trick entlarvt hatte. Alison selbst war nur mäßig begeistert. Sie machte so laut und dramatisch wie überhaupt möglich mit Mordecai Schluss, was ihn zu einer Persona non grata in ihrem erweiterten Freundeskreis machte, und auch die Redaktionsmitglieder der I. W. D. I. A. betrachteten das infame Stück Literatur, das ihr eigener Redakteur hinter ihrem Rücken verbrochen und zwischen der letzten Redaktionssitzung und dem Druck in die Ausgabe geschmuggelt hatte, mit einer solchen extremen Missbilligung, dass sie auf der Stelle ein Misstrauensvotum gegen ihn forderten, weil er sich eines «groben Dienstvergehens» schuldig gemacht habe; er wurde mit sechs zu einer Stimme abgewählt, und die Kombination aus diesen beiden Faktoren war, wenn schon nicht die direkte Ursache, so doch zumindest die Erklärung dafür, warum Mordecai in der nachfolgenden Regionalmeisterschaft im Schach eine so schlechte Leistung ablieferte, dass man ihn unbarmherzig zum Ersatzspieler degradierte, bis auf weiteres, *auf unbestimmte Zeit*, was in der Praxis *für immer* hieß, weil niemand je aus der Reservemannschaft wieder aufgestiegen war, denn dort wurden junge, nicht ganz so vielversprechende Schachtalente aufs Abstellgleis geschoben, um für immer in Vergessenheit zu geraten. Inwieweit der Vorfall, der zu Mordecais Ausschluss aus dem Asiatischen Verein führte, dagegen ein grober Schnitzer war, aus einem Wunsch heraus entstanden, mit dem eigenen Wortschatz Eindruck zu schinden, oder eine bewusste Beleidigung, um sich auch aus dieser Gruppe für immer zu befreien, blieb ungeklärt, aber es ließ sich nicht leugnen, dass sowohl der Zeitpunkt als auch die Äußerung おまえは死んだ猫の匂いがする糞婆です an sich ausgesprochen unglücklich waren, wenn man bedachte, dass es sich bei Herrn Hashimoto (64) um einen auf berufliche Etikette spezialisierten Japaner handelte (und man ihn engagiert hatte, um zu genau diesem Thema vor einer – so hatte man ihm im Vorfeld versichert – äußerst lernwilligen und kompetenten Gruppe von Schülern einen

Vortrag zu halten), der weder a) hässlich noch b) eine alte Frau war, die c) nach toten Katzen stank, und der noch dazu gerade seine Frau verloren hatte; nach einer langen und schweren Krankheit mit vielen langen Abenden und noch längeren Nächten, die er auf einem einfachen Stuhl neben ihrem Krankenhausbett sitzend verbracht hatte, trostlos, Karotten aus einer durchsichtigen, schlaff an der Armlehne baumelnden Tüte kauend, nicht weil er hungrig war, er würde nie wieder hungrig sein, niemals, sondern weil er gezwungen war, abgesehen von den Gläsern mit frischgepresstem Apfelsaft, die er ständig auf dem Gang holte, wenigstens irgendeine feste Nahrung zu sich zu nehmen, vor allem aber um beschäftigt zu sein und das Gefühl zu haben, dass die Zeit verging, aber auch um sicherzustellen, dass er genug Kraft haben würde, um das zu tun, was an jenem Tag getan werden müsste, wenn sie nicht mehr da wäre, wenn das letzte Glas getrunken war und morgens nicht mehr die Vorhänge geöffnet werden mussten; all die Formulare, die er ausfüllen, die Telefonate, die er führen, die Entscheidungen, die er treffen müsste, und dann das Haus, das große Haus, das immer höhere Instandhaltungskosten verschlang. Wie sich herausstellte, hatte seine Frau die gemeinsame Katze geliebt. Auch um die Katze würde er sich kümmern müssen, wie auch immer dieses «kümmern» nun zu verstehen war. Jedenfalls spielte es keine Rolle, dass Mordecais Aussprache und Syntax nahezu fehlerfrei waren und er von Anfang bis Ende konsequent die höflichste Anredeform verwendet hatte.

Mordecai war frei, ausgestoßen und gefeiert, je nachdem, welche Clique gerade in seiner Nähe war, und als sein bester Freund galt ich als mitschuldig. Im Laufe der Tage erlebten wir abwechselnd Spießrutenläufe und Jubelparaden, es war ein ständiges Auf und Ab, und diese halsbrecherische Achterbahnfahrt zwischen Respekt und Verbannung zerrte zweifelsohne an Mordecais Nerven, er hatte ein schlechtes Gewissen wegen dem, was er angestellt hatte, und wir verbrachten lange Abende in meinem Zimmer, wo ich *das Problem* von allen Seiten beleuchtete und ihm klarmachte, dass er nichts anderes tun konnte, als nichts zu tun, sich bedeckt zu halten, das Ganze durchzustehen und zu warten, bis es von selbst vorbeiging, und dass er sich unter keinen Umständen, in der Hoffnung, Schadensbegrenzung zu üben und ihr verständlich zu machen, dass er in bester Absicht gehandelt hatte, Alison nähern durfte. Unabhängig davon, wie er (wir) in der ersten Zeit nach Alison-Gate behandelt wurden, wuchs unter den Schülern der Garden City High allmählich auch eine seltsame Form des Respekts für Mordecai – befeuert von der Furcht, ebenfalls bei ihm in Ungnade zu fallen. Denn wenn er dem Mädchen, mit dem er zusammen gewesen war, so etwas antun konnte, wozu wäre er dann erst bei jemandem imstande, den er kaum kannte? Wie beim armen Herrn Hashimoto, der, wie es die Gerüchte besagten, nach Hokkaido zurückgekehrt war und dort im Zentrum von Sapporo vor den Augen verblüffter Zuschauer Harakiri begangen hatte. Dieselbe Gerüchteküche heizte auch die Mutmaßungen über Mordecais Verbindung zu den Einbrüchen in Garden City im Sommer 1991 neu an, doch mit noch weniger Indizien als zuvor verflüchtigten sie sich, sobald die Leute die Lust verloren, sich den Kopf darüber zu zerbrechen. Das verhinderte allerdings nicht, dass manche eine gewisse Übervorsicht an den Tag legten, sobald er in der Nähe war; einige Schüler zogen ihre Rucksäcke an sich, wenn er auf den Gängen an ihnen vorbeilief, und achteten besonders darauf, wo er seine Hände hatte. Alison hingegen erlebte einen zweiten Frühling (als hätte sie den nötig gehabt), man erzählte ihr so lange und so oft, bis sie es glaubte, wie mutig es von ihr gewesen war, sich gegen ihn zu wehren, und dass in Wirklichkeit sie ihn fallengelassen hatte und nicht umgekehrt und er nicht damit klargekommen sei und deshalb zu dem niederträchtigen Mittel greifen musste, sie vor aller Welt bloßzustellen. Infolgedessen erreichte ihre Beliebtheit neue Höhen, und die ausschlaggebende Kurzgeschichte wurde zu einer Art Evangelium für alle, die sie besser verstehen wollten, aber nicht den Mut aufbrachten, sich ihr zu nähern. In diesem Winter liefen auffällig viele Schüler mit einem Walkman durch die Gegend und hörten Steve Martins Siebziger-Jahre-Alben.

Mordecai und ich liefen einfach nur so durch die Gegend, auf der Umlaufbahn von Garden City. Wir waren fast jeden Tag zusammen, nachmittags und abends. Manchmal begleiteten Stanley und Nate uns auf unseren langen, willkürlichen Wanderungen, die normalerweise bei einem von uns anfingen oder endeten, je nachdem, ob die Kälte überhandnahm oder der Drang, ins Freie zu kommen. Wir sahen alle Filme, die im Kino im Einkaufszentrum Roosevelt Field gezeigt wurden. Wir blätterten uns durch alle Alben im dortigen Plattenladen. Wir hinterließen Fußabdrücke auf allen Bürgersteigen und überquerten alle Zebrastreifen. Wir bestellten Kaffee in der Lobby des Garden City Hotels und trieben den Rezeptionisten in den Wahnsinn, indem wir behaupteten, wir würden dort wohnen und eine ganze Reihe von Päckchen vermissen, die längst geliefert und auf unser Zimmer hätten gebracht werden sollen. Wir sagten, wir würden in der Lobby warten. Wir sagten, wir spielten in einer Band. Wir sagten, es sei nicht unser Problem, wenn das Buchungssystem des Hotels nicht gut genug funktionierte, um zu bestätigen, dass wir in Zimmer 237 wohnten. Wir weigerten uns, mit aufs Zimmer 237 zu gehen, um den Angestellten aufzuschließen und ihnen unsere Koffer zu zeigen und zu sagen: *Seht her, hier sind unsere Sachen, was haben wir gesagt?* Wir sagten, das sei gerade äußerst ungünstig. Wir sagten, wir befürchteten, dass die fraglichen Pakete genau dann einträfen, wenn wir auf dem Zimmer seien, und sie dann zweifelsohne auf demselben Weg wie die anderen «verschwinden» würden. Wir bekamen kostenlosen Kaffee serviert, damit wir aufhörten, einen Aufstand wegen der verlorengegangenen Pakete zu machen. Wir hatten eine tolle Zeit. Mordecai war so gut gelaunt wie schon lange nicht mehr, und selbst meine Mutter profitierte davon, weil er jetzt wieder ein paar Minuten mit ihr in der Küche oder im Wohnzimmer zusammensaß, bevor er zu mir hochkam. Sie nahm uns mehrmals mit nach Manhattan, um Off-Broadway- und Off-Off-Broadway-Produktionen zu sehen, von denen sie in der Zeitung gelesen hatte. Ich erinnere mich unter anderem an *Three Hotels* von Baitz im Circle Rep und an eine szenische Lesung von *The Normal Heart* von der Roundabout Theatre Company Anfang Februar, die Mordecai mitten ins Herz traf. Während der anschließenden Rückfahrt nach Long Island bewegten sich unsere Münder wie Mähdrescher zur Heuernte über das, was wir gesehen hatten, und irgendwann, während wir noch im Auto saßen und durch die Vorstädte fuhren oder ein paar Tage nach der letzten Vorstellung, sprach meine Mutter zum ersten Mal die geflügelten Worte: «Vielleicht solltet ihr mal etwas Neues ausprobieren?», um kurz darauf, nach einer Pause, die lang genug war, um uns im Unklaren darüber zu lassen, ob es sich bei dieser Idee um einen spontanen Geistesblitz handelte oder ob sie schon länger darüber nachgedacht hatte, hinzuzufügen: «Wie wäre es mit Schultheater?» Weder Mordecai noch ich hatten je eine Aufführung des Schultheaters gesehen und es auch nie in Erwägung gezogen. Zwischen den vielen schulischen Freizeitaktivitäten war die Theatergruppe eindeutig unter den Top 3, was unsere Voreingenommenheit gegenüber der Mitgliederdemographie betraf, sie befand sich auf einer Stufe mit dem Verein für die Koexistenz von Katzen, Hunden und Menschen (eine nervtötende Gruppe vom Typ *Wir meinen es ernst / nein, es ist nur ein Scherz / aber wir meinen es trotzdem ernst / obwohl wir es doch nicht tun / ganz ehrlich*) und der Backgruppe (wo die Freundlosen ihre Freunde fanden); denn wie wir dem visuellen Profil der Mitglieder entnehmen konnten, war die Theatergruppe ein Zufluchtsort für die sozial Zurückgebliebenen und Überempfindsamen, die so viel Liebe in sich trugen, dass sie im Wald die Bäume umarmten, und jede Gelegenheit nutzten, um sich zu großen Knäueln aus Körperkontakt zusammenzuballen, die Hände gottweißwo, unter dem Deckmantel einer pädagogisch wertvollen Aufwärmübung, um den Schauspieler in sich und den anderen zu wecken. Viele von ihnen trugen weite Klamotten und hatten etwas Androgynes an sich. Mindestens zwei trugen Brillen mit Fensterglas. Die Mitglieder hielten zusammen und blieben für sich. Sie standen im jähen Kontrast zu den professionellen Schauspielern in Manhattan, die irgendwie viel stilvoller wirkten, beherrschter und gebildeter. Aber meine Mutter hatte recht, wir brauchten eine neue Beschäftigung, und wie wir es auch drehten und wendeten, konnten wir uns am Ende doch nicht der Einsicht verschließen, dass wir uns tatsächlich fürs Theater interessierten und es möglich sein musste, die Gruppe zu unterwandern und von innen heraus zu verändern, um sie schließlich zu übernehmen und auf dieselbe Weise weiterzuentwickeln, wie es Mordecai mit der I. W. D. I. A. gelungen war, die inzwischen eine Art rebellisches Fanzine war.

Und außerdem konnten wir ja jederzeit wieder aufhören.

«Tja», sagte Mordecai am Ende zu mir und meiner Mutter. «Schwimmen konnten wir ja auch nicht. Warum also nicht?»

Damit war die Sache entschieden. Wir meldeten uns zum offenen Vorsprechen für die anstehende Sommerproduktion an, weil wir uns einig waren, uns diesmal nicht so Hals über Kopf in die Sache hineinstürzen zu wollen, wie wir es beim Schwimmen getan hatten. Jetzt, wo unser Entschluss feststand, wollten wir alles so gut wie möglich machen. Das besiegelten wir sogar per Handschlag, beinahe feierlich. Rückblickend glaube ich, es war wichtig für uns, wieder in die bessere Gesellschaft aufgenommen zu werden, selbst wenn sie aus Leuten bestand, denen wir mehr als kritisch gegenüberstanden.

Mordecai wählte Konstantins Monolog aus Tschechows *Die Möwe*. Ich entschied mich für eine Passage aus Albees *Die Zoogeschichte*. Tagelang erarbeitete ich allein in meinem Zimmer den Stoff, wieder und wieder, versuchte ihn von Grund auf zu verstehen. Das hatte damit zu tun, dass in diesem Text nichts so war, wie es schien. Es hatte mit dem Bedrohlichen zu tun, das unter den Worten schwelte und jederzeit an die Oberfläche zu brechen drohte. Ich hatte Jerrys Monolog eingeübt, einen sieben Seiten langen Text mit vielen kleinen Unterbrechungen, Exkursen und eingeflochtenen Nebensträngen. Abend für Abend stand ich in meinem Zimmer und stellte mir vor, Peter säße auf meinem Bett, und begann dann mit meinem dramatischen Bericht.

Ich konnte den Text vorwärts, rückwärts und seitwärts aufsagen.

Manchmal träumte ich ihn sogar.

Mit größter Sorgfalt übte ich jede noch so kleine Geste, fügte Pausen, Blicke und Betonungen ein, aggressive Ausrufe und empfindsame Momente, ich baute Spannung auf und ließ die Geschichte über meine imaginären Bühnenpartner regnen.

Ich führte den Text als eine exakte Kopie dessen vor, was die Berufsschauspieler im Long Wharf getan hatten. Jedenfalls im Rahmen meiner Möglichkeiten.

Und dann kam der Termin des Vorsprechens, ich muss nachmittags oder abends dran gewesen sein, denn ich weiß noch, dass es draußen schon dunkel war. Ich hatte den Raum betreten, meinen Namen gesagt, erzählt, warum ich bei der Theatergruppe mitmachen wollte und welchen Text ich darbieten würde, woraufhin mir Wohlman, der Leiter des Schultheaters, der ausdruckslos neben drei weiteren Personen saß, die ich später nie wiedersehen sollte, ein Zeichen gab, dass ich anfangen könnte, sobald ich bereit war.

«Okay.»

Ich öffnete die Arme und deklamierte wie ein lebendiges Werbeplakat:

«DIE GESCHICHTE VON JERRY UND DEM HUND!» Und dann achtete ich darauf, mich ein wenig zurückzunehmen; vorsichtig fing ich an, davon zu sprechen, dass man ab und zu lange Umwege machen müsse, um die Abkürzung zum richtigen Ort zu finden.

«Gut. – Der Hund. – ich glaub, das hab ich Ihnen schon gesagt – ist ein schwarzes Ungeheuer von einer Bestie: Er hat einen unnatürlich großen Kopf, winzige, winzige Ohren und … blutunterlaufene Augen, was wahrscheinlich von einer Infektion herrührt. Durch die Haut an seinem Körper kann man die Rippen zählen. Der Hund ist schwarz, ganz schwarz. Schwarz – bis auf die blutunterlaufenen Augen –, und … ja … eine offene Wunde an der … rechten Vorderpfote.» Und dann erzählte ich ihnen die Geschichte von dem Hund in dem Haus, wo ich, Jerry, wohnte …

Ich erinnere mich, dass die vier Juroren anschließend totenstill waren. Ich konnte unmöglich sagen, wie es gelaufen war. Wie es die Regieanweisung verlangte, hatte ich mich während des letzten Satzes von meinem Monolog auf einen Stuhl gesetzt. Da saß ich und schaute sie an. Starrte sie an. Sie sahen aus, als hätte ich sie ungeheuren Qualen ausgesetzt. Ich wartete auf eine Rückmeldung von ihnen, *irgendetwas*, aber nichts kam, nur diese Blicke, als hätte ich ihnen entweder den Glauben wiedergegeben oder die letzte Sicherheit im Leben genommen. Am Ende stand ich einfach auf und ging, schloss leise die Tür hinter mir und ließ sie an ihrem langen Tisch zurück. Ich war vollkommen erschöpft.

Neun Tage später kam ein Brief mit der Post, von Wohlman persönlich unterschrieben und mit dem Emblem der Theatergruppe auf dem Umschlag. Wir waren beide aufgenommen worden.

6

Verregnete Februarkälte, als ich, so schnell ich konnte, am Garden City Hotel vorbeistrampelte, ich hatte abwechselnd die eine Hand am Lenker und die andere in der Tasche, während ich auf die große Kreuzung zuschoss, wo Cathedral, Stewart und Cherry Valley Avenue zusammentrafen. Auf dem gesamten Rockaway stand ich auf den Pedalen, pfefferte das Fahrrad in den Ständer vor der Schule, rannte hinein, riss die Tür zum Auditorium auf, und noch während sie hinter mir ins Schloss fiel, hörte ich Wohlmans Stimme rufen:

«Gut, da sich nun auch der Letzte dazu *bequemt* hat, hier aufzutauchen, können wir vielleicht loslegen?»

Ich warf einen Blick auf die Uhr. Offiziell sollten wir erst in zwei Minuten anfangen. Aber Wohlman war ein Mensch, der weniger Zeit zu verschwenden hatte als andere.

Ich machte mich so klein wie möglich und eilte an den Stuhlreihen vorbei durch den halbdunklen Raum, dessen Wände und Decken mit dunklem Holz verkleidet waren, huschte auf einen Platz am äußersten Rand, direkt hinter Mordecai, während Wohlman zu einer seiner langen Einführungen ansetzte, die für gewöhnlich damit endeten, dass er, beinahe erleichtert darüber, sein Ziel erreicht zu haben, auf dem Holzstuhl auf der Bühne zusammensank und eine Weile verschnaufen musste, ehe er uns ein paar Stunden lang «proben» ließ.

«Habe ich was verpasst?», flüsterte ich Mordecai zu.

«Nur das Übliche.»

«Wladimir und Estragon?»

«Noch schlimmer, bisher nur Estragon. Warum fährst du nicht ein bisschen früher von zu Hause los?»

«Dann würde ich nur langsamer radeln.»

Nichts am Schultheater war so, wie wir es uns vorgestellt hatten, und vor allem war es beileibe kein Zuckerschlecken. Vier Abende pro Woche jeweils drei Stunden, eine Theorielektion nach der anderen, ein konstantes theaterwissenschaftliches Summen, und kein Schüler hatte bisher auch nur ein einziges Mal die Erlaubnis erhalten, die heilige Bühne zu betreten. Doch in gewisser Weise gefiel uns das, dieser tiefe Ernst, der alles betraf, was wir taten, und der sich so sehr von dem unterschied, was wir uns vorgestellt hatten. Nach nur einer Woche waren unsere Hirne von Wohlmans hohen Wissensdosen durchlöchert, und wir lachten nicht mehr über die anderen Mitglieder der Theatergruppe, die schon zwei oder drei Jahre dabei waren, wir bewunderten sie für ihre Beharrlichkeit. Wir begriffen, dass sie genauso hart arbeiteten wie die kraftstrotzenden Sportschüler; sie hielten sogar länger durch und gingen noch tiefer. Und sie waren schlauer. Falls sie also zwischendurch mal das Bedürfnis hatten, eine Birke zu umarmen oder hin und wieder sackartige Klamotten zu tragen, war das ihre Sache. Sie hatten Ausdauer bewiesen.

«Max!» Wohlman sah mich direkt an. «Wir haben über Beckett gesprochen, als du … nicht da warst.»

«Heute auch?», platzte es aus mir heraus. Ich war erschöpft. Zu schnell geradelt.

«Wie bitte?»

«Ach, nichts.»

«Nichts? *Nichts.* Ja, im Grunde sprechen wir genau darüber.» Er wandte sich an die anderen Schüler: «Na jedenfalls, während unser guter Max hier noch mit dem Zuspätkommen beschäftigt war, haben wir unsere Zeit einem Stück gewidmet, in dem genau daraus große Kunst entsteht», an dieser Stelle legte er eine pintersche Kunstpause ein und verschränkte die Arme, «aus dem *Nichts.*» Er sprach das Wort mit so viel Nachdruck aus, dass es förmlich aus seinem Mund schoss und in der Luft über unseren Köpfen hängen blieb. «Die Tatsache, dass die handelnden Personen vergebens warten. Darum geht es. Godot kommt nie.» Ein erneuter Blick in meine Richtung, der nur schwer zu deuten war. «Also, was meinst du? Wärst du besser zu Hause geblieben?»

Irgendjemand lachte höflich. Ich nicht. Ich antwortete auch nicht.

«Wenn Godot gekommen wäre, gäbe es keine Geschichte», erklärte

Wohlman. «Es ist dasselbe wie mit eurem Jesus. Wäre er nicht auf dem Höhepunkt seines Schaffens verschwunden, sondern hätte noch mit vierzig, fünfzig oder sechzig in der Gegend herumgegammelt – wer hätte sich anschließend noch die Mühe gemacht und Bücher über ihn geschrieben? Niemand. Das ist das Beste, was ich über Jesus sagen kann: Er wusste, wie man einen guten Abgang hinlegt. Aber Godot? Godot ist etwas anderes. Godot *ist* Gott. Und gleichzeitig ist Godot *nicht* Gott. Er kommt nicht. Er ist die Negation Gottes. Wladimir und Estragon warten, man hat ihnen versprochen, dass er kommen wird, oder jedenfalls haben sie sich gegenseitig davon überzeugt, dass er kommt, dass er längst auf dem Weg ist. Und dann kommt er doch nicht. Und die sinnlosen Aktivitäten, bei denen wir diese Landstreicher an den beiden Tagen beobachten, von denen das Stück erzählt, haben sich gewandelt, plötzlich sind sie nicht mehr sinnlos, sondern was?» Er ließ seinen Blick über die Versammlung schweifen, bis ein Mädchen die Hand hob.

«Ja, Janine?»

«Nichts?»

«Tja, eigentlich wollte ich sagen: *alles, was wir haben.* Aber das ist ja genau das – *nichts.* Insofern hast du recht. Die stupiden Aktivitäten, mit denen wir unsere Tage füllen, sind alles, was wir haben, wenn Gott abwesend ist. Trotzdem gibt es kein Entkommen. Wir sind gezwungen zu warten. Und was ist das Erste, was Estragon in dem Stück sagt, wie lautet der allererste gesprochene Satz in *Warten auf Godot*?»

Mordecai meldete sich.

«*Nichts zu machen*», antwortete er.

«*Nichts zu machen*», wiederholte Wohlman. «Schon mit dieser Aussage hat Estragon uns über die Sinnlosigkeit des Ganzen informiert, und alles, was daran anschließt, kommt darauf zurück. Godot kommt nicht: *Nichts zu machen.* All ihre Handlungen, ihr ganzes Leben, sind ohne Bedeutung. Jeder Satz des Stücks, der darauf folgt, ist vergebens. *Nichts zu machen.* Und trotzdem muss es gemacht werden, das ist ja das Schreckliche. Nichts muss aus irgendeinem Grund unbedingt gemacht werden. Wieder und wieder. Nichts steht auf dem Spiel.

Während wir warten, erleben wir die Tage als so ähnlich, dass wir ins Grübeln geraten, ob es nicht ein und derselbe Tag ist, der sich bis ins Unendliche wiederholt, angefangen bei der ersten Regieanweisung, die direkt vor diesem Satz steht: *Estragon gibt es wieder auf.* Warten auf Godot. Der also doch nicht kommt. Das ist das moderne Schuldgefühl, die moderne Tragödie. Wir haben die antiken Götter, die ständig um uns waren, durch einen abwesenden Gott ersetzt und unsere eigene Existenz damit ihrer Grundlage beraubt. Wir haben keinen Eigenwert, wir können nur handeln, etwas nachahmen, uns verstellen. Das nennt sich Drama. Die Handlungen, die wir füreinander im Namen der Sinnlosigkeit ausführen, von denen wir uns einbilden, sie hätten Bedeutung und Potenzial für unsere eigene Entwicklung, unsere Bildung, unsere Zerstreuung, all das sind letzten Endes nur Übersprungshandlungen in Erwartung dessen, dass die Zeit um ist, die Plätze verlassen werden und das Licht im Saal für immer erlischt. Wir hier sind die letzten Lieferanten der Illusion, dass wir uns auf etwas zubewegen, ein Ziel haben. Ihr, die Schauspieler, habt die Aufgabe, uns Zuschauern den Eindruck zu vermitteln, die Welt wäre in Bewegung, obwohl alles stillsteht.» Er sah uns an und wirkte plötzlich ziemlich traurig. «Nichts zu machen.» Und dann schlurfte er die kleine Treppe zur Bühne hinauf, sank auf dem Holzstuhl zusammen und überlegte.

Wohlman war ein nahezu kahlköpfiger Mann mittleren Alters mit Klamotten aus schwerem Stoff, einer dicken Brille und der mangelnden Fähigkeit, über Hamlets innere Krise zu sprechen, ohne inhaltlich schwammig und sichtlich sentimental zu werden. Zweifellos ein Lehrer der alten Schule, fast völlig frei von Wärme und Fürsorglichkeit, aber ein wahrer Meister seines Fachs. Der das Theater liebte. Stanislawskis Theatersystem und die Lee-Strasberg-Methode hatte er so viele Jahre studiert, dass er sie vermutlich besser kannte, als Stanislawski und Strasberg es selbst je getan hatten. Er hatte Kaffee mit Peter Brook getrunken und war (laut eigener Aussage und fotografischem Beweismaterial, dessen Sichtung wir höflich ablehnten) nackt mit Grotowski durch die polnischen Wälder gesprungen, und es schien, als gäbe es kaum ein Theaterstück, an dem er nicht in irgendeiner Weise beteiligt gewesen war. Er hatte sein ganzes Leben auf diesen schrägen Brettern gestanden, die die Welt bedeuteten; angeblich hatte sogar sein Boden zu Hause eine leichte Neigung, um ihm das Gefühl einer immerwährenden Aufführung zu geben.

Francis, der schlechteste Schauspieler, aber klügste Kopf unter uns, beschloss an diesem Tag plötzlich, gegen ein ungeschriebenes Gesetz zu verstoßen und Wohlman mit einer Frage aus seiner intensiven Kontemplation auf der Bühne zu reißen.

«Aber wenn alle Dramatik nur die Illusion eines realen Inhalts darstellt», begann er, «wie kann es dann sein, dass Beckett die Dinge so sagt, wie sie sind, und sogar mit einer solchen Vehemenz, dass sie Konsequenzen für uns hat und unser Leben von etwas Sinnhaftem in etwas Sinnloses verwandelt wird? Müsste der Inhalt des Stücks dann nicht genauso sinnlos sein wie alles andere?»

Wir waren ganz perplex von dieser Logik.

Wohlman erwachte oben auf der Bühne zu neuem Leben und blickte auf die Sitzreihen hinab, völlig überrascht, dass es jemand wagte, die Diskussion wieder aufzunehmen, nachdem er sie – seiner Meinung nach – doch schon so eindeutig beendet hatte. Für einen Moment erinnerte er mich an Kurtz.

«Ihr meint also, euer Leben hätte einen Sinn?», fragte er, schirmte mit einer Hand seine Augen gegen den Scheinwerfer ab, der ihn direkt anstrahlte, und spähte in den Saal.

Niemand antwortete.

«Worauf läuft euer Leben eigentlich hinaus? Ihr seid hier, zusammen mit mir, Abend für Abend, obwohl ihr eigentlich dadraußen sein solltet, euch betrinken solltet, miteinander ins Bett gehen solltet, ohne auch nur einen Gedanken an die Konsequenzen zu verschwenden. Und warum seid ihr hier? Weil ihr erwartet, dass euch ein Licht aufgehen wird. Glaubt ihr wirklich, dass es euch schlauer macht, hier zu sein, glaubt ihr wirklich, ihr würdet gesellschaftlich aufsteigen, bessere Jobs bekommen, mehr verstehen, die Weltformel knacken und die Quantenmechanik und die Relativitätstheorie zu einer göttlichen

Einheit verschmelzen? Weit gefehlt. Ihr seid hier, weil eure Tage jetzt schon so eintönig sind, dass ihr vor Langeweile sterben würdet, wenn euch diese Möglichkeit verwehrt bliebe, einen anderen Raum zu erschaffen, einen fiktiven Raum, in dem ihr euch für ein paar Stunden aufhalten und jemand anderes sein könnt. Eure Tage sehen aus, als wären sie von einem kaputten Kopierer produziert worden, allenfalls unterbrochen von vorzeitigen Samenergüssen und Monatsblutungen.»

«Aber …», stammelte Francis, doch Wohlman schnitt ihm sofort das Wort ab.

«Ihr wartet auf Gott, aber genau wie Estragon und Wladimir müsst ihr euch fragen, ob ihr den Moment verpasst habt, vielleicht ist Gott längst hier gewesen, und ihr seid einfach nur zu spät dran. Er kam, und als er niemanden vorfand, ist er wieder gegangen, und er wird wohl so schnell auch nicht wiederkommen, weil er Angst hat, ein weiteres Mal unverrichteter Dinge wieder abziehen zu müssen. Der Kerl ist ja nicht dumm. Aber ihr habt ja eure Zweifel. Ihr lasst eure Zweifel», er spuckte das Wort beinahe verächtlich aus, «*Gott* zugutekommen. Ihr esst, schlaft, redet, streitet, singt, spielt, trainiert und überlegt, euch umzubringen, und das alles nur, um, wie Estragon es ausdrückt, die unheimliche Stille auf Abstand zu halten.»

Wohlman trat wieder zum Bühnenrand. Er setzte sich, zog ein Exemplar von *Warten auf Godot* aus der Tasche, blätterte ein wenig darin und beschloss, alle weiteren Wortmeldungen im Keim zu ersticken, indem er sich in eine Lesung der Szenenanweisung zur frenetischen Hut-Tausch-Szene im zweiten Akt stürzte: «Estragon nimmt den Hut Wladimirs. Wladimir setzt Luckys Hut auf. Estragon tauscht seinen Hut mit Wladimirs Hut und reicht seinen eigenen Hut Wladimir. Wladimir nimmt den Hut Estragons. Estragon setzt Wladimirs Hut auf. Wladimir tauscht Estragons Hut mit Luckys Hut, den er Estragon reicht. Estragon nimmt Luckys Hut. Wladimir setzt Estragons Hut auf. Estragon tauscht Luckys Hut mit dem Hut Wladimirs, den er Wladimir wieder reicht. Wladimir nimmt seinen Hut. Estragon setzt Luckys Hut auf. Wladimir tauscht seinen Hut mit dem Hut Estragons, den er Estragon reicht. Estragon nimmt seinen Hut. Wladimir setzt seinen Hut auf. Estragon tauscht seinen Hut mit Luckys Hut, den er Wladimir reicht. Wladimir nimmt Luckys Hut. Estragon setzt seinen Hut auf. Wladimir tauscht Luckys Hut mit seinem eigenen, den er Estragon reicht. Estragon nimmt Wladimirs Hut. Wladimir setzt Luckys Hut auf. Estragon reicht Wladimirs Hut Wladimir, der ihn nimmt und ihn Wladimir reicht, der ihn annimmt und wegwirft.»

Wohlman stand wieder auf und studierte für einige lange Sekunden den Buchumschlag.

«Wie ihr seht: nichts zu machen.»

7

«Dann versammeln wir uns alle auf der Bühne.» Wohlman war am Bühnenrand in Position gegangen und blätterte nachdenklich in einem verschlissenen, ledergebundenen schwarzen Buch. Inzwischen hatten wir März 1993, und die Zeit war gekommen; nach wochenlanger, staubtrockener Theorie und sporadischem Einstudieren einzelner Szenen (ohne Zuschauer) – z. B. Hamlets Dialog mit dem Geist seines Vaters (der Wohlman derart bewegte, dass er eine halbe Stunde pausieren musste) und einigen Passagen aus Richard III. – waren wir endlich bereit, mit der Arbeit an einem abendfüllenden Stück zu beginnen, das in knapp sechzig Tagen, irgendwann im Mai, ob wir nun ausreichend vorbereitet waren oder nicht, hier, in diesem Raum, vor zahlendem Publikum, Premiere haben würde. Vor allen, die kommen wollten. Eltern, Freunde. Schauspielschüler, vielleicht auch der ein oder andere Regisseur, womöglich sogar Vertreter eines richtigen Theaters. Normalerweise seien die Garden-City-Produktionen sehr beliebt, erzählte man uns. Und das überraschte Mordecai und mich. Unter anderem.

Ab sofort mussten wir jeden Tag von 17–22 Uhr zur Verfügung stehen. Jeden Tag außer Sonntag.

Wir standen alle auf der Bühne, siebzehn Leute, unsicher, was passieren würde, und Wohlman betrachtete uns einen Moment, beinahe gelangweilt, so schien es.

«Ihr seid keine Menschen», sagte er dann. «Keiner von euch … Ich bin ein Mensch, aber ihr gleicht mir nicht. Seht ihr das denn nicht? Ihr seid Tiere. Alle miteinander. Was macht ihr da eigentlich? Was zum Teufel macht ihr eigentlich?»

Wir sahen uns an, wurden unsicher. Wohlman zeigte der Reihe nach auf uns.

«Du bist eine Kuh!», sagte er laut und deutete anklagend auf Eva, ehe er seinen Zeigefinger auf Nicole richtete. «Und du, du bist ein

Esel.» So ging es weiter. Mordecai war ein Hase, andere wurden zu Schildkröten, Pferden, Nashörnern und einer zum Löwen. Es gab Ratten, einen Hund und eine Katze, eine Giraffe, zwei Schweine und einen Igel. Francis war eine Seekuh, bis er protestierte und sagte, er habe keine Ahnung, wie eine Seekuh überhaupt aussehe, und stattdessen zum Orang-Utan wurde. Mir wurde, einfallslos und stigmatisierend, die Rolle des Eisbären zugeteilt.

«Na, worauf wartet ihr noch?», fragte Wohlman auffordernd, als der zoologische Schöpfungsprozess vollbracht war.

Wie viel Zeit mochte vergangen sein, ohne dass wir es wagten, etwas zu sagen oder auch nur einen einzigen Muskel zu bewegen? Ich weiß es nicht. Doch aus der Stille stieg plötzlich ein vorsichtiges, versuchsweises Kläffen auf, das ein leises Echo im Raum hinterließ. Irgendjemand lachte. Ich war es nicht. Nach und nach stimmten andere ein, ein zaghaftes Muhen, Miauen, kratzende Rattenpfoten, und von da an wurde es lauter, eine blühende, anschwellende Kakophonie aus Piepsen, Heulen, Kreischen, Löwengebrüll und Hundegebell, während sich die verschiedenen Kreaturen mehr oder weniger authentisch über die Bühne bewegten. Sogar Mordecai hoppelte als der Hase, der er war, umher.

Nur ich, ich blieb inmitten dieses Getümmels stehen.

Ich weigerte mich. Regungslos und wütend stand ich in der Mitte und zeigte nicht die kleinste Regung. Ich konnte mich nicht überwinden, es war einfach zu lächerlich. Ich streikte.

Die Giraffe warf mir einen unsicheren, starren Blick zu, als sie an mir vorbeistelzte, aber ich rührte mich nicht vom Fleck, als wäre ich am Boden festgeschraubt. Ich gab keinen Laut von mir, wartete einfach nur, während sich das Chaos um mich herum entfaltete, und aus dem Augenwinkel sah ich Wohlman, wie er auf der Bühne umherging, uns beobachtete, Notizen machte und mit der Inspektion fortfuhr, während die Wildtiere erwachten und die Natur die Umgebung einnahm. Ich blieb wie versteinert stehen. Der Schweiß tropfte mir von der Stirn und hinterließ Flecken auf dem schwarzen Boden, und ich hoffte, es wäre bald vorbei, war es denn wirklich nötig, so lange mit dieser Übung fortzufahren? Ich überlegte, einfach zu gehen. Der Orang-Utan sprang in meine Richtung, und wir sahen einander ein paar Sekunden erschrocken an, er machte eine Kopfbewegung, verdrehte die Augen und zischte lautlos und doch deutlich: *Komm schon, du machst sonst alles kaputt!* Nichts da. Stattdessen legte ich mich der Länge nach auf die Bühne und streckte die Arme und Beine zur Seite. Wenn ich einen Eisbären darstellen sollte, dann in meiner eigenen, trotzigen Version; tot, unter dem Ozonloch geschmort und verwandelt in einen dekorativen Fetzen auf dem Esszimmerfußboden. Ich hatte die Augen geschlossen, war aber sicher, Wohlmans Schuhe auf den Bühnenbrettern zu hören, sie gingen zu schnell, zu entschlossen, und blieben direkt neben meinem Kopf stehen. Ich konnte seine Enttäuschung durch seine Sohlen hindurch hören, diesen kurzen Moment, in dem er vermutlich dastand und das verendete Tier studierte, ehe er auf dem Absatz kehrtmachte und in der Wildnis verschwand.

Nachdem wir wieder Mensch geworden waren, standen wir draußen und schlossen unsere Fahrräder auf, und Mordecai brauchte länger als gewöhnlich.

«Was war das denn?», fragte er mich schließlich. «Dadrinnen, auf dem Boden? So eine jämmerliche Nummer habe ich ja noch nie gesehen.»

Er zog sein Fahrradschloss aus den Speichen.

«Aber du weißt, dass es nicht schlimm ist, oder?», fügte er schnell hinzu. «Mach dir keine Gedanken deswegen. Du brauchst nur Zeit. Die brauchen wir alle.»

«Ich dachte, wir würden mit Beckett und so weitermachen, aber das … das ist doch albern. Anscheinend will er *Animal Farm* inszenieren.»

«Glaube ich nicht, das war bestimmt nur eine Übung.»

«Er wird mich rausschmeißen, darauf kannst du Gift nehmen.»

«Wird er nicht», sagte Mordecai bestimmt. «Nicht wenn du dich ab jetzt zusammenreißt. Aber du musst loslassen, verstehst du? Das ist alles, was er will, dass es dir egal ist, wie du aussiehst, wer du bist, was du … fühlst. Du sollst einfach nur machen, worum du gebeten wirst. Nicht darüber nachdenken, einfach machen.»

«Vielleicht», antwortete ich und wickelte mein Fahrradschloss um die Sattelstütze.

«Wirklich. Du musst einfach nur alles loslassen.»

«Glaubst du», fragte ich, «glaubst du, er hat es gesehen? Also Wohlman, dass ich es nicht hingekriegt habe? Hat er etwas in sein Buch geschrieben, ich meine, ist dir aufgefallen, dass er etwas notiert hat, nachdem er gesehen hat, was ich gemacht habe?»

«Na ja, du hast ja nichts Verwerfliches gemacht.»

«Aber?»

«Ich bin mir nicht sicher.»

Mordecai schlang sich das Kettenschloss um die Taille und schloss es ab. Er zögerte einen Moment und zog ein Päckchen Parliament aus der Tasche.

«Na gut … wenn du mich so fragst», sagte er und blies drei Rauchringe in die Luft. «Wohlman hat schon ziemlich viel notiert.»

«Und was denkst du, was er aufgeschrieben hat?»

Mordecai feixte.

«Er sah nicht gerade begeistert aus.»

«Morgen», versicherte ich. «Morgen werde ich mich zusammenreißen.»

«Versprochen?»

«Versprochen. Morgen bin ich ein Eisbär.»

Ich war nicht der Einzige, der sich zusammenreißen musste. Als ich nach Hause kam, war mein Vater immer noch nicht da, und meine Mutter, die vor dem Fernseher im Wohnzimmer saß, wirkte gereizt.

«Wo ist er?», fragte ich.

Sie blickte auf ihre Uhr.

«Mal sehen … Los Angeles», antwortete sie und seufzte, «die Maschine hat wohl wieder mal Verspätung, aber er hat gesagt, dass er sich bemühen wollte, auf einen anderen Flug zu kommen.» Dann fügte sie mit unverhohlenem Sarkasmus hinzu: «Er bemüht sich sicher *sehr*.»

Ich fand es auch nicht schön, dass mein Vater so oft an der Westküste war, diese ständigen Langstrecken nach Kalifornien in letzter Zeit. Als wir herzogen, hatte es geheißen, dass er hauptsächlich an der Ostküste eingesetzt werden sollte, auf den Kurzstreckenflügen, aber ich hatte mehrere Boeing-747SP-Handbücher bei uns zu Hause herumliegen sehen, halb versteckt unter anderen Zeitschriften, ein Zeichen dafür, dass er vorhatte, bald auf den Jumbojet zu wechseln und auf die noch längeren Interkontinentalflüge. Ich wusste das, weil ich in dem fast tausend Seiten dicken Buch geblättert hatte, und ein einziger Blick genügte, um zu verstehen, dass man so etwas nicht nur zur Unterhaltung las.

Mein Vater kam an diesem Abend nicht mehr nach Hause. Er rief an und erklärte, es gebe Probleme mit der Verriegelung der hinteren Gepäckklappe des neuen Flugzeugs. Die Mechaniker seien unterwegs, um die Sache in Ordnung zu bringen, und mit etwas Glück könne es immer noch sein, dass sich das Problem ganz einfach beheben ließe und sie im Laufe des Abends starten könnten. In diesem Fall sei er spät in der Nacht oder morgen früh zu Hause. Doch auch diesmal blieb es nur bei dem Wunsch.

«Hätte er nicht *dead head* fliegen können?», fragte ich. «Es gehen doch wohl noch andere Maschinen von L. A. nach New York als die, die er selbst fliegt?»

«Ach, was weiß ich. Er hat nur gesagt, es wäre schwierig», sagte meine Mutter gleichgültig. «Aber wir kommen auch so zurecht, oder?»

«Ja, schon», antwortete ich. «Wir kommen gut zurecht.»

Wieder und wieder bestand Wohlman darauf, dass wir alle Tiere wären und uns auch wie solche zu verhalten hätten, manchmal den ganzen Abend, ohne dass ein einziger Theaterterminus fiel. Mordecai mahnte mich nicht mehr ganz so oft zur Geduld, selbst er war es allmählich leid, abends mit wundgescheuerten Knien nach Hause zu kommen und mit dem schleichenden Gefühl, sich vor einem Theaterlehrer prostituiert zu haben, bei dem womöglich die ein oder andere Schraube locker saß. Ich, der widerwillige Eisbär, hatte schon vor einer Woche aufgegeben und war gestorben, um nie wieder aufzuerstehen; jetzt spielte ich einfach nur mich selbst, streifte in diesem Zoo umher und wartete darauf, dass irgendetwas passierte, das uns voranbringen würde. Doch dann, eines Abends, als ich mich konzentrierte und genauer hinsah, erkannte ich, dass im Tierreich doch eine Veränderung stattgefunden hatte. Die vielfältige, seltsame Fauna hatte sich schleichend zu einer einzigen Spezies entwickelt. Alle waren zu Nashörnern geworden, mehr oder weniger gelungen, aber nichtsdestotrotz Nashörner, und alle hatten eine passende, graugrüne Farbe angenommen, und in ihren Gesichtern zeichnete sich eine Erschöpfung ab, die Wohlman offensichtlich vergnügte, wenn er in seiner Herde umherging und eifrig etwas in sein schwarzes Buch kritzelte. Hin und wieder warf er mir einen Blick zu, der jedoch nie verriet, wonach er eigentlich suchte, falls er überhaupt nach irgendetwas suchte und nicht nur auf den passenden Moment wartete, um mir nahezulegen, meine schauspielerischen Ambitionen aufzugeben. Diese Blicke währten nie länger als ein paar Sekunden, aber lange genug, um sich in mir festzusetzen. Später brachte er seine Tiere dazu, die menschliche Sprache zu verstehen, er kommandierte sie wieder auf zwei Beine und machte Menschen aus ihnen, und als die Versammlung am Ende wieder aus denselben Teenagern bestand, die sich anfangs von ihm hatten verwandeln lassen, ergriff Wohlman das Wort und bat alle, sich auf die Bühne zu setzen:

«So», sagte er. «Jetzt haben wir unsere physische Energie aufgebraucht und können uns den mentalen Herausforderungen stellen. Wie einige von euch sicher schon deduziert haben, war dieser Abstecher ins Tierreich keinesfalls vergebens. Ihr werdet ihn noch gebrauchen können, werdet die Fähigkeit gebrauchen können, innerhalb eines Augenblicks vom Menschen zum Tier zu werden. Das Stück, das wir in diesem Frühling inszenieren werden, heißt *Die Nashörner* und stammt von Eugène Ionesco.»

In der Gruppe wurden einige *Ahas* und *Wusste-ichs-dochs* und *Was-ist-das denn-schon-wieder* laut.

«*Die Nashörner*, für diejenigen unter euch, die es noch nicht gelesen haben, ist ein fabelhaftes Beispiel für das, was wir gern als das *absurde*

Theater bezeichnen. Lasst euch aber nicht zu dem Glauben verleiten, das Stück an sich, und vor allem sein Inhalt, wäre absurd. Der Sinn, so müsst ihr wissen, der Inhalt, das Thema sind ganz und gar nicht absurd. Ionesco hat es 1959 geschrieben, also lange nach dem Zweiten Weltkrieg, doch was er vermitteln wollte, war die Antwort auf die Frage, die sich seither so viele Menschen gestellt haben: Wie konnte das geschehen? Wie konnten Nationalsozialismus und Faschismus einen solchen Zulauf haben und, nicht zuletzt, diese fatalen, unmenschlichen Konsequenzen? Ionesco untersucht den Zustand des Menschen, den Gruppenzwang und den Einfluss von Meinungsmachern in einer kleinen Stadt, in der ein Bewohner nach dem anderen eine freiwillige Metamorphose durchläuft und zum Nashorn wird. Es fängt ganz sanft an, so wie es immer anfängt, nicht wahr, beinahe unmerklich: Ein Nashorn wird in der Stadt gesehen, es zertrampelt ein paar Blumen, nichts Schlimmes, beinahe kurios; später verletzt es dann eine Katze. Und so weiter und so fort. Das Ganze breitet sich aus wie eine Epidemie. Ich möchte, dass ihr alle darüber nachdenkt, wie die letzten Wochen waren: Wie habt ihr auf der Bühne gehandelt, was habt ihr getan, wie weit seid ihr bereitwillig gegangen, nur weil ich euch und eure Freunde darum bat? Denkt mal darüber nach. Das Fazit ist hier dokumentiert», er tätschelte das schwarze Buch und holte tief Luft. «Ein Teil des Problems ist natürlich, dass wir uns nicht so ohne weiteres von außen beobachten und einsehen können, wie wir handeln. Selbsterkenntnis, meine Damen und Herren, lautet hier das Stichwort. Genug Selbsterkenntnis, um zu erkennen, dass die eigene Selbsterkenntnis beschränkt ist durch diese dreckigen, ungeputzten Fenster, die wir Augen nennen, dass der Lärm der Realität gedämpft wird von der Isolierung und von den Wänden, nämlich unserem … Verstand.»

Das letzte Wort ließ er in der Luft schweben, als wollte er, dass wir es wirklich in uns aufnahmen oder uns kurz und schmerzlos davon verabschiedeten, bevor wir ihn weiter dorthin begleiteten, wohin er uns bringen wollte. Dann verließ er für einen Moment den Raum, ohne etwas anderes zu hinterlassen als Stille, nur einige wenige Schüler unterhielten sich im Flüsterton, als hätten sie Angst, gehört zu werden. Ich sah zu Mordecai hinüber, der gedankenverloren dasaß, sich am Kopf kratzte und auf den Boden starrte.

Als Wohlman zurückkam, schob er eine mit drei Pappkartons beladene Sackkarre den Mittelgang hinab und stellte sie direkt vor der Bühne ab. Er öffnete die oberste Schachtel und nahm ein Manuskript heraus.

«Ich habe euch das Stück kopiert, jeder bekommt ein Exemplar, wenn wir nachher auseinandergehen. Was ich von euch erwarte – abgesehen davon, das Stück zu lesen, natürlich –, ist, dass ihr darüber reflektiert, wie erleichtert ihr heute ganz offensichtlich wart, als ich euch alle zum ersten Mal gebeten habe, *ein und dasselbe Tier* zu sein. Das war nicht ganz so schwer, oder? Da wart ihr plötzlich alle wieder gleich. *Konform.* Wir sehnen uns nach einer Gemeinschaft, unabhängig von moralischen Fragen, unabhängig davon, in wessen Gesellschaft wir uns befinden. Achtet mal darauf, wie die Charaktere des Stücks vom Konsens beeinflusst werden, der um sie herum herrscht, wie sie langsam, aber sicher dasselbe zu denken beginnen wie alle anderen. Achtet darauf, was passiert, wenn die Autoritätspersonen schwanken, denn in diesem Moment bricht die Gesellschaft zusammen. Wenn die letzten Gegenargumente verschwinden und die Transformation zum ersehnten Ziel wird. Der *Endlösung.* Ich möchte aber auch, dass ihr auf einen anderen Punkt achtet, der diesen Text wirklich interessant macht. Denn Ionesco ist nicht allein darauf bedacht, die Moralkeule zu schwingen und uns mit einer eindimensionalen Kritik am Nationalsozialismus zu füttern. Oder irgendeinem anderen Ismus. Das wäre zu einfach. Stattdessen werden seine Nashörner im Laufe des Stücks immer schöner, und damit scheint er uns sagen zu wollen, dass diese Verwandlung, selbst wenn sie unbehaglich, selbst wenn sie destruktiv ist, zugleich auch verständlich, ja beinahe natürlich ist. Die Nashörner werden so schön, dass sie den Menschen völlig in den Schatten stellen. Die Menschheit wird zu etwas Hässlichem, etwas Unterlegenem, was das Nashorndasein attraktiver erscheinen lässt. Es werden immer mehr Nashörner, und sie werden stärker, was alles Argumente dafür sind, dass sie sich zu dem zusammenschließen, was die Figur des Dudard ‹die universelle Familie› nennt. Die Herrenrasse, nicht wahr? Die Arier.»

Ich blickte wieder zu Mordecai hinüber. Und diesmal sah er mich direkt an.

«Sogar der Logiker», fuhr Wohlman fort, «jener Charakter, der unaufhörlich aus seiner Vernunft schöpft, ergreift am Ende argumentativ Partei für die Nashörner. Mit anderen Worten: Logik ist nicht dasselbe wie Wahrheit. Die Logik unterliegt immer dem Gruppenzwang und dem Selbsterhaltungstrieb. Und als wäre das nicht schon genug, möchte ich außerdem, dass ihr darüber nachdenkt, was John Stuart Mill als Schadensprinzip bezeichnet hat: Der Mensch soll tun und lassen, was er will, und seine individuelle Freiheit erhalten, solange er anderen damit nicht schadet. Aber genau das passiert hier, versteht ihr? In *Die Nashörner* knöpft sich Ionesco nicht nur diejenigen vor, die sich von der nationalsozialistischen und faschistischen Politik überzeugen ließen und sich ihr unterwarfen. Seine Kritik richtet sich auch an jene Menschen – in den 1930er Jahren waren es ganze Nationen –, die diese ‹Nashörner› groß werden ließen und ignorant alles befürworteten, was sie taten. Auch das ist ein Übergriff, mit körperlicher Gewalt vergleichbar. Vergesst das nicht.» Er fuhr sich mit der Hand übers Gesicht, als würde er mit einem Mal merken, wie erschöpft er war, von seinem eigenen Monolog oder davon, dass er uns etwas erzählte, was wir längst wissen sollten, aber niemals ausreichend verinnerlichen würden. Anschließend sah er auf seine Uhr und beschloss, dass es für heute reichte.

«Ich glaube, wir machen an dieser Stelle Schluss», sagte er. «Ich möchte, dass ihr das Stück bis morgen gelesen habt, und das gilt für alle. Was die Rollen betrifft, werdet ihr nicht mehr vorsprechen müssen – ich habe schon alles, was ich brauche, und wir werden am Donnerstag mit der Verteilung und mit den ersten Proben anfangen. Ich muss eines vorwegnehmen: Es werden nicht alle eine große Rolle bekommen. So ist es, und ihr wisst, dass es so ist. Aber wenn ich in der Zeit, die wir zusammen verbracht haben, etwas richtig gemacht habe, habt ihr auch verstanden, dass es nicht der Anteil an Dialog oder Bühnenzeit ist, auf den es ankommt; das Wichtige ist, was ihr aus euren Rollen macht, was ihr mit einbringt und was ihr tut, damit auch die anderen gut aussehen. Die wichtigste Eigenschaft des Schauspielers ist nicht, dass er seinen Text kann, sondern dass er weiß, wann er die Klappe halten und unsichtbar sein muss. Ihr seid alle hier, um einander zu beleuchten. Die Schauspieler, die großen wie die kleinen Rollen, machen nur einen geringen Teil dessen aus, woraus eine Theatervorstellung besteht. Ihr seid die Frontsoldaten, die Bauern. Ihr wärt nicht am Leben, wenn euch die Bühnenarbeiter hinter den Kulissen nicht helfen würden, versteht ihr? Ich möchte, dass ihr daran denkt, wenn wir mit den Proben beginnen. Ich möchte, dass ihr alles ernsthaft und gründlich bedenkt. Behandelt ihr sie gut, werden sie euch glänzen lassen. Und glänzen sollt ihr. Bei diesem Stück werden die Bühnenarbeiter übrigens auch mehr in Erscheinung treten als sonst. Wir werden die Effekte und die Theatermagie in dieser Aufführung nicht verbergen, im Gegenteil, alle Schnüre und Arbeiter werden sichtbar sein – einige von euch werden mit Nashornköpfen herumlaufen, die an Tauen hängen, und die Kostüme werden nicht völlig naturalistisch sein. Wir werden die Vorstellung transparent gestalten und dem Publikum zeigen, dass dieselben Mechanismen in Kraft treten wie sonst, auch wenn sie für uns alle sichtbar sind. Einverstanden? Gut. Dann bedanke ich mich für heute, ihr Untiere.»

Ich war gerade aufgestanden, um mit Mordecai hinauszugehen, als Wohlman hinter mir auftauchte und mir auf die Schulter tippte.

«Hast du kurz Zeit?», fragte er.

«Ja, natürlich.»

Ich vereinbarte mit Mordecai, dass wir uns bei den Fahrrädern treffen würden, und folgte Wohlman zum Bühnenrand, wo wir uns setzten.

«Du gehörst hier eigentlich gar nicht hin, oder?», fragte er, doch es klang mehr wie eine Feststellung.

«Ich weiß nicht. Ich glaube schon, aber … es ist nur, dass, also diese Übungen, die wir zuletzt gemacht haben, ich sehe nicht ganz …»

«Bérenger, die Hauptfigur in *Die Nashörner*, ist der Einzige, der sich nicht verwandeln lässt. Er hält so lange stand, bis er der letzte Mensch ist.»

«Oh.»

«Ich möchte, dass du diese Rolle übernimmst, Max.»

«Warum?», platzte es aus mir heraus.

«*Warum? Warum?* Solltest du nicht lieber danke sagen?»

Er hatte recht. Ich hätte danke sagen sollen. Ich sagte es nicht. Ich dachte es. Es kam mir nicht über die Lippen.

«Weil du der Einzige warst, der es nicht akzeptiert hat, ein Tier zu sein», erklärte er dann. «Du hast total versagt, da war wirklich überhaupt keine Ähnlichkeit zu erkennen, und ich war tatsächlich kurz davor, dich rauszuwerfen, schon beim ersten Mal. Weil ich den Eindruck hatte, du würdest mich nicht ernst nehmen. Du hast dich nicht mal bemüht. Aber dann, als die anderen die Aufgabe erfüllten, so gut sie es eben konnten, und du immer noch vor dich hin dilettiert und am Ende völlig aufgegeben hast, habe ich verstanden, dass du es nicht absichtlich machst. Eher so, als könntest du dich einfach nicht darauf einlassen. Das hat mir gefallen.»

«Ich habe mein Bestes getan.»

«So kann man es vielleicht auch sehen. Also, glaubst du, du schaffst das?»

Ich nickte eifrig.

«Natürlich.»

«Gut. Dann bist du mein Bérenger. Unsere Hoffnung. Der letzte Mensch, der uns vor dem Untergang retten kann.»

Am liebsten wäre ich ihm um den Hals gefallen, aber das war völlig undenkbar, Wohlman hatte eine Individualdistanz, die sich weiter erstreckte, als das Auge reichte, also verbeugte ich mich mehrmals, ausgerechnet, ich verbeugte und verabschiedete mich und ging zum Ausgang. Als ich den Saal schon fast verlassen hatte, drehte ich mich noch einmal um und rief ihm zu: «Wann ist die Premiere?»

«Am 17. Mai!», rief er zurück. «Montag, der 17. Mai. Schreib es dir auf, sobald du nach Hause kommst, damit du es nicht vergisst.»

«Am 17. Mai», erwiderte ich perplex. «Sind Sie sicher?»

«Natürlich bin ich sicher. Wieso? Hast du da vielleicht andere Pläne?»

Unsere Familie fuhr für gewöhnlich nicht ins Bay-Ridge-Viertel in Brooklyn, um zusammen mit den anderen Norwegern am Festzug teilzunehmen und den Nationaltag zu feiern, weder nationales Bewusstsein noch echter Enthusiasmus konnten uns dazu bewegen. Meiner Mutter gefiel die Veranstaltung nicht, es waren zu viele Menschen da, zu viele Wikingerhelme aus Plastik und Norwegerstrickimitate, die ihrer Meinung nach in Fabriken in Asien produziert worden waren. Aber wir feierten für uns, zu Hause, alle vier. Dann hissten wir die Flagge, und mein Vater sprach ein paar kluge Sätze über Fjord und Fjell, und wir schlossen die Augen und bildeten uns ein, wir wären zu Hause. Jedenfalls ich bildete es mir ein. Wir aßen Karamellkäse zum Frühstück und Klöße zum Mittagessen, und abends stießen meine Eltern mit Linie Aquavit an, der mindestens zweimal an Bord eines Frachtschiffs über den Äquator geschaukelt worden war, von Norwegen nach Australien und zurück, um die Aromen des Gebrannten freizusetzen. Es war kein Tag, den wir mit Pauken und Trompeten begingen, aber es war ein wichtiger Tag für uns, eine alljährliche Vergewisserung, dass wir noch immer in unserer Heimat verwurzelt waren. Diesem Bekenntnis fernzubleiben, erschien mir fast wie ein Sakrileg, als würde man Weihnachten verleugnen.

«Es ist so, dass …», rief ich zu Wohlman hinunter, ehe ich mich gerade noch fing: «Nein, nein, keine Pläne!»

«Wir haben keine Zeit zu verschenken, Max. Und auch keine zu verlieren!»

Mordecai stürzte sich sofort auf mich, als ich hinauskam.

«Na? Was wollte er? Hast du Ärger bekommen?»

«Er … er hat mir gerade die Hauptrolle gegeben», sagte ich verdattert. Im selben Moment ärgerte ich mich über die Art, wie ich es gesagt hatte, so direkt, ohne irgendeine mildernde Einleitung, ohne darüber nachzudenken, dass das, was ich sagte, für ihn eine große

Enttäuschung sein könnte. Er war eindeutig der bessere Schauspieler. Ich glaube, das war uns beiden klar. Die Sache mit dem Theater fiel uns leichter, als wir geglaubt hatten, all die kleinen Szenen und Skizzen, die Wohlman uns zur Aufgabe machte, hatten uns das gezeigt; im Gegensatz zum Schwimmen mussten wir eine Begabung für das Theater haben. Und wahrscheinlich hatten wir noch dazu den Vorteil, dass wir uns tatsächlich an einen anderen Ort wünschten. Mordecai hatte im Gegensatz zu mir aber ein besonderes Talent, in die Rollen einzutauchen, sie voll und ganz einzunehmen, egal, wen er spielte. Dieser Fähigkeit – dort drinnen, auf der Bühne – zum Trotz war Mordecai direkt in die Falle getappt, die Wohlman uns gestellt hatte. Er hatte sich zu sehr angestrengt, er war zu gut und damit am Ende auch nur *einer von ihnen.*

«Das, mein Freund, sind wahrlich tolle Neuigkeiten!» Mordecai warf sich auf mich. Dann stieß er einen Jubelschrei aus, der allerdings nicht wie ein Schrei klang, sondern mehr wie ein Wolfsgeheul, es war ein langgezogenes Winseln, wie ich es seit dem Gespräch mit Wohlman selbst in mir trug, aber bis jetzt zurückgehalten hatte, und Mordecai und ich jaulten auf unseren Fahrrädern, auf dem Parkplatz, mit unseren Manuskripten unter den Armen, über Garden City hinaus, nicht ganz sicher, was in den letzten Wochen mit uns passiert war und ob wir nun zu anderen Menschen würden, weil die Papierstapel, mit denen wir jetzt nach Hause radelten, mit einem Mal so wichtig für uns waren. Es fühlte sich einfach nur verdammt bedeutungsvoll an.

Mein Vater war gerade einmal da, als ich in der Poplar Street die Tür aufschloss. So war es zurzeit, er kam und ging. Fast so als hätten wir zu Hause eine Drehtür eingebaut, aus der er nie ganz herausfand und die ihn jedes Mal, wenn er seinen Pilotenkoffer im Flur abstellen wollte, wieder hinauskatapultierte. Er hatte mir sogar eine Übersicht gegeben, wo er war und wann, mit Telefonnummern, unter denen ich ihn erreichen konnte. Die Liste steckte immer in meiner hinteren Hosentasche. Ich rief ihn nie an.

Meine Mutter legte einen emotionalen Spagat hin, als ich ihr von

Wohlmans Besetzung erzählte, sie war zutiefst gerührt und höchst enthusiastisch, und mein Vater kam mit der Zeitung in der Hand in den Flur, umarmte mich vorsichtig und bedachte meine Mutter mit einem entrüsteten Blick.

«Du liebe Güte, du weinst doch nicht etwa, Beate?»

Sie wischte sich mit dem Pulloverärmel die Tränen ab.

«Ich freue mich doch nur», antwortete sie. «Darf man sich in diesem Haus jetzt nicht mal mehr freuen?»

Mein Vater nickte einige Male bitterernst, ehe er mich fragte: «Bleibt dir denn dann noch genug Zeit für deine Hausaufgaben?»

Meine Mutter und ich sahen uns an. Sie kicherte.

«Ja klar», antwortete ich.

«Ist das alles, was du dazu zu sagen hast, Svein?», fragte meine Mutter resigniert.

«Ich wollte es nur erwähnt haben.» Mein Vater machte eine beschwichtigende Geste. «Der Junge soll bald aufs College gehen, und du weißt, wie das ist. Ehe man sich's versieht, kommen die SATs und Aufnahmeprüfungen und das ganze Pipapo. Ich will doch nur, dass er darauf vorbereitet ist.»

«Und das wird er auch. Es ist doch nicht ausgeschlossen, dass man zwei Gedanken auf einmal im Kopf haben kann. Für die Schul-AGs bekommen sie außerdem auch Punkte, ist dir das klar?»

«Wenn das so ist, umso besser. Gratuliere. Ja, wirklich. Ich meine es ernst. Sollten wir das nicht mit einem Gläschen feiern?»

«Und was soll in meinem Glas drin sein?», fragte ich säuerlich.

Mein Vater kratzte sich ratlos am Kopf.

«Tja, nein … das kann doch so vieles sein. Limo, zum Beispiel. Oder vielleicht Leichtbier?»

«Svein!»

Wir bekamen alle kalifornischen Wein eingeschenkt. Wir stießen an. Es gab allen Grund dazu.

8

April. Frühjahr und Wärme und angespannte Tage in der Poplar Street. Mein Vater war die meiste Zeit anderswo, in der Luft zwischen zwei Städten, existierte aber trotzdem in der Leere, die er hinterließ. Ich saß oben in meinem Zimmer, übte unter Hochdruck meinen Text und hatte dabei Musik laufen, und wenn ich die Stereoanlage ausstellte, konnte ich manchmal hören, wie meine Mutter durch das Wohnzimmer huschte, die Plastikabdeckung des Plattenspielers hochklappte und «When a Man Loves a Woman» auflegte, mit der zitternden Orgel und dieser verzweifelten Stimme; ich hatte das Lied schon seit Jahren nicht mehr gehört. In meiner frühen Kindheit hatte sie es oft gespielt, ich glaube, es war das erste Lied, das ich je bewusst gehört habe. Ich grübelte, wen sie dabei wohl vor sich sah, dort unten zwischen unseren Sofas und Stühlen und Tischen und Teppichen und dem Staub in den Ecken, ob es eine frühere Ausgabe meines Vaters war, auf deren Rückkehr sie hoffte, oder ein neuer Mann, den sie ohne unser Wissen hier in Long Island kennengelernt hatte, wie diesen Owen, über den sie sich letztens mit meinem Vater gestritten hatte, ohne dass ich verstand, ob es ein Bekannter von ihr oder ein Kollege meines Vaters war, oder ob sie, wenn sie Percy Sledge hörte, eine ganz andere Zeit und einen ganz anderen Typen vor Augen hatte, jenen Jungen, der an der Bushaltestelle zurückblieb, als mein Vater eines Tages auf der Bildfläche erschien; der gezwungen gewesen war, umzukehren und zu gehen, der im Schatten, die Hände in den Hosentaschen, nach Hause schlich.

Die Proben zu *Die Nashörner* waren im vollen Gange, wir hielten uns fast mehr im Schultheater auf als im Klassenzimmer. Francis hatte die Rolle des Logikers bekommen, Eva spielte die Frau des Kaufmanns und Mordecai glücklicherweise den Hans, Bérengers Freund und die zweite tragende Rolle. Ich war mir vollkommen sicher, dass Wohlman bemerkt haben musste, wie sehr sich Mordecai im Vorfeld der Rollenvergabe ins Zeug gelegt hatte, weshalb die Entscheidung nicht gerade überraschend kam; Mordecai war wie geschaffen für die Rolle und verkörperte sie ungeheuer überzeugend. Fast *zu* gut, wenn es nach ihm ging, denn die Ansichten seines Bühnencharakters, dass der Humanismus überholt und der Nashornismus der einzig gangbare Weg sei – wie er jeden Abend am Ende des zweiten Aktes im Badezimmer deklamierte, ehe er mich angreifen und mit seinem frischgewachsenen Horn aufspießen wollte –, hatten ihn nicht hinreichend angewidert, was ihn seiner Meinung nach zu einem geschichtslosen Juden machte und wiederum dazu führte, dass er über diese Rolle später nur als *meine Zeit in der NSDAP* sprach.

An andere Dinge gewöhnte man sich dagegen nicht ganz so schnell. Als wir mit der Bühnenarbeit anfingen und es abwechselnd zu sehr übertrieben, mit ausholenden Gesten, die gezügelt werden mussten, und hilfesuchend ins Textbuch in unserer rechten Hand schielten – während Wohlman mit seinen nie enden wollenden Notizen und Anmerkungen und Anweisungen und Korrekturen um uns herumschwirrte –, forderten uns die permanenten körperlichen Anstrengungen schließlich so sehr, dass ein obligatorisches Postprobenduschen eingeführt werden musste. Und die Sache war die, dass Wohlman, wie sich herausstellen sollte, mit uns zusammen duschen wollte, obwohl er sich im Vergleich zu uns doch verhältnismäßig wenig bewegte. Wie ich eiligst hinzufügen muss, fanden wir schnell heraus, dass es ihm nicht darum ging, uns nackt zu sehen, er suchte lediglich Anschluss. Suchte nach einem Band zwischen uns. Als er das erste Mal in der Dusche auftauchte, wussten wir allerdings nicht recht, was wir davon halten sollten. An jenem Tag erschien er uns nackter als jeder andere Mensch, den wir je nackt gesehen hatten. Wir wuschen uns die Haare und quasselten, als er plötzlich hereinstapfte, einen freien Platz suchte und anfing, seinen Körper zu reinigen, umständlich, von Kopf bis Fuß. Ich musste an die Segelboote in Long Beach denken, die jedes Frühjahr vor Saisonbeginn überholt wurden. Alle Gespräche, die zwischen uns stattgefunden hatten, bevor Wohlman den Raum betrat, erstarben in derselben Sekunde, in der wir ihn erblickten, aber das war nichts gegen die gigantische, in ihrer Mischung aus Entsetzen und unterdrücktem Lachen geradezu knisternde Stille, die einsetzte, als er kurz darauf in die Knie ging, sich herunterbeugte und anfing, seinen Unterleib zu schrubben, wobei er eine Reihe von Vokalen ausstieß, als wollte er noch betonen, wie gründlich er dort unten zupackte.

«Man muss das Theater von sich abwaschen, bevor man nach Hause geht», sagte er zu sich oder zu uns, als wäre eben dies das Geheimnis hinter allem, als er schließlich mit der unteren Etage fertig war und sich dem bisschen widmete, was er noch an Haaren auf dem Kopf hatte (wir, die aus einem verhältnismäßig ordentlichen Elternhaus stammten, fanden auch diese Reihenfolge eher speziell).

Manche von uns stellten das Postprobenduschen nach diesem Tag konsequent ein. Wer keine schweißtreibende Rolle hatte, fuhr stattdessen nach Hause. Wieder andere setzten alles daran, die Prozedur schnellstmöglich und wortlos hinter sich zu bringen. Für mich machte es eigentlich keinen Unterschied, Wohlman war immer gleich respekteinflößend, ob mit oder ohne Kleidung.

Außerdem wandte er uns in der Regel den Rücken zu, sodass wir ihn vermutlich mehr beäugten als er uns, und ich glaube, wie gesagt, dass er sich vor allem wünschte, einer von uns zu sein, und nur deshalb duschte, weil wir es auch taten und er früher selbst einmal Ensemblemitglied gewesen war und weil er in seinem tiefsten Inneren nur schwer akzeptieren konnte, dass ihm diese Zeit seines Lebens längst entronnen war. Im Grunde war es ziemlich traurig, wenn man genauer darüber nachdachte.

Und dann kam der Fall. Er war der Auslöser dafür, dass ich Wohlman doch noch ins Herz schloss. Wir waren an einem Dienstag zu Monatsende in die Garderobe gestürmt, um Vorsprung zu haben, während er Nicole und Jeanne noch letzte Regieanweisungen erteilte, doch Wohlman musste ebenfalls schnell gewesen sein, denn wir hatten kaum unser Haar angefeuchtet, als er auch schon eintrat und sich wie immer unter eine der freien Duschen am anderen Ende des

Raums stellte. Vielleicht lag es an seiner Hast, vielleicht war es einfach nur Pech, dass ihm die Seife aus der Hand glitt und er im nächsten Augenblick selbst auf den glatten Fliesen ausrutschte, als er sich danach bückte. Wir alle hörten das schwere, nasse Klatschen von neunzig Kilo Mann mittleren Alters, die auf dem Boden aufschlugen, und drehten uns nach ihm um. Dort lag er auf dem Bauch und zappelte verzweifelt, und es war, als würde er mit jeder Sekunde, in der er nach der entgleitenden Seife tastete, älter werden. Und wir? Wir standen einfach nur da und glotzten. Niemand half ihm auf. Ich glaube, einige lachten. Mordecai versetzte der Seife mit der Ferse einen diskreten Stoß, sodass sie wieder zu Wohlman hinüberschlitterte, und in dem Moment, als dieser große Mann, unser Mentor und der Grund für unsere kollektive Schlaflosigkeit und unsere sporadischen Weinkrämpfe auf dem Heimweg, dort auf dem Fliesenboden liegen blieb, verging die Zeit unendlich langsam; ich stand wie angewurzelt da und beobachtete, wie er sich mit schmerzverzerrtem Gesicht auf die Seite rollte und ans Knie fasste, aber er gab keinen Laut von sich, das war das Unheimliche, atmete nur tief ein, und im Hintergrund erklang nervöses Kichern, während er nach Halt suchte. Doch an den Fliesen rann Seifenschaum herab, und seine Hände waren nass und glitschig, und er stürzte erneut, fiel auf das schmerzende Knie, ein dumpfer Schlag, der im ganzen Raum widerhallte, aber diesmal blieb er einfach nur liegen, das Gesicht von uns abgewandt, während sein Körper bebte. Ich glaube, er weinte. Ich bin mir ziemlich sicher, dass er weinte. Und in dem Moment tat ich es. Ich verließ mit dem Handtuch in der Hand meine Dusche und durchquerte den Raum. Während Mordecai und die anderen mit offenem Mund gafften, beugte ich mich zum gestürzten Mann hinab, breitete mein Handtuch auf dem Boden aus, damit er sich draufstellen konnte, griff ihm anschließend, ohne ihn zu fragen, von hinten unter die Achseln, spannte meine Beine an und hievte Wohlman mit so viel Kraft zurück in die Welt, dass ich eine Sekunde lang fürchtete, meine Schlüsselbeine könnten erneut brechen. Und da stand er, benommen, betreten, mit blutendem Knie; ich glaube, dass er sich fürchterlich schämte und deshalb auch nicht bedankte – nicht ein Wort oder ein Blick in unsere Richtung –, sondern nur gebeugt aus dem Duschraum hinkte. Und als ich anschließend in die Garderobe kam, waren seine Sachen schon weg. Er war gegangen. Ich weiß noch, wie ich an jenem Abend dachte, dass auch für uns einmal, und vielleicht schneller, als wir ahnten, die Zeit gekommen wäre, in der uns nicht mehr alles egal sein würde und wir nicht mehr jeden Morgen neue Chancen witterten, sondern verzweifelt an dem festhielten, was uns blieb, was auch immer es sein würde, wenn wir alle längst zum Wohlman geworden waren und die Wahrscheinlichkeit groß war, dass auch wir nicht in der Lage wären, es hinzunehmen, bis wir fielen.

Die Seifenblamage und die darüber kursierenden Gerüchte drohten Wohlmans Autorität auf der Bühne in den nächsten Tagen zu untergraben, vielleicht gerade weil er mit keinem Wort darauf einging, obwohl ihm sein rechtes Knie sichtliche Probleme bereitete. Ohne es zu wissen, wurde er Gegenstand von mehr oder weniger übertriebenen Parodien, und für manch einen blieb er anschließend für immer eine Witzfigur, über die man sich lustig machte, sobald sie außer Sichtweite war, ein Mensch, von dem es zwei Versionen gab, eine mit und eine ohne Klamotten, als gründe sich seine Autorität lediglich auf seine schwere Kleidung und seine Ellbogenflicken, als habe sie sich im Laufe vieler Jahre dort festgesetzt oder in seiner Brille, die er unablässig putzte, weil wir sie vermutlich mit unseren Versuchen beschmutzten, seinen Ansprüchen gerecht zu werden; ein Mensch, der, sobald die Hüllen fielen, nur mehr ein armseliges Individuum war. Aber für mich und Mordecai machte ihn das, was geschehen war, nur noch größer. Wir hatten keine Angst mehr vor ihm, falls wir überhaupt je welche gehabt hatten. Wir mochten Wohlman. Wir vertrauten ihm mehr als uns selbst. Denn wer in einem Raum voller Sechzehnjähriger fällt und so lange liegen bleibt, bis Hilfe naht, anstatt sich aufzurappeln und so zu tun, als wäre nichts passiert, ist ein Mann mit Rückgrat. Wohlman war ein Mann, der sich nicht davor fürchtete, uns zu zeigen, dass er uns brauchte.

Die verbleibenden Wochen bis zur Premiere verbrachten wir damit, die letzten Reste von Manuskriptabhängigkeit loszuwerden und Szenen einzustudieren, die neu konzipiert werden mussten, weil das Bühnenbild sonst eine Umgestaltung erfordert hätte. Gleichzeitig wurden die Kostüme fertig, die Scheinwerfer montiert und kalibriert, die musikalischen Akzente gesetzt, und Wohlman klebte mit Kreppband kleine Kreuze auf die Bühne, damit wir uns an unseren Standort in der jeweiligen Szene erinnerten. Mein Vater war in dieser Zeit häufiger zu Hause, so viele Tage am Stück wie schon lange nicht mehr, was auch unter die Dinge fiel, an die ich mich erst einmal gewöhnen musste. Einerseits war ich froh, ihn in meiner Nähe zu haben, jemanden zusätzlich zu meiner Mutter, mit dem ich reden und den ich um Hilfe bitten konnte, und außerdem vermittelte er mir das Gefühl, dass wir immer noch eine Familie waren. Andererseits schien es, als würde das Haus schrumpfen, wenn er da war, und wir liefen uns ständig in die Arme, ohne dass wir einander viel mitzuteilen hatten, und so kam es zu einer Reihe unbeholfener Begegnungen, die damit endeten, dass wir räuspernd unseres Wegs gingen. Meine Mutter und er blieben abends oft lange wach. Wenn ich nicht zu müde von den Proben nach Hause kam, saß ich dicht hinter meiner Zimmertür und lauschte. Ich mochte die Abende am liebsten, an denen ich nur das leise Klirren ihrer Weingläser hörte und Gespräche, die unbeschwert klangen, wenn sie beide lachten und für einen Moment verstummten, in dem ich immer den Atem anhielt, bis ich verstand, dass lediglich einer von ihnen aufgestanden war, um eine Platte aufzulegen, Lovin' Spoonful, Joan Baez und Peter, Paul & Mary, nie Percy Sledge, sondern «Coconut Grove», «Sweet Sir Galahad» und vor allem «Leaving On A Jetplane», das sie immer zum Lachen und zum Mitsingen brachte, bald schon war die Musik im ganzen Haus zu hören, und ich schlief zu ihren alten Songs ein. Doch es gab auch die anderen Abende, wo keine Platten aufgelegt wurden und auch der Wein ausblieb, lange Abende, an denen sie sich über nichts einig werden konnten und sich leise stritten, sodass ich meine Ohren noch mehr spitzte. Aber die seltenen Male, an denen ich überhaupt Fragmente von dem erhaschen konnte, was sie so quälte, waren die Male, bei denen sie die Beherrschung verloren und die Lautstärke eskalierte; sie brüllten sich an; es fielen mehrfach die Wörter *Jumbojet* und *747* und *Owen, du sollst ihn einfach nicht mehr anrufen, hörst du?*, schrie mein Vater, *vergiss ihn*, schrie er, *vergiss ihn einfach, hörst du?* Aber meine Mutter hörte nicht, sie hörte nicht zu, und dann kamen unsere Namen ins Spiel, Ulrikkes und meiner, sie wurden förmlich ausgespuckt, von beiden, in einer heißlaufenden Zentrifuge aus Sätzen, die ohne erkennbares System Wörter durcheinanderwirbelte, es ging um die Arbeit meines Vaters, um Absprachen, die nicht eingehalten wurden, um Freunde, die sie nicht mehr hatten. Am Ende schloss ich immer meine Zimmertür, und wenn ich sie schließlich wieder öffnete, herrschte im Erdgeschoss unheimliche Stille. Ich hatte keine Ahnung, ob sie ins Bett gegangen waren oder einander umgebracht hatten. Oder ob sie immer noch dort unten saßen, in verbittertem, hochexplosivem Schweigen.

Wohlmans Blick war ernst und rastlos, als wir uns zwei Stunden früher als der Rest des Ensembles trafen, nur fünf Tage vor der Premiere.

«Dein Schlussmonolog steht noch nicht, der wichtigste von allen.»

Doch das war nicht alles. Er habe die ganze Nacht wach gelegen und das große Zittern bekommen, sagte Wohlman. Das passierte von Zeit zu Zeit, jetzt war er mit einem Mal überzeugt, die vielen Nashornköpfe aus Pappmaché, mit denen sich die Kostümbildner abgemüht hatten, bis er sie endlich akzeptabel fand, wären der völlig falsche Weg. Sie gehörten in den Müll, alle zusammen. *Vollkommen unbrauchbar!* Denn im Morgengrauen war ihm der Gedanke gekommen, dass das einzig Richtige das sei, was er als Abkehr vom Naturalistischen bezeichnete, und man stattdessen die wahre Natur der Sache verdeutlichen müsse, nämlich die Begegnung mit dem Faschismus.

«Wir werden eine faschistische Vorstellung geben, mit großen, schwarzen Bannern, die auf der Bühne wehen. Und die Nashörner werden Gasmasken tragen», sagte er. «Alle. Graue Gasmasken, die nur die Andeutung eines Horns zeigen. Und graue Hemden, Hosen und Schuhe. Und darunter: graue Neoprenanzüge.»

Das klang furchtbar heiß, und ich verstand nicht, warum er mir das erzählte, anstatt sich auf meinen Monolog zu konzentrieren, über die Kostüme sollte er doch bitte mit den Kostümbildnern sprechen; aber kurz darauf wurde mir klar, dass er sie längst auf die Sache angesetzt hatte und drei Schüler unterwegs waren, um sämtliche Armeebekleidungsläden in Long Island und Manhattan zu durchkämmen, auf der Jagd nach der ganz bestimmten Gasmaske, die Wohlman vorschwebte, und dass er es mir mitteilte, weil es, so dachte er jedenfalls, meine Einstellung zum Ganzen verändern würde.

«Bérenger», sagte Wohlman, «ist die Hoffnung. Das ist *alles*, was er ist. Und das ist alles, was wir haben. Verstehst du, was ich dir sage?»

«Glaub schon.»

«Ich bin mir nicht sicher, ob das reicht.»

Wohlman ließ sich schwer auf einen Stuhl in der ersten Reihe fallen und fuhr sich mit der Hand übers Gesicht.

«Wenn Bérenger am Ende sagt: *Gegen alle Welt werde ich mich verteidigen, gegen alle Welt. Ich werde mich verteidigen. Ich bin der letzte Mensch. Ich werde es bleiben bis zum Ende. Ich kapituliere nicht!*, dann reicht es nicht aus, seinen Text zu können und ihn voller Überzeugung vorzutragen. Du musst *verstehen*, was du sagst, die Konsequenzen wirklich tragen. Ich meine, du musst verinnerlichen, was es für ihn *bedeutet*, derjenige zu sein, der eine neue Shoah verhindern soll. Das ganze unvorstellbare Ausmaß. Sechs Millionen Juden … kannst du diese Zahl begreifen, ergibt sie einen Sinn? Es war ein Inferno.» Wohlman sah mich an und wartete darauf, dass ich etwas erwiderte, aber das tat ich nicht. Und als er nach einer Weile erkannte, dass das Warten sinnlos war, stand er auf und sagte, ich solle mich nicht vom Fleck rühren. Dann schritt er zum Ausgang und verschwand. Ich konnte nur hoffen, dass er zurückkam.

Allein im Auditorium, ging ich zwischen den Bühnenbildern umher, die inzwischen fertiggezimmert, bemalt und für die Vorstellung bereit waren. Ein Platz mit Hausfassaden und Balkonen mit Türen, die sich öffnen ließen; sämtliche Kulissen konnten weggerollt und durch neue Wände mit Türen ersetzt werden, die auf der Hinterbühne versteckt waren, eine davon stellte auf der Vorderseite den Eingang zu Hans' Wohnung dar, und wenn man sie umdrehte, wurde sie plötzlich zu meiner – zu Bérengers – Wohnung, mit einem Bild von mir und Daisy an der Wand, einem Nachttisch mit Blumen und einem Radio. Ich sah auch mein Bett neben aufgestapelten Stühlen und Tischen, die wiederum für eine Büroszene im Nu auf die Bühne gestellt werden mussten; es gab Unmengen von Kostümen, mit unseren Namen versehen und in der Reihenfolge unserer Auftritte sortiert; die Wände waren mit unverständlichen Zetteln und Instruktionen für die Bühnenarbeiter versehen, die hier in den zwei Stunden, die das Stück dauerte, hin und her rennen würden, mit Notizen und Erklärungen, die zwischen Seilen und Stromkabeln befestigt waren und an der schweren Scheinwerferbatterie, die von der Decke hing und wegen der wir verschwitzt und außer Stande waren, nur eine einzige Menschenseele im Saal zu erkennen. Ich stieg von der Bühne hinab und setzte mich auf einen der Stühle. Von hier aus wirkte alles ganz unkompliziert. Geordnet. Das war es, was mir so gut gefiel.

«Ich habe gerade mit der Inspizientin gesprochen», verkündete Wohlman voller Eifer, als er zurückkehrte. «Ich habe sie beauftragt, den Schauspielern und anderen Leuten Bescheid zu geben, dass sie heute Abend nicht zu kommen brauchen. Wir müssen reden. Isst du gern chinesisch?»

Ja, tat ich. Und eine halbe Stunde später saßen wir auf der Bühne an einem Tisch mit künstlich zerschlissenen Bistrostühlen und aßen Chopsuey, unter einer 300-Watt-Sonne, auf dem Platz eines namenlosen, zweidimensionalen Dorfs, während Wohlman langsam und leise anfing zu reden.

«Treblinka lag in Polen. Treblinka 1 und 2. Ersteres war ein Konzentrationslager, in dem die Häftlinge für die Deutschen Zwangsarbeit leisten mussten, während Treblinka 2 … ein reines Vernichtungslager war. Eine Todesfabrik, nur ein paar Kilometer von ihrem Namensvetter entfernt. Heute ist kaum noch etwas davon zu sehen. Jedenfalls nicht in der Landschaft. Auch grausame Taten werden zu Erde. Früher oder später. Im Herbst 1943 hörte Treblinka auf zu existieren …»

Wohlman nahm mich bei der Hand und zog mich hinter sich durch das Lager, durch jeden Quadratmeter davon, ich erinnere mich an eine Steigung, *die Himmelsstraße*, auf der die Gefangenen in den Tod geführt wurden, nur wenige Minuten nach ihrer Ankunft, in die Gaskammern, die kleine, ovale Fenster an der Seite hatten, damit die KZ-Wächter den Tod im Auge behalten konnten, wenn er eintrat.

«Von den achthunderttausend Menschen, die nach Treblinka 2 deportiert wurden, überlebten gerade einmal sechzig», sagte er, von mir abgewandt, während er in seiner Ledertasche kramte und einen Stapel Papiere hervorzog. «Einer der Überlebenden hieß Samuel Rajzman. Er sagte als Zeuge bei den Nürnberger Prozessen aus.» Und dann las mir Wohlman die Aussage des Mannes vor und erzählte mir auch von anderen Lagern, er zeigte mir Fotografien, die er über Jahre hinweg gesammelt, und Dokumente, die er sich besorgt hatte, er las einen Auszug aus Himmlers Posen-Rede und Goebbels' Totaler-Krieg-Rede von 1943 vor, er erzählte mir von der Lebensraumpolitik der Nationalsozialisten, vom Generalplan Ost, von den Phenol-Injektionen in Auschwitz, von Kindern, die nie zurückkamen, und von Chujowa Gorka, und irgendwann, beinahe unmerklich, fing er an, meinen Schlussmonolog mit seiner Erzählung zu verflechten; er webte die Referenzen in den Stoff ein, und es war nicht wie ein Vortrag, eher wie ein Gespräch, unangestrengt, ich teilte meine Geschichten über den Vietnamkrieg mit ihm, A Shau und Ia Drang, die Operation Arc Light und die Verästelungen der Tet-Offensive, wir trafen uns am Abgrund der Geschichte, diskutierten über Kambodscha und die Roten Khmer und das Wesen des Nationalsozialismus und wie leicht es gewesen wäre, konform zu gehen. Wir standen auf einem Berg aus Knochen und Uhren und Goldzähnen und Haaren, auf einem Gebirge aus zurückgelassenen Kleidungsstücken, Schuhen und Koffern; wir schritten den Weg ab, den Wohlman für meine letzten Minuten in der Vorstellung vorgezeichnet hatte, wenn Bérenger in seinen Erwägungen hin und her schwankt.

«Diese Menschen kommen nie wieder zurück», sagte Wohlman und stellte sich in die Mitte der Bühne. «Hier wirst du stehen, wenn du das einsiehst. Wenn du dem Publikum zeigst, dass du die Konsequenzen verstehst. Keines der Opfer, über die wir hier gesprochen haben, kommt zurück. Nie wieder. Sie sind für immer verschwunden. Ich möchte, dass du dich hierher bewegst, wenn du sagst – wie war das noch, wenn Bérenger die Geräusche der Nashörner draußen hört – lass mich mal nachsehen … ja, genau. *Ich will sie nicht hören. Ich werde mir Watte in die Ohren stopfen.* Verstehst du? Genau so. Und die Watte holst du hier hervor, aus deinem Schrank, bevor du sagst … äh …»

«*Es gibt keine andere Lösung, als sie zu überzeugen*», referierte ich lahm.

«Genau, da haben wir es. Versuch das. Versuch das, während du in Gedanken in Treblinka am Bahnsteig ankommst.»

«*Es gibt keine andere Lösung, als sie zu überzeugen*», sagte ich in meiner Rolle, jetzt bedeutend kraftvoller, auf dem Höhepunkt eines dieser verzweifelten Ausbrüche von Bérenger, während ich mich einem Publikum zuwandte, das noch nicht gekommen war. «*Sie zu überzeugen, aber wovon? Und sind diese Verwandlungen rückgängig zu machen? Können sie wieder Menschen werden?*»

«Das ist die falsche Position, schau in den Spiegel über dem Schrank, wenn du das sagst, so wie es im Manuskript steht», korrigierte Wohlman und umkreiste mich. «Die dadrüben brauchst du nicht anzusehen. Gut. Mach weiter.»

Von den vielen hundert Stunden, die wir darauf verwendeten, dieses Stück einzustudieren, von all den Tagen, all den Proben, erinnere ich mich nach wie vor am besten an diesen einen Abend, als ich gemeinsam mit Wohlman den Schlussmonolog übte, und wie er für einen Moment das bekam, was er wollte; an jenem Abend, genau da, waren Wohlman und ich gleich alt, waren wir vereint in *unserem* Projekt, und ich glaube, ich hätte bis zum nächsten Morgen weitermachen können, wenn wir das Ziel nicht erreicht hätten, denn ich erinnere mich noch, wie ich eine Art Enttäuschung bei Wohlman wahrnahm, als er mir nichts mehr eintrichtern konnte, als alle Bewegungen längst genau erfasst und geübt und wiederholt worden waren, als die Gewichtung der Worte so war, wie er sie sich erträumt hatte, oder jedenfalls im Rahmen dessen, was er akzeptieren konnte, vielleicht war es eher so, dass auch er an irgendeinem Punkt aufgeben musste, wo wir uns nicht weiter nähern konnten, wo er auch nichts mehr parat hatte, was er mir erzählen konnte – oder wollte –, über all das, was in seinem Kopf vor sich ging und direkt unter der Bühne, was hinter den Kulissen und über den Scheinwerfern schwelte und was jetzt allmählich auch in meinen eigenen Kopf überging.

Wir hatten sechs Stunden an der Schlussszene gearbeitet. Als ich auf die Uhr blickte, war es schon nach Mitternacht, und erst da fiel mir auf, wie erschöpft ich war. Wohlman sah ich die Müdigkeit ebenfalls an, er wirkte nicht mehr ganz so aufrecht wie vorher, wie noch vor einer Stunde, als er auf der Bühne auf und ab schritt und mir abwechselnd kleine Korrekturen zuflüsterte oder, genauso häufig, donnernde Befehle zubrüllte, wie ich die verschiedenen Teile des Monologs zu sprechen hatte, als hätte er sich plötzlich in einen Erweckungsprediger verwandelt; *Bewusstsein!*, hatte er gebrüllt, *Bewusstsein, du musst dir die ganze Zeit der Vergangenheit bewusst sein! Der Unmöglichkeit, die Zukunft zu verändern! Der Unmöglichkeit, in die Vergangenheit zurückzukehren! Des Unerträglichen und des Notwendigen. Des Unmöglichen und unserem Streben danach. Das darfst du nicht vergessen.* Und als er nach seiner Jacke griff und mir mitteilte, dass wir für heute Schluss machen könnten, spürte ich nichts als eine leere, hohle Erleichterung, die kein Fünkchen Freude enthielt, sondern lediglich die Einsicht, dass wir unser Ziel erreicht hatten. Ich verließ mit ihm gemeinsam den Saal, ging hinaus in die Mainacht, die schwül und klebrig war. Wir setzten uns auf die erstbeste Bank und rauchten in behaglicher Stille.

«Was willst du später mal machen?», fragte er. «Willst du auf das Theater setzen?»

«Weiß nicht genau. Vielleicht.»

«Gut», sagte er. «Hör nicht auf zu zweifeln.» Und dann, nach einer längeren Pause: «Hansen. Das ist schwedisch, oder?»

«Norwegisch», antwortete ich. «Wir sind aus Stavanger hergekommen, weil mein Vater hier einen Job angenommen hat.»

«Also bist du aus Norwegen?»

«Ich bin aus Long Island.»

«Wie lange bist du schon hier?»

«Fast drei Jahre.»

«Hm. Wir sind 47 in die USA gekommen, als ich acht war, aus Deutschland. Von New York aus sind wir nach Cleveland gegangen, weil mein Vater Arbeit in einer Stahlhütte bekam. Fünfundzwanzig Jahre hat er dort gearbeitet. Als er in Rente ging, haben wir ein großes Fest für ihn veranstaltet, all seine Kollegen waren da; seine Freunde; wir haben rührselige Reden gehalten und ihm alles Gute für den neuen Lebensabschnitt gewünscht. Vierzehn Tage später war er tot.»

Wir rauchten die letzten beiden Zigaretten aus meiner Schachtel, ehe wir aufbrachen. Wohlman sagte, er könne mich nach Hause fahren und mein Rad im Kofferraum mitnehmen, und ich nahm sein Angebot dankend an. Während der Fahrt schwiegen wir, und es war angenehm, dass wir uns nicht unterhielten und alles, was gesagt werden musste, gesagt worden war. Ich erinnere mich an die stillen Straßen und das Klacken des Blinkers, bevor Wohlman in eine der menschenleeren Straßen einbog, wo kaum noch Licht war. Und als wir vor unserem Haus hielten und ich ihm für den Abend dankte, sagte er:

«Du wirst das gut machen. Keine Sorge.»

Und wir waren gut. Das sagte jedenfalls der Kritiker des *Newsday*: «Schultheater auf extrem hohem Niveau». Doch für mich sind ein Großteil des Eröffnungsabends und das anschließende Premierenfest in zähen Nebel gehüllt. Irgendwo tief in meinem Gedächtnis taucht schemenhaft ein zufriedener und bewegter Wohlman auf, gefolgt von einer halbminütigen Sequenz, in der meine Eltern und Ulrikke in die Garderobe kamen, um Mordecai und mir zu gratulieren, aber es gibt keine Tonspur zu den Bildern, sodass ich nicht mehr weiß, was sie sagten. Aber sie hatten die norwegische Flagge dabei, daran erinnere ich mich noch, und meine Mutter trug ein Kleid, weil der 17. Mai war, und ich glaube, dass wir es in diesem Moment alle ein bisschen merkwürdig fanden; im darauffolgenden Jahr machten wir in stillschweigender Übereinkunft einen normalen Werktag daraus, hoben uns die Freude für den 4. Juli auf und umarmten einander, während die Feuerwerkskörper in die Luft geschossen wurden. Was noch? Mal sehen: Ich erinnere mich, dass Mordecai so sehr in seiner Rolle war, dass er mich in der Szene, als er die Metamorphose durchlebte, um ein Haar wirklich angegriffen hätte; er kam aus dem Bad seiner Wohnung gestürmt, und ich rutschte rücklings auf der Bühne aus, verlor das Gleichgewicht, stürzte zu Boden und musste mich am Teppich festhalten und in Sicherheit bringen, während er hinter mir brüllte und meine Mutter – sie muss es gewesen sein – vor Schreck oder Freude im Saal kreischte und in spontanen Applaus ausbrach, was mein Vater vermutlich sofort unterband, indem er ihre Hände festhielt. Es gab auch andere Erinnerungsfragmente: Ich erinnere mich, dass die Nashörner mit ihren Gasmasken an diesem Abend besonders bedrohlich aussahen, als sie gegen Ende aus dem Schatten hervortraten, und mir fast Angst einjagten; und dass mich die Musik auf eine andere Weise ergriff als bei den wenigen Proben mit kompletter Musikbegleitung; es waren sorgenvolle Streicher, die den ganzen Ernst hervorpressten, der sich hinter meinem Rücken auftürmte, während ich zu meinem entscheidenden Monolog schritt, und als ich mir vor meinem allerletzten Satz das Hemd vom Leib riss und meinen jämmerlichen, ordinären menschlichen Körper entblößte und viel zu laut die abschließenden Worte *Ich kapituliere nicht!* ausrief, ging ein Raunen durch das Publikum, das so lange anhielt, bis der Applaus endgültig verklungen war.

FAIRFAX

(THRENODY FOR SEQUOIAS & UXO)

FRAGMENTE 1972 – 1977

1

Frühjahr 1972

Einst hieß er Ove. Jetzt heißt er Owen. Er ist kein Norweger mehr. Er ist ein Mann von 28 Jahren. Er ist 1,76 Meter groß. Er war an Orten, an denen er nicht hätte sein sollen.

Mai 1972

Er übt das Atmen, um etwas gegen seine (eingebildete?) schlechte Verfassung zu tun und seine Verwandlung vollständig und dauerhaft zu machen, tagelang kann er sich damit beschäftigen, muss es von Grund auf neu lernen, denkt er, manchmal atmet er immer noch wie ein Norweger. Er spricht die Sprache, er kennt die soziokulturellen Codes und die Geographie seiner neuen Umgebung, er weiß, wie die Straßen heißen und wie lang sie sind, und jetzt will er auch wie ein Amerikaner atmen. Ein. Aus. Ein. Aus. Ein, aus, ein, er atmet langsam, gleichmäßig, unverdrossen, jeden Morgen.

Mai 1972

The Stars and Stripes, Montag, den 17. April 1972

AUF BASTOGNE WIRD DIE ZEIT ZURÜCKGEDREHT

Von Peter Arnett

FIRE BASE BIRMINGHAM, Vietnam (AP) – Die Szenen wirkten, als hätte man den Vietnamkrieg um zwei Jahrzehnte vorverlegt: Die belagerte Feuerunterstützungsbasis in dem engen Gebirgstal, dessen sichernde Sandsäcke von Mörsergranaten und Raketen zerfetzt worden waren. Die erschöpfte Verteidigung vor Ort, die kaum noch Nahrung und Wasser hatte, weil seit sieben Tagen niemand zu ihr vorgedrungen war; die Soldaten mussten Waffen und Munition verwenden, die sie ihren toten Feinden abgenommen hatten. Die Verletzten, die in den dunklen Bunkern wimmerten, während sie auf die medizinische Evakuierung warteten, die niemals eintraf. Die Toten hatte man, wie befohlen, bereits im roten Lehm des Stützpunktes begraben. Der Feind, in den Bergen und im dichten Dschungel versteckt, feuerte tagsüber mit schweren Geschützen gnadenlos auf die Basis. Nachts startete er Bodenoffensiven. Ständig überfiel er die Reserveeinheiten, die sich auf den verschlungenen Wegen emporarbeiteten. Dreizehn Panzer und gepanzerte Militärfahrzeuge und zwei Bulldozer lagen in ihre Einzelteile zerlegt kreuz und quer auf der Straße, Beweise für den feindlichen Erfolg.

Die Versorgungsflugzeuge trotzten der Luftabwehr heldenhaft und warfen Essen, Munition und Wasser mit Fallschirmen ab, um dann mit anzusehen, wie doch alles in den Händen des Feindes landete.

So sah es an diesem Wochenende auf der Firebase Bastogne aus. Die Schlacht um Bastogne wurde geführt, als wäre die amerikanische Armee mit all ihrer technologischen Expertise neu in Vietnam.

Bastogne liegt 19 Kilometer südwestlich von Huế. Die Basis wurde den südvietnamesischen Truppen im letzten Jahr von der 101st Airborne Division überlassen, die sie aufgebaut und nach ihrer berühmtesten Schlacht im Zweiten Weltkrieg benannt hatte. Dutzende ähnlicher Stützpunkte, auf Anhöhen über ganz Vietnam verteilt, wurden infolge der Vietnamisierung und des Rückzugs der Amerikaner abgegeben. Während der Oster-Offensive sind sie nun harten Angriffen ausgesetzt. Was in Bastogne geschehen ist, könnte bald auch den anderen Außenposten blühen.

«Das ist der Fehler an der ganzen Idee mit den Stützpunkten», sagte Capt. Michael Woods, der mit dem Hubschrauber über die belagerte Basis geflogen war. «Die Amerikaner haben sie errichtet, weil sie über genügend Helikopter verfügten, um Lieferungen und Truppen einzufliegen. Die Vietnamesen aber haben nicht ausreichend viele

Helikopter. Dadurch werden die Stützpunkte zu Fallen und führen die Truppen in eine sichere Katastrophe», befand er.

Ihre Abhängigkeit von der Infrastruktur trug erheblich dazu bei, dass die ARVN im Krieg gegen die Nordvietnamesen unterlag.

Vor acht Tagen wurde der Griff der Kommunisten um Bastogne noch enger, als die Route 547, die an der Basis vorbeiführt, in östlicher Richtung blockiert wurde. Das südvietnamesische Oberkommando fürchtete, dass die Nordvietnamesen Bastogne einnehmen wollten, um mit Hilfe der Route 547 die Voraussetzungen für einen Panzervorstoß gegen die alte Kaiserstadt Huế zu schaffen.

Die Vietnamesen verfügen hier oben noch über eine Handvoll Helikopter, doch sobald sich einer davon dem Stützpunkt näherte, wurde er beschossen, weshalb sie ihre Flüge in dieser Gegend einstellten.

Unter den etwa 600 Soldaten von Bastogne mehrten sich die Toten und Verletzten. Der Vorrat an Essen, Wasser und Munition ging zur Neige. Im Laufe des Wochenendes wurde versucht, Versorgungspakete abzuwerfen, große Transportflugzeuge flogen in das neblige Tal, wo sie ihre Fallschirme hinabgleiten ließen – Szenen, die zwangsläufig an die Schlacht um Dien Bien Phu erinnerten, die die Franzosen zwang, Indochina aufzugeben. Am Sonntag erreichten jedoch endlich einige der Versorgungslieferungen ihr Ziel.

«Und die sind weiß Gott dringend nötig», sagte Lt. Frank Walker, der Bastogne einige Tage zuvor mit einem Aufklärungsflugzeug überflogen hatte.

Die Amerikaner waren in ähnlicher Bedrängnis niemals über einen so langen Zeitraum alleingelassen worden. Die USA hatten genug Kampfkraft gehabt, um sich einen Weg bis zu den entlegensten Stützpunkten zu bahnen, und waren bereit gewesen, alle Kräfte zu mobilisieren, um derartige Situationen in den Griff zu bekommen.

Die Vietnamesen haben schlichtweg nicht dieselben Ressourcen.

All das stellt, im Vergleich zum ersten Indochinakrieg, einen Rückschritt dar. Die Amerikaner brachten den taktischen Helikoptereinsatz nach Vietnam, der ihnen die Flexibilität ermöglichte, überall hinzugelangen. Jetzt sind sie abgezogen und haben alles mitgenommen.

8. August 1972

Es hätte ein ganzes Leben sein können. Ein gutes Leben, trotz allem. Wenn man nicht die ganze Zeit nach mehr verlangen würde; immer diese teuflische Gier, das Maul ständig geifernd vor Hoffnung, unaufhörlich triefender Speichel.

Herbst 1972

Fünf Tage die Woche: Sie sind sechs Mann, und es gibt immer genug zu tun, neue Straßen und Highways in Fairfax und Marin, die ihre allererste Asphaltschicht bekommen, ältere Fahrbahnen, bei denen Schlaglöcher, Spurrinnen, Netzrisse oder gewöhnliche Abnutzungen im Straßenbelag ausgebessert werden müssen, es ist Februar, minus zwölf Grad; sie merken es kaum. In der Nähe des Asphaltfertigers hat man ohnehin das Gefühl, die Haut würde glühen, wetterunabhängig. Er weiß nichts über Straßenbeläge, er kann Klavier spielen, er kann Jazz spielen, und er kann eine 155-mm-Haubitze bedienen, aber über die Kunst des Asphaltierens weiß er nichts, und so fällt ihm die Aufgabe zu, den überschüssigen Teer, der sich an der Bordsteinkante sammelt, mit der Harke auf dem neuen Belag zu verteilen oder mit der handbetriebenen Walze darüberzurollen, ehe die Straßenwalze den Rest übernimmt; bei jedem Schritt dringt die Wärme durch seine Schuhsohlen, zu Hause läuft er immer barfuß, die Füße brauchen Luft. Aber die Arbeit gefällt ihm, sie ist schwer und inhaltsleer, er braucht nicht nachzudenken, muss nur die Anweisungen befolgen und auf die Straße achten, der Rest geschieht von allein, und dann der Geruch, der Geruch von frischem Asphalt, dieser kräftige Teergeruch; er kann nicht genug davon bekommen. Und das wird sich nie ändern, jedes Mal, wenn er an eine frischasphaltierte Straße kommt oder beim Autofahren diese Stille im Wageninneren spürt, die für einen gleichmäßigen, gut verlegten und richtig geebneten Asphalt spricht, möchte er sofort das Fenster herunterkurbeln und tief einatmen, möchte herausfinden, welcher Typ von Asphalt ausgerollt wurde und woraus er besteht.

Von seinem ersten Lohn kauft er sich einen Anzug. Anschließend geht er aus, drei Abende in der Woche, manchmal auch vier; zusammen mit seinen Kollegen, er ist der Einzige im *The Silver Peso*, der einen Anzug trägt. Sie machen Witze über ihn, es sieht lächerlich aus, wenn er die Krawatte über die Schulter wirft, bevor er sich über den Billardtisch beugt, sollen sie doch lachen, ihn kümmert es nicht. «Ich habe etwas zu feiern», sagt er. «Was denn?», fragen sie. «Spielt keine Rolle», antwortet er. Nachts, wenn er zurück in seine Wohnung kommt, kann er nicht schlafen. Er will wieder raus, würde nichts lieber tun, als sich gleich wieder anzuziehen, dieselben Sachen, aufs Neue auszugehen, noch mehr Leute zu treffen, zu lachen, er will lachen, bis ihm das Gesicht wegfliegt, aber die Bürgersteige sind längst hochgeklappt, und er muss brav bis zum nächsten Tag warten. Deshalb sitzt oder liegt er auf dem Bett, bei laufendem Radio, und auch das heitert ihn auf, er mag die Ansagen zwischen den Songs, die Stimmen klingen alle so optimistisch, als würden sich ein paar alte Freunde über den Äther unterhalten. Der Moderator nimmt Anrufe von Hörern entgegen, plaudert ein paar Minuten mit ihnen, und am Ende dürfen sie sich ein Lied wünschen; meistens hat der Plattenplauderer aber nicht das richtige Stück im Archiv oder keine Lust, es herauszusuchen, dann entschuldigt er sich und spielt stattdessen etwas anderes. *Ich bin mir sicher, dass Ihnen das hier auch gefallen wird*, sagt er, senkt die Nadel auf die Single, die im ganzen Land ein Knistern verbreitet, und fügt hinzu: *An alle von euch, die jetzt gerade mit dem Lastwagen durch die Nacht und durch unser wunderbares Land fahren: Wir denken an euch und wünschen euch eine gute Hin- oder Rückfahrt. Hier sind* Ten Years After, *mit, ja, ihr habt es erraten*, ‹I'm Goin' Home›, *hier auf KWTY107,7*.

Morgens, nach diesen langen Zechtouren, sitzt sein Kopf gerade noch so auf dem Hals. Er muss ihn abstützen, bis er seine Arbeitskleidung angezogen und die Tür hinter sich geschlossen hat. Zwölf-Stunden-Schichten, und die Tage scheinen endlos. Bis zum späten Nachmittag kann er nichts als Wasser zu sich nehmen. Und wenn er zu große Schlucke trinkt, kommt selbst das wieder hoch. Er erbricht Galle und Wasser am Straßenrand oder mitten auf der Straße und lässt den Asphaltfertiger darüber hinwegrollen, bevor irgendjemand etwas mitbekommt und protestieren kann. Sein Erbrochenes wird im kalifornischen Straßenbelag eingekapselt und konserviert, von da aus wird es langsam ins Grundwasser sickern oder an Ort und Stelle bleiben, bis sich eines Tages, in vielen hundert oder tausend Jahren, verdutzte Archäologen-Gesichter darüberbeugen und sich fragen, was hier eigentlich vorgefallen ist. «Wir können nur mutmaßen», werden sie sagen. «Dem Betreffenden ging es aller Wahrscheinlichkeit nach nicht gut.» Aber dem Betreffenden geht es gut, und er ist zu dem Gedanken in der Lage, dass auch dieser Tag ein Ende hat und alles nur besser werden kann. Irgendwann geht ihnen das Bindemittel oder der Splitt aus oder was auch immer sie gerade brauchen, und dann werden sie Feierabend machen und ihrer Wege gehen. Er wird sich auf den Heimweg machen und unterwegs merken, dass er sich bereits besser fühlt und der Appetit allmählich zurückkommt, er wird sich etwas zu essen kaufen, und noch bevor er seine Wohnungstür aufgeschlossen hat, wird er wieder fit sein und bereit, aufs Neue loszuziehen, mit seinen Kollegen oder allein, falls ihnen nicht schon wieder nach trinken ist.

Herbst 1972

Die ganze Zeit rechnet er damit, dass er sich verlieben wird, darauf wartet er eigentlich fast von Anfang an, seit er nach Kalifornien gekommen ist. Oder: Er hat sich schon längst verliebt, aber in niemand Bestimmtes, es ist nur ein Gefühl, eine überwältigende Energie, eine in ihm ruhende Verliebtheit, die noch keine Auserwählte und Besitzerin gefunden hat, sie liegt dort, bereit, jederzeit auszubrechen. Gespannt läuft er herum und wartet darauf, jeden Moment ein Mädchen kennenzulernen, hier in Fairfax, CA, und seine unbändige Lebenslust auf sie zu richten. Deshalb trägt er abends immer Anzug, er will einen guten ersten Eindruck machen.

Aber in keiner der Bars, die er besucht, taucht sie auf, sie, der er seine Verliebtheit wie einen Kranz um den Hals legen möchte. Wer auch immer sie ist. Allmählich denkt er, es muss an ihrer Mutter liegen, bestimmt wohnt seine Zukünftige noch bei ihrer Mutter, vielleicht auch bei beiden Eltern, die sie davor warnen, allein oder mit ihren Freundinnen in eine Bar zu gehen. Er kann die Eltern verstehen, er stellt sich vor, dass sie eine fürsorgliche Mutter hat. Deshalb beschließt er schon früh, falls nötig auch ihre Mutter unter seine Fittiche zu nehmen, er möchte der anständigste Mensch sein, den sie je getroffen hat. Aber es hilft nichts. Er erscheint frisch geduscht und rasiert in seinem Anzug in der Bar; er zeigt sich von seiner besten Seite. Und sie ist nicht da.

Und dann ist sie eines Tages plötzlich doch da. Er ist nicht darauf vorbereitet; das ist man nie. Am Vorabend war er mit seinen Kollegen einen trinken, er ist erledigt und gereizt, das Denken tut weh, und er will nur noch nach Hause, ins Bett; da taucht sie endlich auf. Er steht in seinem schmutzigen Arbeitshemd, seiner schmutzigen Arbeitshose und den fleckigen Schuhen an der Straße und glättet den Asphalt, verteilt ihn gleichmäßig, bevor Brian mit der Walze darüberfährt, als sie hupt. Er blickt auf. Sie sitzt ungeduldig hinter dem Steuer eines hellblauen Wagens am anderen Ende der Straße und kommt nicht vorbei. Er weiß nicht, was er machen soll, und zuckt mit den Schultern. «Tut mir leid, aber wir arbeiten hier, Sie müssen außenrum fahren», versucht er der Frau durch Gesten mitzuteilen, aber sie will ihn wohl nicht verstehen, sondern hupt erneut, mehrmals hintereinander, und dann lässt sie den Motor aufheulen. Seine Kollegen sehen ihn an, sie wollen, dass er zu ihr geht und mit ihr spricht. «Hallo», sagt er und lüftet seinen Schutzhelm zum Gruß. «Sie müssen leider außenrum fahren», sagt er so bedauernd wie höflich. «Ich hab's eilig», erwidert sie, ohne die Hände vom Lenkrad zu nehmen. «Wir auch», sagt er. «Wissen Sie was, das ist mir egal.» «Um ehrlich zu sein, uns auch», erwidert er, doch sie findet das nicht witzig. Stattdessen hupt sie noch einmal, obwohl er direkt neben ihr steht. «Ich weiß, dass Sie da sind, Sie brauchen nicht zu hupen», sagt er. «Und wie lange soll ich hier Ihrer Meinung nach noch warten?» «Ein paar Stunden wird es wohl dauern», antwortet er wahrheitsgemäß und betrachtet seine Kollegen, die sich nicht gerade beeilen. «Weiter oben steht ein Schild», fügt er hinzu. «*Wegen Straßenarbeiten vorübergehend gesperrt.* Haben Sie es nicht gesehen?» «Danke für den Hinweis, ich habe es durchaus bemerkt», keift sie ihn an. «Gestern war es aber noch nicht da.» «Wir auch nicht.» Sie weigert sich, auf ihn zu hören, und macht kurzen Prozess. «Okay. Das ist ja wohl das Letzte. Es gibt keinen anderen Weg, ich kann nicht außenrum fahren, wissen Sie das denn nicht? Sie sind nicht von hier, oder?» «Nein.» «Das dachte ich mir. Außerdem haben Sie eine Fahne.» «Tut mir leid. Wo wollen Sie denn hin?» Sie streckt die Hand durch das offene Fenster und deutet geradeaus. «Meine Mutter wohnt dreihundert Meter weiter die Straße runter. Ich will sie besuchen. Wollen Sie sonst noch was wissen?» Da wird er unsicher. Er kann sehen, dass seine Kollegen inzwischen eine Pause eingelegt haben, sie sitzen auf dem Bürgersteig, trinken Wasser und rauchen. «Wie heißen Sie?», fragt er. «Das geht Sie gar nichts an», faucht sie. «Was soll ich denn jetzt machen? Soll ich wieder nach Hause fahren, wollen Sie das? Oder soll ich mein Auto hier stehen lassen und das Beste hoffen?» Sie drückt erneut auf die Hupe, lässt gar nicht mehr los, nicht ehe er seinen Arm durch das Fenster streckt und ihr Handgelenk festhält. «Also gut», sagt er schließlich, «ich werde Ihr Auto für Sie rüberfahren.» «Sie? Warum wollen Sie mein Auto fahren? Dann kann ich es genauso gut selbst!» «Weil es eine besondere Fahrweise erfordert», antwortet er, obwohl das nicht stimmt, es gibt nur eine Möglichkeit, wie man frischen, noch dampfenden Asphalt überqueren kann: so schnell wie möglich. «Also, was sagen Sie?» Sie sagt nichts, öffnet lediglich die Wagentür und geht auf die andere Seite, zum Beifahrersitz. Er nimmt hinter dem Steuer Platz und verstellt den Sitz, und dann verliebt er sich. Sie sitzt neben ihm, er kann ihre Schultern sehen, ihren Hals, doch es sind ihre Hände, die ihm diese Gewissheit geben. Sie liegen ganz ruhig in ihrem Schoß; er muss sich darum kümmern, dass sie zu ihrer Mutter kommt.

Noch Jahre später kann man zwei leichte Spuren im Asphalt sehen, manchmal fährt er dorthin, nur um sie zu betrachten, er geht auf dem Bürgersteig an ihnen entlang und folgt ihnen bis ans Ende der Straße, die ganze Strecke, die er mit ihr gefahren ist, ihre erste gemeinsame Fahrt, mit durchgedrücktem Gaspedal und einem Stoßgebet, dass alles gutgehen möge. Genauso lange kann er auch den Lärm in seinem Kopf heraufbeschwören, das Geräusch des aufheulenden Motors, die Umdrehungen, die in die Höhe jagen, und ihr Quietschen, als die Bäume und Häuser auf beiden Seiten an ihnen vorbeirauschen.

Er hat sie auf die andere Seite gebracht, er will nicht zurück zur Arbeit, will nicht zurück zu den anderen, will es hinauszögern, so lange es geht. Er untersucht ihre Reifen auf Schäden, geht in die Hocke und entfernt Stückchen angetrockneten Asphalts von ihrer Stoßstange. «Könnten Sie sich vorstellen, mit mir auszugehen?», fragt er sie dann, ohne Scheu, ohne Scham, ohne für eine Sekunde seine Chancen abzuwägen.

Sie heißt Martha. Vor ihr hatte er nur eine Freundin, aber er erlügt ein paar weitere, um ihnen beiden die Unsicherheit zu nehmen. Es ist das Jahr 1972, und in diesem Jahr schwirren ohnehin schon etliche Lügen in der Luft herum, Watergate und siebenhundert B-52-Angriffe auf Nordvietnam, die Erde bebt unter der Druckwelle, und es heißt, man könne die Einschläge vom Weltall aus sehen, er denkt, dass es auf eine Unwahrheit mehr oder weniger gar nicht ankommt. Sie lügt ebenfalls. Es ist nicht ihre Mutter, die in der Nähe wohnt, sondern ihr Freund, und es ist auch sein Auto. Owen hat vergessen, wie er heißt, und er hat auch keine Ahnung, was aus ihm geworden ist, sie gesteht es ihm schon, als sie das erste Mal miteinander ausgehen. «Ich wollte nicht, dass du denkst, ich wäre leicht zu haben», sagt sie.

Zwei Wochen später zieht sie bei ihm ein. Er hat keine Zeit zu verlieren.

1973–1974

All der Sex. So ungewohnt. Und erfrischend. Er ist sich sicher, dass er sich daran gewöhnen könnte.

1975

Sie wohnen zusammen. Nach der Arbeit freute er sich jeden Abend darauf, zu ihr nach Hause zu kommen. Er verlässt die Hauptstraße und geht den Hang hinauf, die kurvige, schmale Straße mit den hinter Bäumen versteckten Häusern, und ihm wird ganz schwindelig vom Duft der Natur; Monterey-Zypressen und Ahorn, Kiefern, Rot-Erlen und Weiden, er geht unter den Baumkronen von Douglasien entlang und im Schatten des ein oder anderen Mammutbaums, er passiert Strauchkirschen und Gärten voller Blumen. Hinter grün gestrichenen, niedrigen Holzzäunen sieht er Arboristen, die Gewächse beschneiden, und ihre Motorsägen kreischen hallend durch das Tal. Er geht zu dem braun gestrichenen, verwitterten kleinen Haus in der 60 Frustuck Avenue, achtunddreißig Treppenstufen hinauf und zur Tür hinein, wo er die Schuhe abstreift und sie ordentlich neben die ihren stellt.

Die Tage sind angenehm gleich: Montage, Dienstage, Mittwoche, Donnerstage, Freitage, Samstage, und an Sonntagen sind sie bei ihren Eltern in Mill Valley zum Essen, und die Mutter wacht in der karierten Schürze über den Töpfen in der Küche und der Vater steht am großen Fenster und beobachtet die nächsten neureichen Städter, die mit Umzugswagen ankommen und ihre Briefkästen vor neugebauten Villen aufstellen, die er sich selbst nie wird leisten können. Werktage und Wochenenden ohne besondere Vorkommnisse, fünf, zwei, fünf, zwei, ein Rhythmus, zu dem es sich leicht tanzen lässt; Owen ist an den ersten fünf Tagen der Woche um 6:15 Uhr auf den Beinen und stellt die Kaffeemaschine an, geht ins Bad und wäscht sich, säubert sorgfältig sein Gesicht und wechselt die Unterwäsche, zieht die Arbeitskleidung an und geht zurück in die Küche, wo der Kaffee inzwischen fertig ist, nimmt einen Becher und das orangefarbene Transistorradio mit hinaus auf die Veranda, setzt sich unter das Vordach, blickt über das Tal und atmet den Morgentau von Fairfax ein, während die Halb-sieben-Uhr-Nachrichten verkünden, was in der Welt passiert ist, als sie beide noch unter den kalifornischen Bäumen schliefen, und am Ende folgt der Wetterbericht für den Tag. Er trinkt seinen Kaffee, schaltet das Radio aus, geht ins Haus und holt sich, je nach Wettervorhersage, einen zusätzlichen Pullover oder legt eine Kleiderschicht ab. Dann setzt er ihr Müsli an (sie mag es, wenn es drei Minuten in Milch eingeweicht wurde, bevor sie isst), kurz bevor sie die Küche betritt, und während er hört, wie sie die Badezimmertür schließt, mischt er ein paar Erdbeeren oder kleingeschnittene Äpfel unter, dann hat er gerade noch Zeit, einen neuen Kaffee zu holen und sich zusammen mit ihr in die gesegnete Stille des Morgens zu setzen. Er selbst frühstückt nicht; er begnügt sich lieber mit einem Apfel und isst stattdessen einen ausgiebigen Lunch, den er achtzehneinhalb Minuten später zubereitet, im selben Moment, wenn sie aus der Tür geht, zum Auto runter, und in Richtung Brücke und San Francisco fährt, wo sie als Zimmermädchen im Fairmont Hotel arbeitet. Er schaltet das Radio wieder an und lässt es laufen, bis auch er einundzwanzig Minuten später das Haus verlässt und zur Bolinas Road hinabschlendert, wo Desmond ihn jeden Tag auf die Minute genau zur selben Uhrzeit abholt.

Die Nachmittage, das gemeinsame Essen; er ist für das Braten zuständig, während sie die Töpfe beaufsichtigt, sie kochen zusammen, jede Woche der gleiche Speiseplan, sechs Gerichte, die nur alle halbe Jahre ausgetauscht werden, und die Sonntagsessen bei ihren Eltern, die den Lauf der Zeit markieren. So gefällt es ihnen, ihnen gefällt, dass sie keine Zeit für die Entscheidung aufwenden müssen, was sie essen werden, dass die Tage, die Nachmittage, nicht damit vergeudet werden; er kann auf dem Weg von der Arbeit nach Hause einkaufen, die Tüten aus dem Zentrum und die Hügel hinauf zur Frustuck Ave. tragen, er kann schon mit dem Kochen anfangen, wenn er hört, wie sie am Fuß der Treppe parkt, kann den Herd anstellen, sobald sich ihre Schritte nähern. Er kann das Gemüse schneiden, während sie ihre Jacke aufhängt und er sich erkundigt, wie ihr Tag gewesen ist, auf diese Weise bleibt ihnen viel Zeit, die Tage verpuffen nicht mit alltäglichen Entscheidungen und frustrierten Diskussionen auf leeren Magen; sie essen und reden, hören Radio und freuen sich, einander zu sehen, er steht auf, um ihr noch etwas Wasser einzuschenken oder eine Flasche Wein zu öffnen, während er etwas von den Straßen erzählt, auf denen er heute gearbeitet hat, er liebt sie, wie sie dort sitzt und Portionen von einer Größe verspeist, wie man es ihr nie zutrauen würde, diesem zierlichen Wesen, der Streichholzfrau. Doch er weiß, wie hart sie arbeitet, dass sie sich im Laufe des Tages kaum für eine Minute hinsetzen und ausruhen kann, es sind so viele Zimmer, die sie putzen muss, so viele Betten, die sie beziehen, Flächen, die sie wischen, Teppiche, die sie saugen, Handtücher, die sie wechseln, und Mülleimer, die sie leeren muss, man sollte nicht glauben, in welchem Zustand Geschäftsleute in tadellosen Anzügen ihre Hotelzimmer hinterlassen, dreckig und fleckig, viele besitzen keinerlei Anstand; sie schließt die Zimmertüren auf und schaut hinter die Fassade, und die Wirklichkeit, die dahinter zum Vorschein kommt, würde keiner der Geschäftsmänner, die im selben Moment anderen Zugereisten irgendwo in der Stadt die Hände schütteln, gern offenbaren, im Vorfeld eines so wichtigen Treffens, dass ein Flugticket erster Klasse von Tokio oder London und ein zweitägiger Besuch in San Francisco gar nicht ins Gewicht fallen, es geht um viel Geld, um gute Erfolgsaussichten für alle Beteiligten, um eine lange Zusammenarbeit nach kurzen Verhandlungen, doch würde man den Weg dieser Geschäftsreisenden nachzeichnen, vom entschlossenen Händedruck nach der Unterschrift vorbei an den teuren Hemdsärmeln, den gebürsteten, staubfreien Revers und ordentlich gekämmten Haaren hinab zu den Socken aus ägyptischer Baumwolle, bis man bei den glänzenden italienischen Lederschuhen ankommt, würde man ihre Fußspuren den ganzen Weg bis in ihre Hotelzimmer im Fairmont zurückverfolgen, würde man all das andere finden: wild verstreute Klamotten, als wären die Koffer nach der Ankunft explodiert, gesprengt von einer Horde ungestümer Teenager; Hemden und Krawatten auf dem Boden, nach dem einsamen Überfall auf die Minibar am Vorabend mit Schnapsflecken übersät; Unterwäsche an den merkwürdigsten Orten, mit oder ohne sichtbare Spuren; Pornohefte und eingetrocknetes Sperma auf Stühlen und Sofabezügen; benutzte Kondome und andere Spuren von Seitensprüngen, manchmal sogar von mehreren; Hinterlassenschaften und Polaroid-Schnappschüsse, die niemals einen Platz im Familienalbum finden werden; Kokain, Quaaludes und ein ganzes Medikamentenarsenal, auf dem verschmierten Waschbecken aufgereiht, um unmittelbaren Zugriff auf Mittel gegen Fuß- und Darmpilz, Haarausfall, Emphyseme und Bronchitis zu haben; Diabetesspritzen und gebrauchte Damenbinden neben dem Mülleimer; abgeschnittene Nägel im Aschenbecher und ab und zu auch Spuren von Erbrochenem oder Durchfall, vor Nervosität oder Angst, ein strenger Uringeruch oder sogar sichtbare Zeichen dafür, dass man die Kloschüssel nicht treffen konnte oder wollte. Das soll nicht heißen, dass alle Hotelzimmer gleich aussehen, ganz und gar nicht, die meisten Gäste hinterlassen ihre Zimmer aufgeräumt und ihre Koffer verschlossen, doch die mentale Kartei über die Hässlichkeit des Lebens, die das Reinigungspersonal nach und nach aufbaut, hat inzwischen eine so überwältigende Größe erreicht, dass sie fast unter ihrem eigenen Gewicht zusammenbricht, und man kann sich nur fragen, ob es lediglich der mangelnden Fähigkeit von Geschäftsleuten und Filmstars zuzuschreiben ist, die unsichtbaren Zimmermädchen als echte Menschen mit eigenen hygienischen Präferenzen anzusehen und nicht nur als mysteriöse Wesen, denen man rituell Trinkgeld auf dem Bett hinterlässt, in der Hoffnung, es möge ihnen wenigstens in der anderen Wirklichkeit Glück bringen, jenseits des Hotels – oder ob vielmehr ihr Wunsch dahintersteckt, jemandem ihren wahren Charakter zu offenbaren, der sie ohnehin niemals mit ihrem anderen Ich konfrontieren würde, die verdreckten Hotelzimmer als lebender Beweis für all die aufgestaute Aggression, die sie mit sich herumtragen, die Enttäuschung und Resignation, die Verzweiflung und Selbsterniedrigung, vielleicht wollen sie, dass jemand sie genau so sieht; hin und wieder kommt es sogar vor, dass Briefe oder Zettel auf dem Schreibtisch hinterlassen werden, auf das Hotelbriefpapier geschmierte Sätze, nicht für die Zimmermädchen bestimmt, aber doch bewusst und für jeden sichtbar platziert und von einem Wortlaut, dass man sich genötigt sieht, die Polizei zu rufen. Selten, aber hin und wieder, wird jemand auf einer Bahre hinausgetragen, von einem Laken bedeckt. Es ist eine harte Arbeit, selbst wenn die Gäste ordentlich sind, und deshalb versucht er, ihr die Nachmittage zu erleichtern, er sorgt dafür, dass sie genügend isst, und sie sprechen über all die fabelhaften Gäste, denen sie auch täglich begegnet, auf den Fluren, in den Zimmern, in den Suiten, und die ihre Arbeit zu einer guten Arbeit machen, einer schönen Arbeit, trotz allem: die Familien, die wohlhabenden Touristen und anonymen Geschäftsmänner aus Europa und Asien und die Stars; Peter Sellers, Barbra Streisand, Burt Reynolds, Diane Keaton, Shelley Duvall, Sydney Pollack und Yul Brunner, sie hat sie alle getroffen, Truffaut hat sie vor der 402 nach Feuer gefragt, und Leonard Cohen hat ihr in der 527 Gedichte vorgelesen und ihr ein signiertes Exemplar von *The Energy of Slaves* geschenkt – mit der Widmung: *To Martha, I could have loved you if you weren't already loved, that would have been an easy task. But now I know that you're already loved I must leave with my heaviest boots on. These boots weren't made for walking, but for sticking around. Passionately yours, Leonard.*

Owen fühlt sich wohl mit der Routine, mit den Gewohnheiten, nach dem Essen sehen sie fern oder hören gemeinsam Musik; seine Platten und seine übrigen Sachen befinden sich noch immer am anderen Ende des Landes, in einem Lagerraum in New Jersey, er hat oft gedacht, dass er dorthin fahren und sie holen sollte, und es immer wieder aufgeschoben, hat sich gesagt, er könne es nächstes Jahr machen, im Frühjahr, wenn er hoffentlich genug Geld für eine solche Reise beisammenhaben würde, mit dem Flugzeug quer durch die USA zu fliegen ist teuer, teurer als ihre Jahresmiete, und außerdem quält ihn der Gedanke, weil er nicht weiß, ob er überhaupt wieder nach New York zurückwill, er weiß nicht, was das in ihm auslösen würde; der Gedanke, zurückzugehen, gefällt ihm nicht. Deshalb hören sie meistens ihre Musik, *Fairport Convention* und die *Byrds, Love, Simon & Garfunkel, The Band*; sie mag am liebsten Folkrock, und er vermisst seine Jazzplatten, die wenigen, die er sich ein zweites Mal kaufen konnte, hört er so oft, dass sie inzwischen leise protestiert, wenn er damit angeschlichen kommt, «Bitte», sagt sie dann entwaffnend, «ich weiß nicht, ob ich heute noch mehr Solos mit Applaus ertrage.» Samstags sind sie oft in San Francisco, gehen in die Buchhandlung in der Columbus Street und ziehen durch die Plattenläden, und er sucht hartnäckig nach seinen wichtigsten Alben (und findet sie in der Regel nicht), sie gehen ins Kino oder fahren nach Berkeley oder zu Freunden nach Richmond oder nirgendwohin, manchmal kurven sie auch einfach nur mit heruntergekurbelten Fenstern durch Marin, an der Küste entlang; es kommt vor, dass sie das Auto stehen lassen und in die Natur hinauswandern, in die Muir Woods, weitab der markierten Pfade, zwischen die jahrhundertealten Mammutbäume, bis sie die Stimmen anderer Spaziergänger nicht mehr hören können und er die Orientierung verliert, es ist mitten am Tag und trotzdem dunkel, als sie über den Waldboden gehen, unter dichtem Laub und hohen Bäumen, über halbverfaulte Wurzeln und kleine Bäche, an Hängen entlang und immer tiefer in den Wald hinein, die Umgebung erinnert ihn an Orte, an denen er früher war, und er fühlt sich unwohl; er umklammert ihre Hand und sagt: «Vielleicht sollten wir umkehren», aber sie antwortet nur: «Ich weiß genau, wo wir sind, es ist nicht mehr weit», und sie hat recht, jedes Mal, sie hat immer recht, und kurz bevor er stoppt und sie zurückhält und entschlossen sagt: «Jetzt drehen wir um», liegt der Wald plötzlich hinter ihnen, und er geht über den Kies und kann sehen, dass ihr Auto ganz in der Nähe parkt; sie sind zurückgekommen.

2

30. April 1975

Saigon fällt. Und dann ist es vorbei. Sieben lange Jahre sind seit der Tet-Offensive vergangen, sieben Jahre, seit Walter Cronkite den amerikanischen Fernsehzuschauern erklärt hat, dass der Krieg mittlerweile unmöglich zu gewinnen sei. Doch er dauert nach wie vor an. Friedensabkommen wurden unterzeichnet, die Amerikaner haben das Land längst verlassen, der Nobelpreis wurde an Kissinger vergeben und von Le Duc Tho abgelehnt. Nur der Krieg ist noch da, er liegt in den Händen eines Südvietnams, dem nicht mehr viele Schlupfwinkel bleiben. In wenigen Tagen wird es vorbei sein. Cronkite hält jene CBS-Zuschauer auf dem Laufenden, die des Krieges noch nicht überdrüssig geworden sind und ihre Aufmerksamkeit auf neue Horizonte gerichtet haben. Owen verfolgt die Nachrichten jeden Abend, er kauft alle Zeitungen, die er unten im Laden bekommen kann, und samstags fährt er nach San Francisco und besorgt sich die internationalen Ausgaben, die es in Fairfax nicht gibt. So gut, wie es in einer Kleinstadt am anderen Ende des Pazifiks eben möglich ist, versucht er, sich ein ganzheitliches Bild vom Geschehen zu machen und davon, wie es ausgehen wird. Die nordvietnamesischen Panzer rollen auf den Straßen Saigons ein, es ist der letzte Punkt auf der Agenda der massiven Oster-Offensive 1975, und er ist absehbar. Man hat sie kommen sehen: die Wiedervereinigung. Seit Januar hat die NVA die Kontrolle über das zentrale Hochland erlangt, nichts konnte sie aufhalten, Da Nang ist gefallen, Huế ist gefallen, und eine Million Menschen sind auf der Flucht, in Booten oder zu Fuß; Hunderttausende Zivilisten strömen auf den Hauptstraßen in südlicher Richtung durch das Land, die Montagnards, die den USA gegenüber loyal gewesen sind, begreifen jetzt, dass sie im Stich gelassen wurden, sie bewegen sich auf der westlichen Route nach Kambodscha, nicht ahnend, dass die Roten Khmer bereits Phnom Penh eingenommen und Millionen Einwohner in die Verbannung gezwungen haben, aufs Land, um dort zu arbeiten und zu sterben; über zehn Jahre lang müssen sich die Montagnards nun im Dschungel verbergen, vor Pol Pot im Westen und auch weit genug von Hanoi im Osten entfernt. Die sechstausend Amerikaner, die sich nach wie vor in Vietnam befinden, strömen zu den Evakuierungspunkten; für Vietnamesen sind die Kosten für Pässe und Ausreisevisa um das Sechsfache gestiegen, Piloten der Air Force quetschen Familien, Freunde und Wildfremde, die das nötige Geld haben, in dieselben Flugzeuge, die sie schon in den letzten Jahren geflogen sind, und setzen sich nach Thailand ab, Plätze auf den Booten, die in See stechen, werden ebenfalls mit jeder Minute teurer, man ist gezwungen, Hof und Grund für einen Spottpreis zu verkaufen; die Leute lassen alles zurück, was sie besitzen, und durchqueren die Stadt zu Fuß oder mit dem Fahrrad; sie rennen fort aus einem Land, das sich in Auflösung befindet, oder einem Land, das wiederaufersteht, je nachdem. Sie freuen sich insgeheim oder begreifen erst jetzt das wahre Ausmaß des Grauens, sie rennen zum Gebäudekomplex der amerikanischen Botschaft an der Ecke Thong Nhut Boulevard und Mac-Dinh-Straße, wo sich schon mehrere tausend Menschen versammelt haben. Drinnen, hinter den Toren und Mauern, fällen Marinesoldaten fieberhaft Bäume und reißen Gestrüpp aus, um Platz für die Evakuierungshubschrauber zu schaffen. Sie lassen niemanden rein. Draußen drängen sich verzweifelte Vietnamesen nach vorn, um sich den Marineoffizieren gegenüber zu erkennen zu geben. Es sind Ärzte, ehemalige Vizeministerpräsidenten, Offiziere, sie haben mit den Amerikanern zusammengearbeitet oder eine westliche Ausbildung und gelten als Kritiker des Regimes im Norden, Kissinger hat versprochen, diejenigen herauszuholen, die seit fast zwanzig Jahren ihre Loyalität unter Beweis gestellt haben; sie hebt man aus der Menschenmenge heraus, zieht sie über die Mauer, auf amerikanischen Boden. Im schwarzen, quellenden Rauch des Verbrennungsofens auf dem Dach der Botschaft spitzt sich die Lage weiter zu: Man hat das Ende des Wegs erreicht. Papiere werden verfeuert, Geheimdienstunterlagen und Personalakten, Geld, man verbrennt Geld, mehr als fünf Millionen Dollar gehen in Flammen auf, zusammen mit angesengten Unterlagen regnen halbverkohlte Scheine auf die draußen wartende Menschenmasse herab und werden wieder aufgewirbelt, von den Huey-Helikoptern und größeren Sikorskymaschinen, die im Pendelverkehr zwischen dem Botschaftskomplex und den vor der Küste ankernden Schiffen hin- und herfliegen, von Landeplätzen auf dem Dach und dem Parkplatz werden die Menschen zur wartenden Flotte gebracht, hinaus aus der Stadt, dem Land, dem Krieg, der bald vorbei ist; man will nur noch weg. Am Abend, in der Nacht: Die Amerikaner parken Autos im Halbkreis, die Motoren im Leerlauf, die Scheinwerfer auf die LZs gerichtet, es ist nur eine Frage der Zeit, bis man es nicht mehr verantworten kann, die Evakuierung innerhalb der Mauern durchzuführen, die Sicht ist zu eingeschränkt, das Wetter zu schlecht, die Dunkelheit kompakt, und die Piloten sind erschöpft; sie machen weiter. Alle fünf Minuten landet ein neuer Hubschrauber, und auf der anderen Seite der Welt erteilt Präsident Ford, am Tag, der bei ihm noch nicht zur Nacht geworden ist, Kissinger widerstrebend den Befehl, nach neunzehn weiteren Abflügen einen Schlussstrich zu ziehen, was nach Berechnungen aus Washington die exakt benötigte Zahl ist, um jene 760 Menschen außer Landes zu bringen, die noch immer verzweifelt innerhalb der Botschaftsmauern warten. Doch die Zahlen stimmen nicht. Rund um die Uhr, seit nunmehr zehn chaotischen Tagen, haben riesige Hercules und Starlifter fünfzigtausend Vietnamesen von Saigon nach Huam transportiert, achtzigtausend weitere sind mit Hilfe der Amerikaner auf andere Weise entkommen, und dennoch reicht es nicht. Es ist ein herzloses Inferno. Mehrere hundert Menschen befinden sich noch immer innerhalb der Mauern; sie wird man zurücklassen. Major Kean, der die Verantwortung für den Komplex trägt, sieht sich gezwungen, aufs Dach der Botschaft zu steigen und an Bord eines Helikopters, um der panischen Menschenmenge über die Lautsprecheranlage zu verkünden, was sie nicht hören will: Ab sofort werden ausschließlich amerikanische Militärangehörige ausgeflogen. Kurz darauf begibt er sich hinab ins Erdgeschoss zu den Marinesoldaten, ungefähr im selben Moment, als die Masse das Tor durchbricht und auf das Gebäude zuströmt; und die Amerikaner verriegeln verzweifelt Türen und Fenster und versperren die Aufzüge in der fünften Etage, während die Menschenmenge die Eingangstür eindrückt und Stockwerk um Stockwerk hinaufrennt, hoch zum Dach, durch das immer dichter werdende Tränengas, mit dem man sie beschießt, um sie aufzuhalten, während der Major, die verbliebenen elf Marinesoldaten und ein zögernder Botschafter Martin – als die letzten offiziellen Amerikaner – an Bord des allerletzten Helikopters klettern und Kurs auf die amerikanische Flotte nehmen, jene Flugzeugträger, die schon an die fünfzig Helikopter über Bord kippen mussten, um Platz für die eintreffenden Maschinen zu schaffen; Owen wird Fotos davon in allen Zeitungen sehen, es sind Bilder, die er nie wieder vergisst. Zu diesem Zeitpunkt sind die Panzer aus Nordvietnam bereits durch die Tore des Präsidentenpalastes gerollt und haben die FNL-Flagge auf dem Dach gehisst, Präsident Duong Van Minhs bedingungslose Kapitulation wurde von Oberst Bui Tin mit den Worten angenommen: «Sie haben nichts zu befürchten. Unter den Vietnamesen gibt es keine Sieger und keine Besiegten. Nur die Amerikaner wurden bekämpft. Wenn Sie ein Patriot sind, können Sie dies als einen Moment der Freude ansehen. Der Krieg in unserem Land ist vorbei.»

Und wenn man auf der Brücke eines der Schiffe steht, kann man Zehntausende Vietnamesen sehen, die sich der amerikanischen Flotte in kleinen Booten, Dschunken und Sampans nähern; Schlepper ziehen Leichter voller Menschen zu den Schiffen, die sie gemäß den Weisungen der *Operation New Life* an Bord nehmen; die südvietnamesische Marine versammelt sich mit 30 000 Mann im Meer, mit ihren Familien und anderen Zivilisten an Bord, und am Nachmittag des 2. Mai 1975, als der Krieg vorbei und alle Hoffnung gestorben ist, verlässt die amerikanische Flotte mit fast fünfzigtausend Flüchtlingen an Bord Vietnam und nimmt Kurs auf die Aufnahmezentren auf den Philippinen und Guam. Sie werden nie mehr zurückkehren. Bis auf wenige Ausnahmen werden sie nie mehr zurückkehren. Sie werden sich über die ganzen USA verteilen, und die einzelnen Puzzleteile können nie mehr zusammengefügt werden. Sie werden in den Hafen Apra auf Guam gebracht und in riesigen Zeltlagern empfangen, die erst wenige Stunden zuvor errichten wurden. Zusammen mit den übrigen, auf die Insel ausgeflogenen Menschenmassen sind es insgesamt hundertdreißigtausend Vietnamesen, die keiner der alten Nachbarn aufnehmen will, aus Angst, es wäre für immer. Ein Land nach dem anderen prozessiert gegen die Transitzentren. Die Flüchtlinge sind Vietnamesen mit engen Verbindungen nach Amerika, die im neuen Vietnam in Umschulungslager gesteckt werden würden, es sind Waisen oder unbegleitete Kinder, ehemalige Militäroffiziere, Soldaten und Regierungsmitglieder, Bauern und Fischer, ganze Dorfstämme, gut ausgebildete und wohlhabende Vietnamesen und viele andere, die man nicht evakuieren wollte, die in dem unfassbaren Chaos, das hinter ihnen liegt, trotzdem einen Platz in einem der Flugzeuge und Helikopter oder auf einem Boot ergattert haben.

All diese Details, Namen, Zahlen, Orte und Einheiten, von denen einem ganz schwindelig wird, Martha sagt, sie könne es schon nicht mehr hören, *ich ertrage dieses Chaos nicht mehr, ich habe es satt*, und daraufhin hört er auf, davon zu erzählen, aber er hört nicht auf zu lesen. Er sieht die Bilder in den Zeitungen, im Fernsehen, und zum ersten Mal wird ihm das ganze Ausmaß bewusst, wird ihm wirklich bewusst, was er erlebt hat, woran er beteiligt gewesen ist; wessen er sich schuldig gemacht hat. Und mehr noch, er versteht, worum es damals ging, die Papierlaternen, die am St. Hanshaugen in den Himmel geschickt wurden, vor einem gefühlten Jahrhundert, in einem Land, das er fast vergessen hat; er versteht, wogegen Jan Erik und Per und die anderen gekämpft haben, jetzt versteht er, warum Hunderttausende, Millionen, auf die Straßen gegangen sind, auf der ganzen Welt haben sie demonstriert, vergeblich, wie man jetzt denken könnte; sie wollten ein Land retten, ehe es in Stücke gerissen wurde, aber jetzt ist es zu spät, und es spielt keine Rolle, wer gesiegt hat und wer verloren, es ist ein geteiltes Land, das sich jetzt schütteln und wieder zu einem ganzen werden muss, und diejenigen, die geflüchtet sind, wird man vergessen müssen, so wie auch die Geflüchteten nicht mehr daran denken dürfen, wer sie einmal waren. Hunderttausende haben ihr Leben gelassen, vielleicht eine Million; auch sie wird niemand je wiedersehen. Zwei Millionen Verletzte, mehr oder weniger, welche Rolle spielt die Zahl, wenn der Taschenrechner nicht einmal genug Stellen dafür hat, sechs Millionen Menschen wurden innerhalb des Landes vertrieben, zwangsumgesiedelt, ihre Häuser existieren nicht mehr, man weiß nicht, wo genau sie sind oder was mit ihnen passieren wird. Man weiß nicht mal, ob sie noch leben. In Washington, D. C. unterzeichnet Präsident Ford den «Indochina Migration and Refugee Assistance Act», der hundertdreißigtausend Flüchtlingen aus Südvietnam, Laos und Kambodscha eine Aufenthaltsgenehmigung in den USA, ein Dach über dem Kopf und finanzielle Unterstützung zusichert. Sie werden zu neuen Aufnahmelagern auf Militärstützpunkten in Florida, Kalifornien, Arkansas und Pennsylvania geflogen und landen in einem neuen Land; man weiß nicht, ob es ein Land ist, in das sie sich wünschen. Aber von hier, von diesem Ort aus, gehen sie durch die Straßen, ziehen in neue Häuser; sie lassen sich nieder. Doch sie sind erst der Anfang. Es werden mehr kommen. Viele, viele mehr.

Der Exodus hat nicht einmal begonnen.

3

September 1975

Dienstags und donnerstags verlaufen die Abende neuerdings anders. Sie gehen die Hügel hinab zum The Silver Peso und trinken mit ihren Freunden ein Bier, nach dem Essen, wenn sie das Geschirr gespült und das Haus aufgeräumt haben, sie gehen gemeinsam die Straßen entlang, in der untergehenden Sonne, im Abenddunkel; sie gehen auf dem nassen Asphalt und spüren die frische Luft nach dem letzten Regenguss, von den Blättern fallen große Tropfen herab, landen auf ihren Nacken und verdampfen schon nach wenigen Minuten in der Bar, und sie bestellen immer dasselbe, jeder ein Bier, die anderen sagen, sie seien sich so ähnlich, und machen Scherze darüber, dass sie sich inzwischen auch äußerlich ähneln würden; er hat sein Haar wachsen lassen, was nie geplant gewesen war, er hatte sogar protestiert, als sie ihm das erste Mal vorschlug, er könne seinen vierteljährlichen Friseurbesuch auch ausfallen lassen; jetzt ist sein Haar lang, und die Leute können sie kaum mehr voneinander unterscheiden. Er lacht darüber, es ist nicht ausgeschlossen, dass ihm gefällt, wie gut sie mittlerweile aufeinander eingespielt sind. Zwei Monate später lässt sie sich die Haare schneiden, ganz kurz, eine praktische Frisur; sie bittet ihn vorher weder um Rat noch um Zustimmung. Er weiß nicht so recht, was er sagen soll, als sie zur Tür hereinkommt und so tut, als wäre nichts. Am liebsten würde er sie fragen, ob es damit zusammenhängt, was die Leute sagen, will sie ihm nicht mehr ähnlich sein, ist es das, missfällt es ihr, Teil einer Einheit zu sein? Genau davon hat er geträumt, von diesem Einklang, von einer eigenen Familie, vielleicht auch Kindern, mit der Zeit, er hätte nichts dagegen. Er wird schließlich nicht jünger, ist schon zweiunddreißig und sie siebenundzwanzig, und in letzter Zeit hat er es ihren Eltern angemerkt, ihren Eltern, die für ihn inzwischen fast wie seine eigenen sind, jeden Sonntag freut er sich auf das

Essen bei ihnen, in dem warmen Zuhause mit den luftigen Gardinen und dem penibel gedeckten Tisch, freut sich auf die Art und Weise, wie sie ein ebenso großes Interesse an ihm zeigen wie an der eigenen Tochter, und das schon seit ihrer allerersten Begegnung; in letzter Zeit rutschen sie nach dem Essen ein wenig auf ihren Stühlen hin und her, seit einem halben Jahr machen sie das, vielleicht auch länger. Sie fragen nicht direkt, aber er merkt, dass es immer häufiger in der Luft liegt, dass sie meinen, die Zeit wäre reif und er müsste die Verantwortung übernehmen, müsste sie schwängern, bevor sie zu alt wird, sie wollen nicht, dass sie über dreißig ist, bevor es endlich so weit ist. An seinem Arbeitsplatz ist es das Gleiche, in den Gesprächen mit seinen Kollegen, in den Pausen, die sie machen, während der dampfende Asphalt noch ein paar Minuten ruht, dieses Ungesagte, das sich über alles legt, worüber sie *tatsächlich* reden, all das andere, die plötzlich so unbedeutenden Diskussionen, die nichts anderes sind als Überbrückung, als ein Aufwärmen vor der *eigentlichen* Diskussion. Die nicht kommt. Die anderen haben alle Kinder, manche sogar mehrere, von denen einige bald in die Schule kommen, und natürlich ist es nicht so, dass er nicht mit Martha über Kinder gesprochen hätte, das haben sie sogar mehrmals, anfangs sogar ständig, daran erinnert er sich, aber immer mit einem gewissen scherzhaften Unterton, als wäre es etwas, das noch in weiter Ferne läge, Jahre in der Zukunft, eine Phantasie für eine Zeit, in der sie nicht mehr das Bedürfnis haben würde, sich selbst an die erste Stelle zu setzen. Sie sprach davon, das Gefühl zu haben, die Rolle der Frau in der Gesellschaft würde künftig eine andere, womöglich sogar freiere sein, und sie wolle erst ein wenig spüren, wie es sei, ein freier Mensch zu sein, bevor sie eventuell zur Gebärmaschine werde, und er nickte, er stimmte zu, nichts sprach dagegen, noch ein wenig zu warten, noch ein paar Jahre als Duo zu verbringen, bevor man ein Trio, ein Quartett oder sogar eine Big Band gründen würde. «Ich habe es nicht eilig», sagte er immer. «Weißt du, ich bin mir gar nicht sicher, ob ich Kinder haben will», erwiderte sie, «überhaupt nicht sicher. Aber ich schließe es auch nicht aus. Wir werden sehen, was passiert.» Sie haben gesehen, was passiert; nichts passiert, und jetzt ist sie mit einer neuen Frisur nach Hause gekommen, und sie ähneln einander nicht mehr. Ihm fällt auf, dass sie sich auch eine neue Jacke gekauft hat und eine neue Hose. Und Schuhe. «Toll siehst du aus», sagt er am Ende, etwas anderes fällt ihm nicht ein. «Wäre es okay, wenn ich jetzt duschen gehe und du in der Zwischenzeit das Essen machst?», fragt sie.

21. Oktober 1975

In der Nacht zieht ein Sturm auf, das ganze Haus bebt, umgestürzte Bäume haben sie von der Stromversorgung abgeschnitten. *Dies*, denkt er, dies ist das Erbe Vietnams, nicht die Albträume vom Vietcong, der ins Lager kriecht, um ihm die Kehle durchzuschneiden, sondern die Furcht vor den Vergeltungsschlägen der Natur, er ist nicht der Einzige, der denkt, dass es seinen Preis hat, die Natur in Grund und Boden zu bomben, dass jeder Tiger, der umgebracht wird, einen Verwandten hat, der später zurückkehren könnte, und dass einen jeder Baum, der dem Erdboden gleichgemacht wird, eines Tages teuer zu stehen kommt, es gibt viele wie ihn, und nicht der Tod, von dem sie umgeben waren, hält sie nachts wach, sondern die Angst, dass die Natur sie jeden Moment einholen könnte, sie fürchten jeden Sturm und jeden Donnerschlag, sie fürchten die Tornadosaison und die trügerischen, warmen Sommertage, an denen die Sonne so schön durch die Bäume fällt und der Himmel so wolkenfrei ist, dass mit Sicherheit etwas Grauenhaftes bevorsteht, ängstlich verfolgen sie den jährlichen Anstieg des Meeresspiegels und die Landhebung und hüten sich davor, einer Fliege oder Wespe etwas zuleide zu tun oder den Katzen, die in der Einfahrt maunzen, sie versuchen, keine Unruhe zu stiften in dem, was von der Welt übrig ist. Sie wünschten, sie wären unsichtbar.

24. November 1975

Mill Valley. Sonntag. Noch ein Sonntag, noch ein Essen. Ihre Mutter trägt ein hellblaues Kostüm, das seine Mutter verächtlich als stinkvornehm bezeichnet, aber insgeheim bewundert hätte; sie erinnert an eine Stewardess von Pan Am, und es beunruhigt ihn, dass sie sich so herausgeputzt hat, das tut sie normalerweise nicht, wenn Martha und er zu Besuch kommen. Er denkt, dass sie etwas von ihrer Wärme verloren hat. Er war schon hundert Mal hier, kann sich aber nicht daran erinnern, sie an einem ganz gewöhnlichen Sonntag je in einem solchen Aufzug gesehen zu haben. «Du magst doch Hummer», sagt sie eher feststellend als fragend, während sie ihn zu seinem festen Platz am Esstisch begleitet, um anschließend in die Küche zu verschwinden. Marthas Vater sinkt auf den Stuhl neben ihm, er trägt einen Anzug, auch das ist ungewöhnlich, es erzeugt eine unbehagliche Distanz zwischen ihnen, zwischen Owen und der Familie, etwas von ihrer Nahbarkeit geht verloren, sie kleiden sich von ihm fort, beschwören die förmliche Atmosphäre ihrer allerersten Begegnung wieder herauf; Marthas Vater sitzt nicht an seinem angestammten Platz, eigentlich müsste er auf der anderen Seite des Tisches sitzen, zusammen mit Marthas Mutter, die Eltern an der Fensterseite, Martha und er auf der anderen, mit der Aussicht und der Sonne in den Augen. «Was wollte ich noch mal sagen?», sagt der Vater und dreht sich zu ihm. «Man sollte irgendeinen Tag in der Woche haben, dem man mit besonderem Respekt begegnet, meinst du nicht auch? Es geht mir nicht in erster Linie um den religiösen Aspekt, sondern darum – und da kannst du mir gern widersprechen –, dass es wichtig ist, einen Tag in der Woche zu haben, an dem wir alle voreinander gleich sind, an dem wir uns ordentlich kleiden, um unseren Nächsten unseren Dank zu erweisen. Denn ohneeinander sind wir nichts. Verstehst du? Man darf die Menschen nie als selbstverständlich betrachten, das will ich eigentlich sagen. Und dasselbe gilt für die Tage, die wir haben.» Owen weiß nicht, was der Vater ihm sagen will, er weiß nur, dass er sich mit einem Mal unwohl fühlt, er trägt dieselben Sachen wie immer,

Alltagssachen, früher war das nie ein Problem, auch Martha hatte sich nie schick gemacht. Jetzt trägt sie ihre neue Hose und eine neue Bluse, die sie ihm am Vortag gezeigt hat. Er muss etwas sagen, er sagt: «Das hast du schön gesagt.» «Ja», sagt der Vater und seufzt leise, «ein Tag wird unser letzter sein.»

Sie essen Hummer. Owen fragt: «Kann ich bitte noch eine Serviette haben, meine ist schon ein wenig durchgeweicht?» Diskret sieht er sich am Tisch um und bemerkt, dass er nicht der Einzige ist, die ganze Familie hat zu kämpfen, sie mühen sich mit den totgekochten Biestern ab, und er begreift nicht, warum sie dieses Gericht gewählt haben, so etwas servieren sie sonst nie, keiner von ihnen hat schon mal Hummer gehabt. Einen Braten hätten sie problemlos bewältigt, sie hätten ihn bitten können, die Kartoffeln weiterzugeben, und er hätte *selbstverständlich* geantwortet, während er die Schale routiniert in die richtige Richtung gereicht und sich anschließend Gemüse aufgetan hätte. Aber dies ist eine Mahlzeit für Pathologen, etwas, womit man sich bei der Weihnachtsfeier im Obduktionskeller vergnügt, bevor man den Kuchen auftischt, der im Kühlraum steht. Die Blicke flackern nervös im sonntäglichen Esszimmer umher, während Owen ängstlich die vor ihm liegenden Hummerscheren packt und sie vom Körper wegdreht, bis er sie abbrechen und mit der Zange die Schale knacken kann, um mit dem kleinen Spachtel das Fleisch herauszuschaben. Anschließend kann man die Beine in Angriff nehmen, derer es viele gibt, kann sie aus den Gelenken lösen und in den einzelnen Gliedern herumstochern, bis sich das Fleisch löst und man es heraussaugen kann, ehe man das Tier auf den Rücken dreht, in zwei Hälften bricht, den Rumpf öffnet und den Inhalt des Schwanzes mit einer einzigen, behutsamen und doch entschlossenen Bewegung herausbefördert, wobei das Wasser und die inneren Organe herausspritzen, und am Ende das Finale, die Hauptmahlzeit, die aus dem eigentlichen Leib herausgezogen wird, das weiße Fleisch, das man vom Gehirn und den anderen mehr oder minder intakten Organen trennen muss, bis man endlich so weit ist, bereit, all die Reste von Schalen und Fühlern und Schwänzen und Gliedmaßen in die Schüssel in der

Tischmitte zu werfen, sich in der kleinen Schale mit lauwarmem Zitronenwasser von seinen Sünden reinzuwaschen und damit anzufangen, sich diesen toten Teufelskerl des Meeres einzuverleiben, der nun zu seinem Recht kommt, aufgebahrt auf Salat, gesalbt in Zitronensaft.

25. Dezember 1975

Ein überraschend warmes Weihnachtsfest. Sie sind enttäuscht von den Geschenken, die sie einander überreichen; sie gehen früh ins Bett. Nachts schlafen sie bei offenen Fenstern und verschlossenen Herzen.

Januar 1976

Man geht zur Arbeit, erledigt seinen Job, kommt nach Hause; man liebt einander genug, dass es noch einen Tag weitergeht. Es gibt Dinge, über die man lieber nicht spricht.

März 1976

Das ist es nicht, was er will. Er will, dass sie ihn sieht. Vielleicht hat sie ihn auch zu oft gesehen, er weiß es nicht genau. Er will einen neuen Alltag. Eine endlose Reihe Dienstage. Sie ist zwei Wochenenden im März weg, besucht Freundinnen in San Francisco, er kauft unten im Zentrum ein, geht allein die Hügel hinauf und wartet so lange wie möglich damit, etwas zu kochen; er geht früh ins Bett und weiß, dass sie noch wach ist.

12. Mai 1976

Er schläft schlecht. Er träumt viel. Er erzählt ihr nie von seinen Träumen. Keiner seiner Träume handelt vom Krieg.

22. Mai 1976

Als sie endlich über den Mann spricht, den sie kennengelernt hat, überrascht ihn das im Grunde nicht. Er verspürt vor allem Erleichterung. *So. Jetzt ist es raus.* Jetzt gibt es nichts mehr, wovor er sich fürchten muss. Jetzt, da die Katastrophe eingetroffen ist, hat er nur noch sich selbst zu fürchten.

Sie sagt nicht, dass sie mit dem anderen geschlafen hat, sagt nicht, dass sie sich verliebt hat, wiederholt nur, dass sie ihn *kennengelernt* hat, mit ihm *Kaffee getrunken* hat, wer auch immer er ist, und so überlässt sie es ihm, sich das Schlimmste auszumalen; was passiert sein kann, nachdem der Kaffee ausgetrunken war. Er sieht die Tassen vor sich, aus denen sie getrunken, die Stühle, auf denen sie gesessen haben, das Lächeln der Kellnerin, die sie bedient hat, die Tischdecke. Sie will auch nicht verraten, wie er heißt. «Das tut nichts zur Sache», sagt sie und erklärt, es sei vielleicht besser, wenn einer von ihnen ausziehe. Das Wort *vielleicht* hat in diesem Zusammenhang keine Bedeutung, keine Funktion, es ist nur da, um es ihm leichter zu machen, denkt er. Um es ihnen beiden leichter zu machen. Doch es macht nichts leichter. «So habe ich mir das doch auch nicht vorgestellt», sagt sie, «ich kann eben nicht kontrollieren, was ich fühle.» «Aber du kannst kontrollieren, was du machst», hätte er am liebsten erwidert. Stattdessen fragt er: «Hast du mit ihm geschlafen?» «Nein», sagt sie schließlich zögernd, nach einer langen und bedeutungsvollen Pause. Er stellt ihr alle Fragen, auf die er gar keine Antwort hören will, und sie beantwortet jede einzelne. Sie sagt, wie er heißt. Sie sagt, dass sie mit ihm geschlafen hat. Sie weinen, er weiß nicht, ob aus demselben Grund.

Später, als er duscht, merkt er, wie sich sein Körper im Wasser auflöst, die Haut wird rot, schält sich in großen Fetzen, und er sieht die Adern deutlich hervortreten. Er stellt das Wasser so heiß, bis er sich verbrüht. Dann hört er es reißen, und seine Arme fallen aus den Schultergelenken, sein Fleisch gleitet von den Knochen, das Blut fließt, und als er sich nach seinen Gliedern bückt, die leblos auf dem Boden liegen, rutschen auch seine Beine aus ihrer Fassung und brechen von seinem Unterleib ab, dann folgen sein Geschlecht, sein Oberkörper und schließlich sein Kopf; er sieht, wie sich das Badezimmer für einige Sekunden immer schneller im Kreis dreht, ehe seine Augen im Abfluss verschwinden. Anschließend zieht er sich an und bildet sich ein, dass der Mann, der aus der Dusche kommt, ein ganz anderer ist als der, der sie betreten hat. Er tritt ins Wohnzimmer und setzt sich neben sie und sagt, dass er sie verstehe. «Es wird schon irgendwie gehen», sagt er und meint es nicht so.

Er ist nett, in den Tagen danach ist er netter als je zuvor, er tut sein Bestes, verständnisvoll und entgegenkommend zu sein, weil er hofft, sie damit umstimmen zu können. Es ist eine jämmerliche Strategie. Die Gerichte, die er kocht, sind beeindruckend kompliziert und zeitaufwändig. Die Platten, die er ihr abends laut und scheinbar zufällig vorspielt, sind sorgfältig ausgewählt, er hofft, dass sie auf die Texte achtet; sie tut es nicht.

Er hält durch; er hat Koffer zu packen, Dinge zu regeln, es wird etwas dauern, bevor er sich auf den Weg machen kann. Er nutzt die Tage, so gut es geht, arbeitet im Garten, stutzt und pflanzt um, putzt die Fenster und schlägt Sachen vor, die sie zusammen unternehmen könnten, er will sich als Mann der Tat zeigen, als durchsetzungsfähigen Menschen, der sie beeindruckt; er gibt sich Mühe, zeigt sich von seiner besten Seite, obwohl sie den anderen inzwischen auch nach der Arbeit trifft, an einem Tag der Woche, er betreibt eine aussichtslose Werbekampagne, und er verachtet sich dafür. Am liebsten hätte er gezeigt, dass er nicht aufgibt, sie angeschrien, gebrüllt, er wünschte, er hätte es gewagt, ihr Service an die Wand zu pfeffern und zu rufen, dass das verdammt noch mal nicht in Ordnung sei, und sie solle sich doch das Gehirn wegvögeln, wenn sie in Zukunft nur noch mit ihrem

Unterleib denken wolle. Er wünschte, er könne sie ins Wanken bringen, indem er so tut, als mache es ihm nichts aus oder als sei er sogar froh darüber, sie loszuwerden, ein kurzer Moment des Zweifels, das wäre genug, denn er sieht ja, dass sie sich keinesfalls sicher ist, ob sie das Richtige tut; er wünschte, er wäre dazu in der Lage, könnte sich härter zeigen, männlicher, sich als etwas darstellen, das es wert wäre, aufgehoben zu werden, anstatt sie noch weiter von sich fortzutreiben, indem er sie tröstet, wie er es unaufhörlich tut, das personifizierte Verständnis, indem er bittet und bettelt und sich einschmeichelt wie ein räudiger Köter oder eine scheue Haushälterin, die nur auf ein gutes Empfehlungsschreiben aus ist, mit dem sie sich weiterbewerben kann. Er hätte sagen können, dass es vorbeigeht. Er wünschte, er hätte es übers Herz gebracht, ihr zu sagen, dass es genügend andere Frauen gibt, mit denen er seine Zeit vertreiben kann, und dass sie diejenige ist, die sich blamiert, denn er wird schon klarkommen, er kommt immer klar, sie ist die Verliererin dabei. Aber es stimmt natürlich nicht.

Als sie an einem Wochenende verkündet, sie plane einen *Ausflug* nach San Francisco und werde ein oder zwei Tage fortbleiben, bietet er sogar an, sie zu fahren, obwohl er genau weiß, wen sie treffen wird. Er bildet sich ein, das einzig Wichtige für ihn wäre, dass es ihr gut geht und ihn diese Haltung zu einem guten Menschen macht und das nicht unbemerkt bleiben wird. Er bildet sich ein, es würde sich auf lange Sicht auszahlen, ein guter Mensch zu sein, dass die Welt in irgendeiner Weise gerecht und vernünftig ist.

August 1976

Den ganzen Sommer verbringt er in seiner alten Wohnung in der Mono Avenue, dieselben Zimmer, derselbe Stuhl. Er musste den Vermieter nur anrufen und nach den Schlüsseln fragen, musste nicht mal erklären, warum er zurück ist, warum er nicht mehr oben in der Frustuck Avenue wohnt; die Gerüchte sind ihm vorausgeeilt. Der Norweger ist vor die Tür gesetzt worden.

Er schafft es nicht, seine Koffer auszupacken, hat nicht genug Energie, seine Freunde zu treffen. Ihre gemeinsamen Freunde. Er geht nicht zur Arbeit, er meldet sich krank und sagt, dass er nicht wisse, wann er wiederkäme. Abends schläft er, er schläft bis weit in den Tag hinein. Viel zu viel Schlaf. Nachmittags wartet er darauf, dass es Zeit wird, damit er sich wieder hinlegen kann. Es ist eine Tortur. Die ganze Zeit muss er daran denken; wenn er Glück hat, vergehen ein paar Minuten, bis ihn, genauso heftig wie beim ersten Mal, die Einsicht trifft, was passiert ist, und die damit einhergehenden Vorstellungen, wo sie jetzt ist und was sie ohne ihn tut. Dann kann er unmöglich ruhig bleiben, kann sich unmöglich konzentrieren oder irgendetwas zu Ende bringen, es ist, als würde er langsam seine eigenen Nerven zernagen, es macht ihn kaputt. Er betet laut dafür, dass es vorbeigehen möge, und die Angst in seiner eigenen Stimme, die den Raum erfüllt, beunruhigt ihn nur noch mehr; er will schlafen. Nur wenn er schläft, findet er Ruhe, das ist die beste Zeit; das Schlimmste ist der Moment, in dem er aufwacht und weiß, dass ein neuer Tag vor ihm liegt. Und dann gibt es diese anderen Momente, auf dem Tiefpunkt der Traurigkeit, eine Art verrückte Freude, eine vollkommen unpassende Euphorie, die auf ihn trifft, wenn die Finsternis am schwärzesten ist, und die ihm vorgaukelt, dass alles möglich ist, so schlimm ist das alles gar nicht, er kann einfach gehen, einen anderen Mittelpunkt finden, es gibt haufenweise Leben, die darauf warten, gelebt zu werden, und jetzt hat er wieder die freie Wahl; es erinnert an Freiheit, ist es aber nicht. Es gibt keine Orte, an die es einen zieht, wenn man nichts anderes will, als zu bleiben. Wäre es doch nur möglich, sein eigenes Gedächtnis zu löschen, wäre es doch nur möglich, das Herz zu amputieren und nur mit Organen zu überleben, die keine Fragen stellen, die sich um nichts anderes kümmern als um ihre eigentlichen mechanischen Aufgaben.

Es können Tage vergehen, ohne dass er mit jemandem spricht, aber mitunter ruft sie ihn nachmittags an, wenn er sich lange nicht gemeldet hat. «Wie geht es dir?», fragt sie und kann hören, dass sein Mund unbewegt war, dass seine Stimme anders klingt. Auch sie klingt anders, die Art und Weise, wie sie die Frage stellt, verrät, dass sie mit den Gedanken woanders ist. «Alles in Ordnung», lügt er. Im Laufe des Sommers werden die Abstände zwischen den Telefonaten immer länger, die Gespräche kürzer und sinnentleerter, bis sie schließlich gar nicht mehr anruft.

Winter/Frühling/Sommer 1977

Er träumt davon, ihren Kopf mit bloßen Händen zu zertrümmern oder sie zumindest aus dem Fenster zu werfen, sie vor den Zug zu stoßen und von den Rädern zweiteilen zu lassen, woraufhin sie mit offenem Bauch im Graben liegt und ihn ansieht, während sie verblutet, nur so wäre er sicher, dass das Allerletzte, was sie im Leben mitbekommt, sein Gefühlszustand ist; er phantasiert ausgiebig darüber, er schämt sich seiner Tagträume, sie beunruhigen ihn, er hat Angst, ein böser Mensch geworden zu sein, bis er einsieht, dass die einzige Brutalität, zu der er fähig ist, jene ist, der er sich jeden Tag selbst aussetzt.

Er hätte andere Frauen kennenlernen können; das hätte alles verändert. Am besten wäre es gewesen, sie wäre bei ihrem ersten Date gar nicht aufgetaucht. Er wünschte, er hätte sie niemals kennengelernt oder sie würde überhaupt nicht existieren. Er hasst den Gedanken, dass ihr Leben weitergeht, es erschöpft ihn, an sie zu denken, zu denken, dass sie durch die Straßen radelt, als wäre nichts geschehen, während sein eigenes Leben aus den Angeln gerissen und auf den Scheiterhaufen geworfen wurde und jeglicher Sinn im Flammeninferno aufgegangen ist. Es erschöpft ihn, daran zu denken, darüber zu grübeln, alles zu zerkauen, bis auch er selbst ganz mürbe geworden ist. Das ist nur ein weiterer Beweis für die Ungerechtigkeit des Ganzen, dass er derjenige ist, der daran kaputtgeht, der nicht aus dem Haus gehen kann, sondern still sitzen oder besser noch liegen bleiben muss, bis die Panik nachlässt und er wieder atmen und einen Gedanken fassen kann, der nichts mit ihr zu tun hat, einen eigenständigen Gedanken, der nicht schon ein paar Sekunden später wieder zerfällt.

Langsam, aber sicher fängt er wieder an einzukaufen, erst nur eine Flasche Wein und ein paar Kekse; er denkt, dies wäre der perfekte Zeitpunkt, zum Alkoholiker zu werden. Doch auch das gelingt ihm nicht. Er übergibt sich und bereut es, im Erbrochenen liegen Keksreste; er muss dringend Nahrung zu sich nehmen. Er ist voller Selbstmitleid, er leidet mit sich selbst, weil sonst niemand mit ihm leidet. Er muss mehr Kekse essen, die Zahl der Kekse, die er bei sich behält und verdaut, muss die Zahl der erbrochenen Kekse übersteigen, damit der Kreislauf aufrechterhalten wird. Alkoholiker zu werden, kann er sich ohnehin nicht leisten. Später versucht er das mit dem Einkaufen noch mal: Drei Lebensmittel, vier, fünf, zehn, er ist selbst ganz erstaunt, dass es ihm gelingt, für zwei oder drei Tage am Stück einzukaufen, allmählich kann er wieder Pläne machen, nach vorn sehen; schon am Mittwoch kann er sich vorstellen, worauf er am Freitag Lust haben wird, und die nötigen Zutaten besorgen, es ist ein enormer Fortschritt, er meistert das Einkaufen. Es stört ihn nicht, dass er jedes Mal genau denselben Weg zum Laden laufen muss, mit mechanischen Schritten; er geht. Er hat sich in Bewegung gesetzt, es ist die erste Straße, die er zurückerobert. Jetzt gehört sie ihm. Manchmal kann er sich sogar für ein paar kurze Momente darüber freuen, dass es ihr gut geht; jedenfalls denkt er, dass es so ist, er hat nichts Gegenteiliges gehört, und deshalb setzt er voraus, dass es ihr geradezu glänzend geht. Er isst drei Tage hintereinander Suppe und schläft am vierten, um nicht wieder in den Laden zu müssen.

Er nimmt zu, geht in die Breite, nicht viel, nur ein bisschen, aber genug, dass man es als Protest auffassen könnte. Man könnte mit dem Finger auf ihn zeigen und sagen: *Er war doch immer so dünn. Jetzt ist er nur noch unglücklich. Es ist nicht seine Schuld.* Vielleicht möchte er bemitleidet werden.

Er sucht all seine Kleider zusammen und die wenigen von ihr, die noch immer in den Schränken hängen, Reliquien. Er verbrennt sie im Garten hinter der Wohnung, während die Nachbarn lauthals protestieren und die Fenster zuschlagen, der dicke Qualm, der über der Siedlung hängt, verschafft ihm ein Gefühl der Genugtuung; sie hätte sein Verhalten als dämlich bezeichnet. Sie ist aber nicht da und kann somit auch nicht über ihn urteilen. Er geht in Shorts und T-Shirt in ein Geschäft und kauft sich eine neue Garderobe, verwandelt sich abermals, geht zum Friseur; von hinten würde sie ihn nicht mehr erkennen. Und trotzdem kommt er nicht zur Ruhe. Sollten sie sich eines Tages plötzlich begegnen, möchte er gern derjenige sein, der sie zuerst entdeckt, nur so kann er sich darauf vorbereiten und möglichst entspannt und natürlich wirken. Er möchte Dinge sagen wie *doch, doch, mir geht es gut.* Er möchte, dass sie sagt *ich glaube, ich habe mich geirrt.* Er möchte derjenige sein, der ihre Hand nimmt und sagt *komm, gehen wir.*

Viele Monate verstreichen, ehe er wieder Musik hören kann, jedenfalls Musik, die er mit ihr verbindet; das betrifft fast seine ganze Plattensammlung. Eines Tages nimmt er den Bus nach San Francisco, geht in seinen Stammplattenladen und kauft das erstbeste Album, das ihm in die Hände fällt; eine Band, die er nicht kennt und von der auch sie mit ziemlicher Sicherheit noch nie etwas gehört hat. Den Namen der Band vergisst er unverzüglich. Er findet die Platte erbärmlich; er spielt sie trotzdem, weil er so gern Musik hören will. Er hört die erbärmliche Musik wieder und wieder und genießt den Gedanken, dass sie nichts von der Band weiß, dass sie nur ihm gehört. Es erscheint ihm wie ein beeindruckender Sieg, als würde er seine Flagge erneut in den Boden rammen und sagen, hier, genau hier, befinde ich mich, im Klang des Elends. Und es hilft, die haarsträubende Musik gibt ihm Mut, Selbstvertrauen, und nach und nach kann er auch wieder seine alten Platten auflegen, zuerst nur die, von denen er glaubt, dass sie ihr nicht gefielen oder sie sie nur einmal gehört hat, nach einer Weile auch jene, die schwierig sind, unmöglich nicht mit ihr zu verbinden, die Musik, die so sehr mit den Bildern ihres früheren gemeinsamen Lebens verquickt ist, dass er sich am Türrahmen festhalten muss und später vor Erleichterung aufseufzt, als die Nadel die innerste Rille erreicht hat und der Plattenspieler anhält. Am Ende spielt er die Alben, die sie liebte. Mit offenen Türen und weit aufgerissenen Fenstern spielt er ihre Lieblingsplatten, während er draußen auf der Treppe sitzt; er zwingt sich dazu, jede davon neu zu kodieren, sie mit neuen Erinnerungen und Verweisen aufzuladen. Musik, die er mit dem Herbst verbindet, macht er zu Musik, die ihn an den Sommer erinnern wird. Diesen Sommer. Oder den nächsten. Ein Lied, von dem sie ihm erzählt hatte, es sei das wichtigste in ihrem Leben, handelt jetzt nur noch vom Haus, das neu gestrichen werden müsste oder vom Abwasch in der Küche. Es ist ihm gelungen, endlich ist sie aus seinem Leben verschwunden.

Das Einzige, woran er scheitert, ist, mit dem Warten aufzuhören. Die ersten Tage, Wochen, Monate; jahrelang schreckt er beim leisesten Geräusch zusammen, und für den Bruchteil einer Sekunde ist er überzeugt, dass sie vor der Tür steht und klingelt.

18. Oktober 1977

Und dann, eines Morgens, ist die Welt zu ihm zurückgekehrt, es muss im Laufe der Nacht passiert sein, behutsam und leise, während er schlief. Es ist unerwartet und überwältigend. Als er aus dem Fenster sieht, hat die Natur erneut Farbe angenommen, die Straßen riechen so wie immer; er ist wieder zu Kräften gekommen. Dass er so viel Energie in sich haben könnte, ist kaum zu glauben. Und jetzt will er raus. Er schnürt seine Schuhe, zieht die Jacke an, geht Richtung Westen und lässt Fairfax hinter sich; vier Stunden lang geht er, hügelauf und hügelab, schnell, mit entschlossenen Schritten, den endlosen Sir Francis Drake Boulevard entlang, durch Mammutbaumwälder, an goldenen Bergen und Feldern vorbei, auf denen Pferde reglos stehen und ihn ansehen; er kommt an Ortschaften vorbei, an Woodacre und San Geronimo, Forest Knolls und Lagunitas, bis er zu einer Ranch bei Tocaloma gelangt, wo sich der Weg gabelt und er stehen bleibt, glücklich über das Gefühl, dass er noch weiter hätte gehen können, doppelt so weit, wenn nötig. Es ist aber nicht nötig, noch weiter zu gehen. Jetzt möchte er etwas trinken, ein Glas Wasser. Er geht auf den Vorplatz der McIssac Ranch und spricht den Erstbesten an, der ihm begegnet, ein Mann Mitte vierzig in braunem Hemd und zerschlissener Hose. *Natürlich haben wir Wasser*, antwortet er und holt einen Krug und zwei Gläser; sie sitzen gemeinsam auf der Treppe vor dem Hauptgebäude und trinken das kalte Wasser, während der Nachmittag verrinnt. «Wo kommen Sie her?», fragt der Mann. «Fairfax.» «Das ist ein ganz schönes Stück zu Fuß. Und wohin sind Sie unterwegs?» «Ich bin unterwegs nach Hause», antwortet Owen.

Nachdem er sich an die Straße gestellt hat, muss er nicht länger als eine halbe Stunde warten, bis ihn jemand mitnimmt, zurück nach Fairfax. Gleich das zweite oder dritte Auto hält an, und der Fahrer beugt sich über den Beifahrersitz und öffnet Owen die Tür; er setzt sich in den Wagen, und die Strecke, für die er einen Großteil des Tages gebraucht hat, wiederholt sich, rückwärts, durch das Autofenster sieht er, wie weit es ist, wie unmöglich weit diese Strecke noch vor Wochen oder sogar Tagen für ihn gewesen wäre, er hätte keine Chance gehabt. Doch die gesegnete Leichtigkeit, die ihn überkommen hat und ihn anscheinend auch nicht wieder loslässt, verändert alles. Er spürt es, als er die Tür zu seiner Wohnung aufschließt, wie ihn die Zimmer nicht länger quälen, sondern wieder etwas von dem Eifer in ihm auslösen, der in ihm kribbelte, als er sie vor fünf Jahren zum ersten Mal betrat. Am Abend packt er seine Sachen. Er kann aufbrechen. Jetzt kann er sich endlich auf den Weg machen.

20. Oktober 1977

An dieser Stelle könnte man einen passenden Soundtrack gebrauchen. Er fährt ostwärts durch das Land in einem 1965 Mercury Comet, den er einem seiner letzten Freunde günstig abgekauft hat; er fährt durch Nevada und Utah nach Salt Lake City, durch Wyoming und Nebraska und Iowa, Illinois und Indiana, Ohio, Pennsylvania, und diese Szene hätte man mit Springsteen oder etwas Ähnlichem unterlegen müssen, «Born to Run» zum Beispiel, oder etwas Traurigerem; eine Kranaufnahme von weit oben, die seinem Auto über Highways und Interstates folgt, Tag und Nacht, eine sagenhafte Montage-Sequenz, die perfekt zur Musik passt; er weiß nicht, wonach er sucht, er ist auf dem Weg nach New York City, nicht nach Norwegen, nicht zum Lapskaus Boulevard oder nach Brooklyn; er will nach Manhattan. Er hat seine Heimat getauscht, hat seinen alten Pass abgegeben und einen neuen bekommen, fünf Jahre ist das jetzt her, er hat seinen Namen und seine Haut gewechselt, hat andere Kleidung und einen neuen Blick, er ist nicht mehr er selbst, und New York ist nicht sein Zuhause, aber das, was seinem Zuhause am Nächsten kommt, vielleicht reicht das allemal; doch als er das Radio einschaltet, findet er erst gar keine Musik, nur Redebeiträge, bis er endlich einen Sender reinbekommt, der gerade mitten in T. Rex' «I love to Boogie» ist, und an diesem Bild stimmt etwas nicht, es ist schief, und auch das Radio scheppert, während er die nächste Ortschaft hinter sich lässt und die Musik immer schwächer und schließlich zu weißem Rauschen wird. Er schaltet das Radio aus. Es ist überhaupt nicht wie im Film.

FIRE ISLAND

(LET’S HEAR IT FOR OLIVE OYL)

SOMMER 1993

1

Es war beinahe unwirklich heiß. Die Leute liefen mit offenen Mündern herum, japsten nach Luft und waren nach wenigen Minuten unkonzentriert, schon frühmorgens stieg die Temperatur auf über 25 Grad, und sobald der Uhrzeiger die Zwei passiert hatte, war die Grillsaison mit 34 Grad und Windstille eine Formsache; wir Feriengäste fielen in einen gemeinschaftlichen Stupor, unsere Blicke waren glasig und träge, wir überlegten, wo das noch hinführen sollte, was an dem Tag passieren würde, an dem das Thermometer den Geist aufgab und die Hitze ins Unermessliche stieg, vielleicht würde dann ganz Fire Island seinem Namen gerecht werden und in einem tosenden Flammenmeer untergehen. Doch wir hatten Glück, denn die Wärme, in der wir uns zwischen den langen Stränden und Ferienhausreihen bei Fair Harbour treiben ließen, wo wir, wie meine Eltern beschlossen hatten, den Sommer 1993 verbringen würden, war nichts gegen die Hitzewelle auf Long Island und Manhattan, dort brieten die Leute bei über vierzig Grad in ihren Büros und hatten verständlicherweise kein Mitleid mit jenen, die es an die Küste geschafft hatten.

Fire Island war über dreißig Kilometer lang, maß an seiner breitesten Stelle aber nur ein paar hundert Meter. Es war, als würde man seine Ferien auf einer geraden Linie im Meer verbringen. Die Insel lag auf der Südseite von Long Island, nur eine knappe halbe Autostunde von Garden City und eine kurze Fährüberfahrt von Bay Shore nach Islip entfernt, und war ausgesucht worden, weil mein Vater von dort eine kurze Anreise nach JFK hatte und kommen und gehen konnte, wie es der Flugplan wollte. Und, wie ich hinzufügen muss, weil meine Mutter und ich uns so vehement gegen einen weiteren Plastikurlaub in Florida gewehrt hatten, dass er nicht zu protestieren wagte, als meine Mutter verkündete, sie habe ‹ein paar Anrufe› getätigt und sich nach der Möglichkeit erkundigt, ein Ferienhaus draußen auf Fire Island zu mieten, genauer gesagt in Fair Harbor, einem jener verschlafenen kleinen Orte auf der Insel, die jedes Jahr in den drei Sommermonaten erlebten, wie die Einwohnerzahl von einigen wenigen Familien auf über tausend Touristen anwuchs, die ihre eigenen Sonnenschirme anschleppten, jedes freie Strandhaus bezogen und den Haustürschlüssel sicher in ihren Shorts verstauten.

Ich liebte es hier. Es war die Antithese zu Florida.

Er erinnerte an etwas, von dem bestimmt auch mein Vater früher einmal geträumt hatte, bevor er den Gedanken aufgab und angestrengt so tat, als hätte er sich so etwas nie gewünscht – einen kleinen Ort mit freundlichen Menschen, unter denen noch ein Gemeinschaftsgefühl herrschte, ein Rückzugsgebiet mit Wildwuchs und Zecken, mit einem Fleckchen Erde, wo man seinen Spaten in den Boden stach und eigenes Gemüse anbaute (oder immerhin die Möglichkeit dazu gehabt hätte); einen Ort, wo Autos verboten waren, frei von Asphalt, es gab lediglich Transportwege im Sand für die Leute, die sich um die Instandhaltung kümmerten, und Holzbohlenwege zwischen den Häusern, die alle unterschiedlich waren und mehr oder weniger gepflegt, umgeben von Bäumen, knochentrockenen Büschen und Sand, Sand, überall Sand, und die Menschen waren mit dem Rad unterwegs oder zogen Bollerwagen hinter sich her, gefüllt mit Vorräten oder Werkzeug für kleine Reparaturen. Wenn im Sommer 1993 ein Platz in Amerika existierte, an dem die Zen-Ruhe noch ungebrochen war, muss es Fair Harbor gewesen sein. Sogar die Vögel zwitscherten entspannt, geradezu diskret, als wollten sie einander nicht stören. Weiter draußen bei Cherry Grove und Fire Island Pines war die Situation eine ganz andere, dort plantschten die Homosexuellen zum Beat wummernder Ghettoblaster ungestört in den Pools ihrer Bungalows oder Hotels und freuten sich auf lange Nächte in einem der vielen Clubs, wo die DJs ewig auflegten. Sie genossen eine Atempause von dem Sturm, der um sie herum tobte, sie waren Überlebende auf Zeit und Hinterbliebene einer Epidemie, die trotz des steigenden Bewusstseins der Behörden und allen möglichen Behandlungen mit AZT und ddC und ddl immer näher kam und immer mehr von ihnen dahinraffte. Ihr Feierlärm erreichte uns nie. Aber wir sahen dieselben

Sonnenuntergänge, von verschiedenen Stränden aus, und wir wussten voneinander. Und ich wäre gern wiedergekommen, jedes Jahr, wie so viele Leute im Osten der USA, denn es gab auf der ganzen Welt keinen zweiten Ort wie Fire Island; ich hätte mich gern wieder auf die Seite meiner Mutter gestellt und dafür argumentiert, dass es uns dort so gut ging wie nirgends sonst, ich hätte mit Freuden jahrelang neben ihr am Strand gelegen und die Leute dabei beobachtet, wie sie ihre Volleyballnetze aufspannten und kurz darauf feststellten, dass es zu heiß war, um sich zu bewegen, und stattdessen beschlossen, weiter auf ihren Handtüchern zu faulenzen; ich hätte nicht dagegen protestiert, auf dieser Insel hin und her zu streifen, um mir die Zeit zu vertreiben. Doch diese Gelegenheit kam nie, Fire Island markierte unseren letzten Sommer als Familie. Im Herbst sollte alles anders werden.

Jeden Tag trug ich dieselben Klamotten: dunkelblaue Shorts, ein olivgrünes T-Shirt und meine Jesuslatschen, die ich in Florida gekauft hatte. Und jeden Abend spülte oder wusch ich die Sachen und hängte sie auf die Terrasse, damit sie am nächsten Morgen trocken waren. Meine Mutter bemerkte regelmäßig, ich nähme das Schlaraffenlandleben ihrer Meinung nach etwas zu buchstäblich und könne mir ruhig mal die Mühe machen, meinen Koffer zu öffnen, den ich ja immerhin mitgenommen hätte, und sei es nur, um die anderen Feriengäste vor dem Eindruck zu bewahren, die Zeit wäre stehengeblieben und ein Tag wie der andere. Doch mein bescheidener Sommeraufzug war meine Uniform. Ich war unverwechselbar. Jeden Morgen schlüpfte ich in dieselben Sachen und erfreute mich an dem Gedanken, wie einfach der Sommer war. Nichts, woran man denken oder worüber man sich sorgen musste, nur eine ununterbrochene Reihe von heißen Tagen mit einem kurzen Spaziergang zum Strand, wo ich mich hinlegte und später badete, dann einige Stunden, in denen ich umherschlenderte, zwischen den Sommerhäusern in Fair Harbor, zum Kai und wieder zurück zu einer der vielen Mahlzeiten. Ab und zu hatte ich ein Buch dabei und las ein bisschen. Meistens hatte ich keines dabei. So kam ich nach und nach mit all den anderen Sommergästen ins Gespräch.

Sie sahen mich mehrmals am Tag in meinem blauen und grünen Aufzug auf den Bohlenwegen vorbeispazieren, sie hörten meine Sandalen, die sich mit einem Klackklackklack näherten, und wenn ich einmal nicht auftauchte, mussten sie beim nächsten Mal grundsätzlich nachfragen, wo ich gewesen sei, und mir erzählen, sie hätten fast gedacht, ich wäre wieder abgereist. *Bin fast den ganzen Sommer da*, erwiderte ich dann. *Ich geh nirgendwohin*, rief ich in die kleinen Gärten, wo sie standen und grillten, oder auf die Terrassen, wo sie in ihren Liegestühlen saßen/lagen, mit ihren Falten und Rettungsringen und Winkfleischarmen und Truthahnhälsen, denn es waren hauptsächlich Rentner, denen ich auffiel, jene, die schon zum Baden aufbrachen, kaum dass die Sonne aufgegangen war, und sich zurückzogen, bevor der Ansturm begann, Feriengäste, die schon seit den 1950er Jahren ihre Sommer hier verbrachten und es zu schätzen wussten, dass sie sich nicht bewegen mussten, um anderen Leuten zu begegnen. Sie luden mich zu sich ein, und ich saß in ihren Hollywoodschaukeln oder auf ihren Gartenmöbeln oder Zäunen und nahm hier ein Glas Wasser an, dort ein Grillwürstchen, ich redete, beantwortete ihre Fragen, und wenn sie fragten, was ich so mache, sagte ich immer, ich sei Schauspieler oder hoffe es zu werden; ich testete diese Identität an ihnen und fuhr damit immer gut, alle hatten eine Meinung dazu und fingen entweder an, den halbvergessenen Inhalt einer Theatervorstellung wiederzugeben, die sie vor Urzeiten gesehen hatten, oder mich vor den Gefahren und der finanziellen Unsicherheit des Schauspielerberufs zu warnen. *Du brauchst eine Sicherheit, auf die du zurückgreifen kannst*, sagte Mrs. Rogers andauernd, wenn ich mit ihr und ihrem Mann auf der Terrasse saß, drei Straßen von unserem Feriendomizil entfernt, sie hatte einen Schwager, der einmal bei ihnen zu Hause in New Haven in einem Stück aufgetreten und im Anschluss direkt nach Pennsylvania gezogen war – der Zusammenhang zwischen diesen beiden Ereignissen blieb allerdings unklar. Sie trug immer leichte, geblümte Kleider und einen riesigen Hut, in dessen Schatten ich mich wohlfühlte. Ihr Mann Edwin war während des Krieges auf einem Schiff bei Iwojima und Okinawa stationiert gewesen, betonte aber jedes Mal, wenn ich ihn danach fragte, dass er nie an Land gegangen sei. «Ich habe nur vom Deck aus den Rauch gesehen und die Soldaten, wenn sie zurückkamen. Das war vielleicht ein Anblick. Beides. Anschließend habe ich Kfz-Versicherungen verkauft. Vierzig Jahre lang, Max. Ein ehrbarer Beruf, mir hat das gut gefallen. Du wirst nicht glauben, was mit so einem Auto alles schiefgehen kann und wie viele unterschiedliche Faktoren bei der Berechnung eine Rolle spielen.» Mrs. Rogers schüttelte den Kopf und holte uns neue Getränke: «Deswegen kommen wir jeden Sommer her – weil es hier keine Autos gibt. Sonst würde er nie damit aufhören, warum dieser oder jener Wagen eine schlechte Investition ist.» – «Du ahnst ja gar nicht, was mit so einem Auto alles schiefgehen kann», wiederholte Edwin, «und wie oft das passiert! Kauf dir nach Möglichkeit einen Volkswagen oder einen Volvo. Und halte dich von amerikanischen und französischen Marken fern, hörst du? Bei den einen ist ständig etwas kaputt, und mit den anderen kennt sich kein Mechaniker wirklich aus. Glaub mir, ich weiß, wovon ich rede.»

Ich half Edwin dabei, die Holzfassade ihres Bungalows zu beizen, was fast eine ganze Woche dauerte, nicht weil das Haus besonders groß gewesen wäre, sondern weil Mrs. Rogers fortwährend darauf bestand, dass wir Pausen einlegten und uns mit ihr gemeinsam *vor den tödlichen Sonnenstrahlen* in den schützenden Schatten retteten. Sie stattete mich mit einem Set von Edwins viel zu großen Hosen und Hemden aus, damit ich meine eigenen Sachen schonte, meinen Protesten gegenüber stellte sie sich taub und beharrte ebenfalls darauf, dass ich mein Haar zum Pferdeschwanz band *(Beize und Haare sind eine schlechte Kombination*, sagte sie). Also tat ich, wie mir geheißen wurde, auch wenn ich ziemlich bescheuert aussah, wie ich dort auf der Leiter stand, eine magere, jüngere Ausgabe ihres Mannes, die in seinen abgelegten Klamotten versank. Ich akzeptierte es, weil die beiden sich nach Gesellschaft sehnten und weil ich nichts dagegen hatte, sie ihnen zu leisten. Ich hatte sowieso nichts anderes vor. Außerdem war meine Mutter ganz aus dem Häuschen, dass ich mich so engagierte, und wenn ich am späten Nachmittag zurücklief, zog ich mich absichtlich nicht vorher um, sondern spazierte in den viel zu großen Leihklamotten durch Fair Harbor und wurde wie ein echter Arbeiter empfangen, wenn ich wieder in unserem Ferienhaus ankam, meine Mutter setzte mir eine stärkende Mahlzeit vor, und wenn mein Vater nicht da war, durfte ich anschließend sogar bei Tisch rauchen. *Darum geht es nämlich*, sagte sie, *um Großzügigkeit. Gegenseitige Rücksichtnahme.* Sie war wohl auch froh, dass ich nicht den ganzen Tag durch die Gegend streunte oder herumlungerte und mich langweilte. Aber es gibt keinen Altruismus. Der wahre Grund dafür, dass ich so viel Zeit mit dem Malerpinsel bei Mr. und Mrs. Rogers verbrachte, waren die zwei Bier, die mir rituell auf der Terrasse serviert wurden, sobald der Arbeitstag beendet war. Sie müssen mich für älter gehalten haben, die Rogers, so wie es mir in dieser Zeit häufig passierte; vielleicht lag es an meiner Größe oder meinem Gesicht mit dem Bartansatz und den verhältnismäßig markanten Zügen, es könnte auch die Art und Weise gewesen sein, wie ich sprach, oder etwas ganz anderes oder eine Kombination aus allem, aber jedenfalls glaubten die Leute plötzlich, ich wäre Anfang zwanzig. An den Tagen, die wir gemeinsam am Strand verbrachten, hatten meine Mutter und ich unseren Spaß daran, nebeneinander auf unseren Handtüchern zu liegen, meine Mutter in der Rolle *der reifen Frau*, während ich *den Jüngling* spielte, der ihr Getränke holte, ihren Sonnenschirm richtete, ihr den Rücken eincremte und sie unterhielt. Sie war wie ein weiblicher Von-Aschenbach-Abguss, wie sie dort lag und insgeheim von ahnungslosen Wochenendgästen verurteilt wurde, weil sie mir lange Blicke nachwarf, wenn ich für eine Abkühlung ins Meer tadziosierte (obwohl sie eigentlich nur sehen wollte, ob ich im kalten Wasser fröstelte oder mir einen Weg durch die Feuerquallen bahnen musste – was sie dazu bewogen hätte, sich lieber nicht zu mir zu gesellen).

Wenn es auf 18 Uhr zuging, kam Mrs. Rogers pünktlich zu Edwin und mir hinaus und balancierte zwei kühle Pils auf einem Tablett, das sie vorsichtig auf dem Holztischchen zwischen den Liegestühlen auf der Terrasse abstellte, und dann packten wir zusammen, machten uns für den Feierabend bereit und öffneten die Flaschen. Mrs. Rogers selbst war dabei meist nicht mehr zugegen, sondern nutzte die Zeit, um ihre Tochter und die Enkel in Cleveland anzurufen, über deren Tun und Wirken sie sich täglich informieren ließ, doch sie muss Augen im Hinterkopf gehabt haben, denn sie kam immer sofort mit dem zweiten Bier aus dem Haus, sobald wir das erste ausgetrunken hatten. Wenn wir dort in der Nachmittagssonne saßen, brauchten wir immer einen kleinen Anlauf, um ins Reden zu kommen. Wir hatten den ganzen Tag über Beize gefachsimpelt, dazu gab es also nichts mehr zu sagen; auf den Krieg wollte Mr. Rogers lieber nicht näher eingehen, und im Theater war er – wenn er sich recht erinnerte – nur ein einziges Mal gewesen. Genauer gesagt in einem Musical, dessen Namen er vergessen hatte, aber der Anlass war eines der ersten Rendezvous mit der künftigen Mrs. Rogers gewesen und angeblich auf Anhieb so erfolgreich, dass er sich später nie wieder gezwungen sah, sie noch einmal dorthin auszuführen. Deshalb ließ ich ihn normalerweise über sein Lieblingsthema dozieren, Kfz-Versicherungen.

«Klar gibt es gewisse Faktoren, die das Fahrzeug betreffen», sagte Edwin, «zum Beispiel, wie teuer und wie sicher das Auto ist, wie es bei den Crashtests der NHTSA und/oder IIHS abgeschnitten hat, wofür es genutzt und wie häufig es gefahren wird, ob es eine amerikanische oder eine ausländische Marke ist, Baujahr und Kilometerstand, wie hoch das Diebstahlrisiko ist und ob das aktuelle Modell auf der Jahresliste der fünfzig meistgestohlenen Autos steht und eine Alarmanlage hat oder nicht. Cadillacs und Fords und einige Hondas sind bei Dieben heißbegehrt, während Mercedes, Volvos und Volkswagen im Großen und Ganzen unbehelligt bleiben. Frag mich nicht, warum, aber so ist es. Und dann kommt es noch auf die Größe des Autos an, ein größeres Fahrzeug gilt grundsätzlich als sicherer und ist mit einer geringeren Prämie verbunden, aber hier zählt wiederum auch die Motorenleistung im Verhältnis zur Größe, ein V4 wird fast immer günstiger zu versichern sein als ein V8. Mehr Pferdestärken bedeuten mehr Dollars für uns. Und so weiter. Aber darüber hinaus gilt es noch viele andere Faktoren zu berücksichtigen, zum Beispiel Alter und Geschlecht des Fahrzeugführers – du weißt ja sicher, dass jüngere

Männer mit größerer Wahrscheinlichkeit einen Unfall verursachen als jüngere Frauen, während das Verhältnis bei älteren Männern und Frauen genau umgekehrt ist. Verheiratete Männer bauen auch seltener Unfälle als unverheiratete Männer – insbesondere wenn sie schon vor ihrer Hochzeit eine schadenfreie Bilanz vorzuweisen haben. Und dann ist natürlich auch der Wohnort von Belang, wohnt man in einer sicheren Gegend oder nicht, in der Stadt oder auf dem Land, und was macht man beruflich? Ärzte, Anwälte, Makler, Vertriebler, Geschäftsführer und Manager gelten in der Kfz-Versicherungsbranche als Hochrisikoberufsgruppen – die gleichbleibend hohe Belastung, die vielen Überstunden, der wenige Schlaf und ihr enger Zeitplan, der teilweise auch mit Transportwegen verbunden ist. Aber wusstest du, dass auch Architekten als besonders anfällig gelten? Am anderen Ende der Skala finden sich Wissenschaftler, Krankenpfleger, Piloten, Buchhalter, Lehrer und Künstler, hauptsächlich, weil sie als konzentriert gelten, was diese Menschen auch zu aufmerksameren Autofahrern macht. Statistisch gesehen. Lehrer sind tatsächlich die Berufsgruppe, die sich in Sachen Verkehrssicherheit am meisten hervortut. Ein hoher Bildungsgrad führt ebenfalls zu mehr Verkehrssicherheit. Aber natürlich ist das alles nicht ganz so einfach. Ein Arzt – einmal angenommen, er oder sie verdient gut – unterliegt möglicherweise einem höheren Risiko, in einen Unfall verwickelt zu werden, als ein Lehrer, aber gleichzeitig ist die Wahrscheinlichkeit größer, dass der Arzt die Reparaturkosten selbst zahlt, anstatt seine Versicherungsansprüche bei uns geltend zu machen. Wem also unterbreiten wir das beste Angebot? Und was ist, wenn der Arzt lieber mit dem Bus fährt, der Lehrer aber die ganze Zeit das Auto nimmt? Was ist, wenn der Betreffende größere Kinder hat, die das Auto ebenfalls nutzen? Oder einen weiten Arbeitsweg? Merkst du was? Man muss lernen, alle Puzzleteile zu erkennen, die im Spiel sind, und nach den Kriterien suchen, wie man sie am besten zusammensetzt, man muss die Leute kennenlernen und verstehen, wer sie sind … Hast du ein eigenes Auto?»

«Nein.»

«Das ist auch das Vernünftigste.»

Wir tranken unser zweites Bier, und im Haus legte Mrs. Rogers den Hörer auf, kam in ihrer Küchenschürze zu uns hinaus, räumte die Flaschen weg und blinzelte in den Himmel, während sie sagte: «Ich glaube, morgen wird auch ein schöner Tag.» Da stand ich auf und verabschiedete mich, ging in meiner Arbeitskleidung und mit dem Bier im Kopf nach Hause, leicht berauscht und mit dem wachsenden Gefühl, dass es, wenn ich mich tatsächlich noch in der Kindheit befand, nicht mehr viele Tage dauern würde, bis ihre allerletzten Reste endgültig von meinen Sandalen abblätterten, während ich mich weiter voranbewegte, es war ein zwiespältiges Gefühl, nicht ungeteilt gut, aber gleichzeitig magnetisch und schwindelerregend, und ich versuchte, den Ursprung dieser Erkenntnis zu lokalisieren, doch er entglitt mir ständig; ich ging nach Hause wie ein Arbeiter, vielleicht lag es daran, dass ich nach getaner Arbeit nach Hause ging, in diesen merkwürdigen, erwachsenen Anziehsachen; oder daran, wie sich die Art und Weise der Leute, mit mir zu reden, im Laufe des letzten halben Jahres verändert hatte, seit Mordecai und ich mit dem Theater angefangen hatten, auch das eine Arbeit, ein Ort, an dem wir lernten, Verantwortung zu übernehmen und unser Äußerstes zu geben, wir hatten einen ganz anderen Ernst erfahren; Wohlman hatte plötzlich mit mir gesprochen, als wären wir gleichaltrig, was ich sonst nur von meiner Mutter kannte, und auch die anderen Lehrer hatten ihr Vokabular erweitert, als sie in den Tagen nach der Premiere mit mir sprachen, als hätten sie sich vorher beherrscht und könnten nun endlich ihren gesamten Wortschatz rauslassen; oder die Rogers und die anderen Feriengäste, mit denen ich in diesem Sommer auf Fire Island plauderte, kaum einer von ihnen fragte je nach meinen Eltern, als wären sie kein wesentlicher Teil des Bildes mehr oder als nähmen sie an, ich wäre allein oder mit Freunden hier; vielleicht lag es auch an diesem Sommer, an diesem Ort als solchem und wie wir zum ersten Mal nicht an das Reisebüro meines Vaters gebunden waren, sondern selbst bestimmt hatten, wohin wir fuhren, und plötzlich ich derjenige war, der wusste, wie die Dinge liefen, wo man bestimmte Besorgungen erledigte, der die Leute auf der Straße und an den Stränden grüßte, während mein Vater still hinter mir hertrottete; es konnte alles Mögliche sein oder alles zusammen, ich weiß es nicht, ich weiß nur, dass etwas in der Luft lag und mir Angst machte und ich diesem Etwas trotzdem gar nicht schnell genug begegnen konnte und dass bald, in ein paar Tagen, Mordecais Ferienlager beendet wäre und er herkommen würde.

Ich kam ins Sommerhaus, setzte mich, aß, unterhielt mich mit meiner Mutter darüber, wie der Tag gewesen war. Sie hatte ihren Bericht schneller abgeschlossen als ich meinen. Ich zog mich um und schlüpfte erneut in meine üblichen Sommersachen, die üblichen Shorts und das übliche T-Shirt. Dann ging ich wieder hinaus. Und wurde mit jedem Schritt älter.

Meine Kleiderordnung war nichts gegen die meines Vaters.

Meine Mutter und ich waren schon seit fast drei Wochen auf Fire Island, während er selbst insgesamt nur acht Tage hier verbracht hatte, und weil Ulrikke in diesem Sommer mit Freunden durch Mexiko reiste, war es die meiste Zeit ein Urlaub zu zweit. Das kam uns ganz gelegen. Um ehrlich zu sein, war es beinahe eine Erleichterung, wenn mein Vater wieder mehr anzog und zur Arbeit fuhr, denn sobald er die Chance dazu hatte, strengte er sich übermäßig an, den Erholungseffekt seiner komprimierten Ferientage zu maximieren, ohne dabei auch nur die geringste Rücksicht auf seine Umwelt zu nehmen und ohne Verständnis dafür zu zeigen, wenn diese vielleicht der Meinung war, er würde sein Entspannungsprojekt zu sehr auf die Spitze treiben. Er lag nämlich gern direkt nach dem Frühstück und bis zum Einbruch der Dunkelheit bäuchlings auf der Liege im Garten oder am Strand. Es glich einem Protest; wir waren uns nicht sicher, ob er gegen uns oder gegen seinen Arbeitsalltag opponierte. Außerdem bestand er darauf, direkt aus Flaschen und Kartons zu trinken, um unnötigen Abwasch zu vermeiden. Wenn er abends kochte, servierte er das Essen auf Papptellern und mit Plastikbesteck, das bei geringstem Widerstand zerbrach. Das Allerschlimmste aber war die abgeschnittene Jeans, in der er ununterbrochen herumlief. Erst dachte ich, er wäre aufrichtig stolz darauf, sie eigenhändig entworfen zu haben, es war seine erste und einzige modische Kreation, und er schien mit stehenden Ovationen zu rechnen, weil er die Schere zur Hand genommen und einen schöpferischen Akt vollzogen hatte. Später überwog die Irritation darüber, dass die erwarteten Komplimente ausblieben, und ich habe den Verdacht, dass er sie anschließend aus reinem Trotz trug. Die Shorts – wenn man sie überhaupt noch so nennen konnte – hatte er eines Abends zugeschnitten, indem er die Beine einer ausgedienten Jeans kürzte, und entweder war er dabei abgelenkt worden, oder er hatte das Konzept von Grund auf missverstanden, denn die Taschen hingen bedrohlich lang und einsam aus dem spärlichen Rest Stoff, was meine Mutter und mich hinter seinem Rücken zu einem gemeinschaftlichen Kopfschütteln veranlasste. Überhaupt bereitete mir dieses neue Kleidungsstück meines Vaters Sorge, für mich war es ein steter Quell von Unruhe, vor allem wenn ich zusammen mit ihm in der Nachbarschaft unterwegs war oder wenn er sich in dem einzigen Laden des Ortes herabbeugte, um an die Waren in den untersten Regalen zu gelangen. Dann befiel mich sogar Panik, und ich musste mich hastig umdrehen, bevor sich das Bild auf meiner Netzhaut einbrennen konnte, das Bild von seinem Hodensack, der sich auf eine Weise, die auf keinen Fall angenehm sein konnte, von innen gegen den Stoff seiner Unterhose presste, oder schlimmer noch, an einem jener Tage, an denen er sich frei und unbeschwert genug fühlte, die Unterwäsche ganz wegzulassen, oder später noch baden wollte und deshalb so wenig wie möglich trug, das Bild des Hodensacks *an sich* in all seiner behaarten Pracht, wie er in Richtung des Oberschenkels strebte, und es war lediglich purem Glück oder einer übernatürlichen Körperbeherrschung zu verdanken, dass nicht auch noch die Hoden ihrem Gefängnis entschlüpften, in die absolute Freiheit, vor den Augen der Öffentlichkeit. Ich konnte nicht begreifen, dass er es nicht merkte oder es ihn einfach nicht die Bohne interessierte. Das war das Furchtbare, dass es durch diese Gleichgültigkeit, die er an den Tag legte, unmöglich war, nicht daran zu denken, wenn wir gemeinsam etwas unternahmen. Ich konnte neben ihm stehen und sehen, wie er aus irgendeinem Grund in die Hocke ging, und denken *jetzt, jetzt musst du doch merken, dass da unten etwas nicht stimmt;* ich beobachtete ihn, während er sich über die Gefriertruhe beugte, um die richtige Eiscreme zu finden, ich sah den weißen Frostdampf zu seinen Shorts aufsteigen und erwartete irgendeine Reaktion, als ihn die kalte Luft dort unten erreichte. Doch sie blieb aus, jedenfalls ließ er sich nichts anmerken, und vielleicht lag es daran, dass er, abgesehen von der Starrsinnigkeit, die er meiner Mutter und mir gegenüber demonstrativ zur Schau trug, auch einen – fast hätte ich gesagt, norwegischen – Stolz besaß, eine fixe Idee, dass es ein Menschenrecht wäre, seinen Hodensack freilassen zu dürfen, sobald man im Urlaub war. Ich wagte es nicht, ihn darauf hinzuweisen, allein beim Gedanken, das Problem in Worte zu fassen, sträubte sich alles in mir; ich weiß auch nicht, ob meine Mutter einen Versuch unternommen hatte, ich glaube nicht. Also lebten wir damit und lachten darüber, wenn er nicht da war, dann stolzierte ich mit zwei Äpfeln in Gefrierbeuteln, die ich aus meinen Shorts hängen ließ, durch unser Wohnzimmer, bis meine Mutter *Pfui!* rief und mich bat, damit aufzuhören.

Manchmal unternahm ich auch abends lange Spaziergänge, nach dem Essen, wenn die Temperatur auf unter dreißig Grad gesunken war und die Rentner ihre Schicht beendet hatten und von den anderen Feriengästen abgelöst worden waren, die nun auf ihren Veranden und Terrassen saßen, den Sommerabend genossen und auf die Wirkung des Mückensprays warteten. Ich hörte die laufenden Radios und Fernseher, die Baseballübertragungen. Ich streifte umher; zwischen den Strandhäusern und an den Stränden entlang, über die Hügel die Burma Road hinab zum Leuchtturm, manchmal auch bis zum Parkplatz, wo die Zivilisation wieder begann, sobald man den Schlüssel ins Zündschloss steckte. Ich vermisste sie nicht. Ich ging, und es tat gut zu gehen, einfach nur zu gehen, ohne über irgendetwas nachzudenken, und die frische Luft einzuatmen, die mit der Abendbrise vom Meer heranwehte, noch bevor ich am nächsten Morgen aufgewacht wäre, würde dieselbe Luft in unseren Zimmern schon wieder stickig und verbraucht sein, wir würden den ganzen Tag um ihre letzten Reste kämpfen und die Fenster weit aufreißen, würden nasse Handtücher vor den Tischventilator hängen, in der Hoffnung, dass sie wenigstens ein paar Minuten für Linderung sorgten.

Meine Mutter ging meistens früh ins Bett, in diesem Sommer war sie sehr müde, und es war nicht ungewöhnlich, dass sie schon schlief, wenn ich zurückkam und mich ins Wohnzimmer schlich. Ich blieb gern noch ein paar Stunden wach, fläzte mich auf dem viel zu kurzen Rattansofa mit den blau-weiß gestreiften Kissen, während ich bei gedämpfter Lautstärke auf der Suche nach etwas Interessantem durch die Fernsehkanäle zappte. An manchen Abenden, wenn es im Haus unerträglich heiß und stickig war, ging ich noch einmal nach draußen, kletterte lautlos aufs Dach, obwohl das die Broschüre, die uns der Vermieter gegeben hatte, ausdrücklich verbot. Dort saß ich und rauchte mit Aussicht auf ganz Fair Harbor und das Meer. Dann blickte ich nach Osten. Hätte ich ein Schiff geklaut und wäre in See gestochen, käme ich früher oder später in Norwegen an. Wenn das Land überhaupt noch existierte. Es war lange her, dass wir etwas von dort gehört hatten. Ich horchte auf Signale. Doch aus Norwegen kam nur Stille. Nach allem, was ich wusste, war das Land geschlossen, verkauft, in Kisten verpackt und nach China transportiert worden, und seine Bewohner hatten sich von dem Geld, das sie dafür bekommen hatten, nach Thailand aufgemacht.

Meine Mutter schlief tief, als ich an ihrer angelehnten Zimmertür vorbeischlich, um mir im Bad die Zähne zu putzen. Ich schälte mich aus dem T-Shirt, steckte den Kopf in die Dusche und ließ mir kaltes Wasser über Kopf, Nacken und Schultern rinnen. Sich so herunterzukühlen, war die einzige Möglichkeit, überhaupt einschlafen zu können. Mit tropfnassen Haaren ging ich in mein Zimmer und legte mich unter das klamme Laken, das innerhalb von Sekunden an mir klebte, und die Klimaanlage des Nachbarn, die auf Hochtouren lief, brummte mich in den Schlaf.

Am nächsten Morgen war mein Vater zurück, vielleicht aus Phoenix. Ich hörte, wie er seinen Koffer mit einem Knall im Flur abstellte, und kurz darauf war der Streit in vollem Gange. Es war einer dieser Morgen. Ein Morgen, an dem es krachte. Meine Mutter war wütend, weil er nicht wie besprochen eingekauft hatte, so fing es jedenfalls an, und von da an kam ich nicht mehr mit, die Auseinandersetzung folgte einer komplizierten Logik, deren Spielregeln meine Eltern vermutlich selbst kaum verstanden; sie griffen sich alle Argumente heraus, die sie zu fassen bekamen, und schleuderten sie sich mit voller Wucht an den Kopf; wenn mein Vater sagte, meine Mutter verlange von ihm, dass er ständig zu Hause sei, obwohl er der Verdiener wäre, warf sie ihm vor, er habe den Rasenmäher zu Hause in Garden City nicht wie versprochen zur Reparatur gebracht, und das, so fügte sie gern hinzu, sei nur eines von vielen Versprechen, die er nicht gehalten habe; das veranlasste ihn wiederum dazu, sie anzubrüllen, ihr gehe es immer nur darum, die Fassade zu wahren, und wenn sie schon so akribisch über seine Unzulänglichkeiten Buch führe, sollte er vielleicht lieber gleich für immer abhauen, dann wären wir sicher alle zufrieden, und dann könnte sie *das* notieren, und so ging es weiter; ich lag im Bett und lauschte und verstand, dass dies kein weiterer Tag am Strand für mich und meine Mutter sein würde, sie würde sich den ganzen Tag im Haus aufhalten, aus Protest oder weil die Nachbarn nicht sehen sollten, dass sie geweint hatte, und sie ihnen keine Erklärung schuldig sein wollte, worum es diesmal bei ihrem Streit gegangen war. Solange ihr Wortgefecht anhielt, hatte ich keine Lust, aufzustehen, ich blieb im Bett und versuchte, mich auf die Wärme der Morgensonne zu konzentrieren, die durch die dünnen Gardinen drang. Doch ich hörte sie die ganze Zeit, und die wenigen Pausen, die es gab, waren immer am schlimmsten, denn dann wusste ich, dass sie einander umkreisten und nach neuen und noch schlimmeren Dingen suchten, die sie sich entgegenschleudern konnten, etwas, das noch mehr schmerzte, noch tiefer saß und noch schwerwiegendere Folgen hatte, und nach einer solchen Stille fiel wieder einmal der Name Owen Larsen. In den letzten Monaten war er häufiger gefallen, wenn sie in ihren Schützengräben hockten und sich bekriegten, ich ahnte nicht, wer er war, hatte aber längst meine Vermutungen, denn sie sagte Sachen wie *ja, es stimmt, ich habe mich mit ihm getroffen, in Manhattan*, und die Reaktion meines Vaters ließ keinen Zweifel daran, wie sehr ihn das wurmte. Dann aber sagte sie plötzlich *Du solltest ihn auch treffen, Svein! DU bist derjenige, der sich mit ihm treffen sollte!*, und da verstand ich gar nichts mehr. Vielleicht ging es meinem Vater genauso, denn draußen wurde es mit einem Mal totenstill, wahrscheinlich standen sie dort und blickten einander an und dachten, dass ihnen das, was sie sahen, nicht mehr gefiel, und am Ende war es meine Mutter, die das Schweigen zwischen ihnen brach:

«Man kann ständig deine Hoden sehen», sagte sie kühl. «Im Ernst, das ist so unappetitlich. Die Leute reden schon über dich.»

Da ging mein Vater geradewegs wieder in den Garten hinaus und legte sich platt auf die Liege. Er blieb stundenlang liegen, bis der Laden geschlossen hatte und es zu spät war, um zu Kreuze zu kriechen und einkaufen zu gehen, wie sie es ihm ursprünglich aufgetragen hatte. Zu diesem Zeitpunkt hatte er auch schon einen so starken Sonnenbrand auf den Schultern, dass meine Mutter ihn widerwillig mit rauen Mengen Kühlgel eincremte, und abends aßen wir Reste und schauten fern, ohne zu lachen, obwohl wir die Sendung lustig fanden.

Die Hitzewelle flaute auch in den nächsten Tagen nicht ab, und an einem der heißesten Nachmittage kam endlich Mordecai. Ich nahm eines der Fahrräder, die zum Sommerhaus gehörten, und traf mich um kurz vor drei mit ihm auf dem Parkplatz. Er stand neben seinem Vater, der ihn hergefahren hatte, und trug einen schweren Rucksack.

«Hier verbringt deine Familie also den Sommer?» Mr. Weintraub spähte in die Landschaft und wirkte nicht sonderlich beeindruckt. Allerdings gab es auch kaum etwas anderes zu sehen als den Leuchtturm. Und Gestrüpp. Und Sand. Vom Parkplatz waren es noch fast zwei Kilometer Fußweg, bis man die ersten Ferienhäuser erreichte.

«Ganz genau», antwortete ich. «Bin schon seit einem Monat hier.»

«Na ja», sagte Mr. Weintraub müde. «Hauptsache, du hast deinen Spaß. Nicht wahr?»

«Ja, klar.»

«Das ist gut. Und deine Eltern, erholen sie sich gut?»

«Ja, zumindest meine Mutter. Mein Vater arbeitet viel. Ich soll Sie übrigens schön von den beiden grüßen.»

«Danke, das ist nett», erwiderte er und richtete sich an Mordecai. «Halte dich vom Gebüsch fern, verstanden? Ich will nicht, dass du mit einer Lyme-Borreliose oder mit Giftsumach-Ausschlag oder Schlimmerem nach Hause kommst. Deine Mutter und ich fahren am Samstag in die Hamptons. Bist du sicher, dass du die Nummer hast?»

«Weiß nicht, glaub nicht.»

«Du *Klutz.* Hier.» Mr. Weintraub holte ein Notizbuch aus der Innentasche seines Jacketts, kritzelte die Nummer auf eine Seite, riss sie heraus und reichte sie Mordecai. «Du meldest dich ab und zu, ja?»

«Wir haben kein Telefon im Haus», warf ich ein.

«Oy vey.» Er wischte sich mit der Hand den Schweiß von der Stirn und schien zu überlegen, warum denn alles so wahnsinnig kompliziert sein musste. «Tja, aber es muss doch ein Telefon geben, von dem aus man …»

«Wir können vom Laden aus anrufen», fügte ich hastig hinzu. «Meine Mutter macht das auch so.»

«Gut, dann sagen wir doch das», antwortete Mr. Weintraub und schien ein klein wenig beruhigter. Er umarmte Mordecai und reichte mir höflich die Hand, ehe er sich wieder ins Auto setzte und den Kopf aus dem Fenster steckte.

«Dann macht es gut, Jungs. Und denkt dran: Niemals direkt nach dem Essen schwimmen gehen!»

Er ließ den Motor an, und der Volvo schnurrte davon, zurück in *die Welt*, und Mordecai und ich begannen, den Pfad nach Fair Harbor entlangzustapfen.

«Mein Alter sollte definitiv einen Kurs bei deiner Mutter belegen», stöhnte Mordecai. «Sie könnte ihm beibringen, wie man die Sachen piano nimmt und die Leute allein zurechtkommen lässt, meine ich. So ist er schon die ganze Zeit!»

«Er will nur zeigen, dass er sich um dich sorgt. Ist doch nicht schlimm.»

«Er behandelt mich wie ein Kleinkind.»

Weil er Angst davor hat, auf was für Ideen du hier kommen könntest, dachte ich, aber ich sagte:

«Soll ich dein Gepäck nehmen?»

Mordecai setzte sofort seinen Rucksack ab.

«Oh Mann, das habe ich doch nur aus Höflichkeit gefragt. Eigentlich hättest du nein sagen sollen.»

«Du kannst ihn ruhig trotzdem tragen», sagte er.

«Nein, danke. Aber wir können ihn auf dem Gepäckträger festmachen. Wenn du das Rad schiebst.»

In den nächsten Tagen hingen wir viel am Strand herum, hockten einfach nur da, redeten über den bisherigen Sommer und badeten ziemlich oft. Wir fanden, dass wir hier im Meer viel besser schwammen, als wir es je in der Halle getan hatten. Es war eine Schande, dass wir mit dem Training aufgehört hatten. Und die einzig richtige Entscheidung. In beidem waren wir uns einig. Seit Mordecai da war, ging meine Mutter alles etwas anders an, sie nahm die Dinge genauer und fand immer Ausreden, um erst an den Strand zu kommen, nachdem wir uns schon einen Platz gesucht hatten. Wir sahen sie kommen, und sie muss uns auch gesehen haben, aber sie tat so, als würde sie nur kurz nach uns Ausschau halten und sofort aufgeben, und dann suchte sie sich eine andere Stelle im Sand, wo sie es sich bequem machte. Erst nach einer halben Ewigkeit blickte sie in unsere Richtung, winkte und gestikulierte mit den Armen, womit sie uns offenbar mitteilen wollte, dass sie es nicht für sinnvoll erachtete, ihre Sachen zusammenzupacken und sich zu uns zu gesellen, und dass sie dort drüben, wo sie sich niedergelassen hatte, wunderbar zurechtkam. Ich glaube, sie war in diesen Tagen ziemlich einsam; sie las viel, badete selten. Meine Eltern sprachen nur wenig miteinander. Mein Vater kam kaum von seiner Sonnenliege im Garten los. Er lag da und wartete auf den Herbst.

Einige Male radelten Mordecai und ich bis ganz hinaus nach Cherry Grove und Fire Island Pines, um uns die Schwulen, Lesben und Dragqueens mit ihren Schmollmündern anzusehen, wir spionierten ein bisschen im mondänen Belvedere-Hotel, in dem nur männliche Gäste zugelassen waren, und überlegten, wie viele Homosexuelle es wohl auf der Welt gab, ob ihre Zahl stieg oder fiel oder ob sie schon immer konstant gewesen war. Und abends, nach dem Essen mit meiner Mutter, zogen wir wieder los, saßen mit dem tragbaren CD- und Kassettenrekorder, der sonst in meinem Zimmer stand, am Strand vor dem Haus. Ich hatte einen Stapel CDs mit in den Urlaub genommen, und in jenem Sommer spielten wir oft das *Loveless*-Album, obwohl es nur mir gefiel, und Blind Melon natürlich; und Mordecai hatte im Camp Wekeela in Maine zum ersten Mal Björk gehört und sich noch am Flughafen ihre CD gekauft. Er sagte, sie habe einen anderen Menschen aus ihm gemacht, dies könne der Beginn einer neuen Ära sein, nicht mehr und nicht weniger. Vieles deute darauf hin, dass sich die Musik insgesamt bis zu diesem Augenblick nur warmgelaufen hatte.

«Sie ist Isländerin», sagte Mordecai energisch und stellte «Human Behaviour» an. Er spielte es dreimal hintereinander und dann einige der anderen Tracks: «Come to Me». «Violently Happy». «The Anchor Song». Schräges Zeug. Der letzte Song war im Grunde eine Zumutung für meine offenbar untrainierten Ohren. Aber ich mochte die Stellen, an denen sie beinahe schrie, die waren schön, sie klangen so aufrichtig verzweifelt.

«Ich hatte mal einen Kumpel, der Isländer war», sagte ich. «Früher … als ich noch in Norwegen war. Andri.»

«Warst du schon mal da?»

«Auf Island? Nee.»

«Ich würde gern mal hinfahren. Irgendwann sollten wir das machen, findest du nicht? Einfach hinfahren. Das wäre cool.»

«Tja, ich weiß nicht, ob es da so viel zu machen gibt. Ich glaube, die Leute hocken die meiste Zeit in ihren Häusern und schauen den Wetterbericht.»

«Dann können wir ihn mit ihnen zusammen schauen.»

«Aber sie haben wohl eine revolutionäre Schokolade da», fiel mir ein.

«Eine was?»

«Schokolade. Das war nur ein Scherz. Andri hat jeden Sommer auf

Island verbracht, und wenn er zurückkam, war er der Blasseste von uns allen, so richtig durchsichtig, weißt du, was ich meine? Also hat ihn niemand um seine Ferien beneidet, und wenn wir ihn gefragt haben, was er die ganzen Wochen über gemacht hat, hat er nur mit den Schultern gezuckt und irgendwas von Angeln und Regen gemurmelt … na ja, und um seine Heimat in ein etwas besseres Licht zu rücken, vermute ich, hat er dann von dieser Schokolade erzählt, die er die ganze Zeit gegessen hat, wenn er dort war, und die es nirgends sonst auf der Welt zu kaufen gab. Svefnlausar® hieß sie. Das bedeutet schlaflos. Er hat behauptet, die heißt so, weil sie so viel Zucker enthält, dass man zwei Tage lang nicht schlafen kann, nachdem man sie gegessen hat. Aber als er das dritte Jahr in Folge zurückkam, ohne sie mitzubringen, glaubten wir ihm nicht mehr. Er hat allerdings auf seiner Geschichte beharrt und behauptet, die Schokolade wäre vom Zoll beschlagnahmt und als Speed oder so was Ähnliches deklariert worden.»

«Sweffen loser», versuchte Mordecai zu wiederholen.

«*Svefnlausar.* Sicherheitshalber war auf der Innenseite des Schokopapiers angeblich sogar die Telefonnummer der Notfallambulanz abgedruckt.»

Ich überlegte, was Andri jetzt wohl machte, auf den Straßen von Forus. Es war ein seltsamer Gedanke, dass diese Musik aus demselben Land kommen sollte wie er, irgendwie passte beides nicht zusammen. Ob er schon von Björk gehört hatte, sie vielleicht sogar kannte, und ob ihm das in Stavanger zu größerer Popularität verholfen hatte? Ob er durch die Gegend lief und herumerzählte, dass er Björk mal in den Sommerferien getroffen hatte, mit ihr durch Reykjavik gezogen war, in schokoladendurchwachten Nächten? Ich hatte ihn gekannt, fast alles über ihn gewusst. Ich erinnerte mich immer noch an seine Telefonnummer und an den Geruch der Seife bei ihm im Bad und an den Teppich im Flur, aber inzwischen hatte ich keinen Schimmer mehr, wer er war und wie er aussah und ob er überhaupt noch im selben Haus wohnte und nach wie vor mit Stig abhing. Genau wie er nicht ahnen konnte, dass ich gerade mit einem Typen am Strand saß, Zigaretten rauchte, isländische Musik hörte und von ihm sprach. Einst bester Freund, jetzt zu einer Anekdote zusammengeschrumpft. Er war ungewohnt groß, der Abstand nach zu Hause an diesem Tag, schwer zu sagen, ob das gut oder schlecht war.

«Aber wie war es eigentlich in deinem Ferienlager?», fragte ich Mordecai nach einer Weile. «Bist du diesmal ein bisschen jüdischer geworden?»

Er drückte seine Zigarette aus und vergrub sie im Sand.

«Hab beschlossen, Schauspieler zu werden», sagte er. «Ganz sicher. Das habe ich da herausgefunden, es gab einen Tag, da hat alles einen Sinn ergeben, einfach so, wir haben eine dieser Übungen gemacht, bei der man auf die Frage antworten soll, wo man sich in zehn Jahren sieht, du weißt schon, spontan, ohne lange zu überlegen … um das zu sagen, was man unbewusst wirklich meint. Jemand hat mich gefragt, was ich dann beruflich machen würde, und ich habe einfach gesagt: *Schauspieler.* Hab nachts lange wach gelegen und darüber nachgedacht, warum ich genau das geantwortet habe, ob es wirklich das ist, was ich machen will. Und es kam mir richtig vor. Die Schauspielerei ist das Erste, was mir wirklich etwas bedeutet, weißt du, was ich meine? Was ich wirklich *will.*»

«Schauspieler ist der einzige Beruf, bei dem man nie man selbst sein muss. Eine ganze Karriere, die darauf basiert, nur so zu tun, als ob man wüsste, was man da gerade macht», sagte ich.

«Stimmt genau. Aber eines ist auf jeden Fall sicher, meine Eltern stellen sich was ganz anderes vor, sie haben meinen Lebenslauf schon fertig im Kopf, zweifellos. Und für meinen Alten gilt nur etwas als Arbeit, das mit Zahlen zu tun hat, der kriegt die Krise, wenn ich ihm das erzähle. Ich glaube, meine Eltern träumen davon, dass ich die Familienehre bei Lehman Brothers und Co. wiederherstelle. Aber das können sie vergessen, ich verschwinde nicht im selben schwarzen Loch, nur über meine Leiche. Ich habe doch gesehen, was dabei rauskommt. Für mich geht es um alles oder nichts.»

«Nichts wird es nicht werden.»

«Und was ist mit dir? Hast du darüber nachgedacht, was du später machen willst?»

«Wunder dich nicht, wenn du mich auf dem Weg zum Vorsprechen in der U-Bahn triffst», antwortete ich. «Kann sein, dass wir dasselbe Ziel verfolgen.»

Ich erzählte ihm, wie ich zu genau demselben Entschluss gekommen war und mich den Rogers und anderen Senioren in Fair Harbor bereits als Schauspieler vorgestellt hatte, sozusagen um zu testen, ob das Eis dick genug war.

«Verstehe ich das richtig», fiel Mordecai mir ins Wort, «du hast es *endlich* geschafft, von diesem ewigen Florida-Urlaub wegzukommen, und kaum bist du hier, klapperst du als Erstes sämtliche Greise in der Umgebung ab. Sag mal, hast du einen Fetisch, oder was?»

«Sie haben mir einen halben Dollar versprochen, wenn ich ihre Gebisse für sie reinige. Habe eine ganze Tüte voller Zahnprothesen rumgeschleppt und alles unten am Strand ausgespült.»

«Igitt.»

«Und einen Dollar für jedes Hühnerauge, das ich mit Salbe einschmiere.»

«Hör auf!»

«Zehn Dollar, wenn ich ihren Blasenkatheter oder Nachttopf ausleere.»

«Ich meine es ernst, hör verdammt noch mal auf!»

«Sie sind nett, okay? Und außerdem versorgen sie mich schon am späten Nachmittag mit Bier.»

«*Das* ändert die Sache natürlich.»

Wir fuhren auf die Nordseite der Insel, machten einen Abstecher zur Marina, starrten die Boote an, die dort lagen, und überlegten, welche wir uns selbst kaufen würden, falls wir eines Tages genug Geld hätten. Dann wollten wir auch ein Haus hier haben, auf Fire Island, einen Ort, an den wir uns zurückziehen konnten, wenn wir in den Theaterferien darauf angewiesen waren, wieder wir selbst zu sein. Wir hätten als Schwimmer enden können, wir hatten uns rechtzeitig ans Ufer gerettet. Wir wussten, wer wir werden und was wir mit unserem Leben anfangen wollten, es war eine riesige Erleichterung. Und wir wollten dasselbe, die Erleichterung darüber war sogar noch größer.

Doch dann kam es erneut, wie eine Welle, dieses unbestimmte Gefühl, dass wir an der Schwelle zu etwas standen, dessen Konsequenzen wir unmöglich überschauen konnten.

«Du hast mir nie erzählt, warum dein Vater gefeuert wurde», sagte ich, wir hatten uns jeder ein Boot ausgesucht, alte Fischerkähne, der eine ramponierter als der andere; wir wollten einfache Boote.

«Aber du hast Gerüchte darüber gehört, nehme ich an, und dir sicher auch eine Meinung gebildet, wie alle anderen.»

«Kann sein.»

Mordecai strich sich über das Gesicht.

«Kurz gesagt – er war ehrlich. Das wussten sie nicht zu schätzen. Ehrlichkeit kostet sie Kunden. Mein Alter wurde ihnen zu teuer. Aber das ist vermutlich nicht ganz das, was du gehört hast.»

«Und was macht er jetzt?»

«Abgesehen davon, dass er es bereut und ständig auf einen Anruf wartet, der ihn dazu einlädt, wieder ins warme Nest zurückzukehren, meinst du? Ich bin mir nicht sicher, aber irgendeinen Investitionskram. Und dann hat er haufenweise Meetings mit Leuten von Goldman Sachs, die er noch kennt. Falls du mal einen Kredit brauchst, sag einfach Bescheid.» Mordecai sah auf die Uhr, ohne zu sagen, wie spät es war.

«Übrigens habe ich ein Mädchen kennengelernt. Im Ferienlager.»

Er musste bemerkt haben, wie ich erstarrte, denn er fügte sofort hinzu: «Immer mit der Ruhe, es ist nicht, wie du denkst, wir sind nur Freunde.»

Ich wusste nicht genau, ob ich das glauben konnte. Ich befürchtete schon ein neues Intermezzo à la Alison.

«Ist sie, na, du weißt schon, hübsch?»

«Hm …», er wog das Wort einige Sekunden ab, «hab nie richtig darüber nachgedacht, sie ist dreiundzwanzig, eine der Betreuerinnen. Aber nein, sie ist wohl nicht unbedingt *das hübscheste Mädchen*.»

Das beruhigte mich ein bisschen.

«Und was ist mit: *eines der hübschesten Mädchen*?»

Er seufzte. «Was spielt das für eine Rolle? Sie ist kein Freundinnenmaterial, man muss nicht alle Leute in Schubladen stecken. Ich mag sie einfach, das ist alles. Wie soll ich es sagen, sie ist … interessant; wir waren viel zusammen, man konnte gut mit ihr reden, und … ich habe viel von ihr gelernt. Wenn ich sie … kennst du Shelley Duvall? An die erinnert sie mich ein bisschen. Aber nicht die Duvall in *Shining*, damit das klar ist. Nein, anders, Prä-Kubrick, falls es das gibt. Eine Lightversion. Weniger Geschrei und aufgerissene Augen. Aber sag ihr das bloß nicht … niemand will aussehen wie Shelley Duvall.»

«Was ist mit *Brewster McCloud*? Von 1970. Da ist sie eigentlich ziemlich hübsch.»

«Habe ich nicht gesehen.»

«Ist nicht wahr! Du wärst überrascht.»

«Wenn das so ist, wirst du Mischa garantiert mögen.»

«*Mischa?* Heißt sie so? Was ist das für ein Name? Irgendwas Jüdisches?»

«Russisch, glaube ich», antwortete Mordecai, «aber –»

«Russisch?»

«Musst du eigentlich alles wiederholen, was ich sage? Sie kommt aus Polen. Oder eigentlich aus Kanada, aber ihre Großeltern sind polnisch. Waren polnisch, meine ich, sie sind tot. Im Grab verliert man die Staatsangehörigkeit. Aber das ist auch nicht der Punkt, sie ist sieben Jahre älter als wir, also kannst du getrost – wobei, stimmt, du hast ja ein Faible für Ältere, also wer weiß. Wie schon gesagt, wir sind nur Freunde. Sie war eine der Betreuerinnen, und sie war diejenige, die mir die Augen geöffnet hat, dass ich Schauspieler werden will. Sie ist ziemlich cool. Und schlau. Sie malt.»

«Ich habe diesen Sommer ein Ferienhaus gebeizt.»

«Sie malt Bilder, Max. Sie verdient Geld damit. Ist ziemlich erfolgreich.»

«Und was hat sie dann in einem Ferienlager verloren?»

Allmählich war Mordecai genervt.

«Was ist denn los mit dir? Sie war da angestellt, hat unterrichtet. Schon mal davon gehört, dass man etwas tut, wovon andere profitieren? Sie hat in dem Ferienlager gejobbt, weil es ihr gefiel und weil sie als Kind selbst ihre Sommer dort verbracht hat. Du hast nie auf diese Art Ferien gemacht, du hast keine Ahnung, wovon ich rede.»

«Also gibt es nichts, was an ihr nicht stimmt?»

Er verdrehte die Augen. «Doch, bestimmt. Kein Zweifel. Aber im Gegensatz zu uns läuft sie nicht durch die Gegend und träumt von einer Karriere, sie *hat* schon eine. Und es kommt noch viel besser …»

«Wie denn?»

«Sie ist auf Fire Island.»

«Jetzt?»

«Jetzt. Für ein paar Wochen.»

«Wo denn?»

«Draußen bei Leja Beach, Davis Park. Weißt du, wo das ist? Es ist schon der vierte Sommer, in dem sie da ein Haus hat, und sie macht wohl die ganze Zeit Party. Ich habe ihr versprochen, dass wir abends mal vorbeikommen.»

«Aber es ist total weit bis dort, mindestens fünfzehn Kilometer», warf ich ein.

«Wir können einfach die Räder nehmen. Kein Problem.»

Ich dachte einige Sekunden darüber nach.

«Na gut. Lass uns am Freitag hinfahren.»

«Aber was sagen wir deinen Leuten?»

«Wie meinst du das? Ach, denen ist das egal. Jedenfalls meiner Mutter.»

«Wahnsinn, kann ich die adoptieren? Meine Eltern haben mir den ganzen Rucksack mit Anti-Zecken-Spray vollgestopft.»

«Wir sagen, dass wir nach Davis Park fahren und ein paar Freunde von dir aus dem Ferienlager treffen. Keine große Sache.»

«Großartig.»

«Und das Beste ist: Hier in der Straße wohnt ein Typ, dessen Veranda aussieht wie ein Schnapsladen. Ich kenne ihn, er sitzt den ganzen Tag da und säuft. Vielleicht können wir dem was abkaufen.»

«Noch großartiger.»

Ich langte zum CD-Player und legte noch einmal *Loveless* ein.

«Von der Musik werde ich ganz seekrank», sagte Mordecai.

«Das ist ja auch der Sinn», antwortete ich.

In Angelegenheiten wie diesen hatte ich besagten Alkoholiker längst zu meinem Ansprechpartner Nummer eins erklärt. Er war einer der Ersten, der mich in diesem Sommer in Fair Harbor grüßte, wenn nicht sogar der Allererste. Sein Haus lag nur wenige Straßen von unserem entfernt an einer Ecke, ich sah ihn jedes Mal, wenn ich die Kreuzung der Holzbohlenwege passierte; alle mussten ihn bemerken, er war nur schwer zu übersehen, aber die anderen mussten beschlossen haben, ihn zu ignorieren, denn man sah es auf den ersten Blick: Dieser Mann war nicht zum Spaß hier. Er war ein Schwergewicht um die fünfzig und hockte am immergleichen Platz, tagsüber und abends, er lümmelte sich auf einem Stuhl auf der Veranda mit einer Tüte voller Bierflaschen auf der einen und einer Tüte voller Leergut auf der anderen Seite, wie ein Industriearbeiter im Ruhestand, der aus alter Gewohnheit die Produktion am Laufen hielt und die Biere über seine Kehle von A nach B transportierte. An sich war das so wenig beeindruckend wie erstrebenswert, aber man durfte Punkt C nicht außer Acht lassen, der darin bestand, dass dieser Kerl in regelmäßigen und kurzen Abständen den Weg bis nach Fair Harbor zurücklegen musste, zum nächsten und einzigen Laden, der Alkohol verkaufte, um den nötigen Flaschenvorrat (und, so war zu hoffen, auch ein wenig Essen) zu hamstern, und das idealerweise in einem so wenig intoxikierten Zustand, dass ihm sein Anliegen nicht verwehrt wurde und er keine Belästigung für die Familien in Badekleidung, mit Sonne und Sand im Haar, auf der Suche nach Eiscreme und Süßigkeiten in den buntesten Farben, darstellte, um anschließend ebenso unbemerkt, wie er vom Haus zum Laden gelangt war, mit einem gutgefüllten Karren wieder zu seinem Gallionsposten auf der Veranda zurückzukehren – und all das, ohne dass jemandem auffiel, dass er sich auch nur einen Zentimeter bewegt hatte. Und dann gab es auch noch Punkt D, die Flaschen mit Whiskey und Wodka etc., die man an einem anderen Ort als dem Laden in Fair Harbor kaufen musste und die nahelegten, dass er trotz allem einen ziemlichen Sinn für Logistik und vorausschauende Planung besaß und die nötigen Vorräte gebunkert hatte, um so lange über die Runden zu kommen, bis die Touristen ihrer Wege gingen und er nach der Sommerpause wieder von seiner Fahrerlaubnis Gebrauch machen durfte (ein heißbegehrtes Privileg, das den Langzeitbewohnern vorbehalten war), um die nächste Fuhre sicher vom Festland auf die Insel zu transportieren.

Der Alkoholiker hörte nie Radio, saß nie in der Sonne, las nie Zeitung. Ich glaube nicht einmal, dass er sich langweilte. Er trank. Das war sein Geschäft. Er saß da und trank, meistens Bier, jedenfalls solange die Sonne am Himmel stand. Mit der Dunkelheit wurden die größeren Flaschen hervorgeholt, und dann machte ich immer einen weiten Bogen um sein Haus, denn die Person, die abends auf dem Stuhl auf der Veranda saß, war eine andere als morgens, weitaus weniger charmant, unerträglich launenhaft. Es kam vor, dass er grölte und krakeelte, an uns alle gerichtet, die wir wussten, dass er immer noch da war, aber so taten, als wüssten wir es nicht, und währenddessen leise und gequält in unseren Sommerhäusern umherschlichen, bis wir hörten, wie er endlich die Tür hinter sich zuschlug und Schlafen ging.

Seine Tage waren besser; der Morgen und der Vormittag waren seine beste Zeit.

Ich konnte stundenlang weg sein, aber wenn ich zurückkam, war es, als wäre der Tag auf Pause gestellt worden. Er saß, wo er immer saß. Das Einzige, was sich verändert hatte, war die Größe seiner Tüten, die linke war schlaff zusammengesunken, die rechte dagegen prall gefüllt. Er saß reglos da, in einer zerschlissenen Jeans und einem Hemd, das irgendwann einmal weiß gewesen war, mit Siebziger-Jahre-Sonnenbrille und einem Prophetenbart, der fast komplett jenen Teil seines Gesichts bedeckte, der nicht unter einer Trucker Cap mit der Aufschrift *FURTHER* in roten, romantischen Buchstaben versteckt war. Ich war im Laufe eines Tages mindestens viermal an ihm vorbeigegangen, bis er schließlich einen Ton von sich gab. Wir waren die beiden einzigen Menschen auf ganz Fire Island, die nie ihre Garderobe wechselten.

«Hey, Mann», sagte er laut von seiner Veranda herab, mit schleppender Stimme, am zweiten Tag, als ich zum vierten Mal an ihm vorbeikam. «Wo willst du hin?»

«Nirgendwohin.»

Er trank einen großen Schluck.

«Dann kann ich verstehen, dass du es eilig hast», erwiderte er. Daraufhin steckte er die leere Flasche in die eine Tüte, holte Nachschub aus der anderen und schien mich vollkommen vergessen zu haben, bis er mich am nächsten Tag wieder sah, auf dem Nachhauseweg, zum Abendessen, was bedeuten musste, dass es später Nachmittag war und ihm nicht mehr viel Zeit blieb, bis die schweren Stunden kamen.

«Na so was, bist du immer noch da? Tja, nirgendwohin findet man manchmal am schwierigsten.»

Darauf wusste ich nichts zu sagen.

Er lehnte sich auf seinem Stuhl vor.

«Wie heißt du, Mann?»

«Max Hansen.»

«Max Kansas», proklamierte er feierlich. «Nobel.»

«Hansen. Ich heiße Max Hansen.»

«Ist das schwedisch?»

«Norwegisch.»

Er ließ sich hart gegen die Lehne fallen, der Stoffbezug knirschte. «Schade. Ich hatte immer eine Vorliebe für Schweden. Sag mal, Kansas, hast du jemals von einem Einhorn gehört, das Aids hat? Nö, oder? Aber das heißt nicht, dass es nicht existiert, oder?»

«Sicher nicht.»

«Das habe ich schon immer gesagt, die Dinge sind grundsätzlich seltsam.»

Er lud mich auf seine Veranda ein, und da dies der angstbefreite Sommer war, setzte ich mich neben ihn und hoffte, er würde mir eine seiner Flaschen anbieten, aber wie sich herausstellte, hatte er gerade eben so viele, dass er selbst damit auskam, jedenfalls fragte er mich nie, ob ich etwas abhaben wollte, kein Mal, wenn ich bei ihm vorbeischaute und geduldig seinen Monologen lauschte und auf die vielen seltsamen Fragen antwortete, die er mir stellte, bot er mir davon an. Genauso wenig bot er mir einen Stuhl an, ich saß immer direkt auf der Veranda und starrte seinen gewaltigen Bierbauch an. Aber es war in Ordnung, auch das, der Tagesausgabe von ihm zuzuhören, war nicht uninteressant.

«Wohnen Sie hier?», fragte ich und studierte die Fassade seines Hauses, die man bestenfalls als renovierungsbedürftig bezeichnen konnte. Das Haus und er waren beinahe Ton in Ton, wie Camouflage.

«Ja. Seit 22 Jahren. War vorher in Paris, hab da mit einem Mädchen zusammengewohnt.» Er dachte eine Weile darüber nach, während er eine der Flaschen kippte. Die Minuten verstrichen, er dachte wohl nach. «Direkt neben der Bastille», fuhr er plötzlich fort, als hätte er gar keine Pause gemacht, «bist du da schon mal gewesen? Ein schöner Ort. Aber das ist nichts gegen das hier, im Winter. Du solltest mal herkommen, wenn alles verlassen ist. Da kann man kaum die Sonne sehen.»

«Was haben Sie dort gemacht?»

«In Paris? So wenig wie möglich. Aber das, was ich gemacht habe, habe ich gut gemacht. Glaube ich.»

«Und warum sind Sie hergezogen?»

«Man kann nicht überall wohnen bleiben, Kansas. Manche Orte sind wie Hotels, verstehst du, was ich meine?»

«Nein, nicht so richtig.»

«Ach.» Er sah plötzlich enttäuscht aus. «Ich hatte gehofft, du würdest es verstehen.»

Ich steckte mir eine Zigarette an und hielt ihm die Schachtel hin, aber er winkte nur mit der freien Hand ab.

«Nein, nein, nein, nicht für mich. Ich habe an dem Tag mit dem Rauchen aufgehört, als Reagan angeschossen wurde. Nie wieder.»

Alle Gespräche mit dem Alkoholiker liefen nach diesem Schema ab, eine ganze Reihe von Fragen und Aussagen, die eher ziellos waren, er schien vor allem daran interessiert, seine eigene Stimme zu hören und zu wissen, dass ihm jemand zuhörte, wahrscheinlich machten die Leute einen so großen Bogen um ihn, weil sie all die sinnlosen Imitationen eines Gesprächs mit ihm längst überhatten. Das und die allabendlichen Tiraden gegen alles und jeden. Doch ich hatte Zeit genug und fand heraus, dass sich, wenn man nur wartete, bis sein Gefasel versiegte, und man ihm auch nicht mit neuen Vorschlägen vom Typ «Wäre es nicht eine gute Idee, ein bisschen weniger zu trinken» kam, eine Lichtung im Dschungel auftat, wo er von seiner Familie erzählte, zu der er keinen Kontakt mehr hatte, und von dem Ort, an dem er aufgewachsen war, und von der Zeit, die er in Paris verbracht hatte. Dann war er – wenn auch betrunken oder auf direktem Weg dorthin – regelrecht lebhaft und sprach zusammenhängend, ohne eine Spur von Selbstmitleid und ohne die Larmoyanz des Trinkers, sondern er hatte etwas zu sagen, und ich glaube, in vielerlei Hinsicht saß ich lieber mit ihm zusammen als mit den Rogers. Er brauchte mich auch mehr, er redete nur selten mit jemandem. Und bei unserem letzten Gespräch sagte er: «All die Sachen, die ich dir erzähle, Kansas, alles, worüber wir reden, ist nur für dich bestimmt. Verstehst du? Die Konsequenzen wären einfach zu groß. Wenn das für andere Ohren als deine gedacht wäre, hättest du in der Zeitung davon gelesen.»

Er sagte es genau so, ich wage zu behaupten, dass ich mich an jedes einzelne Wort erinnere. Also werde ich euch auch nicht mehr erzählen, als ich bereits getan habe. Hier ziehe ich die Gardinen zu. Das bin ich ihm schuldig, vor allem nach dem, was passiert ist, und nach allem, was ich getan hatte, bevor es passierte, falls es nicht sogar schon passiert war, während ich es tat. Tut mir leid, an dieser Stelle versuche ich, ein bisschen listig zu sein. Die Zeit ist sowieso reif für eine Zeitung, die nur aus leeren Seiten besteht. Aber ihr hättet ihn gemocht. Ihr hättet ihn alle gemocht.

2

Meine Mutter hatte wie vermutet nichts dagegen, dass wir nach Davis Park fuhren, riet uns allerdings, vorher die Fahrradlampen zu kontrollieren, denn nachts könne man in den Sanddünen allzu leicht hinfliegen. Was bemerkenswert ist, denn noch vor fünf Jahren hätte sie kaum davor gewarnt, sondern wäre der Meinung gewesen, kopfüber im Sand zu landen – unabhängig von der Tageszeit und vorausgesetzt, dass man mit ein paar harmlosen blauen Flecken und Schürfwunden davonkam, die sich problemlos mit Jod und Pflaster behandeln ließen – sei eine wertvolle Erfahrung. Bemerkenswert ist auch, dass die Der-einzige-Weg-um-zu-lernen-dass-es-weh-tut-an-einen-Elektrozaun-zu-pinkeln-ist-an-einen-Elektrozaun-zu-pinkeln-Einstellung meiner Mutter zur Lernkurve ihrer Kinder mit zunehmendem Abstand zu dem Jahrzehnt, aus dem ihre Erziehungsideale stammten, nicht allein proportional abgenommen hatte, sondern von einer nun beinahe allumfassenden Sorge abgelöst wurde, was uns, sie selbst eingeschlossen, in diesem Land zustoßen könnte, und zwar (so glaube ich) aus dem einfachen Grund, dass eine ganze Reihe von Dingen in den letzten drei Jahren schlechter gelaufen war, als sie es sich in jenen Tagen vorgestellt hatte, in denen wir, bereits mit einem latenten, sozusagen entsicherten Zweifel, im Sommer 1990 in Stavanger unsere Koffer packten. Davon abgesehen wünschte sie uns einen schönen Ausflug. Sie würde ohnehin nicht zu Hause sein, sie hatte Karten für eine *Schwanensee*-Aufführung des New York City Ballet im Lincoln Center und würde mit einer Freundin aus der Wohltätigkeitsorganisation hingehen, der sie, mit einer gewissen Beklommenheit und darüber im Klaren, dass Wohltätigkeitsorganisationen ein Klischee waren, ein Ort, an dem die Ambitionen verheirateter Frauen erloschen, beigetreten war. Also unterstanden wir der Jurisdiktion meines Vaters. Er fand den Weg weit. Sehr weit. Viel zu weit, und er schlug vor, dass wir stattdessen tagsüber dorthin führen, wir könnten doch zusammen radeln, alle drei, sagte er, und eine richtige Expedition daraus machen. Auf die andere Seite der Insel. Bade- und Badmintonsachen mitnehmen, in der Dämmerung heimkehren, erschöpft und voller neuer Eindrücke. Wir lehnten seinen Vorschlag höflich ab, wohlwissend, dass er es nicht wagen würde, uns den Ausflug zu verbieten, solange meine Mutter sich noch im selben Zimmer befand, und in dem Moment tat er mir regelrecht leid, er hatte sogar schon einen Schläger und einen Federball aufgestöbert, und als wir seinen Vorschlag einstimmig ausschlugen, versteckte er sie halb hinter seinem Rücken und gab vor, nur ein paar alte Sachen wegzuräumen.

Mein Vater.

Früher hatte ich so sehr zu ihm aufgesehen, dass ich Nackenschmerzen bekam. Er war in meiner Grundschulzeit in unsere Klasse gekommen, als man die Eltern eingeladen hatte, von ihren Berufen zu erzählen, und während die Ärzte, Ingenieure, Vertriebsleiter, Geologen, Ölarbeiter, Klempner und Radiomoderatoren sich und ihre Berufe vorstellten und der Jubel des jungen Publikums anschwoll und meine Mitschüler sich wieder und wieder und wieder umentschieden, was sie einmal werden wollten, wenn sie erwachsen waren, lehnte mein Vater geduldig in seiner Pilotenuniform an der Wand und wartete darauf, an die Reihe zu kommen. Es ging bereits ein Raunen durch das Klassenzimmer, noch bevor er überhaupt den Mund geöffnet hatte. Und als er es schließlich tat, sagte er: *Ich arbeite bei einer Geschwindigkeit von 850 Kilometern in der Stunde.* Wir wollten alle Piloten werden. Er sagte: *Ich arbeite zehntausend Meter über dieser Schule.* Er sagte: *Wo ich arbeite, scheint immer die Sonne.* Er erklärte uns, was ich bereits wusste, sprach von Flugzeugmotoren von Rolls-Royce und von Zugkraft und Schubkraft, von der Tragkraft der Flügel und welcher Belastung sie standhielten, vom Streckennetz über Europa und dem Landeanflug. Er sagte: *Sierra Kilo four zero one six, turn left heading one niner zero, descend and maintain flight level zero two zero, cleared ILS runway one niner left approach, maintain two thousand until established on the localizer. Contact Fornebu approach on one two three point three. Good day.* Mein Vater erklärte, so würden sie reden. Mein Vater sagte *cabin crew arm slides cross check and report.* Mein Vater sagte *cabin crew prepare for landing.* Mein Vater ging die Vorkehrungen im Falle eines Luftdruckabfalls in der Kabine durch, die Evakuierungsmaßnahmen bei einer Notlandung auf dem Wasser, er legte sich die Rettungsweste um, zog an den Leinen und blies in den Schlauch, und ich musste Wasser auf die Lampe schütten, damit sie zu blinken begann. Mein Vater sagte: *Vergesst nicht, dass der Flugkapitän nur die Spitze des Eisbergs ist, hinter uns stehen Hunderte Arbeiter, Bodenpersonal, Mechaniker, Gepäckabfertiger und Fluglotsen, und alle gemeinsam schaffen die Voraussetzung dafür, dass wir unser Ziel erreichen.*

Wir wollten alle Piloten werden.

Ich erinnere mich noch, dass Ulrikke und ich einmal im Sommer bei ihm im Cockpit sitzen durften, als er die Landung auf Bergen vorbereitete und den Überblick über Tausende leuchtende Knöpfe und Hebel hatte und kaum noch hinsehen musste, als er mit seinen Fingern darüberglitt. Wir waren zutiefst beeindruckt. Wir staunten. Wir waren glücklich, dass er unser Vater war.

Woran ich mich auch erinnere: wie unser Vater, abgesehen davon, dass er derjenige von uns ist, der das ausgeprägteste politische Bewusstsein besitzt, und derjenige, der uns beibringt, wie wichtig genau das ist, ein politisches Bewusstsein zu haben, und was es an Einsicht in und Verantwortung für die Gesellschaft bedeutet, deren Teil man unweigerlich und unwiderruflich ist und deshalb auch moralisch verpflichtet, sein Bestes für sie zu geben, auch wenn sie manchmal ganz und gar nicht wie eine Gemeinschaft erscheinen mag, sondern eher wie eine Gruppe, die sich allen guten Rat und alle Ideen und alles, was als Bevormundung angesehen werden könnte, verbittet, selbst wenn nicht der geringste Zweifel besteht, dass sie im Grunde genau das braucht, und verzweifelt nach irgendeiner Form von Führung sucht, einer Richtschnur, mit anderen Worten: nach Hilfe; wie unser Vater, abgesehen davon, dass er derjenige ist, der uns (und damit auch den anderen Kindern in unserer Straße) zu unserer herandämmernden politischen Erweckung verhilft und später auch erläutert, dass sein Pilotenberuf keinesfalls eine Abkehr von den Arbeiteridealen ist, für die er gekämpft hatte, sondern eher eine Weiterführung selbiger, eine notwendige Entwicklung hin zu einer neuen Zeit (all das überstieg unseren Horizont), wie er uns abgesehen davon auch auf sportlicher Ebene zum nachahmenswerten Beispiel dient, indem er ein beinahe überirdisches Talent im Badminton an den Tag legt, darin eingeschlossen, aber nicht ausschließlich begrenzt auf die phantastische Fähigkeit, selbst die unvorhersehbarsten Windböen Stavangers und die angeschnittensten Bälle zu meistern, und ein geradezu furchterregendes Ballgefühl besitzt, das dafür sorgt, dass er gern vor dem entscheidenden Punkt nonchalant den Schläger von sich wirft und nur mit der Hand spielt, um zur Freude der wachsenden Schar von Zuschauern jeden Alters eine zusätzliche Spannungsebene einzuziehen.

Oder: wie mein Vater seine Familie beinahe ausnahmslos jeden Sonntag auf einen Ausflug mitnimmt, bis ich zehn Jahre alt bin, entweder zu einem kurzen Spaziergang um das Mosvatnet oder zu längeren Tagestouren in den Wald oder in die Berge, auf den Vårlivarden oder Dalsnuten, wo wir über ganz Stavanger blicken können und auf die andere Seite des Fjordes zeigen, wo wir unser Haus vermuten; es wäre eine Übertreibung, diese Wanderungen als normale Sonntagsausflüge zu bezeichnen, wir gehen nicht um des Gehens willen, vielmehr sind es Exkursionen mit verzwickten Aufgaben und Rebussen (häufig ohne jede Verbindung zu dem Ort, an dem wir uns befinden), die mein Vater vorher für uns zusammengestellt hat, in der Hoffnung, dass wir es nicht nur nett miteinander haben, sondern auch etwas dabei lernen, denn Wissen ist Macht, und es sind die Unwissenden, die sich niemals vom Joch der Unterdrückung befreien werden, wie er uns ein ums andere Mal mit ernster Miene in Erinnerung ruft. Er bringt uns aber auch relevante Dinge bei, er macht uns mit den verschiedenen Baumarten und Pilzsorten auf dem Waldboden vertraut, damit, wie haarfein die Nuancen sind, die einen vortrefflichen Speisepilz von einem giftigen und lebensgefährlichen Doppelgänger unterscheiden, was für den Unaufmerksamen fatale Konsequenzen haben kann. Wir lernen, uns mit Hilfe eines Kompasses zu orientieren und an Höhenzügen, Bergrücken, Talsohlen und Moränen und wie man am besten einen Fluss überquert. Er deutet auf Ameisenhügel und sagt, dass sie immer nach Süden zeigen, wohingegen Flechten und Isländisches Moos auf der Nordseite wachsen und einem die Richtung weisen, wenn man keinen Kompass zur Hand hat; und um die Aufmerksamkeit anderer auf sich zu ziehen oder einfach nur ein bisschen Spaß zu haben, könne man (vorausgesetzt, man hat ein Messer dabei, und das sollte man, wenn man sich auf Wanderschaft begibt – und man sollte so oft wie möglich auf Wanderschaft sein und ein Messer dabeihaben usw. –, und vorausgesetzt, es ist Frühling und der Baumsaft steigt und die Rinde lässt sich leicht lösen) eine Weidenflöte schnitzen.

All dieses Wissen. All der Respekt. All die Bewunderung, die meinem Vater von seinen Kindern und deren Freunden zuteilwird. Und trotzdem ist er nur Mittelmaß. Denn wenn alles gesagt und getan ist, wenn die Präsentation seines Arbeitsplatzes über den Wolken vorbei ist und wenn der eingeübte, tosende Applaus, den unser Klassenlehrer uns eingeimpft hat, damit wir imstande sind, ausreichend wohlerzogen zu agieren, wenn jemand etwas Außerordentliches gesagt oder getan oder einfach nur etwas, das Überwindung kostet, hinter sich gebracht hat, weshalb er eine Anerkennung in Form von 44 klammen Kinderhänden verdient hat, die rhythmisch und exakt lange genug (aber auch nicht *zu* lange) aufeinandergeklatscht werden, um die Reaktion authentisch wirken zu lassen; wenn dieser Applaus verebbt ist und alles wieder seinen gewohnten Gang geht, sind wir es, ich und meine Schwester und meine Mutter, die weiterhin mit diesem Vater zusammenleben müssen, der es fast immer gut meint, aber, kaum dass er zu Hause ist, wieder dieselbe autoritäre Distanz und stolze Flugkapitänspersönlichkeit an den Tag legt, die im Klassenzimmer eine so große Faszination ausgelöst hat, dass dem Luftfahrtmuseum von Stavanger am darauffolgenden Sonntag die Broschüren über den Pilotenberuf ausgehen und es folglich schnurstracks die Druckerei kontaktieren muss, um Nachschub zu bestellen, falls dieser große Ansturm anhält (was er nicht tut). Wir, die mit ihm zusammenleben, wissen, dass er ein Herz aus Gold hat, das man aber nur schwer erreichen kann. Das Lob meines Vaters muss man sich erarbeiten. Oft wirkt er distanzierter, als er in Wirklichkeit ist. Er ist sehr schweigsam und lässt sich nicht einfach so mitreißen. Er ist auch nicht derjenige, zu dem man geht, wenn man sich das Knie aufgeschlagen hat und Nähe, Fürsorge und Trost braucht. Er ist der Mann, zu dem man geht, um sich ein Pflaster aus dem Medizinschränkchen geben zu lassen, zusammen mit guten Ratschlägen, wie wichtig es ist, dass keine Fremdkörper wie Steinchen, Sand oder Holzspäne in der Wunde zurückbleiben, die diese infizieren könnten.

Er hat auch eine unterhaltsame Anekdote über einen Militärpiloten parat, der sein gebrochenes Bein mit Ästen schienen musste, als er unsanft im Wald landete, nachdem er sich per Schleudersitz aus seinem F-5 Freedom Fighter katapultiert hatte, und sich drei Kilometer bis zum nächsten Hof schleppte, um von dort einen Arzt zu rufen. Mein Vater ist am besten, wenn das Wetter gut und das Leben einfach ist und die Tage gleich sind. Er ist gutmütig, aber das sieht man ihm von außen nicht immer an. Er ist ein Vater, der Kinder mag und gerne glaubt, er könne sich mit ihnen und ihrer Gedankenwelt identifizieren, doch wenn es darauf ankommt, gelingen ihm all diese Vatersachen nicht ganz, er findet, es müsste einfacher sein, und wenn er verunsichert ist, wird er ungeschickt und zieht sich zurück; sucht man seine Nähe, um ein wenig heißersehnte elterliche Zuwendung abzubekommen, wird daraus oft eine ermüdende Séance, bei der die Energie, die man eigentlich bei ihm tanken wollte, sofort dadurch verpufft, dass man ihn darin bestätigen muss, wie toll er seine Aufgabe als Vater erfüllt und wie wahnsinnig wertvoll es doch ist, dass man immer mit seinen Problemen zu ihm kommen kann, wann auch immer, wo auch immer. Er kann aufbrausend sein und anschließend frustriert und verständnislos, weil die übrigen Familienmitglieder für den Rest des Tages / Abends zurückhaltend und still sind. Er ist stolz darauf, noch nie einen Menschen geschlagen zu haben. Nicht einen einzigen. Nie auch nur mit physischer Gewalt gedroht zu haben, egal, wie wütend er war – und er kann unfassbar wütend sein –, weder als Kind noch als Jugendlicher oder Erwachsener hat er auch nur die

Faust gehoben, obwohl es viele Anlässe gegeben hätte, bei denen ein gutplatzierter Hieb durchaus angebracht gewesen wäre; es beschäftigt ihn auf eine nahezu religiöse Art und Weise, dass ein Mann einer ist, der nicht prügelt, und ein Mann, der prügelt, überhaupt kein Mann ist, sondern ein Monster im Mannesgewand. Diese unabdingbare Regel betrifft in erster Linie Gewalt gegen Frauen, sie markiert den Endpunkt für seinen ansonsten unerschütterlichen Glauben an die Geschlechtergleichheit; einen Mann zu schlagen, ist eine ganz andere Sache und eine Entscheidung, die jeder Mann im entscheidenden Moment selbst treffen muss. Mein Vater hat es nur nie getan. Er ist kein Pazifist, in der intensivsten (manche würden sagen paranoidesten) Phase der Partei hat er unter der Regie der AKP(m-l) ein Waffentraining absolviert oder auch nicht. Inwieweit er daran teilgenommen hat und inwieweit es überhaupt stattgefunden hat und inwieweit es in diesem Fall tatsächlich unter der Regie der Partei stattfand, ist etwas, das er nicht kommentiert. Doch *falls* ein solches Training stattgefunden hat und *falls* er daran teilgenommen hat, diente es einzig und allein zur Vorbereitung auf die kommende Revolution, von der man naturgemäß erwarten musste, dass sie gewaltsam und für alle Beteiligten traumatisch ablaufen würde, ob einem das nun gefiel oder nicht. Für eine Revolution zu kämpfen ist nicht gleichbedeutend damit, auch ihrem harten Preis entgegenzusehen. Begnügen wir uns mit der Feststellung, dass es einige Jahre gab, in denen eine Einreisegenehmigung in die USA, von einer Green Card ganz zu schweigen, für meinen Vater in weiter Ferne lag, er jedoch später *mit Leuten redete*, die das für ihn regelten. Er ist feinfühlig und dünnhäutig, sorgt sich um vieles und redet wenig darüber; er hat kein Bedürfnis, der Patriarch in der Familie zu sein, und staubsaugt gern, während meine Mutter auf dem Sofa liegt; er macht hervorragende Spiegeleier, brät Würstchen perfekt auf den Punkt, besser als jeder andere; dreimal im Laufe meiner Kindheit höre ich ihn weinen, wenn er glaubt, dass ihn niemand hört; dreimal erwähne ich es gegenüber meiner Mutter nicht und ihm gegenüber erst recht nicht; er hat auch seine Glanzzeiten als Vater, ab und zu und ganz plötzlich verwandelt er sich in eine Fürsorglichkeitspatrouille und wird zum Empathie-Weltmeister, in diesen Phasen sieht er jeden von uns, und selbst wenn es nur ein flüchtiger Kraftakt ist, kommt es uns vor, als wäre Superman zu Besuch. Das erinnert uns daran, warum wir ihn lieben. Er tut sein Bestes. Es ist nicht gut genug.

Auch in unserer Nachbarschaft ist mein Vater nicht gerade ein gefragter Mann, ich habe mehr Freunde als er, und selbst wenn er allen gegenüber so tut, als würde er keinen Gedanken daran verschwenden und als gäbe es für ihn nichts Natürlicheres als einen erwachsenen Mann, der *nicht* den ganzen Nachmittag mit seinen Kumpels herumhängt, sieht man doch, dass es ihn kratzt. Die anderen Väter in unserer und den angrenzenden Straßen verbringen viel Zeit miteinander, tauschen Ratschläge und Ideen aus und helfen einander bei der anfallenden Arbeit. Steht einer von ihnen im Ölzeug in der Einfahrt und spritzt die Platten mit dem Gartenschlauch ab, wird der Betreffende den Nachbarn, deren Schlauch nicht lang genug ist, üblicherweise anbieten, ihnen seinen eigenen zu leihen, damit auch sie das Moos zwischen ihren Platten beseitigen können, ehe es sich festsetzt, und die Reste des Winters oder Sommers wegspülen; ist dieser Austausch von Gerätschaften einmal nicht möglich, weil beispielsweise alle anderen Nachbarn ausgeflogen sind, wird der Nachbar, der ohnehin gerade die Frühjahrs- oder Herbstreinigung seiner Außenareale vornimmt, aus eigener Initiative mit dem Schlauch kurz über die Einfahrt des Nachbarn gehen, als reiner Freundschaftsdienst. Beschließt einer der Väter, es sei an der Zeit, die Bäume, Büsche und Hecken im Garten zu beschneiden, klingelt er bei den Nachbarn und teilt ihnen mit, dass er einen Anhänger gemietet hat und jene Väter, die ebenfalls daran Interesse hätten, ihre Gartengewächse zu stutzen, mehr als willkommen seien, ihre Abfälle auf seinen Abfallhaufen zu werfen, weil er später sowieso mindestens eine Fuhre zum Kompostwerk bringen werde. Außerdem grillen die Väter oft, und es ist ein ungeschriebenes Gesetz – eine Art gentleman's agreement –, dass Väter, deren Haus in Reichweite des Grillrauchs steht, nicht nur auf einen kleinen Happen eingeladen, sondern sogar ausdrücklich dazu aufgefordert sind, das Kochen an diesem Tag ganz ausfallen zu lassen und lieber beim

Nachbarn auf eine gemütliche Mahlzeit und ein nettes Gespräch vorbeizukommen, Frau und Kinder eingeschlossen; es ist mehr als genug für alle da. Mein Vater gehört dieser Bruderschaft nicht an, man setzt voraus, dass Kommunisten am Grillen, das man ja der amerikanischen Kultur zuordnen muss, kein Interesse haben, und obwohl die Nachbarn ganz genau wissen, dass meine Eltern inzwischen beide keine Kommunisten mehr sind und auch keine Mitglieder der AKP(m-l) und auch keinen freundschaftlichen Kontakt zu Mitgliedern der AKP(m-l) pflegen, halten sie es für unwahrscheinlich, dass sich auch ihre Essgewohnheiten geändert haben, und wer bringt schon gern andere in Verlegenheit und verursacht eine betretene Stimmung, indem er meinen Vater dazu zwingt, seine Familie zu so einer Veranstaltung mitzuschleifen, nur um mitansehen zu müssen, wie wir dort sitzen und in ihrem Essen herumstochern und uns unwohl fühlen. Doch das alles ist erwiesenermaßen nur eine bequeme Ausrede für die einfache Tatsache, dass mein Vater nicht sonderlich beliebt ist. Warum es sich so verhält, ist für meinen Vater größtenteils ein ungelöstes Mysterium, denn meine Mutter wird von den Nachbarn ganz anders angenommen, obgleich man sie wohl auch nicht unbedingt als *beliebt* bezeichnen kann, aber mein Vater hat Grund zu der Annahme, es hätte damit zu tun, dass die Väter in der Nachbarschaft, nicht selten angestiftet von den Müttern in der Nachbarschaft, *ihn* dafür verantwortlich machen, meine Mutter in *diese Sache* hineingezogen zu haben, und mit *dieser Sache* meinen sie die linken Ansichten meiner Eltern, auch wenn meine Eltern die Politik inzwischen viel entspannter sehen oder sich sogar davon abgekehrt haben; die anderen Väter in der Straße sehen in meinem Vater, so meint er, jemanden, der ihre Kinder indoktriniert, wenn sie bei uns zu Besuch sind, und der die anderen Väter im Stillen verurteilt und als eine Bedrohung all dessen auffasst, woran er glaubt, als diejenigen, die einer Welt im Wege stehen, wie er sie sich wünscht, einer Welt, die unendlich weit von jener entfernt liegt, von der sie selbst träumen und in der sie größtenteils bereits leben, einer Welt, in der man das bekommt, was man verdient, und sie haben ja auch verdient, was sie bekommen haben, und was bildet er sich überhaupt ein, mein Vater, der sowieso kaum etwas sagt, sondern nur verbissen vor sich hin murmelt, wenn sie ihn etwas fragen, egal was, was bildet er sich ein, mit dem Finger auf etwas zu zeigen, nach der ganzen Zeit, die auch er schon hier wohnt, mit seiner Familie, in diesem Ghetto für die aufstrebende Mittelklasse, in einem Haus, das viel größer ist als nötig, wenn man sich denn schon auf dieses Mantra bezieht, jeder nach seinen Fähigkeiten, jedem nach seinen Bedürfnissen, er, der bei der SAS gut verdient und den ganzen Tag wichtige Leute trifft und eine affige Uniform trägt und den es nicht stört, sie anzubehalten, bis er nach Hause kommt, sodass alle sehen können, wie erfolgreich er ist; sollte man ihm wirklich glauben, dass er kein Kommunist oder Marxist mehr ist, worin auch immer der Unterschied besteht, oder muss man annehmen, dass sich dieser Mann lediglich einen Zugang zur kapitalistischen Arbeitsriege verschafft hat, um das System von innen zu unterwandern? Und mit welchem Recht kommt er hierher und verbreitet eine miese Stimmung und Unzufriedenheit unter ihnen, wenn sie es sich mit dem gemütlich machen wollen, was sie sich hart erarbeitet haben, und säht einen nagenden Zweifel in ihnen, der sie hin und wieder nachts wach hält oder ihnen die Konzentration raubt, wenn sie die in filigranen Mustern verlegten Platten in ihrer Einfahrt vom Schmutz reinspülen, einen Zweifel, der abermals aufgewirbelt wird, wenn sie ihre Hecke so niedrig schneiden, dass sie darüber hinwegspähen und ihn dort sitzen und den *Klassenkampf* lesen sehen, einen Keim der Unsicherheit und des Zögerns, der in ihnen wächst und der zu ihnen spricht: *Was ist, wenn er recht hat? Was ist, wenn Mao den Nagel auf den Kopf trifft?*

Vor allem aber mögen die anderen Väter meinen Vater nicht, weil er keiner von ihnen ist, kein Ölarbeiter; womöglich meint er, er habe für die Sache der Arbeiter gekämpft, doch während die anderen Väter auf dem Boden hocken und das Grobe erledigen, schwebt er hoch über ihnen in der Luft, sitzt dort bequem mit seiner Sonnenbrille und einem eigenen Knopf, der, wenn er ihn drückt, sofort dafür sorgt, dass sich eine schlanke Stewardess in der Tür materialisiert und ihn fragt, ob sie ihm etwas zu trinken oder zu essen bringen oder sonst wie behilflich sein könne. Der einzige Nachbar, der ohne Widerwillen mit meinem Vater spricht, ist der Lehrer zwei Häuser weiter. Er hat allerdings keine Kinder und gehört daher technisch gesehen nicht zu den Vätern, obwohl er sporadisch in den vertraulichen Kreis einbezogen wird, wenn es um das Reinigen der Einfahrt oder das Sammeln des Gartenabfalls geht. Ein- oder zweimal im Jahr kommen mein Vater und der Lehrer ins Gespräch und reden so lange, dass es einem der beiden natürlich erscheint, den anderen für eine halbe Stunde auf ein Bier in seinen Gartenstuhl herüberzubitten, je nachdem, in welchem Garten sie sich gerade befinden (der Lehrer hat die besseren Stühle, keine selbstgebauten). An jenen Tagen ist mein Vater sichtlich von einer Freude erfüllt, die er nur schwer vor dem Rest seiner Familie verbergen kann, ganz gleich, wie sehr er das Ereignis zu bagatellisieren versucht, wenn er nach Hause kommt (oder der Lehrer gegangen ist und wir aus unseren Verstecken hervorkriechen, in denen wir uns verborgen hatten, um unseren Vater in dieser für ihn – mit den Worten meiner Mutter – *so wichtigen Zeit* in Ruhe zu lassen). Dann will mein Vater das Ganze herunterspielen und sagt, er sei gezwungen gewesen, ein Bier anzunehmen / anzubieten, als sie erst einmal dort gestanden und geredet hätten, etwas anderes wäre extrem unhöflich gewesen, und er betont dabei, dass sich der Lehrer anscheinend nur für zwei Dinge interessiere, nämlich zum einen dafür, inwiefern mein Vater Dag Solstads Romane über die AKP(m-l) und das Leben in und mit der Partei für realistisch erachte und ob er Dag Solstad schon einmal getroffen habe / persönlich kenne. Mein Vater ist dem Autor – soweit ich weiß – nie begegnet. Und zum anderen, sagt mein Vater, für Schach. Der Lehrer interessiert sich über alle Maßen für Schach, mit Spieltheorie, mit dem Nash-Gleichgewicht im Licht der internationalen Politik. Er ist schon bei mehreren Lokalturnieren angetreten und lädt meinen Vater an einem der kommenden Tage zu einer freundschaftlichen Partie zu sich ein, unter anderem, um ihm seine Neuanschaffung zu zeigen, einen SciSys Kasparov Express 16K Instant Response Schachcomputer mit zwei digitalen LCD-Uhren, die genau, ja mit geradezu tödlicher Präzision die Spielzeit festhalten, was mein Vater als ausgestreckte Hand zu einer dauerhafteren Freundschaft interpretiert, da sich der Lehrer in der Vergangenheit darüber beklagte, dass es in dieser Nachbarschaft niemandem gäbe, mit dem er Schach spielen könne, und das veranlasst meinen Vater dazu, sich seinerseits ein teures und aufwändig verarbeitetes Schachbrett mit handgeschnitzten Figuren zu kaufen, mit dem er den Nachbarn beeindrucken und ihm eine Versicherung geben will, dass er – mein Vater – lernwillig und darauf eingestellt ist, diesem Hobby eine ernstzunehmende Menge an Zeit zu widmen.

Trotzdem bleibt es bei diesem einen Mal. Dem Bericht meines Vaters nach verbrachten sie beide einen gemütlichen Abend und spielten einige Partien Blitzschach, ehe sie eingehend über Gorbatschows Bereitschaft sprachen, den Warschauer Pakt aufzulösen, wenn der Westen gleichzeitig die NATO auflösen würde, doch es schließen sich keine Einladungen zu weiteren Schachabenden an; als mein Vater und der Lehrer das nächste Mal ein paar Worte miteinander wechseln, ist es wie immer das Ergebnis einer zufälligen Begegnung auf der Straße, bei den Garagen, und der Lehrer erwähnt das Schachspiel auch nicht noch einmal. Sie trinken weiterhin ein- oder zweimal im Jahr ihr nachbarschaftliches Bier, aber das luxuriöse Schachbrett, das sich mein Vater angeschafft hat, bleibt unbenutzt und unerwähnt, auch von meinem Vater, wenn er mit dem Lehrer zusammensitzt und über Dag Solstad und verwandte Themen redet. Meine Schwester Ulrikke holt das Schachbrett einige Jahre später vom Dachboden, packt es ein und schenkt es ihrem Freund zum Geburtstag, mit dem sie drei Monate später Schluss macht. Ohne das Brett und die Figuren zurückzuverlangen. Wenn man Ulrikkes Freundinnen Glauben schenkt, ist der Verlassene vollkommen außer sich und am Boden zerstört über das, was ihm wiederfährt, aber soweit ich weiß, mausert sich er in den folgenden Jahren auch nicht zum Schachtalent; dafür erreicht er als Erwachsener zumindest in der Provinz einen gewissen Ruhm als Hersteller einer patentierten Weiterentwicklung des Tupperware-Aufbewahrungssystems zur Lagerung von Lebensmitteln mit den einfallslosen Namen Fresh-O-Food® und Fresh-O-Veg®; inwieweit der Geschäftserfolg mit einer möglicherweise ausgiebig betriebenen Schachspielerei in seiner Jugend in Verbindung steht, ist eine Frage, deren Antwort nur er allein kennt. Und mein Vater bleibt weiterhin ohne engere Freunde.

Widerwillig, resigniert, enttäuscht ließ sich mein Vater darauf ein, dass wir ohne seine Aufsicht nach Davis Park radelten. *Seid aber spätestens um zwei wieder da*, betonte er, und ich sah meine Mutter an, aber sie hatte keine Lust, für mich zu protestieren. Also versprach ich, pünktlich zu sein. Und ich versprach noch mehr; weil es so offensichtlich war, dass mein Vater dieses Versprechen brauchte, versprach ich: *Wir können ja morgen was zusammen machen.* «Ich muss morgen Nachmittag wieder arbeiten», antwortete er, «Cincinnati – Houston – L. A., aber danach bin ich eine Weile hier.» Hoffnung keimte in ihm, er legte das Badmintonset zur Seite. «Vielleicht können wir dann ein Boot mieten, weißt du, uns mit aufs Meer nehmen lassen.» Mein Vater blickte Mordecai und mich erwartungsvoll an. «Nur wir drei. Tiefseeangeln, was haltet ihr davon? Das wollte ich schon immer mal ausprobieren. Wer weiß, wenn wir Glück haben, beißt vielleicht sogar ein Hai an. Das wäre doch was.»

Wir trafen eine lose Verabredung, und ich sah, wie mein Vater in dem Moment strahlte, im Geiste war er bereits an Bord, auf dem Weg über das Meer, während der Köder vorbereitet und die Rolle an den starken Ruten kontrolliert wurde; Vater und Sohn und die Fische, ein Anlass zu Erinnerungen, von denen wir noch Jahre später zehren konnten. Er ahnte die Konturen des ersten Spatenstichs beim Wiederaufbau meiner Achtung vor ihm und sah den Sieg schon sicher vor sich. «Aber», mahnte er streng, «das setzt natürlich voraus, dass ihr vorher keinen Unfug macht. Und heute Nacht um zwei Uhr zu Hause seid. *Spätestens.*»

Als würden wir mir zuliebe angeln gehen. Als hätte er immer noch was zu sagen.

«Ihr wisst, worum es in *Schwanensee* geht?», fragte meine Mutter am Freitagvormittag. Sie stand vor dem Wohnzimmerspiegel und machte sich zum Aufbruch bereit. Sie sah gut aus. Ich hatte sie schon lange nicht mehr so herausgeputzt gesehen.

«Nicht so richtig», antwortete ich zerstreut.

«Mordecai, aber du kennst die Geschichte doch?»

«Warum sollte er?», fragte ich entnervt und zog ihn am Ärmel. «Komm schon, wir gehen.»

Doch Mordecai sagte nur: «Nein, ich glaube, ausgerechnet dieses Ballett habe ich noch nicht gesehen.»

Ich schwöre, ich hätte ihn auf der Stelle in Öl und Kräutern wälzen und bei lebendigem Leibe auffressen können.

«Es geht um den Prinzen Siegfried», sagte meine Mutter und trippelte durchs Wohnzimmer, um die Handlung so graziös wie möglich nachzustellen. Sie machte das gar nicht mal so übel. «Er lebt ein sorgenfreies Leben in Saus und Braus und hat sich nie darum gekümmert, eine Braut zu finden. Die Mutter, die, wie ihr euch vorstellen könnt, natürlich um sein Wohlergehen besorgt ist, besteht deshalb darauf, dass er eine der Damen auserwählt, die zum bevorstehenden Königlichen Ballett kommen.»

«Mama, ich glaube, das reicht, wir brauchen nicht die ganze Inhaltsangabe.»

«Jetzt warte mal, nicht so ungeduldig, Max. Das wird noch spannend, du wirst schon sehen. Es ist ein Drama, ein großes Drama. Mordecai möchte es gern hören.»

Ich blickte Mordecai an. Er spielte seine Rolle immerhin gut. Aber ich konnte mich nicht zurückhalten.

«Warum siehst du dir den Mist überhaupt an?», platzte es aus mir heraus. «Jetzt mal ehrlich. *Schwanensee*? Ist das dein Ernst? Wenn ich dich bisher darüber reden gehört habe, ging es immer nur darum, dass es der engstirnigste, bürgerlichste Dünnpfiff ist, den es überhaupt gibt, gemacht für Leute, die sich nicht die Bohne dafür interessieren, was sie sehen, sondern dabei gesehen werden wollen, wie sie es sehen.»

Mir war klar, dass ich sie kränkte und dass sie nur so tat, als fände sie es lustig.

«Ich habe eben nicht so viele Leute, mit denen ich ins Theater gehen kann wie du, Max. Manchmal muss man sich anpassen. Über sich hinauswachsen. Und es ist schließlich nicht verboten, seine Meinung zu ändern, nicht wahr?»

Es war die Art und Weise, wie sie es sagte, viel zu verzagt, und mir fiel auf, dass ich mich nicht erinnern konnte, wann sie zum letzten Mal mit jemand anderem als meinem Vater ausgegangen war, sie blieb fast immer zu Hause. In genau diesem Moment hatte ich ihr den Abend kaputtgemacht. Sie würde dort zusammen mit den anderen Zuschauern auf den teuren Plätzen im Parkett sitzen und sich daran erinnern, wie sehr sie Tschaikowski in Wirklichkeit hasste, und sich entlarvt vorkommen. Doch mir gefiel es nicht, dass auch sie eine Wandlung durchmachte, dass wir nicht mehr dieselben waren, ich hatte ein Bedürfnis danach, dass sie unveränderlich war. Ich vermisste die Familie Hansen anno 1988, was war bloß aus uns allen geworden? Wir waren nicht wiederzuerkennen. Mordecai bekam vermutlich gar nicht mit, wie dick die Luft im Sommerhaus war, es faszinierte ihn nur, wie bodenständig und gelassen meine Mutter allen Dingen gegenüberstand, er sah nur, wie überfürsorglich sich seine eigenen Eltern verhielten, und nicht, dass wir auf einem guten Weg waren, zur traurigsten Familie des Landes zu werden.

Wir begleiteten meine Mutter zum Anleger, warteten zusammen mit ihr und sahen dabei zu, wie die Fähre mit einer Ladung Wochenendtouristen hereinkam. Meine Mutter sagte nicht viel. Ich fand, in ihren eleganten Sachen wirkte sie zwischen all den Shorts und Sommerröcken deplatziert. Aber es war schlimmer als das: Sie wirkte ohnehin deplatziert in diesen Sachen, unabhängig von ihrer Umgebung.

«Ich wünsche euch einen schönen Abend», sagte sie und umarmte uns, bevor sie an Bord ging. «Und seid nett zu den Mädchen.»

«Mama?»

«Ja, was denn, Max?»

«Ich bin auf deiner Seite.»

Sie lachte.

«Gut zu wissen, dass immerhin einer es ist.»

Er war nicht zu Hause. Zum ersten Mal. Es sei denn, der Alkoholiker saß mucksmäuschenstill in einer Ecke und hoffte, dass wir wieder verschwinden würden, denn er öffnete uns nicht die Tür, obwohl wir minutenlang und immer energischer klopften. Wir drehten eine Runde durch Fair Harbor und kamen eine Stunde später noch mal zurück, vielleicht war er nur im Laden gewesen, um seine Bestände wieder aufzufüllen. Aber: nein. Er war nicht zu Hause. Wir schlenderten nun selbst zum Laden und hielten nach ihm Ausschau, aber auch dort war er nicht, also trotteten wir wieder zurück zu seinem Haus. Wir spähten durch die schmutzigen Fenster, um zu sehen, ob wir ihn da drinnen irgendwo entdeckten, aber nichts von dem bisschen, was wir erkennen konnten, glich den Konturen eines Menschen. Mordecai und ich setzten uns auf die Treppe, mutlos und mit dem Gefühl, dass der Alkoholiker schuld sei. An allem.

«Er ist immer zu Hause», sagte ich, obwohl das ja jetzt schon nicht mehr stimmte.

«Er will uns damit sicher etwas sagen», erwiderte Mordecai. «Indem er ausgerechnet dann nicht da ist, wenn es mal darauf ankommt, meine ich.»

«Und was sollte er uns sagen wollen?»

«Der Weg zum Rausch ist dornig und voller Unwegbarkeiten.» Mordecai stand auf und kratzte sich an der Nase, während er die Alternativen abwägte. Dann sah er sich einige Male diskret um und legte die Hand auf den Knauf. Die Tür war abgeschlossen. Er warf mir einen kurzen Blick zu und verschwand um die Hausecke. Ich hörte eine Art Brummen, wie von einem Werkzeug, dann war es lange still, und ein paar Minuten später stand Mordecai plötzlich in der Tür.

«Hereinspaziert. Hier ist niemand», sagte er grinsend.

Ich sprang auf, blitzschnell, panisch vor Schreck.

«Was machst du da?», zischte ich. «Bis du bekloppt? Mach, dass du rauskommst. Wir brechen doch hier nicht ein, im Leben nicht. Vergiss es! Mann, ich kenne den, und wenn er nicht zu Hause ist, ist er nicht zu Hause, dann müssen wir es eben woanders versuchen.»

«Und wo sollen wir deiner Meinung nach stattdessen hin?», gab

Mordecai zurück. «Kennst du hier vielleicht noch mehr alte Seebären? Oder sollen wir uns älter schminken und in den Laden gehen? Hast du nicht gesagt, die wüssten da, wie alt du bist? Jetzt hör mal zu, mach nicht so ein Drama, das ist wirklich kein großes Ding, wir leihen uns nur was von ihm, wir klauen nicht. Wir *leihen* uns was und zahlen ihm nachher was dafür, meinetwegen auch das Doppelte. Der Typ wird sich doch ein Loch in den Bauch freuen, er verliert eine Flasche und bekommt zwei zurück, weißt du, was das bedeutet? Von so was träumen die doch in ihrem Delirium. Ich schwöre dir, der wird nicht sauer sein. Wer, wenn nicht er, sollte Verständnis dafür haben, dass man etwas zu trinken braucht, wenn einen der Durst überkommt? Es ist nicht mal gesagt, dass er es überhaupt merkt, wenn er so viel auf Lager hat, wie du sagst. Komm schon, wir klauen ja nicht seine Wertsachen. Falls er überhaupt welche hat.»

«Wir können doch nicht einfach bei Leuten einbrechen, nur weil wir feiern wollen.»

«Wer redet hier von einem Einbruch, die Tür ist ja offen. Du siehst doch, wie ich hier stehe.»

«Eben war sie noch zu.»

«Vielleicht, vielleicht auch nicht, vielleicht hat er vergessen abzuschließen, und vielleicht war mit dem Haken vom Wohnzimmerfenster schon länger was nicht in Ordnung. Vielleicht kommen da verschiedene Dinge zusammen. Ich fahre jedenfalls nicht zu Mischa, ohne Bier mitzubringen. Und ich werde dorthin fahren, ob du nun mitkommst oder nicht. Also, was sagst du?»

«Wir zahlen ihm alles zurück. Und wir nehmen nur ein paar Bier. Und gehen höchstens eine Minute rein.»

Das Wohnzimmer war dunkel, nur schwach erleuchtet vom rotbraunen Schein der Sonne, der durch die schmutzigen Fenster fiel. Es roch abgestanden und muffig, auf dem Boden und den Sitzmöbeln lagen leere Schnapsflaschen verstreut, im Küchenbereich krabbelten ein paar Fliegen über die chaotische Arbeitsfläche, zwischen leeren Milchpackungen, Bierflaschen und einer halbleeren Sardinendose, die Mordecai zu dem Ausruf veranlasste: «Pfui Spinne, wie es hier stinkt!»

«Lass uns nur schnell das suchen, was wir brauchen, und gleich wieder abhauen», flüsterte ich zurück.

«Jaja, entspann dich.» Er zog eine Gabel aus einer Schublade und schob die Sardinendose über die Kante der Arbeitsfläche, sodass sie in den Müll fiel.

«Was treibst du da?», fragte ich leise. «Willst du hier aufräumen, oder was?»

Er antwortete nicht, sondern öffnete vorsichtig den Kühlschrank, dessen Licht den Raum flutete.

«Sieh mal», sagte Mordecai.

Ich sah. Der Kühlschrank war bis zum Rand mit Budweiser gefüllt. Und mit Sardinen.

«Keine besonders gesunde Ernährung. Wie viele willst du?»

«Zwei Sixpacks. Mehr nicht. Nimm sie einfach, und dann machen wir uns verdammt noch mal vom Acker.»

«Hat er nichts Härteres?» Mordecai durchkämmte das Wohnzimmer, kroch auf allen vieren umher und schaute unter das Sofa. «Die Flaschen hier sind entweder leer oder voller Kippen. Guck mal nach, ob er nicht wenigstens irgendwo noch ein paar Tüten hat. Dann müssen wir die Sachen nicht unter unseren T-Shirts verstecken.»

«Wo denn?»

«Keine Ahnung, versuch es mal mit den Schubladen.»

Ich zögerte, hatte keine Lust, die Schubladen zu öffnen. Nur nicht die. Da konnte alles Mögliche liegen, es ist unfassbar, was die Leute in ihren Schubladen verbergen und was besser nie das Tageslicht erblickt. Ich musste daran denken, wie der Alkoholiker gesagt hatte, wenn er wollte, dass die Leute alles über ihn wüssten, würde es in der Zeitung stehen.

«Worauf wartest du noch? Na, mach schon.»

Langsam zog ich die oberste Schublade auf und untersuchte den Inhalt. Zum Glück lag nur Besteck darin, und ich widmete mich erleichtert der nächsten. Sie enthielt alles Mögliche: alte Quittungen und Rechnungen, Glühbirnen und Kleingeld, Korkenzieher und ein Bündel, das wie alte Briefe aussah. Ich las sie nicht. Sie waren nicht für mich bestimmt. Die dritte Schublade war leer, was mich erleichterte, weil es auch die letzte war. Mordecai kam lautlos in die Küche, nahm das Bier aus dem Kühlschrank und stellte es auf die Arbeitsfläche, während ich den Schrank unter der Spüle öffnete. Dort lag ein kleiner Haufen Plastiktüten. Ich griff mir ein paar, und als ich sie herauszog, entdeckte ich noch etwas anderes. Mordecai sah es ebenfalls, als er mir über die Schulter blickte.

«Mazel tov», sagte er.

Wir starrten auf die ungeöffnete Whiskeyflasche. Ihr Inhalt war so golden, wie wir es noch nie gesehen hatten. Und es schien, als würde sie dort schon lange stehen.

«Den können wir nicht nehmen», sagte ich entschieden. «Siehst du nicht, wie verstaubt der ist? Er hat ihn sich bestimmt für irgendeinen besonderen Anlass aufgehoben.»

Mordecai schüttelte den Kopf.

«Denk doch mal nach, Max. Wir *können* ihn nehmen, und wir *sollten* ihn nehmen. Guck dich doch mal um, sieht so das Haus von jemandem aus, der in der Lage ist, irgendetwas aufzuheben? Der Typ wohnt hier allein, und er ist auf dem besten Weg, sich über den Jordan zu trinken. Er kriegt keinen Besuch, er redet mit niemandem außer dir, er hockt immer nur auf der Veranda und säuft. Wir halten ihn höchstens noch einen Tag länger am Leben, wenn wir die Flasche mitnehmen. Die meisten Alkoholiker wollen gar nicht sterben. Sie wollen nur nicht klar im Kopf sein, solange sie leben. Ich finde, wir sollten sie nehmen.»

«Aber was ist, wenn er sich darauf gefreut hat?»

Mordecai schob sich an mir vorbei und schnappte sich die Flasche.

«*Charlie don't surf!*», sagte er.

Ich verteilte die Biere auf die Tüten und reichte sie ihm. Er ließ den Whiskey in eine davon gleiten und nickte in Richtung der beiden verschlossenen Türen am anderen Ende des Wohnzimmers.

«Sollen wir weitergucken? Vielleicht hat er auch Zigaretten.»

«Lass uns einfach nur abhauen», antwortete ich. «Und du bezahlst ihm was für den Whiskey, damit das klar ist.»

«Wenn er … äh … danach fragt, schon», Mordecai sah sich um, als wollte er sich vergewissern, dass er auch nichts vergessen hatte. «Warte kurz.» Er ging mit langen Schritten zur nächsten Tür, öffnete sie vorsichtig, steckte den Kopf in die Dunkelheit und knallte die Tür wieder zu. «Igitt!», rief er und würgte. «Das ist das Klo. Hier hat er wohl auch vergessen zu putzen.»

«Jetzt. Hauen. Wir. Ab.» Diesmal war es kein freundlich vorgebrachter Vorschlag mehr. Ich schob Mordecai zur Haustür, und zum Glück ließ er mich gewähren, er öffnete die Tür einen Spalt, spähte hinaus, stellte fest, die Luft sei rein, und schlüpfte hinaus. Ich eilte zurück in die Küche, suchte einen Stift und etwas, worauf ich schreiben konnte, ich glaube, es war ein Kaffeefilter, und hinterließ eine Nachricht: *Sorry. Kann alles erklären. Du bekommst alles wieder zurück. Max.* Anschließend schlich ich mich auf dieselbe Weise hinaus wie Mordecai, holte ihn ein paar Straßen weiter ein, woraufhin wir uns so schnell, so beherrscht und natürlich, wie es irgend ging, vom Tatort entfernten, bis wir sicher waren, dass uns niemand bemerkt hatte. Dann ließen wir unserem Jubel freien Lauf.

Mein Vater machte Pizza für uns, bevor wir losfuhren, er überschlug sich förmlich vor Freundlichkeit, und während wir zusammensaßen und aßen – er noch immer in seiner Küchenschürze und mit bemehlten Oberarmen und triefend vor Schweiß, aber lächelnd –, kam es mir so vor, als wäre ich in letzter Zeit zu streng mit ihm gewesen und müsste mich ab sofort besser um ihn kümmern, das war ich ihm wohl schuldig. Schließlich sah ich, dass auch er nicht mehr derselbe war, keiner von uns war es, wir alle waren dabei, uns in jemand anderen zu verwandeln, und ich fand, dass man ihm ansehen konnte, welche Angst er hatte, mich zu verlieren. Und ich hatte wohl auch Angst, vor allem weil es längst geschehen war und kein Angelausflug der Welt mehr etwas daran änderte. Ihm ging ein wenig die Puste aus, nachdem wir ihm beim Abwasch geholfen hatten, und er verstand, dass wir unsere Pläne nicht sausenlassen und zu Hause bleiben würden, obwohl er uns eine Mahlzeit nach allen Regeln der Kunst serviert und sein Kumpelgesicht aufgesetzt hatte. Wir hörten, wie er den Fernseher einschaltete, als wir in mein Zimmer gingen, um uns fertig zu machen, doch dann riss mich Mordecai aus meinen Gedanken, indem er sagte: «Willst du etwa so gehen?»

«Wie denn?»

«In deinem Strandaufzug. Hast du nichts anderes?»

«Wie anders?»

«Na, wie … Klamotten. Eine Hose. Ein Hemd. Was auch immer. Etwas … Passenderes.»

«Ich wusste gar nicht, dass wir auf eine Beerdigung gehen.»

«Gehen wir ja auch nicht. Aber es ist auch keine Wiedersehensparty für Robinson Crusoe.»

Ich musste meine Fire-Island-Uniform ausnahmsweise ablegen und mich – mit Mordecais Worten – wie ein normaler Mensch kleiden. In den Tiefen meines Koffers entdeckte ich eine lange Hose, und nachdem ich eine Viertelstunde lang seine Nerven strapaziert hatte, indem ich sämtliche T-Shirts durchging, die ich mitgebracht hatte, lieh ich mir zu guter Letzt von Mordecai ein Flanellhemd.

«Die Sandalen behalte ich aber an», sagte ich.

Davis Park war nicht schwer zu finden. Es gab im Grunde nur einen einzigen Weg dorthin. Aber der war lang. Wir strampelten, bis wir verschwitzt und erschöpft waren, auf unbefestigten Sandwegen, die mit Ausnahme der Fahrzeuge der Parkwächter, die hin und wieder hinausfahren und irgendetwas reparieren mussten, nicht für den motorisierten Verkehr zugelassen waren, aber wir begegneten auch fast keinen Fußgängern. An einigen Stellen war der Sand so tief, dass wir die Fahrräder schieben mussten, bis wir zur nächsten Ortschaft kamen, wo wir unverdrossen wieder aufstiegen, während das Bier und der Whiskey auf dem Gepäckträger klirrten. Die Sonne brannte auf der endlosen Strecke im Niemandsland zwischen Ocean Beach und Cherry Grove, und wir glaubten die ganze Zeit, wir wären gleich da; wir folgten dem Judy Garland Memorial Path Richtung Osten und mussten nicht lange überlegen, um zu verstehen, wo der Name herkam; der Pfad schlängelte sich durch den Wald wie ein Fluss, wir hatten unterwegs definitiv die Grenze nach Kambodscha passiert, ich wartete nur darauf, dass uns jemand mit Speeren bewarf oder eine anachronistische, französische Plantage vor uns auftauchte, doch jegliche Zeichen menschlichen Lebens blieben aus, und wir waren gezwungen, unter einer Baumgruppe eine Pause zu machen, um wieder zu Kräften zu kommen, während wir ein Bier tranken und ernsthaft darüber sprachen, ob wir umkehren sollten, und uns selbst dafür verfluchten, dass wir kein Wasser mitgenommen hatten; wir fuhren weiter, radelten ohne anzuhalten durch Cherry Grove, um uns herum die Geräusche von Hunderten Swimmingpools und Leuten, die sich für einen weiteren Sommerabend bereit machten; dann ging es erneut hinaus in die Wildnis, wir fuhren am Strand entlang und noch einmal in den Wald, nur dass dieser Wald niemals enden wollte, immer dichter und dunkler wurde und wir schon glaubten, wir würden nie ankommen, doch dann tauchte zwischen den Ästen ein Bungalow auf, ein neuer Pfad und weitere Sommerhäuser, ein ganzer Ort voll davon.

Das war Davis Park.

Mordecai hatte keine Adresse von Mischa genannt bekommen, keinen genauen Zeitpunkt oder überhaupt irgendein Datum, wir hatten nichts, woran wir uns orientieren konnten. Also blieb uns nichts anderes übrig, als die Ohren zu spitzen und nach Lebenszeichen zu horchen. Ich habe keine Ahnung, wie lange wir planlos herumliefen, während Mordecai zwischen zusammengebissenen Zähnen murmelte *es muss hier sein, es muss hier irgendwo sein*, aber jedenfalls lange genug, damit uns mehrere Anwohner, denen unsere Anwesenheit anfangs schnurzegal gewesen war, mit alarmanlagenähnlichen Blicken zu folgen begannen, überzeugt, wir wollten ihnen sämtliche Habseligkeiten rauben, vom Geld bis zum Bettzeug. Schließlich zwang ich Mordecai dazu, dass wir uns auf fünf mögliche Häuser deduzierten, denn sonst gab es nur noch eines zu tun.

«Da», sagte er und deutete auf ein Haus. «Das ist es. Hör doch mal.»

Ich hörte. Es drang Musik hinaus, aber ich war nicht sicher.

«Das muss es sein», sagte er. «Wir klopfen mal.»

Es war das falsche Haus. Der Mann, der uns die Tür aufmachte, trug einen tiefroten Seidenschlafrock und musterte uns lange, während ihm ein riesiger, grauer Köter die Hand ableckte. Er flüsterte, dass es draußen zu warm sei, und lud uns auf eine Tasse Tee ein, wenn wir nun schon einmal da wären, er habe sowieso gerade einen Kessel aufgesetzt. Wir lehnten höflich ab und wichen zu unseren Fahrrädern zurück. Erst beim dritten Versuch traf Mordecai ins Schwarze, die Tür ging auf.

Und da war sie.

Allein dieser Satz, zerlegt in seine grundlegenden Bestandteile: *Da. War. Sie.* Ein schöner Satz. Es ist zwanzig Jahre her, und ich ertappe mich immer noch dabei, wie ich an die Schlichtheit dessen denke, dass sie da war, dass sie *war*, dass sie plötzlich da stehen und dieses Ereignis mit nichts anderem als diesen minimalen Anstrengungen zum allerwichtigsten in meinem Leben machen konnte, seit meine Eltern die endgültige Entscheidung getroffen hatten, uns in der Hoffnung einer vollständigen Kompatibilität der Kontinente nach Amerika zu transplantieren, wie sie da stehen und die Endstation für Myriaden von zufälligen Verbindungen sein konnte, die es ihr, in aller Einfachheit, ermöglichten, da zu sein. Zu diesem Zeitpunkt. Was wäre gewesen, wenn ich jetzt in Norwegen gewohnt hätte und sie nicht oder wenn sie erst am nächsten Tag da gewesen wäre oder schon wieder weg und keinen Grund gesehen hätte, noch einmal da zu sein. Aber sie war da. Sie hatte dunkles Haar und trug ein weißes Calvin-&-Hobbes-T-Shirt [Nachtrag: Mischa erzählte mir später, wie sie sich für genau dieses Kleidungsstück geschämt hatte, als sie uns sah, denn es war ein Kinder-T-Shirt, das sie ursprünglich in einem Secondhandladen in Toronto gekauft hatte, mehr oder weniger aus Spaß, obwohl der Gedanke dahinter keine Bedeutung mehr hatte und sie es nur noch trug, weil es wahnsinnig bequem war und vor allem Hobbes, der Tiger, eine wirklich intensive Farbgebung hatte, die sie ansprach, und sie noch dazu mit dem Motiv eindeutige nostalgische Gefühle für das vergangene Jahrzehnt wiedererwecken konnte, für die sie – in Gesellschaft Gleichaltriger – niemand kritisiert oder schief angesehen hätte, die jedoch Mitte der neunziger Jahre bei einem Aufeinandertreffen mit zwei Teenagern bestenfalls (so wie sie es sah) viel zu hippe, ironische Pop.Kult.Ref.-Signale aussandten und ihr schlimmstenfalls eine infantile Aura verliehen. Zu ihrer Verteidigung gebe ich diese Rechtfertigung nun also weiter] und einen dunkelgrauen Rock, der abgesehen von seiner Länge jenen Röcken ähnelte, in die sich meine Großmutter zu festlichen Anlässen und hohen Feiertagen kleidete, und stand in einer etwas unbeholfenen Pose mit hängenden Armen im Türrahmen. Und sie (Mischa) hatte knallblaue Turnschuhe an. Sie verschränkte die Arme und betrachtete uns. Mag sein, dass die Ärmel auffällig kurz waren, selbst für ein T-Shirt, und ich ihre halbe Schulter sah, aber mein erster Gedanke war, wie außergewöhnlich lang ihre Arme waren. Sonnengebräunt. Geschmeidig. Mein nächster, dass sie schrecklich hübsch war. Fand ich. Allerdings hatte man mir ja auch einmal gesagt, ich hätte einen *kommunistischen Frauengeschmack.* Sie hatte Ähnlichkeit mit Shelley Duvall, tatsächlich, so wie sie 1970 ausgesehen hatte, in ihrem besten Jahr, vor dem hysterischen Geheul, dem Hyperventilieren und Kubrick, vor den immer seltsameren Rollen und was es sonst noch war, vielleicht der Lauf der Natur und andere Unwägbarkeiten; vor dem großen Erdbeben in Kalifornien, das sie dazu veranlasste, zurück nach Houston zu ziehen, den Schauspielberuf an den Nagel zu hängen und sich stattdessen um ihre Katzen zu kümmern. Shelley Duvall im Jahr 1970. Ihr unergründliches Lächeln, wie sie in Robert Altmans *Brewster McCloud* in einem roten Plymouth Road Runner durch die Straßen von Houston raste, mit meterlangen Wimpern und diesen schweren Lidern und dem weichsten Haar in ganz Texas und nicht dem geringsten Schimmer vom Film (Altman hatte sie in Houston entdeckt, wo sie die Gemälde ihres Freundes verkaufte, und sie eingeladen, für eine Rolle in seinem Brewster-Film vorzusprechen. Sie hatte noch nie als Schauspielerin gearbeitet und keine Ahnung, was er meinte, als er sie bat, für die Rolle/den Part der Suzanne vorzusprechen); ihr schmales Gesicht und ihre Bohnenstangenfigur und der faszinierende Mund mit all seinen Zähnen; das rot gestreifte T-Shirt und die schlechten Ideen. Ihr zerstreutes Flirten, beinahe kindlich und naiv, aber im Grunde berechnend und funkelnd intelligent. Shelley Duvall anno 1970 oder 1969; oder irgendwo dazwischen, gefangen im Kreuzfeuer zweier Jahrzehnte und auf magische Weise hübsch.

Und Mischa.

Mischa.

Hatte ich mich sofort in sie verliebt, als sie dort im Türrahmen lehnte? Ging es wirklich so schnell? Ich weiß nicht, ich erinnere mich nicht, ich glaube, es waren zu viele Eindrücke auf einmal, und es passierte erst später am Abend, im Laufe der Nacht, dass sich die Erkenntnis an mich heranschlich und größer und größer wurde und phantastische Ausmaße erreichte, und ich wollte sie einfach nur berühren und mit ihr reden und ihr zuhören und sie verschlingen und sie vierundzwanzig Stunden am Tag in meiner Nähe haben und idealerweise auch noch danach. Es war ein Verliebtsein an der Grenze zum Kannibalismus, solide verankert im Wahnsinn. Aber ich erinnere mich an all diese Details, noch immer kann ich mir ihren Geruch zu genau dieser Zeit, an diesem Ort, ins Gedächtnis rufen, auch jetzt, zwanzig Jahre später, ich kann sie heranzoomen, die Form ihrer Fingerkuppen sehen, ihre Finger, wie sie damals aussahen, ihre Unter- und Oberarme, ihre Haut; die Beine und Knie; ich erinnere mich an die Konturen ihres Bauchs und die Umrisse ihrer Brüste unter der Kleidung, wie sie stand, ein wenig gebeugt, und wie ihre Schulterblätter aussahen, als sie sich umdrehte, und ihr Hals, wie das Haar die Form ihres Schädels nachzeichnete und sich an den Hals schmiegte und die kleine Rundung am Hinterkopf betonte, die bei Männern normalerweise stärker hervortritt als bei Frauen und die, wie wir lernten (und anschließend nie mehr vergaßen), Protuberantia occipitalis externa hieß, auch bekannt als Genie-Wölbung, deren Nutzen wir jedoch nie verstanden; ihre Zähne, Nase, das Muttermal in ihrer Ellenbeuge (Fossa cubitalis) auf der rechten Seite; die Augen; nie zuvor hatte ich gesehen, wie ein Mensch vor meinen Augen auf diese Weise Wirklichkeit wurde, ich hatte Mädchen kennengelernt, die ich mochte, und auch ein paar von ihnen geküsst, ich hatte mich verliebt, und es war wieder verflogen, aber das erste

Mal, als ich Mischa traf, war auch das erste Mal, dass ich begriff, was ein Mensch tatsächlich war, rein physisch: ein Körper, Physis und Beweglichkeit, Anatomie. Und später das überwältigende Erlebnis von etwas so Grundlegendem, wie sie zu umarmen, die Erlaubnis zu haben, es zu dürfen.

Sie zu umarmen, das vermisse ich am allermeisten.

Und ihr Haar.

Und ihr Kinn auf meiner Schulter. Und wie warm sie sich anfühlte. Und die Art und Weise, wie sie dann ausatmete und sich mit diesem Sicherheitsgurt aus Armen um sich herum entspannte.

Hauptsächlich aber erinnere ich mich an diesen Tag, weil all das noch vor mir lag.

Mischa öffnete den Mund. Ihre Stimme war tiefer als gedacht.

«Mordecai, was machst du denn hier?» Sie schien verwirrt, aber auch erschrocken, und es dauerte nicht länger als eine halbe Sekunde, bis uns klarwurde, dass sie überhaupt nicht mit uns gerechnet hatte. Ich konnte meinen Blick nicht von ihr lösen, ich glotzte. Sie erwiderte meinen Blick. Ich war mir fast sicher, dass auch sie mich ansah. Ich wollte nie mehr von hier weg.

«Ich … wir», stammelte Mordecai und suchte nach Worten, ebenso verwirrt. «Also, wir kommen dich besuchen …?»

«Aha?»

«… wie ich versprochen habe. Du hast ja gesagt, dass ich mal vorbeikommen soll.»

Sie wandte sich für einen kurzen Moment von uns ab und flüsterte einem anderen Mädchen, das hinter ihr im Flur auftauchte, etwas zu. Dann kam sie auf die Vordertreppe hinaus und schloss die Tür hinter sich.

«Mordecai», sagte Mischa und legte ihren langen Arm um seine Schultern, «seid ihr den ganzen Weg von Fair Harbor bis hierher geradelt?»

«Ja.»

Sie lächelte. Das gefiel mir. Sie hatte interessante Zähne. Dann entdeckte sie, was wir mitgebracht hatten, und wurde wieder ernst.

«Ihr habt Bier dabei? Also, du kannst doch nicht – *ihr* könnt doch nicht einfach so hier auftauchen. Mit … du weißt schon, Bier.»

«Ich weiß», erwiderte Mordecai, aber er wusste es nicht. So viel stand fest. Alles andere war fast noch schlimmer, ich erkannte ihn kaum wieder, wie er mit dünner Stimme vor sich hin stammelte, er wirkte mit einem Mal so klein, als wolle er verschwinden. «Aber du hast doch gesagt, dass ich dich besuchen soll. Also habe ich gedacht …»

«Tut mir leid», sagte Mischa. «Ja, das habe ich bestimmt gesagt. Nur *so* habe ich es nicht gemeint. Du weißt schon. Es … es ist bloß eine ziemliche Überraschung, das ist alles. Aber es ist in Ordnung.»

«Ja, aber w… wie hast du es denn gemeint?», stotterte Mordecai.

Sie seufzte. «Weiß ich nicht. Wenn ich ganz ehrlich bin, habe ich gar nicht damit gerechnet, dass du kommen würdest, es ist ja doch ganz schön weit. Und dann … keine Ahnung, hatte ich wohl eher gedacht, du würdest tagsüber kommen, weißt du, also zu Besuch, wie im Ferienlager. Und dass wir baden und zusammen am Strand sitzen würden.» Wieder sah sie mich an, diesmal bestand kein Zweifel, dafür taxierte sie mich ein paar Sekunden zu lange. «Aber es ist in Ordnung», sagte sie. «Das meine ich wirklich ernst. Okay?» Wieder legte sie den Arm um ihn, durch den Armausschnitt konnte ich in ihr T-Shirt hineinsehen, es war, als würde ich einen Blick hinter die Kulissen eines Menschen erhaschen.

Mordecai riss sich abrupt von ihr los.

«Vergiss es. Vergiss es einfach, okay? Wir verschwinden wieder.»

«Mordecai, bitte …»

«Was? Was? Was willst du eigentlich?»

Die Stimmung wurde allmählich unbehaglich. Dabei war sie sowieso schon katastrophal. Mordecai war den Tränen nah, und ich wusste nicht genau, was ich machen sollte. Das stimmt nicht, ich wusste genau, was ich hätte tun sollen. Ich hätte ihn an die Hand nehmen und abhauen sollen, zurück nach Fair Harbor, dort hätten wir uns mit meinem Vater zusammensetzen und es bestimmt halbwegs nett haben können. Oder wir hätten zum Strand gehen und das Bier trinken und so tun können, als amüsierten wir uns trotzdem. Aber ich wollte bleiben. Nichts wollte ich lieber. Das war das Problem. Ich wollte so tun, als wäre nichts. Ich machte ein Bier auf und setzte mich auf die Treppe. Das schien eine genauso schlechte Idee zu sein wie alles andere.

Mischa stellte sich vor mich und zog die Augenbrauen hoch.

«Und was ist mit dir?»

Das waren die ersten Worte, die sie zu mir sagte. *Und was ist mit dir?* Und es war eine Ironie des Schicksals, dass es, viel später, auch ihre letzten sein würden.

«Ja, was soll mit mir sein?»

«Wie … ich meine, woher kennst du Mordecai?»

«Wir gehen in dieselbe Klasse.»

Darüber schien sie kurz zu stutzen.

«Dann bist *du* Max?»

«Mm.»

«Dann … bist du also auch sechzehn?», fragte sie zweifelnd.

«Ich fürchte, ja.»

Ich kramte in der Tüte, förderte ein weiteres Bier zutage und hielt es ihr hin.

«Willst du eins?»

«Nein, ich glaube nicht, dass …» Sie hielt inne und kratzte sich am Kopf. Sie musterte mich lange, und dann setzte sie sich neben mich, so nah, dass ich sie riechen konnte. Ich musste schlucken und den Boden ein paar Sekunden lang fixieren. «Na gut. Ist wahrscheinlich besser, ich trinke es und nicht ihr.» Sie nahm mir die Flasche ab, ihre Hände waren schön. «Danke.»

«Mordecai?» Er antwortete nicht, hockte auf der untersten Treppenstufe und starrte schamerfüllt auf den Strand. Ich drückte ihm trotzdem ein Bier in die Hand und stieß meine Flasche dagegen.

«Und du wohnst also hier?», fragte ich, um das Thema zu wechseln und Zeit zu schinden.

Mischa nickte. «Aber nur im Sommer. Normalerweise wohne ich in Brooklyn.»

«Wo genau da?»

«Dumbo.»

«Wo ist das?»

«Unter der Manhattan Bridge.»

«Wie, du wohnst auf der Straße?», fragte ich erstaunt. «Und im Winter?»

Sie lachte. «Ganz so schlimm ist es nicht. DUMBO steht für *Down Under Manhattan Bridge Overpass.* So heißt nur das Viertel, die Brücke führt direkt darüber. Also, ich habe eine Wohnung da. Was ist mir dir, lebst du in Garden City, wie Mordecai?»

«Ja, seit drei Jahren jetzt.»

«Und davor?»

«Stavanger.»

«Nie gehört, wo ist das?»

«Eine Stadt an der Südwestküste von Norwegen.»

«Wow, wie cool.»

Cool. Ich steckte mir eine Kippe an.

«Du liebe Güte, wie seid ihr denn drauf, rauchen tust du auch?»

Ich hielt ihr die Packung hin. «Bedien dich», sagte ich.

Sie schüttelte den Kopf und nahm sich eine Zigarette.

«Gauloises. Ich muss schon sagen. Hast du keine Eltern?»

«Mein Vater guckt fern. Meine Mutter ist in Manhattan. *Schwanensee* im Lincoln Center.»

«Oh», sagte sie. «Wahnsinn, das würde ich auch gern mal sehen. Kennst du es schon?»

Ich nahm einen ordentlichen Schluck von meinem Bier und rauchte die halbe Zigarette mit einem Zug.

«Na ja, dieser Von-Rothbart-Typ ist nicht so toll. Aber Odette ist cool.»

«Ein Junge, der was von Ballett versteht. Ihr überrascht mich immer wieder.»

Mordecai blies höhnisch den Rauch aus und pfefferte seine halbleere Bierflasche ins Gras. Mischa ließ mich zurück und setzte sich neben ihn. Ich hörte, wie sie leise mit ihm sprach.

«Du, wie geht es dir denn?»

«Gut. Ganz ausgezeichnet, danke.» Dann drehte er sich zu mir um: «Max, wir hauen dann ab, oder?»

Ich wusste nicht, was ich antworten sollte, also hielt ich den Mund und tat, als wäre ich gar nicht da.

«Nun hab dich doch nicht so, mein Lieber», sagte Mischa und legte einen Arm um Mordecai.

«Hier scheint jedenfalls sowieso nichts los zu sein», murmelte er.

In dem Moment bekam sie wohl ein schlechtes Gewissen, oder es passierte etwas ganz anderes, denn sie trank ihr Bier aus und schleuderte ihre Flasche in die gleiche Richtung wie Mordecais.

«Ach, *fuck it*, wir sind schließlich nicht mehr im Ferienlager, oder? Ihr kommt mit rein. In Ordnung?» Sie stand auf und ging voran.

Mordecai rührte sich nicht, er strahlte von Kopf bis Fuß den verzweifelten Wunsch aus, von hier wegzukommen, nach Hause, ich musste ihn buchstäblich über die Türschwelle schleifen, in dieselbe Richtung, in die auch Mischa gegangen war, und ihn währenddessen überzeugen, dass es die größte Niederlage wäre, wenn wir uns auf die Räder setzten und beschämt nach Hause radelten. *Nur für 'ne Stunde*, sagte ich, *dann hauen wir ab. Jeder zwei Bier, und wir fahren. Einmal kurz am Whiskey genippt, und los gehts.* Ich sagte alles, was ich sagen musste, und meinte kein Wort davon ernst.

Wir hatten eindeutig das Ende des Flusses erreicht. Wir latschten in das Sommerhaus und gelangten in ein merkwürdig dunkles Wohnzimmer, so habe ich es jedenfalls in Erinnerung, dass sich unsere Augen an die gedämpfte Beleuchtung gewöhnen mussten und die einzelnen Menschen erst nach und nach zum Vorschein kamen. Auf dem Tisch und den Kommoden brannten Kerzen, und in einer Ecke leuchteten zwei Stehlampen vergebens mit ihren 30 Watt. Ich erinnere mich auch ziemlich genau daran, dass alle nur kurz und skeptisch zu uns aufsahen und unsere Ankunft registrierten, woraufhin sie sich wieder in ihre Diskussionen vertieften, als wäre die Neuigkeit längst passé und wir nicht länger da. Sogar ich wurde unsicher, ob es nicht doch besser wäre, kehrtzumachen und zu gehen. Doch dann entdeckte ich

Mischa, sie saß im Lotussitz in einem großen Ohrensessel und sprach konzentriert mit demselben Mädchen, das wir schon an der Tür gesehen hatten, als würde auch sie nicht bemerken, dass wir zögerlich im Zimmer standen und nicht wussten, wohin mit uns. Und in dem Moment warf sie mir einen Blick zu, einen langen, und lächelte mich so an, dass ich mich dringend hinsetzen oder legen musste. Ich schob Mordecai in Richtung eines schäbigen Sofas, wo noch Platz zu sein schien, wenn wir uns zwischen drei andere Leute quetschten, deponierte die Tüte mit unseren Spirituosen unter dem Tisch und nahm zwei neue Bier heraus. Die drei anderen auf dem Sofa rutschten unruhig hin und her und beschwerten sich leise, dass es allmählich eng würde. Mordecai zog den Kopf ein wie eine Schildkröte und machte sich noch kleiner, er kniff die Beine zusammen und legte die Hände auf die Knie, um niemandem im Weg zu sein. Ich dagegen machte mich breit, ohne darüber nachzudenken, ich nahm mir den Raum, den ich brauchte, und verschloss die Ohren vor dem Typen neben mir, der sich sofort wieder über den wenigen Platz beschwerte und sich jedes Mal, wenn er nach seinem Glas langte, mit dem ganzen Oberkörper über mich lehnte, bis er begriff, dass niemand Mitleid mit ihm hatte, und er sein Einmannstück beendete.

Doch wir waren die jüngsten auf der ganzen Welt, zweifellos, hier hätten wir auch mit ganzen Bierpaletten keinen Eindruck geschunden, denn unter den zehn oder zwölf Leuten, die sich an diesem Abend im Sommerhaus aufhielten, waren wir die Einzigen unter zwanzig, die meisten waren mindestens zehn Jahre älter als wir, und sowohl die Männer als auch die Frauen hatten längere Haare. Einige der Typen hatten auch im Gesicht beeindruckende Mengen an Haar, und als ich mich umsah, fiel mir auf, dass sie in vielerlei Hinsicht aussahen wie die, die wir gern wären und eines Tages vielleicht auch sein würden, aber es war offensichtlich, dass wir noch ein ganzes Stück Weg vor uns hatten und diese Leute zu diesem Zeitpunkt dann schon lange wir gewesen waren. Der eingeklemmte Typ neben mir taute auf, nachdem er meine Hose beim heftigen Gestikulieren vor aller Augen angeascht und sich entschuldigt hatte, und ich erwiderte, dass die Asche meine Hose nur besser machte, und dann fragte er Mordecai und mich, ob wir Pink-Floyd-Fans seien, aber wir zögerten zu lange mit der Antwort, unsicher, ob er es ernst meinte oder ob es eine dieser Fangfragen war, die, wenn man sie positiv beantwortete, eine Kettenreaktion auslöste, in deren Verlauf wir verhöhnt und lächerlich gemacht würden, also sagten wir vermutlich nein, und ich erinnere mich, wie sich seine Stimme überschlug und er vom Sofa aufsprang und die letzte Rille von *Meddle* auflegte, laut, aber wir hörten trotzdem kaum etwas, weil er sich zurück auf seinen Platz zwängte und immer weiter davon redete, wie wichtig dieses Album war, von den Gitarren und Vocals und Verstärkern und von dem, was viele fälschlicherweise für die Klänge eines Theremins hielten, und wann und wo und warum man dieses Album aufgenommen hatte und wer die Verantwortung für was trug und von den Gerüchten über diese dreiundzwanzig Minuten und zweiunddreißig Sekunden lange Abschlussnummer, «Echoes», die die ganze B-Seite ausfüllte, und wie ihre Länge und Tonalität und *Stimmung* angeblich mit dem letzten und entscheidenden *Jupiter and Beyond the Infinite*-Segment in Kubricks *2001: A Space Odyssey* korrespondierte und warum es so epochal war, genau dieses Album, dieses eine Lied, *jetzt hört doch mal*, sagte er, aber wir hörten nichts, weil er dazwischenplapperte, *das ist genial, ist das nicht genial, ich finde es genial;* er sagte so oft hintereinander *Pink Floyd*, dass der Bandname nur noch als seltsames Geräusch aus seinem Hals kam, ein Anflug von Tourette, *pnkfld*, er hatte Speichel in beiden Mundwinkeln, und wir spürten alle fünf Sekunden seinen Atem, der über uns hinwegfegte, doch in einem der kurzen Momente, wo er einen Schluck trinken musste und verstummte, sah ich zu Mischa hinüber, die in ein vertraulich wirkendes Gespräch vertieft war, sie lehnte sich zufrieden zurück und streckte sich, sie hatte die langen, dünnen Arme hinter dem Kopf verschränkt, ihr T-Shirt war hochgerutscht, ein paar Zentimeter über den Bund ihres Rockes, und dann war der Typ auch schon wieder in meinem Blickfeld, hing über Mordecai und mir auf dem Sofa, wir nickten eifrig zu seiner musikalischen Beratung, er hätte an einem Quiz teilnehmen können, und ich steckte meinen

Kopf in die Tüte unter dem Tisch, vor allem, um ein paar Sekunden Ruhe von seinem Gefasel zu haben und das im Langzeitgedächtnis abzuspeichern, was ich gerade drüben im Sessel gesehen hatte, und in dem Moment, als ich zwei neue Bier aus der Tüte zog, schlug ein bärtiger Typ zwei Plätze neben mir Alarm.

«Halt!», rief er, und ich wagte vor Schreck nicht, auch nur einen Muskel zu bewegen. «Das war ja wohl kein Biergeräusch.»

«Was meinst du?», fragte ein anderer.

«Mach sofort die Musik aus.» Irgendjemand stand auf und kam seiner Aufforderung nach. «Du da», sagte er, eindeutig an mich gerichtet, auch wenn ich nichts als Füße sah. «Mach das Geräusch noch mal.»

Ich tat, was er sagte. Es klirrte in der Tüte.

«Hört ihr?», fragte er das Publikum. «Das ist kein Bier.»

Ich tauchte wieder auf und stellte den Whiskey auf den Tisch. Er legte die Hände um die Flasche und liebkoste sie.

«Chivas Regal», flüsterte er andächtig. «Zwölf Jahre alt – 1968. Vor fünfundzwanzig Jahren. Wo habt ihr den denn her?»

«Wir …»

«Haben wir einem Alki geklaut», sagte Mordecai, ehe ich mit einer langen Geschichte kommen konnte, in der mein Vater und JFK vorkamen und irgendeine andere eilig ausgedachte Erklärung, warum ihm jemand im Fundbüro eine vergessene Flasche Whiskey geschenkt hatte. Manchmal ist die Wahrheit eine gute Ablenkung.

«Wie auch immer, eine Göttergabe. Jungs. Ihr. Seid. Willkommen.»

Anschließend wurde mit einem Schlag alles leichter. Dass es leicht wurde, würde ich nicht sagen, das wäre zu hoch gegriffen. Aber wir erhielten Zugang zu einer Gemeinschaft aus Kuratoren, Autoren und Künstlerkollegen von Mischa, die meisten aus Kanada, und ein paar anderen, von denen ich nicht ganz mitbekam, was sie eigentlich machten, nur dass sie damit zufrieden waren, und unmerklich verwandelten wir uns, von Teenagern, in deren Anwesenheit sich alle unwohl fühlten, weil wir nicht hätten dort sein dürfen, in Schauspieler, wir verwandelten uns durch Fragen wie: *Als Schauspieler, bist du da nicht der Meinung, dass …*, und es war, als würde ich meinen Mund immer weiter und weiter öffnen, die Wörter flogen aus mir heraus, und ich hatte vor nichts Angst, ich erzählte lange Geschichten über Norwegen und die Leute, die ich da gekannt hatte, und wie mich manchmal die Sehnsucht nach den Orten, die mir vertraut waren, überschwemmte, mich auslaugte und mich ganz erschöpft machte, häufig ausgelöst durch Kleinigkeiten, Details, ein zufälliger Duft im Frühling oder beim ersten Schneefall oder das spröde, braune Gras im Spätherbst, wie ich plötzlich einige Sekunden nicht wusste, wo ich war, und spürte, wie sich Verwirrung in meinem Körper ausbreitete, bis ich wieder sicheren Boden unter die Füße bekam; und ich war nicht der Einzige, die Kanadier hatten Ähnliches erlebt, auch sie waren nicht zu Hause, sie stammten aus Quebec oder Toronto, einige sogar aus Vancouver, sie wohnten schon seit fünf, zehn oder fünfzehn Jahren in Brooklyn oder Manhattan, und die meisten von uns hatten außerdem gemeinsam, dass wir aus Vororten kamen. Sie sprachen davon, wie es war, am Stadtrand aufzuwachsen, und wie sehr sie es damals gehasst hatten, immer von Bussen und Autos abhängig zu sein, um zum Ort des Geschehens zu kommen, wie sehr sie diejenigen beneidet hatten, die im Stadtzentrum aufwuchsen, und wie sie als Erwachsene eingesehen hatten, dass sie zutiefst dankbar dafür waren, die Könige dieser kleinen Reiche gewesen zu sein, die kein Tourist kannte und über die niemand schrieb oder Filme drehte, Orte, geschaffen aus pragmatischen wirtschaftlichen Erwägungen. Sie sprachen davon, wie sie die Herrscher über Parks und Sackgassen und Plätze gewesen waren, in denen nichts passierte, sie erzählten von BMX-Rädern und Lattenzäunen und den zugewucherten Pfaden neben den Eisenbahnschienen, wo sich Berge von Plastiktüten und leeren Bierflaschen häuften, von Wasserbomben, die sie von Autobahnbrücken auf Autos hinabwarfen, vom unverwechselbaren Gefühl, dass der Frühling vor der Tür stand und man die schweren Winterstiefel wegräumen konnte, von Sommertagen, an denen man im Kreis auf Bürgersteigen oder anderen beliebigen Plätzen hockte und die Zeit totschlug, von flutlichterhellten Fußballplätzen und von Grundstücken, auf denen Wohnungen gebaut werden sollten, die nie entstanden, von den Mädchen und

Jungs, an die sie sich erinnerten, und wie kaum jemand von ihnen wegzog, man wurde in ein Viertel hineingeboren und wuchs mit denen auf, die von Anfang an da waren, man begnügte sich mit den Freunden, die man im Umkreis von fünf Häusern finden konnte, und das Perfekte war, dass fast alle gleichzeitig von dort wegzogen, wenn man zu alt wurde, um dort zu wohnen, eine ganze Generation wurde ausgewechselt, denn die Vororte gehören den Jungen, sagte jemand, und der Jugend, sie sind es, die an diesen Orten regieren und die tristen Viertel und Industriegebiete und langweiligen Mittelklassestraßen in Bühnen für Gefühlsstürme und Liebesdramen verwandeln, die sich zu Fuß oder auf dem Fahrrad abspielen; doch am allermeisten geht es in den Vororten um das Warten, während das Leben in den Städten Leben ist, ist das Leben in den Vororten Planung, ein Warten darauf, dass etwas passieren wird, dass die Dinge jeden Moment ihren Lauf nehmen, das Bewusstsein, dass wir an der Schwelle zu etwas Wichtigem stehen und unsere Leben bald beginnen werden, sich zu entfalten, größer und wilder und lebendiger und farbenfroher, wir warten einfach nur, radeln in diesen Vororten umher und umher und umher, ein abendlicher Dynamo-Lichterkreis im April und September, denn es gibt keine anderen Orte, an die wir gehen können, und die Spielplätze und Schulhöfe und Parkplätze vor den Einkaufszentren und Tankstellen und die verwilderten Parkanlagen, um die sich die Kommune keinen Deut schert, werden zu Wahrzeichen und nationalen Ikonen wie Mount Rushmore oder Niagara, und erst wenn man aus dem Vorort weggezogen ist, wird einem bewusst, dass der Rest des Landes nie davon gehört hat und schon gar nicht beeindruckt ist. Und wenn du als Erwachsener zurückkehrst, verstehst du auch nicht mehr, was ausgerechnet diesen Ort so einzigartig machte; jetzt gleicht er jeder anderen beliebigen Vorstadt.

Ich erinnere mich, wie Mordecai schweigend zuhörte, er konnte nichts sagen, nichts beitragen, er kam von der Upper East Side und hatte seine Umgebung nicht in etwas verwandeln müssen, das sie nicht war. Er hatte nur einen Straßenblock vom Central Park entfernt gewohnt. Die Kinos, die Spielhallen, die Schlittschuhbahnen, die vollgestopften Spielzeugläden: alles da. Überall Menschen, es verging keine Stunde, in der es einfach nur regnete und sonst nichts passierte. Drei Jahre auf Long Island reichten nicht für die Qualifikation zum Vorortveteranen. Wenn man darüber nachdenkt, ist es eigentlich schade, wie still er während dieser Diskussion war. Denn am Ende vermisste Mordecai Garden City wohl viel mehr als die meisten anderen Leute, die sich in ihre alten Gegenden zurücksehnen. Und dann, während wir weiter unsere Gesänge auf die Orte anstimmten, aus denen wir kamen, entfernte Mordecai sich von mir, stieg ein in einen Dialog mit einem Typen namens Paul (*wie McCartney von den Beatles, aber ohne Talent und noch am Leben*, fügte er hinzu), und sie fanden eine gemeinsame Ebene, Paul hatte Gras und eine Friedenspfeife, ein Indianer, dem er auf einer seiner vielen Reisen begegnet war, habe ihm diese besondere Mischung verkauft, erzählte er Mordecai im Vertrauen. Und zwar wieder und wieder. Ein Indianer mit einem Plan, fügte er jedes Mal hinzu, ohne dass wir begriffen, worin dieser Plan denn nun genau bestanden hatte. Manchmal stammte der Indianer aus Arizona, dann wieder aus Mexiko, ein anderes Mal handelte es sich sogar um einen splitternackten Sadhu, den er auf einer seiner zahllosen Indienreisen in Varanasi getroffen hatte, die Herkunft des Mannes blieb etwas unklar, ebenso wie die Frage, wo genau Paul gewesen war und wen er kennengelernt hatte, aber das Marihuana konnte was, das war klar. Und so ging es weiter, wir tranken, wir redeten, wir rauchten, wir wurden älter und die anderen jünger, wir trafen uns in der Mitte; ich tanzte, wie ich schon seit Jahren nicht mehr getanzt hatte, mit Mordecai, mit Mischa, und irgendwann fiel mir auf, dass Mordecai verschwunden war, und ich bekam eine Riesenangst, Angst, dass ich in den letzten Stunden nicht genug mit ihm gesprochen hatte und er abgehauen war, auf eigene Faust davongeradelt, doch dann tauchte er aus dem Nichts wieder auf, zusammen mit Paul, ich sah, wie sie in der Küche verschwanden und neue Weinflaschen holten, und als sie wieder an mir vorbeigingen, murmelte Mordecai, sie würden zum Strand gehen und seien dort, falls ich ihn bräuchte, und Paul steckte mir auf dem Weg hinaus die indianische Friedenspfeife zu, und ich lehnte nicht ab, und ich konnte nicht aufhören zu reden und zu lachen und zu tanzen, und ich konnte nicht aufhören, Fire Island zu lieben, und meine nächste Erinnerung ist, dass ich auf dem Boden lag, die Arme und Beine von mir gestreckt, und sich das Zimmer langsam und angenehm mit einer Geschwindigkeit von 33 1/3 drehte und Mischa neben mir lag, den Kopf auf meiner Brust, und ich sie fragte, was sie denn so malte, also grundsätzlich, alles in allem:

«Jetzt gerade? Hauptsächlich Waschmaschinen. Zeige ich dir irgendwann mal.»

Sie drehte ihren Kopf so, dass sie mich direkt anschauen konnte.

«Und du? Du willst also Schauspieler werden?»

«Wenn ich groß bin, meinst du?»

«Das habe ich nicht gesagt. Und Mordecai hat anscheinend denselben Plan. Macht ihr eigentlich immer dasselbe? Ihr wart doch auch zusammen in der Schwimmmannschaft, habe ich gehört. Und im Schultheater.»

«Ja, wir wollen fusionieren. Zu einer Person werden. Wir werden größer sein als Klaus Kinski.»

Sie strich mir durch das Haar.

«Aber ich werde immer noch einen Unterschied zwischen euch bemerken.»

«Was meinst du damit?»

«Nichts. Deine Sandalen sind schön.»

«Habe ich in Florida gekauft, das Einzige, was man da kaufen konnte. Alles andere war ausverkauft.»

«Darf ich sie mal anprobieren?»

Ich streifte meine Sandalen ab, zog sie ihr an und rückte sie an ihren nackten Füßen zurecht. Wir betrachteten sie eine Weile, ehe sie das Bein anzog.

«Leider habe ich keine Sandalenfüße. Ich wünschte, es wäre so. Ich bin dazu verdammt, ein Schuhmädchen zu sein.»

«Du bräuchtest nicht einmal Füße zu haben», sagte ich.

«Was meinst du damit?»

«Hast du schon mal darüber nachgedacht, dass jedem Menschen

auf diesem Planeten 99,999995 Prozent von dem entgeht, was zu seinen Lebzeiten passiert? Wenn man alles mit einschließt, was permanent an jedem Ort auf der Welt passiert.»

«Dann ist es ja gut, dass ihr mit dem Rad hergekommen seid.»

Sie bewegte sich ein wenig, ihr Gesicht erschien über meinem, einige wenige Sekunden hing es einfach nur da, ehe es auf mich hinabsank. Dann küsste sie mich. Ziemlich ausgiebig. Ich hätte es auch ausgiebig beschreiben können, an dieser Stelle könnte ich den Film anhalten, mir jedes einzelne Detail vornehmen, wie lange es dauerte und wie die Zeit zugleich beschleunigte und langsamer lief, ich könnte auch über ihren Mund schreiben und ihre Zunge und die lange Sekunde, in der mir bewusst wurde, was sie da gerade tat. Aber ich entscheide mich dagegen; ich entscheide mich, etwas von alledem ganz allein für mich zu behalten.

Dann war es vorbei, sie hob den Kopf und sah mich an.

«Wollte nur mal wissen, wie das so ist», sagte sie. «Du schmeckst nicht wie sechzehn.»

Anschließend schwiegen wir lange, und erst da merkte ich, dass um uns herum kein Stimmengewirr mehr erklang und der Rest vom Fest entweder gegangen war oder schlief. Stattdessen sah ich, wie die Sonne auf den Boden donnerte, eine morgendliche Invasion. Am liebsten wäre ich einfach liegen geblieben, aber ich fragte trotzdem: «Weißt du, wie spät es ist?»

«Nee.» Sie hob meinen Arm, der auf ihrem Bauch lag, entdeckte aber keine Uhr daran.

«Muss wohl mal auf den anderen schauen.»

Ich manövrierte meinen anderen Arm über ihren Kopf und spürte die Panik in mir aufblitzen, als ich sah, dass es halb sechs war.

«Musst du los?»

«Glaub schon», antwortete ich, und dann erfasste mich eine große Ruhe. Wir würden sowieso zu spät nach Hause kommen, dagegen konnten wir nichts tun. Wir waren, wo wir waren, und ich war am richtigen Ort.

Mischa rollte von mir herunter und stand auf. «Aber ich werde dir ein Lied vorspielen, bevor du gehst», sagte sie. «Während ihr geht, es passt gerade einfach perfekt. In jeder Hinsicht.»

«Welches Lied ist es?»

«Wart's ab und hör es dir an. Es ist das beste Lied der Welt.»

Ich setzte mich auf und fing an, Ausschau nach Mordecai zu halten. Zum Glück war er leicht zu finden, er hockte mit einem Mädchen draußen auf der Treppe, sie saßen ganz dicht beieinander, und er gestikulierte wild mit der Hand, so weit ausholend, dass sich die Bierflasche in seiner Hand über den ganzen Himmel bewegte.

«Wir müssen los», sagte ich. «Wir müssen zusehen, dass wir nach Hause kommen. Jetzt.»

«Schon?»

«Es ist fast sechs.»

«Das ist ein bisschen spät, ja», sagte er gelassen. «Oder früh. Kommt drauf an … auf Verschiedenes.»

Er verabschiedete sich umständlich von dem Mädchen, während ich auf der obersten Treppenstufe auf Mischa wartete. Und dann kam sie, und die Sonne traf sie mitten ins Gesicht.

«Das Lied!», rief sie. «Warte hier.» Sie verschwand und kam nach einer halben Minute zurück, gerade noch rechtzeitig, damit wir beide von den ersten manischen Trommeln und den scharfen Gitarren im Rücken getroffen wurden, die volle Kanne aus der Stereoanlage im Wohnzimmer dröhnten.

«Hüsker Dü», schrie sie, um die Musik zu übertönen. «‹New Day Rising›. Ist das nicht phantastisch?»

Und so begann dieser Tag. Genau so begann er, der Morgen erhob sich vor uns über dem Atlantik, getragen von wütenden Gitarrenklängen und der Stimme von Bob Mould, bei dem ich mir unsicher war, ob er voller Euphorie über das sang, was beginnen würde, oder voller Verzweiflung darüber, dass die Sonne ihren Lauf nahm und es eines Tages vorbei sein würde, Mordecai kam sofort in die Senkrechte, fragte, was zum Teufel hier vor sich gehe, und dann stolperte er weiter zu unseren Rädern, und ich blieb stehen, bis das Lied vorüber war und Mischa erneut im Haus verschwand, ehe sie mit der CD in der

Hand zurückkam, die sie mir gerade vorgespielt hatte, und sie mir gab.

«Ich möchte, dass du sie bekommst», sagte sie.

«Bist du sicher?»

«Mm. Sie wird dir gefallen.»

«Danke», antwortete ich und betrachtete das Cover. Es war dasselbe Licht wie im Wasser vor Fire Island. Ich überflog die Tracklist. «The Girl Who Lives on Heaven Hill», sagte ich.

«Na dann, gute Heimfahrt.» Sie umarmte mich, und ich genoss es, dass sie so lange dauerte, diese Umarmung, es war, als hätte man in der Mitte auf Pause gedrückt, um danach Bild für Bild zu zeigen, damit alle Nuancen in Erscheinung traten. Es muss über eine Minute gedauert haben, wir umarmten einander fester und fester, und ich hatte genug Zeit, um ihr Haar zu riechen, ihre Haut, zu spüren, dass sie da war, so viel Zeit, dass mir furchtbar schwindelig wurde. Und ich hatte genug Zeit, um an Mordecai zu denken, der uns garantiert beobachtete und sich seinen Teil dachte.

Meine Erinnerungen von den fünfzehn Kilometern Heimweg an diesem Morgen sind dagegen bestenfalls vage, aber ich habe ein Bild von der Sonne, die sich weiter über uns erhob und uns den Nacken wärmte, und dass wir nicht darüber sprachen, was passiert war, Mordecai jedoch in einer seltsamen Stimmung war und es so vieles gab, was wir einander hätten sagen können, es aber nicht herausbrachten, und dann weiß ich noch, wie wir irgendwann, zwischen zwei Ortschaften, einen jungen Weißwedelhirsch erblicken, der reglos ein Stück weiter vor uns auf dem Weg stand, und dass wir beide gleichzeitig bremsten und das Tier in den langen Minuten anstarrten, in denen es zu uns zurückblickte, ohne sich zu bewegen; wir waren von seinem Anblick hypnotisiert und überzeugt, dass es ein Zeichen war, genau wie die Ringe um die Sonne in *Die durch die Hölle gehen*, doch dieser Gedanke kam vielleicht nur mir allein, und dann legten wir das letzte Stück bis nach Hause zurück und schlichen uns am Schlafzimmer vorbei, wo mein Vater schnarchte und vielleicht gar nichts ahnte, und wir taumelten in mein Zimmer, ich schlüpfte aus meinen Klamotten und ließ sie auf den Boden fallen, warf mich auf das Bett und zog mir, ganz benommen im Kopf, im glutheißen Zimmer das Laken über, und Mordecai zog sich neben mir aus, kroch in mein Bett anstatt in seines, und ich erinnere mich noch, dass er sich ganz eng an mich schmiegte und warm war, und ich merkte, dass er seine Unterwäsche ausgezogen hatte; er legte einen Arm um mich und sagte etwas, das ich nicht ganz mitbekam, eigentlich war es ganz schön, und möglicherweise endet hier die Erinnerung.

3

Ich erwachte plötzlich, doppelt verwirrt. Mordecai bewegte sich im Schlaf, und sein Gewicht auf mir ließ meinen Kopf so klar werden, dass ich mich vorsichtig unter ihm hervorwand, die Beine auf den Boden stellte und zu dem kleinen Tisch neben der Tür schlurfte, wo meine Uhr lag. Ich entdeckte meine Unterwäsche mitten im Zimmer und konnte auch meine Stammgarderobe lokalisieren. Und die Sandalen. Ich schnupperte daran, aber sie rochen nicht nach ihr.

Dann weckte ich Mordecai.

Er drehte sich um und sah mich an, als hätte ich ihn gerade gebeten, eine ungeheuer komplizierte Rechenaufgabe zu lösen, mit Zahlen, die nicht existierten, robbte aber trotzdem bis zur Bettkante vor und brachte sich in eine halbwegs aufrechte Sitzhaltung.

«Saigon … shit; I'm still only in Saigon», sagte er und stürmte ins Bad. Erst eine halbe Stunde später kam er wieder zum Vorschein, etwas blass und aus dem Gleichgewicht geraten. Ich setzte ihn auf einen Küchenstuhl, servierte ihm den Kaffee, den ich in der Zwischenzeit gekocht hatte, und stellte eine Glasschale mit Keksen auf den Tisch, mehr bekamen wir sowieso nicht hinunter. *Go get the butter*, murmelte Mordecai. Die Uhr an der Wand neben dem Kühlschrank zeigte 13:30 Uhr. Ich stützte den Kopf auf die Hand und knabberte einen der trockenen, geschmacksneutralen Kekse, als mein Vater hereinkam, für die Arbeit gekleidet, in Hemd und Krawatte, und mit seiner Pilotentasche, in der sich die Jeppesen Anflugkarten, daumendicke Flughandbücher, die MEL, verschiedene Checklisten und weitere umfassende und staubtrockene Bücher mit den American Airlines' Firmenrichtlinien für jede Situation sowie eine Taschenlampe befanden und was er in den nächsten Tagen noch so alles gebrauchen konnte (beispielsweise war der Pilotenkoffer zu einem Viertel mit einer Auswahl an Nuss- und Trockenobstmischungen gefüllt). Mein Vater sah aus, als befände er sich im Aufbruch, er hängte sich seine Uniformjacke über

die Schulter und schenkte sich Kaffee ein, ohne ein Wort mit uns zu wechseln, als wären wir gar nicht da. Er trank einen Schluck, beugte sich vor und blickte aus dem Fenster, um nach dem Wetter zu schauen, obwohl er erst vor ein paar Minuten draußen gewesen war. Er sah auf die Uhr. Er nahm noch einen Schluck, klopfte ein Staubkorn von seinem Ärmel, trank den restlichen Kaffee aus und stellte die Tasse ab. Dann drehte er sich zu uns um.

«Wann seid ihr eigentlich nach Hause gekommen?»

Wir antworteten nicht.

«Schlechter Stil», sagte er leise, «ganz schlechter Stil von euch.»

Auch dazu sagten wir nichts, es machte mich traurig, dass er wirklich geglaubt hatte, wir würden zu der von ihm vorgegebenen Uhrzeit zu Hause sein, und in der zwischen uns herrschenden Stille wusch er seine Tasse nur mit kaltem Wasser aus und stellte sie ins Spülbecken, ehe er beinahe lautlos *bis bald* sagte und das Sommerhaus verließ. Auch Mordecai war nicht gerade redselig, wir wechselten nur ein paar Worte, sammelten unsere Sachen zusammen und schlurften zum Strand hinunter, wo wir uns einen Liegeplatz suchten und in der Sonne dösten. Ich konnte mich nicht überwinden, das Thema Mischa anzuschneiden und über das zu sprechen, was passiert war, obwohl nichts anderes in meinem Kopf herumkreiste, ohne Unterlass, aber der Tag schien zu zerbrechlich dafür; Mordecai erwähnte Mischa auch mit keinem Wort, ich wusste nicht, was er mitbekommen und was er verpasst hatte oder was er überhaupt davon hielt, falls er alles mitbekommen hatte, ob es für ihn in Ordnung war oder nicht oder ob es ihn überhaupt kümmerte. Einmal ging ich allein ins Meer, schwamm so weit hinaus, wie ich es wagte, und ich konnte mich nicht erinnern, wann sich das Wasser zum letzten Mal so angenehm angefühlt hatte, es war fast durch und durch grün, und ich konnte mich einfach treiben lassen, brauchte mich nicht einmal anzustrengen, konnte mühelos dahindriften, war der Herrscher über die Fische und Seeigel und das Seegras unter mir, und als ich tauchte, hörte ich wieder «New Day Rising», aber diesmal gedämpfter, ein langsames Dröhnen zwischen dem Rauschen des Wassers und der

Luftblasen, die von meinen Schwimmzügen weggedrückt wurden, und mir kam die Möglichkeit in den Sinn, dass sich Mordecai auch in sie verliebt haben könnte, im Camp Wekeela, aber nichts davon gesagt hatte, aus ungewissen Gründen oder möglicherweise aus dem einfachen Grund, dass sie so viel älter war als wir, obwohl man es nicht denken würde, nicht mehr als ein paar Jahre jedenfalls, und ich hatte nach unserem Kennenlernen wohl auch nicht viele Gedanken daran verschwendet, dass es einen zeitlichen Abstand zwischen uns gab, dass sie schon sieben Jahre alt gewesen und zur Schule gegangen und auf den Straßen von Toronto herumgelaufen war, als ich mir einen Weg aus dem Unterleib meiner Mutter gebahnt hatte, schreiend und ohne die leiseste Ahnung davon, was Sache war, als wäre ich zu spät gestartet und der Rest der Welt hätte schon einen soliden Vorsprung. Während ich schwamm, kam mir jedenfalls in den Sinn, dass Mordecai ganz ähnlich wie ich gedacht haben könnte und er, als er sie erwähnte und mich mit nach Davis Park nahm, auf Verständnis gehofft hatte. Akzeptanz. Akklamation. Darauf, dass ich etwas gesagt hätte wie: *Selbst wenn sie vierzig wäre, ich könnte dich verstehen.* Was auf jeden Fall der Wahrheit entsprochen hätte. Vielleicht hatte er sich so vieles vorgestellt, und aus nichts davon war etwas geworden, und ich schwamm im Kreis, während ich nach einer Lösung suchte, wie ich die Sache ansprechen und ihm sagen könnte, dass ich wieder zu Mischa wollte. Und dann war da noch diese andere Sache, auf die ich mir keinen Reim machen konnte, dass wir im selben Bett aufgewacht waren, und die vage Erinnerung daran, dass es im Laufe der Nacht einen Moment gegeben hatte, in dem ich spürte, wie er an mir wuchs, und auch eine Art Fortsetzung, obwohl ich mir unsicher war, was tatsächlich stattgefunden hatte und was nur ein Ergebnis von Halbschlaf und einer sich auflösenden Realität war und damit gar nicht passiert, oder doch, aber ohne tieferen Sinn und ohne die Notwendigkeit einer Erklärung, ja nicht einmal eines Kommentars. Was es auch gewesen war, es verwirrte mich, schien Mordecai jedoch nicht groß zu beschäftigen, denn als ich zurückschwamm und nah genug am Strand war, um ihn zu sehen, hatte er sich auf die Seite gelegt und schlief offensichtlich wieder. Es sah friedlich und entspannt aus. Er sah aus wie jemand, den man nicht stören wollte.

Die Dramatik dröhnte aus den offenen Fenstern ins Freie. Wir hörten die Musik schon lange, bevor wir an jenem Nachmittag nach Hause kamen, sie schwebte über der gesamten Feriensiedlung und stand in starkem Kontrast zu der Stimmung, die das Sommerhaus geprägt hatte, als wir gegangen waren. Meine Mutter stand in der Küche und hörte *Schwanensee* auf voller Lautstärke, während sie die Arbeitsfläche abwischte.

«Ist das nicht herrlich?», sagte sie laut genug, um das Orchester zu übertönen. Sie fing sofort an, mit den Händen zu dirigieren, und hoffte wohl, dass wir uns in ihre Schwäne verwandeln würden oder zumindest in Enten oder anderes Federvieh und für sie umherscharwenzelten, aber das passierte nicht, wir setzten uns einfach schwerfällig an den Küchentisch, ohne dass sie Notiz davon nahm, ihr Lächeln gab nicht auf, es reichte dreimal um ihren ganzen Kopf, und ich konnte sehen, dass sie feuchte Augen hatte.

«Es war so schön», sagte sie während einer der ruhigeren Partien. «Ihr werdet es nicht glauben, aber es gehört zu dem Schönsten, was ich je erlebt habe.»

Also hatte ich ihr den Abend doch nicht kaputtgemacht. Oder sie log.

«Du siehst ein bisschen müde aus, Mordecai», fuhr sie fort. «War es spät gestern?»

«Ziemlich», murmelte er und sah sich nach mehr Kaffee um.

«Na ja, es ist ja auch nur einmal im Jahr Sommer. Aber hattet ihr es denn schön dadraußen?»

«Ja», antwortete ich. Und ich wollte noch mehr sagen, aber Mordecais Verhalten sorgte dafür, dass ich den Mund hielt.

«Was seid ihr denn so wortkarg … da muss ja einiges vorgefallen sein», sagte sie lachend und sah uns beide lange an, sah uns direkt in die Augen, wie früher, als Ulrikke und ich noch klein waren und sie uns dazu bringen wollte, etwas zuzugeben, das wir angestellt hatten, aber glatt leugneten. Doch wir waren keine Kinder mehr, und der Trick funktionierte nicht länger. Sie kapitulierte. «Was haltet ihr davon, wenn wir heute ins Restaurant gehen?»

Wir ließen uns nicht lange bitten und waren noch in derselben Minute zum Aufbruch bereit, mussten aber ungeduldig draußen auf der Veranda auf sie warten, während sie sich frischmachte, und hätten fast ins Holz gebissen, denn in dem Moment spürten wir, dass sich die wenigen Kekse, die einzige Nahrung, die wir seit gestern zu uns genommen hatten, längst verflüchtigt hatten, und jetzt, wo der Appetit auf die Bühne trat und der Hunger sich meldete, war der kurze Fußweg fast zu lang und nur dadurch auszuhalten, dass das Restaurant, das einzige in Fair Harbor (und aufgrund dieser Einzigartigkeit schlicht unter dem Namen *Das Restaurant* bekannt, bei nahezu allen, weshalb die wenigsten überhaupt wussten / sich erinnerten, wie das Lokal tatsächlich hieß – all das Geld und all die Zeit, die von den Besitzern investiert worden waren, um einen passenden Namen zu finden und anschließend von einer Werbeagentur ein ansprechendes, einladendes und schickes Logo entwerfen zu lassen, musste damit als reine Verschwendung eingestuft werden), gleichzeitig auch dafür bekannt war, außergewöhnlich gute Hamburger zu servieren. Wir brauchten keine Bedenkzeit, wir wollten Burger, die größten, die es gab. Und Pommes. Und Cola. Zwei für jeden. Sofort. Meine Mutter bestellte sich den Fisch des Tages und ein Glas kalifornischen Weißwein, und wenn mir von diesem Abend eines in Erinnerung geblieben ist, abgesehen davon, dass die Burger schmeckten, als hätten sie uns das Leben gerettet, und Mordecai seine Gesichtsfarbe wiedererlangte, dann war es die Unbeschwertheit, die meine Mutter zusehends erfasste, während wir dort saßen. Sie bestellte mehrere Gläser Wein hintereinander, wurde aber nicht betrunken, stattdessen platzten einige Knoten, und sie erzählte von ihren wenigen Freundinnen und ließ ein paar säuerliche Bemerkungen über meinen Vater fallen, die ich in Mordecais Beisein normalerweise als unangenehm empfunden hätte, aber jetzt kamen sie mir nicht fehl am Platz vor, sondern verstärkten das Gefühl, dass wir auf derselben Seite standen, wir drei, und irgendwann war ich mir völlig sicher, dass sie sich alles zusammenreimte, was wir ihr nicht erzählt hatten, und sie uns dafür belohnen wollte, dass wir im Laufe der Nacht nicht in Schwierigkeiten geraten waren oder einen Arm oder ein Auge verloren hatten, indem sie es einfach nicht thematisierte. Doch dann erlag ich der Versuchung zu glauben, dass wir über einzelne Dinge nicht redeten, wäre gleichbedeutend damit, dass wir über alles reden konnten, denn als wir wieder zu Hause waren und Karten spielten, während im Hintergrund leise *Schwanensee* lief und das Meer rauschte und irgendwo dort draußen Mischa war, fragte ich plötzlich:

«Mama, wer ist Owen?»

Sie zuckte zusammen, ihre Unbeschwertheit entschwand im Nu durch die Fenster, ich hätte sie schließen sollen, bevor ich sie fragte.

«Was … was meinst du?»

«Nichts», antwortete ich und bereute meine Frage zutiefst, aber es war zu spät, ich konnte nur in eine Richtung gehen. Weiter. «Oder na ja, ich habe euch in letzter Zeit oft über einen Owen sprechen hören», sagte ich. «Das ist alles.»

Mordecai interessierte sich auf einmal sehr für die Maserung der Tischplatte vor ihm.

Meine Mutter wand sich auf ihrem Stuhl.

«Er ist, tja … was soll ich sagen?»

«Du kannst doch einfach sagen, wie es ist.»

«Das geht nicht immer. Manchmal muss man eher sagen, wie es war. Das ist schwieriger.»

«Soll ich vielleicht … ich könnte ja in Max' Zimmer gehen und lesen, wenn ihr wollt», warf Mordecai ein, aber meine Mutter legte nur ihre Hand auf die seine. Und seltsamerweise fiel mir erst in dem Moment auf, dass sie schon den ganzen Abend durchgehend Englisch sprach.

Ich selbst hatte meinen norwegischen Akzent längst abgelegt. Ich hatte nur ein paar Jahre gebraucht, um die letzten Reste des etwas klagenden, melodiösen Stavangertonfalls wegzuschleifen und durch etwas anderes zu ersetzen, das so authentisch klang, dass man nur schwer erkennen konnte, dass ich nicht aus Long Island oder einem der fünf Borrows kam. Meine Mutter dagegen machte sich die Sprache nie ganz zu eigen, ihr Englisch erinnerte an ein Schiff, das auf Grund gelaufen war, ihre Wörter waren halbertrunkene Seeleute, die sich an die Wrackteile klammerten und panisch versuchten, sich an Land zu retten. Immerhin konnte sie sich verständigen, der Wortschatz war da, und eine der wenigen Phrasen, die sie mit der Zeit perfektioniert hatte, weil sie sich so oft gezwungen sah, sie auszusprechen, war *You know what I mean.* Sie konnte sich radebrechend über die Wörter eines Satzes hinwegquälen wie eine Hindernisläuferin, um ihn anschließend glanzvoll zu beenden: *Yaknowwhaddamean.* Doch es klang immer, als wäre es eine andere Stimme, die für sie ins Ziel kam, als hätte sie die ganze Zeit eine Souffleuse im Hals sitzen, mit offenen Ohren und einem Finger auf dem Textbuch.

«Nein, nein, es ist nichts Schlimmes, Mordecai», antwortete meine Mutter und wirkte erschöpft. «Bitte bleib sitzen. Es liegt nur an unserer Familie, die ein bisschen …», sie seufzte, «unübersichtlich ist.» Sie sah mich an und fuhr fort: «Owen war früher mit deinem Vater verwandt», sagte sie, an mich gerichtet. «Er ist einer deiner Onkel. Früher hieß er Ove.»

«Habe ich ihn kennengelernt?»

«Nein, er ist in die USA ausgewandert, bevor du geboren wurdest, Mitte der Sechziger. Und dann ist er verschwunden. Das heißt, er hat deinem Großvater noch einen Brief geschrieben, bevor er nach Vietnam gegangen ist und …»

«Er war in Vietnam?», fragte ich. «Mein Onkel?»

Sie seufzte erneut. «Tja, wer weiß schon genau, wo dieser Mann eigentlich gewesen ist. Aber ja, wir nehmen es an. So stand es jedenfalls in dem Brief. Und dann hat er nichts mehr von sich hören lassen. Kein Brief, keine Anrufe. Keine Besuche im Sommer oder Einladungen, ihn zu besuchen. Fast zwanzig Jahre lang hat keiner von uns gewusst, ob er noch am Leben war oder nicht, kannst du dir das vorstellen?» Sie sah uns beide an. «Dein Vater und deine Großeltern haben jeden Tag damit gerechnet, per Post eine Kopie seiner Todesurkunde zu erhalten oder die Nachricht von einem Sarg, der in der Stadt eingetroffen war, oder von einer Beerdigung, auf die sie gehen müssten.»

«Aber … warum hat er den Kontakt zu ihnen abgebrochen?»

«Ich weiß es nicht, Max. Ehrlich gesagt weiß ich es nicht.»

«Haben sie denn versucht, ihn zu erreichen?»

«Nein, da sagst du was. Das haben sie wohl auch nicht.»

«Und warum nicht?»

«Aus Stolz, glaube ich, aber ich bin nicht sicher. Es hat sie sehr verletzt, Max. Deine Großeltern und deinen Vater. Und ich glaube, sie haben sich auch fürchterlich geschämt. Ihre Nachbarn und Freunde haben sich ja immer erkundigt, weißt du, und sie hatten nichts zu erzählen. Vielleicht war es auch nicht so leicht zu verzeihen, dass sie ihm so egal waren. Stell dir vor, sie hätten ihn ausfindig gemacht, und er hätte nichts mit ihnen zu tun haben wollen? Davor hatten sie wahrscheinlich Angst. Und dein Vater, er war so vernarrt in ihn, weißt du, als wir uns kennenlernten und zusammenkamen, redete er immer davon, dass wir nach Oslo ziehen müssten, um in Oves Nähe zu sein. Er redete die ganze Zeit von ihm. Ove hier, Ove da. Aber … daraus wurde ja nichts. Da war es wohl leichter, sich einzubilden, es gäbe ihn nicht. In vielerlei Hinsicht hatten sie ihn ja schon verloren, versteht ihr, es fehlten nur noch die Formalitäten. Aber dein Großvater war sehr religiös, musst du wissen. Ich glaube, dass er bis zuletzt gehofft hat, der verlorene Sohn würde nach Hause zurückkehren.»

Was sollte ich von ihrer Erzählung halten, abgesehen davon, dass ich eine große Erleichterung verspürte, weil Owen am Ende nichts Gefährlicheres war als ein Onkel, von dem ich noch nie etwas gehört hatte. Meine Eltern hatten schon genug Probleme, als dass sie auch noch einen Geliebten im Kleiderschrank gebraucht hätten. Was aber nicht hieß, dass ich diesen neuen Verwandten besonders mochte, vor allem wenn ich an meinen Vater dachte und mir vorstellte, dass sein Bruder einfach abgehauen war und ihn im Stich gelassen hatte. So weit, so gut, aber wenn er, mein eigener Onkel, tatsächlich in Vietnam gewesen war, änderte das die Sache gewaltig, das ließ sich nicht leugnen.

«Weißt du noch, damals, als sie starben?», fuhr meine Mutter fort, «deine Großeltern? Als dein Vater und ich anschließend das Haus ausräumten, fanden wir ganz oben im Schrank deines Großvaters eine Tüte. Darin lagen die beiden einzigen Briefe, die dein Onkel nach Hause geschickt hatte; den ersten, als er gerade nach Amerika gekommen war, den zweiten, kurz bevor er sich für Vietnam verpflichten ließ. Und dann lagen dort noch eine LP und ein Zettel, der auf das Jahr 1988 datiert war. Ich glaube, deine Großmutter wusste nicht einmal etwas von diesem letzten Lebenszeichen.»

«Aber was stand denn auf dem Zettel?»

«‹*Alles in Ordnung*›.»

«Mehr nicht?»

«Nur das. Aber so wussten wir, dass er noch lebte und dass er in New York wohnte, weil der Briefumschlag dort abgestempelt worden war.»

«Kann doch aber sein, dass er ihn nur aus New York abgeschickt hat, es muss ja nicht bedeuten, dass er auch tatsächlich hier wohnte», erwiderte ich.

«Tut er aber», sagte sie.

«Woher weißt du das?»

«Weil ich ihn getroffen habe. In Manhattan. Er hat seinen Namen geändert. Jetzt heißt er Owen Larsen. Er wohnt auf der Upper West Side.»

«Dann stimmt es also, was wir früher immer gesagt haben – dass jeder einen Onkel in Amerika hat?»

«Anscheinend ja.»

Ich ließ mir den Gedanken eine Weile auf der Zunge zergehen, ohne etwas zu sagen. Kaute darauf herum, zerbiss ihn.

«Wir müssen ihn besuchen», sagte Mordecai schließlich, nachdem er lange schweigend zugehört hatte. «Was meinst du, Max?»

«Na, na, na, ich glaube, damit sollten wir noch etwas abwarten», entgegnete meine Mutter. «Ich habe noch nicht einmal Max' Vater erzählt, dass ich mit ihm in Kontakt geblieben bin. Am besten, wir lassen allen noch ein bisschen Zeit und warten eine Weile ab, okay? Das ist nicht so leicht, das Ganze, für keinen von uns, wisst ihr.»

«Also hast du dir keinen Liebhaber zugelegt?», platzte es aus mir heraus.

Ich konnte nicht anders, ich war einfach so erleichtert.

Ein kurzes, unsicheres Lachen entfuhr ihr.

«Nein, noch nicht, leider.»

Meine Mutter verbot uns, über alles zu sprechen, was mit Onkel Owen zu tun hatte, als mein Vater am nächsten Tag von wo auch immer er gewesen war, zurückkam. Das hatte eine ulkige Stimmung zur Folge, denn das Einzige, worüber wir mit ihm reden wollten, war genau das, und alles andere kam uns, sosehr wir uns auch anstrengten, allenfalls wie ein Umweg vor, der wieder zu dem Thema zurückführte, das wir in seiner Gegenwart nicht erwähnen durften. Mein Vater fragte Mordecai, wie es seinen Eltern gehe, und Mordecai flocht einen kranken Onkel in seine Antwort mit ein. Mein Vater verzog keine Miene. Von dem kranken Onkel hatte ich noch nie zuvor gehört, aber wenn es ihn wirklich gab, konnte er einem wahrhaftig leidtun, so volltrunken und vom Wundbrand gezeichnet, wie man ihn auf einem Acker in Ohio gefunden hatte – nicht gerade Mamas Liebling, dieser Kerl. Seit wir in die USA gekommen waren, hatte mein Vater sich den Amerikanern gegenüber meistens als Sven vorgestellt, um nicht mit einem Schwein verwechselt zu werden (meine Mutter hingegen kapitulierte nicht und akzeptierte lieber die seltsamsten Aussprachen von Beate, als sich damit abzufinden, eine Betty zu werden), doch ich wusste, dass im Pass meines Vaters immer noch Svein stand, also fragte ich ihn, ob er jemals darüber nachgedacht hatte, ihn richtig ändern zu lassen, also im juristischen Sinne. Es ist doch nur ein Name, sagte ich, *man ist ja immer noch der, der man immer war.* Mein Vater zuckte mit keinem Gesichtsmuskel. Ich behauptete, ich würde mit dem Gedanken spielen, meinen Namen zu ändern, sei aber noch zu keinem endgültigen Entschluss gekommen. Dann gingen wir alle in den kleinen Garten hinaus, und Mordecai und ich brüteten über weiteren Fragen, die wir ihm stellen könnten, ohne dass uns etwas einfiel, und dann, ohne die kleinste Vorwarnung, bückte sich mein Vater, um irgendetwas aus dem Gras aufzuheben, und ich konnte

Mordecai nicht mehr rechtzeitig warnen, ehe er *es* sah, und musste blitzschnell reagieren und mit den Händen vorschnellen und ihm so lange den Mund zuhalten, bis er nicht mehr vor Lachen bebte.

«Was will er uns mit seinen freilaufenden Eiern sagen?», flüsterte Mordecai mir ins Ohr. «Steckt er in der Midlife-Crisis, oder ist das eine Reklame für die Frischetheke?»

Ich zuckte die Achseln.

«Urlaubsmodus. Nichts zu machen. Lass uns zum Strand gehen», sagte ich und verschwand in Richtung Küche, um meine Mutter zu finden, damit sie uns ein paar Handtücher aushändigte. Wir fragten meinen Vater nicht, ob er mitkommen wollte.

Doch aus dem Bootsausflug, den er sich gewünscht hatte, dem Haifang vor der Küste von Fire Island, wurde ein paar Tage darauf trotzdem etwas. Obwohl wir gegen die Vorbedingungen verstoßen hatten. Der Ausflug verlief nicht so, wie er es sich vorgestellt hatte, es gab einfach zu viel Zahnpasta, die man nicht mehr in die Tube zurückdrücken konnte, es war einfach alles zu spät, obwohl wir beide unser Bestes gaben, zu spät für ihn, mich auf einen solchen Ausflug mitzunehmen und mir zu erklären, wie die Dinge liefen, und zu erwarten, dass unsere Rollen unverändert blieben; es muss nicht einmal sein Fehler gewesen sein, er war einfach nur zu spät dran, hatte ein paar Überstunden zu viel gemacht, und in der Zwischenzeit war ich zu alt geworden, hatte mich zu weit von ihm entfernt, und dann hatte ich Mischa kennengelernt, und das, was passiert war, hatte alles verändert. Nichts zu machen. Es war zu spät, und er wusste es. Aber wir versuchten es, beide, wir streckten uns einander sozusagen den ganzen Vormittag und Nachmittag entgegen, ohne dass wir uns richtig zu fassen bekamen, immerzu entglitten wir uns, missverstanden wir uns, die Unsicherheit machte meinen Vater fahrig, und das einzige Mal, als wir etwas so Großes am Haken hatten, dass der Skipper ausrief, es könne das sein, worauf wir gewartet hatten, *das könnte ein Hai sein*, gelang es meinem Vater, die Sache so zu verbaseln, dass die Schnur eiligst gekappt werden musste, um den Rest der Angel zu retten, und mein Vater hatte gerade damit geprahlt, dass in den siebziger Jahren in diesen Gewässern und auf Fire Island *Der weiße Hai* gedreht worden war, und ich hatte ihn in Verlegenheit gebracht und den Skipper zum Nicken, indem ich bemerkte, das sei in Wirklichkeit in Martha's Vineyard gewesen; anschließend kommunizierten wir fast nur noch über Mordecai miteinander, wir angelten schweigend, und der Skipper verzog sich auf die Flybridge und blieb dort sitzen, als wäre er gezwungen, ab sofort ständig den Kurs im Auge zu behalten, wir warfen Köder ins Wasser und ließen sie in die Tiefe gleiten und machten uns mechanisch Komplimente, wenn wir einen Mehrpfünder über die Reling zogen, ihn erschlugen und hinter uns in die Plastikwannen warfen. Vielleicht war es der schlimmste Ausflug, den mein Vater je erlebt hatte, mir fiel auf, wie oft er in Richtung Land starrte und wie oft er auf die Toilette musste, und am Ende tat ich so, als wäre ich selbst seekrank geworden, und bat darum, nach Hause fahren zu dürfen. Der Skipper hatte bereits die Hand auf dem Gas und ging auf volle Fahrt voraus, noch bevor mein Vater den Satz sagte *ja, vielleicht sollten wir an der Stelle aufhören. Wir haben jetzt genug, oder?* Wir kamen in der Dämmerung in Fair Harbor an, Mordecai und ich hockten an Deck, mein Vater saß achtern und trank ein Bier, während er den Sonnenuntergang betrachtete, und als wir am Kai anlegten, war er es, der dem Skipper dankte, er, der unseren Fang umfüllte und nach Hause trug. Er, der die Fische in der Küche ausnahm und filetierte, allein, ich weiß nicht, wo wir anderen zu diesem Zeitpunkt waren, ich weiß auch nicht, was er mit unserem Fang machte, er bereitete ihn jedenfalls nicht zu. Der Fisch verschwand einfach.

Die ersten sanften, anonymen Tropfen kreisten uns gegen fünf Uhr ein, ich habe vergessen, welcher Tag es war. Am Strand gehörten wir zu den letzten Verbliebenen. Um uns herum hatten die Familien mit kleinen Kindern längst ihre Lager abgebrochen, und auch die Rentner waren zu ihren leichtverdaulichen Mahlzeiten nach Hause gestakst und schnipsten Alka-Seltzer in ihre Gläser (plopp plopp, zisch zisch), die einzigen anderen Optimisten, abgesehen von Mordecai und mir, waren ein paar Typen Ende zwanzig, die ein Stück entfernt beharrlich ihr Volleyballspiel fortsetzten. Wir lagen auf unseren nassen Handtüchern und versuchten nach unserem letzten Bad im Meer zu trocknen, wo wir um die Wette geschwommen waren und um die Wette verloren hatten, aber der Nachmittag war schwül, die Luft schwer und feucht, immer wenn wir Luft holten, hatten wir das Gefühl, als säßen wir in einem U-Boot auf dem Meeresgrund.

Und dann kam der Regen.

Er stürzte in Kaskaden auf uns herab, griff uns aus allen Richtungen gleichzeitig an, aus dem Hinterhalt der Natur. Die Volleyballtypen rollten eilig ihr Netz zusammen, klatschten sich ab und verschwanden, und auch Mordecai und ich kamen auf die Beine, rafften unsere wenigen Sachen zusammen, rannten barfuß über die Holzbohlenwege vorbei an Reihen von Strandhäusern, wo gerade die Schotten dicht gemacht und die Hartkekse auf den Tisch unter die Sturmlaterne gestellt wurden. Und als wäre das nicht genug, holte der liebe Gott auch noch seine Polaroidkamera hervor und machte ein Bild von den Ereignissen, für eine lange Sekunde schien ganz Fire Island in Flutlicht gebadet, und im nächsten Moment kam der ohrenbetäubende Donnerschlag, der die Planken unter uns vibrieren und unsere Zähne klappern ließ; wir stürmten drauflos, zum Hafen auf der anderen Seite der Insel, und wir lachten so sehr, dass wir schrien, wir brüllten einander zu, dass wir ein Dach zum Unterstellen finden müssten, bevor wir klatschnass würden, obwohl wir schon längst bis auf die Knochen durchgeweicht waren, selbst unser Blut war verdünnt und rosa, aus den Haaren strömte mir das Wasser in Sturzbächen in Gesicht, Augen und Mund, und dann wurden wir erneut von oben abgelichtet, und es hallte von den Hauswänden wider, und Mordecai keuchte, wir müssten uns von den Bäumen fernhalten, *weil der Blitz normalerweise da einschlägt*, schrie er, und im selben Moment ertönte ganz in unserer Nähe ein ohrenbetäubender Knall, und ich meinte, eine Baumkrone zu sehen, die in blauen Flammen aufging, Funken, die sich in die Regengüsse mischten, aber vielleicht war es auch nur Einbildung, denn ich hatte genug damit zu tun, hinter Mordecai herzukommen, der das letzte Stück bis zum Hafen spurtete, zu den Bänken unter dem schützenden Vordach bei der Kurklinik, wo wir uns fallen ließen und nach Luft rangen. Wir glichen Schiffbrüchigen, wie wir dort halb auf den Bänken lagen, die nassen T-Shirts hatten wir auf das Fensterbrett gelegt, während wir von unserem Tribünenplatz aus fasziniert das Unwetter verfolgten; es schüttete, als hätte es seit Jahren nicht mehr geregnet und als wäre nun endlich die Zeit gekommen, um die große Rechnung zu begleichen; der Himmel versprühte seine Elektrizität in alle Richtungen und wurde dabei von den lautesten Donnerschlägen unterstützt, die wir je gehört hatten, es war wirklich keine schlechte Vorstellung. Mordecai holte eine Schachtel Zigaretten aus seinen Shorts und zog zwei durchweichte Kippen hervor, er gab mir eine davon, sie baumelten schlaff aus unseren Mündern herab, aber mit etwas Geduld konnten wir ihnen wieder neues Leben einhauchen, und genau das, diese Minuten, in denen wir zusammen rauchten, während wir das Gewitter über Fire Island betrachteten, ist eine der schönsten Erinnerungen, die ich von uns beiden habe, sie ist der Gipsabguss eines guten Tages, wo sich alles irrsinnig leicht anfühlte, und so werde ich uns in Erinnerung behalten, genau so, klatschnass, auf diesen beiden Bänken, im Regen, an genau diesem Tag, welcher auch immer es war, im Sommer 1993.

Am Ende ließ der Regen nach und wurde von einem warmen, verhaltenen Wind abgelöst, und damit kehrten auch die Feriengäste auf die Strandpromenade zurück. Wir blieben sitzen. Und ich sagte:

«Der Abend, bei Mischa …»

«Was ist damit?»

«Das war nicht geplant. Also, du weißt, ich würde niemals …»

«Was würdest du niemals?»

«Du weißt schon …»

«Ach ja?»

«Ich glaube schon.»

Mordecai bog eine neue Zigarette gerade und befühlte mit einer Hand unsere T-Shirts; sie waren immer noch nass.

«Mach dir keine Gedanken deswegen. Bin froh, dass du sie magst.

Sie ist wunderbar, oder? Ja, ich habe mir schon gedacht, dass du sie mögen würdest.»

«Heißt das … es ist in Ordnung?»

«Dass du sie magst?»

«Ein bisschen mehr als das, glaube ich.»

Er lächelte. «Ich freue mich für dich.»

«Bist du sicher? Ganz sicher? Ich dachte, du würdest vielleicht …»

«Nein. Ganz, ganz sicher. Du solltest sie wieder besuchen.»

Mit diesen Worten wurde eine tonnenschwere Last von meinen Schultern gehievt. Ich spürte, wie mir das Herz bis in den Hals hinaufkroch, und mir wurde ganz schwindelig. Ich schlug vor, dass wir am nächsten Tag nach Davis Park radeln könnten.

«Nein», sagte er. «*Du.* Du musst rausfahren, ich spiele keine Rolle in dem Ganzen. Ich bin nur Deko.»

«Und … wer war das Mädchen, mit dem du auf der Treppe gesessen hast?», fragte ich vorsichtig.

«Lauren.»

«Ich meine … lief da was?»

«Nein, wir haben nur geredet.»

«Wie alt ist sie?»

«Neunzehn. Wohnt in Connecticut. Sie hat mir ihre Nummer gegeben.»

«Das ist doch toll», sagte ich aufmunternd. «Was meinst du, wie lange du warten musst, bis du sie anrufen kannst?»

«Kommt drauf an. Bis man weiß, was man sagen will. Das ist normalerweise am besten.»

«Aber», bohrte ich weiter, «du hast doch Lust, sie wiederzusehen, oder?»

Und da blickte mich Mordecai so seltsam an, irgendwie runzelte er die Stirn und sah gleichzeitig streng und milde aus. Und vielleicht auch eine Spur unglücklich.

«Du hast es echt immer noch nicht kapiert, oder?»

«Was denn?»

«Ich stehe auf Jungs, Max.»

«Oh.»

Er sagte es so leicht und unbefangen, das war es, was mich überrumpelte. Und dass es vollkommen logisch war.

«W-w-wirklich?»

«Ich dachte, das hättest du inzwischen herausgefunden», erwiderte er ruhig.

«Was soll ich sagen. Das erklärt jedenfalls deine Vorliebe für Eric Rohmer.»

«Kann mich an keine einzige schwule Figur in seinen Filmen erinnern.»

«Stimmt wahrscheinlich auch nicht, ist vermutlich nur ein Gefühl, weil er einen ganzen Film über einen Typen machen kann, der das Knie eines Mädchens anglotzt.»

«Quält dich das?»

«Meinetwegen darfst du Filme mögen, wie du willst.»

«Dass ich auf Jungs stehe.»

«Warum sollte mich das quälen?»

«Weil du ein Junge bist.»

«So wie du.»

«Genau das finden manche Jungen quälend, ich meine, mit so etwas in Zusammenhang gebracht zu werden. Die Leute werden dasselbe von dir denken.»

«Mir egal.»

«Sicher?»

«*Ganz, ganz sicher.*»

«Danke.»

«Nichts zu danken.»

«In dem Punkt täuschst du dich aber. Es gibt einiges zu danken.»

«Okay. Was soll ich sagen. Gern geschehen?»

«Und was ist, wenn ich dir sage, dass ich in dich verliebt war?»

«Warst? Nicht bist?»

«War. Meine Eltern haben einem Therapeuten viel Geld dafür gezahlt, damit ich das aussprechen kann. Ein teurer Satz. Also, was hältst du davon?»

«Ist doch schön.»

«Schön? Mehr nicht?»

«Ja, schön. Und ein bisschen traurig, wahrscheinlich. Wegen … du weißt. Und weil ich nicht, du weißt.»

«Ich weiß. Aber soll ich dir was erzählen, was du nicht weißt? Ich hatte *Apocalypse Now* noch nie gesehen, bevor du mir begegnet bist. Ich habe gehört, wie du darüber gesprochen hast.»

«Aber du kennst doch alle Dialoge auswendig.»

«Ich habe sie mitgeschrieben. Und eingeübt. Um ehrlich zu sein, ist es einer der zähesten Filme, die ich je gesehen habe. Als würde man Farbe beim Trocknen zusehen.»

«Ich weiß nicht, was ich dazu sagen soll.»

«Dann sag nichts.»

«Darf ich dich was fragen? Wie lange hast du, du weißt schon, es … gewusst?»

«Das ist die Frage, nicht wahr, die große Frage … Tja, die Antwort lautet, dass ich es nicht weiß. Ich wusste es wohl schon vor Alison, falls du das meinst, aber dann wollte ich es auch wieder nicht wissen, und damit wusste ich es auch nicht, oder ich habe gehofft, dass man das, was man weiß, vergessen könnte, weil dann alles einfacher gewesen wäre. Aber ja … ich wusste es schon, als ich dich zum ersten Mal gesehen habe, als ich dich kennengelernt habe. Im Schwimmbad. Und da wusste ich, dass ich es eigentlich schon immer gewusst habe. Ergibt das einen Sinn?»

«Nur wenn du Beckett bist.»

«Ich habe fast bis zuletzt gehofft, dass es mir gelingen würde, mich in Alison zu verlieben, deshalb war ich so lange mit ihr zusammen, weil …»

«Was ist mit der Theorie vom hübschesten Mädchen?»

«Okay, die spielt auch eine Rolle, aber ich hatte gedacht, ich könnte irgendeinen Schalter in mir umlegen, der, du weißt schon, aber es ging nicht, und dann wurde alles immer schlimmer, und dann warst du überall, und ich wusste … oder ich wusste es nicht, aber ich hatte Angst, dich zu verlieren … also habe ich mich von dir ferngehalten. Das war, wieder einmal, die Idee des Therapeuten, Abstand zu dir herzustellen, *einen Raum für Gedanken*, nannte er das. Ich weiß nicht, wo meine Eltern diesen Typen eigentlich herhatten, es könnte ein Freund von Papas ehemaligen Kollegen gewesen sein. An seinen Wänden hingen lauter Auszeichnungen und Diplome, alle mit so winziger Schrift, dass ich sie von meinem Platz auf der Couch unmöglich entziffern konnte, da hätte sonst was draufstehen können. Ich glaube nicht, dass er viele Patienten hatte, er hat ständig so getan, als würde er die Zeit vergessen, und plötzlich hatte ich fast 90 Minuten auf seiner Couch gelegen. Das heißt, eigentlich stimmt das nicht, ich wusste schon, dass die Zeit verging, aber die Scham, die damit verbunden war, das auffliegen zu lassen, was wir beide wussten – dass nach mir gar kein neuer Patient kommen würde –, hielt mich so lange wie nötig dort. Er hieß Dave. Ich glaube, er brauchte auch jemanden zum Reden. Er benutzte ziemlich oft den Begriff ‹emotionale Brandwunden›. Er sagte, es gäbe vieles, über das ich mir Gedanken machen müsste.»

«Und zu welchem Ergebnis bist du gekommen?»

«Machst du Witze? Dass ich Jungs mag. Meine Eltern hätten einen Haufen Kohle sparen können.»

«Wissen sie davon?»

«Keine Ahnung. Wahrscheinlich schon. Aber du bist der Erste, dem ich es erzähle. Abgesehen vom Therapeuten.»

Therapie. Therapeut. Das war geradezu exotisch, in Norwegen hatte ich noch nie gehört, dass jemand zum Psychologen ging, ohne durch und durch und unwiderruflich gestört zu sein, und war man es nicht (gestört) und machte es trotzdem (eine Therapie), um mit jemandem zu reden (dem Therapeuten), waren die Leute überzeugt, man wäre es geworden (gestört) oder hätte zu lange im kalten Luftzug gesessen. Oder beides. In Norwegen fraß man die Probleme traditionsgemäß in sich hinein, schuftete sie sich im Hobbykeller oder in der Waschküche von der Seele, schrieb wütende Leserbriefe an die Zeitungen, parkte unnötig dicht an anderen Autos, obwohl mehr als genug Platz vorhanden gewesen wäre, und mähte stundenlang mit verbissener Miene den Rasen, während sich die Nachbarn auf ihren neuen Gartenmöbeln verzweifelt weiter zu unterhalten versuchten, man ließ die Kartoffeln verkochen und kam zu früh zum Familienbesuch, ging auch zu spät und zeigte zu viele Urlaubsbilder, auf denen man monoton und pflichtschuldig sämtliche Freizeitparks und Mahlzeiten abfotografiert hatte, und wenn nichts von alledem als Ventil für den ganzen Frust, die vielen Niederlagen und Enttäuschungen funktionierte, die man in sich trug, zog man die Konsequenzen und erhängte sich in der Garage.

Wir saßen mit nacktem Oberkörper da und warteten darauf, dass unsere T-Shirts trockneten, und von diesem Tag an war alles im Reinen.

«Aber du liegst total im Trend damit», sagte ich.

«Und du wirst wohl mit Mischa zusammenkommen?»

«Glaubst du?», flüsterte ich.

«Fragst du mich das im Ernst? Waren wir etwa nicht auf derselben Party?»

«Weiß nicht, waren wir?»

Wir suchten unsere Sachen zusammen und gingen in den letzten Überresten der Nachmittagssonne nach Hause, meine Mutter hatte angekündigt, um 19 Uhr stünde das Essen auf dem Tisch, und wir wollten es nicht verpassen. Aber ich erinnere mich nicht mehr daran, was es gab und ob die Stimmung zwischen ihr und meinem Vater an diesem Abend gut oder schlecht war. Ich erinnere mich daran, wie das Wasser von den Ferienhäusern tropfte, als wir nach Hause gingen, und dass die Holzplanken nass waren und glänzten und dass es überall sauber und frisch roch, vielleicht lag es daran, dass sich die Pflanzen nach der langen Trockenheit endlich wieder von ihrer besten Seite zu zeigen wagten, es kann an so vielem gelegen haben; und ich erinnere mich an den Sand, der feucht und schwer war, als Mordecai und ich spät am Abend wieder zum Strand hinunterschlenderten, nachdem meine Eltern schlafen gegangen waren. Wir nahmen eine Flasche Wein aus dem Schrank, den mein Vater aufgefüllt hatte, es würde ihm sowieso nicht auffallen. Ich hatte auch zwei Handtücher dabei, und wir setzten uns mitten auf den Strand und tranken abwechselnd aus der Flasche, während wir uns unterhielten, über Mischa und die Mädchen und die Jungs und die Zukunft, wir lösten große Probleme und schmiedeten kolossale Pläne, wir wurden zu Riesen an diesem Strand, zu gigantischen Gestalten mit einem monumentalen Selbstvertrauen, im Rücken die Lichter der Sommerhäuser, vor uns die Wellen und die Gezeiten und ein paar Fischerboote, die aufs Meer hinaustuckerten, und Mordecai sagte:

«Verrückte Sache, übrigens, mit deinem Onkel.»

«Verrückte Familie.»

«Im Herbst», sagte Mordecai. «Im Herbst besuchen wir ihn.»

Ich nickte und fing an, unsere Kippenstummel einzusammeln und in die leere Flasche fallen zu lassen.

«Du weißt, dass sich deine Eltern trennen werden?», fragte Mordecai plötzlich.

«Ja», antwortete ich.

Keiner bemerkte, wie wir an diesem Abend nach Hause kamen, dass wir vorsichtig im Flur die Schuhe abstreiften und uns mit Rotweingeschmack im Mund und schnurrenden Gehirnen in mein Zimmer schlichen, wo wir uns unter die dünnen Sommerdecken legten, die seltsam nach Blumen dufteten. Erst da wurde ich müde, richtig müde, und mein Kopf auf dem Kissen fühlte sich schwer an. Als würde er noch immer einem Riesen gehören, während der restliche Körper wieder mein eigener war. Eine Fliege summte rastlos im Zimmer umher und suchte nach einem Ausgang. «Machst du das Fenster auf?», flüsterte ich Mordecai zu, aber er antwortete nicht, ich hörte nur seine tiefen, regelmäßigen Atemzüge von der anderen Seite des Zimmers. Und ich weiß nicht, was zuerst geschah, ob ich einschlief oder die Fliege endlich ihren Frieden mit dem Zustand der Dinge fand und einen Platz an der Wand oder an der Decke oder auf dem Fensterbrett, einem Tribünenplatz für den Auftritt der Morgensonne.

4

Mordecai reiste in der zweiten Augustwoche wieder ab. Ich begleitete ihn zurück zum Parkplatz am Robert Moses State Park und wechselte ein paar Worte mit Mr. Weintraub, ehe sie wieder Kurs auf Garden City nahmen. Jetzt, da Mordecai von der Bildfläche verschwunden war und auch ich das Ferienhaus in zwei Wochen verlassen würde, fiel ich direkt wieder in meinen alten Rhythmus. Ich ging. Um etwas Neues auszuprobieren, beschloss ich, einen anderen Weg nach Hause zu nehmen als sonst, und so verließ ich nach gut hundert Metern die Burma Road und entdeckte einen zugewucherten Pfad, der durch Gestrüpp zum Strand auf der Nordseite führte; er war viel schmaler als auf der Südseite, und von hier aus konnte ich, knapp zehn Kilometer entfernt, Long Island erahnen. Es hatte etwas Beunruhigendes an sich, dass es immer noch dort lag, dem Anschein nach unbehelligt. Auf Pause gestellt. Aber unverändert. Ich ging am Leuchtturm vorbei, wo sich die Tagestouristen mit Gürteltaschen und Sonnenhüten mit Kinnbändern in Positur stellten und einander fotografierten, während ein Guide ihren tauben Ohren etwas über die historische Bedeutung dieses Bauwerks erzählte, ich ging über die Mole und folgte den moderaten Krümmungen der Landschaft bis hinauf nach Kismet, wo mir der Kai den Weg abschnitt und mich auf die Straße zurückzwang, durch den Ort und bis nach Fair Harbor.

Und in dem Moment wurde ich von Furcht gepackt. Ich blieb wie angewurzelt stehen.

Das Sommerhaus mit dem verwilderten Garten, nur vier Straßen von unserem entfernt, war von einem Krankenwagen und einem Polizeiauto aus Suffolk County umstellt. Zwei breitbeinige Officer sprachen mit einem Nachbarn, der die ganze Zeit den Kopf schüttelte und traurig dreinblickte, während sie seine Erklärung zu Protokoll nahmen. Ich sah, wie sich die Rettungssanitäter Gummihandschuhe überstreiften und eine Trage vorbereiteten, mit der sie anschließend das Haus des Alkoholikers betraten. Am liebsten wäre ich einfach umgedreht und in die entgegengesetzte Richtung gerannt, doch mir war alle Luft aus den Lungen entwichen, und ich klebte am Boden fest. Ich dachte an die Tür im Haus, die wir nicht geöffnet hatten. Er musste die ganze Zeit da drinnen gewesen sein. Ich dachte an den Geruch und die Fliegen auf der Arbeitsfläche in der Küche. An den wertvollen Whiskey, den er nicht mehr rechtzeitig getrunken und wohl für einen ganz anderen Tag als diesen aufgespart hatte. Aber das Schlimmste war der Augenblick, als die beiden Rettungssanitäter mit der Trage herauskamen, sie hatten eine graue Decke über ihn gebreitet, und nur seine Konturen waren sichtbar. Sie schleppten schwer und hatten Mühe, die Trage in den Krankenwagen zu schieben, und nachdem sie die Türen geschlossen und die blauen Gummihandschuhe ausgezogen hatten, gab der eine Sanitäter den Polizisten zum Abschied die Hand. So ging es zu Ende. Von diesem Moment an und bis der Alkoholiker unter der Erde war, würden alle, die ihn berührten, ihre Verhaltensvorschriften einhalten, und sobald sie fertig waren, würden sie die Handschuhe in den Müll werfen und sich auch all der anderen Dinge entledigen, die sie mit dem Tod in Verbindung brachten. Ich ging ein oder zwei Meter zur Seite, um dem Rettungswagen Platz zu machen, ich glaube, der Fahrer bemerkte mich nicht einmal, er wirkte eher so, als hätte er gehofft, wenigstens heute früher nach Hause zu kommen, und dieser Plan drohte nun den Bach hinunterzugehen. Auch die Polizisten würdigten mich keines Blickes, sie gingen zusammen zum Auto, stiegen ein und verschwanden genau wie der Rettungswagen in Richtung Burma Road.

Ich rührte mich keinen Zentimeter. Ich stand dort, bis sie außer Sichtweite waren und der Nachbar wieder über die Straße geschlurft war, ohne auch nur in meine Richtung zu sehen. Erst da rannte ich.

Es kam nie ein Polizist mit Notizblock und Fragen an unsere Tür. Im Laufe der nächsten Tage klingelte überhaupt niemand, und auch in der Zeitung stand nichts.

Soweit ich weiß, ging auch niemand zur Beerdigung des Alkoholikers.

Ich erzählte keinem, was passiert war. Nicht einmal Mordecai. Aber ich träumte mehrere Nächte in Folge davon; wieder und wieder wurde er aus dem Haus getragen, und manchmal befand ich mich selbst im Haus, wenn sie ihn holten. Manchmal sah ich, wie sich etwas unter der Decke bewegte, wenn sie mit der Trage durch das Wohnzimmer kamen, aber ich schaffte es nie, den Sanitätern Bescheid zu geben, bevor sie ihn im Garten vor seinem Haus begruben und davonfuhren. Und einmal, im letzten und schlimmsten Traum, saß ich gemeinsam mit ihm unter der Decke und trank die ganze Whiskeyflasche aus, während die Rettungsleute ungeduldig danebenstanden und darauf warteten, uns unter die Erde zu bringen, ehe es dunkel wurde.

In den folgenden Tagen irrte ich planlos in der Hitze durch die Straßen, hielt mich vom verlassenen Haus des Alkoholikers fern und trottete zum Atlantique Park, um die Schiffe in der Marina anzusehen und am Kiosk ein Eis und eine Flasche Wasser zu kaufen. Überall waren Tagestouristen, die einander umkreisten, unschlüssig, in welche Richtung sie gehen sollten. Sie hatten etwas von übergroßen Kindern am ersten und schlimmsten Schultag, man konnte fast meinen, sie wüssten bereits, dass Tagestouristen und andere, die hier kein Haus besaßen oder mieteten, auf Fire Island nicht besonders willkommen waren, und sie würden zögern, um ja keine unbekannten Grenzen zu überschreiten. Mir gefiel das Gefühl, dieses Gefühl, ausnahmsweise einmal dazuzugehören, während sie Außenstehende waren und nicht wussten, wohin sie gehen oder was sie unternehmen sollten, und die ganze Zeit nervös zum Kai hinüberschielten, wo sie mit der Fähre angelegt hatten, um sich zu vergewissern, dass sie immer noch dort ankerte und sie nicht hier gestrandet waren. Ich stellte mich in die Nähe der Anlegebrücke und starrte sie eine Weile an, aber meine Sandalen wirkten wohl nicht besonders furchteinflößend, und ihre einzige Reaktion war, dass mich einige von ihnen fotografierten oder mir zuwinkten oder auf mich zusteuerten, um mit mir zu plaudern. Da ging ich wieder. Ich lief nach Hause, holte mir ein Handtuch und trottete zum Strand. Eigentlich hatte ich vorgehabt zu baden, doch dann entdeckte ich meine Mutter, die ein Stück weiter auf ihrem

Handtuch lag und eine Zeitschrift las, und blieb stattdessen im Sand am Ende des Plankenwegs sitzen, wo sie mich nicht sehen konnte. Es war das erste Mal, dass ich sie auf diese Weise beobachtete, ohne dass sie mich bemerkte; sie blätterte und las, vornübergebeugt, gespannt. Sie sah jünger aus. Und glücklich. Hin und wieder legte sie die Illustrierte beiseite, räkelte sich zufrieden, trank einen Schluck aus ihrer Wasserflasche, blinzelte in die Sonne und richtete ihren Sonnenhut. Einmal ging sie auch ins Wasser, schwamm einige Runden, blieb auf dem Rückweg im Sand stehen und unterhielt sich mit einem Ehepaar. Ihre Haltung wirkte aufrechter, fand ich, sie legte die Hand auf ihre Taille und warf den Kopf ein Stück in den Nacken, wenn die anderen etwas sagten, das sie wohl witzig fand. Sie glich jemandem, von dem ich wusste, wer es war, und den ich trotzdem überhaupt nicht kannte.

Gegen zwei ging ich auf den asphaltierten Sträßchen hinauf zum Laden neben dem Restaurant, kaufte mir eine Limo und ein Päckchen Kaugummi und ließ mich auf der Bank nieder, wo Mordecai und ich nach der Sintflut zum Trocknen gesessen hatten. Ein Wasserflugzeug schwebte nur fünfzig Meter entfernt tief über der Bucht, und ich sah auf, so wie ich es immer automatisch tat, wenn ich ein Flugzeug hörte, auch wenn ich wusste, dass nicht mein Vater es flog. Der Pilot zog eine scharfe Linkskurve, und ich hatte einen grinsenden alten Knacker vor Augen, der hinter dem Steuerknüppel saß, von drei jungen Mädchen umringt, die sicher jauchzten und so taten, als hätten sie Spaß. Das Flugzeug flog weiter zur entgegengesetzten Seite von Fire Island und von da Richtung Osten, und in dem Moment, als ich meinen Blick etwas senkte, um es weiterzuverfolgen, entdeckte ich Mischa. Sie saß mit gekrümmtem Rücken auf dem kleinen Strand neben dem Pier und las ein Buch. Es war, als bekäme ich einen Finger ins Herz gestupst. Sie sah anders aus als bei unserer ersten Begegnung, trug einen geblümten Sommerrock und ein hellblaues Top und leuchtend grüne Sandalen. Ihr Haar hatte sie hochgebunden; sie ähnelte Olivia, der Frau von Popeye.

Ich holte dreimal tief Luft, rannte zum Strand hinunter und setzte mich neben sie.

«Hallo», sagte ich so natürlich wie möglich und hielt ihr das Päckchen hin. «Kaugummi?»

«Hallo», antwortete sie, als sie mich bemerkte, und ich konnte all ihre Zähne sehen. Diesmal wirkte sie keine Spur überrascht. Es war ein merkwürdiger Sommer. Sie fummelte im Kaugummipäckchen herum und zog ein Juicy Fruit heraus.

«Bist du allein hier? Wo hast du Mordecai gelassen?»

«Der musste wieder zurück nach Garden City. Was liest du da?»

«Upton Sinclair. Kennst du ihn?»

«Nee. Worum geht es?»

«Ölbohrung und Sozialismus in Kalifornien nach der Jahrhundertwende. Eine Vater-und-Sohn-Geschichte. Vor allem Sohn, im Grunde.»

«Warum liest du so was?», entfuhr es mir.

«Weil es interessant ist.»

«Ah», sagte ich und fühlte mich schon jetzt wie auf einem anderen Planeten. «Hätte dich fast nicht wiedererkannt», schob ich hastig hinterher. «Wegen … wegen der Frisur und so, meine ich.»

«Was das Tragen von Röcken und billigen Sandalen angeht, bin ich schon fast eine Einheimische geworden», erwiderte sie und steckte ihren Kippenstummel neben sich in den Sand.

Ich kratzte mich am Kopf, auf der Suche nach mehr Gesprächsstoff. Es dauerte eine Weile, bis ich etwas fand.

«Ich war noch nie in Kalifornien», sagte ich.

Mischa legte das Buch beiseite und richtete sich auf.

«Es ist schön da. Vor allem in Nordkalifornien. Mammutbaumwälder und wunderschöne Berge. Du solltest irgendwann mal hinfahren. Und das Licht, ich meine, deshalb nennt man Kalifornien *The Golden State*, weißt du. Das ist etwas völlig anderes als diese Sechzigwattbirne hier in der Gegend. Nachmittags glüht die ganze Landschaft, in den letzten Stunden vor Sonnenuntergang. Beinahe unwirklich.»

Ich sah die Szenen aus Huế in *Full Metal Jacket* vor mir, sie waren während dieser Zeit gedreht worden. Vielleicht sah es so aus. Eine Stadt in Flammen.

«Was ist mit L. A., warst du da schon mal?»

Mischa nickte.

«Die Stadt kannst du vergessen. Nur Plastik und Autobahnkreuze. Und hässliche Gebäude. Aber Venice Beach ist schön, vor allem morgens.»

«Und Toronto?»

«Wie New York, nur dass alles funktioniert. Und die Leute warten auf Grün, bevor sie über die Straße gehen.»

«In Norwegen gibt es einen Ort, der Hell heißt. H-e-l-l», sagte ich, um das Gespräch am Laufen zu halten.

«Und, hübsch da?»

«Weiß nicht, da war ich auch noch nie.»

«Ist vielleicht auch egal.»

«Willst du noch ein Kaugummi? Du kannst das alte ja ausspucken, der Geschmack hält nie lange, fürchte ich.»

«Nein, danke. Hast du heute Abend schon was vor?»

«Weiß nicht. Ich glaube nicht.»

«Hast du Lust, mich zu besuchen, gegen acht vielleicht?», fragte sie und nahm ihr Buch wieder in die Hand.

«Kann ich machen», sagte ich mit zitternder Stimme.

«Den Weg weißt du noch?»

Oh ja. Und wie ich den Weg wusste.

Anschließend öffnete sie ihr Buch wieder auf der Seite, wo sie aufgehört hatte, und las weiter, ein eindeutiges Zeichen, dass die Audienz beendet war.

Ich verstand.

5

Diesmal fragte ich meinen Vater nicht um Erlaubnis, sondern ging zu meiner Mutter, als er gerade im Garten war, und sagte ihr einfach nur, wo ich hinfuhr. Sie riet mir, einen Pullover mitzunehmen, denn falls ich nach Sonnenuntergang noch draußen bleiben wolle, könne es frisch werden. Und dann war ich unterwegs. Ich strampelte in gleichmäßigem Takt über die schlechten Sandwege in Richtung Davis Park, ohne jemand anderem zu begegnen als einem Arbeitsfahrzeug und ein paar Vogelkundlern, links von mir ging die Sonne in Farben unter, die sie sich von der Westküste geliehen haben musste, denn ganz Fire Island wirkte, als wäre es in Gold getaucht worden; warme Gelbtöne und angenehme Grünschattierungen, wohin ich auch blickte, sogar das Meer nahm zu diesem Anlass eine andere Farbe an, und die Temperatur war ein bisschen gefallen, sodass es nicht mehr ganz so drückend war, sondern fast behaglich, als ich durch die Ortschaften und die langen, verlassenen Landstriche radelte.

Sie saß mit Sonnenbrille und einem Becher in der Hand auf der Vordertreppe, als ich vor dem Haus einbog. Nach unserer Begegnung am Strand hatte sie sich umgezogen, trug Hose und T-Shirt und einen hellbraunen Pullover.

«Ist das nicht schön?», fragte sie, als ich zu ihr ging und mich neben sie setzte. Sie deutete mit dem Kopf auf die Aussicht und die letzten Sonnenstrahlen, die gerade hinter den Hausdächern verschwanden.

«Doch», sagte ich.

Sie zeigte auf den Himmel.

«Die müssen die Birne ausgewechselt haben. Willst du einen Tee?»

Eigentlich mochte ich keinen Tee. Natürlich wollte ich einen.

«Gern.»

Sie hielt mir ihren Becher hin.

«Du kannst den nehmen, hab erst ein paar Schlucke getrunken. Dann koch ich uns einen neuen.»

Ich nahm den Tee entgegen, und sie stand auf und ging in die Küche. Eine Weile hielt ich den Becher nur in den Händen. Am Rand konnte ich schwache Abdrücke von ihren Lippen erkennen. Ein altes Paar mit Sixpence und dicken Brillengläsern und einem glücklichen Hund im Schlepptau ging auf dem Fußweg vorüber, und alle drei grüßten mich, als hätten sie mich den ganzen Sommer über ständig gesehen. Es war wirklich ein seltsamer Tag.

Während ich wartete und mir den Kopf zerbrach, worüber wir reden könnten, steckte ich mir eine Zigarette an. Und dann überkam sie mich, die Angst vor dem Schweigen oder davor, dass ich etwas sagen könnte, dessen Folgen nicht absehbar waren. Mit Mordecai war es einfacher, mit meiner Mutter auch, sagte man etwas Falsches, musste man anschließend nur einmal drübermalen und von vorn anfangen, und es war kein Schaden entstanden. Aber mit Mischa? Keine Ahnung. Im selben Moment kam sie aus dem Haus und setzte sich wieder an ihren Platz.

«Hat er dir geschmeckt? Der Tee?»

«Ja, gut», antwortete ich. «Ungewöhnlich. Was ist das für eine Sorte?»

«Ricola. Kräutertee.»

«Ich dachte immer, so was trinkt man nur, wenn man erkältet ist.»

«Man kann nie vorsichtig genug sein.»

Ich suchte nach Worten, aber es war unmöglich. Meine Gedanken waren ausverkauft, als hätte in meinem Kopf ein Flohmarkt stattgefunden, und selbst die kleinsten, untauglichsten, verschwommensten und abgelutschtesten Ideen wären verscherbelt worden.

Die beiden Alten kamen erneut vorbei, diesmal zog der Hund sie hinter sich her, während seine Pfoten über den Sand stoben. Ich überlegte, ob ihm klar war, dass er sie beide überleben würde.

Mischa winkte ihnen zu, und sie lüfteten ihre Schirmmützen. Dann wandte sie sich zu mir.

«Wird langsam kühl, sollen wir reingehen?»

Es herrschte ein ziemliches Chaos bei ihr, das war mir beim letzten Mal gar nicht aufgefallen; überall lagen Bücher und Platten und

Decken und Klamotten herum, an den seltsamsten Orten standen Aschenbecher, und ein Pfad aus Teebechern verriet, wo sie zuletzt gewesen war. Dreckig war es aber nicht. Insofern war es eine angenehme Unordnung.

«Wie kannst du dir dieses Haus allein leisten?», platzte es aus mir heraus, während ich ein paar Zeitungen zur Seite schob, um Platz auf dem Sofa zu schaffen.

«Ich habe im Frühjahr ein Bild verkauft», antwortete sie aus der Küche, wo sie nach einer Flasche Wein suchte, von der sie ganz sicher war, sie erst vor kurzem noch gesehen zu haben.

«Wow. Hast du denn viel dafür bekommen?»

«Tja, zehntausend Dollar», hörte ich sie sagen. Ich musste mich einige Sekunden am Couchtisch festklammern. Das war mehr Geld, als ich in meinem ganzen Leben besessen hatte.

«Du musst ja berühmt sein», rief ich staunend. «Ich meine, das ist doch richtig viel Geld!»

«Nicht wenn du fast ein ganzes Jahr davon leben musst», erwiderte sie trocken, ehe sie weiter so engagiert nach dem Wein suchte, dass Töpfe und Deckel scheppernd auf den Boden fielen. «Deshalb sind wir auch hier und nicht in den Hamptons. Übrigens steht im Arbeitszimmer ein Bild, an dem ich gerade arbeite», sagte sie. «Links von dir. Das ist aus derselben Serie. Du kannst es dir angucken, wenn du magst. Und mir Bescheid sagen, falls du zehntausend Dollar übrig hast.»

Ich ging es mir ansehen. Obwohl ich pleite war.

Das Zimmer war kaum möbliert, die Wände fleckig und rußig, es lehnten Bilder daran, deren Rückseite in den Raum zeigte, und der Boden war in sämtlichen Farben gehalten, mit eingetrockneten Flecken, in denen sporadische Fußspuren verewigt waren; vielen sah man an, dass sie schon lange vor Mischas Zeit dort hinterlassen worden waren, sie war wohl nicht die erste Malerin, die ihren Sommer hier verbrachte. Ein wackeliger Holzstuhl stand neben einem der beiden großen Fenster, die so schmutzig waren, dass ich trotz der inzwischen hereingebrochenen Dunkelheit wusste, dass sie auf keinen Fall eine schöne Aussicht hatte. An der Decke waren ein paar

Scheinwerfer befestigt, deren Kabel lose nach unten hingen, zusätzlich zu ein paar nackten Glühbirnen. Und mitten im Raum stand das, woran sie tagsüber arbeitete. Es war eine große Leinwand, mindestens anderthalb mal zwei Meter, umkränzt von noch mehr Teetassen und Aschenbechern und den Sandalen, die sie heute Nachmittag getragen hatte. Das Bild stellte eine Waschmaschine dar, nicht mehr und nicht weniger, im Maßstab 1:1. Das schwarze Bedienfeld, die knallorange Grundfarbe der Maschine, das Metall und die halbgeöffnete Tür ließen mich im ersten Moment glauben, es wäre eine Fotografie. Dann verstand ich, dass es ein Gemälde war, nur beinahe grotesk detailliert. Jeder einzelne Buchstabe war mit akribischer Präzision nachempfunden, dasselbe galt für die Lichtreflexionen im Orange und die mindestens zehn, wenn nicht mehr Grautöne, mit denen sie das Metall herausgearbeitet hatte. Ich konnte meinen Vater vor mir sehen, wie er davorstand, verständnislos den Kopf schüttelte und sagte: *Wer zum Kuckuck will sich so was an die Wand hängen? Und ständig an die Berge von Schmutzwäsche erinnert werden, die man angesammelt hat?* Doch als ich ganz nah herantrat und den Bereich um die Tür studierte, sah ich, dass sie hier und da kleine Abweichungen eingebaut hatte, winzige, beabsichtigte Fehler in Farbe oder Form, die mir Unbehagen bereiteten, und eine mikroskopisch kleine Schrift, die man unmöglich entdecken konnte, wenn man weiter als ein paar Zentimeter entfernt stand, es waren losgelöste Textfragmente, Zahlen und Phrasen, die keinen Sinn ergaben, jedenfalls nicht für mich. *089307 BUNNY IS KING!*, stand dort. *MORE PEOPLE, MOLE PEOPLE. HE WHO HATH, WASHES HIS SINS AWAY! FIRES WERE STARTED, MESSAGES WERE LEFT INQUIRIES WERE MADE QUESTIONS WERE ASKED PRICES WERE QUOTED PRINCIPLES WERE LOST FOOTBALLS WERE KICKED TABLES WERE TURNED MONEY WAS SPENT. MAX.*

Das letzte Wort fesselte mich definitiv. Es war im dunklen Feld über einem Aufkleber auf der Tür der Waschmaschine platziert. Ich starrte es lange an. Dieser verfluchte Name, der alles Mögliche heißen konnte!

«Willst du es kaufen?»

Mischa stand mit der Weinflasche in der Tür. Ich richtete mich hastig auf.

«Muss noch ein bisschen sparen», antwortete ich leichthin. «Aber es gefällt mir. Wie heißt es?»

«*Zwei.* Also wie die Zahl 2.»

Ich legte den Kopf schief und studierte das Bild noch einmal.

«Guter Titel, finde ich.»

«Findest du nicht!», sagte sie lachend. «Du lügst.»

«Warum heißt es 2?»

«Siehst du die 2 hier oben rechts? Es ist Maschine Nummer zwei. Vorbild war eine Maschine, die ich letztes Jahr in einem Waschsalon in Paris entdeckt habe.»

«Also reist du in der ganzen Welt herum und suchst nach Waschmaschinen, die du malen kannst?»

«Nein, nicht direkt, das war eher Zufall, weil ich sowieso da war. Aber ist sie nicht schön?»

«Total schön. Du solltest mal zum Laundry Palace kommen.»

«Wo ist das?»

«In Garden City, ein paar Straßen von uns entfernt. Da haben sie gelbe Waschmaschinen. Und die machen einen Höllenlärm.»

«Guter Tipp, muss mal schauen. Übrigens habe ich den Wein gefunden. Aber nur diesen hier.»

Sie hielt zwei Milchgläser hoch.

«Macht doch nichts.»

«Gut.»

Live Rust. Das legte sie auf. Ich hatte immer allergisch auf Neil Young reagiert. Das war vorbei. Und es war, als hätten wir nie geschwiegen. Mit einem Mal fühlte ich mich von absolut allem losgelöst, anders kann ich es nicht beschreiben; ich fing an, von meinem Vater und seinen Flugstrecken zu erzählen, von den Problemen, die er und meine Mutter hatten, und von seinem Hodensack, der unheilverkündend über unserer familiären Zukunft baumelte (an dieser Stelle musste sie eine weitere Flasche Wein ausgraben, um die Beschreibung zu ertragen); und sie hörte die ganze Zeit genau zu, und dann erzählte sie von sich, und von ihren Eltern, die immer noch in Toronto lebten, sie hatte einen Bruder in San Francisco, und sie selbst hatte in ihrer Heimatstadt Film studiert, ehe sie nach New York gezogen war; sie war in Manhattan auf die Kunstschule gegangen und wohnte jetzt also in Brooklyn, hatte dort schon mehrmals ausgestellt, keine großen Sachen, abgesehen von einer wichtigen Gruppenausstellung für neue, moderne Kunst von jungen Künstlern im Whitney, im Anschluss hatte sie auch das Bild (mit dem Titel 3) verkauft, von dessen Erlös sie jetzt lebte. Einer der Kuratoren des MoMA hatte außerdem von einem möglichen Einkauf für die Dauerausstellung des Museums gesprochen, darüber redeten wir ziemlich ausführlich. *Ich werde dich mal mitnehmen*, sagte sie, *dann wirst du sehen, wie gut es dorthin passen würde.* Sie legte ihre Beine auf meinen Schoß, und ich platzierte den Aschenbecher direkt neben ihren Knien, damit er für uns beide gut zu erreichen war. Sie nannte die Künstler, die sie verehrte, Pollock schätzte sie, in ihren Worten, so sehr, dass es fast lächerlich war (er habe sich drüben in den East Hamptons aufgehalten, bemerkte sie, und erzählte daher die Geschichte von ihm und Lee Krasner und deren gemeinsamem Leben, das grenzwertig anstrengend klang), Rothko mochte sie auch, insbesondere sein Spätwerk, bevor er sich das Leben nahm und in seiner Wohnung in SoHo in einer Blutlache gefunden wurde, die Arme jesusgleich zur Seite gestreckt. Jaspar Johns sei auch gut, sagte sie, jedenfalls einiges von ihm (Rosenquist und Lichtenstein konnte sie dagegen nicht ertragen und Warhol auch nur manchmal), Franz Kline im Großen und Ganzen ebenfalls, dasselbe gelte für Basquiat und Cindy Sherman, und der Japaner Takashi Murakami habe Potenzial, sagte sie und zählte noch mehr Namen auf, die ich noch nie gehört hatte und sofort mit den vorherigen verwechselte, bevor sie noch weitere in den Raum warf; sie holte Bücher und zeigte mir Bilder aus Tom Wesselmans Œuvre und von Michael Heizers gigantischen Granitarbeiten in der Nevadawüste, Werke von Georgia O'Keeffe, Grant Wood und Chuck Close, und ich wünschte mir, sie würde einfach nur weitermachen und nie mehr zu reden aufhören, ich saß auf dem Sofa und lauschte ihrer Stimme und betrachtete ihren Mund und ihre Arme und wie sie das Glas hob und trank und wie sie rauchte und sich immer zu beeilen schien, den ersten Zug wieder auszustoßen, und ihre Finger und Beine, und während ich all das registrierte, packte mich plötzlich die Furcht, die Furcht vor meiner eigenen Idiotie, die dafür gesorgt hatte, dass ich bei unserer ersten Begegnung, an jenem Morgen, davongeradelt war wie ein kopfloses Huhn, ohne einen einzigen ausgebrüteten Gedanken, dass ich in diesem Moment riskiert hatte, sie niemals wiederzusehen, es war die Furcht vor all den Zufällen, die einem nur ausnahmsweise zum Vorteil gereichen, meistens aber als vertane Chancen enden; Anrufe, die man hätte tätigen, und Möglichkeiten, die man hätte ergreifen sollen, es war ein ganz und gar unerträglicher Gedanke, aber ich dachte ihn trotzdem, ich dachte darüber nach, wie dünn er war, dieser Zufallsfaden, an dem alles hing, und Neil Young sang *once you're gone you can't come back, when you're out of the blue and into the black*, und ich merkte, wie ich keine Luft mehr bekam, der Sauerstoff ließ sich unmöglich einziehen, und ich merkte nicht, dass sie verstummt war, ich merkte nur ihren Mund und meinen Mund, der jetzt wieder Luft bekam, und die Furcht, die mich verließ, und ihr Haar in meinem Gesicht und dass ich nichts sagte und dass es nichts zu sagen gab.

6

Ich erwachte in einem Berg aus Klamotten und Glück und warmem Sonnenlicht. Ich erwachte in einem neuen Leben, das mit meinem früheren nichts mehr zu tun hatte. Neben meinem Kopf lagen ein Pullover und eine Jeansjacke, am Fußende des Bettes erhob sich ein wackeliger Turm aus Hosen, Blusen und noch mehr Pullovern. Am anderen Ende des Zimmers sah ich einen Kleiderschrank, dessen eine Tür offen stand. Er schien leer zu sein. Sie legte ihre Sachen wohl nicht gern zusammen.

Meine eigenen hingen über einem Stuhl neben dem Bett, die Sandalen standen ordentlich darunter. Ich setzte mich auf, schwang die Füße auf den Boden, zog mich an und ging ins Bad. Wusch mir das Gesicht und trocknete mich mit ihrem Handtuch ab, ehe ich ins Wohnzimmer ging, wo noch die leeren Weinflaschen auf dem Tisch standen. Die Stereoanlage lief leise, obwohl Mischa nicht hier war, es war immer noch dieselbe Musik wie gestern Abend, ich drehte die Lautstärke auf und betrat die Terrasse mit Aussicht auf den Strand.

Sie saß mit Sonnenbrille unter einer Decke und trank Tee, und ich ging zu ihr und legte ihr die Hand auf die Schulter. Doch irgendwie musste ich sie verfehlt haben, sie war so weit weg, dass ich sie nicht ganz erreichte, obwohl ich die Wärme ihrer Haut spüren konnte.

«Es ist irgendetwas, oder?», fragte ich. Sie antwortete nicht. Ich setzte mich auf das Geländer und schaute auf den Strand. Die Allereifrigsten hatten schon ihre Plätze eingenommen; eine Gruppe Rentner breitete ihre Handtücher aus, klappte die Liegestühle auseinander und öffnete ihre mitgebrachten Sonnenschirme. Es würde ein weiterer glutheißer Tag werden. Und hier saßen wir. Ich blieb sitzen und betrachtete ihre Finger, sie hatte die schönsten Finger, die ich je gesehen hatte, ich hätte den ganzen Tag so sitzen können. Und dann dachte ich an den gestrigen Abend und an die gestrige Nacht, und es war, als würde eine Lawine in mir losbrechen, und ich kämpfte mit meinen Gedanken, um nicht darunter begraben zu werden. Es schmerzte im Magen, ich wollte gleichzeitig jubeln und mich übergeben, es ist seltsam, jetzt daran zu denken, denn dieser Sommer ist längst vorbei, es gibt keine Sommer wie diesen mehr, wir kennen diese beiden Menschen nicht mehr. Ich weiß nicht, ob es sie noch gibt.

«Entschuldige», sagte sie leise, weinend, «es tut mir so leid, Max, ich hätte dich niemals hierher einladen sollen. *Entschuldige.* Ich weiß nicht, was ich mir dabei gedacht habe. Was zum Teufel mache ich hier bloß? Das darfst du *niemandem* erzählen, verstehst du? Im Ernst.» Sie musste unfreiwillig lächeln, es sah merkwürdig aus. «Du bist unter siebzehn. Das ist eine Straftat der Klasse E, weißt du, was das bedeutet? Eine Vergewaltigung dritten Grades, dafür kann ich vier Jahre ins Gefängnis kommen.»

«Wem sollte ich …»

«Ich habe mir noch nie etwas zuschulden kommen lassen, ich habe nie – ich habe das nicht geplant. Oder … ich meine … Max, was ist, wenn ich eine Therapie machen muss, vielleicht stimmt mit mir etwas nicht.»

«In dem Fall kann dir Mordecai sicher die Nummer von Dave geben, der hat bestimmt noch Termine frei.»

«Ich habe keinen Schimmer, wovon du redest, Max.»

«War nur ein Witz. Aber kein lustiger.»

«Ja, ich finde das auch nicht zum Lachen, okay?»

«Beruhige dich mal», sagte ich. «Hier lauern bestimmt keine Bullen vor dem Haus und beobachten uns. Das sind doch nur Zahlen, das kümmert niemanden. Wovor hast du solche Angst? Glaubst du wirklich, der Richter macht sich die Mühe und zählt die Tage an einer Hand ab? Ich werde schneller siebzehn, als du gucken kannst. *Denk. Nicht. Darüber. Nach.*» Sie hob den Kopf, und ich küsste sie, sie erlaubte es mir.

«Eine Dreiundzwanzigjährige sollte nicht mit einem Sechzehnjährigen ins Bett gehen», sagte sie anschließend. «Begreifst du das nicht? Das ist krank.»

«Umgekehrt passiert das, glaube ich, ziemlich oft, nur um es mal erwähnt zu haben», wandte ich ein.

«Das ist nicht dasselbe.»

«Warum nicht?»

«Weil … es gewöhnlicher ist. Weil niemand etwas anderes erwartet, es ist gesellschaftlich akzeptiert. Weil Männer Schweine sind, was weiß ich. Aber wenn sich ein dreiundzwanzigjähriges Mädchen in einen sechzehnjährigen Jungen verliebt, finden die Leute das widerlich. Sie werden nachdenklich. Überaus nachdenklich.»

Verliebt. Jetzt wurde eine neue Lawine losgetreten, ein ganzer Berghang löste sich, es frischte auf, die Windstöße hatten Orkanstärke, und der Puls, der Puls sprengte fast meine Schläfen. Es tat weh. Dieses Wort hatte noch nie jemand zu mir gesagt, nicht einmal versehentlich. Aber sie sagte es. Jetzt. Und ich war die ganze Nacht bei ihr. Ich bebte vor Glück und hatte Angst, ich könnte in Jubel ausbrechen oder umfallen.

«Ich will nicht nach Hause», sagte ich leise.

«Und dann sehe ich dich an, und das Einzige, was ich denken kann – weißt du, was ich denke? Wie sollte man sich *nicht* in dich verlieben?» Sie legte eine ihrer zarten Hände, die leicht nach Seife roch, auf meine Wange. «Ich glaube, ich habe so vieles verpasst», sagte sie, während sie die ersten Badegäste beobachtete, die sich in die Wellen hinauswagten. Sie setzte sich neben mich auf das Geländer und lehnte sich an mich. «Ich hatte eine komische Jugend. Weißt du, ich habe diese ganze Puppy-love-lass-uns-zusammen-abhauen-Verliebtheit verpasst, die man mit vierzehn so hat. Ich war beim Training. Das war im Großen und Ganzen mein Mantra, mein Refrain, meine bis zur tödlichen Langeweile wiederholte Ausrede und Erklärung, die ich im Alter zwischen elf und achtzehn Jahren allen – inklusive mir selbst – gab: *Ich muss zum Training. Ich war beim Training.* Ersteres, um zu erklären, warum ich nie zu den Verabredungen mitkam, auf die sich meine Freunde oder Klassenkameraden freuten und zu denen sie mich einluden, Letzteres, um sie daran zu erinnern, warum ich nicht da gewesen war, was auch immer *da* war, wenn die Partys gefeiert worden waren und meine engsten Freundinnen eine so gute Zeit gehabt hatten, dass sie darüber vergaßen, warum ich, im Gegensatz zu ihnen, nicht dabei gewesen war. Ich kann mich auch kaum erinnern, je auf einer dieser Partys gewesen zu sein, bei denen die Eltern verreist waren und sturzbetrunkene Jugendliche im Gebüsch vor den Einfamilienhäusern lagen oder sich in den Schlafzimmern im ersten Stock verschanzten und Dinge erlebten, die sie als Erwachsene sicher anzeigen würden, aber damals nur achselzuckend zur Kenntnis nahmen und sich einredeten, dass es keine Rolle spielte und man im Leben schließlich nie auslernte und es deshalb eine wertvolle Erfahrung war, *trotz allem,* und die künstlerisch begabtesten Jungs in der Küche immer dabei waren, die missratensten Mädchen zu trösten, mit einer Hand unter ihrem Pullover und mit sanfter Stimme, und Kierkegaard falsch zitierten, bis die Polizei kam und die gute Stimmung zunichtemachte. Ich kannte diese Partys nur aus Berichten, all die Nacherzählungen, Anekdoten und Wandergeschichten wurden mir zusammen mit Fotos präsentiert, als eine Art Beweis vor Gericht, allesamt unscharf und nichtssagend komponiert und zweifellos von Leuten aufgenommen, die zu dem betreffenden Zeitpunkt weder in der Verfassung noch sonst wie imstande gewesen waren, ein gutes Foto zu machen, geschweige denn eine vernünftige Entscheidung zu treffen, was verewigungswürdig war und was nicht. In diesen Dokumentationen sah man viele Hinterköpfe und Knie, gestikulierende Hände, schiefe Winkel und beschlagene Linsen. Und sofern man die Räumlichkeiten erkennen konnte, in denen die Aufnahmen entstanden waren, vermittelten sie das starke Gefühl, von ein und demselben Fest zu stammen: die immer gleichen Leute, die Häuser und Möbel, die sich jedes Wochenende zum Verwechseln ähnlich sahen, was im jähen Kontrast zu den Erzählungen darüber stand, die oft den Eindruck einzigartiger Erlebnisse vom Typ «Das-hättest-du-sehen-müssen» oder «Wie-schade-dass-du-nicht-da-warst» erweckten, eine Episode, die alles entscheidend veränderte, eine Seekarte, auf der man den Kurs für sein restliches Leben festlegte, den man in der darauffolgenden Woche allerdings wieder vergessen hatte oder der jedenfalls nie wieder zur Sprache kam. Ich weiß nicht, ob ich so viel mehr verpasste als nur die Möglichkeit, anschließend mit Sicherheit sagen zu können, dass ich überhaupt nichts verpasst habe. Aber ich weiß, dass ich es als ungerecht empfand, nicht daran teilzuhaben. Die Sache ist nämlich die: Ambitionen, vor allem wenn es sich nicht um die eigenen handelt, sind ein Unding. Eltern wollen, dass ihre Kinder gut sind, damit sie stolz auf sie sein können, und sie wollen, dass ihre Kinder gut sind, damit sie stolz auf sich selbst sein können. Also ist es das, was Kinder machen – sie versuchen, möglichst gut zu werden. Und ich war ein gutes Kind. Anfangs war ich mir darüber nicht einmal selbst im Klaren, aber das ist die andere Sache: Eltern tendieren dazu, ihre Kinder vorsichtig (und aus nichts als gutem Willen) in die Richtung zu lenken, in der sie deren Stärke vermuten; man könnte fast meinen, sie würden ständig jede noch so kleine Bewegung und Handlung ihres Kindes analysieren und die Beobachtungen in vorgefertigten Spalten in ihren Köpfen notieren, während sie nur darauf warten, einen Ausschlag des Graphen zu sehen, einen Hinweis, in Richtung welchen Talentes sie ihren Sprössling behutsam schubsen sollen, ob er ein außergewöhnliches Ballgefühl an den Tag legt oder das Buchstabieren komplizierter Wörter meistert oder ganz allgemein ein ausgeprägtes Gefühl für Sprache oder Mathematik hat, eine schöne Gesangsstimme, ein grundlegendes Verständnis von Schach oder ein unfehlbares Gedächtnis an der Grenze zur Inselbegabung oder ob ihr Abkömmling, falls keines dieser Dinge zutrifft, wenigstens ein sonniges Gemüt hat, das es selbst dem Unbegabten immerhin ermöglicht, *Zuneigung zu erfahren.* Soweit ich weiß, spielt es sich genau so ab, das ist vermutlich ganz normal, jahrelang haben die Eltern ihren Kindern Tausende von Entscheidungen abgenommen, weil sie nach ihrer Geburt zu klein waren, um zu wissen, was für sie am besten ist, oder die unüberschaubaren Konsequenzen abzusehen; es muss schwierig sein, vom Dirigenten plötzlich zu einem degradiert zu werden, der im Hintergrund Pauke spielt und hoffen muss, dass die anderen da vorn schon im Takt bleiben. Als Kind hatte ich einen außerordentlich guten Gleichgewichtssinn. Das sei meine Stärke, hieß es, und außerdem war ich gelenkig und motiviert, zur Freude und Erleichterung meiner Eltern vermutlich, weil sie die Jahresgebühr des Sportvereins bereits bezahlt hatten und das Urteil von Mrs. Korzybski kam, meiner schönen Turntrainerin mit der semiglamourösen Frisur und dem schweren, süßlichen Blumenduft ihres Anaïs-Anaïs-Parfüms, mit dem sie sich kurz vor dem Training einnebelte, weshalb wir in der ersten Stunde mit den Händen wedelten, um genug Sauerstoff zu bekommen, ehe sich der Duft auf ihren Körper legte und eine warme, milde und angemessene Ahnung von Sommer zutage trat; manchmal waren wir ganz verwirrt, wenn wir auf die Straße kamen und sahen, dass es schneite, wir hatten das Gefühl, aus der Zeit gefallen zu sein. Meine Eltern waren gekommen, um zu sehen, wie ich meine ersten Räder und Flickflacks schlug und wie ich mein Talent auf dem Schwebebalken unter Beweis stellte, von dem Mrs. Korzybski meiner Mutter während eines halbstündigen Telefonats begeistert berichtet hatte. Ich kann mich noch genau daran erinnern, wie ich nach meiner ersten Darbietung, ich muss neun oder zehn gewesen sein, bei Essensgesellschaften meiner Eltern auf Wunsch der Gäste auf allen möglichen Gegenständen balancierte und auf dem Rasen Räder schlug, während die Besucher in einem Halbkreis um mich herum standen (oder im Winter, wenn es kalt war, von drinnen zusahen), an ihren Tom Collins nippten und, so behauptete meine Mutter jedenfalls, ungeheuer beeindruckt waren. Das mag jetzt so klingen, als hätte man mich gezwungen, vor wildfremden Menschen rumzuturnen, aber so war es ganz und gar nicht, ich fühlte mich wohl, ich glaube, ich liebte das, was ich tat, und Mrs. Korzybski wurde für mich ab einem Alter von elf Jahren zu einer Art Mutter #2, sie wurde eine Freundin der Familie, und meine beiden Mütter trieben mich die ganze Zeit an, sie ermunterten und ermutigten mich, dieses Talent zu nutzen, über das ich so froh sein konnte. Wahrscheinlich beschäftigte ich mich nicht so sehr mit den Ergebnissen wie Mrs. Korzybski, ich mochte die Ästhetik, obwohl ich damals noch nicht wusste, dass es ein Wort dafür gab, doch wenn mich die Jungs in meiner Klasse fragten, warum ich so viel Zeit mit dem Turnen verbrachte, antwortete ich immer: *Weil es schön ist.* Da verloren sie das Interesse und wandten sich lieber den anderen Mädchen zu oder einander, und das störte mich nicht, ich hatte sowieso keine Zeit, denn es gab immer etwas zu trainieren, etwas zu perfektionieren vor dem nächsten Wettkampf, und der nächste Wettkampf war laut Mrs. Korzybski immer der wichtigste, eine Aussage, die ich buchstäblich nahm und deshalb einen gewissen Druck spürte, denn wenn jeder Wettkampf wichtiger war als der vorherige, mussten die Wettkämpfe ja bald zu schwer für mich sein, auch wenn der letzte Wettkampf auf Regionalebene stattgefunden hatte und der nächste nur lokal ausgetragen wurde, und dann würde mich Mrs. Korzybski zur Seite nehmen und mich bitten, mich noch mehr anzustrengen und mich noch mehr zusammenzunehmen und noch mehr Zeit zu investieren, und ich müsste nach Hause gehen und gestehen, dass die Gefahr bestünde, dass ich aus der Turnmannschaft flog, und ich konnte mir genau vorstellen, wie meine Eltern auf diese Eröffnung reagieren würden, und das machte mich fertig. Doch am Ende war es Mrs. Korzybski, die zuerst das Handtuch warf, ich war vierzehn, als sie eines Augusttages nicht zum Training erschien, obwohl ich und die zwölf anderen Mädchen über eine Stunde in der Turnhalle auf sie warteten und uns am Ende selbst Hilfestellung beim Bodenturnen und am Barren gaben und unser Salto-Programm übten. Erst um neun Uhr, als wir uns umzogen und heimgehen wollten, kam die Mutter eines der anderen Mädchen und erzählte uns, dass Mrs. Korzybski draußen auf dem Parkplatz einen Herzinfarkt erlitten hatte und gestorben war. *Sie ist in die ewigen Turngründe eingegangen*, sagte jemand, und ich weiß noch, dass ich die Bemerkung damals schon blöd fand und dass wir ihr Auto sahen, als wir hinaustraten, die Frontscheinwerfer strahlten die Fassade der Schule an, und die Autotür stand immer noch offen; wir sahen ihren Turnbeutel auf dem Asphalt, neben ihrer Handtasche, der Inhalt lag teilweise auf dem Boden verstreut, und ich verstand nicht, warum das niemand weggeräumt hatte, es sah grotesk aus, und um das Auto herum hing immer noch ihre Parfümwolke, Jasmin und Hyazinthen und Tod; ich kam weinend nach Hause, und meine Mutter fing sofort an, eine Gedenkfeier für Mrs. Korzybski zu organisieren, die eine Woche später stattfand, in der Turnhalle, ihr zu Ehren schlugen wir Radwenden und Saltos, versuchten uns an einem Yurchenko mit zwei Schrauben, einige von uns sogar mit Erfolg, wir lasen Gedichte und Nachrufe vor, die wir geschrieben hatten, und anschließend, als wir den Saft tranken und die Kekse aßen, die jemand mitgebracht hatte, und geduldig die Geigenspieler ertrugen, die Bach für taube Ohren spielten, fragten wir uns, was mit uns passieren würde, ob es weitere Meisterschaften und Wettbewerbe geben würde oder ob dies auch für uns das Ende war. Wir hatten keine Ahnung, dass es längst eine Regelung gab und der Mann mit den dichten Augenbrauen, der die Gedenkfeier geleitet hatte und gebrochen Englisch sprach, auch derjenige war, der sich bereits der Aufgabe angenommen hatte, uns weiter zu veredeln. Mr. Janek, wie er hieß, oder *Herr Janek*, wie er angeredet werden wollte, war ebenfalls polnischstämmiger Amerikaner mit beinahe keinem Humor und einem gnadenlosen Blick dafür, wer förderungswürdig und wer bereits an die Grenzen seines Potenzials gestoßen war und deshalb nicht die gleiche Aufmerksamkeit verdient hatte. All das sprach er ganz unumwunden aus, schon nach den ersten beiden Wochen, wir saßen in Reih und Glied vor ihm, nachdem wir uns von unserer besten Seite gezeigt hatten: *Du*, sagte er zu einer von uns, *du kannst es weit bringen, jedenfalls weit genug, um deine Eltern zu beeindrucken;* und *du*, sagte er und zeigte auf eine andere, *wirst nie besser werden, als du es jetzt bist, du wirst sogar schlechter werden, wenn du es erst selbst begriffen hast, deshalb hast du jetzt, am heutigen Tag, deinen Höhepunkt erreicht, ihr beiden da hinten rechts und ihr drei an der Seite könnt gutes Mittelmaß werden; und ihr* (jetzt deutete er auf fünf von uns, mich eingeschlossen) *könnt an die Spitze kommen. Wenn ihr mutig seid und aufhört, das Ganze als Hobby zu betrachten. Ihr könnt Stars werden, wollt ihr das, kanadische Stars?* Wir wollten Stars werden. Und so kam es, dass Herr Janek seinen Willen durchsetzte und den überflüssigen Ballast abwarf, die schlechtesten Turnerinnern, die noch im selben Monat aufhörten, beschleunigt dadurch, dass er sie im Training weitgehend ignorierte und durchblicken ließ, dass sie sowohl seine als auch ihre eigene Zeit verschwendeten, und so kam es auch, dass wir uns immer mehr von den Turngeräten und den üblichen Übungen entfernten und uns in immer höherem Maße der Sportart widmeten, die er am meisten schätzte: dem Stabhochsprung. Wir dachten, er würde scherzen, als er uns zum ersten Mal in das Stadion bestellte, um uns die Trainingsgeräte und ein paar Trockenübungen auf Bodenhöhe zu zeigen, aber wie sich schnell herausstellte, meinte er es ernst. *Stabhochsprung ist die Quintessenz der Gymnastik*, sagte er, *nicht ohne Grund haben die besten Athleten fast alle eine Turn-Vergangenheit, in dieser Königsdisziplin finden wir viele ähnliche Voraussetzungen: Physik, Körperbeherrschung, technische Finesse und Ästhetik.* Dann griff er nach einer der fünf Meter langen, glasfaserverstärkten Plastikstangen, drehte sie hin und her, bis er die flexible Seite fand, legte die Hände an die richtige Stelle, nahm Anlauf, weg von uns, steckte den Stab in den Einstichkasten, damit er sich bog, und wir waren sicher, dass er jeden Moment nachgeben oder brechen würde, doch nichts dergleichen geschah, Herr Janek lockerte nicht seinen Griff, wir sahen, wie er in die Luft katapultiert wurde und mühelos über die drei Meter über dem Boden hängende Querlatte sprang, um anschließend weich und, unter den gegebenen Umständen, sogar bequem auf der grünen Matte zu landen. Es sah ziemlich gut aus. Ab da trainierten wir fast jeden Tag, wir fünf Mädchen, die letzten, die nicht vom Glauben abgefallen waren; wir wurden seine Mädchen, die erste reine Stabhochspringerinnenmannschaft im Jugendprogramm von Athletics Canada, und ich nahm die neue Aufgabe mit offenen, gierigen Armen an; ich mochte es, nach den langen Trainingseinheiten nach Hause zu kommen und seine Begeisterung im Kopf zu haben, ich konnte im Bett liegen und meine Sprünge Revue passieren lassen, was ich richtig gemacht hatte und was falsch, woran ich arbeiten musste, um noch höher zu kommen, hinauf, über die Querlatte und auf die andere Seite. Wir wollten Stars werden; ich wollte weg aus Kanada. *Du musst Augen an den Fußballen haben*, sagte Herr Janek immer zu uns. *Schau nicht auf den Anlauf, schau, wo du hinmusst, sei in der Luft, bevor du den Einstichkasten triffst, und zwing deinen Körper, deinem Hirn über die Latte zu folgen.* Er verhalf uns zum kompromisslosen und notwendigen Tunnelblick, und in den ersten Jahren merkte ich gar nicht, was mir außerhalb des Trainings entging, denn ich musste dranbleiben, und es wirkte auch nicht so, als hätten meine Freundinnen ungeheuer spannende Dinge vor, sie waren im Großen und Ganzen zu Hause oder besuchten sich gegenseitig, während ich und die anderen Mädchen in ganz Ontario herumreisten; wir verbrachten die Wochenenden in Ottawa und Niagara Falls, in Sudbury und Thunder Bay, sogar ganz oben in Moosonee, und jeden Montag war ich diejenige, die am längsten darüber erzählen konnte, was ich so alles gemacht hatte; es gab Treffen und Trainingslager und Meisterschaften, und als mir endlich aufging, dass dort draußen ein ganz anderes Leben stattfand und meine Schulfreundinnen nicht mehr gemeinsam zu Hause vor dem Fernseher hockten, sondern ihre Köpfe zusammensteckten und erwartungsvoll kichernd das nächste Wochenende planten, was, wie, wo – und einen Freund hatten und mit ihm im Auto durch die Gegend kurvten und in der Stadt abhingen und im Sommer nach Wasaga Beach fuhren und voll und ganz erlebten, was es bedeutete, sechzehn oder siebzehn zu sein, da war es längst zu spät, um es sich anders zu überlegen oder etwas dagegen zu unternehmen; drei von uns aus der ursprünglichen Turnmannschaft und zwei Mädchen aus Alberta und Quebec bildeten die Frauenjugendnationalmannschaft, und ich kam nicht einmal auf die Idee, all dem den Rücken zu kehren und etwas ganz anderes auszuprobieren. Also machte ich weiter. Ich ernährte mich gesund, ging früh ins Bett, hörte mir die Eskapaden meiner Freundinnen an und nickte verständnisvoll, aber nicht nur das, ich meine, es waren nicht nur die Partys und dass sie sich volllaufen ließen und Gras rauchten und solche Sachen oder wie sie über ihre Freunde sprachen, die kamen und gingen, und was sie mit ihnen machten oder nicht, ich glaube, es ging um etwas viel Banaleres, darum, dass sie normale Leben führten und auf eine ganz andere Art zusammenhielten als ich je mit irgendjemandem, denn obwohl wir fünf Mädchen waren, die zusammen trainierten und beinahe wöchentlich das Hotelzimmer teilten, wurden wir nie auf dieselbe Weise Freundinnen, keine richtigen Freundinnen, dazu war die Konkurrenz zwischen uns zu groß; wir kamen uns nah, manchmal sogar sehr, und es gab eine verschworene Gemeinschaft, allerdings ohne Jungs, ohne Ausschweifungen, es ging nicht darum, etwas Neues zu entdecken, nicht um das Ausforschen, sondern um Ausdauer; die Beste von uns war immer die, die als Erste schlafen ging und als Erste aufstand, die die meisten Stunden ableistete und auch allein noch trainierte, außerhalb von Herrn Janeks Aufsicht, um noch besser zu werden, um ihm eine Freude zu machen und ganz nebenbei von einer Extra-Trainingseinheit zu erzählen, und ich erinnere mich daran, wie ich mich in den letzten Jahren, als ich siebzehn oder achtzehn war, öfter als früher dabei ertappte, jedes normale Mädchen zu beneiden, das sich nicht um zehn Uhr abends allein in einem halbdunklen Stadion aufhielt und den x-ten Versuch unternahm, die Viermetermarke zu knacken. Das nicht zu Hause saß und sich Videoaufnahmen von den allerbesten Athleten ansah. Das nicht jede Woche viele, viele Kilometer lief und Intervalle und Ausdauer trainierte und zusätzlich Seilklettern und Hochsprung und Dreisprung und Krafttraining und das nicht ständig Kalorien zählte und wie besessen davon war, seinen Körper so lange wie möglich aufrecht zu halten und den zweiten Fuß noch vor dem Absprung unter das Knie zu ziehen, um den Übergang von einer horizontalen zur vertikalen Bewegung zu vollziehen. Das nicht alles wusste über die Umwandlung kinetischer Energie® in potenzielle Energie und aus eigener schmerzlicher Erfahrung und durch Herrn Janeks beinahe bedrohliche Ermahnung auch nicht gelernt hatte, dass die einzige, die absolut einzige Möglichkeit, über die Querlatte zu kommen, darin bestand, wirklich daran zu *glauben*, zu wissen, dass es ging, dem Momentum des gebogenen Stabs zu vertrauen und es in der Schwungphase zu schaffen, sich sicher darüber hinwegzuschwingen, wenn Hüfte und Beine gen Himmel geschoben wurden, wenn Schultern und Kopf sich senkten und der Körper kopfüber schwebte. Das sich den verbitterten Kampfes des Gehirns gegen die Gesetze der Physik nicht allzu bewusst machte und völlig an Herrn Janeks Postulat glaubte, dass Kontrollfreaks nur selten Erfolg im Stabhochsprung hatten, weil sie sich nicht darauf verließen, dass der Stab schon seinen

Dienst tat und den Drehumstütz zu früh abbrachen; Personen, die meinten, sie wüssten es besser als ihr Gerät, und Arme und Oberkörper zu früh drehten – wie eine amerikanische Flagge im Wind –, bis die Hüfte und die Beine gegen die Latte stießen und sie herunterrissen; die glaubten, sie wären stark genug, annähernd die gleiche Kraft zu generieren, wie es eine glasfaserverstärkte Plastikstange kann; die, und das konnte Herr Janek nicht oft genug betonen, *kein Vertrauen hatten und sich nicht leiten ließen*, und dann erzählte er (wie so oft) von Sergej Bubka, dem unbekannten Ersatzmann der sowjetischen Mannschaft bei der WM in Helsinki 1983, der überraschend Gold abräumte und im Jahr darauf in Rom drei Weltrekorde aufstellte, den dritten, indem er förmlich über die 5,94 m flog, ehe er dann 1985 in Paris die 6 Meter übersprang. *Wäre Bubka nicht aus der Sowjetunion gewesen*, sagte Herr Janek, *hätte er die sechs Meter nie geschafft, aber er ließ sich leiten, er war es gewohnt, sich leiten zu lassen, und da lenkt einen nichts ab, das ermöglicht es einem, sich ausschließlich auf die Aufgabe zu konzentrieren, versteht ihr? Dasselbe kann man über die Athleten aus der DDR sagen und die Leistungen, die sie immer wieder erbringen, sie lassen sich leiten. Es ist nicht verkehrt, das Schiff von einem Kapitän steuern zu lassen, wenn man auf dessen Navigationskenntnisse vertraut; ihr solltet nicht dem Trugschluss erliegen, dass euch die Demokratie glücklicher macht.* Wir ließen uns leiten. Wir wollten immer noch Stars werden; wir sprangen nicht hoch genug, wir sprangen nur fast hoch genug. Wir arbeiteten noch härter, und Herr Janek tröstete uns, er dämmte unseren Frust ein und sang schöne Lieder mit vielen Strophen und baute Refrains über Bubkas Heldentaten ein, wenn wir erschöpft auf Flughäfen und in Bussen saßen und es am meisten brauchten, auf dem Weg zu Juniorenmeisterschaften in Kanada und in den USA und nach und nach noch weiter, es wurde immer ernster, und einige von uns traten bei internationalen Wettkämpfen an, wir reisten nach Deutschland, Schweden und Frankreich, wir reisten nach Japan und Korea, wir reisten nach Australien, allein oder gemeinsam, aber stets zusammen mit Herrn Janek, den wir immer noch nicht beim Vornamen nennen durften und der streng war, aber einigermaßen gerecht, und den wir, auch ich, schrecklich gernhatten, denn er trieb uns zu Leistungen, die wir nie zu erreichen geglaubt hätten, von denen wir nicht einmal wussten, dass wir sie erreichen wollten, er war Beschützer und Motivator und Meister, ein zutiefst moralischer Mensch, der zu Hause in Toronto Familie hatte, Frau und drei Kinder, sie sahen ihn nur selten, aber sie wussten, wie sehr er brannte für das, was er tat, uns nach vorne zu treiben, uns an die Spitze zu bringen; und aus all diesen Gründen war es so schlimm, dass ich mich als Achtzehnjährige, nach einem Wettkampf in Lille, Frankreich, abends, am ersten Tag, allein in meinem Hotelzimmer, als ich wieder einmal die 4,02 m gerissen hatte, mit Aussicht auf den Place du Général de Gaulle, als Repräsentantin Kanadas, der künftigen Generation und der Nation, verzweifelt danach sehnte, von dort wegzukommen, ich hatte gar nicht gewusst, wie panisch ein Mensch werden kann; ich, die immer einen ausgezeichneten Gleichgewichtssinn hatte, geriet plötzlich ins Wanken, und ich verstand, dass es nicht mehr ging; ich konnte nicht mehr, und ich betrachtete den Inhalt meines Koffers und meiner Sporttaschen und verstand, dass ich all das eigentlich nie selbst gewollt, sondern mir nur eingebildet hatte, meine Eltern hätten gewollt, dass ich es wollte, und jetzt wollte ich es nicht mehr, ich wollte das alles nicht, ich wollte einfach nur weg, und ich packte meinen Koffer und floh aus dem Hotel und aus Lille und sprang in aller Herrgottsfrühe in einen Zug nach Brüssel und flog auf eigene Rechnung zurück nach Toronto; es war der schönste Flug, den ich je erlebt habe, Max; wir flogen dem Morgen in Kanada entgegen, und ich sah das Meer unter uns, und mit jeder Minute kam ich Zuhause näher und entfernte mich von allem, was ich nicht gewollt hatte, ich war auf dem Weg zu allem, was ich verpasst hatte, und das Erste, was ich tat, nachdem ich einen Brief an Herrn Janek eingeworfen hatte, in dem ich mein ehrliches Bedauern für die Probleme und die Enttäuschungen, die ich ihm bereitet hatte, zum Ausdruck brachte, war, meine alten Schulfreundinnen anzurufen, die ich seit dem Frühjahr kaum gesehen hatte, aber sie waren nicht mehr da; oder doch, sie waren da, sie wohnten nach wie vor an denselben Orten, wir gingen immer noch auf dieselbe Schule, aber sie hatten sich weiterbewegt, und ich war durch meine ständige Abwesenheit zu einer Fremden geworden, zu einer, an die man nicht länger dachte, sie waren so sehr darauf geeicht, dass ich keine Zeit für sie hatte, dass sie irgendwann beschlossen hatten, mich zurückzulassen; ich sah auch nicht aus wie sie, ich trug praktische Kleidung und kurze Haare, um morgens möglichst wenig Zeit im Bad zu verschwenden, ich sah aus wie eine lesbische lettische Handballerin. Das war 1988, weißt du. Kein gutes Jahr. Aber es war das Jahr vor dem großen Bruch, ich musste mich neu erfinden, von Grund auf, und ich hatte das Gefühl, wenig Zeit dafür zu haben. Meine Mutter lief zu Hause herum und jammerte darüber, dass ich nach all den Jahren so kurz vor dem möglichen Erfolg einfach hingeschmissen hatte, ich glaube, sie rief auch heimlich Herrn Janek an und bat ihn, zu uns zu kommen und mich zur Vernunft zu bringen (er kam nie), während mein Vater einfach nur froh zu sein schien, dass er keinen Stabhochsprung mehr im Fernsehen schauen musste, während auf einem anderen Kanal Baseball lief. Wenn ich ganz ehrlich bin, glaube ich, dass ich mich letzten Endes an der Filmschule in Toronto bewarb, weil es so viele Filme gab, die ich nicht gesehen hatte, und annahm, dort könnte ich meine Lücken füllen. Eine bessere Entscheidung hätte ich nicht treffen können. Die Filmschule war ein Ort, wo alle auf der Suche nach sich selbst waren und das zu einem Prinzip machten, und dass ich schon eine Art Karriere hinter mir hatte, wurde als meine Stärke gewertet, schon wieder dieses Wort, es machte mich nervös, aber ich fand Freunde und entdeckte, dass sie mir ähnlich waren. Freunde, mit denen ich reden konnte, weißt du, wirklich reden. So wie mit dir. Wir analysierten *Panzerkreuzer Potemkin* und schwelgten in Godard und Truffaut und Antonioni und Fellini, es war eine phantastische Zeit, in der die Prätention solche Ausmaße annahm, dass man Flügel brauchte, um darüber hinwegzukommen.»

«Bist du da auch mit jemandem zusammengekommen?», fragte ich.

«Nein. Nein, bin ich nicht. Nicht so richtig. Ich war mit ein paar Professoren im Bett, vor allem, na, du weißt schon, um überhaupt mal einen Anfang zu machen, aber es half nichts. Und dann fand ich ziemlich schnell heraus, dass Film doch nicht das war, was ich wollte. Ich meine, ich habe die Diskussionen geliebt und die Filme an sich und die ganze Theorie drum herum, die Geschichte. Aber ich wollte nicht mehr geleitet werden, wollte mich nicht mehr mit etwas beschäftigen, was von anderen befürwortet werden musste, was mit ständigen Kompromissen, Verhandlungen und Kooperation verbunden war, nein, ich wollte endlich einmal selbst die volle Kontrolle haben. Ich wollte etwas machen, das … ich weiß nicht. Das mir etwas darüber erzählte, wo ich herkam, glaube ich.»

«Und wo kommst du her?», fragte ich und kratzte mich am Kopf, ich war mir nicht ganz sicher, ob ich sie verstand.

«Es gibt einen Film von Kurosawa. *Die sieben Samurai.* Einer der Professoren …»

«Einer von denen, mit denen du im Bett warst?»

«Nein, ein anderer. Er hat mir eine 35-mm-Kopie der letzten Schlachtszene besorgt und mir erlaubt, den Schneideraum der Hochschule zu benutzen. Hast du den Film gesehen? Es ist einer der besten Filme überhaupt, mit einer der besten Szenen der Filmgeschichte. Ich weiß nicht, ob ich das erklären kann, aber ich saß drei Wochen lang von nachmittags bis abends in diesem Raum, immer mit derselben Szene vor Augen, denselben Minuten im Regen. Und ich habe sie auseinandergeschnitten und wieder zusammengefügt und die Szene neu geschnitten, bis fast nichts mehr übrig war, weder von der Szene noch vom Zelluloid. Bis das Einzige, was noch existierte, eine Art Miniaturballett von acht Sekunden Länge war. Da habe ich das Tempo auf 1/20 der Ursprungsgeschwindigkeit gesenkt und die Szene mit einem Loop des Klaviers am Anfang von «Providence» aus dem Album *Daydream Nation* unterlegt, diese zögerlichen Akkorde, sie sind so furchtbar zerbrechlich, verstehst du? Aber vollkommen im Gleichgewicht. Und das Rauschen im Hintergrund klingt wie Regen. Oder Donner. Unheil. Ich überspielte das Ergebnis auf Video, eine zweieinhalbminütige Schleife langsamer Filmbewegungen und Musik, die ich 192-mal wiederholte, das reichte für eine Spielzeit von acht

Stunden. Und diese beiden Videokassetten habe ich an das Aufnahmekomitee der Kunsthochschule in Manhattan geschickt.»

«Das verstehe ich nicht, warum so lange? Hättest du nicht einfach nur die eine Schleife einschicken können?»

«Nein, das wäre nicht dasselbe gewesen. All die Wiederholungen waren notwendig, diese beinahe unendliche Wiederholung derselben Schlacht, wieder und wieder, langsam, als existierte sie in einer Sphäre mit anderen physikalischen Gesetzen, eine Schlacht, die nie zu Ende ging, sondern wieder und wieder anfing, eine Serie von Anfängen. Ich wollte, dass die Länge einer schlaflosen Nacht entsprach, und schrieb in meiner Projektbeschreibung, das Werk sei dazu gedacht, in einem leeren Raum ohne Licht gezeigt zu werden, den nur eine Person auf einmal betreten dürfe. Ich habe es *Providing Providence* genannt. Also, da komme ich her. Nicht aus Toronto, nicht aus Kanada. Sondern aus einer achtsekündigen Schlacht im japanischen Regen. Kann ich eine Zigarette von dir haben?»

Ich steckte zwei an und gab ihr eine davon.

«Was ist, wenn ich mit dir zusammen sein will?», fragte ich vorsichtig. «Oder habe ich gar nichts zu sagen?»

Sie knibbelte an ihren Nägeln herum und betrachtete ihre Beine.

«Als Mordecai und du neulich Abend vorbeigekommen seid, als ich dich gesehen habe … ich bin noch nie jemandem begegnet, der so ist wie du. Noch nie. Ich hatte gehofft, du wärst älter als er.»

«Wusstest du eigentlich, dass er schwul ist? Jedenfalls hat er das kurz vor seiner Abreise gesagt. Glaubst du, dass er sich das nur einbildet?»

«Nein», sagte sie lachend. «Er *ist* es. Kein Zweifel. Das sieht man doch aus zehn Meter Entfernung. Ich habe es schon im Ferienlager gemerkt.»

«Du siehst doch selbst aus wie achtzehn. Keiner wird den Altersunterschied zwischen uns erkennen.»

«Aber ich weiß es. Und was ist mit deinen Eltern?»

«Meine Mutter wird dich lieben.»

«Und dein Vater?»

«Nicht ganz so sehr. Aber der ist sowieso fast nie da.»

Und dann küsste ich sie. Blieb ungefähr eine halbe Stunde in ihrem Gesicht, und dann redeten wir ein bisschen über die nächste Zeit; sie wollte das Bild beenden und einen Ausflug nach Nantucket machen, um Freunde zu besuchen, während mir nur noch ein paar Tage blieben, bis auch meine Mutter und ich Fire Island verließen. Und damit kehrte die Panik zurück, und ich musste wieder zu ihr, wurde sozusagen nie fertig, und am Ende nahm sie meine Hand und zog mich ins Haus, in ihren alternativen Kleiderschrank, womit ich immer noch nicht auf dem Heimweg war.

Wir standen im Flur und scharrten mit den Füßen, als ich mich endlich doch überwand und mutig genug war, zu gehen. Ich hätte so gern etwas gesagt und mir etwas versichern lassen, was auch immer, etwas, das mich beruhigte, am liebsten hätte ich sie gezwungen, Papiere in dreifacher Ausführung zu unterschreiben, und einen Beamten dazu gebracht, sie mit Siegel und Stempel zu beurkunden, sodass ich im Zweifelsfall auf den Tisch hauen und mich auf eine unanfechtbare Vereinbarung berufen konnte, die besagte, dass sie vom Staat New York dazu verpflichtet sei, mehr Zeit mit mir zu verbringen; aber ich schaffte es nicht, die Worte stauten sich in meinem Mund auf, und im Streit darüber, welches von ihnen zuerst hinausdurfte, hielten sie sich gewaltsam zurück, und kein einziges konnte sich befreien.

Zum Glück kam sie mir zuvor.

«Wann sehe ich dich wieder?»

Ich fragte, wann sie wieder in Brooklyn sein würde, und sagte, wenn sie wolle, könne ich sie dann besuchen.

«Wann würde es dir denn passen?», fragte ich.

«Wann immer du willst.»

«Wie wäre es mit dem Moment, in dem du gerade deine Haustür aufschließt?»

Sie lachte.

«Du bist komisch. Aber unglaublich süß.»

«*I yam what I yam*», antwortete ich.

Sie schrieb das Datum ihrer Rückkehr auf einen Zettel, kritzelte ihre Adresse und ihre Telefonnummer darunter und reichte ihn mir.

«Dann bis bald», sagte sie und gab mir einen langen Kuss.

«Bis bald.»

Ich ging die Treppe hinunter zu meinem Fahrrad und drehte mich zu ihr um. Sie stand immer noch da. In dem Moment kam mir eine Idee.

«Hast du Lust, irgendwann mal mit mir meinen Onkel zu besuchen?», fragte ich.

Es war schon halb zwölf, als ich nach Hause kam. Mein Vater saß im Wohnzimmer neben einem Stapel Zeitschriften und sah stinkwütend aus.

«WO! BIST! DU! GEWESEN!», brüllte er und kam mit irren, blutunterlaufenen Augen auf mich zugestapft. «Das war das letzte Mal, hörst du! Ich dulde das nicht! Wo bist du gewesen?!»

In dem Moment sah ich, wie ängstlich er war.

«Ich habe mit einem Mädchen geschlafen», antwortete ich ehrlich.

«Aber, du …», er war baff, seine Hände sanken am Körper hinab, erleichtert, verwirrt. «Aber, aber …», stotterte er, außerstande, die Information ordentlich zu verarbeiten, «hättest du das nicht schon früher erledigen können?»

Die letzten Ferientage verbrachten wir damit, am Strand zu liegen, jeder für sich, und das Haus aufzuräumen und zu putzen. Meine Mutter schrubbte die Böden, und wir schütteten den Sand aus unseren Schuhen, packten am letzten Abend die Taschen und stellten sie neben die Eingangstür, bevor wir in das Restaurant gingen und das letzte Abendessen des Sommers einnahmen. Am nächsten Morgen machten wir die Fenster zu, zogen die Gardinen vor und schlossen die Türen ab, ehe wir Fair Harbor hinter uns ließen und hinunter zum Kai trotteten. Auf der anderen Seite der Bucht stand unser Auto auf dem Parkplatz und wartete auf uns, aufgeheizt von all den Tagen in der Sonne, ich musste bis Massapequa auf meinen Händen sitzen, um mir auf den glühend heißen schwarzen Ledersitzen nicht die

Oberschenkel zu verbrennen. Ich schaute auf die entgegenkommenden Autos. Nach mehreren Wochen, in denen nur hin und wieder ein einzelnes Gefährt zu sehen gewesen war, wirkte ihre Allgegenwart beinahe ermüdend. Und als wir in die Poplar Street einbogen, war es geradezu ekelhaft, dass die Straße noch genauso aussah, wie wir sie verlassen hatten, obwohl keiner von uns derselbe geblieben war. «Ich hätte eine Bitte», sagte ich, während ich die letzten Sachen aus dem Auto trug. «Könntet ihr vielleicht Tee mitbringen, wenn ihr das nächste Mal einkaufen geht?»

«Trinkst du neuerdings Tee?», fragte mein Vater.

«Glaub schon», antwortete ich.

APTHORP

(CLOUD CUCKOO LAND)

FRAGMENTE 1978–1980

1

Frühjahr 1978

In den Park kann er auch nicht mehr gehen, er ist in der Zwischenzeit verkommen, zerstört worden, abends zu gefährlich. Man hört Geschichten.

Der Kontrast zu den grünen, fruchtbaren Tälern Kaliforniens ist frappierend. New York City hat anscheinend keine Farbe mehr, im Tageslicht offenbart sich die ganze Stadt als marode, die Tapeten sind ab, die Böden herausgerissen und die Fensterscheiben zerbrochen; keiner hat Lust, mit der Arbeit zu beginnen, man wartet voller Hoffnung auf die Handwerker, die auch an diesem Tag nicht kommen. Am Times Square eine Reihe von Huren und billigen Pornokinos, in denen die Menge des zerknüllten Zellstoffs, der nach der Vorstellung liegen bleibt, Gradmesser für die Popularität des Films ist. Kein Geld in den Kassen, stattdessen Waffen, Müll und Gangs auf den Straßen. Junkies und Verkehrschaos, ein Subway-Netz, das man nur benutzt, wenn es gar nicht anders geht. Gerüchte besagen, dass in den Tunneln unter der Erde Leute wohnen – die Maulwurfmenschen, die Verrückten und Ausgestoßenen, die zu arm sind, um an der Oberfläche zu leben, oder zu krank, um auf den Bürgersteigen zu sitzen. New York City steht vor dem Konkurs, und ganz unten im Finanzdistrikt haben sich zwei bedauernswerte Zwillingstürme über Manhattan erhoben, es hat eine gewisse Ironie, dass sie World Trade Center heißen und man vom 110. Stock aus nicht erkennen kann, dass die Menschen unten auf den Straßen mit leeren Händen dastehen. Sogar Ed Koch, der neue Bürgermeister, wird immer wieder mit einem Schild gesehen, auf dem die Frage steht: *How'm I doin'?* Es herrschen offensichtlich andere Zeiten. Auch der Jazz ist nicht mehr das, was er mal war, die Schlangen vor dem Village Vanguard sind kürzer geworden, die Leute haben sich ins Studio 54 und ins Max's Kansas City verlagert, um zu Discomusik zu tanzen oder die Geburt des Punk zu erleben; im CBGB unten in der Bowery entstehen neue Musikstile, er war selbst dort, um es sich anzusehen, in den heruntergekommenen Räumen, ohne einen einzigen Tisch, an dem man sitzen konnte, er hat eine Band gesehen, die sich Suicide nennt; die Vocals, die man kaum als Gesang bezeichnen kann, werden von einem einfachen Synthesizer und einem misshandelten Drumcomputer begleitet, der Sound ist monoton und eruptiv, und Band und Publikum beschimpfen einander während des Konzerts, aus der gegenseitigen Konfrontation und Enttäuschung entstehen Gemeinschaft und Kunst; er hat die Leute ekstatisch jubeln hören, als der Sänger einer anderen Band das nächste Lied angekündigt hat: «Psycho Killer». Coltrane war nie so tot wie in diesem Moment.

Wer Geld hat und es schon immer hatte, sucht sein Heil außerhalb von Manhattan. Diese Leute verlassen die Stadt, wann immer sie können, fahren in die Hamptons oder noch weiter hinaus, nach Martha's Vineyard. Und seit den fünfziger Jahren hat eine halbe Million Einwohner diesen Ort für immer verlassen. Aber ihnen entgeht das erste Morgenlicht und die magische Stunde, bevor die Sonne untergeht. Dann kommen die Farben zurück, gedämpft, zurückhaltend und mystisch in der Dämmerung, brillierend wie tausend funkelnde Diamanten am Nachmittag, rot und gelb, und das Licht spiegelt sich in den Gebäuden, auf den Bürgersteigen, in den Fenstern, wo die, die noch nicht weggezogen sind, die noch nicht den Absprung geschafft haben oder nicht davon zu träumen wagen, diesen Ort zu verlassen, hinter ihren mit Sicherheitsschlössern und Riegeln verrammelten Türen stehen und auf die Stadt blicken, die früher ihre Stadt war und es erneut werden wird, wenn man ihr nur ein bisschen Zeit gibt, wenn man sie vor sich selber schützen kann. Es wird eine Zeit kommen, in der man wieder rauskommt, in der man im Park joggen kann, während die Sonne hinter den Türmen des San-Remo-Gebäudes untergeht, und in der die Dunkelheit nicht den Abend einläutet, die Nacht, sondern lediglich einen anderen New-York-Tag, in anderem Gewand, mit anderen Zerstreuungen. Doch noch ist es nicht wahr, dass die Stadt niemals schläft, sie tut es, sie schlummert leicht, wälzt sich die ganze Nacht hin und her und hustet und hält ihre Bewohner wach.

Die Stadt ist verändert, gefährlicher und schmutziger. Es spielt keine Rolle. Er ist zurück. Zu Hause. Es fühlt sich gut an, morgens aufzustehen und sich darüber zu freuen, den Sommer überlebt zu haben, darüber, wieder an dem Ort zu sein, an den er gehört.

Ein Ein-Zimmer-Apartment in der 7 Spring Street, erster Stock. Nicht gerade schön, im Bad gab es einen Wasserschaden, und der Nachbar in der darüberliegenden Wohnung läuft die ganze Nacht ruhelos auf und ab, irgendetwas stimmt mit ihm nicht, stimmt mit der ganzen Stadt nicht. Mehr oder weniger. Im Erdgeschoss ein chinesisches Restaurant, das bis elf Uhr abends geöffnet hat, wenn er zu lange lüftet, riechen seine Möbel nach gebratenen Nudeln und süßsaurer Soße, und manchmal hört er Geschrei von der Straße, Leute, die sich streiten oder prügeln, das Klirren von zersplitternden Flaschen, Sirenengeheul und die Stille danach. Mädchen, die weinen, schimpfen, weinen; er weiß nicht, wer sie sind. Dennoch, es ist ein guter Ort zum Leben.

Mai 1978

Die Zeit als Fabrik: Man steht am Fließband und beobachtet mit Argusaugen, wie die Tage vorbeiziehen, dreht bei dem einen die Schrauben fester, versieht den anderen mit einem OK-Stempel, schickt sie durch die Matrize und zur Verpackung, bis sie ordentlich am Ausgang gestapelt werden, wo man sie auf wartende Lastwagen verlädt und abtransportiert, damit die Produktionsfläche für die nächsten Wochen und Monate vorbereitet werden kann. Er braucht keine Ablenkungen oder eine Flut von neuen Impulsen, um voranzukommen, sondern Routine, er hat sich durch die Trauer gearbeitet, die notwendig war und nicht von selbst vorübergeht, sondern nach und nach abgeschliffen werden muss, er arbeitet an sich und vertreibt die Zeit, es ist angenehm, die Zeit vergehen zu sehen, während man sich darauf konzentriert, die Tage so gut wie möglich zu machen; es gibt Wochen, in denen man außergewöhnlich zufrieden ist, wenn sie fertiggestellt und am Ende der Produktionshalle angekommen sind, wo die Zeit sie abholt und mitnimmt.

(1) Sorge für neue Impulse, (2) triff Freunde, (3) unternimm etwas Schönes und lade zu einem Festessen ein, (4) leg dir ein Hobby zu, (5) stelle dich jeden Tag neuen Herausforderungen, und (6) belohne dich reichlich, (7) erzähl dir selbst, dass du ein guter Mensch bist und es nicht dein Fehler ist, (8) sieh nach vorn, über endlose Weiten, über die du bald laufen wirst, neuen Horizonten entgegen; für den, der vor einem Neuanfang steht, gibt es unendlich viele gutgemeinte Ratschläge, und die meisten erfordern dasselbe Energielevel, das man besaß, bevor man den Boden unter den Füßen verlor, ein nicht auszumachendes Maß an Aktivität und Unternehmungsgeist. Für Owen ist es besser, die Tage so gleichförmig wie möglich zu gestalten, ihnen einen Sinn zu geben; er erfreut sich an der Wiederholung und am Blick auf die Klaviere in unterschiedlichen Fertigstellungsstufen, die ordentlich aufgereiht stehen, wenn er in die C3-Station der Produktionshalle von Weber Piano & Pianola Co. kommt. Sie sind der Beweis dafür, dass die Zeit vergeht. Wenn er mit einem Becher Kaffee in der Hand vor den halbfertigen Instrumenten steht und einen Schwatz hält, mit Hernandez und Joe aus Virginia oder Vermont (das verwechselt er immer), durchströmt ihn die Freude bis in die Fingerspitzen; er kann arbeiten. Die Zeit vergeht, und dadurch geht es ihm besser. Und wenn die Klaviere und Flügel fertig sind, wenn das Leimen und Pressen und Lösen und Trocknen und Montieren und das Saitenspannen und Feilen und Polieren und das endlose, minutiöse Justieren von Hämmern und Tasten und Anschlagsdynamik vollbracht ist, wenn die Instrumente von den Handwerkern und Klaviertechnikern weitergeschickt wurden in den Raum, wo die beiden Chefklavierstimmer arbeiten, die niemand richtig kennt und die mit niemandem reden und soweit man weiß auch kein Englisch sprechen und immer zu zweit ihre Mittagspause machen, in der hellen obersten Etage der

Klavierfabrik, und die Gerüchten zufolge immer eine Mütze tragen, wenn sie draußen unterwegs sind, auch im Sommer, um ihre Ohren vor Zugluft und Schmutz zu schützen, wenn sich diese beiden mit ihren Stimmgabeln und Schraubschlüsseln und ihrem absoluten Gehör neben die fertigen Klaviere setzen und ein hohes C anschlagen, das vollkommen sauber klingt, aber noch lange nicht sauber genug für *sie*, was sie stets für einen kleinen Moment zusammensinken lässt, voller Enttäuschung darüber, dass ihnen auch diesmal kein Instrument serviert wurde, das ihrem Standard entspricht, bei weitem nicht, weshalb sie sich entnervte Blicke zuwerfen, ehe sie ihre Brillen zurechtrücken und sich über den Flügel beugen, auf der Jagd nach Tönen, die gefangen werden müssen, nach Resonanzen, die sich in den Ecken versteckt halten; wenn sich die Klavierstimmer der Länge nach strecken oder über ihren Instrumenten zusammenkrümmen, ein ums andere Mal, stundenlang, die ganze Zeit in perfektem Einklang, der eine still in seinem Klavier, während der andere auf seinen Tasten einen Ton anschlägt, und sie in Stereo lauschen, einander ansehen und kurz nicken, ehe sie sich wieder vorbeugen und weiterarbeiten, wenn sie so konzentriert sind, dass nichts auf dieser Welt sie stören könnte, dann kommt es vor, dass Owen in der Tür steht und auf den finalen Augenblick wartet, wenn die beiden ihre Arbeit vollendet haben und abschließend jeweils ein Stück auf den verkaufsfertigen Instrumenten spielen, dann spielen sie Chopin, Bach, Liszt, komplizierte Kompositionen, Ravels «Gaspard de la Nuit», sie könnten Konzertpianisten sein, wenn sie nicht so unglaublich langsam spielen würden. Und Owen steht in der Tür, er lauscht der Musik, die frei durch den Raum mit der einzigartigen Akustik fließen darf, und er lässt sich reparieren, in seinem Inneren wird es Sommer, und er muss die Augen schließen, es wäre zu viel, ihnen auch noch dabei zuzusehen, zu sehen, wie sich ihre Hände über die Tasten bewegen, während sie langsam auf ihrem Hocker vor- und zurückwiegen; er kann sich nichts Schöneres vorstellen.

Die Tage gleichen einander. Sie fangen um Punkt sechs an; ein einfaches Frühstück und fünfzehn Minuten Radio, ehe er sich ins

Auto setzt und nach Secaucus, New Jersey, fährt. Der Tunnel unter dem Hudson River gehört zu den schönsten Dingen, die er kennt, er fährt immer die gleiche Strecke, zum gleichen Zeitpunkt, und denkt die gleichen Gedanken in den Minuten, die er braucht, um den Holland Tunnel zu durchqueren, auf diesem kleinen Stück Norwegen in New York, vor über sechzig Jahren entworfen von Ole Singstad aus Trøndelag in Zusammenarbeit mit dem Architekten Erling Owre aus der Finnmark. Das heißt: *den Amerikanern* Singstad und Owre. Denn es scheint ein unbeugsames Gesetz zu geben, dem zufolge ein Immigrant, sobald er gewisse Erfolge vorzuweisen hat, automatisch dem neuen Land zuzuordnen ist, wohingegen ein weniger erfolgreicher Immigrant bis in alle Zeiten seinem Ursprungsland angehört; man ist drinnen und doch außen vor. Mit anderen Worten: Fidel Castro könnte sich am Plymouth Rock niederlassen, so lange er wollte, sich ein viktorianisches Haus bauen, jeden Morgen den Fahneneid leisten, es wäre egal. Es erfordert zwei Generationen und dreißig Jahre harte Arbeit, bevor man vergessen hat, wo der asiatische Kioskbetreiber herkommt, und der griechische Restaurantbesitzer müsste erst einen Michelin-Stern vorzuweisen haben. John Muir dagegen scheint schon als Bürger dieses Landes angesehen worden zu sein, kaum dass seine Stiefel im Yosemite den Boden berührt hatten. Und es gibt noch mehr Menschen, an deren Herkunft man sich nicht mehr erinnert: Irving Berlin, Billy Wilder, Frank Capra, Audrey Hepburn. Procter & Gamble. Allesamt in einer mehr oder weniger aufrichtigen Umarmung vereinnahmt von der neuen Nation.

In Ole Singstads Pass steht seit 1911 *Amerikaner.* Er kommt mit fünf Kronen ins Land, die ihm seine Mutter gegeben hat, und ohne Job. Und er braucht ein paar Jahre, bis er in den Augen seiner neuen Heimat zum Landsmann wird. Erst nachdem Clifford Holland gestorben ist und seinen Stellvertreter Milton Freeman im Jahr darauf dasselbe Schicksal ereilt, überträgt man Singstad die Hauptverantwortung für den Bau der Unterwasserstraße zwischen Manhattan und Jersey City, es ist der Anfang eines neuen Lebens und einer Karriere als führender Experte für diese Tunnel. In den darauffolgenden Jahren wird er sein Werk fortsetzen, Manhattan mit dem Umland verbinden und der Stadt Millionen Dollar und viele Quadratmeter Bauland ersparen, er wird beauftragt werden, den Lincoln Tunnel und den Queens-Midtown Tunnel, den Brooklyn-Battery Tunnel und so weiter zu bauen, im ganzen Land, in der ganzen Welt, immerzu mit dem Holland Tunnel als Kronjuwel und Referenz, mit Erling Owres revolutionären Ventilationstürmen, dank derer die Luftqualität in der Mitte der Röhren bedeutend besser ist als in den Straßen an Land. Schon 1925 wird hier keiner der beiden noch als Norweger angesehen. Sie werden Einladungen nach Norwegen erhalten, Singstad kommt in den fünfziger Jahren, um Baustellenbegehungen in Haukeli und Strynefjellet zu machen und zu beraten, er ist Ehrendoktor am Stephens Institute of Technology, am New York Polytechnic Institute of Brooklyn, am St. Olaf College of Northfield, Minnesota, und am Newark College of Engineering, New Jersey. An seiner alten Hochschule, der NTH in Trondheim, wird der Vorschlag, ihn auszuzeichnen, hingegen abgelehnt. Fünf Mal besucht er sein Heimatland, einige Male, um in Tunnelfragen zu beraten, andere Male, um seine Mutter zu besuchen, am liebsten jedoch, um zu angeln, er ist ein leidenschaftlicher Angler. Man sieht ihn in Lensvika mit seiner Angelrute und einem Regenschirm umherlaufen, noch nie hat man dort einen Mann mit Regenschirm gesehen, Frauen vielleicht, aber Männer? Nein. Dennoch wird er nicht verhöhnt oder kritisiert oder mit Herablassung bedacht. Er kommt nicht mehr aus Lensvika, jetzt kommt er aus einem Ort, den sie nicht kennen, er ist *Amerikaner* geworden. Und seit es ihm gelungen ist, der Heimat zu entkommen und sich in einen anderen zu verwandeln, darf er ruhig auch mit einem Regenschirm durch die Gegend laufen, so viel er will. Möglicherweise sehen sie zu ihm auf, es ist nicht unwahrscheinlich, dass sie ihn in irgendeiner Weise, heimlich oder auch ganz offen, für das bewundern, was er geworden ist. Vielleicht bekommt er gar nicht mit, welchen Eindruck er auf die Leute macht. Aber *sie* bekommen es mit, jede seiner Bewegungen, jede seiner Gesten und jedes seiner Worte erscheint ihnen fremd und exotisch, und sie wissen, dass er, jedes Mal, wenn er das Wort *zu Hause* sagt, einen anderen Ort als Lensvika meint, einen Ort auf der anderen Seite des Meeres, wo manche Gebäude so hoch sind, dass man – ob ihr es glaubt oder nicht – auf das Wetter hinabsehen kann, wenn man bis ins oberste Stockwerk fährt.

Owen kennt die Geschichte über Singstad seit seinen Tagen auf dem Lapskaus Boulevard, seit der Ingenieur 1969 verstarb und an mehreren Orten im norwegischen Teil von Brooklyn Gedenkfeiern stattfanden, und er hat, wie die Leute aus Lensvika vielleicht auch, diese Verwandlung vom Norweger zum Amerikaner bewundert. Jetzt, nach sechs Jahren in den USA, merkt er selbst, dass er zu dem geworden ist, was er sich gewünscht hat. Niemand bezeichnet Owen noch als *den Norweger.* Sie wissen natürlich, dass er einmal dorther *kam*, und hin und wieder stellen sie ihm Fragen über Norwegen und Skandinavien, wenn es sich ergibt, was so gut wie nie der Fall ist, das Wissen über Norwegen und Skandinavien ist ebenso limitiert wie das Interesse dafür. Davon abgesehen stammt er in ihren Augen aus Kalifornien. Er selbst denkt möglichst wenig an das, was davor war, sowohl an die Zeit in Fairfax als auch an die Jahre in Norwegen; er beschäftigt sich nur minimal mit seiner Heimat, will es nicht, höchstens durch die ein oder andere Zeitungsnotiz, über die er zufällig stolpert, sowie das wenige, was die hiesigen Medien über die Erdölgewinnung schreiben, die in der kleinen skandinavischen Gemeinschaft boomt und die von einem Land erzählt, das eine kolossale Entwicklung durchmacht, von der man an anderen Orten nur träumen kann. Er sehnt sich auch nicht mehr nach der Heimat, wohin sollte er sich zurücksehnen? Uranienborg? Skillebekk? Stavanger, zu den Eltern und der Stadt, die wahrscheinlich sowieso nicht wiederzuerkennen ist? Einem Land voller Kartoffelköpfe, die immer noch so leben wie in den fünfziger Jahren?

Owen ist der geworden, der zu sein er sich erträumt hat, noch kann er nicht mit Sicherheit sagen, warum es ihm so wichtig war, Amerikaner zu werden, was es an Verzicht und Gewinn bedeutet, worin die Veränderung besteht; es ist unklar, ob es für ihn entscheidend ist, das voll und ganz zu erfassen. Vielleicht reicht ihm das Wissen, es geschafft zu haben. Doch die Verdienste, die er erworben hat, sind von einem anderen Kaliber als Singstads. Keine Erfindungen, keine bahnbrechenden Projekte oder Auftritte, kein Ruhm. Es hat gereicht, in Südostasien Haubitzen auf nichts und niemanden abzufeuern, tagein, tagaus, während man ungeduldig auf den Tag wartete, an dem es endlich vorbei wäre und man ausgeflogen würde, nach Hause. Ob man für oder gegen den Krieg war, Demokrat oder Republikaner, hat nichts mehr zu sagen, die Leute respektieren diese Bereitschaft, dem Land einen Dienst zu erweisen, oder haben genug Mitleid, um anzuerkennen, wenn einer von ihren Mächtigen hinters Licht geführt wurde. Owen ist nicht der erste norwegische Immigrant, der für Amerika zur Waffe gegriffen hat. Tausende Norweger verließen im Jahr 1862 ihr Zuhause in Minnesota, Iowa und Wisconsin, um als Infanteristen dem 15th Wisconsin Volunteer Regiment beizutreten. Das Skandinavische Regiment wurde es genannt, es bestand zu neun Zehnteln aus Norwegisch-Amerikanern sowie einigen wenigen Dänen, Schweden und Niederländern. Über zwei Jahre kämpften sie für Lincoln und die Nordstaaten, eine Schlacht nach der anderen, unter dem Motto *Für Gott und Unser Land.* Und als sie irgendwann im Spätherbst 1864 auf ihre Farmen zurückkehrten, bestand kein Zweifel mehr daran, welche Nation sie mit *Unser Land* meinten.

Doch nicht alle wohlwollenden Annäherungen nahmen ein glückliches Ende. Es gibt auch andere Geschichten, zum Beispiel die der beiden Muschelfischer Harbo und Samuelsen – schon ein Jahrzehnt zuvor aus dem Vestlandet nach Amerika emigriert –, die sich 1896 einbildeten, dass die endgültige Akzeptanz als amerikanische Staatsbürger und die Eintrittskarte zum American Dream eine außerordentlich strapaziöse Heldentat ihrerseits erforderte. Es endete damit, dass sie mit einem achtzehn Fuß langen, offenen Holzboot ohne Segel von Battery auf Manhattan über Cornwall nach Le Havre in Frankreich ruderten, fünfundfünfzig Tage mit hohem Seegang, Sturm, mörderischen Eisbergen, während der sie mehrmals kenterten, dazu Erfrierungen und Angst, und all das nur, um die Ersten zu sein, die in einem Ruderboot den Atlantik überquerten, um als Sieger und Berühmtheiten nach New York zurückzukehren. Als Menschen, die man stolz als die eigenen bezeichnen würde.

Doch das große Interesse bleibt aus, der Erfolg perlt an ihrem Ölzeug ab, und noch während sie im August in Paris die Siegesstraße hinaufrudern, die Seine, bei Sommerwetter und in einer Stille, die nach der albtraumhaften Überfahrt unheimlich wirken muss, sehen sie, wie wenige Menschen sich dort versammelt haben, um sie zu empfangen. Sie zeigen das Boot vor. Aber das reicht nicht. Man bedenkt sie mit einem Achselzucken. Das ist nichts gegen die wahre Heldentat, Fridtjof Nansen und seine *Fram*, die – nach drei Jahren Segeln und der dramatischen Überwinterung im Packeis an der Spitze der Welt und einer Zwei-Mann-Skiexpedition, unter widrigsten Bedingungen, um den Nordpol zu erreichen, bei der die Hunde des Schlittengespanns einer nach dem anderen getötet werden mussten, damit die übrigen Tiere genug Futter hatten und man wohlbehalten nach Frans Josefs Land kam – immer noch nicht aus der Ungewissheit zurückgekehrt sind, die erst innerhalb der nächsten drei Wochen mit Segelschiff und Mannschaft und Eskorte in den Hafen von Christiania einlaufen, begrüßt von der größten Menschenmenge, die die Stadt je gesehen hat, sogar König Oscar wartet auf Nansen, der seine Familie in die Arme schließt und mehrere Tage im Schloss einlogiert wird, während die ganze Welt gratuliert. Harbo und Samuelsen beenden ihre Vortragstournee nahezu unbemerkt. Sie haben ihre gesamten Ersparnisse in die Expedition gesteckt, und die 10 000 Dollar, die ihnen vom Chefredakteur der National Police Gazette versprochen worden waren, bekommen sie nie zu Gesicht. Das Einzige, was sie bekommen, sind zwei Goldmedaillen, einen Händedruck und zehn Kronen, die ihnen König Oskar schickt. Enttäuscht laden sie ihr Ruderboot an Bord eines Dampfschiffs, das sie zurück in die USA bringen soll. Doch vor der Küste von Cape Cod gehen dem Schiff die Kohlen aus, der Kapitän befiehlt, dass alles Holz an Bord kleingehackt wird, um die Dampfkessel anzuheizen, und Harbo und Samuelsen bleibt keine andere Wahl, als ihr Boot an der Längsseite abzuseilen, es zur See zu lassen und nach New York zurückzurudern; das muss die ultimative

Demütigung für sie gewesen sein. Was danach aus ihnen wurde, ist kaum bekannt, abgesehen davon, dass Harbo 1908 an einer Lungenentzündung starb und Samuelsen anschließend den Traum von Amerika aufgab und nach Hause zurückkehrte, nach Farsund, auf den Hof seiner Familie. Es gibt eine letzte Fotografie von ihm, wo er auf einem Schemel draußen auf der Wiese sitzt und eine Kuh melkt, ein alter Mann mit Sixpence auf dem Kopf, er späht aus dem Bilderrahmen hinaus. Man weiß nicht, ob er seine amerikanische Staatsbürgerschaft ablegte, ob er je wieder seinen norwegischen Vornamen annahm, ob er aufhörte, in seinen Briefen *we* statt *vi* zu schreiben, oder ob er sich nach Amerika zurücksehnte. Nach dieser Fotografie herrscht Ruhe.

Juli 1978

Er glaubt, dass er seit dem Frühling zugenommen hat, ein paar Kilo mindestens. Wenn er morgens in sauberer Unterwäsche vor dem Spiegel steht und sich das Gesicht wäscht, kann er deutlich sehen, dass er wieder an Gewicht zugelegt hat. Er könnte dick werden. Der Gedanke ist ungewohnt, bis vor kurzem undenkbar. Gleichzeitig findet er, dass sein Gesicht dadurch freundlicher wirkt.

Bier sollte er im Hinblick auf die Kalorien wohl lieber nicht trinken, jedenfalls nicht so viel, wie er trinkt, wenn er erst einmal damit anfängt, einmal in der Woche, manchmal auch zweimal, zusammen mit Hernandez und Joe. Auf der anderen Straßenseite, direkt gegenüber der Fabrik, gibt es eine Bar, und manchmal gehen sie zusammen dorthin, auf ein oder zwei Bier, wenn ihre Schicht vorbei ist, und meistens bleibt er sitzen, bis er acht oder zehn getrunken hat, bis er so viel Billard gespielt und so viel geredet hat, wie er möchte, bis er für alle, die es nicht hören wollen, Lieder gesungen hat, die nur er kennt, bis er auf oder unter dem Tresen eingeschlafen ist und anschließend freundlich, aber bestimmt auf den Stuhl gesetzt wird, der draußen vor der Bar für solche wie ihn bereitsteht, von Angestellten, die ihn und solche wie ihn kennen, manchmal tragen sie ihn auch einfach nur zu seinem Auto auf dem Parkplatz und legen ihn sicher und schwer auf den Rücksitz und nehmen ihm das Versprechen ab, in diesem Zustand nicht mehr zu fahren, sondern seinen Rausch auszuschlafen. Und er lallt, dass ihm so etwas nie einfallen würde, er besitze schließlich ein Gewissen, und übrigens, wenn sie schon einmal hier seien, wäre es da nicht möglich, noch ein allerletztes Abschiedsbier zu bekommen? Er schläft glücklich ein und wacht verwundert auf, und wenn er morgens von der Sonne geweckt wird, die über dem Hudson aufgeht und sich einen Weg ins Wageninnere bahnt, die Sitze wärmt und die Luft mit einem leichten Kunstledergeruch erfüllt, kriecht er auf den Vordersitz und setzt sich auf, hustet mehrmals, kämmt sich das Haar im Rückspiegel, ehe er nach Hause fährt oder gleich wieder zurück in die Fabrik, wo er sich in eine Dusche in der Arbeiterumkleide schleicht und anschließend seinen Platz an der C3-Station einnimmt, wo Hernandez und Joe schon dabei sind, die Schraubzwingen am Rahmen des ersten von fünf Flügeln des heutigen Tages festzuklemmen.

August 1978

Die Hitze in der Stadt ist kaum auszuhalten, aber dennoch milder als im Vorjahr, als an einem der heißesten Abende in ganz New York City der Strom ausfiel und 24 Stunden lang nicht wiederkam, was eine Serie von Raubüberfällen zur Folge hatte und schweren Vandalismus, dessen Spuren man noch Jahrzehnte später sieht. In einer Stunde ist seine Schicht vorbei, in der Urlaubszeit ist bei Weber Piano & Co. nicht viel los, was ihm etwas ermöglicht, das er seit Anfang der siebziger Jahre nicht mehr getan hat; er spielt wieder Klavier. Vier Tage hintereinander, jeden Tag in dieser Woche, hat er sich in der freien letzten Stunde, bevor die Klaviertechniker die Instrumente abholen und sie zu den Chefstimmern im obersten Stockwerk bringen, an einen der Flügel gesetzt. Hernandez und Joe haben ihn gewähren lassen, erst etwas widerstrebend, ihnen war nicht bewusst gewesen, dass er früher schon einmal gespielt hat, dass er spielen kann, inzwischen freuen sie sich aber darauf, ihn zu hören; in der großen Halle bei halber Besetzung und sommerfaulen Schichtleitern, die auf ihren Posten dösen, hatte er der Verlockung einfach nicht mehr widerstehen können. Beim ersten Mal war es eher ein Spaß, er wollte für Hernandez einen der Klavierstimmer nachahmen und kniete sich vor den Flügel, legte die Finger auf die Tasten und spielte das Erste, was ihm einfiel, eine völlig überdrehte und banale Version von «Rondo Amoroso», er brauchte beim Spielen nicht einmal nachzudenken, die Musik war schon da, in seinen Fingern gespeichert, und deshalb wagte er anschließend mehr, inzwischen hat er sich auf alberne Parodien verlegt, von «Rondo Alla Turca» bis «Autumn Leaves» und sogar Fartein Valen, er spielt von Noten, die er am Vortag in einem Laden in Greenwich Village gefunden hat, ein wenig steif, er ist außer Form, das letzte Mal ist lange her, die Technik sitzt nicht mehr so wie früher, es kommt vor, dass er aufhören und ein paar Takte wiederholen muss, aber weder Hernandez noch Joe stören sich daran, sie haben nichts dagegen, zu warten, sind einfach nur begeistert, ihn spielen zu hören, und erstaunt, dass er ihnen vorher nie erzählt hat, dass er es kann.

Und dann das: Owen hat sich langsam durch Griegs «Arietta» gespielt und steckt gerade mitten in einer verrückten Version vom «Zug der Zwerge», als Mr. Kanzelberger, der Leiter der C-Station, plötzlich in die Halle kommt und ihn entdeckt. Owen bemerkt ihn zunächst nicht, und Hernandez und Joe ebenfalls nicht, und sie hören ihn auch nicht, denn Owen spielt mit dem gleichen Nachdruck, den Eva Knardahl seiner Erinnerung nach auf die Klaviatur brachte, als sie dieses Stück spielte, er hämmert die Töne im ersten Teil in die Tasten, um zu sehen, was sie aushalten, und erst als er zum Mittelstück kommt, wo d-Moll plötzlich vom überraschend sanften D-Dur abgelöst wird, dem friedlichen Auge des Sturms, an das er sich nicht mehr genau erinnert und durch das er sich deshalb hindurchmogeln muss, indem er es verkürzt und verdichtet, bis er wieder bei den Teilen ist, die er noch parat hat, wird er auf seinen Vorgesetzten aufmerksam, der in seinem wie immer frischgebügelten Anzug und mit seiner tadellosen Frisur (er benutzt ausschließlich exklusive Pomade aus Frankreich und hat einen Stammfriseur auf der Upper East Side) hinter ihm steht, und ein paar Sekunden überlegt Owen, weiterzuspielen, es sind nur noch wenige Takte, vielleicht wäre es besser, das Stück abzuschließen, zu vollenden, doch da hustet Hernandez, und dieses Signal ist unmissverständlich, und Owen nimmt die Finger abrupt von den Tasten und legt sie in seinen Schoß, und in dem langen Augenblick, bevor das erste Wort gesagt wird, schwebt der letzte Ton in der großen, leeren Produktionshalle. «Na so was», sagt Kanzelberger leise, während er demonstrativ den Deckel über der Klaviatur schließt, «hier wird gespielt! Sagen Sie mal, seit wann ist es den Angestellten erlaubt, die Instrumente vor der Fertigstimmung in Gebrauch zu nehmen?» Natürlich ist das eine rhetorische Frage, aber es scheint, als würde Kanzelberger nicht ganz darauf vertrauen, dass ihn seine Mitarbeiter verstehen, also fügt er hinzu: «Es ist nach wie vor nicht erlaubt, nein. Es unterbricht die Spannung in den Saiten, wenn man darauf spielt, bevor *der Apparat* fertiggestellt wurde, es mindert die Balance.» Er streicht mit der Hand über den Deckel, als wollte er den Flügel trösten und beruhigen, dass sein Leid nun vorüber sei. «Sie wissen», sagt er in den Raum, wie zu sich selbst, «dass dieses Instrument eine Kostbarkeit ist. Kein Spielzeug.» Er nimmt die Hand vom Deckel und poliert mit dem Ärmel seines Sakkos sorgfältig die Fingerabdrücke weg. Dann richtet er sich an Owen. «Fühlen Sie sich hier wohl?» «Ja.» Er wendet sich an die anderen. «Und Sie?» Alle nicken so höflich wie möglich, doch Kanzelberger sieht es gar nicht, weil er sich schon wieder an Owen wendet. «Und die Arbeit, gefällt sie Ihnen?» «Ja, natürlich. Sehr.» «Gut, gut», erwidert Kanzelberger, «schön zu hören», und im selben Moment entdeckt er die Notenhefte, die neben dem Klavierhocker auf dem Betonboden liegen. Eine Weile betrachtet er sie nur von oben mit verschränkten Armen und brummelt hin und wieder ein *hm*, ehe er seine Hose ein Stückchen hochzieht, damit die Knie nicht ausbeulen, während er sich demonstrativ langsam nach unten beugt, um sie aufzuheben. «*Farting Valen*», sagt er, während er das Titelblatt studiert, «was ist das für ein Clownsname?» Es ist unklar, inwieweit Mr. Kanzelberger auch das als rhetorische Frage betrachtet.

«Hm», wiederholt er abermals, während er prüfend den Flügel umrundet. «Diese Farting-Sachen, war es das, was Sie gerade gespielt haben, als ich hereinkam?» Owen schüttelt den Kopf. «Grieg», antwortet er, was Kanzelberger ein anerkennendes Nicken entlockt. «Eddie Grieg, ja. Hm. Er wohnte tief im Wald, an einem Ort namens Troldhaugen, ganz in der Nähe von Stockholm», sagt er in Richtung Hernandez und Joe, «wussten Sie das?» Sie wussten es nicht. «Bergen», korrigiert Owen entschieden. «Troldhaugen ist bei Bergen. In Norwegen. *Edvard* Grieg hat in Norwegen gelebt.» Kanzelberger mustert ihn mit einem gewissen Missfallen, kommentiert die Korrektur jedoch mit keinem Wort. Er sagt lediglich: «Tja ... haben Sie denn irgendeine formale Ausbildung, oder sind Sie mehr so ein, fast hätte ich gesagt ... Hobbypianist?» Das letzte Wort lässt er verächtlich aus seinen Mundwinkeln triefen und auf den Boden tropfen. Owen berichtet kurz von seiner Zeit in Oslo und dem Unterricht, den er dort genommen hat, von seiner Band in Manhattan und seiner Freude an der Musik, aber es ist schwer zu sagen, ob Kanzelberger davon in irgendeiner Weise überrascht oder beeindruckt ist. «Na dann, lassen Sie sich nie wieder dabei erwischen, wie Sie an einem dieser Instrumente spielen, verstanden? *Keiner von Ihnen.* Ist das klar? Wenn Sie unbedingt spielen wollen, würde ich vorschlagen, dass Sie es in Ihrer Freizeit tun. Hier», er kramt eine Visitenkarte hervor und steckt sie Owen in die Hand. «Gehen Sie zu unserem Showroom in der 1075th Avenue und sprechen Sie mit Seymour E. Hall. Richten Sie ihm schöne Grüße von mir aus, und dann spielen Sie dort. Ein bisschen. *Wenn er Sie lässt.* Nun gut, dann wollen wir wohl alle wieder an die Arbeit gehen und diesen Vorfall vergessen.»

11. August 1978

Noch etwas, das du wissen solltest: Fartein Valen war nicht nur ein überdurchschnittlich begabter Musiker und Komponist mit einer außergewöhnlich hellen Stimme *und* aus Stavanger *und* wurde sogar von

Glenn Gould persönlich bewundert (hieß es), er war auch polyglott; er beherrschte neun Sprachen fließend (hieß es) und bekam in der Schule stets die allerbesten Noten, außer in Mathe (hieß es). Wenn es um Mathematik ging, war er wirklich außerordentlich untalentiert, beinahe erschreckend (hieß es). Er liebte Literatur, Natur und Katzen (hieß es) und interessierte sich sehr für Rosen. Neben der Musik schätzte er nichts so sehr wie Rosen (hieß es); er züchtete wohl sogar eine neue und preisgekrönte Kreuzung, an deren Namen sich heute niemand mehr erinnert. Denn als die Fülle der Zeit gekommen war, wurde dieses Gewächs aus der Floraliteratur ausradiert. Allem Anschein nach bestand ein Zusammenhang mit einer ungewohnt heftigen Kälteperiode mit anhaltendem Nachtfrost, der am Ende all seinen Blumen den Tod brachte. Anschließend ging er zu Kakteen über, ohne Melancholie (hieß es). Was einmal verschwunden, ist für immer verloren (heißt es).

Oktober 1978

Es wäre falsch, Seymour E. Hall nicht als auf den ersten Blick furchteinflößend zu bezeichnen. Er kommt aus Chicago, ist Ende vierzig, breitschultrig, knapp unter zwei Meter groß, mit buschigen, zusammengewachsenen schwarzen Augenbrauen, die sein ansonsten schütteres Haar mühelos kompensieren. Und er spricht laut. Schon zu Beginn einer Unterhaltung spricht er unnatürlich laut, nicht weil er glaubt, die Leute würden schlecht hören, sondern weil er sich nicht unnötig wiederholen will. Im Gegensatz zu dem, was sich später als gegeben herausstellt, erweckt Seymour E. Hall den Eindruck, ein Mann zu sein, der viel zu tun und an vielen Orten zu sein hat und dabei über viel zu wenig Zeit verfügt, und das Erste, was er zu Owen sagt, als der durch die Tür des Showrooms auf der 5th Avenue tritt und Seymour E. Hall sofort als die Person identifiziert, mit der er in Kontakt treten soll, ist: «Womit kann ich Ihnen helfen?» Langsam, eindringlich ausgesprochen, auf eine Weise, wie man *Womit kann ich*

Ihnen helfen sagt, wenn man nicht den geringsten Wunsch hat, jemandem mit irgendetwas zu helfen, und stattdessen nur unmissverständlich klarmachen will, dass man alles im Auge behält und jeder noch so diskrete Versuch, etwas aus dem Laden einzustecken, um dann unbemerkt wieder hinauszuschlüpfen, zwecklos und außerordentlich dumm wäre, etwas, dessen Konsequenzen man am liebsten gar nicht erst kennenlernen möchte. Er tritt ganz nah an Owen heran und bleibt stehen, ohne seine Frage zu wiederholen, und wartet, bis Owen erklärt, was er hier zu suchen hat und dass Kanzelberger Grüße ausrichten lässt, was jedoch keinen großen Eindruck macht. «Nein», sagt Seymour E. Hall schroff. Dann kehrt er ihm den Rücken zu, spaziert zu einer Kundin und hebt ehrfürchtig den Deckel von der Klaviatur eines Flügels, damit sie sich auf den Hocker setzen, willkürlich ein paar Tasten herunterdrücken und den Eindruck erwecken kann, dass sie wüsste, was sie tut, während Seymour E. Hall die ganze Zeit mit verschränkten Armen einen halben Meter hinter ihr steht und mehrmals hintereinander «Na?» brummt. Viereinhalb Minuten darauf verlässt die Kundin den Laden und wird vermutlich nie wiederkommen. Aber andere werden kommen, es kommen immer andere. Die Geschäftsidee, die sich auf lange Sicht auch als verhältnismäßig erfolgreich erweist, scheint zu implizieren, dass die Motivation eines Kunden, der genug Geld und den ernsthaften Wunsch hat, eines dieser Instrumente zu kaufen, groß genug ist, um einen Verkäufer zu ertragen, der einem nichts schenkt und nie die Tür aufhalten würde. Genau dort steht Owen jetzt, neben der Tür. Immer noch, er tritt lediglich einen Schritt beiseite, als die verunsicherte Kundin mit eingezogenem Kopf den Showroom verlässt, um nach Hause zu gehen oder in einen Laden, wo der Preis der Instrumente in einem angemesseneren Verhältnis zum Können der Kunden steht. Er steht neben der Tür, regungslos, und Seymour E. Hall kommt erneut auf ihn zu, steckt sich eine Zigarette an und sagt: «Kanzelberger ist ein Schwachkopf. Also, was können Sie spielen?» Owen sieht sich im Raum um, sucht sich den größten Flügel aus, geht zu ihm und setzt sich auf den Hocker; er hört, wie Seymour E. Halls schwere Schritte ihm über den mit Teppichen ausgelegten Boden folgen und hinter ihm stoppen und wie er sagt: «Na?» Owen geht im Kopf sein Repertoire durch, besonders viel kann er nicht auswendig, jedenfalls nicht mehr. Er hört, wie der Mann hinter ihm schwer atmet. Er hört die Zeit vergehen. Er legt die Hände auf die Tasten.

Dann spielt er «Kjempeviseslåtten». Die ersten neun Takte kaum hörbar, leichte Anschläge in der sanften Melodie, er weiß, dass er beobachtet wird, und lässt seine rechte Hand friedlich über die Töne gleiten, bis er den ersten Akzent trifft und den linken Zeigefinger brutal wie einen Nagel auf die Taste hämmert und die Stille zertrümmert, die er zuvor erschaffen hat. Von hier sieht er nicht mehr zurück, arbeitet hart daran, das Tempo zu halten, während er die Phrasierungen immer härter spielt, aggressiv spielt er, *furiosamente* stand in den Noten, und zunehmend spielt er sie auch so, wütend, ohne wütend zu sein, die Wut sitzt nur in seinen Händen, nicht im Kopf, und er kann sich darauf konzentrieren, die Anschläge genau zu treffen; er kann gerade noch denken, dass er so heftig spielt, dass Seymour E. Halls eventuelles «Na?» in der Musik ertrinkt, und Owen wartet die ganze Zeit darauf, unterbrochen zu werden, den Deckel auf die Finger geknallt zu bekommen, den Befehl zu erhalten, dass er aufgeben soll, sich mäßigen, aus dem Staub machen oder etwas Vernünftiges spielen, aber die Unterbrechung bleibt aus, er darf ungehindert weiterspielen und nähert sich dem Ende, jetzt würde er die Tasten durch das Klavier drücken, wenn er es könnte, auf diese Weise einen gebrochenen Finger riskieren, doch er hat nicht mehr viel vor sich, nur noch den Endspurt, das Schwierigste, wo alles zusammenkommt und die anspruchsvollste Wendung auftaucht, aber er erinnert sich noch an sie und befindet sich auf dem letzten Stück vor der Zielgeraden, und er sieht es nicht, noch nicht, erst als er den letzten Ton in die Taste gehämmert und brutal abgeschnitten hat, erst als er die Hände vom Flügel genommen und eine halbe Drehung auf dem Hocker gemacht hat, erst da sieht er, dass fünf oder sechs Personen hinter Seymour E. Hall stehen, und Owen wird klar, dass sie ihn auf der Straße gehört haben müssen, dort draußen, und hereingekommen sind, um zu sehen, was zum Teufel das ist, dieser ulkige Lärm, der sie aus ihrem Einkaufsbummel oder ihrer Samstagsroutine gerissen und sie in den Klavierladen gelockt hat, wo sie gar nicht hinwollten, aber jetzt überlegen sie, ob noch mehr kommt und ob das einer dieser New-York-Momente ist, von denen man immer hört, oder etwas viel Trivialeres, einfach nur ein Typ, der laut und hart Klavier spielt. Was auch immer, jedenfalls lohnt es sich, noch ein paar Minuten zu bleiben, um es herauszufinden. Und Seymour E. Hall sieht Owen an, jetzt nicht mehr furchteinflößend, milder, und reicht ihm die Hand: «Ich bin Seymour», sagt er. Und: «Kannst du das noch mal machen?»

Seymour lässt ihn spielen. Zwei Stunden, jeden Samstag, den ganzen Herbst hindurch. Im Gegensatz zu Kanzelberger, den Seymour konsequent nur als *den Schmock, der lieber bei Steinway arbeiten würde,* bezeichnet, weiß er ganz genau, wo Grieg zu Hause war. Und er interessiert sich für Fartein Valen. Und für Sæverud. Grieg und Sæverud; sie bittet er Owen zu spielen, wenn potenzielle Kunden hereinkommen, *jeder Trottel kann hier sitzen und Prokofjew oder Mozart spielen, das beeindruckt doch niemanden mehr*, sagt er enthusiastisch, *wir müssen ihnen etwas anderes bieten, etwas Neues, wir müssen ihnen den Klang einer ganz neuen Welt auf diesen phantastischen Instrumenten bieten, verstehst du?* Montag, Dienstag, Mittwoch, Donnerstag, Freitag; jeden Tag sieht Owen seinen Samstags-Auftritten entgegen, so sieht er sie in Gedanken, als Konzerte, er geht in die Musikhandlungen in Manhattan und bestellt Noten, sie kommen aus Norwegen, Schweden, Dänemark und Finnland, er sucht den Klang Skandinaviens heraus und spielt die Stücke mit dem Enthusiasmus eines *Amerikaners*, der sie als Unbeteiligter hört, ohne Heimweh, Agathe Backer-Grøndahl, Wilhelm Peterson-Berger und Sibelius, er spielt «Damernas album» und «Vest i fjellom» und «När jag för mig själv i mörka skogen går» oder dänische Spielmannsmusik, zusätzlich zu Sæverud und Grieg natürlich, aber auch zeitgenössische Sachen; im West Village findet er Jan Johansons *Jazz-på-svenska*-Album aus dem Jahr 1964 und lernt die modernen Klavierversionen der schwedischen Volkslieder, von denen Seymour hin und weg ist, «Visa från Utanmyra» und «Emigrantvisa»; er spielt die skandinavische Musik mit so viel Einfühlungsvermögen, wie er sich nur irgend abringen kann, nach einiger Zeit gewährt ihm Seymour Zugang zum Flügel in der Werkstatt im Hinterzimmer, die beinahe schalldicht ist, sodass er dort so lange sitzen kann, wie er will, wenn der Raum unbenutzt ist, und das ist er eigentlich immer. Dort sitzt er an Samstagen bis spät in den Abend, und auch an den Sonntagen, und übt, bis seine Finger annähernd wieder dieselbe Beweglichkeit erlangen wie vor zehn Jahren, er bekommt einen eigenen Schlüssel und schließt ab, wenn er geht, es ist wichtiger für ihn geworden als sein Job; die Freude darüber, morgens aufzustehen und nach New Jersey zu fahren und seine Tage mit Hernandez und Joe zu verbringen, werden von der Freude über die Wochenenden und die Stunden mit der Musik überlagert, es erinnert an sein Leben in Oslo, oder etwa nicht? Doch, so ist es, er ist nicht dieselbe Person, aber dennoch erfährt er dieselbe Bedeutsamkeit; den inneren Jubel, wenn er das Schwierige meistert, Partien und Stücke, zu denen ihm eigentlich die Voraussetzungen fehlen, wenn er am Ende die Codes knackt, nach unermüdlichen Versuchen und immensen Anstrengungen, nach stundenlangem, tagelangem Scheitern, wenn er dieselben Versetzungszeichen und Noten paukt, bis es ihm gelingt, zu zählen und die Hände zu bewegen und zu verstehen, was er tut, wenn alles Musik wird und er die Nacht durchmachen könnte, wenn er am nächsten Tag nicht arbeiten müsste; und wenn er endlich ins Bett kommt, will es nicht nachlassen, die Musik spielt in ihm weiter, die Ideen, wie er die Herausforderungen meistern könnte, und andere Stücke, an denen er sich versuchen will, neue Wege, das zu spielen, was er bereits gelernt hat; mit geschlossenen Augen kann er sehen, wie sich die Töne in der Dunkelheit verändern und einen Sinn ergeben; hin und wieder ertappt er sich dabei, wie er auf der Bettdecke spielt, die Finger über den hellblauen Bezug laufen lässt. An manchen Tagen, wenn er den Klavierladen auf der 5th Avenue verlassen hat, um zur U-Bahn zu gehen und in die Bowery zu fahren, raubt es ihm fast den Atem, wenn er daran denkt, was für ein Glück er gehabt hat, wie glücklich er *ist*, jetzt wieder spielen zu können. Er hat die Spielfreude wiederentdeckt, und er hat einen Ort, an dem er spielen kann, und ein Publikum, es kann sein, dass mehr Leute kommen, um ihn zu hören, als um sich einen Flügel zu kaufen, das ist nicht unmöglich, auch Seymour hat ihm schon einmal so etwas zugeraunt, und er denkt, dass Anton und Billy es hören werden, natürlich, früher oder später werden die Gerüchte bis zu ihnen dringen, und Eric hätte hier sein sollen, Eric hätte es erfahren sollen, aber er ist tot und hört nichts mehr, aber nichts ist mehr unmöglich, im Gegenteil, es ist möglich geworden, eine Zukunft vor sich zu sehen, weiter zu sehen als nur ein Jahr im Voraus, eine Tür tut sich auf, um sich mehr als nur das Allernötigste zu wünschen. Er merkt es, während er in der U-Bahn nach Hause sitzt: Sein alter Ehrgeiz hat ihn wieder gepackt.

2

Dezember 1978

Schnee auf den Straßen, nicht viel, aber genug, und Menschen in dicken Jacken, die um die Wette den vorbeifahrenden Taxis winken, wie ein Fanclub, der jene anfeuert, die bereits fahren und unsicher aus den Wagen zurücklächeln, halb versteckt hinter wackeligen Türmen aus Weihnachtsgeschenken und Packpapier. In den Ausstellungsräumen auf der 5th Avenue steht Owen in seiner Jacke, bereit für den Heimweg. Es ist Mitte Dezember, draußen herrschen Minusgrade. «Na, wie sind deine Pläne für die Feiertage?», fragt Seymour, während er im Hinterzimmer das Licht ausschaltet. Wahrscheinlich erkundigt er sich aus reiner Höflichkeit, um das Schweigen zu füllen, bevor sie sich an diesem vorletzten Samstag vor Heiligabend ihrem eigenen Kram zuwenden, doch als Owen antwortet: *Ich habe keine Pläne*, scheint Seymour ein wenig zusammenzuzucken. Seine Bewegungen, mit denen er bisher schnell und routiniert den Showroom für den Ladenschluss vorbereitet hat, werden mit einem Mal langsam und präzise. «Keine Familie?» Owen schüttelt den Kopf. «Auch nicht drüben in Norwegen?» «Nein.» «Also … bist du allein?» «Ganz genau.» Seymour überlegt einen Moment, schließt ab und fragt: «Und ist das okay?» Erst in den letzten Tagen hat Owen darüber nachgedacht, dass er über Weihnachten allein sein wird, der Gedanke war ihm ganz plötzlich beim ersten Schneefall gekommen, eine Woche zuvor, auf dem Heimweg in seine Wohnung in der Spring Street, noch nie hat er Heiligabend allein verbracht. Am Anfang des Jahrzehnts hat er ein paar Mal mit den Norwegern in Brooklyn gefeiert, einmal zusammen mit Soldaten auf der anderen Seite der Welt. Und mehrere Jahre gemeinsam mit Martha und ihrer Familie. Aber nie allein. Nie so wie jetzt. «Es sind ja nur ein paar Tage», sagt er zu Seymour, «das wird sicher nett. Ich plane ein gutes Essen, einen gemütlichen Abend vor dem Fernseher. Musik.» Er lächelt und sagt: «Vielleicht kaufe ich mir sogar einen Weihnachtsbaum. Wenn ich ehrlich bin, freue ich mich sogar darauf.» Seymour sagt nichts dazu, beendet nur seine Runde und schiebt Owen zum Ausgang und hinaus auf den Bürgersteig, wo sie zusammen im Schneegestöber stehen bleiben und den vollbesetzten, überladenen Taxis hinterherschauen, die an ihnen vorbeirauschen. «Wir sollten uns eins teilen», sagt Owen. «Ein Taxi, meine ich. Damit keiner von uns hier allein stehen muss. Wenn man keine Gesellschaft hat, wird einem das Warten schon mal lang.» «Wo musst du denn hin?» «Nach unten.» «Ich muss nach oben. Upper West.» «Tja, dann ist es wohl doch keine gute Idee», sagt Owen und steckt die Hände in die Jackentaschen. Seymour zieht seine Handschuhe hervor und setzt seinen Hut auf. «Du weißt», fängt er an, «dass ich dich mag. Das weißt du ja. Ich mag dein Klavierspiel. Und ich mag es, dich ein paar Tage in der Woche im Laden zu haben.» «Nett, dass du das sagst», erwidert Owen, aber Seymour winkt ab. «Darum geht es gar nicht, ich sage das nur, damit du nicht denkst, ich würde versuchen, dir Almosen anzubieten oder dir einen Gefallen zu tun, weil ich ein schlechtes Gewissen habe. Nichts dergleichen. Um es freiheraus zu sagen, glaube ich, du könntest einen fabelhaften Weihnachtsabend allein haben – ich habe weiß Gott selbst schon öfter mal davon geträumt, einfach aufstehen zu können, wann ich will, nicht mehr zu diesen verdammten Abendeinladungen gehen zu müssen oder, wie meine Frau sagt, *das zu machen, was sich gehört.* Aber leider hat man nicht immer die Wahl. Na ja, und weil das ganze Tohuwabohu sowieso alle Jahre wieder auf mich zukommt: Was hältst du davon, zum Weihnachtsessen zu uns zu kommen? Wir werden nicht viele sein, nur ich und Debbie und ihre Eltern. Aber die sind beide schwerhörig, und mindestens einer, ich vergesse immer, wer von beiden, vielleicht auch beide, hat längst die Schwelle zum Vorzimmer der Senilität überschritten. Sie gehen früh nach Hause, auch geistig, wenn du verstehst, was ich meine.» «Ich weiß nicht», antwortete Owen, «es ist wahnsinnig nett, dass du das anbietest, ganz ehrlich, ich weiß das sehr zu schätzen, aber ich – es ist wirklich kein Problem, ich komme ausgezeichnet zurecht. Und weißt du, ich will auf keinen Fall bei euch einfallen …» «*Einfallen*, wovon redest du? Kennst du denn nicht den Unterschied zwischen eingeladen sein und einfallen? *Invitation* und *invasion*? Du sprichst doch ausgezeichnet Englisch. Wie schon gesagt, ich frage dich nicht aus Mitleid, ich frage dich, weil Debbie und ich uns sehr freuen würden, dich als Gast zu haben. Es würde uns glücklich machen, wenigstens eine Person am Tisch zu haben, mit der man ein vernünftiges Gespräch führen kann. Aber hey, wenn du nicht willst, willst du nicht.» «Es ist nicht so, dass ich …» «Was ist es dann?» «Es ist nur … also gut, danke für die Einladung.» «Glaub mir», erwidert Seymour, «wir haben zu danken. Also, wir wohnen im Apthorp-Gebäude, weißt du, wo das ist? West 78th Street Ecke Broadway. Nein, vergiss es, ich hole dich zu Hause ab, wäre das in Ordnung? Das ist netter, findest du nicht auch? Sagen wir gegen fünf, passt dir das? Dann können wir unterwegs über einen angemessenen Bonus für dich sprechen.» Owen ist durcheinander. Froh, erleichtert, aber auch verwirrt, er weiß nicht, wovon Seymour spricht, *Bonus wofür?* «Du hast den ganzen Herbst umsonst für die Kunden gespielt, glaubst du etwa, ich würde dir dafür nichts zahlen?» «Aber … ich war doch einfach nur froh, die Flügel benutzen zu dürfen.» «Natürlich sollst du einen Bonus haben. Auch wenn ich dir nicht alle Welt versprechen kann, nur dass du im Bilde bist. Du weißt ja, mit der Stadt geht es wirtschaftlich bergab, vielleicht sogar mit dem ganzen Land, das bekommen wir alle zu spüren. Aber irgendwas, na ja, Angemessenes werden wir schon hinbekommen, schließlich ist doch Weihnachten und so weiter. Vorausgesetzt natürlich, du gibst uns die Ehre und spielst abends für uns. Wir haben ein schönes Klavier in der Wohnung, ein Steinway – das darfst du niemandem verraten –, es hat meinen Eltern gehört. Aber weder Debbie noch ich spielen selbst. Mein Job ist es, die Dinger zu verkaufen, verstehst du? Da liegen meine Talente, und dank deiner Hilfe ist es in diesem Herbst bedeutend besser gelaufen.» Seymour redet weiter, aber Owen bekommt nicht alles mit, er denkt darüber nach, dass er diese Menschen überhaupt nicht kennt; er kennt Seymour nicht. Einerseits verspürt er eine heftige Freude – und Glück – darüber, Heiligabend nicht allein in der Bowery verbringen zu müssen. Aber andererseits: Wie soll er sich verhalten, wie feiert man Weihnachten mit Menschen, die man überhaupt nicht kennt, mit denen man nichts gemein hat? Ob er Geschenke für sie kaufen muss? Und wenn ja, was? Was ist, wenn er Geschenke für sie hat, sie aber keine für ihn? Oder umgekehrt? Das wäre am schlimmsten. Er muss irgendetwas mitbringen, das er in der Hinterhand haben kann, um es im richtigen Moment gegebenenfalls hervorzuzaubern. Er möchte Seymour einen Füllfederhalter schenken. Ein passendes Geschenk. Und für Debbie, die Frau, die er noch nie getroffen hat, von der er heute zum ersten Mal hört? Er könnte ein Buch für sie kaufen, das ist unverfänglich und angemessen; ein Buch, was für eins, spielt kaum eine Rolle, Hauptsache, es ist dick, die wenigsten Leute lesen dicke Bücher, den meisten fehlt die Zeit, so gesehen stehen die Chancen gut, dass er nie erfahren wird, wenn er eins herausgreift, das ihr nicht gefällt. Die meisten Leute lesen einfach gar nicht. «… unter allen Umständen, aber das ist ja eine ganz andere Sache, eine Hürde, die wir nehmen müssen, wenn es so weit ist. Also, dann sind wir uns einig, oder?», hört er Seymour fragen, als er gedanklich wieder zu ihrem Gespräch zurückkehrt und Seymour an der geöffneten Tür eines gelben Taxis steht, das er noch gar nicht bemerkt hatte, und ihm die Hand entgegenstreckt. Owen drückt sie. «Ja», sagt er. «Gut. Perfekt. Bis bald.» Seymour setzt sich in das Auto, und Sekunden später hat es sich bereits unter die anderen gelben Taxis gemischt, die auf der 19th Street nach Westen fahren. Er selbst läuft zur U-Bahn-Station am Union Square. Bei diesem Wetter und im Weihnachtsverkehr geht das viel schneller, als auf ein freies Taxi zu warten.

Auch acht Tage später geht er, in ebensolchem Schneegestöber, vor seinem Haus in der Spring Street auf und ab und wartet auf Seymour, der sich schon fünfzehn Minuten verspätet hat. Was ist, wenn er nicht auftaucht? Was ist, wenn er doch nicht kommt? Bei Menschen weiß man nie.

Jetzt, da er sich an den Gedanken gewöhnt hat, den Abend in Gesellschaft zu verbringen, beunruhigt ihn die Aussicht, allein zu sein.

Es ist zu spät, um noch etwas einzukaufen, die Läden – jedenfalls die allermeisten – haben geschlossen, er müsste in die Kiosks oder kleinen Shops gehen, die für solche wie ihn geöffnet haben, für die wenigen (oder vielen), die nichts Besseres oder Wichtigeres zu tun haben, die sich hineinschleichen, ein paar langsame, ziellose Runden durch den kleinen Raum drehen, als wollten sie zeigen, dass dies ein ganz normaler Abend ist und man nur das eine oder andere kaufen will, das man an einem stinknormalen Tag im Haus haben muss – ehe sie aufgeben, ein paar Bier mitnehmen, ein bisschen Limonade, Zigaretten und Schokolade und lautlos durch die Tür verschwinden, ohne das Wechselgeld mitgenommen zu haben.

Er will das nicht. Will keiner von ihnen sein. Nicht jetzt, wo er genügend Zeit gehabt hat, um sich auf diesen Abend zu freuen, ihm mit einer fast schwindelerregenden Erwartung entgegensieht; er geht auf dem Bürgersteig auf und ab, es ist kalt, er hat einen Füllfederhalter gekauft (nicht zu preiswert, nicht zu teuer) und ein Buch (*The Moosewood Cookbook* von Mollie Katzen; das fand er besonders schön, mit handgeschriebenen Rezepten und interessanten Illustrationen), er hat sich ordentlich angezogen, ist frisch gewaschen und glücklich, und dann die Frage: Was ist, wenn Seymour nicht kommt?

Doch er kommt, dreizehn Minuten später, in seinem hellgrünen Chevrolet Impala.

Es ist ein guter Abend. Ein schöner Abend, äußerlich wie innerlich. Seymour parkt den Wagen vor einem massiven, grauweißen Gebäude in der West 78th Street und führt ihn zu dem riesigen, mit Ornamenten verzierten Bogengang, vorbei an dem Pförtner in Uniform, der sie begrüßt und Seymour einen netten Abend wünscht und dabei hilft, die schwere Eisentür zum üppig bepflanzten Atrium zu öffnen, wo hohe Weihnachtsbäume professionell dekoriert und zu den anderen, wohlgestutzten Büschen gestellt wurden; sie betreten das Gebäude durch einen der vier Eingänge, überqueren den Marmorboden im Vestibül und plaudern mit dem Aufzugführer (auch er in Uniform), der sie in die dritte Etage bringt.

Die Wohnung, in der Seymour und Debbie wohnen, ist so, wie alle

Leute, die nicht in New York wohnen, meinen, so würde man in New York wohnen. Und über die jene, die tatsächlich in New York wohnen, mit gedämpfter Stimme und voller Andacht reden. Es sind Wohnungen, die hauptsächlich gerüchteweise existieren, in Erzählungen, an der Grenze zur Fiktion; man würde seine Seele an den Teufel verkaufen, um an sie heranzukommen; sie bilden die Ausnahme von der gnadenlosen Regel der kleinen Studioapartments und Bruchbuden, Souterrainwohnungen, die so weit vom Zentrum Manhattans entfernt liegen, dass man nicht einmal mehr die Schatten der Wolkenkratzer sieht, und Sozialbauten in verrufenen Vierteln und mit schlechtem Raumklima. Aber es gibt sie. Es gibt Geschichten über die Ausnahmen, weil es auch die Wohnungen dazu gibt, eine Handvoll riesiger Wohnungen, die noch dazu mit einer Mietpreisbindung oder -stabilisierung gesegnet sind. Diese Wohnungen sind von der Straße aus so gut wie unsichtbar, man kann sie nur von nahem erahnen, sie strahlen in einem ganz eigenen, magischen Schein, den man nach und nach zu erkennen lernt. Sie tauchen nicht in den Zeitungen auf, selbst wenn man so lange blättert, bis die Finger schwarz sind von der Druckerschwärze, auch bei Wohnungsbesichtigungen stolpert man nie über sie, sosehr man sich auch müht; alle, die in der Hoffnung in die Stadt ziehen, eines Tages an einem dieser wunderbaren Orte zu landen, von denen sie so viel gehört haben, werden enttäuscht. Wohnungen wie die Nummer 3D im Apthorp-Gebäude, ein Komplex mit Innenhof, der auf der Upper West Side am Broadway einen ganzen Häuserblock zwischen der West 78th und der 79th Street einnimmt, wechseln ihre Besitzer immer unter der Hand, lange bevor man sie auf den freien Markt werfen müsste. Sie werden weitervererbt oder jemandem vermacht, den man kennt oder der jemanden kennt, der jemanden kennt, der jemanden kennt, für den man bis zum entscheidenden Moment der Schlüsselübergabe die Hand ins Feuer legt. Und wenn man bereit ist, sich ein Auge auszureißen, die Hand abzuhacken, mit dem eigenen Blut zittrig und krakelig unverständlichste Verträge zu unterschreiben, während der Raum von Schwefelgestank erfüllt wird, sollte man die Gelegenheit ergreifen. Wenn nicht, muss man sich auf eine Warteliste setzen lassen. Und warten. Jahrelang. Bis man längst an einem anderen Ort verwurzelt ist und vergessen hat, dass der eigene Name irgendwo in der Stadt auf einer verblichenen Liste steht und man alle zehn Jahre um ein oder zwei bescheidene Plätze aufrückt. Wer, könnte man sich also fragen, wohnt jetzt hier? Das Apthorp-Gebäude wird bevölkert von Familien der gehobenen Mittelschicht, älteren Ehepaaren und Witwern, einigen wenigen Schauspielern und Schriftstellern, die noch nicht zu berühmt geworden sind, ein paar Restaurantbesitzern. Die Wohnung 3D hat dreihundertsechs Quadratmeter. Marmorböden und edles Parkett, Stuck an Wänden und Decke, Haupteingang und einen separaten Dienstboteneingang, sieben Zimmer, fünf Toiletten, drei Badewannen und zwei Kamine. Für 1250 Dollar im Monat. Er folgt Seymour mit offenem Mund den endlosen Flur entlang und durch die säulenumstandene Halle ins Wohnzimmer, wo man sich unterhält, eine Frau, die Seymours Frau sein muss, und zwei andere, brüchigere Stimmen – ihre Eltern. Noch scheinen sie weit weg.

Es ist ein guter Abend in New York, ein Abend, den man in den schönsten Alben seines Inneren archiviert, komplett mit farbenfrohen Fotos, einer Speisekarte und einer Zusammenfassung der erbaulichen Gespräche. Er erinnert Owen an ein ganz normales Weihnachten, so wie er es kennt und wie er es sich wünscht; er isst und redet viel, er lacht und fühlt sich geborgen. Debbie behandelt ihn so liebenswürdig und umsichtig – *lass mich dir nachschenken, wie nett, dass du gekommen bist* – die ganze Zeit gibt sie auf ihn acht, umarmt ihn, sogar Debbies Eltern scheinen sich besondere Mühe zu geben, damit er sich wohlfühlt, sie stellen ihre Hörgeräte laut und nicken eifrig, wenn er seine Geschichten erzählt, und lachen über seine Witze, obwohl sie augenscheinlich gar nicht alles mitbekommen und oft zu früh lachen oder zu spät, als müssten sie sich manchmal erst etwas im Kopf nacherzählen, um es lustig finden zu können. Trotzdem versteht er, was Seymour meinte, als er die Einladung aussprach, Debbies Eltern befinden sich auf dem Weg in die dunkle Wüste der Demenz, das wird im Laufe des Abends mehrmals deutlich, man kann ihnen ansehen, wie sie hin und wieder leicht durcheinandergeraten und von einer spürbaren Unruhe befallen werden, als würde die Welt unter ihren Füßen nachgeben und sie zweifeln lassen, wo sie eigentlich sind und was sie machen, und einmal kommt auch der Vorschlag, man könne doch ins Kino gehen oder etwas kochen. *Wir haben schon gegessen*, erwidert Debbie geduldig. *Es ist Heiligabend, Mama*, woraufhin die Mutter verächtlich und wenig glaubhaft entgegnet: *Meine Güte, das weiß ich doch!* Und der Vater ist zweimal fest davon überzeugt, Owen wäre Elton John, und wird darüber ganz aufgeregt und glücklich; *aber hör doch nur, sein Akzent*, flüstert er irritiert, als Seymour ihm widerspricht, *er ist Brite, weißt du, ich kenne doch wohl Elton John*, und als diese fixe Idee in den nächsten Minuten immer weiter in sein zunehmend vernebeltes Bewusstsein vordringt und sich dort festsetzt, spricht er Owen mit einer Ehrfurcht an, wie sie einem Weltstar seines Kalibers gebührt, mit vor Aufregung geröteten Wangen stellt er ihm Fragen über seine Musik und seine Alben und darüber, ob in der Unterhaltungsbranche nicht viele Drogen im Umlauf seien, er macht sich Sorgen, dass Mr. John zu viel trinkt, *Sie müssen auf sich aufpassen*, sagt er ernst und will Owen das Weinglas abnehmen, und Seymour beugt sich zu Owen herab und sagt: *Weißt du, du siehst Elton John tatsächlich ein bisschen ähnlich, du solltest ein paar Lieder auf dem Klavier spielen*, aber dazu kann Owen sich nicht durchringen, erst später am Abend, kurz bevor Debbies Eltern aufbrechen, setzt er sich auf den Hocker und spielt eine kleine Auswahl an Weihnachtsliedern, für die Seymour ihm die Noten besorgt hat, «God Rest Ye Merry Gentlemen», «What Child is This», «O Holy Night», vielleicht auch noch ein paar mehr, möglicherweise «Jingle Bells», und einmal, als er sich von dem phantastischen Steinway-Klavier wegdreht, um sein Publikum zu betrachten, glaubt er, dass Debbies Vater auf dem Sofa zu ihm hinüberschielt, als würde er erneut den Verdacht hegen, er wäre der britische Popstar und gäbe im Apthorp-Gebäude ein Privatkonzert, was Owens Absichten, «Auld Lang Syne» als Zugabe zu spielen, einen ultimativen Riegel vorschiebt, und er beendet seinen Auftritt lieber, so schnell er kann, findet einen Ausklang und senkt den Deckel über die Klaviatur. Nur Minuten später dankt Owen den beiden Eltern für einen schönen Abend, während Seymour ihnen in die Mäntel hilft und sie zum wartenden Taxi begleitet, wo er den Fahrer im Voraus bezahlt und ihm eine detaillierte Wegbeschreibung zur Adresse der Schwiegereltern gibt.

Es folgen Likör und Whiskey, als würde man den Abschied von den Alten feiern, und Owen denkt: *Aus diesem Grund will ich keine Kinder haben.* Genau wie er selbst vor Erleichterung seufzte, als seine Eltern Oslo verließen, in jenem Sommer, als sie unangemeldet zu Besuch kamen und zu lange blieben. Wer will schon jemanden zur Welt bringen, der froh ist, wenn man ihn verlässt? Oder umgekehrt: Menschen, bei denen man selbst erleichtert aufatmet, wenn sie endlich in die Schuhe schlüpfen und mit ihrem Gepäck zur Tür hinaus verschwinden, nachdem sie ein paar Tage oder eine Woche zu Besuch gewesen sind. Sie sind längst ausgezogen, aber jedes Mal, wenn sie zurückkommen, ist es dasselbe: Als wäre es ein Naturgesetz, verfallen sie in festgefahrene, pubertäre Muster, wieder muss man hinter ihnen herräumen, sie wecken und sie bitten, in der Küche mitzuhelfen oder sich einfach nur zusammenzunehmen, wieder zanken sie sich um alles und alle, stören dich, demütigen dich und dein Leben. Du hast vergessen, wie abscheulich und rücksichtslos sie sein können. Und dann ihre Freundinnen und Freunde, die Mädchen und Jungen, die früher ständig zu Besuch kamen, die ganze Zeit, gern jeden Tag, an dem du ihnen die Tür aufmachtest und sie hereinließest, die nichts anderes zu tun hatten, als dich daran zu erinnern, dass deine Jahre gezählt waren und sie selbst noch die ganze Zukunft vor sich hatten. Deine Kinder, es ist Jahre her, seit sie von zu Hause ausgezogen sind und Jobs angenommen und Familien gegründet haben, und dennoch, dieselbe Sorge, jedes Mal, wenn sie ihren Koffer im Flur abstellen, die Sorge, dass sie ihn dieses Mal auspacken, ihre Klamotten und Sachen in die Schränke und Regale räumen und bei dir wohnen bleiben. Für immer.

Likör. Whiskey. Eine weitere Runde. Er spielt noch ein bisschen für Debbie und Seymour, sie wünschen sich «Kjempeviseslåtten», er bekommt es aber nur zur Hälfte hin, er hat zu viel getrunken, zu schwer gelitten. Ein ehrlicher Versuch des «Trollmarsj» endet in einer

Niederlage und albernem Grinsen. Am Ende bleiben ihm nur noch «Die Mondscheinsonate» und «Rondo Amoroso» und ein paar andere Ohrwürmer, die ihm im Eifer des Gefechts einfallen, aber für das Ehepaar, das ihn eingeladen hat und jetzt Arm in Arm hinter ihm auf dem Sofa sitzt, ist es genau das Richtige. Jetzt geht es ihnen gut. Er ist genau das, was sie sich gewünscht haben. Jedenfalls empfindet er es so, und vielleicht ist das der Grund dafür – möglicherweise liegt es aber auch daran, weil er sich am Whiskey bedient hat und sich Debbie und Seymour näher fühlt als zuvor –, dass er sich auf dem Klavierhocker dreht und sich im Zimmer umsieht, die Fotos an den Wänden, auf der Kommode und über dem Kamin betrachtet, die Abwesenheit junger Menschen bemerkt und sie fragt: «Habt ihr keine Kinder?», woraufhin der Raum von einem Unbehagen erfüllt wird, das sich zwischen sie legt, es wird still, erschreckend still, und Seymour sagt: «Wir hatten einen Sohn. Ihn … wir haben ihn verloren, als er acht Jahre alt war.» Debbie nickt und lächelt darüber hinweg. Keine Folgefragen, keine Vertiefung des Themas, auch wenn sie es sich eigentlich gewünscht hätten; so wie die meisten, die ihre Kinder verloren haben, verständlicherweise nichts anderes wollen als reden, reden, über ihre Kinder reden, von dem Moment an, wo sie aufstehen, bis sie ins Bett gehen, sie wollen reden, mit wem auch immer, um so ihre Kinder ein paar Minuten vor sich zu sehen, als würden sie noch immer leben, das geht nie vorbei. Aber Owen kann nicht mehr fragen, nicht an diesem Abend, nicht an einem Abend wie diesem, also sagt er nur *das tut mir sehr leid*, und spielt noch einmal «Rondo Amoroso» oder vielleicht auch Händels «Sarabande», das weiß er nicht mehr genau, aber es lenkt vom Thema ab, und anschließend reden sie über andere Dinge, über das Apthorp-Gebäude, in das Seymour Ende der sechziger Jahre durch einen Zufall geriet, und über die Stadt, in der sie leben, und die kurz vor dem Konkurs steht, und sie reden über den Park und ob denn nichts mit dem Park passieren soll, es ist wirklich eine Schande, dass sich niemand dafür einsetzt, den Central Park zu rehabilitieren, und die Gegend um den Times Square, wie viel soll man denn noch hinnehmen, wie weit darf der Verfall voranschreiten, sie leben in einer sterbenden Stadt, die langsam vor die Hunde geht, und sie diskutieren über Musik, und Seymour hat die Schränke voller Jazzplatten, alter Jazzplatten; kurz darauf steht Owen im Gäste-WC im Raum nebenan und hört «Parker's Mood» aus der Stereoanlage im Wohnzimmer. Er sieht auf die Uhr, es ist Zeit, nach Hause zu gehen, denkt er, es ist fast drei, und morgen ist auch noch ein Tag, jetzt wird er das spannende Geschenk mitnehmen, das Debbie ihm überreicht hat, wird nach Hause gehen und es vielleicht auspacken, bevor er schlafen geht, er kann es im Bett auspacken oder es, wenn er ein Fünkchen Selbstdisziplin aufbringt, bis morgen aufheben, es auspacken, bevor er sie anruft und sich für den gestrigen Abend bedankt.

Seymour will davon nichts hören. «Du bekommst jetzt sowieso kein Taxi», sagt er, «nicht um diese Zeit. Bleib doch bis morgen. Weißt du, es ist schließlich noch Weihnachten.» Owen zögert, will er nicht doch lieber nach Hause? Er weiß es nicht. «Wir haben drei Schlafzimmer, die wir nicht benutzen», fährt Seymour fort, «du kannst dir aussuchen, wo du dich hinlegst.» «Er bleibt doch bis morgen, stimmt's?», hören sie Debbie aus der Küche rufen, ehe sie herauskommt und zu ihm sagt: «*Honey*, du darfst nicht mal daran denken, jetzt zu gehen.»

Also bleibt er. Bis zum nächsten Tag. Auch da fährt er nicht nach Hause. Drei Tage und Nächte bleibt er bei ihnen, in denselben Klamotten, aber mit sauberen Handtüchern, die jeden Morgen für ihn bereitgelegt werden, im Schlafzimmer hinter dem Wohnzimmer, einem Zimmer, so groß wie seine ganze Wohnung, es ist mit einem eigenen Bad ausgestattet, einer eigenen Badewanne, die er an den Nachmittagen benutzt. Er muss ihnen versprechen, dass er bald wiederkommt. Noch nie hat er sich irgendwo so willkommen gefühlt. Möglicherweise hat er sich auch noch nie so zu Hause gefühlt.

3

März 1979

Der Frühling steht vor der Tür. Am Wochenende ist Owen im Apthorp, so gut wie jedes Wochenende, er fährt gemeinsam mit Seymour dorthin, wenn der Showroom schließt; wie gut es ist, einen Ort zu haben, an dem man sein kann. In seiner Wohnung in der Spring Street fühlt er sich nicht mehr wohl, sie ist zu eng für ihn geworden, das Zimmer wirkt verlassen, selbst dann, wenn er sich darin aufhält. Also verlässt er es, wann immer er kann, und macht sich auf den Weg nach Norden, zum Apthorp-Gebäude und zu seinen Freunden, zu Seymour und Debbie und ihrem Leben, sie haben nichts dagegen; er kommt mit, wenn sie in der Nähe vom Lincoln Center essen gehen, er begleitet sie ins Theater. Nach den Vorstellungen suchen sie sich meistens eine gepolsterte Sitzgruppe im nahegelegenen *Delicatessen*, er sitzt gern dort mit ihnen zusammen, während die Leute kommen und gehen und der Verkehr und die Fußgänger draußen in der Nacht vorbeiziehen, die Welt ist in Bewegung, immerzu damit beschäftigt, einen Ortswechsel vorzunehmen. Er selbst muss nirgends hin. Dies sind seine Freunde. Gute Freunde. Am anderen Ende des Tischs.

In seinem Schlafzimmer (er nennt es jetzt *sein Schlafzimmer*, wenn auch nur insgeheim) wechselt er die Bettwäsche selbst, wenn Debbie ihn darum bittet, er hilft ihr beim Kochen, sie hält ihm einen Löffel zum Probieren hin, und nach dem Essen wäscht er ab. Durch die offene Tür zum Flur mit den Säulen und aus dem gegenüberliegenden Wohnzimmer hört er Seymour, der sich vor den Fernseher gesetzt hat, um ein Spiel zu sehen. Bald wird er auch rübergehen, ein paar Bier aus dem Kühlschrank mitnehmen und sich auf dem Sessel neben ihm niederlassen; er muss nur erst noch abtrocknen.

Juli 1979

Als sich der Juni dem Ende entgegenneigt, hat er angefangen, auch unter der Woche zu Besuch zu kommen. Montags, mittwochs oder donnerstags, seine Aufenthalte werden länger und länger, er nimmt das Apthorp als sein Zuhause wahr, in diesen Räumen fühlt er sich wohl; wenn er in die Spring Street zurückkehrt, liegen auf der Fensterbank tote Fliegen und im Kühlschrank Essensreste, die er nicht mehr identifizieren kann. Die Luft ist stickig, vom Staubdunst bekommt er leichte Kopfschmerzen, während er eine neue Tasche mit frischen Klamotten packt, die er mit ins Apthorp nimmt. Als er vor seinem Schrank steht und sich umdreht, um die Dinge zu betrachten, die diese Wohnung noch immer ausfüllen und sie zu seiner eigenen machen, denkt er darüber nach, warum um alles in der Welt sie ihn die ganze Zeit dort haben wollen, warum sie ihn an Weihnachten eingeladen haben und seither jedes Mal ihre Freude darüber zum Ausdruck bringen, ihn zu Gast zu haben, wenn er wiederkommt. Vielleicht hätte er sie genau das fragen sollen. Aber gleichzeitig: Nicht allen Dingen bekommt es, wenn man sie ans Licht zerrt, manches sollte unausgesprochen bleiben, niemals aufs Spiel gesetzt werden. Insbesondere fürchtet er sich davor, was sie antworten würden, wenn er sie ganz direkt fragte: *Wollt ihr nicht eigentlich lieber allein sein?* Er könnte es nicht ertragen, ein Ja zu hören. Er braucht diese Menschen; und er hat Grund zur Annahme, dass sie noch einsamer sind als er.

Und am ersten Samstag im Juli, als er in ihrem Lieblingsrestaurant sitzt, gemeinsam mit Debbie, die zum gegebenen Anlass ein neues, zitronengelbes Kleid trägt und eine Frisur, die von einem langen Besuch bei ihrem Friseur im ersten Stock des Apthorp zeugt, und mit Seymour, dessen Laune noch besser ist als sonst, stellen sie ihm die Frage, auf die er abwechselnd gehofft und nicht zu hoffen gewagt hat. «Es ist nicht so, dass wir dich adoptieren wollen oder so was, wir dachten nur, es könnte nett sein. Für uns alle. Und es wäre ja auch am praktischsten», führt Debbie mit ihrer hellen, sanften Stimme aus, «ich meine, du bist doch sowieso so oft bei uns, und auf diese

Weise würdest du dir das ständige Hin und Her sparen. Und wir haben ja mehr als genug Platz, sodass wir eher Nachbarn wären als, ja, *Mitbewohner*, sagt man wohl heutzutage, du brauchst also keine Angst zu haben, dass wir uns ständig auf den Füßen herumtrampeln, ganz und gar nicht. Wir – also Seymour und ich – haben uns gedacht, dass wir dir die beiden nebeneinanderliegenden Zimmer anbieten könnten, die auf den Innenhof hinausgehen. Für, tja, was sagst du zu einem Drittel unserer Miete? Wäre das nicht schön? Du hättest viel mehr Platz als jetzt und könntest natürlich unser Wohnzimmer und das Esszimmer und die Küche mitbenutzen, zusätzlich zu deinem Schlafzimmer und dem anderen Zimmer, mit dem du machen kannst, was du willst. Wir könnten auch das Klavier hinüberstellen, wenn du möchtest, dann kannst du spielen, wann immer du willst. Wir nutzen diese Zimmer ja nicht, Owen, sie stehen einfach leer und erfüllen keinen Zweck, ist das nicht schlimm? Doch, ist es, und angesichts der wirtschaftlichen Lage und dem Wechsel in ein neues Jahrzehnt glaube ich, dass noch mehr Leute solche Lösungen finden wollen und müssen. *A little bit of love, a little bit of love is all it takes to make the world spin.* Und, na ja, ich kann mir jedenfalls niemand Besseren vorstellen als dich, um diese Quadratmeter zu füllen. Also, *honey*, was sagst du?» Sie sehen ihn an, erwartungsvoll, jetzt ist er an der Reihe, irgendetwas muss er antworten. Aber was? Was soll er zu so einem Vorschlag sagen, sieben Monate nachdem er zum ersten Mal seinen Fuß in Seymours und Debbies Wohnung gesetzt hat? Er sagt nicht *das ist total verrückt, seid ihr ganz sicher? Habt ihr euch das auch gut überlegt?* Er protestiert nicht, macht keine abwehrende Geste, um Demut zu zeigen gegenüber diesem großzügigen und ziemlich unorthodoxen Angebot, er lehnt es nicht höflich, aber bestimmt ab. Fast ohne nachzudenken, hebt er sein Glas. «Herzlichen Dank», sagt er. «Ich danke euch.»

August 1979

Der Exodus hat begonnen. Vier Jahre nach dem Krieg sind eine Million Vietnamesen in Umerziehungslager geschickt worden; sie werden für lange Zeit dort bleiben. Eine weitere Million hat sich freiwillig (wobei das Wort «freiwillig» in diesem Zusammenhang sinnentstellt ist) bereit erklärt, in den sogenannten «Neuen Ökonomischen Zonen» zu wohnen, wo sie den Boden bewirtschaften und den Dschungel roden, die meisten von ihnen sind Städter. Hunderttausend wurden von der Regierung hingerichtet. Dies ist das neue Vietnam. Dies ist das neue Wort: *boatpeople*. Achthunderttausend Vietnamesen, genauso viele wie Norweger, die nach Amerika ausgewandert sind, legen von ihrer Heimatküste ab und erreichen nach zwei oder drei Wochen auf See die Nachbarländer oder werden entlang der Schifffahrtsstraßen von internationalen Frachtern aufgelesen. Allerdings wird auch von vielen Handelsschiffen berichtet, deren Besatzung lieber wegsieht und an ihnen vorbeifährt. Einige vietnamesische Boote treiben monatelang auf dem Meer. Viele Vietnamesen ertrinken in den Fluten. Oder verhungern. Verdursten. Werden von Piraten angegriffen. Sie sinken auf den Meeresgrund hinab und verschwinden von der Landkarte, man weiß nicht, wie viele es waren, diejenigen, die nie ankamen, das ist eine ganz andere Zahl: Es können zweihunderttausend sein oder vierhunderttausend. Niemand zählt die Toten, man zählt die Lebenden; 108 808 der überlebenden Boatpeople werden in Australien angesiedelt, 402 382 landen in den USA. Im Jahr darauf wird *The Orderly Departure Program* ins Leben gerufen, um die eskalierende internationale humanitäre Krise in den Griff zu bekommen, das Programm gestattet Vietnamesen, ihr Land zu verlassen, und ermöglicht ihnen, eine neue Staatsangehörigkeit zu erlangen, was Raum für noch mehr Statistik schafft: Als sich das Millennium dem Ende zuneigt, sind 60 285 Vietnamesen nach Kanada emigriert, 46 711 nach Australien, 458 367 in die USA. 3998 sind nach Norwegen ausgewandert. Im Herbst 1979 werden unter den vietnamesischen Kindern, die zuerst in den USA ankommen, Fälle von Mangelerscheinungen und Nahrungsmittelunverträglichkeiten registriert. Es sieht so aus, als würden sie das amerikanische Fastfood nicht vertragen. Sie sind Reis, Fisch, eine leichte Kost gewohnt. Eine menschliche Ernährung.

September 1979

Joe und Hernandez behandeln ihn jetzt anders; seit er bei Seymour E. Hall wohnt, ist eine gewisse Distanz zwischen Owen und seinen Kollegen in der Weber-Fabrik entstanden, sie lassen ihn nicht mehr so nah an sich heran. Sie reden immer noch mit ihm, sind genauso freundlich und kooperativ wie zuvor, aber es ist deutlich, dass sie ihn nicht länger als einen der ihren ansehen. Nach der Arbeit fragen sie nicht mehr, ob er mit ihnen ein Bier trinken geht, erst am nächsten Tag oder eine Woche später entnimmt er ihren Gesprächen, dass sie ohne ihn in einer Bar gewesen sind. Vielleicht würden sie sich insgeheim wünschen, dass er mitkommt, aber sie fragen ihn nicht, nehmen lieber an, dass er genug zu tun hat und seine Abende ausgefüllt sind und er ja ohnehin zu Seymour nach Hause fahren muss. Sie erzählen einander, wie seltsam es wäre, wenn sich auch Mr. Hall anschließen würde; das würde nicht passen. Außerdem ist es für sie entspannter, Owen nicht dabeizuhaben, in ihren Augen ist er jetzt ein Mann mit Verbindungen, und man weiß ja nie, was man nach drei, vier Bier versehentlich ausposaunt? Owen kennt Seymour, Seymour kennt Abteilungsleiter Kanzelberger, Gott weiß, welchen Weg die Informationen von da aus nehmen. Besser ist, sie trinken ihr Bier allein. Davon abgesehen verhält sich Kanzelberger in letzter Zeit ebenfalls anders, er begrüßt Owen morgens freundlich, ab und zu macht er einen schmutzigen Witz, wenn er an ihrer Arbeitsstation vorbeikommt, und sieht großzügig über Trödeleien oder unplanmäßige kleine Pausen hinweg, die er sonst gnadenlos ahnden würde. Er lässt Owen sogar ein paar Minuten auf den fertigen Flügeln spielen, ehe er ihn höflich daran erinnert, nun doch die F-Abteilung zu informieren, dass die Instrumente zur Abholung bereit sind. Doch im Großen und Ganzen hält er sich zurück, so weit es geht.

Die Wahrheit ist dennoch, dass Owen abends noch immer oft alleine ist. Seymour hat Verabredungen, geschäftliche Kontakte, die er pflegen, und Freunde, die er treffen muss, und diesen Teil seines Lebens behält er lieber für sich allein. Und Debbie hat ihre Ehrenämter, einen Verein nach dem anderen, es scheint, als könnte sie sich nicht ganz entscheiden, ob und wo sie am besten die Welt retten kann, oder als würde ihr der mit *Arbeit* verknüpfte Teil ihrer ehrenamtlichen Tätigkeit immer wieder über den Kopf wachsen und sie zwingen, weiter zu suchen, nach einem neuen Bereich, in dem sie helfen kann, ohne abends vollkommen erschöpft nach Hause zu kommen.

An dieser Stelle sind wir bei Antichrist angelangt. Natürlich heißt er nicht wirklich so, doch als sich der indische Pförtner am Eingang zum Apthorp zum ersten Mal vorstellt, hört es sich für Owen so an, als würde er *Antichrist* sagen, und so bleibt der Name in seinem Kopf hängen, ohne dass der Inder jemals von seinem gelinde gesagt unfreundlichen und ganz und gar grässlichen Spitznamen erfährt (Owen nennt ihn immer bloß Andy, wenn er ihn direkt ansprechen muss, und das vermittelt ihm das Gefühl, uramerikanisch und modern zu sein). Im Gegensatz zu seinem Namensvetter ist Antichrist ein fabelhafter Kerl Mitte vierzig mit eindringlichem Blick und einer beeindruckenden Gesichtsbehaarung. Er stammt aus dem indischen Bundesstaat Rajasthan und kam ursprünglich Anfang der 1970er Jahre ins Land, um amerikanische Literatur an der Columbia zu studieren, doch schon ein knappes Jahr später hatte seine Frau angeblich genug von *diesen Tagträumereien* und schickte ihn auf Jobsuche. Diese führte ihn zum Apthorp-Gebäude, wo er seit 1971 vier Tage in der Woche über die Eingangstür wacht. Wie er seine übrige Zeit verbringt, ist etwas unklar, aber seine Frau betreibt irgendwo in der Stadt eine Wäscherei, und der Gedanke liegt nahe, dass er dort ebenfalls einstempelt, wann immer er kann. Wie dem auch sei, Antichrist (nennen wir ihn einfach Andy, das ist netter) ist ein Mann, mit dem man leicht ins Gespräch kommt. Das bemerkt Owen schon, als er nach den

Weihnachtsfeiertagen das erste Mal wiederkommt und Andy sich neben der Eingangstür höflich verbeugt und ihn mit einem aufrichtigen Lächeln und einem «Willkommen zurück» begrüßt. Owen bedankt sich, stellt ein paar unverfängliche Fragen, um ebenso höflich zu sein, und schon ist die Unterhaltung im Gange. Mehrere Minuten bleibt er bei Andy stehen, sie reden über das Wetter und den Schnee, der sich endlich verzogen hat, über den Verkehr und das Gebäude; Andy teilt begeistert sein Wissen über die Geschichte des Apthorp, von seiner Fertigstellung vor siebzig Jahren bis heute, er spricht mit einer freundlichen Stimme, niemals belehrend, immer bescheiden, die ganze Zeit aufmerksam beobachtend, ob sein Zuhörer die Geduld verliert, und bereit, sich mit einem kurzen und liebenswürdigen «Auf jeden Fall, Sir, ich wünsche Ihnen einen schönen Tag / Abend» zu verabschieden, sobald er bei seinem Gesprächspartner das kleinste Anzeichen dafür bemerkt, dass dieser nun weitermöchte. Doch Owen hat es nicht eilig. Er braucht jeden Freund, den er kriegen kann. Also stellt er weitere Fragen. «Dieses Kalksteingebäude», erzählt Andy enthusiastisch, aber dennoch unaufdringlich, «im Stil der Neorenaissance errichtet, benannt nach Charles Ward Apthorp, dem Ende des 19. Jahrhunderts große Grundstücksflächen in dieser Gegend gehörten, wurde im Laufe von drei Jahren im Auftrag von William Waldorf Astor erbaut und im Jahr 1908 fertiggestellt. Sie wissen schon, das Hotel Waldorf Astoria? Na jedenfalls, wie Sie vielleicht bemerkt haben», sagt er und klingt wie ein Fremdenführer, «nimmt das Apthorp ein ganzes Karree ein, genau wie sein architektonischer großer Bruder Belnord an der 86th Street. Ursprünglich beherbergte jedes Stockwerk im Apthorp zehn Wohnungen, die aber zu kleineren Einheiten umgebaut wurden, als die wirtschaftliche Lage in den zwanziger und dreißiger Jahren ziemlich … angespannt war. Sie wissen schon, der Crash, 1929? In dieser Stadt haben sich die Leute aus den Fenstern gestürzt, nicht schön. Überhaupt nicht schön. Aber was blieb einem anderes übrig … Wo war ich stehengeblieben? Ja, die meisten Wohnungen hier sind inzwischen wieder in ihre ursprünglichen Zuschnitte zurückgebaut worden, und das Gebäude besteht aus 163 außen liegenden Wohnungen. Wie auch Mr. Halls Räume, die Sie ja kennen, haben alle Originalwohnungen ein mehr als zwanzig Quadratmeter großes Foyer, das mit Mosaiksteinen ausgelegt ist. Außerdem verfügen alle Einheiten über französische Glastüren und Wedgwood-inspirierte Friese in mehreren Zimmern. Ungeheuer berühmt. Vor ein paar Jahren hat Al Pacino hier gewohnt, ein sehr sympathischer Mann, das muss ich sagen. Außerdem wurde das Apthorp-Gebäude erst letztes Jahr in das nationale Verzeichnis historischer Stätten aufgenommen, und schon 1969 wurde es zu einem Wahrzeichen von New York City erklärt. Es ist ein wirklich einzigartiger Ort.» Den letzten Satz lässt er in der Luft hängen, als würde ihm erst jetzt aufgehen, wie majestätisch das Gebäude tatsächlich ist. Und in seinen Augen kann man den Stolz darüber funkeln sehen, die Person zu sein, die über den Westeingang dieses prachtvollen Kolosses wacht, die alle Mieter kennt und gern mit ihnen redet, aber nie auf die Idee käme, seine dunkelblaue Uniform zu beschmutzen, indem er sich mit ihnen auf die Steinbänke im Innenhof setzt, um eine Zigarettenpause zu machen, auch wenn ihn die Mieter eindringlich dazu auffordern, doch wenigstens für ein paar Minuten seine Füße zu schonen. «Ist schon in Ordnung, Miss», sagt er dann, «ich stehe gern. Und außerdem habe ich von hier immer eine gute Aussicht.»

Owen redet jeden Tag mit Andy, manchmal wechseln sie nur ein paar Sätze über den Tag, wie er gewesen ist, wie er werden wird; andere Male bleiben sie stehen und unterhalten sich zwanzig Minuten, eine halbe Stunde, ein drolliges Duett zwischen großartigem Britisch-Indisch und melodiösem Norwegisch-Amerikanisch, Owen leiht sich Andys Zeitungen, und sie diskutieren über aktuelle Ereignisse, und an den Tagen, an denen Andy nicht auf seinem Posten neben dem Eingang steht, ist Owen immer ein wenig enttäuscht, wenn er das Haus verlässt oder zurückkehrt. Dann kann der Tag nicht ordentlich eingeleitet oder abgeschlossen werden, er bleibt sozusagen einfach hängen, außerhalb des Kalenders, gefolgt von einer gewissen inneren Unruhe, die nicht nachlassen will, bis er Andy am nächsten Morgen wiedersieht, wie er den Bewohnern einen guten Tag wünscht, wo auch immer sie gerade hingehen, oder sie mit einem schwarzen Regenschirm begleitet, den er schützend über sie hält, während er im Gewitter mit entschlossener, behandschuhter Hand ein Taxi herbeiwinkt.

Doch all seiner Güte und all seinem Wohlwollen zum Trotz verlässt Andy seinen Posten, sobald es Abend geworden und seine Schicht vorbei ist, und fährt nach Hause zu seiner Frau und den drei Kindern, irgendwo in Manhattan oder Queens; niemand weiß genau, wo er wohnt, und es wagt auch niemand zu fragen. Alle respektieren, dass er ein anderes Leben hat, das immer dann beginnt, wenn er das Apthorp hinter sich lässt, das er sozusagen jeden Tag wegschließt, wenn er im kleinen Kellerraum seine Uniform anzieht. Nur Owen nicht, der Andy eines Nachmittags in einem Anfall von Übermut (oder akuter Einsamkeit?) fragt, ob er am Abend vielleicht Lust hätte, mit ihm ins Kino zu gehen, worauf Andy entgegenkommend wie immer antwortet: «Es ist sehr nett von Ihnen, das zu fragen», ohne mit Ja oder Nein zu antworten, was anscheinend die höflichste Art ist, das Angebot abzulehnen. Als Owen vier Stunden später mit einer Eintrittskarte für Francis Ford Coppolas neues Epos *Apocalypse Now* vor dem Ziegfeld Theatre in der West 54th Street steht, ist er also allein. Umgeben von Paaren, Freunden, Cineasten, die gekommen sind, um zu sehen, ob der langerwartete und stark verspätete Film ein neuer *Pate* ist, und außerdem dem einen oder anderen Veteranen in Uniform und mit skeptischer Miene, der in den letzten Reihen Platz nimmt. Es wird dunkel, es wird still, und der Film fängt an, Owen sieht Helikopter, die zum Klang von The Doors vor den unheimlichen Palmenreihen vorbeifliegen, und bereits hier, nach knapp zwei Minuten, befällt ihn Unbehagen; bisher hat es ihm nie Schwierigkeiten bereitet, etwas über den Krieg zu lesen oder darüber zu sprechen, an ihn zu denken, erst vor ein paar Jahren hat er *Die durch die Hölle gehen* im Kino gesehen, ohne in irgendeiner Weise darauf zu reagieren, acht lange Jahre sind vergangen, seit er zurückgekehrt ist, und er hat die ganze Zeit gedacht, er hätte Glück gehabt; so viele andere, die er gesehen oder von denen er gehört hat, sind unter der Last zusammengebrochen, haben den Übergang zum Alltag nicht geschafft, es gibt massenweise Soldaten, die in ihren Köpfen nie aufgehört haben,

Soldaten zu sein, sie sind immer noch nicht ganz aus dem Dschungel zurückgekehrt, sondern nach wie vor dadraußen, in den Nächten, wenn sie die Zeit haben, darüber zu grübeln, was sie erlebt haben, was sie gesehen haben. Was sie getan haben. Die beim kleinsten Geräusch erwachen oder sich nicht mehr trauen, die Straße zu überqueren, die zu Hause bleiben, hinter zugezogenen Gardinen, mit dem Kopf zwischen den Händen und ohne Zuflucht, an der sie alldem entkommen könnten. Es gibt einige, die nicht mehr die Kraft hatten, darauf zu warten, dass es besser wird, die am Ende überzeugt waren, dass es nie besser werden würde, es hat zu viele Beerdigungen gegeben, auch später, als der Krieg zu Ende war und die Reporter zu Hause. Die ganze Zeit hat Owen all das gemieden, hat am Rand gestanden, sich unter jenen Veteranen befunden, über die niemand schreibt, die alles verhältnismäßig gut überstanden haben, die nachts schlafen können, die arbeiten, die immer noch ein Leben haben. Es gibt Veteranen, die ohne das kleinste Flackern im Blick daran festhalten, dass sie jederzeit wieder dorthin zurückgehen würden, wenn es notwendig wäre, und andere, die immer noch wütend sind und beschlossen haben, über das zu erzählen, was geschehen ist, und dafür zu sorgen, dass es nie wieder geschieht. Und dann gibt es die beinahe unsichtbare Gruppe derer, über die niemand schreibt, die stillschweigend und widerwillig akzeptiert haben, dass man sie getäuscht hat, nichts zu machen; die davon überzeugt sind, dass das Einzige, was sie tun können, darin besteht, dort wieder anzuknüpfen, wo sie aufgehört haben, nach vorn zu sehen, alles hinter sich zu lassen und nach vorn zu sehen, ihr Studium oder ihre Arbeit und ihr Leben wieder aufzunehmen, Menschen, die ihr Bestes tun, um ruhig und regelmäßig zu atmen, in tiefen Zügen, die ihren Blick auf den Horizont richten, wohlwissend, dass sie nicht mehr diejenigen sind, die sie waren, und es keinen Zweck hat, sich zu bemitleiden. Zu dieser Gruppe gehört Owen. Vietnam hat ihm nur wenige schlaflose Nächte beschert, was ihn beinahe überrascht hat, aber hier und jetzt, im Kinosaal, während die Palmenreihen ohne Vorwarnung und lautlos zum Klang von Jim Morrisons Stimme explodieren, *This is the end, beautiful friend*, da spürt er mit einem Mal, wie ihm schlecht wird; sein Herz rast, und der kalte Schweiß rinnt seinen Nacken herab. Es ist diese Palmenreihe, diese verfluchte Palmenreihe, sie gleicht zu sehr seiner alten Aussicht, es ist verdammt noch mal die gleiche widerwärtige Aussicht, er hat vergessen, wie sehr er sie am Ende gehasst hat, wie sehr er sich nach einiger Zeit von dort weggesehnt hat, er muss unbewusst verzweifelt gewesen sein, und während der Film beginnt und er nur Teile der Handlung mitbekommt, überrollt ihn alles, die monotonen Tage und Wochen und Monate auf der Firebase Bastogne, das endlose Warten, der Lärm der Artillerie, die Gerüche und die Reise nach Australien und Agatha und Eric. Er denkt an diese beiden Menschen, den einen gibt es nicht mehr, der andere sollte jetzt hier sein, beides schlimm; er versucht, nicht an sie zu denken und sich stattdessen lieber auf die großartige Szene zu konzentrieren, in der das vietnamesische Dorf von Robert Duvalls Helikopterheer angegriffen wird, er gibt sich Mühe, das Komische und Absurde darin zu sehen, wie Duvall darauf beharrt, dass dieser Strand die besten Surfwellen des Landes hat, und über ihn zu lachen, als er, frustriert über das Zögern der einfachen Soldaten, in ein so feindliches Gebiet vorzudringen, nur um zu surfen, ausbricht: *CHARLIE DON'T SURF!*, wie ein schmollendes Kind, beleidigt und zurückgesetzt, wohlwissend, dass er seinen Willen sowieso durchsetzen wird, und die Szenen, wo die Helikopter zu Wagners wahnwitzigem Walkürenritt über die Brandung hereindonnern und die Raketen ins Meer einschlagen und meterhohe Wasserkaskaden in die Luft schießen, sind überwältigend, phantastisch, nie zuvor hat er etwas Derartiges gesehen, so realistisch und monumental, und für einige Minuten gelingt es ihm, sich darauf zu konzentrieren und auf den verhaltenen Jubel im Saal, bis die Szene erstirbt und der Wind, erzeugt von Duvalls angeforderten Napalmangriffen, die guten Wellenverhältnisse und damit auch die Surfmöglichkeiten zerstört; anschließend gleitet der Film wieder zurück in dieselbe, ekelerregende Landschaft, nur dass es diesmal noch schlimmer wird. Er merkt es im selben Moment, als der Junge aus New Orleans, der Koch, beschließt, vom PBR an Land zu gehen, um gemeinsam mit der Hauptperson im

Dschungel einen Eimer Mangos zu pflücken: Das wird übel ausgehen. Wieder wird Owen ganz kalt, sein Puls hämmert, und seine Handflächen sind klatschnass. Auf der Leinwand ist es dämmrig und still, leises Vogelgezwitscher und andere Naturgeräusche, die beiden Figuren bewegen sich in den Urwald hinein, und Owen kennt die Stille, in der sie sich aufhalten, nur zu gut, es ist die Stille, die entsteht, wenn die Sonne untergeht und das Licht ausgeht, es ist der infernalische Lärm von allem, was passieren wird, und das alltägliche Gespräch der beiden Schauspieler über Soßen und die Großküche der Armee verstärkt das Gefühl nur umso mehr: Sie wissen nicht, was auf sie zukommt. Dann wird es totenstill. Sie hören etwas, der Typ in der Special-Forces-Uniform hat eine Bewegung im Gestrüpp links von ihnen wahrgenommen, langsam pirschen sie sich heran, blinzeln in die Dunkelheit, geben einander Signale – und ein verdammter Tiger setzt zum Sprung auf sie an; von allem, was Owen befürchtet hat, tritt das Schlimmstmögliche ein, ein Tiger, ein verdammter Tiger setzt zum Sprung auf die Soldaten an, die all ihre Magazine leerfeuern, während sie zurück zum Boot flüchten, und der Koch, der Typ aus New Orleans, ist außer sich, hysterisch, bricht auf dem Deck des PBR zusammen, während sein Kamerad weiter auf den Wald ballert, aus dem sie kamen, er brüllt, er kreischt, und Owen wird es nie vergessen, diese Schreie, wie diese Person vor ihm implodiert: *All I wanted to do is fucking cook! I just wanted to learn to fucking cook, man!*, schreit der Junge aus New Orleans verzweifelt und untröstlich, und Owen wird schwindelig, das ist zu viel, viel zu viel, er bekommt keine Luft mehr, und der Film ist zu laut, der Ton schneidet ihm in den Ohren, und er denkt an Mire, auch er kam aus Louisiana; die Bilder haben zu viele Farben, eine zu unheimliche Musik, sein Magen krampft sich zusammen, und er ringt verzweifelt nach Luft und spürt, wie schwer es ist, genügend Sauerstoff zu bekommen; jetzt hat er Panik, in dem bequemen Kinosessel, wo er früher einige seiner schönsten Abende mit Filmen wie *Panic in Needle Park* und *The French Connection* verbracht hat, und das macht ihm noch mehr Angst, dass es hier passieren konnte, in dieser Umgebung, in dieser Stadt, in der er sich so geborgen fühlt wie sonst nirgends, er hat das Gefühl zu ersticken, und ihm ist übel, so schrecklich übel, aber er sitzt in der Mitte der fünften Reihe und kommt nicht raus, nicht ohne Aufsehen zu erregen, wie soll er bloß schnell weg von hier, bevor er sich übergibt oder ohnmächtig wird, er glaubt, dass sein Schwindel immer stärker wird, und das verstärkt auch die Angst, und am liebsten würde er schreien, auch er, seinen Sitznachbarn packen und flehen *bitte, bringen Sie mich hier raus*, aber er wagt es nicht, Tränen strömen ihm übers Gesicht, und jetzt drehen sich die Leute zu ihm um, sie sehen ihn an, diesen gebrochenen Menschen, hätten sie in seinen Kopf hineinschauen können, hätten sie gewusst, dass er sich nach Hause sehnt, dass es in diesem Moment nichts gibt, was er sich sehnlicher wünscht, als zu Hause zu sein, bei seinen Eltern, bei seiner Mutter, dass sie ihn in die Arme nimmt und sagt, alles wird gut, umgeben von den vertrauten Räumen, dem Wohnzimmer, den Straßen und dem Land, einem Ort, an dem er die Zeit zurückspulen und so tun kann, als wäre nichts passiert und als wäre er nie durch die Tür gegangen, weg von dort, aber niemand kann in seinen Kopf hineinschauen, und niemand weiß, was ihm fehlt, sie weichen nur zurück, als er aufsteht, etwas murmelt oder schreit, das weiß er nicht mehr, seine Jacke nimmt und sich einen Weg durch die Sitzreihe bahnt, zum Mittelgang, zum Ausgang, bis er auf den Bürgersteig hinauskommt, wo es in Strömen gießt, ein warmer Septemberregen, er muss weg, weit weg von hier, ohne nachzudenken, eilt er zur 8th Avenue, hält ein Taxi an und springt hinein. «Apthorp», stöhnt er. «Achtundsiebzigste Ecke Broadway.»

Nacht

Dass es unmöglich ist, sich selbst und seinem eigenen Kopf zu entkommen, den eigenen Gedanken, den eigenen Dämonen – das ist die herzlose Einsicht, zu der einem die Angst verhilft. Dass man in einem kleinen Raum mit sich selbst eingesperrt ist bis zu dem Tag, an dem man für immer weg ist und den Rest der Ewigkeit damit verbringen kann, dieses klaustrophobische Gefühl zu vermissen. Eine Einsamkeit von nahezu biblischer Kraft. Er weiß nicht, wie viel Geld er dem Fahrer gibt. Er steckt ihm den erstbesten Schein aus seiner Brieftasche zu und hört keinen Protest. Dann eilt er durch die Pforte zum Apthorp, kein Andy, sondern ein Wachmann, den er nicht kennt, hinein in den Innenhof, durch die Tür und in den Aufzug, hinauf, bis er die Wohnungstür aufschließt und Stimmen hört; sie sind zu Hause. Es ist eine Erleichterung und eine Niederlage, er will nicht so gesehen werden und schleicht sich in sein Zimmer, hört jedoch Seymours Stimme über den Flur, er klingt aufgekratzt: «Owen? Bist du zu Hause?» Sie sitzen im Wohnzimmer bei ihrer zweiten Flasche Wein, Seymour hatte wohl ein Geschäftsessen, denn er hat immer noch seinen Anzug an, den dunkelgrauen, repräsentativen, auch wenn er Krawatte und Jackett schon über die Sofalehne geworfen hat. Er muss bereits im Restaurant etwas getrunken haben, denn er ist munterer als sonst. Debbie hat ihre Füße in seinem Schoß und liegt mit ihrem Weinglas in der Hand halb auf dem Sofa, sie trägt einen tiefroten, luftigen Hosenanzug. Im Aschenbecher qualmt eine brennende Zigarette, die sie die meiste Zeit nicht anrührt. Sie lacht und sagt *Honey*, als sie Owen entdeckt. «Wir hatten gehofft, dass du früh nach Hause kommst», sagt sie zärtlich, und dann fällt ihr auf, wie er in der Tür zum Wohnzimmer steht und zittert. «Aber mein Lieber, was ist denn los?» Sie stellt ihr Glas ab, steht auf, eilt zu ihm und nimmt ihn in die Arme. «Du bist ja ganz weiß im Gesicht», stellt sie besorgt fest. «Ist etwas passiert?» Er murmelt: «Es ist nichts, ich konnte nur, ich konnte diesen Film einfach nicht sehen, das ist alles.» «Welchen Film? Warst du im Kino?» «Der neue Coppola-Film», erklärt Seymour empört vom Sofa aus. «*Apocalypse Now.* Ein Machwerk. Habe ich das nicht schon die ganze Zeit gesagt? Von diesem Hippie-Müll aus Kalifornien sollte man sich besser fernhalten. Wir haben den Trailer gesehen, als wir das letzte Mal im Kino waren, stimmt's, Debbie, erinnerst du dich? Als wir vor ein paar Wochen ins Kino gegangen sind? Ich habe es dir gesagt: So macht man heutzutage Filme, so weit ist es schon gekommen, und so wird es werden, ein wirrer Schwall von Galle, das Ganze. Krieg und mörderische Außerirdische und B-Filme überall, man tut alles, was man kann, um das Publikum anzulocken und zu schockieren und noch mehr Popcorn zu verkaufen. Und was haben die Zuschauer davon, außer dass ihnen schlecht wird? Die Leute tun sich damit keinen Gefallen, sage ich, mit diesen sogenannten … *Meisterwerken.*» Er trinkt einen ordentlichen Schluck Wein, und Debbie greift nach Owens Hand, zieht ihn zum Sofa und setzt ihn zwischen sich und Seymour. «Hier», sagt sie und reicht ihm ihr Glas, «trink ein bisschen Wein, das hilft.» Und Owen nimmt das Glas entgegen, probiert, es ist ein angenehmer Rotwein, und es hilft; er leert das Glas in drei Zügen. «Hui, da will wohl jemand die Flasche zunichtemachen», kommentiert Debbie, schenkt ihm nach, nimmt ihm das Glas aus der Hand und nippt ein paar Mal daran, ehe sie es ihm wieder zurückgibt. «Wir haben jedenfalls mehr als genug Wein», sagt sie lachend, «da brauchst du dir keine Sorgen zu machen.» Und dann streicht sie ihm über das Haar. «Alles wird gut, es gibt nichts, wovor man Angst haben muss.»

Seymour hat Platten herausgesucht und spielt mit voller Lautstärke Bebop, Lee Morgan, Freddie Hubbard, Dexter Gordon; er bewegt sich zur Musik durchs Zimmer, und Owen kippt den Wein in sich hinein, teilt das Glas mit Debbie, und es hilft, beruhigt ihn, allmählich ähnelt er wieder sich selbst; der Staub legt sich, das Herz hat sich beruhigt, und sein Gehirn dreht sich langsamer, bewegt sich beinahe rückwärts, und Debbie hat eine Hand auf seinen Oberschenkel gelegt, er sieht es, weiß aber nicht, wie er darauf reagieren soll, und Seymour lässt sich mit seinem Glas in der Hand neben sie aufs Sofa fallen, Owen schaut ihn an, und Seymour formt die Worte *es ist okay*, und die Hand bleibt liegen, kneift ihn neckend und bewegt sich weiter hinauf zu seinem Schritt, und Seymour öffnet eine neue Flasche und steckt sich eine Zigarette an, und dann beugt Debbie sich vor und küsst ihn mit offenem Mund, und seine Gedanken rasen davon, er weiß nicht, was passiert, und hat gleichzeitig den vollen Überblick, und Seymour mimt *es ist okay*, und später, als er nackt zwischen ihnen liegt, in ihrem Bett, in ihrem Zimmer, wo er vorher noch nie gewesen ist, im Pausenraum der Konsequenz, während er sich abwechselnd in die hemmungslosesten Kompositionen und Variationen hinein- und wieder hinauswickelt, in ein Wirrwarr aus Lauten und Lüsten und mangelnder Zurückhaltung, spürt er, wie lange er schon nicht mehr mit anderen Menschen in Berührung war und wie lange es her ist, dass er so dicht neben jemandem lag, und das ist es, was er will, die Nähe zu ihnen, die Wärme, die Geborgenheit zwischen diesen Menschen, er kann ihnen nicht nah genug sein, er greift nach allem, was er fassen kann, und hält es fest, Arme, Beine, Hände, Organe, und alles andere spielt kaum eine Rolle, ein Teil von ihm würde die eigentliche Vögelei gern einfach hinter sich bringen, damit er anschließend zwischen ihnen einschlafen kann, erschöpft, in einem Knäuel warmer Körper, als wären sie Tiere im Bau; doch es dauert noch eine Weile, bis er dorthin kommt, erst muss er etwas leisten und sich nicht zu viele Gedanken machen. Er ändert seine Positionen, schließt die Augen und tut, worum er gebeten wird, ohne Fragen zu stellen, und in weiter Ferne, im Wohnzimmer, hängt Lee Morgans Trompete in einem Sprung auf der Platte, ein mikroskopischer Loop, der ziellos vor sich hin hämmert, nicht im Takt mit der hoffnungslosen Dreieinigkeit, bis es plötzlich vorbei ist, und im Frieden, der anschließend einkehrt, dem Frieden, der kein Frieden ist, hört er, wie Seymour barfuß ins Wohnzimmer tappt und die Nadel von der Platte hebt, das Licht ausschaltet und ihre Gläser in die Küche bringt, ehe er zurückkommt und leise die Tür hinter sich schließt, er legt sich ins Bett, und dort liegen schon zwei Menschen, und dort gibt es keine Liebe, es gibt Nähe und einen gemeinsamen Rhythmus, und manchmal ist das mehr als genug.

Oktober–Dezember 1979

Über manche Dinge spricht man besser nicht. Diese Monate gehören dazu. Iteration. Nicht jedes Experiment führt zu befriedigenden Ergebnissen.

1980

Das neue Jahrzehnt. Es wird zurückhaltend von drei Menschen im Apthorp-Gebäude gefeiert, die noch miteinander reden, einander aber nicht mehr verstehen. Ein neues Jahrzehnt, das mit nichts vergleichbar ist, was man früher gesehen hat, es gleicht der Zukunft, jedenfalls wenn man es an der Menge von elektronischem Firlefanz bemisst, der in den Schaufenstern liegt. Und wenn man einfach nur stur abwartet (wenn man es schafft), wird schneller, als man denken kann, ein neues Jahrtausend am Horizont erscheinen, wer weiß, was dann passiert. Aber bis auf weiteres ein neues Jahrzehnt; es bietet eine andere Form von Alltag, andere Musik und andere Haltungen, mehr Geld und ein kälteres Dasein. In den Straßen muss man neu lernen, sein Leben zu leben, neu zu gehen, neu zu reden, eine ganz neue Sprache zu lernen. Vielleicht wird es auch notwendig, das Atmen ganz neu zu erfinden. Noch einmal.

LAUBBLÄSERBLUES

(THE SPRAWL)

HERBST 1993 – SOMMER 1995

1

Anfang September radelte ich von Long Island nach Brooklyn, das Herz auf Stelzen, eine viel zu große Karte von New York City im Gepäck. Ich hatte eine Adresse, eine Himmelsrichtung und einen Kurs, dem ich folgen musste, und es gibt viele Arten zu radeln, je nachdem, worauf man zu- oder wovon man wegradelt, aber ich radelte auf die einzige Art, auf die ich an diesem Tag radeln konnte, die verliebte Art, die Technik für den, der nicht schnell genug vorankommen kann, der es jubelnd eilig hat, und in meiner Erinnerung verstanden die Autofahrer genau, wohin ich unterwegs war, und der Straßenverkehr wich respektvoll zur Seite, ließ mich vor, feuerte mich an und schaltete alle Ampeln auf Grün, und ich bin mir ziemlich sicher, dass die Luft hinter Bed-Stuy eine andere wurde, die schwachen Mülldünste, die über dem gesamten Stadtbezirk hingen, wurden von Teegeruch überdeckt, würziger Ricola-Duft über Brooklyn und dem Dumbo-Viertel, und ich radelte unter der Manhattan Bridge durch und hinein in die schmalen Kopfsteinpflasterstraßen, die genauso waren, wie ich sie mir vorgestellt hatte, ein Gebiet, einst dominiert von verfallenen Lagerhallen und Fabriken, in denen Brillo-Seife und Pappkartons hergestellt wurden, die inzwischen jedoch längst von Künstlern und jungen Leuten auf der Suche nach günstigen und geräumigen Lofts erobert worden waren – von Leuten, die diese Gegend Ende der siebziger Jahre eigenmächtig Dumbo getauft hatten, in der vergeblichen Hoffnung, dass der Name Mietsteigerungen verhindern würde, und nun trotzdem zusehends von Leuten verdrängt wurden, deren Jahreseinkommen die Hunderttausend-Dollar-Marke überstieg. Ich radelte bis zu dem roten Backsteinhof 64 Water Street, der fast direkt unter der Brooklyn Bridge lag, mit Aussicht auf eine verlassene, graffitibeschmierte Fabrik aus maroden Ziegeln, kettete mein Rad an einen schmiedeeisernen Zaun und sah mir die Klingeln an. Es waren mindestens zwanzig. Nur eine davon war die richtige, die, auf der *Mischa Grey* stand. Wochenlang hatte ich darauf gewartet, meinen Finger auf diesen Klingelknopf zu legen, hatte mir die Straße vorgestellt, den Hof, in dem sie wohnte, ihr Apartment, was wir zueinander sagen würden; hatte das Gefühl im äußersten Glied des Zeigefingers vorausgespürt, wenn ich den Knopf drücken und sich die Sprungfeder auf der anderen Seite zusammenziehen und ihre Kraft auf den Schalter übertragen würde, der das Klingelgeräusch in ihrer Wohnung auslöste. Und hier stand ich. Ich trat einen Schritt zurück, nahm das Gebäude in Augenschein und merkte, wie sie langsam in mich eindrang, die Furcht, es könnte sich etwas geändert haben im Laufe der Wochen, in denen wir voneinander getrennt gewesen waren, und sie könnte inzwischen eingesehen haben, dass ich doch viel zu jung für sie war und sie sich besser jemand anderen suchen sollte, jemand älteren, und es Irrsinn war, sich darauf einzulassen, und ihre Freunde ebenfalls den Kopf geschüttelt und ihr erklärt hatten, wie unmöglich das wäre, *jetzt mal ehrlich*, mit jemandem zusammen zu sein, der immer noch auf der Highschool war, der *Hausaufgaben aufhat*, und ein paar unerträgliche Minuten lang stand ich verloren vor genau dem Eingang, den zu erreichen ich mich so sehr gefreut hatte, ging abwechselnd ganz nah an die Klingel heran, den Zeigefinger ausgestreckt und den Eröffnungssatz auf den Lippen, um dann erneut zurückzuweichen und in meiner Tasche nach dem Fahrradschlüssel zu kramen, damit ich einfach wieder davonfuhr und so das Schlimmste vermied, ihre Stimme in der Sprechanlage, die kühl und mit gespielter Überraschung verkündete, sie habe gar nicht mit meinem Erscheinen gerechnet, das hätte sie doch einfach nur so gesagt, und ich hätte es verstehen müssen – und es sicher auch getan, wenn ich ein paar Jahre älter gewesen wäre –, genau wie beim ersten Mal, als Mordecai und ich sie besucht hatten, aber wenn ich wolle, könne ich trotzdem auf eine Tasse Tee hochkommen, bevor ich wieder führe, *also, das wäre kein Problem*, und dann würden wir dort sitzen, einander gegenüber, mit starrem Blick, peinlich berührt, an ihrem Küchentisch, in einem Schweigen, bar von Sauerstoff und Lebenszeichen, bis sie müde lächeln und sagen würde, dass es jetzt sicher an der Zeit sei, den Bus nach Hause zu nehmen, ehe es zu spät wäre, ehe meine Eltern überlegten, wo ich war, und erst wenn ich mich auf mein Rad setzte und aus Versehen zu ihrem Fenster hochsähe, wo sie natürlich stand, würde sie verstehen, dass ich überhaupt nicht mit dem Bus gekommen war, sondern für diese fast vierzig Kilometer vier Stunden gebraucht und mich jeden einzelnen Meter davon gefreut hatte, und dieser Augenblick, diese Sekunde, in der sich unsere Blicke trafen, würde mich in Scham hüllen, die sich weder abwaschen noch ausziehen ließe, sondern für unabsehbare Zeit an mir haften bliebe, bis sie löchrig würde, erst an den Ellbogen, dann an den Knien, bis die Nähte aufgingen und sich schließlich ganz lösten, so ähnlich wie Haut nach einem langen Sommer ohne ausreichend Sonnencreme, die sich in immer größeren Fetzen bis in den Oktober hinein schält, bis zu dem Tag, an dem du dezent und zerstreut das letzte Fitzelchen abzupfst; erst später begreifst du, was passiert ist, dass die Haut, die dich umgeben hat, für immer fort ist, du bist ein anderer geworden, den noch niemand kennt, und du kannst nie mehr zu der Person werden, die du warst.

Aber ich klingelte trotzdem.

Und ich war willkommen.

Ich wurde erwartet.

2

Herbst. Er fing ziemlich abrupt an, kein geschmeidiger Übergang vom Indian Summer des Septembers, sondern ein vulgäres Knirschen, das alle Blätter synchron von den Bäumen fallen ließ, es muss im Laufe einer Nacht geschehen sein, denn als wir an einem Morgen Anfang Oktober aufwachten, waren die Straßen und Bürgersteige rötlich und gelb, wir wateten bis zu den Knöcheln in Laub, die Busse rutschten über die glitschige, feuchte Masse auf die Haltestellen zu, und die Autos wirbelten Kaskaden der trockeneren Blätter vom Boden auf, für einen Moment sah es so aus, als wollten sie an die Äste zurück und die Jahreszeit abblasen, sodass die Gärtner aus Mexiko und El Salvador in ihren abgetragenen Kapuzenpullovern und ihren übergroßen Reflektorwesten, die nach und nach draußen ankamen, ihre Harken und Schubkarren und Minitraktoren und sonstigen Gerätschaften wieder mitnehmen und unverrichteter Dinge abziehen müssten. Es war auch der Herbst, in dem unser Vater uns verließ. Anfang Oktober vollzog er seinen Check-out von den 747-Maschinen und flog fortan Langstrecke. Das bedeutete das Ende der undurchschaubaren Flüge an die Westküste, wo jede Milchkanne angesteuert wurde, es ging jetzt nach Tokio, Hongkong, Paris und London, Rom, Frankfurt, Zürich und Madrid, Buenos Aires und Rio, und es sind nicht die Tage, die er zu Hause verbrachte, an die ich mich am deutlichsten erinnere, sondern seine Anrufe zu jeder Tages- und Nachtzeit, von nun an abhängig von seinem Aufenthaltsort, was für eine ganz neue Verwirrung sorgte, die in vielerlei Hinsicht schlimmer und umfassender war als die vorherige, denn jetzt wurde die Planung nicht dadurch kompliziert, dass er nicht da war und wir nie genau wussten, wann wir ihn wieder zu Gesicht bekamen, sondern dass wir uns nach ständig wechselnden Zeitzonen richten mussten und oft aneinander vorbeiredeten, wenn es um die Wochentage ging, obwohl er sein Bestes tat, zu im Voraus abgesprochenen und auf die Ostküstenzeit abgestimmten Zeiten anzurufen. An einem frühen Sonntagvormittag bei uns brach in Hongkong bereits der Montag an, und in Rom war es später Nachmittag, was umso offensichtlicher machte, dass wir in ganz verschiedenen Welten lebten, die sich nur ausnahmsweise und unter großen Anstrengungen synchronisieren ließen. Trotzdem glaube ich, dass er sein Bestes tat, und obwohl die Gespräche zwischen meiner Mutter und ihm immer kürzer wurden, manchmal sogar nur mehr auf ein gegenseitiges Anraunzen, -fauchen oder -prusten reduziert waren – Laute, die sie dennoch beide verstanden und denen sie faszinierende Mengen an Information entnehmen konnten, mitunter mit irgendeiner eingeschobenen, vieldeutigen Aussage, die beinahe Klartext gleichkam, kann ich mich nicht erinnern, dass meine Mutter sich auch nur ein einziges Mal beschwert hätte, mein Vater würde sie im Stich lassen. Wenn er anzurufen versprochen hatte, rief er auch an. Ich sah ihn oft vor mir, abends, wenn ich darauf wartete, endlich einzuschlafen, ich sah ihn in seiner Uniform, noch immer mit der Kapitänsmütze auf dem Kopf, während er auf dem Flughafen in Hongkong (er hatte mir vom Landeanflug darauf erzählt, in Kai Tak, wie schwierig er war, sie mussten so tief fliegen, der Flughafen lag mitten in der Stadt, und auf dem letzten Stück, nachdem die Räder ausgefahren waren, kamen sie den Hochhäusern so nah, dass sie in die Wohnungen hineinschauen und erkennen konnten, was auf dem Tisch stand, und die Wäsche auf den Geländern der Wohnblöcke im Sog der riesigen Jet-Turbinen flatterte) exotische Münzen in einen Telefonzellenschlitz steckte, oder in Paris, in der Nähe des Triumphbogens, und dann fragte ich mich immer, wer die Menschen waren, die neben ihm standen und warteten. Die Menschen, die ich mir nicht vorstellen konnte, weil ich nicht wusste, wer sie waren, ihre Gesichter blieben undeutlich und verschwommen. Ich überlegte, was er im Anschluss machte, nachdem er sich von meiner Mutter verabschiedet hatte (oder von mir, wenn ich ans Telefon gegangen war). Ich glaube nicht, dass er sofort ins Hotel fuhr und schlafen ging, jedenfalls war es nicht das, was ich vor mir sah; wie er sich in sein Zimmer einschloss und ein paar Stunden fernsah, ehe er sich hinlegte. Wahrscheinlich, weil ich es nicht sehen wollte. Weil es ein Gedanke war, in dem letzten Endes etwas Trauriges mitschwang: mein Vater, den ganzen Tag allein, allein mit sich und dem kristallklaren Gefühl, dass dies nicht die beste Gesellschaft war, mein Vater, der das Duschen künstlich in die Länge zog, um die Zeit totzuschlagen, und alle Mahlzeiten aufs Zimmer bestellte, weil er den Gedanken nicht ertrug, ins Restaurant zu gehen und nach einem Tisch für eine Person zu fragen oder allein im Hotelrestaurant gesehen zu werden, wie er den ganzen Abend fahrig durch die Fernsehkanäle zappte, auf der Suche nach Unterhaltungssendungen mit einem applaudierenden Publikum im Saal und normalen Menschen auf dem Podium und einem tadellos gekleideten Moderator, der die ganze Zeit lächelte und ein ehrliches Interesse an seinen Studiogästen zeigte und sich dann und wann direkt an die Kamera und die Fernsehzuschauer – an meinen Vater – wandte, damit sie sich dort, wo sie saßen, zu Hause oder in einem Sessel in einem Hotel in einer Stadt, in der sie niemanden kannten, in einem Land, von dem sie nicht wussten, wie viel Uhr es eigentlich war, nicht allein fühlten, sondern im Gegenteil als wichtiger und gleichberechtigter Teil der Menschheit; mein Vater, auf einer Linie mit denen, die sämtliche Handtücher im Bad benutzten und auf beiden Seiten des Bettes schliefen, um den Eindruck zu erwecken, sie hätten Besuch gehabt, und die das Zimmer morgens verließen, nachdem sie durch den Spion gespäht und geprüft hatten, dass die Luft rein war, und so zum Aufzug gelangen konnten, ohne dass das Reinigungspersonal bemerkte, dass sie allein gewesen waren, denn das war ein unbehaglicher Gedanke, selbst nachdem sie längst ausgecheckt hatten und weitergefahren waren, um wahrscheinlich nie wieder in genau dieses Hotel zurückzukehren, oder wenn, dann wohl kaum mit derselben Putzfrau (die längst einen anderen Job hatte, an einem anderen Ort, dynamisch und umgänglich, wie sie war, nett zu den Leuten, mit Freunden überall), aber es war dennoch ein beschämender Gedanke, denn das Problem war nie die Einsamkeit an sich, sondern eher die gigantische Furcht davor, dass jemand die eigene Einsamkeit *erkennen* und auf einen zukommen und eine verständnisvolle Hand ausstrecken könnte, um Mitmenschlichkeit und ein bisschen Empathie zu zeigen, etwas, das im Kopf des Einsamen immer, immer, immer ignoriert oder als Erniedrigung empfunden werden wird, als der endgültige Beweis dafür, dass Einsamkeit, im Gegensatz zu Alkoholismus, Drogen- oder Sexsucht ein Leiden war, das man im Verborgenen kurieren musste, ohne dass einer der Beteiligten verstand, was eigentlich los war, auf Grundlage einer Reihe von Unwahrscheinlichkeiten und mehr oder weniger zufälligen, aber netten Treffen, die auf lange Sicht die Grundlage für eine dauerhafte Freundschaft bildeten, die wiederum als Katalysator diente für weitere Freundschaften und Bekanntschaften und Leute, mit denen man sich treffen konnte, was am Ende auf beinahe radikale Weise das kleinste Beweisstückchen dafür, dass man einmal einsam gewesen war, ausradieren würde – natürlich mit Ausnahme der eigenen, unauslöschlichen, ewigen und HD-scharfen Erinnerungen daran.

Vor meinem inneren, skeptischen und flatternden Auge hängte mein Vater deshalb immer den Hörer ein, klaubte das Wechselgeld aus dem Münzbehälter und grinste seine Kollegen an, von denen ich nicht wusste, wer sie waren, ehe sie zum Hotel gebracht wurden, wo sie duschten, sich umzogen – und hier sah ich immer vor mir, dass mein Vater nicht nur seine Uniform auszog, sondern auch seine Haut wechselte, das Gesicht: ein anderer wurde, sodass er sein altes Ich an einen Kleiderbügel im Schrank neben der Tür hängen oder es abholen und reinigen lassen konnte, während er in den Körper von jemandem schlüpfte, den keiner von uns kannte, das Licht ausschaltete und das Hotelzimmer hinter sich abschloss, in die Lobby hinunterging und sich zu den anderen gesellte, die schon mit ihren Drinks an der Bar saßen und sich freuten, ihn zu sehen, und aufstanden, wenn er kam, und fragten: *Wollen wir los?* Da fiel mir etwas ein, das er einmal zu mir gesagt hatte, als ich ein Kind war, obwohl ich längst nicht mehr wusste, zu welchem Anlass er es mir erzählt hatte: *Du musst immer die Wahrheit sagen, Max, aber du musst nicht alles erzählen. Denk daran.* Und daran dachte ich jetzt, an den Abenden, als ich in meinem Zimmer lag und grübelte, wo er war und warum ich meiner Mutter immer noch nicht erzählt hatte, dass ich eine Freundin hatte.

Aber Mordecai wusste alles. An dem Nachmittag, als meine Mutter und ich von Fire Island zurückgekommen waren, war ich auf direktem Wege zu ihm geradelt, hatte atemlos vor seiner Tür gestanden und geklingelt und, als er aufmachte, nur gesagt: «Wir müssen reden.» Er nickte verständnisvoll, schlüpfte in seine Schuhe, riss eine leichte Jacke von der Garderobe, rief ins Haus, *Bin eine Runde mit Max unterwegs*, und dann liefen wir davon, mit den ungeduldigen Schritten derer, die eine entscheidende Neuigkeit zu verkünden haben. Wir kamen nicht weiter als bis zur erstbesten Bank auf der Franklin, wo wir uns fallen ließen und ich sagte, wie es war.

«Ich glaube, ich bin jetzt mit Mischa zusammen.»

Dann erzählte ich ihm alles, wie ich zufällig am Strand über sie gestolpert war und von der Nacht bei ihr in Davis Park und dem Morgen danach, an dem sie geweint und von einer Vergewaltigung dritten Grades und einer jahrelangen Gefängnisstrafe geredet hatte. Mordecai lauschte der langen Geschichte aufmerksam, anschließend lehnte er sich mit einer aufrichtig überraschten Miene zurück, legte das Gesicht in nachdenkliche Falten und den rechten Zeigefinger unter die Nase, er sah aus wie ein Arzt, der auf genau solche Fälle spezialisiert war.

«Hätte ich nicht gedacht, bei den vielen Zigaretten, die sie raucht. Dass sie Stabhochspringerin war. Sieht sie aus wie eine? Ich habe keine Ahnung, wie Stabhochspringerinnen normalerweise aussehen. Im Baseball ist sie jedenfalls eine Niete, das kann ich dir sagen. Aber eine gute Schwimmerin, das muss man ihr lassen. Dir ist doch klar, dass sie ein verletztes Vögelchen ist? Das sind die meisten Mädchen. Tief in ihrem Inneren. Abgesehen von manchen Albatrossinnen, aber die fliegen so weit und so hoch, dass sie selten bei einem bleiben. Manche meinen sogar, Albatrosmädchen wären eine ausgestorbene Art.»

«Wirklich?»

Jetzt hatte er sich anscheinend vom Arzt in einen Ornithologen verwandelt.

«Das liegt an den Neunzigern», sagte er aufgeregt. «Und den Achtzigern. Raubbau und eine Fixierung auf Äußerlichkeiten, und es wird immer schlimmer. Man muss sich nur die ganzen Zeitschriften am

Kiosk ansehen und die Videos auf MTV. Das geht immer nur in eine Richtung. Und zerstört das Gleichgewicht im Ökosystem der Geschlechter, verhindert eine nachhaltige Entwicklung. Und die Frage ist, ob man das noch umkehren kann oder ob es zu spät ist, wie mit dem Ozonloch.»

«Was ist denn mit der Frauenbewegung?»

«Ach, das war doch keine wirkliche Befreiung, sondern nur eine Auszeit vom ergebenen und gehorsamen Benehmen der vergangenen Jahrhunderte. Ein Dank und ein kurzes Aufatmen. Der Lohn waren zwei Jahrzehnte, die sechziger und siebziger Jahre, in denen es erlaubt war, man selbst zu sein, aufzublühen. Guck dir mal die Bilder von den Frauen aus der Zeit an, mit den bunten Klamotten und den wilden Haaren und den verbrannten BHs und mit üppiger Behaarung im Norden, Süden, Osten und Westen. Das war eine Zeit, wo sie sich so wie die Männer ausdrücken durften, man interessierte sich dafür, wer sie waren und was sie dachten, und nicht nur, wie sie nackt aussahen oder wie man sie ins Bett kriegte. Und sieh dir unsere Mütter an, beides Hausfrauen. Für einen Feministen ist es eine Tragödie mitanzusehen, wie der Kampf kollektiv zu früh beendet wurde, im Glauben, er wäre gewonnen. Aber das ist wie eine Penicillinkur, man darf nie damit aufhören, ehe alle Tabletten genommen wurden, selbst wenn man sich noch so gut fühlt. Denn dann flammt das Problem erneut auf und ist noch schwieriger einzudämmen.»

«Solidarität», sagte ich und sah mit einem Mal meine Mutter vor mir. Wenn ich ihr von diesem Gespräch erzählte, würde sie Mordecai sofort adoptieren wollen.

«Genau! Darum geht es. Solidarität. Gleiche Löhne und erhöhte Arbeitsplatten in der Küche, damit der Mann keine Rückenschmerzen bekommt, wenn er abwäscht. Denn er ist am Verletzter-Vogel-Syndrom schuld. Er sollte dafür bezahlen.» Mordecai bohrte mir seinen Finger in die Brust. «Du», sagte er scherzhaft.

«Ich? Warum denn nur ich, guck dich doch selber an.»

«Nee. Als Schwuler bin ich fein raus. Von Schuld befreit. Keine Unterdrückung. In meinem Haushalt wird keiner von uns abwaschen, wir werden nur gemeinsam im Bett liegen und uns unseres bloßen Daseins schämen. Während du», der Zeigefinger stieß wieder zu, fester diesmal, «wissen musst, was du tust. Ein Junge und später ein Mann zu sein, ist leicht. Man braucht einfach nur zu *sein*, schleppt ab und zu ein paar schwere Sachen und beschwert sich, dass die Zeitung zu spät gekommen ist oder zu weit von der Türschwelle entfernt liegt, solche Sachen. Ein Mädchen zu sein, gehört dagegen zum Allerschwierigsten. Das ist die höchste Akrobatik, erfordert Finesse, Kraft, eine enorme mentale Wendigkeit. Das musst du respektieren. Vor allem bei Mischa. Du hast sie in eine schwierige Lage gebracht …»

«Ich? Du wolltest, dass ich sie kennenlerne.»

«Darum geht es nicht, also halt mich da raus. Aber ihre Beziehung zu dir würde anders aussehen, wenn es umgekehrt wäre, wenn du der Ältere wärst. Sie muss die laufenden Kosten dafür tragen, dass ihr zusammen seid. Davon abgesehen – was mich angeht, unterstütze ich euch voll und ganz. Für vier weitere Jahre! Das führt mich gleich zur nächsten Frage: Was sagt deine Mutter dazu?»

Ich schüttelte den Kopf.

«Hab ihr noch nichts gesagt, ist schwer, den richtigen Zeitpunkt abzupassen. Aber werde ich natürlich noch.»

«Ja, mach das. Sonst wird's langsam eng im Schrank, obwohl ich natürlich immer ein Plätzchen für dich freihalte.»

Warum hatte ich ihr nichts gesagt? Ich wusste, warum ich meinem Vater nichts gesagt hatte, mit ihm konnte ich schon lange nicht mehr über solche Dinge reden, wenn ich es überhaupt je gekonnt hatte. Aber meiner Mutter? Mit ihr konnte ich über alles reden, so war es immer schon. Ich glaube, ich hatte auch keine Angst davor, sie könnte es schlimm finden, dass Mischa sieben Jahre älter war, oder vielleicht doch, denn auch meine Mutter musste irgendeine Grenze dafür haben, was sie akzeptabel fand und was nicht, und die Grenze konnte genauso gut hier verlaufen, ein dünner, unsichtbarer Stolperdraht, der eine kleinere Explosion verursachen würde, sobald ich darauftrat, und dann wäre die Möglichkeit einer formalen Einladung an Mischa groß, oder besser gesagt: einer Vorladung, bei der sie gebeten wurde, sich am Tag X zur Uhrzeit Y bei uns einzufinden und auf dem einen Sessel Platz zu nehmen und ich auf dem anderen, während meine Eltern am entgegengesetzten Tischende saßen und eine angespannte, vorwurfsvolle Atmosphäre herrschte und meine Mutter Worte benutzte wie unerhört, ungesund und unverantwortlich, gefolgt von einer tadelnden Tirade über die Gesetzeswidrigkeit unseres Handelns und leeren Drohungen, Mischas Eltern zu kontaktieren, die in ihrer Erziehung ganz offensichtlich vieles versäumt hatten, und mein Vater würde nicht viel sagen, nicht viel mehr als ja und so ist es eben und mal im Ernst, und anschließend würde ein neuer Streit zwischen ihnen entbrennen, nachdem meine Mutter Mischa mit den Worten weggeschickt hatte, es ist nicht so, dass wir dich nicht mögen, aber das geht einfach nicht, das wirst du doch wohl verstehen, und diesmal würde sich ihr Streit darum drehen, dass mein Vater seinen Teil der Verantwortung nicht übernommen, sondern einfach nur neben ihr auf dem Sofa gehockt hatte, untätig, als hätte er nichts damit zu tun, als wäre er eigentlich anderer Meinung, und er würde ausflippen und sie anschreien, er habe verdammt noch mal einiges gesagt, und wenn sie zu sehr damit beschäftigt sei, ihrer eigenen Stimme zu lauschen, wäre das ihr Problem, nicht seins, denn er habe sie unterstützt, so gut er könne, und außerdem habe es doch ohnehin keinen Sinn, dort zu sitzen und jedes Argument, das sie brachte, noch einmal zu wiederholen – wenn er ein seltenes Mal zu Wort komme, wie eine bescheuerte Echokammer etc. etc., und dann würde ich das Wohnzimmer verlassen und auf mein Zimmer gehen, und die folgenden Stunden, Tage und Wochen wären ohne jede Hoffnung, nicht nur in Bezug auf Mischa, sondern auch weil mich meine Eltern mal mit Liebe und Fürsorge überschütteten, weil sie sich durchaus bewusst waren, in welch eine schreckliche (aber dennoch unvermeidliche) Lage sie mich gebracht hatten, mal mit Gereiztheit und Wut über vollkommen unbedeutende Handlungen meinerseits, um mich unbewusst dafür zu bestrafen, dass ich sie zuvor in eine solch peinliche Situation gebracht und gezwungen hatte, Maßnahmen zu ergreifen – und weil sie nicht genug Aggression aneinander abreagieren konnten und den Überschuss deshalb auf mich herabregnen ließen. Aber hauptsächlich, glaube ich, sagte ich nichts davon, weil es nur eine Frage der Zeit war, bis meine Eltern es nicht mehr ertrugen, miteinander zu leben, und ich fürchtete, wenn ich mit einem Mädchen nach Hause käme, von dem ich meine Augen und Hände nicht lassen könnte, würde es ihnen alles nur noch schwerer machen und sie daran erinnern, dass sie einmal genauso glücklich gewesen waren.

Ein vollbeladener Kombi mit Koffern auf dem Dach und ausgelassenen Kindern auf dem Rücksitz fuhr vorüber. Es war Sonntag, Umzugstag. Jeden Moment konnte ein ähnliches Auto kommen, das in die entgegengesetzte Richtung fuhr. So war das.

«Aber», sagte Mordecai, «ich zweifle daran, dass man sie nächstes Jahr noch einmal im Camp Wekeela arbeiten lässt, wenn herauskommt, dass sie einem Sechzehnjährigen an die Wäsche gegangen ist, wenn du verstehst, was ich meine.»

«So ist es aber nicht. Sie ist nicht so.»

«Nein, allerdings werden es alle so sehen. Aber was soll's. Hat das irgendeine Bedeutung? Dir geht es gut, ihr geht es gut, euch geht es gut. Und dann ist alles gut, es spielt keine Rolle, ich werde sie jedenfalls nicht bespitzeln. Finde nur, dass es … seltsam ist, dass sie den totalen Durchblick in Sachen Strafmaß und so weiter hat. Du weißt schon … ziemlich durchtrieben. Ja, man kann es nicht anders sagen, das ist *kinky.* Gut für dich.»

Nach einer Weile hatten wir keine Lust mehr, auf der Bank zu hocken, also schlenderten wir die Straße runter zu einem geöffneten Kiosk, Mordecai brauchte Zigarettennachschub. Und als wir in dem engen Laden standen, der nach Tabak und künstlicher Süße roch, fiel mir auf, dass ich ihn noch gar nicht gefragt hatte, wie es ihm eigentlich ging.

«Was ist mit dir, gibt es etwas, das ich wissen sollte?»

«Nee», sagte er abwiegelnd. «War eigentlich die meiste Zeit zu Hause. Hab ferngesehen. Und wir waren ein paar Tage in den Hamptons, um das Haus winterfest zu machen.»

«Es wird alles gut werden», sagte ich plötzlich, keine Ahnung, warum.

«Ja, klar», erwiderte er zerstreut und legte eine Schachtel Parliament auf den Tresen. «Und Streichhölzer, bitte.»

Mischa arbeitete viel, wir waren zusammen, wann immer es ging; ich brauchte Zeit, um zu verstehen, wie wichtig Kontinuität für sie war, und wenn sie ihre Bilder mehr als zwei Tage allein ließ, musste sie zu viel Zeit damit verschwenden, sich wieder einzumalen, nachdem sie die Verbindung zu ihrem Gedanken verloren hatte. Meistens holte sie mich mit ihrem Auto ab, zweimal in der Woche, montags und freitags, fuhr sie in Dumbo los, so konnten wir mehr Zeit miteinander verbringen. Für gewöhnlich stand ich nach der Schule beim Springbrunnen an der Stewart Ecke Franklin, und während ich dort stand und auf sie wartete, unter meinem schwarzen Regenschirm – denn es regnete fast den ganzen Herbst über –, war mir immer ein bisschen schlecht, denn mehr als alles andere fürchtete ich, sie könnte mir, wenn ich ins Auto stieg und mich anschnallte und mich auf unsere Fahrt nach Dumbo freute und auf alles, was in den nächsten Stunden passieren würde, und alles, worüber wir reden würden, und die Musik, die wir hören würden, als Erstes mitteilen, dass sie dieses stundenlange Hin- und Herkutschieren leid war und dass ich immer so früh nach Hause musste, weshalb sie das Gefühl habe, es sei *nichts Ernstes*, und wir müssten tief in uns gehen, ehe wir uns eine ehrliche Antwort darauf gäben, wie realistisch unsere Beziehung war. Diese Sorge war größer als alles andere, und je mehr ich sie verdrängte, desto mehr setzte sie sich an meinen inneren Wänden fest, nicht so, dass sie diese vollständig bedeckte, sondern eher wie ein kleiner Fleck an der Zimmerdecke, in einem Winkel, den man mit Putzmitteln nicht erreichte und den man trotzdem nicht übersehen konnte, schmutzig und auffällig, wie er war, weil er mich daran erinnerte, dass dieses Gebilde so verletzlich war wie ein Vogeljunges. Doch dann kam sie. Sie hielt mit dem Auto neben dem Springbrunnen, und kaum hatte ich sie gesehen, waren diese Bedenken wie weggeblasen, *wir gehören doch zusammen, sie und ich*, und in dem Moment gab es nichts, was mir ungefährlicher erschien, und der Fleck verschwand, und wir schwatzten drauflos, und vielleicht fuhren wir auch nicht nach Brooklyn, sondern woandershin, zum Beispiel nach Long Beach, wo wir im milden Regen auf der Motorhaube saßen und uns umarmten, bis uns kalt wurde, und anschließend knutschten, als ginge es um unser Leben; wir knutschten im Auto bei voll aufgedrehtem Warmluftgebläse oder an einem anderen Ort, in einem Schuppen oder unter dem Vordach bei den Toiletten, bis meine Unterlippe von der ganzen ungewohnten Küsserei ganz wund und geschwollen war, und alles war so, wie es sein sollte, bis ich wieder nach Hause kam und am nächsten Morgen aufwachte oder bis ich dort am Springbrunnen stand und erneut darauf wartete, das Geräusch ihres Autos hinter der nächsten Ecke zu hören, und den kleinen Fleck dort oben erblickte.

Die Abende ohne Mischa waren nach einem anderen Muster gestrickt und im Großen und Ganzen mit Theaterproben ausgefüllt, wir hatten unsere zweite Produktion begonnen, diesmal ein Musical, *Oklahoma*, und ich hasste es inbrünstig. Mein Gott, wie sehr ich es hasste, wir alle hassten es. Mordecai war die Hauptrolle zugefallen, nachdem sich Keith, dem Wohlman diese zweifelhafte Ehre eigentlich zuteilwerden lassen wollte, der Aufgabe in letzter Sekunde unter dem Vorwand einer Knieverletzung entzogen hatte, dank derer er resolut in die sicheren Reihen der Statisten versetzt wurde. Damit landete die Verantwortung bei Mordecai, und er stellte sich darauf ein, ganz vorn am Bühnenrand zu stehen und aus vollem Hals und voller Gefühl «Oh What a Beautiful Mornin'» zu schmettern, bis die Herzen Sitzreihe für Sitzreihe schmolzen und sogar ein Tauber beeindruckt wäre. Und ich? Ich bekam die Nebenrolle des Ali Hakim, eines seltsamen Hausierers aus dem Iran mit Bowlerhut und tadellosem Aufzug, aber auch einem Schnauzbart, der in meinem Fall aufgeklebt war und ständig abfiel, bis die Kostümbildner die Nase voll hatten und an jedes Ende ein breites weißes Gummiband nähten, mit dem sie ihn an meinen Ohren befestigten, was mir natürlich das allerletzte bisschen Würde nahm, wenn ich mich, mit einem lächerlichen, künstlichen Akzent, der wiederum niemanden beeindruckte, durch die im Grunde einzige Nummer sang, mit der ich glänzen konnte, «It's a Scandal! It's an Outrage!», während mir der Schweiß lief und die braune Theaterschminke in meinem Gesicht auflöste und ich noch dazu sehr damit kämpfte, die Töne zu treffen und mich gleichzeitig an meine Schrittfolge zu erinnern. Ich fühlte mich, als würde ich noch einmal bei null anfangen. Wieder verstand ich nicht, worauf Wohlman hinauswollte, weder was uns noch was die Wahl des Stückes betraf. Es war, als hätte er sich im Laufe des Sommers verändert, und das tiefe Verständnis, das wir erlangten, während wir uns durch die abschließenden Szenen der *Nashörner* arbeiteten, war allem Anschein nach verduftet, und damit saß ich wieder im Saal und verstand gar nichts, wohingegen Wohlman – so wirkte es jedenfalls – weiterhin den absoluten Durchblick hatte. Ich war degradiert worden, von einer unsichtbaren Hand hinaus in die Kälte geschoben und vergessen. Kühl ging Wohlman mit uns im Plenum seine Notizen durch, konferierte anschließend leise mit einigen der Schauspieler, um ihnen detailliertere Anweisungen fürs nächste Mal zu geben, und dann steckte er sein Drehbuch in die Tasche, verabschiedete sich von allen und verschwand. Aber wir blieben. Mordecai, ich und ein paar andere aus der Theatergruppe, der harte Kern. Es waren lange Abende mit hitzigen Diskussionen über Peter Brook und Sir Olivier und all die anderen Ideen darüber, was Theater sein sollte, sein konnte, über das Potenzial, das irgendwo dadraußen lauerte, und den Glauben an ein Theater, das aus dem Gefängnis der Konformität ausbrach, in das es die kommerziellen und öffentlichen Theater zwängten. Wände sollten eingerissen, Unterschiede aufgehoben, Texte auf eine neue Weise erschlossen und ein anderer Weg gefunden werden, das Publikum zu erreichen – ohne bewusst danach zu streben, es zu erreichen. Der Markt war der Tod. Aus dem meisten, was wir besprachen, wurde nie etwas. Die Mehrheit von uns gab irgendwo an der ersten oder zweiten Kreuzung auf, andere hatten am Ende bestenfalls Kurzzeitverträge, eine unzureichende Krankenversicherung und Arbeitstage, die unter einer hastig installierten und künstlichen Beleuchtung stattfanden; das Ergebnis konnte einige Wochen später in Augenschein genommen werden, eingeleitet von Slogans wie *Like sands through the hourglass, so are the days of our lives*, was jedem Einzelnen von ihnen brutal klarmachte, dass sie aller Wahrscheinlichkeit nach für den Rest ihrer Bühnenlaufbahn dazu verdammt sein würden, mit hektischen Showrunnern zusammenzuarbeiten, die noch nie etwas von Stanislawski gehört hatten und die den Namen, wenn man ihn versuchsweise erwähnte, mit Worten abwehrten wie *keine Ahnung, von welchem russischen Taxifahrer du deine Ratschläge hast, aber an diesem Set machen wir die Sachen so, wie ich es will.* Das Beste, worauf man hoffen konnte, war eine Stelle, die auch in der darauffolgenden Woche noch existierte. Doch solange wir dort auf der leeren Bühne saßen, glaubten wir daran, was wir sagten, und heute vermisse ich das mitunter, nicht die Naivität oder den grenzenlosen Optimismus in Bezug auf alles, was wir tun würden, wenn man uns nur die Chance dazu gäbe, sondern die Art und Weise, wie wir einander immer zuhörten und ernst nahmen. Es sind diese Abende, die ich vermisse, als alle wussten, wer man war, sodass man sich selbst nicht dazu befragen musste. Und anschließend, wenn alle gegangen waren und nur Mordecai und ich zurückblieben, um hinter uns abzuschließen, warfen wir einen Blick auf die Uhr, und wenn es nicht zu spät war, fuhren wir zu mir nach Hause und redeten auf meinem Zimmer weiter. Es waren schöne Abende. Wir bauten Pyramiden im Aschenbecher, und wenn es nichts mehr zu sagen gab, hörten wir Musik, glotzten auf die Straße oder den Fernseher, den ich inzwischen in meinem Zimmer hatte und der fast immer lief, ohne Ton, und ich habe klare Erinnerungen daran, dass wir einander oft zunickten, während wir so dasaßen, mit unseren Zigaretten und unseren Blicken, und dass wir uns nicht langweilten, auch wenn es so ausgesehen haben muss und nicht nach dem, was es wirklich war: Stunden gesegneter Ruhe, zu denen wir nie mehr zurückfanden, nachdem meine Familie aus diesem Haus ausgezogen war.

Wir gingen auch auf einige Partys in diesem Herbst, der unser Junior-Jahr auf der Garden City High einleitete, aber sie waren genau so, wie Mischa sie beschrieben hatte, und das machte sie mir fast komplett kaputt, machte sie überholt und vorhersehbar. Die Partys fanden in den großen Villen in der 9th Street statt, bei Jugendlichen, deren Eltern immer gerade auf einem Wochenendausflug in Chicago oder draußen in den Hamptons waren, es war immer die gleiche Geschichte, die auch niemanden interessierte, dasselbe galt für den üblichen Ablauf, die im Dunkeln liegenden Einfahrten, stets voll mit Leuten, die sich stritten oder ringsherum in den feuchten Büschen lagen, und die aus den offenen Fenstern grölenden Leute, die nicht mehr wussten, was sie sagten, zu anderen Leuten, die nicht mehr zuhörten, während die Musik aus Lautsprechern dröhnte, die bedrohlich vibrierten, und die Nachbarn, die sich garantiert beschwert und die Polizei gerufen hätten, wenn dies etwas Neues gewesen wäre, aber auch sie hatten zur Genüge erlebt, wie sich dies Szenario in den letzten Jahrzehnten in regelmäßigen Abständen wiederholte, und sich damit abgefunden, dass es sie viel weniger Energie kostete, wenn sie einfach nur die Fenster schlossen und sich mit Ohropax ins Bett legten, bis der Lärm irgendwann am frühen Morgen verebbt war. Am Montagmorgen würde das Auto der Teppichreiniger in der Auffahrt der Nachbarn parken, und wenn man die Eltern traf, fragte man *Wie war es in den Hamptons* und ließ sich ansonsten nichts anmerken. So war es für alle Beteiligten am einfachsten. Nichts gesehen, nichts gehört, nichts passiert. Manchmal kehrten Mordecai und ich wieder um, noch ehe wir einen Fuß über die Schwelle gesetzt hatten. Dann ließen wir die Partys sausen, auch wenn sie als Teil des juvenilen Pensums galten, und im Laufe der Monate geschah das immer häufiger, was wohl hauptsächlich meine Schuld war, weil Mischas Party-Abneigung auf mich abgefärbt hatte, aber ich brauchte nur auf der Flöte zu spielen, und die anderen folgten mir hinaus aus dem Viertel, durch die Straßen, zu leeren Parkplätzen und dunklen Grünanlagen oder zu unserer Schule, wo wir auf das große Flachdach kletterten und uns neben die Belüftungsventile setzten, die heiße und sicherlich ungesunde Luft ausbliesen, an den ständig kühler werdenden Abenden jedoch wärmten. Anfangs waren es nur Mordecai und ich, die diesen Feiern den Rücken kehrten, Mordecai hatte ein wahres Bier- und

Weinarsenal in seinem Rucksack, und wir veranstalteten unsere eigenen Feste und wären damit auch zufrieden gewesen, uns fehlten die anderen nicht, aber Stanley und Nate bemerkten, dass wir uns an den Abenden von den Villen entfernten, sie beobachteten, wie wir vom Epizentrum aller Dinge forttrotteten, und am Ende siegte ihre Neugier; ich glaube, sie beneideten uns um die Furchtlosigkeit, mit der wir den Ort des Geschehens ignorierten, und verstanden gleichzeitig nicht genau, was es mit diesem freiwilligen Außenseitertum auf sich hatte, und deshalb schlossen sie sich uns schließlich in dem Glauben an, dass etwas Besonderes passieren würde, wenn sie uns folgten, obwohl wir kein spezielles Ziel hatten und das auch sagten; entweder glaubten sie uns nicht, oder gerade das zog sie an. Nate nahm seine Freundin Erin mit, die wiederum Andrea mitbrachte, und plötzlich waren wir sechs oder sieben, die überhaupt nicht mehr dort auftauchten, wo man mit uns rechnete, sondern uns stattdessen feste Plätze suchten, an denen wir nicht sein sollten und durften, und schon bald wurden wir auch nicht mehr vermisst, und ich überlege gerade, ob ich ein falsches Bild von uns zeichne, wie wir mit dem Wein aus den unerschöpflichen Vorräten unserer Eltern auf dem Dach dieser Schule saßen und Garden City uns zu Füßen lag, die Lichter der Straßenlaternen und Autos und Häuser, ich überlege, ob es gelogen ist, dass wir dort glücklich waren, und ob es in Wirklichkeit viel kälter war als in meiner Erinnerung, ob es mehr regnete und wir mehr froren und ein tieferes Unbehagen empfanden und uns insgeheim langweilten und dachten, wir würden unsere Zeit verschwenden; so gesehen ist die Erinnerung komplex, sie will ihre Funktion und ihre Existenz rechtfertigen, also schmückt sie die Bilder mit Bedeutung aus, wenn wir einen Moment lang wegsehen. Aber es kann auch sein, dass diese Abende und Nächte wirklich so toll waren, so großartig in ihrer entspannten Einfachheit, und der Preis, den wir dafür zahlten, lediglich darin bestand, dass wir sie als selbstverständlich betrachteten und nicht ahnten, wie besonders sie waren. In vielerlei Hinsicht hoffe ich, dass es nicht so ist, ich hoffe, dass ich mich täusche und es mir nicht mehr gefallen würde, wenn ich mich präziser an sie erinnerte, ohne jegliche Nostalgie, und lediglich das Gefühl gehabt hätte, dort auf dem Dach zu hocken, bis ich Schimmel ansetzte, und Dinge verpasste, die an Orten passierten, an denen wir nicht waren, außerhalb der Vorstadt, jenseits von *the sprawl*, wie Mordecai sie nannte, ich habe dieses Wort immer gemocht, *sprawl*, wie es klingt, wie es aussieht, die Buchstaben, wie ein Wesen, das atmet und pulsiert, aber unter der Erde, außerhalb unseres Blickfeldes und unserer Reichweite, das sich langsam bewegt und wächst, expandiert, unaufhaltsam. Wie auch immer, das ist lange her. Es ist traurig, dass nichts bleibt. Eine Schande, dass man ständig weitermuss. Wir sind nicht mehr auf dem Dach der Schule, wir sind in den Bars von anonymen Hotels, in der obersten Etage, mit Aussicht auf Städte, die einem viel mehr imponieren sollten als der Blick auf Siedlungen und Autobahnen und Einkaufszentren und Parkplätze. Und Golfplätze. Aber so funktioniert es eben nicht. In jenem Herbst ging der Hausmeister montags auf dem Dach herum und sammelte Flaschen und Zigarettenkippen ein, er muss es gewesen sein, es sei denn, Mordecai kehrte auf eigene Faust zurück und sicherte die Beweise, wie ein Archäologe, aber wenn es der Hausmeister war, verlor er jedenfalls kein Wort darüber, es tauchten keine Aushänge am Schwarzen Brett auf, in denen die Schüler höflich, aber bestimmt darauf hingewiesen wurden, dass das Dach bis in alle Ewigkeit verbotenes Terrain war, und es versperrte auch niemand den Zugang; wenn überhaupt, so bildeten wir uns ein, bliesen die Ventile noch wärmere Luft aus, als es auf Weihnachten zuging, und auch das hatten wir dem Hausmeister zu verdanken, unserem Beschützer, wahrscheinlich war er einmal wie wir gewesen (wohingegen es uns nie in den Sinn kam, dass wir selbst einmal als Hausmeister enden könnten) und verstand, dass die Schule mehr als nur ein Ort war, wo man warmgehalten wurde, ein Territorium nämlich, das wir von oben erobern mussten, und dasselbe galt für die ganze Stadt, wenn wir nicht nur älter, sondern auch erwachsen werden wollten. Und an vielen dieser Abende vermisste ich Mischa, aber sie war beschäftigt und hatte diesen Punkt ohnehin lange hinter sich gebracht, ich weiß noch, dass mich das traurig machte, dort auf dem Dach, als müsste ich ihr die ganze Zeit hinterherlaufen, um mitzuhalten, und dann entdeckte ich ein paar zwölf- oder dreizehnjährige Jungen, die mit ängstlichen Blicken in unsere Richtung die Merillon entlanghasteten, sie waren sicher auf dem Weg nach Hause, ich erkannte es an ihrem Gang, und es war fast zehn, und da dachte ich an Stig und Andri und den letzten Abend vor unserem Umzug und an die Jugendlichen, die draußen auf der kleinen Insel vor ihrem silberfarbenen Zelt gesessen hatten, und wie ich sie beneidet hatte, genau dort zu sein, genau in diesem Moment, und wie seltsam es war, jetzt an ihre Stelle zu treten, zu denen zu gehören, die selbst entschieden, wo sie sein wollten, und ich sah mich um, und Mordecai sang, er hatte eine schöne Stimme, und er sang, und Erins Freundin wusste nicht, dass alle Hoffnungen in Bezug auf ihn vergebens waren, sie rückte näher an ihn heran, und er sang lauter, und wir teilten unsere Flaschen, und um uns herum fiel der erste Schnee, aber die Lüftungsventile hielten ihn von uns fern, und als Mordecai und ich aufstanden und gingen, als die Letzten in dieser Nacht, zeichneten sich die Umrisse unserer Körper im Schnee ab. Vorsichtig kletterten wir vom Dach und holten unsere Fahrräder und schoben sie die Rockaway Avenue entlang. Wir gingen zum Garden City Golf Club, rauchten eine letzte Zigarette auf dem Parkplatz und zogen die Möglichkeit in Betracht, vor Weihnachten achtzehn Loch abzuradeln. Auf der Straße näherte sich eine Polizeistreife, bremste ab und glitt langsam an uns vorüber. Mordecai winkte, und das Auto machte einen U-Turn, rollte auf den Parkplatz, und die Türen gingen auf. Zwei Beamte stiegen aus und kamen auf uns zu, ihre Taschenlampen brachten die Reflektoren unserer Fahrräder zum Leuchten. Wir hingen über den Lenkern und sahen sie an.

«Was geht hier vor sich?», fragte der eine und bemühte sich, jovial zu klingen.

«Nichts», antwortete ich.

«Ist euch klar, wie viel Uhr es ist, Jungs?»

Die Taschenlampen wurden auf unsere Gesichter gerichtet.

«Natürlich.»

«Ihr haltet euch schön vom Golfplatz fern, ja?»

«Selbstverständlich.»

«Gut. Wo wohnt ihr?»

«Ich wohne in der –»

«Nähe», schnitt Mordecai mir das Wort ab.

«Gut», sagte der eine Beamte. «Dann habt ihr es ja nicht weit. Und ich würde vorschlagen, dass ihr diesen Weg jetzt auch antretet, denn in dieser Gegend wurden in letzter Zeit vermehrt Gangs gesichtet. Ihr solltet vorsichtiger sein. Ich gehe davon aus, dass ihr die Mara Salvatrucha kennt?»

Kannten wir. Wir hatten die Graffitis an den Wänden in Hempstead bemerkt, wir hatten Autos gesehen, aus denen tätowierte Lateinamerikaner heraussprangen. Wir lasen Zeitung.

«Mit der MS-13 ist nicht zu spaßen», sagte der andere Beamte.

«Sie sind dafür berüchtigt, mit Leuten, die ihnen zufällig in die Quere kommen, grausame Sachen zu machen.»

«Leuten wie euch», ergänzte der andere.

«Entschuldigen Sie die Frage, aber ist es nicht genau das, was Leute wie Sie verhindern sollten?», fragte Mordecai naseweis. «Ich meine, ist das nicht Ihr Job?»

«Wenn wir da sind, ja», antwortete der erste Beamte trocken. «Aber wir können nicht überall sein. Und jetzt seht zu, dass ihr nach Hause kommt. Wissen eure Eltern, dass ihr hier seid?»

«Ja.»

«Habt ihr Alkohol getrunken?»

«Nein.»

«Ich glaube, du hast die Antworten verwechselt», sagte der zweite Beamte, «aber wenn ihr jetzt sofort in die Pedalen tretet, wäre ich bereit, darüber hinwegzusehen.»

Wir blieben nicht.

Meine Mutter war komisch, als ich in die Küche hinunterkam, es war schon spät am Vormittag, in vier Stunden würde es wieder dunkel werden. Sie stand mit dem Rücken zu mir, damit beschäftigt, den Müllzerkleinerer in der Spüle zu säubern, und drehte sich nicht um, obwohl sie gehört haben musste, dass ich hereingekommen war. Ich holte den Orangensaft aus dem Kühlschrank, schenkte mir ein Glas ein und trank es aus, anschließend schüttete ich ein paar Cornflakes in eine Schale und setzte mich. Meine Mutter trocknete sich die Hände ab, stellte die Milchflasche vor mich auf den Tisch und setzte sich mir gegenüber, ehe sie nach der Cornflakes-Packung griff und sich ebenfalls eine kleine Portion nahm. Sie blickte aus dem Fenster. Ich auch, aber aus einem anderen. Wir aßen schweigend und ignorierten einander. Es war wie in einem Western. Meine Mutter schmatzte. Ich kommentierte es nicht. Ich streckte mich nach dem Kunst-&-Freizeit-Teil der New York Times und las etwas über eine Broadway-Vorstellung, die schon nach zwei Abenden wieder abgesetzt worden war. Meine Mutter schmatzte. Sie blätterte in der Zeitung. Mein Löffel klirrte gegen den Rand der Schale, sie reagierte nicht. Eine der letzten überlebenden Fliegen surrte unter der Deckenlampe, setzte sich auf meinen Oberarm und verharrte. Wir starrten sie an. Sie starrte zurück. Fehlten nur noch eine knarrende Windmühle und eine Dampflok, die auf dem Gleis einfuhr, um das Bild perfekt zu machen.

«Wie alt *ist* sie eigentlich?», fragte meine Mutter plötzlich und legte die Zeitung beiseite.

Ich verschluckte mich fast an meinen Cornflakes.

«Wer?», fragte ich, obwohl ich sofort wusste, wen sie meinte.

«Deine Freundin.»

Wie sich später herausstellte, war Mordecai vor mir aufgestanden und hatte in einem Anfall sonntäglicher Aufrichtigkeit ein paar – wie er es ausdrückte – harmlose Bemerkungen fallenlassen, und zwar über mich und meine … Situation. Und sei es nur, um die Stille bei einem ebenso verkrampften Frühstück wie diesem zu durchbrechen. Anschließend hatte Mrs. Weintraub, wie sie es formulierte, *keine andere Wahl gehabt, als zum Hörer zu greifen* und die Norweger in der Poplar Street anzurufen und ein paar Details über *die Frau, mit der ich Umgang hatte* zu flüstern, denn diese sei, wenn sie es richtig verstanden habe, *bedeutend älter* als ich und *wohnt dadraußen in Brooklyn*, und das sei ja nicht schlimm, *Gott bewahre*, hatte sie meiner Mutter gegenüber immer wieder betont, aber *doch ein bisschen überraschend und, wenn man alle Umstände in Betracht zieht, vielleicht sogar besorgniserregend* (ohne dass sie über irgendetwas urteilen wolle, das solle meine Mutter unbedingt wissen), was meine Mutter aber dennoch kalt erwischte, und das war wohl auch Mrs. Weintraubs Absicht gewesen, um meine Mutter durchs Telefon mit weiteren Informationen zu füttern, ohne sich Gedanken machen zu müssen, ob sie zu viel sagte oder zu indiskret war, denn war es nicht trotz allem ihre *Pflicht als besorgte Mutter*, ja, als *concerned citizen, dafür zu sorgen, dass alle Beteiligten darüber in Kenntnis gesetzt wurden, was vor sich ging*, mit wem, wann und nicht zuletzt warum?

«Sie ist dreiundzwanzig», sagte ich. «Sie ist Künstlerin.»

Ich wartete auf die Fortsetzung, auf Folgefragen, ich wartete darauf, dass sie mir die Konsequenzen aufzählte, wenn es denn welche gäbe, und für einige Sekunden waren zwei Ausgänge denkbar, abhängig davon, ob es meine Mutter war, wie ich sie immer gekannt hatte, die das Wort ergriff, oder die neue Version von ihr, die allmählich überbehütend und einsam wirkte und mich tief in ihrem Inneren nicht weiter verlieren wollte, als es bereits der Fall war, seit ich Mordecai kennengelernt hatte. Ich blickte sie an, sie hatte mitten in der Bewegung innegehalten, ihr Löffel verharrte in der Luft vor ihrem Mund, und ich sah, wie er zitterte, kleine Milchtropfen fielen in die Schale hinab. Das Zittern wurde stärker, und ich blickte sie erneut an, ihre Miene; jetzt hielt sie den Atem an. Und im nächsten Moment spritzte ihr die Milch aus der Nase, sie brüllte förmlich vor Lachen, schlug mehrmals mit der Hand auf den Tisch und tastete dann wild um sich, auf der Suche nach etwas, womit sie sich das Gesicht abtrocknen konnte.

«Entschuldige», piepste sie, «entschuldige, das wollte ich nicht. Aber …» Es brach erneut aus ihr heraus, ich konnte nichts anderes tun, als abzuwarten. Meine Mutter kämpfte damit, die Beherrschung wiederzuerlangen, und versuchte, etwas zu sagen.

«Du hättest sie hören müssen», japste sie, «… am Telefon – ist dir klar, was sie gesagt hat, sie hat gesagt, sie hat gesagt *Mordecai hat mir im Vertrauen erzählt, dass Ihr Sohn mit EINER ÄLTEREN FRAU befreundet ist.*» Und dann ging es wieder los, ich war kurz davor, zu den Nachbarn zu gehen und mich für den Lärm zu entschuldigen.

Sie musste aufstehen, um wieder zu Luft zu kommen, sie war ganz erschöpft. «Du liebe Güte, ich dachte schon, du hättest dir eine Siebzigjährige gesucht», sagte sie. «Du weißt, so wie *Harold and Maude*.»

«Wer ist das denn?»

«Ach, nichts. Habe ich noch Milch im Gesicht?»

Ich reichte ihr die Küchenrolle, und sie schnäuzte sich. Dann musste sie sich setzen. Sie lächelte mich an, sie lächelte so, dass ich mich schämte, weil ich mir unsicher gewesen war, wie sie reagieren würde, und deshalb nichts gesagt hatte. Ich und meine Mutter. Immer auf einer Seite, daran hatte sich nichts geändert.

«Du bist ein komischer Kauz, Max. Du bist wirklich ein komischer Kauz.» Sie schüttelte leicht den Kopf, um das letzte Lachen aus ihrer Kehle zu vertreiben, und wurde mit einem Mal wieder sie selbst und ziemlich ernst.

Ich erinnere mich deutlich, dass meine Mutter in diesem Moment aufstand und Kaffee kochte. An sich ist das nichts Dramatisches, denn in Sachen Kaffee konnte sie die stärksten Männer unter den Tisch trinken, in der Beziehung war sie ein Fass ohne Boden, wie es so schön heißt; bei Familienfeiern zu Hause in Norwegen war es des Öfteren vorgekommen, dass man ihr diskret eine eigene Kanne zugedacht oder sie auf jeden Fall in unmittelbarer und strategisch günstiger Nähe zur Zufuhr platziert hatte. Dennoch schlief sie nachts beneidenswert gut mit koffeinumflossenen Augen hinter geschlossenen Lidern. Diese Sitte (oder Unsitte) musste angefangen haben, als sie noch in der Partei gewesen war, ich stelle mir vor, dass sie nur so die endlosen Versammlungen überstand, bei denen nie jemand lächelte, nicht einmal bei dem Gedanken, wie man von der strikten Tagesordnung und den ermüdenden Vorträgen abweichen könnte. Ich muss schon tausend Mal gesehen haben, wie sie Kaffee trank. Merkwürdigerweise ist dies aber meine einzige Erinnerung daran, dass sie Kaffee *kochte* – anstatt sich aus einer Kanne zu bedienen, die sich auf magische, hintergründige Weise von selbst zubereitet hatte. Sie füllte den Wasserkocher, und mit routinierten Handbewegungen, die zu gleichen Teilen zerstreut und präzise waren, zählte sie löffelweise Pulver ab und gab es in die Stempelkanne. Sie schüttete das kochende Wasser über den gemahlenen Kaffee und stellte die Kanne auf den Tisch und betrachtete sie lange, während der Dampf des heißen Gebräus an der Innenseite des Glases tanzte. Dann holte sie zwei Tassen und stellte sie vor uns. Ich brachte es nicht übers Herz, sie um einen Tee zu bitten.

«Du wirst allmählich erwachsen», sagte sie lächelnd. Und nach einer Ewigkeit legte sie die Hand auf den Deckel, drückte den Filter herunter und schenkte mir ein. Der Kaffee war so stark, wie ich ihn noch nie getrunken hatte. «Wenn man Kinder hat, wartet man die ersten fünfzehn Jahre darauf, sein Leben zurückzubekommen, und in der verbleibenden Zeit überlegt man, was man mit seinem Leben anfangen soll.» Sie zog eine Grimasse, um den Eindruck zu erwecken, als meinte sie es nicht ernst, als sie sagte: «Was soll ich bloß machen, wenn du ausziehst?»

Es war eine rhetorische Frage. Ich gab eine konkrete Antwort. Ich habe noch nie verstanden, warum Leute Fragen stellen, auf die sie keine Antwort erwarten.

«Wie wäre es mit einem Strickladen? Du könntest doch ein neues Geschäft aufmachen, oder? Hier, ein Stück weiter die Straße rauf, in der Franklin? Einen norwegischen Garnladen?»

«In diesem Land frieren die Menschen zu wenig, Max.»

«Du könntest ihn *Knitwit* nennen. Oder *The Wool is Yours. Boy Who Cried Wool. Wooly Bully. Around the Wool in 80 Knits. Perfect Knit. Much Ado About Knitting. Knitting Important. A Good Yarn.*»

«Hast du noch mehr dämliche Wortspiele auf Lager, oder war's das?»

«Fast. Wie wäre es mit *Cool Wool*?»

«Das ist gar nicht so übel. Aber nein, ich glaube nicht.»

«Es könnte klappen.»

«Das bezweifle ich.» Sie war einige Schlucke lang still, dann sagte sie: «Nein, was machen wir hier eigentlich, das braucht dich gar nicht kümmern, Max, jetzt sollst du an dich denken, verstehst du? Aber dieses Mädchen … bist du denn verliebt? Ich meine, so richtig?»

«Mm.»

«Und du bist dir ganz sicher?»

«Ja», antwortete ich schroff.

Sie schenkte mir Kaffee nach.

«Tja, dann habe ich mich da auch nicht einzumischen. Genauso wenig wie Mrs. Weintraub oder irgendwer sonst. Wie heißt sie?»

«Mischa Grey.»

«Mischa? Ist das nicht ein Männername?»

«Sowohl als auch.»

«Ist sie Russin?»

«Polin. Oder besser gesagt, ihre Familie. Die Verwandtschaft, ein paar Generationen zurück und so weiter. Aber sie selbst kommt aus Kanada.»

«Da müssen wir auch mal irgendwann hinfahren. Ich meine, du müsstest … Wo genau in Kanada kommt sie denn her?»

«Toronto.»

«Sag mal, wie heißt noch mal diese Stadt, du weißt schon, welche ich meine, mit dem komplizierten Namen?»

«Saskatchewan? Das ist eine Provinz, keine Stadt.»

«Aber ich bin froh, dass sie nicht da herkommt, viel zu kompliziert auszusprechen. War sie das, die du damals auf Fire Island besucht hast?»

Ich nickte.

«Und ich nehme an, dass du deshalb in letzter Zeit öfter mal in Brooklyn gewesen bist», sagte sie und zwinkerte mir zu. «Vor allem montags und freitags, stimmt's? Glaubst du eigentlich, ich kriege überhaupt nichts mit? Hat sie Kinder?»

«Nein.»

«Gut.» Sie atmete auf. «Gut, es wäre auch wirklich früh, sich in so was hineinzubegeben, ehrlich gesagt. Und den nächsten Satz erspare ich uns, weil du weißt, was jetzt kommt, und du willst sicher genauso wenig wie ich, dass ich wie eine Biolehrerin daherrede. Stattdessen springe ich direkt weiter zu der Frage: Wie sieht sie denn aus, kannst du ein bisschen was von ihr erzählen?»

«Sie sieht aus wie Shelley Duvall.»

«Wie wer?»

«Vergiss es. Sie sieht aus wie die Frau von Popeye.»

«Ist das dein Ernst?»

«Und außerdem liest sie Upton Sinclair.»

«Das ist toll, Max. Also, wann darf ich sie kennenlernen? Kannst du sie nicht mal zum Essen einladen?»

«Kann ich schon machen.» Ich trank meinen Kaffee aus, und der bittere Geschmack rann wie heißer Teer meinen Hals hinab und brannte sich in meinen Magen. «Ich hatte irgendwie Angst, dass du es nicht gut finden würdest, dass Mischa älter ist. Deshalb habe ich nichts gesagt.»

«Du kannst mir alles sagen, Max. Du kannst immer alles sagen.»

Sie beugte sich über den Tisch und legte ihre Hände auf meine. Ein Handauflegen.

«Ich bin auf deiner Seite», sagte sie ernst. «Das sollst du wissen. Was auch passiert.»

Meine Mutter brachte mich nach Brooklyn, am darauffolgenden Freitag, teils als freundliche Geste gegenüber dem Mädchen, das sie noch nicht kannte, damit Mischa nicht den ganzen Weg nach Long Island fahren musste, um mich abzuholen, teils um meinen Vater zu provozieren, der vollkommen aus der Fassung geraten war über die *Altersfrage*, nachdem er über mein nicht länger privates Privatleben in Kenntnis gesetzt worden war und meiner Mutter und mir murrend vorgeworfen hatte, uns *verbündet* zu haben, und nach einem langen und verzweifelten Wutanfall, bei dem er Wörter wie *ekelhaft*, *inakzeptabel* und *falsch* so verächtlich ausgespuckt hatte wie ein amerikanischer Schauspieler in einem alten Film, in ein Schweigen verfiel, das im jähen Gegensatz zu seiner Raserei stand, und drei Tage lang kaum eine Silbe zu uns sagte und seinen Mund nur aufmachte, um Nahrung aufzunehmen, und verbissen und mit aufgesetzter Konzentration alle möglichen Fernsehsendungen verfolgte, als erwartete er, dass auf dem Bildschirm im nächsten Moment vor seinen Augen wieder ein Präsident ermordet würde oder sich eine neue Kuba-Krise anbahnte, weshalb er die Kiste keine Sekunde aus den Augen lassen durfte. Aber dann durchlief er eine Veränderung, einige Tage nachdem er sein Sprachvermögen wiedererlangt und meine Mutter mich aus Dumbo abgeholt hatte; eines Abends, als ich oben in meinem Zimmer saß, ohne etwas Besonderes zu tun zu haben, und mir sehr lebhaft Mischas Hose vorstellte und meine mentalen Fähigkeiten trainierte, indem ich sie ihr mit reiner Willenskraft aus- und wieder anzog, kam er hereingestürmt, eine Unart meiner Eltern, wenn sie entweder aufgebracht oder sehr in Eile waren, indem er die Tür aufstieß und erst anschließend die Klinke runterdrückte. Doch seine polternde Ankunft stand in keinem Verhältnis zu seiner Stimmung, er war sanft und fröhlich, setzte sich ungezwungen auf mein Sofa und betrachtete einige meiner CDs (kurz sah ich mich selbst vor meinem inneren Auge in ähnlichen Situationen, in denen ich überspielen musste, dass mir kein einziger Bandname vertraut war). «Ich meine es doch nur gut», sagte er und legte den Stapel mit der fremden Musik beiseite. «Es ist nur so, dass Menschen … na ja … Fehler machen. Wir machen sie, weil … weil wir manchmal nicht verstehen, dass falsch richtig ist und richtig falsch und dass oben manchmal auch unten ist. Das kann außerordentlich verwirrend sein. Ich habe nur Angst, dass du enttäuscht wirst, dass du es zu eilig hast; du bist so jung, es gibt so viele Mädchen dadraußen, Herrgott.»

«Ja, damit kennst du dich natürlich aus», erwiderte ich. «Ich weiß, dass du mit einer Frau aus L. A. ins Bett gehst, deshalb bist du so oft da.»

Ich fand, dass er mit einem Mal gebrechlich oder sogar gebrochen wirkte, wie ein Mann, der aus Ruinen emporkroch und wusste, dass das Haus, in dem er gelebt hatte, über ihm zusammengestürzt war. Daraufhin bereute ich meine Bemerkung, wurde im nächsten Moment jedoch unsicher, ob er sie gehört hatte und ob ich es wirklich ausgesprochen oder nur gedacht hatte, denn er sah sich lediglich im

Zimmer um und sagte: «Erinnerst du dich noch, wie du anfangs nicht schlafen konntest, als wir gerade hergezogen waren? Weil du dachtest, dein Bett steht an einer anderen Stelle, als du es aus Forus gewohnt warst, und da habe ich gesagt, dass dein Bett in den USA genau da steht, wo es immer gestanden hat. Danach konntest du viel besser schlafen. Du konntest immer gut schlafen, Max.» Ich wusste nicht genau, worauf er hinauswollte. Er betrachtete das *Apocalypse-Now*-Plakat an meiner Wand. Ulrikke hatte es mir bei einem Ausflug nach San Francisco gekauft, es war eines der seltenen Vorabplakate von 1979 ohne Gesichter, mit den Hubschraubern vor dem Sonnenaufgang und dem Fluss, der sich darunter entlangschlängelte.

«Es war ein furchtbarer Krieg», sagte mein Vater und schien sich gedanklich in die sechziger Jahre zu versetzen. «Ein grausamer Krieg. So unnötig. Aber es gab auch gute Seiten.» Als ob es ihm erst in diesem Augenblick bewusst wurde, fuhr er fort: «Wir waren einander so nah in dieser Zeit. Wir haben Steine auf die US-Botschaft geworfen und wollten nichts mit Amerika zu tun haben, aber ohne Amerika wärst du vielleicht gar nicht geboren worden, das lässt sich nicht leugnen. Deine Mutter war sechzehn, es war der Herbst 1966, sie hatte gerade am Gymnasium angefangen, und ich sah sie unter dem Vordach des Fahrradschuppens im Schulhof, ich weiß noch, dass es regnete. Sie saß mit einer Freundin zusammen, die Gitarre spielte, und die beiden sangen ‹Die Ballade von Ho Chi Minh›. Deine Mutter traf keinen einzigen Ton, ich hielt sie für ganz und gar unmusikalisch. Aber ich bin zu ihr hingegangen, habe mich neben sie gesetzt und ihre unmelodische Stimme über mich ergehen lassen, und als sie endlich mit der letzten Strophe fertig waren und die Freundin anfing, ihre Gitarre zu stimmen, habe ich gesagt: *Wenn du wirklich auf Onkel Hos Seite bist und den Befreiungskampf des vietnamesischen Volks unterstützen willst, könntest du im SUF einen viel größeren Beitrag leisten. Unter anderem brauchen wir noch Plakatmaler. Wir brauchen Fahnenträger. Wir brauchen Leute, die bereit sind, alles zu opfern, in das sie hineingeboren wurden. Wir brauchen DICH.* So kamen wir zusammen, Max. Ich habe sie kurzerhand für die Partei rekrutiert. Und jetzt sind wir hier.»

Er hätte mehr erzählen können, es gab Geschichten, die ich größtenteils schon gehört hatte, über jenen Sommer, als er neunzehn war und sie siebzehn, im Jahr, nachdem sie ein Paar geworden waren, 1967, die beiden im Auto unterwegs nach Arendal, zum ersten und streng geheimen Sommerlager des Sozialistischen Jugendbundes auf Tromøya, mit einer hitzigen Debatte über Revolution oder Reform, tagsüber leisteten sie ihren Beitrag für Vietnam, und abends feierten sie Maos Kulturrevolution. Und nachts, im milden Regen des ehemaligen Militärlagers, träumten sie von einer ganz anderen Zukunft. Ob er in seiner Vorstellung von Freiheit ebenso absolut gewesen war? Ich überlegte, ob mein Vater mir ähnlich gewesen war, ob es ihm genauso schwergefallen war, den Blick von meiner Mutter abzuwenden, wie mir von Mischa, ob er verrückt nach ihr gewesen war, während sie in ihren Studienkreisen saßen und etwas über die jüngste Geschichte lernten, über Marx, Engels, Lenin, Stalin; über den großen Vorsitzenden Mao, nachdem der Bürokratismus und Imperialismus in der Sowjetunion zugunsten der Volksrepublik China für überholt erklärt worden waren. *Lasst euch in allen Bereichen von Mao Tse-tungs Gedanken leiten!* Es musste ein Gefühl gewesen sein, als stünde das Universum auf der Kippe, als wäre alles möglich, so schnell wie möglich, mit einer neuen Weltordnung in greifbarer Nähe, mit dem Kalten Krieg und den Protesten, mit Friedensaktivisten und Folkrock und orangefarbenem Napalm, das zum Klang derselben Gesänge von der anderen Seite der Welt herüberquoll; und dann gab es noch die Geschichte von der Tet-Offensive und den Demonstrationen in Stavanger und meinem Vater, der meiner Mutter einen Heiratsantrag machte, nachdem er dieselbe Fotografie gesehen hatte, die er zwei Jahrzehnte später von meiner Zimmerwand verbannen würde, Eddie Adams' pulitzerpreisgekrönte Aufnahme von Nguyễn Ngọc Loan, dem Polizeichef in Saigon, mit ausgestrecktem Arm, an dessen Ende ein Revolver und daneben ein Kopf, der einem angeblichen Vietcong-Soldaten gehörte, den man normalerweise unter seinem Kampfnamen Bảy Lốp kannte – angeklagt, lokale Todesschwadronen angeführt zu haben, verdächtigt, am selben Morgen einen Leutnant und seine Familie, darunter auch dessen achtzigjährige Mutter, ermordet zu haben, verhaftet, als er an einem Massengrab mit über dreißig Zivilisten stand, jetzt gefesselt, mit einem dunklen Flanellhemd bekleidet, eingefangen in einem Moment, den man als perfekt bezeichnen muss, fotografisch wie existenziell, am 1. Februar 1968, eine analoge Fotografie, im Bruchteil der Sekunde aufgenommen, in der das Ventil die Waffenmündung verlassen und sich in die Hirnmasse gebohrt, aber noch nicht seinen Weg hinausgebahnt hat, durch den Schädel; ein Augenblick, so nah an der Dokumentation des Übergangs zwischen Leben und Tod wie überhaupt denkbar, eine Fotografie, aufgenommen, als der Getroffene noch immer imstande ist, den Gegenstand zu spüren, der sein Hirn, seine Adern und Nerven zerfetzt – Schmerzen aus einer anderen Welt, grell –, ehe die nächste Sekunde heranrollt und der Schmerz abebbt und die Reue aussetzt und nichts mehr noch irgendeine verdammte Rolle spielt; die Fotografie eines Menschen, der weder lebt noch tot ist, sondern sich in der denkbar einsamsten Transithalle von allen befindet; wenn es tatsächlich so ist, dass man sein Leben im letzten Atemzug vorbeiziehen sieht, ist dies der Punkt, an dem diese Vorstellung beginnt, der Sterbende steht aufrecht in der Morgenhitze Saigons und bemerkt, wie sich die Zeit in ihm ausdehnt, genau wie der Rauch des Revolvers, der immer noch auf seinen Kopf zeigt, stehenbleibt; die innere Sekunde wird zu Tagen, Wochen, Monaten und Jahren, ein ganzes Leben von Jahren, rekonstruiert, Sommer und Monsune, all diese Erinnerungen, das ganze verfluchte Leben, in kräftigen, klaren Farben, und wenn die Beine nach einer Ewigkeit unter ihm nachgeben und sein Körper zur Seite sackt (wie aus den Filmaufnahmen der NBC aus einer anderen Perspektive hervorgeht), während die letzten Zuckungen den Körper durchfahren und das Blut in hohem Bogen auf den Asphalt sprudelt, ist der Mensch, dessen Kopf dies einmal war, längst über alle Berge, und niemand wird je erfahren, ob der leicht verzerrte, gequälte Gesichtsausdruck auf dem Foto mit der inneren Revue des aushauchenden Lebens zusammenhängt oder nur mit dem Unbehagen, ein 9-mm-Projektil aus einer .38 Special in den Schädel gejagt zu bekommen; es ist in vielerlei Hinsicht eine doppelte Hinrichtung: der Polizeichef erschießt den Guerillasoldaten, der Fotograf schießt den Polizeichef ab. Zwei Schüsse, die ein Leben gleichermaßen zerstören; obwohl das Foto mehr Zeit braucht, löscht es unmittelbar jeden Kontext und Zusammenhang aus dieser Gleichung, alle möglichen Beweggründe und mildernden Umstände und Rechtfertigungen, es reduziert die Handlung zu *einer Handlung*, zu einer Hinrichtung. Loan, der Polizeichef, flüchtete in die USA, als Saigon 1975 fiel, eröffnete eine Pizzeria in Washington, D. C. und betrieb sie, bis er 1991 wiedererkannt und als Mörder entlarvt wurde. Ich habe keine Ahnung, was danach geschah. Mein Vater machte meiner Mutter einen Heiratsantrag, nachdem er das Bild gesehen hatte, sie pflegte zu sagen, er habe es getan, um ein Gegengewicht zum dehumanisierenden Effekt des Fotos zu schaffen, und es ist interessant, wie es genau dieser Volltreffer, dieses Fragment einer nicht kontextualisierten Zeit, die nicht nur das Symbol für die Tet-Offensive überhaupt wurde, sondern weltbekannt, und die verbissenen Proteste an Amerikas imperialistischer Kriegsführung in Vietnam verstärkte und die politische Lage in hohem Maße verschob, unmöglich machte, diesen ausweglosen Krieg zu gewinnen, genau wie auch vier Jahre darauf Nick Uts Fotografie von der rennenden, nackten Kim Phuc, die zusammen mit ihren Geschwistern aus ihrem Dorf flüchtet, in brennendes Napalm gehüllt, überhaupt nicht die Amerikaner in Aktion zeigt, sondern vielmehr die Südvietnamesen: der Polizeichef, der zur Überraschung und zum Entsetzen der ARVN-Soldaten dem Verdächtigen ohne Umschweife den Kopf wegbläst, und das Flugzeug der südvietnamesischen Flugabwehr, das seine Napalmbehälter versehentlich über dem Dorf nahe Trang Bang abwarf, die Soldaten der 25. Division, die den verbrannten Kindern langsam, erstarrt folgen. Sogar auf dem bekanntesten Bild vom My-Lai-Massaker, der Grube mit den etwa zwanzig von Kugeln durchsiebten Leichen, Frauen, Kindern und Babys, sind die amerikanischen Soldaten erschreckend abwesend. Kein William Calley, kein Medina. Nichts. Nur die Ergebnisse. Wie ein Brand, der so groß geworden ist, dass er sich selbst nähren kann.

Meine Mutter brauchte nur das erste Foto, um ja zu sagen. Zwei Jahre später heirateten sie, im Sommer 1970, eine einfache, standesamtliche Trauung im August. Er war zweiundzwanzig Jahre alt, sie knapp zwanzig. Auf dem Hochzeitsbild sehen sie rührend glücklich aus. Auch Onkel Owen wurde eingeladen, jedenfalls versuchte man es und schickte ihm eine Karte. Sie erreichte ihn nie, oder er antwortete nicht. Das war, nur wenige Monate bevor er nach Vietnam ging. Soweit ich weiß, war das naheliegende Ziel der Hochzeitsreise Frafjordheiane, meine Eltern verließen nicht einmal ihren Bezirk, sondern stiegen mit ihrem Zelt, einer Thermoskanne und praktischer Kleidung in den Bus, kletterten ins Hochgebirge und streiften durch die goldene, wie blankgescheuerte Landschaft mit ihren tiefen Tälern, sie bezwangen Gesteinsfelder und angelten in Seen, stapften durch Moore und über Hochebenen, sie wanderten durch die Schlucht Fossjuvet und zu den schönen Hütten in Øvre Espedal, lagen dort eine Woche im strömenden Regen und eine halbe Stunde in der Sonne, ehe sie die Berge wieder überquerten und am Kraftwerk in Flørli das Postschiff nach Hause nahmen. Nachdem sie die Flitterwochen bergwandernd hinter sich gebracht hatten und alle Blasen abgeheilt waren, lies mein Vater widerwillig seine Pilotenausbildung sausen, um an der Selbstproletarisierungskampagne der Partei teilzunehmen, eine Abart von Maos «Hinunter-aufs-Land-Bewegung» – meine Mutter arbeitete bereits im Garnladen, und das lag wohl noch im Rahmen, wohingegen man Verkehrsflüge und eine strahlende Uniform als reaktionär, kleinbürgerlich und akademisch ansah und mein Vater von der Parteiführung die klare Ansage erhielt, er könne nicht für «die Sache» kämpfen und sich gleichzeitig weigern, den Schritt in die Arbeiterklasse zu machen, für die er angeblich eintrat. Der Marxismus sagte, die endgültige Befreiung müsse vom Volk selbst ausgehen, also ließ mein Vater sein neuerworbenes CPL-Zertifikat ruhen und suchte sich stattdessen einen Job bei der Schiffswerft Rosenberg, in derselben Halle, in der auch sein Vater, mein Großvater, arbeitete, die beiden schufteten Seite an Seite, zwei Kommunisten, der eine vom alten, sowjetischen Schlag, der andere ein glühender

Maoist, der von einer allumfassenden Kulturrevolution auch im eigenen Land träumte; sie wurden sich nie einig, wie die Zukunft eigentlich aussehen sollte, sobald man das Joch des Kapitalismus endlich abgeworfen hatte und die alte Mähre in Trümmern lag und verreckte, Breschnew und Honecker gegen Mao und Hoxha, Osten gegen fernerer Osten, in der Gewerkschaft zog mein Vater die Position meines Großvaters in Zweifel, und die Diskussion zwischen ihnen ging hin und her, sie hielten ihre elektrisierenden Reden, und die Arbeiter schwankten so lange, bis sie das Gleichgewicht oder Interesse verloren, und als sich mein Vater fünf Jahre lang in der Selbstproletarisierung gesuhlt hatte, sagte er Stopp, sagte er genug ist genug, sagte er jetzt reicht es, sagte er laissez-faire und verließ die Fabrik noch am selben Tag für immer, oder besser gesagt am selben Morgen, er erschien zur Arbeit, gab Bescheid, dass er fertig damit war, holte seine Sachen und ging nach Hause, wühlte in seinen Papieren und Flugscheinen, trat freiwillig aus der Partei aus, um auf der sicheren Seite zu sein, beantragte ein Visum und setzte in die beiden gefährlichen Spalten, in denen es um den Kommunismus und die Schwulen ging, bewusst kein Kreuzchen, hoffte stattdessen, dass die Amerikaner vor allem die NKPler im Visier hatten und er nichts als ein anonymer Name in der breiten Masse war, bewarb sich für die weitere Ausbildung in Florida und ließ meine Mutter zu Hause zurück, während er sich vorankämpfte, um eines Tages 1500 Flugstunden und die ATPL-Lizenz zur Führung gewerblicher Flugzeuge mit Besatzung in der Tasche zu haben. Er wollte nichts lieber, als wieder zu fliegen. Also flog er. Und so war es meine Mutter, die den Empörungssturm der AKP(m-l)ler ertragen musste, sie war es, die man zur Verantwortung zog, weil sie ihre Ideale über Bord geworfen hätte, und sie war es, die erwiderte, dass Saigon gefallen sei und die FNL gesiegt habe; sie rief ihnen entgegen, dass Mao tot sei und im Saal des Volkes begraben und die Roten Khmer vielleicht nicht das gewesen seien, was sie geglaubt hatten. *Seht euch doch mal um*, schrie sie ihnen ins Gesicht, wenn sie dort in ihren Mänteln auf der Treppe unseres Hauses standen, mit ihren Falt- und Flugblättern und den vor Enttäuschung und Bitterkeit gesenkten Häuptern, *seht ihr denn nicht, was für eine Stadt Stavanger geworden ist, kapiert ihr nicht, dass es vorbei ist; wir stehen bis zu den Knöcheln im Öl, und es steigt weiter, es ist vorbei, wir haben verloren, die Revolution wird nicht kommen, es wird nichts anderes kommen als Geld, und Geld schlägt alle Flugblätter*, rief sie ihnen zu, es war ihre beste Rede, ihre Bergpredigt, *die Hoffnung, die wir hatten, kommt niemals zurück, ab jetzt ist alles ein Jahrmarkt*. Und damit schlug sie ihren ehemaligen Parteigenossen die Tür vor der Nase zu und ging wieder in die Küche, um Frikadellen zu braten. Was aus ihnen geworden ist, all denen, die mehrere Minuten auf der Treppe ausharrten und vergebens klingelten, damit meine Mutter wieder aus dem Haus kam und ihre Meinung änderte, und all den anderen, die auch bis in die Ausläufer der siebziger und sogar die achtziger Jahre hindurch unbeirrt blieben, die gewissenhaft in Fabriken, Werkstätten, Lagerhallen und an den Fließbändern die Stellung hielten, während sie Bücher lasen wie *Guerillakriegsführung in Norwegen* und *So ist die Sowjetarmee* und sich darauf vorbereiteten, dass der große Bär im Dunkel der Nacht die norwegische Maus plattwalzen oder erst mit dem Periskop aus dem Meer aufsteigen würde, ist ungewiss, doch als die chinesischen Panzer im Juni 1989 auf den Platz des Himmlischen Friedens rollten und ein mutiger Mann mit Einkaufstüten das Massaker an seinem Volk nicht verhindern konnte, kappte die AKP(m-l) ihre Verbindungen zu China und schipperte nur noch in ihren eigenen Gewässern, während immer mehr Mitglieder von Bord gingen und an Land schwammen, ideologisch nackt, und am Ufer in die Haut und die Kleidung der Mittelklasse schlüpften, widerstrebend oder froh in ein anderes Dasein traten, in die Masse, und sich eines Tages, nicht viel später, verblüfft im Supermarkt wiederfanden, im Kreuzfeuer zwischen Arbeit, Kita und Essensvorbereitung, geharnischt, weil das Angebot so dürftig war, die Preise so hoch, das Wetter so schlecht. Über ihnen flog mein Vater, einsam und majestätisch, unter Reisenden, die sich damals noch in Schale warfen, ehe sie an Bord gingen, weil das Fliegen etwas so Exklusives war. Wenn er landete, wartete niemand auf ihn, und auch nicht auf meine Mutter. Es muss ein Schlag für sie gewesen sein, ein schrecklicher Verlust, dass alle Freunde und Kontakte aus zehn Jahren eingeschworener Gemeinschaft über Nacht weg waren, niemand mehr klingelte, niemand mehr anrief, während wir in den Augen der Nachbarn weiterhin *die Kommunisten* waren. Meine Mutter blieb noch einige Jahre Parteimitglied, auch nachdem sie all ihre Ämter niedergelegt hatte; sie ging nicht länger zu den Versammlungen, aber sie verkaufte weiterhin samstags den «Klassenkampf» in der Sonne, häufiger aber im strömenden Regen im Zentrum von Stavanger, weil sie immer noch nicht ganz vom Glauben abgefallen war, dass sich nach wie vor etwas ändern ließe und nicht alle Hoffnung vergebens war, dass ein Gegengewicht zum Rechtsruck, der durch das Land ging, etwas Gutes war, wenn es bei den Leuten ankam, beim Volk; doch am Ende verließ auch sie diesen verlorenen Posten, denn etwas anderes war es nicht, in einer Zeit, in der die Stadt in Öl und Geld und hohen Löhnen schwamm und es keine Grenzen dafür zu geben schien, wie groß die Architektenhäuser waren, die man bauen konnte, mit Aussicht auf den Fjord und mit Taxifahrten zum und vom Nachtclub Cobra im Souterrain des Atlantic-Hotels, wo die Lokalbevölkerung mit den internationalen Ölakteuren tanzte und Drinks aus hohen Gläsern schlürfte, bis die Sonne aufging und die Helikopter wieder Kurs auf die Bohrinseln nahmen. Da trug sie den Zeitungsstapel nach drinnen, legte ihn auf den Tresen ihres Garnladens, für den sie einen Kredit aufgenommen hatte, und zog einen Kundenkreis aus Feministinnen wie auch anderen Frauen an, die sich noch nie politisch engagiert hatten, aber nichtsdestotrotz eine Meinung besaßen und ihre Stimme erhoben, es sollte ihre beste Investition werden, ein Ort, an dem Frauen (und hin und wieder auch ein vereinzelter Mann) ein anderes Umfeld erschufen, einen sanfteren und weniger strikten Zusammenhalt, sie befassten sich mit einer bunten Mischung aus Politik und Wolle, ohne ständig ein strenges Auge darauf zu werfen, ob ihre Diskussionen einem in Stein gemeißelten Parteiprogramm entsprachen; meine Mutter liebte diesen Ort, und wir liebten das, was sie tat, es machte sie glücklich, davon hatte sie schon immer geträumt, ein eigener Laden, wo Theorie und Praxis einhergingen, ein Schlupfwinkel im Kapitalismus, wo nicht nur die

Transaktion eine Rolle spielte, sondern beide Seiten der Ladentheke ausnahmsweise gleichgestellt waren, sogar so sehr, dass ihr Steuerberater mehr als einmal andeutete, sie habe keinerlei Geschäftssinn, und bissig bemerkte, dass ihr Umsatz in jeglicher Hinsicht als *lächerlich, ja geradezu demonstrativ niedrig* einzustufen sei. Sie suchte sich einen anderen Steuerberater, er sagte dasselbe wie der erste; sie pfiff darauf, und mein Vater ebenso, er verdiente genug, um uns mehr als nur das Leben zu ermöglichen, das sie sich damals für uns wünschten, halbwegs bescheiden, und vielleicht war es so, dass meine Mutter zum idealistischen Alibi unserer Familie wurde und mein Vater sich immer weiter von den Dogmen entfernte, er bekam ein noch höheres Gehalt und kaufte uns ein besseres Auto und buchte längere Urlaube, er nahm uns mit nach Mallorca, um anschließend wieder zelten zu gehen, die Wanderungen auf die Hardangervidda mit den Kindern im Schlepptau büßten für ihn ein wenig an Charme ein, nachdem er flach ausgestreckt unter Sonnenschirmen auf einer Liege gelegen hatte, mit Erfrischungen in Reichweite, und dieses neue Leben lebte sich so viel leichter, von der Selbstproletarisierung ging er über zur Selbstrechtfertigung, und als der Tag kam, an dem die Fluggesellschaft ihm wegen Einsparungen oder Umstrukturierungen kündigte und die Gewerkschaft auch nicht mehr helfen konnte – wie ein ironischer Gruß aus der Vergangenheit –, muss es das Natürlichste der Welt gewesen sein, den Atlas aufzuschlagen, den Finger auf die USA zu legen und zu sagen: *Da.* Wie die einzig mögliche Schlussfolgerung.

All das hätte mir mein Vater an jenem Nachmittag erzählen können, hätte ich sie, diese Schöpfungsgeschichte meiner Eltern (abzüglich seiner ideologischen Abkehr, denn er wäre lieber gestorben, als sich dazu zu bekennen), nicht schon im Schlaf aufsagen können, und als er mir dort auf dem Sofa gegenübersaß und vom Vietnamkrieg redete, ohne ihn wirklich zu meinen, sagte er plötzlich:

«Mensch zu sein, ist ein Vollzeitjob, Max.»

Übrigens weiß ich auch hier nicht, ob er es tatsächlich sagte, genau wie mein Satz über das Vögeln und Kalifornien möglicherweise nur in meiner Phantasie fiel, aber jedenfalls antwortete ich:

«Werdet ihr euch scheiden lassen, Mama und du?»

«Was soll ich sagen?» Mein Vater zögerte die Antwort hinaus, während er anfing, seine Fingernägel zu säubern. «Es sieht nicht gut aus.»

Auch meine Mutter antwortete orakelhaft vage auf dieselbe Frage, als sie mich von Long Island nach Brooklyn fuhr und mir zum ersten Mal erlaubte, bei Mischa zu übernachten, es war das Wochenende, als sie mich zum zweiten Mal nach Dumbo brachte.

«Liebst du ihn denn noch?», fragte ich.

Meine Mutter antwortete: «Man hört nicht auf, die Menschen zu lieben, man verliert nur die Fähigkeit, einander auszuhalten.»

«Wie Papa bei Onkel Owen?», wagte ich zu fragen, wenn es denn tatsächlich noch so war, dass meine Mutter und ich nach wie vor über alles reden konnten. Aus meinen Plänen, ihn zu besuchen, war bisher nichts geworden. Nach dem Sommer hatte ich aus irgendeinem Grund kalte Füße bekommen. Vielleicht fürchtete ich, er wollte nichts mit mir zu tun haben. Und jetzt, wo mein Vater aller Wahrscheinlichkeit nach abhauen würde, wusste ich nicht genau, ob ich es verkraften könnte, zwei Menschen auf einmal zu verlieren. Mordecai und ich sprachen trotzdem hin und wieder über ihn, was wir glaubten, wer er sei und so weiter, Mordecai war sich sicher, dass irgendetwas Gravierendes mit ihm nicht stimmte, ein bisschen so wie bei dem Typen in *Birdy* vielleicht oder Varnado Simpson im Dokumentarfilm über My Lai; manchmal stellten wir ihn uns als langhaarigen Veteranen in Feldjacke vor, einer, der den Menschen, die ihn in diesen Krieg geschickt hatten, nie verzeihen würde und sich nach einem letzten Demonstrationszug sehnte, bei dem er seine Faust zum Himmel recken konnte. Ab und zu, wenn ich mich auf meinem Bett ausstreckte und das *Apocalypse-Now*-Plakat anstarrte, stellte ich mir Onkel Owen als eine Art Kurtz vor, im Malariafieber auf einer Chaiselongue liegend, im innersten, dunklen Raum eines zugewucherten Tempels. Wie eine Schnecke auf der Schneide eines Rasiermessers zwischen Vernunft und Wahnsinn gleitend. Und ich stellte mir die Geschichten vor, die nur Onkel Owen mir erzählen würde. Über das Vorrücken unter dem Blätterdach, über Patrouillen und die Notrettung aus heiklen Situationen im Feld unter der Aufsicht von LOH-Helikoptern, über Tunnelratten, Hinterhalte und Dörfer in Flammen vor der Abendsonne. Ich spielte mit dem Gedanken, er könnte ein LRRP gewesen sein oder ein Marine oder Infanterist in der 25. Infanteriedivision. Ich entwarf umfassende Szenarien, in denen ich derjenige war, der ihn von seinen Traumata befreite, mit denen er zwangsläufig zu kämpfen haben musste. Ich träumte, dass seine Albträume zu meinen würden. Ich würde ihm das Plakat in meinem Zimmer zeigen und fragen: Hast du *Apocalypse Now* gesehen? Oder *Platoon*? Und was ist mit *Full Metal Jacket*? *Die durch die Hölle gehen* musst du doch aber gesehen haben? Ich würde nach Zeichen für PTSD spähen. Ich würde ihn, verständnisvoll, ohne ihn zu verurteilen, fragen: *Hattest du Angst?* Ich würde das durchleben, was er durchlebt hatte, und die ganze Zeit über würde die Luft um uns herum erfüllt sein von Barbers «Adagio».

«Dein Onkel war ein, was soll ich sagen, ich weiß es nicht genau … ein Träumer», sagte meine Mutter, «er ging nach Amerika, als dein Vater plante, ihm nach Oslo hinterherzuziehen, so wie sie es besprochen hatten; er meldete sich für Vietnam, als wir mit allen Mitteln und Kräften dafür kämpften, dass dieser teuflische Krieg endlich ein Ende nahm, und er hat deinen Vater seine Eltern allein beerdigen lassen. Ove hat es einem schwergemacht, ihn zu lieben, verstehst du? Seine ganze Kindheit hindurch hat dein Vater zu ihm aufgesehen und versucht, ihn nachzuahmen, und dann ist er einfach abgehauen, und er hat zielstrebig alles untergraben, woran wir geglaubt haben und wofür wir einstanden, das machte es kompliziert, ihm zu verzeihen. Und so ist es immer noch, glaube ich. Wir fühlten uns verraten. Und Vergebung fiel deinem Vater noch nie leicht. Ich glaube, er ist jetzt Republikaner.»

«Owen?»

«Ove, ja. Das glaube ich.»

«Ist das so schlimm?»

«Das ist eine politische Seuche, Max.»

Sie verließ den Brooklyn-Queens Expressway, bog nach Dumbo ein und hielt an der Ecke Water Street.

«Ich lasse dich hier raus, wie letztes Mal, ich nehme mal an, du möchtest nicht, dass ich mitkomme und hallo sage?»

«Wenn du willst», antwortete ich und meinte es ernst.

Sie zögerte.

«Nein», sagte sie, «das wirkt komisch. Wenn wir beide vor der Tür stehen, glaubst du nicht? Aber lad sie doch mal zum Essen ein, wie du es mir versprochen hast.»

«O. k.»

«Ich freue mich, sie endlich kennenzulernen. Also dann, ich hole dich am Sonntag um eins genau hier ab, ist das in Ordnung?»

«Ja, das ist gut.»

«Hast du alles, was du brauchst?»

«Glaub schon.»

«Und du weißt, was du brauchst?»

«Glaub schon.»

«Ich glaube, dein Vater hat jemanden kennengelernt. In Kalifornien.»

«Das glaube ich auch», antwortete ich. Ich wünschte, ich hätte etwas anderes sagen können, zum Beispiel: «Wie geht es dir?» Und sie hätte geantwortet:

«Gut. Mir geht es wirklich gut.»

3

Am selben Donnerstag Ende Oktober, als mir zum ersten Mal auch die drei Typen auffielen, die in unserer Nachbarschaft herumliefen und mit großen, umgedrehten Staubsaugern auf dem Rücken das Laub von den Bürgersteigen und Einfahrten pusteten, informierten unsere Eltern meine Schwester und mich darüber, dass sie die Scheidung eingereicht hatten. Ich saß auf dem Sofa im Wohnzimmer neben Ulrikke, die aus Manhattan einbestellt worden war, und unsere Eltern sprachen mit grauen Gesichtern zu uns. Wobei das Grau Abstufungen hatte. Mein Vater war ein bewölkter Himmel. Meine Mutter war Pompeji. Ich bekam allerdings nicht viel von dem mit, was sie sagten, das aggressive Brummen der Zweitakter draußen vor dem Haus lenkte mich ab, und ich ertappte mich die ganze Zeit dabei, dass ich mich umwandte, um aus dem Fenster zu sehen und herauszufinden, wie die Laubbläser vorangekommen waren und wie sie arbeiteten.

«Max, das ist wichtig», sagte meine Mutter. «Sei doch so nett und hör zu, wenn wir mit dir reden.»

«Hä?»

«Verstehst du, was wir dir sagen?»

Es sollte eines der letzten Male sein, an dem sie das Wort *wir* benutzten, das bald durch ein distanzierteres *dein Vater* und *deine Mutter* ersetzt werden würde, gern mit einem vorwurfsvollen Unterton in den Vokalen.

«Ja», sagte ich. Ich hatte keine Ahnung, was sie erzählt hatten. Vor dem Fenster wirbelte eine Wolke aus Staub und Blättern hoch, und einen kurzen Moment konnte ich den Mann erahnen, der dort draußen umherging und das Laubbläserrohr mit hypnotischen, schwingenden Bewegungen kontrolliert nach rechts und links führte, hin und her, hin und her, bis ich ihn aus dem Blick verlor und der nächste in der Reihe auf der anderen Straßenseite auftauchte und dieselbe Choreographie aufnahm.

Natürlich war es traurig, dass meine Eltern sich scheiden ließen, aber an jenem Nachmittag dachte ich nicht viel darüber nach. Die Entscheidung hatte sich abgezeichnet und war, so glaubte ich, gut überlegt. Erst lange nachdem sie sich getrennt hatten, wurde mir klar, wie entscheidend dieser Tag gewesen war und dass sie vieles von dem, worauf ich mir eine Antwort gewünscht hätte, mit großer Wahrscheinlichkeit da angesprochen und erläutert hatten, als ich mit meinen Gedanken woanders war. Zu meiner Verteidigung muss gesagt werden, dass es weder überraschend noch dramatisch war, sowohl Ulrikke als auch ich hatten das Ende kommen sehen und nur noch auf die Verkündung gewartet. Mein Vater war sowieso die meiste Zeit weg, befand sich viel häufiger in einer anderen Ecke der Welt als zu Hause, und deshalb dachte ich auch, ich würde keinen großen Unterschied bemerken, wenn er für immer auszog. Höchstens einen marginalen. Wir sprachen auch nicht viel miteinander. In Wirklichkeit erschien es mir vor allem verlockend, dass ich bald zwei Häuser hätte anstelle von einem, zwei Zimmer, zwei Adressen, noch mehr Straßen, die ich annektieren konnte. Die Entscheidung meines Vaters, nach Long Beach in Los Angeles County zu ziehen, weil es vorteilhaft nahe an LAX und der Boeing-Fabrik lag (so lautete zumindest die pragmatische Erklärung für seinen Aufbruch, die man wie eine Decke über den eigentlichen Brandherd warf), weckte auch ein gewisses Kribbeln in mir, ohne dass ich mir Gedanken machte, was es bedeutete, wenn er viertausend Kilometer weit weg war. Ich würde mich nicht einfach aufs Rad schwingen können, um ihn zu besuchen.

Ulrikke nahm es anfangs schwerer als ich, jedenfalls erinnere ich mich, dass sie weinte, während meine Mutter redete, und ein paar vergebliche Versuche unternahm, zwischen ihr und meinem Vater zu vermitteln, erst ruhig und diplomatisch, dann zusehends hysterisch und schließlich, indem sie sich lustig machte. Sie verstand viel besser als ich, welche Konsequenzen ein solcher Aufbruch für uns haben würde und dass wir nie wieder dieselben wären. Jedenfalls in dem Maße, in dem wir davon träumten, wir selbst zu bleiben.

Später am Nachmittag fuhr ich zu Mordecai. Ich erzählte ihm, was passiert war, und dann radelten wir nach Roosevelt Field, um zu sehen, ob die Läden etwas Neues für uns im Angebot hatten. Ich erinnere mich nicht, ob wir etwas kauften, aber ich erinnere mich an den Vietnamveteranen, den wir am südlichen Eingang des Einkaufszentrums sahen, als wir es wieder verließen. Er hatte etwas beinahe verstörend Normales an sich, wie er dort saß, scheinbar unbeeindruckt vom Strom der Menschen, die das Gebäude mit leeren Händen betraten und schwerbeladen und mit nachgebenden Knien wieder verließen; ich glaube, in dem Moment wurde mir bewusst, dass das Leben der Veteranen, egal, ob es ihnen seit damals gut oder weniger gut ergangen war, nicht von irgendeiner tröstenden Tonspur unterlegt war, es hing keine versöhnliche Cavatina über ihnen, nicht Barbers «Adagio» oder die bittersüßen Trompeten aus *Born on the Fourth of July* – es gab nur die Stille und den Lärm des Verkehrs, in dem die Leute hinter dem Steuer ihres Autos saßen, mit zielgerichtetem Blick, voraus, voran, zu anderen Orten, und es gab die Gewissheit, dass der Krieg etwas war, woran die meisten gar nicht mehr dachten, und dass nur eine Sache unbeliebter war als der Krieg, nämlich der letzte Krieg.

Der Veteran, der vor dem Roosevelt-Einkaufszentrum saß, war Ende vierzig und hätte, was das betraf, theoretisch Onkel Owen sein können, aber er war es nicht. Das spürte ich. Es war eine Sache, einen Onkel in den Staaten zu haben, der einen solchen Hintergrund hatte; ob er aber seine Tage ausgerechnet in Garden City fristete, war etwas ganz anderes. Der zehn Jahre andauernde Landkrieg hatte fast drei Millionen Veteranen hervorgebracht; der Mensch, der hier saß, hätte jeder von ihnen sein können. Und genau das war er.

Einfach nur irgendein Typ.

Er trug einen wilden Bart, der ihm ein verhältnismäßig finsteres Aussehen verlieh, zu weite Jeans und ausgetretene Turnschuhe, einen grauen Kapuzenpullover unter einer Feldjacke, die ihre besten Tage schon hinter sich hatte, und eine schwarze Veteranenkappe. Er hockte auf einer kleinen Holzkiste und hatte auf einem angegilbten Tuch vor sich eine Auswahl an Medaillen und Abzeichen ausgebreitet. Im ersten Moment dachte ich, er schliefe, denn er saß vollkommen reglos da, mit verschränkten Armen und dem Kinn auf der Brust, doch als wir näher kamen, schien es, als hätte er die ganze Zeit gewusst, dass wir da waren, und als er den Kopf hob, sah er Mordecai direkt in die Augen. Aber er sagte nichts. Er saß einfach nur da, ohne zu blinzeln, und das brachte Mordecai aus der Fassung, glaube ich, denn plötzlich zeigte er auf mich und sagte:

«Seine Eltern werden sich scheiden lassen.»

Der Veteran verlagerte seine Aufmerksamkeit langsam auf mich.

«Das tut mir leid», sagte er, seine Stimme war überraschend hell und sanft. «So was kann passieren.»

Ich deutete mit dem Kopf auf die vor ihm liegende Sammlung.

«Was kosten die?»

«Die Abzeichen kosten zwei Dollar das Stück, die Medaillen rechts fünf, das Purple Heart zehn und der Bronze Star hundert.»

«Warum kostet der so viel mehr?»

«Weil er mir mal was bedeutet hat.»

Ich tat einige Sekunden lang so, als würde ich die verschiedenen Medaillen in Augenschein nehmen, aber tief in meinem Inneren wusste ich schon, welche ich haben wollte.

«Darf ich mir die Purple-Heart-Medaille mal ansehen?»

Er reichte sie mir. Ein merkwürdiges Gefühl, die herzförmige Medaille in Gold und Violett mit dem Porträt von George Washington in der Hand zu halten und zu wissen, dass man sie ihm verliehen hatte, weil er im Kampf verwundet worden war. Das Purple Heart war die älteste militärische Auszeichnung in den USA. Es war auch diejenige, die am häufigsten vergeben wurde.

«Warum haben Sie die bekommen?»

Er antwortete nicht.

«War es eine *Million-Dollar*-Wunde?»

«Mhm», antwortete er ohne großen Nachdruck.

Ich hatte nicht genug Geld dabei und musste mir vier Dollar von Mordecai leihen. Ich weiß noch, dass der Veteran nicht mit der Wimper zuckte, als wir die verlangte Summe zusammenkratzten und bezahlten, und dass wir anschließend hinter der nächsten Ecke verschwanden, damit er uns nicht mehr sah. Dort befestigte Mordecai die Medaille feierlich an meinem Jackenaufschlag und salutierte.

«Herzlichen Glückwunsch», sagte er. «Jetzt bist du offiziell ein Scheidungskind.»

Lastwagen voller Laub. In regelmäßigen Abständen passierten sie die Poplar Street, und in ganz Garden City waren die Laubbläser in Aktion. Es sah so aus, als müssten sie mindestens so lange durchhalten, bis der erste Schnee fiel. Das waren die herbstlichen Herausforderungen des Mittelstandes. Während man in den weniger wohlhabenden Gegenden von New York mit Schlaglöchern zu kämpfen hatte, die reihenweise Achsenbrüche verursachten, schlitterten wir über die Blätter und verfluchten unsere gleichförmig bepflanzten Alleen für all die Tücken, die sie bargen. Ich saß auf der Treppe vor unserem Haus und verfolgte die Arbeiten; mein Vater war wieder zurück in seinem Streckennetz, und meine Mutter erledigte ihren Wocheneinkauf. Eigentlich hätte ich im Theater sein und an *Oklahoma* arbeiten sollen, aber die Inspizientin hatte mich angerufen und mir Bescheid gegeben, dass die heutige Probe ausfiel, weil Wohlman gezielt mit Mordecais und Evas Hauptrollen arbeiten wolle. Einmal, in einer Zeit, die mir ewig zurückzuliegen schien, hatte ich einen identischen Anruf bekommen – doch damals war ich derjenige gewesen, der eine Extrarunde mit Wohlman drehen durfte, während alle anderen zu Hause bleiben mussten. Damals hatte ich nicht groß darüber nachgedacht, wie es die Angerufenen empfanden, dass sie von der Inspizientin informiert wurden und nicht von Wohlman selbst, aber jetzt, als es mir selbst passierte, kam es mir vor wie eine klare Zurückweisung. Nachdem ich aufgelegt hatte, bildete ich mir für ein paar paranoide Minuten ein, ich wäre der Einzige, der außen vor blieb, und der Rest des Ensembles würde sich in diesem Moment vor der Bühne versammeln, aufgekratzt und laut, durch und durch motiviert, ein ordentliches Stück Arbeit zu leisten, jetzt, wo man endlich seine Ruhe vor der skandinavischen Primadonna hatte, die immer über das Ziel hinausschoss und ihren Peter Brook nicht ernst nahm.

Am liebsten hätte ich Mischa angerufen und sie gefragt, ob sie Lust hatte, mich hier draußen zu besuchen, aber auch sie stand nicht zur Verfügung, um meine akute Langeweile zur Strecke zu bringen. Ich hatte sie Anfang des Monats mit in den Laundry Palace an der Ecke Clinton Road / Lincoln Avenue genommen, um ihr die gelben Münzwaschautomaten zu zeigen, und sie hatte fast eine Stunde lang Referenzfotos gemacht, zur unverhohlenen Begeisterung des Besitzers, der sich wohl vorstellte, dass sein Waschsalon jetzt vielbeachtet und / oder weltberühmt wurde. *Wir haben auch eine Filiale unten in Hempstead*, informierte er uns, und sein fiebriger Blick verriet, dass er im Geiste schon die Immobilienangebote für Sommerhäuser in Montauk durchging, die seine Frau und er sehnsüchtig seufzend angeschaut und anschließend wehmütig lächelnd überblättert hatten, die jedoch mit einem Mal in greifbare Nähe zu rücken schienen. Seitdem war Mischa mehr oder weniger abgetaucht, an einen Ort, den sie selbst als *den Bunker* bezeichnete, jenes Atelier, das ein paar Straßen von ihrer Wohnung entfernt lag und in dem sie an ihrer zweiten Einzelausstellung arbeitete (nach ihrem Debüt mit *These Are The Ones We Are Willing to Part With* im Jahr 1992 und *Produce*, die sie im darauffolgenden Jahr gemeinsam mit Roxy Paine machte), eine Serie fotorealistischer Gemälde mit dem Arbeitstitel *Heaven is a Laundry Place* und einem Hauptwerk, das Mischas gesamte Bodenfläche im Atelier und einen Großteil ihrer künftigen Zeit beanspruchen würde. In den letzten beiden Wochen hatte ich kaum mit ihr gesprochen, abgesehen von ein paar kurzen Telefonaten, um zu hören, wie es ihr ging, und ihr zu sagen, dass ich sie vermisste und mich darauf freute, sie irgendwann wiederzusehen. Zeitweise musste ich schwer mit dem Impuls kämpfen, mich in ein Auto, einen Bus, einen Zug oder auf ein Fahrrad zu setzen und zu ihr zu fahren, damit ich sie bitten konnte, die Bilder beiseitezulassen und sich stattdessen lieber mir zu widmen. Doch was mich jedes Mal zurückhielt, war der Gedanke an alles, was wir machen würden, wenn sie nur endlich fertig wäre. Und außerdem mochte ich ihre Arbeiten, das sollte ich vielleicht erwähnen. Ich mochte sie wirklich; und ich mochte es, wie es ihr nicht ganz gelang, abzuschalten, nachdem sie etwas vollendet hatte, wenn ich in die Wohnung kam und sie auf die Leinwand starrte, als hätte sie gerade ein Inferno oder Schlimmeres überstanden; all die Energie, die sich aufgestaut hatte und immer noch in ihr herumwirbelte, musste nun ein anderes Ventil finden.

Diese Abende waren die besten.

Diese Abende glühten so intensiv wie eine Supernova.

Allein dass sie mit all diesen Dingen beschäftigt war, ihr eigenes Leben und ihren eigenen Beruf hatte – inzwischen sehe ich, dass ich mich nicht nur in sie verliebte, obwohl sie älter war als ich, sondern ebenso sehr genau deswegen. Es war, als würde man sich in einen Erwachsenenfilm schleichen und das Kino mit einer Einsicht verlassen, die nur wenig andere Gleichaltrige besaßen. Es war, als könnte man einen Blick in die Zukunft erhaschen.

Ein silbergrauer Lastwagen fuhr langsam durch die Straße, und trotz seines gemächlichen Tempos wurde im lauen Wind das Laub von der Ladefläche aufgewirbelt und noch einmal durch die Luft getragen, ehe es langsam wieder auf ebenjenen Bürgersteig hinabschwebte, von dem es erst kurz zuvor gekehrt worden war. Ein Stück die Straße runter stand ein etwa fünfzigjähriger Typ mit lateinamerikanischem Aussehen, aus dessen Blick vergangene Revolutionen sprachen. Er ließ gerade seinen Laubbläser sinken und wischte sich den Schweiß von der Stirn. Es wirkte, als würde er in diesem Moment erkennen, dass er mit einer Sisyphosarbeit betraut worden war und es keinen Grund zur Eile gab. Ich betrachtete ihn schon eine ganze Weile, zutiefst fasziniert von seiner Arbeitsweise. Er erweckte den Anschein, als befände er sich außerhalb der Zeit, setzte seinen Weg einfach nur fort, weiter den Bürgersteig entlang, gleichförmig und mit fegenden Bewegungen. Hinter ihm folgte ein anderer Arbeiter, mit einer Harke ausgestattet, und legte alle zehn Meter kleine Blätterhaufen an, mit denen die beiden nächsten in der Kolonne erst ihre Schaufeln und dann ihre Schubkarren beluden und sie dann zu einem größeren Sammelpunkt an der Kreuzung Ecke Prospect Avenue fuhren, wo sie das Laub auf einen Lastwagen luden. Ganz am Ende kam ein einsamer letzter Mann mit Rucksack und Besen herbeigebummelt, um die wenigen Blätter zu erhaschen, die seine Vorgänger übrig gelassen hatten. Das gleiche Schauspiel vollzog sich auch auf der gegenüberliegenden Straßenseite, aber dieser Trupp war noch lange nicht so weit, er hinkte hinterher und war vermutlich von etwas oder jemandem entlang der Strecke aufgehalten worden. Welch ein System. Ich überlegte, wer für all das aufkam, für zehn Mann, die professionell Laub wegräumten. Und was es kostete. Gratis war es garantiert nicht.

Der Laubbläsertyp musste bemerkt haben, dass ich ihn beobachtete, denn er hob eine Hand, als er unser Haus erreichte, und ich erwiderte seinen Gruß. Jetzt waren wir wohl Verbündete. Er blieb stehen, schob seinen Gehörschutz in den Nacken und stellte den Motor ab.

«Entschuldige, ich habe dich nicht gehört», sagte er.

«Ich habe auch nichts gesagt», erwiderte ich lächelnd.

«Ah. Ich dachte, du wolltest mir etwas sagen.»

«Glaub nicht.»

«Viel Laub auf der Straße», bemerkte er. «Zu viel.»

Ich steckte mir eine Kippe an und hielt ihm das Päckchen hin.

«Für mich? *Muchas gracias, muchacho.*» Er zog eine Zigarette heraus, und ich rückte auf der Treppe ein Stück beiseite, um ihm Platz zu machen. Er wog das Angebot ab.

«Okay, eine Minute höchstens», sagte er unsicher. Er nahm seinen Laubbläser ab, stellte ihn neben sich ins Gras, steckte zwei Finger in den Mund und gab dem Rest seines Trupps ein Pfeifsignal. Seine Kollegen reckten die Daumen hoch und steuerten auf ihre Thermoskanne zu, die der letzte Straßenfeger in seinem Rucksack aufbewahrte. Anschließend ließ er sich neben mir nieder.

«Schade, dass man sie nicht rauchen kann», sagte ich.

«Wen?»

«Die Blätter.»

«Nee, kann man nicht. Nicht gut für Bauch.»

«Wäre aber sicher billiger, als sie wegzufahren», sagte ich unbedarft.

«Vielleicht. Aber dann keine Arbeit.»

Er nahm ein paar Züge und spähte auf die Straße, als wolle er die Übersicht über neue Blätter behalten, die eventuell von den Bäumen fallen könnten, während er eine Pause machte. Der Mann hatte Arbeiterhände, grob, mit deutlich hervortretenden Adern auf der Oberseite und einem Ehering, der halb mit den Haaren auf seiner Hand verwoben war. An den Beinen trug er schwere Schutzstiefel, über dem dunkelblauen Kapuzenpulli eine orangefarbene Reflexweste und einen passenden Helm, zweifellos eine Vorschrift seiner Firma, die nicht wegen arbeitsschutzrechtlicher Verstöße belangt werden wollte.

«Wohnst du schon dein ganzes Leben lang in den USA?», fragte ich.

«Zwölf Jahre. Seit dem Bürgerkrieg in El Salvador. Ganz schlimm. Ganz, ganz schlimm. Ich bin nach Mord an Erzbischof Romero gegangen. Aber jetzt Frieden da. Seit letztem Jahr.»

Der Laubbläser entdeckte die Auszeichnung an meiner Jacke. «Hast du Orden bekommen? *Excelente.* Für was?»

«Nichts. Das ist eine Art Witz.»

«Erzähl, vielleicht ich lache.»

«Hab ihn bekommen, weil sich meine Eltern scheiden lassen.»

«Nicht lustig.»

Er zog ein letztes Mal an der Zigarette, ehe er sie vor sich auf die Treppe schnippte und sorgfältig mit der Schuhsohle austrat. Dann hob er den Stummel wieder auf, steckte ihn in seine Tasche und fegte diskret die Asche- und Tabakreste von der Stufe. Er stand auf und gab mir die Hand.

«Ernesto», sagte er.

«Max.»

«War nett, dich kennenzulernen. Pass immer gut auf dich auf, okay?»

Er schulterte den Laubbläser, pfiff nach seinen Kollegen und führte sein Werk fort, wohl wissend, wie wichtig es war, die Arbeit im Rahmen der erwirkten Ausnahmeregelung von den neuen Lärmschutzmaßnahmen der Verwaltungseinheit Nassau County zu erledigen, die den Gebrauch von Laubbläsern in Wohngebieten an Wochentagen in der Zeit von 9 bis 18 Uhr (und 9 bis 17 Uhr an Wochenenden) normalerweise untersagte, was lächerlich war, weil sie ihre Arbeit dann in der Dunkelheit hätten ausführen müssen – was wiederum der Grund dafür gewesen war, dass man die Ausnahmeregelung erließ. In den nächsten beiden Wochen sah ich die Laubbläser weiter in Aktion, Meter für Meter räumten sie den Frühling und Sommer fort, um unser Viertel für den Herbst zu rüsten. Und als er kam, waren wir alle längst fort.

4

Hatte meine Mutter sich insgeheim darauf gefreut oder davor gefürchtet, sie kennenzulernen? Am ersten Wochenende im November nahm Mischa sich eine Auszeit vom Endspurt um ihre neuen Bilder, gerade so viel Zeit, dass sie es zu einem Abendessen bei uns schaffte. Ich habe längst vergessen, was wir an diesem Tag aßen, welches Gericht es war, das meine Mutter auf keinen Fall vermasseln wollte, weshalb sie stundenlang in der Küche stand, ein Auge auf die Töpfe gerichtet und das andere auf die Uhr, auf der längst der Zeitpunkt verstrichen war, zu dem mein Vater versprochen hatte, zur Stelle zu sein. Ich weiß noch, dass er am Ende doch noch kam, sechs Minuten bevor Mischa in der Auffahrt parkte, und sich nicht mehr rechtzeitig umziehen konnte. Also saß er in seiner Pilotenuniform da. Und ich erinnere mich an das Klirren des Bestecks im Wohnzimmer, das an jenem Tag so leer wirkte, und an den Dampf, der aus den Schüsseln aufstieg. Und an die Blumen. Meine Mutter hatte Blumen gekauft, sie standen in einer Vase, ein Firmengeschenk der Fluggesellschaft an meinen Vater. Die Vase nahm er mit, als er zwei Tage später auszog. Die Blumen ließ er da.

Ich erinnere mich auch, dass im Flur aufgetürmte Umzugskartons standen, allesamt akribisch mit seiner neuen Adresse in Kalifornien beschriftet, damit wir ja nicht vergaßen, was sein Ziel war. Oder dass er bald weg sein würde. Wir erwähnten die Kartons mit keiner Silbe. Wir taten so, als wären sie gar nicht da.

Nachdem der Umzugswagen von U-Haul die Poplar Street verlassen hatte, saugte meine Mutter als Erstes den Bereich, in dem die Kartons gestanden hatten. In den darauffolgenden Tagen nahm sie sich den Rest vor: Sie wechselte das Bettzeug und räumte die Schränke auf, klopfte Teppiche und Sofakissen aus, sie wusch zum ersten Mal, seit wir eingezogen waren, die Gardinen und möblierte das Wohnzimmer um. Außerdem kaufte sie sich neue Kleidung. In erster Linie glich ihr Verhalten einer Austreibung, aber vielleicht tat sie es auch, um ihre Tage auszufüllen, die ersten Tage in dem Vakuum, das nun entstanden sein musste. Was fühlte sie, als er, der Mann, den sie mit sechzehn kennengelernt hatte, ihr Leben verlassen hatte, als er den allerletzten Karton zum Umzugswagen hinaustrug; ein ganzes Zusammenleben, reduziert auf die Übergabe von Schlüsseln und ein paar letzte praktische Hinweise. War es ein Sieg für sie, war es eine Niederlage? Oder lässt sich das gar nicht auf etwas so Handfestes reduzieren? Was sagt man, wenn man auf der Treppe steht, ganz am Ende? Die allerletzten Worte, bevor man auseinandergeht.

Dann mach's gut?

Wir hören uns?

So long, and thanks for all the fish?

Die meisten wären außerstande, sich daran zu erinnern, wenn man sie fragte. Was sie gesagt hatten. Sie können dir vom Tag ihres ersten Treffens erzählen, was der andere anhatte, die ersten Sätze. Sie wissen, wie das Wetter war. Aber den Tag ihrer Trennung haben sie vergessen. Denn das ist ein Augenblick, der keiner Konservierung bedarf. Kein Enkel wird je fragen: *Wie seid ihr eigentlich auseinandergegangen?*

Ich war nicht zu Hause, als er auszog, also weiß ich es auch nicht. Ich hatte ihm versprochen, dass ich da sein würde, um mich zu verabschieden, doch dann überlegte ich es mir anders und machte mich ein paar Stunden vorher aus dem Staub, radelte stattdessen zu Mordecai. Während mein Vater das, wofür auch immer er sich entschieden haben mag, zu meiner Mutter sagte, saßen Mordecai und ich auf dem Hemlock-Spielplatz in der Mulberry Street und langweilten uns. Wir kickten mit den Füßen in das Laub, das Ernesto und sein Trupp nicht wegräumen würden. Wir sprachen über *Oklahoma* und was wir vorhatten, wenn wir nächstes Jahr mit der Highschool fertig wären. Wir schlugen die Zeit tot, bis ich mir sicher sein konnte, dass mein Vater gefahren war.

Erst da radelte ich nach Hause.

Ich weiß noch genau, wo meine Mutter stand, als ich zur Tür hereinkam, so hatte ich sie lange nicht mehr gesehen. Sie weinte und schrie, sie schäme sich, schäme sich, dass ich nicht erwachsen genug sei, um da zu sein, für ihn, für meinen eigenen Vater, *was glaubst du, wie er sich gefühlt haben muss?* Sie versuchte mir klarzumachen, was ich getan hatte und dass auf mich kein Verlass sei, sie suchte nach Strafen für mich, und es hagelte angebliche Konsequenzen, die alles von Mischa bis Mordecai und das Theater und noch viel mehr umfassten, von dem ich genau wusste, das sie es mir niemals wegnehmen würde, dass sie nie ernst machen würde, und sie hätte noch so viel schreien und drohen können, ohne dass es etwas geholfen hätte, denn ich durchschaute sie sofort. Es ging nicht um ihn, sie war wütend und verzweifelt, weil ich *sie* im Stich gelassen, weil ich sie nicht davor bewahrt hatte, dort zu stehen, die Letzte zu sein, die auf der Treppe zurückblieb, diejenige zu sein, die alles allein durchstehen musste. Schon wieder.

Erst viel später verstand ich, wie enttäuscht mein Vater an diesem Tag tatsächlich gewesen sein musste und dass meine Abwesenheit, in diesem wichtigsten aller Momente, der ausschlaggebende Grund dafür gewesen war, dass wir sehr, sehr lange nicht mehr miteinander sprachen. Dass er am nächsten Tag nicht anrief, um mit mir zu reden, und auch im Laufe der ersten Woche, der ersten Monate oder des ersten Jahres nicht, dass er mich nicht anrief, um mich zu fragen, was passiert und warum ich weggeblieben war – die Tatsache, dass am Ende ich ihn anrufen musste, nachdem mich meine Mutter lange dazu gedrängt hatte, konnte nur als Eingeständnis dafür angesehen werden, dass ich ihn enttäuscht hatte. Es wurde kein herzliches Gespräch, sondern ein förmliches. Wir verglichen Temperaturen. Wir sprachen über die Schule und über Flugzeuge, er sagte, ich müsse bald herkommen, nach Kalifornien, aber ich weiß nicht, ob einer von uns tatsächlich Lust darauf hatte, und wir schmiedeten keine konkreten Pläne, sondern ließen das Gespräch stillschweigend von diesem Thema fortschwimmen wie einen riesigen Fisch, von dem wir wussten, dass wir ihn niemals lebend an Bord hieven könnten, und wir redeten über andere Dinge, bis unsere Pausen so lang wurden und das

Schweigen so aufdringlich, dass ich mir sicher war, die Erleichterung in seiner Stimme zu hören, als ich am Ende sagte, ich müsse jetzt leider Schluss machen.

Ich bin mir ziemlich sicher, dass das Essen mit Mischa für viele Jahre der vorletzte von zwei Abenden war, den ich mit meinem Vater verbrachte. Auch für Mischa muss es ein seltsamer und anstrengender Abend gewesen sein, bei allem, was sich hinter den Kulissen der gekünstelten Gemütlichkeit abspielte. Ob sie sich fragte, warum um alles in der Welt meine Mutter das Essen auf genau diesen Tag gelegt hatte, anstatt zu warten, bis sich die Lage beruhigt hatte? Oder verstand sie, dass es für meine Mutter wichtig war, zu zeigen, dass die Dinge in ihrer Welt, die mein Vater nun eiligst verließ, weiterlaufen würden, als wäre nichts passiert? Dachte sie, es wäre die Art meiner Mutter, meinem Vater vor Augen zu führen, was er in Zukunft alles verpasste? Ich hoffe es. Ich hoffe wirklich, dass sie es dachte, denn genau so war es.

Hatte sich meine Mutter also insgeheim darüber gefreut oder davor gefürchtet, sie kennenzulernen? Ich weiß es nicht. Doch als Mischa klingelte und ich die Tür öffnete, stand meine Mutter ungeduldig im Hintergrund und zwängte sich mit ausgestreckten Armen an mir vorbei.

«Willkommen», sagte sie und umarmte Mischa lange. «Ich heiße Beate.» Sie trat einen Schritt zurück, um Mischa näher zu betrachten, noch immer mit den Händen auf ihren Schultern. «Wie schön du bist», flüsterte sie.

Mischa trat in den Flur und zog ihre Jacke aus. Sie reichte sie mir, und ich nahm einen Kleiderbügel aus dem Garderobenschrank, um sie aufzuhängen. Mischa trug einen hellbraunen Kaschmirpullover und eine graue Samtcordhose, die ich noch nicht an ihr kannte, sie mussten neu sein. Sie sah gut aus, fand ich. Ich selbst trug ein schwarzes Hemd, das nach den Worten meiner Mutter (und der Verkäuferin im Einkaufszentrum Roosevelt Field) der letzte Schrei war. Mischa nickte anerkennend, als sie es sah, und bückte sich, um ihre Schnürsenkel zu öffnen.

«Nein, nein, nein, wir sind hier ganz amerikanisch, wirklich», protestierte meine Mutter. «Behalte sie einfach an. *When in Rome* und so weiter. Komm einfach rein.»

«Ich bin aus Kanada, da ziehen wir die Schuhe auch aus.»

«Ist das wahr?»

«In Japan hat man nicht nur Hausschuhe, sondern auch separate Schuhe für den Gang zur Toilette. Und in Tschechien nimmt man gern seine eigenen Pantoffeln mit, wenn man andere besucht, habe ich gehört.»

«Faszinierend», antwortete meine Mutter ehrlich begeistert. «Ich könnte dir ein paar Pantoffeln geben, wenn du das möchtest?»

«Nein, danke, das ist nicht nötig.»

Mischa zog ihre Schuhe aus und stellte sie neben meine. Mir fiel auf, dass sie unterschiedliche Socken anhatte, einen weißen und einen beigefarbenen. Es überraschte mich nicht. Ich hatte selbst gesehen, wie nonchalant sie die Hände in ihre Sockenschublade steckte. Einmal hatte ich es auch kommentiert, aber sie schnaubte nur verächtlich. *Wenn die Leute auch nur die Hälfte der Energie, die sie dafür vergeuden, passende Strümpfe zu finden, auf ihre Mitmenschen verwenden würden, wäre die Welt ein viel angenehmerer Ort.*

«Na dann, was meint ihr? Sollen wir ins Wohnzimmer gehen?», fragte meine Mutter und lief voraus. Wir blieben noch einen Moment im Flur zurück, bevor wir ihr folgten. Wir hatten einige Küsse nachzuholen.

Mein Vater wurde wohl nicht so leicht schlau aus Mischa wie meine Mutter. Oder vielleicht lag es nur daran, dass er immer noch der Meinung war, sie wäre viel zu alt für mich. Jedenfalls strengte er sich an, besonders erwachsen mit ihr zu sprechen, die Anzahl an komplizierten Formulierungen, die er in einen Satz hineinpressen konnte, war unendlich, und ich bin ziemlich sicher, dass es Momente gab, in denen keiner von uns, nicht einmal er selbst, eine Ahnung hatte, wovon er sprach. Ich stocherte in meinem Essen herum und war nervös, dass die merkwürdige Stimmung, in die er uns versetzt hatte, ins Negative kippen würde, aber dazu kam es nicht, und das war hauptsächlich

Mischas Verdienst; sie antwortete selbst auf die seltsamsten Fragen höflich, und wenn er sich in einen Wortstrom gestürzt hatte, aus dem er sich nicht mehr allein herausmanövrieren konnte, wenn er den Boden unter den Füßen verloren hatte und sie fragte, ob sie sich mit der *Erhaltung kreativer Konvergenz innerhalb der Kunst* beschäftige und solche Sachen, antwortete sie, so gut sie konnte, und lenkte die Aufmerksamkeit vorsichtig wieder auf ihn zurück und stellte ihm Fragen, die an ein bodenständigeres Thema anknüpften, über das er davor gesprochen hatte, oder gab dem Gespräch eine völlig neue Wendung, indem sie Dinge sagte wie: *Habt ihr eigentlich schon mal darüber nachgedacht, warum man bei McDonald's so viel Ketchup gratis bekommen kann, wie man will, ich meine wirklich, so viel man will, aber wenn man um einen Klecks Barbecuesoße bittet, verlangen sie Geld dafür?*, oder etwas anderes, das genauso wenig mit dem vorherigen Thema zu tun hatte, aber unmerklich eine Diskussion über die wirtschaftliche Situation des Landes und den Arbeitsmarkt und so weiter und so fort anstieß, bis wir schließlich in der sicheren Welt der Luftfahrt landeten und sich die Schultern meines Vaters entspannten, während er redete, ausholte und erklärte.

Die meisten Dinge, über die wir im Laufe des Essens sprachen, sind wie die Gerichte, die wir aßen, aus meinem Gedächtnis gelöscht; es sind die kleinen Details, an die ich mich immer noch erinnere, wie meine Eltern einander nicht ansahen und leere Floskeln von sich gaben wie *kannst du mir mal den Salat reichen*, und dabei wussten, dass es der allerletzte Salat war, den sie einander reichen würden. Oder Wein nachschenkten, zum allerletzten Mal. Ich weiß nicht, ob sie auch daran dachten, ich weiß nur, dass ich es tat und deshalb in dieser Nacht noch lange wach lag, nachdem der letzte Nachbar auf der anderen Straßenseite das Licht gelöscht hatte, und während ich dalag, hörte ich, wie der Tag langsam aufs Abstellgleis fuhr und ein neuer Tag ebenso bedächtig von unsichtbaren Händen in Gang gesetzt wurde.

An ein anderes Abendessen erinnere ich mich weitaus besser: Es wurde einige Wochen später serviert, in Abwesenheit meines Vaters, und ich glaube, es ging dabei in erster Linie darum, dass meine Mutter sich vergewissern wollte, ob sie immer noch sie selbst und ihre «Norwegischness» noch intakt war, frei von Rissen und Rost, wenn sie sich nur genug anstrengte. Die Einzigen, die überzeugt werden mussten, waren sie und ich, aber meine Mutter beschloss trotzdem, Kartoffelklöße zu machen. Mit Fleisch und Würsten. «Irgendwie finde ich, dass Komler an so einem herbstlichen Donnerstag genau das Richtige sind, meinst du nicht?», sagte sie und tat so, als wäre es ganz natürlich, so etwas zu sagen. «Das hatten wir schon lange nicht mehr, wäre das nicht nett? Wir beide?» Ich saß im Wohnzimmer und sah fern, hatte meine Hausaufgaben gemacht, in ein paar Stunden würde ich zur Theaterprobe fahren, und ich hörte, wie sie dadraußen kämpfte, die erschöpften Seufzer und die lange Zeit untätiger Stille. Zu Hause in Norwegen hatte ihr mein Vater immer bei diesem Gericht geholfen, hatte am Fleischwolf gestanden und die Kartoffeln mit einer solchen Kraft hindurchgekurbelt, dass anschließend tiefe Furchen im Holz verrieten, wo das Küchenutensil angeschraubt gewesen war. Ich stellte den Fernseher aus, trottete zur Küche und betrachtete sie vom Türrahmen aus. Sie war rot im Gesicht, in ihren hektischen Bewegungen zeigte sich ihre Verzweiflung, ich bemerkte, wie sie jedes Mal zögerte, wenn sie sich von der Arbeitsfläche zu ihrem mit unsicherer Kugelschreiberschrift bekritzelten Zettel auf dem Küchentisch begab, wo sie erst Stunden zuvor versucht hatte, das Rezept, die Mengenangaben und Zubereitungsweise, aus dem Gedächtnis zu notieren. Sie drehte sich um und entdeckte mich, und ich sah, wie verzweifelt sie war.

«Mein Gott, wie peinlich», flüsterte sie, «ich kriege es nicht hin!»

In dem Moment überlegte ich, ob ihr ebenfalls auffiel, wie sehr wir in nur wenigen Jahren verkommen waren, und ob sie in manch stiller Stunde auch mit dem Gedanken gespielt hatte, wieder zurückzugehen. Als meine Eltern Ulrikke und mir von der bevorstehenden Scheidung erzählt hatten, war es mir für einen kurzen Moment möglich – wenn nicht sogar wahrscheinlich – erschienen, dass sie es vorschlagen könnte. Einige Sekunden lang war der Gedanke berauschend und beängstigend zugleich gewesen, ehe mir Mischa einfiel und ihn unmöglich machte. Seither hatte ich nicht mehr gefragt, und meine

Mutter sprach es auch nicht an. Tatsächlich hatte sie nicht ein einziges Wort darüber verloren, wie sie sich die Zukunft vorstellte, wenn ich die Highschool abgeschlossen haben und die Poplar Street aller Voraussicht nach verlassen würde. Was, wenn sie keinen Plan hatte? Würde sie sich weiter über die alten norwegischen Rezepte beugen wie ein Lachs, der den Fluss hinaufschwamm, gegen den Strom, bis sie eines Tages allein wäre und Lutefisk und Lefse zubereitete, in dem festen Glauben, sie habe nichts zurückgelassen? Ich weiß es nicht.

Wir aßen die harten, mehligen Klöße und tunkten sie in geschmolzene Butter, um ihnen wenigstens einen Hauch von Saftigkeit zu verleihen. Wir schnitten das versalzene Fleisch klein und mischten es mit dem Kohlrabimus, um es genießbar zu machen. Wir taten so, als schmeckten die verkochten Würstchen wie das Original aus Vossa und spülten sie mit Wasser herunter. Wir versicherten uns, dass es keinen schlechten Beigeschmack gab. Ich sagte: *Nein, du hast es noch nicht vergessen.* Sie sagte: *Man könnte auch weniger Weizenmehl nehmen, als in den meisten Rezepten steht.* Ich sagte: *Ja, das ginge wohl.*

Mit der seltsamen, fremden Konsistenz im Mund und beim Anblick meiner Mutter, die ihre eigene Mahlzeit so stolz und entschlossen ertrug, hatte ich Captain Willards Stimme im Kopf: *Never get out of the boat. Absolutely goddamn right. Unless you were goin' all the way.* War es das, was mein Vater getan hatte? War er zur Überraschung aller von Bord gegangen, vom PBR gesprungen und geradewegs in den Dschungel marschiert, um seine eigenen Mangos zu pflücken? Jedenfalls war er willig gewesen, den Weg bis zum Ende zu gehen, zweifellos, Tiger hin oder her. Meine Mutter schluckte einen der mehligen Klumpen herunter und hatte feuchte Augen. Es bestand die Chance, dass es am Essen lag. Er kam nicht mehr zurück, das hatten wir jetzt verstanden. Bis dahin hatte ein kleiner Rest von uns gedacht, der Zustand wäre nicht permanent, er wäre nicht für immer ausgezogen, sondern nur mit seinem Umzugswagen ein paar Runden um den Block gefahren, auf der Suche nach sich selbst, oder nicht um den Block, sondern quer durch die Stadt oder den Staat oder sogar die ganze Ostküste entlang. Aber früher oder später würde er wieder in der Einfahrt parken und zu uns hereinkommen, die umgestellten Möbel kommentieren und seine Zahnbürste im Bad lassen. Ich habe keine Ahnung, was wir gesagt hätten, wenn es tatsächlich passiert wäre, es hätte beides sein können, schön oder schrecklich. Aber er blieb weg, verzogen, und man konnte sich unmöglich nicht vorstellen, wie er sich gefühlt haben musste, als er sich zum allerletzten Mal in das Taxi setzte, das ihn durch Garden City und in Richtung JFK fuhr, während die Blätter auf den Bürgersteigen aufwirbelten und die Straßen so aussahen wie in unserem ersten Herbst in dieser Stadt, als er im Garten mit einer fast kindlichen Freude mit dem Fuß das Laub aufgestoben und auf die gelbe und rote Straße geschaut und behauptet hatte: *Das könnte ich für den Rest meines Lebens betrachten.* Er wollte seinen viel zu wenig ansteckenden Enthusiasmus für Amerika auf uns übertragen, die wir nur wieder nach Hause wollten. Ich frage mich, ob er sich im Taxi umdrehte, ehe es am Ende der Poplar Street um die Ecke bog. Ich stelle mir vor, dass er es nicht tat, sondern all dem den Rücken zukehrte und nach vorn sah, er muss verliebt gewesen sein. Ein seltsamer Gedanke; mein Vater, wie er siebenundzwanzig Jahre seines Lebens zurücklässt, all die Zweifel, die damit einhergehen, überzeugt, dass er das einzig Richtige tut, weil er so lange ausgehalten hat, ohne von irgendwem verstanden zu werden, und er kann sich nicht daran erinnern, wann ihn zum letzten Mal jemand danach fragte, wie es *ihm* eigentlich ging (blablabla); niemand wird ihn vermissen, nicht die Frau, nicht die Tochter, die längst ein eigenes Leben führt, und nicht der Sohn, der nicht einmal aufgetaucht ist, um *mach's gut* zu sagen. Doch in Kalifornien wird er schon lange vermisst, zu lange, in Los Angeles warten die Pazifikrouten nach Tokio, Hongkong, Shanghai, Honolulu, hier wartet eine heftige Verliebtheit, eine neue Chance, *sie*; er muss sich gefreut haben, sie zu sehen, er muss ihren Namen laut vor sich hergesagt und sich über die Laute gefreut haben. Ich hoffe, dass er sich wenigstens an diesem Tag freute, dass er dem Moment entgegenfieberte, wo er seine Koffer in neue Zimmer stellen und sich unter Laken legen konnte, die so frisch rochen, wie er es gar nicht mehr kannte. Und ich sehe ihn im Flugzeug vor mir, erste Klasse über den Kontinent, ein Fensterplatz, die Rückenlehne nach hinten geklappt, im Halbschlaf, es fällt schwer, nicht ein gewisses Verständnis für ihn aufzubringen, wie er dort sitzt, mit geschlossenen Augen oder im Begriff, die Bordmagazine durchzublättern, ein Verständnis für das Bedürfnis, sich selbst zu sagen, dass er das einzig Richtige tut, indem er sich versetzen lässt, und im Gleichschritt mit den Zeitzonen, die er passiert, verändert sich auch die Perspektive, er hinterlässt das schlechte Gewissen darüber, mit dem Unterleib gedacht zu haben, und die Enttäuschung, ein weiteres Mal alles zu verlassen, wofür er gearbeitet hat, erst die Partei, dann die Familie, er fliegt von ET nach CT, durch MST und hinein in die Pacific Standard Time, eine neue Zeit, sie wird seine Zeit werden, *Go West, young man*, und der ganze Mist, klischeebehaftet, aber wahr, und in LAX holt er seinen Koffer, geht aus dem Terminal, hinaus auf den Bürgersteig, und die Luft ist warm, einundzwanzig Grad. Bald ist Weihnachten, nur noch wenige Wochen, es wird sein erstes Weihnachten ohne die eigene Familie, bisher war ihm das nicht aufgefallen, und es ist ein schrecklicher Gedanke, er wird hier sein, und auf Long Island wird er fehlen, niemand wird ihm einen Teller vorsetzen, ihn am Vormittag mit einem Pils überraschen, nachdem er in der Einfahrt Schnee geschaufelt oder die letzten Zutaten für das Festtagsessen eingekauft hat; keine Geschenke von den Kindern und keine Scherze auf seine Kosten, die, trotz allem, lustig sind; normalerweise ist er an Heiligabend immer der Letzte, der schlafen geht; nachdem das Essen verspeist und die Geschenke verteilt und der Abwasch erledigt ist, genehmigt er sich für gewöhnlich ein Gläschen und legt die Videokassette mit *Dinner for One* ein – die sich keiner der übrigen Familienmitglieder mehr mit ihm zusammen ansehen will –, er kann immer noch genauso sehr darüber lachen und kennt alle Dialoge auswendig, es ist ein genialer kleiner Sketch, und wenn der Butler sagt: *I'll kill that cat*, formt er die Worte mit den Lippen synchron mit und trinkt sein Gläschen aus, diese zehn, zwölf Minuten vor dem Fernseher sind ein in Stein gemeißeltes Ritual, sind es seit Ewigkeiten, jedenfalls kann er sich erinnern, am 23. (an diesem Tag wurde der Sketch immer im norwegischen Fernsehen ausgestrahlt) mit dem schlafenden Jungen neben sich auf dem Sofa gesessen zu haben, der Kopf des Jungen lag auf seinem Schoß, und damals kann er nicht viel älter als drei Jahre gewesen sein; dieser alte, überdrehte Sketch in knisterndem Schwarz-Weiß war ein fester Bestandteil, doch jetzt steht er in der Taxischlange und ist verzweifelt, weil er nicht mehr weiß, wo die Videokassette ist, er erinnert sich nicht, ob er sie griffbereit eingepackt hat oder ob sie sich in einem der Umzugskartons befindet, die der Kollege mit dem U-Haul quer durchs Land fährt (aber so ist es nicht, denn sie befindet sich genau in diesem Moment in meinem Zimmer, in meiner Schublade: das fällt unter die Kategorie «Dumme-Jungs-Streich»), wenn nicht, muss er sie auf jeden Fall anrufen und bitten, den Film zu schicken, wenn er es schafft, mit ihr zu sprechen, wenn er sich überwinden kann, oder umgekehrt; so kleinlich, wie sie ist, könnte sie die Kassette weggeworfen haben, und er müsste sich stattdessen mit Disneys Familienweihnachten und Donald und seinen Freunden begnügen, die Zeichentrickfilme sind nicht schlecht, wenn auch ein bisschen sentimental, der Junge war immer wütend auf sich, wenn er während der Sendung aufs Klo musste, und schrieb dem Norwegischen Rundfunk beinahe drohende Aufforderungen, die Sendung mindestens vier Mal im Jahr auszustrahlen – aus Rücksicht auf diejenigen, die sie am Vormittag des Heiligabends nicht sehen konnten, zum Beispiel, so schrieb er mit einem Seitenhieb auf die Programmverantwortlichen, weil die Disneycartoons um 10 Uhr morgens gezeigt wurden, wo sich ein großer Teil der *Zielgruppe* (ein Wort, bei dem man ihm geholfen hatte) auf dem Weg in die Kirche befand, um dort das zu feiern, worum es bei Weihnachten letzten Endes doch eigentlich gehen *sollte* (ohne zu erwähnen, dass weder er noch irgendein anderer naher Familienangehöriger je zu anderen Anlässen als Beerdigungen einen Fuß in eine Kirche gesetzt hatten und lediglich annahmen, dass der Weihnachtsgottesdienst so gegen 11 Uhr stattfand); dann erinnert er sich, dass *sie* da sein wird, für *sie* ist er gekommen, und er kann es kaum erwarten, sie wiederzusehen, in weniger als einer Stunde, sie wartet auf ihn, und ihre Kinder warten auf ihn, und Weihnachten wird er mit ihnen verbringen, er hat schon vor langer Zeit Geschenke für sie (und ihre Kinder) gekauft und sie so sorgfältig wie möglich in den Koffer gepackt, damit sie bei der Gepäckabfertigung nicht kaputtgehen; er kann sich doch verflucht noch mal auch neue Traditionen zulegen, Rituale, das hat er schon früher getan und kann es wieder schaffen, mit ihr gemeinsam schafft er alles, und sie hat gesagt, sie werde auf ihn aufpassen; solange er denken kann, hat er sich gewünscht, dass jemand auf ihn aufpassen würde, und nach ein paar Tagen bei ihr (bei ihnen) wird er das neue Auto abholen und zu dem neuen Haus in Long Beach fahren, wo seine Kartons im Wohnzimmer aufgestapelt worden sind, er wird sie auspacken und seine Sachen einräumen, auf seine Art, und anschließend wird er sich ein Bier genehmigen, seine Shorts anziehen und sich in seinen Garten setzen, *seinen eigenen Garten*, ja, das ist doch etwas, worüber er lächeln kann, einen Schwatz mit den Nachbarn halten oder zum Strand gehen, der ganz in der Nähe ist; er kann im Stillen Ozean schwimmen und an rein gar nichts denken, und am wenigsten daran, dass er einen Bruder in diesem Land hat und sie jetzt mehr miteinander gemein haben, als er sich eingestehen möchte. Vielleicht sollte er ihn anrufen? Die Nummer müsste er herausfinden können. *Nein.* Es ist zu lange her.

5

Wir lernten, wie wichtig es war, aus Scheiße etwas zu machen. Wir konzentrierten uns auf unsere Bewegungen, auf das Licht und die Details und überspielten, so gut wir konnten, wie wenig wohl uns auf der Bühne war. Es war grausam, ohne Artaud zu sein, eine frühe Übung in Professionalität und darin, die Möglichkeiten des Theaters zu durchdringen: Wenn es möglich war, diese grässliche Musik zu mögen, war alles möglich. Und wir fingen an, sie zu mögen. Gewissermaßen. Wir fingen an, den Widerwillen zu mögen, den sie gnadenlos in uns weckte, wie ein perfekter Feind; wir lernten, unseren Groll so zu verwalten, dass wir Theater erschaffen konnten, obwohl wir uns nichts sehnlicher wünschten, als an einem anderen Ort zu sein. Ich sang «It's a Scandal! It's an Outrage!», und es war als Entschuldigung an das Publikum gerichtet, mit dem wir uns verbünden wollten, wir gegen dieses verdammte Stück, und in meinem Hinterkopf kreiste das Lieblingszitat meiner Mutter von Mao: *In dieser Welt ist nichts unmöglich, wenn du nur den Willen hast, dich zu erheben.* Um unseren Widerwillen zu überwinden, mussten wir uns jedoch dem Text ergeben. Das war es, was wir lernten. All unseren Stolz und unser Selbstbewusstsein abzulegen und unseren Job zu machen, so gut es ging. Zu akzeptieren, dass Theater manchmal Knochenarbeit war, chemisch gereinigt und von aller Freude befreit, und dass nicht wir wichtig waren, sondern die Zuschauer im Saal. Sie waren gekommen, um eine atemberaubende Inszenierung von *Oklahoma* zu sehen – für die sie Geld bezahlt und auf die sie sich gefreut hatten –, und erwarteten folglich, dass wir ihnen dieses Erlebnis nicht kaputtmachten. Die halbe Arbeit, so fanden wir heraus, bestand darin, an das zu glauben, was wir taten, und allen Ehrgeiz daranzusetzen, unsere Rolle und unseren Text in etwas zu verwandeln, das bedeutungsvoll war. Für sie, für uns. Für sie durch uns. Hin und her, wie ein dramatisches Tennismatch, und jedes Mal, wenn wir das Publikum im Dunkeln hörten, wuchsen wir daran und strengten uns noch mehr an, angespornt von der Energie, die sie in uns sandten und die nichts anderes war als eine Lektion in Demut, eine Lektion über das Theater, das keinem Selbstzweck nachkam, sondern von der Energie im Saal angetrieben wurde, und eine Lektion über den Wert, den auch diese Kunstform hatte, wenn man sie Kunst nennen durfte, was in diesem Moment, an diesem Ort, an sich keine Rolle spielte, es erinnerte eher an Sport, und wir liefen, so schnell wir konnten, sprangen über Hindernisse und stemmten die schwersten Gewichte, schwammen um unser Leben und überwanden eine Messlatte, die uns noch vor Wochen unglaublich hoch erschienen war, und wenn von einem Schauspieler Abend für Abend in der Schlüsselszene erwartet werden konnte, dass er echte Tränen weinte, musste es doch auch machbar sein, selbst dieses Musical wertvoll erscheinen zu lassen, ganz schamlos, und ich weiß nicht, wie es Mordecai geht, aber ich denke oft an diese Produktion und an die Wochen, in denen wir daran arbeiteten, und wie wir uns veränderten und zu dem wurden, was wir sein sollten, wie wir uns, am ersten Samstag im Dezember, als *Oklahoma* im Theatersaal der Garden City High School Premiere hatte, mit stehenden Ovationen und Tränen – und zu unser aller Verblüffung – in einer Vorstellung wiederfanden, auf die wir hinter unseren coolen und sarkastischen Masken tatsächlich stolz waren.

Wohlman hatte entschieden, dass die Premiere schon um 18 Uhr stattfinden sollte, und sie außerdem auf einen Samstag gelegt; der Gedanke war, dass das Publikum, im Großen und Ganzen Mitschüler und Eltern und Verwandte der Beteiligten, nach der Vorstellung in die Turnhalle überwechseln könnte, die zu diesem Anlass ländlich und rustikal geschmückt und mit hundert Tischen ausgestattet worden war, mit weißen Tischdecken, Kerzen und Plastiktellern. In der südlichen Ecke der Turnhalle stand das Küchenteam parat und rührte in den Töpfen, behielt den gegrillten Mais im Auge und wartete auf den großen Andrang, der einsetzen würde, sobald der Applaus abgeebbt war.

Aber er ebbte nicht ab, ging einfach weiter. Wie eine Endlosschleife.

Mordecai und Eva mussten immer wieder auf die Bühne laufen und sich verbeugen. Jemand warf einen Blumenstrauß, ich konnte sehen, wie Eva sich bückte, um ihn aufzuheben, und als sie sich zur Seite drehte, verstand ich, dass dies, genau dieser Augenblick, nach zweieinhalb Stunden mit idiotischen Liedern und sinnlosen Schleifen, in die wir uns nach und nach verliebt hatten, ihr glücklichster Augenblick war. Auch Mordecai strahlte über das ganze Gesicht, aber vielleicht tat er es nur, weil es endlich vorbei war, das war schwer zu sagen, als er hinter dem Vorhang auftauchte, versuchte ich, die Gründe dafür zu erfragen, aber jemand zog mich am Arm, ich glaube Francis, und dann mussten ich und der Rest des Ensembles dasselbe tun, uns wieder und wieder verbeugen und die Bühne mit der erweiterten Schulband teilen, die für die Musik gesorgt hatte. Ich verbeugte mich, so tief es ging, und immer wenn ich wieder in die Senkrechte kam, starrte ich in den Saal, wo das Klatschen herkam. Es war unmöglich, irgendetwas zu sehen, die Scheinwerfer blendeten mich und verbargen die Zuschauer, und hätte ich sie nicht die ganze Zeit gehört, hätte ich geglaubt, wir wären allein. Dann hob ich eine Hand und schirmte mich gegen das Licht ab, und da konnte ich sie sehen. Meine Mutter saß ganz weit vorn, gerührt und mit Tränen in den Augen, während sie applaudierte. Das konnte unmöglich mein Verdienst sein, eigentlich konnte auch sie *Oklahoma* nicht leiden. Alison erspähte ich ebenfalls, ein Stück weiter rechts, sie saß mit ihrer alten Clique zusammen und kicherte, während sie ab und an ein Schild mit der Aufschrift *Eva!* hochhielt. Und nach dem dritten Vorhang, bei dem ich mich so tief wie möglich verbeugte, um zu erkennen, ob Mordecai hinter mir stand, entdeckte ich Mischa. Sie lehnte ganz hinten an der Wand und klatschte eine Weile höflich, aber verhalten, ehe sie die Arme verschränkte und darauf wartete, dass der Beifall verklang. Ich suchte ihren Blick, und sie nickte mir zu und grinste. Wahrscheinlich war das die einzig angemessene Reaktion im Saal.

Als der Applaus allmählich nachließ, wurden nur noch Mordecai und Eva von einem zufrieden strahlenden Wohlman ein weiteres Mal auf die Bühne geschoben, um sich die letzten Huldigungen abzuholen. Wir anderen kehrten der Bühne den Rücken und begaben uns in die Garderoben im Untergeschoss. Während die meisten begannen, ihre Schminke ebenso sorgfältig zu entfernen, wie sie drei Stunden zuvor aufgetragen worden war, schnappte ich mir nur einen Waschlappen und rieb mir ein paar Mal fest das Gesicht, bis ich fand, ich sähe mir wieder ähnlich, dann warf ich mein Kostüm ab und schlüpfte in meine eigenen Klamotten. Überall waren Leute, die in alle Richtungen gratulierten, einander um den Hals fielen und vor Erleichterung weinten, weil das Premierenlampenfieber endlich weg war. Ich verschwand durch die Menge nach draußen und ging auf den Parkplatz, um Mischa zu treffen, sah aber nur meine Mutter, die schon auf dem Weg zu ihrem Auto war. Ich trabte zu ihr und umarmte sie.

«Du warst großartig!», rief sie aus, als sie mich sah. «Aber das Stück ist schlecht.»

«*It's a Scandal, it's an Outrage!*», sagte ich.

«Wie geht es dir?»

«Mir?», fragte ich, ein bisschen verwundert über die Frage. «Mir geht es gut.»

«Und Mischa nimmt dich mit, stimmt's? Das hattest du doch mit ihr besprochen?»

«Ja», antwortete ich. «Hast du sie im Saal nicht gesehen?»

«Nein. Hat es ihr gefallen?»

«Keine Ahnung, ich hab noch nicht mit ihr gesprochen. Bin gerade erst rausgekommen.»

Meine Mutter begann, mit ihren Autoschlüsseln zu spielen.

«Tja, es ist, wie es ist. Das Stück, meine ich. Aber du warst gut. Und Mordecai, was soll ich sagen, ich weiß nicht, was ich sagen soll: Er ist brillant.»

Sekunden später gingen die Türen erneut auf, und Mordecai taumelte sichtbar erschöpft hinaus. Er steuerte zielstrebig quer über den Parkplatz und in die Arme meiner Mutter.

«Gratuliere», sagte sie und drückte ihn an sich. «Ich bin so stolz auf euch.»

«Danke», murmelte er. «Ich weiß nicht, wie viele Biere nötig sind, um diesen Quatsch zu verarbeiten.»

«Na, na, so schlimm war es doch auch wieder nicht, oder? Nur noch vierzehn Vorstellungen. Vierzehn *beautiful mornings.*»

«Nein, bitte nicht!»

Meine Mutter wünschte uns weiterhin viel Spaß und setzte sich ins Auto, während Mordecai und ich wieder Richtung Haupteingang liefen. Seine Eltern und das übrige Publikum hielten im Foyer einen nervösen Post-Theater-Plausch und warteten auf eine Autorität, die sie endlich zum versprochenen ländlichen Buffet lotsen würde. Mordecais Eltern waren so stolz, dass sie kaum still stehen konnten, sie schwebten förmlich über dem Boden, als Mordecai uns den Weg durch die gratulierenden Zuschauer bahnte. Ausnahmsweise konnte ich hören, was seine Mutter sagte, sie hatte ihre Lautstärke zur Feier des Tages ein paar Stufen höher gestellt, und ich hörte sie sagen *das Schönste, was ich je gesehen habe*, und Mr. Weintraub nickte zustimmend. Dann weinte sie, allerdings genauso tonlos, wie sie normalerweise redete, und es setzte ein geschultes Ohr voraus, es überhaupt zu hören. Ich gab ihnen die Hand, und wir wechselten ein paar Floskeln über das Leben, die Kunst und die Wirtschaft, während ich die ganze Zeit weiter nach Mischa spähte, und als sie endlich in der Tür stand, als letzte Zuschauerin, hatte sie dasselbe Grinsen im Gesicht wie zuvor im Saal.

«Mischa ist da. Ich haue jetzt ab», sagte ich. «Kommst du klar?»

Ich legte den Arm um Mordecai. Obwohl ich ihm schon vor Wochen gesagt hatte, dass ich doch nicht mit zur Premierenfeier käme, sondern lieber mit zu Mischa fahren würde, und obwohl er mir versichert hatte, er würde an meiner Stelle genau dasselbe tun und habe vollstes Verständnis dafür, weil Mischa und ich uns schon so lange nicht mehr gesehen hätten, das weißt du doch, hatte er gesagt, ich weiß, hatte ich geantwortet, konnte ich unmöglich keinen Hauch eines schlechten Gewissens haben, dass wir diesen Abend nicht gemeinsam verbrachten.

«Bis Montag», sagte Mordecai und klopfte mir auf die Schulter. «Ich verspreche, ohne dich keinen Spaß zu haben.»

Ich verabschiedete mich von seinen Eltern und ging Mischa entgegen.

«Echt schräg», flüsterte sie mir ins Ohr, während sie mich küsste.

«Ich weiß.»

«Ich meine es ernst.»

«Danke.»

«Du hattest einen Bart.»

«Stimmt.»

«Aber nur eine Weile. Er ist abgefallen, als du gesungen hast.»

«Das war nicht geplant.»

«Echt schräg», wiederholte sie. «Brechtianisch.»

«Ja, ich habe es verstanden.»

«Weißt du, ich habe *Oklahoma* heute zum ersten Mal gesehen. Aber du bist so süß. In meiner Phantasie tue ich mit einem der Darsteller verbotene Dinge, stimmt etwas mit mir nicht? Oder ist *Oklahoma* am Ende tatsächlich ein erotisches Stück?»

«Glaub nicht. Mit dir stimmt etwas nicht.»

«Ich habe wohl eine Schwäche für umherziehende persische Trödler.»

«Eine Charakterschwäche. Du solltest das wirklich genauer untersuchen lassen.»

«Mache ich am Montag.»

Ich warf einen Blick in Mordecais Richtung. Er hatte seine Eltern zum Turnhallenbuffet geschickt, stand selbst aber immer noch genau da, wo ich ihn zurückgelassen hatte, allein, isoliert von der Gruppe von Schauspielern und Bühnenarbeitern, die sich auf dem Parkplatz versammelt hatten. Ich sah, wie er sich mit der Glut seiner Zigarette eine neue ansteckte und den Boden nach Klebestreifen absuchte, die ihm sagten, wo er stehen sollte. Und ich sah Alison und ihre Freundinnen, die sich um Eva scharten und plötzlich so taten, als wären sie die theaterverrücktesten Menschen in ganz Long Island, zumindest solange sie andere dabei beobachteten. Es wirkte wie der Beginn eines sehr langen Abends.

«Warte mal kurz», sagte ich zu Mischa.

«Was ist denn?»

«Hab was vergessen.»

Ich ging in meinen eigenen Fußspuren zurück.

«Das war aber ein kurzer Ausflug», sagte Mordecai. «Brauchst du Kondome?»

«Komm mit», sagte ich nur.

«Wohin?»

«Brooklyn. Du wirst diese Veranstaltung sowieso kaum ertragen.»

Er schüttelte den Kopf.

«Danke, nein. Vergiss es.»

Aber ich weigerte mich. Ich packte seinen Arm und zog ihn resolut mit, und es fühlte sich gut an, genau richtig; ich schleifte ihn durch den Dschungel und über die Reisfelder, vorbei an der wachsenden Menschenmenge in Partystimmung, vorbei an Wohlman und den Schauspielern und Bühnenarbeitern. Vorbei an Alison. Ich ließ ihn nicht wieder los, bis er sicher neben Mischa stand. Er leistete keinen Widerstand.

«Wir sind heute zu dritt», sagte ich.

Es schüttete geradezu unwirklich, als wir uns Dumbo näherten, und im Auto war es still, beinahe schön, nur der einschläfernde Rhythmus der Scheibenwischer, die auf der Windschutzscheibe hin- und herglitten, war zu hören. Woran wir dachten? Kann ich nicht genau sagen. Ich glaube aber, Mordecai dachte an das Fest, das hinter ihm lag, und dass keineswegs feststand, ob sich überhaupt jemand fragen würde, wo wir geblieben waren. Oder daran, *wann* die Dinge endlich besser werden würden, einfacher, ob das überhaupt jemals eintrat. Und sie muss auch etwas in der Art gedacht haben, Mischa, während sie fuhr, dass er, der da auf der Rückbank saß, ein bisschen wie sie war und welche Brutalität im Grunde darin lag, dass man nie zu seinem früheren Ich zurückkehren und das sagen konnte, was man damals gern von sich selbst gehört hätte: *Es wird nicht immer so sein wie jetzt.* Ich weiß nur, dass ich dasaß und an uns drei dachte und wie glücklich ich war, dass wir in diesem Moment gemeinsam in diesem Auto saßen und nirgends sonst, und dass ich Lust hatte, etwas aus den Fenstern zu schreien, über die ganze Stadt, mich aber zurückhielt und kurz darauf ein seltsamer Gedanke in mir aufkam: Ich sah Mordecais Gesicht im Rückspiegel, er starrte nach draußen und sah erschöpft aus, ich sah auch Mischas Gesicht, im Profil, sie hatte sich leicht vorgebeugt, die Augen auf die Straße gerichtet, und da kam er mir, der Gedanke, der in diesem Moment natürlich und selbstverständlich wirkte: *Wir sind eins, wir drei.* Wenn einer von uns weg wäre, würden die einzelnen Teile nie wieder ein Ganzes ergeben. Und ich war dabei, mich tiefer in diesen Gedanken hineinzugraben, als mir auffiel, dass Mischa nicht wie sonst von der Schnellstraße abbog. Vor uns in der Ferne konnte ich die Brückenpfeiler der Manhattan Bridge sehen.

«Was machst du denn?», fragte ich. «Wollten wir nicht zu dir?»

Sie sah mich an.

«Ich dachte, wir könnten mal zu diesem Onkel von dir fahren.»

Sie beugte sich zu mir rüber, öffnete das Handschuhfach und reichte mir ein Blatt Papier, auf das mit blauem Kugelschreiber eine Adresse gekritzelt war:

The Apthorp
390 West End Avenue / W 78th Street

«Jetzt? Heute Abend? Aber», fing ich an und verstand nichts, «wie bist du … hast du mit ihm gesprochen? Weiß er, dass wir kommen?»

«Nee. Aber was glaubst du, wie viele Owen Larsens es auf der Upper West Side gibt?»

«Woher soll ich das wissen?»

«Kannst du nicht. Aber ich. Ich hab einfach im Telefonbuch nachgeguckt, es gibt nur einen.»

Ich beratschlagte mich mit Mordecai.

«Was meinst du?»

«Ich glaube, die Zeit ist reif. Und alle Menschen finden Wiedervereinigungen gut.»

Wir hatten die Brücke sowieso schon halb überquert. Auf der linken Spur rauschten ein paar Taxis vorbei, voller Ungeduld, Brooklyn endlich hinter sich zu lassen und in die Sicherheit Manhattans zu gelangen.

«Ist doch gar nicht gesagt, dass er zu Hause ist», wandte ich ein und hatte plötzlich Angst vor den Folgen. «Habt ihr daran gedacht? Heute ist Samstag. Und was ist, wenn er uns nicht sehen will?»

«Aber *wir* wollen ihn sehen», sagte Mischa resolut. «Nur die eine Partei muss es wollen. Der Rest ist unvermeidbar.»

Jener Abend, als wir nach SoHo und weiter Richtung Norden fuhren, durch den dichten Verkehr auf der 8th Avenue; vielleicht gehörte er zu dem Schönsten, was ich bis dahin erlebt hatte. Ich war schon öfter mit meinen Eltern in Manhattan gewesen, ich hatte den Park gesehen und Ulrikke in Morningside Heights besucht, aber ich hatte es noch nie am Abend gesehen, wenn alle Lichter leuchteten und ein anderer Tag – keine Nacht – anbrach, ein Tag in neuen, dunkleren Farben, als wäre er nur kurz zu Hause gewesen und hätte sich umgezogen. Aber wichtiger als das: Es war das erste Mal, dass ich ohne den Rest der Familie hier war. Das verlieh jedem kleinsten Detail Bedeutsamkeit. Jedes Geräusch, jede Beobachtung, war zutiefst bedeutungsvoll. Meine Mutter. Mein Vater. Ich versuchte mir vorzustellen, dass man am einen Ende des Lebens mit einem Menschen im Auto sitzen konnte, den man so mochte, dass man vor Glück fast platzte – und es am anderen Ende einen anderen Tag, ein anderes Auto und eine andere Stadt gab, wo man allein hinter dem Steuer saß und nur erleichtert darüber war, fort zu sein.

Ich hatte Angst, Onkel Owen würde zu sehr wie mein Vater sein.

Ich hatte Angst, ich würde zu sehr wie mein Vater sein.

Aber das war nichts, was zu befürchten stand. Jetzt weiß ich das. Denn ich sitze beinahe jeden Tag hinter dem Steuer eines Autos. Auf der Rückbank eines Taxis. In einem Bus. Ich sitze allein dort.

Und ich bin nicht *erleichtert.*

Der Regen hatte nachgelassen. Ich erinnere mich an den nassen Asphalt, die Lichter, die zusammenliefen und heller wurden, als wir uns Midtown näherten, das Blinken der Leuchtreklamen und der Neonlichter am Times Square, und zu allen Seiten, egal, wo ich hinsah: Autos, Menschen, noch mehr Autos und noch mehr Menschen. Ein Typ in dreckigem Mantel und durchsichtigem Regencape verkaufte an einer Straßenecke alte Taschenbücher, er besaß eine beeindruckende Sammlung von Klassikern; neben ihm stand ein Typ mit Trainingsanzug und Walkman, ganz in seine eigene Welt abgetaucht, während er darauf wartete, dass die Ampel auf Grün schaltete. Geschäftsmänner versuchten nach einem langen Arbeitstag, ein Taxi zu ergattern; Ehepaare spazierten mit oder ohne Regenschirm vorbei, auf dem Weg in irgendein Restaurant, vor den Kinos hatten sich Schlangen gebildet, und ein Mann schimpfte vor sich hin, während er die Fäuste gegen alle und jeden schüttelte. Ich sah eine Frau mit einem überladenen Einkaufswagen; sie kam nicht aus dem Supermarkt. Ich sah einen Mann ohne Schuhe, der mich eine Ewigkeit regungslos anstarrte, als wir vor dem Madison Square Garden im Stau standen. All das erinnerte an einen Film, der einem bekannt vorkam. Ich sah Horden von Menschen, die in diesen Straßen zu Hause zu sein schienen und es gut verbargen, falls dem nicht so war. Mischa kurvte um den überdimensionalen Kreisverkehr am Columbus Circle und dann den Broadway hinauf, der schräg die Avenues kreuzte, bis er sich plötzlich gerade gen Norden zog und sie auf ein massives Steingebäude zeigte, das ein ganzes Karree einnahm.

«Da wohnt er. Das ist das Apthorp.»

Wir standen vor dem monumentalen, hellen Steinbau. Der linke Eingang war mit Figuren dekoriert, die aussahen wie in Stein gemeißelte Göttinnen. Engel der Architektur. Ein hohes, schmiedeeisernes Tor mit verschnörkelten Ornamenten, vergoldeten Details und einer Art Zepter und dem Namen APTHORP in Gold darüber führte in einen acht Meter hohen, ovalen Eingangsbereich mit einem aufwendigen Deckenornament, und dahinter, in der Mitte, befand sich ein bepflanzter Innenhof mit akkurat gestutzten Büschen und zwei sprudelnden Fontänen.

Wir sahen uns an.

«Glaubst du, er ist reich?», fragte ich.

«Muss nicht sein», antwortete Mordecai unbeeindruckt. «Fällt sicher unter die Mietpreisbindung. Das ist bei vielen Häusern auf der Upper West Side so. Genau wie in Wien. Die Fassaden sind fabelhaft, aber drinnen ist alles marode. Vielleicht arbeitet er beim DMV. Oder ist Postbote.»

«Aber er *könnte* reich sein, ohne dass du davon weißt.»

«Keiner von uns ist hier, weil er Geld braucht, einen Brief verschicken oder seinen Führerschein verlängern will», stellte Mischa fest und erstickte die Diskussion damit im Keim.

Ich übernahm die Führung und ging durch die schmiedeeiserne Pforte neben dem Haupttor. Sofort sprang ein indisch aussehender Pförtner Ende fünfzig aus einer kleinen Kammer und näherte sich uns mit einer Mischung aus Skepsis und Höflichkeit.

«Guten Abend», sagte er mit einem markanten indischen Akzent. «Kann ich Ihnen helfen?»

«Wir sind hier, um Owen Larsen zu besuchen», antwortete Mischa sanft.

Das schien ihn nur noch misstrauischer zu machen.

«Owen Larsen?», wiederholte er, als wäre es das Seltsamste, was ihm je zu Ohren gekommen war. «Aha.» Eine äußerst unbehagliche Pause entstand, und ich hatte das Gefühl, der Pförtner bewegte sich so, als wolle er einen möglichst großen Bereich vor unseren Einblicken schützen. «Und … sind Sie mit ihm verabredet?»

«Klar», log Mischa und sah auf die Uhr. «Und zwar in vier Minuten.»

«Ach so. Und … haben Sie auch einen Namen, Miss?»

«Habe ich, aber eigentlich ist er der Hauptgrund unseres Besuchs», antwortete Mischa und deutete auf mich. «Er möchte seinen Onkel besuchen.»

«Ich heiße Max», sagte ich. «Max Hansen.»

«Mr. Owen Larsen ist dein Onkel? Was für eine Überraschung. Machst du hier Ferien, junger Mann?»

«Nein. Ich wohne auf Long Island.»

«Wirklich? Tja, Mr. Larsen hat mir nie erzählt, dass er Familie in den USA hat. Überhaupt nicht. Daran würde ich mich erinnern.»

«Vielleicht ist das etwas, das er nur mit seinen engsten Freunden bespricht.»

«Eher unwahrscheinlich. Ich bin *seine engsten Freunde*», antwortete der Pförtner nüchtern. «Mr. Larsen bekommt nicht gerade oft Besuch, verstehst du? Aber vielleicht kannst du dich irgendwie ausweisen?»

Ich hatte einen Schülerausweis dabei, den ich ihm zeigte.

«Es stimmt nicht, dass ihr eine Verabredung mit Mr. Larsen habt, oder?», fragte er, nachdem er es leid geworden war, den Ausweis von der GCH zu studieren.

«Nein», antwortete Mischa.

Da lächelte er uns an.

«Wenn man jemanden besucht, den man noch nie getroffen hat, ruft man normalerweise vorher an. Am besten mehrere Tage im Voraus. Und kommt an einem anderen Tag als Samstag.»

«Aber er ist zu Hause, oder?», sagte Mischa beschämt.

«Natürlich.»

«Dann könnten Sie ihn doch vielleicht anrufen und fragen, ob er gerade beschäftigt ist oder Interesse daran hätte, seinen Neffen kennenzulernen.» Der Mann musterte uns lange genug, um sichergehen zu können, dass er der Polizei anschließend eine genaue Täterbeschreibung liefern konnte, ehe er sagte: «Wartet hier.» Dann ging er zurück in sein Pförtnerhäuschen, hob den Telefonhörer und wählte eine Nummer. Kurz darauf streckte er den Kopf hinaus, um sich zu vergewissern, dass wir noch da waren, ehe er wieder im Innern verschwand.

«Al Pacino hat mal hier gewohnt», sagte Mischa, als würde sie nur laut denken.

«Dann sind sie wohl deshalb so vorsichtig, wen sie hier reinlassen», vermutete ich.

«Nein. Das ist ganz normal in Manhattan», sagte Mordecai.

Ich habe mich immer gefragt, worüber sie an diesem Abend gesprochen haben, der gute Pförtner Antichrist und Owen, ob es vielleicht sogar Antichrist gewesen ist, der seinen Freund davon überzeugte, dass dies eine Chance war, die man nicht ausschlagen darf. Vielleicht hatte Antichrist ihm in diesem Moment das entscheidende, aufmunternde Motto geliefert, dass es das Wichtigste sei, sich mal zu treffen, und alles andere egal. Mir gefällt der Gedanke, dass es so gewesen ist und Antichrist einzig und allein daran gelegen war, dass es Owen gutging, und er uns deshalb an jenem Samstag im November hereingelassen hat. Wie dem auch sei: Der Pförtner kam zurück, in einer ganz anderen Stimmung. Sogar sein Akzent war anders, noch indischer als zuvor. Er wandte sich an Mischa.

«Mr. Owen Larsen heißt Sie herzlich willkommen und hat Zeit, Sie zu empfangen. Wohnung 3D, Aufgang B. Ich werde Sie durch diese Tür hier hereinlassen.»

«Danke vielmals», erwiderte Mischa.

«Viel Glück», wünschte er und verbeugte sich tatsächlich.

Mischa streckte die Hand aus, um ihm zu danken, aber er steuerte bereits auf den Eingang zu, mit knarzenden Schritten und einem etwas merkwürdigen Gang, der den Eindruck erweckte, er würde nicht einmal dem Boden unter seinen Füßen voll und ganz trauen. Am Aufzug von Aufgang B ließ er uns allein und kehrte an seinen Platz zurück. Die Decke der Halle war mit filigranem Stuck verziert, es gab Säulen, Marmortreppen und Mosaikböden in gedeckten Farben, deren Steinchen mit mathematischer Präzision vom dunkleren Rand hin zum großen, mit reichlich Ornamenten versehenen Mittelkreis verlegt waren. Das Einzige, was nicht zum Rest passte, war eine dünne, aber auffällige Staubschicht in einer Ecke, die sich offenbar vor langem abgesetzt hatte. Es war fast eine Erleichterung. Mischa drückte den Aufzugknopf, und sogar das *Pling*, mit dem die Tür aufging, klang überraschend sanft und exklusiv. Und dann stand dort drinnen auch noch jemand! Ein Liftboy. Ich dachte, es wäre Einbildung, bis er den Mund aufmachte.

«Welche Etage, Sir?»

«Die dritte, bitte», antwortete Mischa, noch bevor ich mich wieder gefangen hatte.

Wir wurden nach oben gebracht, langsam, als würde die niedrige Geschwindigkeit des Aufzugs an sich schon die Anwesenheit eines Menschen erfordern, der den komplizierten Mechanismus im Auge behielt, und während wir dort schweigend hinter dem Fahrstuhlführer standen, der ungefähr im gleichen Alter war wie der Pförtner und schwach nach altmodischem Haarwasser duftete, bemerkte ich, dass seine Schuhe nicht besonders blank poliert waren und auf dem Ärmel seiner roten Uniform etwas war, das wie ein Kaffeefleck aussah. Ich stieß Mordecai unauffällig mit dem Ellenbogen an und deutete mit dem Kopf auf die Fußbekleidung des Mannes, aber er zuckte nur mit den Schultern, als wäre das nicht weiter ungewöhnlich. Vermutlich war es das auch nicht, denn er hatte in seinem Leben sicher weit mehr Fahrstuhlführer gesehen als ich. Aber was sollte man in einem Job wie diesem zwischen den Schichten anderes machen, als ständig seine Schuhe zu putzen, damit man sich wenigstens darin spiegeln und vergewissern konnte, dass man noch am Leben war?

Der Liftboy räusperte sich tuberkulös, als der Aufzug stehen blieb. Das war anscheinend das Signal. Er drückte auf den Knopf, den er schon eine Milliarde Mal zuvor gedrückt hatte, und die Türen glitten auf. Mischa und ich traten in den ovalen Korridor hinaus, während Mordecai eine Dollarnote hervorkramte, für die sich der Liftboy lautlos bedankte, ehe er die Aufmerksamkeit wieder seinen Knöpfen zuwandte und die Lobby wählte.

Wir inspizierten die vier Türen auf dem Flur.

«3D», sagte ich. «Hier ist es.»

«Dann musst du klingeln», sagte Mordecai.

«Sicher?», fragte ich.

«Was weiß ich? Es ist dein Onkel.»

Er sah überhaupt nicht aus wie erwartet. Der Mann, der uns die Tür öffnete, war kein eindrucksvoller Kurtz. Er erinnerte nicht an meinen Vater und noch viel weniger an einen Veteranen, wie jener bärtige Mann, mit dem wir vor dem Roosevelt Field gesprochen hatten. Wenn überhaupt, sah er aus wie ein REMF, ein Bürohengst, der die Stabsbaracken nie von außen gesehen hatte und dessen größte Sorge den monatlichen Lieferungen von Büromaterial und der Verwendung von Blattwendern galt, damit die Papiere einwandfrei blieben. Man konnte ihn sich nur schwer vorstellen, wie er mit baumelnden Beinen am Ausgang des fünften Helikopters einer Formationsreihe saß, auf dem Weg in irgendein Tal, in dem die Soldaten drei Wochen lang patrouillieren sollten, ehe die Hubschrauber schließlich zurückkehrten und ihn wieder abholten. Dass dieser Mensch mit seiner Kompanie über Reisfelder und durch Dörfer marschiert war, konnte man nur schwer glauben. Oder dass er nachts in einem selbstausgehobenen Schützengraben gelegen hatte, mit einer Hand auf der Zündung seiner Claymore und dem Blick auf die Leuchtgranaten, die vom nächstgelegenen Stützpunkt abgefeuert wurden und die Schatten so tanzen ließen, dass man beinahe seekrank wurde.

Onkel Owen war klein. Korpulent. Mit über die Glatze gekämmten Haaren, die keine Ehefrau der Welt geduldet hätte. In seiner Jeans und seinem hellen, blau gestreiften Hemd, das über dem Bauch spannte, sah er aus wie der Buchhalter einer kleinen Firma im Mittleren Westen. Es war beinahe enttäuschend. Nicht die Spur eines Tausendmeterblicks. Ich erinnere mich noch genau, wie ich mich in diesem Moment über meine wilden Phantasien in Bezug auf Onkel Owen schämte, mit denen ich Mischa und Mordecai auch noch behelligt hatte. Er war einfach nur ein Typ. Ein ganz gewöhnlicher Typ, an dem man auf der Straße vorbeilaufen würde. Aber der Typ strahlte. Er sah mich an, nur mich, als wären die anderen beiden gar nicht da.

«Du musst Max sein!», rief er auf Englisch. Und dann verstummte er, etwas rumorte in seinem Mund, es sah beinahe schmerzhaft aus, als hätte er Kieselsteine auf der Zunge, die Worte klumpten sich hinter seinen Zähnen zusammen wie ein übereifriges Empfangskomitee. «Ich … ich freue mich so … dich endlich zu sehen», kam es schließlich in einem stakkatohaften und zähflüssigen Norwegisch, das vollständig von seinem amerikanischen Akzent überlagert wurde, aus seinem Mund. Es war beinahe erschreckend, mitanzuhören, wie ihm die Sprache abhandengekommen, wie sie verdorben und unbrauchbar geworden war. Plötzlich war ich unangenehm berührt, als würde ich ihn enttarnen und in Verlegenheit bringen. Und wohl auch ein bisschen traurig, weil dieser eine Satz eine so große Distanz zwischen uns erzeugte, er hörte sich ganz und gar nicht norwegisch an, sondern eher so wie Diana Ross, als sie in einem Fernsehinterview mit Arne Næss Junior gesagt hatte *jai ar norsk*, und damals klatschten wir, nicht weil wir glaubten, sie würde es ernst meinen, sondern weil wir uns wünschten, dass es so wäre. «I'm sorry», sagte er, als hätte er meine Gedanken gelesen, «you know, es ist mehr als zwanzig Jahre her, dass ich zum letzten Mal Norwegisch gesprochen habe. It's a long time. A long, long time. Bevor du geboren warst. Ich bin mehr comfortable in Englisch jetzt, so I prefer to speak it. Ist das okay für dich? But I understand Norwegian perfectly, so you can speak Norwegisch to me. Ja?»

«Schon gut», sagte ich, weil mir nichts anderes einfiel. «So oder so ist es schön, dich kennenzulernen.»

Er lächelte uns der Reihe nach an und gab uns feierlich die Hand. «Well, dann kommt doch rein.»

Wir folgten ihm in die Wohnung und das imposante Foyer, durch den langen Flur mit den gleichen Mosaikfliesen, die auch den Boden in der Lobby zierten, gingen am Wohnzimmer vorbei, dessen Eingang mit römischen Säulen geschmückt war, und am Esszimmer, beide Räume mit gemauerten Kaminen und Baccarat-Leuchtern, und der Flur erstreckte sich weiter, bis zu einem zweiten Foyer und etwas, das ein weiterer Flur zu sein schien, mit noch mehr Zimmern an allen Ecken und Enden. Aber irgendetwas stimmte nicht. Irgendetwas verriet mir, dass Onkel Owen wohl kaum Millionär war. In allen Räumen herrschte gähnende Leere. Fast nirgends standen Möbel oder andere Einrichtungsgegenstände, und während wir uns langsam auf das Geräusch eines Radios zubewegten, das aus den Tiefen der Wohnung drang, fiel mir auf, dass die alten Eichendielen in den Zimmern abgelaufen und uneben waren und, wie fast alles andere hier, von einer feinen Staubschicht bedeckt. An einigen Stellen wies auch die Tapete an den Wänden feine, aber deutliche Zeichen von Verschleiß auf, und über den Stuck im Flur zogen sich lange Risse von einem Ausmaß, bei dem man normalerweise besorgt den Hausmeister oder einen Handwerker rief, um den Schaden begutachten zu lassen.

Wir setzten uns in die Küche, den einzigen Raum, in dem genug Sitzgelegenheiten für alle vorhanden waren. Onkel Owen lehnte sich über den Tisch, um das Radio- und Kassettendeck auszuschalten, aus dem irgendeine Sportsendung plärrte.

«Was haben Sie denn da gerade gehört?», fragte Mordecai.

«Baseball. Die Toronto Blue Jays gegen die Philadelphia Phillies. Schönes Spiel.»

«Mischa kommt aus Toronto», sagte ich.

«Wirklich?» Onkel Owen blieb abrupt stehen und verschränkte die Arme, so erwartungsvoll, wie er uns ansah, schien es fast, als hätte er schon derart lange keinen Besuch mehr gehabt, dass er den nächsten Punkt auf dem Programm vergessen hatte, nach dem obligatorischen *#1: Lassen Sie die Gäste herein.* «Ich weiß nicht, wollt ihr … ich habe Wein da, ist das okay? Eine Flasche oder zwei, ich weiß nicht, wie lange der schon hier steht, ob er … keine Ahnung, schlecht geworden ist. Wenn Wein überhaupt schlecht werden kann. Nein, wahrscheinlich nicht. Trinkt ihr Wein? Seid ihr schon alt genug? Ja, natürlich seid ihr es.» Owen übernahm das Fragen und Antworten und holte ein paar Flaschen Rotwein aus einem ansonsten leeren Küchenschrank. Er schenkte die Gläser randvoll. «Man kann sagen, was man will – und ich mag dieses Land wirklich», sagte er mit einem strengen Blick auf die offene Flasche, «keine Frage. Aber dass man Auto fahren und den Präsidenten wählen oder zur Armee gehen und grundlos Menschen abknallen darf, aber trotzdem noch mehrere Jahre warten muss, bis man im Laden ein Bier kaufen kann, das ist seltsam. *Nur in Amerika, Max.* Nur in Amerika. Prost.»

«Die Regeln von dem da habe ich auch nie ganz kapiert», erwiderte ich und deutete auf das Kassettendeck. «Vom Baseball, meine ich.» Ich sagte es auf Englisch, es war so seltsam, Norwegisch mit ihm zu sprechen, wenn Mischa und Mordecai dabei waren. In den folgenden

Jahren würden wir ebenfalls nur in Ausnahmefällen Norwegisch miteinander sprechen.

«Ich auch nicht», antwortete Onkel Owen lakonisch. «Aber so fühle ich mich amerikanischer.»

«Und das ist gut?»

«Es ist notwendig.»

Ich bemerkte, wie Mordecai immer stärker die Stirn runzelte. Dann konnte er sich nicht mehr zurückhalten: «Aber … die Serie ist doch vorbei. Schon längst. Die Blue Jays lagen im sechsten Spiel haarscharf in Führung, bis Joe Carter sie gerettet und am Ende des neunten Innings einen Walk-Off Home Run geschlagen hat, das weiß man doch. Es war toll!»

«Das ist eine Aufnahme», erwiderte Onkel Owen, als wäre es das Normalste auf der Welt. «Von Ende Oktober. Ich habe das Spiel verpasst, also habe ich es mir auf Kassette gekauft. Es gibt einen Typen unten an der Penn Station, der Aufnahmen verkauft. Die Qualität ist ausgezeichnet, man merkt keinen Unterschied zwischen der Liveberichterstattung und der Aufnahme. Is it live or is it Memorex, wer weiß das schon?» Dann fügte er hinzu: «Kann sein, dass ich mir für Olympia in Lillehammer nächstes Jahr einen Fernseher kaufe.»

«Aber Sie hören sich ein Spiel an, das längst vorbei ist», wandte Mordecai ein. «Sie müssen die Ergebnisse doch in der Zeitung gelesen haben!»

«Mir gefällt es so besser. Dann muss ich mir keine Gedanken machen, wie es ausgeht, und kann mich stattdessen auf das Spiel konzentrieren. Außerdem kann ich es mir anhören, wann immer es mir passt, ohne meinen ganzen Tagesablauf danach auszurichten. Und ich suche mir die Wiederholungen selbst aus.»

Während des gesamten Abends bei Onkel Owen brannte dieselbe Frage in mir. *Vietnam.* Ich wollte ihn nach Vietnam fragen, wie es dort gewesen, warum er in den Krieg gegangen war; warum er einst in die USA kam. Aber ich konnte mich nicht überwinden, in diesem Moment, an diesem Ort, erschien es mir plötzlich übergriffig. Etwas, wozu man unmöglich einen angemessenen Einstieg fand. Etwas, das mich nichts anging. Ein Teil von mir hatte wohl auch Angst davor, er könnte, wenn ich aus heiterem Himmel einen Haufen Fragen genau darüber stellte, glauben, wir wären nur deshalb hier. Um ihm dabei zuzuhören, wie er uns das ganze Elend ausmalte. Mir. Was größtenteils sogar stimmte. Aber so, wie wir mit ihm dasaßen, und so, wie er aussah, in seinen Alltagsklamotten, mit seiner ruhigen und angenehmen Stimme, ohne sichtbare Schäden oder Anzeichen von psychischer Unausgeglichenheit (höchstens abgesehen von seiner unlogischen Haltung zu Sportereignissen), begannen allmählich die Zweifel in mir zu wachsen. Was war, wenn meine Mutter doch alles missverstanden hatte? Undenkbar war es nicht, Details entgingen ihr ja regelmäßig. Vielleicht war er nie im Krieg gewesen, nie in der Armee; es erschien einem doch auch eher unwahrscheinlich, je mehr man darüber nachdachte, oder etwa nicht? Ein Norweger in Vietnam. In einem Krieg, der gar nicht seiner war. Wie ein Eisbär in Kalifornien.

Ich wagte nicht, ihn danach zu fragen. Also fragte ich ihn stattdessen:

«Und was machst du so?»

Er schenkte unsere Gläser noch einmal randvoll.

«Ich bin Musiker.»

«Sind Sie berühmt? Hatten Sie Hits?», platzte es aus Mordecai heraus.

«Ich fürchte nicht, nein. Die Art von Musik mache ich nicht.»

«Und welche Musik machen Sie dann?»

«Gebrauchsmusik.»

Onkel Owen stand auf, holte eine Schale mit Äpfeln, stellte sie zwischen uns auf den Tisch und nahm sich einen, den er eine Weile an seinem Hemdsärmel abrieb.

«Ich mache Musik für Einkaufszentren und Werbung und Informationsfilme und Fahrstühle und Fluggesellschaften und all die anderen Orte, wo niemand mitbekommt, dass überhaupt Musik läuft.»

«Können Sie uns etwas davon vorspielen?», fragte Mordecai.

«Später vielleicht.»

So viele Elefanten in diesem Porzellanladen, wir hätten einen Zirkus eröffnen können.

«Wunderst du dich gar nicht, warum wir hier sind und wie wir hergefunden haben?»

Onkel Owen biss so herzhaft in den Apfel, dass er sich den Saft aus den Mundwinkeln wischen musste.

«Aber das weiß ich ja», er lächelte schief. «Ihr wohnt auf Long Island. In Garden City. Ich habe gesehen, wo ihr wohnt, ein schönes Haus. Vor ein paar Jahren habe ich mich mit deiner Mutter getroffen, drüben im Park, sie hat mir von dir und deiner Schwester erzählt. Damals meinte sie, dass es wohl keine gute Idee wäre, euch zu besuchen, bei deinem Vater scheine ich immer noch in Ungnade gefallen zu sein. Aber es freut mich, dass stattdessen du gekommen bist.»

«Mischa hat dich gefunden. Im Telefonbuch.»

«Tja, für den, der das will, bin ich nicht besonders schwer zu finden.»

«Aber … warum hast du zu allen den Kontakt abgebrochen? Zu meinem Vater? Und Opa und Oma? Du hast sie nie angerufen, bist einfach verduftet. Wer macht so was?»

Er kaute seinen Apfel und rutschte ein wenig auf dem Stuhl herum.

«Das Leben ist komisch, Max, man macht so viele komische Sachen, und manchmal braucht man lange, um zu verstehen, warum man das ein oder andere getan hat.»

«Haben sie dir etwas getan, ist etwas passiert, das dazu geführt hat, dass du gegangen bist?»

«Nein. Dein Vater war ein toller Bruder. Wie geht es ihm denn eigentlich?»

«Weiß nicht. Um ehrlich zu sein, haben wir gerade nicht so den Draht. Meine Mutter und er haben sich getrennt, und er ist nach Kalifornien gezogen. Hat wohl eine neue Freundin da.»

«Das tut mir leid. Aber fliegt er noch?»

Ich nickte.

«Ja. Für American Airlines. Nach Japan und China. Und Hawaii. Und Australien auch, glaube ich.»

«Australien, alle Achtung.»

Eine Weile schien es, als wollte Onkel Owen gern mehr über meinen Vater wissen, aber immer wenn er zu einer Frage ansetzte, überlegte er es sich anders und ließ eine Stille aufkommen, die wir anderen mit ununterbrochenem Geplapper füllen mussten. Mir fiel auf, dass der Apfel in seiner Hand fast aufgegessen war, aber er gab nicht auf, er nagte und nagte, bis das Gehäuse weg war und er nur noch den Stiel zwischen den Fingern hielt.

Eine andere Sache, die mir an diesem Abend nicht entging, war, wie wenig er über Norwegen sprach. Das Einzige, woran ich mich erinnere, war seine Bemerkung über die bevorstehende Winterolympiade in Lillehammer. Er freue sich darauf, hatte er gesagt. Langlauf. Die langen Distanzen. 50 Kilometer.

«Das ist etwas ganz Eigenes», erklärte er Mischa und Mordecai, während er mir ununterbrochen heischende Blicke zuwarf, als wäre das eine Überzeugung, die wir beide teilten, «in jeder Hinsicht so viel einfacher als Baseball. Wer am schnellsten ins Ziel kommt, gewinnt. *And that's that.* Ich interessiere mich nicht mal für die Technik oder ob die Före geführig ist, für die prozentuale Steigung an den Hängen, welches Wachs sie nehmen. Ich gehe davon aus, dass einige Sportler ihre Skier angemessen vorbereitet haben, und damit ist meine Neugier auch schon gestillt. Aber das Einfache daran, dass man den Läufern ansehen kann, was sie denken, wenn sie auf der Lichtung auftauchen, nachdem die Kamera und die nervösen Kommentatoren und wir minutenlang auf sie gewartet haben; wie sich die Skiläufer nach dreißig Kilometern Blut und Schweiß voranzwingen, wohl wissend, dass sie noch zwanzig vor sich haben, das imponiert mir. Wie sie es schaffen, die letzten Kräfte zu mobilisieren, um in Bewegung zu bleiben. Diese Ausdauer.»

«Stimmt es, dass es auch irgendeinen Wettbewerb gibt, wo die Läufer Gewehre dabeihaben und unterwegs auf Zielscheiben ballern?», fragte Mordecai.

«Natürlich. Biathlon. Wirklich spannend.»

«Du könntest hinfahren», sagte ich. «Nach Lillehammer, dir die Spiele ansehen?»

«Nein, es ist zu spät, um zurückzugehen.»

«Doch nicht für immer. Du könntest dort Urlaub machen.»

«Ich fürchte, so funktioniert das nicht.»

Leider unterbrach Mischa uns genau in dem Moment und fragte, wo die Toilette sei, und Owen antwortete fröhlich, es gebe fünf in der Wohnung – die Chancen, dass sie früher oder später eine finden würde, seien also groß, egal, in welche Richtung sie gehe – aber die nächste liege direkt gegenüber auf der anderen Seite des Flurs. Und während sie in den Flur ging, fing Owen an, unsere Gläser abzuräumen. Inwiefern er das bewusst tat oder ob es an der Gesprächspause lag, die sich einstellte, sobald Mischa aufstand, war nicht ganz klar, aber es machte mich sofort befangen, ich deutete es als unmissverständliches Zeichen, dass nun die Zeit gekommen war, ihn mit seinen Äpfeln, seinem Baseballspiel und was er sich sonst noch so für den Samstagabend vorgenommen hatte, allein zu lassen.

Er stand mit dem Rücken zu mir und spülte die Gläser, als er fragte: «Sie … Mischa. Seid ihr zusammen, Max?»

«Jepp.»

Er stellte das Glas ab und drehte sich um, sah mich mit großem Ernst an.

«Das ist gut. Du musst sie immer nett behandeln, verstehst du? Auf solche wie sie muss man immer gut aufpassen und darf sie niemals gehen lassen. Hörst du, was ich sage?»

«Ja», antwortete ich.

«Die wachsen nicht auf Bäumen, weißt du.» Onkel Owen nahm Mordecai ins Visier. «Und du?»

«Lassen Sie uns einfach sagen, dass ich in eine andere Richtung fahre als ihr.»

Onkel Owen stutzte kurz über die Antwort und wollte etwas erwidern, wandte sich aber stattdessen wieder seinem Abwasch zu. «Jaja», murmelte er.

Wir blieben noch ein paar Minuten sitzen, nachdem Mischa zurückgekehrt war. Ich erzählte vom Theater und der Premierenfeier, von der wir abgehauen waren, um hierherzukommen, und ich glaube, es beeindruckte ihn ein bisschen. Und dass ihm der Gedanke gefiel, einen Neffen zu haben, der Schauspieler werden wollte und noch dazu mit einer Künstlerin zusammen war. Mir fiel auf, dass er mir bei allem, was ich sagte, genau zuhörte, er wirkte geduldig und ehrlich interessiert. Über sich selbst erzählte er jedoch kaum etwas. Im Großen und Ganzen machte er nicht viel anderes, als unsere Erzählungen zu kommentieren, uns zuzuhören oder nachzuhaken, sodass wir noch ausführlicher erklärten, was wir meinten und taten und aus welchen Gründen, und auf die Weise entzog er sich uns, er eröffnete uns keine Räume, in die wir eintreten konnten, und ehe wir es uns versahen, gingen wir schon wieder mit ihm durch die langen Flure, wo er uns aufrichtig dafür dankte, dass wir an diesem Samstag zu ihm gefunden hatten, und sagte, er hoffe, er werde uns in Zukunft häufiger sehen.

«Ich bin so froh, dass du gekommen bist», sagte er und schrieb seine Telefonnummer auf einen Zettel, den er mir gab. «Solltest du mal wieder in der Gegend sein, ruf mich an, ja? Vielleicht können wir zusammen die Olympiade gucken, wenn ich mir bis dahin einen Fernseher angeschafft habe. Bjørn Dæhlie und so weiter.»

«Klar. Ist es wahr, dass du in Vietnam gewesen bist?»

«Ja.»

«Warst du *in the shit*?»

«Nicht so richtig.»

«Ah.»

Als wir anschließend auf der Straße standen und das Knöllchen studierten, das eine eifrige Politesse unter den Scheibenwischer von Mischas Rostlaube geklemmt hatte, blickte ich am Gebäude hoch. Seine Wohnung lag übereck, sodass ich nicht sehen konnte, ob in der Küche noch immer Licht brannte, aber ich wusste, dass er dort drinnen war und einem wiederauferstandenen Baseballspiel lauschte, vielleicht sogar an einem weiteren Apfel nagte. Der Vietnamveteran. Aus Norwegen. Mein Onkel. Das machte mich froh.

Mischa kutschierte uns in südlicher Richtung durch Manhattan, über die Brücke nach Brooklyn, und die Nacht nahm kein Ende. Wir saßen oben in Mischas Wohnzimmer, mit noch mehr Wein und Musik, und wir redeten über Onkel Owen und Baseball und Vietnam und Norwegen und wie seltsam alles war und dass man nie genau wusste, wo man eigentlich landete, wenn man zur Tür hinausging, und ich rückte näher an Mischa heran, und sie baute eine Tüte, und in ihrer Wohnung roch es nach Fire Island, wir tranken Tee und ließen den Joint herumgehen, und dann geschah etwas Seltsames: Es war, als würde mir plötzlich auffallen, dass ich mich in einem Traum befand und wir gar nicht in den USA waren, sondern in Norwegen, die ganze Zeit in Norwegen, und Amerika nichts anderes war als eine Ecke der Straße, in der ich meine Kindheit verbracht hatte, ein Zipfel von Forus, ich war nicht weggegangen, und wir waren alle Norweger, Mischa und Mordecai redeten mit Stavangerdialekt, und wir verstanden einander ohne Übersetzung, und irgendwo in weiter Ferne war Onkel Owen und rief, das Essen sei fertig, aber wir kamen nie an, wir liefen weiter den Fluss hinauf, um ihn zu sehen, aber immer kam etwas dazwischen; irgendwer schlachtete ein Karibu und tanzte rituell um den Kadaver herum, dann war irgendetwas mit einer Brücke, die jede Nacht gesprengt und wieder neu aufgebaut wurde, Wagner ertönte, und Helikopter flogen in Formation auf meiner Netzhaut, sie verwandelten sich in den Umriss von Norwegen, und das Land legte sich auf die Seite und wurde wieder zu Huey-Helikoptern, die zu einem Strand flogen, wo sich die Wellen in beide Richtungen brachen, es war wirklich schön; und es muss fast vier Uhr gewesen sein, als ich Mordecai dabei half, das Bettzeug aufs Sofa zu tragen, und er sofort weg war, ohne mitzubekommen, dass ich ihm ein paar Ohrstöpsel auf den Couchtisch legte und eine gute Nacht wünschte.

Dann ging ich zu Mischa.

Weihnachten. Es wurde zu etwas Ungewohntem, wir wussten nicht mehr genau, wie wir uns zu benehmen hatten, sollten wir uns beispielsweise weniger schick machen, nachdem wir nun einer weniger waren? Und wer würde den Weihnachtsbaum besorgen, jetzt, wo mein Vater weg war, wem diese Aufgabe zufallen würde, blieb ungewiss. Am Ende fuhren wir zu dritt los, meine Mutter, Ulrikke und ich, an einem eiskalten Nachmittag. Wir kauften einen Baum am Stand neben dem Roosevelt Field Center, und so ungeschickt, wie wir uns anstellten, konnte niemandem entgehen, dass wir keine Ahnung hatten, was wir gerade taten. Ich hielt nach dem Veteranen Ausschau, mit dem ich immer ein Schwätzchen gehalten hatte, den ganzen Herbst über hatte er mit seinem überschaubaren Angebot an derselben Stelle gesessen, stets allein, unsichtbar für die meisten, als wäre er mit der Umgebung verschmolzen, und mit einer Miene, die deutlich machte, dass er vorerst nicht mit einer Besserung rechnete. Er war weg, vielleicht hatte er für heute Feierabend gemacht (ich fragte mich, wo er wohnte, wie er wohnte) oder überwinterte in wärmeren Gefilden, hatte sich in einen Greyhound Richtung Westen gesetzt, bis nach Slab City oder Salvation Mountain. Ich konnte mir beim besten Willen nicht vorstellen, dass er der feuchten Wärme zwischen den Palmen Floridas etwas abzugewinnen vermochte.

Aber es wurde Weihnachten.

Meine Mutter zauberte etwas auf den Tisch, das als gepökelte Lammrippe durchgehen konnte, und zusammen mit dem Steckrübenmus und den Kartoffeln roch es zumindest so, wie unser traditionelles Weihnachtsessen immer gerochen hatte. Da war es nicht ganz so schlimm, dass wir uns, so gut es ging, am großen Küchentisch ausbreiten und lauter sprechen mussten, als uns lieb war, um zu verbergen, dass ein früherer Gast fehlte. Das heißt, es fehlten noch mehr. Mischa war ein paar Tage vorher zu ihren Eltern nach Toronto gefahren, und meine Mutter ging früh ins Bett, weil sie sich nicht ganz fit fühlte, wie sie sagte. Ich saß in meinem Zimmer und hörte die neuen CDs, die ich bekommen hatte (wie auch beim Essen hielten wir uns an die norwegische Tradition und machten die Bescherung am Nachmittag des 24., keiner von uns sah einen Grund, daran zu rütteln), und starrte auf den Fernseher, als Ulrikke anklopfte, hereinkam und sich setzte.

«Was guckst du da?»

«Dinner for One.»

«Der Ton ist aus.»

«Macht nichts, ich kann es auswendig.»

«Ist das Papas Videokassette?»

«Mm.»

Wir schmunzelten, als der Butler zu betrunken war, um ordentlich einzuschenken, und den Inhalt der Flasche über den Tisch goss. Wir schmunzelten tonlos.

«Wann kommt sie zurück?», fragte Ulrikke, sie muss gefühlt haben, woran ich dachte, das konnte sie gut.

«In sieben Tagen. Am zweiten Januar.»

«Darauf freust du dich bestimmt?»

«Mm.»

Ulrikke ging zum Fenster und schob die Gardine beiseite. «Es schneit», sagte sie. «Hast du gesehen? Es hat wieder angefangen zu schneien.»

Ich stand auf und blickte auf die menschenleere Poplar Street hinaus. In den meisten Häusern brannte Licht, und aus den Schornsteinen stieg Rauch auf. Familien saßen am Esstisch, während draußen dicke Flocken vom Himmel fielen. Im Gegensatz zum letzten Schauer blieben sie diesmal liegen.

«Sieht so aus», erwiderte ich.

Wir sprachen über unsere Eltern, Ulrikke hatte den Kontakt zu meinem Vater gehalten, ihm gehe es gut in Kalifornien, sagte sie, er vermisse uns, sagte sie, seine neue Freundin sei in Ordnung, aber ich merkte mir ihren Namen absichtlich nicht und erzählte stattdessen von Onkel Owen, und während dieses Gesprächs entstand eine seltsame, schöne Weihnachtsstimmung, die bis zu dem Moment anhielt, als Ulrikke mit dem eigentlichen Grund ihres Besuchs herausrückte. Sie hatte beschlossen, wegzugehen. Nach Deutschland.

«Deutschland?», fragte ich verwirrt. «Was willst du denn da?»

«Hab einen Studienplatz am Institut für Biologie an der Humboldt-Uni in Berlin.»

«Aber …» Ich spürte, wie enttäuscht ich war, obwohl wir uns in den letzten Jahren sowieso kaum gesehen hatten. Jetzt würde noch einer von uns abhauen. Der Leim, der diese Familie zusammenhalten sollte, war allmählich ein Fall für die Reklamation.

«Erinnerst du dich an Nina? Aus Stavanger?»

Ich erinnerte mich nicht.

«Sie studiert auch da. Ich werde mit in ihre Wohnung in Prenzlauer Berg ziehen, ist das nicht cool? Das liegt in Ostberlin, man kann da seit dem Mauerfall riesige Wohnungen haben, weißt du. Damals sind fast alle Leute in den Westen gegangen.»

Ich überlegte, ob ich erwähnen sollte, dass ich auch schon mal in einer Wohnung gewesen war, wo man eine Karte brauchte, um das Bad oder den Ausgang zu finden, und sie nur eine halbe Stunde von hier entfernt lag, mitten in Manhattan. Aber ich ließ es sein. Es hätte sowieso nichts geändert, gedanklich hatte Ulrikke längst die Koffer gepackt.

«Aber ich komme euch jeden Sommer besuchen», fuhr sie fort. «Hab ja auch Freunde hier.»

«Das ist gut», flüsterte ich.

«Und du? Wirst du Amerikaner werden?»

«Weiß nicht. Bin es wohl schon, oder etwa nicht?»

«Du kannst exakt der sein, der du sein willst, Max.»

Schön gesagt. Aber wie so vieles leichter gesagt als getan. Sie ging in die Küche und kam mit einer Flasche Wein und zwei Gläsern zurück. Ich wusste nicht genau, was es zu feiern gab.

Als Ulrikke schließlich auch ins Bett gegangen war, nahm ich meine Kopfhörer und legte *Zen Arcade* auf. Ich hatte keine Lust zu schlafen. Es gab zu vieles, über das ich nachdenken musste. Zu vieles, das nicht länger zusammengehörte. Ich schob meinen Stuhl ans Fenster, sodass ich den Schnee sehen konnte, der die Straßen bedeckte. Und ich glaube, ich war genau bei der Hälfte des Albums angekommen, als ich das orangefarbene Licht sah, das draußen blinkte. Ich nahm die Kopfhörer ab und stand auf, um besser sehen zu können. Draußen waren die Schneepflüge gekommen, um die Laubbläser abzulösen.

6

Norwegen jubelte. Norwegen sang. Es war wie im Film *Song of Norway*, nur mit größerem Budget, besserem Drehbuch und ohne Toralv Maurstad in der Rolle des Edvard Grieg. So begann das neue Jahr. 1994. Olympia in Lillehammer, und ich war nicht da. Ich verfolgte es auch nicht im Fernsehen, sah lediglich kurze Ausschnitte der Eröffnungszeremonie in den Nachrichten, bei der man joikte und volkstanzte und zu Geigengefiedel telemarkte, während sogenannte *vetter* zu dramatischem Trommeln umherwirbelten, bis Kronprinz Haakon, korrekt gekleidet in norwegischer Strickjacke und Kniebundhose, ins Stadion kam und das Feuer entzündete. Was *vetter* waren, entzog sich im Übrigen meiner Kenntnis, ich hatte noch nie von ihnen gehört, aber es war nicht unwahrscheinlich, dass sich auch die norwegische Mythologie inzwischen weiterentwickelt hatte, in Schwung gebracht von eifrigen Veranstaltern, die mit beiden Händen tief in der norrönen Vergangenheit gegraben hatten. In den darauffolgenden Wochen handelten die meisten Berichte über die Winterspiele vom Konflikt zwischen den Eiskunstläuferinnen Tonya Harding und Nancy Kerrigan; und natürlich ging es wenig oder gar nicht um die norwegischen Athleten. Schwenkte die Aufmerksamkeit einmal für ein paar Minuten auf den Gastgeber, drehte es sich hauptsächlich darum, wie klein dieses Reich der Mitternachtssonne war, wie naturverbunden seine Einwohner – ein wortkarges, reserviertes, aber doch freundliches Völkchen, das mit Skiern an den Füßen geboren und noch auf der Entbindungsstation mit Wanderklamotten und Rucksack ausgestattet und in die Wildnis geschickt wurde. Man bekam das Gefühl, der durchschnittliche Norweger würde jeden Tag in einem *bunad* herumlaufen und sein liebstes Fortbewegungsmittel sei der Tretschlitten; es war absurd.

Das bisschen, was ich sah.

Onkel Owen verfolgte die Spiele dagegen rund um die Uhr.

Mischa und ich hatten ihn im Januar erneut besucht, und in der darauffolgenden Woche half ich ihm, einen gebrauchten Fernseher und einen Videorekorder anzuschließen, die ihm ein Bekannter verkauft hatte. Ich zeigte ihm, wie er den Rekorder programmieren konnte, und besorgte ihm einen Stapel VHS-Kassetten aus einem Elektronikladen ein paar Straßen vom Apthorp entfernt. Weil die meisten Wettbewerbe, die er verfolgen wollte, bei uns nachts liefen, sah er sie erst, lange nachdem sie vorbei waren. Er richtete sich in der Küche ein, mit Kaffee und Essen und Blick auf die Schneereste auf dem Bürgersteig der 78th Street, was den Abstand zwischen Manhattan und Lillehammer für ihn gefühlt näher zusammenrücken ließ. So fing es an. Von diesem Tag an besuchte ich ihn mehrmals im Monat, allein oder mit Mischa. Oder Mordecai. Onkel Owen kaufte sogar ein Sofa und verlegte den Fernseher in eines der Wohnzimmer, damit wir dort sitzen konnten anstatt in der Küche. Ich war gern bei ihm, es gefiel mir, einen Freund in Manhattan zu haben. Denn so betrachte ich ihn im Nachhinein, er war mehr ein Freund als ein Onkel, und obwohl ich hin und wieder etwas an ihm wahrnahm, das vage an meinen Vater erinnerte – und mir in diesen Momenten wünschte, eine solche Version meines Vaters würde immer noch mit mir unter einem Dach auf Long Island leben –, war es, als wären die familiären Bande zwischen Owen und mir reiner Zufall. Viel näher brachte uns die Tatsache, dass wir beide wussten, wie es war, fern von dem Ort zu sein, wo man herkam. Demselben Ort. Und trotzdem, das konnte ich nie ganz ausblenden, wünschte ich mir nichts sehnlicher, als dass er mir von Vietnam erzählte. Jedes Mal, wenn ich ihn besuchte. Und ich konnte mich doch nie dazu überwinden, kam nie weiter, hatte die Folgefrage zu unserem ersten Treffen immer nur auf der Zunge, feingeschliffen, konstruiert und dekonstruiert und wieder neu konstruiert, eine Frage, die ich im Zug oder Bus oder Auto nach Manhattan ständig wiedergekäut hatte, damit ich sie stellen konnte, ohne dass es plump oder unwissend klang. Diese eine Frage, die ich also nicht zu stellen wagte, hatte ich so oft umformuliert und überarbeitet (jedes Mal, wenn ich ihm die Frage *nicht* stellte, dachte ich auf dem Heimweg, dass der fehlende Mut im entscheidenden Moment der mangelnden Qualität und Angemessenheit der Frage geschuldet war), dass zum Schluss nur noch Fetzen und Lumpen davon übrig waren, ein kleinster gemeinsamer Nenner, der in seiner Ehrlichkeit und seinem Verständnis entweder bona fide genial war oder, mindestens ebenso wahrscheinlich: extrem banal. Überhaupt wurde der Zweifel über die Beschaffenheit meiner Frage allmählich so groß, dass es immer unmöglicher wurde, sie auszusprechen. Es war ein Gefühl, als würde ich in einem Theaterstück mitspielen, in dem es nur ein mögliches und zugleich entscheidendes Zitat gab. Als würde man zum ersten Mal *Hamlet* spielen, ohne Text und ohne eine Erinnerung daran, das Stück je gelesen zu haben, weshalb einem nichts anderes übrig blieb, als zu improvisieren, in der Hoffnung, nur über Sätze zu stolpern, die nicht ganz so gravierende Folgen haben würden wie *Sein oder Nichtsein* (ganz zu schweigen von: *Hier, mörd'rischer, blutschänd'rischer, verruchter Däne, trink diesen Trank aus. Ist die Perle hier? Folg meiner Mutter!* Für mich persönlich ein viel schmissigerer Satz). Jedes Mal, wenn ich Onkel Owens Wohnung verließ, ohne gesagt zu haben, was ich sagen wollte, überkam mich fast so etwas wie Erleichterung, weil es zu spät war und ich bis zur nächsten Chance wieder ein paar Wochen warten musste. In der Zwischenzeit wäre, so glaubte ich jedes Mal, massenhaft Zeit, zu einer vernünftigen Frage zu kommen. Das ließ aber trotzdem auf sich warten. Und vielleicht war es auch besser, dass ich das Thema nicht ansprach, denn ich sah ihm an, dass er sich über unseren Besuch freute, ich glaube, was Besuch anging, war er ausgehungert. Ein paar Mal lud ich meine Mutter ein, mich zu begleiten. Aber sie kam nie mit, ich dachte, es hätte sie meinem Vater zu nahe gebracht, wenn sie dort gesessen und höflich mit seinem Bruder geplaudert hätte, obwohl die beiden ja nicht gerade viel Kontakt miteinander hatten. Doch sie wusste es zu schätzen, dass ich ihn besuchte, und manchmal telefonierte auch sie mit ihm, anscheinend war es einfacher, wenn sie einander nicht sahen. Ich hatte das Gefühl, dass sie hauptsächlich über mich redeten, ich war wohl ihre einzige Gemeinsamkeit. Hin und wieder schienen sie aber auch über ganz andere Sachen zu diskutieren, über Ereignisse, die mehrere Jahrzehnte und Tausende Kilometer hinter ihnen lagen, und dann wurde die Stimme meiner Mutter weicher und wärmer. Aber ich hörte nicht, was sie sagte.

Ich kam zu spät. Es war egal. Die Eröffnung von Mischas Ausstellung *Heaven is a Laundry Place* Ende März war eine eher stille, zurückgenommene Veranstaltung; es gab keine feierliche Enthüllung der Waschmaschinengemälde oder Lobreden, die man verpasste, das Ganze schien keinen festen Anfang und kein festes Ende zu haben, es fand einfach statt. Und es war anscheinend angesagt, so spät wie möglich zu kommen. Um sie zu überraschen und weil es meine erste Vernissage war, trug ich einen Anzug. Ebenfalls mein erster. Aus dem Roosevelt Field natürlich. Er gefiel mir wahnsinnig gut. Dunkelblau. Ich hatte gelernt, einen Krawattenknoten zu binden. Doch als ich im Ballpark of 850 in der Broome Street ankam (der Name der Galerie, erfuhr ich später, war entstanden, weil seine Besitzerin die Frage leid gewesen war, was zum Teufel sie für diese Räume zahlte, und auf diese Weise für ein und alle Mal dazu Auskunft gab), wurde mir schnell klar, dass ich damit auf Kollisionskurs war. Nicht nur die meisten Gäste waren leger gekleidet, als wollten sie eigentlich woandershin und wären nur zufällig vorbeigekommen, sondern auch das Personal, das umherging und Sekt und Bier in Plastikbechern servierte, sie trugen lässige, ja fast zerlumpte Klamotten, zerschlissene Jogginghosen, verwaschene T-Shirts und fleckige Pullis, waren ungeschminkt und hatten ihr Haar nachlässig hochgesteckt oder zum Pferdeschwanz gebunden, um so zu betonen, dass heute Waschtag war und es um praktische Angelegenheiten ging und nicht um das übliche, oberflächliche Gefasel. Der Boden, grünes Linoleum, war mit Seifenresten beschmiert und abgelaufen worden, wer dafür gesorgt hatte, musste tagelang in Eisenschuhen darauf herumgetrampelt sein, um die richtige Patina zu erzeugen, und lag jetzt sicher völlig fertig in irgendeinem Loft. Aber es funktionierte. Es sah echt aus. Sogar die Wände waren mit gelbgrüner Industriefarbe gestrichen, und in der Mitte des Raums standen abwechselnd billige rote und blaue Plastikstühle. Wären der Alkohol und die vielen Menschen mit Bechern in der Hand nicht gewesen, hätte ich wirklich geglaubt, ich befände mich in einem Waschsalon. Berge von Kleidern lagen auf Resopaltischen oder waren über ausrangierten Einkaufswagen drapiert, wo ich auch ging, hörte ich summende Wäschetrockner und Waschmaschinen, die Geräusche strömten gedämpft, aber anhaltend aus Lautsprechern unter der Decke, und Mischas Gemälde, originalgetreue Abbildungen der Laundromat-Waschmaschinen, waren nicht gehängt, sondern standen nebeneinander auf dem Boden und lehnten so an der Wand, dass sie dem Betrachter eine gewisse Illusion von Tiefe und Authentizität vermittelten. Ich kniete mich vor eines der Bilder und studierte es eingehend; diesmal hatte sie wirklich alle Facetten des Fotorealismus ausgeschöpft, jedes einzelne Wort des Bedienfelds oben auf den Maschinen war mit maschineller Präzision wiedergegeben; jedes Etikett, jeder kleine Kratzer in der Glastür und neben dem Münzschlitz war perfekt kopiert, dasselbe galt für die Abnutzungserscheinungen im Lack, wo Hände und Nägel jedes Mal anstießen, wenn die Klappe geöffnet und geschlossen wurde, man konnte die Dellen an der Vorderseite der Maschine sehen, wo Schuhsohlen und scharfe Wäschewagenkanten ihre Spuren im orangefarbenen Lack hinterlassen hatten, und die angerosteten Befestigungsschrauben ganz unten und das Kondenswasser, das noch immer am Glas abgesetzt war, den Widerschein der silbernen Trommel dahinter und die Fingerabdrücke auf dem Bedienfeld; ohne darüber nachzudenken, bewegte ich meinen Kopf vor dem Gemälde hin und her, weil ich überzeugt war, meine eigene Spiegelung in den verchromten Flächen sehen zu können. Überall standen reihenweise Bilder; rote Münzwaschautomaten, mintgrüne, beige, gelbweiße mit blauen Kanten und ein Trio, das Industrietrockner aus rostfreiem Stahl darstellte. Mehrere der Gemälde hatte ich schon gesehen, zu Hause bei Mischa, in verschiedenen Stadien der Fertigstellung, aber erst hier, in dieser Umgebung, kamen sie voll zur Geltung und strahlten regelrecht … sie strahlten etwas aus, das, wie ich erst viel später verstand, im Grunde Einsamkeit war. Waschsalons wie dieser, wo sich Fremde unter ein und demselben Dach trafen und wortlos in der Öffentlichkeit das intime Ritual vollzogen, ihre Wäsche und auch Unterwäsche zu waschen, waren eine Welt, die für einen Großteil der Bevölkerung schon im Verschwinden begriffen war, ersetzt durch Waschmaschinen in den eigenen vier Wänden und Reinigungen, wo die finanziell Bessergestellten ihre schmutzigen Sachen abgaben und ein paar Tage später sauber wieder abholten. Vergangen waren die langen Minuten, in denen man auf dem Plastikstuhl saß und wie hypnotisiert auf die Trommel starrte, die sich drehte und drehte und die Textilien in immer neuen Farbzusammenstellungen zeigte. Und mit ihnen verschwand für viele Menschen auch das letzte bisschen Gemeinschaft, die letzte Chance, einen Schwatz zu halten und Neues aus der Nachbarschaft zu erfahren. Die letzte Chance, überhaupt jemanden zu treffen. Auf das Zeitalter der Waschsalons folgte die Zeit der geschlossenen Türen. Auch die Maschinen, die Mischa in ihrer Mehrdimensionalität wiedererschaffen hatte, waren von der Einsicht ihres bevorstehenden Aussterbens geprägt. Sie waren zweifellos frappierend schön, wie sie so funktional wie möglich gestaltet worden waren, um es den Kunden leicht zu machen, sie zu benutzen – sie zu *verstehen.* Die Abnutzungserscheinungen und der abblätternde Lack an dem, was einmal topmodern gewesen war, lenkten meine Gedanken auf die Menschen, die diese Geräte benutzt hatten, bis Mischa gekommen war und ihre Referenzfotos gemacht hatte: Sahen sie genauso mitgenommen aus, waren Mensch und Maschine synchron verfallen? Gut möglich. Das Erlebnis der Ausstellung als eine Art Elegie – und zu einem gewissen Grad auch als Lob der Ästhetik und Funktionalität – wurde von dem Bild im zentral gelegenen Raum verstärkt, dem letzten Ausstellungsstück. Im Gegensatz zu allen anderen Gemälden hing es an der Wand, und es hing für sich, wie ein Wandgemälde in der reinsten Kirche der Welt, eine knallgelbe Maschine im Format 350 × 220. Ich erkannte sie sofort als eine aus dem Waschsalon in der Nähe der Poplar Street wieder. Eine kleine, diskrete Plakette verriet den Titel: *Every Day is Laundry Day No. 8* (1993).

«Wie findest du es?»

Ich drehte mich um und sah Mischa.

«Gratuliere», antwortete ich und umarmte sie. «Es ist … ich weiß nicht, was ich sagen soll. Darf ich sagen brillant?»

«Wenn du willst.»

Ich wollte etwas anderes sagen, etwas, das in viel höherem Maße ausdrückte, wie stolz ich auf sie war und wie begeistert von den Gemälden und was für einen Eindruck sie überraschenderweise auf mich machten. Ich wollte ihr ein Kompliment machen, das sie zu schätzen wusste, aber ich hatte keine Ahnung, wie man sich an Orten wie diesem ausdrückte.

«Es ist brillant», sagte ich. «Es ist …»

«*Transplendent?*», schlug eine Frau um die vierzig vor, die neben Mischa stand und die ich erst jetzt bemerkte.

«Absolut», erwiderte ich, ohne den geringsten Schimmer zu haben, was das Wort bedeutete.

«Hast du Kim schon kennengelernt?» Mischa deutete auf die blonde Frau.

«Nein», antwortete ich und gab ihr die Hand. «Max Hansen.»

«Kim ist Musikerin.»

«Na ja, unter anderem», murmelte die Frau und lachte kurz.

«Freut mich.»

«Sie wird vielleicht eins meiner Bilder kaufen», erzählte Mischa.

«Toll.»

«Ich weiß.» Die Frau wandte sich wieder Mischa zu. «Sie sind wirklich transzendental, oder? Das Gegenteil von uns.»

Die beiden unterhielten sich weiter, und ich ging etwas abseits und starrte weiter auf das riesige Gemälde. Ich konnte hören, dass sie über Mischas Zukunft sprachen. – *Was würdest du von Mary Boone als Galeristin halten, oder meinst du, seit dem Crash ist sie passé? – Tja, du könntest ja wenigstens mal mit ihr reden*, antwortete Kim, *Thurston und ich haben gerade gestern noch darüber diskutiert, schaden kann es nicht, solange du nichts unterschreibst. – Sie war nicht besonders nett zu Basquiat. – Jean-Michel war auch nicht immer zu allen nett. – Ich habe gehört, dass sein Studio schon wieder leer steht? – In der Crosby Street? – Mm. – Da willst du nicht hin*, sagte

Kim. *Zu viele schlechte Vibes. – Was ist mit der 222 Bowery? – Das alte YMCA-Gebäude, wo früher Rothko drin war? – Ja? – Etwas besser, aber immer noch nicht gut. Weißt du übrigens, wer noch da gewohnt hat, nach ihm? – Nein. – Burroughs. – Ist das wahr? Er hat immer Telefongespräche von Fremden angenommen, die sich zu ihren Sünden bekennen wollten. – Hast du mal angerufen? – Nein, ich habe nie genug Münzen zusammenbekommen.*

Später gingen wir essen, ich, Paul und ein paar andere von Mischas kanadischen Freunden, die ich schon von Fire Island kannte, sowie Kollegen und Kuratoren und Leute aus der Galerie. Wir stießen auf die Ausstellung an, und ich hoffte, der Kellner würde keinen Verdacht wegen meiner Jugend schöpfen, und wieder beschlich es mich, dieses lähmende Gefühl, nur ein anstrengendes Kind zu sein, auf das man gezwungenermaßen aufpassen und das man mitschleifen musste, verlegen und peinlich berührt, bis Mischa, ein wenig angeheitert, das Wort ergriff, mit dem Messer gegen ihr Glas schlug und die volle Aufmerksamkeit aller Versammelten auf sich zog.

«Es gibt noch einen anderen Grund, heute zu feiern», sagte sie und sah mich an. «Etwas, das keine Waschmaschine rausbekommt.» Sie stand auf. «Das ist Max. Er kommt aus Norwegen. Er wird einmal ein großer Schauspieler werden. Max Hansen. Und von allen, die einen Dank dafür verdienen, dass diese Ausstellung zustande gekommen ist, steht sein Name ganz oben. Keiner hat in den letzten neun Monaten mehr Geduld mit mir gehabt, keiner hat mein Jammern und Klagen öfter ertragen müssen als er, keiner hat mich häufiger angerufen, um mich zu fragen, wie es mir geht, oder ist innerhalb von Minuten in Long Island aufgebrochen, um zu mir nach Brooklyn zu rasen; keiner hat mich energischer ermutigt und mehr inspiriert, keiner hat mir mehr Einsichten eröffnet und ausgiebiger mit mir diskutiert – stundenlang, rund um die Uhr – als du. Und, wo wir schon einmal dabei sind: Keiner sieht nackt besser aus. Ich danke dir. Du bist jetzt einer von uns. Einer von denen, die keinen richtigen Plan haben. Prost.»

Und dann klatschten sie. Für mich. Das werde ich nie vergessen. Es klang, als würde sich der Applaus im Raum ausbreiten wie ein Steppenbrand, und vielleicht war es auch so, denn ich meinte sehen zu können, wie sich die Augenbrauen des Kellners zu einer gereizten und besorgten Miene zusammenzogen und wie er für einen kurzen Moment auf dem Sprung zu sein schien, zu uns zu eilen und mir brüsk das Glas aus der Hand zu reißen, doch er besann sich in letzter Sekunde, und am Ende klatschte auch er, glaube ich, aber sicher bin ich mir nicht, er verschwand aus meinem Blickfeld, als Mischa sich zu mir beugte und mich küsste. «Ich liebe dich», flüsterte sie mir ins Ohr.

Es war das Jahr, in dem sowohl meine Schwester als auch mein Vater nicht mehr da waren, aber ich redete nur mit einem von beiden. Ab und zu rief ich Ulrikke nach der Schule an, und sie erzählte von ihrem Tag, ich hörte Berlin in der Leitung, die Vögel in den Bäumen und die Fahrräder auf dem Kopfsteinpflaster. Ich hörte sie sagen, die Dinge seien dort einfacher, aber auch schwieriger. Ich hörte sie sagen, dass sie es vermisse, zu Hause zu sein, und ich wusste nicht, welches Zuhause sie meinte, sie sagte, sie komme an der Uni gut voran, sie nannte das Studium ungeheuer spannend, und ich konnte mich nicht daran erinnern, das Wort ungeheuer je zuvor von ihr gehört zu haben. Sie sagte: *Wusstest du, dass die DNA eines Menschen zu 60 Prozent mit der einer Banane übereinstimmt? Oder dass sich die Qualle Turritopsis nutricula, wenn sie ausgewachsen ist, durch Zellveränderung wieder in ein früheres Entwicklungsstadium zurückbegeben kann? Sie kann diesen Prozess so oft wiederholen, wie sie will, und damit ewig leben. Es sei denn, sie wird vorher gefressen. Ist das nicht irre? Und auch der Hummer kann theoretisch unendlich lange leben, wenn er will;* es war das Jahr, in dem ich unruhig schlief, wenn ich Mischas Atem nicht neben mir hörte, es war das Jahr, in dem meine Mutter fast die ganze Zeit über traurig war, es aber noch häufiger leugnete; es war das Jahr, in dem sie sich nach einem anderen Ort zum Leben umsah, das Jahr, in dem sie so viel las wie schon seit Jahren nicht mehr und einem Lesezirkel beitrat, mit dem sie sich zweimal im Monat traf, das Jahr, in dem sie Manns *Zauberberg* noch einmal las und so eifrig Notizen an den Rand kritzelte, als müsste sie in eine Abiturprüfung; es war das Jahr, in dem Nixon starb und Kurt Cobain, im Abstand von siebzehn Tagen: die beiden Trauergruppen versammelten sich an verschiedenen Orten; es war das Jahr, in dem Wohlman im Frühlingshalbjahr zwei Einakter inszenierte und ein abendfüllendes Stück im Herbst, Mordecai ergatterte die Rolle des Gus in Pinters *Der stumme Diener* und spielte sie so hervorragend, dass mir in der letzten Szene, wenn Gus zurück ins Zimmer geht, ohne zu ahnen, was oder wer ihn dort erwartet, die Tränen kamen. Ich erhielt keine Rolle, obwohl Wohlman sagte, ich sei einer der beiden gewesen, die er für Jean-Paul Sartres *Geschlossene Gesellschaft* (den anderen Einakter) in der engeren Auswahl gehabt hätte, und vielleicht war es auch besser so, denn die Inszenierung machte ihn bei den Kollegen unbeliebt, und die puritanisch gesinnten Eltern (sechsunddreißig an der Zahl, neunzehn, wenn man nur die Haushalte zählte) verdammten ihn und protestierten mit einer Unterschriftensammlung – die von den Initiatoren persönlich an die Schuldirektorin Mrs. Edwards übergeben wurde – erbittert dagegen, wie unpassend und jugendgefährdend es sei, ein Stück aufzuführen, bei dem die Schüler *zweifelhafte* Charaktere darstellen müssten, die für immer in der Hölle schmoren würden, und bezeichneten die bevorstehende Produktion als *seichte Unterhaltung, förmlich schwelgend in Mord und Totschlag und Homosexualität* (und anderen, nicht näher bekannten, aber durchaus nicht weniger verdammungswürdigen Stilfiguren) und wiesen bei dieser Gelegenheit auch gleich darauf hin, wie tragisch es sei, die Jugend vor Ort einem Schauspiel auszusetzen, das die Botschaft verfocht: *Die Hölle, das sind die anderen.* Hochachtungsvoll, unter den obligatorischen abschließenden Zeilen, in denen auf belehrende, herablassende Weise trocken festgestellt wurde, dass es in der amerikanischen Literatur eine ganze Reihe von besser geeigneten und qualitativ hochwertigeren Theaterstücken gebe, unterzeichnet mit den Namen sämtlicher 36 entrüsteten Erziehungsberechtigten. Es versteht sich von selbst, dass diese Eltern nur wenig für den französischen Existenzialismus übrighatten. Das Ganze kam äußerst überraschend für die Schulleitung, die sich gezwungen sah, das Protokoll einzuhalten und die Sache *näher in Augenschein zu nehmen* und das Theater einer kritischen Untersuchung zu unterziehen, indem sie Wohlman zu einem formalen Gespräch einbestellte, das nur eines von vielen werden sollte, die schließlich in einem offenen Streit zwischen den beteiligten Parteien kulminierten – Wohlman (der Aufwiegler / Demagoge), uns (die Opfer / Schafe) und den Eltern (die Verunglimpften / Besorgten) –, in dem nach anfänglichen Vorwürfen gegen Wohlman schmerzlich deutlich wurde, dass es sich um eine Überreaktion von Mrs. Edwards handelte, die sich, von unbewussten religiösen Motiven angetrieben, nicht ansatzweise damit auseinandergesetzt hatte, worum es in dem Stück tatsächlich ging, nämlich um zutiefst moralische und philosophische Fragen über Selbstbetrug, Freiheit, Verantwortung und den Blick der anderen, woraufhin sie sich damit verteidigte, sie könne kein Französisch und man dürfe ja wohl nicht voraussetzen, dass alle Amerikaner Französisch beherrschten, um für die Sicherheit des eigenen Kindes eintreten zu können, eine Rechtfertigung, die schon für sich genommen ein bedeutendes Maß an Verlegenheit bei den übrigen Unterzeichnern auslöste, zumal Wohlman trocken bemerkte, das Stück werde selbstverständlich auf Englisch aufgeführt und die Übersetzung sei in jeder Bibliothek im ganzen Land zugänglich, und auch den anderen Eltern den Wind aus den Segeln nahm, weil sie auf direkte Nachfrage beschämt murmelnd einräumen mussten, dass sie sich nicht mit dem *genauen Wortlaut* des Stücks befasst hätten, sondern blind auf den vorab veröffentlichten Werbetext der Schule und die Formulierungen in Mrs. Edwards' Beschwerdebrief vertraut und als Konsequenz daraus *in gutem Glauben* unterschrieben hatten und jetzt, vor dem Hintergrund *dieser neugewonnenen Informationen*, einsahen, dass sie falsch gehandelt und Wohlmans *moralischen Kompass* ebenso sehr unterschätzt hatten wie ihren eigenen überschätzt. Einige der Eltern inklusive Mrs. Edwards selbst, mittlerweile völlig bloßgestellt von Wohlmans donnernder Rede, die alles von der Autonomie der Kunst bis hin zu einer Erinnerung an die amerikanische Buchzensur und die deutsche Bücherverbrennung und den Wert der Bildung als Weg zu Einsicht und Fortschritt beinhaltete, beharrten lahm auf einem letzten Rest ihrer in Trümmer liegenden Argumentation und betonten, dass Wohlman ja wohl kaum wissen könne, wie anstrengend das Leben mit Jugendlichen mitunter wäre und wie schwierig, um nicht zu sagen unmöglich es für die Eltern sei, auf dem Laufenden zu bleiben und sich mit jedem Detail auseinanderzusetzen, dem ihre Sprösslinge ausgesetzt seien, und man sich deshalb an einfachen, grundlegenden Richtwerten orientieren müsse, um ihnen eine geborgene Kindheit und eine hoffentlich glänzende Zukunft zu ermöglichen. Wohlman, freundlich und entgegenkommend wie immer, beendete das Gespräch mit den Worten: *Und dies, meine Damen und Herren, bestätigt Sartres Pointe voll und ganz: Die Hölle, das sind die anderen.* Die Produktion von *Der stumme Diener / Geschlossene Gesellschaft* wurde wie geplant auf den Spielplan gesetzt, die beiden Einakter liefen vor halbleeren Sälen und kamen in den Lokalzeitungen gut weg. Mordecais Einsatz als Gus und Jeannes Inès wurden besonders hervorgehoben, und man prophezeite den beiden eine große Theaterkarriere. (Jeanne endete später als Lektorin in einem Verlag, mit Betonung auf *endete.*) Mir war bei der umstrittenen Doppelaufführung die Funktion des Inspizienten für *Der stumme Diener* zugefallen. Ich war Wohlmans Lakai, bei allen Proben anwesend und für alles verantwortlich, vom reibungslosen Betrieb des Küchenaufzugs (sobald er nicht tat, was er sollte, musste ich schnurstracks die Bühnen / Requisiten-Abteilungen davon in Kenntnis setzen, die dafür sorgten, dass er wieder lief) und der Beschaffung all dessen, was er transportierte, bis hin zur Aufsicht darüber, dass die Kostüme rechtzeitig fertig wurden und an Ort und Stelle hingen, sowie dem Kopieren und Verteilen der Probenpläne und dem Anruf beim Souffleur, wenn der sich plötzlich einbildete, die Schauspieler seien nun so textsicher, dass er nicht länger anwesend sein müsse; es war das Jahr, in dem wir kaum etwas unternahmen, ein Sommer ohne Bewegung. Mischa wurde nicht noch einmal ins Camp Wekeela eingeladen. Die meiste Zeit verbrachten wir in ihrer Wohnung in Brooklyn. Ab und zu machte Mischa den Versuch, an etwas Neuem zu arbeiten, hauptsächlich jedoch, um guten Willen zu zeigen, und ohne nennenswerte Ergebnisse. Die Arbeit an *Heaven is a Laundry Place* hatte sie viel Kraft gekostet, sie war erschöpft. Ich fand, sie sah dünn aus, und versuchte, gehaltvolle Suppen für sie zu kochen, nach Rezepten, die ich zu Hause gefunden hatte, und sie sanft zu mästen, ohne dass sie es bemerkte. *Hast du Lust, ins Kino zu gehen?*, fragte ich an einem Nachmittag Mitte Juli. Doch sie schüttelte den Kopf. *Ich glaube, ich muss mal eine Weile lang einfach gar nichts machen*, antwortete sie. Ich war einverstanden, hatte keine Einwände. Wir holten ein paar Decken und gingen aufs Dach hinaus, wo jemand zwei morsche Liegestühle aufgestellt hatte. Die nahmen wir in Beschlag. Anschließend blieben wir mehr oder weniger für den Rest des Sommers dort sitzen. Ich erinnere mich nicht mehr, worüber wir dort oben sprachen. Woran ich mich erinnere, ist die Aussicht: die Sonne, die unterging, und die Brooklyn Bridge, so nah, dass man sie fast anfassen und beinahe riechen konnte, und den East River (und auch seinen Geruch) und die Fähre, die unverdrossen zwischen Dumbo und dem Pier 11 in Lower Manhattan hin- und hertuckerte. Als ich nach Garden City zurückkehrte, war es beinahe September geworden. Am Nachmittag stieg ich in den Zug, setzte mich ans Fenster und sah, wie Long Island allmählich Form annahm. Das Abteil war nicht einmal halbvoll, und trotzdem war die Luft fast genauso wie draußen, so wie sie beinahe den ganzen Sommer über gewesen war: schwer und drückend, warm und stickig, als hätte in dieser Jahreszeit jemand vergessen, ein großes Fenster aufzumachen. Vom Bahnhof aus lief ich durch die Straßen, ich musste mich nicht orientieren, ließ mich einfach wie von einem Magneten in die richtige Richtung ziehen, ich hatte erst kürzlich, ungefähr vor drei Wochen, das letzte Mal zu Hause vorbeigeschaut, um ein paar Klamotten und Platten zu holen, und trotzdem hatte sich Garden City in der Zwischenzeit verändert, wirkte instabil. Der ganze Ort war im Laufe weniger Nächte aus seiner Verankerung gerissen und umgesetzt worden, so schien es, zu einem Terrarium umgestaltet, in der Hoffnung, dass es niemand bemerken und den Unterschied thematisieren würde. Aber ich tat es. Ich merkte es. Ich sah den Unterschied. Er missfiel mir; es war das Jahr, in dem Wohlman im Herbst Thornton Wilders *Unsere kleine Stadt* inszenierte, eine Entscheidung, hinter der wir Theaterschüler ein grummelndes Zugeständnis vermuteten, den engstirnigen Eltern einen Ausgleich zu Sartre im Frühjahr zu präsentieren, indem man ihnen ein so serviles, skandalfreies und vor allem unverfängliches Stück wie den pulitzerpreisgekrönten Dreiakter aus dem Jahr 1938 vorsetzte, wo nicht viel mehr passierte, als dass die Menschen in einem kleinen Örtchen ihren täglichen Verrichtungen nachgingen, Milch auslieferten und den Acker bestellten, sich verliebten, heirateten und starben und anschließend auf eine Stippvisite im irdischen Dasein vorbeikamen, um im Nachhinein zu begreifen, wie wertvoll jede einzelne Sekunde des Lebens doch war. Die unbestrittenen Qualitäten des Stücks und die umfassende Aufführungsgeschichte in allen Ehren – es war trotzdem ein Highschool-Theater-Pipifax. Es war spannender, einer Plastiktüte auf dem Bürgersteig dabei zuzusehen, wie sie vom Wind erfasst wurde. Doch wir stellten uns hinter Wohlmans Entscheidung und freuten uns über den knallharten Minimalismus, zu dem das Stück dank seiner mangelnden Kulissen und Requisiten einlud und der voraussetzte, dass wir allein durch unser Spiel eine Illusion von den Objekten und von der Umgebung erschufen – nach dem überfrachteten *Oklahoma* war das eine Erleichterung, und mit mehr als genug Rollen bekamen die meisten eine oder mehr übertragen, und die Bühnenarbeiter wurden auf eine ähnliche Weise sichtbar gemacht wie bei unserer Aufführung von Ionescos *Die Nashörner* (es war im Übrigen das Jahr, in dem Ionesco starb). Mordecai spielte George Gibbs, mir wurde der Part des Spielleiters zugedacht, des Erzählers des Stücks, der sich mühelos in die Handlung hinein- und wieder hinausbegab, kommentierte und mit dem Publikum kommunizierte und, wenn nötig, in andere Rollen schlüpfte oder neue Personen auf die Bühne brachte, um das Geschehen in Gang zu halten. Diese Aufgabe markierte eine Rückkehr in Wohlmans innersten künstlerischen Kreis, zu dem ich mich nicht länger zugehörig gefühlt hatte, und im Herbst 1994 verbrachten wir erneut lange Abende zu zweit, während wir meine Rolle und das Stück und die vielen Kunstgriffe besprachen, die er in die Inszenierung einarbeiten wollte; es war das Jahr, in dem ich lieber bei Mischa gewesen wäre und heimlich auf die Uhr schielte, wenn Wohlman in einen seiner Exkurse abglitt und damit die Vorlage für stundenlange Diskussionen über Themen bot, die sich erst viel später – wenn überhaupt – als wichtig für die Arbeit erweisen würden, in der wir steckten; es war das Jahr, in dem Mordecai sein Fahrrad stehen ließ und sich ein Auto zulegte, einen azurblauen, nur bedingt verkehrssicheren 1982 Mercury Lynx, und anfing, abends nach Manhattan zu fahren. Er chauffierte mich nach Dumbo und lieferte mich bei Mischa ab und setzte seinen Weg fort, über die Brücke und zu einem mir unbekannten Ziel, kam jedoch stets aufgekratzt zurück und war die meiste Zeit des Sommers weg, dieses Auto hatte für ihn nicht nur Symbolwert, es wurde in vielerlei Hinsicht ein Transportmittel für ihn, der Beginn einer neugewonnenen Freiheit. Wenn ich mich richtig erinnere, fuhr er in diesem Sommer über Kentucky, Tennessee und Arkansas nach New Orleans, ehe er sich westlich wandte und seinen eigenen Worten nach zufällig nach Nevada tuckerte und dort in der Wüste auf das Burning Man Festival stieß. Und dann, an einem Nachmittag im Laufe des Herbstes, ohne jede Vorankündigung, kehrte er von einem seiner Ausflüge nach Manhattan mit einem Passagier zurück. Er hieß Elmer. Aber nicht Fudd. Wohnte in Extra Place, East Village. Elmer war Tänzer, er war lang und dünn, freundlich und reizend, und Mordecai konnte kaum still stehen, war aufgekratzt, verursacht durch eine Ansammlung von Glück im dorsolateralen präfontalen Cortex oder irgendwo da in der Nähe. Er hoffte, der Zustand würde chronisch werden und eine vollständige Genesung sei nicht in Aussicht; es war sein Annus mirabilis; das Jahr, in dem seine Jacketts so gut saßen wie nie zuvor, und wir hockten zusammen in seinem Auto unten am Jones Beach und hörten so laut Musik, dass uns die Ohren bluteten und wir nachts wegen unseres Tinnitus nur bei laufendem Fernseher schlafen konnten, das Jahr, in dem wir zu viert waren und mehr Aufführungen von zeitgenössischem Tanz sahen als die meisten Familien im Laufe von vier Generationen, das Jahr, in dem wir uns im ewigen Pendelverkehr bewegten, ich war auf dem Weg zu Mischa nach Brooklyn und Elmer auf dem Weg zu Mordecai nach Garden City, und ich erinnere mich, dass wir uns auf dem Long Island Expy zuwinkten, Elmer und ich, aber das kann nicht stimmen; es war das Jahr, in dem ich mich nicht mehr um Mordecai sorgte und doch einen merkwürdigen Neid gegenüber der neuen Person verspürte, die ins Spiel gekommen war und teilweise meinen Platz eingenommen hatte, als wäre ich plötzlich habgierig und wollte alles für mich, die ganze Zeit, sosehr ich mich auch für ihn, für die beiden freute; es war das Jahr, in dem die Zahl meiner Besuche bei Onkel Owen rasant anstieg und Antichrist mich/uns ohne Verhör ins Apthorp ließ, mit einer schnellen Handbewegung und der Bemerkung *Du kennst den Weg*; es war das Jahr, in dem Onkel Owen einen persönlichen Rekord an Studioaufnahmen verzeichnete, ohne dass es sich in seinen Einnahmen widerspiegelte; es war das Jahr, in dem wir Weihnachten nur zu zweit verbrachten, meine Mutter und ich, das Jahr, in dem Mischas Eltern uns eingeladen hatten, mit ihnen in Toronto zu feiern, eine Einladung, die wir freundlich annahmen, von der meine Mutter dann aber doch in letzter Sekunde aus unbestimmten Gründen einen Rückzieher machte, sodass wir letzten Endes zu zweit blieben und uns über den Esstisch hinweg anschreien mussten, weil die Weihnachtsmusik so ohrenbetäubend aus der Stereoanlage dröhnte, um uns von der enttäuschend kleinen Runde abzulenken, doch schließlich wurde es trotzdem ein schöner Abend, es war das letzte Weihnachten in der Poplar Street; es war das Jahr, in dem wir Silvester bei Onkel Owen feierten, Mischa, Mordecai, Elmer und ich, während meine Mutter angeblich andere Pläne hatte und nicht allein zu Hause saß und die fernen Lichter des Feuerwerks am Himmel sah, das wir uns am Times Square anschauten, wo wir johlend das Jahr 1995 begrüßten und anschließend wieder die 78th Street in Richtung Apthorp entlangtorkelten, ohne unterwegs ein Taxi zu ergattern, und in Betten und auf Sofas und Fußböden in den Tiefschlaf fielen und im weißen, blendenden Januarlicht aufwachten.

Wohlmans letzter Versuch, Schauspieler und Theaterleute aus uns zu machen, war viel zurückhaltender als die Produktionen, die wir in den Jahren davor auf die Beine gestellt hatten. Weniger als ein halbes Jahr vor dem letzten Schultag und angesichts eines kollektiven

Mangels an künstlerischem Denkvermögen und Konzentration auf unsere Rollen, da wir gleichzeitig unruhig auf die Antwortbriefe von diversen Colleges warteten, tat Wohlman das seiner Meinung nach einzig Richtige: Er ließ uns mit Beckett kämpfen. Drei Abende in der Woche, zwei oder höchstens drei Stunden am Stück, verteilten wir uns auf die Gruppen, die er zusammengestellt hatte, und nahmen die unmögliche Aufgabe in Angriff, uns die Texte innerhalb der kurzen, noch verbleibenden Zeit zu erarbeiten. Mordecais Gruppe hatte das eigentliche Juwel erhalten, *Warten auf Godot*, eine andere Gruppe mühte sich mit *Endspiel* ab und eine dritte mit dem albtraumhaften *Glückliche Tage*, während ich selbst in einen leeren Klassenraum verwiesen und damit betraut worden war, allein einen Zugang zu *Das letzte Band* zu finden. Wenn ich Glück hatte, bekam ich jeden dritten Tag für ein paar Minuten Besuch von Wohlman auf einer seiner nie enden wollenden Runden, sodass ich einige Fragen stellen und mich vergewissern konnte, dass mein Fortschritt und mein Verständnis halbwegs in die richtige Richtung gingen. Doch im Großen und Ganzen hockte ich allein da, vor dem uralten Tonbandgerät, das er mir zur Verfügung gestellt hatte, um mich, wie er sagte, einerseits mit dem notwendigen Requisit auszustatten und mir zugleich einen Gegenspieler zu geben, der immer für mich da sei. So war ich der Einzige, der unter Druck stand, den Text lernen zu müssen, auch wenn er mit neun Seiten noch im Rahmen des Erträglichen lag. Die Aufführung der drei Stücke sollte nämlich über drei Tage verteilt als Publikumslesung stattfinden, mit dem Text in der Hand, diskreten Kostümen und so gut wie keinem Bühnenbild, während meine Einmannvorstellung als gewöhnlicher Einakter gespielt werden und das Ganze abschließen sollte.

Im Übrigen musste ich auch nicht die kompletten neun Seiten Text lernen, weil knapp fünfeinhalb davon Grundlage der alten Aufnahmen waren, denen Krapp – also ich – vor seinem Tonbandgerät sitzend lauschte, während er vor- und zurückspulte. Die Aufnahmen, vor allem jene aus Schachtel 3, Spule 5, an seinem neununddreißigsten Geburtstag drei Jahrzehnte zuvor entstanden, irritierten, faszinierten und amüsierten den alternden Krapp am Abend seiner letzten Aufnahme abwechselnd. Daraus wurde ich am wenigsten schlau. Auf der einen Seite sollte ich einen Mann Ende sechzig spielen, kurzsichtig, langsam schlurfend und Altherrengeräusche von sich gebend, der auf Aufnahmen von sich im Alter von Ende dreißig, Ende vierzig, reagierte – und auf der anderen Seite war es Wohlman persönlich, der den Monolog des jüngeren Krapps im Voraus eingelesen hatte, um auf diese Weise deutlich zu machen, wie schwierig die Identifikation mit beiden Ausgaben dieses Charakters war. Zwischen ihnen lag ein ganzes Leben, die meisten Körperzellen waren seither abgestorben und durch neue ersetzt worden, die mit ihren Vorgängern kaum etwas zu tun hatten. Das Ganze wurde zusätzlich durch das trügerische Paradox erschwert, dass mein gegenwärtiger Krapp in der Realität über dreißig Jahre jünger war als die Ausgabe von Krapp, die auf dem Band dreißig Jahre jünger sein sollte als der ursprünglich dreißig Jahre ältere, gegenwärtige Krapp – der also Ende sechzig war und damit über fünfzig Jahre älter als ich – und so lauschte mein gegenwärtiges Ich, in der Rolle des Krapp, sozusagen meinem zukünftigen Ich / Krapp von einem Standpunkt, der dreißig Jahre in der Zukunft meines künftigen Ichs lag, bzw. Krapp, der von vornherein weiterhin mehr als zwanzig Jahre entfernt war. Ich beschloss, nicht näher darüber nachzudenken. Konzentrierte mich lieber darauf, Krapp zu sein und mich selbst außen vor zu lassen, was wohl auch Teil der Aufgabe war, und Wohlmans Stimme auf dem Band – die etwas überdreht klang, als wollte sie den jugendlichen Übermut des paarunddreißigjährigen Krapp besonders betonen – als Teil der Inszenierung zu sehen und die Daumen zu drücken, dass das Publikum diese Ansicht teilte. Abgesehen davon liefen die Vorbereitungen in meinem klosterzellenartigen Labor überwiegend gut; ich lernte meine Repliken, als wären sie Songtexte, manchmal sang ich sie auch und schrieb sie auf, wieder und wieder, bis ich sie vorwärts und rückwärts rezitieren konnte, bis ich sie eher als Formen sah denn als Textbrocken, Formen, mit denen ich arbeiten und die ich auf der Bühne verteilen konnte, während das Stück seinem Ende entgegenging. Die umfassenden, umständlichen Szenenanweisungen waren eine andere Sache; es gab kompliziertе Details, die damit zusammenhingen, wie ich mich gegenüber dem jüngeren Krapp verhalten und auf ihn reagieren sollte, wann ich gemeinsam mit der anderen Stimme lachen sollte oder allein oder stumm bleiben, während sie lachte, damit, wo ich Pausen einbauen sollte, Blicke, Räuspern, und auf das Tonbandgerät starren, es ausstellen, anstellen, vor- und zurückspulen oder aufstehen, zur Hinterbühne gehen und verschwinden, zehn, fünfzehn Minuten warten und wieder rauskommen, eine Banane hervorholen und wieder weglegen, mich setzen und der Aufnahme lauschen sollte. Und in den Pausen, die ich mir selbst genehmigte, lauschte ich, meist vergeblich, auf Wohlmans Schritte im Flur oder auf Geräusche der anderen Gruppen, denen ich nur begegnete, wenn wir Feierabend machten (es war uns ausdrücklich verboten, die «Produktionen» der anderen zu besuchen). Aber, und das zu erwähnen, bin ich Wohlman schuldig: Die Arbeit mit und das Einüben von *Das letzte Band* war eine fabelhafte Zeit in meinem Leben. Die sechs Wochen, die ich abends allein im Klassenzimmer verbrachte, ohne Deckenleuchte, nur mit einer kleinen Stehlampe und dem Sommer, der draußen vor den Fenstern immer näher kam, waren von einer Intensität geprägt, wie ich sie später nie wieder auch nur annähernd erreichen sollte. Umgeben von Becketts Worten, vereinzelt und gleichzeitig genau gesetzt, mit ihrer Offenheit, für was auch immer ich in sie hineinlegen wollte, fand ich zu einer entspannten Stille in mir, nach der ich mich seither sehne. Es war meine Version von Leonard Cohens buddhistischen Jahren auf dem Mount Baldy. Und wenn ich die anderen wiedersah, nachdem wir unsere Arbeit beendet hatten und uns auf dem Parkplatz vor der Schule trafen, um in der immer wärmeren Abendluft unsere Erfahrungen auszutauschen, verstand ich, dass keiner unbeeindruckt von dem war, womit wir uns gerade beschäftigten, und wir ahnten, dass es um den Tod ging, und ich glaube, wir begriffen (obwohl wir damals Gott weiß noch nicht daran dachten), dass dies Wohlmans Art war, uns mitzuteilen, dass das, was uns nach dem Highschool-Abschluss erwartete, nicht die Zukunft war, wie wir sie uns vorstellten, mit all ihren Offenbarungen und Chancen und diesem und jenem – ein unendliches Meer voller Möglichkeiten und Erlebnisse –, sondern der Anfang von etwas anderem, keineswegs ständig Flirrendem, wie wir es uns einredeten, sondern der erste, unausweichliche Schritt ins Arbeitsleben und in die Routine, die endlose Wiederholung, die Systematik und *den Alltag*, den alle, die vor uns erwachsen geworden waren, längst erlangt hatten, in Arbeitstage und Fahrten zum Supermarkt mit Schlangen an den Kassen und Stunden vor dem Fernseher oder mit der Wäsche und dem Kochen und den Kindern, von denen man an manchen Tagen wünschte, sie nie bekommen zu haben, und in die grenzenlose Irritation über naive Jugendliche, die von Kerouac sprachen, in die Planung des nächsten Morgens, wo sich alles bis zum Erbrechen wiederholte, mit Ausnahme von einigen wenigen Tagen, die im Sommer oder an Weihnachten aufflackerten und kurz darauf wieder verschwanden und die nur zusätzlich unterstrichen, dass eine Rettung ausbliebe und wir allenfalls darauf hoffen durften, dass man zum Rhythmus der von nun an vorhersehbaren Tage wenigstens tanzen könnte und genau das unsere Rettung sein würde, dass wir nach und nach aufhörten, gegen die Monotonie anzukämpfen und sie stattdessen akzeptierten, das Triviale umarmten, wie es Wohlman, da waren wir sicher, auch getan hatte, bis wir eines Tages aufwachten und einsahen, dass der sich wiederholende Takt, zu dem wir uns alle bewegten, ungeschickt und ohne jede Grazie, unser eigener Puls war, der aus Herzenslust, in Ermangelung eines besseren Wortes, vor Erleichterung darüber schlug, dass er sich endlich in diesem gewaltigen Malstrom aus identischen, vorhersehbaren Tagen befand. Und dass eine besondere Freiheit in diesem Dasein lag, wenn man alles andere aufgegeben hatte, wenn es nicht länger einen Zug gab, den man erreichen oder auf den man aufspringen musste, weil man hoffte, er brächte einen an einen Ort, an dem man noch nie zuvor war und wo immer ein neuer Zug weiterfuhr oder wieder zurück, eine Resignation, die an den Regen erinnerte, der immer im Frühjahr und in den letzten Herbstwochen fiel, milde, nett und tröstlich, eine Freiheit, an die man erst allmählich glauben konnte und die das auch gar nicht von einem verlangte, die aber trotzdem da war, klar und leuchtend, und geduldig auf den Moment wartete, an dem man es tatsächlich tat, wenn man nur so lange durchhielte.

Eigentlich hatte ich Mischa zur Premiere und einzigen Vorstellung von *Das letzte Band* Mitte Juni eingeladen, doch eine Woche bevor alles zum ersten und letzten Mal stattfinden sollte, erteilte Wohlman die klare Anweisung, dass kein Außenstehender zu den Aufführungen zugelassen war. Im Grunde waren die meisten erleichtert, dass keine anderen Schüler im Saal anwesend sein durften. Das galt vor allem für die *Godot*- und die *Glückliche-Tage*-Gruppe, bei denen ein Großteil der Produktion noch immer nicht ausgereift war und deren Proben von Steifheit, Stolpern und einem unsicheren Rhythmus geprägt waren, obwohl sie sich am Text festhalten konnten und von Wohlman detaillierteste Anleitungen erhalten hatten. Die *Endspiel*-Gruppe war dagegen im ersten Moment enttäuscht über die Entscheidung, weil sie sicher war, dass ihre Inszenierung von Nagg und Nell in den Mülltonnen ein Publikumserfolg geworden wäre. Dabei hätten wir ahnen müssen, dass es so kommen würde, denn im Vorfeld war nicht wie üblich plakatiert und der Verkauf der Theaterkarten über Lautsprecher in den Schulkorridoren angekündigt worden. Abgesehen von unserer unbedeutend kleinen Truppe wusste kaum jemand, was wir in den letzten Monaten getrieben hatten. Erst als Wohlman uns am Abend vor der Premiere von *Godot* zum ersten Mal, seit wir mit Beckett angefangen hatten, zusammenkommen ließ, fragten wir uns allmählich doch, mit wem er die Plätze im Saal füllen wollte.

«Ich habe *Oklahoma* nach den *Nashörnern* inszeniert, weil ich sehen wollte, wie schnell ihr euch anpassen könnt», sagte Wohlman, der mit verschränkten Armen an der Bühne lehnte, «ich wollte sehen, wie ihr darauf reagiert, etwas Schlechtes oder Leichtgewichtiges zu machen, während ihr noch die Einsicht von Ionesco im Hinterkopf hattet. Genau so werdet ihr später arbeiten, jedenfalls die meisten von euch. Diejenigen, die das Glück haben, dadraußen einen Job zu ergattern. *Oklahoma* und Schlimmeres. Und wenn ihr eines Tages die Chance bekommt, etwas zu machen, das wirklich Bedeutung hat, das wirklich etwas *will*, so wie Beckett – dann kräht kein Hahn danach. Dann wird sich keine Schlange bis zur nächsten Straßenecke bilden, und es werden keine Leute aufkreuzen, die eine Stunde vor Vorstellungsbeginn die nicht abgeholten Karten zum vergünstigten Preis kaufen. Das ist das Letzte, was ich euch beibringen kann: wie einsam dieser Beruf ist. Und dass ihr nie durchhalten werdet, wenn ihr alles vom Applaus des Publikums abhängig macht oder vom Kartenverkauf oder wie voll der Saal ist oder wer schreibt, wie toll ihr seid, und wer es nicht tut. Die einzige Möglichkeit, in dieser Branche alt zu werden, ist, Respekt vor dem Bühnenfach an sich zu entwickeln. *Das Theater.*» Er öffnete die Arme in einer dramatischen Geste und hob den Kopf, um zu zeigen, wie ernst es ihm damit war, und sicher auch, um die Stimmung im Saal ein bisschen aufzulockern. «Alle erinnern sich an Shakespeare, aber niemand erinnert sich an den allerersten Hamlet oder daran, wer Richard III. bei der Premiere in London gespielt hat. Keiner von euch weiß, dass Beckett *Das letzte Band* für Patrick Magee geschrieben hat, oder wer zum Teufel Patrick Magee überhaupt war. Wer Wladimir und Estragon 1953 zum Leben erweckt hat. Während die Dramatiker Lorbeeren und Stipendien ernten, kriegen die Schauspieler höchstens einen Schwamm, um sich die Schminke abzuwischen. Ich sage das nicht, um etwas zu überhöhen, ich will nur realistisch sein. An die allerallermeisten von euch wird man sich nicht erinnern. Im Gegensatz zur bildenden Kunst, zum Film, zur Musik und Literatur wird eure Arbeit im selben Moment unwiderruflich verglimmen, in dem ihr euren Text sprecht und euch in den Szenen bewegt, die ihr so mühsam geprobt habt. Einige Male könnt ihr es erneut abrufen, ein paar Abende, ein paar Wochen oder Monate, aber sobald die letzte Vorstellung gelaufen ist, hört auch eure Kunst auf zu existieren, und das Einzige, was uns bleibt, ist die Erinnerung daran. Was es war, das wir hatten. Und das Gedächtnis ist das wichtigste Werkzeug des Schauspielers, auch wenn niemand da ist, um sein Spiel zu schauen. Und deshalb», Wohlman klatschte energisch in die Hände, «deshalb sollen eure Inszenierungen in den nächsten drei Tagen Vorstellungen sein, die niemand sieht. Bis auf mich werdet ihr vor einem leeren Saal spielen. Für ein Publikum, das sich einen feuchten Kehricht dafür interessiert, wer ihr seid oder was ihr tut, und deshalb überall ist, nur nicht hier, an diesem Tag, dem wichtigsten aller Tage.»

Und so kam es. Wladimir und Estragon warteten vergebens auf Godot und auf das Publikum, Hamm und Clov kreisten weiter in ihrer unmöglichen Existenz, und Winnies Sonnenschirm brannte im Tageslicht unter der ewigen Sonne, während sie bis zum Hals in ihrem Erdhaufen begraben blieb. Und Krapp machte seine letzte Aufnahme. Ich wage zu behaupten, dass es eine ziemlich beeindruckende Vorstellung war. Leider habe ich keine Beweise, um es zu untermauern, und auch keine Zeugen; noch bevor ich zu der Stelle kam, wo ich das Tonbandgerät anstellte und die Stimme des jüngeren Krapp auf der Bühne zu hören war, registrierte ich, dass Wohlman leise aufstand, den Saal verließ und mich den Rest der Vorstellung allein spielen ließ. Ein paar Sekunden, vielleicht zehn, saß ich dort und hatte keine Ahnung, was ich tun und wie ich das, was gerade passiert war, verstehen sollte. Dann drückte ich die Taste des Tonbandgeräts und spielte *Das letzte Band* auf den Punkt genau, für einen Saal voller Menschen, die nicht da waren.

7

Wir standen draußen auf dem Sportplatz in unseren lächerlichen Talaren, die an diesem einen Tag nicht ganz so lächerlich wirkten, mit unseren Zeugnissen in den Händen, und empfingen, verdient oder unverdient, den letzten Applaus. Ein Stück entfernt konnte ich Wohlman herzlich und aufrichtig klatschen sehen, und es wirkte fast, als würde er uns schon vermissen. Für die anderen Lehrer, die neben ihm aufgereiht standen und mit denen ich unendlich viele Stunden in einem Raum verbracht hatte, empfand ich nichts. Schlecht behandelt hatten sie uns nicht, nur keinen bleibenden Eindruck hinterlassen. Sie hatten das getan, womit sie beauftragt worden waren, uns durch den Lernstoff gebracht, unsere Aufgaben korrigiert und Salinger (gegen dessen *Fänger im Roggen* die bereits erwähnte Mrs. Edwards, wie sich herausstellte, ebenfalls opponiert hatte) und Harper Lee mit uns diskutiert und sich die Langeweile, die sie dabei empfanden, dieselben Bücher zum gottweißwievielten Mal durchzukauen, nicht anmerken lassen. Sie hatten ihr Bestes getan. Man würde sie vergessen. Und ich weiß ihre Namen nicht, ihre Gesichter sind verschwommen. Das Einzige, was ich mir ins Gedächtnis rufen kann, sind die Klamotten, die sie im Unterricht trugen. So erinnere ich mich im Nachhinein an diesen Tag; wie Wohlman aufgewühlt und ein bisschen einsam dasteht, scheinbar von menschenleeren Anzügen und hohlen akademischen Insignien umzingelt. Und meine Mutter, die ein Stück entfernt auf mich wartet, das Taschentuch wie einen Stempel zwischen Handtasche und Augen. Und Mischa, die nicht da ist, sondern in Bordeaux, wo eine Auswahl ihrer Arbeiten aus *Heaven is a Laundry Place* ausgestellt wird. Und Owen, weit entfernt auf dem Parkplatz, wo er mir anschließend gratuliert und mir 100 Dollar und eine Krawatte schenkt. Und all diese Schüler, die keine Schüler mehr sind, sondern schwerelose Erwachsene, die in langen Umarmungen schluchzen, bestehend aus 40 Prozent Erleichterung, 40 Prozent Trauer und sicher auch 20 Prozent reiner Formsache, damit niemand glaubt, sie wären gefühlskalt oder undankbar oder, schlimmer noch, sie gehörten zu denen, die auf der Highschool keine gute Zeit gehabt hatten oder keinen Erfolg, und es deshalb nicht für nötig (oder für einen Ausdruck grundlegenden Anstands) hielten, dieses *Ende einer Ära* durch eine letzte, wenn auch verkrampfte, öffentliche Darstellung des Zusammenhalts und der inneren Stärke zu markieren.

Dieses plötzliche Überhöhen der Freundschaften verstärkte sich während der Party nur noch mehr, überall, wo ich hinging, hörte ich von den Plänen der anderen, von Nicole und Francis, Eva, Stanley, Nate, sogar von Alison und einer ganzen Reihe eher peripherer Bekanntschaften: Einige wollten an die Penn State, andere bis nach Seattle, während wieder andere sich Hoffnungen machten, in Harvard, am MIT, an der Brown oder einer der anderen Ivy-League-Unis (die Mordecai konsequent als Oy-Vey-League bezeichnete) angenommen zu werden. Ich hörte Pläne, in denen Amherst und Vassar und die UCL oder Wisconsin-Madison und viele andere Orte vorkamen, und es hatte etwas Unbarmherziges an sich, wie jede geographische Nadel, die auf die mentale Karte der jeweiligen Lernorte gepinnt wurde, nur noch deutlicher machte, dass die Leute bald in alle Winde zerstreut würden und dass dies, wenn man seinen Zynismus für einen Moment beiseiteließ und ein paar Jahre in die Zukunft sah, Grund genug war, zu weinen und die letzte Umarmung so lange währen zu lassen, wie sie sein musste. Denn am anderen Ende des Sommers würden sie von dannen ziehen, viele von ihnen in ihren eigenen Autos, es glich einem Exorzismus an dem Ort, aus dem sie stammten, vielleicht wollten sie aber auch ein Zipfelchen von dem mitnehmen, was ihr Zuhause gewesen war; und sie fotografierten einander vor den Autos, die fertig beladen bereitstanden, Gruppenbilder, auf denen sie lächelten und sich noch einmal umarmten, Beweise der Freundschaft und des Zusammenhalts, die durch die subtilen Zeichen, die auf den Fotos sichtbar waren – der Positionierung der Hände, wer neben wem stand und in welcher Haltung, lächelnd oder nicht lächelnd –, die Geschichte all dessen enthüllten, was man in den letzten Jahren durchlebt hatte. Aber da war es bereits zu spät. Man konnte es nicht fotografisch festhalten; größtenteils waren die Bilder kaum mehr als eine Nachahmung von etwas, das für viele von ihnen existiert *hatte* und bald schon ausgelöscht und ersetzt sein würde durch neue Freunde, Tage und Geschichten, und die Fotos würden in den Schubladen der Colleges und Universitäten immer tiefer nach unten wandern, bis sie in Kisten verschwanden und erst im Rentenalter wieder hervorgeholt werden würden, wenn man darüber stutzte, wie man das damals so leicht hatte vergessen können, wie eine Zeit existiert haben konnte, als all dies Präsens war und als etwas wie die Aufschrift *Smoking kills* auf den Zigarettenpäckchen in ihren Händen nichts als Worte waren, sinnentleert, so lange, bis das Zeitalter der Konsequenzen eintraf.

Wir aber nicht. Mordecai und ich. Wir gingen nicht weg. Jedenfalls nicht weit. An einem bitterkalten Vormittag im Januar hatten wir den Zug nach Manhattan genommen und die Aufnahmeprüfungen an unseren drei bevorzugten Schauspielschulen durchlaufen, an denen wir uns ein paar Monate zuvor beworben hatten. Ich hielt an allen dreien dieselben Monologe und bekam einen Platz an der American Musical and Dramatic Academy auf der Upper West Side. Ich hatte zwei Monologe vorbereitet, den aus *Die Zoogeschichte*, mit dem ich schon auf der Garden City erfolgreich gewesen war, sowie den bewegenden Begräbnismonolog des alternden Rabbiners Isidor Chemelwitz in der Eröffnungsszene von *Engel in Amerika*. Auch Mordecai wählte einen Text aus *Engel*, mit Todesverachtung erschien er zum Vorsprechen bei der American Academy of Dramatic Arts in der Madison Avenue (die Schule, die unser beider erste Wahl war) und bot eine Zusammenstellung von Priors Monologen aus Kushners Theaterstück (*Die Jahrhundertwende naht* und *Perestroika*) mit einer solchen … Einfühlung dar, dass ihnen nichts anderes übrig blieb, als ihn vom Fleck weg anzunehmen. Und so kam es. Mordecai würde auf die AADA in Midtown gehen und ich auf die AMDA direkt hinter dem Lincoln Center auf der Upper West Side; ich weiß noch, wie meine Mutter weinte, als ich es ihr erzählte und ihr das Schreiben zeigte, in dem es schwarz auf weiß stand.

«Dann wirst du also Schauspieler», sagte sie stolz. «In New York.»

Es klang so seltsam, wie sie es sagte, als hätte meine Studienwahl etwas vollkommen Unrealistisches und Prätentiöses an sich, und sie sähe sich erst jetzt gezwungen, mich darauf aufmerksam zu machen.

In dieser Nacht konnte ich nicht schlafen.

Und am Morgen rief ich Onkel Owen an und überbrachte ihm die guten Nachrichten. Ich konnte hören, wie er den Hörer beiseitelegte und wegging, um mir aus ein paar Meter Entfernung zuzujubeln und zu applaudieren. Dann kam er zurück, nahm den Hörer wieder in die Hand, und seine Stimme war ganz nah.

«Dann», sagte er, «brauchst du im Herbst wohl eine Bleibe?»

Der Umzugswagen stand auf dem Bürgersteig vor unserem Haus, als ich Ende Juli in die Poplar Street kam. Männer in Overalls gingen mit leeren Händen hinein, um Sekunden später gebeugt und mit unseren Sachen beladen wieder in die Hitze hinauszutreten. Das hellbraune Sofa aus unserem Wohnzimmer blieb vorübergehend auf dem Rasen stehen und schien sich dort überhaupt nicht wohlzufühlen, aus seiner gewohnten Umgebung gerissen und ohne ausreichend Informationen darüber, wie es jetzt weitergehen sollte. Ich wusste, wie es sich fühlte, ich machte ihm keine Vorwürfe. Stattdessen ließ ich mich auf ihm nieder. Ich glaube, ich saß fast zehn Minuten dort, ehe meine Mutter aus dem Haus kam.

«Sitzt du hier?», fragte sie erstaunt, als sie mich entdeckte.

«Hier sitze ich», antwortete ich.

Sie setzte sich neben mich, mitten auf dem Rasen. Ein Nachbar fuhr mit dem Auto vorbei und warf uns einen unsicheren Blick zu. Wir winkten höflich.

«Wir haben viel zu selten hier gesessen», sagte sie. «Das ist eigentlich eine Schande, bei einem so schönen Vorgarten, findest du nicht?»

«Wir sitzen ja jetzt hier.»

«Jetzt ja. Aber jetzt ist es zu spät.»

«In Queens kannst du doch bestimmt auch draußen sitzen, oder?»

«Das ist nicht dasselbe, du verstehst schon, was ich meine.»

«Draußen ist draußen. Drinnen ist drinnen.»

«Das meinst du doch wohl nicht ernst.»

«Nein. Aber wäre es nicht schön, wenn es so wäre?»

«Doch.»

Ein paar Stehlampen und ein Stuhl kamen mit Umzugshelfern unter sich aus dem Haus. Meine Mutter bat die Männer, mit den Möbeln vorsichtig umzugehen und gleichzeitig daran zu denken, ihre vorgeschriebenen Pausen einzuhalten.

«Das ist wichtig», sagte sie in vertraulichem Ton zu mir. «So hart, wie die arbeiten. Glaubst du, in dieser Branche wird man alt? Ich glaube es nicht. Kann unmöglich gut für den Rücken sein.»

Die Möbelpacker erschienen mit dem Esstisch und einem Sekretär. Diesmal sagte meine Mutter nichts zu ihnen, saß nur da, die Hände in den Schoß gelegt.

«Findest du es traurig? Von hier wegzuziehen?»

«Du bist so erwachsen geworden», sagte sie mit einem schwachen Lächeln. «Es geht so schnell, du ahnst es nicht. *Zack* … und schon ist es vorbei.»

«Ist ja nicht so weit von Manhattan nach Queens», sagte ich, um die Stimmung ein bisschen aufzuheitern.

«Kommt drauf an, in welcher Einheit du misst.»

Ich fing an, stattdessen über ihre neue Wohnung zu reden und über die neuen Nachbarn, die sie dort oben in Astoria haben würde, ehe die Umzugsleute das Sofa so auffällig umkreisten, bis wir den Wink verstanden und uns erhoben. Meine Mutter ging ins Haus, um die letzten Kartons mit Gläsern zu packen, und ich ging in mein Zimmer hinauf, wo meine Mutter ein paar Umzugskisten und einige Reisetaschen bereitgestellt hatte, in die meine Sachen kamen. Die Möbel waren längst weg, und ohne meinen Schreibtisch, den Stuhl, die Schränke und das Bett wirkte der Raum riesig. Es war entlarvend. Meine Anwesenheit in den letzten Jahren hatte seinen Grundriss beeinflusst, die eine Wand ein Stück herangezogen, die andere ein Stück weggeschoben, in Winkeln, von denen ich mir nur schwer vorstellen konnte, dass sie schon vor meinem Einzug da gewesen waren. Es war ein Gefühl, als würde ich bleiben. Unmöglich vorstellbar, dass andere nach uns hier einziehen könnten. Dass es möglich wäre, sich noch einmal neu einzurichten.

Ich nahm die letzten, zusammengefalteten Klamotten vom Stapel auf dem Fußboden und legte sie in die größte Tasche, räumte CDs, ein paar wenige Bücher und drei, vier Tüten mit Kleinkram in die Kartons. Dann war das Zimmer leer. Bis auf das Plakat, das immer noch an der Wand hing. *Apocalypse Now.* Durch die Sonne war es leicht verblasst, die braunrote Farbe hatte nicht standgehalten und einen hellrosa Stich bekommen. Vorsichtig löste ich es von der Wand und rollte es sorgfältig zusammen.

Um sicherzugehen, dass ich eine bleibende Spur in meinem Zimmer hinterlassen würde, rauchte ich eine letzte Zigarette, ging dabei im Raum auf und ab und blies die Rauchwolken so kräftig wie möglich gegen die Wände und rieb mit den Händen darüber, damit sich das Nikotin für immer in der Tapete festsetzte. Es klappte nicht. Ich warf einen Blick aus dem Fenster, auf die Poplar Street, und bemerkte, dass die Lasten der Möbelpacker etwas kleiner geworden waren, sie näherten sich dem Ende. Ich öffnete das Fenster und warf die Kippe in die Dachrinne, wo sie zusammen mit Hunderten anderen liegen bleiben durfte. Dann trug ich meine Sachen zum Auto meiner Mutter und ging wieder ins Haus, um sie zu holen.

«Bist du fertig?», fragte ich.

Sie murmelte irgendwas und griff nach ihrer Jacke.

«Komm, lass uns fahren», sagte sie.

Ich überließ es ihr, die Haustür abzuschließen, und setzte mich ins Auto, während sie die Schlüssel zu einem Nachbarn brachte, der sie an den nächsten Bewohner übergeben sollte. Wahrscheinlich würde es nur wenige Stunden dauern, allerhöchstens ein paar Tage, ehe ein neuer Umzugswagen auf dem Bürgersteig hielt und der ganze Prozess in umgekehrter Reihenfolge wiederholt werden würde.

Und als wir aus der Poplar Street wegfuhren in Richtung Long Island Expressway und Dumbo, mit heruntergekurbelten Fenstern, spürte ich, dass der Herbst hinter der nächsten Ecke wartete, ich konnte ihn beinahe riechen. Schon bald würden Ernesto und die anderen Laubbläser wieder nach Garden City kommen, um den lokalen Herbst unter Kontrolle zu halten. Dann würde ich nicht mehr hier sein.

Ich hatte die Straßen wieder zurückgegeben.

KPM

(FROM THE MIXED-UP FILES

OF MR. OWEN LARSEN)

FRAGMENTE 1981 – 1992

1

September 1981

Sollte er nach Hause schreiben, einen Brief oder wenigstens eine Karte, um Bescheid zu geben, dass er am Leben ist, dass er arbeitet, eine halbe Stelle in der Fabrik; er könnte schreiben, dass er in einer guten Gegend wohnt, auf der Upper West Side, und jede Woche vor Publikum spielt, könnte sie wissenlassen, dass die Leute ihm applaudieren und er geschätzt wird? Es würde ihnen gefallen, seinen Eltern, dass Seymour eine Konzertreihe mit ihm im Showroom veranstaltet und damit Geld verdient, dass er selbst Geld verdient und nicht mehr jeden Tag in der Fabrik arbeiten muss; er hätte nach Hause schreiben können, wie es ist, an keinem geringeren Ort als der 5th Avenue aufzutreten, und die zweifarbigen Anzeigen aus der Village Voice beilegen, mit seinem Bild und allem, das hätte sie beeindruckt. *Unser Sohn ist ein erfolgreicher Musiker in New York*, er kann förmlich hören, wie sie es ihren Nachbarn, Freunden, Kollegen in Stavanger erzählen, vor allem die Stimme seines Vaters, mit einem nicht unwesentlichen Anflug von Stolz; sie wären stolz auf ihn. Und die Nachbarn und Freunde würden fragen: *Wollt ihr denn nicht bald rüberfahren und ihn euch anhören?* Doch da würde sich sein Vater räuspern und mit dem Schuh im Kies scharren und zögernd und ausweichend antworten: *Tja, es ist ja eine weite Reise. Über den Großen Teich. Und auch nicht gerade umsonst. Und ihr wisst doch, dass wir nicht so … begeistert … von, ja, von diesem Land sind. Ist wohl besser, wir bleiben zu Hause.* Und die anderen würden weiterbohren: *Aber dann kommt er euch sicher bald besuchen, im Sommer vielleicht? Es wäre schön, ihn anzutreffen, wir haben ihn ja nicht mehr gesehen, seit er ein junger Mann war.* Und sein Vater würde ein bisschen zaudern und sagen: *Er ist schwer beschäftigt, wisst ihr, er kann nicht einfach so ohne weiteres verreisen.*

Aber was wäre, wenn sie kommen würden? Den ganzen Weg von Norwegen, weil sie seinen Brief, oder die Karte, so aufgefasst hätten, als Einladung? Er würde riskieren, dass seine Mutter den Vater überredet: *Natürlich müssen wir nach drüben und Ove besuchen, unseren eigenen Sohn. Etwas anderes kommt gar nicht in Frage. Und außerdem, wann sind wir das letzte Mal verreist? Wir fahren nie irgendwohin, wir sind immer hier. Wir waren doch vor zwei Jahren in der Telemark, protestiert der Vater. In der Telemark? Meinst du das ernst? Drei Tage in Østland? Wir sitzen hier den ganzen Sommer im Garten, so ist es doch, auf unseren Gartenstühlen, Jahr für Jahr, mit unseren Zeitungen und dem Radio, von denselben Nachbarn und denselben Büschen und demselben Gras umgeben, das du immer erst mähst, wenn ich dich dazu zwinge, und wenn der Herbst kommt, räumen wir die Stühle wieder rein. Wir fahren nie irgendwohin. Nie. Ich finde, wir sollten fahren. Wir fahren. Es ist doch nichts Verbotenes dabei, sich das dadrüben mal anzugucken, es ist schließlich nicht ansteckend, weißt du. Wir fahren.*

Er findet, dass er sie schon fast riechen kann. Er schreibt keinen Brief, schickt keine Karte. Auch diesmal nicht.

April 1982

Dieser Frühling. Zu warm, zu stickig, so oft man auch lüftet. Schmutzige Straßen, auf denen der Müll des Winters zum Vorschein kommt. Es ist nicht so, dass er keinen Ehrgeiz gehabt hätte. Aber es kam so vieles dazwischen. Die Zeit war noch nicht reif. Die Zeit war verspätet. Und außerdem verspürt er eine gewisse Unruhe, eine irrationale Furcht davor, dass Seymour und er einander fremd werden könnten, wenn er nicht mehr in Webers Showroom spielt und sich stattdessen wieder dem Jazz widmet. Jetzt, wo er seine eigenen Konzerte vor einem kleinen, aber treuen Publikum gibt. Und in letzter Konsequenz könnte es seinen Auszug bedeuten.

Lange hat er gehofft, seine alten Bandmitglieder Anton und Billy würden entdecken, dass er zurück ist. Doch bis jetzt sind sie noch nicht aufgetaucht, um ihn spielen zu hören und anschließend ein Treffen auszumachen, um eine kleine Session abzuhalten, ein paar Lieder hervorzukramen, den ganzen alten Mist zu vergessen und neu anzufangen.

Ihnen ist nicht einmal klar, dass er lebt, sie denken, sein Name wäre mit 58000 weiteren in weißen Marmor gemeißelt, wenn das Vietnam-Mahnmal wie geplant im Herbst in Washington, D.C. fertiggestellt sein wird. Auch Eric hat ihn nicht spielen hören, er ist tot und hört nur noch die Herzschläge der Lebenden, als gleichmäßigen, angenehmen Rhythmus, zu dem er tanzen kann, falls er im Himmel ist, als nervöse Kakophonie, die ihn nachts wach hält, falls er in der Hölle schmort.

Owens Ambitionen bestehen nach wie vor, so ist es nicht, er kann auch mit anderen Leuten eine Band gründen, daran soll es nicht scheitern. Aber es scheitert am neuen Jahrzehnt, an das er sich nicht gewöhnen kann. Es ist kaum zu glauben, jedenfalls nicht wenn man den Glauben an das Gute bewahren will. Die Musik ist noch ein Stück näher an den Abgrund gerückt, seit er sich das letzte Mal auf den neusten Stand gebracht hat, für die lässigen Töne bleibt immer weniger Raum, *smooth jazz* ist das neue Ding, nur komplett mit Glitzerklamotten und Musikern mit Zahnpastagrinsen, Rollschuhen mit pastellfarbenem Spandex und Schweißbändern, während sie, begleitet von Dutzenden Synthesizern, in ihre Instrumente blasen, alles ganz geschmeidig. Einschmeichelnd. Man hat den Jazz mit dem Pop verrührt, und jetzt lassen sie sich nicht mehr voneinander trennen. Ein musikalischer Einheitsbrei. Der grässliche Schmalz von Kenny G. ist der Inbegriff von Behäbigkeit, etwas, das man mit Freunden beim Käsefondue genießt, ehe man früh nach Hause geht, um Kinder zu machen.

Auch im Apthorp spielt eine andere Musik, die langen Abende, an denen Seymour und Owen bis spät in die Nacht bei Rotwein und offenem Fenster Platten für Debbie auflegen, sind immer seltener geworden; die flotten Dreier sind vorbei, die meiste Zeit sitzt er bei sich und liest, hört Radio oder spielt Klavier, übt neue Stücke bis zum nächsten Samstag und zum nächsten Konzert; wenn er damit fertig ist, hört er, wie sie sich draußen im Wohnzimmer streiten, mit jedem Mal ausdauernder, sie werfen sich die furchtbarsten Dinge an den Kopf, Wörter, die jahrelang in ihren Mündern vor sich hingefault haben, infiziert von tödlichen Krankheiten, die sie langsam dahinsiechen lassen, nicht mal im Krieg reden die Leute so miteinander, man muss verheiratet sein, um ein solches Vokabular zu bemühen; an jenen Tagen fährt er nicht mehr gemeinsam mit Seymour zu den Konzerten, sie treffen sich erst im Showroom, ein paar Minuten bevor Owen auftritt und Seymour ihn kurz und brav vorstellt, stets mit denselben Worten: *Das ist Owen Larsen, er wird jetzt eine halbe Stunde etwas für uns spielen, und anschließend stehe ich Ihnen für Fragen zu unseren Instrumenten zur Verfügung.* Auch wenn sie getrennt ankommen, fahren sie meistens zusammen nach Hause und reden dann oft kein Wort miteinander. Sobald sie die Wohnung betreten haben, geht Seymour schweren Schrittes zu Debbie, um sich mit ihr über das Abendessen zu streiten, und Owen geht ebenso schweren Schrittes in die Küche, um sich die Lean-Cuisine-Mahlzeit zu holen, die im Gefrierschrank auf ihn wartet. Heute hat er die Wahl zwischen *Chicken à l'Orange, Stuffed Cabbage* oder *Filet of Fish Florentine.* 300 Kalorien. Mit einem Glas Wasser zu servieren. Und ohne Brot.

Sommer 1982

Das heißt aber nicht, dass er die ganze Zeit für sich ist, manchmal geht er allein aus, um in Bewegung zu bleiben und sich eine Auszeit von der Schwermut in der 78th Street zu nehmen, er ist achtunddreißig und gehört damit allmählich zum alten Eisen, zu einer Ware zweiter Wahl. Ab und zu lernt er Frauen kennen; er verliebt sich nie. Sie kommen und gehen. Oder er geht, bevor sie aufwachen. Im Juli trifft er sich zum Beispiel mit einer Frau, die Joan Didion sehr *ähnelt*, aber natürlich nicht Joan Didion *ist*, ohne dass er es mit hundertprozentiger Sicherheit ausschließen kann, er hatte die ganze Zeit keinen Schimmer, *wer* Joan Didion ist, und noch weniger, *wie* Joan Didion aussieht, und stellt sich die Frage erst später, als Joe aus der Fabrik, der – so unwahrscheinlich es auch für jene klingen mag, die glauben, Joan Didion würde hauptsächlich von Leuten gelesen, die nicht in Fabriken arbeiten – zufällig ein großer Bewunderer von ihr ist, Owen erzählt, dass er glaube, besagte Autorin an einem Samstagnachmittag zusammen mit ihm (Owen) auf der Lexington gesehen zu haben, oder die Frau, mit der er (Joe) ihn gesehen hätte, würde in seinen (Joes) Augen Joan Didion zumindest *sehr* ähneln. Nachdem dies eine gewisse Neugier bei Owen geweckt hat, kauft er (Owen) sich drei Tage darauf eines von Joan Didions Büchern, *Die Stunde der Bestie*, eine Essaysammlung, die vom Haight-Ashbury-Viertel in San Francisco handelt und die Gegenkultur der sechziger Jahre kritisch betrachtet. Er liest sie mit einer gewissen Begeisterung, erkennt vieles darin wieder und kann anschließend mit absoluter Sicherheit und ohne den letzten Funken eines Zweifels sagen, dass die Frau, mit der er das Bett teilte, *auf keinen Fall* Joan Didion war.

2. Oktober 1982

Oder er geht allein zu Baseballspielen und hofft, sich für diesen Sport zu begeistern, aus dem er kein bisschen schlau wird, dabei hätte es ihn so glücklich gemacht; stundenlang sitzt er erwartungsvoll im Yankee Stadium wie ein Kind, das auf die Offenbarung wartet, hoch oben auf der Tribüne, umringt von sechsunddreißigtausend anderen, die wissen, was sich dort unten auf dem Platz abspielt; sie unterhalten sich in einem Kauderwelsch über Taktik und Statistik, und er kapiert kein Wort, er steht auf und klatscht, wenn sie aufstehen und klatschen, er buht an den richtigen Stellen und rückt vor dem entscheidenden Inning seine Yankee-Cap zurecht. Die Heimmannschaft verliert gegen die Boston Red Sox. Wenn er es richtig verstanden hat, ganz sicher ist er sich nicht. Aber das Wetter ist gut. Und die Hot Dogs auch. Er will hier wieder her. Das ist sicher.

Winter 1983

Leben. Mehr Leben. Ein paar Vögel zwitschern, wenn man den verschlungenen Pfaden weit genug ins Innere folgt, weg vom Verkehr.

Man hat angefangen, den Central Park auf Vordermann zu bringen, schon vor zwei Jahren. Angesichts eines bevorstehenden Wohnungsbooms und neuen Finanzfrühlings in den obersten Etagen der Upper East Side, von denen aus man auf Unkraut und Verfall blickt, ist die Zeit für Veränderung und Verbesserung gekommen. Im Stillen entstehen kleinere Restaurierungsprojekte im Park, man repariert und jätet, neue Pflanzen werden eingesetzt, alter Müll wird entfernt und die maximale Überlebenszeit von frischen Graffitis auf vierundzwanzig Stunden reduziert. Im Morgengrauen verschwindet eine Kolonne von Landschaftsarchitekten im Park und kommt erst drei Jahre später wieder heraus, diesmal mit Erkenntnissen über Bodenbeschaffenheit und Verkehrsbewegungen und mit Skizzen für «den großen Wiederaufbau», ein 150 Millionen Dollar teurer Entwurf, der aus staatlichen und privaten Mitteln finanziert werden soll. Da ist die Veränderung längst im Gange, in dieser Stadt herrscht eine extreme Ungeduld; nach mehreren Jahrzehnten der Trockenheit wurde die Bethesda-Fontäne am See restauriert und wieder zum Sprudeln gebracht. In der nächsten Saison wird der Platz ringsherum mit seinen Arkaden, auf dem sich im letzten Jahrzehnt der Drogenhandel abspielte, wieder in seinen ursprünglichen Zustand zurückversetzt, die Statuen werden demontiert, gereinigt, repariert oder ausgetauscht, es gibt so viel zu tun, und in den vielen verborgenen Ecken und Winkeln des riesigen Parks, dessen Fläche 150 Häuserblocks umfasst, findet man Unmengen an Leuten, die der neue wirtschaftliche Optimismus vollkommen kaltlässt, die hier wohnen, unter Bäumen, neben Steinen; im verfallenen Bootshaus am Harlem Meer hinter zerbrochenen Fensterscheiben. Man vertreibt sie nicht, der neue Park soll für alle da sein, auch für Menschen ohne Wohnsitz, Telefonbucheintrag und Konto. Christo wiederum, der elftausend safranfarbene Stoffsegel an fünf Meter hohen Metalltoren entlang der Gehwege anbringen möchte, erhält auf sein Gesuch hin eine 107 Seiten lange Absage (mit 28 Anlagen) und muss mehr als zwanzig Jahre auf grünes Licht warten. Dies soll ein Park werden und keine Galerie. Und irgendwo in der Stadt steht Ed Koch während seiner zweiten Amtszeit in seinem Büro und stellt noch immer dieselbe Frage: *How'm I doin'?*

In anderen Stadtteilen laufen die Dinge nicht so gut, Weber Piano & Pianola Co. steckt in der Krise und schreibt rote Zahlen, weil die Leute nicht mehr so viele Klaviere kaufen wie früher, heutzutage setzt man lieber auf Elektronik, vielleicht hat es aber auch andere Ursachen, man weiß es nicht, jedenfalls werden ganze Abteilungen entlassen, und in den Schritten derer, die noch übrig sind, hallt schon die Zukunft, in der keiner von ihnen mehr gebraucht wird.

Und dann das Apthorp, Wohnung 3D. Das Auge des Orkans. Debbie und Seymour streiten sich jetzt seltener, beherrschter. Owen findet das unheimlicher als zuvor, all diese unterdrückte Wut, die nur ein paar Millimeter unter dem neuerlangten Verständnis und der aufgesetzten Gelassenheit schwelt, die sie jetzt voreinander zur Schau stellen, es ist ein letzter Versuch, zu einer Einigkeit und wieder zueinander zu finden; sie hinterlassen den Dunst kostspieliger Paartherapie, wenn sie das Zimmer verlassen.

November 1983

Er sieht im Kino *Zeit der Zärtlichkeit.* Debra Winger hat irgendetwas an sich, es wirkt, als hätte sie nie richtig gute Laune. Jedenfalls nicht eigentlich, in ihrem tiefsten Inneren, wenn man der Sache auf den Grund geht. Wie ein ewiges schlechtes Gewissen wegen etwas oder jemandem. Und es infiziert ihn.

Frühjahr 1984

Vormittag. Alles hat seine Zeit, die guten und die schlechten Tage, und manchmal hat er das Gefühl, es würde nie mehr aufhören zu regnen. Seymour klopft an seine Zimmertür, kommt herein, ohne seine Antwort abzuwarten, und lässt sich schwer auf den Stuhl neben dem

Klavier fallen. Er hat eine Zeitung in der Hand, die nass ist, genau wie er selbst, nur seine Haare sind trocken. Er muss draußen gewesen sein, um die Zeitung zu kaufen. Es ist ein Sonntag. «Störe ich?», fragt er Owen, während er das Wasser von der Titelseite schüttelt, die Nachricht von der Entdeckung des Virus mit drei Buchstaben rinnt auf den Boden. Wieder wartet er nicht auf Owens Antwort, sondern sagt: «In einem Monat schließen wir den Laden auf der 5th Avenue. Ich weiß nicht, wie lange es die Fabrik in Secaucus noch geben wird, keine Ahnung. Aber es sieht nicht gut aus. Tut mir leid.» Das kommt nicht unerwartet, in letzter Zeit hat sich die Fabrik in New Jersey immer mehr in ein Geisterschiff verwandelt. Die fertigen Flügel standen tagelang im Produktionsraum. Kein Drängen von Kanzelberger, keine Klaviertechniker, die wenig Zeit und noch weniger Geduld haben; in der obersten Etage war kaum etwas von den Klavierstimmern zu hören, kein Probespielen der Instrumente, kein schwaches Echo von Musik, die hinabdrang bis zur C3-Station in der Produktionshalle. In Seymours Showroom tauchen seit Monaten kaum noch Kunden auf; Owen konnte dort nicht mehr spielen. «Du kannst nichts dafür», erwidert Owen und steht auf, um das Fenster zu schließen, der Regen fällt jetzt waagerecht, tropft auf die Fensterbank und auf den Holzboden. «Dann finden wir etwas anderes. Es gibt immer irgendeine Arbeit.» Doch Seymour antwortet nicht darauf. Er verschränkt die Arme und starrt auf den Boden. «Wir werden wegziehen», sagt er. «Debbie und ich. Zurück nach Chicago. Jetzt, wo ihre Eltern nicht mehr am Leben sind, hält uns hier nichts mehr. Und ich glaube … ich meine … wir können nicht hierbleiben. Ich glaube, das geht nicht. Leider. Ich bin eigentlich gekommen, um dich zu fragen: Was willst du tun?» Aber Owen weiß es nicht; er hat vorausgesehen, dass der Showroom geschlossen und die Fabrik Konkurs anmelden wird, er war sich des Risikos bewusst, dass sie beide einen neuen Job brauchten. Er hat jedoch nicht damit gerechnet, dass er ausziehen muss; das ist vielleicht der schlimmste Gedanke – nicht, Seymour zu verlieren oder nie wieder mit Debbie zu sprechen, sondern noch einmal seine Sachen packen zu müssen und die geräumige Wohnung zu verlassen, die er so mag, in der er sich so zu Hause fühlt und auf die er sich jedes Mal freut, wenn er auf das Apthorp zugeht, wenn er unten bei der Pforte steht und ein paar Minuten mit Andy plaudert, bevor er an dem Springbrunnen und den Blumen in der Mitte des Hofs vorbeigeht und auf den Eingang zusteuert. Und jetzt spürt er sie wieder, die Unruhe, die ihn mitunter beschleicht, wie damals, als er im Kino war und den Film mit dem Tiger gesehen hat. «Ich weiß nicht», antwortet er und sieht Seymour an, «ich weiß nicht, was ich machen soll.» Er will bleiben, nichts lieber als das, sich nie wieder fortbewegen, sondern hierbleiben, alles andere, so spürt er, ist egal. Es ist merkwürdig, wie sehr ihn allein der Gedanke plagt, eines Tages nicht mehr hier wohnen zu können. Sich zum allerletzten Mal von Andy verabschieden zu müssen und sich in ein Taxi zu setzen, das ihn irgendwo anders hinbringt. Er fühlt, wie sich die Unruhe bis in seine Fingerspitzen ausbreitet und in die Beine, er sitzt da und klopft nervös mit dem Fuß auf den Boden; er will aufstehen, und er tut es auch, um sich im nächsten Moment wieder hinzusetzen, er weiß nicht, wohin mit sich. Plötzlich wagt er es nicht mehr, noch irgendetwas anzufassen, aus Angst, es könnte kaputtgehen, aber das spielt keine Rolle; es wird sowieso kaputtgehen, der Raum stürzt ein, der Stuhl bricht zusammen, der Tisch, das Bett, alles. Und mittendrin sitzt Seymour ungerührt und lächelt und sagt: «Aber *du* kannst ja bleiben.»

Mai 1984

Sie lassen das Klavier zurück, als sie am vorletzten Tag im Mai ausziehen. «Ich werde es dir nicht wegnehmen, bist du verrückt?», sagt Seymour. «In der neuen Wohnung haben wir sowieso keinen Platz dafür.» Und Debbie ist derselben Meinung. «Es gehört hierher», sagt sie freundlich, «wo jemand darauf spielt. Und es war schon vorher da.»

Er folgt ihnen ein letztes Mal durch die Wohnung, eine abschließende Inspektion, um sich zu vergewissern, dass die Möbelpacker nichts übersehen haben; er folgt ihnen auf die Straße zum wartenden

Taxi, wo auch Andy bereitsteht. Sie wechseln ein paar Worte, eine Umarmung und einen Händedruck. Dann sind auch sie weg.

Er ist in seinem vierzigsten Lebensjahr, als er aus dem Aufzug steigt und seine eigene Wohnung betritt. Als er am Morgen aufgewacht ist, hatte er zwei Mitbewohner; jetzt ist er wieder allein. Er muss mehr Geld verdienen, um die Miete zahlen zu können. Seymour hat seinen Anteil für die nächsten vier Monate beglichen, um Owen einen sanften Übergang zu ermöglichen, er hat den Papierkram erledigt und mit denen gesprochen, mit denen er sprechen musste, hat den Mietvertrag auf Owen übertragen und dafür gesorgt, dass er an den richtigen Stellen unterschreibt. Doch schon bald wird es teuer werden, hier zu wohnen. Er besitzt kaum Möbel. Ein Bett, ein paar Stühle und einen Küchentisch, ein paar Teller, Gläser und Besteck. Alles andere haben sie mitgenommen.

Erst steht er einen kurzen Moment ratlos im Foyer und tritt von einem Bein aufs andere, ohne zu wissen, was er jetzt machen soll. Er lauscht. Nichts. «Hallo?», sagt er, auch wenn er weiß, dass ihm niemand antworten wird. Aber er spricht trotzdem. «Seymour?» Er ruft noch lauter: «SEYMOUR?» Nichts. Langsam geht er hinein, von Zimmer zu Zimmer, durch den Flur, in die Küche und ins Wohnzimmer, als wollte er sichergehen, dass er auch wirklich allein ist. Dann läuft er den ganzen Weg zurück bis in das leere Schlafzimmer von Seymour und Debbie. Und schließlich, mit einem Mal, auf halber Strecke zwischen den beiden Fenstern, die auf die 78th Street hinausgehen, trifft ihn die Erkenntnis mit voller Kraft: Dies ist jetzt *sein* Zuhause. Es gibt niemanden sonst hier. Er ist *zu Hause angekommen.*

Angesichts dieser überwältigenden Offenbarung schlüpft er beinahe euphorisch in die Schuhe, nimmt den Aufzug nach unten, eilt zum Laden zwei Straßen weiter und kauft zwei Tiefkühlpizzen, ein Sixpack Bier, eine Flasche Wein und einen kleinen Berg Schokolade. Es ist sowieso an der Zeit, eine Pause von den kalorienarmen Lean-Cuisine-Mahlzeiten zu machen. Möglicherweise sollte er die beiden Menschen, mit denen er fünf Jahre lang diese Räume geteilt hat, mehr vermissen, als er es tut, und es hat ihm wochenlang vor dem

Tag ihres Auszugs gegraut, aber jetzt empfindet er keine Einsamkeit, noch nicht, es ist ein Abend voller Freude, und er fegt durch die Wohnung, während die Pizzen in der Mikrowelle warm werden und das Bier im Kühlschrank kalt; mit einem Glas Rotwein in der einen Hand und dem Radio auf voller Lautstärke schleift er seine Matratze durch den Flur in ihr altes Schlafzimmer; hier will er wohnen, hier will er einen Neuanfang machen, von diesem Raum aus will er die Wohnung neu erobern. Er trinkt zwei Schlucke und flitzt zurück, um seine Klamotten zu holen und die Platten und den kleinen Plattenspieler, und das Klavier, das schöne Steinway-Klavier, er kann es ins Wohnzimmer rollen, morgen vielleicht oder später, dort wird es sich besser machen, und *PLING*, schon sind die Pizzen fertig.

Aber nein, es kann doch nicht warten. Heute Abend ist er viel zu ungeduldig. Er isst ein paar Stücke Pizza, nimmt den Rest und ein paar Bier mit hinüber in sein altes Zimmer und stellt sie auf den Klavierdeckel, dann schiebt er das schwere Instrument vorsichtig über den Holzboden. Er betrachtet es als Ausflug. Mehrmals hält er unterwegs an und macht Rast, ein Stück Pizza und ein halbes Bier, fröhlich arbeitet er sich weiter voran, bis das Klavier sicher an seinem Platz in der nordöstlichen Ecke des Wohnzimmers steht, mit dem Kamin im Rücken. *Hier steht es gut.* Er platziert den Hocker davor, setzt sich drauf und überlegt, was er zuerst spielen möchte, was der Klang der neuen Wohnung sein soll, der Klang des Glücks. Es gibt so viele Alternativen, so viele Möglichkeiten. Und gleichzeitig doch nur eine. Er spielt John Cages «4'33» für Klavier, es ist das erste und letzte Mal, und in der Stille und im eigentlichen Klang der Wohnung lässt er es einfach nur auf sich einströmen, ein tiefes Gefühl, endlich, endlich, endlich zu Hause zu sein; an seinem eigenen Ort, seinem eigenen kleinen Fleck, einer Insel auf einer Insel, und mit geschlossenen Augen rammt er seine Flagge in den Boden. *Owenland.*

Als er am ersten Abend ins Bett geht, im neuen Zimmer in der Wohnung, die auch zu etwas Neuem geworden ist, bleibt er liegen und lauscht dem Radio, das auch eine gute Gesellschaft ist, freundliche, enthusiastische Stimmen, die das Tagesgeschehen diskutieren;

aber jetzt will er Musik hören, ein bisschen Musik vor dem Einschlafen, und er dreht an dem kleinen Rad, durchsucht die Kanäle, vorbei an der ganzen Popmusik mit ihren einfühlsamen sexy Texten, und da, ganz am Ende des Frequenzbandes, versteckt zwischen zwei Hitsendern, umgeben von einer leichten atmosphärischen Störung, kann er Louis Armstrong hören, der gerade «St. James Infirmary» beendet, und die Trompete verklingt stolz im Sonnenuntergang, dann herrscht für ein paar Sekunden Stille, ehe der Moderator wieder das Wort ergreift, hingerissen seufzt und ein paar Kommentare über die letzten Stücke abgibt; er hat eine tiefe, schleppende Stimme, und er fährt fort: «Dann lasst uns in die Nacht ziehen, wohl wissend, dass der Sommer vor der Tür steht und anschließend der Herbst kommt, und wer weiß schon, was danach passiert? Lasst uns zurückgehen nach Hackensack, New Jersey, am neunten März 1958: Julian Cannonball Adderley, Miles Davis, Hank Jones, Sam Jones, Art Blakey, eine Trompete und ein Saxophon, zum Sterben schön; das quintessenzielle Quintett spielt ‹Autumn Leaves›.» Und man hätte tatsächlich sterben können, wenn es die richtige Zeit gewesen wäre, zu diesen Tönen wäre es ein Leichtes, mit einer Vorstellung wie dieser hätte er sich gern vom Publikum verabschiedet. Aber es sind einfach nur ein Abend und eine Nacht, und es würden neue Tage und gute Tage kommen, und er folgt Hank Jones' Pianosolo mit den Fingern auf der Bettdecke, dem geblümten Bezug, bis Miles wieder seine sanftmütige Trompete erklingen lässt und Hank ein letztes Mal übernimmt, die Hand der Band ergreift und sie langsam und vorsichtig führt, an einem Tag im März, ein Vierteljahrhundert zuvor, knapp zwanzig Kilometer Luftlinie vom Apthorp entfernt. Owen schaltet das Radio aus. Das Licht. Er schläft in derselben Wohnung, in seinem eigenen Bett, das wie schon zuvor an der Wand steht, und auch seine Kleider, seine Sachen haben den gleichen Platz. Trotzdem ist alles anders.

2

Januar 1985

Es kommt, wie es kommen muss: Er steht ohne Arbeit da. Mitte Januar schließt Weber Piano & Pianola Co. für immer seine Pforten. Er hat noch nie seinen Job verloren, er weiß nicht, wie er reagieren soll. Mit Wut? Oder Erleichterung? Mit dem Gefühl absoluter Freiheit? Man bekommt und verliert etwas. Unter allen Umständen muss er schnell eine neue Stelle finden, die besser entlohnt wird als seine letzte. Er muss jetzt die dreifache Miete zahlen, und sie wird weiter steigen, jedes zweite Jahr darf sie um einige Prozent hinaufgesetzt werden, und die nächste Mieterhöhung steht bald an. Sicher ist nur, dass er weiterhin mit Musik zu tun haben will. Auf die ein oder andere Weise. Es muss nicht mehr unbedingt Jazz sein, es ist nicht entscheidend für ihn, nur das eine spielen zu dürfen. Aber seine früheren Tätigkeiten, als Lehrer und Asphaltierer, erscheinen ihm plötzlich wie leichtfertige Umwege und katastrophale Fehltritte, inzwischen begreift er nur schwer, wie er freiwillig so viel Zeit verschwenden konnte. So viele Jahre. Der Gedanke, es könnte wieder so kommen, macht ihm panische Angst. So darf es nicht laufen, nicht wieder in diese Richtung gehen.

Schon zwei Tage nachdem er die Fabrik in Secaucus verlassen hat, schreibt er deshalb eine Bewerbung, er hat keine Zeit zu verlieren. Er möchte bei Steinway & Sons arbeiten. Das müsste doch gehen, sie werden ihn doch wohl in ihrer Fabrik in Queens anstellen, ihn, mit all den Qualifikationen, die er in sechs Jahren in der Produktion erworben hat? Obwohl Steinway nun mal Steinway ist. Aber er kann zudem spielen, er ist ja Musiker, oder etwa nicht? Wenn sie es wünschen, kann er in ihrem Showroom in der West 57th Street spielen, in der Steinway Hall, jeden Samstag, wie früher bei Weber; er war schon dort und hat sich die eleganten Räumlichkeiten gegenüber der Carnegie Hall angesehen, und vielleicht erkennen sie ihn sogar?

Unabhängig davon ist es wichtig, sich bei der Bewerbung Mühe zu geben. Sie muss hervorstechen. Er hat noch nie so etwas geschrieben, eine Initiativbewerbung, bisher musste er immer nur ein paar Anrufe tätigen, zu einem Gespräch erscheinen und dann da unterschreiben, wo die Person auf der anderen Seite des Tischs mit dem Zeigefinger hindeutete. Also schreibt er einen Entwurf nach dem anderen, streicht und verbessert, kürzt und poliert seine Sätze, bis sie so sind, wie er sie haben will. Er muss daran denken, die Adresse gut sichtbar oben auf den Bogen zu schreiben, dass er dort wohnt, wo er wohnt, wird ihm zweifellos zum Vorteil gereichen. Ansonsten berichtet er ein bisschen über sich selbst, wo er herkommt, wo er gelebt hat; alles, was Fragen aufwerfen oder stutzig machen könnte, muss weggeschliffen werden. Es muss eine strahlende Bewerbung werden. Und Andys Frau hat eine Schreibmaschine zu Hause, er liefert seine endgültige Fassung zusammen mit dem Briefpapier vom Apthorp beim Pförtner ab, und am nächsten Tag kehrt Andy mit dem fertigen Ergebnis zurück, korrekt gefaltet, in einem offenen Umschlag, auf den Andys Frau mit ihrer soliden, vertrauenswürdigen Handschrift die Adresse von Steinway geschrieben hat. In schwarzer Tinte. Er zieht die Bewerbung heraus und studiert sie, in der Maschinenschrift sehen die Wörter anders aus, als wären es nicht länger seine oder als würden sie einfach … mit anderer Stimme ertönen. Besser. Stärker. «Das ist eine gute Bewerbung, Sir», sagt Andy zu ihm, als sie unter dem Bogengang vor dem Apthorp stehen und dem Schneetreiben zusehen. «Haben Sie sie gelesen?», fragt Owen überrascht und ein bisschen konsterniert. Und Andy nickt feierlich. «Ja, natürlich. Ich habe sie Korrektur gelesen, wissen Sie. Das ist vielleicht am wichtigsten. Sie wollen sich ja schließlich nicht bei Stenway & Soons bewerben.» «Nein.» «Sehr wichtig.»

Bis zum Ende des Monats vergeht selten mehr als ein Tag, ohne dass Andy fragt, ob er schon eine Antwort erhalten hat. Die Art und Weise, wie er die Frage stellt, soll den Eindruck erwecken, als würde es ihm gerade einfallen, wenn Owen sowieso bei ihm ist, um die Zeitung zu lesen. «Jaja, und – gibt es etwas Neues von Steinway, Sir?» Die Antwort ist immer dieselbe. «Nein, noch nicht.» «Meine Frau lässt grüßen. Sie ist sicher, dass Sie die Stelle kriegen.» Sagt er da noch. Jedes Mal.

Aber er bekommt sie nicht. Anfang Februar erreicht ihn die Absage per Post, vier niederschmetternde Zeilen von Steinway & Sons über *eine Neuorientierung des Marktes* und eine *vorübergehende Verschlechterung der Verkaufszahlen, die bla, bla, bla erfordern*, in denen man ihm für das *wohlwollende Interesse und die freundlichen Worte über unsere Instrumente* dankt und ihm *für die weitere Karriere alles Gute* wünscht und *bla, bla, bla.* Dieses letzte Wort, *Karriere*, irgendetwas stört ihn daran, wie es erwähnt wird, zweimal, direkt hintereinander, als wollten sie eigentlich unterstreichen, dass er gar keine Karriere hat. Weil sie es natürlich wüssten, wenn er wirklich eine hätte. Eine *Karriere.* Schließlich sind sie immer noch Steinway & Sons. Aber Andy liest die Absage nicht so, jedenfalls sagt er nichts in die Richtung, «Sie müssen weitermachen, immer weitermachen, das ist das Einzige, was man tun kann. Man muss immer weitermachen, nicht wahr. Und meine Frau lässt schön grüßen.»

30. Januar 1985

Vielleicht hätte er doch etwas anderes machen sollen? Denkt er jetzt. Wie man es nach einer Weile immer denkt. Möglicherweise wäre es das Beste gewesen. Sollte er sich nicht mit dem zufriedengeben, was er erreicht hat, und es dabei bewenden lassen? Wie viele gescheiterte Pianisten gibt es wohl in dieser Stadt, in diesem Staat? Auf der ganzen Welt? Der Klang aller Klaviere und Flügel und Pianolas und Orgeln und Synthesizer und Keyboards und was es noch alles an unglaublichen Instrumenten gibt, wie alle gleichzeitig durch «Send in the Clowns» holpern und stolpern, das wäre mal etwas, ein ehrlicher und würdevoller Abgesang des ganzen Elends. Und danach könnten alle zu etwas Neuem übergehen, einem neuen Beruf, etwas ganz anderem.

Er wünschte, er wäre ein anderer. Es würde ihm gefallen, ein exzentrischer Thereminist zu sein, kettenrauchend und beleidigt. Vor sich hin brabbelnd und doch gefeiert.

Februar 1985

Er macht weiter. Schließt die meisten Zimmer in der Wohnung ab, braucht nur das Schlafzimmer, die Küche, das eine Wohnzimmer, in dem das Klavier steht, und ein Bad. Den Rest lässt er unbenutzt, schaltet das Licht aus. Drei Schlafzimmer und die vier anderen Badezimmer. Weniger zu putzen und weniger zu heizen. Eine nahezu abgedunkelte Wohnung. Außerdem lebt er sehr bescheiden, kauft selten mehr als notwendig und immer die billigsten Lebensmittel. Er isst grundsätzlich daheim.

Er macht weiter. Sucht nach einer passenden Stelle. Andy gibt ihm die Zeitung am Ende des Tages mit, und abends geht Owen die Seiten sorgfältig durch, findet aber nur selten etwas, das er sich vorstellen kann, die allermeisten Stellen würden ihn zum Freizeitmusiker werden lassen. Und dann entdeckt er im Anzeigenteil der New York Times den Text «*PREISWERTER KLAVIERUNTERRICHT. Langj. Berufserf. Für Fortgeschr. Manhttn. Mr. D. Solomon*».

Genau das braucht er. Besser werden, Fortschritte machen. Ein neuer Klavierlehrer, das wäre jetzt genau das Richtige, sein letzter Klavierunterricht liegt fast zwanzig Jahre zurück, und obwohl er viel spielt, so gut wie jeden Tag, ist das vielleicht nicht genug; Gott weiß, was für schlechte Angewohnheiten er von zu Hause mitgebracht hat. Hat er nicht manchmal das Gefühl, nur auf der Stelle zu treten? Genau das will er; genau das kann er sich nicht leisten. Er ruft trotzdem an.

11. Februar 1985

Harlem. Davon stand in der Anzeige nichts, da ist er sich sicher. Er hat sie immer noch in der Jackentasche, ausgeschnitten, falls er sich verläuft und die Telefonnummer braucht, um diesen Solomon zu finden. *Manhattan*, steht dort. Genau genommen nicht falsch und doch eine ganz andere Welt. «Was befürchten Sie denn?» Er hat Solomons kratzige und sarkastische Stimme noch genau im Ohr, die ihn das fragte, als er anrief, um eine Stunde zu vereinbaren, und plötzlich unsicher wurde, als er die Adresse hörte, «glauben Sie, ich werde Sie vergewaltigen und Ihnen den Kopf wegblasen und mir Ihr Geld unter den Nagel reißen, kaum dass Sie über meine Türschwelle getreten sind? Oder meinen Sie, dass ich Ihnen Klavierspielen beibringe? Das müssen Sie entscheiden.» Und genau das hat er getan. Er war noch nie so weit im Norden, hat noch nie die 110th Street überquert. Menschen von hier hat er schon kennengelernt, so ist es nicht, sogar in Bastogne waren Leute aus Harlem, gute Leute, vertrauenerweckend. Aber er selbst hat nie einen Fuß in diese Gegend gesetzt.

Der Bus fährt quer durch die Stadt Richtung Norden, am Park vorbei und in ein Viertel, das er nicht kennt. Lenox Avenue. Dort steigt er aus. Vielleicht hat er Angst, mit Sicherheit ist er auf der Hut. Er hat in all diesen Jahren so viel über Harlem gehört, über die Morde, die Raubüberfälle, die Gangs und das Dope, das an Obdachlose, Arbeitslose, Mittellose verkauft wird, die sich kaum auf den Beinen halten können und für einen Fix alles versetzen, was sie zwischen die Finger kriegen. Über die Polizei, die sich scheut, hierherzukommen. Und dahinter die Bronx.

Er geht die Straßen entlang, meist ist er der einzige Weiße. Trotzdem scheint niemand von ihm Notiz zu nehmen, niemand bleibt stehen oder glotzt oder greift ihn an, wie er befürchtet hat. Er war sich nicht sicher, was ihn erwarten würde. Harlem erinnert ihn an Brooklyn: niedrige Gebäude, Kirchen und Restaurants, Bäume entlang der Bürgersteige und auf dem Mittelstreifen. Schulbusse und Leute, die aus Waschsalons kommen, als würden sie sich siebzig Straßen weiter südlich befinden; es beruhigt ihn, dass es auch hier einen Alltag gibt, aber warum sollte es auch nicht so sein? Er wendet sich nach links und biegt in eine Seitenstraße ab, die beinahe menschenleer ist. In der Ferne sieht er zwei schwarze Jungs, die in seine Richtung laufen, mit schwarzen Mützen, dicken Winterjacken und finsteren, verbissenen Gesichtern. Er fühlt sich nicht wohl. Sie kommen direkt auf ihn zu. Am liebsten würde er einfach weitergehen, es hinter sich bringen, er weiß nicht, warum genau diese beiden ihm mehr Angst einjagen als andere, an denen er vorbeigegangen ist, aber es lässt sich nicht leugnen, sie nehmen zu viel Platz auf dem Bürgersteig ein, machen sich breit und versperren ihm den Weg, sodass er stehen bleiben muss. «Wo willst du hin?», fragt der Größere der beiden und grinst. Er stößt seinen Kumpel mit dem Ellbogen an und zieht sich die Mütze tiefer ins Gesicht. «Ich? Eigentlich nur ... die Straße hier rauf», antwortet Owen möglichst ungezwungen, «ich habe eine Verabredung.» «Sieht so aus, als hättest du dich verlaufen.» «Zum ersten Mal in Harlem?», ergänzt der andere. «Tja, tatsächlich.» «Also, wo willst du hin?» Owen nestelt an seinem Zettel herum und sieht sie an, er muss etwas sagen, er sagt: «140 West 129th. Ich möchte ...», am liebsten würde er es nicht sagen, aber er tut es trotzdem: «Ich möchte Klavierstunden nehmen.» Es wird still, ganz still, für vier lange Sekunden. «Was für Klavierstunden?», fragt der Große, jetzt anscheinend interessiert. «Ich weiß nicht, verschiedene, glaube ich.» «Aber ich meine, was für eine *Musik*?» «Jazz?», sagt Owen fragend, als wollte er sie um Erlaubnis bitten. Der Große zieht die Augenbrauen hoch. «Jazz, *brass*, kosmisches *razmatazz*? *Bebop, skubbedidubop.*» Er grinst erneut, und dann streckt er die Hand aus und klopft Owen auf die Schulter. «Okay, das ist cool, Mann. Das ist cool. Das ist Jazz. Also, wie heißt der Typ, den du triffst?» Owen zögert erneut. «Weißt du nicht, wo du hinwillst?», fragt der Kleinere ungeduldig. «D. Solomon.» Der Große scheint kurz zusammenzuzucken. «Solomon? Dieser durchgeknallte Spinner? Na, dann viel Glück.» Und der grimmige Ausdruck in seinem Gesicht verschwindet, es wird milder, freundlicher. «Du musst umdrehen und an der nächsten Straßenecke nach links gehen», erklärt er, «es ist der rote

Backsteinbau in der Mitte. Zweiter Stock.» Sein Kumpel will weiter, er steckt sich eine Zigarette an und murmelt: «Er wird dir den Kopf wegblasen, Mann.» «Oder die Knie», schlägt der Größere vor. «Oder beides.» «Während er auf deinen Rippen Funk spielt», fährt er begeistert fort, «er wird dich ausfunken, er wird dir deinen weißen Arsch wegfunken. ‹Sly & The Family Stone›-Style. Und dann, erst danach, wird er dich aufjazzen. *Wenn* du Glück hast. Meine Mutter hat mich gezwungen, zu ihm zu gehen, als ich klein war, drei Jahre lang, der Dreckskerl hat mir jedes Mal mit einem Rohrstock auf die Finger gehauen, wenn ich *Führer Elise* falsch gespielt habe. Total krass, Mann.» Diesmal muss Owen grinsen. «Es heißt *Für Elise*», korrigiert er. Der Große zuckt mit den Schultern. «Whatever. Viel Glück, Mann. Du wirst es brauchen.» Er hebt die Hand, um Owen abzuklatschen, überlegt es sich dann aber anders. «Na dann. Du hast nicht zufällig ein bisschen Kleingeld, oder?» Owen schüttelt den Kopf. «Sorry.» Der Große steckt die Hand in die Tasche, zieht einen Vierteldollar heraus und drückt ihn Owen in die Hand. «Wenn das so ist, bitte schön!» Als er um die Ecke biegt und wieder auf die Lenox Avenue kommt, können sie sich immer noch nicht einkriegen vor Lachen.

Das Haus ist leicht zu finden, ein verfallenes Gebäude mit einer verrosteten Feuertreppe und ramponierten Klimaanlagen, die in jedem Stockwerk vor den Fenstern angebracht sind, daneben eine Gasse; die Seitengiebel sind mit Graffiti beschmiert, das wintergraue Gras mit herabgefallenen Ziegelsteinen und ein paar schwarzen Mülltüten übersät, die sicher schon lange dort lagen und noch länger liegen bleiben würden. Er klingelt und wird ins Gebäude gelassen, geht die knarrenden Treppenstufen hinauf bis in den zweiten Stock und klopft an die Tür. Ein kräftiger, schwarzer Mann Anfang siebzig im schwarzen Anzug öffnet die Tür und starrt ihn misstrauisch an. «Was wollen Sie?» «Ich komme … wegen der Anzeige? Klavierunterricht? Wir haben einen Termin. Mein Name ist Owen Larsen.» Er streckt die Hand aus, die Solomon nur schlaff drückt. «Ach, Sie sind das, ich hätte gedacht, Sie wären jünger.» Solomon formt die Hand zu einem Revolver und zielt auf ihn. «*Boom.* Dann dürfen Sie reinkommen. Möchten Sie einen Kaffee?» Owen nickt höflich. «Danke, gern.» «Ich serviere keinen Kaffee. Ich serviere Musik», sagt Solomon und reißt die Tür auf, um Owen eintreten zu lassen.

Die Wohnung ist dunkel und vollgestopft, die Luft stickig und der Boden abgelaufen, zwischen den Zimmern erkennt man dort, wo er entlanggeht, deutliche Abnutzungsspuren, immer dieselbe Strecke: der kürzeste Weg zwischen zwei Punkten. Solomon stapft auf den Flügel zu, stellt sich neben den Hocker und starrt ihn missbilligend an, als wäre es eine Beleidigung, dass dort noch niemand sitzt. «Was können Sie schon?», fragt er, während Owen Platz nimmt, und schließt gleichzeitig demonstrativ den Deckel des Klaviers, als wollte er betonen, dass es Fragen gibt, die erst beantwortet werden müssen, und eine Reihenfolge für alles weitere. Owen erzählt von seinen ehemaligen Klavierlehrern, von der Arbeit in der Weberfabrik und seiner Band, von den Minikonzerten in der 5th Avenue und den endlosen Stunden, die er vor dem Klavier im Apthorp und in seiner alten Wohnung auf dem Lapskaus Boulevard verbracht hat. «Mit anderen Worten, keine Ausbildung? Keine Schule, kein Konservatorium?» «Nein, nichts dergleichen.» «Und was wollen Sie damit erreichen – mit dem Klavierspiel?» Owen erzählt ihm auch davon, von seinen Ambitionen, seinem Wunsch, eines Tages Musiker zu werden, er sagt, es sei noch immer sein Traum, eines Tages vom Klavierspielen leben zu können. «Na gut, dann wollen wir mal sehen, was in Ihnen steckt.» Feierlich hebt Solomon den Deckel.

Und Owen spielt; er arbeitet sich durch seine Glanznummern, eine nach der anderen, während Solomon stocksteif neben ihm steht, vollkommen ungerührt, und nur hin und wieder ein mehrdeutiges und langgezogenes *hmm* von sich gibt; Owen bringt Sæverud und Grieg hinter sich, spielt Liszt und Chopin, und Jazz, er spielt «Autumn Leaves» und ein paar andere Jazzstücke, die ihm spontan einfallen, bis sich Solomon räuspert und ihm bedeutet, dass er genug gehört hat. «Kommen Sie, wir setzen uns ein bisschen zusammen.»

Sie sitzen einander in einem alten Salon gegenüber, Owen wie ein musikalischer Patient auf der Couch, Solomon auf dem Stuhl, wo er vermutlich immer sitzt, auch wenn er keinen Besuch hat. «Schlecht ist das nicht», sagt Solomon, «ich hatte mit Schlimmerem gerechnet. Brillant ist es aber auch nicht, bei weitem nicht, und trotzdem bin ich beeindruckt. Diese ersten Stücke, die Sie gespielt haben –» «Norwegische Musik», wirft Owen ein. «Die sind gut. Sie können auf eigenen Füßen stehen. Norwegen, aha? Sind Sie schon lange hier? In New York?» «Seit 68.» «Okay, nicht übel», sagt Solomon, «ich bin schon viel zu lange hier.» «Und wo kommen Sie ursprünglich her?», fragt Owen. Solomon sieht ihn an. «Afrika», antwortet er trocken, «wir kamen mit dem Boot.» Er steht auf, geht zum Flügel, setzt sich und beginnt zu spielen. Was er spielt, lässt sich schwer sagen, Owen kann sich nicht erinnern, das Stück je gehört zu haben, aber er merkt sofort, dass zwischen ihnen Welten liegen, Solomon spielt viel voller, genauer und selbstsicherer als er selbst, seine Arme breiten sich über die Klaviatur, es hat fast den Anschein, als würde er sich völlig von den Tasten lösen, während er seinen Kopf in einem ganz eigenen Rhythmus wiegt. Dann hört er abrupt auf, dreht sich zu Owen um und sagt: «Ich denke, wir treffen uns dreimal wöchentlich.»

18. Februar 1985

Auch bei den nächsten Malen gibt es keinen Kaffee. Solomon führt ihn vom Flur direkt zum Flügel, sie arbeiten drei, vier Stunden, ohne Pause; anschließend sitzen sie zusammen im Wohnzimmer, diskutieren die Übungen des Tages und das, was gut war und was noch nicht sitzt. Solomon ist ungeduldig und direkt, ein fordernder Mann, er kann über die kleinste Nachlässigkeit wütend werden und Owen beschuldigen, nicht sein Bestes zu geben. Dann schreit er ihn in der dunklen Wohnung an, mehrmals. «Ich verschwende meine Zeit mit Ihnen», brüllt er, aber er lässt Owen weitermachen, was soll er sonst mit seinen Tagen anfangen? Er hat viel Zeit zu verschwenden. Es gibt keine Kinder mehr in der Straße, die er unterrichten könnte, davon redet er oft. «Ich habe sie alle unterrichtet», sagte er. «Seit den frühen

Siebzigern, nachdem ich, tja, meine Anstellung an der Juilliard verloren habe. Wegen einer Bagatelle. Nach achtzehn Jahren! Na ja, jedenfalls können Sie auf die Straße gehen und mit den Jugendlichen und mit den Männern und Frauen zwischen zwanzig und dreißig plaudern, die waren alle hier. Ihre Mütter haben sie hergeschickt. Und die haben hier wirklich ihr Bestes gegeben. Hart arbeitende Kinder, wissen Sie. Aus einigen hätte wirklich etwas Großes werden können. Ich weiß nicht, ob irgendeiner von ihnen noch Klavier spielt, ich glaube nicht, das ist eine Schande, oder? Eine verdammte Schande. Aber so ist es inzwischen, keiner interessiert sich mehr für irgendwas, es geht immer nur um schnelles Geld und neumodischen Firlefanz. Überall nur Unterhaltung, Zerstreuung. Eine einzige höllische Riesenshow und kein Blick mehr für die Details, die kleinen Dinge. Keine Geduld. Alles muss jetzt, sofort, gleich passieren und am besten noch im selben Moment fertig sein, sodass man zum nächsten übergehen kann, *jetzt, jetzt, jetzt, jetzt, jetzt.* Ich treffe Mütter auf der Straße, im Laden, sie tun, als würden sie mich nicht sehen, und wenn ich sie frage, ob sie ihre Söhne und Töchter nicht bald zum Klavierunterricht schicken wollen, haben sie sofort eine Ausrede parat. *Wissen Sie, er hat gerade so viel zu tun*, sagen sie, *all seine Zeit geht für den Sport drauf. Sie tanzt sechs Tage in der Woche*, erklären sie, entschuldigend. Aber es liegt nicht an der Zeit, wissen Sie, sondern am Willen. Kein Wille mehr zu irgendetwas. Früher haben sie ihre Kinder hergeschickt, damit sie nicht auf die schiefe Bahn geraten. Damit sie einen festen Rahmen haben, Regeln, an die sie sich halten können, nicht wahr? Aber jetzt? Jetzt treiben sich die jungen Leute nur noch auf der Straße herum, haben von morgens bis abends Ärger, und eines Tages wachen sie auf und stecken im Dreck. Für immer. Fünf Jahre. Solange hatte ich schon keinen Schüler mehr. Ist das nicht traurig?» Solomon erwähnt allerdings nicht, dass die sinkenden Schülerzahlen wohl auch etwas mit dem abgewetzten Rohrstock zu tun haben könnten, den er nach einer Weile sogar bei Owen zückt. Solomon sagt nicht, dass seine pädagogischen Fähigkeiten mindestens fragwürdig sind. Solomon sagt nur einmal, dass es mit dem Mädchen zu tun haben *könnte*, das zwei Jahre lang bei ihm Unterricht nahm und das er sehr mochte, bösen Zungen zufolge ein bisschen zu sehr, und einem Fall, der aus Missverständnissen, Neid oder Rachsucht oder was auch immer, entstand und mit Gerüchten und einer Anzeige und einem eingestellten Verfahren oder einem richterlich verfügten, bis in alle Ewigkeiten gültigen Verbot, Kinder zu unterrichten, endete, all das ist ziemlich unklar und kommt nicht zur Sprache.

Er quält Owen bis an seine Grenzen, und es lässt sich nicht genau sagen, wer mehr von dem Ganzen hat, aber Owen gibt in den langen Klavierstunden und Lektionen in Musiktheorie alles; Solomons Wohnung verwandelt sich in ein Miniaturkonservatorium, sie nehmen dieselben Choralsätze durch, die ihm auch Frau Bore beigebracht hat, und die Fuge, mit systematisierten Repetitionen und Imitationen, die Affektenlehre des Barocks, Bachs *Wohltemperiertes Klavier* und die *Goldberg-Variationen.* Sie spielen Haydn. Auch zu Hause übt er jeden Tag zwei bis drei Stunden. Manchmal macht er direkt weiter, nachdem er aus Harlem zurück ist, er kann stundenlang am Klavier sitzen und das üben, woran Solomon und er gearbeitet haben, den ganzen Abend, lediglich unterbrochen von einer schnellen Mahlzeit, und es geht voran, im Laufe der Wochen und Monate sieht er kleine Fortschritte, Solomon eröffnet ihm andere Perspektiven, und ganz allmählich breitet sich eine neue musikalische Landschaft vor ihm aus. «Aber wie Sie aussehen», brummelt Solomon an einem Samstagvormittag im April, «ich hatte gehofft, das würde sich legen, aber es wird verdammt noch mal immer schlimmer.» Er schlurft in sein Schlafzimmer und kommt mit einem großen Spiegel zurück, den er neben Owen auf den Boden stellt. «Sehen Sie sich doch mal an», sagt er. «Wie Sie dasitzen, wenn Sie spielen.» Und es stimmt, es sieht nicht gut aus, Owen liegt beinahe auf dem Flügel, während sich seine Hände hohl über den Tasten krümmen. «Schlimmer als Gould», sagt Solomon. «Und wahrscheinlich ist es zu spät, das zu ändern. Und genau wie er *schlagen* Sie die Tasten überhaupt nicht an, Sie *ziehen* sie nach unten, nicht wahr? Optisch stehen Sie sich selbst im Weg. Vielleicht macht das aber nichts, solange es hinhaut. Musik soll man hören und nicht sehen, meine ich. Ich selbst habe in meinem Leben nur ein einziges Konzert gegeben. 1947, in der Carnegie Hall, im kleinsten Saal. Und das Publikum? Die Leute kaufen nur Karten, weil sie sehen wollen, ob du ihren Erwartungen gerecht wirst oder einen Fehler machst. Am Besten erspart man sich so was. Und Sie, bei Ihrer Körperhaltung, ganz besonders.»

Sie nehmen sich eine ganze Woche Zeit, um Goulds berühmte Einspielungen von Bachs *Goldberg-Variationen* zu hören. Solomon weist Owen darauf hin, dass die erste Aufnahme, die Gould 1955 als Zweiundzwanzigjähriger eingespielt hat, bedeutend kürzer ist als jene von 1981, ein knappes Jahr vor seinem Tod; zwischen den beiden Aufnahmen erkennt man eine deutlich veränderte Herangehensweise und in der letzten Version auch eine tiefe Nachdenklichkeit. «Hören Sie sich die Phrasierungen an», sagt Solomon begeistert, «wie viel berechnender sie 81 sind. Und all diese Ausschmückungen, für die er sich Zeit nimmt. Das ist so klar artikuliert, nicht wahr? Er gibt jeder einzelnen Linie durch alle Variationen hindurch eine eigene Form und einen eigenen Charakter.» Sie lauschen den Unterschieden der beiden Aufnahmen, der Wehmut der letzten im Vergleich zur Unbefangenheit der ersten, bei der Gould gerade einen Plattenvertrag mit Columbia Records unterschrieben hatte. Es ist die einzige Woche, in der Owen den Flügel kein einziges Mal anrühren darf. «Gib deinen Fingern Ruhe und Zeit, das neue Wissen aufzunehmen», sagt Solomon. Es ist auch das einzige Mal, dass er tatsächlich Kaffee serviert, am letzten Tag dieser Woche. Schwarzer Kaffee, ohne Zucker, ohne Milch, dazu ein Stück Torte, während sie die beiden Einspielungen ein letztes Mal hören. In der darauffolgenden Woche konzentrieren sie sich auf andere Kompositionen, Techniken und Übungen. Und anders als Owen die ganze Zeit geglaubt hat, wird nie ein Tag kommen, an dem Solomon ihn um einen eigenen Versuch der *Goldberg-Variationen* bittet.

Frühjahr 1985

Noch ein paar Worte zu Glenn Gould: Du weißt ja, er kam auch aus Toronto, hatte ein absolutes Gehör, und sein Großvater mütterlicherseits war Edvard Griegs Neffe.

Es heißt, Gould hätte jeden Tag dasselbe Restaurant in seiner Nachbarschaft besucht, das rund um die Uhr geöffnet war, er kam immer gegen zwei oder drei Uhr in der Frühe und hat immer das gleiche Gericht bestellt: Rührei. Und er summte vor sich hin, während er spielte, eine irritierende Angewohnheit, man hört es auch auf seinen Studioaufnahmen, vielleicht am deutlichsten in den *Goldberg-Variationen* von 81, ein fast zerstörerisches, irritierendes Summen oder ein unbewusstes Mitsingen, es trieb die Tontechniker in den Wahnsinn, sie experimentierten vergebens mit veränderten Mikrophonpositionen oder akustischen Trennwänden, um diese Misstöne in den Griff zu bekommen, erfolglos. Sie baten ihn höflich darum, sich zurückzunehmen, sie flehten ihn an, still zu sein, während das Band mitlief. Aber er konnte nichts dagegen tun, es war schon seit seiner Kindheit so und wurde unglücklicherweise immer dann schlimmer, wenn das Klavier, auf dem er spielte, nicht der Perfektion entsprach, nach der er suchte. Außerdem kontrollierte er versessen jedes einzelne Studiodetail, den Standort des Klaviers und die exakte Höhe des Hockers und die Raumtemperatur; er bevorzugte es überheizt und behielt seine Jacke an. Er hasste die Kälte, dieser Mann. Selbst im Sommer begegnete man ihm oft in Wintermantel und Handschuhen. Gerüchten zufolge wurde er in Florida sogar einmal in einem Park verhaftet, weil man ihn für einen Obdachlosen hielt. Er mochte auch keine Menschen, keine gesellschaftlichen Ereignisse. Ganz zu schweigen davon, berührt zu werden; liebe Güte, wie sehr Glenn Gould es hasste, berührt zu werden. Als er Ende der fünfziger Jahre einmal die Steinway Hall besuchte, begrüßte ihn einer der Klaviertechniker versehentlich mit einem freundschaftlichen Klaps auf die Schulter. Und Gould reagierte schockiert und fassungslos. In der Zeit danach klagte er über Schmerzen und Erschöpfungszustände und Probleme mit der

Feinmotorik infolge dieses «Überfalls». Angeblich prüfte er sogar die Möglichkeit, Steinway & Sons auf Entschädigung zu verklagen, sollten die Beschwerden anhalten. Und dann ist da noch die Geschichte von dem Stuhl, vielleicht die zentralste: Er benutzte während seiner ganzen Karriere denselben alten Holzstuhl, den sein Vater getischlert hatte, ohne dieses Möbel war er nicht zu Aufnahmen und Konzerten bereit, es spielte auch keine Rolle, dass dieses Möbel für ein Klavier viel zu niedrig war, was Gould zu dieser sonderbaren, lächerlich hängenden Haltung zwang, oder dass sich der Stuhl nach und nach immer mehr in seine Bestandteile auflöste, bis erst der Stoff durchgescheuert war und schließlich die ganze Sitzfläche und das Einzige, worauf er mit seinem Körpergewicht balancieren konnte, die dünne Mittelstrebe des Rahmens war. Der Stuhl begleitete ihn auf der ganzen Welt, wohin er auch ging, er hatte ihn fast überall dabei. Er bestand darauf, auf ihm sitzen zu bleiben. Und er blieb auf ihm sitzen, seine ganze Karriere hindurch, auf diesem Stuhl, den er besaß, seit er zehn Jahre alt war. Als wäre er nie aufgestanden und hätte den Ort verlassen, an dem er aufwuchs; als würde er immer noch dort sitzen, zu Hause im Wohnzimmer im 32 Southwood Drive. Toronto.

3. Juni 1985

Immer dieses schlechte Gewissen; er fühlt sich wie ein Verbrecher. Als er sieht, wie die beiden blonden Männer von der Umzugsfirma ihre Tragegurte justieren, um das ehrwürdige Steinway-Klavier die Treppe im Apthorp-Gebäude hinunterzutragen, wird sein Herz von Abscheu befallen. Er würde es so gern behalten, aber es geht nicht mehr. Er muss die Miete zahlen, er arbeitet nicht; irgendwo muss das Geld herkommen. Er denkt an Seymour, was ist, wenn er zurückkommt, um ihn zu besuchen, was ist, wenn er eines Tages vor der Tür steht, was wird er sagen? Ganz bestimmt, dass es unverzeihlich ist, was er hier gerade tut. Wenn sich der Kalender nur ein kleines bisschen aufhalten ließe. Hätte er doch nur ein paar zusätzliche Monate bekommen, ein bisschen Zeit von jemandem geerbt, der zu viel davon hat, monatelang hat er alles auf eine Karte gesetzt und kaum an etwas anderes gedacht als an die Musik und was aus ihm werden könnte, wenn er nur gut genug würde, die Tage in Harlem sind so intensiv und lang, dass er zu erschöpft ist, um an die praktischen Seiten des Lebens zu denken, wenn er nachmittags nach Hause kommt, will er nur erfüllt bleiben von der Gewissheit, dass er noch einmal sein Bestes gegeben hat und Solomon und er beide Fortschritte gesehen haben.

Aber so kann er nicht weitermachen. Seit Jahren läuft er in denselben Klamotten herum, ernährt sich billig und ungesund, leistet sich nur das Allernötigste. Möbel hat er nicht zu verkaufen. Das Bett, den Stuhl, den Tisch braucht er. Außerdem würde er sowieso keine nennenswerten Summen dafür bekommen. Aber für das Klavier. Jetzt muss er sich um seine Finanzen im Herbst keine Sorgen mehr machen, jedenfalls nicht, wenn er weiter so bescheiden lebt.

Widerwillig und betrübt folgt er den Klavierträgern bis auf die Straße, an Andy vorbei, der die Augen aufreißt, aber erst etwas sagt, als die Männer gefahren sind: «Was um alles in der Welt haben Sie getan?»

18. Juni 1985

Solomon merkt es nach ein paar Wochen, sein Schüler ist nicht mehr so gut vorbereitet wie sonst. «Üben Sie nicht mehr zu Hause?» Und als er den Grund erfährt, gerät er in Rage, es ist, als würde er plötzlich auf die doppelte Größe anschwellen, und dann bohrt er Owen den Zeigefinger in die Brust und poltert: «Sehen Sie zu, dass Sie von hier wegkommen, verschwinden Sie zum Teufel noch mal aus dieser Bude, wenn Sie das alles nicht ernst nehmen. Sie haben zehn Sekunden, bevor ich Ihnen die Finger breche. Sie wissen, dass ich dazu imstande bin, und Sie wären nicht der Erste.» Er macht ein paar schnelle Schritte auf Owen zu, und für einen Moment spürt Owen, wie ihn die kalte Angst packt, weil er versteht, dass er es ernst meint, und er will etwas sagen, sich verteidigen, aber Solomon hat schon den Rohrstock in der Hand und drischt auf ihn ein; er schlägt ihn auf die Schultern, die Oberarme, die Beine, er schlägt und schlägt, und er schlägt brutal, verzweifelt, «Sie beleidigen mich und alle, die etwas werden wollen», schreit er, und Owen schreit zurück: «Es tut mir leid, es tut mir leid!», und am Ende liegt er auf dem Boden, und Solomon steht über ihm und keucht erschöpft: «Sie bringen mich ins Grab. Schaffen Sie sich ein neues Klavier an, und wenn Sie es mit Ihrem eigenen Arsch bezahlen müssen und sechs Monate nicht sitzen können und im Stehen spielen müssen. Ansonsten brauchen Sie hier gar nicht erst wieder aufzukreuzen. Machen Sie, was Sie wollen, mir ist es egal.»

20. Juni 1985

Andy hilft Owen dabei, das gebrauchte, billige Klavier eines unbekannten Herstellers, das er in aller Eile bei einer Haushaltsauflösung in Brooklyn erstanden hat, an seinen Platz zu schieben. Es ist ein erbärmliches Instrument, und der Klavierstimmer, der im Laufe der Woche vorbeikommt, um es zum Klingen zu bringen, seufzt schon bei seinem Anblick resigniert und weigert sich zunächst, überhaupt etwas zu unternehmen, Owen muss ihm erst haargenau seine verzweifelte Lage schildern, ehe sich der Klavierstimmer kopfschüttelnd daran setzt, um, wie er sagt, «das Grauenhafte erträglich zu machen».

Das neue Klavier hat seine Qualitäten in den Mängeln, in dem hohlen, dünnen Klang, den es absondert. Es verlangt ihm mehr ab als jedes andere Instrument, auf dem er je gespielt hat, und nur wenn er sich wirklich anstrengt, gibt es Musik von sich, die man als gehaltvoll bezeichnen könnte. Vier Tage lang übt er unermüdlich, fast ohne zu essen und zu schlafen, er arbeitet an allem, was Solomon in den letzten Wochen mit ihm durchgegangen ist, in denen er nicht zu Hause üben konnte, er ertappt sich dabei, laut mitzusummen, während er spielt; und erst als er zufrieden damit ist, dass das Klavier verlässlich seinen Dienst tut und er die verschiedenen Partien beherrscht, setzt er sich in den Bus nach Harlem. «Haben Sie sich wieder ein Klavier zugelegt?», fragt Solomon unwirsch, als er die Tür öffnet. Kein *Hallo* oder *Entschuldigung, dass ich Sie verdroschen habe* oder *Ich hätte gar nicht so schnell wieder mit Ihnen gerechnet.* Nur diese eine Frage. «Ja», antwortet Owen, «ich habe mir ein günstiges gekauft.» Solomon atmet hörbar durch die Nase aus, tritt zur Seite und lässt ihn in die Wohnung. «Wollen Sie eine Tasse Kaffee?» Diesmal ist Owen so klug, das Angebot auszuschlagen.

August 1985

Sie arbeiten wie früher zusammen. Möglicherweise ist Solomon beeindruckt, wie schnell Owen sich ein neues Klavier angeschafft hat, vielleicht ist er erleichtert, nicht noch einen Schüler verloren zu haben; er zeigt es nicht. Im Gegenteil hat es eher den Anschein, als wäre sein Geduldsfaden noch dünner geworden und sein Anspruch noch höher. Sie treffen sich weiter regelmäßig und sprechen nie über etwas anderes als Musik, sie verbringen mehr Zeit miteinander als mit irgendeinem anderen Menschen, und trotzdem kennen sie sich überhaupt nicht.

Das Geld ist ein Problem, wie soll er über die Runden kommen, wenn der September vorbei ist? Noch hat Solomon mit keiner Silbe erwähnt, dass er Owen für reif genug hält, Konzerte zu geben, obwohl er weiß, wie wichtig ihm die Nachmittage in Webers Verkaufsräumen gewesen sind, aber es kommt keinerlei Ermutigung in diese Richtung oder ein Vorschlag, an welchen Spielstätten er es versuchen könnte, obwohl Solomon vermutlich die meisten kennt; auch kein Hinweis darauf, dass er in den Augen seines Lehrers so weit ist, sich eine neue Band zu suchen, zusammen mit anderen Musikern zu spielen. Kein Wort davon. Also hat Owen keine andere Wahl, als es anzusprechen, am letzten Samstag im August, er erzählt Solomon von seiner Angst, bald nicht mehr genug Geld zum Leben zu haben. Vom Frust.

Der Angst, dass auch aus seiner Musikerkarriere doch nichts werden könnte. Er ist über vierzig, und es vergeht kein Tag, an dem er nicht daran denkt. Alle, zu denen er aufgesehen hat, Jazzpianisten, die er zum Vorbild hatte, keiner von ihnen hat so spät angefangen: Monk, Bill Evans, McCoy Tyner waren alle in ihren Zwanzigern, als sie ihren Durchbruch hatten. Auch Glenn Gould, der vor über drei Jahren im Alter von fünfzig gestorben ist. Er würde so gern vor einem Publikum spielen. Applaus, den will er haben. Schallenden Applaus im Saal, wenn er sich von seinem Klavierhocker erhebt, um die Anerkennung entgegenzunehmen. «Musik ist mehr als nur Unterhaltung», sagt Solomon entschieden und gibt Owen ein Zeichen, den Deckel des Klaviers zu schließen. «Musik hat … auch eine Funktion, nicht wahr, ist eine Sprache. Verstehen Sie, was ich sage? Das bedeutet aber nicht, dass man unbedingt auf einer Bühne sitzen und sie dem gemeinen Volk entgegenschleudern muss. Nee, nee. Es muss auch Menschen geben, die leise sprechen, verstehen Sie? Ich habe es schon einmal gesagt, Sie haben eine Haltung wie eine Eidechse, wenn Sie spielen, niemand würde Kohle dafür hinblättern, das mitanzusehen. Die einzige Reaktion, die Sie darauf bekämen, wäre … Mitleid. Und das wollen Sie nicht. *Pity ain't pretty*. Und gute Musik entsteht daraus auch nicht.» «Und was wollen Sie mir damit sagen? Dass ich nur zu Hause spielen soll? Als Hobby? In dem Fall hätten Sie recht, dass ich hiermit Ihre Zeit verschwende, und meine eigene. Dann müsste ich verdammt noch mal draußen unterwegs sein und mir einen normalen Job suchen, anstatt in diesem stickigen Brutkasten zu hocken.» «Hm.» «Was zum Teufel soll das heißen? *Hm?*» «Soll heißen: Ich habe noch nie darüber nachgedacht, dass hier drinnen die Luft schlecht ist.» «Tja, ist aber so.» Solomon kratzt sich am Kopf und im Nacken. «Vielleicht sollten Sie einen Ausflug ins Studio machen», schlägt er vor. «Sie wissen schon, etwas einspielen.» Owen spürt, wie er Kopfschmerzen bekommt, er ist wütend. «Und wo soll ich das Geld dafür hernehmen? Ich habe doch gerade gesagt, dass ich keinen Job habe. Wie um alles in der Welt soll ich Geld aufbringen, um ins Studio zu gehen? Und wenn Sie jetzt vorhaben, irgendetwas Launiges über meinen Arsch zu sagen und dass ich ihn für einen Vierteldollar auf dem Times Square anbieten soll, können Sie sich das gleich sparen, ich bin nicht in der Stimmung dafür, okay?» «Ich rede davon, dass Sie dafür bezahlt werden, ins Studio zu gehen», erwidert Solomon ruhig, und diese Ruhe bringt Owen erst richtig auf die Palme. «Aber dann muss man *Studiomusiker* sein, kapieren Sie das nicht?, was wiederum bedeutet, dass man Leute *kennen* muss, und die müssen dazu bereit sein, *für dich* zu zahlen, weil sie dich haben wollen – und nicht irgendwen anders. Hat man Ihnen das nie beigebracht an der Juilliard, Realitätssinn?» Aber Solomon reagiert gar nicht darauf, er denkt längst an etwas anderes und sagt: «Möchten Sie einen Kaffee?» «Was? Nein!» «Aber ich. Kommen Sie, wir machen einen Spaziergang.»

Sie gehen zusammen hinaus auf die Lenox Avenue, ein paar Straßen weiter bis zu einem Café, wo Solomon sie zu einer Sitznische in der Mitte des Raums lenkt und für sie beide Kaffee bestellt. «Möchten Sie auch ein Stück Torte?», fragt er Owen, als die Kellnerin, die dem einzigen weißen Typen im ganzen Laden einen zweiten Blick zuwirft, die Bestellung notiert. «Hä? Nein, danke. Warum sind wir hier?» «Kommen Sie, lassen Sie uns ein Stückchen Torte essen, wenn wir schon mal da sind», beharrt Solomon und winkt noch einmal die Kellnerin herbei, die nickt, verschwindet und vier Minuten später wiederkommt.

Er hat keinen Hunger. Er ist ängstlich, wütend und durcheinander. Es kann sein, dass er ausziehen muss. Oder sich einen Job suchen. Jetzt, wo er so kurz davorsteht. Es ist unerträglich. Er sieht, wie Solomon unbekümmert seine Torte kaut und ihm dann einen Blick zuwirft, der anscheinend sagen soll: *Willst du deins wirklich nicht?*, bevor er wortlos Owens Teller zu sich herüberzieht und sich über die zweite Portion hermacht. «Wissen Sie was?», sagt Owen, während sich Solomon an jedem Bissen erfreut, «ich glaube, ich fahre jetzt nach Hause.» «Okay, aber erst möchte ich, dass Sie mit mir in den Plattenladen gehen, ein Stück weiter die Straße runter, nur kurz.» «Warum sollte ich?» «Weil», erwidert Solomon und legt sein Besteck akkurat auf dem Teller ab, «ich Ihnen zeigen will, wovon Sie in Zukunft leben werden.»

Zwölf Minuten später: Sie stehen in den engen Räumen von Lenox Music & Jazz, umgeben von Jugendlichen und der Musik, die aus den großen Lautsprechern an der Wand hinter der Theke plärrt. Owen ist übel, er spürt, dass er nur noch hier rauswill, nach Hause fahren, sich hinlegen und abwarten, bis dieser Tag im Nichts aufgeht. Er steht neben seinem Lehrer und starrt an die graue Wand, während Solomon sich hastig durch LP-Stapel blättert. Plötzlich hält er inne, zieht eine völlig austauschbar aussehende Platte heraus und dreht sich zu Owen um. «Bitte schön», sagt er. «Die werde ich Ihnen kaufen. Betrachten Sie es als das einzige Geschenk, das Sie je von mir bekommen werden, Großzügigkeit ist nämlich nicht gerade meine Stärke.» Owen hält das Album in den Händen. Die Hülle ist dunkelgrün mit einem weißen Rahmen. Keine Bilder, keine Illustrationen und kein Bandname. Das Einzige, was auf dem Cover steht, sind die Buchstaben *KPM* sowie die Worte *Music Recorded Library* in der einen Ecke und ganz unten eine Londoner Adresse und Telefonnummer. «Was ist das?», fragt Owen skeptisch und neugierig zugleich. «Das? Das ist die Zukunft», sagt Solomon.

3

Herbst 1985

Keine Kritiken. Keine Konzerte oder Fans, keine Selbstdarstellung und auch keine Preise, nicht ein einziges Interview; man weiß nicht, wer sie sind. Die Musiker, die Gebrauchsmusik für KPM einspielen, gehören einer anderen Liga an, zumindest solange sie auf dieser Karrierestufe verharren. Unglaublich viele europäische Komponisten laufen auf der Abbey Road in London herum, werden deshalb aber noch lange nicht auf dem Zebrastreifen fotografiert. Sie sind unbekannt, Hintergrundmusiker, die ihr Äußerstes geben und keine Ovationen erhalten, sondern nur die Schecks, die hereinflattern und bei der nächsten Bank in geldwerten Applaus eingelöst werden können. Inkognito gehen sie ins Studio und verlassen es abends unbemerkt wieder, erschöpft und zufrieden. Aber die Musik, die sie erschaffen, lebt: In Spielfilmen und im Radio, in Fernsehserien, Unterhaltungsshows und Dokumentarfilmen, man hört sie in Kochsendungen, während die Rezepte eingeblendet werden, in Pornofilmen und Anleitungsvideos und Einkaufszentren, von Kunden und Abonnenten ausgesucht, die in den Musikarchiven der KPM mit allen denkbaren Stilarten geblättert haben, es gibt etwas für jeden Bedarf, für jeden Geschmack, zugänglich für jene, die sich individuell geschriebene Musik nicht leisten wollen oder können. Zusammen bilden diejenigen, die Musik für die KPM einspielen, ein klandestines Heer von Künstlern, das ein einmaliges Honorar erhält und laut Vertrag alle Rechte für alle Zeiten abtritt, auf der Erde und im Universum, und reihum Qualitätsmusik und Album um Album mit gesichtslosem Füllstoff ausstößt, für was auch immer gerade jemand Untermalung benötigt. Niemand sieht auf diese Pragmatiker herab, niemand sieht zu ihnen auf. Niemand sieht sie überhaupt. Ihre Musik ist überall. Hunderte von Alben, deren Titel ausschließlich auf der

Rückseite angegeben sind: *The Mood Modern; Lightweight Backgrounds; All That Jazz; The Sound Of «Pop»; Pleasure Spectacle; Twentieth Century Portrait; Orchestral Kaleidoscope; Miniature Moods; Colours In Rhythm; The Big Beat; Flamboyant Themes – Volume 4; Bugaloo In Brazil; Marches For Any Occasion; Progressive Pop; Sweet Groove; Beat Industrial; Flute For Moderns; Music For A Young Generation; A Moog For All Reasons; Electrosonic; Harpsichord Old And New; Daybreak; Summer Songbirds; Afro Instrumental Rock; The Trendsetters; Synthesis; Childhood; Discotheque; Industrial Panorama; Great Expectations; Gathering Crowds; Happy Hearts; Soft Horizons; Sound Odyssey; Metropolis; A Jazz Inclination; Piano Vibrations; Pulse Of The City; A Fear Of The Dark; Guitar Masterclass; The Piano Album; Clouds; Folk Songs; Music For the Movies; Love Stories; Seeds in the Wind; Rock Licks From the Snake Ranch; Pictures From a Life; Through the Looking Glass and What Alice Found There; Fashion; Don't Talk – Dance; Struttin' Out; Boogie and the Beat; Stepping Stones; Going Home.* Und so weiter und so weiter, bis hin zu den eher individuellen Nummern mit vergleichsweise präzisen Namen und entsprechenden Beschreibungen: «Frenetic Fugue» 1.25 *(Fast, intricate, frenetic. Based on Preludium no. 2 (Bach))*, «Poetic Prelude» 1.42 *(Emotional. Based on Prelude in E minor (Chopin))*, «Cathedral» 1.30 *(Grandiose sustained chords)*, «Passion Punch» 2.23 *(Light reggae groove)*, «Girl on The Sand» 2.11 *(Bright open-air movement with ‹latin feel›)*, «Sales Conference» 3.13 *(Timpani figures to opening statements – editing point to light relaxed bg)*, «Night Energy» 2.58 *(Sexy late-night blues)*, «Forms» 4.43 *(Nebulous abstraction)*.

Diejenigen, die etwas zum ständig wachsenden KPM-Katalog beitragen, sind so unterschiedlich wie die Musik, die sie einspielen; professionelle Studiomusiker auf der Jagd nach Zusatzeinnahmen, Komponisten, die nie um ihre fünfzehn Minuten gebeten (oder sie nie bekommen) haben, international bekannte Stars, die unter Pseudonym aufnehmen und nur unter dem Versprechen absoluter Diskretion. Sogar Solomon und mehrere seiner früheren Kollegen von der Juilliard gehören KPMs Archiv an, und er öffnet Owen die Türen. Zwei Telefonate, eine mündliche Zusage und eine halbe Stunde Material, das sie auf Solomons Vierspurrekorder aufgenommen und an den Zuständigen geschickt haben, und ein paar Wochen darauf treffen sich Owen und Solomon an der Ecke 60th Street und Broadway. Owen ist früh dran, er hat vor Aufregung fast die ganze Nacht wach gelegen, er hat sich vor diesem Augenblick gefürchtet und sich darauf gefreut, und in diesem Moment, während er auf Solomon wartet und plötzlich denkt, dass er alles vergessen hat, was er sich merken sollte, und es vielleicht nicht schaffen wird, und während ihn der Verkehr auf der Straße nervt und er mit dem Gedanken spielt, einfach abzuhauen, sich in ein Taxi zu setzen und nach Hause zu fahren oder irgendwo anders hin, in eine abgelegene Bar, wo er ein Bier trinken kann und nicht gefunden wird, hebt er den Blick und sieht die großen roten Buchstaben auf dem Gebäude und spürt, dass er zu Tode erschrocken ist und gleichzeitig nirgends auf der Welt lieber sein möchte als hier. *Atlantic Studios.*

Es ist nicht zu glauben, er kann es nicht glauben, auch nicht als ihn Solomon am Wachmann vorbei in den Regieraum des Studios B führt, wo sie ein KPM-Vertreter mittleren Alters empfängt, völlig unbefangen. «Willkommen», sagt er und gibt Owen die Hand. Coltrane hat in diesen Räumen Musik eingespielt. Ornette Coleman. Mingus. Monk. Und KPM. Die Alben von KPM müssen von höchster Qualität sein, damit man sie für alles verwenden kann. Plötzlich hat er das Gefühl, es wäre zu schnell gegangen, noch vor weniger als einem Monat hat er in Solomons Wohnzimmer gesessen und keine Ahnung gehabt, wie er den Herbst überstehen soll, und jetzt befindet er sich hier, in diesem Gebäude, an dem er schon mehrmals vorbeigelaufen ist und dabei immer einen sehnsüchtigen Blick in Richtung Eingang geworfen und gedacht hat *hier sind sie hingegangen, hier; hier haben sie die Tür aufgemacht und sind hineingegangen, um diese Platten zu machen, die so ikonisch sind.* Er muss um ein Glas Wasser bitten, er muss darum bitten, sich kurz setzen zu dürfen, auf das Sofa hinter dem beeindruckenden Neve-Pult, und versuchen, ruhig zu atmen. Ihm ist unwohl. Gleichzeitig ist er trunken vor Glück. «Haben Sie Lust, sich das Studio anzusehen?», fragt der Produzent freundlich, und Owen bekommt keinen

Ton heraus, er steht einfach auf und geht hinter Solomon in den sanft erleuchteten Raum, wo ein schwarzer, frischpolierter Yamaha-Flügel bereitsteht, umringt von Mikrophonen. Für ihn. Er nimmt auf dem Hocker Platz und bleibt reglos vor dem Instrument sitzen. «Na was», sagt Solomon, «willst du darauf spielen oder es nur anglotzen? Wir haben eine halbe Stunde, um uns aufzuwärmen und mit dem Instrument vertraut zu machen, und dann wagen wir einen Versuch.» Er dreht sich zu dem Produzenten um. «Ist das in Ordnung?»

Die Aufgabe ist zu bewältigen, innerhalb von zwei Tagen sollen vier klassische Kompositionen aufgenommen werden, die Teil eines Klavieralbums sind. Am liebsten hätte er hier einfach nur Jazz gespielt, in diesem Studio, «Spring is Here» zum Beispiel, im Stil von Bill Evans, das wäre was gewesen; vielleicht ein anderes Mal. Er soll Händels «Passacaglia», Debussys «Clair de lune» und zwei Chopin-Stücke einspielen, «Nocturne in c-Moll» und am Ende das vielleicht schönste Klavierstück, das er kennt, «Präludium in e-Moll, Opus 28, Nr. 4». Als er in der Mitte der zweiten Aufnahme der Passacaglia angekommen ist, merkt er, wie er sich entspannt und es gelingt, es ist leichter als gedacht, er sitzt allein im Studio und fühlt sich auch so, als würde niemand auf der anderen Seite des schalldichten Glases sitzen und seinem Spiel folgen. *Das könnte klappen*, denkt er, und einige Male spielt er so befreit auf, dass er zu dem Glaskasten hinübersieht, wo Solomon steht, die Hände in die Hüften gestemmt, und ihn beobachtet. Man könnte meinen, er würde lächeln. Owen wiederholt die Passacaglia mehrmals, sie spielen einzelne Details so lange durch, bis alle Beteiligten zufrieden sind, und dann gehen sie über zu Debussy, der ihm mehr abverlangt, er kennt das Stück nicht so gut. Er hat es tagelang geübt, doch erst als der Produzent eine andere Aufnahme davon raussucht und ihm Zeit lässt, um sie sich anzuhören, versteht er, wie er es spielen muss. Wieder befällt ihn diese Ruhe, als er so weit ist, jetzt sogar stärker als zuvor, er beherrscht es, beherrscht diese Musik, er ist in der Lage, sich zu entspannen, und auf der Aufnahme kann man es nicht hören, niemand, der diese Aufnahme je im Hintergrund von irgendetwas hören wird, von was auch immer, wird ihr anhören, dass sie von einem Mann eingespielt wurde, der seinen allerglücklichsten Tag erlebt und der, einige Sekunden vor Ende des Stücks, begreift, dass er es geschafft hat, er hat es wirklich geschafft. Vielleicht ist es kein Jazz, und vielleicht ist es nicht so, wie er es sich vorgestellt hat, aber er ist in New York, vor fast zwanzig Jahren ist er in diese Stadt gekommen, und er ist immer noch hier, in den Atlantic Studios, in Manhattan, und nimmt sein allererstes Album auf, und sein Name wird auf der Rückseite jeder einzelnen Schallplattenhülle stehen.

12. Oktober 1985

Endlich kommt eine Sendung, schon seit Tagen wartet er jedes Mal ungeduldig, bis der Postbote unten in der Halle alles verteilt hat; er hält die Tür zur Treppe auf und lauscht dem Geräusch von Briefkastendeckeln, die zuklappen, und sobald er sicher ist, dass der Postbote weg ist, eilt er die Treppen hinunter oder nimmt den Aufzug, nur um wieder nichts im Kasten zu haben.

Doch heute ist der Tag, der Scheck ist bereits da, gesegnet und heißersehnt, fehlt nur noch der Beweis. Ein flaches Paket, quadratisch und in braunes Packpapier eingeschlagen, lehnt auf den Briefkästen an der Wand, weil es nicht hineingepasst hat. Mit seinem Namen drauf. Er greift nach der Sendung und joggt zum Pförtnerhäuschen, wo Andy auf seinem Posten steht, und kaum hat er Owen erblickt, versteht er, worum es geht, denn sie sprechen seit einer Woche über diesen Augenblick: «Ist es das?», fragt er aufgedreht. «Gratulation!» Er klatscht in seine Handschuhe, und Owen bleibt mit ernster Miene vor ihm stehen. Er schaut auf das Paket in seinen Händen. «Ja, ich glaube, das ist mein Album.» «Haben Sie es noch nicht ausgepackt?» «Nein. Finden Sie, ich sollte?» «Mit dem Papier drum herum kann man es wohl nur schwer abspielen, würde ich meinen.» Vorsichtig löst er das Klebeband, will den Augenblick in die Länge ziehen, bis er es nicht mehr aushält und die Verpackung mit energischen Bewegungen aufreißt. Zum Vorschein kommt eine LP mit weißem Rahmen und dem KPM-Logo ganz oben. Die Hülle ist hellblau, in der rechten unteren Ecke erkennt man den weißen Umriss eines Flügels und darüber, als Strichzeichnung, eine schlanke, weiße Hand, die sich danach ausstreckt. *Classical Piano #2* steht mittig in Großbuchstaben darauf. Er dreht das Cover um und liest die Rückseite, es sind insgesamt zwölf Aufnahmen von drei verschiedenen Musikern, die vier letzten Nummern sind seine. *Eingespielt von Owen Larsen*, steht da.

An jenem Tag kommt Andy mit zu Owen in die Wohnung hinauf, es ist das erste Mal, dass er eine Apthorp-Wohnung von innen sieht, das erste Mal, dass er es sich erlaubt, über die Türschwelle zu treten. Owen zuliebe nimmt er sein Mittagessen mit ihm zusammen ein; Andy ist dabei, als Owen die schwarze Vinylplatte aus dem Inlay holt und sie auf den Plattenteller legt, die Nadel beim dritten Stück der B-Seite auf die Rille setzt und das Yamaha-Klavier im Raum erklingt. «Das bin ich», sagt Owen leise. Andy sieht ihn an und zieht sich die Handschuhe aus. «Ja, so ist es», sagt er. «Und die Musik ist schön. Meine Frau lässt übrigens grüßen.»

15. Oktober 1985

Am Morgen: Zugfahrt von New York City nach Washington, D.C. im grellen Novemberlicht. Ein schöner Ort. So still. Er war noch nie hier. Er steht dicht vor der schwarzen Marmorwand, die im rechten Winkel in die Natur hineingesetzt wurde, mit mehr als 57000 eingravierten Namen, weiß auf schwarz. Eine Zwangsgemeinschaft. Er findet Erics Namen und muss ihn anfassen, den Vertiefungen der Buchstaben mit der Hand folgen und spüren, dass er wirklich hier ist. *Eric J. Wallace.* Der Name steht nicht allein, er wird von den anderen Genannten gerahmt, so wie auch Erics Name jene rahmt, die ihm zur Seite stehen. Es vermittelt Geborgenheit. Eine Partitur zu einer Musik, die niemand mehr zu spielen weiß.

November 1985

Fast jeden Abend, wenn er ins Bett geht, denkt er an die Briefe, die er im Laufe der Jahre nicht verschickt hat, die er sich nicht überwinden konnte zu schreiben; es sind viele, und es werden immer mehr, auch wenn die Zahl der Empfänger gleich niedrig bleibt. Trotzdem schreibt er keinem von ihnen, nicht einem Einzigen; er liegt im Bett, versucht zu schlafen, und um ihn herum, über den ganzen Boden verstreut, liegen die Briefe, die er nicht geschrieben hat, auf der Kommode und auf dem Bettvorleger, sie quellen aus den Schubladen, fallen aus den Taschen der Hosen und Jacken, die er über den Stuhl gehängt hat, um sie am nächsten Tag anzuziehen. Es liegen Briefe im Bettbezug und unter dem Kopfkissen, sie piksen ihn in den Rücken, wenn er sich bewegt, die scharfen Kanten hinterlassen in der Nacht winzige Schnitte in seinem Gesicht. Er steht auf, trinkt Kaffee und sieht durch das Fenster, wie der Morgen zum Vormittag wird, er geht ins Wohnzimmer und übt ein paar Stunden auf dem erbärmlichen Klavier. Wenn er die Briefe nicht schreibt und niemandem von sich erzählt oder wenn er sie schreibt, aber keiner ihm antwortet, kann er sich dann trotzdem sicher sein, dass alles, was er erlebt, auch wirklich passiert?

Er geht weiter zu Solomon, an den gleichen drei Wochentagen wie vorher, wie eigentlich immer, so kommt es ihm vor, obwohl er sich erst vor zehn Monaten zum ersten Mal auf den Klavierhocker in der dämmrigen Wohnung gesetzt hat. «Es ist ein Problem, dass so viele mit dem Üben aufhören, sobald sie nur das kleinste Fünkchen Erfolg haben», sagt Solomon. «Ein teuflisches Problem. So bin ich alle meine Schüler losgeworden. Sie wurden gut, bekamen es gesagt, und dann blieben sie weg. In dem Glauben, dass sie immer gut sein würden.» Owen nickt. Ihm würde es im Traum nicht einfallen, damit aufzuhören.

Selbst als man ihn Ende des Monats erneut bittet, Klavierstücke für KPM in den Atlantic Studios einzuspielen. Sie wünschen sich weitere, neue Aufnahmen von rechtefreier, klassischer Musik, und an der Bezahlung ist nichts auszusetzen. Wahrscheinlich hätte er es sogar umsonst gemacht. 1841 Broadway ist nicht weit weg, vom Apthorp braucht er zu Fuß nicht mehr als zwanzig Minuten dorthin, und als er am dritten Tag denselben Weg wieder zurückgeht, denkt er darüber nach, wie natürlich es sich anfühlt, nach Feierabend wieder zurück zur Upper West Side zu gehen, wie sehr er sich an diese Strecke gewöhnt hat, und er würde es gern jemandem erzählen, egal wem, gerne auch einem zufälligen Passanten, er möchte, dass ihn jemand fragt, wie es ihm geht, und er würde antworten, gut, er sei nach einem Arbeitstag drüben in den Atlantic Studios gerade auf dem Nachhauseweg. Er sei Musiker, würde er erklären. *Pianist.* Er schaut in einer Bar am Verdi Square vorbei und trinkt ein Bier, sitzt eine Weile auf einer Bank und entspannt sich allmählich, ohne dass ihn jemand wie erwünscht anspricht. Es sind solche Sachen, über die er hätte schreiben sollen, in den Briefen, die er nicht schreibt. Wenigstens einige davon hätten von Tagen wie diesen erzählt.

Januar 1986

Classical Piano #3 kommt per Post, wieder einmal steht eine eingepackte LP auf den Briefkästen, als er in die Vorhalle hinunterkommt. Wie schon beim letzten Mal ist seine Freude kaum zu ertragen. Von den vierzehn Stücken sind elf von ihm. Ein anderer, dessen Namen er nicht kennt, ist als Interpret der letzten drei genannt. Er bleibt den ganzen Abend sitzen und hört sich die neue Veröffentlichung an, ist sprachlos über die gute Klangqualität. Während er vor seinem eigenen Klavier sitzt, folgt er der Musik mit den Fingern, ohne die Tasten zu berühren, um sich vorstellen zu können, wie es wäre, wenn sein Klavier so klänge.

3. Juli 1986

Juli und trotzdem eiskalt. Am Tag der Hundertjahrfeier steht die Freiheitsstatue unter Planen verborgen auf Liberty Island zur Enthüllung bereit, nachdem man zwei Jahre lang damit verbracht hat, ihren einstigen Glanz wiederherzustellen, und Reagan sagt auf Governors Island: «Wir feiern mehr als nur die Restaurierung dieser prächtigen Statue. Oder wie einer der Arbeiter hier, Scott Aronsen, ein Marmor-Restaurator, es so schön ausgedrückt hat: *Ich bin in Brooklyn aufgewachsen und habe die Freiheitsstatue vorher nie besucht. Aber als ich das erste Mal zum Arbeiten herkam, dachte ich an meine Vorväter, die mit dem Schiff hier vorbeifuhren.* Und wer von uns denkt beim Anblick der Statue nicht an seine Großväter und Großmütter, seine Vorfahren, aus so vielen Orten auf der ganzen Welt, für die sie der allererste Eindruck von Amerika war. Sie können es Mystifizierung nennen», hatte Reagan gesagt und war fortgefahren: «Ich war immer der Meinung, dass es eine Art heilige Vorsehung war, die dieses gewaltige Land zwischen die beiden Meere gesetzt hat, damit es von ganz besonderen Menschen entdeckt wird, aus allen Ecken der Welt, Menschen, die wahrhaft freiheitsliebend und mutig waren und deshalb imstande, ihre Heimat zu verlassen, ihre Freunde und Landsleute, und in die Fremde zu kommen, um eine neue Welt voller Frieden und Hoffnung aufzubauen. Lincoln sprach von Hoffnung, als er seine Heimatstadt verließ, die er nie wiedersehen würde, um sich seiner Aufgabe als Präsident anzunehmen und Amerika durch einen grausamen Bürgerkrieg zu führen. Auf seiner langen Zugfahrt nach Washington wurden die Nachrichten bei jedem Halt bedrohlicher: Die Nation war gespalten, sein eigenes Leben in Gefahr. Unverdrossen setzte er seinen Weg fort. In Philadelphia sprach er in der Independence Hall, wo fünfundachtzig Jahre zuvor die Unabhängigkeitserklärung unterzeichnet worden war. Er bemerkte, dass einiges mehr als nur die Unabhängigkeit von Großbritannien erreicht worden war. Er hatte recht, als er sagte, es sei auch eine *Hoffnung für die Welt, für alle Zukunft.*» Neil Diamond singt «They're Coming to America», Frank Sinatra singt «The House I

Live In», und Mikhail Baryshnikov tanzt. Es wird geklatscht und ein bisschen geweint. Niemand erwähnt, dass die Statue mit Kupfer aus dem norwegischen Karmøy überzogen wurde. Reagan drückt einen Knopf, ein Laserstrahl schießt aus dem Pult und über den Hafen von New York hinweg und entzündet die Fackel der Statue, und vielleicht ist es ein wichtiger Abend, ein entscheidender Abend für Amerika und Milliarden anderer Menschen, die dieses Ereignis im Fernsehen sehen; vielleicht ist es einfach nur irgendein Abend wie jeder andere in den achtziger Jahren, wo nur wenig so ist, wie es scheint.

Herbst 1986

Es kommt mehr Geld von KPM, ein Scheck, von dem man eine Weile leben kann, eine Atempause von einer gewissen Dauer; es ist der Lohn für das Album *Polar Mountain Music*, im Sommer aufgenommen, eine Sammlung skandinavischer Klavierstücke mit eher irreführendem Titel und Anklängen von Volksmusik; die meisten Werke waren ihm bekannt, unter anderem von Grieg und Ole Bull, bei mehreren Stücken hat er mit einem Geiger aus Providence, Rhode Island, zusammengearbeitet, und das Ergebnis hat den KPM-Produzenten so beeindruckt, dass es zu mehreren Restaurantbesuchen mit einigen hohen Tieren der Plattenfirma geführt hat und auch zu der Möglichkeit, kleinere Forderungen für die weitere Zusammenarbeit zu stellen. Er ist zu einem selbstbewussten Musiker geworden, er arbeitet lange und hart, härter als je zuvor. Es ist die Rede von einer möglichen zweiten Version derselben Veröffentlichung, *Modern Polar Mountain Music*, die im Sommer erscheinen soll, arrangiert für Synthesizer und Orchester, mit Fokus auf die eher … expressiven … Stücke, wie «Zug der Zwerge» für Moog-Synthesizer und Ondes Martenot und «I Dovregrubens hall» für Roland Alpha Juno, Laserharfe und Drumcomputer.

Jetzt kann er allmählich anfangen, Seymour das sogenannte *Schlüsselgeld* zurückzuzahlen, für das er nicht aufkommen konnte, als er die Wohnung übernommen hat; es ist keine Kaution, sondern eine andere, ziemlich undurchsichtige und ungeheuerliche Summe, die die Vermieter, eine Bande älterer Herren, immer dann verlangen, wenn eine Wohnung in andere Hände übergeht. Es sind dieselben älteren Herren, die auch angerufen oder aufgesucht werden, wenn ein Krankenwagen im Innenhof auftaucht und einer der Bewohner abtransportiert wird – um nie wieder zurückzukehren. Nach nur wenigen Minuten *(Ich hoffe, Sie empfinden das nicht als pietätlos)* stellt man ihnen Fragen *(Sie wissen, dass wir Sie alle sehr vermissen werden)* über die nun leerstehende Wohnung, immerzu auf der Jagd nach einer Verbesserung in Form einer größeren Wohnung in einer der höherliegenden Etagen. Gerüchte besagen, dass der mehrköpfige Hausbesitzer ein angenehmes Leben führt, dass die Herren bei diesen Neuvermietungen sowohl die Milch trinken als auch die Sahne abschöpfen; ab und zu parkt einer von ihnen seinen roten Porsche neben dem Springbrunnen im Innenhof und lächelt den Bewohnern, die er trifft, freundlich zu. Er lächelt auch, wenn sie sich über braunes Wasser in der Badewanne und Asbest in den Heizkörpern beschweren, über den schwarzen Ruß, der die Fassade überzieht, oder darüber, dass nur die wenigsten Kamine im Haus tatsächlich funktionieren. Es gibt auch Gerüchte, die besagen, dass der mehrköpfige Vermieter regelmäßig in Rechtsstreitigkeiten verwickelt ist.

Als Solomon von den Plänen erfährt, dasselbe Album noch einmal aufzunehmen, schnaubt er verächtlich, ihm missfällt der Mangel an musikalischer Entwicklung. «Ich mache mir Sorgen um dich», sagt er, «es ist keineswegs sicher, dass du besser wirst, als du bist, verlass dich nicht darauf. Und irgendwann werden dir die Klavierstücke ausgehen, die du beherrschst und mit denen weniger gut ausgebildete Pianisten sich leichter tun, vielleicht sogar mit einem besseren Ergebnis. Verstehst du, was ich meine – den Unterschied zwischen einem Komponisten und einem Interpreten?» Er will, dass Owen mehr experimentiert, mehr ausforscht, improvisiert, selbst etwas erschafft und nicht nur das wiederholt, was andere vorgelegt haben. «Ich kann nicht», sagt Owen. «Ich wünschte, es wäre anders, aber ich habe das früher schon versucht. Und anschließend beinahe ganz mit dem Spielen aufgehört.» Solomon ist ungehalten und kann es nicht verhehlen. «Das glaube ich ganz und gar nicht», sagt er, «aber gut, dann beantworte mir dies: Wie nennst du vier Schwarze, die zusammen Musik machen? Du brauchst nicht gleich zu antworten, aber ich will, dass du bis nächstes Mal darüber nachdenkst, okay? Vier Schwarze. Die Musik machen. Wie nennt man das?» Owen denkt darüber nach. Drei Tage lang. Er denkt nach, ohne auf eine vernünftige Antwort zu kommen, und als er wiederkommt, stellt Solomon dieselbe Frage noch mal. «Also, wie nennt man das?» Owen zögert. Solomon seufzt gequält. «Ein Quartett», sagt er. «Man nennt es ein Quartett. Das ist dein Problem, du denkst zu viel, du machst alles so verdammt viel schwieriger, als es ist. Dabei gibst du auf. Du erwartest hinter jeder Ecke Logik und denkst immer noch, Musik wäre nur Mathematik. Aber das stimmt nicht. An dir ist nichts auszusetzen, aber dein Spiel ist tot. Es ist schön, es ist hübsch, aber ich höre jedem Ton an, wie oft dieses Stück schon gespielt worden ist, von anderen. Von dir. Ich kann hören, wie viel du geübt hast und wie du an den Lösungen festhältst, die du findest. Das ist so, als würdest du einen Burger mit Messer und Gabel essen, du wirst satt, aber es ist sterbenslangweilig. Als würdest du zu Hause hocken und Radio hören, obwohl du auch rausgehen und tanzen könntest. Kapierst du, was ich meine? Garantiert nicht. Komm, ich zeige dir etwas.» Owen folgt Solomon in dessen Schlafzimmer, wo ein klobiger Betamax-Videorekorder auf einem Stuhl steht, an einen uralten Fernseher angeschlossen. An der Wand lehnen zwei hohe Stapel veralteter Betakassetten, alle säuberlich beschriftet: Es sind Aufnahmen der Juilliard-Abschlussklassen aus fast zehn Jahren, Konzertaufnahmen einiger Künstler, Fernsehsendungen und ein paar Spielfilme. «Ich schau mir im Bett gern Videos an», erklärt Solomon, ehe Owen danach fragen kann, «manchmal schlafe ich nur schwer ein. Setz dich einfach hier auf die Kante.» Er beugt sich vor den Videokassetten hinab und fährt mit dem Zeigefinger die Titel entlang, bis er findet, was er gesucht hat. «Okay, lass uns diesen hier zuerst angucken, es ist eine Aufnahme von Oscar Peterson aus dem Jahr … tja, ich weiß nicht, von wann sie ist. Aber es ist lange her.» Solomon schiebt die Kassette in den Rekorder, spult ein bisschen hin und her, und auf dem Bildschirm hämmert Peterson in atemlosem Zeitraffer auf das Klavier ein, vorwärts und rückwärts, bis Solomon unvermittelt auf Play drückt, sich neben Owen auf die Bettkante hockt und der Mitschnitt in normaler Geschwindigkeit läuft. Doch darin, wie der Jazzpianist sein Solo spielt, gleicht er immer noch einem menschgewordenen Taifun, selbst seine Bandkollegen schütteln beeindruckt den Kopf, und das Publikum applaudiert spontan, als Petersons rechte Hand über die Tasten saust, als ginge es um sein Leben, während die linke unberührt davon die Noten sammelt, und Solomon stampft im Takt und sagt euphorisch: «Siehst du, was er macht? Siehst du es?» Und Owen nickt. «Ja, natürlich sehe ich es. Und weiter? Das Problem ist ja nicht, so etwas zu spielen – okay, in diesem Fall vielleicht schon –, sondern auf die Idee zu kommen. Was ich spielen soll und wann. Das ist es, was ich nicht durchschaue, wie er – oder irgendwer sonst –, wie sie da hinkommen, wie sie wissen, was richtig ist.» «Aber das *wissen* sie ja auch nicht, genau das ist doch Improvisation. Nicht das, was richtig *ist*, sondern das, was sich richtig *anfühlt*. In genau dem Moment. Und das Vertrauen, dass dich das Fundament und die Sprache schon stützen werden. Du sollst nicht hören, was er spielt, ich will, dass du es *siehst*. Schau dir an, was er macht; siehst du nicht, dass er das Denken bereits eingestellt hat? Das ist es, was Improvisation ausmacht, Larsen: im Voraus denken. Anschließend spielt er einfach nur. Komm, wir sehen uns noch eine andere an.» Solomon legt eine neue Kassette ein und zeigt Owen einige Minuten aus einem Erroll-Garner-Konzert in Belgien, 1963. «Schau ihn dir an, er sieht fast ein bisschen zurückgeblieben aus, scheint mehr damit beschäftigt zu sein, die Studioeinrichtung anzuglotzen, als sich auf seinen Flügel zu konzentrieren. Als wäre der Typ noch nie von vier Wänden umgeben gewesen. Ein Trottel mit einem debilen Grinsen, der nicht ganz auf der Höhe ist. Seine Finger sind es aber schon. Siehst du das?» «Ja», antwortet Owen leise. «Ganz sicher?» «Ja.» «Wie Miles sagte: *Don't think, concentrate.* Können wir uns darauf einigen? Die Note macht nur zwanzig Prozent der Gesamtsumme aus, die Haltung des Motherfuckers, der die Note spielt, aber achtzig Prozent, okay? Ihr Weißen. Erst habt ihr uns den Blues geklaut, und als wir mit dem Jazz angefangen haben, wolltet ihr den unbedingt auch. Aber ihr habt so einen Schiss, auch nur einen einzigen Fehler zu machen oder die Kontrolle zu verlieren, dass ihr steifer seid als ein toter Esel. Wo soll denn das Gefühl herkommen, wenn du dich nicht lockermachen kannst? Jazz ist *Gefühl*, nichts anderes. Wovor hast du solche Angst, wovor habt ihr solche Angst? Davor, dass wir aufbegehren und Rache nehmen? Euch auf Schiffen zusammenpferchen und wieder nach Europa verfrachten? Keine Sorge. Wenn wir eines Tages kommen, kommen wir in der Nacht. Ihr werdet es nicht mal merken, werdet alles verschlafen. Und völlig verwirrt in Versailles aufwachen.» «Aha.» «Nix aha. Die Sache ist, dass du nicht gelernt hast, Fehler zu machen, und nichts über die Wichtigkeit, Fehler zu machen. Das ist teilweise meine Schuld, ich sehe es ja ein. Aber ihr Weißen, ihr habt immer so eine Angst davor, etwas falsch zu machen, eure Nerven liegen permanent blank. Wir dagegen machen schon so lange Fehler, seit zweihundert Jahren erzählt man uns, dass wir nichts richtig machen, und deshalb haben wir keine Angst mehr. Deshalb können wir spielen. Ich werde dir beibringen, wie man katastrophal scheitert.» Und so beginnt eine neue Zeit. Es geht darum, etwas zu spielen, was nicht existiert, und nicht das, was es schon vorher gab. Solomon stellt ihm Aufgaben, drängt ihn dazu, etwas Eigenes zu erschaffen. Er bringt ihm bei, wie man Melodien reharmonisiert, Variationen über verschiedene Themen schreibt, er gibt ihm Sonaten und zwingt ihn, neue Seitenthemen zu schreiben. In den allermeisten Fällen wird es schlecht. Ein seltenes Mal gelingt es ihm. Manchmal klingt es gut. Es ist ein Problem, dass er zu viel übt, sich vorbereitet und analysiert, um etwas zu machen, das Solomon goutiert; noch ist er zu kalkuliert, er muss schlechter werden, ehe er besser werden kann. Solomon bleibt keine andere Wahl, als ihm auf unbestimmte Zeit sein Klavier zu verbieten. Stattdessen holt er eine alte, elektrische Vox Continental-Orgel vom Dachboden und stellt sie mitten ins Wohnzimmer, wo sie bis Weihnachten bleibt. Der dünne und metallische Klang kaschiert rein gar nichts; alle Unsicherheit und alle Unzulänglichkeit scheint hindurch und macht die Arbeit schwieriger, aber auch unbefangener. «Mach Fehler!», befiehlt Solomon, «mach es hässlicher!» Er legt LPs auf und gibt Owen die Anweisung, etwas aus dem Augenblick heraus zu erschaffen, das auszufüllen, was in der Musik fehlt, es sind alle möglichen Arten von Musik, Jazz und symphonische Werke, Fusion, Hippiemusik aus den Sechzigern; Richie Havens, Solomon spielt Richie Havens' nervige Gitarrenmusik aus Woodstock auf voller Lautstärke und bringt Owen dazu, die Vox Continental wie Percussions zu behandeln. «Kümmere dich nicht um die Töne», fordert er ihn von der Seitenlinie aus auf, «konzentrier dich, spiel so, als ob es dir etwas bedeutet, zum Teufel! Spiel, als würde heute Abend die Welt untergehen», und Owen drischt zur Musik aus der Stereoanlage auf die Orgel ein, ohne an die Qualität zu denken, so hat noch nie jemand mit ihm gearbeitet, nicht einmal wenn er allein war, hat er so gespielt, ohne einen Gedanken daran zu verschwenden, ob es sich schön oder unerträglich anhört; er hämmert die Finger auf die Tasten und merkt, dass sie meistens das machen, woran er so schnell gar nicht gedacht hat, und wenn er nur aufgibt und loslässt, wenn er sich um nichts anderes mehr kümmert, als mit ebensolchem Enthusiasmus auf das zu reagieren, was aus der Stereoanlage tönt, merkt er, wie er dem Gehörten etwas hinzufügt, und das wirft ihn vollkommen aus der Bahn, er hört nicht auf zu spielen, sondern stellt einfach nur fest, wie er manchmal, wenn er sich voll und ganz verliert, länger und länger am Stück in der Lage ist, so zu spielen, wie er es sich schon immer gewünscht hat; Solomon kann Jazzplatten besorgen, wo die Klavierspur entfernt wurde, und er legt sie auf, eine nach der anderen, sie arbeiten lange daran, Solos zu geben, und sie spielen zusammen, Solomon auf dem Klavier, Owen auf der Vox; es hört sich grässlich an und doch phantastisch; es wird immer besser. Es nimmt allmählich Formen an. An solchen Tagen kommt er erschöpft nach Hause und schläft dankbar ein.

Das Einzige, was Solomon Owen nicht beibringen kann, ist das Zusammenspiel mit anderen Musikern. Es liegt nicht daran, dass sie es nicht versuchen, Solomon arrangiert mehrmals Sessions mit Bekannten, lässt Owen mit ihnen spielen, doch das Ergebnis ist stets dasselbe: Er zieht sich zurück, gibt auf, ist in denselben zwei, drei Akkorden gefangen und wird immer stiller. Wenn er allein ist, hat er keine Probleme damit, die Codes und das Vokabular anderer Pianisten zu entschlüsseln und seine eigenen Sätze und Progressionen zusammenzusetzen. Das Musikalische ist verdaut, internalisiert, liegt bereit, um in vergleichbaren Situationen abgerufen zu werden, aber sobald jemand anders den Mund aufmacht, bleibt er stumm. Er träumt von einer eigenen Band; es geht nicht, beschämt kehrt er nach den Sessions in seine Wohnung zurück, spielt stundenlang allein; das ist kein Problem. «Ich habe Angst, wenn ich spiele, ich habe die ganze Zeit Angst.» «Aber es ist nur Angst, weißt du», sagt Solomon eines Abends, als sie bei ihm zu Hause sitzen und Bier trinken. Inzwischen können sie so etwas machen, das, was sie haben, fängt an, einer Freundschaft zu ähneln. «Nichts anderes als schlechte Nerven. Vollkommen harmlos. Du weißt doch, was sie sagen?» «Nein.» «Furcht ist die Voraussetzung jeder Kunst.» «Wer sind *die*?» «Ich. Ohne Furcht hätten wir nie irgendetwas erschaffen, glaube mir. Aber es wird besser. Oder man lernt, damit zu leben, schwer zu sagen, was von beidem.» «Da bin ich mir nicht sicher.» «Was du brauchst, ist ein Psychologe. Jemand, der in deinem Kopf rumwühlt und ein paar Sachen für dich klärt. Deine Nerven hängen bleiern über dem ganzen Klavier, ja, dein Kopf ist deinen Händen im Weg, wenn du unter Leuten bist.» Es stimmt. Er braucht einen Psychologen, aber er sucht sich keinen. Er hat Angst davor, was der ihm erzählen würde oder umgekehrt. «Aber du kannst schreiben», sagt Solomon. «Komponieren. Du wirst besser werden. Glaube mir, die glücklichsten Musiker sind meistens die, die man nicht sieht.»

Er wird nie ein Konzert geben.

4

5. Januar 1987

Ein neues Jahr, Präsident Reagan muss sich einer Prostataoperation unterziehen. Am selben Abend steht Owen nackt und in akuter Sorge vor dem Badezimmerspiegel und studiert seinen Zeigefinger. Über mehrere Minuten lang wiegt er das Für und Wider ab. Er entscheidet sich dafür. Er schneidet einen Nagel. Sechzig Sekunden später stellt er fest, dass er gesund ist.

September 1988

Inzwischen ist das Komponieren erträglicher geworden, wenn nicht sogar einfach. Er macht es nicht gern, aber er macht es. Es wird besser. Er geht zweimal in der Woche zu Solomon, und manchmal spielen sie gar nicht. Seit seiner harten Schufterei vor zwei Jahren hat er bei mehreren klassischen und modernen Veröffentlichungen für KPM mitgewirkt, mit immer komplexeren Kompositionen, die Solomon – mit feierlicher Ehrlichkeit und im Glauben, Missmut würde zu den größten Erfolgen führen – zu der Bemerkung veranlasst haben, sein Schüler hätte sich inzwischen vom *irritierend Langweiligen zum vage Innovativen bewegt – jedenfalls für die Leute, die es sich nicht leisten können, wahre Musik zu hören und deswegen zu Hintergrundmusik von der Stange, wie dieser, greifen.* «Du bist kein Glenn Gould», sagt er oft, «aber du bist nicht übel. Und außerdem noch am Leben. Was gut ist. Glaube ich.»

Außerdem verdient er passabel. Zum ersten Mal in seinem Leben ist Owens finanzielle Situation annähernd solide, und sie wissen beide, wessen Verdienst das ist. Sie erwähnen es jedoch nie; Solomon kommentiert nicht einmal, dass sich die wöchentliche Summe, die

Owen ihm gibt, verdoppelt hat. Es ist nicht undenkbar, dass sie beide Angst haben, einander zu verlieren.

September, er vollendet sein allererstes Album für KPM, das nur aus Eigenkompositionen besteht, weitere folgen. Anschließend ist er glücklich und erschöpft. Die Arbeit hätte ihn fast umgebracht, sechs Monate hat er mit einem geliehenen Mellotron und mit zwei neuerworbenen Synthesizern, Memorymoog und Roland D-50, bezahlt von einem großzügigen Vorschuss, im Apthorp verbracht und anschließend vier endlose Wochen in den Atlantic Studios; die Tage waren außergewöhnlich lang, die Nächte kurz. Die vierzehn Tracks auf der Auftragsarbeit *Above The Treeline* sind hauptsächlich als Klanglandschaften gedacht, mit einem gewissen … arktischen Charakter. Ausgedehnte Kompositionen, die sich langsam aufbauen, ehe die Gitarren und Trommeln einstimmen. So nah wird er dem Gefühl, in einer Band zu spielen, nie wieder kommen. Obwohl er den anderen Mitgliedern nie leibhaftig begegnet ist. Sie haben ihre Aufnahme eingespielt, nachdem er die Räume verlassen hat, oder an anderen Tagen als er, er hat lediglich mit dem Produzenten diskutiert, welche Teile ihrer Beiträge er dazunehmen wolle und in welchen Partien er sich eine andere Begleitung wünscht. Davon abgesehen hat er keine Ahnung, wer diese Musiker sind. Solomon hat auch ziemlich oft bei Owen im Studio vorbeigeschaut, zusammen mit dem Produzenten im Regieraum gesessen und seine üblichen Ermahnungen und Empfehlungen von sich gegeben. Später, an den Abenden, sind sie dann zu dritt in ein nahegelegenes Restaurant gegangen. In diesen Momenten hat er sich wie ein Komponist gefühlt. Er wurde auch wie einer behandelt. Angst hat er keine mehr. Jedenfalls nicht mehr so wie früher; als im September zwei seiner Alben auf dem Briefkasten stehen, ertappt er sich dabei, erst den Stapel Rechnungen zu öffnen, ehe er das Papier vom quadratischen KPM-Paket reißt. Die Hülle ist mit einer imponierenden Fotografie von dem bedruckt, was – so der Produzent – *skandinavische Gebirgsformationen in Norwegen oder Dänemark* sein sollen (eine Aussage, die Owen nicht weiter topographisch korrigiert oder säuerlich kommentiert hat), die braunschwarzen Gipfel sind schneebedeckt, auf den blaue Schatten fallen. Der Himmel ist bewölkt. Die Titel hat er sich nicht selbst ausgedacht: «Trekking in Svalbard», «Across Jotunheimen», «View From Galdhogpiggen», «Beyond Polaris», «Midnight Sun», «Aurora Borealis over Tromso Harbor», es erinnert an eine musikalische Werbebroschüre für ein Land, das er selbst keinesfalls zu besuchen plant. Aber er bleibt vergnügt sitzen und hört sie sich mehrmals an, ehe er die Platte zu den übrigen ins Regal stellt und die andere in Luftpolsterfolie packt und in einen Umschlag steckt. Er schreibt die Adresse seiner Eltern darauf, eine Adresse, die er zehn Jahre lang nicht mehr geschrieben hat, er weiß sie noch auswendig. Er legt einen Zettel bei. *Owen Larsen = Ove Hansen. Alles in Ordnung. Beste Grüße, Owen.* Seinen Absender schreibt er nicht auf den Umschlag.

Sobald das restliche Geld von KPM da ist, will er Möbel kaufen. Er braucht etwas zum Sitzen. Ein neues Bett. Regale und Schränke. Teppiche. Gemütlichkeit. Allmählich wird es Zeit, diese Wohnung in eine Wohnung zu verwandeln.

31. Oktober 1988

Die Mieter haben Laternen im Innenhof aufgehängt, Kürbisse und Spinnweben; Halloween im Apthorp ist einer der wenigen Anlässe, an dem die Bewohner zusammenfinden und mehr zueinander sagen als *Hallo*. Plötzlich kommen auch Kinder zum Vorschein, die normalerweise mit derselben Diskretion, mit der man Diplomaten befördert, zwischen dem Eingangstor und den Wohnungen hin- und hergeschleust werden, er sieht sie in der Regel nur morgens, hört sie im Hof und geht zum Fenster, um hinunterzusehen: Sie laufen in ihren zu großen Jacken und ihren Ranzen auf dem Rücken über den Hof oder umklammern mit ihren kleinen Händen die großen der Eltern, auf dem Weg hinaus in die Straßen oder zu einem wartenden Taxi; meistens sieht er sie einzeln, nur selten zwei oder drei auf einmal, niemals mehr. Und an den Nachmittagen sieht er sie an den Fenstern, jedenfalls einige von ihnen, sie winken oder lächeln oder starren einfach nur hinaus, bis jemand sie ruft und sie vom Fenster verschwinden und erst ein paar Tage später wiederkehren. Doch heute Abend ist der Hof voller Kinder, verkleidet als Tod in all seinen Facetten, und Andy, der zu diesem Anlass eine hautfarbene Badekappe trägt und seine Uniform gegen einen schwarzen, knöchellangen Pelz getauscht hat, spielt Onkel Fester (was ihm mehr oder weniger gelingt, auch weil er die Fernsehserie nie gesehen hat und deshalb eine Figur herbeiimprovisiert, die verwirrenderweise mehr an den Dämon Kali erinnert). Auch der mehrköpfige Hausbesitzer ist zugegen, keiner der Köpfe hat sich verkleidet. Das ist auch nicht nötig. Owen ist bester Laune, er plaudert mit den Eltern und verteilt aus den Tiefen seiner Manteltaschen großzügig Süßigkeiten an die Kinder, und wenn die Erwachsenen fragen, was er beruflich macht, antwortet er ohne Scham, er sei *Musiker. Komponist.* Es fühlt sich gut an. Und ganz natürlich.

Aber die wahre Gewinnerin des Abends ist Mrs. Nash, mit ihren fünfundachtzig Jahren hat sie nur noch einen guten Tag im Jahr. An den dreihundertvierundsechzig übrigen bleibt sie größtenteils in der Wohnung, mit ihrem schlechten Bein, ihren Schlafstörungen und ihrer generellen Unruhe, telefoniert täglich mit dem Hausmeister, um ihn dazu zu bewegen, zu ihr nach oben zu kommen und nach der Heizung zu sehen, die sie (laut den Nachbarn, die sie trifft, wenn sie sich in den Hausflur begibt, um nachzuschauen, ob dadraußen Leben ist) mit ihrem ewigen Klopfen und Gluckern in den *wunderlichen Wahnsinn* treibt. Ob wirklich etwas mit der Heizung nicht stimmt, ist unklar. Mrs. Nash hört schlecht und redet laut und undeutlich; es scheint nicht ganz abwegig, dass sie eher auf ein paar Minuten menschliche Gesellschaft aus ist. Aber Halloween, das ist ihr Tag, man weiß nicht genau, warum, aber dann nimmt sie den Aufzug hinab in den Hof und stellt sich neben die Fassade, um dem Spektakel beizuwohnen. Stundenlang steht sie da, krumm, in ihrem Popelinemantel und mit einer venezianischen Maske und Kürbisohrringen aus Plastik, vergnügt.

9. November 1988

Tja, es ist nicht seine Schuld; er hat den anderen Typen gewählt. Niedergeschlagen schiebt er die Anstecker mit der Aufschrift *Dukasis for president* weit nach hinten in seine Unterwäscheschublade, dort dürfen sie bis auf weiteres bleiben. In diesem Land weiß man nie, was der nächste Tag bringt.

12. Juni 1989

Es stimmt ihn optimistisch, als er in der Zeitung das Foto vom mutigen Chinesen mit den Einkaufstüten sieht, der sich auf dem Platz des Himmlischen Friedens einer Panzerkolonne in den Weg stellt. Das Gefühl hält nur einen kurzen Moment an, bis er das Ende des Artikels liest und versteht, dass niemand weiß, was danach aus dem Chinesen geworden ist. Keiner hat etwas gehört. Keiner hat etwas gesehen. Keiner hat etwas gesagt.

Juni–Oktober 1989

Im Abstand von nur vier Monaten sterben seine Eltern. Sommer und Herbst, sie werden nebeneinander auf dem Lagård-Friedhof im Zentrum von Stavanger beerdigt, unter den großen Bäumen. Er weiß es nicht; keiner ruft ihn an, kontaktiert ihn, er weiß nicht, ob es jemand versucht hat. Erst drei Jahre später erfährt er es. Er ist sich nicht sicher, ob er hingefahren wäre, hätte er es rechtzeitig erfahren. Aber er hält seine eigene Gedenkstunde unten im Battery Park ab, am späten Nachmittag. Er spricht ein paar Worte, man weiß nicht, welche. Niemand sonst ist eingeladen.

November 1989

Während die Berliner Mauer fällt und der gewöhnliche Amerikaner mit aufrichtiger Sympathie den Livesendungen im Fernsehen folgt, verbringt Owen acht intensive Abende mit einem 1500-Teile-Puzzle der Freiheitsstatue, nur um die kommenden drei Wochen verzweifelt das allerletzte Teil zu suchen, das, wie sich herausstellen soll, absichtlich fehlt. Er untersucht den Karton des Puzzles, das er im August auf dem Flohmarkt gekauft hat, und liest, dass es fünf Jahre zuvor in Yonkers für und vom Verein für psychische Gesundheit hergestellt worden ist, als Teil einer Werbekampagne, und der Karton ausdrücklich *Nicht zum Verkauf* gedacht ist, und direkt über diesem Schriftzug steht der Slogan *Die Puzzleteile des Lebens fügen sich nicht immer von allein zusammen. Warten Sie nicht, rufen Sie uns an.* Er beschließt, niemals nach Yonkers zu fahren, egal, was sich die Leute noch einfallen lassen, um ihn hinzulocken und auf andere Gedanken zu bringen.

Sommer 1991

Die Leute lieben den Central Park. Die Überschrift in der New York Times lügt nicht, man kann hinfahren und sich selbst überzeugen: Kinderwagen werden durch die Gegend geschoben, Hunde kacken vergnügt auf die Kieswege. Alte Männer und Frauen sitzen auf den Bänken und füttern die Tauben aus großen, unerschöpflichen Tüten, während junge Jogger an ihnen vorbeihecheln, um in Form zu bleiben und so lange zu leben, dass sie eines Tages selbst auf den Bänken sitzen und Vögel füttern können. Gleichzeitig, ein Stück entfernt: Die Pornokinos sind vom Times Square verschwunden; dasselbe gilt für die Huren und die Zuhälter mit ihren affigen Klamotten und ihrer aufdringlichen Art. Die schmuddeligen Straßen wurden gefegt und sauber gespritzt, man hat neuen Asphalt gelegt und renoviert, die Gegend mit Flutlicht erhellt und die Fassaden mit elektronischen Reklametafeln bestückt, die vom Himmel bis zur Erde reichen und wahrscheinlich auch tiefer; das ganze Viertel erinnert an Disneyland. Oder die Leute haben sich einfach nur an das Unbehagen gewöhnt.

September 1992

Eine Annonce in der Zeitung, die an jene erinnert, die schon 1982 veröffentlicht wurde: Veteranen, die 1972 auf der Firebase Bastogne stationiert waren, planen anlässlich des zwanzigjährigen Jahrestags Ende des Monats ein Treffen in Brooklyn. Sofort beschließt er, diesmal hinzugehen, die Zeit ist reif. Und im Laufe der letzten Woche entwickelt er auch eine gewisse Erwartung. Er freut sich, sie wiederzusehen, zu hören, was aus ihnen geworden ist, alte Bekannte zu treffen. Doch als er im Bus sitzt, unterwegs dorthin, die Adresse auf einem Zettel in der Jackentasche, bekommt er immer kältere Füße und entscheidet sich am Ende anders. *Nein. Es ist so lange her.* Und er zieht an der Reißleine. Steigt in einer Straße aus, die er nicht kennt. Er nimmt ein Taxi nach Hause, das macht er selten.

12. Oktober 1992

Ein seltsames Bauchgefühl, beinahe ein Unbehagen; er hat sie schon einmal gesehen. Sie sitzt zusammen mit drei anderen Frauen weiter hinten in dem Restaurant, in das er gewöhnlich nach langen Tagen im Studio geht, und sie hat zweifellos etwas Bekanntes an sich, es ist geradezu verstörend, wie eine Erinnerung an etwas, das er nicht in Worte fassen kann. In den ersten Sekunden des Wiedererkennens denkt er, *sie* wäre es. Agatha. Aber so ist es nicht. Auch diesmal nicht. Aber er weiß, wer sie ist, irgendwann einmal hat er mit ihr gesprochen, aber wann und wo? Keine Ahnung. Er bestellt noch ein Bier, isst seinen Cheeseburger langsam und wirft die ganze Zeit unauffällige Blicke in ihre Richtung, in der Hoffnung, sie würde irgendeine Bewegung machen, eine Geste, anhand derer er sie wiedererkennen kann. Doch sie rührt sich kaum, sitzt nur still da, die Ellbogen auf dem Tisch, die eine Hand unter dem Kinn, in der anderen ein Glas Wein. Es treibt ihn fast in den Wahnsinn, er vergisst sein Bier und sein Essen, und der Kellner kommt vorbei und fragt, ob es ihm schmeckt, und er sagt ja, zerstreut, aber laut genug, damit sie sich umdreht, und für einen Moment sehen sie sich direkt an, einige Sekunden lang, vielleicht drei, und er meint, dass sie bei seinem Anblick ein wenig die Stirn runzelt, ehe sie sich wieder ihren Freundinnen zuwendet. Er versucht sich auf seinen Burger zu konzentrieren und so zu tun, als wäre es ein ganz normales Abendessen, aber allein die Tatsache, dass sie dadrüben sitzt, ohne dass er weiß, woher er sie kennt, macht es beinahe unmöglich, ständig muss er zu ihr hinübersehen, und sie dreht sich noch einmal um, und diesmal scheint sie ihm zuzublinzeln, ein paar Sekunden länger als zuvor, ehe sie sich abwendet und sich weiter mit ihren Freundinnen unterhält. Er lässt sein Essen stehen und erhebt sich, um auf die Toilette zu gehen, damit er so nah an ihr vorbeigehen kann, dass er ihre Stimme hört, und gleichzeitig genügend Abstand halten, um nicht ertappt zu werden. Er wäscht sich lange und sorgfältig die Hände, lässt ein oder zwei Minuten verstreichen, ehe er mit dem Ellbogen die Tür aufstößt und wieder ins Lokal geht und einen Weg zu seinem Tisch wählt, der ihn wie zufällig an der Bar vorbeiführt, wo ein Stapel druckfrischer Tageszeitungen liegt, bei denen er halten kann. Seine Hände blättern sich durch die New York Post und die New York Times, während er seine Ohren nach einer Stimme spitzt, die er kennt, zunächst vernimmt er nichts, nur die übliche Geräuschkulisse im Restaurant, Frauen und Männer, deren Stimmen ineinanderfließen, er versteht nicht, worüber sie sprechen. Doch dann hört er im milden Strom der Gespräche plötzlich das Wort Stavanger und jemanden, der mit dem unverkennbaren norwegischen Akzent spricht; er dreht sich in ihre Richtung und sieht, dass sie es ist. Er weiß jetzt, wer sie ist. Jetzt erinnert er sich an sie; es ist, als würde ihn jemand an der Gurgel packen, als würde er fünfundzwanzig Jahre zurückversetzt, mit einem Mal wird er überfallen von Gerüchen, Geschmäckern, Erinnerungen, er kennt sie aus dem Sommer, als sie zusammen mit seinem Bruder in Oslo war, und er findet, dass sie sich überhaupt nicht verändert hat. Das heißt, natürlich hat sie sich verändert, jetzt ist sie Anfang vierzig und kommt ihm weniger selbstbewusst vor, als er sie in Erinnerung hat. Damals sprach sie wie eine Erwachsene, und das machte ihn nervös. Sie ist anders und doch dieselbe, noch immer schlank, dasselbe Gesicht, sie ist hübscher. Was zum Teufel macht sie hier? Er geht zu ihrem Tisch hinüber, ihm bleibt keine Wahl. *Beate?*, fragt er. Und sie dreht sich zu ihm um, verwirrt. *Ja?* Aber was soll er jetzt sagen, so weit hat er nicht vorausgedacht, nur dass er irgendetwas sagen sollte, zehn Jahre sind vergangen, seit er das letzte Mal jemanden aus der Stadt, in der er aufgewachsen ist, getroffen hat. Und über zwanzig, seit er das letzte Mal Norwegisch gesprochen hat. *Ich bin es*, sagt er und schämt sich sofort über diesen nichtssagenden Satz, sie kann unmöglich wissen, was er meint. *Owen*, fügt er eilig hinzu. *Ove, meine ich. Aus Stavanger.* Sie setzt ihr Weinglas ab. *Bist du es wirklich?*, fragt sie.

Sie gehen zusammen durch den Central Park. Sie verabschiedet sich von ihren Freundinnen und spaziert zusammen mit Owen über Sheep Meadow, und es ist schwer zu sagen, wer verwirrter ist über das, was gerade passiert, sie, die vor wenigen Minuten dem Mann begegnet ist, über den seit den sechziger Jahren niemand bei ihr zu Hause gesprochen hat und den sie im Grunde längst aufgegeben haben; oder er, der neben ihr herschlendert und sie erzählen hört, dass sie mit seinem Bruder verheiratet ist; sie hätten zwei Kinder, sagt sie, Max und Ulrikke, und würden ebenfalls in New York wohnen, draußen auf Long Island, schon seit ein paar Jahren. Diese beiden Menschen, sie kennen einander nicht. Er muss nach Worten suchen, um ihr angemessen antworten zu können, die alten norwegischen Wörter, er muss sie hervorkramen und die Staubschicht abwaschen, so lange hat er sie nicht benutzt. Er denkt sogar auf Englisch; nur ein seltenes Mal im Traum oder wenn er vollkommen erschöpft ist, taucht die alte Sprache wieder auf, und anschließend erwacht er mit hämmernden Kopfschmerzen. Und jetzt ist es, als hätte er endlich seine Sprache wiedergefunden, zusammen mit ihr, hier im Park. Es ist eine umgekehrte Umstellung, als er zum ersten Mal in diese Stadt kam, hatte er jedes Mal das Gefühl, beim Sprechen zu ersticken, er stotterte sich in schwindelerregendem Englisch voran, nach einem Abend, an dem er viel geredet hatte, schmerzte sein Kiefer, wie bei einer beginnenden Erkältung. So ist es nicht mehr, jetzt muss er dasselbe mit dem Norwegischen machen, muss seine Gedanken erst in eine Sprache übersetzen, die in ihm brachlag, die richtigen Worte finden und sich anstrengen, damit sie so klingen, wie sie klingen sollen, sie aus sich hinauslassen, an den Zähnen vorbei und über die Lippe, die ihnen den letzten Schwung gibt, eine sprachliche Sprungschanze. Sie erzählt ihm, dass seine Eltern gestorben sind. «Es ging so schnell», sagt sie, «dein Vater zuerst, dann deine Mutter. Dazwischen hatten wir gar keine Zeit, damit irgendwie umzugehen.» Er sieht sie an. «Ja, wir konnten sogar dieselben Sachen zur Beerdigung anziehen», fügt sie hinzu, als wollte sie die Stimmung aufheitern. «Aber deinen Bruder hat es schwer getroffen. Dass du nicht da warst, meine ich. Und auch dass du weggegangen bist. In den ersten Jahren hat er viel von dir gesprochen, alle haben viel von dir gesprochen.» «Und danach?» Sie bleibt stehen und verschränkt die Arme. «Tja, was zum Teufel hast du erwartet?», sagt sie.

Er will sie besuchen. Über die Jahre hat sich vieles verändert, und jetzt will er sie gern besuchen, will erfahren, warum auch sein Bruder nicht mehr länger zu Hause bleiben wollte; er könne doch irgendwann einmal zu ihnen hinausfahren, was sie davon halte? «Ich weiß nicht, ob das eine gute Idee ist», sagt sie.

[III]

OHNE TITEL NR. 1

(INCIDENTS & ACCIDENTS, HINTS & ALLEGATIONS)

2001 – 2004

1

Als wir allmählich wieder an die Arbeit zurückkehrten nach dem, was im September dieses Jahres geschehen war – nach sieben Tagen, die kein Ende zu nehmen schienen und in denen es uns ständig die Kehlen zuschnürte, vom Erwachen bis zu dem Moment, wenn wir mit den ersten Lichtstrahlen des Tages müde ins Bett fielen (wir hatten Angst vor der nächtlichen Dunkelheit und davor, einander nicht finden zu können, wenn etwas passierte), nach all diesen Augenblicken, in denen wir unvermittelt von Angst und Ratlosigkeit gepackt wurden, mitten im Satz, wenn wir in unseren Wohnzimmern saßen oder in der Küche standen und etwas Schnelles kochten, nicht weil wir hungrig waren, sondern weil es lebensnotwendig schien, wenigstens auf sich zu achten, und wir nicht zu Hause bleiben wollten und uns doch nur ein paar Minuten vor die Tür wagten, weil kein Ort noch sicher schien und die Entfernung zwischen der Upper West Side und den wüstenähnlichen Straßen bei den Ruinen im Finanzdistrikt so ehrfurchtgebietend wirkte, als gehörten sie in eine andere Welt; nach all diesen Stunden, die wir vor dem Fernseher verbrachten, obwohl wir einander sagten, dass wir dieselben Bilder nicht noch einmal sehen wollten, und dann doch nicht ausschalteten und wieder und wieder die Angst in den Stimmen der sonst so stoischen Journalisten hörten, als das zweite Flugzeug während der Liveübertragung in den Turm flog, und sich die Wörter und das unfreiwillige Zittern der Stimmbänder in uns festsetzten wie ein Ohrwurm, den man nicht mehr loswird, und alles noch schlimmer machten, noch wirklicher, und wir nichts anderes zueinander sagten als *wir müssen was tun*, gefolgt von *wir können nichts tun*, und bei jeder Lappalie die Wut in uns aufstieg, bei Kaffeetassen, die auf dem Küchentisch standen statt in der Spülmaschine; und wir im Laden literweise Wasser hamsterten, wie eine Zwangshandlung, nur vorsichtshalber, und unschlüssig waren, ob wir aus der Stadt wegziehen oder bleiben sollten, mit einem nagenden

Gefühl, dass wir ohnehin gefunden werden würden und es keinen Ort mehr auf dieser Welt gab, wo man sich verstecken konnte, und nachdem Giuliani darauf bestand, dass wir wieder zum Alltag übergehen und unsere Arbeit wiederaufnehmen sollten –, fühlte es sich doppelt seltsam an, als wäre das Stück, das wir gerade im Gramercy Park probten, von einem ganz anderen, weitaus größeren Theaterstück umgeben, und in diesem Stück verkörperten wir Menschen, die ein Schauspiel inszenierten, um ja nicht still zu stehen und uns einzubilden, dass nichts passiert wäre, damit wir nicht wahnsinnig wurden. Doch sobald wir anschließend oder in den Pausen auf den Bürgersteig traten, konnten wir unmöglich ignorieren, dass in Manhattan *etwas* passiert war. Es lag in der Luft, man konnte es in den Gesichtern lesen, in den Bewegungen der Leute, als würden sie schlafwandeln und ständig in einer albtraumhaften Realität erwachen. Und die ganze Zeit warfen sie besorgte Blicke hinauf zu den Gebäuden ringsherum und in den Himmel und spähten nach dem nächsten Flugzeug.

Es war, als wäre ich noch einmal heimatlos geworden. In vielerlei Hinsicht fühlte ich mich weniger amerikanisch als in den vergangenen elf Jahren, in denen ich hier gelebt hatte. Wir benutzten Wörter wie *der Anschlag* und warfen mit arabisch klingenden Namen um uns, die wir bislang nicht gekannt und erst recht nicht hatten aussprechen können, aber das wachsende Gefühl von Patriotismus für das Land, das jetzt einem verschreckten und untröstlichen Kind ähnelte, wurde von dem Empfinden überschattet, keinen Besitzanspruch auf diese Tragödie zu haben. Ich war kein New Yorker, ich weiß nicht mal, ob ich Amerikaner war; ich wohnte einfach nur hier und hatte mich schon so oft von hier weggewünscht; das brachte eine ganz eigene Ambivalenz mit sich, die drohte, jenes Zugehörigkeitsgefühl zu zerstören, das ich in den vergangenen Jahren entwickelt hatte. Einerseits hätte ich mich am liebsten von jeder Verantwortung entbunden, die mit der Trauer einherging, von der die Stadt, in der ich lebte, erfasst worden war, und vor dem Wiederaufbau gedrückt, der beginnen musste, sobald die Tränen getrocknet waren. Andererseits war das Gefühl, dieses Inferno als Außenseiter, als Parasit, zu erleben, mindestens ebenso unerträglich. Es war das Dilemma der Zugehörigkeit. Das Catch 22 der Identität.

Onkel Owen ging es nicht so. Ich glaube, er begriff nicht einmal, wovon ich sprach.

Und ich sprach darüber. Ständig. Viel mehr konnte ich sowieso nicht tun. Wir hockten abends und nachts im Apthorp-Gebäude, in der Wohnung, die inzwischen nicht mehr nur die seine war, sondern Owens, Mischas und meine. Seit sechs Jahren nannte auch ich sie *Zuhause;* wir saßen zusammen in der Küche, relativ geborgen in dieser aus den Fugen geratenen Welt, als befänden wir uns in einem Schutzbunker. Als wären wir die letzten Lebenden in New York. Während Owen tagsüber weg war, ging ich kurz raus, um das Nötigste einzukaufen, oder streifte, um ein bisschen Luft zu schnappen, nervös durch die Straßen, die das Gebäude umgaben, ängstlich, es aus den Augen zu lassen, als wäre ich durch Seile mit der Wohnung verbunden, und alles würde zusammenbrechen, wenn ich mich zu weit entfernte. Erst nach fünf Tagen wagte ich mich zu den angrenzenden Häuserblocks vor, langsam, aber sicher ging ich auf Erkundungstour und sah, dass die Stadt nach wie vor stand, in dieser Gegend beinahe unheimlich unberührt war. Solange man nicht durch die Fenster zu den Leuten hineinsah oder auf der Straße in ihre Gesichter blickte. Und die Augen vor den selbstgebastelten Plakaten mit Fotos von Vermissten verschloss, die an Telefonzellen und Laternenpfählen und Wänden hingen, mit hastig niedergekritzelten Beschreibungen, verzweifelt vermerkten Telefonnummern. Vor dem Central Park schreckte ich zurück, obwohl es gut für mich gewesen wäre, den kurzen Weg bis dorthin zu gehen, wo die Vögel weiterzwitscherten und alle Bäume noch Blätter hatten. Ich wagte es nicht, es gab zu viele freie Plätze und zu viele Büsche und dann die ganzen Mülleimer, denen wir nicht länger trauten.

Owen und ich waren an dem Morgen, als die Türme einstürzten, beide zu Hause gewesen. Ich hatte geschlafen, als das erste und das zweite Flugzeug einschlugen, ich hatte quer in dem geräumigen Bett gelegen, wie immer, wenn Mischa auf Reisen war, über eine so große

Fläche wie möglich ausgestreckt, ich schlief so gut, so tief, mit ausgiebigen und schillernden Träumen, nicht ahnend, wie schön das Septemberlicht war, das Owen in seinen stillen Arbeitsstunden gesehen hatte, begleitet vom Weckerklingeln Manhattans, sobald er das Fenster öffnete, und dem kaum wahrnehmbaren Lufthauch der Bettdecken, die zur Seite geschlagen wurden, und von den Kindern, die verwirrt aufwachten und ein paar Minuten weinten, bis sie jemand aus ihrem Gitterbett hob. Füße, die ins Bad tapsten. Kaffee. Zeitungen. Herbeiströmende Taxis.

Erst als das zweite Flugzeug einschlug, kam Owen zu mir. Er klopfte nicht wie sonst an meine Zimmertür, sondern saß schon auf meiner Bettkante, als ich wach wurde, man könnte meinen, er hätte vergessen, dass er nicht mein Vater war, und ich erinnere mich genau, dass er als Erstes nicht etwas sagte wie *Amerika wird angegriffen* oder von den Türmen sprach, die in Flammen standen, oder den Menschen, die angefangen hatten, aus den Fenstern zu springen, sondern nur, flüsternd, flehte:

«Ich habe solche Angst. Bitte wach auf.»

Kurz darauf flog das dritte Flugzeug ins Pentagon-Gebäude in Virginia.

Eine halbe Stunde später stürzte das vierte in Pennsylvania ab.

Ich zog mich an diesem Tag nicht mehr an, blieb in Unterwäsche und T-Shirt zusammen mit Owen im Wohnzimmer sitzen, während der Fernseher so laut lief, dass keiner von uns etwas verpasste, wenn wir zwischendurch auf die Toilette oder in die Küche eilten. Am ersten Nachmittag sprachen wir kaum miteinander. Wir schauten uns dieselben Bilder an, nochmal und nochmal und nochmal, als hätte die Zeit einen Sprung. Das Flugzeug, das sich in den südlichen Turm bohrte, wieder und wieder. Die Gebäude, die einstürzten und kurz darauf wieder standen, nur um erneut einzustürzen, wenn die Sequenz von vorn begann. Die Kakophonie unzähliger Sirenen. Das Papier, das zu Boden flatterte und von Arbeit erzählte, die nie zu Ende geführt werden würde. Die sieben Menschen, die aus demselben Fenster sprangen, in gleichmäßigen Abständen, als hätten sie in den Sekunden davor beschlossen, *wenn wir es machen müssen, machen wir es zusammen.* Vielleicht kannten sie einander gar nicht. Aber näher kommt man einem anderen Menschen wohl nie; eine solche Entscheidung, ein Augenblick von absolutem Einverständnis. Nicht undenkbar, dass sie sprangen, um dem Nächsten in der Reihe Mut zu machen, dasselbe zu tun.

Ich erinnere mich nicht, wann wir erfuhren, dass zwei der entführten Flugzeuge American Airlines gehört hatten, aber ich erreichte meinen Vater, er war in Honolulu und wusste nicht, wann er wieder das Festland erreichen würde, weil die FAA ein nationales Flugverbot ausgesprochen hatte. Auf beiden Seiten des Meeres wurden Interkontinentalflüge zu ihrem Ursprungsort zurückgeschickt oder nach Kanada und Mexiko umgeleitet, wenn der Treibstoffvorrat nicht mehr für den langen Rückflug reichte. Mein Vater wirkte erschüttert, seine Stimme hörte sich dunkler an, aber es kann auch an der schlechten Verbindung gelegen haben, im Laufe des kurzen Gesprächs wurden wir mehrmals unterbrochen und mussten uns erneut anrufen und beeilen, das loszuwerden, was wir sagen wollten, bevor das Telefonnetz endgültig zusammenbrach. Wir hatten schon lange nicht mehr miteinander gesprochen.

«Freunde von mir sind gestorben», sagte er. «Hast du mit deiner Mutter gesprochen?»

Ich hatte mehrmals versucht, sie zu erreichen, ohne durchzukommen.

«Du musst sie anrufen», wiederholte er mehrmals. «Und pass bitte auf dich auf. Wo genau bist du jetzt?»

«Upper West Side, zusammen mit Onkel Owen. Ich glaube, hier sind wir beide sicher.»

Mein Vater bat nicht darum, mit seinem Bruder sprechen zu dürfen. Er erwähnte ihn mit keinem Wort, sondern tat einfach, als hätte er nicht gehört, was ich gesagt hatte.

«Ruf deine Mutter an, okay?»

«Wirst du weiterhin fliegen?»

«Ich weiß es nicht, Max, ich …»

Die Verbindung wurde unterbrochen, ich wartete eine Minute, dann rief er mich zurück.

«Keiner weiß, wie es jetzt weitergeht», fuhr er fort.

«Vielleicht sollten wir –»

«Es ist wichtig, nicht den Kopf zu verlieren. Alles wird … sich finden. Bleib, wo du bist, und hör auf die Hinweise der Polizei, okay? Wir werden in Hawaii bleiben, bis sich alles beruhigt hat, mach dir um uns keine Gedanken.»

Wir. Uns. Ich kannte seine neue Familie nicht, hatte sie nie getroffen, wenn sie in der Stadt waren, sondern immer nur meinen Vater allein, und ich sprach bei den wenigen, obligatorischen Telefonaten, die wir im Laufe des Jahres führten, ausschließlich mit ihm; knisternde Gespräche zwischen der Ost- und der Westküste. Im Hintergrund hörte ich zwei ungeduldige Kinder. Meine Halbbrüder. Ich fragte nicht, wie alt sie waren.

Meine Mutter rief uns ein paar Minuten vor Mitternacht aus ihrer Wohnung in Queens an und war erleichtert, dass sie endlich durchgekommen war. Sie sprach kurz mit Owen, ehe ich den Hörer und das Gespräch übernahm, das jenem zum Verwechseln ähnelte, das Owen mit ihr geführt hatte. *Es ist furchtbar, absolut furchtbar*, sagte sie, sagte ich, sagte Owen. Was hätten wir sonst sagen sollen?

«Wo ist Mischa?», fragte sie besorgt.

«In Zürich.»

«In der Schweiz?»

«Ja. Möchtest du herkommen?», fragte ich sie.

«Die Brücken sind gesperrt, Max. Glaube ich. Ich will … es ist im Augenblick wohl am besten, wenn wir da bleiben, wo wir sind, meinst du nicht? Und den Kontakt halten. Wann ist sie wieder da?»

«Mischa? Kommt drauf an.»

«Worauf?»

«Du weißt schon.»

Es wurde für einige Sekunden still, und ein Rauschen in der Leitung warnte uns, dass wir jeden Moment unterbrochen werden konnten.

«Hast du Menschen gesehen, die … gesprungen sind?», fragte sie.

«Ja.»

«An sie denke ich jetzt. Das ist alles, was ich sehe. All die Kinder ohne Väter und Mütter.»

Vierundzwanzig Stunden später, als die Leitungen weniger überlastet waren und man ein normales Gespräch führen konnte, telefonierte ich mit Mischa. Sie hatte New York vier Tage zuvor verlassen, um für ein paar Wochen in der Galerie von Bruno Bischofberger zu arbeiten. Wir waren vor zehn Monaten mit ihm im Balthazar Mittag essen gewesen, und ich fand ihn von Anfang an furchtbar. Es war, als würde sein Lächeln ein Gebiss freilegen, das nur auf einen neuen Künstler wartete, den es in Stücke reißen konnte. Ich weiß, dass Mischa ihn teilweise dafür verantwortlich machte, Jean-Michel Basquiat die letzten Kräfte geraubt zu haben, weshalb sie ihm gegenüber anfangs eher reserviert und zurückhaltend war, aber nicht so sehr, dass sie sich nicht im Laufe der französischen Zwiebelsuppe darauf eingelassen hätte, für vierzehn Tage, zu einem für sie geeigneten Zeitpunkt, in seine Räumlichkeiten in der Schweiz zu kommen. Keine Verpflichtungen, aber eine Bezahlung, eine solide Bezahlung und einige Annehmlichkeiten dafür, dass Bruno im Gegenzug das Vorrecht bekam, sie zu vertreten und die Werke zu verkaufen, die sie eventuell während dieses Aufenthalts produzieren oder auch nur beginnen würde. Seinerzeit war er unter den Ersten gewesen, die Warhol, Rauschenberg, Lichtenstein, Johns, Wesselmann und Oldenburg ausgestellt hatten; der Erste, der Gerhard Richter außerhalb Deutschlands vertrat. All das war über dreißig Jahre her. Jetzt machte er Einzelausstellungen mit Damien Hirst und stand für eine ganz neue Generation von Künstlern. Dies war ein Mann, der mit der Concorde nach New York pendelte und dem niemand, der bei klarem Verstand war, eine Absage zu erteilen wagte. Also brach sie auf.

Unser erstes Telefonat, und die Stadt stand in Flammen. Sie weinte und sprach davon, dass sie nicht mehr in New York leben könne, *wir müssen nach Toronto ziehen*, sagte sie. *Wir müssen nach Hause ziehen, ich will nicht mehr.* Ich überzeugte sie von der Wichtigkeit des Gegenteils, wollte nicht daran denken, wegzugehen. Abgesehen davon weiß ich nicht mehr, worüber wir sprachen, nur dass es half, die Stimme des anderen zu hören, und dass wir nichts Heikles besprachen. Vielleicht redete sie von der Schweiz und dass es ihr dort gefiel, und ich könnte etwas darüber gesagt haben, wie schön New York in den Tagen nach ihrer Abreise gewesen war, bevor *es* passierte; das Licht am Nachmittag und die kühle Luft und die Bürohochhäuser, die auffallend oft erleuchtet, aber verlassen waren, als würden die Angestellten eifrig die letzten Ausläufer des Sommers genießen, bevor der Ernst des Lebens wieder begann.

Sie würde nicht vor Ende des Monats zurückkommen. Wir wussten immer noch nicht, wie lange es dauerte, bis die Flughäfen wieder geöffnet würden, und noch viel weniger, ob die Anschläge überstanden waren. Da war es besser, an den bisherigen Plänen festzuhalten. Sie war sicherer dort, wo sie war.

Owen machte es anders, er hielt sich nicht an den Plan, wenn es überhaupt einen gab, am dritten Morgen danach stand er schon wieder in meinem Schlafzimmer, als ich aufwachte.

«Ich muss da hin, Max.»

Verwirrt sah ich ihn an.

«Hast du nicht alle Tassen im Schrank? Du willst *was* machen?»

«Ich weiß nicht. Ich weiß nicht, aber ich kann nicht hierbleiben. Jemand muss diesen Leuten helfen.»

Er war aus der Tür, noch bevor ich mich anschließen konnte.

Wenn ich darüber nachdenke, bin ich mir nicht sicher, ob ich es überhaupt je geschafft hätte, selbst wenn er Stunden auf mich gewartet hätte oder gar Tage.

Ich traute mich nicht. Nach all meinem Interesse für den Vietnamkrieg, all meiner Romantisierung der Kämpfe und der Patrouillen durch den Dschungel unter der heimlichen und aufmerksamen Beobachtung des Vietcongs und der NVA-Soldaten, nach meinem heißen Kindheitswunsch, *in the shit* zu sein – nach all den Filmdialogen, die Mordecai und ich heruntergeleiert hatten, nach *you must make a friend of horror. Horror and moral terror are your friends*, nach all dem Gerede, als es schließlich geschah, das Unmögliche, erstarrte ich und war nicht in der Lage, mich aus dem kleinen Rettungsboot hinauszubegeben, in dem ich in relativer Sicherheit saß.

Der Einzige, den ich in jenen ersten, chaotischen Tagen nicht ans Telefon bekam, war Mordecai. Er war wie vom Erdboden verschluckt. Ich versuchte mehrmals, ihn telefonisch zu erreichen, schickte drei SMS, doch abgesehen vom Freizeichen, das bestätigte, dass sein Handy eingeschaltet war, gab er keinen Mucks von sich. Ich überlegte kurz, ob ich seine Eltern anrufen sollte, die immer noch auf Long Island wohnten, um bei ihnen nachzufragen, aber die Befürchtung, sie würden sich daraufhin zu große Sorgen machen, hielt mich davon ab. Normalerweise hatten Mordecai und ich auf die ein oder andere Weise fünf oder sechs Mal in der Woche Kontakt, er wohnte einen knappen Kilometer nördlich vom Katastrophengebiet, in einer Wohnung in Tribeca, an der Ecke Greenwich / Watts, nahe genug, um die Türme von seiner Straße aus brennen zu sehen, nahe genug, um das Grollen zu hören, als sie kollabierten und riesige, bösartige Wolken von dichtem, grauem Rauch ausstießen, die sich in seine und alle anderen Richtungen voranwälzten. Doch merkwürdigerweise hatte ich das Gefühl, alles wäre in Ordnung. Ich kannte ihn gut genug und wusste, die Chance, dass er sich in den Straßen in der Nähe der einstürzenden Gebäude aufgehalten hatte, war minimal, denn was hätte er dort zu suchen gehabt? Zwar ging er jeden Morgen joggen, am Hudson River, zum Battery Park und zurück zur Wohnung, immer dieselbe Strecke, aber auch immer zum selben Zeitpunkt, gegen sechs, lange bevor die Touristen seine Laufstrecke verstopften. Stunden vor dem Anschlag. Ich hatte keinen Überblick, welche Teile von Lower Manhattan evakuiert worden waren, konnte mir aber vorstellen, dass sein Viertel dabei gewesen war und er die Stadt bereits verlassen hatte. Schon in den ersten Stunden nach der Katastrophe war eine halbe Million Einwohner auf dem Seeweg weggebracht worden, von Fischern, Touristenschiffen und Privatpersonen, die alles stehen und liegen gelassen hatten und im Pendelverkehr zwischen dem Battery Park und den sicheren Gebieten in Brooklyn und New Jersey hin- und hergefahren waren, weil dies der einzige Weg war, Manhattan zu verlassen, nachdem sämtliche U-Bahnen, Tunnel und Brücken gesperrt worden waren.

Ich rief seine Eltern also nicht an. Ich harrte der Dinge, etwas angespannt, aber nicht nervös, schickte ihm stattdessen Nachrichten und rechnete damit, früher oder später wieder von ihm zu hören.

Ohne Owen saß ich in der Küche und wartete darauf, dass die Zeit verstrich, und ich dachte an einen Tag vor langer Zeit, an dem mich mein Vater in einer Piper Cub mitgenommen und mir Forus aus der Luft gezeigt hatte, sodass die Straßen und die Umgebung einen Sinn ergaben. United Airlines 175 hatte den südlichen Turm mit fast tausend Stundenkilometern getroffen, der linke Flügel viel tiefer als der rechte. Die Passagiere auf der rechten Seite des Flugzeugs hatten nichts anderes gesehen als den blauen Himmel, vielleicht hatten sie sogar die Morgensonne in den Augen gehabt; auf der anderen Seite mussten sie direkt auf den Battery Park und den Verkehr auf der West Street gestarrt haben.

Ich konnte nur hoffen, dass es ihnen nicht zu sinnlos erschienen war.

Dreizehn Stunden am Tag war Owen unten bei den Schuttbergen, über eine Woche lang hielt er durch; er kam staubüberzogen nach Hause. Die Kleidung, das Gesicht, trocken und zerschlissen. Graues Haar. Er war abgekämpft und verzweifelt. Gemeinsam mit unzähligen anderen Freiwilligen, die sich weigerten, die erschöpften und ebenfalls schwer getroffenen Feuerwehrmänner mit der Arbeit allein zu lassen, bildeten sie Ketten, stellten sich in eine Reihe und reichten Zwanziglitereimer mit Wrackteilen und menschlichen Überresten zu den Ermittlern, die das Mineralische vom Organischen trennten; sie halfen bei der Suche nach Vermissten, kümmerten sich um die Verletzten und trösteten Angehörige, verteilten Essen und Getränke und versuchten die Feuerwehrleute aufzumuntern, als die Zeit, in der man noch Überlebende finden konnte, von der Zeit der Verwesungsgerüche und Hoffnungslosigkeit abgelöst worden war. Erst Monate später fand ich heraus, dass Owen nicht allein, sondern mit einer Gruppe von Vietnamveteranen bei The Pile gewesen war. Ich hatte nicht geahnt, dass er überhaupt mit ihnen in Kontakt stand, jeden Versuch, ihn im Lauf der Jahre dazu zu bewegen, von seiner Zeit in Südostasien zu sprechen, hatte er unterbunden, indem er das Thema als unwichtig abgetan hatte, als etwas, das der Vergangenheit angehörte und endgültig vorbei war. *Wenn du auf einen Ron-Kovic-Typen aus bist, musst du woanders suchen*, sagte er. *Wenn du Traumata und Cowboy- und Indianergeschichten haben willst. Wir haben schon unter Reagan aufgehört, über diese Sachen zu sprechen, in den Achtzigern, weil wir kapiert hatten, dass die Leute es leid waren und hassten, dass wir sie die ganze Zeit daran erinnerten. Hast du schon mal den Begriff* Mitleidsmüdigkeit *gehört? Dieser Zustand war erreicht. Weißt du, dieses Mahnmal in Washington ist ja aus schwarzem Marmor, und eine Menge Leute haben dagegen protestiert, haben Briefe an den Präsidenten und an ihre Kongressabgeordneten geschrieben. Sie haben sich stattdessen eine weiße Siegessäule gewünscht. Stattdessen waschen und polieren sie es jetzt ständig, damit es wenigstens glänzt und präsentabel aussieht … ich habe mit diesen Sachen abgeschlossen, es gibt wirklich wenig oder nichts mehr darüber zu sagen.*

Niemandem tut es gut, unter den Umständen, wie sie der September mit sich brachte, zu lange allein zu sein. Man muss reden, und sei es nur, um die eigene Stimme zu hören. Weil Mischa im Ausland war, Owen am Unglücksort und sämtliche Einwohner der Stadt alle Hände und Köpfe voll zu tun hatten, ergab es sich, dass ich mit Antichrist sprach, wenn ich von meinen kurzen Spaziergängen zurückkehrte. Ich saß mit ihm zusammen auf der Bank im Innenhof und redete über alles andere als das, was um uns herum geschah. Seine Füße taten weh oder die Knie oder beides, und ich glaube, er war froh über die Sitzpausen, zu denen meine Besuche Gelegenheit boten. Natürlich hätte er auch sonst kurz verschnaufen dürfen, er wurde bald 67 und würde nächsten Sommer in Rente gehen, und diese Tage Mitte September im Apthorp waren geradezu unheimlich ruhig. Kaum ein Bewohner kehrte zurück, und noch viel weniger gingen, es schien, als wäre ich nicht der Einzige, der lieber dortblieb, wo man ihn leicht finden konnte, wenn er gebraucht wurde. Ja, er hätte sich auch allein auf die Bank setzen, die Schuhe abstreifen und ein paar Minuten Ruhe gönnen können, wenn er keine Gesellschaft hatte, niemand hätte ihn deswegen schräg angesehen. Aber er tat es nie, anscheinend war es unmöglich, und so kam es, dass wir jeden Tag eine Stunde zusammensaßen, ich weiß nicht, ob ich seinetwegen länger sitzen blieb oder umgekehrt, ich weiß nur, dass ich dankbar dafür war und er einiges über seine Kindheit in Indien erzählte, während wir dort neben dem Springbrunnen und den bunten Blumen hockten, die er hegte und pflegte wie seine eigenen Kinder. Er berichtete von den Schlangenbeschwörern in seiner alten Nachbarschaft und von einem Tiger, der eines Morgens sein Dorf heimsuchte, als er acht Jahre alt gewesen war, sodass alle Familien drei Tage und drei Nächte lang auf den Dächern wohnen mussten und kaum schliefen und Kochgeschirr und Vorräte zwischen sich balancierten, während das Tier durch ihre Häuser streifte, ohne sich von den Steinchen beeindrucken zu lassen, die sie warfen, oder den Stöcken, mit denen sie ununterbrochen gegen die Fassade hämmerten, um es zu vertreiben. Erst am Nachmittag des dritten Tages kamen die Behörden zu Hilfe und erschossen den Tiger. Antichrist berichtete auch von seinem Traum, die Große Indische Wüste im Westen zu durchqueren und in Karachi in Pakistan anzukommen, wo das Meer wartete, und wie enttäuscht er darüber war, ihn nie in die Tat umgesetzt zu haben.

«Ich hätte es schaffen können», erklärte er, «es wäre möglich gewesen, bei all den Vorbereitungen, die ich getroffen hatte. Hitze, Kälte, Navigation, Proviant, Schuhwerk, über einfach alles habe ich jahrelang sinniert. Fast tausend Kilometer wäre ich gelaufen, durch die schönste Natur der Welt, bis in eine der größten Städte der Welt. Und dann habe ich es doch nicht gemacht. Es ist wirklich eine Schande.»

«Was hat Sie abgehalten?»

«Ich habe den Mut verloren.»

«Sie hatten Angst, dass Sie es nicht überleben würden?»

Er schüttelte den Kopf.

«Nein, nein. Ich hatte Angst davor, was passieren würde, wenn ich mein Ziel erreichte.»

Doch genug von Antichrists Erzählungen über Indien. Was mich am meisten an ihm beeindruckte, war seine Fähigkeit, seine beiden Identitäten so mühelos zu balancieren – die amerikanische und die indischen –, ohne auf der einen oder anderen Seite Kompromisse einzugehen. Er konnte einen Kaffee bei Starbucks kaufen, mit seinen Freunden zu einem Spiel der Knicks gehen und aus vollem Hals die amerikanische Nationalhymne singen, um am nächsten Tag aufzustehen und mit seiner Frau das Lichterfest Diwali zu feiern, als würden sie immer noch in ihrem winzigen Dorf bei Kanrwasi leben. Alle seine Kinder waren mit den Liedern aufgewachsen, die er selbst zu Hause gelernt hatte, er las täglich indische Zeitungen und diente immer noch untertänig den vielen Göttern, deren Namen so schwer zu merken waren. Zweimal im Monat spielte er mit anderen Indern Kricket im Van-Cortlandt-Park in der Bronx.

Ich hatte den Eindruck, dass er nicht einmal richtig über die Problemstellung nachgedacht hatte.

«Ich hätte nicht geglaubt, dass man das Herz an einem Ort und den Kopf an einem anderen haben könnte», sagte ich.

«Das ist besser, als beides zu vermischen», erwiderte er. «Sonst kann man sich nur schwer konzentrieren.»

Ich fragte ihn, welche Pläne er hätte, wenn er seiner Frau in die Rente folgte, aber in diesem Punkt wirkte er plötzlich unsicher, als hätte er noch nicht ausreichend darüber nachgedacht.

«Glauben Sie, dass Sie wieder nach Indien ziehen werden?»

Er sah mich an, als hätte ich gerade behauptet, die Erde wäre eine Scheibe.

«Sind Sie verrückt? *Get outta here.* Was ist ein Migrant? Ich werde es Ihnen sagen: Ein Migrant ist nichts anderes als ein Mensch, der erst an einem Ort ist und später an einem anderen.»

Wir diskutierten über Owens Hilfseinsatz am World Trade Center und dass ich mich nicht dorthin getraut hatte und ein bisschen beschämt darüber war. Owen hatte nichts in diese Richtung gesagt, nie eine Andeutung gemacht, dass ich mitkommen sollte, und sei es nur, um den Ort zu sehen; kein Wort. Er stand einfach nur auf, zog sich an und trank seinen Kaffee, und dann nahm er ein Taxi oder die U-Bahn so weit südlich es ging, und legte das letzte Stück Weg zu Fuß zurück. Und nachmittags oder abends, wenn er zurückkam, wartete ich schon mit dem Essen auf ihn, als bestünde eine stille Übereinkunft zwischen uns.

«Angst ist nichts, wofür man sich schämen muss», sagte Antichrist. «Das bedeutet nur, dass Sie Ihr eigenes Leben achten und auch das anderer. Ihr Onkel … hat dagegen schon einiges fürs Karma im Gepäck. Er war im Krieg, wissen Sie? Ich glaube, er fühlt sich verpflichtet.»

Ich tat mein Bestes, um an den Tagen, an denen ich allein war, in Bewegung zu bleiben. Mich mit dem Manuskript und meinen Notizen für meine vierte Regiearbeit *Ocean* zu beschäftigen, die laut Plan – doch wer wusste derzeit schon, was der Plan war – am 12. Oktober am Gramercy Theatre Premiere haben sollte, minderte die Anspannung, die sich zwischen meinen Schulterblättern festgesetzt hatte. Ich strich Dialogteile und überlegte mir, wie ich die verschiedenen Szenen neu angehen könnte, notierte mir Einwände und Fragen, die ich der Autorin stellen musste, wenn sie irgendwann einmal von dem zurückkehren würde, was sie zusammen mit einer Performance-Gruppe vor der holländischen Küste abhielt und was ihr Agent schlicht als ein künstlerisches *Rumgespringe* bezeichnete. Oder es wenigstens für nötig hielte, mich nach meinen vielen Versuchen, sie zu erreichen, einmal zurückzurufen. Frances York, so hieß sie, hatte mir das Stück im Frühjahr 2000 unaufgefordert zugeschickt und ein kurzes Schreiben beigelegt, in dem sie ihre Absichten dahinter erklärte – und dass ihre Wahl, es ausgerechnet an mich zu schicken, auf die Wut zurückzuführen sei, die sie nach der gelinde gesagt unglücklichen Produktion *740 Park Hamlet* zwei Jahre zuvor verspürt habe. Die *erbärmliche Vorstellung* (ihre Worte) habe sie auf die Idee gebracht, doch einmal zu sehen, was ein *junger Hüpfer* (wieder ihre Worte) wie ich aus ihrem Text herausholen könne, ehe sie es einem der Regisseure gab, mit denen sie normalerweise zusammenarbeitete. Ihre Logik war absurd.

Sie schloss mit einer Reihe mehr oder weniger beliebiger Betrachtungen über die Kleinstadt Barre in Vermont, aus der sie anscheinend stammte. Das beigelegte Stück war in meinen Augen nicht besonders gut geschrieben – und ich wunderte mich, dass es schon so viele ihrer Stücke auf die Bühne geschafft hatten, obwohl sie erst 38 Jahre alt war. Besonders lang war es auch nicht, knapp vierzig luftig beschriebene Seiten, und die Dialoge wirkten beinahe mechanisch, maschinell; die beiden einzigen Figuren unterhielten sich mit so vielen Fremdwörtern und komplizierten Fachausdrücken und Akronymen, dass es für das Publikum schwierig, wenn nicht unmöglich sein würde, der Handlung zu folgen. Doch je mehr ich las und je sicherer ich mir wurde, dass dies auf keinen Fall etwas war, womit ich meine Zeit verschwenden wollte, desto mehr war ich andererseits imstande, all die großen, dramatischen Felder zu sehen, die Frances York in ihrem Stück beackerte. Was die Figuren sagten, war nicht das Wichtigste, oder jedenfalls nicht das Entscheidende. Im Zentrum standen vielmehr Räume, offen für Handlung, wohingegen das abrupte, an Kauderwelsch grenzende Gerede eher als Untermalung ihrer Persönlichkeiten oder der Maschinengeräusche diente, die laut Regieanweisungen fast die ganze Aufführung über zu hören waren.

Schauplatz von *Ocean* ist eine Ölförderanlage in achthundert Meter Tiefe beim Johnston-Atoll im Pazifik. Die beiden verbleibenden, tauchenden Ingenieure kämpfen darum, einen potenziell katastrophalen Schaden zu beheben, ehe die ganze Anlage überschwemmt wird und sie beide umkommen könnten, mit enormen Folgen für die Umwelt, wenn die Anlage am Ende kippen und auf zweitausend Meter Tiefe absinken würde. Das Problem ist, dass die beiden Ingenieure den Kontakt zur Oberfläche verlieren, bevor sie eine genaue Anweisung erhalten haben, *was* sie überhaupt reparieren sollen. Damit sind sie sich selbst überlassen, ihren größtenteils scheiternden Versuchen, und langen Pausen, in denen der sinkende Sauerstoffgehalt und die Hoffnungslosigkeit sie von der drängenden Aufgabe ablenken, was wiederum zu langen Phasen der Untätigkeit, Langeweile und des Wartens darauf führt, dass der andere die Initiative zu irgendetwas ergreift, und zu unterschwelligem Stress, der sich in langatmigen Diskussionen über Unwesentliches entlädt, und in ständigen Zankereien darüber, wer von beiden am dicksten ist und wie man am besten ein klassisches Gulasch zubereitet.

Nachdem ich meine Lektüre beendet hatte, las ich erneut ihr Begleitschreiben und ihre Betrachtungen aus Vermont. Plötzlich wirkten sie nicht mehr banal, sie hatten an Bedeutung gewonnen; wie auch die Dialoge über Gewichtszunahme und Kochen gaben sie Anlass für eine Reihe von weiteren Erzählungen, die unterhalb dessen lagen, was erzählt wurde, und die zerstört werden würden, wenn ihnen genau das wiederführe, wenn sie tatsächlich *erzählt* würden, in Gänze:

Ein Laternenpfahl steht in der Averill Street, vor Lamberts Haus. Keine Vermisstenmeldung irgendeiner Art hing dort je länger als zwölf Stunden.

Ein Basketballkorb ist an der Garage neben einem der Häuser in der Elm Street befestigt. Die Kinder, die dort wohnen, nutzen ihn jeden Tag zwischen 16 und 18 Uhr. Es sei denn, es regnet. Dann weiß niemand, wo sie sind.

Alle Bäume in der Church Street lehnen sich vorsichtig nach rechts. Nach links, wenn man aus der entgegengesetzten Richtung kommt.

Zwei von drei Häusern in der Tremont Street stehen zum Verkauf. Schon seit Jahren.

Die Mehrzahl der Autos, die in der Enterprise Alley stehen, sind rot. Hier parken überwiegend Männer.

Barre, Vermont, ist eine Stadt voller Katzen.

Es ist möglich, die komplette Main Street entlangzugehen, ohne jemandem zu begegnen, den man kennt. Mir ist das noch nie passiert.

In der Gallow Avenue wurde noch nie ein Mord verzeichnet.

In meiner Kindheit und Jugend war ich in vier Jungs verliebt, die in vier verschiedenen Straßen wohnten: Cliff Street, Grandview Avenue, Veeder Avenue und Beacon Street. All diese Straßen haben immer noch ihren ganz eigenen Geruch, selbst nach über zwanzig Jahren.

Ich widmete mich wieder dem Stück, las es noch einmal von vorn, mit gezücktem Kugelschreiber. Diesmal konzentrierte ich mich ausschließlich auf die Dialoge, in denen es gerade nicht darum ging, mit der katastrophalen Situation zurechtzukommen, auf dieses unsinnige Gewäsch, in dem sich die beiden Ingenieure immer dann verloren, wenn etwas Relevantes passierte, wenn sie sich einer möglichen Lösung näherten. Die Verzweiflung wurde nicht sichtbar, indem man das Problem in den Mittelpunkt rückte, sondern alles andere, was sich außerhalb ihrer Welt befand. Ein nützliches Hintergrundrauschen, geschaffen, um die Gewissheit zu übertönen, dass sie sich ohnehin nicht lebend befreien könnten. Ohne groß nachzudenken, fing ich an, mir Notizen zu machen und nach Möglichkeiten zu suchen, wie ich die Physis der Schauspieler und ihre Bewegungen nutzen konnte, um die enorme Leere auszufüllen, zu der dieses Stück einlud. Nichts ist trauriger als die Stille in den Minuten vor dem Eintreffen der Katastrophe. Ich sah die Schauspieler vor mir, die sich, genau wie die Charaktere, die sie verkörpern sollten, in einem Grenzgebiet zwischen Langeweile und Optimismus befanden und damit auch die Zuschauer so einlullen würden, dass diese sich nicht sicher sein könnten, ob sie je erlebten, wie a) die Figuren das Problem lösten und überlebten oder b) das Stück überhaupt zu seinem vorgesehenen Ende käme, anstatt einfach abgebrochen zu werden.

Noch am selben Abend rief ich Frances York an, und drei Tage später fuhr ich nach Vermont, um sie zu besuchen.

Sie wohnte in der Onward Street.

Die Tage, an denen ich allein im Apthorp war und an *Ocean* arbeitete, während Owen in den Ruinen stand, waren zäh wie Teer. Jeden Tag verwarf ich eine Vielzahl meiner ursprünglichen Ideen für die Produktion. Während der Proben hatte ich mich darauf versteift, die Spannung herauszuarbeiten, die zwischen den absurden Diskussionen, in denen sich die Figuren ständig verfransten, und der eskalierenden, immer dramatischeren Situation um sie herum entstand. Ich hatte in erster Linie ein Stück über Feigheit und Resignation im Sinn gehabt, jedoch nicht ohne eine gewisse Portion Humor und pinterschen Slapstick, was den Umgang der beiden Figuren miteinander betraf. In der Hauptsache hatte ich vorführen wollen, wie man sowohl das Publikum als auch die Schauspieler mürbe macht. Keiner sollte erlöst werden. Alle sollten den Saal unverrichteter Dinge wieder verlassen. Sogar das Bühnenbild, aufwendig und voller Details, um einen möglichst realistischen Eindruck von der B-Sektion der Unterwasserförderanlage zu geben, hatte in Wirklichkeit keine andere Funktion, als den Schauspielern und dem Publikum Hoffnung auf ein Stück zu machen, das sie von der ersten bis zur letzten Sekunde dramatisch überflutete. Die dann, wenn das Stück zu Ende ging, ohne dass etwas Außergewöhnliches passiert war, ohne dass die Ingenieure an einer einzigen Schraube gedreht oder einen einzigen Schalter betätigt hatten, ja ohne dass sie überhaupt nur einen Blick in die langen, dunklen und beängstigenden Korridore geworfen hatten, die sich bis auf die Hinterbühne erstreckten und hin und wieder für einige Sekunden vom Blinken einer defekten Leuchtstoffröhre erhellt wurden, etwas einsähen. Und das Geräusch: das Tosen des Wassers draußen, der knirschende Druck am Rumpf und das fremde, animalische Zischen, das alle zehn Minuten aus dem Luftschacht in der Decke über ihnen erklang, woraufhin sie mitten im Satz innehielten und panisch dort hinschielten, wo das Geräusch herkam, nur um im nächsten Moment wieder genau dort anzuknüpfen, wo sie aufgehört hatten, als wäre die Gefahr gebannt, zurück zur nächsten Auseinandersetzung über das Übergewicht des einen oder die mangelnde Gulaschfinesse des anderen.

Doch dann flogen zwei Flugzeuge in das World Trade Center und veränderten das Schauspiel, wie alles andere.

Und es blieb im Fluss. Der Text war in Bewegung, und ich folgte ihm an alle Orte, an die er mich mitnahm, so wie es der gute alte Wohlman nach seiner Epiphanie während der Arbeit mit *Die Nashörner* getan hatte, als er mit atemloser Stimme im letzten Augenblick verkündet hatte, er habe beschlossen, das ganze Bühnenbild und die Kostüme sein zu lassen. Wenn ich arbeitete oder lange Pause machte, mich auf meine täglichen Patrouillen hinausschlich, um Lebensmittel einzukaufen oder auf der 79th Street in Richtung Westen zum Hudson River oder in Richtung Osten zum Museum of Natural History spazierte – wo die Busladungen mit Schulkindern nach einwöchiger Abwesenheit allmählich wieder eintrafen, begleitet von Lehrern mit Schussangst und auf Schritt und Tritt verfolgt von schwerbewaffneten, finster dreinblickenden Mitgliedern des NYPD –, veränderte sich das Stück. Wenn ich bemerkte, dass sich die Leute anders grüßten als vorher und herzlich lächelten und sich erst vergewisserten, dass niemand hinsah, ehe sich ihr Gesicht wieder verschloss, veränderte sich das Stück; wenn ich las, dass die Restaurants südlich von Tribeca geöffnet hatten und den Leuten kostenlos Essen servierten und dass Stationen errichtet worden waren, wo man Klamotten abgeben oder abholen konnte, wenn ich im schönen Septemberlicht zusammen mit Antichrist auf der Marmorbank saß und wenn ich meine Mutter oder Mischa anrief, veränderte sich das Stück. Wenn Owen nach Hause kam und kaum noch zu einer Begrüßung fähig war, sondern sich in die Küche setzte und lange den Kopf schüttelte, still, wortlos, und ein Bier aufmachte und den Staub und den Schmutz und den Tod ungehindert von sich herab auf den Boden rieseln ließ, den ich putzen müsste, sobald er wieder hinaus war – veränderte sich das Stück. Ich betrachtete es nicht mehr als Erzählung über Feigheit, sondern als Geschichte einer tiefen Verzweiflung. Die New Yorker fühlten sich in ihrem eigenen Zuhause nicht mehr geborgen, ich spürte das wieder aufkeimende Gefühl der Heimatlosigkeit, und keiner von uns wusste, was eigentlich passiert war und wie es wieder in Ordnung käme. Wir wussten nur, dass das Wasser hereinströmte und etwas repariert werden musste, bevor es zu spät war, und gleichzeitig war auch klar, dass wir uns mehr denn je danach sehnten, einfach wegzusehen und so zu tun, als wäre nichts passiert, bis uns jemand zu Hilfe eilte und tröstete und uns erzählte, alles würde wieder gut. So sah ich *Ocean* inzwischen, als ein Stück über die, die es nicht wagten, einander zu gestehen, dass sie nicht die leiseste Ahnung hatten, was zu tun war, um alles wieder in Ordnung zu bringen, oder schlimmer noch: dass sie nicht mehr wussten, ob es überhaupt möglich war.

Ab und zu dachte ich immer noch so wie damals, als wir gerade hergezogen waren und ich damit zu kämpfen hatte, Fuß zu fassen. Ich hatte mir eingeredet, Long Island wäre mein Vietnam und ich, Captain Willard, müsste durchhalten und dem Patrouillenboot den Fluss hinauf folgen und darauf hoffen, dass es eines Tages vorbei wäre und ich herausgeholt würde. Das war elf Jahre her. Wenn dieses Land weiterhin meinen metaphorischen Dschungel bildete, was waren dann die jüngsten Ereignisse? Dien Bien Phu? Oder die neue Tet-Offensive? *Never get out of the boat.* Ich erinnerte mich daran. Aber ich war mir nicht mehr sicher, ob ich immer noch an Bord war oder nicht, geschweige denn, wie weit ich auf dem Fluss vorangekommen war. Ich war dabei, mich zu verändern, von jemandem, der sich wünschte, nach Hause zurückzukehren, in jemanden, der wünschte, er würde sich wünschen, nach Hause zurückzukehren. Deshalb folgt an dieser Stelle ein Einschub von – so fürchte ich – nicht unbeträchtlicher Länge, und ich habe Verständnis dafür, dass sich nur diejenigen für das nun Folgende interessieren werden, die das nun Folgende schon näher kennen, das heißt jene, die sich ausgiebig mit Forschungsarbeiten und dergleichen zum Thema Mischa Greys *Leben und Werk* beschäftigt haben; das nun Folgende ist identisch mit einem Auszug aus dem Ausstellungskatalog *Grey – A Retrospective* des Whitney Museum of American Art (Abdruck mit freundlicher Genehmigung, als gäbe es auch eine unfreundliche Genehmigung), einer Veröffentlichung, die sicher eines der wichtigsten, wenn nicht das wichtigste Sekundärwerk über Grey ist, aber ich habe trotzdem das Bedürfnis, die Passage mit aufzunehmen, einzig und allein deshalb, weil sie auch einen wichtigen Aspekt beleuchtet, der mit unserer Geschichte verknüpft ist, mit meiner, Mischas, Mordecais und Onkel Owens, und die ich deshalb, weil sie an dieser Stelle ebenso gut passt wie anderswo im Text, tatsächlich mit hereinnehme. Hier.

«Oft als eine weniger zentrale Arbeit in Greys Œuvre eingestuft, hebt sich die *Vietnamization*-Serie in drei Punkten von ihren übrigen Werken ab: Erstens bestritt Grey damit ihre erste Einzelausstellung in ihrer Heimatstadt Toronto; zweitens fielen diese Arbeiten auf bemerkenswerte Weise aus der Zeit, in der sie entstanden, Mitte der Neunziger, und erinnerten stattdessen eher an westliche Kunst aus den sechziger Jahren; und drittens handelt es sich um eine Reihe von Bildern, die mehr oder weniger für ein Publikum geschaffen wurden, das nur aus einer Person bestand. Grey experimentierte in den Jahren 1996–1997 größtenteils mit hochauflösendem Seidendruck, und die ganze Ausstellung war eine Huldigung ihres damaligen sieben Jahre jüngeren Freundes, des norwegisch-amerikanischen Theaterregisseurs Max Hansen, anlässlich seines 20. Geburtstags. Indem sie auf Bildmaterial aus der Zeit des Vietnamkriegs zurückgriff und es wiederverwertete, erschuf Grey eine Serie von Bildern, die etwas symbolisieren sollte, das derart losgelöst existierte, wie auch Hansen sich als Norweger in den USA fühlte (er war als Dreizehnjähriger unfreiwillig nach Long Island, NY, gebracht worden, nachdem sein Vater eine Stelle bei American Airlines angenommen hatte), und die Hansens Fixierung auf Coppolas Spielfilm *Apocalypse Now* und den Konflikt in Vietnam im Allgemeinen reflektiert. Über Hansens Onkel, einen Musiker, der selbst 1968 in die USA auswanderte und gegen Kriegsende in Vietnam Dienst an der Waffe leistete, stieß sie auch auf den norwegischen Künstler Per Kleiva. Er hatte Hansens Onkel kurz vor dessen Ausreise in die USA einen Siebdruck geschenkt, und als Grey später (auf einer Gruppenausstellung in der American-Scandinavian Foundation in New York City) Kleivas Antivietnamkriegsbilder aus den späten siebziger und frühen achtziger Jahren entdeckte, darunter vor allem zwei Bilder, *Amerikaniske sommerfugler (Amerikanische Schmetterlinge)* und *Blad fra imperialismens dagbok II (Seiten aus dem imperialistischen Tagebuch II)*, entstand ihre Serie beinahe zwangsläufig. Kleiva benutzte für seine Bilder Fotografien von Huey-Kriegshelikoptern aus norwegischen Zeitschriften, die er (leicht bearbeitet) als Seidendruck reproduzierte, um den Eindruck von schönen, wenngleich gefährlichen Schmetterlingen zu erwecken. Als sie sich technische Zeichnungen von Bell UH-1B Iroquis-Helikoptern (dem ersten Modell, das je in Vietnam zum Einsatz kam) und eine Karte von Norwegen beschaffte, fiel Grey plötzlich auf, dass der Umriss des Landes dem Umriss des Fluggeräts zum Verwechseln ähnelte, was Hansens Interesse für und / oder Sehnsucht nach Norwegen / Vietnam zusätzlich zu verdeutlichen schien. Für das Porträt ihres Freundes – das einzige Porträt, das sie je schuf – nahm sie eine andere amerikanische Ikone zur Vorlage, Clint Eastwood, ein Standfoto aus Sergio Leones italienischem (und kulturell ebenfalls verwirrendem) Western *The Good, the Bad & The Ugly.* Indem sie Eastwoods Beine durch die untere Hälfte des Fotos eines Mannes im *Bunad* (der traditionellen norwegischen Nationaltracht) ersetzte, konstruierte sie eine visuelle Repräsentation des Identitätskonfliktes und der Abneigung / Anziehung, die Hansen gegenüber der USA empfand.

Die Dekonstruktion des mindestens ebenso ikonischen M16-Gewehrs in ihrem Werk *Vietnamization (You Can Tell It's Mattel)* hat einen interessanten Hintergrund, der es zu mehr als nur einem stereotypen Antikriegsgemälde macht. Mischa Grey ist bei weitem nicht die Erste, die massenproduzierte Waffen zu Kunst erhebt, aber ihre Herangehensweise ist – ganz im Gegensatz zu den klassischen Werken aus den sechziger und siebziger Jahren – eher verspielt als konfrontativ, und der parenthetische Titel verweist auf einen zynischen Scherz, der im ersten Jahr des Vietnamkriegs unter amerikanischen Soldaten kursierte. Im November 1963 genehmigte der damalige Außenminister Robert McNamara der U. S. Army und den U. S. Air Forces eine Bestellung von insgesamt 104 000 M16A1-Gewehren, um die weitaus leistungsstärkeren, aber auch bedeutend schwereren M14-Gewehre zu ersetzen, die seit 1959 die Standardwaffe der Armee gewesen waren. Die M16 hatte eine leichtere, kleinkalibrigere Munition und wog 1,2 Kilo weniger als ihr Vorgänger, was hauptsächlich darauf zurückzuführen war, dass Kolben und Schaft bei der M16 aus einer Glasfaserlegierung bestanden, bei der M14 dagegen aus Holz. Doch im Laufe der ersten Jahre, in denen die Waffe in Vietnam zum Einsatz kam, ehe sie von der verbesserten M16A2 abgelöst wurde, kursierte das unheimliche Gerücht, die Waffe sei vollkommen unzuverlässig, und weil ihre Hauptkomponenten aus Plastik bestanden und das Gewicht so stark reduziert war, dass die Soldaten das Gefühl hatten, sie hielten ein Spielzeug in der Hand, wurden Geschichten, in denen die Waffe entschieden versagt hatte, nur mit einem resignierten Lächeln und dem damaligen Werbespruch des großen Spielzeugherstellers kommentiert: *You can tell it's Mattel!* Ironischerweise hatte Mattel tatsächlich ein Spielzeuggewehr mit dem Namen M16 Marauder produziert, dessen Design fast identisch war mit der des unzuverlässigen Militärgewehrs, in dessen Hände niemand in Südostasien sein Leben legen wollte. Die M16A1 war angeblich sehr anfällig dafür, den Dienst zu quittieren, wenn sie mit Wasser, Schmutz oder Staub in Berührung kam, also den grundlegenden Gegebenheiten im Alltag eines jeden Infanteristen. Der Hersteller, Colt, empfahl daher eine tägliche Wartung, aber es erwies sich als nahezu unmöglich, die Zeit und einen geeigneten, um nicht zu sagen sicheren Ort zu finden, um die Waffe teilweise zu demontieren, zu ölen und auch zu reinigen. Als wäre das nicht schon gravierend genug, vertrug das Plastik – im Gegensatz zum Holz – kaum Erschütterungen, und obwohl das Magazin für 20 Patronen ausgelegt war, wagten nur die wenigsten Soldaten, es mit mehr als achtzehn zu bestücken, um so zu vermeiden, dass sich die Waffe aufhängte und Patronen in der Kammer verklemmten. Die M16A1 wurde schnell zum Problemfall, von Gerüchten und Wandergeschichten über ganze Truppen, die wegen ihres kollektiven Fehlers ausgelöscht und von Kugeln durchsiebt neben ihren Waffenreinigungssets gefunden worden waren. Das Misstrauen wurde mit der Zeit so groß, dass sich die Soldaten nicht mehr darauf verließen. Viele Infanteristen trugen deshalb zusätzliche Pistolen, Gewehre und M79-Granatwerfer, und manche nahmen den toten Feinden auch ihre in Russland oder China produzierten AK-47 ab. Die Kalaschnikow war vielleicht weniger treffsicher, aber sie funktionierte immerhin, selbst wenn sie voller Wasser, Schlamm oder Dreck war. In Greys *Vietnamization (You Can Tell It's Mattel)* dienen die auseinandergenommenen M16-Waffen dazu, eine gewisse Mehrdeutigkeit zu transportieren: Auf der einen Seite wird dekonstruierte Kriegsmaschinerie gezeigt, auf der anderen eine Waffe, die demontiert wurde – oder tatsächlich schlicht auseinanderfiel. Die Frage bleibt bewusst unbeantwortet, als ob alle drei Antworten richtig sind, und gleichzeitig wird, knapp und kühl, die dem Design innewohnende Schönheit konstatiert.

Während die Bilder *(LZ Extraction)*, *(LRRP Tiger)*, *(The Tet Offensive)* und *(Coppola)* – frei von jeder politischen Agenda, sie zeigen eine Truppe, die im Herbst 1968 nach beendeter Patrouille im zentralen Hochland von Vietnam exfiltriert wird, eine Fernaufklärungstruppe, die neben einem Tiger posiert, den sie im Dschungel nahe des A-Shau-Tals zur Strecke gebracht hat, eine historische / strategische Karte über Huế, die den Kampf um die Stadt in Verbindung mit der Tet-Offensive Anfang 1968 zeigt, und einen Zeitungsausschnitt über Francis Ford Coppolas Probleme bei der Finanzierung von *Apocalypse Now* – elegant und einfach komponiert sind, ist *(Colby)*, auf einem Standbild aus Coppolas Film basierend, aus mehreren Gründen bemerkenswert, nicht zuletzt wegen der Wahl des Motivs. Leider ist es auch das einzige Werk der Serie, das nicht in Toronto ausgestellt wurde. Grey hätte leicht ein Foto mit größerem Wiedererkennungswert aus dem Film wählen können, wie etwa ein Bild von Marlon Brando oder Martin Sheen oder Robert Duvall. Sie hätte ein Bild vom Patrouillenboot wählen können, Kurtz' Anlage im kambodschanischen Dschungel, den wagnerschen Helikopterangriff, die Playboymädchen, das Surfbrett etc. Aber sie verzichtet darauf. Sie ist nicht auf billige Effekthascherei aus, indem sie Populärkultur zitiert, stattdessen sucht sie das, was hinter den filmischen Referenzen liegt, um das Subjekt isoliert davon zu betrachten. Gleichwohl ist es notwendig, die von ihr gewählte Fotografie im Kontext des Filmes zu sehen, aus dem sie entnommen wurde, um die Mythologie zu verstehen, die Grey hier erforscht, und die Botschaft, die das Werk als solches enthält. In *Apocalypse Now* wird Willard, Captain der Special Forces, damit beauftragt, den Nung-Fluss hinaufzufahren, um Oberst Kurtz zu finden und zu ‹entfernen›, einen weiteren Special-Forces-Offizier, der den amerikanischen Streitkräften den Rücken gekehrt hatte und von dem man nun vermutet, er würde seinen ganz eigenen Krieg gegen alles und jeden führen, zusammen mit einer Gruppe Montagnards – der vietnamesischen Urbevölkerung –, die zu ihm aufsieht wie zu einem Gott. Während sich Willard und seine Mannschaft auf dem Patrouillenboot immer weiter flussaufwärts bewegen, eignet er sich mehr und mehr Wissen über den Mann an, den er aus dem Weg räumen soll. Das Material, das seine Vorgesetzten ihm zur Verfügung gestellt haben, enthält jedoch auch Informationen über eine weitere Person, einen gewissen Leutnant Colby, der zuvor denselben Fluss entlanggeschickt worden war, mit demselben Auftrag, aber nie zurückkehrte und jetzt im Verdacht steht, zu Kurtz' privater Sekte / Armee übergelaufen zu sein. Willard stößt auch auf eine handgeschriebene Notiz von Colby, die dieser seiner Frau schicken wollte, die jedoch zuvor der U.S. Army in die Hände fiel. Die Nachricht lautet: *Sell the house. Sell the car. Sell the kids. Find someone else. Forget it! I'm never coming ~~home~~ back.* Im Film spielt Colby (dargestellt von Scott Glenn) keine große Rolle, tatsächlich sagt er nicht ein einziges Wort und starrt Willard lediglich an, als dieser ihn zur Rede stellt. Allerdings wurden mehrere Szenen mit Colby von Coppola herausgeschnitten, darunter auch eine, in der Colby offenbar den Journalisten (Dennis Hopper) tötet und kurz mit Willard über seine Frau spricht und darüber, wie nun mit Kurtz zu verfahren sei. Diese Teile der Handlung fielen aus unbekannten Gründen heraus und können nur in der sogenannten *Workprint*-Version des Films gesehen werden, einem fünf Stunden langen Rohschnitt mit erbärmlicher Ton- und Bildqualität, den Coppola, so heißt es, zur Grundlage nahm, um die verschiedenen Teile zusammenzusetzen, auf der Suche nach der endgültigen Fassung und dem Film, der sich, wie er wusste, in diesem überwältigenden Material verbarg; eine Version, die ihr Dasein nun in den verborgenen Winkeln des Internets fristet.

In Greys Darstellung tritt Colby außerhalb des Kontexts auf, und jene Betrachter, die sich nicht eingehend mit Coppolas Film beschäftigt haben, werden das Motiv kaum erkennen. Das ursprüngliche Foto ist so beschnitten, dass Colby im Zentrum des Gemäldes steht, wie eine jesusähnliche Figur (mit Kurtz, als möglichem Gott, außerhalb des Bildausschnitts), umgeben von südostasiatischen Frauen und Kindern, während im Hintergrund ein paar vereinzelte Soldaten Wache stehen. Doch als gewalttätige Inkarnation von Jesus sieht Colby mutlos aus, nicht mehr in seinem Element. Er ist hier nicht zu Hause, und er weiß es. Und wenn wir das hinzufügen, was wir aus dem Film wissen, dem das Motiv entnommen ist: Er kann diesen Ort auch nicht mehr verlassen. Es ist zu spät. Mag sein, dass er wie eine Gottheit verehrt wird, aber er ist ach so menschlich. Auch er wird hier zugrunde gehen wie alle, die Kurtz nicht den Rücken zugekehrt und diesen Ort verlassen haben, bevor ihre innere Tür für immer zufiel. Das Unbehagen und das grundlegende Gefühl, dass uns Mischa Grey mehr erzählen will, als wir unmittelbar verstehen können, wird zusätzlich verstärkt von dem einsamen, blauvioletten Rechteck, das sich vertikal über die rechte Seite der Leinwand erstreckt und das Gesicht eines Kindes erhellt. Das Kind ist die einzige Person auf dem Bild, die Colby direkt ansieht, mit ebenso viel Sorge wie Bewunderung, und eine Hand auf dessen Militärhose mit Tigerstreifen gelegt hat, als wolle es seine Aufmerksamkeit erregen und ihm entweder seinen Wunsch mitteilen, dass es so werden möchte wie er, oder ihn anflehen, von dort wegzugehen.» Zurück zum Text.

Das Ensemble des Gramercy Theatre nahm meine neuen Anweisungen mit Fassung und sogar einer gewissen Begeisterung auf, als wir am 18. September mit der Arbeit fortfuhren. Ich glaube, die Schauspieler waren einfach nur erleichtert, dass das Schiff einen Kapitän hatte. Auch Frances York, die endlich aus Europa zurückgekehrt war und wieder Kontakt zu mir aufnahm, gab mir eine Carte blanche, ich konnte machen, was ich wollte, und genau das tat ich auch. Rückblickend war es eine Zeit, in der einem alle Ideen wie gute Ideen vorkamen. Und am Abend des 7. Oktobers, fünf Tage vor unserer Premiere, begann die amerikanische Invasion in Afghanistan. Wir hätten es schon da verstehen müssen, ich glaube, es gab auch einige unter uns, die es verstanden, die sahen, dass, abgesehen von der Landschaft, der Kleidung und der Sprache, kein Unterschied zum früheren Krieg bestand. Darüber hinaus war es *indian country*, noch einmal.

Am selben Abend, als die ersten Bomben auf Kabul fielen, erschien auch Mordecai wieder auf dem Radar. Ich saß in einem Taxi auf dem Weg von Gramercy zu einem Restaurant in der Nähe des Apthorp, wo Owen und die inzwischen zurückgekehrte Mischa auf mich warteten, als er mich von einer unbekannten Nummer anrief.

«Max? Bist du da?»

Im Hintergrund das Geräusch von vorbeidonnernden Lastwagen.

«Wo steckst du?», fragte ich. Ich war erleichtert, seine Stimme zu hören, aber auch wütend, früher war zwischen unseren Telefonaten nie so viel Zeit vergangen, und in den letzten Wochen hatte ich mir wohl doch mehr Sorgen gemacht, als ich es mir eingestehen wollte.

«Sidney», antwortete er.

«Was hast du in Australien verloren?»

«Nein, Sidney mit einem i. Das ist eine Kleinstadt in Nebraska.»

«Echt mal, ich habe dich so oft angerufen und dir SMS geschickt, warum meldest du dich nicht?»

«Es tut mir leid. Wirklich. Davon weiß ich nichts, sie haben uns die Telefone abgenommen.»

«Wer? Was ist denn passiert, geht es dir gut?»

«Nein, nein, nichts Schlimmes, es ist ein Film», antwortete er, als würde das alles erklären. «Ich spiele in Luke Meos neuem Film mit, und du weißt ja, wie er arbeitet, Method Acting. Wir dürfen uns mit nichts anderem als der Produktion beschäftigen. Isolation und so. Ich bin jetzt schon seit vier Wochen Paul, ein hausierender Messerschleifer mit Vokuhila, und lebe in den siebziger Jahren … aber ich glaube, der Film wird gut. Er weiß, was er tut. Hast du den letzten Film von ihm gesehen?»

«Vom Messerschleifer?»

«Luke Meo. *Antarctica.* Über den gewalttätigen Ehemann? Ein starker Stoff, er hätte fast einen Oscar dafür bekommen.»

«Du hättest mir wenigstens Bescheid geben können, bevor du abhaust.»

«Ich weiß, ich weiß. Sorry. Es ging alles so schnell, Luke wollte, dass ich sofort komme … ehe ich, wie hat er sich ausgedrückt … *von Vorbereitungen korrumpiert* werde. Meine Eltern sind die Einzigen, die wissen, dass ich hier bin. Und du, natürlich. Jetzt.»

«Du weißt, was in New York passiert ist?»

«Deshalb rufe ich an. Du musst in meine Wohnung fahren.»

«Warum?»

«Ich möchte, dass du nachschaust, ob alles in Ordnung ist. Wenn ich dich darum bitten darf?»

«Aber wie komme ich –»

«Du kannst die Schlüssel bei Arturo's abholen. Du weißt, wo das ist, oder? Die Pizzeria an der Ecke Thompson / Houston.»

«Ich weiß, wo das ist. Also, wie wird der Film heißen?»

«*Sidney.*»

«Wie praktisch.»

«Schön, dass du das machst. Oh, jetzt kommt jemand, ich muss Schluss machen. Wie gesagt darf ich mit niemandem sprechen, ich habe mir nur heimlich hier im Stadtzentrum von jemandem das Handy ausgeliehen. Ach, aber bevor ich auflege, wie läuft es mit *Ocean*?»

«Gut. Wir –»

«Das wird toll, du wirst schon sehen, ich glaube daran. Ich melde mich, wenn ich wieder da bin. In ein paar Wochen. Oder später, mal sehen.»

Ich wartete bis nach dem Essen, ehe ich Mischa sagte, dass ich noch nach Tribeca musste, um in Mordecais Wohnung nach dem Rechten zu sehen. Ich wollte es so schnell wie möglich hinter mich bringen, meine Tage waren sowieso schon zu voll, und ich fürchtete, Mischa würde anbieten, mich zu begleiten, und wenn ich es schon bei der Vorspeise ansprach und ihr Zeit zum Nachdenken ließ, würde sie es garantiert als Aufforderung verstehen, auch den Rest des Abends miteinander zu verbringen. Und wenn wir den Auftrag erledigt hätten, würde sie beiläufig vorschlagen, dass wir ja einen, nur einen Drink in einer der vielen Bars in der Gegend nehmen könnten, die sie so gern besuchte. Oder wenigstens in ihrem Atelier in der Mercer Street vorbeifahren und ein paar Sachen holen (was normalerweise bedeutete, dass wir ein paar Stunden dortblieben und eine Flasche Wein tranken – die ich größtenteils allein leerte, während sie arbeitete –, und schon waren wir mittendrin). In den vergangenen Jahren hatten wir viele schöne Abende dort unten verbracht, lange Abende, die oft in den Morgen übergingen. Ich mochte es, ihr bei der Arbeit zuzusehen, auf ihrem Sofa zu liegen und zu sehen, wie die Bilder entstanden, während sie Musik auflegte und zu den Melodien summte oder mitsang, schief und falsch, als hätte sie völlig vergessen, dass sie nicht allein war, und erst nach mehreren Stunden schien sie sich daran zu erinnern, dass es mich immer noch gab, und dann bat sie mich ganz verdattert um Verzeihung und legte sich neben mich. Doch so kurz vor der Premiere konnte ich nicht riskieren, am Morgen vollkommen unausgeruht in Terpentindünsten wach zu werden. Und weil ich es in den nächsten Tagen auch nicht in Mordecais Wohnung schaffen würde, war es am besten, noch heute zu fahren.

Also wartete ich, bis wir vom Tisch aufgestanden und am Ausgang waren, ehe ich, als wäre es ein spontaner Impuls, der mir in diesem Moment kam, sagte:

«Geht ihr doch schon mal vor, ich muss noch kurz in Mordecais Wohnung.»

«Jetzt?», fragte Mischa. «Wo ist er denn?»

«Nebraska.»

«Was macht er denn in Nebraska?»

«Er spielt in Luke Meos neuem Film mit.»

«Wirklich? Wow. Okay, dann sehen wir uns nachher zu Hause. Aber komm nicht so spät.»

Es wunderte mich, dass sie nicht einmal darüber nachzudenken schien, mich zu begleiten, sondern mir nur einen schnellen Kuss gab, ehe Owen und sie zusammen die Amsterdam entlang in Richtung

Apthorp schlenderten. Sie war seit zehn Tagen zu Hause und schien glücklich darüber, wieder in den Staaten zu sein. Ihr Wunsch, die Stadt zu verlassen und nach Kanada zurückzugehen, den sie in unseren ersten Telefonaten nach dem Anschlag immer wieder verzweifelt wiederholt hatte, schien wie weggewischt, in Luft aufgelöst. Und ich sprach ihn auch nicht an. Außerdem war allmählich wieder eine Art Normalität in der Stadt eingekehrt, und damit schoben wir die Ereignisse und die Arbeiten am Ground Zero, die noch immer im vollen Gange waren, tief in die hintersten Ecken unseres Bewusstseins, damit wir uns auf unsere Jobs und unsere Leben konzentrieren und auf sie aufpassen und den Laden am Laufen halten konnten, auch wenn das bedeutete, auf geradezu zynische Weise vor den Tausenden Toten und all denen, die noch nicht gefunden worden waren, und der unfassbar hohen Zahl der Trauernden in diesem Land die Augen zu verschließen, bis eine der vielen Gedenkveranstaltungen doch dazu führte, dass wir ihrer gedachten, und von neuem überwältigt waren.

Die Straßen in der Umgebung von Mordecais Wohnung hatten etwas Düsteres an sich, als ich in der Watts Street aus dem Taxi stieg, ich erkannte sie fast nicht wieder. Die dicke Staubschicht und eine Handvoll Betonbrocken, die man immer noch an einigen Stellen sah, die der Wind mehrere Kilometer weit getragen hatte und die noch nicht vom Bürgersteig gespült worden waren, zeugten von den Ereignissen und ihrem unbegreiflichen Ausmaß. Ich bückte mich und hob einige der kleinen Steinchen auf, hielt sie in der Hand und bildete mir ein, den infernalischen Lärm des Einsturzes zu hören. Diese Bröckchen hatten einst ein Leben Hunderte Meter über der Erde geführt, man hatte ihnen vorgehalten, eines der grellsten Beispiele für moderne Architektur zu sein, und man war stolz auf die Arbeit gewesen, die sie geleistet hatten, um diese Landmarken aufrechtzuerhalten, die über Manhattan aufragten. Jetzt lagen sie hier, unbrauchbar, an diesen Ort versetzt, um auf einen barmherzigen Straßenfeger zu warten, der sie aufkehrte und zu ihrer letzten Ruhestätte brachte, wo auch immer das war.

Ich öffnete die anthrazitgraue, staubige Haustür aus Holz, nahm mit schnellen und entschlossenen Schritten die Treppe bis in den dritten Stock zu Mordecais Wohnung, schloss die Tür auf und betrat sie.

Es hat etwas zutiefst Unbehagliches an sich, bei Leuten zu sein, die man gut kennt, wenn sie selbst nicht zu Hause sind, es gibt einem das Gefühl, sie hätten aufgehört zu existieren, die Leere, die sie hinterlassen, wirkt größer, als wenn man nach Feierabend eine Bürolandschaft betritt oder die Wohnung eines Fremden. Die Stille in Mordecais Zimmer war unheilvoll. Sie lenkte meine Gedanken zu dem Alkoholiker, bei dem wir acht Jahre zuvor in Fire Island eingebrochen waren; jetzt bewegte ich mich mit derselben Vorsicht, als könnte jeder Schritt das empfindliche ökologische Gleichgewicht der verlassenen Wohnung stören. Die Luft war abgestanden, Mordecais Atem schien noch hier zu hängen, sickerte durch die offene Schlafzimmertür, hinter der sein nicht gemachtes Bett stand. Auf dem Fußboden ein Stapel Bücher, ein paar Wassergläser, Klamotten und ein Etui mit einer Lesebrille – ich hatte nicht gewusst, dass er eine brauchte. Ich drehte eine Runde in der Wohnung, ging durch die Räume, kontrollierte die Fenster und die Klimaanlage, alles schien in Ordnung zu sein. Durch die beiden Fenster, die auf die Feuertreppe hinausgingen, konnte man unmöglich schauen, sie waren staubverschmiert. Schwer zu sagen, ob es eine Folge des Terroranschlags oder von Mordecais Faulheit war.

Ich öffnete den Kühlschrank.

Anscheinend stimmte es, dass er überhastet aufgebrochen war, denn einige Lebensmittel waren vollkommen verfault. Das Obst und Gemüse hatte sich in ein Biotop verwandelt, während die offenen Weine eher an einen umgekippten Tümpel erinnerten. Ich schüttete die Reste in den Ausguss, tat die verdorbenen Lebensmittel in eine Tüte, knotete sie sorgfältig zu und stellte sie neben die Wohnungstür. Ich hatte hier zahllose Male mit Mordecai zusammengesessen, aber in seiner Abwesenheit traten die einzelnen Bestandteile der Wohnung deutlicher hervor. Das Sofa. Der Stuhl, der allererste Einrichtungsgegenstand, den er angeschafft hatte, gebraucht, in Brooklyn, während er dort wohnte, ein grauenhaftes Möbelstück. Zwei Stapel Drehbücher, darauf Klebezettel mit der Aufschrift *Vielleicht* oder *Vielleicht nicht*. Die

Bücherregale. Mit allen Büchern, die uns als Teenager beschäftigt hatten, zerfledderten Ausgaben, die getrennt von den Büchern standen, die er sich erst nach unserem Wegzug aus Long Island gekauft hatte.

Der Küchentisch mit Rechnungen und anderer Post. Ich blätterte sie sicherheitshalber durch, aber nichts davon sah so aus, als müsste ich mich darum kümmern. Dagegen weckte ein offener, brauner Umschlag meine Neugier. Ein Immobilienprospekt ragte daraus hervor und verführte mich dazu, ihn genauer in Augenschein zu nehmen. Ein – für diese Gegend – verhältnismäßig bescheidener Bungalow in der 1075 East Olive Avenue, Burbank, Kalifornien. Komplett mit einer geräumigen Etage, einem Hinterhof und einer eigenen Palme im Garten. Und ein handgeschriebener Zettel des Maklers: *Wie wäre es damit? Rufen Sie mich an.*

Ich sah mich gezwungen, ein Bier aus dem Kühlschrank zu nehmen.

Ich setzte mich aufs Sofa und schaute mich eine Weile in der Wohnung um. Es gab vieles, was ich nicht wusste.

Mordecai hatte es durchgezogen. Während ich die Schauspielerausbildung abgebrochen und mich stattdessen der Regie zugewandt hatte, war Mordecai *all in* auf die American Academy of Dramatic Arts in der Madison gegangen. In den Jahren, die seit unserem Examen vergangen waren, hatte er sein Ziel beharrlich weiterverfolgt, auf einer ganzen Reihe von beschissenen Kleinbühnen in dieser Stadt gestanden, die kaum Zuschauer hatten; er hatte Kurse am Lee Strasberg Theatre and Film Institute besucht und bei Shakespeare in the Park gespielt, ich war selbst dort gewesen und hatte zugeschaut, *Hamlet*, bei annähernd vierzig Grad, und Mordecai war an diesem Tag Feuer und Flamme gewesen, in jeder Hinsicht. Er hatte Horatio gespielt, als hinge sein Leben davon ab, was vielleicht auch daran lag, dass er vor vollbesetzter Tribüne mit einer aggressiven Magen-Darm-Grippe kämpfte und sein Kostüm nur Minuten vor dem Auftritt panisch mit meterweise Klopapier ausgestopft hatte. Mordecai stand mitten auf der Bühne, das Gesicht grau, der Blick schreckgeweitet, ein Tier, das im Scheinwerferlicht gefangen war, verwundet und schwankend, dehydriert und an der Grenze zum Delirium. Und das Einzige, woran er habe denken können, so hatte er mir anschließend erzählt, nachdem ich durch den Park gejoggt war, um ihn einzuholen, als er über die Straße und zur erstbesten Toilette im erstbesten Gebäude geeilt war, der Second Church of Christ Scientist, wo ich in der Kabine nebenan saß und dem schwachen Gemurmel der Predigt im Nachbarraum lauschte, während Mordecai schmerzlich einsehen musste, dass er nicht mehr wusste, wo der durchweichte Zellstoff aufhörte und er selbst anfing, *das Einzige, woran ich denken konnte*, sagte er anschließend, als wir wieder auf der Straße standen und seine Gesichtsfarbe zurückkehrte, *war, was Wohlman gesagt hätte. Ich habe ihn von der Bühne aus gesehen, und ich konnte ihn hören, ich schwöre, dass ich seine Stimme gehört habe, Max. Als er die Angst in meinem Blick sah. Er sagte: Nutz es! Nutz es! Sprüh deinen Durchfall übers Publikum! Und es strömte nur so aus mir heraus, Max, das Unglück, sowohl mein Text als auch das andere, beides brennend, so fühlte es sich an, und es war, als ob ich ganz zweifellos wüsste, dass ich gut war, dort oben. Ganz und gar. Vollkommen. Überzeugend. Wenn auch nur für einen Augenblick.*

Mordecai war weitergegangen, zum Broadway, wäre fast mit dem Tony Award ausgezeichnet worden und hatte drei Independent-Filme gemacht, zwei gute und einen grottenschlechten, aber Letzteres war nicht seine Schuld, und ich glaube, es war ihm egal. Die Rollen, die er darin gehabt hatte, waren klein gewesen, und er hatte sie angenommen, obwohl er genau wusste, dass die allerallermeisten Menschen diese Filme nie sehen würden. Das hinderte ihn jedoch nie daran, sie ernst zu nehmen und sein Äußerstes dafür zu tun, eine möglichst gute Leistung abzuliefern. *Ein Film kann brillant sein, auch wenn keiner ihn sieht*, pflegte er zu sagen.

Den Film, an dem er jetzt arbeitete, würden allerdings einige sehen. Luke Meos Filme hatten einen Weltvertrieb. Wenn Mordecai Glück hatte, würde er am Fließband Interviews in Japan und Australien geben, Fotografen in Barcelona und London anlächeln, während des Filmfestivals in Cannes über die Croisette latschen. Ich weiß nicht, ob es das war, was er wirklich wollte. Aber es war seltsam, darüber nachzudenken, wie schnell diese Jahre vergangen waren und dass das, was gewissermaßen als fixe Idee angefangen hatte, als wir noch in Garden City wohnten, am Ende unsere Karrieren besiegelte.

Und jetzt interessierte er sich offenbar für Häuser in Kalifornien.

Ich leerte mein Bier und stand auf. Dank des Alkohols fühlte ich mich heimischer, zog ein paar Bücher aus dem Regal, die er mir geliehen hatte, als ich sechzehn war, und blätterte ein bisschen darin. Gedichte von Baudelaire, die uns fast dazu gebracht hätten, Französisch zu lernen. Gombrowicz' *Trans-Atlantik* (von dem ich nie zugegeben hatte, dass ich kein Wort verstand, obwohl es – so Mordecai – so schmal und damit das perfekte Buch für mich sei), Thomas Mann (*Der Tod in Venedig*, natürlich). *Jules & Jim, Picknick am Wegesrand, Reise ans Ende der Nacht*, Susan Sontags *In America.* Gass. Pynchon. Vonnegut. Was für eine Sammlung. *Herz der Finsternis.* Ich nahm das grünweiße Taschenbuch aus dem Regal und öffnete es, um zu sehen, wie weit Mordecai gekommen war. Doch als ich die Seiten aufschlug, fiel etwas heraus, und ich sah, dass es gar kein Lesezeichen war, sondern Fotos, vier Stück. Ich hob sie auf und sah Mischa. Auf allen Aufnahmen war sie zu sehen.

Sie waren alt, er musste sie 1993 während des Ferienlagers gemacht haben, nur wenige Wochen bevor ich Mischa zum ersten Mal begegnet war. Was für ein seltsames Erlebnis, sie zu sehen, einen Blick auf sie zu erhaschen, wie sie ausgesehen hatte, bevor wir einander kannten. Er hatte mir nie etwas von diesen Bildern gesagt, sie mir nie gezeigt. Soweit ich mich erinnern konnte, hatte auch sie selbst mir nie alte Fotos von sich gezeigt, nicht einmal nachdem meine Mutter mit ihr sämtliche Aufnahmen von mir im Alter von 0–15 Jahren gründlich durchgegangen war, die sich in ihren umfangreichen Fotoalben fanden.

Warum hatte er sie gemacht? Hatte er an mich gedacht, als er Mischa fotografierte, und dann einfach nur vergessen, sie mir zu zeigen? Oder hatte er sie gemacht, weil ein Teil von ihm immer noch hoffte, er könnte sich in sie verlieben? Am liebsten hätte ich sie mitgenommen, sie ihr gezeigt, doch ich steckte sie widerstrebend zurück und schob das Buch wieder an seinen Platz. Ich hatte schon die Bierflasche neben die Mülltüten gestellt, mir die Jacke angezogen und war eigentlich im Aufbruch begriffen, als mein Blick auf die halbgeöffnete Tür zum begehbaren Kleiderschrank am Ende des Schlafzimmers fiel, wo ich zuerst gewesen war. Meine Neugier siegte.

Die knapp zwanzig Schachteln, die, abgesehen von einer beträchtlichen Menge Jacketts – nach Farben geordnet und wieder zugeknöpft, nachdem er sie über einen Kleiderbügel gehängt hatte –, den einzigen Inhalt des Verschlags darstellten, waren alle braun und gleich groß, etwa fünfundzwanzig mal fünfundzwanzig Zentimeter, mit einem Deckel verschlossen und sorgfältig mit Datum beschriftet. Und mit Straßennamen. Sechs oder sieben von ihnen stammten aus den Jahren 1986 bis 1990, und die Straßen lagen in Manhattan, in der Nähe der Umgebung, wo er aufgewachsen war: *E 63rd Street, E 70th Street, Sutton Place, New York Pub. Library.* Fünf andere waren mit Straßennamen versehen, die ich nicht kannte, sie konnten überall sein. Aber die restlichen zehn waren mir sehr vertraut:

15/07/1991. GC Country Club
01/08/1991. Kensington Road
02/08/1991. Whitehall Boulevard
05/03/1992. Primrose Court
12/09/1992. GC High
15/12/1992. Chestnut Street
16/12/1992. Locust Street
11/08/1993. Meadow Street
12/04/1994. 3rd Street

Allesamt Straßen in Garden City.

Ich verstand sofort, worum es ging, erinnerte mich an die Gerüchte, die damals über Mordecai kursierten, und die Einbruchsserie in Garden City, im Sommer, bevor wir uns kennengelernt hatten. Es sei nichts Wertvolles gestohlen worden, hatte es geheißen, und das war das Merkwürdigste. Türen waren aufgebrochen, Fenster aufgehebelt, Fußabdrücke hinterlassen worden, so viel stand fest, aber wenn die Geschädigten nachschauten, was fehlte, war es selten der Rede wert. Soweit sie es erkennen konnten. Einbrüche waren es dennoch, und die Polizei ermittelte, wenn auch nicht besonders gründlich und mit mangelhaftem Einsatz, den sie auch nicht verhehlte und darauf verwies, dass das Diebesgut im Grunde wertlos war.

Also war er es doch gewesen. Ich versuchte es mir vorzustellen und bin mir nicht sicher, ob es mir gelang. Ebenso wenig, wie ich mir glaubhaft einreden konnte, wirklich schockiert zu sein. Oder wütend. Oder enttäuscht. Wenn überhaupt, war ich eher beeindruckt. All die Sachen, die er in den Häusern gesehen haben musste, zu denen er sich Zugang verschafft hatte. Ob wohl manchmal auch Leute zu Hause gewesen waren, ob er sie schlafend in ihren Betten betrachtet hatte? Vielleicht hatte er sich durch ihre Räume geschlichen, während sie ruhten? Oder Angst davor gehabt, entdeckt zu werden? Er war wohl nicht nur in diesem einen Sommer unterwegs gewesen, die Datumsangaben umfassten über vier Jahre, ehe sie ohne jede Erklärung (aber zu meiner Erleichterung) aufhörten, und eine davon erregte sofort meine Aufmerksamkeit: der 16. Dezember 1992. Das war die Nacht gewesen, in der er unangemeldet vor unserem Haus in der Poplar Street aufgetaucht war, Schneebälle gegen mein Fenster geworfen und gesagt hatte, er könnte nicht schlafen, und mich schließlich hinauslockte, ich erinnerte mich an das Datum, denn es war ein Tag vor Ulrikkes Geburtstag gewesen, an dem meine Mutter und ich nach Manhattan gefahren waren, um sie zu überraschen; Mordecai und ich waren durch die schneebedeckten Straßen gelaufen.

Also war er es doch gewesen.

In jener Nacht hatten wir über Coppola gesprochen. Über die *Workprint*-Version von *Apocalypse Now*, den endlosen Hubschrauberangriff auf das Dorf. Er hatte mir versprochen, sie zu besorgen, daraus war nie etwas geworden. Außerdem war es gerade mal zwei Monate her, dass wir zusammen angestanden hatten, um Coppolas neue Redux-Version zu sehen; ein Großteil des Materials, über das wir damals gesprochen hatten, war auch darin enthalten, und als wir nach dem Film wieder auf dem Bürgersteig standen, vollkommen platt und hin und weg, mit dem Gefühl, den Film zum ersten Mal gesehen zu haben (was gewissermaßen auch stimmte und doch wieder nicht, denn das Erlebnis im Kinosaal war so, als würden wir den Film zum *ersten* Mal sehen, wie im Jahr 1979, in Cannes, wo er als *a work in progress* in den Wettbewerb ging, oder anschließend in New York oder San Francisco, ohne dass jemand ahnte, *was* das *war*), und über die *Workprint*-Version diskutierten, schien es gleichzeitig so, als hätte der Film ein wenig von seiner Mystik eingebüßt, von der Glut, als wäre alles an die Oberfläche gespült und enthüllt worden, all die sagenumwobenen Szenen, die wir uns früher nur vorstellen konnten, über die wir so phantasiert und diskutiert hatten, als wüssten wir, worüber wir sprachen. Erst als wir uns an der 57th Street trennten und ich durch die warme Nacht nach Hause ging, fiel mir auf, dass auch die Redux-Version keine Szenen mit Colby enthielt, nicht die herausgeschnittene Sequenz, in der er Text hatte und anhand derer wir – wie Mordecai behauptet hatte – *viel mehr von ihm verstehen würden. Alles.*

Ich öffnete die Schachtel vom sechzehnten Dezember 1992 nicht, ich wollte nicht wissen, was er an dem Tag getrieben hatte, bevor er bei mir aufgetaucht war. Doch ich hob vorsichtig die Deckel von ein paar anderen, und der Inhalt stimmte mit den Aussagen der Polizei überein. Sie waren in unterschiedlichem Maß mit wertlosen oder im Großen und Ganzen leicht ersetzbaren Gegenständen gefüllt. Autoschlüssel von fünf verschiedenen Autos und eine Reklametasse von Good Morning America Blend mit der Aufschrift *Does this day suck too?*. Ein linker Schuh, eine rote Socke, ein Schal, eine Cornflakes-Schachtel, Parfüm, eine Mundharmonika, Fernbedienungen und eine Ausgabe des *TV Guide* aus dem Jahr 1992. Ich fand Zeitungen und Scheren, Haarspangen, Schnuller, Lippenstifte und eine ganze Armada von anderem, ähnlichem Kram, der anscheinend nur eines gemein hatte: Es waren Dinge, über die man nicht nachdachte und die man nicht vermisste, ehe sie verschwunden waren. Als wäre das, was Mordecai getan hatte, nur ein schlechter Scherz gewesen, ein absurder Anfall von Kleptomanie oder eine Form von Konzeptkunst. Dann aber öffnete ich die Schachtel vom 12. September 1992 und fand ausgerechnet meine eigene Badekappe, aus der Zeit, in der Mordecai und ich in der

Schwimmmannschaft gewesen waren. Ich hatte damals bemerkt, dass sie verschwunden war, und ich fühlte mich geehrt, zu seinen Opfern zu gehören. Behutsam ging ich den Inhalt der Schachtel durch und achtete auf die Reihenfolge der Dinge, damit ich sie wieder zurücklegen konnte, ohne mich und meine eigenen langen Finger zu verraten. Bei der Badekappe lagen andere Dinge aus der Welt des Schwimmens; die Trillerpfeife des Trainers, die wir so inbrünstig gehasst hatten, und eine der Medaillen, die wir nie gewannen. Ich schaute noch einmal auf das Datum, es war der Tag unseres allerletzten Schwimmtrainings, nachdem wir beschlossen hatten, aufzuhören. So musste es sein. Er musste die Badekappe geklaut haben, als ich mich gerade umzog.

All diese Schachteln voll läppischer, unnützer Gegenstände – in Kombination mit den Bildern von Mischa im Conrad-Buch wirkten sie ganz und gar nicht wie die Beute eines Kleptomanen, sondern wie Reliquien; ich hatte das Gefühl, er hätte die Sachen gestohlen, um sich zu erinnern, wo er gewesen war, was passiert war, sie waren wie eine Karte über Manhattan und Garden City und seine Jugend und die Menschen an beiden Orten. Die Badekappe, die ihn, so hoffte ich, an unsere Freundschaft erinnerte. Die Zeitungen und das Fernsehprogramm, die den Alltag zu einem bestimmten Zeitpunkt dokumentierten, auf eine so detaillierte Weise, wie es unser Gedächtnis nicht annähernd vermochte. Ein Parfüm, dessen Geruch er mit irgendetwas verband. Eine Cornflakes-Sorte, die wir immer aßen. Eine Person, die er gewesen war.

Und wer waren wir geworden? Erinnerten wir uns überhaupt noch an uns selbst? Und wenn ja, wie lange noch?

Ich stellte die Schachteln wieder ordentlich an ihren Platz, in der richtigen Reihenfolge, lehnte die Tür zur Kammer so an, wie ich sie vorgefunden hatte, ging rückwärts aus dem Schlafzimmer und wieder ins Wohnzimmer. Sah mich ein letztes Mal um. Alles in Ordnung. Die Wohnung hatte alles gut überstanden. Im Gegensatz zum Land. Ich schaltete das Licht aus und nahm den Müll mit, als ich ging.

2

Ocean wurde ein eher zweifelhafter Erfolg. Leider fassten die meisten das Stück falsch auf, als sperrig und kompromisslos, was zu guten Kritiken und deprimierenden Zuschauerzahlen führte. Die Leute hatten genug eigene Sorgen und wollten nicht auch noch stundenlang in einem Saal mit zwei Schauspielern ausharren, die Schwierigkeiten bei der Entscheidungsfindung hatten und bockig waren. Doch um die wenigen, die kamen, bemühten wir uns so gut wie möglich, und einige Abende werde ich nie vergessen: höchstens zu einem Viertel gefüllte Säle, in denen die Intimität zwischen Schauspielern und Publikum einen Grad erreichte, den ich nicht anders als schön beschreiben kann. Des Schutzmantels beraubt, den ein voller Saal bietet, blieben die Zuschauer wie nackt auf ihren Plätzen sitzen, und jede ihrer Bewegungen trat zutage; jedes Mal, wenn sie sich ein kleines bisschen rührten oder sich die Augen rieben, gähnten oder auf die Uhr sahen und eine Lutschpastille hervorkramten, jedes Mal, wenn sie lächelten oder lachten, wenn der Text zu einem oder zweien von ihnen durchdrang und sie plötzlich wirklich verstanden, worum es ging, und ihnen dadurch im nächsten Moment wieder bewusst wurde, was in dieser Stadt passiert war und uns nach wie vor umgab, und ihnen die Tränen kamen, konnten sie sich nicht in der Menge verstecken. Man hörte das unterdrückte Schluchzen, die gedämpften, beschämten Entschuldigungen bei den nächsten Sitznachbarn, vier Sitze weiter oder eine Reihe weiter vorn, und diese Beklommenheit färbte auch auf die Schauspieler ab, sie wurden unsicher oder ratlos, und manchmal war es auch umgekehrt, wenn sie spürten, dass zwölf oder fünfzehn Zuschauer im Saal voll und ganz auf ihrer Seite standen und das den beiden auf der Bühne auch vermittelten, in Form einer Stille, die kein Schweigen ist, sondern der ganz eigene Ausdruck des Theaterpublikums für ein Gemeinschaftsgefühl, ein unhörbares Summen der Zustimmung, in einer Frequenz, die man nur mit Erfahrung erlauschen kann, die eine Sympathie für die Charaktere und ein Verständnis für das Prädikament hervorbrachte, in dem sie sich befanden, als würden die Zuschauer aus dem Saal heraus sagen: *Wir verstehen das. Es ist auch für uns schwer, wir verstehen, dass ihr nicht wisst, was ihr tun sollt, um wieder an die Oberfläche zu kommen. Aber es ist okay.*

Diese Interaktion mit den Zuschauern kostete meine Schauspieler enorme Kraft. Nicht selten fand ich sie heulend hinter der Bühne, wenn ich zurückkam, nachdem ich heimlich einen Blick auf die Zuschauer erhascht hatte, die sich im Foyer versammelten, um ihre Jacken und Mäntel zu holen und ein paar Worte zu wechseln, ehe sie hinaus zu ihren Taxis und U-Bahnen und Bussen und Autos gingen, allein oder gemeinsam, ebenso erschöpft wie die beiden Schauspieler, die rauchend hinter dem Vorhang hockten. Manchmal war der Raum hinter der Bühne auch von einer Art verzweifelten Wut erfüllt, wenn ich nach der Vorstellung hereinkam, um mit ihnen zu sprechen. Manche Abende waren von Resignation und Leere geprägt; dann wieder umarmten sie mich exaltiert und bestanden darauf, dass wir feiern gehen müssten, ein paar Bier trinken.

Denn was ich vielleicht zu sagen vergaß: Die bescheidenen Zuschauerzahlen und dieses siamesische Zusammenwachsen von Publikum und Darstellern übertrug sich auch auf das Stück. Ab und zu, wenn auch nicht oft, kam es vor, dass es klappte; trotz der langen Abschweifungen und dümmlichen Diskussionen glückte es den Ingenieuren dann und wann, das technische Problem zu beheben, um das die äußere Handlung kreiste. Beinahe zu ihrer eigenen Überraschung, es war immer ein spontanes Ergebnis, geboren aus der Entwicklung, die der Text und seine Improvisationsflächen im Laufe des Abends nahmen. Inmitten der Hoffnungslosigkeit konnten sie den Keim einer Lösung erkennen, und langsam, unmerklich, begann er im Hintergrund zu wachsen, bis sich die Lösung manifestierte, in einer Lawine aus technischen Erläuterungen und Überlegungen, die weder ich noch das Publikum (von den Schauspielern ganz zu schweigen) vorausgesehen hatten. So ging das Stück vor unseren Augen auf; die beiden tauchenden Ingenieure fanden heraus, wie sie den Schaden reparieren und die Katastrophe verhindern konnten. Als es das erste Mal geschah, war ich wie gelähmt und ehrlich gesagt auch etwas wütend, ich wertete es als Zeichen von Erschöpfung und dachte, die Schauspieler wären die langgezogenen Abende auf der Bühne leid, gefangen in einem Universum, das vordergründig an einen riesigen Sumpf erinnerte. Unter Wasser. Doch als ich nach der Vorstellung zu ihnen kam und drauf und dran war, ihnen meine aufgestaute Wut in einer Rede über Verantwortung, Professionalität und Respekt vor dem Theater an den Kopf zu knallen, wurde mir klar, dass sie genauso verblüfft waren wie ich. Wir haben überlebt, flüsterte der eine von ihnen kopfschüttelnd.

Mir blieb nichts anderes übrig, als Frances York anzurufen und ihr ehrlich zu sagen, was Sache war – ich konnte nicht garantieren, dass ihr Stück so enden würde, wie sie es geschrieben hatte. Die Dinge verselbständigen sich, sagte ich und erzählte, wie wenige Zuschauer im Saal waren und wie sich das auf die Vorstellung auswirkte. Ich sagte, was passiert war.

«Wenn das so ist, ist es so», antwortete sie nur. «Es ist jetzt dein Stück.»

Meistens überlebten sie aber nicht. In den allermeisten Fällen starben die Charaktere am Ende, auch das im Zusammenspiel mit dem Publikum, und alle gingen traurig und zermürbt nach Hause.

An dem Abend, als Mischa, Owen und meine Mutter das Stück sahen, guckte ich es mir nicht an. Ich konnte einfach nicht, es wäre mir zu nahe gegangen. Ich wollte nicht riskieren, einen Blick ins Publikum zu werfen, falls es einer der Abende werden würde, an denen sich die Vorstellung zu einer einzigen Abwärtsspirale entwickelte, ohne jeglichen Lichtblick oder Hoffnungsschimmer, und sie dann in der Mitte der dritten Reihe zu entdecken, wie sie gerade mit dem sinkenden Schiff untergingen. Also traf ich sie hinterher zu einem kurzen Abendessen, und mir wurde sofort klar, dass es eine außergewöhnlich brutale Vorstellung gewesen sein musste. Sie wirkten verstört und geradezu beleidigt, als dachten sie, ich hätte sie bewusst abgestraft, und die Stimmung war düster und blieb es, angespannt und gezwungen; wir bestellten unser Essen und tranken Wein, aber das Gespräch kam zu keinem Zeitpunkt in Gang, es blieb bei einer Reihe halbverschluckter Sätze und langen Pausen. Ich glaube, sie wollten einfach nur nach Hause, und als wir meine Mutter auf den Weg nach Queens gebracht hatten und selbst in einem Taxi nach Norden zum Apthorp saßen, brach Owen das Schweigen und sagte: *Aber wann machst du endlich mal was Nettes?*

Das Apthorp-Gebäude. Sehen wir uns Owens Wohnung, die nun also unsere Wohnung war, doch einmal näher an: Die Wohnung mit ihren dreihundertsechs Quadratmetern wurde (vom Grundriss her betrachtet) etwa in der Mitte durch eine horizontale Öffnung geteilt und von drei vertikalen Linien durchschnitten, die (von links nach rechts) das Foyer vom Säulengang und dem Flur abtrennten. Dies war die demilitarisierte Zone. Hier trafen wir uns normalerweise, wenn wir von der Arbeit kamen, ehe wir gesammelt, wie ein Arbeitstrupp, die Küche ansteuerten und das Abendessen oder wenigstens die Planung desselben besprachen und außerdem die Frage, wem der heikle Auftrag zufiel, einkaufen zu gehen, und was der Betreffende mitbringen sollte – wenn wir nicht, was meistens der Fall war, stattdessen lieber auswärts aßen –, debattierten, einander überstimmten und durch Akklamation beschlossen. Wenn wir diese Nord-Süd-Einteilung der Wohnung im Kopf behalten und im Norden oder genauer gesagt im Nordwesten anfangen (was de jure Norden bedeutet, also wirklich Norden, weil Manhattan nicht auf der Nord-Süd-Achse liegt, so gern wir das auch glauben würden, sondern schräg, nordwestlich oder nördlich, ja, nennen wir es einfach nördlich) oder, der Einfachheit halber, auf der linken Seite der Nordhälfte der Wohnung, dann lag mein Arbeitszimmer in dieser Ecke eingeklemmt. Das Fenster – ich hatte nur eines – ging auf den Innenhof hinaus, und das Zimmer war eindeutig das dunkelste von allen. Dafür hatte es eine separate, angrenzende Toilette, sodass ich ungestört arbeiten konnte, ohne durch das Foyer und den Flur wandern zu müssen und zu riskieren, dass ich Owen und Mischa hörte, die ebenfalls arbeiteten, und, wenn es einer der Tage war, an denen ich nur zäh vorankam, so sehr durch ihre Geräusche aus dem Konzept gebracht wurde, dass mir für den Rest des Vormittags nichts mehr gelingen wollte. Ein Stück weiter westlich lag das Wohnzimmer, wo Owen früher, bevor wir eingezogen waren, gesessen und gearbeitet hatte. Dieser Raum war jetzt, zusätzlich zur Küche, der einzige, den wir gemeinsam nutzten und wo wir einen Großteil unserer Abende verbrachten, wenn wir zu Hause waren. Rechter Hand, oder östlich des Wohnzimmers, hatte Mischa ihr Atelier eingerichtet, wo sie die meiste Zeit verbrachte, wenn sie nicht in ihrem Studio in SoHo war; als wir einzogen und Owen es ihr überließ, legten wir Linoleum über den ursprünglichen Holzboden, um ihn zu schützen, damit sie sich nicht vor Farbklecksen hüten oder davor fürchten musste, was der Vermieter sagte, wenn er herausfand, was sie hier machte. Bei den Wänden trafen wir dagegen keine Vorkehrungen, und als wir später auszogen und ein letztes Mal den Kopf ins Zimmer steckten, um uns zu vergewissern, dass wir auch nichts vergessen hatten, war unschwer zu erkennen, dass der Raum komplett renoviert werden müsste, von professionellen Handwerkern, die sicher den Kopf schütteln und ein verwöhntes, jeder Disziplin entbehrendes Kind vor sich sähen, dass auf diesen Quadratmetern gehaust hatte. In dem Moment wussten wir, dass unsere Kaution restlos verloren war. Mischa hatte ebenfalls eine eigene Toilette, die man nur von ihrem Zimmer aus betreten konnte. Und eine Badewanne. Mitunter verbrachte sie darin mehr Zeit als vor ihren Leinwänden. Zu guter Letzt, auf unserer de facto West-Ost-Achse: Mischas und mein Schlafzimmer. Die Kommandozentrale. Auf der Südseite, vis-à-vis des Wohnzimmers, lag Owens Arbeitszimmer, dort, wo früher das Esszimmer gewesen war. Er hatte unbestritten das größte Zimmer und zwar vielleicht keine eigene Toilette, dafür aber einen der beiden Kamine und neben den Fenstern zur 78th Street auch eine Tür, die ihm einen direkten Zugang zur Küche bot und damit auch ungeahnte Naschgelegenheiten, denen er in aller Stille frönen konnte. Einer der Gründe, warum wir uns so eingerichtet hatten, war, abgesehen davon, dass Owen natürlich das größte Zimmer zustand, die Lage der Toiletten. Er konnte uns nicht hören, wenn er selbst arbeitete. Davon hing bei ihm alles ab. Nur ein Mucks von uns, und die Störung war unwiderruflich eingetreten, ein Schritt vor seiner Tür, und er bildete sich ein, wir würden draußen stehen und lauschen, weshalb er sich unmöglich weiter konzentrieren, geschweige denn etwas komponieren konnte. Und so hielten wir uns in unseren jeweiligen Ecken auf – es sei denn, wir hatten etwas anderes abgesprochen und ihm Bescheid gegeben, dass wir zu einem bestimmten Zeitpunkt aufbrechen mussten –, bis Owens Klavier verstummte und wir seine Schritte draußen im Säulengang hörten und das kurze, trockene Räuspern, mit dem er uns verkündete, dass die Luft rein und der Nachmittag vorüber war.

Das letzte Zimmer auf der Südseite war Owens Schlafzimmer, zu dem wir keinen Zutritt hatten.

Als Owen im Sommer 1994 vorschlug, dass Mischa und ich zu ihm ins Apthorp ziehen, schien das nicht nur aus praktischen und finanziellen Gründen sinnvoll, sondern auch weil wir am Beginn einer Freundschaft standen, die jenseits unserer Familienbande lag, und ich konnte mir nichts Schöneres vorstellen, als noch mehr Zeit mit ihm zu verbringen. Dabei ließ sich aber nicht leugnen, dass er uns mehr brauchte als wir ihn. Doch Mischa war skeptisch, ihr widerstrebte es, ihre quasi perfekte Wohnung in Brooklyn zurückzulassen, für sie war die Upper West Side kulturell übersättigt, künstlerisch aber vollkommen tot. Das ist ein Ort, wo Leute wohnen, die Bücher über Sachen lesen, von denen sie sich einbilden, sie hätten sie selbst erschaffen können, sagte sie. Ehemalige Schauspieler und Fernsehproduzenten. Und Balletttänzer mit Essstörungen und persönlichen Dämonen. Es ist der Ort, wo Rosemary ihr Baby gebar und Lennon starb.

Doch wir kamen nicht an der Tatsache vorbei, dass Mischas Wohnung in Dumbo auf Dauer zu beengt für zwei Personen war, vor allem weil sie auch weiterhin von zu Hause aus arbeiten wollte. Und allmählich, als es Sommer und schließlich Herbst wurde und wir Onkel Owen regelmäßig besuchten, gewöhnte sie sich an den Gedanken, ihre alte Bleibe zugunsten einer neuen aufzugeben, wo wir den Platz hätten, den wir uns wünschten, noch dazu für einen Bruchteil der Miete, und sie entdeckte dort eine Quelle, die sie anzapfen konnte, ich weiß nicht, wie, aber irgendetwas passierte, und plötzlich blickte sie optimistischer auf die Möglichkeiten dieser neuen Umgebung, sie ist unverbraucht, wie sie sagte, weil sich hier alle viel zu wichtig nehmen, um sich dafür zu interessieren, oder blind dafür sind. Und es gefiel ihr, so nahe am Park zu wohnen.

Also zogen wir um, im Oktober desselben Jahres. Ich half ihr, ihre Kisten und Bilder und Möbel zu packen, auf die sie nicht verzichten wollte, zusammen mit ihrem Bett und ein paar Lampen; wir hievten alles in den Lieferwagen, den Owen gemietet hatte, und fuhren zwei Touren, bis nur noch zwei Plastiktüten und leere Wände und dieser letzte, wehmütige Augenblick übrig waren, woraufhin sie uns bat, unten auf der Straße zu warten, während sie ein letztes Mal aufs Dach hinaufging; ich weiß nicht, was sie da oben machte, aber sie blieb lange weg, vielleicht schaute sie rüber nach Manhattan und dachte, dass sie diesen Ausblick nie wieder genießen würde, vielleicht ließ sie die Zeit Revue passieren, in der sie in den darunterliegenden Räumen gewohnt und gearbeitet hatte. Oder vielleicht dachte sie an uns, an den ersten Tag, als ich sie besuchte, oder an den Sommer, den ich fast komplett hier verbracht hatte. Doch soweit ich weiß, rauchte sie nur ein paar Zigaretten und ließ die Zeit verstreichen.

Und dann war da natürlich auch noch Mordecais Rückkehr aus Nebraska, an einem der letzten Oktobertage, als ein kalter Regen von der Bucht herankam und über den Battery Park zog, und als er am Ende die Leute in Midtown erreichte, vielleicht sogar die Bewohner von Harlem, konnte man spüren, wie ihn die Gebäude und Wolkenkratzer, an denen er sich auf dem Weg nach Norden vorbeigedrängt und gerieben hatte, noch kälter machten, auf eine Art und Weise, die schwerer zu begreifen als zu bemerken war, und wie er innerhalb kürzester Zeit die Dauer veränderte, die man außerhalb der Rushhour auf ein Taxi warten musste, von normalerweise unter einer Minute in eine bedeutend längere Spanne, deren Minuten bald nicht mehr zu zählen waren, was darauf hindeutete, dass dies das Ende des Sommers und der Anfang von etwas anderem war, etwas Fürchterlichem, das man fast völlig vergessen hatte und auf das man überhaupt nicht vorbereitet war; an einen anderen Ort zu gelangen, welchen auch immer, würde von nun an eine gewisse Planung erfordern, um nicht zu sagen Ausdauer; die Schlange vor der Kinokasse wäre nicht länger eine Gelegenheit zum netten Smalltalk, sondern ein Überlebenstraining und ein Lackmustest für die Fähigkeit, den inneren Zenmeister in sich zu wecken. Ich stand bibbernd vor dem Theater und rauchte noch eine Zigarette, ehe ich in Richtung Subway laufen wollte, als er anrief.

«Hallo», sagte er. «Was geht?»

«Nicht viel, die Vorstellung ist gerade zu Ende. Stehe vor dem Theater. Bist du wieder in der Stadt?»

«Heute gekommen. Wie wär's mit einem Bier?»

«Wo bist du?»

«Ich bin hier.»

Von der anderen Straßenseite winkte jemand. Ich ging auf ihn zu und umarmte ihn.

«Habe mir doch gedacht, dass ich dich hier finden würde», sagte er, während wir zu einer Bar in der Nähe schlenderten.

«Sie läuft nur noch drei Tage. Die Vorstellung.»

«Und, wie findest du das?»

«Ich finde, dass wir alle dringend eine Pause brauchen.»

«Aber es war gut.»

«Was meinst du?», fragte ich.

«*Ocean*. Das Stück. Eines der besten, das ich je gesehen habe.»

«Wann …»

«Heute Abend. Ich wünschte, ich hätte eine der Rollen spielen können.»

«Ich glaube, mindestens einer der beiden würde sie spätestens jetzt herzlich gern abgeben», sagte ich seufzend. «Aber, Moment mal … du hast es heute Abend gesehen? Gerade eben?»

«Ja», antwortete er.

Ich war verwirrt.

«Ich habe dich nicht im Saal gesehen.»

«Dann hast du wohl nicht gut genug hingesehen.»

«Aber … warum hast du nicht angerufen, ich hätte dir doch wenigstens eine Karte hinterlegen können.»

«Keine Sorge, eine Theaterkarte kann ich mir nun wirklich noch leisten. Du solltest nicht wissen, dass ich da bin, falls es dich gestört hätte, weißt du.»

«Was offenbar nicht der Fall war.»

«Nein, aber abgesehen davon bist du gestört, Max. Was dadrinnen passiert ist … ich fühle mich besudelt. Oder mehr oder weniger tot.»

«So soll es sein.»

Er hielt mir die Tür zur Bar auf, und wir suchten uns einen Tisch in der hintersten Ecke.

«Es geht um den elften September, oder?», fragte er leise, nachdem er zwei Bier und einen Aschenbecher geordert hatte.

«Schon.» Ich nickte.

«Habe ich mir gedacht. Wie steht es um meine Wohnung?»

«Sie lebt.»

Er rieb sich das Gesicht.

«Es ist einfach zu grausam», sagte er.

«Ja», antwortete ich. «Genau das ist es. Zu grausam.»

«Wie hat Mischa es aufgenommen?»

Wir redeten eine Weile über sie und darüber, was für eine Stimmung die Stadt in den letzten Monaten beherrscht hatte. Wir redeten über seinen neuen Film, und dann verlief das Gespräch ein bisschen im Sande. Wir suchten auf dem Boden nach den Resten. Mir fiel auf, wie dünn er war, die Wochen als hausierender Messerschleifer im Mittleren Westen hatten ihm anscheinend nicht gutgetan. Er sah mitgenommen aus.

«Ich werde umziehen», sagte er schließlich. «An Weihnachten. Ich ziehe nach Kalifornien.»

Ich fragte mich, wie lange er das vor sich hergeschoben und auf den richtigen Moment gewartet hatte. Wie lange er es schon wusste.

«Das habe ich schon geahnt. Ich habe die Unterlagen in deiner Wohnung gesehen.»

Mordecai grinste schief.

«Ich hätte sie wohl besser verstecken sollen.»

«Sieht schön aus. Das Haus, meine ich.»

Er sah mich betreten an. «Es ist nur, dass … ich meine, es ist praktischer für mich, wenn ich da bin. Näher an der Branche, wenn du verstehst. Jedenfalls für eine Weile. Es muss nicht für immer sein. Ein paar Jahre, vielleicht, ich weiß nicht … was ist mit dir, willst du auch mal einen Film machen?»

Ich schwieg lange. Ich trank Bier. Er trank Bier. Wir bestellten noch mehr Bier, und jeder trank es für sich, auf seiner jeweiligen Seite des Tischs.

Ich sagte: «Du kannst verdammt noch mal nicht abhauen. Nicht jetzt.»

«Ich weiß, ich weiß», antwortete er ernst. «Aber ich werde es trotzdem tun.»

Es ist seltsam, dass ich mich nicht mehr daran erinnern kann, wie sein Gesicht an diesem Abend aussah, es war verschwommen, ein Körper, dessen Kopf außerhalb des Fokus lag; ich sehe nur noch seine Finger vor mir, die neben seinem Glas ungeduldig auf die Tischplatte trommelten. Den Zeigefinger. Den kleinen Finger. Den Mittelfinger. Intensiv damit beschäftigt, mir eine Erklärung zuzumorsen, die ich leichter mit einem verständnisvollen Nicken quittieren konnte. Morsend, elektrisiert, als wäre er schon fort, und die Funken würden über den Kontinent fliegen.

Es sollte dich nicht so quälen. Das Problem ist: Du bist jetzt vierundzwanzig Jahre alt und solltest alt genug sein, um mit solchen Dingen umzugehen und zu wissen, dass die Welt deswegen nicht in einem tobenden Inferno untergeht; es ist nicht der erste Freund, den du verlierst. Du solltest alt genug sein, um zu wissen, dass ihr euch wiedersehen werdet und dass es andere gibt, viele andere, an die du dich hängen kannst (wenn du dich genug anstrengst) und die du mit der Zeit Freunde nennen wirst, gute Freunde, deine engsten Vertrauten, es wird zwangsläufig passieren, wenn du den Dingen nur ihren Lauf lässt. Es gibt jetzt Kollegen, Menschen, die im selben Boot sitzen wie du und die du ab und zu auf ein paar Bier einladen kannst, wenn du Zeit hast, was scheinbar immer seltener der Fall ist. Du brauchst nicht mal einen Vorwand, und die soziale Leiter ist anders, wenn auch da. Allein die Tatsache, dass ihr unter demselben Dach arbeitet oder in derselben Branche, ist ein sozial akzeptierter Grund, eine solche Einladung auszusprechen. Und die Chance, dass sie ja sagen, ist groß. Niemand steht gern am Rand. Es spielt keine Rolle, dass du sie nicht so gut kennst, du brauchst sie nicht einmal besonders zu mögen, sie erfüllen für dich dieselbe primäre Funktion, die du auch für sie hast: einander das Gefühl zu geben, dass man Freunde hat und eine gute Arbeitsatmosphäre und ein interessantes Leben mit mehr Freiheiten als Pflichten und dass fast alles so ist wie früher, wie es immer schon war, und ihr keinesfalls das Gefühl habt, euch würde sich der Hals zuschnüren, wenn ihr daran denkt, auch am nächsten Morgen wieder aufstehen zu müssen und am übernächsten und überübernächsten und zum selben Arbeitsplatz zurückzukehren, ins selbe Büro, an denselben Schreibtisch oder in dasselbe Theater oder was zum Teufel, und denselben Leuten und denselben Aufgaben und der nächsten Einladung, diesmal von jemand anderem als von dir ausgesprochen, ein paar Bier trinken zu gehen, nach der Arbeit, eines Abends, oder vielleicht zusammen zum Fußball, etwas zu unternehmen. Man muss etwas machen. Um die Stille fernzuhalten.

Du solltest alt genug sein, um zu wissen, dass nicht ohne Grund niemand Reklame für das wahre Leben macht.

Du solltest alt genug sein, um genug mit dir selbst zu tun zu haben.

Du solltest alt genug sein, um zu wissen, dass die romantische Vorstellung, für immer mit deinem besten Freund verbunden zu sein, bis weit in die unüberschaubare Zukunft hinein, vom Rest der Welt getrennt wie zwei siamesische Zwillinge, genau das war, eine romantische, schwärmerische Vorstellung, über die du eigentlich lächeln müsstest, beinahe herablassend. Man lebt sich auseinander. Das ist unvermeidbar. Findet andere Menschen, die etwas beitragen können, von dem man nicht einmal wusste, dass man es brauchte, die einen auf andere Weise bestätigen, man fängt an, sich selbst und seinem eigenen Geschmack zu vertrauen, oder bildet es sich zumindest ein. Der Abstand wird größer. Es ist acht Jahre her, seit du zum letzten Mal allein geschlafen hast, du hast eine Arbeit, und es ist die Arbeit, die du haben wolltest, du hast eine Wohnung, und deshalb, vor dem Hintergrund all dessen, sollte es vielleicht nicht unbedingt egal sein, aber doch etwas, was dich nicht so aus der Fassung bringt wie beim ersten Mal, als es passierte, und du fünf oder sechs oder sieben oder dreizehn warst und dann auch noch dein Land hinter dir lassen musstest; es sollte dich nicht genauso quälen, aber das tut es.

3

Keiner von uns hatte das dritte Flugzeug gesehen. Das klingt merkwürdig, auch wenn ich es schreibe, denn in den Wochen und Monaten nach *dem* Morgen im September taten wir fast nichts anderes, als Ausschau zu halten. Wir legten die Köpfe in den Nacken, bis es schmerzte. Immer wenn wir ein Flugzeug am Himmel entdeckten, schoss uns derselbe Gedanke durch den Kopf. *Ist es wirklich da?* Und wir zuckten bei den kleinsten Abweichungen im sonst so gleichmäßigen Flugzeuglärm zusammen und lernten, zwischen den Motorengeräuschen zu unterscheiden, die auf uns zukamen, und denen, die sich fortbewegten, egal wohin, solange es *ein anderer Ort* war, damit wir uns keine Sorgen mehr machen mussten. Aber dieses Flugzeug erreichte uns nie; es stürzte in Queens ab. Wenn man zu denen gehörte, die so etwas zählten, und das taten wir alle, wusste man, dass *das dritte Flugzeug* vor allem ein stehender Begriff war, eine praktische Unterscheidung, um die Jahre und Ereignisse voneinander zu trennen, und dass es in Wirklichkeit das vierte Flugzeug im Laufe von nur sechs Jahren war, das innerhalb des relativ kleinen Gebiets des Staates New York abstürzte (siehe TWA Flug 800, der 1996 über Long Island abstürzte) und das mit seinen zweihundertsechzig Passagieren an Bord die Gesamtzahl der Toten dieser Flugzeugkatastrophen auf die ziemlich beunruhigende Zahl 666 ansteigen ließ – allerdings nur wenn man die Terroristen in zwei der Flugzeuge mitzählte, was viele ablehnten –, aber wir wussten auch, dass es nichts als Zahlen waren, die in Anbetracht alles anderen überhaupt nichts zu bedeuten hatten, sondern nur eine erbärmliche Ablenkung waren, eine Möglichkeit, mathematische Lösungen zu finden, damit man ein für alle Mal davon loskam, sich bewusst zu machen, dass es Menschen waren und keine Zahlen, die in diesen Flugzeugen gesessen hatten, und jeder Einzelne von ihnen Familie, Partner, Freunde, Bekannte und Kollegen gehabt hatte und so weiter und so fort, ad nauseam, ad infinitum et mortem, bis diese Gleichung nichts mehr war, mit der man in Diskussionen auf der Straße leicht rechnen oder die man im Kopf durchspielen konnte, wenn man dicht gedrängt in der Subway oder in einem Stau auf dem Weg zur Arbeit stand, sondern eine zutiefst komplexe Rechenaufgabe von derart astronomischen Ausmaßen, dass man neue Bezeichnungen für große Zahlen lernen müsste, und eine davon wäre Googolplex, und diese Zahl wäre viel erschreckender als die einsame Darstellung von drei nebeneinanderstehenden Sechsen.

Als die ersten Nachrichten über die Passagiermaschine von American Airlines, die genau zwei Monate und einen Tag nach dem Anschlag auf das World Trade Center in der Nachbarschaft von Rockaway Beach in Queens abstürzte, in Manhattan ankamen, setzte die Panik erneut ein. Die Neuigkeit verbreitete sich innerhalb von Minuten in die anderen Stadtbezirke und vereinte die New Yorker an diesem Morgen in einem kollektiven Gedanken: *Es passiert wieder.* Das Empire State Building wird evakuiert, das UN-Gebäude ebenso; Brücken, Tunnel, JFK und LaGuardia werden geschlossen und der Flugverkehr umgeleitet, während von nahegelegenen Stützpunkten F-15-Kampfjets aufsteigen. Man hat es schon einmal gesehen, es ist noch nicht lange her, alle Sicherheitsmaßnahmen sind noch in frischer Erinnerung, ebenso der Gedanke, wie anders die Stadt und das Land aussehen werden, wenn dieser Tag vorüber ist.

Doch es ist kein Terror. Keiner weiß und keiner wagt zu glauben, dass die große Airbus-Maschine nicht entführt oder gesprengt wurde; es werden Monate vergehen, ehe man begreift, dass die Ursache Wirbelschleppen (Anlage 1) des japanischen Jumbos waren, der wenige Minuten zuvor gestartet war, und der Versuch des Kopiloten, die Luftverwirbelungen vom Flug JAL 47 zu umgehen, indem er auf übertriebene und überflüssige Weise das Seitenruder ausschlagen ließ (Anlage 2), was zu so großen aerodynamischen Belastungen führte, dass das Seitenleitwerk abbrach (Anlage 3) und AA Flug 587 unlenkbar wurde, woraufhin die Maschine beinahe senkrecht (Anlage 4) und mit einer solchen Kraft auf Belle Harbor hinabdonnerte, dass auch die Triebwerke abbrachen, die später fünf Straßen von dem Gebiet entfernt gefunden wurden, wo der Flugzeugrumpf vier Häuser zerstörte, fünf weitere in Brand setzte und fünf Passanten tötete (Anlage 5, 6, 7 und 8).

Der endgültige Bericht des National Transportation Safety Board wird im Staat New York mit einer solchen Skepsis und von so vielen Menschen gelesen, dass er unzählige Druckauflagen erreicht. Er wird Satz für Satz, Fakt für Fakt studiert, weil man nur schwer glauben kann, dass es immer noch so etwas wie pure Unglücke gibt.

Das Geräusch der Asphaltfugen, als ich mir am Tag nach dem Unglück Mischas Auto lieh und nach Queens fuhr, *ka-dunk, ka-dunk, ka-dunk, ka-dunk;* ein angenehmer, gleichmäßiger Rhythmus oder ein Puls, der unterstreichen sollte, dass die Lebensgefahr dort, wo ich hinwollte, inzwischen gebannt war. Vorher war es wegen der gesperrten Tunnel und Brücken und unser aller Angst, ein weiteres Flugzeug könnte vom Himmel fallen, zu kompliziert gewesen, nach Howard Beach zu gelangen, aber im Licht des neuen Morgens waren die Dinge einfacher und überschaubarer. Ich passierte mehrere Löschzüge, die auf dem Rückweg in ihre Stationen waren, während ich in südlicher Richtung auf dem Woodhaven Boulevard fuhr, auch hier waren außergewöhnlich viele Polizeiautos unterwegs und Lastwagen von der FEMA, die Kurs auf Rockaway Beach und die betroffene Gegend an der Küste nahmen.

Howard Beach lag hinter Rockaway Beach, auf der anderen Seite der Jamaica Bay und damit so weit von Belle Harbor entfernt, dass meine Mutter den Rauch von der Absturzstelle wohl eher im Fernsehen gesehen hatte als aus ihren Fenstern im ersten Stock. Sie wohnte in der 165th Avenue, einer von windschiefen Strommasten und praktischen Kombis gesäumten Straße, wo der Asphalt in Dehnungsstreifen zersprungen und nie neu verlegt, aber hier und dort sparsam von Straßenarbeitern geflickt worden war, die mit Maßband und Schutzhelmen umherliefen und pedantisch entschieden, wie viel Asphalt sie einsetzen mussten, um wütende Anrufe bei ihren Vorgesetzten zu vermeiden, weil es wegen des holprigen Belags Beschwerden gegeben hatte. Die vielen Rillen, gefüllten Schlaglöcher und seltsamen, geometrischen Figuren, die sich auf dem Boden abzeichneten, nachdem immer nur die schlimmsten Stellen ausgebessert worden waren, glichen Jahresringen. Man konnte die Grauschattierungen studieren und feststellen, in welchen Jahren der kommunale Haushalt ausgeglichen gewesen und wann doch auf billigen Asphalt zurückgegriffen werden musste. Und man konnte versuchen, einen Sinn aus den inzwischen verblichenen gelben Spraymarkierungen herauszulesen, die die Arbeiter mitten auf der Straße hinterlassen hatten, mit ihren Zeichen und Zahlen und unverständlichen Abkürzungen, und sich der so geweckten Illusion hingeben, dass eines Tages die Ärmel hochgekrempelt und umfassende Sanierungen eingeleitet werden würden.

Meine Mutter wohnte hier zur Miete in einem holzverkleideten Haus, nicht groß, auch nicht besonders schön, aber im Rahmen dessen, was sie sich leisten wollte, und ich dachte lange, sie würde sich wohlfühlen. Soweit ich weiß, tat sie es auch eine Zeitlang, sie hatte es gemütlich dort drinnen, lauschig, hatte ihr Wohnzimmer so eingerichtet, wie sie es immer schon wollte, mit einem breiten, niedrigen Bücherregal unter den Fenstern, vor das sie eine Wolldecke legen konnte, um mit zufriedener Miene dort zu sitzen, wie ein Mensch, der endlich für einen Moment seinen Platz im Universum gefunden hatte, und ohne einen riesigen Bildschirm, der den ganzen Raum dominierte, sondern nur mit einem kleinen Reisefernseher, in einer Ecke, wo er sie nicht störte; und an klaren Tagen hatte sie Aussicht auf die Bucht, einen Zipfel Wasser; und große Südfenster, durch die fast rund um die Uhr die Sonne schien, sodass sie an ihren freien Tagen einfach nur dort sitzen und hinausblinzeln und an nichts Besonderes denken konnte, und wenn sie bei irgendetwas Hilfe brauchte, gab es überall freundliche, italienisch-amerikanische Familien; sie lernte sogar ein paar Wörter, ein paar holprige Phrasen auf Italienisch, damit sie sich unter ihnen noch heimischer fühlte, sie sagte, es sei eine Sprache, die sie vom Klang her schöner finde und die ihr auch mehr liege als Englisch (das in ihren Ohren, von diesem Gedanken konnte sie sich doch nie frei machen, auch imperialistisch klang). Sie besuchte sogar einen Italienisch-Abendkurs. Allerdings musste sie bald einsehen, dass ihre Nachbarn auch nicht mehr als die wenigen Sätze beherrschten, die sie längst von ihnen gelernt hatte. Da beendete sie den Kurs vorzeitig und bekam die Hälfte der Gebühr zurückerstattet.

Den Wunsch, eines Tages an den Comer See zu ziehen, behielt sie bei.

Nachdem sie die ersten Jahre hier verbracht hatte und die Sonne nicht mehr dieselbe Freude und Energie spendete, sondern bloß daran erinnerte, dass es höchste Zeit war, endlich wieder die Fenster zu putzen, oder im Herbst und im Winter, wenn die ganz und gar nicht gepflegte Parkanlage vor ihrem Fenster all ihre Farbe verlor und einen grauen, leblosen Ton annahm, der nur hin und wieder von einzelnen Schneeflecken durchbrochen wurde, die anfangs weiß waren, nach und nach aber von der Umgebung angesteckt und gräulich wurden, war Howard Beach kein Ort mehr, an dem man glücklich gelandet war. Da war es nur noch ein Ort zum Wohnen, nichts anderes, ein Viertel, das weder hier noch dort lag. Wenn sie Außenstehenden erzählte, dass sie in Queens wohnte, sahen die meisten das andere Ende des Bezirks vor sich: Long Island City, Sunny Sides, Astoria (wo sie auch die ersten Monate wohnte, nachdem wir die Poplar Street verlassen hatten), solche Gegenden und nicht ein zunehmend heruntergekommenes Wohngebiet, das von der Belt-Parkway-Autobahn abgeschnitten wurde und weit entfernt von fast allem schien. Das Einzige, was tatsächlich in der Nähe lag, war JFK. Aber sie flog nirgends hin. Sie musste sich damit begnügen, die Flugzeuge starten und landen zu sehen, mit dem behaglichen Gefühl, dass sie anhand des Verkehrs, der über ihrem Kopf hinwegdröhnte, die Uhrzeit bestimmen konnte. Sollte sie den Wunsch gehabt haben, wieder nach Norwegen zu ziehen, hätte sie es sich ohnehin nicht leisten können.

Als ich in ihre Garageneinfahrt einbog, kam sie aus dem Haus. Sie trug eine grüne Hose und eine graue Wollstrickjacke, die sie bestimmt in dem Laden gekauft hatte, in dem sie auch arbeitete; sie sah gut aus. Wir umarmten uns.

«Ich habe es gesehen», sagte sie aufgeregt. «Das Flugzeug. Ich habe es gesehen.»

«Bist du sicher?»

«Ein riesiger Feuerball, Max, direkt vor meinen Augen, ich habe noch nie etwas so Fürchterliches gesehen. Was wäre gewesen, wenn es nur ein paar Sekunden länger in der Luft geblieben wäre? Oh Gott, es hätte direkt auf uns fallen können. Was soll nur aus diesem Land werden, Max?»

«Noch wissen wir nicht, was passiert ist», erwiderte ich, «sie sagen, dass sie diesmal nicht von einem Terrorakt ausgehen.»

«Es *muss* doch eine Explosion gewesen sein, etwas anderes übersteigt mein Vorstellungsvermögen. Das kann kein Zufall sein. Da muss jemand dahinterstecken. Du hättest das mal sehen sollen, wie es gebrannt hat, als es vom Himmel fiel.» Sie zeigte nach Süden und malte mit dem Finger Spiralen in die Luft, um zu zeigen, wie die Maschine getrudelt war. «So oder so finde ich es gruselig. Und tragisch … all die Menschen. Die Häuser, die getroffen wurden, hast du das in den Nachrichten gesehen, am Boden sind wohl auch einige Menschen gestorben, kannst du dir das vorstellen? Hast du mit deinem Vater gesprochen?»

Es *war* noch einmal September.

«Er fliegt nicht in die Dominikanische Republik», antwortete ich beruhigend.

«Was weiß denn ich. Aber hast du?»

«Hab gestern Abend mit ihm gesprochen.»

«Na, und, was sagt er?»

«Was soll er schon sagen? Nicht viel. Er war gerade in Narita und hatte wohl nicht viel Zeit.»

«Keine Ahnung, wo das ist.»

«Tokio», erklärte ich.

«Na dann.» Sie drückte mich noch einmal an sich, diesmal fester. «Es ist so gut, dass du hier bist», sagte sie. «Ich wünschte, ihr würdet ein bisschen öfter kommen, ich habe dich ja schon ewig nicht mehr gesehen, seit, wann war es, ja, seit deinem Stück.»

«Das ist doch erst vier Wochen her.»

«Ich mein ja nur. Also, was machst du so zurzeit?»

«Nicht viel.»

Sie zog die Augenbrauen hoch, wie sie es immer tat, wenn ich erzählte, dass ich mich gerade zwischen zwei Projekten befand und damit in ihren Augen untätig rumgammelte.

«Könnt ihr euch das denn leisten?»

«Nicht viel kostet auch nicht viel», sagte ich lächelnd.

Der Dienstag, den ich bei meiner Mutter verbrachte, war eher ein therapeutischer denn ein freundschaftlicher, familiärer Besuch, obwohl ich mir nicht sicher bin, wer von uns beiden mehr davon profitierte. Sie hatte das Bedürfnis, darüber zu sprechen, was am Vortag passiert war, aber ich hatte auch das Bedürfnis, ihr zuzuhören, weil ich selbst Angst gehabt hatte, als es passierte, Angst, dass sich das, was im September passiert war, wiederholt hätte, nur noch schwerer zu bewältigen und zu begreifen als vorher, und dass es diesmal vielleicht nicht wieder vorbeigehen würde. Obwohl ich mich auf die Einschätzung der NTSB verließ, dass es sich vermutlich nicht um einen Terroranschlag handelte, war die Angst in etwa gleich, und darunter schwelte das Gefühl, es würde ein System dahinterstecken, als wäre das erste Flugzeug nicht zufällig im Sommer 1996 über Long Island abgestürzt und die nächsten beiden über Manhattan und danach in Queens. Als würde alles näher kommen, immer näher, bis es früher oder später uns träfe.

Also diskutierten wir darüber. Ich begleitete sie zum Einkaufen und in den Laden auf dem Cross Bay Boulevard, wo sie jobbte und Kleider an Frauen verkaufte, die sich irgendwo in der Mitte zwischen der kecken Selbstvermarktung der Jugend und der stofflichen Verhüllung des Alters befanden. Während wir unterwegs waren, gingen wir die ganze Zeit die verschiedenen Details des Unglücks durch, verglichen die Fakten. Sie hatte etwas von einem Polizisten gelesen, der umherlief und nach seiner eigenen Familie suchte und gleichzeitig, während er auf Verstärkung wartete, die Hilfsarbeiten organisierte, ich erklärte ihr, wie die beiden Triebwerke abgefallen waren, in relativ großem Abstand zum restlichen Rumpf, und was das für den wahrscheinlichen Ablauf des Geschehens bedeutete, wir hatten widersprüchliche Gerüchte darüber gehört, dass das Heck ein paar Kilometer vom Rockaway Strand gefunden und geborgen worden war. Wir diskutierten die Möglichkeit, ob jemand die Maschine in die Luft gesprengt haben könnte und, wenn ja, warum; wir diskutierten den Druck, den die Tragflächen aushalten konnten, ohne darauf einzugehen, dass wir all das nur wussten, weil mein Vater es uns gelehrt hatte, und wir verglichen eingehend die Wind- und Wetterverhältnisse in unserer jeweiligen Gegend am gestrigen Tag, fast so als wären wir unser eigenes Havariekommissariat. Für einen Außenstehenden hätte es wahrscheinlich bizarr geklungen, wie wir uns kühl und analytisch in aerodynamische Begrifflichkeiten und Pilotenlatein stürzten, als hätten wir zu viel ferngesehen. Doch die Wahrheit war, dass wir beide einmal mit demselben Mann unter einem Dach gelebt hatten und diese Kompetenz zu den wenigen Dingen gehörte, die wir nach wie vor mit ihm teilten. Es ließ einen Hauch von alten Zeiten zu uns herüberwehen, dass wir so sprachen, wie wir sprachen, es hatte eine beruhigende Wirkung, wir wurden an eine Ära erinnert, in der wir zum Bodenpersonal gehört hatten und das akustische Signal hörten, wenn mein Vater vom ILS erfasst, vor unsere Haustür geleitet und ins Bad getaxelt wurde, um sich die Hände zu waschen, ehe er am Tisch seine endgültige Parkposition erreicht hatte und den Mund öffnen konnte. Aber das war, lange bevor er beschlossen hatte, sein Streckennetz für immer zu ändern. Ich weiß nicht, ob sie ihn vermisste oder nicht.

Meine Mutter und ich aßen in einem Restaurant, das nicht weit von ihrem Haus entfernt lag und von dem aus man auf die Boote am dahinterliegenden Kanal blickte. Sie kam öfter her und kannte die Besitzer, eine nette Familie mit kalabrischen Wurzeln, die sie ausgiebig begrüßten und alles taten, um ihr zu zeigen, wie toll sie es fanden, dass sie ihren Sohn mitgebracht hatte. Das Lokal hatte einen *Susi-*

und-Strolch-Charme, was an und für sich schön war, nur dass ich nicht genau wusste, wer wem das letzte Fleischbällchen hinschieben sollte, und es schließlich meiner Mutter anbot, die so allein und voller Erwartung an dem Tisch mit der rot karierten Decke saß. Genau das war ein ziemlich trauriger Anblick. Sie hatte Freundinnen gehabt, als sie in Astoria wohnte, nicht viele, aber einige wenige, engere, jedenfalls war das mein Eindruck gewesen. Mehrere von ihnen hatte ich auch getroffen, bei ihr zu Hause und bei ein paar Mittagessen in Manhattan, ohne dass ich mich erinnern konnte, wann und wo genau, nur dass sie gesprächig und freundlich gewesen waren, mit lauten, hohen Stimmen, und wild gestikulierten, wenn sie sich aufregten; meine Mutter hatte neben diesen Frauen klein ausgesehen. Jetzt schien sie nicht mehr viel Kontakt zu ihnen zu haben. Darum ging es wohl hauptsächlich bei meinem Besuch: um ihre Einsamkeit und wie wir einander nicht helfen konnten. Mein Leben in Manhattan schien ihr unendlich fern; es kam vor, dass sie uns im Apthorp besuchte, mich, Mischa und Owen, aber es war noch immer so, als würde sie die meiste Zeit draußen stehen, als käme sie nie ganz durch die Tür, als wollte oder konnte sie nicht vollständig zu einem Teil von uns werden. Ich konnte sie auch nicht in die Welt hinausschieben, sie dazu zwingen, ein engeres Verhältnis zu ihren italienischen Nachbarn aufzubauen oder ihre Freundinnen anzurufen und ihnen zu befehlen, dass sie sich auf der Stelle in der 165th Avenue einzufinden hätten, um Zeit mit ihr zu verbringen; ich konnte nicht die Rolle ihres Vaters einnehmen oder sie auffordern, sich wieder politisch zu engagieren und für ihre Interessen und Ideale zu brennen, und noch viel weniger, zu einem Rendezvous mit einem der vielen nicht unsympathischen Männer im Dreieck Brooklyn-Queens-Hempstead zu gehen, die sie sicher liebend gern kennengelernt hätten. Genauso wenig, wie ich Mordecai bitten konnte, wieder nach New York zurückzukehren. Es schien, als ahnte sie, worüber ich grübelte, denn als wir nach dem Essen nach Hause gingen, fragte sie plötzlich: «Ist das nicht großartig mit Mordecai und dem neuen Film? Und dann hat er sich entschieden, den großen Sprung dorthin zu wagen, ich glaube wirklich, dass er es weit bringen kann, wenn er nur will. Denkst du nicht auch? Weißt du, du solltest ihn in Los Angeles besuchen, sobald er sich dort eingerichtet hat. Und wir beide könnten seinen Film sehen, wenn er in die Kinos kommt, und uns einen richtig schönen Abend machen, wäre das nicht toll?»

«Woher weißt du das alles?», fragte ich verwirrt, denn ich hatte es ihr gegenüber mit keinem Wort erwähnt.

«Wie meinst du das? Er hat mich natürlich angerufen und es mir erzählt», antwortete sie, die Verwirrung war beidseitig.

«Er hat *dich* angerufen?»

«Ja, das macht er ab und zu. Wenn er etwas Neues zu erzählen hat. Schon seit Jahren.»

«Es kommt mir nur ein bisschen komisch vor, dass er dich anruft.»

«Aber so ist es. Er ist auch einmal abends vorbeigekommen und hat mich besucht, bevor er weggezogen ist. Ich glaube, er war auf dem Rückweg von seinen Eltern in Garden City.»

Ich wusste nicht, was ich sagen sollte.

«Was ist, bist du etwa eifersüchtig?», neckte sie mich, als ich nichts erwiderte.

«Ich finde es nur irgendwie komisch», murmelte ich erneut.

Sie wechselte das Thema und sprach von Mischa und Owen (den sie konsequent Ove nannte), erkundigte sich, wie es ihnen ging und woran sie derzeit arbeiteten.

«Es ist gut, dass du die beiden hast», sagte sie anschließend aufrichtig. «Onkel Ove ist ein feiner Kerl. Ein guter Mann.»

«Er tut sein Bestes.»

«Und sein Bestes zu tun …»

«… ist immer gut genug», vollendete ich.

Wir standen vor ihrer Garage, es war fast schon dunkel. Kalt war es auch, nicht mehr als sechs Grad, aber unter dem gelben Licht der Straßenlaternen wirkte es wärmer, und man konnte die grauen Wolken nicht sehen, die seit Tagen über der Stadt hingen. Trotzdem fröstelte ich und kramte nach meinen Autoschlüsseln.

«Frierst du?», fragte meine Mutter und rieb mir ein paar Mal mit der Hand über den Rücken, um mich zu wärmen. «Ich könnte dir ja einen Pullover stricken, wenn du willst? Brauchst du einen?»

«Ja, das wäre schön.»

«Mischa vielleicht auch?»

«Da würde sie sich bestimmt freuen.»

«Was für Pullover möchtet ihr denn, mit einem norwegischen Muster vielleicht? Ich könnte auch so einen Islandpulli stricken, die sind doch auch so schön. Und schick.»

«Ein ganz normaler einfarbiger würde vollkommen genügen.»

«Ich habe massenhaft braune Wolle.»

«Klingt gut.»

Ich wollte schnell weg, bevor sie anfing, noch mehr über das Stricken zu reden, damit ich mir nicht den ganzen Weg nach Manhattan vorstellen musste, wie sie allein dort saß, in ihrem Zimmer im ersten Stock, mit Blick auf die Bucht und sogar aufs Meer, wenn das Wetter gut war, was es nicht war, und Maschen zählte und vor sich hin summte und dachte, dass das, was sie da tat, einen Sinn hatte und wir glücklich sein und in Zukunft öfter kommen würden und nicht nur das Nötigste ausgebessert, sondern die ganze Straße neu asphaltiert werden würde, und dass all dies, dieser Ort und ihr Job und das Restaurant, wo sie hofiert wurde von, wie hieß der Besitzer noch, damit sie wieder und wieder und wieder käme, und diese Unruhe, die sie gespürt hatte, nachdem ein weiteres Flugzeug in ihr Leben gestürzt war, nur vorübergehend war und nichts, an das sie sich gewöhnen musste.

Mischa saß neben Owen, als ich nach Hause kam, sie waren vertieft in einen Dokumentarfilm über die Freuden und Herausforderungen des Tiefseeangelns am Cape Cod. An der Art und Weise, wie sie auf Mischas altem Sofa hingen, das Kreuzbein an der vorderen Sitzkante und nur mit Schultern und Kopf auf der Rückenlehne abgestützt, ließ sich leicht erkennen, dass dieser Fernsehabend einer der längeren war und die Schwerkraft leichtes Spiel hatte. Ihre Haltung wirkte eher demonstrativ als bequem, und ich blieb im Säulengang stehen und beobachtete sie eine Weile, ohne dass sie mich bemerkten, der Anblick dieser beiden Menschen, die sich voreinander in einer so friedlichen Langeweile zeigen konnten, hatte etwas äußerst Beruhigendes an sich, es war ein Beweis dafür, dass in diesem Raum ein tiefes Vertrauen herrschte. Man war, wer man war, und das war mehr als genug. Vor ihnen auf dem Tisch standen zwei leere Bierflaschen und eine Schale mit Chipskrümeln, und daraus, wie sie sich unablässig mit der Zunge über die Lippen fuhren und versuchten, ein bisschen Speichel in der Mundhöhle zu produzieren, schloss ich, dass das Bier vor der Chipsschale leer gewesen war und sie trotzdem weitergegessen hatten, wahrscheinlich in der Hoffnung, dass der andere in die Küche gehen würde, um Nachschub zu holen; doch der Weg zum Kühlschrank war zu weit geworden, und jetzt vertrauten sie stattdessen darauf, dass sie sich nur intensiv genug darauf konzentrieren mussten, wie ein großer Fisch nach dem anderen auf dem Bildschirm vor ihnen aus dem Wasser gezogen wurde, um darüber ihren Durst zu vergessen, von ihren Rückenschmerzen ganz zu schweigen. Ich drehte mich um und ging in die Küche, kehrte mit drei Bier ins Wohnzimmer zurück und stellte sie vor ihnen auf den Tisch. Sie griffen unverhohlen gierig danach, leerten in einem Zug die halbe Flasche und gewannen wieder ein wenig an Energie. Owen richtete sich auf und legte seinen rechten Fuß auf das linke Knie, während Mischa sich am anderen Ende des Sofas zusammenrollte, um mir Platz zu machen, und ihre Flasche festhielt, als ich mich setzte, als wäre das Bier zu schön, um wahr zu sein, und sie hätte Angst, man könnte es ihr jeden Moment wieder wegnehmen.

«Was habe ich verpasst?», fragte ich und glotzte auf einen vergnügten Freizeitangler, der grinsend neben einem bärtigen Seebär in Ölzeug stand, mit Haar wie Stahlwolle und einer Strickmütze, die nur den obersten Teil seines Kopfes bedeckte.

«Leute, die angeln», antwortete Mischa, ohne den Blick vom Bildschirm abzuwenden.

«Und was für Fische?»

«Keine Ahnung. Fische eben.»

«Dorsche, glaube ich», warf Owen ein.

«Das sind keine Dorsche», widersprach Mischa, «das ist irgendwas anderes.»

Owen deutete mit dem Kopf auf einen Fisch, der nun in Nahaufnahme zu sehen war.

«Aber kuck dir doch mal den an, den er da hochhält, das ist doch ein Dorsch, oder? Der hat ja sogar einen Bart!»

«Dorsche haben doch keinen Bart, das sind Lachse», sagte Mischa.

«Ich glaube, da irrst du dich. Es ist umgekehrt, der Lachs hat keinen Bart. Er hat … irgendwas anderes.»

«Wir sollten wohl lauter stellen», sagte Mischa und wartete vergebens darauf, dass sich jemand anderes die Mühe machen würde, nach der Fernbedienung zu greifen.

«Habt ihr schon gegessen?», fragte ich und fühlte mich wie meine Mutter.

Nein, die hätte hier nicht wohnen wollen.

Die beiden schüttelten den Kopf.

«Wir könnten was bestellen», schlug ich vor. «Ich war zwar schon was essen, aber … ihr seht so aus, als könntet ihr noch ein bisschen was vertragen.»

«Hauptsache, keinen Fisch», sagte Mischa.

«Auf Hühnchen Kung Pao hätte ich Lust», sagte Owen, bevor er zerstreut und gleichgültig hinzufügte: «Eigentlich müssten sie Schwimmwesten tragen, wenn sie so weit draußen auf dem Meer unterwegs sind.»

Als ich zum chinesischen Restaurant an der Ecke Broadway ging, fiel mir auf, dass ich sie schon seit Monaten nicht mehr so entspannt gesehen hatte, keiner von uns hatte sich so gehenlassen, nicht seit dem Einsturz der Türme, und vielleicht war das auch ganz normal. Zu irgendeinem Zeitpunkt mussten auch die Anspannung und der Krisenmodus aufgebraucht sein. Ich glaube, sie waren erschöpft, wie auch der Rest des Landes, und ihre Stimmung steckte mich an, aber im positiven Sinne; als ich am Tresen stand und auf das Essen wartete, das ich vorher telefonisch bestellt hatte, und die sachte, harmlose Musik hörte, die aus den Lautsprechern in der Decke plätscherte (dieselbe CD wie immer, acht oder zehn Tracks mit asiatischen Synthie-Klängen – nachdem ich schon öfter hier gesessen und gegessen hatte, konnte ich sie inzwischen auseinanderhalten, fragte mich aber, warum die Angestellten bei dieser Endlosschleife nicht wahnsinnig wurden), merkte ich, wie ich vor mich hin lächelte. Sogar das erschien mir ungewohnt. Der Alltag war zurückgekehrt. Das Leben sickerte wieder hervor, nicht mehr nur der schwarze Eiter, an den wir uns mittlerweile gewöhnt hatten. Ich gab genug Trinkgeld, um eine Parade gegenseitiger Verbeugungen einzuleiten, sodass ich gezwungen war, rückwärts hinauszugehen, während ich mit dem Oberkörper auf und ab wippte wie eine dieser Puppen, die nicht umfallen konnten; ich dankte den Chinesen und wünschte ihnen einen schönen Abend und schöne Tage. Sie liefen mir bis auf die Straße nach und gaben mir eine Tüte mit noch mehr Glückskeksen als jenen, die sie bereits zu meiner Bestellung gestopft hatten. *Du brauche Glück!*, sagte eine Frau in gebrochenem Englisch, ich glaube, es war die Besitzerin. *Und jetzt habe ich es*, antwortete ich und verbeugte mich rückwärts über die Straße hinweg, in den kalten Abend, der mich mit Myriaden funkelnder Laternen und erleuchteter Fenster einhüllte, und hinein in die Tore zum Apthorp.

Wir verbrachten den Rest des Abends und Teile der Nacht im Wohnzimmer, umgeben von leeren Aluschalen, die einmal bis zum Rand mit preiswerten und ziemlich leckeren asiatischen Gerichten gefüllt gewesen waren, und von Bierflaschen; wir tranken Bier und unterhielten uns mit derselben Offenheit, mit der wir einander vor dem Beginn dieses Herbstes begegnet waren. Ich erinnere mich an eine Leichtigkeit, die in dieser Nacht über dem Raum lag, Owen saß auf dem wackeligen, niedrigen und gemütlichen Sessel neben dem Kamin, den er selbst vor Ewigkeiten auf dem Flohmarkt erstanden hatte, sein erstes Möbel, auf dem niemand außer ihm saß und das jedes Mal knarrte, wenn er sich auch nur ein bisschen bewegte, und Mischa und ich auf dem Sofa, dicht zusammengedrängt und ausgestreckt, unsere Köpfe von ihm abgewandt, als wäre er unser Therapeut, der das Beste aus uns herausholen und uns alles andere vergeben sollte. Ab und zu sprang er auf (woraufhin der Stuhl unheilverkündende Geräusche von sich gab) und schlurfte zur Stereoanlage, um neue Platten aufzulegen, die wir seiner Meinung nach unbedingt hören mussten, die dazu passten, was wir gerade besprachen, oder es zumindest schlauer klingen ließen, als es möglicherweise war, vor allem mit zunehmendem Bierkonsum. In erster Linie war es eine Nacht im Zeichen Coltranes. Und Mingus'. Es war auch die Nacht, in der Mischa uns die Details der Einzelausstellung verriet, an der sie gerade arbeitete und die im Februar eröffnet werden sollte – weshalb wir sie vor Weihnachten kaum zu Gesicht bekamen und danach noch viel seltener. Sie lag auf dem Sofa und sprach über die drei Bilder, mit denen sie sich in ihrem Studio in SoHo gerade intensiv beschäftigte, und über ihre Unsicherheit, ob das, was sie tat, richtig war oder vollkommen geschmacklos. Und ob die Frage überhaupt eine Rolle spielte. Irgendwann nickte Owen auf seinem Stuhl ein und schlurfte schließlich in sein Zimmer. Mischa und ich blieben noch eine Weile sitzen und hörten seine Platten, bevor wir, über Umwege und eine ziemlich komplizierte Verkettung von Ursachen und Wirkungen, in meinem Arbeitszimmer landeten, so weit entfernt vom schlafenden Musiker wie irgend möglich, auf meinem Sofa, das voller Notizen, Skizzen und Bücher war, die im Zusammenhang mit *Ocean* standen, aber längst veraltet und kraftlos wirkten und die ich bei der nächstbesten Gelegenheit dringend wegwerfen musste, wenn nicht jetzt, genau jetzt, als wir auf dem Boden landeten, und sie roch genau wie damals auf Fire Island, und ich war so glücklich, so ungeheuer glücklich, dass wir genau hier waren, jetzt, auf dem Boden, nach acht Jahren und trotz des Zustands, in den die Welt allmählich geriet, beschützt von Owens fernem Schnarchen, und ich liebte sie noch mehr, als ich es schon von Anfang an getan hatte, wenn das überhaupt möglich war, es war kräftezehrend und beinahe schmerzhaft, und während wir den Rhythmus in einer Vereinigung fanden, die zweifellos einen Höhepunkt in unserer Beziehung darstellte, eine Demonstration der Kopulationskunst, die ich anschließend am liebsten gerahmt und mit einer Plakette versehen hätte, bekam ich Lust, sie zu fragen, ob sie mich heiraten wollte, um nicht von Kindern zu reden, und ich war kurz davor, es zu tun, aber es gab einfach zu vieles, auf das ich mich konzentrieren musste, und als wir anschließend fast ein bisschen beschämt in unser Schlafzimmer am anderen Ende der Wohnung schlichen und einen Zwischenstopp in der Küche einlegten, um ein paar Scheiben Brot und ein Glas Wasser zu holen, kam es mir plötzlich ein wenig unpassend vor, und deshalb blieb es bei dem Gedanken.

Die Geschmacksfrage, die Mischa uns in Verbindung mit ihrer Ausstellung *From The Office of Things Unhinged* gestellt hatte, wurde auch von den Kunstkritikern heftig diskutiert, als die Ausstellung Ende Februar in der Gallery Leiko in der Spring Street eröffnete. Es waren nicht so sehr die titelgebenden Werke, die in Frage gestellt wurden – vier hyperrealistische Panoramagemälde von leeren Bürolandschaften und Konferenzräumen, basierend auf Fotos, die sie während ihres Aufenthalts bei Bruno Bischofberger in Zürich aufgenommen, in ihrer jetzigen Version jedoch zu Räumen ohne Fenster oder Türen umgestaltet hatte; Räume, denen man nicht entkommen konnte, was die Einsamkeit darin verstärkte und ihnen eine unheimliche, klinische Atmosphäre verlieh –, sondern die drei jüngsten, überdimensionalen Werke, die jedes für sich genommen 310 × 205 cm maßen, sie hießen *Phones Kept Ringing, I Just Called to Say I Love You* und *Meet Me in The Hallway.* Von diesen Bildern und ihrer eigenen Unsicherheit hatte Mischa uns erzählt, und am Ende hatten wir sie darin bestärkt, wie wichtig es sei, sie zu vollenden. Die Gemälde basierten auf Beweismaterial des FBI (teilweise ging es in der Debatte auch darum, wie sie es sich beschafft hatte) und zeigten ein Handy, einen PalmPilot und einen Personenrufempfänger. Das Problem war, dass sie alle aus den Ruinen der Zwillingstürme stammten. Graubraune und verbogene, teilweise zusammengepresste, durchlöcherte, schmutzige und staubüberzogene Gegenstände, bis ins kleinste, herzzerreißende Detail wiedergegeben, als Erinnerung an alle, von denen wir nie wieder etwas hören würden. Die Größe der Gemälde und die Art und Weise, wie sie gehängt waren, außergewöhnlich weit über dem Boden, verliehen ihnen etwas beinahe Sakrales. Reliquienhaftes. Neben das erste Bild hatte Mischa mit der Hand an die Wand geschrieben: *Handys, Pager und Planer, die in den Ruinen des World Trade Center gefunden wurden. Rettungskräfte berichteten von Telefonen, die noch Tage nach dem Einsturz der Türme klingelten, in immer größeren Abständen, weil die Angehörigen irgendwann die Hoffnung verloren und den Geräten der Strom ausging.*

Die Kritiker spalteten sich in drei Lager. Die einen meinten, es sei verwerflich, unter dem Deckmantel des Künstlerischen aus einer Tragödie Profit zu schlagen, und dass die Objekte auf Mischas Gemälden, obgleich bis zur Unkenntlichkeit zerstört, als Privateigentum anzusehen seien, was die Frage nahelegte, ob sich Mischa – mit Hilfe des FBI – des Grabraubes schuldig gemacht habe. Die anderen fanden es nur zu verständlich, wenn sich eine Künstlerin wie sie mit diesem Thema auseinandersetzte, aber es sei einfach noch zu früh, sie hätte es lieber erst in zehn Jahren tun sollen, wenn man die Ereignisse besser verarbeitet habe und es möglich sei, die dann vermutlich technisch veralteten Artefakte und die Werke als *einen Beweis für eine Zeit, die man überstanden hatte,* zu betrachten. Die letzte Gruppe der Kritiker, die kleinste, aber zugleich auch lauteste, stellte sich mit vollem Herzen hinter die Gemälde. Darunter auch der Kritiker der New York Times. Er begriff die Gemälde als «eine Elegie auf die Toten, ein Denkmal zu Ehren der Stadt im Allgemeinen und ihren Gebäuden im Speziellen». «Die Bestandteile der Ausstellung zu betrachten», schrieb er weiter, «ist wie eine Wanderung hinter den Theaterkulissen einer Welt, deren Darsteller für heute, oder für immer, gegangen sind. Das fluoreszierende Licht, das eigens für die Ausstellung an die Decke montiert wurde, taucht die Bilder in ein grelles, unvorteilhaftes Licht, das zunächst vermuten lässt, der Kurator hätte keinerlei Gespür für Atmosphäre und Wirkung. Aber je eingehender man die Bilder studiert, desto mehr wird man bemerken, wie das stumpfe, weiße Licht mit der Plastizität der Bilder kommuniziert, und verstehen, dass dieser Effekt eine bewusste Entscheidung der Künstlerin ist. Tatsächlich sind die Bilder auch unter ähnlichen Lichtverhältnissen entstanden und damit für genau diese Intensität kalibriert worden. Hier kommt es zu einer

Symbiose, einer Hervorhebung im Verhältnis von stummen und sprechenden Elementen der Ausstellung. Die Landschaftsmalereien (wenn man sie so nennen möchte – denn es sind ja welche, in moderner Form) korrespondieren mit den zerstörten elektronischen Geräten im zweiten Teil der Ausstellung, dem sogenannten *Addendum*. Hier sind die unpersönlichen Gegenstände zu einem letzten Porträt ihrer Besitzer geworden, und deshalb treten diese Plastik- und Elektronikgeräte mit einer seltsamen Sanftheit und Wärme in Erscheinung, als besäßen sie eine eigene Identität, die man verstehen kann, im Gegensatz zu den letzten Anrufen und Textnachrichten derer, die nun nicht mehr bei uns sind. Auf diese Weise wird Mischa Grey zu einer Kuratorin der Katastrophe, zu einer konservierenden Kraft, und durch dieses Faktische, Konkrete wird paradoxerweise auch das Arbeitsleben, der Korporatismus, und in seiner äußersten Form auch der Tod, abstrahiert. Doch – und das kann nicht genug betont werden – die Ausstellung *From The Office of Things Unhinged* handelt von mehr als dem Terroranschlag auf das World Trade Center und New York. Das ist der einzige Grund, weshalb ich ein gewisses Verständnis für die Meinung anderer Kollegen aufbringen kann, die Greys Ausstellung für verfrüht halten: Vor dem Hintergrund dessen, was diese Stadt und das Land in den letzten Monaten durchgemacht haben, läuft man nur allzu schnell Gefahr, sich an den zerstörten Handys und Planern blindzusehen und die Künstlerin dafür zu kritisieren, dass sie ausschließlich diesen einen brutalen Aspekt vermitteln wolle. Sobald man es jedoch wagt, von der Katastrophe abzusehen, eröffnet sich eine ganz neue Ausstellung, die ihre Umgebung viel eingehender, klarer und sanfter beleuchtet (die Bürolandschaften etwa basieren nicht auf Aufnahmen von amerikanischen Gebäuden, sondern von Räumen in Zürich in der Schweiz, wo sich die Künstlerin letztes Jahr aufhielt, als sie bei Bruno Bischofberger hospitierte). Dann erzählt sie von der Vergänglichkeit der heutigen Wirtschaft, des Kapitalismus, davon, wie alles, das aufsteigt, auch wieder abstürzen wird, von der Poesie der Konjunktur und ihrer Kurven. Die Bilder, wie sie sich ihrem Betrachter zuwenden – diese mit einer fast pathologischen Detailversessenheit wiedergegebenen, kahlen Räume und ihre Stille –, besitzen eine Art reflexive Transparenz, eine Kraft, die das wahrhaft Jenseitige (das Leben nach dem Tod) ebenso miteinbezieht wie das, was als unvernünftig aufgefasst wird (in unserer materiellen Welt). In Greys Arbeiten gibt es keine effekthascherische Ästhetisierung, auch keine Provokation, wenngleich es durchaus möglich und zu einem gewissen Grad vielleicht auch unumgänglich ist, diese Gemälde als institutionskritisch aufzufassen, was allerdings dadurch erschwert wird, dass unklar bleibt, um welche Institutionen genau es geht. Insgesamt könnte man sie als einen kritischen Kommentar gegen Machtstrukturen auffassen, mit einem stummen feministischen Schrei im Hintergrund. Grey darauf zu reduzieren, wäre jedoch zu einfach. Denn die Büros sind austauschbar, es gibt sie überall, und sie verwalten den Anstoß zu fast allem in unserem Dasein. Das heißt, wenn die Büros leer bleiben, endet die Welt. Ergänzend dazu werden die Werke auch zu einer freundlichen Huldigung des Büros als eines Ortes der Geborgenheit, der Identitätsfindung in Zusammenhang mit dem, was in den Räumen passiert, hier jedoch seinen Fluchtwegen und seiner Aussicht beraubt, seiner *Exit-Strategie.* Wie eine Gebärmutter, mit dem Arbeiter oder dem Büroangestellten als hilflosem Embryo.

Mischa Greys Produktion reiht sich in die Tradition des Fotorealismus ein und weckt Assoziationen zu Ralph Goings, Chuck Close und nicht zuletzt Robert Bechtle, vor allem Letztgenanntem scheint sie nahezustehen, besonders im Hinblick auf ihr Interesse für den Alltag. Doch obwohl Greys Bilder Bechtle und seine Kollegen bei weitem übertreffen, was den Grad ihrer Präzision angeht – was möglicherweise dazu beigetragen hat, dass der Fotorealismus heutzutage immer häufiger als Hyperrealismus bezeichnet wird –, fügt sie ihren Bildern bewusst kleine Unsauberkeiten hinzu, die Reste einer anderen Farbnuance auf dem Pinsel oder Schmutz und Staub, als wolle sie betonen, dass es eben doch nur ein Gemälde ist, das wir betrachten, oder hervorheben, dass ihr Anliegen gerade nicht in der größtmöglichen Authentizität oder Präzision besteht.

Die einzige Installation in der Ausstellung, die mitten im Raum steht, ist ein ziemlich abgewetzter Stuhl aus Holz, eine Kopie des Modells 3107 des dänischen Designers Arne Jacobsen. Es ist ein nahezu perfekt designtes, importiertes Arbeitswerkzeug. Ein Stuhl, geschaffen für ebenjene lange Büroarbeit, dem man jedoch seine Funktion entzogen hat und seinen Sinn, aus dem einfachen Grund, dass niemand darauf sitzt.»

In den anderthalb Monaten, in denen sie gezeigt wurde, war die Ausstellung gut besucht, weit besser als Mischas frühere. Sie gab allerdings auch viel mehr Interviews als früher, in Zeitungen, im Radio und im Fernsehen, und die meisten Journalisten heizten die ethische Diskussion an, die um die drei symbolträchtigen Bilder entstanden war. Doch sie ließ sich nicht darauf ein, die Versuche, sie aus dem Konzept zu bringen, indem man ihr mit polemischen Fragen die Pistole auf die Brust setzen wollte oder kritische Stimmen auf den Plan rief, um mit ihr zu debattieren, liefen immer gleich ab: Eine ziemlich aufgebrachte Person warf ihr vor, ethische Grenzen zu überschreiten und *unamerikanisch* zu sein (hier konnten sie sich immer Mischas kanadische Staatsbürgerschaft zunutze machen und ihr vorwerfen, sie würde die amerikanische Sicht der Dinge nicht verstehen), wogegen sie auch nicht protestierte, sie stimmte den Vorwürfen sogar teilweise zu und beteuerte, sie würde so etwas nicht noch einmal machen (ohne zu erwähnen, dass der einzige Grund dafür, es nicht noch einmal zu machen, der war, dass sie es bereits getan hatte und eine reine Wiederholung niemanden interessieren würde). Wenn der Opponent oder Journalist daraufhin mit dem Finger auf sie zeigte und fragte, warum sie die Bilder dann nicht abhängen würde, antwortete sie nur: *Vielleicht hätte ich das getan, wenn ich es gekonnt hätte. Aber sie sind schon verkauft und damit nicht mehr in meinem Besitz, weshalb mir das schlicht nicht mehr möglich ist.* Daraufhin handelte das Interview/die Diskussion dann gern davon, was sie mit den Gemälden verdient hatte, und im Anschluss verlief die bloße Provokation zusehends im Sande, bis die Zeit endlich um war.

Natürlich gab es auch andere Interviews, Gott bewahre; in Kunstzeitschriften und Kulturmagazinen ging es viel häufiger darum, die Ausstellung in einen größeren Kontext und auch im Vergleich zu ihren früheren Arbeiten einzuordnen, oder um gründliche Analysen ihres Werks, und der letzte Zorn jener, die diese drei Bilder als unpatriotisch bezeichneten, verflog spätestens dann, als einem ranghohen FBI-Vertreter versehentlich herausrutschte, dass ihm die Kunstwerke gefielen. «So ist die Realität», sagte er. «Man muss sie nicht mögen, aber wir alle müssen gezwungenermaßen in ihr leben.»

Sie hielt auch Vorträge, in der Stadt und an Universitäten in Kalifornien und im Mittleren Westen, tagsüber vor hochbegabten Kunststudenten und abends für Damen mittleren Alters in flatternden Gewändern, die ihre Gatten mitschleiften, sie saßen mit überschlagenen Beinen und wippenden Füßen da und lauschten ihr geduldig und neugierig, während sie einander die ganze Zeit etwas zumurmelten, *jaa, das stimmt* und *ja, genauso ist es*, aber immer so leise, als wären sie eigentlich ganz selbstvergessen und würden nur mit sich selbst reden.

Und Bruno Bischofberger war zufrieden. Aufgekratzt. Er kam in einer Concorde zurück in die Stadt gedüst und traf Mischa und mich drei Wochen nach der Ausstellungseröffnung in der Nähe des Sherry-Netherland zu einem Abendessen. Bei der Vernissage hatte ich nicht mit ihm sprechen können, es waren zu viele Leute in der Galerie gewesen, aber das störte mich nicht. Auch diesmal mochte ich ihn nicht. Ich konzentrierte mich auf die Foie gras und überlegte, wie er es wohl fände, wenn man ihm wochenlang viermal am Tag zwangsweise Körner in den Hals stopfte. Ich fragte ihn nicht, und auch er stellte mir keine einzige Frage. Abgesehen von der Begrüßung und den üblichen Phrasen erinnere ich mich nur, dass er an diesem Abend auch etwas zu mir gesagt hatte wie *diese Frau da, sie ist ein Diamant*, etwas in diese Richtung, das weder wie eine Frage klang noch wie eine Feststellung, die zu Widerspruch einlud, und so war es wohl auch gedacht, ich sollte so wenig wie möglich sagen und ihn nicht dabei stören, wie er im Hinterkopf schon sein Geld zählte. Die Bilder aus der Ausstellung sollten zunächst in Galerien in Zürich und St. Moritz ausgestellt werden, ehe sie von ihren Käufern in den USA und in Europa übernommen wurden, und auch wenn das für Mischa einen ordentlichen Batzen Geld bedeutete, konnte ich ihr ansehen, wie schwer sie sich damit abfinden konnte, dass ihre Bilder jetzt in alle Winde verstreut würden, an Sammler und Investoren gingen, die sie wohl nicht nur gekauft hatten, weil sie ihnen gefielen, sondern auch, weil Mischas Werke – davon hatte Bruno die Käufer überzeugt – in nur wenigen Jahren so wertvoll wären, dass man sie zum richtigen Zeitpunkt mit einer tausendprozentigen Gewinnspanne verkaufen konnte. Ich glaube nicht, dass sie das gewollt hatte, ich glaube, sie hatte überhaupt nicht mit dem Verkauf gerechnet. Ich glaube, sie hatte gehofft, auch diese Bilder könnten bei ihr bleiben, würden zwischen den Ausstellungen den Platz in ihrem Atelier in SoHo versperren, und sie würde sich abwechselnd über sie ärgern und an ihnen erfreuen, bis der Tag kam, an dem sie von einem Museum gekauft würden, das sie sicher in seinem Magazin verwahren und in regelmäßigen Abständen hervorholen würde, um sie dem Publikum zu zeigen.

Seit der Ausstellung *Heaven is a Laundry Place* 1994 hatte sie eine Reihe von Gruppen- und Einzelausstellungen gehabt, in New York, aber auch in Barcelona, Chicago, Milwaukee, Paris, Toronto, Monterrey, Madrid, Amsterdam, Newport, Boston, Pennsylvania, Rom, Philadelphia, Köln; möglicherweise noch in anderen Städten, ich hatte den Überblick verloren und wusste auch nicht, ob sie ihn selbst noch hatte. Mit Ausnahme der Schauen in Rom *(Mischa Grey Paintings)* und Paris *(Wash up After Yourself: An American From Canada in France)*, die ich wegen Theaterproben nicht besuchen konnte, hatte sie es abgelehnt, ausländische Ausstellungen zu besuchen, und war anfangs auch nicht dazu eingeladen worden. Und diejenigen, die in den USA stattfanden, hatten wir größtenteils gemeinsam angesehen. Ich mochte es, mit ihr zusammen in die Galerie zu kommen und zu beobachten, wie die Leute ihre Bilder studierten, daraufzeigten, gestikulierten und echtes Interesse und Begeisterung an den Tag legten, und das alles, während sie für die Besucher unsichtbar war. Und ich mochte es, fast lieber als alles andere, die übrigen Besucher dabei zu beobachten, wenn sie einsahen, wie gut Mischa war. Erst wenn diese Anfangsminuten vergangen waren und sie erkannt wurde und die Vampire aus allen Ritzen krochen, war der ganze Zauber vorbei.

In den ersten Jahren unserer Beziehung hatte es im Großen und Ganzen nur uns gegeben, oder zumindest die Illusion, dass es nur uns gab. Wir reisten zu Galerien und in die Städte, wo die Ausstellungen stattfanden, und suchten unter den anderen ausgestellten Werken nach ihren Bildern oder warteten darauf, dass der Galerist sich Zeit für sie nahm und sie fragte, wie die Reise gewesen sei, ob sie Hunger habe und solche Sachen. Doch jetzt war es anders: Es gab Essen und Empfänge und zwielichtigen Jubel und informelle Abende und Treffen mit Drinks und Gesprächen, die niemals genau das waren, informell. Ganz im Gegenteil, sie waren nur so aufgeladen mit unsichtbaren Regeln und schwelenden Verpflichtungen, dem Austesten von Grenzen, dem Ausforschen, wie weit der andere zu gehen bereit war, und mit endlosen Diskussionen der Künstler, was man gerade machte und wie man es schaffen würde; davon war immer die Rede, es zu schaffen, nicht im Sinne eines Durchbruchs, der an ein Publikum oder potenzielle Käufer gebunden war (jedenfalls hätte man genau das nie offen zugegeben), sondern im Sinne der Kunst *an sich;* man suchte kollektiv nach dem, was viele als *Pollock-Moment* bezeichneten, als ihn so etwas wie eine Offenbarung dazu brachte, die traditionellen Methoden hinter sich zu lassen und zum Action Painting überzugehen, bei dem er die Leinwand auf den Boden legte und die Farbe abwechselnd darübertropfte oder in heftigen, aber kontrollierten Bewegungen daraufschleuderte. Es war immer die Rede davon, dass etwas passieren würde, jetzt, gleich, jeden Moment. Und alle rechneten damit, dass sie im Zentrum stehen würden, wenn es so weit wäre.

4

Das erste Mal verschwand Owen im Juni 2002.

Es war nicht ungewöhnlich, dass er für ein paar Stunden wegblieb, niemand hatte dem anderen gegenüber eine Abmeldepflicht, und oft vergaßen Mischa, Owen oder ich, welche Termine wir an diesem Tag jeweils hatten, oder einer ging spazieren, ohne vorher an unsere Türen zu klopfen – hinter denen wir vielleicht gerade arbeiteten –, um uns Bescheid zu geben, *wo, wann, was* und nicht zuletzt *wie lange.* Merkwürdig war nur der Zeitpunkt, den er für sein Verschwinden wählte, und dass er bei seiner Rückkehr nicht verraten wollte, wo er gewesen war. Wäre es eine einmalige Sache gewesen, hätten wir sicher auch nicht groß darüber nachgedacht. Aber so war es nicht. Anfangs passierte es einmal monatlich, mal am neunzehnten, andere Male am achtzehnten oder zwanzigsten, aber immer um diese Zeit herum, und es verging immer dieselbe Zahl an Stunden, ehe er wiederkam, sich aufs Sofa setzte, den Fernseher einschaltete oder in die Küche ging, um sich etwas zu essen zu holen, als wären nur ein paar Minuten vergangen.

Wann genau er damit begonnen hatte, war schwer zu sagen, vielleicht ging es schon eine Weile so, ohne dass es uns aufgefallen war. Aber mein Eindruck ist, dass es begann, als auch wir davon Kenntnis nahmen.

Er verschwand während des Abschiedsfestes, das wir zu Ehren von Antichrist im Innenhof des Apthorp feierten, eine überraschend nette Veranstaltung, denn das bisschen Gemeinschaftsgefühl, das bei unserem Einzug noch hier geherrscht hatte, war zunehmend verflogen, seitdem immer häufiger die Mieter wechselten und manche Wohnungen auch leer standen. Wir bemerkten erst nach einer halben Stunde, dass Owen weg war.

Antichrist hatte schon zwei Tage zuvor seinen letzten Arbeitstag gehabt und war von einem kleinen Komitee zurückgelockt worden, das sich eigens gegründet hatte, um seine Renteneintrittsfeier auf die Beine zu stellen. Bei dem Fest, das gegen halb sechs mit Reden vom mehrköpfigen Hauseigentümer, von Owen und ein paar anderen Bewohnern des C-Traktes begann, sahen wir auch Antichrists Familie zum ersten und letzten Mal. Es war ein seltsamer Anblick, als hätten wir nie ganz an ihre Existenz geglaubt und wären nun plötzlich dazu gezwungen, sie als lebende Wesen zu betrachen. Da war seine Frau, die einen Waschsalon betrieb und uns so oft durch Antichrist hatte grüßen lassen; da waren seine drei Kinder, die längst keine Kinder mehr waren, sondern Erwachsene, zwei Frauen und ein Mann, die Sommerkleider und Anzug trugen, nicht ansatzweise die farbenfrohen Gewänder aus Rajasthan, die wir vor Augen gehabt hatten. Es war beinahe enttäuschend. Den seltsamsten Anblick aber bot Antichrist selbst, in Zivil. Er trug eine helle Cordsamthose, blankpolierte Schuhe und ein Hemd mit einer braunen Weste darüber, und in diesem Aufzug wirkte er fünfzehn Jahre älter als in seiner fleckenfreien Uniform. Ohne die Dienstmütze sah man auch, wie grau seine Haare waren und wie wenige er nur noch auf dem Kopf hatte. Ich erkannte ihn kaum wieder, als ich herunterkam, um ihn zu begrüßen, und hatte fast das Gefühl, er selbst sich auch nicht. Einunddreißig Jahre hatte er hier gestanden und den Eingang bewacht, war im Winter immer wieder aus seinem Verschlag gekommen, um den Überblick zu behalten, wer kam und ging, hatte uns einen guten Morgen und guten Abend gewünscht und in den Wohnungen angerufen, um sich zu vergewissern, wenn jemand unten stand und behauptete, er sei mit einem der Bewohner verabredet. Ohne seine Uniform und seine festen Abläufe schien er nicht recht zu wissen, wohin mit sich, er streifte lange rastlos hin und her und bewunderte die schöne Dekoration, mit der wir am Vorabend den Innenhof geschmückt hatten, und die Champagnerflaschen, die auf einem Tisch neben dem Springbrunnen aufgereiht waren, neben so vielen Gläsern, dass Antichrist stehen blieb und sie mehrmals zählen musste, während er zu sich selbst *Du meine Güte* sagte und so klang, als wäre er beeindruckt, aber auch ein bisschen erschrocken angesichts des Aufwands, den man seinetwegen betrieb.

Aber das war nicht alles. Als die Reden vorbei waren und die Gläser gefüllt und er herumschlendern und mit denen sprechen konnte, die er seit Jahrzehnten oder erst seit ein paar Monaten kannte, hatte er plötzlich eine neue Ausstrahlung. Er wirkte … erlöst. Wenn ich das so sagen darf. Erlöst von seinem Posten, den Kopf noch stolzer erhoben, als wagte er endlich zu glauben, dass es vorbei war, dass er seine Arbeit nach bestem Wissen und Gewissen erledigt hatte, dass er standgehalten hatte, zahllose Sommer und Winter, in Hitze wie Kälte, ohne von der Stelle zu weichen. Und jetzt, endlich, wurde er verabschiedet. Er hatte das Ende des Flusses erreicht.

Und was nun?

Darüber sagte er nichts. Seit mehr als drei Jahrzehnten arbeitete er hier, und trotzdem kannte ich niemanden, der mit Sicherheit sagen konnte, in welchem Bezirk er wohnte, und noch viel weniger, wofür er sich interessierte und was er sich für seinen Lebensabend erträumte. Er sprach fast nie von sich. Aber wir wünschten ihm trotzdem viel Glück für die Zukunft, ob er nun tatsächlich die Wüste durchquerte und bis nach Karachi lief oder einfach nur mit der Subway nach Hause fuhr und unterwegs noch etwas einkaufte.

Die Konsequenz war trotzdem die gleiche: noch einer, der ging.

Ich blieb stehen und dachte daran, wie es ohne ihn sein würde, mit wem wir jetzt einen Schwatz halten sollten, wenn wir kamen und gingen, ob je eine Zeit kommen würde, in der ich dem neuen Pförtner Anfang vierzig, der nur wenige Stunden nach Antichrists letzter Schicht übergangslos seinen Posten übernommen hatte (und soweit ich weiß, auch seine Uniform), mehr als nur zunicken würde, oder ob wir immer anonym füreinander blieben, nie die unsichtbare Grenze übertreten würden, hinter der es denkbar wurde, sich für einige Momente auf die Bank zu setzen und über den Tag zu berichten, wen wir in der Stadt beobachtet oder was wir in der Zeitung gelesen hatten.

Irgendwann ging Antichrist langsam zu dem Mikrophon, das wir aufgebaut hatten, zögernd, als wäre er nicht ganz überzeugt, dass er tatsächlich etwas sagen sollte. Er klopfte skeptisch einige Male dagegen, lächelte uns an und blickte sich ein wenig unsicher um. Und in diesem Moment verstand ich endlich, dass er diesen Tag ganz und gar nicht herbeigesehnt hatte und dass das, was mir wie eine gelöste Körperhaltung erschienen war, in Wirklichkeit nur ein Ausdruck von Resignation und tiefer Furcht war. Er hatte keine Ahnung, was er jetzt machen sollte, nach dem hier; ich glaube, es jagte ihm eine Heidenangst ein, und dies war der Augenblick, in dem ihm auf brutale Weise klarwurde, dass die Endstation erreicht war. Hier und jetzt. Sosehr es ihm auch gefallen hätte, weiterhin hier zu sein, unter uns, mit uns zusammen, an seinem festen Platz – es war vorbei, und es gab kein Zurück.

Er sah uns an.

«Danke», sagte er. «Das ist eigentlich das Einzige, was ich sagen will. Ich möchte Ihnen danken. Jedem Einzelnen von Ihnen, und ich meine es wirklich ernst.»

Mischa weinte. Ich tat, als würde ich es nicht merken.

«Dreißig Jahre», fuhr er mit einem schiefen Grinsen fort, «sind so schnell vorbei, Sie ahnen es nicht. Du legst dich abends hin, stehst am nächsten Morgen auf und legst dich abends wieder hin. Und irgendwann wachst du auf und siehst in den Spiegel und verstehst, dass dein halbes Leben vergangen ist. Es ist merkwürdig … eine merkwürdige Sache …» Er starrte auf das Mikrophon. «In meinem nächsten Leben werde ich aufmerksamer sein.»

Nach diesen Worten verbeugte er sich feierlich und lange, ehe er sich vom Mikrophon abwandte und wieder zu seiner Frau und den Kindern gesellte, bis das Fest dem Ende zuging und wir uns auf den Bürgersteig in der West End Avenue stellten, um uns von ihm zu verabschieden, jeder Einzelne von uns. Ich drehte mich um, weil ich etwas zu Onkel Owen sagen wollte, doch er war verschwunden.

Im Herbst und bis in den Winter 2003 hinein ging es mit seinen Absenzen weiter. An den entsprechenden Tagen sah Owen auf die Uhr und hörte um Punkt 18 Uhr mit dem auf, was er gerade tat, als wäre es das Natürlichste auf der Welt. Er zog seine Jacke an, und wir hörten sein Schlüsselbund klirren, wenn er es aus der Schale unter dem Spiegel nahm und dann, ohne ein einziges Abschiedswort, die Wohnung verließ, nur um ein paar Stunden später genauso punktgenau wieder zurückzukehren. Wir fragten ihn natürlich mehrmals, wo er gewesen war und was er gemacht hatte, aber er zuckte nur mit den Schultern und sagte, er hätte mal ein Weilchen rausgemusst. *Ab und zu muss man seinen Kopf lüften.* Mischa war überzeugt, dass er eine Frau kennengelernt hatte und sich immer dann mit ihr traf, wenn sie in der Stadt war, unten im Waldorf-Astoria, eine Frau mit einem vollen Terminkalender und einer Vorliebe für feste Abläufe. Wir zogen ihn oft damit auf, weil wir hofften, er würde unsere Vermutung bestätigen oder abstreiten, aber nichts. Der Gedanke schien ihn allerdings köstlich zu amüsieren, und er dementierte auch nicht, sondern befeuerte unsere Phantasie sogar noch, indem er wie zufällig einen Lippenstift (den er anscheinend nur wenige Minuten zuvor eigens dafür gekauft hatte, später fanden wir den Kassenzettel) aus seiner Hosentasche fallen ließ, als er sich nach seiner Rückkehr zu uns aufs Sofa setzte und, von uns darauf hingewiesen, den Erschrockenen mimte und alles abstritt. Manchmal ging er sogar noch weiter und antwortete auf Mischas Frage, was diese geheimnisvolle Frau denn beruflich machen würde: «Sie ist in der Logistikbranche.» Spätestens da wussten wir, dass unsere Vermutung falsch war. Vielleicht hatte er ja auch mit dem Bowlen angefangen, einem «Sport», für den er früher nur Verachtung übrig gehabt hatte (stets begründet mit dem Satz: *Jede Aktivität, die voraussetzt, dass du die Schuhe eines anderen Menschen anziehst, ist nichts als Travestie).* Oder mit dem Tanzen; wir stellten uns vor, wie er gemächlich mit anderen Paaren und Singles Ende fünfzig, Anfang sechzig Walzer tanzte, wie sie einander wortlos über irgendeinen gebohnerten Turnhallenboden in einem anderen Teil der Stadt schleiften, halbwegs graziös, während sie auf die Musik aus der Stereoanlage neben den Sprossenwänden und das energische Klatschen des Tanzlehrers horchten. Es gab auch andere Theorien: Eine beruhte darauf, dass er einen Jazzclub gefunden hatte, wo er Konzerte von Musikern hören konnte, die sich noch nicht vom Zeitgeist hatten mitreißen lassen, sondern immer noch so spielten wie früher und Owen damit in seine Anfangsjahre in den USA zurückversetzten. Er konnte eine eigene Band haben, mit der er regelmäßig probte oder auftrat, und uns nichts davon sagen, weil er Angst hatte, er würde nicht weiterspielen können, wenn wir kämen, um ihn zu sehen, oder allein schon beim Gedanken daran, dass wir wussten, wo er war. Wir stellten uns auch vor, dass er tatsächlich durch die Straßen streifte, eine Möglichkeit, die genauso plausibel schien wie jede andere –, dass er die Wahrheit sagte. Dass er nichts anderes tat, als durch die Straßen der Upper West Side zu spazieren oder durch den Park, und ein paar Stunden für sich brauchte, ohne unsere Gesellschaft. Was auch immer hinter seinen Ausflügen steckte, sie schienen Owen gutzutun, auch nach Antichrists Rentenantritt, und das war für uns am Ende auch der Grund, dass wir nicht weiter nachbohrten. Er arbeitete so viel wie schon lange nicht mehr, bis spät in den Abend hinein; wir konnten hören, wie er vor sich hin pfiff, während er im Wohnzimmer auf und ab ging, einen Akkord oder auch nur eine einzelne Taste anschlug, nachdachte und etwas auf dem großen Arbeitsbogen notierte, der auf seinem Schreibtisch ausgebreitet lag. Seine Einspielungen für KPM und andere, die Musik bei ihm geordert hatten, setzte er unverdrossen fort, zu festen, niedrigen Preisen, und war anscheinend glücklich darüber, dass er auch weiterhin Stücke komponieren durfte, die nur wenige Menschen hören würden und die wenigsten in dem Wissen, dass er und niemand anderes sie geschaffen hatte. Das Einzige, was er konsequent ablehnte, war Karaokemusik. Ich kann mich nicht mehr erinnern, wer als Erstes mit einem solchen Ansinnen an ihn herantrat, aber seine Wut, die den ganzen Tag über nicht mehr verrauchte, werde ich nie vergessen. Sie versuchten, ihn mit einer ganzen Reihe von Synthesizern und Computern zu locken, die er zusätzlich benutzen dürfe, um damit Aufnahmen und einfache Compilations zu machen, aber er wollte nichts davon hören. Sie erzählten ihm von guten Verdienstmöglichkeiten, einem rapide wachsenden Markt, sie boten ihm Lizenzvereinbarungen für den japanischen Markt. *Selbst ich habe meine Grenzen*, blaffte er ins Telefon. *Ich bin vielleicht nicht der*

Beste, aber die Musik ist mir noch wichtig. Und diese … Sachen …, das ist Bumsmusik vom Band, nichts anderes.

Irgendwann hörten diese Anfragen auf.

Dasselbe galt für seine Wahlmöglichkeiten. Nach der Jahrtausendwende verging immer mehr Zeit, bis KPM ihn das nächste Mal kontaktierte, er war gezwungen, sparsamer zu leben und Aufträge anzunehmen, die er früher abgelehnt hatte, und er hatte häufiger mit unabhängigen Filmschaffenden ohne Budget und mit selbstgebastelten Verträgen und Produktionsfirmen zu tun, die etwas Schnelles brauchten, einfach und fesselnd (etwas, das *knallt*, betonten sie, es musste immer etwas sein, das *knallt*), das sie nicht in den *Music Libraries* fanden, zu denen sie Zugang hatten. Meistens brauchten sie das Material bis vorgestern. Also arbeitete er, tat, worum er gebeten wurde, Fließbandmusik, Radiojingles, Erkennungsmelodien und Musik für Spieleshows, die er sich nicht ansah. Seine Stimmung schien das jedoch nicht zu beeinflussen, es war eher so, dass er, sowie die unangenehme Auftragsarbeit von seinem Schreibtisch verschwunden war, noch disziplinierter an seinen eigenen Sachen arbeitete. Die meisten Kompositionen erblickten nie das Licht der Öffentlichkeit, sondern blieben lediglich Noten in seinem Archiv, und er konnte sich nie überwinden, uns etwas vorzuspielen, trotz wiederholter Versuche, bei denen wir mit dem Rücken zu ihm saßen, mucksmäuschenstill, ohne einen einzigen Muskel zu bewegen, um ihn nicht zu stören oder aus dem Konzept zu bringen. Es half auch nichts, dass wir uns in den Säulengang begaben, wo er uns nicht sehen konnte; es ging einfach nicht. Er schlug ein paar Töne an, hielt inne, lauschte nach uns, wusste, dass wir da waren, und damit war es vorbei. Es wurde still. Wir hörten, wie er von seinem Hocker aufstand und zu uns rauskam. *Es tut mir leid*, sagte er. *Ich kann nicht mehr für Publikum spielen. Es tut mir leid.*

Aber manchmal, an guten Tagen, wenn er besonders zufrieden war, lieh er sich Mischas alten Kassettenrekorder und nahm sich selbst auf, um uns die Musik abends im Wohnzimmer vorzuspielen und uns zu erklären, was wir hörten und was er sich dabei gedacht hatte. Und wenn ich mich heute an seine Musik erinnere, dann so; nicht von den LPs kommend, die er hinterließ, sondern von seinen rauschenden, dumpfen und ausgeleierten Kassetten, die wir irgendwann auf CDs überspielten und später in digitale Dateien umwandelten, die ich mir ab und zu im Hotelzimmer anhöre. Sie klingen wie Regen. Aus der Perspektive eines Fischs.

Wenn ich an den Wirbel denke, den *LAX* verursachte, scheint es unglaublich, unter welch leisen, ruhigen Umständen das Stück entstand. Jedenfalls habe ich ein eindeutiges Gefühl, dass wir uns 2003 die längste Zeit über langsamer bewegten als sonst, irgendwie zäher, wie unter Wasser oder nur mit reduzierter Geschwindigkeit vorankommend, gebremst von einer unbekannten Kraft, die außerhalb unserer Kontrolle lag. Und wir gingen in den Park, daran erinnere ich mich besser als an alles andere, dass wir in den Park gingen, Mischa und ich, fast jeden Tag, das ganze Jahr hindurch. Ich erinnere mich an uns in unseren dicken Winterjacken und in unseren gefütterten Sorel-Stiefeln, die unsere Füße warm hielten, wenn wir im Neuschnee durch den Park zum See und der Bethesda-Fontäne stapften oder über die Sheep Meadow und die Softballfelder auf der 63rd Street auf dem Weg zum West Side YMCA, wo wir unseren Kaffee so langsam tranken, wie wir nur konnten, und eigentlich nicht viel redeten, sondern nur spürten, wie wir allmählich auftauten und wieder Farbe im Gesicht bekamen, und den Duft aus den Tassen aufsogen und wussten, dass es erst Vormittag war und wir alle Zeit der Welt hatten und nichts erledigen mussten. Ich erinnere mich auch an uns im Frühjahr, im selben Park, aber auf anderen Wegen, anderen Straßen, wir hatten die Idee, jede einzelne Strecke dort abzulaufen, von der 59th bis zur 110th Street, und im Frühjahr umarmten wir uns bei mildem Wetter, unter Bäumen, die ungeduldig zitternd darauf warteten, endlich mit dem Sommer anzufangen, und die Tage wurden heller und länger, und alles wurde leichter; manchmal verließ auch Owen seine Höhle und begleitete uns, dann schlenderten wir um das JKO Reservoir und bewunderten die Stadt, sie sah so großartig aus im Aprillicht, am

Nachmittag, und das Wasser im Reservoir wirkte sauberer, und die Hochhäuser in der Ferne machten uns demütig und sanft, denn in dem Moment war es eine schöne Stadt. In diesem Frühjahr waren wir glücklich, in New York zu wohnen. Es ist beinahe unbegreiflich, wie wir dort in den Alleen flanieren konnten, als wäre die Welt so, wie sie sein sollte, während in Afghanistan der Krieg tobte und die Invasion im Irak erst wenige Wochen her war. Wir waren dagegen gewesen und hatten sämtliche Onlinepetitionen unterschrieben, die wir finden konnten, hatten gegen die idiotische Regierung protestiert. Doch wir hatten nicht daran geglaubt, dass sie ernst machen würden. Wir hätten es besser wissen müssen. Viel besser. Wussten wir aber nicht. Wir warteten auf den Sommer, wir hatten Zeit und kaum Sorgen. Owen war der Einzige von uns, der arbeitete, Mischa hatte nach der Ausstellung im Frühjahr noch keine neuen Projekte begonnen und war fest entschlossen, nichts zu erzwingen, bevor sie wusste, was sie eigentlich wollte. Sie war sich nur sicher, ganz sicher, dass der Hyperrealismus, auf den sie sich über zehn Jahre lang konzentriert hatte, für sie vorbei war, tot und begraben, und ein neues Ausdrucksmittel auftauchen oder ausgegraben werden musste, ehe sie weitermachte.

Dessen war sie sich sicher und dass Bruno Bischofberger nicht mehr mit im Boot sein sollte.

Ich wiederum saß so still im Boot, wie ich konnte. Seit *Ocean* waren anderthalb Jahre vergangen, und ich hatte keine Pläne, nichts, was mich lockte oder mich aufhorchen ließ. Ich lebte von Mischas Einnahmen aus der *Office*-Serie, wir hatten eine stillschweigende Übereinkunft, und ich hatte nichts dagegen, die Almosen anzunehmen, die sie mir wöchentlich überwies, damit sie nicht jedes Mal bezahlen musste, wenn wir zusammen unterwegs waren, oder ständig um einen Dollar für dies oder jenes angeschnorrt wurde.

Wir gingen in den Park; Wege, die wir noch nicht gegangen waren, und dieselben Wege noch einmal, den ganzen Sommer hindurch, wir tranken Kaffee oder ein Glas Wein in der Met oder im Guggenheim und sahen im Juli Shakespeare im Park, umgeben von Touristen, sodass ich am Ende mehr den norwegischen Stimmen im Publikum lauschte als den armen Schauspielern, die sich durch eines von Shakespeares schwächeren Stücken kämpfen mussten, und wenn ich gerade keine Andeutungen von etwas Skandinavischem zwischen den vereinzelten Hustern und Schniefern der Weitgereisten heraushören konnte, die sich im Clinch mit der Hotelklimaanlage den klassischen Touristenschnupfen zugezogen hatten, wanderten meine Gedanken zu Mordecai und seiner Vorstellung hier, vor langer Zeit, mit kataklysmischer Diarrhö und göttlicher Inspiration. Ich konnte mich nicht erinnern, wann ich das letzte Mal mit ihm gesprochen hatte, seit er umgezogen war, verging immer mehr Zeit zwischen unseren Telefonaten. Meistens rief ich ihn an und war immer besorgt, dass es ihm gerade nicht passte. Ich glaubte, seiner Stimme anhören zu können, dass er beschäftigt war, ich bildete mir ein, er wollte genau in diesem Moment das Haus verlassen oder wäre gerade nach einem langen Tag am Set zurückgekehrt, und Zeit wäre Geld, und das Geld strömte und strömte und strömte zwischen New York und Kalifornien, und deshalb dauerten unsere Gespräche nie lange, sondern erinnerten eher an mündliche Stenographie, um möglichst viele Themen durchzuhecheln, und anschließend wusste ich nicht mehr genau, was wir eigentlich besprochen hatten und ob er das Gespräch mit einem *Mach's gut* oder eher mit einem *Wir hören uns bald wieder* beendet hatte. So wurde der Gedanke, nach Kalifornien zu fahren und ihn zu besuchen, noch abwegiger.

Mischa hatte zuerst von ihm gehört.

«Kennst du Roberto Gorza?», fragte sie mich an einem Abend im August, an dem wir ihren dreißigsten Geburtstag feierten und mit einigen ihrer Freunde unterwegs waren, darunter auch ein Künstler namens Matthew, der seine Karriere angeblich artistisch begann, mit einer Reihe von Projekten, die fast schon Performances waren, bei denen er sich an elastischen Schnüren festgebunden hatte und auf die Leinwand zugesprungen war, um seine Zeichnung um ein paar weitere Striche zu ergänzen, ehe ihn die Schnüre jäh wieder dorthin zurückschnellen ließen, wo er hergekommen war. Das Ganze sollte wohl von Widerständen in der Kunst und Körperlichkeit handeln, im Kern ging es darum, Hindernisse zu überwinden. Für ein anderes Projekt hatte er (im ersten Teil) Fußballschuhe, Handschuhe und eine Badekappe (und nicht viel mehr) angezogen und war an Schnüren hängend über einen mit Vaseline eingeschmierten Tisch geschlittert, um (im zweiten Teil) in ein Brautkleid zu schlüpfen und verschiedene Gewichte zu stemmen. Mischa hatte mir ein paar migräneerregende, überladene Kunstfilme aus einem Zyklus gezeigt, den er kürzlich beendet hatte, aber ich war nicht gerade angetan gewesen und stattdessen lieber in die Küche gegangen, um Kaffee zu machen. Außerdem war noch Wade da. Ein zutiefst sympathischer Typ. *Der Maler, der nicht malte.* Wades Werkzeuge waren ein Epson Stylus Pro 9600 Ultrachrome Inkjet Großformatdrucker und Microsoft Word. Und die Schrift. Die billige, alltägliche Blair ITC-Schrift, in der er seine schwarzen Xe und Us druckte, oder die schwarzen, dicken Streifen, seine Rechtecke, die er genau wie die Buchstaben ewig wiederholte, stets aufgeschlossen gegenüber den Zufällen und Möglichkeiten, die plötzlich entstanden, wenn er den Drucker aufs Gröbste misshandelte und ihn zwang, die zwei Meter langen Leinwände zu schlucken; er breitete sie der Länge nach aus und stopfte sie in den Epson hinein, der den Stoff wiederum so gut es ging fraß und mit unterschiedlichem Erfolg wieder ausspuckte, stumm ob seines eigenen Leids, dem verschmierten Druckkopf und dem Staub und dem Schmutz und den Rissen, die in seinem System und auf den Einzugswalzen entstanden, wenn der Künstler seine Werke am anderen Ende wieder herauszerrte und sie, noch immer nass von der Tinte, über den Boden schleifte und die Maschine zur Wiederholung dessen zwang, die Schwarzabstufungen halbwegs korrekt wiederzugeben, so wie es ihr die Binärcodes der Software vorgaben. So entstanden schiefe, unebene Flächen; unvergleichliche Werke, die deutlich zeigten, wo das Material hängen geblieben war, an Buchstaben und Rechtecken und Resten derselben, die unerwartet auf der nächsten Leinwand wieder auftauchten, Werke eines Druckers, der pflichtschuldig seinen Dienst tat, Bilder, die in ihrem eklektischen und zufälligen Charakter einzigartig waren. Dem Maschinellen und dem Zupacken des Künstlers. Es ging um Zufälle und Wiederholungen, um etwas Simples und potenziell Brillantes; die Maschine, die er mit dem Material fütterte, war das ausführende Element, wohingegen er selbst beinahe zu seinem eigenen Assistenten geworden war oder zu einem Handlanger der Prozesse, die er gestaltete. Seine Werke aber führten sich wie Gemälde auf und machten ihn so zum Maler. Zu seiner eigenen Überraschung. Für weitere Informationen zu Wade und der späteren Zusammenarbeit zwischen ihm und Mischa empfehle ich den Katalog zur Ausstellung *Collaborations – Mischa Grey & Wade Guyton*, IWV Press, 2009.

Dennoch war es Gabe, den ich am Ende besser kennenlernte. Er war sechs Jahre älter als ich, kam aus Mesa, Arizona, und hatte dasselbe College besucht wie Ulrikke. Mischa kannte ihn noch aus der Zeit, als sie in einem Plattenladen im East Village gearbeitet hatte, und wenn man ihr glaubte, ging das Gerücht, er stünde als Einziger von ihnen tatsächlich kurz vor seinem *Pollock-Moment.* Außerdem, so muss ergänzt werden, war er der Einzige von Mischas Kollegen, der zwar überwiegend auf Leinwand arbeitete, der Malerei aber gänzlich abgeneigt war. Dasselbe galt für die langen Tage im Atelier. Und die allermeisten Ausstellungsräume. Das Einzige, worauf er – ohne jede Koketterie oder den heimlichen Wunsch, man würde ihm daraufhin sagen, wie begabt er wäre – hoffte, war, einen Weg zu finden, um mit dem Malen aufzuhören. Er träumte von stummen Bildern, die einfach nur die Klappe hielten, die nichts ausdrückten, die nicht analysiert oder dekonstruiert oder zu Geld gemacht werden konnten. Anstatt mit großem Tamtam vom Whitney oder MoMA oder einem der anderen Giganten gefeiert werden zu wollen, hoffte er darauf, eines Tages ein Werk zustande zu bringen, von dem er einen Schritt zurücktreten, es eine Weile betrachten und nichts empfinden und glücklich feststellen konnte, dass er sein Ziel erreicht hatte: *Genau so. Nicht mehr.* Paradoxerweise malte er auf dem Weg dorthin mehr als die allermeisten und bekam mehr als nur ein Quäntchen Aufmerksamkeit, was es ihm ermöglichte, seine Bilder zu verkaufen, und ihm die notwendigen Mittel einbrachte, um sein Streben nach dem Nullpunkt fortzusetzen, an dem seine Arbeit aufhören konnte, was den Druck von Galeristen und Käufern aufrechterhielt und es notwendig machte, noch mehr Bilder zu erschaffen, um das Ganze am Laufen zu halten usw. Nichts zu machen. Gabe (das sagte Mischa jedenfalls) arbeitete im Schatten von Rothkos Kapellenbildern und Andreas Reinhardts schwarzen Gemälden aus den Fünfzigern und Sechzigern, und während Rothko ursprünglich sein Interesse für die Malerei geweckt hatte, war es Reinhardt, dem er die Schuld daran gab, nicht mehr davon lassen zu können. In Reinhardts letzten Jahren – vor dem, was Gabe als einen vermutlich willkommenen, herbeigesehnten Herzinfarkt bezeichnete – malte er Bilder, die auf den ersten Blick monochrom, glatt und vollkommen matt wirkten, ohne jeden Hinweis darauf, dass ein Pinsel im Spiel gewesen war. Die Zielsetzung des Künstlers (die Gabe unfreiwillig und unglücklich übernommen hatte) bestand darin, Werke zu erschaffen, die einen *reinen, abstrakten, nicht gegenständlichen, zeitlosen, entgrenzten, unabänderlichen, uninteressanten Zustand erreichten – ein selbstbewusstes Objekt (ohne Unterbewusstsein), ideell, transzendent, offen für nichts anderes als Kunst.* Doch während Rothko dünne, fein austarierte Farbschichten aufgetragen hatte und Reinhardts schwarze Bilder entstanden waren, indem er seiner schwarzen Ölfarbe kleine Mengen von Rot, Grün und Blau beimischte, blieb Gabe exklusiv und konsequent beim Schwarz. Ein so schwarzes Schwarz wie möglich (er verfügte über Quellen, die sonst niemand hatte, Freunde mit einem Labor im Wald, die ihn mit Aeroglaze Z306 versorgten). Er sagte: *Alles andere ist Zeitverschwendung.* Zwar hatte es wohl auch eine Zeit gegeben, in der er mit extrem dunklen Brauntönen herumexperimentiert hatte und mit komplexen Labyrinthstrukturen, die in den Farbschichten verborgen lagen, aber von keinem dieser Bilder wusste er mehr, wo es war; er hatte sie alle auf der letzten Ausstellung verschenkt, die stattgefunden hatte, ehe er beschloss, nur noch schwarz zu malen. Sein Atelier lag um die Ecke von Mischas, aber im Unterschied zu ihrer relativ warmen Umgebung glich Gabes Studio einem Operationssaal. Es gab keine Möbel darin (mit Ausnahme eines *überirdisch bequemen* Stuhls) und auch nichts Überflüssiges, die einzige Beleuchtung stellten drei große Lampen dar, die ein unerträglich grelles und weißes Licht auf die Leinwände warfen, um die Gemälde, wenn ich es richtig verstanden hatte, einer so großen Lichteinstrahlung auszusetzen, dass das unvermeidbare Verblassen der Pigmente beschleunigt wurde und man mithin nicht der Illusion erlag, es wäre ausreichend schwarz. Schon ein zarter Grauschimmer konnte ihm den Tag verderben. Um unter so unwirtlichen Bedingungen arbeiten zu können und Verletzungen der Netzhaut oder Schneeblindheit zu vermeiden, war er gezwungen, eine spezielle Sonnenbrille zu tragen, die nicht gerade billig gewesen war. Als wäre das nicht schon genug, erforderten die Werke eine umfassende Vorbehandlung mit diversen Grundierungen, Sprayfarbe, vielen Schichten von schwarzen Farbpigmenten und literweise Terpentin, um den Trocknungsprozess zu beschleunigen, bevor die nächste Schicht aufgetragen werden konnte, unterbrochen von Albedotechniken und einer gründlichen Inspektion mit der Lupe, um eventuelle Punkte aufzuspüren, an denen der Sättigungsgrad der Farbe so sehr vom Hauptton abwich, dass es für das bloße (und, für einen kurzen Moment, entblößte) Auge erkennbar war. Im Durchschnitt erzeugte Gabe knapp fünfundvierzig Farbschichten, seine Obergrenze lag bei zweiundneunzig, eine Zahl, die er vorläufig erst einmal erreicht hatte, und zwar bei dem Werk *04152002012222003* (200 × 120 cm), das wie sämtliche seiner Werke nach dem Datum benannt war, an dem er die Arbeit daran begonnen bzw. abgeschlossen hatte. Auch *04152002012222003* war nicht annähernd schwarz genug. Nichtsdestotrotz war es, gemeinsam mit *0210200105052001* und dem um ein Vielfaches größeren *0214200106072001* (350 × 400 cm), sein teuerstes Werk.

Man merkte ihm nicht an, dass er kurz vor einem solchen Durchbruch stand, denn er wirkte überaus entspannt und freundlich, das Gegenteil von gestresst; ich weiß noch, wie viel er an diesem Abend lachte und wie wenig er (im Gegensatz zu Matthew) von sich selbst sprach. Am meisten schien ihn zu interessieren, was wir anderen machten, er hatte eine *Ocean*-Vorstellung gesehen und redete eine Stunde lang von nichts anderem, als er erfuhr, dass ich dafür verantwortlich war. Ehrlich interessiert, stellte er Nachfragen über die Monotonie, mit der wir uns in dieser Inszenierung beschäftigt hatten, und über die überraschenden Schlussfolgerungen, die bei jeder einzelnen Vorstellung möglich gewesen waren; er wollte wissen, was ich mir gedacht und erhofft hatte und wie wir damit umgegangen waren, nie voraussehen zu können, wie das Stück ausgehen würde. Gabe war ein gutaussehender Typ, breitschultrig und durchtrainiert, an der Grenze zum regelmäßigen Gewichtheben, mit halblangem Haar, schwarzer Hose und schwarzem Pullover (eine Berufskrankheit, entschuldigte er sich); mit einer warmherzigen und zugleich bestimmten Ausstrahlung, die es ihm sicher ermöglichte, hinauszugehen, sich mitten auf die Straße zu stellen und das erstbeste Taxi anzuhalten. Und die Fahrgäste, die bereits darin saßen, würden nicht nur bereitwillig aussteigen und ihm den Platz überlassen, sondern ihm auch noch respekt- und verständnisvoll zunicken und einander erzählen, dass *dieser Mann sicher überall gefragt war.* Er hatte, in Ermangelung einer besseren Beschreibung, etwas von einem großen Bruder. Als ich ihm gegenübersaß und von meiner Arbeit erzählte und mich dabei anstrengte, etwas halbwegs Sinnvolles zu sagen, kam mir der Gedanke, dass Gabe vielleicht, möglicherweise oder sogar ziemlich wahrscheinlich eine Mordecai-Version fürs Erwachsenenleben darstellte; ein neuer Freund für eine neue Zeit. Es war, als würde die Einsamkeit, die ständig in meinem Hinterkopf summte, seit Mordecai weggezogen war, in diesem Moment verstummen und von der gleichen Ruhe abgelöst werden, die dieses ganze Jahr prägte. Ich war immer noch im Feld, und mein Freund war zu einer anderen Einheit und einer anderen Frontlinie am anderen Ende des Landes versetzt worden; aber die Ersatzmannschaft rückte bereits an, und in meiner Vorstellung stand ich neben der frischgefällten LZ und winkte mit meiner lila Rauchgranate, dirigierte den Helikopter zu der Lichtung im Dschungel und sah, wie Gabe ausstieg, in einer sauberen Uniform und mit den langersehnten Vorräten an Munition und C-Rationen.

«Hallo, hörst du mir überhaupt zu?», wiederholte Mischa. «Ich habe gefragt, ob du Roberto Gorza kennst?»

Ich schüttelte den Helikopter aus meinem Kopf, er stieg über den Baumkronen auf.

«Was? Nein, wer soll das sein?»

«Ein Dramatiker aus Los Angeles.»

«Nee, kenne ich nicht.»

«Er hat ein Stück geschrieben, das *LAX* heißt. Kim hat es gelesen und sagt, es wäre phantastisch. Sie hat sogar schon angefangen, Musik dafür zu schreiben, obwohl es noch niemand eingekauft hat. Vielleicht solltest du es lesen.»

Erst am Vorabend hatte sie leise angedeutet, ich könnte mir doch mal ein neues Projekt suchen, und mir durch die Blume zu verstehen gegeben, dass ich allmählich mit etwas mehr als nur meiner Gesellschaft zum Lebensunterhalt beitragen könnte.

«Ja, das solltest du unbedingt tun», pflichtete Gabe ihr bei.

«Hast du es auch gelesen?», fragte ich, verwirrt darüber, dass anscheinend alle außer mir dieses Stück kannten.

«Na klar», sagte er. «Es ist, wie soll ich es sagen … ein Shakespeare für die Gegenwart. Das meine ich ernst. Soweit ich weiß, verhandelt er gerade mit Farrar, Straus & Giroux über die Rechte, noch bevor es überhaupt auf die Bühne gekommen ist. Es ist allerdings lang.»

«Vierhundert Seiten», ergänzte Mischa.

«Mindestens», sagte Gabe. «An manchen Stellen vielleicht auch ein bisschen zu lang, aber nichts, was man nicht beheben könnte, denke ich. Wenn du willst, kann ich ihn bitten, dass er es dir schickt.»

«Du kennst ihn?»

«Ein Freund von einem Freund kennt ihn. Aber das wäre wirklich kein Problem.»

«Okay, gern.»

«Hervorragend. Aber nur wenn ich eine Premierenkarte kriege.»

«Na klar.»

Knapp eine Woche später lagen die beiden braunen Umschläge mit Papierstapeln, die zusammen das Manuskript von *LAX* ergaben, in meinem Briefkasten, begleitet von einem handschriftlichen Zettel des Dramatikers: *Rufen Sie mich gar nicht erst an, wenn es Ihnen nicht ge-*

fällt. Roberto. Ich brauchte nur zehn Minuten und acht Seiten, um es unbedingt machen zu wollen.

Oberflächlich betrachtet, hatte *LAX* viele Gemeinsamkeiten mit *Ocean.* Beide Stücke waren für nur zwei Rollen konzipiert (obwohl am Ende von *LAX* eine dritte auftauchte), und beide nahmen ihren Ausgangspunkt im teilnahmslosen Warten. Davon abgesehen hätten sie nicht unterschiedlicher sein können. Während *Ocean* ein zutiefst pessimistisches und hoffnungsloses Stück gewesen war, schien *LAX* voller Leben und Energie, Optimismus und Hoffnung, obwohl es von einer schwierigen Zeit im Leben der hartgesottenen Gangmitglieder, den beiden Hauptrollen, erzählte; der Stoff lief hier und da aus dem Ruder und verriet, dass der Dramatiker nicht ganz Herr seiner Akteure war, außerdem war das Stück zweifellos auch etwas textlastig. Die dreihundertneunzig Seiten waren extrem dialogreich, und schon allein das stellte eine willkommene Abwechslung zur eher stillen Natur von *Ocean* dar. Es wurde wild durcheinandergeredet, über alles zwischen Himmel und Erde, es gab verschluckte Sätze und Geschichten, die nicht beendet wurden, vermeintliche Geheimnisse und Enthüllungen, die im Sande verliefen und den Eindruck erweckten, als hätte der Autor den Überblick verloren, doch dann sagte eine der beiden Hauptfiguren fünfzig oder sechzig Seiten später etwas, das alle Handlungsstränge wieder miteinander verband, aber nicht indem sie etwas sagte, was das Ungeklärte geklärt hätte, sondern etwas anderes, das einen jedoch daran erinnerte, was nicht erzählt worden war, sodass man plötzlich die fatalen Konsequenzen für die Figuren oder auch für die anderen Beteiligten erkannte, um die es in dieser unvollständigen Erzählung ging. Die Sprache war eine andere Sache, Gorza (es war sein erstes Stück, wie ich später herausfand – und auch sein letztes) hatte dasselbe getan wie Wade, er hatte die Sprache durch eine Maschine gejagt und etwas Neues herausgeholt. Es war, als hätte er einen shakespeareschen Stil und Ton hineingesteckt und am anderen Ende Slang und Gangsprache herausgezogen. Überhaupt war das Stück so jargonlastig, dass ich vieles überhaupt nicht verstand, und Kim und Gabe musste es ebenso ergangen sein. Man konnte zwar der

Handlung folgen, aber einige Nuancen und Details gingen mit Wörtern und Redewendungen und einer zerhackten Syntax unter, die mir vollkommen fremd waren und mich als Leser und Zuschauer dazu zwangen, den schnellen Dialogen viel aufmerksamer zu lauschen, als ich es gewohnt war. Dadurch fühlte ich mich fremd und ausgeschlossen, was zugleich mit dem wachsenden Bedürfnis einherging, jedes Wort begreifen zu wollen, das sie sagten, und mich mit den beiden Gangmitgliedern zusammenzutun, die ihre Zeit in der Ankunftshalle des Internationalen Flughafens Los Angeles totschlugen, während sie auf ihren Kumpel warteten oder ihren Boss oder einen, den sie um die Ecke bringen sollten, oder auch eine unglückliche Kombination aus allen dreien. Als passiver Zuschauer/Leser dieser Maschinengewehrmünder war man gezwungen, zum Rhythmus einer Sprache zu tanzen, die niemals innehielt, und langsam all die unbegreiflichen Phrasen und Worte zu dechiffrieren, sobald sie sich wiederholten, bis es irgendwann möglich wurde, sie doch zu verstehen und sie in Ausdrücke zu übersetzen, die bereits existierten, das heißt in den einschlägigen Wörterbüchern, die in jeder Buchhandlung zu finden waren.

Der Slang zog mich so richtig rein, und ich muss mich angehört haben wie ein Aushilfsgangster, als ich Roberto Gorza ein paar Tage später anrief, um ein Treffen mit ihm zu vereinbaren.

«Sie *müssen* nicht so reden», bemerkte er trocken, nachdem wir nicht mal eine Minute miteinander gesprochen hatten, «das klingt einfach nur *unheimlich*, im freudschen Sinne.»

Leider konnte ich es nicht mehr so einfach abstellen – nachdem ich *LAX* innerhalb von zwei Tagen dreimal gelesen hatte, hatte sich mir der Jargon tief eingeprägt, und ich errötete vor Scham, während sich pausenlos Ausdrücke in meine Sätze mischten und, ausgesprochen von der weißesten Person New Yorks, einem kulturellen Albino, schief und falsch und unnatürlich klangen.

«Ich bin zufällig gerade in New York, ich hatte einen Termin bei FSG und …»

«Krasse Sache. Und werden die das Teil bringen?»

«Wie gesagt, Sie brauchen wirklich nicht … und außerdem sprechen *Las Maras* eigentlich Spanisch.»

«Sorry.»

«Aber ja, sie planen, das Stück irgendwann nächstes Jahr in Buchform herauszugeben. Was ich eigentlich sagen wollte: Wenn Sie Zeit haben, können wir uns treffen, bevor ich morgen fahre. Ich werde um sieben auschecken.»

«Abends?»

«AM.»

«Kein Ding, ich cruise zu dir, Digger.»

«Mr. Hansen?»

«Yo.»

«Tun Sie mir einen Gefallen. Lesen Sie Tennessee Williams oder irgendeinen anderen Mist, bevor wir uns treffen, ja? Nur damit Sie wieder ein bisschen, Sie wissen schon, runterkommen.»

5

Roberto Gorza war leicht zu erkennen. Er war der einzige Lateinamerikaner, der ohne Besen oder Uniform aus dem Hotel kam, der einzige mit Kapuzenpullover und tätowiertem Gesicht. Ich beugte mich über den Rücksitz und öffnete ihm die Taxitür, während er dem Pagen, der seinen Rollkoffer unbeeindruckt in den Kofferraum hob, ein paar Dollar zusteckte.

«Ich hab gestern ein bisschen rumtelefoniert», sagte ich, während der Taxifahrer tief Luft holte, bevor er sich in den Verkehr nach LaGuardia stürzte. «Produzenten und Leute angerufen, mit denen ich normalerweise zusammenarbeite.»

«Und?»

«Sie haben sehr positiv reagiert.»

«Eine positive Einstellung ist wichtig», erwiderte Roberto gelangweilt.

«Ich bin mir ziemlich sicher, dass sie eine Finanzierung auf die Beine stellen werden.»

Er wurde wacher.

«Geld zu haben, ist noch wichtiger.»

«Hast du einen Agenten, den wir wegen eines Vertrags und so weiter kontaktieren können?», fragte ich.

«Nee … schick mir einfach 'ne Mail.»

«Sicher?»

«Du machst dir Sorgen, dass ich mir nicht genügend Sorgen mache, dass ich mein Geld nicht kriege?»

Ich sah ihn an. Er hatte recht.

«Ich schicke eine Mail mit dem Vertrag.»

«Tu das.»

Wir nutzten die halbe Stunde Fahrtzeit bis zum Flughafen, um über den Hintergrund des Stücks zu reden. Roberto war der älteste von drei Brüdern, sie waren mit ihren Eltern aus El Salvador in die

USA gekommen, als der Bürgerkrieg ausbrach. Er war fünfzehn gewesen, als sie ins zentral in L. A. gelegene Pico-Union-Viertel zogen, gerade rechtzeitig, um in die Gründung der Mara Salvatrucha hineinzugeraten und in die ersten Kämpfe gegen die anderen Banden, die Crips, Bloods, 18th Street Gang; er erwähnte mehrere von ihnen, deren Namen ich sofort vergaß. Die Gang, der Roberto den größten Teil seines Lebens angehört hatte, bevor er mit ihnen brach, hatte den Ruf, zu den rücksichtslosesten und brutalsten im ganzen Land zu gehören. Ich stellte mir vor, dass er vielleicht einer von denen gewesen war, die mit der Machete auf dem Rücksitz unbescholtenen Bürgern folgten und darauf warteten, dass sie an einer roten Ampel hielten.

«Ich hab auf Long Island gewohnt», sagte ich, «Anfang der Neunziger. Schon mal da gewesen?»

«Nein.»

«Wir hatten panische Angst vor euch.»

«Tja, genau darum ging es ja auch.»

«Aber … hast du … du weißt schon …» Ich wusste nicht, ob ich ihn das wirklich fragen konnte. Traute mich doch. «Jemanden umgebracht?»

«Und selbst?», konterte er.

«Nein.»

«Also, was ist das für eine Frage? Sind wir hier bei Larry King, oder was?»

«Ich wollte nur … ich versuche einfach nur, dich zu verstehen, das ist alles.»

«Hör mal, dir gefällt mein Stück, stimmt's?»

«Auf jeden Fall.»

«Und wir hocken hier zusammen in diesem stinkenden Taxi …» Er sah, wie ihm der Fahrer im Rückspiegel einen Blick zuwarf. «Sorry, aber ist so.»

«Ist nicht mein Auto. Von mir werden Sie nicht das Gegenteil hören, ich arbeite nur hier.»

«Das bedeutet», fuhr Roberto wieder an mich gewandt fort, «dass wir das hinkriegen könnten, und das hoffe ich auch. Aber dir sollten zwei Sachen klar sein. Erstens: Was ich bin oder war und was ich gemacht habe und der ganze Mist spielt keine Rolle, jedenfalls nicht zu diesem Zeitpunkt. Der ganze autobiographische Hintergrund, okay? Und zweitens: Wenn du auf Sensationen aus bist und dir vorstellst, dass wir dieses Stück als Ghetto-Dramatik eines früheren Gangmitglieds promoten oder irgendeinen Scheiß in diese Richtung, können wir es sofort wieder sein lassen, weil mich das nicht interessiert, verstehst du? Ich habe mit dem Schreiben angefangen, weil ich etwas anderes brauchte als die MS-13, und ich habe über die MS-Charaktere geschrieben, weil das eine Geschichte war, die ich kannte, und eine Sprache, die ich beherrsche. Aber das heißt noch lange nicht, dass du hier um halb acht mit mir plaudern und mich ganz beiläufig fragen kannst, ob ich jemanden umgelegt habe. So läuft das nicht.»

«Aber», sagte ich, überraschend unbeeindruckt von seiner Tirade, «wenn du willst, dass ich das Stück mache, bin ich darauf angewiesen, mehr über die Gang zu wissen, in der du warst. Wenn du willst, dass das Ganze auch nur ein bisschen realistisch werden soll, authentisch – und das Gefühl, dass du das willst, habe ich eindeutig, wenn ich es lese –, musst du mich daran teilhaben lassen, wie das Leben, das du gelebt hast, *war*. Verstehst du, was ich meine? Ich bin gar nicht darauf aus, dich für die PR einzuspannen. Es ist mir auch scheißegal, ob du einen Menschen umgebracht hast oder zwei oder fünf oder zehn, ob du gewalttätig warst und Raubüberfalle begangen hast oder nicht. Ich verstehe schon, dass die Handlung fiktiv ist, und eigentlich interessiere ich mich gar nicht so sehr für *dich*. Du könntest meinetwegen eine weiße Hausfrau in New Jersey sein, mit Lockenwicklern, einer Kippe im Mundwinkel und Eigelbflecken auf dem Nachthemd, das geht mir so dermaßen am Arsch vorbei, dass es selbst bei einer Darmspiegelung unentdeckt bliebe. Du spielst ja keine Rolle. Aber dein *Text*. Der Text ist das Einzige, was mich interessiert, und der Text ist gut, mit das Beste, was ich je gelesen habe. Damit er aber auch da oben auf der Bühne funktioniert, muss ich wissen, mit wem ich es zu tun habe. Ich muss zum Beispiel darauf vorbereitet sein, was passiert, wenn ein Mitglied der Mara Salvatrucha plötzlich auf die

Idee kommt, dass heute eine schöne Gelegenheit wäre, um ins Theater zu gehen – was vermutlich nicht gerade wahrscheinlich ist –, und ausgerechnet in dem Saal landet, wo an exakt diesem Abend *LAX* aufgeführt wird, na ja, wenn es so käme, würde ich jedenfalls nicht wollen, dass der Typ dasitzt und grinst und denkt, das Ganze stinkt von Anfang bis Ende nach einem WASP-Drama, sondern dass er im Gegenteil anfängt, sich ängstlich im Raum umzusehen, weil er überlegt, was zum Teufel hier los ist und wie es sein kann, dass die Leute auf der Bühne genauso sprechen wie er, na ja nicht genauso, nämlich nicht Spanisch, aber verstehst du, was ich meine, und ich will, dass er dasitzt und überlegt, wie die Theaterleute genau wissen können, wie man sich anzieht und wie man sich bewegt und welche Handzeichen man gibt und was man von den anderen Gangs hält und wie dieses Leben *ist*, bis er dann irgendwann, wenn wir Glück haben, gar nicht mehr darauf achtet und vergisst, dass er im Theater hockt, und zwar zum ersten Mal, und dass es ihm so vorkommt, als würde er etwas sehen, was ihm selbst passiert sein könnte, weil es sich echt anfühlt, als würde er, ich weiß auch nicht, verstanden werden, aber nicht auf eine therapeutische Art und Weise, kein Trost, sondern eher das Ende der Idee, dass Theater nichts für ihn ist und ihn diejenigen, die jetzt um ihn herumsitzen, als Aussätzigen betrachten, der nicht hierhergehört; ich möchte, dass er sich totlacht über das, was du schreibst, und dass er den Ernst erfasst, *das Drama.* Ich will, dass er sich genau wie ich wünscht, ihr wärt Kumpel, er würde die Leute, die auf der Bühne stehen, kennen und es wären keine Schauspieler, sondern seine Freunde, Kollegen oder wie auch immer ihr einander nennt, jemand, der auch nach Ende der Vorstellung noch da ist; ich möchte gar nicht, dass er den Theatersaal mit dem Gedanken verlässt, er müsste sich aus dieser grässlichen, ultrabrutalen Gang befreien, darum musst du dich kümmern oder das FBI oder wer von euch am meisten Lust hat, in die Schulen zu gehen und den Kindern zu erzählen, wie wichtig es ist, Bücher in die Hand zu nehmen statt Waffen; ich will, dass das Publikum die Kunst sieht, die diesem Text innewohnt, das Handwerk, die Sprache, die Kraft, den Shakespearschen Unterton, ich will, dass die Sprache für die Zuschauer glaubwürdig klingt, und wenn sie zufällig einen Typen von der MS-13 entdecken, der in genau diese Vorstellung geht, als er gerade draußen steht und raucht; dann will ich, dass sie näher an ihn herantreten, als sie es noch am Vortag getan hätten oder Stunden zuvor; dann will ich, dass sie nicht die Straßenseite wechseln und ihre Handtasche an sich drücken und über die Probleme an der mexikanischen Grenze und den Illegalen reden und wie dieses Land vor die Hunde geht, sondern dass sie ihm zunicken, fast gedankenlos, ein freundliches, respektvolles Nicken, und anschließend wird jeder wieder sein eigenes Ding durchziehen und sich fragen, was zur Hölle da gerade passiert ist. Also, was ich von dir erwarte, ist, dass du dir genug Zeit nimmst, genau das möglich zu machen … Ach, und übrigens, es könnte sein, dass wir den Text leicht kürzen müssen, er ist doch ein bisschen lang.»

«Ich … von wie vielen Seiten sprechen wir?»

«Knapp hundert, plus minus.»

«In Ordnung.»

«Gut. Ich schicke dir eine Mail.»

Das Schwierige, so sollte sich herausstellen, als wir gut ein Jahr später mit den Proben begannen, nach vielen sorgfältigen und komplexen Textdurchläufen und heftigem Aktionismus, um alles vorzubereiten, war nicht etwa, die Dialoge authentisch wirken zu lassen oder Schauspieler mit dem richtigen Aussehen und dem Talent zu finden, das Gangmäßige in ihren Rollen so zu gestalten, dass man nicht merkte, wie hart sie daran gearbeitet hatten, dafür sorgten die langen Gespräche, die ich mit Roberto am Telefon führte oder wenn er in der Stadt war, und seine zwei Treffen mit den Schauspielern, die Bücher, die ich las, und die Dokumentationen, die ich sah; das Schwierige war, in den richtigen Rhythmus zu finden – den Rhythmus *des Wartens*. Wie man stand, saß, wie man sich ungeduldig bewegte, wenn man sich an einem Ort wie einem Flughafen befand, wie alle anderen irgendein Ziel hatten, während man selbst nur auf jemanden wartete, der zu spät kam, und wie die Betriebsamkeit derer, die im Terminal ein und aus gingen, mitunter auf die Abholer dort draußen abfärbte.

Wie Godot, nur in einem hektischeren Milieu. Wie ein Tanz, den man unbewusst mitwippte. Ich bemerkte, dass die Stärke und Dynamik des Textes vollkommen vom physischen Ausdruck der Schauspieler abhängig war, einer Art Choreographie der Langeweile. Der Text würde dem Publikum anfangs beliebig und chaotisch vorkommen, erst nach einer Weile würde es (hoffentlich) verstehen, wie minutiös Gorza jeden Satz und deren Zusammenspiel in den Dialogen getimt hatte. Die Muster und Formen würden nicht sofort zutage treten, am Ende aber unmöglich zu übersehen sein. Dasselbe musste im Bühnenraum passieren, bezogen auf die Bewegungen. Das brauchte Zeit. Und ich widmete mich der Aufgabe mit größtem Ernst. Im Spätsommer 2004 verbrachte ich vier Tage, jeweils bis zu sechs Stunden, vor der Ankunfts- und Abflughalle vom Terminal 4 des JFK, wo die meisten Interkontinentalflüge starteten und landeten. Ich war am Morgen und am Nachmittag da. Ich war am Abend da, wenn die Touristen in den letzten Stunden ihres USA-Aufenthalts die Zeit vergessen hatten und im Galopp mit Kindern und Koffern im Schlepptau durch die Schiebetüren kamen und wilde Blicke auf die Uhr und zum Check-in-Schalter warfen. Ich war da, wenn Geschäftsmänner und -frauen mit gleichgültigen oder konzentrierten Mienen zu ihren Red-Eye-Flights nach Asien oder Europa eilten. Ich war unten, vor der Ankunftshalle, wo sich die Leute kaum voneinander unterschieden; immer dieselbe Erschöpfung in ihren Bewegungen und die Erleichterung, die sie überkam, wenn sie an der Reihe waren und sich ins Taxi setzen konnten, nach stundenlangem Warten an der Passkontrolle, das den Besuchern dieses Landes fast die Lust nahm, mit dem Boot nach Ellis Island zu fahren, um eine frühere Version dessen zu sehen, was sie gerade durchlebt hatten.

Ich fand zwei Orte, am östlichen Eingang zum Abflugbereich und in einer Ecke vor der Ankunfthalle, an denen ich warten konnte. Auf niemanden, auf alle. Das war der einzige Sinn, reglos dazustehen und mir einzubilden, dass ich auf meinen verspäteten Flug wartete oder auf Bekannte, die schon vor Stunden landen sollten und von denen ich nicht wusste, wo sie steckten. Weil ich mit Problemen bei der Flughafenbehörde und der Polizei rechnete, sobald ihnen auffiele, dass ich ständig wiederkam, ohne irgendwohin zu fliegen, hatte ich sie der Ordnung halber schriftlich und mit fünffachen Durchschlägen kontaktiert, um ihnen zu versichern, dass ich keine anderen Absichten hatte als eben diese eine: zu warten. Das glaubten sie mir natürlich nicht, gaben meiner Bitte – mit ebenso vielen Durchschlägen – nicht statt, verwiesen auf eine lange Reihe von Paragraphen und Gesetzen und drohten mir implizit damit, dass das unberechenbare und / oder verdächtige Verhalten von Einzelpersonen mit aller Härte geahndet werde. Doch ich ließ nicht locker, und nach einem Papierkrieg in alle Richtungen erhielt ich schließlich eine Audienz bei der Flughafenpolizei und der Flughafenbehörde und die Gelegenheit, mein Anliegen persönlich vorzubringen. Fast eine Stunde lang beschrieb ich, an welchen Stücken ich bisher gearbeitet hatte und warum ich meinte, meine eigene Langeweile im Terminal 4 ergründen zu müssen. Sie glaubten vermutlich, ich wäre nicht ganz dicht, aber auch das hatte ich vorausgeahnt und ein Attest von meinem Arzt mitgebracht, der mir das Gegenteil bestätigte. Sie machten Anstalten, nach dem «Genehmigt»-Stempel zu spähen.

«Eine Sache noch», sagte ich. «Ich würde mich gern filmen, während ich dort warte.»

Das lehnten sie sofort ab. Sie trauten ihren Ohren nicht. Sie lachten mich aus und hoben theatralisch die Arme.

«Sind Sie verrückt?»

Ich tippte mit dem Zeigefinger auf mein tadelloses ärztliches Attest.

«Warum zum Kuckuck wollen Sie sich filmen, Sie haben doch nicht mal vor, irgendetwas zu *machen.*»

«Genau das ist die Pointe. Ich muss sehen, wie ich aussehe, *während* ich das mache.»

«Während Sie was machen?»

«Nichts.»

Wir diskutierten noch eine halbe Stunde, sie hatten mehrere Paragraphen, auf die sie mich gern noch hinweisen wollten, aber ihnen lief die Zeit davon. Ich erklärte, ich hätte genügend Durchschläge für alles.

Wir einigten uns auf einen Kompromiss.

Da ich auf keinen Fall, unter keinen Umständen, die Erlaubnis bekam, meine eigene Kamera aufzubauen und damit zu filmen, was ich wollte, übernahm der Flughafen die Regie. Wenn ich ihnen eine Liste mit den Zeitpunkten gäbe, zu denen ich mich an den zuvor festgelegten Orten vor dem Terminal einfände, und meine Aufenthaltsdauer, könne ich eine Nummer anrufen, die sie mir mitteilten, und meinen Namen, den Namen des verantwortlichen Sicherheitsleiters und die Seriennummer einer der beiden vereinbarten Überwachungskameras übermitteln, und dann würde mich irgendeine Person tief im Labyrinth heranzoomen und dafür sorgen, dass niemand sonst im Bild auftauchte, sondern nur ich allein im Rampenlicht stand, bis ich die Prozedur am Ende erneut wiederholte und mich abmeldete. Die Aufnahmen würden anschließend aufgehoben, durchgesehen und mir ausgehändigt, insofern sie kein kompromittierendes Material enthielten, das mit dem Gesetz in Konflikt stand, gegen eine Quittung, auf der ich mit meiner Unterschrift zusicherte, dass ich die Aufnahmen für nichts anderes als «persönliche Studien» verwendete.

Am ersten Tag hatte ich erst eine knappe Stunde vor der Ankunftshalle verbracht, als ich anfing, meine Idee zu bereuen. Und schon lange bevor die dritte Stunde anbrach, war ich in einen Zustand eingetreten, in dem die Zeit leider nicht aufhörte zu existieren, sondern nur aufhörte, zu vergehen. Ich warf einen Blick auf die Uhr, dann nahm ich sie ab, steckte sie ein und beschloss, erst wieder daraufzukucken, wenn ich mir sicher war, es wäre mindestens eine Stunde um. Als ich das nächste Mal daraufblickte, waren es erst fünfundzwanzig Minuten.

Doch die Dokumentation des ziellosen Wartens erwies sich als wertvoll. Denn als ich nach dieser schweren Prüfung wieder in der Subway nach Manhattan saß, hatte ich keinerlei Erinnerung daran, was ich in den letzten vier Stunden am JFK eigentlich gemacht hatte.

Im Laufe des Tages war mir ein undefinierbarer Brei aus flüchtigen Gedanken durch den Kopf geströmt, und meine Beine hatten weh getan. Ich erinnerte mich vage, dass ich oft mit verschränkten Armen dagestanden hatte, war mir aber nicht sicher, und ich konnte mich an Episoden erinnern, die mich zu meiner großen Erleichterung für ein paar Sekunden oder Minuten abgelenkt hatten, ein Passagier im Streit mit einem Taxifahrer, umfallende Koffer, Leute, die sich anschrien oder nach einer zwölfstündigen Reise von Weitwegistan ihre ersten Zigaretten rauchten. Und eine Reinigungskraft, die mehrmals vorbeikam und den Bürgersteig rechts von mir fegte, ohne mich anzusehen; und der Typ, der sachte die Gepäcktrolleys zusammenschob und aus dessen Blick Verachtung für jene Passagiere sprach, die sie einfach so stehen gelassen hatten.

Doch all die kleinen Bewegungen, die ich gemacht haben musste, wieder und wieder, hatte ich vergessen oder von Anfang an nicht registriert. Erst als ich mit Mischa zusammen in unserem Wohnzimmer die Aufnahmen durchsah, trat das Wesen des Wartens in all seiner Pracht in Erscheinung: Ich begann in einem breitbeinigen Stand, die Hände auf dem Rücken, mehrere Minuten stand ich so, reglos. Dann zog ich den rechten Fuß zum linken und verlagerte mein ganzes Gewicht auf das linke Bein. Schwerer linker Fuß. Der rechte Fuß ruhte sich aus, meine Hände waren nicht mehr auf dem Rücken, sondern in den Taschen. Kurz darauf zog ich sie wieder heraus; ich rauchte. Stand breitbeinig da. Beobachtete irgendetwas in der Ferne, verlagerte mein Gewicht auf das rechte Bein und nahm eine entspannte Haltung an, unbeweglich. Anschließend wiegte ich mich leicht vor und zurück, als wollte ich einem Takt folgen, der gar nicht existierte, verlagerte das Gewicht wieder aufs linke Bein, dann aufs rechte. Und umgekehrt. Mehr Gewicht auf dem linken als auf dem rechten, das rechte schwebte fast. Dann wechselte ich wieder, meine Hände hingen schlaff herab. Ich rauchte, diesmal nur eine halbe Zigarette. Während ich rauchte, sah ich erst nach links, dann nach rechts, dann wieder nach rechts. Ich verlagerte das Gewicht vom rechten Bein aufs linke und wieder aufs rechte. Die linke Hand in der Tasche, blickte ich auf und wieder zu Boden. Und wieder auf. Kratzte mich am Rücken, kratzte mich im Gesicht, am Kopf, rieb mir die Augen; hatte die Hände auf dem Rücken, neigte mich etwas vor, dann wieder zurück, den Bauch rausgestreckt, aber nicht lange; beide Hände in die Taschen und wieder heraus, die rechte Hand in der rechten Tasche, die linke Hand schlaff herabhängend. Dann die linke Hand in der linken Tasche, beide Hände in den Taschen. Dann keine. Der eine Fuß zeigte nach links, der andere, der rechte, geradeaus. Ich entdeckte etwas außerhalb der Kameraperspektive, dann war der Moment vorbei, und ich steckte die linke Hand wieder in die linke Tasche. Beide Hände in den Taschen. Jetzt langweilte ich mich wirklich. Ich fegte mit dem linken Fuß irgendetwas vom Boden, das auf der Schwarz-Weiß-Aufnahme nicht zu erkennen war. Vermutlich war es auch gar nicht vorhanden. Ich entdeckte etwas außerhalb der Kameraperspektive. Ich hustete. Dann begann ich wieder von vorn. Lehnte mich an, stand leicht schräg, nur die Schultern und der obere Teil des Rückens berührten die Wand. Dann drückte ich die untere Rückenpartie dagegen. Ging in die Hocke, stand erneut auf und steckte beide Hände in die Taschen. Schob den Unterleib ein wenig vor und entfernte mich von der Wand, stellte den linken Fuß vor mich, verlagerte das Gewicht darauf. Setzte den linken Fuß neben den rechten oder direkt davor, um im nächsten Moment wieder breitbeinig dazustehen. Ich gähnte, redete kurz mit mir selbst oder entdeckte etwas außerhalb des Kamerawinkels, ging ein paar Runden mit den Händen in den Taschen und ein paar Runden mit herabhängenden Händen. Verschränkte Arme, hängende Arme. Lehnte mich an die Wand und beugte mich vor. Richtete mich auf, knibbelte an meinen Fingern herum, studierte sie, zupfte ein bisschen an meinen Klamotten und steckte mir eine Zigarette an, rauchte sie ganz und betrachtete sie dabei. Trat sie aus, bückte mich, hob sie auf und warf sie weg. Dann machte ich weiter. Trommelte mit den Fingern einen Rhythmus auf meiner Nasenspitze, wiegte mich hin und her. Verschränkte die Arme. Jetzt war ich richtig im Fluss. Trommelte mir auch ein bisschen auf dem Bauch herum, auf dem Hosenbund, auf der Hosentasche, schaukelte vor und zurück, mit gebeugten Knien. Dann streckte ich mich ein bisschen, erst in die eine, dann in die andere Richtung, und legte die Hände so auf die Schultern, dass die Ellbogen seitlich vom Körper abstanden, bis es unbequem wurde. Anschließend sah ich auf die Uhr und ließ die Schultern kreisen, verlagerte das Gewicht auf den linken Fuß. Dann auf den rechten. Ich steckte eine Hand in die Tasche, beide Hände in die Taschen. Verschränkte die Arme. Lehnte mich nur mit der Schulter gegen die Wand. Ging in die Hocke, stand auf, steckte mir eine Zigarette an, zog nur ein paar Mal daran, sah auf die Uhr. Trat die Zigarette aus.

So verging der Tag.

Ich kann die Freude kaum beschreiben, die ich empfand, als ich am Ende auf die Uhr sah und nur noch fünf Minuten vor mir hatte.

Doch diese fünf Minuten zogen sich so in die Länge, dass sie sich wie eine Woche oder gar ein Jahr anfühlten. Ich sah ununterbrochen auf die Uhr, und als der Sekundenzeiger die Zwölf passiert hatte und ich in der Sicherheitsabteilung anrief, um Bescheid zu geben, dass die Show für heute beendet war, wurde ich von einer so unbändigen Freude erfasst, dass ich mich zusammenreißen musste, um nicht die erstbeste Person zur Seite zu nehmen und ihr von dem zu erzählen, was ich in den letzten vier Stunden durchgemacht hatte, sondern stattdessen in einen Laden neben dem Check-in-Bereich zu gehen und mir eine Limonade und ein Sandwich zu kaufen, dass ich auf der langen Subway-Fahrt nach Manhattan essen konnte.

Nachdem ich dem Portier im Apthorp zugenickt hatte, mit dem Aufzug nach oben gefahren war und mich neben Mischa auf das Sofa geworfen hatte, war der einzige Gedanke, zu dem ich fähig war: *Ich will nicht zurück. Ich kann das nicht noch mal machen, und schon gar nicht dreimal.*

Doch in der nächsten Woche war ich wieder da und versprach mir selbst, wenigstens eine Stunde auszuharren und die Dinge auf mich zukommen zu lassen. Es wurden zwei. Es wurden drei Stunden. Und dann war ich über den Berg. Ich verstand, dass ich so lange dort stehen konnte, wie es notwendig war. Es ist schwer zu erklären, aber etwas in mir löste sich, und es erinnerte mich ans Laufen, so wie wir früher gelaufen waren, Stig, Andri und ich, in Stavanger, im guten, alten Forus, als wir erst so richtig angefangen hatten, als wir lernten, nicht mehr darauf zu warten, dass wir eine Strecke zurücklegten und endlich fertig waren. Als wir einfach nur liefen.

Der dritte Tag, den ich am JFK verbrachte, war auch der wärmste, obwohl es schon nach 16 Uhr war, als ich mich auf den öden Posten begab. Die Leute strömten aus der Ankunftshalle und fächerten sich mit ihren Bordkarten und ihren Taschenbüchern oder den klebrigen In-Flight-Magazinen hektisch Luft zu, und ihre Körperhaltung verriet eine tiefe Frustration darüber, dass die Temperatur und die Luftqualität hier draußen noch schlechter waren als alles, womit sie schon im Flugzeug zu kämpfen gehabt hatten, als sie das Meer überquerten. Ich stand auf meinem vorgesehenen Platz und beobachtete sie verständnisvoll, während ich die dritte Wasserflasche des Tages trank, und wieder einmal tat ich so, als würde ich nur darauf warten, dass der oder die Menschen, die ich abholte, jeden Moment durch dieselbe Tür kämen, damit ich aus dem Albtraum befreit würde, in den ich mich in Wirklichkeit freiwillig hineinbegeben hatte. Jedes Mal wurde ich enttäuscht. Aber ich hielt durch, das konnte mir keiner nehmen. Es applaudierte allerdings auch niemand. Ich lief, ohne mich auch nur einen Meter zu bewegen. Nur die Stunden und die Sonne bewegten sich, bis der Zeiger meiner Armbanduhr über die Neun zuckelte und ich mich losriss, die nächste Toilette aufsuchte und mir anschließend einen Becher Kaffee und ein Sandwich besorgte und mich zum AirTrain-Terminal begab. In Howard Beach stieg ich in die U-Bahn um und überlegte kurz, ob ich meine Mutter besuchen sollte, wenn ich schon mal in der Gegend war, verwarf die Idee aber wieder. Allein die Busfahrt von der Station bis zu ihr und zurück würde mich eine weitere Stunde kosten, und wenn ich auf eines gar keine Lust hatte, dann war es, noch mehr zu warten. Also blieb ich am Gleis stehen, bis zehn Minuten später der A-Train kam und ich in einen Wagen stieg, der seine besten Tage eindeutig schon hinter sich hatte, und den langen Weg von Rockaway bis nach Manhattan ratterte.

Ich hatte den Kopf an das Fenster gelehnt und döste, mein Körper folgte dem abgehackten Rhythmus und dem endlosen, abrupten Bremsen und Anfahren an jeder Station, und ich strengte mich an, das Gackern dreier afroamerikanischer Frauen auszublenden, die aus irgendeinem Grund so weit wie möglich voneinander entfernt saßen, obwohl sie viel auf dem Herzen hatten und wild durcheinanderredeten. Eine von ihnen hatte einen kleinen Jungen dabei, einen hyperaktiven Fünfjährigen, der sich längst langweilte und dem Geräusch nach zu urteilen im Zickzack durch den halbleeren Wagen rannte, zu den immer lauteren Protesten seiner Mutter, die ihn aufforderte, seinen *frechen kleinen Arsch da hinzupflanzen, wo er hingehört*, damit sie ihr wichtiges Gespräch fortsetzen konnte. Aber er pfiff darauf und setzte seine nervenaufreibende Wüstenwanderung fort, während wir anderen instinktiv unsere Beine einzogen, sobald wir ihn herannahen hörten. Plötzlich spürte ich einen Finger, der mich antippte.

«Träumst du?», fragte eine Stimme.

Als ich die Augen öffnete, saß der Junge grinsend neben mir und starrte mich an.

«Ich habe nicht –»

Weiter kam ich nicht.

«Tyler, lass den armen Mann in Ruhe», brüllte seine Mutter, so laut sie konnte. «Siehst du nicht, dass er schläft?»

Ich überlegte, ob ich sie darauf hinweisen sollte, wie widersprüchlich es sei, so zu brüllen, um darauf hinzuweisen, dass man einen Schlafenden nicht wecken sollte, aber das war zu kompliziert, deshalb sagte ich nur: «Macht doch nichts.»

Aber sie beachtete mich gar nicht.

«Tyler, komm verdammt noch mal her und lass den Mann endlich schlafen, hörst du?»

«Manchmal träume ich von einem großen Schiff», sagte der Junge leise und blickte mich optimistisch an. «Du auch?»

Er erwartete gar keine Antwort, und seine Mutter war schon wieder in das Palaver mit den beiden anderen Frauen vertieft. Der Junge rutschte vom Sitz und sprang neben den Mann in den Fünfzigern, der mir direkt gegenübersaß. Er trug einen fleckigen Anzug und schien vollkommen in seine Zeitung vertieft, aber kaum war der Junge neben ihm, drehte er sich zu ihm und fragte freundlich:

«Magst du Sport?»

«Ja.»

«Auch Baseball?»

«Baseball schockt nicht», antwortete der Junge und zog eine Flunsch.

«Aha, und was bevorzugst du stattdessen?»

«Basketball ist cool.»

Der Mann schüttelte die Zeitung, bis sich die einzelnen Teile voneinander lösten. Er reichte dem Jungen einen davon.

«Gut, dann hast du hier den Sportteil.»

«Ich kann nicht lesen», sagte der Junge und schien schon wieder das Interesse verloren zu haben.

«Ich auch nicht», antwortete der Mann ehrlich. «Aber ich schau mir gern die Bilder an. Du etwa nicht? Im Sportteil sind immer die besten Bilder, wusstest du das?»

«Nee.»

«Aber es stimmt. Kuck mal hier.» Er schlug die Seiten auf und zeigte darauf. «Du kannst genau sehen, wie schnell er läuft. Obwohl er still steht.»

«Und der da schwimmt», sagte der Junge und zeigte auf ein anderes.

«Ich glaube, er hat einen Wettkampf gewonnen», erwiderte der Mann.

Sie studierten zusammen die Fotos und erklärten sich ganz genau, was sie zeigten, wer dort abgebildet war, als wäre im Raster der Pixel eine Blindenschrift versteckt, die nur für jene sichtbar war, die die kryptischen Buchstaben unter den Artikeln nicht entziffern konnten.

Plötzlich wandte der Junge sich von der Zeitung ab.

«Aber warum hast du eigentlich so einen schmutzigen Anzug?»

«Weil ich arm bin.»

«Meine Mutter ist nicht arm», antwortete der Junge triumphierend.

«Das freut mich.»

Ich sah mich um, weil ich wissen wollte, ob noch andere Leute das Gespräch mitbekamen, aber alle waren mit irgendetwas anderem beschäftigt, lasen Zeitungen und Bücher, sie starrten auf ihre Handys oder auf die endlosen Reklameplakate über sich, um die Blicke der anderen Fahrgäste zu vermeiden, die auf der entgegengesetzten Seite ebenfalls auf die Reklameplakate starrten, damit sich ihre Blicke nicht begegnen.

Und in dem Moment entdeckte ich ihn. Onkel Owen.

Zu meiner Verblüffung saß er auf derselben Seite wie ich, weiter vorn im Wagen. Wie lange er schon da war, konnte ich nicht sagen, ich wusste nur, dass er nicht vor der Rockaway Avenue eingestiegen sein konnte, der letzten Station, an die ich mich erinnerte, bevor ich meine Augen geschlossen hatte. Jetzt waren wir irgendwo in Brooklyn, und ich war immer mehr davon überzeugt, dass er erst im Laufe der letzten Minuten eingestiegen sein konnte, während ich von dem Jungen abgelenkt gewesen war.

Owen schien mich nicht bemerkt zu haben. Er war in seine eigenen Gedanken versunken und starrte ausdruckslos vor sich hin, wie ich es schon so oft bei ihm gesehen hatte, wenn er sich unbeobachtet wähnte. Und ich wollte gerade aufstehen und zu ihm gehen, um ihn zu überraschen, als mir durch den Kopf schoss, welches Datum wir hatten. Es war der 21. September.

Wieder diese Zeit.

Er kehrte gerade von seinem monatlichen Verschwinden zurück.

Und dann fing er an zu weinen. Einfach so, ohne erkennbaren Anlass, durchfuhr ihn ein Zittern, und die Tränen rannen sein Gesicht hinab, ehe er es mit den Händen bedeckte. Er wirkte noch größer als sonst, ein riesiger, schluchzender Körper, und die Fahrgäste in seiner Nähe rutschten so weit wie möglich weg, ohne ihren Sitz aufgeben zu müssen, während alle so taten, als sähen sie ihn nicht.

Aber ich sah ihn. Ich sah ihn die ganze Zeit, aber er sah mich nicht, und mich überfiel eine akute Beklommenheit, als hätte ich ihn in einem intimen Moment erwischt und könnte mich unmöglich zu erkennen geben, ohne uns in eine unangenehme Situation zu bringen.

Ich blieb sitzen. Ich machte mich so klein wie möglich und schaute gar nicht mehr in seine Richtung, falls er aufblicken und mich direkt ansehen würde. Ich verhielt mich wie die anderen, tat so, als gäbe es ihn gar nicht, und schließlich fuhr der Zug in Lower Manhattan ein, mit merklich weniger Passagieren, und als wir an der Spring Street ankamen, stand ich vorsichtig auf, mit dem Rücken zu ihm, und schlüpfte durch die Türen, ehe er es überhaupt mitbekommen konnte. Als der Zug weiter in den Tunnel hineinraste, blieb ich auf dem menschenleeren Bahnsteig stehen, verblüfft und mit dem Gefühl, versehentlich in den Bereich im Leben meines Onkels vorgedrungen zu sein, der mit dem Hinweis «Zutritt nur für Personal» versehen war – und der, so muss ich hinzufügen, zweifelsohne auch den größten Bereich ausmachte. Doch die Erzählung, wer er gewesen war, bevor er sich in einen amerikanischen Staatsbürger verwandelt hatte, bestand nur aus Abwehr, in Ausflüchte verpackt, in eine Reihe von Ablenkungsmanövern.

Ursprünglich hatten Mischa und ich einmal gedacht, es handele sich um eine bewusste Taktik von ihm, eine Kompensation für unser mangelndes Interesse an jener Art von Musik, die er komponierte, ein Bemühen, sich interessanter zu machen, als er war, damit wir nicht aufhörten, ihn zu besuchen, und später, als wir unter einem Dach wohnten, damit wir nicht gleich wieder auszogen, sobald er seinen Redehahn aufgedreht und ein für alle Mal bewiesen hatte, dass er nur ein alternder und ziemlich langweiliger Mann war. Das Problem an dieser Analyse war allerdings, dass wir selbst nicht mehr daran glaubten. Wir mochten ihn einfach zu gern, als dass es ihm entgangen sein könnte, und irgendwann wurde uns bewusst, dass der Grund für sein Schweigen über die Vergangenheit mit etwas viel Trivialerem zusammenhing, möglicherweise schlichtweg damit, dass er – genau wie Mischa – kein dringendes Bedürfnis verspürte, über den grünen

Klee der Kindheit zu plaudern, diese unendliche Reihe an langen Wintertagen und dramatischen Regentagen und Sommertagen, mit umfassenden, ausschmückenden Fußnoten und all den anderen Erinnerungen, denen man so viel Gewicht und Bedeutung beimaß, um seine Umgebung ebenfalls zum Erzählen zu animieren, in der Hoffnung, man würde so mehr voneinander erfahren.

Nichtsdestotrotz: Man saß nicht in New York in der Subway und weinte vor aller Augen, ohne einen guten Grund dafür zu haben. Und dass er nicht darüber sprechen wollte, wo er jeden Monat hinfuhr, machte es auch nicht besser.

Ich warf einen Blick auf die Uhr, Viertel nach zehn, es war durchaus möglich, dass Mischa noch da war, also joggte ich die Treppe zur Straße hinauf, bog um die Ecke, klingelte bei ihr im Atelier und nahm den Aufzug nach oben.

Sie saß mit einem Bier in der Hand auf einem Stuhl und betrachtete skeptisch zwei Bilder, die sie vor sich an die Wand gelehnt hatte. Und auf dem Sofa hockte Gabe, ebenfalls mit einem Bier, und blätterte in einem Buch. Mischa stand auf und küsste mich auf die Wange, als ich zu ihr kam.

«Was denkst du?», fragte sie und meinte die beiden Leinwände. Sie waren anders als alle ihre bisherigen Werke. Ein paar Monate zuvor hatte sie eine Auftragsarbeit (später bekannt als *Krankenhaus*-Bilder oder *Mt. Sinai*) für die Kardiologie des Mount-Sinai-Krankenhauses angenommen, unter der Bedingung, dass sie malen konnte, was sie wollte, und ihre Bilder ausstellen durfte, bevor das Krankenhaus die Werke übernahm (Owen und ich hatten gewitzelt, dass sie die Einzige von uns war, die es sich einmal würde leisten können, dort behandelt zu werden, und dass sie uns einen Gutschein für das Krankenhaus schenken müsse, um die Serie später möglichst noch einmal anzuschauen). Sie hatte begonnen wie immer, indem sie zunächst verschiedene Objekte fotografierte, für die sie sich interessierte (hauptsächlich medizinische Geräte, die sie zu diesem Zweck aufnehmen durfte), und anschließend, davon ausgehend, ihre fotorealistischen Gemälde vorbereitete, doch als sie mitten in der Arbeit zu der ersten Darstellung einer beeindruckenden Herz-Lungen-Maschine steckte, hatte sie jeglichen Enthusiasmus verloren und den Plan wieder verworfen. Wochenlang war sie rastlos und nervös gewesen, ja sogar gereizt, und hatte täglich verkündet, dass sie nie wieder hyperrealistische Kunst machen würde. Wir glaubten ihr nicht, jedenfalls nicht gleich, es war nicht ungewöhnlich, dass Zweifel an ihr nagten und sie lahmlegten, für Stunden, Tage oder sogar Wochen, in denen sie nicht in der Lage war, an irgendetwas zu arbeiten. Am Ende hatte sie aber stets wieder zu sich gefunden, hatte langsam und unmerklich wieder angefangen, dort eingesetzt, wo sie aufgehört hatte, und war als Einzige davon überrascht, ihr Ziel doch wieder erreicht zu haben.

Aber diesmal war es anders. Ich glaube, sie spürte deutlicher als zuvor, dass sie mit dieser Technik, mit der sie so sehr in Verbindung gebracht wurde, nichts mehr erreichen konnte und dass darin, *in der Technik*, auch das eigentliche Problem lag, das Gefühl, sich einem Punkt zu nähern, an dem man nicht länger mit Leidenschaft bei der Sache war, sondern nur noch produzierte. Wir hatten darüber gesprochen, lange, viel, wir hatten unsere Runden im Park gedreht und nachts lange wachgelegen. Ich weiß nicht, wer von uns es zuerst erwähnte, aber irgendwann fingen wir an, über eine Ausstellung zu sprechen, die sie 1997 in West Village zusammen mir Kara Walker und Kim Gordon gemacht hatte und die den unnötig komplizierten Titel *A Constructive Deconstructive Destruction* trug. Die Initiative dazu kam von Kim, die Mischa aufgefordert hatte, eine rohere, einfachere Bildsprache auszuprobieren, und das Ergebnis war eine Offenbarung für sie gewesen; sie hatte sich auf ausgeleierte VHS-Kassetten und Aufnahmen von uralten Fernsehdebatten und Serien gestürzt, sie auf defekten Videorekordern abgespielt und vom Bildschirm abfotografiert, um die Fotos dann zurechtzuschneiden, einzuscannen, auf ein riesiges Format zu vergrößern und anschließend auf Bio-Papier zu drucken, das Kim ihr nahegelegt hatte und das den unklaren Motiven und Farben eine ganz eigene, wilde Ausstrahlung verlieh. Mischa hatte das Ergebnis gefallen, und wir waren noch euphorischer gewesen, als Owen auf der Vernissage anmerkte, dass sie zu den hässlichsten Bildern gehörten, die er je gesehen habe. Über diese Bilder, die *Track-Control*-Reihe, hatten wir gesprochen, als sie an diesem Abend die Entscheidung traf, alle künstlerischen Brücken hinter sich abzubrechen. Es war nicht zu übersehen, dass sie diese Freiheit in den letzten sechs Jahren teilweise vermisst hatte und es für sie eine Bürde gewesen war, nach jeder Ausstellung wieder zu der Technik zurückzukehren, die sie bereits beherrschte. Doch während wir in jener Nacht dort saßen und ich zu erklären versuchte, dass niemand sie zu irgendetwas zwang, war er Stück für Stück gewachsen, dieser unglaublich simple, aber bis dahin beinahe undenkbare Gedanke, dass es möglich war, alles loszulassen, mit der Perfektion zu brechen und zu sehen, wo man ankam.

An diesem Punkt waren wir jetzt. Mischa war zufällig auf eine Broschüre über Erste Hilfe gestoßen und vollkommen hingerissen von den einfachen Illustrationen, die zeigten, wie man einen Menschen in die stabile Seitenlage brachte. Ihr erster Impuls war gewesen, sie auf Lebensgröße hochzuziehen und sie als Ausgangspunkt für irgendetwas anderes zu betrachten, aber als ich jetzt vor diesen Bildern stand, schmutzig weiß, mit den halbübermalten, schwarzen Umrissen der Figuren, die um 90 Grad im Uhrzeigersinn gedreht worden waren, sodass sie eine aufrechte Haltung angenommen hatten, anstatt zu liegen, wurde mir klar, was sie vermutlich auch selbst gerade dachte: An ihnen weiterzuarbeiten würde bedeuten, sie zu zerstören.

«Sie sehen aus, als würden sie tanzen», antwortete ich.

Gabe war vom Sofa hochgekommen, in die Küche geschlurft und mit einem Bier zurückgekommen, dass er mir in die Hand drückte.

«Sie sind gut, stimmt's?»

«Ja», antwortete ich. «Sie sind schön.»

«Kommst du direkt vom Flughafen?», fragte Mischa und ließ sich aufs Sofa fallen.

Ich musste es jemandem sagen.

«Ich habe heute Abend Owen gesehen», entfuhr es mir.

«Aha. Wo hast du ihn denn getroffen?»

«Ich habe ihn nicht getroffen, nur gesehen.»

«Wie meinst du das, du hast ihn nur gesehen? Wo denn?»

«In Brooklyn.»

«In Brooklyn?»

«In der U-Bahn.»

«Du hast ihn gesehen – aber nicht mit ihm gesprochen? Warum denn nicht? Was hat er denn gemacht?»

«Er hat geweint. Du weißt, was für ein Datum wir heute haben?»

Sie musste nachdenken.

«Heute ist der einundzwanzigste», sprang Gabe ein.

«Oh, verdammt.»

«Ganz genau», sagte ich. «Ich glaube, er fährt einmal im Monat nach Brooklyn.»

«Er hat geweint, sagst du?»

Ich berichtete, was ich gesehen hatte, das Schluchzen, Zittern, und dass ich mir gewünscht hätte, ich könnte zu ihm gehen, ihn trösten, aber keinen anderen Ausweg sah, als aus dem Zug auszusteigen, um nicht am Museum of Natural History auf ihn zu treffen, wohin er vermutlich ebenfalls unterwegs gewesen war.

«Warum fragt ihr ihn nicht einfach?», wollte Gabe wissen.

«Das hat keinen Zweck, er weigert sich, irgendetwas darüber zu erzählen», erklärte Mischa und schüttelte den Kopf. «Aber, ich meine, wenn er da gesessen und geweint hat, warum …» Sie sah mich an. «Wir müssen ihm das nächste Mal folgen.»

Ich zögerte. «Ich weiß nicht, ob das so schlau ist.»

«Willst du nicht wissen, wohin er fährt?»

«Nach Brooklyn, wie gesagt.»

«Ich meine, was er da macht?»

«Vielleicht.»

Mischa trank ihr Bier aus und ging wieder zu ihren Bildern zurück.

«Ich finde, wir sollten es tun. Aber das ist meine Meinung, es ist *dein* Onkel.»

«Ich werde darüber nachdenken.»

«Gut, ich muss noch eine Weile weitermachen, glaube ich. Aber du kannst gern hierbleiben, wenn es für dich okay ist, noch ein bisschen zu warten.»

«Ich glaube, ich habe für heute genug gewartet», antwortete ich und sah auf die Uhr.

«Ach genau, danach wollte ich eigentlich fragen. Lief es denn gut?»

«Lief was gut?», hakte Gabe nach. Also musste ich ihm erklären, was ich vor der Ankunfthalle des JFK gemacht hatte und dass ich nicht den Verstand verloren hatte, sondern ein verhältnismäßig ausgereifter Gedanke dahintersteckte.

«Heißt das, du machst *LAX*?»

«Sieht so aus.»

«Hervorragend. Hättest du gern Gesellschaft?»

Er bot mir an, zu meiner nächsten Schicht in der Woche darauf mitzukommen, als Gefolgsmann der Geduldsprobe. Ich nahm sein Angebot an, ohne zu zögern oder ihn davon zu überzeugen, dass es ihm möglicherweise nicht gefallen würde und er es sich deshalb lieber ersparen sollte. Obwohl ich das Herumstehen und Warten nicht mehr als eine so große Qual empfand wie am ersten Tag, war die Versuchung, jemanden dabeizuhaben, mit dem man sich unterhalten konnte, einfach zu groß. Außerdem, so sagte ich mir, um ein schlechtes Gewissen zu vermeiden, musste ich ja schließlich die Interaktion zwischen zwei Charakteren erforschen, die gemeinsam warteten, und wie sich die Physis des Wartens dadurch womöglich änderte. Trotz allem war es ja nicht nur eine Menschenseele, die das ganze Stück hindurch wartete, es waren zwei. Darauf lief es hinaus. Aber ich hätte um nichts in der Welt geglaubt, dass es jemanden gab, der sich freiwillig bereit erklärte, die zweite Hälfte dieses passiven, festsitzenden Duos zu bilden.

Als ich gegen elf die Tür aufschloss, lag die Wohnung im Dunkeln. Nur der Fernseher, dessen Flimmern und Ton bis in den Flur drang, verriet, dass jemand zu Hause war. Ich zog die Schuhe aus und fand Owen im Wohnzimmer, wo er gerade Nachrichten schaute.

«Hallo du», sagte er aufgesetzt jovial, als er mich sah. «Na, wie ist es dir heute am JFK ergangen, hast du jetzt fertig gewartet?»

«Nein, eine Runde habe ich noch vor mir», antwortete ich und warf einen Blick auf den Bildschirm, es ging gerade um die städtische Abfallentsorgung, es sah so aus, als würden wir in Zukunft unseren Müll sortieren müssen.

Ich setzte mich zu ihm und verfolgte die restliche Sendung.

«Und du?», fragte ich nach einer Weile. «Wie war dein Abend?»

«Ach, dieser? Tja, ganz schön. Habe nur einen kleinen Ausflug nach Greenwich Village gemacht, da waren heute Abend viele Leute unterwegs. Mir gefällt es dort, dir nicht auch? Aber es ist gerade so heiß, das muss ich schon sagen. Zu heiß für mich. Man sitzt vor den Restaurants und fragt sich, ob man drinnen oder draußen ist. Vielleicht muss ich mal für einen Tag an die Küste fahren. Hättest du Lust, mitzukommen, nach Coney Island zum Beispiel? Wir könnten mit der Subway rausfahren.»

Ich weiß nicht, ob ich es mir einbildete, aber ich hatte das Gefühl, dass er mich bei dem letzten Satz eindringlich ansah. Mir wurde unbehaglich zumute.

«Ich …», stammelte ich, ehe ich mich wieder gefangen hatte. «Ich fürchte, ich schaffe das gerade nicht, leider, mit dem Theater und allem. Wir fangen am Donnerstag mit den Proben an. Aber frag doch mal Mischa, die liebt den Strand.»

«Hm … wenn ich drüber nachdenke, war ich schon seit Jahren nicht mehr am Strand.»

«Dann solltest du auf jeden Fall hinfahren.»

«Aber die Leute liegen da jetzt wahrscheinlich dicht gedrängt wie die Ölsardinen.»

«Ich fürchte, das stimmt.»

Wir redeten nicht weiter darüber, wo wir gewesen waren und was wir gemacht hatten. Owen legte sich früh schlafen, und ich ging in mein Arbeitszimmer, um mir ein paar Notizen zu machen und meine Termine mit Produzenten und Leuten vom Gramercy Theatre vorzubereiten. Um ehrlich zu sein, war ich ziemlich überrascht, dass ich noch einmal die Möglichkeit bekam, auf dieser Bühne zu arbeiten, wo ich vor zwei Jahren beinahe für Spinnweben auf den Sitzen und Magengeschwüren bei den Betreibern gesorgt hatte. *Ocean* als Knaller zu bezeichnen, wäre jedenfalls stark übertrieben. Es war eher ein Blindgänger gewesen. Dass ich noch dazu mit dem Debüt eines vollkommen unbekannten Dramatikers ankam, hätte auch nicht zu meinem Vorteil gereichen dürfen. Ich konnte nur annehmen, dass der Enthusiasmus, den sie trotz allem gezeigt hatten, als ich das Stück und meine Pläne damit zum ersten Mal präsentierte, mit meinem eigenen Eifer zusammenhing. Oder sie rechneten damit, endlich einen triftigen Grund zu haben, um mich ein für alle Mal loszuwerden, falls auch diese Produktion ein kommerzielles Debakel wurde.

Die Grundidee, an der ich zu Hause arbeitete, war eine Inszenierung, die nicht in dieselbe Falle geraten sollte wie *Ocean*, obwohl auch diese Vorstellung in meinen Augen viel Gutes gehabt hatte und zeitweise bedeutend gelungener war, als es sich in den Zuschauerzahlen widerspiegelte. Aber das Timing war jetzt beispielsweise besser, die Leere und Verunsicherung, die der Anschlag mit sich gebracht hatte, hatten nachgelassen. Noch wichtiger aber war, dass ich eine Inszenierung anstrebte, die keinerlei Möglichkeit zur Improvisation bot und es den Schauspielern nicht erlaubte, das Tempo und den Inhalt nach eigenem Gutdünken anzupassen. Präzision und möglichst wenige Variablen, so lautete mein Mantra, also der diametrale Gegensatz zu dem, was Mischa gerade in SoHo machte, weshalb das vage Gefühl aufkam, dass wir uns nicht im selben Takt bewegten und unsere jeweiligen Welten genau in diesem Moment überhaupt nicht auf einer Linie lagen. Vermutlich war es nicht das erste Mal so, unsere Projekte waren sich schon öfter in die Quere gekommen, aber dann hatten wir uns jedes Mal angestrengt, eine Verbindung zwischen dem zu finden, was wir gerade taten. Doch im September desselben Jahres sollte ich mich dem nagenden Gefühl nicht länger entziehen können, dass wir an zwei völlig unterschiedlichen Fronten kämpften und sich ihr beinahe nachlässiger Umgang mit ihren Bildern und meine pathologische Detailversessenheit unmöglich auf einen Nenner bringen ließen.

Es war fast halb eins, und ich hatte mich schon hingelegt, als Mischa nach Hause kam, in beträchtlicher Schräglage, die von den Bieren herrührte, die Gabe und sie in ihrem Atelier geteilt hatten. Sie war außergewöhnlich gut gelaunt, schlüpfte unter die Decke und knuffte mich liebevoll in die Seite.

«Schläfst du schon?»

«Nein.»

«Das ist gut. Ich glaube, ich habe genau ein Bier zu viel getrunken.»

«Das riecht auch so, ja.»

«Mochtest du die Bilder? Fürs Krankenhaus?»

Ich schmiegte mich an sie.

«Ja», antwortete ich sanft.

«Bist du sicher? Sagst du das nicht nur so?»

«Sie sind großartig. Todgeweihte Patienten werden wieder gesund werden. Tumore verschwinden. Die Krankenversicherungsbeiträge sinken.»

«Gabe glaubt, sie haben großes Potenzial.»

«Ich widerspreche ihm nicht.»

Mischa beugte sich zum Nachttisch und nahm einen großen Schluck aus ihrer Wasserflasche.

«Also … was hat Owen gesagt?», fragte sie.

«Er hat gesagt, er wäre heute Abend in Greenwich Village gewesen.»

«Und?»

«Das war alles, was er gesagt hat. Und ich habe nicht weiter nachgefragt.»

«Aber er ist nicht dort gewesen.»

«Nicht heute Abend», sagte ich.

«Wenn du mit deinem Stück fertig bist und ich meine Bilder abgeliefert habe … dann müssen wir herausfinden, wo er hinfährt.»

«Bist du sicher, dass das eine gute Idee ist?», fragte ich.

«Nein», antwortete sie. «Überhaupt nicht.»

Schon am Morgen nach der Premiere von *LAX* verstanden wir, dass etwas anders war. Der Applaus vom Vorabend hatte sich in den Zeitungskritiken zu stehenden Ovationen gesteigert, und noch vor Ende der Woche waren neunzig Prozent aller Karten ausverkauft, es mussten zusätzliche Vorstellungen eingeplant werden, und so ging es bis Weihnachten weiter, als die große Nachfrage und Lee Summers bevorstehende Produktion von *From My Hometown* – die letzte Inszenierung am Gramercy, bevor das Theater geschlossen wurde – dazu führten, dass wir uns einen anderen Saal suchen mussten. Die Wahl fiel, meinerseits eher widerwillig, auf das Eugene O'Neill Theatre am Broadway, wo wir wegen einer plötzlichen Absage schon ab Juni spielen durften. Der Übergang vom bescheidenen Gramercy zum O'Neill mit seinen mehr als tausend Sitzplätzen ließ uns natürlich fürchten, dass sich *LAX* in einem neuen Licht und vor einem anderen Publikum zu einem neuen *Moose Murders* entpuppen würde, jenem Stück, an dem jedes Fiasko gemessen wurde, weil es vor zwanzig Jahren auf genau dieser Bühne so katastrophal gescheitert war, dass man auf den Fluren immer noch kopfschüttelnd über seine zweifelhafte Berühmtheit tuschelte. Und zwangsläufig machte ich mir auch Sorgen, dass die nötige Intimität mit dem Publikum in dem bedeutend größeren Saal gar nicht erst entstehen könnte, wo die festliche Stimmung und die Kartenpreise Erwartungen weckten, die uneinlösbar schienen.

Doch es funktionierte. Wir fielen auf die Füße, *LAX* lief fast ein Jahr lang vor ausverkauften Rängen, Roberto Gorza erhielt den Pulitzerpreis in der Kategorie Theater und wurde in allen Medien interviewt, und man sagte ihm eine glänzende Zukunft in der amerikanischen Gegenwartsdramatik voraus. FSG gab das Stück in einer ungekürzten Fassung heraus, solange das Eisen noch heiß war, und im Zuge der Veröffentlichung gab es Podiumsdiskussionen mit Gorza bei Barnes & Nobles, wo die Leute bis auf die Straße standen und über Lautsprecher mithörten; es war kaum zu fassen. Zitate aus dem Stück wurden auf Taxis und Busse geklebt, ohne dass ich ahnte, wer diesen Spaß eigentlich bezahlte; im Grunde war es aber auch egal, denn ich hatte noch nie so gut mit einer Produktion verdient, und es war ein ungewohntes, aber erschreckend angenehmes Gefühl, nicht mehr daran denken zu müssen, wovon ich das nächste Jahr über eigentlich leben sollte. Und als Gorza und ich nichts Neues mehr zu erzählen hatten, fanden die Zeitungen selbst etwas Neues, worüber sie schreiben konnten. Es gab Artikel über die Sprache, die, wie uns Mr. Gorza – trotz seines Migrationshintergrundes – gezeigt hatte, in all ihrer Pracht neben dem Alltagsenglisch existierte, über die Choreographie, die ich, basierend auf den ermüdenden Bändern der Überwachungskameras, zusammen mit dem polnischen Tänzer Stanislaw Mozdzierz entwickelt hatte, und darüber, wie die Langeweile durch die Sezierung und Durchdringung ihres Wesens und die komplementierenden Beziehung zu Gorzas unfehlbarem Text (was soll ich sagen, so schrieben sie wirklich) ihre wahre Natur als etwas zutiefst Ästhetisches offenbarte, ohne, so befanden die meisten Rezensenten, auch nur eine Sekunde selbst langweilig zu sein. Sogar die Vertreter der Flughafenbehörde äußerten sich gegenüber den Journalisten und bestätigten, dass sie weit mehr von meinen Wartezeiten vor der Ankunfthalle mitgenommen hatten als gedacht. Sie seien, so erklärten sie, *glücklich gewesen, der Kunst den Weg zu bereiten*, denn JFK solle ein Ort für alle sein, sagten sie und konnten auch darüber Auskunft geben, dass der Regisseur keineswegs die ganze Zeit allein dort gestanden hatte, sondern auch zusammen mit einem gewissen anderen, aufstrebenden Künstler, der währenddessen Skizzen gemacht habe, weshalb nicht auszuschließen sei, dass der Beitrag, den der Flughafen für die freien Künste geleistet hätte, bald auch in Galerien zum Ausdruck käme. Hinzu kam natürlich Kim Gordons Musik, die auch ihren Teil der Aufmerksamkeit einheimste und das Interesse an der Aufführung zusätzlich verstärkte, sogar unter denen, die Musik oder Filme oder Bücher überhaupt nur dann für sich in Betracht zogen, wenn soundso viele Leute vor ihnen sie auch schon gehört, gesehen oder gelesen hatten.

Und mitten in alldem wurde Mischas *Mount-Sinai*-Serie fertig und unter ebensolchem Jubel in Galerien in Manhattan, Chicago und Köln ausgestellt, ehe die Kardiologen sie übernahmen. Auch in diesem Fall wurde die Komposition kommentiert und bewundert, und für einen Moment dachte ich, dass wir vielleicht doch auf demselben Kurs lagen und Mischas Tanz der Kranken und meine Swing-Langeweile in Wirklichkeit zwei Seiten derselben Medaille waren. Doch das ließ sich nur schwer mit Sicherheit sagen, überhaupt war es schwer, einen klaren Gedanken zu fassen; ich habe diese Zeit als ein lärmendes Jahr in Erinnerung, in dem wir es kaum schafften, in Ruhe miteinander zu reden, irgendwie waren wie nie zur selben Zeit am selben Ort, selbst wenn wir uns im selben Raum befanden, nur einmal waren wir perfekt aufeinander abgestimmt, als die *Vanity Fair* anfragte, ob sie eine Story über Mischa und mich bringen könnte, mit Owen als musikalischem Geistesvater und Gabe hinter den Kulissen. Wir lehnten höflich dankend ab, und stattdessen kam Roberto Gorza auf den Titel, der zu diesem Anlass noch gefährlicher zurechtgemacht war, als er in Wirklichkeit aussah, als Gangster mit übertriebenem Sexappeal, der dich verführt, während er Dope an deine Kinder vertickt und in ein drive-by-shooting vor dem Haus seiner künftigen Schwiegereltern verwickelt wird. Weiß der Geier, womit sie ihn gelockt/bedroht hatten, dass er sich dafür hergab.

Owen Larsen verließ das Apthorp-Gebäude um drei Minuten nach sechs am Abend des sechzehnten November 2004 so, wie er es seit zweieinhalb Jahren um diese Zeit herum tat. Er ging in den Flur, zog seine Jacke an, nahm seine Schlüssel aus der Schale und trat in den Hausflur, fuhr mit dem Aufzug hinab, nickte dem Pförtner zu oder wechselte ein paar Worte mit ihm, um dann in östlicher Richtung die West 79th Street entlangzugehen, in Richtung des Parks und des A-Train, der die U-Bahn-Station am Museum of Natural History weniger als eine Minute nach Owens Ankunft verließ.

Das Einzige, was diesen Tag von allen anderen unterscheiden sollte, war, dass wir ihm folgten.

Mischa und ich hatten wochenlang geplant, was wir tun müssten, um unentdeckt zu bleiben, und wie wir uns verhalten würden, sollte er uns wider Erwarten doch bemerken. Solange er nicht registrierte, dass wir ihn aus einiger Entfernung beschatteten oder uns irgendwie verrieten, bevor wir in den Zug stiegen, wäre es verhältnismäßig unproblematisch, wenn er uns sah, solange wir noch in Manhattan waren. Dann konnten wir uns schnell irgendeine Geschichte ausdenken, dass wir auf dem Weg ins Kino oder nach SoHo wären, um Bilder abzuholen, und das würde er kaum in Frage stellen. In Brooklyn verhielt es sich dagegen anders. Wenn er dort hinführe, an denselben Ort, wo er im September gewesen war, wären die einzigen plausiblen Gründe, warum wir uns dort aufhielten, dass wir Mischas Freunde in Park Slope besuchen wollten oder meine Mutter – beides Ausflüge, die ich normalerweise so widerwillig antrat, dass ich tagelang im Voraus jammerte, weshalb es ihm sicher merkwürdig erscheinen würde, wenn ich mich spontan dazu entschied. Noch seltsamer wäre es gewesen, hätte er mich zu Fuß in Brooklyn gesehen. Für dieses Dilemma wussten wir einfach keine Lösung, außer darauf zu hoffen, dass es gar nicht erst nötig sein würde, eine zu finden.

Owen stieg in den A-Train, und in der Sekunde, ehe sich die Türen schlossen, schlüpften wir unbemerkt in den nächsten Wagen. Wir setzten uns so ans Fenster, dass wir sämtliche Leute im Blick hatten, die ausstiegen, während der Zug die Upper West Side hinter sich ließ und in südliche Richtung weiterfuhr. An einigen Stationen stiegen so viele Menschen ein und aus, dass wir uns einige Male fast getrennt hätten, damit ich aussteigen und sicherheitshalber nachprüfen konnte, ob er immer noch da war, aber wir ließen es immer bleiben, bis wir ihn plötzlich bei der Jay Street im Zentrum von Brooklyn auf dem Bahnsteig entdeckten. Wir sahen uns an. *Bis zum nächsten Mal ist es noch ein Monat*, sagte Mischa hektisch, und dann sprangen wir panisch zu den Türen, ohne darüber nachzudenken, wie viel Aufmerksamkeit wir erregten, als wir die Leute beiseitedrängten, um gerade noch rechtzeitig hinauszugelangen.

Doch er drehte sich nicht um. Er nahm die Treppen nach oben, bog um die Ecke und ging zu einem anderen Gleis hinab, wo er in den R-Train nach Bay Ridge umstieg. Wieder stiegen wir in den angrenzenden Wagen, und ich überlegte, wie weit von Manhattan entfernt ich ihn beim letzten Mal gesehen hatte. Vielleicht war es ungefähr hier gewesen. Wenn das stimmte, bestärkte es den Verdacht, dass er an denselben Ort fuhr. Leider gab es auch noch einen anderen Verdacht; wir mutmaßten, er könnte uns längst bemerkt haben und wollte nur testen, wie lange wir ihm zu folgen bereit waren, denn je näher wir der Endstation kamen, ohne dass er den Zug verließ, desto sicherer waren wir, dass er auf uns warten würde, wenn wir ausstiegen und keine andere Wahl hatten, als seine Wut oder Enttäuschung – oder wie auch immer er reagierte – über uns ergehen zu lassen, denn eines stand außer Zweifel: An einem Dienstag im November hatten wir nichts an der Südspitze von Bay Ridge zu suchen. Und als der Zug schließlich in die 95th Street einfuhr, den letzten Halt der R-Linie, standen wir schulterzuckend auf und verließen den Wagen, ohne uns darum zu kümmern, ob er uns sah oder nicht.

Er sah uns nicht. Auch diesmal nicht. Owen nahm zielstrebig die Treppe zur Straße hinauf und lief die 4th Avenue bis fast ans Ende hinab. Wir hielten mindestens hundert Meter Abstand, während er links abbog und unter der Brücke nach Staten Island hindurchging und dann eine Baustelle links liegenließ, an einem Fußballfeld entlanglief, in eine weitere Straße bog und direkt auf ein riesiges Gebäude zuhielt, in dem er verschwand. Jetzt kannten wir also sein Ziel.

«Es ist das Brooklyn VA-Krankenhaus», sagte ich leise. «Hier fährt er hin.»

Wir betrachteten den grauen, massiven Betonblock eine Weile. In den meisten Fenstern brannte Licht. Ich stellte mir die Menschen vor, die dort drinnen lagen und sich danach sehnten, den Himmel zu sehen, aber nur das Abenddunkel und ihr eigenes Spiegelbild in der Scheibe erblickten. Vielleicht waren sie aus dem Irak oder aus Afghanistan gekommen. Wahrscheinlich waren sie jünger als ich. Es konnten auch Veteranen aus anderen Kriegen dort liegen, Menschen, die noch nicht wieder ganz nach Hause gekommen waren und es mental auch nie tun würden, Soldaten, die ihr Zuhause gleich zwei Mal verloren hatten.

«Glaubst du, er besucht hier jemanden?», fragte Mischa.

«Wohl kaum. Wer liegt denn schon drei Jahre lang im Krankenhaus?»

Wir gingen zum Eingang und in die Vorhalle, taten so, als hätten wir dort etwas zu tun, zwischen den Pflegern und Ärzten, die mit angespannten Mienen hin und her liefen, und den erschöpften Angehörigen und den Reihen von Rollstühlen und Rollatoren und anderen Hilfsmitteln, die alten Leuten vorbehalten sein sollten und nicht zu Männern Anfang zwanzig passten. Neben der Übersicht über die einzelnen Abteilungen gab es ein Schwarzes Brett, und dort fanden wir ihn. Owen. Zwischen Daten versteckt: *VIETNAM VETERANS OF AMERICA, Abteilung 72, Brooklyn, New York. Treffen 2004: 20. Januar; 17. Februar; 16. März; 20. April; 18. Mai; 15. Juni; 21. September; 19. Oktober; 16. November; 21. Dezember. Alle Vietnamveteranen und ihre Angehörigen sind herzlich willkommen. Die Treffen finden an jedem 3. Dienstag im Monat um 19:30 Uhr in der 2. Etage statt, Raum 2-405.*

«Er geht zu den Treffen», stellte ich fest.

«Sieht so aus.»

«Erinnerst du dich, dass er mit anderen Veteranen zusammen war, als er in der ersten Woche bei den Aufräumarbeiten am Ground Zero geholfen hat? Ich glaube, seitdem kommt er hierher.»

«Nein», antwortete Mischa entschieden. «Das erste Mal war er an dem Tag hier, als Antichrist in Rente ging. Da fing das alles an.»

So könnte es gewesen sein. So kann es gewesen sein. Dass wir unterschätzt hatten, wie viel der alte Pförtner meinem Onkel bedeutet hatte. In diesem Moment hätten wir wieder gehen, hätten Owen damit in Ruhe lassen können, hätten uns nicht einmischen müssen, nicht ehe er selbst befand, dass die Zeit dafür reif wäre, wenn diese Zeit je käme – eine Jahreszeit, die zwischen einem langen Winter und einem milden Frühling eingeklemmt war; ich weiß nicht, ob es besser gewesen wäre. Aber wir blieben. Ich glaube, wir wollten ihm zeigen, dass er nicht allein war. Obwohl er genau das war.

Gegen halb zehn sahen wir sie die Treppe zur Eingangshalle herunterkommen, zehn oder fünfzehn Männer, man hätte sie nicht bemerkt, wenn man nicht nach ihnen Ausschau gehalten hätte; ein stilles Grüppchen ewiger Brüder. Stolz, ein bisschen traurig, einige mit grimmigen Mienen, andere lächelnd, als hätten ihnen die beiden Stunden, die hinter ihnen lagen, gutgetan oder wären zumindest unproblematisch gewesen, eine ihrer monatlichen Pflichten. Es waren Weiße und Schwarze und Lateinamerikaner, aus allen Gesellschaftsschichten, Republikaner und Demokraten und jene, die nicht mehr wählen gingen, mit einem guten oder schlechten oder gar keinem Job; in bequemer Freizeitkleidung und in Jacken, auf denen das Emblem des Vereins und ihre Namen eingestickt waren; wir sahen olivfarbene Armeejacken mit den Tropic-Lightning-Insignien der 25. Infanteriedivision über bügelfreien Hosen, Bierbäuchen und orthopädische Sandalen, patriotische Caps mit Parolen wie *Some Gave All*, *You Are Not Forgotten* und *God Bless America.* Wir sahen ein T-Shirt mit der Aufschrift *We Were Winning When I left* und einen Pullover, auf dem *Never Again* stand. Ich suchte nach dem Veteranen, den Mordecai und ich immer vor dem Roosevelt-Einkaufszentrum gesehen hatten, aber ich entdeckte ihn nicht. Es war auch nicht sicher, dass er noch lebte.

Als ich Owen unter ihnen sah, schämte ich mich entsetzlich für all die Kriegsromantik, die ich betrieben hatte, für diese lächerliche Vorstellung, dass mein Umzug in die USA ein Opfer gewesen war, das mit dem ihren vergleichbar wäre, und dafür, wie ich auch jetzt, während ich in der Eingangshalle des Krankenhauses stand, nicht von dem Gedanken loskam, die Hauptperson in einem inszenierten Inferno zu sein, wo das Land mein Dschungel war und mein Leben der Fluss, den ich mutig erkundete; als wäre der Vietnamkrieg für die Soldaten damals in Wahrheit nichts als ein Selbstverwirklichungsprojekt gewesen und wäre es für mich bis heute. Doch hier waren sie, ob es uns gefiel oder nicht; denn ob man für oder gegen den Krieg war, hatte keine Bedeutung mehr, die Kriegsveteranen standen außerhalb der Politik, und was auch immer sie davon hielten, dabei gewesen zu sein, war jetzt auf reines Überleben reduziert. Am liebsten wäre ich einfach umgedreht und gegangen, dieses Gefühl, ein Voyeur zu sein, ein Eindringling in etwas, das mir nicht gehörte und an dem ich mich trotzdem jahrelang gierig bedient hatte, war kaum zu ertragen. Ich sah sie an, wie unterschiedlich sie waren und doch gleich. Es war nicht so, dass sie mir leidtaten, keiner von ihnen, sie bewegten sich nicht so, als wären sie auf Mitgefühl aus, nein, eher Akzeptanz, wohl wissend, dass Verständnis außerhalb dessen lag, was sie erwarten konnten; ich sah sie und spürte – zum ersten Mal – eine dröhnende Erleichterung, keiner von ihnen zu sein. Um dann, gleich im nächsten Moment, zu denken, wie unglaublich die Vorstellung war, dass all diese alternden Männer, jetzt Väter und Großväter, an all diesen Orten gewesen waren, die ich nur aus Büchern oder Filmen kannte, dass sie einmal jung gewesen waren und andere Menschen, dass sie Dinge gesehen hatten, die sich nie wieder ungesehen machen ließen, im Kreuzfeuer an irgendeinem beschissenen Fluss gelegen hatten oder an einem Strand oder irgendwo mitten im dichtesten Dschungel (nicht dass der Ort irgendeine Rolle gespielt hätte), nach einer tage- oder wochenlangen Wanderung, unter einer Führung, die im Schlaf die Offiziersgrade und Medaillenhierarchien aufsagen, aber kaum einen Kompass lesen konnte, und dass sie keinen Gedanken daran verschwendeten, dass eines Tages Leute wie ich diesen Albtraum oder die Aufopferung oder wie auch immer man es nennen wollte – und das höchst reale Trauma, zu sehen, wie die eigenen Freunde, Kollegen, Bekannte oder Neuankömmlinge verstümmelt oder getötet werden, so detailliert, wie es kein Film wiedergeben kann –, zu einer persönlichen und politischen Bildungsreise für Zuschauer reduzieren würden, begleitet von Rockmusik und nostalgischen Flower-Power-Zitaten, von bewusst gekleideten Zivilisten, die im Kreis tanzten und ihre Einberufungen verbrannten und Gedichte und Protestsongs schrieben und den Fuzz am Gitarrenverstärker aufdrehten, und der ganzen billigen Mythologisierung der Mischung aus Waffen und Dope und Natur und den sechziger Jahren, wo alles in Flammen stand, aufrührerisch und zerstörerisch; zu etwas, das leichter zu ästhetisieren als zu begreifen war und noch viel weniger zu verzeihen.

Endlich entdeckte er uns. Erschrocken oder wütend, sein Blick war uneindeutig. Ich sah, wie er sich aus der Gruppe herausdrängte und auf uns zukam.

«Was zum Teufel macht ihr hier?», zischte er. «Spioniert ihr mir nach, oder was soll das?»

Wir wussten nicht, was wir sagen sollten, also sagten wir nichts. Das war wohl auch am schlausten. Wir blieben einfach nur eine Weile stehen, bis sich unsere Herzen beruhigt hatten und sich die Gruppe der Veteranen hinter uns allmählich auflöste. Einige gaben sich die Hand oder umarmten sich, einige wurden im Rollstuhl zu wartenden Autos geschoben. *Bis nächsten Monat. Ja, bis dann.* Andere verließen das Krankenhaus ohne ein Abschiedswort oder kehrten zu den Krankenhausabteilungen zurück, aus denen sie gekommen waren.

«Lasst uns nach Hause fahren», sagte Owen betreten und ging in Richtung Ausgang. Wir folgten ihm, beschämt, schweigend, denselben Weg, den wir gekommen waren, am Fußballfeld und an der Baustelle vorbei, durch die Straßen Brooklyns bis zur Subway. Die ganze Zeit über lief Owen drei, vier Meter vor uns, als hätte er es eilig, davonzukommen. Das war es, was mich so frustrierte. Hätte er uns wenigstens eine Standpauke gehalten oder zugegeben, dass er trotz allem froh war, uns zu sehen, wenn es so war, dass ein Teil von ihm erleichtert darüber war, es nicht mehr für sich behalten zu müssen; hätte er nur irgendetwas gesagt, egal was, wäre es besser gewesen.

Am Ende war ich derjenige, der etwas sagen musste, als wir uns in den Zug nach Hause gesetzt hatten. Ich sagte es, weil ich inzwischen auch irritiert war, und frustriert. Ich sagte es, weil mir nichts anderes einfiel. Ich sagte:

«Ich dachte, du hättest mit diesen Sachen abgeschlossen und es gäbe nichts mehr darüber zu erzählen?»

Erst da wurde er etwas milder und sah uns an, zum ersten Mal seit diesen ersten Sekunden in der Krankenhauslobby.

«Ich habe mit diesen Sachen abgeschlossen. Aber die Sachen haben nicht mit mir abgeschlossen.»

Dann holte uns das Schweigen wieder ein. An der Jay Street bewegten wir uns wie eine Prozession hinüber zum A-Train, und bald tauchten die vertrauten Stationsnamen von Manhattan wieder auf:

Fulton Street, Canal Street, Washington Square, Penn Station, Columbus Circle, Museum of Natural History.

«Immerhin», sagte ich, um die Stimmung ein bisschen aufzuheitern, als wir das letzte Stück der 79th entlanggingen, «ist jetzt sonnenklar, dass du dort drüben kein LRRP warst. Du hast dich auf dem ganzen Weg zwischen dem Apthorp und dem Krankenhaus kein einziges Mal umgesehen.»

Er blieb stehen. Ich weiß nicht, warum er stehen blieb.

«Nein, du hast recht», erwiderte er, «ich war kein *lurp.* Allerdings ist das hier auch New York und kein gottverdammtes A-Shau-Tal.»

Ungefähr ein Jahr darauf, einige Wochen vor Weihnachten, kurz nachdem *LAX* am Eugene O'Neill Theatre am Broadway auslief, kam die Nachricht, dass Roberto Gorza in Los Angeles erschossen worden war. Ich las es auf der Titelseite der New York Times, über einem der ersten Berichte über das Massaker von Haditha und dem Leitartikel, in dem es um George W. Bushs Eingeständnis ging, dass der Einmarsch in den Irak vor zwei Jahren auf der Grundlage falscher Informationen beschlossen worden war, für die er die volle Verantwortung übernahm, auch wenn er betonte, dass er die Entscheidung weiterhin für gerechtfertigt hielte. Der Text über Roberto Gorza war dagegen verhältnismäßig kurz, man wusste nicht viel. Er war in dem Viertel erschossen worden, in dem er aufgewachsen war, und die Polizei untersuchte eine mögliche Verbindung zu den derzeitigen Bandenkriegen in dieser Gegend. Mehr wurde nie bekannt. Sein Verlag schrieb einen schönen Nachruf, ich tat dasselbe, gemeinsam mit den Theaterleuten, die an seinem Stück mitgearbeitet hatten. Und das war es. Die Ermittlungen der Polizei verliefen im Nichts und wurden mit einem Achselzucken und dem Hinweis auf Einsparungen und Personalmangel eingestellt, und keine Lobeshymne oder Auszeichnung der Welt konnte ihn wieder zum Leben erwecken, damit er einen Nachfolger schrieb oder klarstellte, ob er ein aktives Mitglied der Mara Salvatrucha gewesen war, als er starb. Sein Tod passierte einfach, und ich überlegte ein paar Tage lang, ob ich zur Beerdigung fahren sollte oder nicht. Am Ende tat ich es nicht, sondern rief stattdessen seine Eltern an und kondolierte ihnen, wobei ich Owens Worte stahl: *Er hatte vielleicht mit diesen Sachen abgeschlossen. Aber die Sachen hatten nicht mit ihm abgeschlossen*, sagte ich. Ich glaube, Owen wiederum hatte es aus irgendeinem Film. An jenem Nachmittag begann ich wieder mit dem Laufen. Nachdem ich das Telefonat mit seinen Eltern beendet hatte, ging ich ins Schlafzimmer, zog mir Sportsachen an, holte meine alten Joggingschuhe aus der hintersten Ecke des Schranks, ging hinaus und joggte in der kalten Luft langsam nach Norden, siebenundzwanzig Blocks hoch; bis zum Duke Ellington Boulevard lief ich, auf den fast menschenleeren Bürgersteigen, und den ganzen Weg auf der Westseite des Parks wieder zurück, wo die Bäume keine Blätter mehr trugen, und ich musste an Ernesto denken, den Laubbläser in Garden City, der wie Roberto aus El Salvador stammte und den man erst an dem Tag vermissen würde, an dem er nicht mehr da war und die Blätter sich in der Einfahrt türmten. Und an Antichrist. Und an Mordecai. Einer nach dem anderen verschwanden sie. Erst als ich zum Apthorp kam und mich umsah, während ich die letzten Meter ging, fiel mir auf, dass es zu schneien begonnen hatte. Ich hatte deutliche Fußspuren hinterlassen, die hinter der Ecke verschwanden.

Owen saß in der Küche, als ich hereinkam, um mir ein Glas Wasser zu holen, ehe ich duschte.

«Bist du gerade draußen gewesen?», fragte er erschrocken. «Ist dir klar, wie kalt es ist?»

«Wenn man läuft, fühlt es sich anders an.»

«Kann sein.»

Er stand auf, um sich eine neue Tasse Kaffee zu holen. Als er mit dem Rücken zu mir stand, sagte er es:

«Ich glaube, wir müssen wieder dorthin zurück.»

«Nach Vietnam?» Ich setzte mich auf den Küchentisch.

«Ein Teil unserer Gruppe plant einen Besuch der Orte, an denen wir stationiert waren», sagte er. «In ein paar Jahren. Oder sobald wir genug Geld gespart haben. Ich glaube, ich muss diese Reise mitmachen.»

«Ich glaube, es ist an der Zeit, dass du anfängst zu erzählen», sagte ich.

«Wovon erzählen?»

«Wer du damals warst.»

«Das ist keine revolutionäre Geschichte.»

«Vielleicht solltest du es trotzdem tun.»

SEITEN AUS DEM IMPERIALISTISCHEN TAGEBUCH

(FRONT TOWARD ENEMY.
THE YEAR OF THE MONKEY)

1966–1970

1

Es ist nicht, wie du denkst.

Ich bin wegen des Jazz nach Amerika gekommen. Das war das Wichtigste für mich: die Musik. Ich saß im Wohnzimmer in Stavanger und hörte abends Radio, wenn meine Eltern nicht da waren, und später in meiner Einzimmerwohnung in Oslo, wo ich die Lautstärke aufdrehte, bis meine Nachbarn gegen die Wände klopften und riefen, es sei mitten in der Nacht und ich solle zusehen, dass ich endlich ins Bett käme wie jeder andere Mensch auch. Die wenigen Platten, die ich besaß, spielte ich in Endlosschleifen. Ich wollte der neue Charlie Parker werden, der neue Monk. Ich wollte ein Rächer und Zerstörer sein, so wie ich auch Mingus sah, nachdem ich ihn vier Jahre zuvor, im Frühjahr 1964, in der Aula der Osloer Universität erlebt hatte, zusammen mit einer der besten Bands, die der Jazz jemals hervorgebracht hat. Es war das wichtigste Konzert, das je auf norwegischem Boden stattfand. Wir würden es nie vergessen. Dannie Richmond am Schlagzeug, Jaki Byard am Klavier, Johnny Coles an der Trompete, Clifford Jordan am Tenorsaxophon und Eric Dolphy, der heimliche Star, am Altsaxophon. Sie klangen so aggressiv, selbst wenn sie «So Long Eric (Don't Stay Over There Too Long)» spielten; als wollten sie das ganze Gebäude mit ihren Instrumenten einreißen. Aber die Zuschauer klatschten lediglich zahm. Sie applaudierten einfach jedem Solo und saßen brav auf ihren Stühlen, während die ersten Risse entstanden und Mingus seine Band bis zu dem Ton trieb, der das Dach abheben lassen würde. Das Haus blieb unversehrt, stattdessen brach Dolphy zusammen, fünfundzwanzig Tage später, in Berlin, ohne jede Vorwarnung; er stand nie wieder auf, und die Deutschen glaubten, er wäre ein Junkie – er war schwarz, er war Jazzmusiker, er musste ein Junkie sein. Doch es war eine unentdeckte Diabetes, die ihm den Garaus gemacht hat. Ich träumte davon, so zu leben wie Mingus und seine Band: immer am Abgrund, jeden Tag, immer unterwegs zu neuen

Zielen. Keine trübe Tasse, sondern ein Platzhirsch, ein Jazz-Bomber, der in Läden ging, wo es nur so brummte, ich hörte schräge Glatzen und war scharf drauf, einen steilen Zahn aufzugabeln, und ich stand auf die wuchtigen Kapellen, die 'nen glatten Bass machten oder 'nen starken Strahl bliesen und 'nen flotten Knüppel schlugen oder wie auch immer wir damals daherredeten, ich habe den Jargon vergessen, mein Gedächtnis wirft alles durcheinander. Ich wollte coole Rollkragenpullis oder frischgebügelte Hemden aus der Reinigung um die Ecke tragen, sie sollten ungewohnt sauber riechen; ich träumte davon, die dunklen Kellerclubs in Greenwich Village zu besuchen, die so verräuchert waren, dass man einander nicht sehen konnte, ich träumte davon, in einen vollen Schuppen zu kommen und einfach da zu sein, völlig frei, verstehst du, was ich meine? Ich wollte Teil des Ganzen sein, auf den größten Bühnen spielen, aber auch in den dunkelsten Kellern. Ich wollte Coltrane werden, wollte stoned sein, Heroin probieren, wollte völlig ausgeknockt auf irgendwelchen Straßen oder Dächern aufwachen, *wollte mit hübschen jüdischen Mädchen abhängen, die Ezra Pound lasen und Omakleider und Nähen und Amphetamin und Junk und Bebop und Gedichte liebten und Tagebücher schrieben und malten.* Ich wollte die Kerze nicht an beiden Enden abbrennen lassen; ich wollte sie auspusten, während alle zusahen. Ich wollte, dass alle sagten, was für ein großer Verlust mein früher Tod war.

Aber ich scheiterte.

Diese verdammte Unreife. Und Ahnungslosigkeit.

Meine größte Sorge bestand darin, dass ich nicht musikalisch genug war, nicht die nötige Ruhe hatte; ich konnte kein guter Jazzmusiker werden. Ich fand es zu spät heraus. Meine einzige Möglichkeit war, ein Fälscher zu werden, fast hätte ich Falschspieler gesagt; dazu reichte mein Talent. Einer, der jede einzelne Bewegung plante und jede Note im Voraus berechnete. Ich konnte problemlos lange, atemberaubende Pianosolos der bekanntesten Jazzaufnahmen nachspielen, aber sobald ich gebeten wurde, selbst zu improvisieren, zusammen mit anderen Musikern, war ich blockiert. Ich hätte es in den Fingern, wurde mir gesagt. Bedauerlicherweise führten die Finger aber einen Dialog mit dem Kopf. Vermutlich hatte dieser Defekt von Anfang an in mir gesteckt, war immer schon latent da gewesen, um sich später als ernstes psychisches Problem zu manifestieren, als es längst zu spät war, um wieder nach Hause zu fahren. Ich war umgezogen, ich wohnte in den USA. Ich hatte kein Zuhause mehr. Ich war gezwungen, Musik zu machen, die kaum jemand hörte.

Doch es war die frühe Musik, die mich kaputtmachte, sie war der ursprüngliche Keim für jene Infektion, die im Stillen mein musikalisches Immunsystem zerstörte.

Meine Eltern. Mein Vater. Es war sein Fehler, zumindest indirekt. Ich habe lange gebraucht, um das zu verstehen. Und noch länger, um zu verstehen, dass es nicht richtig gewesen ist.

Ich wurde im Herbst 1944 geboren. Im Krieg, der sich aber schon dem Ende zuneigte, genau wie mein nächster Krieg, als ich in ihn einzog; beide Male kam ich zu einem seltsamen Zeitpunkt dazu, in einer besonderen Lage, und hatte den Eindruck, ich hätte von Anfang an dabei sein müssen, um wirklich zu begreifen, was vor sich ging. Und die Musik, mit der ich aufwuchs, war die Musik des Himmels, Kirchenlieder, analysiert und dechiffriert von Männern mit ernsten Mienen. Ihre Töne schleppten sich über unsere abgelaufenen Holzdielen, und anfangs mochte ich sie, diese Kirchenlieder, in den ersten Jahren, den ersten zehn. Sie erfreuten mich, und ich identifizierte mich mit ihnen und bedankte mich zufrieden, wenn jemand darauf hinwies, wie schön es war, dass ich sie alle auswendig konnte, und wie stolz meine Eltern – mein Vater – sicherlich auf mich waren.

Die freikirchliche Musik, die er in unsere Familie brachte, legte sich wie eine Löschdecke über die Kreativität, mit ihrer Vorhersehbarkeit, all ihren Regeln und Ermahnungen von oben, wie sie zu sein hatte; sie musste immer eine Funktion haben. Und die Funktion war stets dieselbe: Wir sollten, konnten, durften nicht vergessen. «Welch ein Freund ist unser Jesus», sangen wir. «Lobe den Herrn, meine Seele», sangen wir. «Meine Hoffnung und meine Freude», sangen wir, und es konnte nicht mal ein Spatz vom Himmel fallen, ohne dass Gott davon Wind bekam; ich strengte mich an, um zu verstehen, wie es ihm überhaupt möglich war, einfach alles im Blick zu behalten, ich suchte überall nach IHM, öffnete Schränke und Schubladen, wenn mich keiner sah, ging auf den Dachboden und kramte in alten Kisten und Koffern; ich schaute unter meinem Bett nach, bevor ich mich hinlegte, die Hände über der Bettdecke faltete und horchte, vom Gedanken verzaubert, dass ER sich genau in dem Moment in unserem Haus befand, im selben Raum, in dem auch dein Vater und ich lagen, jedoch ohne sich zu erkennen zu geben, ohne einen einzigen Ton von sich zu geben. Im Winter entdeckte ich einen sterbenden Vogel vor unserem Küchenfenster, er war gegen das Fenster geflogen, und jetzt lag er mit gebrochenem Genick und verdrehten Beinen im Schnee. Noch lebte er, atmete in kurzen, piepsenden Stößen. Breitbeinig stand ich da und wartete. Ich half dem Vogel nicht; ich wollte auf Gott warten. Ich wollte selbst sehen, wie Gott in unseren Garten kam, wie er sich herabbeugte und den Vogel mit dem Finger anstupste, ehe er sich wieder aufrichtete, milde den Kopf schüttelte und den Todesfall in sein Buch notierte, ehe er zum nächsten Ereignis aufbrach. Am Abend war ER immer noch nicht gekommen, ich erzählte es niemandem, ich ließ den Vogel im Laufe der Nacht allein sterben, weil ich mir sicher war, dass er am nächsten Tag fort wäre. Heimgeholt. Beim ersten Tageslicht zog ich mich an und eilte hinaus; er lag nach wie vor da, es war eine enorme Enttäuschung, der Todesfall war unbemerkt geblieben. Ich stupste die Leiche mit dem Stiefel an, der Vogel rollte auf die Seite, ganz steif. Auch im Schnee, der ihn umgab, konnte ich keine anderen Fußstapfen als meine eigenen erkennen. An jenem Abend öffnete ich nicht mehr die Schränke und ließ die Schubladen geschlossen, ich schaute nicht unter das Bett, bevor ich mich hinlegte, sondern knipste nur das Licht an und lag mit einem Buch und der Taschenlampe, die ich zu Weihnachten bekommen hatte, unter der Decke. Mein Vater hatte mir beigebracht, wie ich damit Morsesignale sendete, und ich hatte monatelang meine Codes durchs Fenster geschickt, an den Abenden, bevor ich mich hinlegte, die Taschenlampe so auf den Himmel gerichtet, dass ER sie sehen würde: Ich hatte gemorst, dass es mir gut ging, bis eines Tages ein Nachbar bei uns anklopfte und mich bat, damit aufzuhören; er habe den Krieg überlebt, sagte er. *Das erinnert mich daran, was die Deutschen gemacht haben*, sagte er. Er führte nicht näher aus, was er damit meinte. Mein Vater versprach ihm, dass es nicht noch einmal vorkommen würde. Ich lag mit der Taschenlampe unter der Bettdecke und las einen Tex-Willer-Comic, den mir jemand ausgeliehen hatte, eine Woche lang hatte er ungelesen in meiner untersten Schublade geglüht – ich durfte so was nicht lesen, es war eine unchristliche, verdorbene Lektüre, aber inzwischen fühlte ich mich sicherer, war mutiger geworden: ER konnte einfach nicht an allen Orten gleichzeitig sein, manches musste ihm auch entgehen oder als unwichtig abgeschrieben werden. Am Tag darauf wusste ich, wie richtig meine Annahme war: Der Vogel lag noch immer da, fast ganz von Neuschnee bedeckt, eine kleine Erhöhung im verschneiten Garten. Den ganzen Winter über ließ ich ihn liegen, um Ihn zu verspotten, wenn ER vorbeikäme, um den Spatz mitzunehmen. *Ich sehe dich*, wollte ich sagen, *du warst nicht hier, als es darauf ankam.* Doch ich hatte nie die Gelegenheit, es zu sagen, auch nicht meinem Vater, ich träumte davon, es wenigstens ihm zu sagen; dass ein Spatz zu Boden gefallen war und Gott es verpasst hatte. Das konnte ich aber nicht, es war einfach unmöglich. So etwas sagte man bei uns nicht. Man faltete die Hände. Man wartete, bis das Essen gesegnet war. Man sang.

Wir sangen. Zu Hause und bei den Andachten im Gebetshaus der Inneren Mission; und als mein Vater fragte, warum ich nicht länger die Schränke und Schubladen durchsuchte, und damit verriet, dass er die ganze Zeit von meinen Ritualen gewusst hatte, sagte ich, es sei nicht mehr nötig, weil ich nun wüsste, dass ER die ganze Zeit hier sei. Ich glaube, das war meine erste Lüge. Auf die unzählige weitere folgen sollten. «Nun wir still die Hände falten», sangen wir. «Mögen sich die Wege vor deinen Füßen ebnen», sangen wir. «Erfüll das Herz mit deinem Geist», sangen wir. Die Wörter passten nicht mehr in meinen Mund, ich musste ständig schlucken, um mitzukommen, und bekam heftige Hustenanfälle, mit denen ich die Gemeinde störte; man drehte sich um und bedachte mich mit enttäuschten Blicken, und um mich zu übertönen, sang mein Vater lauter als alle anderen, er hatte ein kräftiges Organ. Dies war sein Tag, es waren seine Stunden und Minuten, seine Pausen von seinem zweiten Ich, von dem die Leute glaubten, es sei nicht mit seinem ersten vereinbar: dem Industriearbeiter, dem Gewerkschafter. Dem Kommunisten. Dem Mitglied der NKP. Ihn quälte das nie, er sah zwischen diesen beiden Überzeugungen keinen Gegensatz. Wenn überhaupt, war er doppelt stolz. Unter der Woche arbeitete er auf der Schiffswerft Rosenberg, an Sonntagen ruhte er Körper und Geist mit der Vorsehung aus. Das brachte ihm aus beiden Lagern Kritik und Skepsis ein, aber er blieb standhaft und ließ im Wohnzimmer zwei Bilder hängen, eins von Lenin, das andere vom Laienprediger Hans Nielsen Hauge; und sei es nur, um seine Unbeirrbarkeit zu unterstreichen.

Was zuerst in mir aufkam, ob es der Widerwille gegen das ewige Singen war oder gegen die Religion an sich oder meine Eltern und alles, wofür sie standen, weiß ich nicht mehr genau. Aber ich ging weiterhin in die Kirche, auch nachdem ich zum Lehramtsstudium nach Oslo gezogen war; in der Uranienborg-Kirche waren die Lieder weniger aufdringlich als in den bebenden vier Wänden des Gebetshauses, und eine Zeitlang konnte ich in dem gewaltigen Raum immer noch atmen. Ich weiß, dass es meinen Vater freute, wenn ich in meinen Briefen schrieb, ich sei in der Kirche gewesen, obwohl er es wohl lieber gesehen hätte, wenn ich mich an «die Unsrigen» gehalten hätte. Von ihm übernahm ich auch das Doppelleben: Im Anzug ging ich zum Gottesdienst und saß zurückhaltend in einer der hintersten Holzbänke, anschließend spazierte ich den kurzen Weg nach Briskeby, in die Løvenskiolds gate, und dort, im Ziegelgebäude mit Blick auf den schönen Springbrunnen, bekam ich Unterricht von Herrn Rolfsson, einem Jazzpianisten, der während des Krieges in London gewohnt hatte und immer gehetzt spielte, weil er während The Blitz solche Angst gehabt hatte, sein Stück nicht mehr rechzeitig beenden zu können; zwei Stunden lang durfte ich spielen, am heiligsten aller Tage durfte ich die Stille durchschneiden, ehe ich wieder bergab nach Skillebek und zu meiner Wohnung ging, fünfundzwanzig Quadratmeter, dritter Stock, und vor der Begegnung mit meinen Schülern am

Montag einen ganzen Abend lang Aufsätze korrigieren musste, begleitet vom *Thelonious Monk Quartet with John Coltrane at Carnegie Hall*, Musik, die zu spielen ich mir erträumte; sie schallte aus den Lautsprechern, breitete sich über das Bücherregal aus, das ich als Raumteiler aufgestellt hatte, und bis in die Schlafecke und meine Klamotten hinein, bis in die Socken, die über der Stuhllehne hingen. Bis in meine Schuhe.

Meine Religiosität verkam. Als im Herbst 1966 die letzten Blätter von den Bäumen im Skillebekkparken fielen, sank auch mein Bedürfnis, in die Kirche zu gehen, rapide; das zu erleben, war eine Befreiung. Stattdessen blieb ich immer häufiger im Keller der Uranienborg-Schule sitzen, nachdem die anderen Lehrer nach Hause gegangen waren, bis spät in den Abend hinein; im Luftschutzkeller stand ein Klavier, um das sich niemand mehr kümmerte; ich machte vom Gewohnheitsrecht Gebrauch und eignete es mir an, ich annektierte es, rammte meine Flagge zischen die Tasten und spielte dort unten «Kjempeviseslåtten», vollkommen ungestört. Ich hatte das Stück während meines Wehrdienstes in Nordnorwegen kennen- und schätzen gelernt; Rolfsson brachte mir bei, es nach Sæveruds eigenen Anweisungen zu spielen, ohne Zurückhaltung, fast hysterisch, und am Ende grenzüberschreitend roh. Man begann über mich zu sprechen, man hätte nachmittags und am späten Abend jemanden im Schutzraum spielen hören. Die Lehrer, die nach Schulschluss geblieben waren, um Klassenarbeiten zu korrigieren, hatten mich gehört. Und ich fand Anschluss: Kollegen hörten auf, Kollegen zu sein, stattdessen wurden sie Freunde; ich hatte eine Ausrede, auszugehen, und ich liebte es. Sie nahmen mich mit, wir fuhren in den Club 7 am Frognerkilen und hörten Jazz, dort waren wir unter uns, jenseits von Krawattenzwang und Hemdpflicht, hier waren wir nicht auf Standardtänze und Mindestverzehr angewiesen, sondern von Jazz und Lyrik und großen Bieren und vollen Weinflaschen umgeben; wir trugen drinnen Sonnenbrillen, weil es erlaubt war, und aus demselben Grund rauchten Frauen Pfeife, und Attila Horvath, der Zeremonienmeister des Ganzen – der angeblich Boxer gewesen war und gegen die Kommunisten in Ungarn rebelliert hatte, ehe er nach Norwegen floh, warf Gäste, die sich nicht benehmen konnte, kurzerhand vom Balkon im ersten Stock hinab ins Wasser, in das auch die Kloake geleitet wurde – weil er sich die Freiheit nahm, mit Leuten, die nicht wollten, wie er wollte, zu machen, was er wollte.

Die Klavierstunden bei Rolfsson bekamen, nachdem ich den Club 7 und die Szene dort kennengelernt hatte, ein anderes Gewicht, eine neue Schwere war in mein Leben getreten, und sie war nicht vergleichbar mit der, die ich von Haus aus mitbrachte – der Gebetshausschwere. Diese Schwere war etwas anderes, anstatt auf mir zu lasten, verband sie mich mit den Menschen, die ich getroffen hatte, und mit der neuen Musik. Ich hörte auf, in die Kirche zu gehen, ich schrieb meinem Vater davon. Ich schrieb: *Etwas ist passiert, ich glaube, es könnte eine neue Erweckung sein. Es verhält sich so, dass ich einen Beschluss gefasst habe, und die Konsequenz dessen ist, dass ich nicht mehr zum Gottesdienst gehe. Ich habe die Schlüssel aus der Hand gegeben. Ich habe neue Türen aufgestoßen. Möglicherweise betrachte ich mich auch nicht mehr als Christen.* Mein Vater schrieb zurück, er war entsetzt, enttäuscht. Traurig. Doch ich konnte ihm nicht helfen. Wenn ich versuchte, ihm zuliebe die Kirchenlieder zu hören, mit denen ich aufgewachsen war, empfand ich keinerlei Zugehörigkeit mehr; mir wurde schlecht davon, es war wie eine Dissonanz, ich wollte sie nicht hören.

Herr Rolfsson zeigte Verständnis für meine Situation und presste eine ganze Tube Zahnpasta auf den Deckel seines Flügels. Einen langen, weißen Streifen. «Das bist du», sagte er. «Und jetzt versuch mal, die Zahnpasta wieder in die Tube zu befördern.» Es ging nicht, es war unmöglich. «Du kannst niemals zurückkehren», sagte er und gab mir einen Stapel Noten, den er in einem Laden in Stockholm besorgt hatte: Bill Evans und Monk, Mose Allison und Oscar Peterson, eine beglückende Mischung; ich nahm alles mit in meinen Schutzraum in der Uranienborg, bis ich wieder ans Tageslicht taumelte oder in die frühe Winterdämmerung. Es war das Jahr 1966, ein Sonntag Anfang Dezember, auf den Straßen lag Schnee, und ich war auf dem Heimweg, als ich im Briskebyveien einen Typen sah, der einen braunen Dufflecoat trug. Er war mir schon öfter begegnet, im Club 7 und an anderen Orten in der Stadt, er hieß Jan Erik Vold; ich wusste, wer er war. Ich hatte gehört, wie er zu schleppendem Comping seine Gedichte gelesen hatte, ich hatte seine Bücher in den Buchhandlungen gesehen. Er war schuld an meiner neuerweckten Sehnsucht nach Amerika, vor drei Jahren hatte er sich einige Zeit dort aufgehalten und fürs Dagbladet über Jazz geschrieben, Artikel von Festivals in Monterey, San Francisco, Chicago und New York. Er hatte über den Jazz in New York geschrieben, einen Samstagsartikel, den ich aufbewahrt hatte und der noch immer in meiner Wohnung hing. Nach seiner Rückkehr hatte er auch in Norwegen Konzertkritiken geschrieben, er war vor Ort gewesen, als Coltrane in der Njårdhalle gespielt hatte. Ich musste ihn ansprechen. Was genau ich sagte, habe ich vergessen, es kann sein, dass wir über den Krieg sprachen, der zu diesem Zeitpunkt schon in vollem Gange war, der nächste Krieg, der nicht der unsere war und den wir zu unserem machten; ich glaube, wir sprachen über Vietnam, über McNamara und Johnson, über die B-52-Maschinen vom Stützpunkt in Guam, die Hanoi und die dort lebende Zivilbevölkerung bombardiert hatten, wir hatten in der Zeitung davon gelesen, und Jan Erik wirkte resigniert und traurig, in seiner markanten Stimme schwang ein ganzer Keller voll Moll mit, und er lud mich zu einem Glas ein: «Es ist Dienstag», sagte er mutlos, «und es muss trotz allem gefeiert werden, dass wir mit dieser Woche schon so weit vorangekommen sind.» Wir gingen die paar Meter bis zur Holtegata, wo er wohnte, unter der Dachschräge im zweiten Stock des alten Holzhauses von Albin Upp, das bald abgerissen werden sollte. «Wir müssen schnell alle Vorräte vernichten», sagte er und schenkte uns Bier ein, «bevor wir eine Abrissbirne in die Visage kriegen.» Wir rauchten und tranken Bier, während er mir die neusten Platten vorspielte und erklärte, worauf ich achten sollte, welche Ohren ich mir aufsetzen musste und was sie hören sollten. «Ich habe versucht, auch darüber Gedichte zu schreiben», sagte er und sah noch betrübter aus. «Über Vietnam, meine ich. Guck mal, hier.» Er reichte mir die neue Gedichtsammlung, die er gerade veröffentlicht hatte, die Innenklappen des Umschlags waren mit dem Faksimile eines Briefs von einem amerikanischen Soldaten bedruckt. Ich las den Text und schüttelte den Kopf angesichts der Übergriffe, die darin beschrieben wurden. «Es ist hoffnungslos», sagte er. «Ganz hoffnungslos.» «Und wir geben nicht auf», erwiderte ich. «Das ist gut. Das funktioniert. Das wird der Hit», sagte er. «*Es ist hoffnungslos, und wir geben nicht auf!* Wir sollten bei Per vorbeischauen und es an ihm ausprobieren.»

Der Test funktionierte. Die Gedichtzeile hielt der Prüfung stand, obwohl sie für keinen von uns eine Lösung barg. Und auch nicht für Vietnam. Wir saßen in Pers Wohnung, bis der Morgen anbrach und Oslo wieder unter blauem Dezemberlicht zum Vorschein kam, und ich schien in dieser Dreiecksfreundschaft meinen natürlichen Platz zu finden: Jan Erik kam aus der Stadt; Per, elf Jahre älter als ich, war ein bildender Künstler aus Torsken in Troms, aufgewachsen in Sogn, und ich selbst repräsentierte das Vestland. Und dann die Musik; sie war es, die uns vereinte, die uns wieder miteinander verfugte, wenn wir eine Weile getrennt gewesen waren, Tage oder Wochen, in unseren jeweiligen Lagern mit Dichtern, Künstlern oder Lehrern. Ich saß mit Jan Erik zusammen unterhalb der Welhaven-Statue auf dem Riddervolds Plass und sprach über Platten, bis uns der Frost von dort vertrieb; ich ging zusammen mit Per die Inkognitogata hinauf – er in gelben Samtcordhosen und ich in meiner üblichen anonymen Uniform des öffentlichen Dienstes, und plötzlich stellten wir fest, dass er auch dabei gewesen war, als Mingus an jenem Frühlingstag 64 in der Aula der Universität gespielt hatte. «Du liebe Güte», sagte Per und schien noch immer geschockt. «Er hat den Bassstachel ins Parkett gerammt, gesungen und geschrien. Die waren wie besessen an diesem Abend, oder? Verdammt, was für ein irres, tolles Konzert.» Wir diskutierten über Dexter Gordon und Ornette Coleman, als ginge es um unser Leben, über das Konzert von Coltrane, das ich verpasst hatte, und über Kjartan Slettemarks Materialbild *Einem Bericht aus Vietnam entnommen: Kinder werden mit brennendem Napalm übergossen. Ihre Haut verätzt zu schwarzen Wunden, und sie sterben*, das mit einer Axt attackiert worden war, als es im Sommer als Bild des Monats vor dem Parlament gehangen hatte. Ich mochte es nicht, ich fand, dass es etwas Hässliches an sich hatte, aber Per schüttelte den Kopf. «Es ist nicht das Bild, mit dem etwas nicht stimmt», sagte er, «sondern, bei Lichte betrachtet, der Krieg, von dem es erzählt. Das Bild ist umwerfend.» Ich dachte an meinen Vater, was er wohl über den Krieg meinte? Beschäftigte er sich damit? Oder hatte er genug zu tun, die Erinnerung schwächer werden zu lassen? War der Kommunist in ihm dagegen, oder war er, wie so viele Norweger, noch unter dem Eindruck der Geschichte, die Amerika mit einem permanenten Heiligenschein umgab; die umfangreiche norwegische Emigration und der offene, gastfreundliche Empfang, die Alliierten, die in Omaha Beach landeten und Europa retteten, und der Marshallplan, der auch Norwegen wieder auf die Beine gebracht hatte? In unseren Briefen hatten wir nichts davon geschrieben, es war eines der vielen Themen, die wir mieden, so wie ich auch mit keinem Wort Øydis erwähnte, die ich durch Jan Erik kennengelernt hatte; ich weiß nicht, warum ich es nicht tat. Sie war fast jeden Abend bei mir. An Weihnachten fuhr ich mit dem Zug nach Hause, und auch da erwähnte ich sie nicht. Als wir vor dem Essen beteten und christliche Weihnachtslieder sangen, bewegte ich nur tonlos die Lippen. Am Vormittag mussten sie allein zur Messe gehen. «Du hast dich so verändert», sagte mein Vater anschließend bedauernd. «Es ist fast so, als wärst du ein anderer.» In meinen Ohren klang das wie eine Ehrung; ich hatte es geschafft, mich endgültig von ihnen zu lösen. Und während ich über Weihnachten dort war und in meinem alten Bett lag, reifte dieser Satz in mir und strahlte für mich: *Ich war ein anderer.* Womöglich hatte er recht. Und zum ersten Mal kam mir der Gedanke: Ich kann weiterziehen, noch weiter weg.

Es wurde Frühling. Die Sonne drang am Nachmittag länger in meine Einzimmerwohnung in der Bjørn Farmanns gate in Skillebekk, wo ich über Aufsätzen und Prüfungsaufgaben saß. Ich hatte eine gute Arbeit, die Uranienborg war ein guter Ort. Ich mochte die Schule und die dortigen Herausforderungen, die Schüler, den Geruch, der noch in den Korridoren hing, nachdem sie gegangen waren, wenn ich die Treppen hinab zum Klavier in den Keller stieg, in freudiger Erwartung der Musik, die ich aus den Notenheften herausholen würde. Vom Schulhof ging ich zu Jan Erik oder Per, zur Klavierstunde bei Herrn Rolfsson oder nach Hause, um auf Øydis zu warten, am liebsten Letzteres. Allmählich hatte das was von einem richtigen Leben, fand ich. Aber nach wie vor schrieb ich in meinen Briefen nach Hause nichts darüber, ich schrieb jetzt seltener als früher, und es kamen auch seltener Briefe zurück. Vielleicht waren wir damals schon dabei, einander zu vergessen.

Doch im Sommer kamen sie, meine Eltern und mein Bruder, sie kamen aus Stavanger angefahren, lediglich durch ein Telegramm angekündigt, in dem sie mich baten, sie an dem betreffenden Datum vor dem Rathaus abzuholen. Svein, dein Vater, muss in diesem Sommer neunzehn gewesen sein. Ich hatte sie nicht um ihren Besuch gebeten. Sie kamen trotzdem. Sie blieben. Es gefiel mir nicht, auch wenn ich mich freute, meinen Bruder wiederzusehen. Er hatte seine Freundin dabei, deine Mutter. Er hatte Beate dabei, und sie machte mir Angst, anders kann ich es nicht sagen, sie war ganz anders als Øydis. Beate rauchte und trug Hosen und eine grüne Rotgardisten-Mütze mit einem feuerroten Stern, und die beiden waren gerade vom Sommerlager der SUF aus Tromøya zurückgekommen. Ich glaube, sie mochte mich nicht besonders. Ich glaube, es provozierte sie, wie ich einfach nur dasitzen und Jazz hören konnte, während die Welt in Flammen stand. «Ist dir klar, wie schlimm die Lage in Vietnam ist?», fragte sie mich wiederholt. «Hörst du überhaupt Nachrichten?» Es half nichts, dass ich ihr erklärte, mehrere meiner Freunde würden gegen den Krieg protestieren. Es half nichts, dass ich dann irgendwann sagte, es sei nicht meine Sache und ich hielte die Situation auch nicht für so eindeutig, wie sie sie beschreibe; da wurde sie nur wütend und zwang Svein, lange Spaziergänge mit ihr am Frognerkilen zu machen, bis sie sich wieder beruhigt hatte. Ich weiß nicht, ob er mich deshalb auf Abstand hielt oder weil ich ihn in seinen Augen im Stich gelassen hatte. Svein war vier Jahre jünger als ich, aber wir hatten unsere ganze Jugend zusammen verbracht; ich kann mich nicht erinnern, dass ich ihn je von etwas ausgeschlossen oder ihn nicht mitgenommen hatte, wenn ich etwas mit meinen Freunden unternahm. Solange es möglich war, ihn mitzunehmen. So war es einfach, Svein war ein Teil von mir, und alle akzeptierten es, sie tolerierten, dass er sich die ganze Zeit unter seinesgleichen bewegte, aber auch ein natürlicher Teil meiner Clique war. Ich glaube, die Gleichaltrigen beneideten ihn um diese Dynamik, denn er war derjenige, der zu ihnen zurückkehrte und einen Bericht ablieferte, nachdem wir ihn im Kino in den Erwachsenenfilm hineingeschmuggelt hatten; er durfte lange vor den anderen ins tiefe Wasser hinausschwimmen, und schon als Sechs-, Sieben- oder Achtjähriger unternahm er weite Wanderungen mit uns, übernachtete ein ganzes Wochenende oberhalb der Baumgrenze unter freiem Himmel und kam erst am Sonntagabend zurück, erschöpft, mit Heidekraut im Haar, und erzählte meinen Eltern stolz, dass er auf dem Bauch gelegen und über den Abgrund des Preikestolen gespäht hatte, während ich seine Beine festhielt; er erbte ganze Jahrgänge von Schmuddelheften, nachdem wir sie abgelegt hatten, und verkaufte sie unbesehen an die meistbietenden Sünder und Spießbürger oder tauschte sie gegen alle möglichen anderen ein. Das machte ihn zum natürlichen Mittelpunkt seines Freundeskreises, zu einem, dem man zuhörte und mit dem man Zeit verbringen wollte. Es verlieh ihm einen Hauch von Allmacht. Bis ich sechzehn war, teilten wir uns auch ein Zimmer, zwei Betten an der Wand, und lagen im Dunkeln unter unseren Decken und unterhielten uns, dein Vater hatte es gern, wenn ich redete, bis er einschlief, zu der Stimme einschlief, die seine vielen Fragen beantwortete und ihm den Rat gab, um den er mich bat, die ausführlichen Darlegungen, von denen er nie genug bekommen konnte, darüber, wie es war, vier Jahre älter zu sein, und was ihn selbst erwartete, wenn er in dieses Alter kam. «Aber es warten doch gar keine Überraschungen mehr, wenn ich dir alles erzähle», sagte ich immer. «Ich will nur vorbereitet sein», erwiderte er. Und er sang. Jeden Abend sang er ein Kirchenlied, das er auswendig konnte, für mich und sich, in unserem

Zimmer; es sei als Schutz gedacht, sagte er, als Versicherung, dass ER auf uns aufpasste. Svein machte sich Sorgen um mich, als er mitbekam, dass ich die Existenz Gottes in Zweifel zog, dein Vater war der Erste, der es mitbekam, und es gefiel ihm nicht, er fürchtete sich davor, was mir zustoßen würde, er fürchtete die Verdammnis und musste lauter singen, er hatte das Gefühl, er müsse für zwei singen, doppelt so rein und klar. Er hatte auch Angst, er könnte wider besseres Wissen etwas falsch gemacht haben und es wäre womöglich seine Schuld, dass ich nicht mehr mit ihm zusammen beten konnte. Vor allem aber hatte er Angst, weil ich in seinen Augen niemand war, der sich irrte. Nicht damals. Später schien er vom Gegenteil überzeugt zu sein.

Erst zog ich aus unserem Zimmer aus, ich bekam eine eigene kleine Wohnung auf der gegenüberliegenden Straßenseite. Schon das sah er nicht gern, obwohl ich ihm sagte, dass meine Tür für ihn immer offen stehe. Dann zog ich nach Oslo, ihm graute den ganzen Sommer davor, und er ließ mich kaum aus den Augen. Ich lenkte ihn ab, so gut es ging, indem ich ihm in leuchtenden Farben ausmalte, wie er meine alte Wohnung übernehmen würde und die meisten Sachen, die ich zurückließ. «Du machst die Schule fertig», sagte ich, «und dann kommst du nach. Ich warte dort auf dich.» Er war sechzehn. Er sang keine Kirchenlieder mehr, sondern schmiedete große Pläne, wie sein Leben aussehen würde, wenn er nach Oslo zog und wir uns zusammen eine Wohnung suchen würden, er erzählte allen, die wir kannten, dass er genau wisse, was er wolle. Er wollte am Campus Blindern studieren. Dann ging ich weg, ließ ihn mit den Kirchenliedern und den eiskalten Zimmern allein zurück; unser immer weniger kommunistischer und zunehmend religiöser Vater lüftete nach dem Sonntagsgottesdienst das ganze Haus, um es zu reinigen und für die neue Woche bereit zu machen. Wir schrieben einander Briefe, mein Bruder und ich, jedenfalls in den ersten Jahren, jede Woche, ich schrieb von Oslo und berichtete über alles, was los war; obwohl ich den Plan nicht mehr für realistisch hielt, schrieb ich über die verschiedenen Viertel, in denen wir wohnen könnten, denn nach solchen Sachen erkundigte er sich. Ich schrieb, er solle nicht auf unseren Vater hören, sondern selbständig denken. Ich schrieb, ich verstünde, dass es schwierig sei, allein bei unseren Eltern zu bleiben. Ich schrieb, alles würde leichter werden, wenn er zu mir komme. Doch eines Tages war sein Brief kürzer als gewöhnlich, sachlich und trocken, und endete mit der Frage: «Du bist dir immer noch sicher, dass wir zusammen wohnen können, oder?» Ich schrieb noch am Abend zurück: «Mal sehen. Hier passiert gerade so viel.» Anschließend schrieb er mir nicht mehr. Meine Briefe gingen stattdessen an unseren Vater und waren eher informativ als herzlich, über ihn erfuhr ich Neues von meinem Bruder, und wenn ich in Stavanger zu Besuch war, behandelte Svein mich wie einen fernen Verwandten, höflich, aber reserviert. Und als er dort vor dem Rathaus stand, mit demselben revolutionären Blick wie deine Mutter, und sich selbst gar nicht mehr ähnlich war, schien er zu erwarten, dass ich einen Kniefall vor dieser Verwandlung machte, die mir entgangen war. Wenn Beate mich nicht mochte, weil ich keine klare Position zum Vietnamkrieg einnahm, hasste Svein mich dafür. Aber er sagte es nicht. Genauso wenig, wie er seine Wut darüber äußerte, dass er die alleinige Verantwortung für unsere Eltern tragen musste, seit ich mich mehr oder weniger aus der Affäre gezogen hatte und mich allenfalls an Weihnachten zu Hause blicken ließ, oder seine Enttäuschung darüber, dass ich ihm nach all den Fragen, die er mir über die Jahre gestellt hatte, nie eine einzige Frage zurückgestellt hatte, nicht einmal gefragt hatte, woran er glaubte, und über das, wofür er jetzt kämpfte, wie man seiner Meinung nach die Gesellschaft verändern konnte und wie er die Welt sah, in der wir lebten.

Ich stand mit ihm neben dem Rathaus und wurde zu einem, zu dem er nicht länger aufsehen konnte. Zum *Feind.*

Eine ganze Woche blieben meine Eltern und er in der Stadt, und eine ganze Woche musste ich mich um sie kümmern, sie zum Holmenkollen und zum Tryvannsturm führen, zum Parlament und zum Schloss; sie waren vorher erst einmal in Oslo gewesen und wollten auf keinen Fall etwas verpassen. Sie wollten die Straßenbahn und die U-Bahn nehmen. Sie wollten sich gegenseitig vor dem Nationaltheater fotografieren und im Grand Café Mittag essen, auch wenn es furchtbar bürgerlich war. Sie hatten ihre Zelte auf dem Campingplatz in Bogstad aufgeschlagen, und ich begleitete sie jeden Abend in der Straßenbahn dorthin, damit sie sicher nach Hause kamen, und wenn ich wieder in Richtung Stadt fuhr, in einem fast leeren Waggon, genoss ich die Freude darüber, nicht mehr von ihnen eingeengt zu sein.

Sie so lange zu Besuch zu haben, in der Stadt, die meine war und nicht ihre, hatte etwas Intimes an sich, obwohl sie draußen in Bostad wohnten, und dieser Eindruck verstärkte sich dadurch, dass wir mehrmals in meiner Wohnung zu Abend aßen, jedenfalls meine Eltern und ich. Svein und Beate zogen die meiste Zeit durch die Stadt und trafen andere SUFer. Ich musste jeden Tag aufräumen und putzen, damit sie meine Stühle und mein Sofa einnehmen konnten; mein Vater schaute meine Platten durch und nickte dabei bedächtig, als würde er die Namen der Musiker kennen und wissen, worum es ging. Von Zeit zu Zeit zog er ein Album heraus und untersuchte es eingehender, mit gerunzelter Stirn, und ich wartete darauf, dass er mich bitten würde, etwas davon aufzulegen. Doch es endete jedes Mal damit, dass er seufzte, die Hülle wieder einsortierte und weiterblätterte. Ich glaube, er suchte nach christlicher Musik, etwas, womit er sich identifizieren konnte. Er war skeptisch gegenüber dem Jazz; ich glaube, er hatte sogar Angst davor. Dem Jazz fehlte es an Grenzen. Regeln. Selbstbeherrschung. Drei Richtschnüre in seinem eigenen Leben. Dennoch war das nichts, was er sagen, kein Thema, das er ansprechen konnte, ich lebte nicht länger unter seinem Dach; wir sprachen auch nicht darüber, wie es meiner Meinung nach in der Schule lief, mit dem *Lehrberuf*, wie meine Mutter immer zu sagen pflegte. Mein Vater hätte es wohl lieber gesehen, dass ich etwas mit meinen Händen machte, etwas Praktisches, das ein handfestes Ergebnis zur Folge hatte, wenn man am Nachmittag ausstempelte, so wie seine Tankschiffe auf der Rosenborg-Werft. Sie erkundigten sich auch nach meinen Freunden; ich erzählte ihnen nicht, dass meine beiden besten Freunde Künstler waren, sondern nur, dass ich ab und zu mit meinen Lehrerkollegen ein Bier trinken ging. Und Øydis erwähnte ich nach wie vor nicht. Sie durften sie nicht kennenlernen. Sie würden sie nie kennenlernen. Nicht weil ich mich für sie schämte oder Angst davor hatte, was sie sagen würden, dass sie sie nicht mögen würden. Sie hätten sie geliebt, dessen war ich mir gewiss. Ich enthielt sie einander vor, weil ich längst beschlossen hatte, Norwegen zu verlassen, und weil Øydis Amerika hasste und nie im Leben mit mir dorthin käme. Ich wollte es mir selbst leichter machen; eine erbärmliche Taktik. Auch sie wusste nichts von dem Besuch. Sie glaubte, ich wäre mit Jan Erik in Schweden angeln. Aber Jan Erik war in Mo i Rana und würde nicht vor August zurückkommen, und dann würde ich ihn längst darauf vorbereitet haben, was er zu sagen hatte, falls sie einander trafen. Und Per war mit Ida in Paris, durchkämmte dort die Galerien und nahm an Demonstrationen gegen den Vietnamkrieg teil. Ich selbst war der Einzige, den ich in dieser einen Woche, als meine Familie in der Stadt war, nicht unter Kontrolle hatte. Was wäre, wenn wir uns träfen? Was wäre, wenn sie mich auf der Straße sähe, was würde sie sagen? Wie sollte ich es ihr erklären? An dieses Problem hatte ich keinen Gedanken verschwendet, als ich ihr diese Lüge auftischte, mit dem Telegramm meiner Eltern in der einen Hand und dem Telefonhörer in der anderen, und in jeder einzelnen Stunde, die ich draußen verbrachte, hatte ich Angst, sie plötzlich zu entdecken, Angst, sie würde um die Ecke biegen und mich hier mit meiner Familie entdecken. Vielleicht wäre ich nie gegangen, hätten wir uns getroffen. Vielleicht wäre ich geblieben. Ich könnte immer noch dort sein.

Doch sie traf mich nicht. Oder sie hatte mich gesehen, ohne es mir zu erzählen, und als der September vorbei war, hatten wir uns schon getrennt, nicht ohne eine gewisse Dramatik und ein paar lautstarke Diskussionen auf offener Straße, auf die ich gern verzichtet hätte, nicht ohne mehrere Nächte, in denen an Schlaf nicht zu denken war.

Aber wie ich erst träumte, als ich dann wieder schlief! Von Amerika. Von den Straßen, Lichtern und Wolkenkratzern, von den Jazzclubs und Möglichkeiten. Von der Zukunft und wie sie aussah. Ich saß oben bei Jan Erik, war mehrere Male mit ihm und Per im Kunstnernes Hus, und wir malten lang und breit meine Aussichten aus; ich würde Musiker werden, in Amerika, unser Abgeordneter auf der anderen Seite, der die neusten Platten nach Hause schickte und über die aktuellen Trends in Kunst und Literatur informierte, noch ehe sie Norwegen erreichten, der die USA unterwanderte und berichtete, was sie dort unten in Indochina eigentlich so machten. Und wie ein Spion in Erwartung seines wichtigen Auftrags lebte ich auch. Asketisch. Ich ging gar nicht mehr aus, nahm einen Nebenjob als Nachtwächter im Hotel Bristol an und begnügte mich mit den Referaten meiner Freunde darüber, was in der Stadt los war. Ich saß zu Hause, korrigierte meine Klassenarbeiten und bereitete den nächsten Tag vor; ich hörte meine Platten, die Musik, von der ich bald leibhaftig umgeben sein würde. Es war, als wäre ich bereits dort.

Ende Januar setzte ich mich zum letzten Mal in den Zug nach Stavanger, denn ich fand, meine Eltern hätten es verdient, dass ich ihnen meine Entscheidung persönlich mitteilte anstatt in einem kurzen, kostspieligen Telefonat. Am liebsten hätte ich es ihnen schon einen Monat vorher gesagt, als ich an Weihnachten ohnehin für drei Tage da war. Aber ich hatte den passenden Zeitpunkt verpasst, die richtige Gelegenheit. Oder anders ausgedrückt: Ich traute mich nicht. Ich traute mich nicht, weil es zu früh war und es noch so viele Unklarheiten gab: Wo sollte ich wohnen, wie kam ich an ein Visum und eine Green Card? War das Ganze wirklich ausreichend durchdacht? Hatte ich genug Geld für den Flug mit Loftleiđir über Keflavik oder eine mehrere Tage und Nächte lange Reise mit der MS Bergensfjord? Ich hatte Angst zu sagen, wie sehr ich mich darauf freute, wegzugehen. Ich hatte Angst vor meinem Vater, dass er etwas erwidern würde, das einen Zweifel in mir säte, eine Bemerkung, im kritischsten Moment vorgebracht, die dazu führte, dass ich einen Rückzieher machte.

Mehrere Tage lang zögerte ich diese Erklärung hinaus. Meinen Eltern oder auch alten Bekannten, die ich zufällig auf der Straße traf, sagte ich, ich wäre wegen einer Lehrerkonferenz in der Stadt, die die ganze Woche dauern würde, eines Seminars mit Delegationen aus dem ganzen Land; sie würden mich leider nicht viel zu Gesicht bekommen. Die Tage, die vergingen, während ich geduldig Mut fasste, verbrachte ich in Wirklichkeit allein, im Restaurant des Atlantic Hotels, oder ich ging durch die Stadt, die ich verlieren würde: um den See Breiavatnet, hoch nach Eiganes und anschließend in den Vålandswald, den Lågardsveien hinab bis ins Zentrum; ich streifte durch Gamle Stavanger und zum Vågen, um sicherzustellen, dass ich mich an die Straßen erinnern würde, am Strandkaien und später am Skagenkaien entlang, vorbei an Valberget, Breigata, Østervåg und Klubbgata, bis ich endlich abbog und heimwärts ging, zum Haus in Storhaug, nachdem es spät genug war, um mit meiner Lehrertasche aufzutauchen, die ich den ganzen Tag mit mir herumgetragen hatte, ohne dass sich jemand über den Zeitpunkt wunderte. Und was ich während dieser Spaziergänge sah, bestärkte mich nur darin, dass ich dringend wegmusste: Ich sah die Gier, die in Stavanger angekommen war. Die neue Zeit mit ihren Bohrinseln, ihren *roughnecks* und *drillers* und einem ganz neuen Vokabular, das sich ausbreitete, mit derselben Geschwindigkeit wie die neue Infrastruktur und der Wandel in der Bürokratie, die plötzlich alle Wege ebneten, damit die Ölindustrie anrauschen und Norwegen mitreißen konnte.

Die Stadt vibrierte; neue Stimmen, neue Sprachen und neue Waren in den Läden, Wohnviertel, die im Rekordtempo hochgezogen, Schulen und Straßen, die abgerissen oder renoviert wurden, andere Routinen und Umgangsformen; und die neue Seismik für dreihunderttausend Dollar, die Phillips im Sommer 1963 in den norwegischen Schelf schoss, während die Bevölkerung und der Handelsstand enthusiastisch an Land warteten und voller Hoffnung aufs Meer schauten; sie hatten die Esso-Plattform *Ocean Traveler* auf dem Weg zu Block 8/3 an sich vorbeiziehen sehen; in der Schiffswerft Rosenberg waren mein Vater und seine Kollegen beauftragt worden, Teile für den Rumpf der *Ocean Viking* für Phillips zu bauen, und jetzt war sie voll und ganz mit den Sucharbeiten im norwegischen Sockel beschäftigt, die Versorger fuhren unentwegt zwischen der Nordsee und der Phillips-Basis in Dusavik hin und her. Die Stadt würde verschwinden; sie war bereits dabei. Ich war nicht mehr da, als sie zu existieren aufhörte. Mit dem gigantischen Ekofisk-Fund im Block 2/4-2 des norwegischen Sektors irgendwann in der Morgendämmerung des 23. Dezembers 1969 begann das Jahr 0. Ob man sie nun vermisste oder einen erleichterten Seufzer ausstieß, als die bescheidene Kleinstadt, die ein halbes Jahrhundert von der Konservenproduktion gelebt hatte, endlich aus dem Schatten hervortrat – die Konsequenz blieb dieselbe: Die Stadt und das Land wurden nie mehr so, wie sie gewesen waren.

Und die Einwohner auch nicht.

Deshalb hatte ich es so eilig, endlich wegzukommen, deshalb wollte ich gehen; bevor ich sie verlor. Deshalb gab es kein Zurück.

Fast eine Woche war ich zu Hause, schlief in dem Haus, in dem ich aufgewachsen war, wartete auf den richtigen Augenblick, um endlich auf den Punkt zu kommen. Jetzt konnte ich nicht mehr um den heißen Brei herumreden; es wurde bald Zeit, wieder nach Oslo zu fahren. Wenn ich noch länger bliebe, würde ich auch mit der Schule Probleme bekommen, wo ich in aller Hast um ein paar Tage unbezahlten Urlaub gebeten hatte, ich war aber von dem Geld abhängig, von den Gehaltszetteln der kommenden Monate und dem Betrag, mit dem zu rechnen war.

Ich musste etwas sagen. Ich sagte etwas. Ich sagte: «Im Sommer gehe ich nach Amerika.» Mein Vater saß im Wohnzimmersessel und las die Zeitung, ich erinnere mich, wie er sie auf den Schoß sinken ließ und mich ansah und nicht fragte, wohin genau in Amerika oder wie lange oder was ich dort vorhatte, ob es einen Job gab, der auf mich wartete, oder ob ich Leute kannte oder was mich dazu gebracht hatte, Oslo zu verlassen; nicht eine einzige Frage, nicht eine einzige Mahnung, kein Einwand. Er sagte nur: «Klingt nach einem guten Plan. *Aufregend.*»

Ich habe keine Ahnung, wie er das letzte Wort meinte oder ob er es nur sagte, weil es erwartet wurde oder weil er Angst vor mir hatte und es nicht zugab. Zu seiner Verteidigung: Er hätte sowieso nichts einwenden können. Zu seiner Verteidigung: Vielleicht hatte er genug mit dem Amerika zu tun, das mit den neu eingetroffenen Ölarbeitern nach Norwegen gekommen war, und mit seinen Kollegen, die nach und nach von der Werft verschwanden und ihr Glück und den Kapitalismus auf den Ölbohrinseln suchten, als dass er sich noch mehr davon mitreißen lassen wollte. Zu seiner Verteidigung: Er gab mir die Adresse der Seemannskirche in New York und ein Liederbuch und wünschte mir alles Gute für die Reise. Ich weiß noch, dass er mich, im Gegensatz zu meiner Mutter, nicht umarmte, sondern mir die Hand gab, als würden wir höflich einen Handel besiegeln, der undurchführbar war.

Und dein Vater? Er sagte kein Wort. Er war nicht zu Hause. Svein war zu den Luftstreitkräften einberufen worden und leistete seinen Wehrdienst in Bardufoss ab und ahnte nicht, dass ich noch einmal beschlossen hatte, ihn zu verlassen.

Es tut mir leid. Ich bereue es so. Ich habe mich nicht getraut. Es gab einfach keinen Weg, ihm zu erklären, dass ich auf dem Weg in das Land war, das ihm zu dieser Zeit so zuwider war wie kein anderes.

Ich schrieb nicht, ich rief nicht an; ich hatte die ganze Zeit vor, ihm zu schreiben. Ich wollte ihm vom Schiff aus schreiben, eine Karte abschicken, sobald ich ankam oder sobald ich eine Wohnung und einen Job gefunden hatte. Sobald ich etwas hatte, worüber ich schreiben konnte, etwas, das ihn verstehen ließ, dass ich getan hatte, was ich für notwendig hielt. Ich war mir nicht sicher, ob er es überhaupt hätte verstehen können; ich schrieb ihm nicht. Inzwischen war es zu spät, als dass es noch eine Neuigkeit hätte sein können. Es wurde ziemlich schnell zu spät. Und als ich meinen Eltern schrieb, ich sei auf dem Weg nach Vietnam, gab es nichts mehr zu sagen.

Ich erinnere mich, wie wir gemeinsam das Haus verließen und zum Bahnhof gingen, nachdem mein Vater mir die Hand gegeben hatte. Und dass es Abend war.

Der Morgen danach: Ich stieg am Østbanehallen aus dem Zug, benommen und elend; ich hatte höchstens ein paar Minuten am Stück geschlafen, ich hatte auf meinem Platz gesessen, in der geräuschvollen Stille der anderen Schlafenden, die Jacke zu einem Kopfkissen zusammengerollt, das die ganze Zeit am Fenster umherrutschte. In der Zwischenzeit war es Donnerstag geworden, der 1. Februar 1968, das Jahr des Affen. Und auf der anderen Seite der Welt war etwas passiert.

Per war nicht zu Hause, als ich am Nachmittag in den Frognerveien 8 kam, an seiner Tür hing ein Zettel, in aller Hast mit rotem Filzstift geschrieben: *Bin im Park in St. Hanshaugen. Komm um sieben zum Tårnhuset, wer auch immer du bist.*

Ich sprang sofort in eine Straßenbahn, verpasste aber den Anfang. Das obere Gebiet des Parks, von dem aus man große Teile von Oslo überblicken konnte, war schon zur Hälfte mit warm gekleideten Menschen bevölkert, die sich um das Gebäude mit dem vierzehn Meter hohen Aussichtspunkt scharten; sie standen reglos da, umarmten einander in der Kälte und hatten die Köpfe in den Nacken gelegt, während sie zuschauten, wie die drei Mitglieder des Solkom – des Solidaritätskomitees für Vietnam – den Turm erklommen, wo sie eine rote Flagge mit gelbem Stern ausrollten und sie einige Sekunden lang vor den Augen der jubelnden und klatschenden Menge schwenkten, ehe sie sie hissten. Dann gaben sie ein Signal an die Zuschauer, die sich wie auf Kommando runterbeugten, die Hände in ihre mitgebrachten Rucksäcke steckten und irgendetwas aus Papier herausholten, das ich erst nicht erkennen konnte, also blieb ich einfach nur stehen und beobachtete, wie sie es vorsichtig auseinanderfalteten. Sie entzündeten kleine Fackeln und verteilten sie, und erst als sie die Flammen unter die Öffnung ihrer Papiergebilde hielten, erkannte ich, dass es sich um chinesische Lampions handelte, die für die Reise vorbereitet wurden. Schließlich entdeckte ich auch Per, der am Rande der Versammlung stand und sich mit einem Feuerzeug abmühte, es gelang ihm nicht, seine Laterne anzuzünden, und der Frostatem dampfte vor seinem Mund, während er zwischendurch vergebens seine Finger zu wärmen versuchte. Ich ging zu ihm und lieh ihm meine Fäustlinge und meine Streichhölzer. «Was ist hier eigentlich los?», fragte ich. «Weißt du das noch nicht? Der Norden hat zurückgeschlagen! Gestern. In ganz Vietnam. In Saigon und Huế und Khe Sanh, an mehreren hundert Orten gleichzeitig. Das wird alles verändern, Ove. Vielleicht ist ein Ende in Sicht. Hier.» Er reichte mir die Papierlaterne, und ich entfaltete sie.

«Jetzt kannst du sie loslassen», sagte er nach einer Weile. Wir sahen, wie sie aufstieg und den etwa hundert anderen Laternen nachjagte, die schon einen Vorsprung hatten. «Was sollen wir uns wünschen?», fragte ich. Er schüttelte den Kopf. «Das sind nicht solche Laternen. Diese steigen zu Ehren von Ho Chi Minh.»

Und so, sollte sich später herausstellen, markierten wir den Beginn der Tet-Offensive.

Dieser Frühling hätte lang sein müssen, das hätte mir besser gepasst. Ein langer und schöner Frühling mit mehr als genug Zeit, um mich vorzubereiten und meine Freunde zu sehen, damit ich sie später nicht so vermisste, wie ich es schließlich tun würde. Es wurde ein kurzer und chaotischer Frühling. Der Prager Frühling. Für manche war der Herbst noch schlimmer. Wer konnte, tat gut daran, wegzugehen.

Die Tage verflogen. Ich verbrachte sie im Keller der Uranienborg-Schule, wo ich Jazzakkorde und alles andere übte, was Herr Rolfsson mir beigebracht hatte, ich spielte «Kjempeviseslåtten», bis die Tasten fast vom Klavier fielen, aber jetzt handelte das Stück nicht mehr vom Patriotismus, es handelte vom Öl, dem Öl, das in die Fjorde und Straßen und die Rachen der Menschen floss und sie langsam und unbarmherzig ersticken würde. Es handelte von den riesigen Plattformen, die in die Nordsee geschleppt wurden, und den Helikoptern, die ununerbrochen zwischen den Bohrinseln und dem Land hin- und herflogen, und von meinem Vater, der jetzt für den Geldadel arbeiten musste, was wiederum dazu führte, dass er sich noch mehr an Jesus und seine Kirchenlieder und die Hoffnung klammerte, dass alles irgendeinen höheren Sinn hatte. Es handelte von Befreiung, allen möglichen Arten der Befreiung; von der Familie und vom Land; voneinander.

Die Tage verflogen. Pers Ausstellung im Kunstnernes Hus wurde eröffnet, und mir wurde plötzlich klar, dass schon April war. Es war ein merkwürdiges Gefühl, in die Galerie zu kommen und all die Bilder, an denen er seit seiner Rückkehr aus Paris gearbeitet hatte, auf einmal zu sehen. Ich kannte nur einige davon, hatte sozusagen im

Vorbeigehen, mit halbem Auge, einen Blick darauf erhascht, wenn wir gerade seine Wohnung verließen, und da hatte ich sie als beinahe enttäuschend banal empfunden, nichts als Siebdrucke von einfachen, geschwungenen Formen, die mir nichts sagten. Doch als ich die fertigen Bilder sah, verstand ich, dass ich mich getäuscht hatte. Die meisten trugen schlichte, knappe Titel, die die klaren Formen reflektierten: *Das Ei, der Tropfen, Die Welle* und *Unschuldiges Gleichgewicht*, und zusammen mit den beiden anderen Werken, die sich davon abhoben, *Die Flagge* und *Die Stadt im Menschen*, fügten sie sich zu einem Lied zusammen, wie es nur Per singen konnte: einem stillen, geradezu traurigen Gesang, ohne jede Spur von Aggressivität, sondern voller Versöhnung, mit dem unbehaglichen Kribbeln, das daraus entstand, dass ich nicht begriff, womit er sich eigentlich versöhnt hatte und warum die Traurigkeit in jedem einzelnen davon so glasklar zum Vorschein kam. Und aus den Lautsprechern, die wie zur Betonung des zugrunde liegenden Ernstes am anderen Ende des Raums standen, erklang das müde «Oh Lord, Don't Let Them Drop That Atomic Bomb on Me», wo Mingus persönlich die höheren Mächte anrief und sein Gebet murrte: *Don't let them drop it, don't let them drop it; stop it, be-bop it.*

Vor allem von *Das Ei* konnte ich nur schwer den Blick abwenden, ich stand wie angewurzelt davor, bis mich jemand fragte, ob alles in Ordnung sei, und ich beschämt nicken und davonstapfen und mir ein Bier holen musste. Doch das Bild ließ mich nicht los, auch nicht als ich am anderen Ende des Raums angekommen war. Nicht größer als 50 × 50 cm, bestand es aus zwei roten und blauen Hälften, die sich ruhig und wellenartig, wie eine Art Yin und Yang, zu einem Ei vereinten, das perfekt in der Mulde einer weißen Kurve vor schwarzem Hintergrund ruhte. Sie erinnerte mich an eine Hand, die den kleinsten aller Planeten auf seinem Platz hielt, in einem Zustand völliger Einkehr. Keinerlei Umdrehung war erkennbar, kein 24-Stunden-Rhythmus, keine Menschen, die sich ruhelos zwischen den Kontinenten hin und her bewegten, stattdessen eine Welt, in der alles an seinem Platz angekommen war; der komplette Gegensatz zur Auswanderung. Ich wollte es kaufen, ich wollte es mitnehmen, wenn ich wegging, mehr als alle anderen Sachen, aber selbst eine kleine Summe wie dreihundert Kronen hätte mein Budget überstiegen. Und Per zu fragen, ob er es mir schenkte – wo er das Geld genauso sehr zum Überleben brauchte wie ich –, wäre unmöglich.

Stattdessen ging ich ins Kunstnernes Hus, so oft ich konnte, solange die Ausstellung geöffnet war; wenn der Schultag vorbei, nachdem die Arbeit beendet war, nachdem ich im Keller geübt hatte; immer dann fuhr ich in die Galerie und starrte es an, *Das Ei*, ich rechnete und rechnete und kam doch immer zum selben Ergebnis: Ich konnte es mir nicht leisten. Ich musste mich von der Idee verabschieden. Und es wäre ohnehin unpraktisch gewesen, ein Kunstwerk mitzuschleppen, wenn ich den Atlantik überquerte. Wenn ich alles abzog, die obligatorischen tausend Dollar, die ich zusammengespart hatte, um die Immigrationsbehörden davon zu überzeugen, dass ich mich allein finanzieren konnte, und die Fahrkarten und Studiengebühren, die ich auf beiden Seiten bezahlt hatte, um ein Studium in Oslo aufzunehmen und über diesen Umweg zu einem vollkommen unbedeutenden Studium an der Columbia in New York zugelassen zu werden (das ich nicht einmal im Traum anzutreten gedachte), einzig und allein, um ein Studentenvisum zu bekommen, damit ich mir nicht sofort Gedanken um die Green Card machen musste, blieb kaum noch Geld für Essen übrig. In den letzten Wochen lebte ich fast ausschließlich von einer Blumenkohlsuppe, die in den ersten vier Tagen ausgezeichnet schmeckte und danach nur noch grauenhaft, und aß dazu das billigste Brot, was ich finden konnte. In dieser Zeit nahm ich mehrere Kilo ab und wurde grau im Gesicht, ich glich der Nahrung, die ich zu mir nahm; die Leute, die vorbeikamen, um einige der Bücher, Möbel oder Lampen zu kaufen, die ich in der letzten Woche noch verscherbelte, schienen sich ernsthaft Sorgen um mich zu machen, einige fragten mich auch misstrauisch, wozu ich das Geld eigentlich brauchte, und zögerten so lange wie möglich damit, mir die Scheine zu überreichen, bis ich ihnen glaubhaft versicherte, dass ich nicht auf einer Bank im Schlosspark enden würde oder Schlimmeres.

Und am letzten Abend kamen Per und Jan Erik. Wir saßen auf

dem Boden, meine Möbel waren verkauft, und ich hatte nur noch eine Matratze, meinen Rucksack, meinen Plattenkoffer und die letzte Stehlampe, unter deren Licht wir uns drängten. «Bist du denn sicher, dass du dadrüben über die Runden kommst?», fragte Per und kratzte sich den Bart. «Du siehst echt nicht gut aus.» «Wenn du krank an Bord gehst, hast du wirklich ein Problem», fügte Jan Erik hinzu. «Geht schon», antwortete ich. «Sobald ich Oslo hinter mir gelassen habe und in den Fjord komme, wird alles gut.»

Jan Erik hatte ein paar Flaschen Wein mitgebracht, und wir saßen da und redeten, über ein paar Gedichte, bei denen er sich unsicher war, ob sie mit in das Buch aufgenommen werden sollten, das im Herbst erscheinen würde; über seinen Vater, der im Jahr zuvor gestorben war, und über die Leere, die Väter hinterließen, egal, ob sie noch lebten oder nicht. Und wir redeten über Musik, über San Francisco und New York, die USA und Vietnam und die Tet-Offensive, die sich dem Ende näherte, und was wohl aus der Welt werden würde. Schwer zu sagen – das war das Einzige, dessen wir uns sicher waren. Wir saßen dort unter der Lampe, mit den Flaschen, die bald leer waren, und da überrollte mich diese heftige Angst, weil ich die beiden zum letzten Mal sah, und mein erster Gedanke war, dass ich ja noch gar nicht abgereist war. Ich könnte es immer noch bleibenlassen, mir neue Möbel kaufen, schon morgen, mehr Lampen und die gleichen Bücher; ich könnte einfach nur in irgendeine andere Ecke der Stadt ziehen. Ich könnte meinen Bruder anrufen.

Sie mussten es verstanden haben, wahrscheinlich spürten sie, dass sich in diesem Moment irgendetwas in mir änderte, denn sie taten das einzig Richtige: Sie gingen. Standen auf, sagten, dass es jetzt Zeit sei zu gehen, und zogen sich an.

Wir gaben uns die Hände. Wir umarmten uns. Wir vergewisserten uns, dass wir die Adressen voneinander hatten. «Eigentlich hättest du ein Bild bekommen sollen», sagte Per plötzlich, als er schon in der Tür stand. «Ich hätte dir eins schenken sollen. Das du dir in New York an die Wand hängen kannst.» Es versetzte mir einen kleinen Stich. «Ich hätte es sowieso nur schwer mitnehmen können», antwortete ich. «Aufs Schiff, meine ich. Acht Tage in der Holzklasse in engen Viermannkabinen und so. Aber trotzdem danke.» Per verschwand für eine Sekunde im Flur und kam mit einer Transportrolle zurück. Er reichte sie mir. «Erst aufmachen, wenn du da bist», sagte er listig. «Vielen Dank», sagte ich. «Nichts zu danken.» Jan Erik folgte Per die Treppe hinunter und rief von der nächsten Etage aus: *«Take it easy, man.»*

Ich weiß nicht, ob ich in dieser Nacht ein Auge zutat. Vielleicht schon. Ich weiß nur, wie ich morgens zum Kai spazierte und fand, das Schiff sähe viel größer aus als sonst. Wahrscheinlich hatte ich es nur noch nie aus dieser Nähe gesehen. Ich zeigte meine Fahrkarte und durfte an Bord gehen, warf meine Tasche in die Kabine und begab mich aufs hintere Deck, wo ich einen bequemen Lehnstuhl fand. Man konnte spüren, dass der Sommer direkt vor der Tür stand, und als das Schiff tutete und vom Kai ablegte, tauchte passenderweise ein Kellner auf, und ich bestellte mir ein Bier. Vor mir wurde Oslo allmählich kleiner, links zog Nesodden vorüber, und die MS Bergensfjord schlängelte sich durch die Meerenge von Drøbak, und ehe ich michs versah, befanden wir uns draußen in Tjøme, wo das Meer begann.

2

Den Norwegern war nicht zu entkommen.

Ich war erst seit ein paar Tagen in der Stadt, in Brooklyn, als ich dem ersten begegnete. Ich war mit der MS Bergensfjord in New York eingetroffen, und bei der Einfahrt hatten wir die Freiheitsstatue passiert, ihr Anblick war genauso dramatisch und beglückend gewesen, wie ich es mir immer vorgestellt und in meinen Gesprächen mit den anderen prophezeit hatte. Ich stand an Deck, wir alle standen an Deck, egal, ob wir nur für einen Urlaub hier waren oder für immer, ich weiß nicht, ob wir es taten, weil wir vor einer Veränderung standen, ob wir vor allem an dieser Reling lehnten, weil diejenigen, die vor uns gekommen waren, zu Beginn des Jahrhunderts, also des letzten, vor hundert Jahren, es getan hatten; wir standen an Deck und waren gerührt und erleichtert und vielleicht auch ängstlich. Auf die Aussicht und den gewaltigen Anblick der Stadt, der uns erwartete, waren wir vorbereitet, es gab Fotos und Filme und Fernsehreportagen, wir hatten fast alles gesehen; wir wussten, wie New York aussah und dass Ellis Island inzwischen geschlossen worden war, man brauchte nicht mehr stundenlang dort zu warten, während man schrittweise durchs System geschleust wurde und zusehen musste, wie die Syphilitiker und Anarchisten weggebracht wurden und die Kranken in Quarantäne gesteckt und wie die alten Frauen mit Kopftüchern und ohne Englischkenntnisse unruhig auf ihren Reisekisten saßen und darauf warteten, dass ihre Männer aus den Befragungszimmern zurückkamen.

Wir wussten, wie die Stadt aussehen würde, aber mit der Angst hatten wir nicht gerechnet. Viele von uns waren das erste Mal außerhalb von Norwegen. Und jetzt waren wir auf der anderen Seite der Erde, nach acht langen Tagen und Nächten auf dem Meer.

Wir waren angekommen. Wir fürchteten uns.

Ich saß in einem Zimmer in Manhattan; das Anderson Hotel lag an der Ecke West 23rd Street und 7th Avenue, sechs Tage lang wohnte ich dort, im ersten Stock, ein billiges Zimmer, wahrscheinlich war es eines der günstigsten Hotels der Stadt. Ich wohnte dort, während ich versuchte, meine Gedanken zu ordnen und den Seegang aus den Beinen zu bekommen. Eine Kakerlake beanspruchte den Bereich hinter der Toilette für sich und hatte denselben Rhythmus wie ich; wir trafen uns morgens und abends und waren dann beide beklommen. Das Fenster zur Straße ließ sich leider nicht öffnen, jemand hatte den Rahmen gestrichen und es dabei sehr eilig gehabt. In den ersten beiden Tagen war ich jedes Mal kurz davor gewesen, mich beim Rezeptionisten zu beschweren, ließ es aber stets bleiben und bat stattdessen nur höflich um meinen Schlüssel. Außerdem war es auch ganz schön, auf diese Weise abgeschieden zu sein, sobald ich hinausging, wurde ich vom Verkehrslärm überwältigt, wieder in meinem Zimmer angekommen, war es jedoch so, als befände ich mich außerhalb der Stadt, dank seiner Schalldämmung gab mir das Zimmer das Gefühl, weder hier noch dort zu sein, sondern in einer diffusen Transitzone. Morgens zog ich die Gardinen auf und blickte neugierig hinab zu den Menschen und Autos, aus sicherer Entfernung, so lange, bis der Rhythmus der Bewegungen dort draußen für mich vorhersehbarer wurde. Erst dann verließ ich das Zimmer. Doch allmählich wich meine Furcht dem Entdeckergeist, ich war abends länger unterwegs, ich fand heraus, dass nur drei Straßen entfernt die Villa Vanguard lag, dieser sagenumwobene Club, in dem ich auch einmal zu spielen träumte – wo Coltrane aufgetreten war, wo Monk die Chance bekommen hatte, sich zu entwickeln und zu wachsen, auch wenn ihn anfangs niemand hören wollte. An einem Tisch in der hintersten Ecke, mit einem Bier und offenen Ohren nahm ich alles auf, was mir vorgespielt wurde, und genoss jede einzelne Sekunde, als würde mir ein Freudenstrahl von den Füßen bis ins Rückenmark schießen, und ich musste mich am Tisch festkrallen, um nicht vor Glück loszubrüllen.

Im Anderson Hotel konnte ich jedoch nicht bleiben, dafür reichte mein Geld nicht. Am sechsten Tag packte ich meine Sachen zusammen und zog weiter nach Bay Ridge, Brooklyn, in die 8th Avenue.

Zum Lapskaus Boulevard.

Die Straße gibt es nicht mehr. Das heißt, es gibt sie noch, aber die Norweger sind nicht mehr da, die Schilder, die für Lutefisk und Fårikål und Olsens Bakery warben, für den Ejeland & Berntsen Music Store, das Sørlandet Restaurant und das Vereinshaus des Fußballclubs Gjøa, die norwegischen Kirchen und die Sonntagsschulen: Sie alle sind längst fort. Irgendwann in den Siebzigern verschwanden die ersten Geschäfte und dann, eins nach dem anderen, auch die übrigen. Die Norweger zogen nach Hause zurück oder weiter, in ein Rentnerdasein nach Florida, wo sie nach ihrem langen Leben, das sie bis über den großen Teich geführt hatte, würdig in der Sonne sterben konnten. Der letzte Wikinger verpackte die letzten Fischfrikadellen in praktische Tupperdosen und ließ hundertzwanzig Jahre Einwanderungsgeschichte und die Straße zurück, in der jetzt Chinesen eifrig dabei waren, ihre Schilder über ihre eigenen Läden zu hängen und den Reis für die Verwandtschaft aufzusetzen, die jeden Moment ins Land kommen konnte, um ihren Teil der Geschichte zu erzählen.

Lapskaus Boulevard. Was für ein grässlicher Ort das war. Schon vom ersten Moment an war mir klar, dass ich hier nicht lange bleiben konnte. Sechs- bis siebentausend Norweger, die in einem ganz eigenen Kauderwelsch miteinander palaverten, das nicht Fisch noch Fleisch war, hielten sich in Brooklyn auf, als ich dorthin kam, und wohin man auch ging und wohin man auch sah, war man von ihnen umringt; es war nicht auszuhalten. Die meisten waren Seeleute und stammten aus Aust- und Vest-Agder und Rogaland, und dieser schwefelstinkende Pietismus, der mich (und sie) in die Flucht geschlagen hatte, hing ihnen immer noch nach. Und dann waren sie also hier gelandet – waren massenhaft vor der viel zu niedrigen Heuer auf ihren Schiffen geflohen oder von ihren Verwandten über das Meer gelockt worden und eines Tages einfach in der Stadt verschwunden, die sie nach und nach besser kennenlernten als ihre Heimatdörfer, und ganz gleich, was diese gewaltige maritime Migration aus dem Südwestland verursacht hatte, waren sie am Ende ganz verdutzt darüber, wie phantastisch Amerika war, welche enormen Möglichkeiten dieses Land bot und wie gut die Norweger aufgenommen wurden, fleißig und ehrlich und höflich und gottesfürchtig und nicht zuletzt geborene Arbeiter und zupackend, wie sie waren, und beschlossen, dass doch ein tieferer, womöglich göttlicher Sinn hinter allem stecken musste. Deshalb kramten sie beschämt wieder ihre Gesangbücher hervor und falteten ihre Hände unter dem sehr weiten amerikanischen Himmel.

Hätte ich damals gewusst, was ich tun sollte, hätte ich nie einen Fuß in diese Gegend gesetzt. Hätte ich genügend Geld gehabt, um weiter im Hotel zu wohnen, hätte mich die Angst nicht wieder eingeholt, und hätte ich nicht eine Bleibe gebraucht, bei der man die Miete nicht Monate im Voraus zahlen musste, hätte ich einen weiten Bogen um dieses ganze verdammte Brooklyn gemacht. Aber ich folgte den Gerüchten und ging zum Lapskaus Boulevard. Und einen knappen Monat später, am 17. Mai, stand ich dort und feierte mit Tausenden anderen den Nationaltag im Leif Ericson Park. Zu diesem Zeitpunkt hatte ich immerhin schon ein Dach über dem Kopf, ein Klavier, das mir kostenlos in meine kleine Bude gebracht worden war, und eine Stelle als Norwegisch- und Geographielehrer an der norwegischen Schule. Es war gar nicht schwer gewesen. Am ersten Tag war ich durch eine Tür getreten, in ein norwegisches Restaurant, und eine Dreiviertelstunde nachdem ich norwegische Kartoffelklöße gegessen und zwei Gläser Wasser getrunken hatte, trat ich wieder hinaus und hatte die Taschen voller Adressen und Telefonnummern von Leuten, die mit offenen Armen bereitstanden und mir helfen wollten. Als würde das Wohlwollen persönlich hier wohnen. Es ist eine Schande, dass ich sie nicht ausstehen konnte, fast keinen von ihnen. Darf ich das sagen? Dass ich sie verabscheute? Ich weiß nicht mal, ob es stimmt. Größtenteils war es nicht ihre Schuld, es lag an meiner zunehmenden Allergie gegen alles Norwegische. Die Einwohner dieser Brooklyn-Kolonie verspritzten ihren Pietismus auf der 8th Avenue, wie Agent Orange gegen verirrte Seelen, und in das, was blieb, pflanzten sie das Bedürfnis nach Reue und Frommheit und Buße; ich glaube, das war es, was mich so störte. Wie sie an allem festhielten, dem ich um jeden Preis zu entkommen versuchte. Und meine eigene Enttäuschung darüber, so weit gereist und doch nicht von der Stelle gekommen zu sein. Und trotzdem war das Schlimmste nicht der dicke lutherische Mantel, der über dem Lapskaus Boulevard lag – über den hätte ich mit meiner einschlägigen Erfahrung noch hinwegsehen können, gerade wenn ich auf Abstand ging. Viel schlimmer war, dass man den besagten Mantel ständig ablegte und sich stattdessen in sein neues, *wirtschaftsfreundliches*, amerikanisches ‹Ich› hüllte. Mit der Lithographie eines milde lächelnden Jesus an der Wand boten sie ihre Waren feil, doch sobald der Kunde nach dem Preis fragte, schnellte eine Hand aus dem Kaufmannskittel hervor und drehte den Jesus um hundertachtzig Grad, gefolgt von wehem Klagen über die anhaltende Rezession. Und wer konnte es ihnen schon verübeln? Sie kamen aus Seemannsfamilien, jedenfalls die meisten von ihnen, sie wussten, wie hart das Leben in der norwegischen Handelsflotte gewesen war und wie unabdingbar Jesus, die einzige Versicherung, die sie immer aufnahm. Sie hatten nicht vor, sich noch einmal ausnutzen zu lassen. Vielleicht erging es denen anders, die im vorigen Jahrhundert aus ihren ärmlichen Häuslerkaten in Norwegen geflohen waren und jetzt in vierter Generation auf Farmen in Minnesota, North Dakota und Iowa ihren eigenen Grund und Boden beackerten; weit entfernt von der Härte New Yorks konnten sie im Schweiße ihres Angesichts arbeiten und dem Herrn mit aufrichtiger Stimme für die Grütze auf ihrem Abendbrottisch danken. Dafür war in Brooklyn kein Platz. Entweder verdiente man Geld und klammerte sich an diesen Stadtteil, oder man fand einen anderen Ort zum Leben, und ein anderer Ort bedeutete im Großen und Ganzen Norwegen, oder schlimmer noch: die Schiffe, die sie monatelang von ihren Familien fernhielten.

Aber nicht alle machten Geschäfte; es gab auch Tischler und Brückenbauer und Schiffsbauer; drei Viertel aller Kaibauer und Hafenarbeiter in New York waren Norweger. Sie waren ein sichtbarer Teil der Großstadt. Salomonsen, bei dem ich an der Ecke 8th Avenue/53rd Street zur Miete wohnte, hatte noch nie einen Fuß auf ein Schiff gesetzt. Besonders religiös war er auch nicht. Er hatte sein Jesusbild längst gegen ein Porträt von König Haakon VII. getauscht. *Und* money, sagte er, don't worry *deswegen. Wir werden sicher früher oder später zu einem* agreement *kommen.*

Salomonsen verschaffte mir die Lehrerstelle an der benachbarten Schule, sodass ich ab Mai wenigstens *etwas* beisteuern konnte. Außerdem besorgte er mir, nur zwei Tage nachdem ich ihn gefragt hatte, wo man wohl ein ordentliches Klavier mieten könnte, ein schönes Weber-Piano; es wurde eines Tages, als ich gerade bei der Arbeit war, auf mein Zimmer gebracht, und selbst für diese Dienstleistung wollte er kein Geld haben. Keine Ahnung, wie er an das Instrument kam. Ich beschloss, ihn lieber nicht zu fragen. Salomonsen arbeitete unten am Hafen in Red Hook und war normalerweise von zehn Uhr abends bis acht Uhr morgens weg; ich sah ihn für gewöhnlich von meinem Fenster aus, wenn ich gerade aufstand, er parkte seinen Mercedes vor seinem Haus auf der anderen Straßenseite, verschwand darin und kam nicht vor dem Nachmittag wieder heraus. Anschließend war er meistens irgendwo in der 8th Avenue anzutreffen, in einem der Läden, oder er spazierte die Straße auf und ab und plauderte mit Freunden, Bekannten, Geschäftspartnern und anderen Mietern wie mir, für die er eine Art Mäzen war. Nach und nach wurde mir auch klar, dass die Gerüchte von einem Jazzmusiker, der auf der 53rd Street lebte, von denen ich im Sommer 1968 immer häufiger hörte, von ihm selbst in die Welt gesetzt worden waren. Die Leute sollten wissen, dass ich fast umsonst bei ihm unterkam und er mir das kostbare Instrument besorgt hatte, auf dass ich erfolgreich und ihm im weiteren Verlauf einer gelungenen Karriere stets dankbar wäre. So profitierte Salomonsen von mir. Durch die Vermarktung seiner selbst als Wohltäter, als Person, die genug Geld hatte, um solche Sachen anzustoßen, und damit wiederum allen, die auch nur den leisesten Zweifel daran hegten, beweisen konnte, dass er ein wohlhabender Mann war, den man entsprechend behandeln musste, wollte man in seiner Gunst weiter ganz oben stehen.

Ich wiederum verlor die Gunst einer Reihe anderer Leute. Der Widerwille gegen die Kirchenlieder und die ambivalente Gottesfurcht war eine Sache, etwas ganz anderes war die Arroganz vieler selbsterklärter Norwegisch-Amerikaner: Wenn ich meine Sorge äußerte, die Ölindustrie könne Norwegen verändern und Stavanger sogar so sehr, dass es nicht wiederzuerkennen wäre, taten sie es ab und erteilten mir Lektionen im *American Way*, für den sie nicht nur Experten waren, sondern auch gute Beispiele. Wie jeder ordentliche Amerikaner hatten auch sie am Anfang mit leeren Händen dagestanden, oder besser: mit gefalteten Händen. *Norwegen,* begannen sie, *fehlt es an Unternehmern.* Showmanship. I guarantee you, *dass sie auf keinen Fall mehr Öl finden werden, als in ein* American car *reinpasst. Und sollte es doch so sein, aber das wird es nicht – man muss hart arbeiten*, you see, *es nützt nichts*, to sit on your ass and wait – *hoffe ich* for God's sake, *dass ihr schlau genug seid, um etwas Sinnvolles mit dem Geld anzustellen.* Jeden zweiten Satz begannen sie mit *hier in Amerika* und *wir*, als wollten sie betonen, dass es einen Unterschied zwischen uns, den Norwegern, und den amerikanischen Norwegern gab: zwischen denen, die schon lange da waren, und denen, die gerade ankamen, und ich saß zwischen allen Stühlen: Noch war ich keiner von ihnen – und meine Heimat hatte ich verloren, als ich ihr den Rücken gekehrt hatte.

Und auch wenn ich mir eine Auszeit vom Lapskaus Boulevard nahm, kam ich mir wie ein Außenseiter vor. Enttäuscht musste ich einsehen, dass das New York, von dem ich immer geträumt hatte, im Verschwinden begriffen war, ich war zehn Jahre zu spät dran; Coltrane war tot, Dolphy war tot, Lester Young und Bird waren längst weg, und das Jazzmilieu in Greenwich Village, wo die Beatniks und Fixer und die Musiker im Anzug und die verrückten Dichter einmal im Schummerlicht der Jazzkeller regiert hatten, war zum großen Teil von bunten Blumenkindern besetzt worden: Die Hippies hatten die Straßen eingenommen. Jetzt waren Flower-Power, Timothy Leary und Haight-Ashbury angesagt, die Erinnerungen an den Summer of Love und andere Mantras schallten laut aus den Fenstern, damit Maharishi Mahesh Yogi es hörte; es gab bed-ins, love-ins, sit-ins, psych-out, turn on / tune in / drop out, Grateful Dead und Zauberpilze und Hendrix und Joplin und Gaukler und Straßentheater und die Westküste und die sexuelle Revolution und Gras, Hasch, Pot, Speed, LSD, Bongs und Buddha und Strawberry Fields, die sich vom Washington Square bis hinauf zum Central Park erstreckten, und all das war mir so fremd, es machte mich traurig, nicht weil ich nicht daran glaubte, sie hatten sicher gute Absichten, aber es war einfach nicht mehr meine Zeit, die *cool cats*, nach denen ich mich gesehnt hatte und denen ich angehören wollte, waren verduftet, es gab sie nicht mehr, jedenfalls nicht so wie früher. Der Ernst war hinzugekommen, ein anderer Ernst, und als Waffe gegen den Untergang und die politische Gemengelage setzte man die freie Liebe ein, die Beatniks waren überholt und zurückgelassen worden, sie stampften einen anderen Takt als jene, die jetzt in Afghanenpelz, Hemden und Schlaghosen mit psychedelischen Mustern aus einem der unzähligen Läden herumliefen, die sofort auf die neue Jugendbewegung reagiert und hastig einen seltsamen Aufzug nach dem anderen auf den Markt geworfen hatten, in kreischenden Farben, die einem den Schlaf raubten, und die ersten hundert Kunden bekamen kostenlose Blumenkränze dazu. Es reichte nicht mehr, ein Hippie zu sein, man musste auch so aussehen wie einer, es sei denn, man hieß Allen Ginsberg und konnte von Jazz und Poesie direkt nach San Francisco übergehen, ohne seine Glaubwürdigkeit zu verlieren.

Aber ich? Ich kriegte es nicht hin. Der Abstand war zu groß, und es war wie gesagt nicht so, dass ich diesen jungen Leuten ihren Ernst nicht abnahm oder dass die Freiheit, die sie suchten, eine andere war als meine und ihr Protest gegen Vietnam und die Unterdrückung der Frau schwer zu verstehen gewesen wäre, sondern dass ihre Bewegung mit all ihren Ritualen, der unausgesprochenen Kleiderordnung, den Haltungen und der Betonung des Kollektivs in all seinen grässlichen Abstufungen, die ganze Zeit Gefahr lief, zu einer Ersatzreligion zu werden, die genauso einengend war wie jene, aus der ich kam, aber gleichzeitig dazu verdammt, jeden Moment zu implodieren, sobald ihr die Luft ausging oder der Krieg (im Grunde egal, welcher) gar nicht mehr aufhörte. Die eifrigsten von ihnen sah ich in den Parks und auf den Straßen im Lotussitz auf den Bürgersteigen hocken, mit dem Chillum in der Hand und der Freiheit im Haar, aber die Freiheit, die sie den Passanten feilboten, wirkte brüchig und rigide, entweder war man dabei oder nicht, und wenn man nicht bei allem dabei war, war man raus. Dann war man nicht *groovy*. Dann war man auf der Seite des Systems. Ein Heuchler. Ein Feind. Bürgerlich. Reaktionär, ein Freund von Hoover. Ich verstand es einfach nicht.

Im Nachhinein allerdings: Es kann durchaus sein, dass ich sie zutiefst beneidete und gern einer von ihnen gewesen wäre, so nackt und in alles Lebende verliebt, wie sie waren, hätte ich nicht diese verdammte norwegische Steifheit gehabt, die mich zuverlässig daran hinderte, auch nur ein einziges Mal aus der Reihe zu tanzen.

War es zu Hause auch so? Ich schrieb an Per und Jan Erik, erklärte die Lage und bekam zur Antwort, dass das Henie Onstad Kunstsenter mit einem spektakulären Musikstück von Arne Nordheim eröffnet hatte – ob ich in der New York Times davon gelesen hätte (fragte Per)? Ob ich mitbekommen hätte, dass Kronprinz Harald und Sonja geheiratet hätten (fragte Jan Erik)? Ansonsten hätten die Hippies den Schlosspark eingenommen, schrieben sie, und der letzte Schrei dort im Hof seien Liederfeste. Inwieweit sie das (oder meinetwegen auch die königliche Hochzeit) für eine gute oder schlechte Sache hielten, ließ sich den Briefen nach nicht genau sagen. Jan Erik schrieb stattdessen etwas über Øydis. Fast eine ganze Seite. Aber ich las es nicht.

Ich kaufte mir sofort einen neuen Anzug; es war ein stiller Protest. Hemd und Krawatte. Eine neue Sonnenbrille. Das volle Programm. Die letzte *cool cat* in New York. Im August fuhr ich in den Village Vanguard und sah Bill Evans; mehrere Nächte saß ich zu Hause in meiner Wohnung auf dem Lapskaus Boulevard und versuchte, wie er zu spielen. Es ging nicht. Ich übte härter, länger; besser wurde es nicht.

Warum nicht lieber Saxophon, so wie Coltrane? Oder Bass, so wie Mingus? Es steckte kein großer Pianist in mir, meine Angst hinderte mich daran. Trotzdem wurde das Klavier zum Instrument meines Lebens, was vor allem praktische Gründe hatte; wir hatten eins zu Hause gehabt, ein altes, mit dem meine Mutter aufgewachsen war, ich hatte nichts anderes als Kirchenlieder und Volkslieder darauf spielen dürfen, und Frau Bore, die alle zwei Wochen kam, um mich zu unterrichten, und die selbst keinerlei Ausbildung hatte, ließ ein ganzes Jahr verstreichen, ehe sie mir widerstrebend Akkorde, Bezifferung und andere Selbstverständlichkeiten beibrachte, die ihrer Ansicht nach zur Vulgärmusik gehörten und wertlos waren, wenn man sie mit der klassischen Musik oder den seligen Psalmen verglich, wo die Kadenzen ins Werk und das Zusammenspiel der unterschiedlichen Stimmen integriert waren – nicht einfach nur in einem selbstgefälligen Akkord dahingeklatscht, und erst nachdem ich unermüdlich gequengelt hatte, gab sie sich resigniert geschlagen. Bis dahin hatte sie mich auf ewige Tonleiterübungen und Etüden beschränkt und mir alle Kirchenlieder aus dem Koralboken beigebracht, ein vierstimmiger Satz nach ewiggültigen, festen, heiligen Regeln, die uns vom großen Vater der Kirchenmusik vererbt worden waren, dem ach so noblen J. S. Bach.

Frau Bore mochte keinen Lärm; ich glaube, sie litt unter Tinnitus, auch wenn diesen Begriff damals keiner von uns kannte und deshalb auch nicht benutzte, ihr Leid wurde übergangen, weil wir dachten, sie sei einfach nur nervenschwach. Vielleicht war es auch so; ich musste oft eine ganze Stunde mit den Händen auf dem Esstisch dasitzen, um die richtige Fingerhaltung zu üben oder nur einen Finger zu bewegen, während die anderen vollkommen still lagen, um einen nach dem anderen von der Tischplatte zu heben und wieder zu senken. *Du musst die Finger so auf die Tasten legen, als würdest du eine Kartoffel halten*, sagte sie wieder und wieder im breiten Jærendialekt, während sie mir ihre eigenen Finger vor die Nase hielt, um die Pointe zu betonen.

Es gab Tage, an denen ich das Klavier kaum anrühren durfte.

Doch einige seltene Male setzte sie sich selbst an das Instrument und zeigte mir, welche Möglichkeiten die Klaviatur bot. Dann spielte sie keine Kirchenlieder mehr, sondern etwas, das sie konsequent als *höchste Stufe* bezeichnete. Und sie machte immer schon vorher deutlich, dass dies eine Stufe sei, von der man sich ja nie selbst erhoffen sollte, sie je zu erreichen. Ich weiß, dass sie bei einer solchen Gelegenheit, trotz der leisen Einwände meiner Eltern, den «Zug der

Zwerge» von Grieg spielte, gefolgt von «In der Halle des Bergkönigs»; da musste sie einen guten Tag gehabt haben. Ihre Finger hämmerten auf die Tasten, und dein Vater und ich saßen staunend auf unseren jeweiligen Hockern neben ihr und erlebten, wie sie wild fuchtelnd in einen Orkan aus Musik stürzte und ihr Gesicht zu den schlimmsten Grimassen verzog, wodurch sie unheimlich aussah, viel furchterregender als die Trolle und Riesen, um die es in der Musik ging und die – davon waren wir immer noch überzeugt – dort draußen lebten, in den Wäldern, oben auf dem Dovreberg und im Jotunheimen, und nach Christenblut dürsteten. Doch obwohl ich mich an dem gewaltigen Klang erfreute, den sie unserem sonst so verzagten Klavier entlockte, war es der Mittelteil im «Zug der Zwerge», den ich am liebsten mochte, wenn sich die Trolle vor der Sonne versteckten. Da flaute die Musik plötzlich ab und wurde angenehm ruhig, schön und präzise, als würden die Töne, die Frau Bore spielte, aus ihren Fingern und über die Tasten tropfen, auf den Teppich, ein leichter Regen, eine kurze Unterbrechung, ehe es wieder krachte und ich aus dem Augenwinkel sah, wie meine Mutter in der Küchentür die Hände zu einem vorsorglichen Gebet faltete, in einem vermeintlich unbeobachteten Moment.

Frau Bore war eine *Freundin der Familie*, wie es so schön heißt, aber um ehrlich zu sein, bin ich mir nicht sicher, ob sie überhaupt Freunde hatte. Vermutlich nicht, wenn man ihrer Interpretation der «Mondscheinsonate» glaubte. Außerdem saß sie während des Gottesdienstes im Gebetshaus immer allein, in einer der letzten Bankreihen, und ich kann mich nicht erinnern, dass sie nach der Klavierstunde je zum Kaffee blieb oder meine Mutter länger als eine Minute mit ihr sprach, wenn sie ihren Ganzjahresmantel anzog und zur Tür heraustrat. Es gab wohl auch einen Herrn Bore, ihn traf ich nie. Ich weiß nicht, was er beruflich machte, wo er die ganze Zeit steckte. Ob er vielleicht auch in anderer Leute Wohnzimmer Klavier spielte.

Doch an jenem Nachmittag im November 1969, als ich zusammen mit meiner neuen Band in einem Proberaum auf der Lower East Side in Manhattan saß, vermisste ich plötzlich sowohl Frau Bore als auch

Herrn Rolfsson (der mich einige Jahre später dazu brachte, alles zu vergessen, was sie mich je gelehrt hatte). Ich vermisste akut die Sicherheit, die damit einherging, im Unterricht zu sein, wo nichts Schlimmeres passieren konnte, als dass man ein bisschen ausgeschimpft und gebeten wurde, noch mal von vorn zu beginnen, sich noch mehr zu konzentrieren und die Finger mitzunehmen. All die Stunden mit den beiden, all das Üben im Keller der Uranienborg-Schule und in der Wohnung am Lapskaus Boulevard; all die Nächte, in denen ich wach gelegen und von genau diesem Augenblick geträumt hatte, meine eigene Band zu haben oder jedenfalls Teil einer Jazzband zu sein, in New York City, all das mündete in diesen Augenblick. Und es war kein guter. «Vielleicht sollten wir es noch mal versuchen, von Anfang an?», schlug Billy zögernd vor. Er spielte Bass, und genau wie Eric, der Schlagzeuger, und ich hatte er auf die Anzeige geantwortet, die Anton, der Trompeter, in der Hoffnung, eine Band zusammenzutrommeln, Ende Juli in The Village Voice schaltete. Drei Monate lang hatten wir zweimal in der Woche zusammen gespielt. Wir hatten sogar ein paar Konzerte in einem Café in der Nähe gegeben, wo alle Gäste schon so betrunken ankamen, dass sie mindestens einen halben Tag danebenlagen, wenn man sie nach der Uhrzeit fragte. Trotzdem war es ein idealer Ort für uns, denn wir bekamen die Chance, vor einem Publikum aufzutreten, was angeblich das A und O war, um das Zusammenspiel zu verbessern. Das Problem war nur, dass wir es nicht hinbekamen. Das heißt, solange ich im Hintergrund blieb und die Gruppe mit einigen vorher genau abgesprochenen Akkorden begleitete, funktionierte es halbwegs, aber Anton konnte nicht alle Solos allein geben, auch der Bass, das Schlagzeug und nicht zuletzt das Klavier mussten irgendwann ran, damit wir komplett waren. Und meine Solos waren erbärmlich, vor allem wenn ich sie improvisieren musste. Es war, als würde ich einen Satz beginnen, ohne die geringste Ahnung zu haben, was eigentlich sein Inhalt war. Ich konnte glücklich vor mich hin plätschern, während Anton in sein Horn bellte und Billy mit seiner halsbrecherischen Fingerakrobatik auf dem Bass nachlegte, bis sich Eric aufs Glatteis stürzte und uns komplexe Rhythmuspartien einhämmerte, die schließlich zu mir hinführten. Doch sobald er dann in den Hintergrund trat, herrschte Chaos. Ich hörte das alles nicht; die Möglichkeiten, die Intervalle, die passen könnten, oder einen eher melodischen Zugang, es offenbarte sich mir nicht; niemals. Das Einzige, was sich mir offenbarte, war Leistungsangst, ich erstarrte, mein Spiel wurde hölzern, holprig und unregelmäßig, und nach einigen wenigen Takten mit hilflosen Versuchen, mein Versagen zu vertuschen und mich einzuholen, mussten sie mir zu Hilfe eilen und wieder übernehmen. Noch schlimmer war es bei schnellen Liedern, meine Hände gehorchten meinem Gehirn nicht oder umgekehrt. Wenn ich zu Hause war, konnte ich wunderbar einen ganzen Abend lang zur Musik vom Plattenspieler klimpern; den verhältnismäßig komplexen Solos meiner Lieblingsaufnahmen folgen, wenn ich sie schon vorher kannte, wenn ich sie verinnerlicht hatte. Dann spielte ich wie ein Metronom, ohne einen einzigen Beat auszulassen, schaukelte auf meinem Klavierhocker hin und her. Doch sobald ich die Nadel von der Rille hob und mich hinsetzte, um meinen Teil der Hausaufgaben zu erledigen – mir eine Melodie für unsere nächste Probe auszudenken –, blockierte ich völlig. Mir fiel einfach nichts ein, nicht eine einzige kleine Melodielinie, die über das vollkommen Banale hinausging, eine Hook, die man weiterspinnen, variieren oder ausbauen konnte. Und wenn es mir doch einmal gelang, wenn ich nach langem Hin und Her wenigstens auf etwas kam, das ich mitnehmen konnte, verhaspelte ich mich oder verlor den Faden, sobald ich allein dran war; selbst die einfachste Jazzformel zerfiel unter meinen Händen in ihre Einzelteile.

Ich fing an, das Klavier zu hassen. Und träumte davon, es eigenhändig zu zertrümmern. Jede Nacht.

Ich fing auch an, einige meiner Platten zu verachten, unter anderem das Klavier auf «Haitian Fight Song», das scheinbar so mühelos dahinfloss, und das sanfte Solo von Hank Jones in der zweiten Hälfte von «Autumn Leaves» auf dem Album *Somethin' Else.* Ich konnte sie nicht mehr hören; nicht ohne das Gefühl, allmählich zugrunde zu gehen. Ich wusste genau, was nötig war, und das ließ mich so verzweifeln. Aber gleichzeitig sah ich langsam ein, dass ich es vielleicht niemals *hinbekäme*. Also überzeugte ich die anderen immer häufiger davon, Lieder zu covern, die andere vor uns gespielt hatten. Auf diese Weise konnte ich mich still und heimlich vorbereiten, ich konnte zu Hause sitzen und im Voraus Akkorde und Lösungen sammeln, sodass ich sie bei den Proben nur noch abrufen, die einzelnen Teile diskret an die richtige Stelle setzen musste, ohne viel Aufhebens darum zu machen; dann klang es gut, dann hatten die Sachen Swing, und die Stimmung und der Glaube an uns selbst hob ab. Aber dennoch. Wie man es auch drehte und wendete: Es war nichts anderes, als sich in die Hose zu machen, damit man nicht erfror. Früher oder später wären wir auch gezwungen, etwas eigenes zu machen, wenn wir etwas anderes werden wollten als Wiederverwertungsmusiker; früher oder später mussten wir die Sicherheit aufgeben und uns hinauswagen, früher oder später, ehe die Geduld der anderen am Ende war. «Vielleicht sollten wir es noch einmal versuchen, von Anfang an?», wiederholte Billy, diesmal lauter, während er ungeduldig mit den Fingern auf seinen Bass trommelte. Dann hatte er keine Lust mehr, noch länger auf eine Antwort zu warten, zählte den Takt vor und begann, sodass wir keine andere Wahl hatten, als einzustimmen, und wieder hechelte ich den anderen hinterher, vergeblich auf der Suche nach dem Grundthema oder irgendeinem Weg, wie ich es umsetzen konnte, ohne dass es konstruiert wirkte, sondern vielmehr organisch, fließend. Echt. Und dann, endlich: Meine Erleichterung, als wir schließlich doch erschöpft das Ziel erreichten, als es still wurde im Kellerraum und Anton, ohne mich anzusehen, seine Trompete ins Futteral steckte und sagte: «Lasst uns lieber ein Bier trinken gehen.»

Ein kalter, beißender Wind in den Straßen, beinahe skandinavisch unbehaglich; er folgte uns den ganzen Weg die Bowery hinab. Hätte es keine Kalender gegeben, die das Gegenteil bewiesen, wäre es mir unwahrscheinlich erschienen, dass ich erst vor wenigen Monaten mit den anderen Norwegern bei weit geöffneten Fenstern zu Hause in Salomonsens Wohnzimmer gesessen und zugesehen hatte, wie die beiden Astronauten zum allerersten Mal die Mondoberfläche betraten, während wir jubelten und mit dem Champagner anstießen, den Salomonsen in rauen Mengen aus «unklarer Quelle» beschafft hatte; oder dass sich Hunderttausende im August auf dem Acker von Max Yasgur versammelt hatten und drei Tage lang im Namen der Musik und des Friedens Regen und Matsch getrotzt hatten. Aus reiner Neugier und mit dem Wunsch, wenigstens einen kurzen Blick auf Grace Slick zu erhaschen, war Billy am Samstag Richtung Norden getrampt, nur um sechs Stunden lang vor Bethel in Stau und Chaos zu stecken, bis sich die Radiomeldungen, das Festival würde sich allmählich in ein Krisengebiet verwandeln, ohne ausreichende Vorräte an Essen und Wasser und Notfallrationen, so oft wiederholten, dass er schließlich aufgab und sich durch die Menschenmenge zurückquälte und einen Bus fand, der ihn wieder nach Manhattan brachte. Da war er seinen eigenen Angaben zufolge so dicht dran gewesen, dass er in der Ferne Fetzen von Canned Heats Auftritt hören konnte.

Es war ein merkwürdiger Sommer gewesen, merkwürdig, aber schön, in genau den richtigen Farben und mit den richtigen Düften, ich war fast nur in Brooklyn herumgelatscht und hatte mich über die großen Ferien gefreut, während die Schüler in den Autos ihrer Familien saßen, auf dem Weg hierhin und dorthin, oder in Sommercamps im ganzen Land waren. Doch sobald die Schule im September wieder anfing, breiteten sich andere Gerüche aus; auf den Fluren und in den Klassenzimmern roch es säuerlich, und noch bevor der Monat um war, erreichten sie auch mich: Wegen der sinkenden Schülerzahlen würde die Schule nach den Abschlussprüfungen im Frühjahr schließen. Es sei einfach nur schade, sagte die Schulleitung. Entweder müssten mehr Norweger über den großen Teich kommen, oder wir müssten mehr Kinder zeugen, und zwar zügig. Keins von beiden war in der erforderlichen Größenordnung realistisch. Das Problem der Schließung war nicht nur, dass ich meine einzige Einnahmequelle verlor; auch mein EB-3-Visum war gefährdet, und auf dem verschlungenen Weg zu einer dauerhaften Aufenthaltsgenehmigung würden mir noch mehr Steine in den Weg gelegt. Wäre ich ein besserer Pianist gewesen – der, der zu sein ich träumte –, hätte ich vielleicht stattdessen ein EB-1 beantragen können, deren Bearbeitung die Behörden nicht ganz so lange beanspruchte, oder im schlimmsten Fall ein L-1, das sich später in ein umfassenderes und längerfristiges Bleiberecht umwandeln ließe. Doch allein der Gedanke, wieder am Ende der Schlange zu landen und von neuem anzufangen, die wackeligen Stapel von Formularen in Angriff zu nehmen, nachdem ich mein Studentenvisum mit Hilfe der Schule und viel Geheul und Zähnefletschen in ein funkelndes EB-3 umgewandelt hatte, reichte für schlaflose Nächte auf unbestimmte Zeit.

Wir bestellten jeder ein Bier und suchten uns eine Sitzgruppe im Harry's. Wir tranken. Wir tranken, und ich sprach über meinen heiklen Aufenthaltsstatus, vor allem weil ich einer Diskussion über den mangelnden musikalischen Fortschritt, der uns allen schmerzlich bewusst war, aus dem Weg gehen wollte. Billy schien angesichts meiner Misere nicht sonderlich besorgt. «Kannst du dir nicht einfach einen anderen Job suchen?», fragte er. «In einer anderen Schule. So schwer kann das doch nicht sein, es muss haufenweise Lehrerstellen geben, von denen man sich nur eine auszusuchen braucht.» «Es ist nicht gerade so, dass es in Brooklyn ein Überangebot an norwegischen Schulen gäbe», sagte ich. «Aber muss sie denn unbedingt norwegisch sein? Was ist denn an den staatlichen Schulen so verkehrt? Nichts, wenn du mich fragst. Ich bin auf eine staatliche Schule gegangen, und es hat mir nicht geschadet.» «Aber was für eine Stelle sollte das denn sein?», protestierte ich sanft. «Für die es keine amerikanischen Bewerber gäbe, die genauso qualifiziert wären wie ich? Sie können mich nicht einstellen, solange ich den anderen nicht etwas voraushabe.» «Du könntest steppen», schlug Eric vor. «Das kann inzwischen kaum noch jemand.» «Ach Mann», sagte ich seufzend. «Die Sache ist wirklich ernst.» Billy steckte sich eine Zigarette an und ließ die Schachtel herumgehen. «Na gut. Aber irgendeinen anderen Job muss es doch geben», fuhr er fort. «Nicht dass ich wüsste», sagte ich. «Aber was ist denn dann passiert, ich hatte immer den Eindruck, ganz Norwegen wäre gerade in Brooklyn. Seid ihr einfach abgehauen, ohne tschüs zu sagen?», fragte Billy.

Genau das war der Fall. Sie hatten ihre Sachen gepackt und waren abgehauen, so unauffällig, wie sie gekommen waren. Aber warum zogen sie vom Lapskaus Boulevard weg? Das fragte ich mich schon lange. Warum ließen sie einfach alles hinter sich, nachdem sie endlich mit dem Englischen vertraut geworden waren oder jedenfalls einer Art Englisch, die mit Spezialausdrücken aus Sørlandet gespickt war; jetzt, da sie Fuß gefasst hatten, ihre eigenen Läden und Schulen hatten, ihre eigenen Viertel und ein neues Leben; jetzt, da sie erfolgreich ihren Weg gemacht hatten, in Amerika, ja sogar New York; was zog sie zurück oder weg? Heimweh? Waren sie zu Rückkehrern geworden? Lag es an der Angst vor neuen, schwierigen Zeiten oder an den Briefen aus der alten Heimat, die von den Funden in der Nordsee kündeten und vom Reichtum, der die Fjorde erreichte; sahen sie die Chance, ihre kapitalistische Kompetenz nach Hause zu retten? Glaubten sie wirklich, sie könnten einfach wiederkommen und Barbecues im Garten veranstalten und mit ihrem amerikanischen Akzent Erinnerungen von drüben teilen, ohne dass man es ihnen übelnahm; sie könnten ihre Cadillacs und Chevrolets mitnehmen und Applaus ernten? Hofften sie, der Weg wäre kürzer, als es schien? Schon möglich. Ich weiß es nicht.

Billy holte eine neue Runde Bier, das war auch nötig. Es gab kaum etwas, worüber wir nicht sprechen wollten. Er sagte: «Wenn du schon kein Lehrer sein kannst, gibt es dann nichts anderes, was du machen könntest? Ich meine, lass uns doch mal einen Moment davon absehen, was du studiert hast, und stattdessen fragen: Was könntest du dir vorstellen? Anton arbeitet in der Firma seines Vaters, Eric in einer Matratzenfabrik, vielleicht sollten wir versuchen, auch dich irgendwo da unterzubringen. Vorausgesetzt, du kannst dir das vorstellen. Ansonsten könnte ich mich auch mal umhören, ob bei mir was frei ist, schadet ja nichts.» «Aber er muss immer noch irgendeine Kompetenz vorweisen, die den amerikanischen Bewerbern abgeht», wandte Anton ein. Eric starrte in sein Bierglas und sagte: «Tja, es gibt auch noch eine andere Lösung.» Ich sah ihn an. «Und was für eine?» «Du kannst dich für Vietnam verpflichten lassen», antwortete er leise. Wir anderen sahen uns eine Sekunde lang an, als wollten wir uns vergewissern, ob eine solche Idiotie überhaupt nach einer Antwort verlangte, ehe wir in schallendes Gelächter ausbrachen und mit den Händen auf den Tisch schlugen. Einige andere Gäste drehten sich zu uns um, und der Barkeeper warf uns einen mahnenden Blick zu, aber Eric starrte nur weiter in sein Glas. «Ich meine es ernst», sagte er aufrichtig. Da wurde es totenstill in unserer Ecke. Eine bedrückende, unbehagliche Stille, unter der eine unterschwellige Aggression knisterte. «Was ist denn mit dir los?», sagte Anton. «Hast du nicht mitgekriegt, dass letzte Woche in Washington 300 000 Leute demonstriert haben, *gegen den Krieg*? Die kamen aus dem ganzen Land, *aus dem ganzen Land*, ist dir das klar? Bei der Kälte. Sie haben ein Lagerfeuer aus ihren Transparenten und Pappschildern gemacht, um sich warm zu halten, aber sie waren da, sie sind nicht wieder gegangen. Es war der größte Protestzug aller Zeiten. *Support your local planet*, zum Teufel.» «Ja, aber …» «Vielleicht hast du gestern auch nicht die Zeitung gelesen», fiel ihm Billy ins Wort, «vielleicht hast du nicht die Bilder aus My Lai auf der Titelseite der New York Times gesehen. Frauen und Kinder, Eric. Zivilisten. Mit Kugeln im Kopf, im Rücken, im Arsch. Mit durchtrennten Hälsen. Bergeweise in die Grube geworfen. Hunderte. Wofür? Damit Johnson und Nixon nachts schlafen können? Gebt ihnen eine Handvoll Schlaftabletten und holt unsere Leute nach Hause, sage ich.» Anton schüttelte den Kopf. «Ich verstehe echt nicht, was mit dir los ist. Du bist pro-Vietnam, ist es das, was du uns sagen willst? Glaubst du etwa auch an die Dominotheorie, haben wir einen kleinen Spiro Agnew unter uns? Tja, eins kann ich dir sagen, mal abgesehen davon, dass du mich echt schockierst: Du bist der erste Kriegsbefürworter unter Jazzmusikern, der mir je begegnet ist.» Eric stellte energisch sein Glas ab und richtete sich auf. «Hör mal, niemand unterstützt den nordvietnamesischen Befreiungskampf mehr als ich. Sieg der NFL und dem Vietcong und so weiter, was anderes sage ich auch gar nicht, also regt euch ab. Und stellt euch vor, ich lese auch Zeitung, ob ihr es glaubt oder nicht. Mir ist klar, was Cronkite nach der Tet-Offensive gesagt hat, ich weiß auch, wie viele Zivilisten ums Leben gekommen sind und wie viele Dörfer gebrannt haben. Und ja, ich habe auch von der Demo in Washington gehört und kenne Leute, die teilgenommen haben, und die Bilder aus My Lai – darum geht es aber nicht.» «Worum geht es dann?», fragte Billy trocken. «Darum», antwortete Eric, «dass dieser Krieg aufs Ende zugeht. Es kann jeden Moment so weit sein. Seht ihr das denn nicht? Nixons *Vietnamisierung* und der Rückzug der Soldaten hat schon begonnen, ein Bataillon nach dem anderen wird abgezogen; My Lai und Tet und Khe Sanh, die immer größeren Demonstrationen in D. C., versteht ihr nicht, was los ist? Es wird bald vorbei sein.» «Tja», warf Anton säuerlich ein, «wenn mich nicht alles täuscht, sind aber immer noch über eine halbe Million vietnamesischer Soldaten in Vietnam?» «Das hat aber nichts zu sagen. Ho Chi Minh ist tot, und wir haben schon verloren, oder sie haben gewonnen, je nachdem. Die Einzigen, die das noch nicht kapiert haben, sind die Rekrutierungsbüros. Saigon wird fallen. Glaubt mir, Onkel Sam hat seinen letzten Schuss in Südostasien noch vor dem Sommer abgefeuert. Anschließend wird es unheimlich ruhig. Und deshalb», Eric erhob beinahe feierlich das Glas, «deshalb ist der perfekte Zeitpunkt gekommen, um dort hinzugehen. *Jetzt.* Fahr jetzt nach Vietnam, zieh die Uniform an und lade deine Waffe, lass dich in voller Montur ablichten und von Morley Safer auf dem Flughafen in Da Nang interviewen, während du auf den Flug nach Hause wartest. Mehr ist es nicht. Aber um zur Sache zu kommen: Ich habe mich informiert, Immigranten mit einem befristeten Visum, die sich für Vietnam verpflichten lassen, in Gebieten, in denen es sonst schwierig ist, die Posten zu besetzen, bekommen nach nur sechs Monaten die amerikanische Staatsbürgerschaft.»

Eric fuhr mit seinem Plan fort, lediglich von sporadischen Protesten von Billy und Anton unterbrochen, er behauptete, dass es dort unten kaum noch Bodentruppen gäbe, die wochenlang ins Feld geschickt würden, wie es seit 65 die Regel gewesen sei, sondern dass immer mehr Verantwortung der ARVN überlassen werde und fast nur noch amerikanische Fernaufklärungstrupps in den Dschungel entsendet würden, was für mich allerdings kein Grund zur Sorge sei – dort lande man nur, wenn man es wirklich wolle und verrückt genug wäre. Und ich muss leider zugeben, dass das, was er sagte, allmählich einen Sinn ergab. Dieser Gedanke, das Problem ein für alle Mal zu lösen und nicht nur eine unbefristete Aufenthaltsgenehmigung zu haben, sondern auch *Amerikaner* zu werden – mit Wahlrecht und allem –, es fiel schwer, diesen Vorschlag nicht ernsthaft in Erwägung zu ziehen. Im Nachhinein muss ich sagen: Ich wusste genug, um es nicht zu tun; ich tat es trotzdem. Ich wurde gierig, und als mir das klarwurde, war es zu spät. Im Gegensatz zu meinem Vater und meinem Bruder war ich nicht politisch engagiert, war es nie gewesen, auch während meiner Zeit in Oslo nicht, zusammen mit Jan Erik und Per oder auf der Uranienborg-Schule: Nicht einmal nach dem Abend, als die Papierlaternen über dem St. Hanshaugen aufstiegen, zu Ehren des Kameraden Ho Chi Minh, hatte ich das Gefühl gehabt, politisch zu sein, und noch viel weniger, politisch aktiv zu sein. Vietnam war mir unendlich weit weg erschienen, während wir dort im Schnee gestanden und gefröstelt hatten. Jan Erik und Per zuzustimmen, dass das Bombardement in Vietnam aufhören musste, war eine Sache, wer wollte schon Kinder durch Napalm verbrennen sehen? Doch abgesehen davon – wie viel hatte ich darüber nachgedacht, wirklich nachgedacht? Der Widerstand gegen den Krieg war in erster Linie eine Gruppenerfahrung gewesen, etwas, auf das man sich einigen konnte, ein Protest, der keine größeren Verheerungen hinterließ.

Ich redete mir ein, dass ich keine Vorbehalte dagegen hatte, in einen Krieg zu ziehen. Das war es, was ich tat, ich strengte mich an, mir einzubilden, dass ich nicht all unsere Ideale verraten hätte, all meine Gründe, überhaupt nach Amerika gekommen zu sein, und das Leben, das ich mir hier hatte aufbauen wollen; ich zwang mich zu denken, dass dies die beste Lösung wäre, ein kleines Opfer für etwas Immerwährendes, und allmählich gewöhnte ich mich an den Gedanken und konnte ihn annehmen, ihn wieder und wieder im Kopf durchspielen, das war etwas, was ich gut konnte: die nötigen Grundlagen so lange einzuüben, bis sie sich gesetzt hatten, sie so lange zu wiederholen, bis sie mir natürlich vorkamen.

Nach dem Abend im Harry's waren wir kein Quartett mehr. Anton, der bisher unsere Proben einberufen hatte, meldete sich nicht mehr. Auch Billy ließ nichts mehr von sich hören; ich weiß nicht, ob es am politischen Zwist lag, vielleicht gab es auch andere Gründe – wie etwa, dass sich die beiden ausgetauscht hatten und gemeinsam zu der Entscheidung gekommen waren, lieber ohne uns weiterzumachen.

So kam es, dass Eric und ich uns allein trafen, ohne Instrumente. Wir machten andere Sachen, besuchten Konzerte, gingen Essen oder flanierten; manchmal übernachtete ich bei ihm auf dem Sofa, wenn ich keine Lust hatte, zum Lapskaus Boulevard zurückzukehren, und dem ständigen norwegischen Hintergrundrauschen entgehen wollte. Wir feierten zusammen Weihnachten, nur wir beide. Und die ganze Zeit redeten wir über die Wahl, die ich im Großen und Ganzen schon getroffen, aber formal noch nicht in die Tat umgesetzt hatte. Zwischen den Jahren machten wir mehrere Spaziergänge auf dem Green-Wood-Friedhof, und bei einem davon wurde mir klar, dass Eric eigene Gründe gehabt hatte, Reklame dafür zu machen, in den Krieg zu gehen, bevor er vorbei war: Anfang Dezember war er per Losverfahren zum Militärdienst einberufen worden. In vierzehn Tagen begann die Rekrutenschulung, er hatte bereits gepackt, seinen Job in der Matratzenfabrik gekündigt, war bereit. Ich glaube, er hoffte darauf, nicht allein gehen zu müssen. «Wer weiß, vielleicht tauchen ja auch Anton und Billy da unten auf», sagte ich. Aber Eric schüttelte den Kopf. «Antons Vater gehört zum Geldadel. Deren Söhne werden vom Militärdienst verschont, auch wenn die Regierung das nie zugeben würde. Und Billy ist 4F.» «Was fehlt ihm denn?» «Der Wille, glaube ich.»

Am Morgen des zwölften Januar begleitete ich Eric im eisigen Schneeregen zur Penn Station und zu seinem Zug nach South Carolina. Eine Gruppe Blumenkinder schwirrte im Bahnhof umher und verteilte Flugblätter, auf denen nur ein einziges Wort stand, *LIEBE*, während zwei langhaarige Typen im Lotussitz auf dem Boden hockten und Gitarre spielten. *WAR IS NOT HEALTHY FOR CHILDREN AND OTHER LIVING THINGS*, stand auf einem Plakat vor ihnen, in großen, geschwungenen schwarzen Buchstaben auf gelbem Hintergrund, umkränzt von einer riesigen Sonnenblumenzeichnung. «Also, ich verstehe das einfach nicht», sagte Eric resigniert, als er sie erblickte, «das ist doch irgendwie ein Widerspruch. Ich meine, einerseits diese Liebe zu allem Lebenden und andererseits der Groll gegen Soldaten. Wenn sie konsequent wären, sollten sie lieber bereitstehen und die Heimkehrer umarmen, findest du nicht auch?» Er betrachtete sie missbilligend. «Weiß nicht», antwortete ich. «Vielleicht hast du recht.» Vielleicht aber auch nicht. Soweit ich weiß, hatten sie alles Recht, es nicht zu tun, sich rundheraus zu weigern und dagegen zu protestieren, dass man sich in diesem Land nicht schlafen legen konnte, ohne ein Blutbad zu billigen. Sie zu belächeln, war einfach, sie sahen seltsam aus und rochen noch seltsamer, die selbsterklärte Freiheit, die sie ausstrahlten, wirkte gezwungen, aber ihre Verzweiflung war herzzerreißend echt. Es war eine verwirrende Zeit für alle. Sicher weiß ich nur: An diesem Tag fuhr ich nach Hause und spürte, wie mich eine große Ruhe überkam; meine Entscheidung stand fest. Den ganzen Abend legte ich die Monk-Platten auf, die ich am meisten schätzte, jetzt konnte ich sie wieder hören. Für einen kurzen Moment setzte ich mich auch selbst ans Klavier und spielte die Notenhefte durch, die mir Herr Rolfsson mitgegeben hatte. Vielleicht spielte ich auch ein paar Kirchenlieder, als Reminiszenz an die alten Zeiten, um zu hören, wie sie an diesem Ende der Welt klangen. Und am nächsten Tag ging ich zum erstbesten Rekrutierungsbüro der Armee, erklärte meine Lage und erhielt die Bestätigung: Ich würde amerikanischer Staatsbürger werden.

Broschüren wurden übergeben. Informationen übermittelt. Kontaktdaten notiert. Vereinbarungen getroffen. Versprechen gegeben. Formulare unterschrieben. Hände geschüttelt.

Anschließend musste ich mich um die praktischen Angelegenheiten kümmern. Ich schrieb meinen zweiten Brief nach Hause, seit ich in New York angekommen war. Er war genauso kurz wie der erste, ich schrieb lediglich, dass alles in Ordnung sei, dass die Schule, an der ich gearbeitet hatte, geschlossen würde und ich mich für den Militärdienst in Vietnam verpflichtet hatte und im Gegenzug die Staatsbürgerschaft erhielte. Ich schrieb, aller Wahrscheinlichkeit nach nähme ich einen Schreibtischjob in den hintersten Reihen an, weit weg vom Kampfgeschehen. Würde ein REMF werden. Ich schrieb, der Krieg sei ohnehin bald vorbei. Ich schrieb, ich hätte nichts gegen die Vietnamesen, aber die Umstände erforderten, dass ich ginge, und ich würde planen, anschließend wieder nach New York zurückzukehren.

Die anderen Briefe waren schlimmer. An Jan Erik und Per. Es kostete Zeit, sie zu schreiben, Monate vergingen, ohne dass ich mehr als ein paar sinnentleerte Sätze zu Papier brachte, und in der Zwischenzeit drehte sich die Welt weiter; im Mai wurden an der Kent State University in Ohio vier Studenten erschossen, als die Nationalgarde das Feuer auf die Demonstranten eröffnete, die gegen Nixons Beschluss zur Invasion Kambodschas auf die Straße gegangen waren; am nächsten Tag blieben zahlreiche Colleges und Universitäten im ganzen Land aus Protest geschlossen, und danach kam alles zusammen: In Kalifornien streikten achtundzwanzig Bildungseinrichtungen mit mehr als 280 000 Studenten; auch die Penn State schloss auf unbestimmte Zeit, und kurz darauf hatten mehr als vierhunderttausend Institutionen ihre Türen verrammelt; die Demonstrationen breiteten sich auf alle Campus im Land aus, eine sechsstellige Zahl von Studenten marschierte friedlich am verbarrikadierten Weißen Haus vorbei, und es konnte keinen Zweifel mehr geben, obwohl auch hunderttausend andere – Bau- und Hafenarbeiter wie auch Büroangestellte – durch die Straßen New Yorks zogen, um Flagge für Nixons Politik zu bekennen: Etwas hatte sich verändert, es lag in der Luft, wo man auch war, man konnte es mit jedem Atemzug schmecken, und ich bekam Angst davor, was ich getan hatte. Nachts lag ich wach und grübelte über die Möglichkeit, einen Rückzieher zu machen, falls es überhaupt noch möglich war. Oder abzuhauen.

Aber ich blieb.

Ich blieb und versuchte, meinen Brief an Jan Erik weiterzuschreiben; es klappte auch jetzt nicht, war schwieriger denn je. Die richtigen Worte wollten sich nicht einstellen, nur die feuchten Abdrücke meiner

Finger auf dem Papier verrieten, dass ich es wirklich versucht, daran gearbeitet hatte. Und es war harte Arbeit. Sorgfältig mussten sie herausgemeißelt werden, die Worte, eins nach dem anderen, aus härteren Sprachblöcken, bis sie endlich die wenigen Sätze bildeten, die zu schreiben ich mir vorgenommen hatte. *Das Leben in Amerika ist schwierig*, schrieb ich. *Die Dinge sind nicht so gelaufen wie geplant. Manchmal muss man mutig sein. Ich weiß nicht, ob es Mut ist oder das Gegenteil davon. Ich bitte um Verständnis. Oder Vergebung. Oder beides.* Ich schrieb, dass ich nicht vorhätte, jemanden zu töten. *Ich hasse niemanden*, schrieb ich. *Ich rechne damit, in ein paar Monaten wieder zurück zu sein*, schrieb ich. Am Ende kniff ich, adressierte den Brief nur an Jan Erik und bat ihn, Per die Nachricht zu übermitteln.

Die Antwort kam drei Wochen später, fast zur gleichen Zeit wie der Einberufungsbescheid, in dem ich aufgefordert wurde, in Fort Still zu erscheinen. In Gänze lautete Jan Eriks Brief so:

Du musst es Per selbst erzählen. Hier ist ein Gedicht, das ich geschrieben habe:

hallo johnson
ich hab einen vorschlag

wir hören auf
über vietnam zu schreiben

du hörst auf
vietnam zu bombardieren okay

Jan Erik.
Over und aus.

Mir fiel auf, dass der Brief von einer neuen Adresse in Oslo abgeschickt worden war, das musste bedeuten, dass sie sein altes Holzhaus in Briskeby abgerissen hatten.

Wir schrieben einander nie wieder.

Mittlerweile war es August 1970, und Eric war schon seit über drei Monaten im Krieg, als ich meine Sachen packte, die Wohnung auf der 8th Avenue putzte, Salomonsen die Schlüssel zurückgab und mich für all seine Unterstützung bedankte. Er werde auch gehen, sagte er. Bald. *Zurück nach Norway.* Und während die Sonne hoch am Himmel stand und Manhattan in das schönste Licht hüllte, was du dir vorstellen kannst, fuhr Salomonsen mich nach New Jersey, wo ich meine Sachen einlagerte, mich von ihm verabschiedete und den Zug zurück in die Stadt nahm. Ich verbrachte die letzte Nacht in der Jugendherberge oben an der Amsterdam Avenue und setzte mich vormittags in einen Greyhound-Bus. Er brachte mich sicher nach Lawton, Oklahoma und Fort Sill, wo ich die acht langen Wochen der Grundausbildung absolvierte und anschließend die Feldartillerieschule, und am 26. November wurde ich nach San Francisco geflogen und hatte dort drei Tage zur freien Verfügung, ehe ich zusammen mit Hunderten anderen Soldaten an Bord des gecharterten Flugzeugs ging, das uns erst nach Anchorage in Alaska brachte, wo wir auf dem Rollfeld froren, als wir uns die Füße vertraten und darauf warteten, weiterzukommen, mit einer zweiten Zwischenlandung auf der Yokota Air Base in der Nähe von Tokio, und dann nach Bien Hoa in Südvietnam zur weiteren Abwicklung, Registrierung und anschließenden Verteilung auf die verschiedenen Einheiten.

Aber das war mehr als zwanzig Stunden davor. Es war, bevor ich aus dem Flugzeug und in die brutale Wand tropischer Hitze stieg, bevor ich die Reihen von Helikoptern und die Mengen an militärischem Material sah, die wie am Fließband an diesem Stützpunkt ankamen und gingen und uns allen klarmachten, dass der Krieg nicht ganz vorbei war. Nicht ganz.

Ich schlief fast den ganzen Weg von Japan.

BURNING MEN

(ONE DAY WE'LL BE DANCING TO
THROBBING GRISTLE)

2005 – 2008

1

Im Sommer fuhren wir immer nach Kanada.

Es war nicht in Stein gemeißelt, es gab auch Ausnahmen von der Regel. Wie das Jahr, als wir nach Arizona fuhren, um uns den Grand Canyon anzusehen und am Ende zwei Wochen am Stück im El-Tovar-Hotel verbrachten – das wir zum gemütlichsten Ort aller Zeiten kürten, nicht zuletzt wegen der Rotwildfamilie, die jeden Morgen ungestört vor unserem Fenster äste, während wir uns anzogen, um uns auf eine unserer achtstündigen Wanderungen durch stellenweise schmale und steile Pfade am Rande der Schlucht zu begeben, den ganzen Weg nach Norden zum Colorado River und in einer Schleife zurück zum Hotel, wo wir Wasser in uns hineinkippten und uns wie die Geier auf das Essen stürzten und bis zum späten Abend auf der Terrasse sitzen blieben, ringsum von der schönen Aussicht umgeben, und einander eifrig auf die landschaftlichen Besonderheiten hinwiesen. Zweimal fuhren wir auch in die Hamptons, das erste Mal brachte uns die Hitze fast um, und wir versuchten uns in Amphibien zu verwandeln, das zweite Mal regnete es den ganzen Sommer hindurch, und wir konnten nichts anderes tun, als drinnen zu hocken und *Axis & Allies* zu spielen, das einzige Brettspiel, das wir im Haus fanden, eine Geduldsprobe, denn jede Partie dauerte Tage, unter anderem weil Mischa immer darauf bestand, die Achsenmächte zu übernehmen, und stets dieselbe Strategie verfolgte, indem sie die japanische Flotte geradezu hysterisch aufrüstete, bis sie die ganze Armada und dazu auch noch Schwärme von Langstreckenbombern an die kalifornische Küste schickte, wohingegen ich meine Truppen voreilig über das Meer entsandt hatte und nun unterbemannt am Fuße der Ardennen gestrandet war, vor einer Mauer deutscher Truppen, die ihre Artillerie in Stellung gebracht und die Endlösung im Blick hatten, und ohne Aussicht auf Unterstützung durch die Sowjetunion, deren Arsenal längst zu einem unbrauchbar kleinen Sammelsurium geschrumpft war. Einen Sommer verbrachten wir auch auf der kleinen Insel New Castle vor der Küste New Hampshires, wir mieteten ein Holzhaus in einer idyllischen Straße und mussten uns ein für alle Mal eingestehen, dass wir unfähig waren, ein Segelboot zu manövrieren und an einem Steg anzulegen. Wir fuhren nie nach Europa, geschweige denn nach Norwegen, obwohl Mischa das schon mehrmals vorgeschlagen hatte; worauf sich mein Widerwille gründete, war mir zu diesem Zeitpunkt aber noch nicht klar, und ich reagierte mit ungerechten Wutausbrüchen, wenn sie mich fragte, warum ich denn keine Lust hätte, ihr die Fjorde und Berge und Menschen zu zeigen, die meine Heimat waren und die sie gerne einmal sehen würde. Im Laufe der Jahre verstand ich dann, dass ich Angst hatte. Ich fürchtete, das, woran ich mich erinnerte, könnte verschwunden oder nicht mehr so sein, wie es mal war, und Mischa würde neben mir stehen und zusehen, wie ich an dieser Einsicht zerbrach. Oder das Gegenteil; alles wäre noch so wie damals und ich müsste es noch einmal verlassen.

Unser einziger Auslandsaufenthalt, Kanada einmal ausgenommen, war halb privat, halb beruflich, wir flogen nach Tokio, der Einladung eines japanischen Galeristen folgend, den Mischa in New York kennengelernt hatte und der uns – nachdem der künstlerische Teil mit der Ausstellung *Twelve Paintings From America* abgehakt war und die Ferien begonnen hatten – in eine Schule in Kabukichō im Stadtteil Shinjuku bat, und so fuhren wir hin, obwohl wir sowohl über die Gegend stutzten, in der wir keine Schulen vermutet hätten, als auch über den späten Zeitpunkt, zu dem wir in einer Schule keine Schüler mehr vermutet hätten, und wie sich herausstellte, war es tatsächlich keine richtige Schule, sondern etwas ganz anderes, weit weniger Harmloses, das lediglich wie ein Klassenraum eingerichtet war, und die zwölf Schülerinnen, allesamt Frauen, waren nur während ihrer Arbeitszeit Schulmädchen, und es war auch kein Ort, den man normalerweise als Paar besuchte oder überhaupt als Tourist, wir aber doch, wo wir nun schon einmal den langen Weg durch den dichten Verkehr auf uns genommen hatten und zu schüchtern oder beschämt oder ängstlich waren, um den Gastgeber zu enttäuschen, der all das für uns arrangiert hatte – im optimistischen Glauben, es könnte uns gefallen, vielleicht sogar in der Hoffnung, wir würden es als etwas Außergewöhnliches und Exotisches in Erinnerung behalten –, aber auch aufgrund eines Missverständnisses, weil Mischa und ich uns damals, zu Beginn unserer Beziehung, noch nicht so gut kannten und weil ich, als wir durch die Türen traten und vom indignierten Schuldirektor (wenn wir unseren japanischen Dolmetscher richtig verstanden hatten) empfangen wurden, fälschlicherweise dachte, Mischa würde mir gegenüber nur so tun, als hätte sie von alldem vorher nichts geahnt oder nicht verstanden, worum es ging, und sich gewünscht, wir würden uns darauf einlassen, um ... mal etwas Neues auszuprobieren, vor dem ich mich schrecklich fürchtete, trotz des Eifers, den ich (ihr, dem Gastgeber und dem *indignierten Schuldirektor*) vorgaukelte, und an dem ich mich eigentlich auf keinen Fall beteiligen wollte, das zu erdulden ich gleichzeitig aber fest entschlossen war, ihr zuliebe, weil ich alles für sie tat und weil sie normalerweise bestimmte, was wir auf dem Gebiet wagten und wo die Grenze verlief, wobei dies wohl für uns beide völliges Neuland war – und ich hatte panische Angst davor, was sie von mir denken würde, wenn ich einen Rückzieher machte und sie in dieser Schule, die keine Schule war, in Verlegenheit brächte und sie vor unserem Gastgeber in einem unvorteilhaften Licht dastehen ließe, als Perverse, die keinen moralischen Kompass und keine Empathie für ihren Freund besaß, doch all das blieb mir zum Glück erspart, so wie es mir auch erspart bleiben sollte, *die Schülerinnen zu züchtigen*, was die uns zugedachte Rolle war, da mir Mischa, als ich schon dabei war, widerstrebend meine Gürtelschnalle zu öffnen, ins Ohr flüsterte: *Das ist total krank, wir hätten im Hotel bleiben sollen*, und sich auf einen Stuhl an der Wand setzte, so weit von den Pulten und den falschen Schülerinnen entfernt wie irgend möglich, und von einem Kellner in Wachtmeisteruniform einen Drink serviert bekam und unserem Gastgeber erklärte, wir würden lieber erst ein bisschen zugucken, woraufhin ich diskret und, tja, erleichtert, glaube ich, meine Gürtelschnalle schloss und mich neben sie setzte und einen eigenen Drink bekam und sie mir ins Ohr flüsterte: *Wir müssen einfach nur ein bisschen hier sitzen und glotzen, bis wir sagen können, dass wir müde sind, und ihn bitten dürfen, uns ins Hotel zurückzufahren, ohne dass jemand sein Gesicht verliert, was das Schlimmste ist, das man ihnen antun kann*, und so blieben wir über eine Stunde auf den harten Stühlen sitzen und wurden in regelmäßigen Abständen mit Drinks versorgt, die uns auflockern sollten, und küssten uns hin und wieder umständlich, um zu zeigen, dass das, was sich in diesem falschen Klassenzimmer abspielte, keineswegs spurlos an uns vorüberging, ohne dass wir uns am Geschehen beteiligten, was dazu führte, dass sich die Mädchen immer mehr ins Zeug legten (obwohl auch sie, wenn sie uns hin und wieder direkt in die Augen sahen, offenbar erleichtert darüber waren, dass dieser Abend glimpflicher für sie enden würde als manch anderer) und am Ende, als letzter Vorstoß des Arrangeurs, Besuch von einem Lehrer bekamen, der schimpfend hereinstürmte und seinen Rohrstock schwang, begleitet von den schrillen, ohrenbetäubenden und überdramatischen Klagerufen der armen Mädchen, die sich so unschicklich verhalten hatten, dass sie nur mit einer ordentlichen Tracht Prügel des Lehrkörpers zu disziplinieren waren, und das alles, obwohl die ganze Vorstellung vergebene Liebesmüh war vor diesen beiden westlichen Eunuchen, die nur schwer ihr Lachen unterdrücken konnten angesichts des übertriebenen Stöhnens und der aalgleichen Bewegungen dieser eher absurden denn erotischen Vorstellung, die jedoch Anlass zum Applaus bot, als sie vorüber war und sich die Mädchen (und der falsche Lehrer) verbeugten, eine raffinierte Finte, die unserem Gastgeber oder dem Inhaber dieses Etablissements im letzten Moment eingefallen war, damit sich alle Beteiligten einbilden konnten, das Ganze sei wie geplant vonstattengegangen und es wäre von vornherein vorgesehen gewesen, dass wir nicht mitmischten, sondern nur zukuckten, ohne jeden Gesichtsverlust, weshalb unsere Autofahrt zurück ins Hotel bedeutend entspannter verlief, der Rest der Nacht, als Mischa und ich wieder allein waren, ohne Aufsicht und Einblicke dagegen ziemlich aufregend, und Mischa scherzte, sie werde mir zuliebe eine solche Schuluniform anschaffen und mit in die Staaten bringen, damit ich sie züchtigen könne, und ich lachte und sagte, das sei eine glänzende Idee und die

Uniform werde ihr garantiert viel besser stehen als den Mädchen und wir könnten gleich am nächsten Tag einen Laden suchen, aber wir kauften dann doch keine Uniform, wir guckten gar nicht erst danach, das Vorhaben verlief im Sande, weil Mischa dachte, ich hätte das ironisch gemeint, was aber nicht der Fall gewesen war; in manchen Dingen würden wir einander nie ganz verstehen.

Wie gesagt, normalerweise fuhren wir im Sommer nach Kanada. Immer dieselbe Strecke, immer dieselben Orte: Erst flogen wir nach Quebec City und verbrachten einige Tage im Le Château Fontenac in der Altstadt; wir nutzten das massive Gemäuer als eine Art Dekompressionskammer nach fast einem Jahr New York und bewegten uns durch die europäisch klingenden Straßen, wo Mischas Französischkenntnisse langsam, aber sicher im gleichen Tempo zurückkehrten wie meine Fähigkeit, mich in den Geschäften verständlich zu machen, abnahm. In Quebec mieteten wir ein Auto und fuhren drei zähe Stunden bis nach Montreal in die 4119 Rue Rivard – eine schmale Straße – zu dem kleinen, roten Steinhaus mit der blauen Tür und dem bescheidenen Balkon, auf dem ein rostiger Stuhl stand und eine Kletterpflanze sich an der Fassade emporwand, und das wir immer so lange mieten durften, wie wir wollten, für wenig Geld, weil der Besitzer Mischa kannte und jedes Mal scherzte, er hoffe, eines Tages reich genug zu sein, um eines ihrer Werke zu kaufen, ohne dass wir daraus schlau wurden, ob er es jedes Jahr wiederholte, um seine Wertschätzung deutlich zu machen, oder ob er erwartete, sie würde ihm eines für einen symbolischen Preis überlassen, eventuell sogar schenken (diese Zweideutigkeit, und die etwas angestrengte Stimmung, die immer dann entstand, wenn er seinen traditionellen Feriensatz deklamierte, führte am Ende dazu, dass Mischa ihm eines der Bilder aus der *Jungles*-Reihe schickte, das sie bisher noch nicht ausgestellt hatte, und von da an ersparten wir uns nicht nur die Miete, sondern auch das Begrüßungsritual, wenn wir die Schlüssel abholten. Später kaufte sie das Haus. Er machte ihr einen guten Preis). Manchmal kam Owen uns besuchen, wenn es gerade passte, wir verbrachten einige unserer schönsten Tage in dem kleinen Haus, hatten Nachbarn, mit denen wir uns viel öfter unterhielten als mit unseren Nachbarn in New York, und Lieblingsrestaurants, die direkt um die Ecke lagen, und in diesen Wochen taten wir kaum etwas anderes, als abends zu viel Wein zu trinken und tagsüber im nahegelegenen La-Fontaine-Park zu sitzen, wenn wir uns nicht gerade auf den engen Balkon quetschten oder, wenn es besonders warm war und uns Monsieur Couteux zwei Häuser weiter seine Leiter lieh, auf das Dach setzten und über das Plateau-Arrondissement schauten.

Schwer zu sagen, ob es einen Unterschied gemacht hätte, ob die Dinge anders gelaufen wären. Aber vielleicht hätten wir hier ganz wohnen sollen, in Montreal, auf zweiundvierzig Quadratmetern (plus fünfzehn Quadratmetern Dach), anstatt auf dreihundert Quadratmetern im Apthorp verstreut zu sein. Ich glaube, unsere Herzen und Hirne hätten länger den gleichen Takt gehabt. Denn so habe ich diese Sommer in Erinnerung, als eine synchronisierte Bewegung, angeführt von Owen, der auf dem Dach saß und sich sonnte, mit einem selbstgebastelten Reflektor aus Alufolie vor dem Gesicht und einem kleinen Radio, aus dem Musik tönte, zu der er den ganzen Tag über selbstvergessen mit dem Fuß stampfte, Musik, die Mischa durch das Dach hörte und die in ihre eigenen Bewegungen überging, während sie gerade Essen machte und mit den Töpfen klapperte oder halb in den Schränken unter der Spüle hing, um eine Dichtung auszuwechseln oder die Scharniere einer Tür zu reparieren, die lose waren, und ihre Geräusche wiederum im Stockwerk darunter zu hören waren, wo ich saß und las und die Cohen-Platten hörte, die der Hausbesitzer ein paar Tage nach unserer Ankunft immer stolz vorbeibrachte und die unserem Urlaub eine rituelle Tonspur gaben.

Am Ende ging es nach Toronto. Wir konnten es hinauszögern bis zum Gehtnichtmehr, aber es ließ sich nie ganz umgehen. Früher oder später mussten wir die fünf, sechs Stunden von Montreal bis dorthin zurücklegen, um Mischas Eltern zu besuchen. *Einstempeln,* nannte sie es. Mit Toronto an sich hatten wir kein Problem, die Stadt war, wie Peter Ustinov einmal sagte, *wie New York, nur von Schweizern betrieben.* Alles funktionierte. Die Leute waren höflich. Die Straßen sauber. Die

Fußgänger warteten geduldig an der roten Ampel, selbst wenn weit und breit kein Auto in Sicht war.

Die Herausforderung stellten ihre Eltern dar. Im Grunde waren sie nicht verkehrt, aber sie übertrieben es einfach jedes Mal. Sie waren der Inbegriff an Gastfreundlichkeit. Ich glaube, es lag daran, dass sie sich so sehr auf uns freuten, es war jedes Jahr dasselbe; monatelang, so stellte ich mir vor, hatten Vater und Mutter bis spät in den Abend hinein in der Küche gesessen und verschiedene Vorschläge und Ideen entwickelt, was wir alles zusammen unternehmen könnten, sie gegen das Licht gehalten und geprüft, ehe sie auf den Stapeln *verworfen*, *angenommen* und *vielleicht* landeten. Sie hatten eine Höllenangst davor, dass wir uns langweilen könnten, und obwohl die Mutter, wenn wir im Flur standen und unsere Koffer absetzten, als Erstes sagte: *Jetzt dürft ihr euch richtig entspannen und einfach mal gar nichts tun*, wussten wir genau, dass sie uns spätestens während des ersten gemeinsamen Abendessens fragen würde: *Na, gibt es denn irgendwas, was ihr gern unternehmen würdet, während ihr hier seid?* Und unser Zögern oder das Ausbleiben einer eindeutigen Antwort führte immer dazu, dass sie sagte: *Wenn nicht, hätten wir da ein paar Vorschläge.*

Wir bekamen jeweils ein Blatt in die Hände gedrückt, ausgedruckt von ihrem Vater, der wusste, wie man passende, dekorative Elemente in Microsoft-Word-Dokumente einfügte. Fehlte nur noch die Laminierung, um diesen Veranstaltungskalender perfekt zu machen. Wir protestierten nur selten, sondern arbeiteten die Vorschläge gemeinsam ab, von Anfang bis Ende, und obwohl es überwiegend Sachen waren, die durchaus unseren Geschmack trafen und von denen sie wussten, dass wir sie gerne machten, aber nicht unbedingt selbst darauf gekommen wären, Besuche in Restaurants, verschiedenen Museen, Galerien und Buchhandlungen, Konzertabende und Ausflüge zu den Niagarafällen oder eine Tagestour auf dem Lake Ontario, strichen wir heimlich jeden absolvierten Punkt ab, als müssten wir uns selbst verdeutlichen, dass wir wieder etwas erledigt hatten.

Manchmal splitteten sie uns auf und nahmen uns getrennt voneinander zu Aktivitäten mit. Das geschah immer dann, wenn das

Tagesprogramm so vollgepackt war, dass es zu zeitlichen Überschneidungen gekommen wäre, aber ich habe den Verdacht, dass es auch hier in Wahrheit einen anderen Hintergedanken gab, denn der Abend würde umso gemütlicher werden, wenn wir lange genug voneinander getrennt gewesen waren und uns erzählen konnten, was wir erlebt hatten, anstatt dazusitzen und in denselben Erinnerungen zu schwelgen, die gerade noch verarbeitet und im Langzeitgedächtnis gespeichert wurden.

Unter diesen Einzelexkursionen gab es eine, die sich jährlich wiederholte, ohne dass ich es übers Herz brachte, diesen Turnus zu problematisieren. Mischas Vater beharrte jedes Mal darauf, einen Ausflug zum Little Norway Park am Hafen zu machen, damit ich der Tausenden norwegischen Kampfpiloten und Soldaten im Exil gedenken konnte, die sich in den vierziger Jahren vom Stützpunkt am Toronto Island Airport darauf vorbereiteten, gegen die Deutschen zurückzuschlagen. Wir standen vor der Gedenktafel, die man aufgehängt hatte, standen schweigend und mit respektvoll geneigten Häuptern da, bis wir der Meinung waren, nun wäre es genug. Doch zuvor musste man den ganzen Weg vom Haus der Eltern bis dorthin laufen und anschließend wieder zurück, und ich verstand, dass es eigentlich darum ging; ich war sein Gradmesser, vor allem nachdem Mischa schon über dreißig war und ich immer noch Anfang zwanzig, und er nahm diese Spaziergänge zum Anlass, um sich zu erkundigen, wie es um die Chancen für eine baldige Hochzeit oder Enkelkinder bestellt sei und ob wir darüber nachdächten, wieder nach Toronto zurückzugehen.

Eigentlich mochte der Vater jedoch Owen am liebsten; sie hatten sofort eine Wellenlänge gefunden, und manchmal hatte ich ihn (den Vater) im Verdacht, er wünschte sich insgeheim, er (Owen) wäre mit Mischa zusammen. Insbesondere schätzte er (der Vater) die Geschichten, die Owen mitbrachte, vor allem wenn es darin um Norweger ging, die sich in der Neuen Welt einen Namen gemacht hatten, zum Beispiel Karl Hovelsen, ein aus Oslo stammendes Mitglied des Bærum Skiclubs, der sich 1905 in Colorado niederließ, den Namen Carl Howelsen annahm und den Amerikanern zu Beginn des neuen Jahrhunderts als Erster das Skispringen beibrachte, indem er in P.T. Barnums großartigem Wanderzirkus unter dem Namen *Die Skirakete* oder *Der fliegende Norweger* oder *Die Sensation aus dem Land der Mitternachtssonne* auftrat. Todesmutig ließ er sich von einem Flaschenzug bis unter das Dach ziehen, um sich anschließend, mit Vaseline eingeschmiert, von seiner neunzig Meter hohen, selbstgebauten Sprungschanze zu stürzen und zwanzig Meter weit durch die Luft zu fliegen, während dem andächtigen Publikum der Atem stockte, bis er irgendwie, mehr oder weniger elegant, unter donnerndem Applaus auf einem Kissenberg landete und in allen Zeitungen des Landes als *der norwegische Gentleman* gefeiert wurde. Mischas Vater war überhaupt sehr von der skandinavischen Einwanderung fasziniert und erzählte gern, dass im Laufe der Jahre genauso viele Norweger nach Kanada gekommen waren wie in die USA, außerdem bot ihm das Thema auch einen Anlass, sehnsüchtig und ausschweifend von seinen eigenen polnischen Wurzeln zu erzählen und von den schrecklichen Pogromen, die weder er noch seine Eltern am eigenen Leib erfahren hatten (weil Mischas Großeltern so hellsichtig gewesen waren, schon 1917 über das Meer zu fahren), von denen er aber nichtsdestotrotz zutiefst geprägt zu sein meinte.

Wenn ich darüber nachdenke, glaube ich nicht, dass er mich wirklich mochte, er wollte mich wohl eher erziehen. Er sprach es nie direkt aus, aber ich hatte das Gefühl, er wäre skeptisch, weil ich sieben Jahre jünger war als Mischa, und wünschte sich aufrichtig, irgendeine Form von Bestätigung zu erhalten, dass ich der Richtige für sie sei. Ich bin mir nicht sicher, ob er sie je bekam.

Als wir Ende Juli 2005 wieder ins Haus in der Rue Rivard fuhren, war Owen nicht dabei. Er blieb in New York, um sich auf seine bevorstehende zwölftägige Reise nach Vietnam vorzubereiten, auf die er und die anderen Veteranen aus der Abteilung 72 zwei Jahre lang gespart hatten. Wir vermissten ihn und machten uns Sorgen um ihn, weil er in den letzten Wochen vor unserem Aufbruch nach Quebec so abwesend gewirkt hatte, als wäre er falsch eingestellt und hinge zwischen zwei Sendern fest, gefangen im weißen Rauschen, und immer wenn wir ihn anriefen, um uns zu erkundigen, wie er mit seinen Vorbereitungen vorankam, hörten wir ihn umherlaufen, er ging durch die Wohnung und schob die Kleiderbügel in seinem Schrank hin und her, obwohl er behauptete, er hätte längst alles gepackt und würde nur darauf warten, endlich loszufahren. Wir konnten uns nicht so recht vorstellen, dass jener Owen, den wir kannten, im Alter von einundsechzig, mit ein paar kümmerlichen Strähnen auf dem Kopf als Nachweis dessen, dass er einmal Haare gehabt hatte, mit seinen bequemen Gesundheitsschuhen, mit seinen hellblauen oder grauen Hemden, über denen er einen braunen Pullover trug, und den praktischen Cordhosen, von denen er immer drei auf einmal kaufte, wenn er der Meinung war, er müsste seine Garderobe auffrischen, immer in denselben Brauntönen: dunkel, hell und noch heller, dass sich dieser Mann gut in den Straßen von Saigon und Huế zurechtfände, oder im unwegsamen Gelände des A-Shau-Tals, in das sie, sofern ihnen die Behörden in Hanoi die Erlaubnis erteilten, mit einem gecharterten sowjetischen Hind-Helikopter gelangen würden, um in jene Bereiche vorzudringen, *wo die Seelen der Toten in heiligem Frieden ruhten*, sodass sie ihre alten Militärkarten ausbreiten konnten und gemeinsam mit den vietnamesischen Piloten, die dreißig Jahre jünger waren als sie und nicht die geringste Ahnung hatten, wonach die Leute Ausschau hielten und wie es dort aussah, den Ort ausfindig machen und besuchen würden, wo seinerzeit die Firebase Bastogne gelegen hatte.

Noch weniger aber konnten wir uns vorstellen, dass er schon einmal dort gewesen war, ein ganzes Jahr, und noch dazu, als er jünger gewesen war als ich jetzt. Es war undenkbar.

Bis zu dem Tag, an dem er abreiste.

Gabe und seine Freundin Catherine besuchten uns ein paar Tage später in Montreal und füllten Owens Platz aus; sie richteten sich in seinem Zimmer ein, und abgesehen davon, dass das Haus mit vier Bewohnern noch kleiner wirkte als mit den üblichen dreien, war es so, als wären sie schon immer da gewesen und gehörten genauso hierher wie wir. Schon an Tag zwei ging Gabe aus eigener Initiative zu

Monsieur Couteaux hinüber, um die Leiter auszuleihen, und richtete sich auf dem Dach in Owens Liegestuhl ein. Er saß dort stundenlang, gleich nach dem Frühstück und bis spät in den Nachmittag hinein, und legte nur kleine Pausen ein, um sich etwas zu essen oder ein neues Buch zu holen, mit einem Strohhut auf dem Kopf, den er in einem der Schränke gefunden hatte, und er beschwerte sich jedes Mal über die Hitze und die klebrige, feuchte Luft, wenn wir unten auf dem Balkon auf die Zehenspitzen gingen, um ihn zu fragen, wie es ihm da oben ergehe. Doch unseren Aufforderungen, vom Dach herunterzukommen, widersetzte er sich meistens, er bestand darauf, dass dieser Posten phantastisch sei, um die Stadt in aller Ruhe zu betrachten. Das Einzige, dem er nur schwer widerstehen konnte, vor allem mitten am Tag, wenn die Hitze am schlimmsten war und ihn zwang, seine Füße von der schwarzen Dachpappe zu heben, um sich keine Verbrennungen dritten Grades zuzuziehen, war ein Ausflug in den Jean-Drapeau-Park und zum sogenannten Strand, der in Wahrheit nur ein Grasfleck vor einem künstlich geschaffenen Minisee auf einer Insel mitten im Saint-Laurent-Fluss war, umgeben von einer Formel-1-Bahn, auf deren Lärm wir vergebens horchten, wenn wir gebadet hatten und von Autorennen träumten und insgeheim hofften, eines dieser Gefährte würde an uns vorbeischießen, ein Nachzügler vom Grand Prix im Juni. Es habe so etwas faszinierend Europäisches an sich, meinte Gabe, ganz anders als die NASCAR-Rennen, die er in seiner Jugend gesehen hatte. An einem Tag umrundeten wir zu viert die ganze Bahn, um ein Gefühl dafür zu bekommen, wie es sein musste, auf den langen Geraden und in den engen Kurven hinter dem Lenkrad zu sitzen; wir versuchten uns den Geschwindigkeitsrausch vorzustellen, den Wind, der gegen den Helm knallte, die Abschnitte, auf denen man am besten überholen konnte. Doch es war schwierig, umso mehr, als schließlich eine Gruppe Profiradler in engsitzenden Trikots mit 50 Stundenkilometern an uns vorbeijagte.

«Sie ist nach Gilles Villeneuve benannt», sagte Mischa bewegt, als wir vor der berüchtigten Wand am Ausgang vor der letzten Schikane standen. «Also die Bahn. Nachdem er 1982 beim Grand Prix in

Belgien starb. Er war einer der besten Fahrer, den es je gab, wusstet ihr das?»

Wusste ich nicht. Und ich hatte auch keine Ahnung gehabt, dass sie es wusste.

«Es waren die letzten Minuten der Qualifikation in Zolder», fuhr sie fort. «Villeneuve kam aus einer leichten Kurve und raste mit zweihundertsiebzig Stundenkilometern in ein anderes, langsameres Auto, das nicht mehr rechtzeitig ausweichen konnte. Sein Ferrari wurde in die Luft katapultiert und flog fast zweihundert Meter weit, ehe er wieder auf dem Asphalt aufkam und mit einer solchen Wucht auseinanderbrach, dass Gilles aus seinem Gurt gerissen und fünfzig Meter weiter geschleudert wurde, ohne Helm, in einen Sicherheitszaun. Ein paar Stunden darauf ist er gestorben.»

Jetzt hatten wir keine Probleme mehr, uns die Geschwindigkeit vorzustellen.

«Sein Sohn fährt immer noch. Jacques. Er ist hier vor sieben Jahren an die Wand gekracht.»

Nachdenklich starrten wir die Wand an. Ich legte einen Arm um Mischa, zog sie an mich und lächelte, als wäre sie ein fremdes Wesen.

«Seit wann interessierst du dich für Formel 1?»

Sie riss sich irritiert von mir los.

«Was soll das denn heißen?», fragte sie in scharfem Ton. «Nur weil ich eine Frau bin, ist es anscheinend völlig undenkbar, dass ich mich für so etwas interessiere?»

«Das meinte ich gar nicht, ich habe doch nur gefragt. Ich habe dich nur noch nie vor dem Fernseher sitzen und so ein Rennen verfolgen sehen, das ist alles.»

«So was mache ich auch nicht. Ich lese darüber», blaffte sie mich an.

«Okay.»

Ich war verwirrt. Es war ein heißer Tag. Ich verstand nicht genau, was ich falsch gemacht hatte. Gabe und Catherine hielten sich diskret ein paar Schritte zurück und bewunderten unwillkürlich die Aussicht.

«Gut. Schon gut», sagte ich leise. «Ich wusste es nur nicht.»

Mischa sah mir direkt in die Augen. «Glaubst du, ich erzähle dir immer alles, was mir durch den Kopf geht?» Sie drehte sich um und marschierte auf der Bahn davon. Gabe sah mich an und zuckte mit den Schultern, ich tat es ihm gleich, und Catherine schüttelte den Kopf. Dann stürzten wir hinterher und überzeugten Mischa davon, mit uns in die Stadt zu fahren und einen Drink zu nehmen, ehe wir nach Hause gingen und etwas kochten.

Im Bus saßen wir nebeneinander, in beklommenem Schweigen, während ich in Gedanken das Manuskript all dessen durchging, was wir im Laufe des Tages zueinander gesagt hatten, ohne auf eine heikle Situation zu stoßen. Allerdings wusste ich auch nicht, wonach ich suchte. Normalerweise gab es so etwas bei uns nicht, ich erkannte uns nicht wieder. Natürlich stritten wir uns ab und zu, wie alle anderen. Und natürlich hatte es im Laufe der Jahre Phasen gegeben, in denen wir am liebsten aufeinander losgegangen wären und uns geprügelt hätten, bis die Fetzen flogen, hätte uns der Anstand nicht davor bewahrt. Doch diese Konflikte, Knatsche und Konfrontationen hatten fast immer einen konkreten, eindeutigen Auslöser gehabt, eine Meinungsverschiedenheit, deren Ursprung wir beide kannten, weshalb die unbegründeten Vorwürfe und verletzenden Bemerkungen, mit denen wir uns bewarfen wie mit fiesen Torten, in einer Art *Kontext* verortet waren und wir anschließend darüber lachen und einvernehmlich den Kopf schütteln konnten, ehe wir unsere Worte und Vorwürfe und unflätigen Kommentare in einen Karton packen und zukleben und erst dann wieder hervorholen konnten, wenn wir sie das nächste Mal brauchten. Aber das hier? Das war etwas anderes, das hatte ich noch nie erlebt, ich konnte mich auch nicht daran erinnern, dass wir uns je vor Freunden gestritten hatten; ich verstand nicht, wo es herkam.

Eine Reihe vor uns saßen Gabe und Catherine in der Rolle der fröhlichen, sorglosen Touristen, sie kompensierten Mischas und meine ausbleibende Kommunikation, indem sie sich unaufhörlich Dinge zeigten, die draußen vorbeizogen, und sie kommentierten – die faszinierenden Entdeckungen schienen gar kein Ende zu nehmen, und immer wenn sie lachten, war es, als würden wir, die hinter ihnen saßen, kleiner und kleiner werden, bis wir am Ende nicht mehr ans Fenster heranreichten, sondern nur noch auf ihre Rückenlehnen starrten. Ich fühlte mich beschämt und unangenehm berührt, und im Laufe dieser unendlichen Busfahrt wurde es schlimmer und mein Unbehagen größer. In mir brannte es, etwas zu sagen, das meiner versehentlichen Beleidigung die Härte nahm, irgendetwas Witziges, Leichtes, das auf galante Weise für Entspannung sorgte und uns wieder auf den richtigen Weg brachte, was wir ja wollten und worauf auch die beiden vor uns insgeheim hofften, weil sie sich schmerzlich bewusst waren, dass sie ihren Gastgebern nur schwer entkamen und deshalb bis auf weiteres keine andere Möglichkeit hatten, als heile Welt zu spielen. Gleichzeitig wuchs die Empörung in mir und mit ihr die Überzeugung meiner eigenen moralischen Überlegenheit, sie weckte einen Stolz in mir, der mich davon abhielt, den ersten Schritt zu tun (was eine Art Schuldeingeständnis gewesen wäre), und so erinnerten wir an zwei beleidigte Rotzgören, als wir die drei Straßen zum Restaurant gingen, so weit auseinander, wie es der Bürgersteig zuließ, und vier Meter hinter Gabe und Catherine.

Erst kurz vor dem zweiten Mojito, keine Sekunde zu früh, platzte der Knoten. Ich sah Gabe und Catherine an, dass ihnen schon die Gesichtsmuskeln weh taten, weil sie seit Stunden angestrengt ihre Mundwinkel hochzogen. Was den Umschwung verursachte, ob es am Alkohol lag oder ob das Haltbarkeitsdatum von Mischas Wut abgelaufen war, wusste ich nicht, aber ich war gerade in eine lange Ausführung über ein unbedeutendes Thema vertieft, um die Miene zu wahren, als sie plötzlich wortlos ihre Hand auf meine legte. Ich ließ sie dort. Den ganzen Abend lang. Und ließ die Hand keine Sekunde aus dem Blick, ehe ich mir sicher war, dass sie auch mit nach Hause käme.

Ein paar Tage später zog ein neues Tiefdruckgebiet heran. Diesmal äußerte es sich nicht mit einem lauten Knall, sondern in einer plötzlichen Müdigkeit, die Mischa am frühen Abend überkam. Wir hatten verabredet, nach dem Essen noch einen Spaziergang zu einer Bar ein Stück die Straße entlang zu machen, wo wir im Lauf der Zeit schon viele unvergessliche Abende verbracht hatten, von denen wir am nächsten Morgen nicht mehr viel wussten. Die Temperatur war in den letzten vierundzwanzig Stunden nur unmerklich gefallen, doch als Catherine ihre Schuhe band und ich die letzten Teller abwusch, teilte Mischa überraschend mit, sie bleibe doch lieber zu Hause. «Ich glaube, ich würde mich heute Abend einfach gern ein bisschen früher hinlegen, wenn das für euch in Ordnung ist», sagte sie. «Vielleicht noch ein Buch lesen oder so.»

«Bist du sicher?», fragte ich besorgt. «Wir müssen ja nicht lange bleiben.»

«Ziemlich. Aber zieht doch einfach alleine los?»

«Wenn du keine Lust hast, bleibe ich auch zu Hause», sagte Catherine und ließ ihren einen Schnürsenkel offen.

«Nein, nein, Quatsch. Geht doch einfach. Das wird sicher lustig.»

«Mit den beiden?» Catherine zeigte auf mich und Gabe. «Nein, darauf habe ich keine Lust. Und um ehrlich zu sein, passt mir das ganz gut, war ein langer Tag», sagte sie.

Und alles, was man sonst noch so sagt.

Gabe und ich sahen uns an.

«Was meinst du?», fragte er.

«Tja. Wir können natürlich auch allein gehen.»

Gabe verschwand, um sein T-Shirt zu wechseln, ich ging zu Mischa und legte die Hand auf ihr Haar, am Hinterkopf; mir fiel auf, dass ich das lange nicht mehr gemacht hatte. Ich mochte ihr Haar, ihr schwarzes Haar. Hatte es schon immer gemocht. Genau in dem Moment hatte ich solche Lust, ihr zu sagen, dass ich sie liebte, aber stattdessen fragte ich:

«Ist was?»

«Bin nur ein bisschen erschöpft, mehr nicht.»

«Wir können auch zu Hause bleiben, wir müssen nirgendwohin, keiner von uns.»

«Nein, nein, geht doch einfach. Amüsiert euch.»

Und das machten wir. Wir amüsierten uns. So, wie sich Männer Ende zwanzig oder Anfang dreißig amüsierten, wenn sich plötzlich die Gelegenheit ergab, einen draufzumachen, als wäre man noch ein Teenie, in Abwesenheit von Partnern, die die Augen verdrehten über die kindischen, eitlen Diskussionen zu hochtrabenden, hochkomplexen Themen und die banalen Argumente und die über die herzzerreißenden Augenblicke ungebrochener Vertraulichkeit zwischen Männern, die unter dem Schleier des Alkohols alle Hemmungen fallenlassen und einander verständnisvoll in die Arme schließen, nur nachsichtig lächelten. Wir bestellten Bier und redeten über unser Leben und bestellten Bier und redeten über unsere Arbeit und bestellten Bier und glaubten, dass uns die Mädchen an der Bar Blicke zuwarfen, und wir redeten über unsere Freundinnen und wie sehr wir sie liebten, aber auch darüber, wie wichtig es war, sich selbst nicht aufzugeben und einen Anlass wie diesen zu haben, um zwischendurch einmal zu verschnaufen, um frei zu atmen, und wir atmeten und verschnauften und tranken, und unsere Diskussionen wurden zunehmend vom Alkohol getrübt, von anfangs schwindelerregenden Gesprächen über die Möglichkeiten der Kunst und Sprache im digitalen Zeitalter hin zu Aussagen wie *Ich hatte schon immer eine Schwäche für die Farbe Blau*, woraufhin der andere sofort rief: *Ich auch!*, und wir besiegelten unsere Freundschaft mit der Wonne und Entschlossenheit eines Mannes, der in der Mitte seines Lebens in einer geschützten Ecke des Gartens einen ordentlichen Außenkamin mauert, um einen Ort zu haben, an dem er sich die Zukunft vertreiben kann. Wir torkelten auf die Rue Saint-Denis hinaus, keiner von uns hatte Lust, nach Hause zu gehen, aber es gab auch keine anderen Orte, an die wir hätten gehen können, jedenfalls keine, die wir kannten, die Bürgersteige wurden hochgeklappt, und die Stadt schien der Meinung zu sein, wir hätten genug. Ich wankte breitbeinig die Straße entlang, und ich weiß nicht, was Gabe dachte, aber ich selbst war geradezu ekstatisch angesichts unserer Freundschaft, die jetzt zweifellos losgelöst von Mischa existierte. *Mein eigener Freund*, dachte ich, und ich sah all die Möglichkeiten vor mir, die es mir eröffnete, jemanden zum Reden zu haben, der jünger als Owen war und mit dem ich nicht verschmolzen war, wie mit Mischa, und Abende wie diesen, eine endlose Reihe davon, wenn nötig, wenn einer von uns das Bedürfnis hatte, einmal seinen Kopf zu lüften und als Einzelperson betrachtet zu werden und nicht nur als die sieben Jahre jüngere Hälfte der Installation *Mischa & Max; mishmash, mismatch, mixed match.* Ich musste würgen. Fauliges Wasser stieg in mir hoch, und ausgerechnet in dem Moment, als ich mich gerade über den erstbesten Mülleimer beugte und das ekelerregende Lied über die mangelnde Beherrschung des Trunkenbolds sang, rief Mordecai an. Wir hatten in den letzten fünf Jahren kaum miteinander gesprochen, er rief mich nie an, und irgendwann hatte auch ich damit aufgehört. Solche Sachen passieren. Wir hätten nicht gedacht, dass es uns passieren würde. Einige lange Sekunden vergingen, ehe ich seine Stimme erkannte, und als ich es tat, hatte ich das merkwürdige Gefühl, er hätte mich beim Fremdgehen ertappt.

«Wo bist du?», fragte er, ich konnte hören, dass er auch etwas getrunken hatte. Viel getrunken.

«In … in Montreal.»

«Was zur Hölle machst du in Kanada, ich stehe vor dem Apthorp.»

Er war in New York. Er war zurückgekommen.

«Urlaub», stotterte ich. «Mit Mischa und …» Ich stockte. «Und, tja, mit Gabe und seiner Freundin. Mischa …»

«Wer ist Gabe?», hörte ich Mordecai in New York sagen.

«Gabe Gorsky, er ist, er ist Künstler, Mischa hat ihn kennengelernt, als …»

«Also, wann kommst du in die Stadt?»

«Weiß nicht», murmelte ich. «Wir … Mischa und ich, wir … hatten eigentlich geplant, nächste Woche nach Toronto zu fahren und ihre Eltern zu besuchen.»

«Oh.»

«Ja … du weißt, wie das ist.»

«Ja. Ich weiß, wie das ist.»

Er blieb lange still, ehe er sagte: «Ich wünschte, du wärst hier. Ich glaube, ich brauche jemanden zum Reden. Oder … ich weiß nicht. Irgendwas in die Richtung.»

«Kannst du … möchtest du herkommen –»

«Bitte komm nach New York», flüsterte Mordecai.

Ich sah zu Gabe, der geduldig neben einem Baum stand und wartete. Ich sagte, was geboten war: «Morgen Nachmittag müsste gegen fünf ein Flug nach LaGuardia gehen, ich schaue mal, ob noch Platz ist.»

«Danke», antwortete Mordecai kleinlaut.

«Mach dir keinen Kopf deswegen. Wir sehen uns um acht bei mir.»

«Max?»

«Ja?»

Er sagte nichts weiter.

«Was ist denn?»

«Kannst du mich stattdessen in Garden City besuchen? Ich wohne zurzeit bei meinen Eltern. Das ist … einfacher.»

«Okay.»

Gabe und ich wankten zurück in Richtung Rue Rivard, und ich wartete die ganze Zeit darauf, dass er mich fragen würde, mit wem ich gesprochen hätte und warum ich mich in gut zwölf Stunden in ein Flugzeug setzte, aber er tat es nicht. Ich hätte mir gewünscht, dass er seine Unzufriedenheit darüber ausdrückte, ohne mich in Montreal bleiben zu müssen, oder mich wenigstens fragte, wann ich zurückkäme, aber er lächelte einfach nur, als wäre nichts und als hätte er rein gar nichts von dem Telefonat mitbekommen, weshalb ich es am Ende selbst sagte.

«Ein alter Freund.»

Gabe warf einen Blick auf das Handy in meiner Tasche.

«Geht es ihm gut?»

«Da bin ich mir nicht so sicher, ich werde wohl nach Hause fahren, um mich mit ihm zu treffen.»

«Ja, natürlich», antwortete er. «Freunde sind wichtig.»

Ich hasste, dass er das sagte. Ich hasse es, dass er das sagte.

Mischa schlief, als ich ins Zimmer kam, sie wurde nur kurz wach, als ich es mir im Bett gemütlich machte.

«Hattest du einen schönen Abend?», murmelte sie.

«Ja. Aber ich muss morgen nach New York.»

«Wie meinst du das?»

«Mordecai ist nach Hause gekommen.»

Genauso sagte ich es. Er war *nach Hause* gekommen.

«Ich kann ja später wieder hierherkommen», fuhr ich fort. «Dann treffen wir uns direkt in Toronto, das ist doch kein Problem.»

«Aber wie lange wirst du weg sein? Und was soll ich meinen Eltern sagen?»

«Weiß nicht», antwortete ich.

«Hast du es Gabe schon erzählt?»

«Mm.»

«Und was sagt er?»

«Er versteht es. Wenn Mordecai nicht gewesen wäre, hätten wir uns nie kennengelernt, weißt du noch?»

«Das stimmt», sagte sie. «Aber er ist abgehauen. Du nicht.»

«‹The only living boy in New York›?»

«Ja. Genau. Mordecai hat garfunkelt.»

2

Mischas dunkelgrüner Ford Pinto klapperte über die Queensboro Bridge, während der Motor permanent ächzte, ein unmissverständliches Zeichen dafür, dass er sich nach einer gründlichen Inspektion und ein bisschen mechanischem Handauflegen sehnte. Dafür, dass sie sich für Motorsport interessierte, vernachlässigte sie den prekären Gesundheitszustand ihres eigenen Gefährts geradezu sträflich; ich ertappte mich dabei, wie ich mich hinter das Lenkrad duckte, um mich vor den missbilligenden Blicken der anderen Autofahrer zu schützen. Es war ihre Idee gewesen, dass ich das Auto nahm. Nur wenige Minuten bevor ich in das Taxi zum Flughafen gestiegen war, hatte sie davon zu reden begonnen, dass ich mir ihr Auto leihen könne, wann immer ich wolle, und die Zeit bis zu meiner Abreise genutzt, um mir ausführlich zu erklären, wo sie die Schlüssel im Apthorp noch hingelegt haben könnte, falls sie sich nicht an einem der vier Orte befanden, die sie bereits eingehend beschrieben hatte und wo sie mit ziemlicher Sicherheit auch waren.

Ich warf einen Blick auf die Uhr. Fast halb neun, und draußen war es schon dunkel. Es war ein ganz eigenes Gefühl, abends allein in New York in einem Auto zu sitzen, das hatte ich schon lange nicht mehr gemacht. Der Anflug eines filmischen Bewusstseins ließ sich nicht leugnen, wenn man die zahllosen Lichter der Skyline im Rücken hatte und die flackernden Schatten, die wie jetzt, da ich die Brücke nach Brooklyn überquerte, durch den Innenraum huschten. Es wäre eine schöne Szene gewesen, *ein Mann, unterwegs zu einem Ort*, eine Szene mit einer gewissen … fiebrigen Energie, wäre diese (wie gesagt) erbärmliche Karre nicht gewesen, die jedes Quäntchen Pathos sofort zunichtemachte. In diesem Auto gab es wirklich nichts, was funktionierte; ich hatte keine Ahnung, wie viel Benzin noch im Tank war, die Anzeige war schon seit Jahren kaputt, dasselbe galt für den Tacho, ich musste mich am Tempo der anderen Verkehrsteilnehmer orientieren und hoffen, dass sie sich halbwegs an die Geschwindigkeitsbegrenzung hielten. Die Lüftung war verstopft und verursachte nur Wüstenhitze und Asthma, und als ich versuchte, das Fenster zu öffnen, um die kühle Abendluft hereinzulassen, klemmte die Kurbel nach einer halben Umdrehung; ich war gezwungen, meine rechte Hand in den kleinen Spalt zu quetschen und die Scheibe mit Gewalt herunterzudrücken. Doch das war nichts im Vergleich zu den Problemen mit dem Getriebe, das nach einer ganz eigenen Logik funktionierte, genau wie das Lenkrad, auf dessen Bewegungen die Räder oft nur mit Verspätung reagierten. Insgeheim hoffte ich auf einen kleinen Blechschaden, damit Mischa sich endlich die Mühe machte, ein neues und sichereres Auto zu kaufen. Bei dem Gedanken, dass sie in diesem Gefährt auf den vielbefahrenen Straßen zwischen dem Apthorp und ihrem Atelier in SoHo umherkurvte, blieb mir fast das Herz stehen. Ich wusste, wie abgelenkt sie beim Fahren oft war, als würde sie das, was sich auf der anderen Seite der Windschutzscheibe abspielte, gar nichts angehen, und ich wusste, dass die Fußgänger in New York oft einem höheren Plan folgten. Sie konnten ohne Vorwarnung auf die Idee kommen, plötzlich die Richtung zu ändern und wild gestikulierend auf die Fahrbahn zu stürzen, um ein Taxi zu stoppen. Und sie joggten, mit Musik auf den Ohren und wichtigen Plänen für den Rest des Tages im Kopf, eilten von Termin zu Termin und vereinbarten währenddessen neue Termine, lasen im Gehen Zeitung, plauderten an ihren Handys, verschickten mit vier Hunden an der Leine Kurznachrichten und lebten in seligem Unwissen über den kreuzgefährlichen Ford Pinto, der ihnen verdammt nahe kam. Und bei alledem hatte ich noch nicht einmal die Touristen in Midtown einbezogen, die sich mehr darauf konzentrierten, wie sie am schnellsten zum Times Square gelangten, als darauf, wie sie bei lebendigem Leib nach Hause kamen.

Abgesehen davon war die Fahrt nach Long Island schön, und als ich zum ersten Mal seit über zwölf Jahren in die Stewart Avenue einbog und am Green des Garden City Country Clubs vorbeikam, hätte ich schwören können, den Geruch meines früheren Ichs zu erschnuppern. Es roch nach spätem Frühling, nach frischgemähtem Gras und den ersten Barbecues in den Gärten, es roch nach Erwartung, es waren die Monate vor dem Sommer auf Fire Island, wo ich vor langer Zeit einmal nervös aufgestanden und verliebt ins Bett gegangen war. Als ich den Ford am Bordstein parkte und die wenigen Meter zu Mordecais altem Zuhause in der 10th Street ging, wurde es mir fast zu viel. Ich musste an mir selbst heruntersehen, um mich zu vergewissern, dass ich nicht dieselben Klamotten anhatte wie damals, als ich mehrmals die Woche hier gewesen war.

Mr. Weintraub persönlich öffnete mir die Tür, als ich klingelte, auch das war ein wenig seltsam. Er musterte mich ungefähr eine Stunde lang.

«Bist du das, Max? Lang ist's her, ich muss schon sagen.»

Da hatte er recht. Es *war* lange her. Er war älter geworden.

In dem Moment spürte ich plötzlich, dass mir auch davor graute, Mordecai wiederzusehen. Es war die richtige Entscheidung gewesen, herzukommen, aber hier im Flur zu stehen und Höflichkeiten mit Mr. Weintraub auszutauschen und anschließend auch mit Mrs. Weintraub, nachdem sie vom Wohnzimmer aus gehört hatte, dass ihr Mann mit jemandem redete und deshalb sofort nachsehen musste, wer das war – und die mir um den Hals fiel und in gedämpftem Ton darauf bestand, dass ich mich setzte und ein Glas Wein mit ihnen trank –, all das bereitete mir Unbehagen. Aus dem einfachen Grund, weil ich nicht wusste, warum Mordecai wieder zu seinen Eltern gezogen war, wenn er es denn wirklich getan hatte, und wie oft ich noch damit rechnen musste, in Situationen wie diese zu geraten.

«Mordecai kommt gleich runter, er duscht gerade, glaube ich», sagte Mrs. Weintraub so gut wie unhörbar – an ihrer niedrigen Lautstärke hatte sich im Laufe der Jahre nichts geändert –, während Mr. Weintraub einen kalifornischen Wein öffnete.

«Schön», antwortete ich und setzte mich auf das Sofa.

«Na erzähl mal, bist du eigentlich immer noch mit diesem Mädchen zusammen?», fragte sie. Jedenfalls glaubte ich, dass sie das gefragt hatte, denn just in dem Moment flog ein Hubschrauber über

Garden City, und ihre Stimme ging im Rotorenlärm unter. Ich wagte es.

«Mischa? Ja, sicher. Seit 1993.»

«Mischa», wiederholte Mr. Weintraub für sich, schien das Wort abzuwägen und schenkte uns Wein ein. «*Mischa.* Das ist ein guter Name. Aber ist es nicht eigentlich ein Jungenname?»

«Beides, glaube ich.»

«Aber ein guter Name.»

«Ja, das stimmt», sagte ich.

Am liebsten hätte ich sie darauf hingewiesen, dass sie beim Namen ihres Kindes auch nicht gerade ein glückliches Händchen bewiesen hatten, verkniff es mir aber.

«Sie ist ... ein bisschen älter als du, war das nicht so?», fragte Mrs. Weintraub, als wüsste sie es nicht genau und als hätte sie nie bei uns angerufen, um meine Mutter genau darauf hinzuweisen.

«Sieben Jahre.»

«Tja», antwortete sie nachdenklich. «Wahrscheinlich geht so was ja auch gut. Solange sie nett ist.»

«Das ist sie.»

«Und ... seid ihr verheiratet?»

«Wie bitte?»

«Ich habe gefragt, ob ihr verheiratet seid?»

«Nein, noch nicht.»

«Und habt auch keine Kinder?»

«Nicht dass ich wüsste.»

Sie kicherte leise. Sie kicherte fast noch leiser, als sie sprach. Man musste sie anschauen, um es überhaupt zu bemerken.

«Nein, das wäre ja auch zu schön gewesen. Alles hat seine Zeit.»

«Auf jeden Fall.»

Das Gespräch geriet ein wenig ins Stocken, ich suchte nach etwas, das ich beitragen konnte, aber die ganze Atmosphäre hemmte mich, ich war wohl doch wieder sechzehn. Mrs. Weintraub musste etwas bemerkt haben, denn sie sprang mir bei und setzte ihre flüsternde Befragung fort.

«Aber es ist so schön, dich wiederzusehen. Wirklich. Darauf stoßen wir an. Das muss doch, tja, so viele Jahre her sein. Und jetzt wohnst du in Manhattan, wenn ich das richtig verstanden habe?»

Ich nickte und nahm einen großen Schluck Wein.

«78th und Broadway», antwortete ich.

«Das Apthorp-Gebäude», sagte Mr. Weintraub andächtig.

«Ja, das stimmt. Mein Onkel hat da eine Wohnung.»

«Ihr wohnt also mit ihm zusammen?», hakte Mrs. Weintraub nach.

«Wie bitte?»

«Ihr wohnt mit ihm zusammen?»

«Ja, es ist eine große Wohnung.»

«Ach so.»

Wieder kam Schweigen auf, und wir nippten langsam am Wein, um die Zeit totzuschlagen und unsere Münder zu beschäftigen; es war ein Gefühl, als wäre man live im Fernsehen – während einer Sendepause. Ich überlegte, welche Werbung dem Rest der Welt wohl gerade gezeigt wurde.

«Aber», sagte Mrs. Weintraub, als die rote Lampe blinkte und wir wieder auf Sendung waren, «diese Inszenierung, die du vor ein paar Jahren gemacht hast, wie hieß die doch gleich … diese Hamlet-Version …»

«*740 Park Hamlet.* Ja, das war ein Fehler», antwortete ich.

«Das hat uns nicht gefallen.»

«Verstehe ich. Ging vielen so.»

«Unanständig», sagte Mrs. Weintraub.

«Verzeihung, ich habe Sie akustisch nicht ganz –»

«Unanständig, habe ich gesagt. Wir als Juden waren schwer enttäuscht.»

«Es war nicht meine Absicht –»

«Aber du hast daraus gelernt», unterbrach Mr. Weintraub uns diplomatisch. «Das ist das Wichtigste. Du hast daraus gelernt, und darauf kommt es an.»

Er holte mit halbgeöffnetem Mund Luft, und ich konnte sehen, wie in der Tiefe seines Rachens doch noch mehr moralische Entrüstung aufzusteigen drohte, aber bevor er sie herauslassen konnte, erschien Mordecai im ersten Stock auf dem Treppenabsatz. Er sah gar nicht so schlecht aus, viel besser, als ich nach unserem Telefonat befürchtet hatte. Jetzt wurde mir klar, wie sehr ich ihn vermisst hatte. Er trug einen Rucksack über der Schulter, eine weite, grüne Hose mit Bügelfalte und ein dunkles, zerschlissenes Jackett, das im Vergleich zu der Hose eng wirkte, obwohl er nur ein T-Shirt darunter anhatte. Ich musste an Chaplin denken. Er schüttelte entnervt den Kopf, als er mich, flankiert von Mr. und Mrs. Weintraub, auf dem Sofa entdeckte.

«Lass uns rausgehen», sagte er nur.

Ich bedankte mich für den Wein, verbeugte mich, ohne Applaus zu empfangen, und folgte Mordecai in die Einfahrt des Hauses, wo er sofort die Schrottlaube am Bordstein entdeckte.

«Bist du mit dem da gekommen?», fragte er säuerlich.

«Mischas.»

«Das erklärt alles.»

«Nicht so richtig, sie interessiert sich neuerdings für Formel 1.»

«Bin ich so lange weggewesen?»

«Warum redet deine Mutter eigentlich so leise?»

Wir hatten noch nicht darüber gesprochen, wo wir hinwollten, aber irgendwie schien es natürlich, ins Auto zu steigen, wo wir sowieso schon danebenstanden. Ich steckte den Zündschlüssel ins Schloss und erweckte die Todesfalle zum Leben, bog in die Cherry Valley Avenue und fuhr ein Stück Richtung Süden. Ich fuhr aufs Geratewohl, intuitiv, ich glaube, das wollten wir beide, einfach nur ein paar vertraute Straßen und Orte wiedersehen; wir fuhren am Hotel und an der Garden City High vorbei, um den Franklin Square herum, den wir und die anderen Leute tagtäglich umrundet hatten, wieder und wieder, bis wir fast vor Langeweile starben, auf der Suche nach irgendetwas Käuflichem im Laden, einer Tasse Kaffee oder ein paar Bekannten, mit denen man einen Schwatz halten konnte; und dann setzten wir unseren Weg fort ins Villenviertel.

«Komisch, wieder zurück zu sein, findest du nicht?», fragte Mordecai und sah aus dem Fenster. «Sieht aus wie Kulissen.»

Ich fragte mich, in wie viele dieser Häuser er schon eingebrochen war.

Eines war jedenfalls sicher, diese Stadt hatte sich so gut wie gar nicht verändert. Die Vorgärten sahen immer noch aus wie Golfrasen, und die Autos in den Einfahrten waren frisch gewaschen und poliert. Einzig die Bäume zeugten davon, dass die Zeit vergangen war; die schweren Eichen und Ulmen waren gigantisch gewachsen, streckten sich über die Straße hinweg die Äste entgegen und machten sie noch dunkler und ruhiger, wie einen Brutkasten.

Wir fuhren gerade die Magnolia hinunter, als mir auffiel, wie falsch es mir vorkam, hier herumzukurven.

«Das ist doch komisch», sagte ich. «Ich meine, wenn wir die alte Heimat annähernd authentisch erkunden wollen, müssten wir doch zu Fuß gehen. Irgendwie hat dieses Sightseeing mit dem Auto etwas Spießiges an sich. Den Duft von Florida, sozusagen.»

Mordecai stimmte mir zu.

«Dann bieg mal hier links ab, es gibt einen Parkplatz am Franklin, Ecke Cedar, da halten wir an.»

Auf einem der vielen freien Flächen bei den Zierbüschen gönnten wir der alten Schüssel eine vorübergehende Pause, und Mordecai half mir dabei, das Fenster zu schließen, er schob die Scheibe von außen hoch, während ich von innen wie ein Verrückter kurbelte, bis es halbwegs zu war. Schwer zu sagen, warum ich so viel Energie darauf verwendete, die Gefahr eines Diebstahls war schließlich nicht gerade groß. Wahrscheinlich war es Teil des Erwachsenendaseins, ein Hauch von Verantwortungsbewusstsein und Paranoia, die mir einreden wollten, dass etwas Schreckliches passieren würde, wenn wir das Auto mit halbgeöffnetem Fenster stehen ließen, zum Beispiel, dass jemand vorbeikäme und der Versuchung nicht widerstehen könnte, die Hosen herunterzulassen und sein Ding herauszuholen, um mit einem wiehernden Lachen auf die Kunstledersitze zu urinieren, als bizarrer Streich, über den dieser Jemand vor sich hin lachte.

Wir schlenderten herum, durch die Meadow Street und die Willow Street, Pine und Clinton, Prospect Avenue und Locust Street; wir erkannten mehrere Häuser wieder und lasen die Straßennamen auf den Schildern, aber sie waren uns fremd geworden. Die Buchstaben waren klar zu erkennen, ich erinnerte mich daran, was ich an den verschiedenen Orten erlebt hatte, an die Gedanken, die ich gedacht hatte, an die Diskussionen, die Mordecai und ich geführt hatten, als wir auf ganz ähnliche Weise wie jetzt hier herumgelatscht waren, aber irgendetwas war anders an der Art, wie sich die weißen Buchstaben der Straßennamen allzu deutlich vor dem grünen Hintergrund abhoben, als wären die Schilder erst am Vorabend aufgestellt worden, im Wissen, dass wir kommen würden, oder als wäre ganz Garden City in einen spaßbefreiten Vergnügungspark umgebaut worden, in dem man sich leicht orientieren können sollte. Doch an das eine, das wichtigste Schild, erinnerte ich mich.

«Na, was sagst du?», fragte Mordecai.

Vor der Garage in der Poplar Street stand ein anderes Auto, ein schwarzer BMW. Das Haus war seit unserer letzten Begegnung gestrichen worden, cremeweiß, was ihm nicht besonders gut stand, es sah unterernährt aus. Ich blickte zu meinem alten Fenster hinauf, dort hingen jetzt andere Gardinen, und es brannte Licht, ich meinte zu sehen, wie sich dort drinnen eine Gestalt bewegte, die kein bisschen an mich erinnerte. Es war, als hätten das Haus und die Straße, in der es lag, längst verdrängt, dass ich sie einmal bewohnt hatte, und würden nun darauf warten, dass ich endlich wieder verschwand, damit alles seinen gewohnten Gang ging.

«Lass uns abhauen», sagte ich.

Und wir liefen weiter. Wir liefen so, wie wir früher immer gelaufen waren, ziellos und entspannt liefen wir durch Garden City, kamen von einem Thema aufs nächste, und nichts von dem, was wir sagten, war in einem größeren Zusammenhang wichtig, dafür aber umso interessanter für den Mikrokosmos, der unsere Freundschaft bildete. Und selbst wenn die Straßen ausgetauscht und durch identische, kalte Replikate ersetzt worden waren, hatte sich der Ton zwischen Mordecai und mir nicht verändert, und das festzustellen, war für mich eine große Erleichterung.

Es ging auf halb zwölf zu, als wir keine Lust mehr hatten, weiterzugehen, und bei den Baseballplätzen beim Raymond Court, Ecke Stewart Avenue landeten, vor dem Wäldchen, das den Blick auf den Parkplatz am Einkaufszentrum verdeckte. Mordecai stellte unter dem Licht der Straßenlaterne, die einen gelblichen Schein auf das Infield warf, seinen Rucksack ab und öffnete ihn. Er zog eine Flasche Rotwein und zwei Plastikbecher heraus und kramte in seinem Jackett nach dem Korkenzieher.

Schon beim ersten Schluck wurde deutlich, dass der Wein billiger und von einer viel schlechteren Qualität war als jener, den mir seine Eltern serviert hatten, aber das störte mich nicht, ich wertete es als Zeichen, dass er gerade wenig Geld hatte und er vielleicht auch deshalb bei seinen Eltern wohnte, anstatt sich ein Hotel in Manhattan zu nehmen. Ich fing möglichst vorsichtig an.

«Also … seit wann bist du denn schon in der Stadt?»

«Eine Woche, mehr oder weniger.»

Er sah mich an und sagte: «Dieser Wein ist einfach schrecklich. Und wir haben noch zwei Flaschen davon.»

«Und was glaubst du, wie lange du bleiben wirst?»

«Schwer zu sagen. Schon noch ein Weilchen.»

«Übrigens habe ich *Trees & Glasses* gesehen. Mischa und ich waren zusammen im Kino und haben ihn uns angeschaut.»

Mordecai rümpfte die Nase. «Und, was meinst du? Mochtest du ihn?»

«Tja, es gab schon ein paar interessante Szenen. Du warst gut. Du bist immer gut.»

«Ein Scheißfilm, wenn du mich fragst. Aber auf dem Papier hat er gut ausgesehen. Das meiste sieht auf dem Papier besser aus als in Wirklichkeit. Sogar die Wirklichkeit selbst. Die meisten Filme hätten meiner Meinung nach gar nicht gedreht werden dürfen. Man hätte den Zuschauern einfach nur das Drehbuch in die Hand drücken sollen oder sie ins Kino einladen, damit ihnen der Drehbuchautor erzählt, was er sich vorgestellt hat.»

«Aber *Sidney* war doch toll?»

«Das ist etwas anderes, *Sidney* hatte … Anspruch. In Europa lief er ziemlich erfolgreich. Und in Korea. Und wohl auch auf den Philippinen. Weiß der Geier, warum.»

«Da fällt mir ein, erinnerst du dich an den Film, nach dem wir immer gesucht haben, die *Workprint*-Version von *Apocalypse Now*?»

Er lächelte breit. Es war das erste Mal an diesem Abend, dass ich ihn lächeln sah.

«Klar. Mit dem Colby-Ausschnitt. Hast du ihn inzwischen gesehen?»

«Noch nicht.»

Er legte die Hand aufs Herz und wurde ganz feierlich.

«Ich werde ihn für dich finden, das verspreche ich. Eines Tages.»

Wir rauchten ein paar Zigaretten und öffneten die zweite Weinflasche, die ein bisschen weniger grotesk schmeckte als die erste; vielleicht war es Gewöhnungssache. Anschließend glitten wir in eine Gesprächsphase, in der wir chronologisch alles durchgingen, was wir in den Jahren seit unserer letzten Begegnung gemacht hatten, ein Resümee voller Filme oder Filmprojekte, deren Finanzierung eingestellt worden war oder die immer noch in der Produktionshölle schmorten; ich sprach über Theatervorstellungen, Mischas Arbeit und Owens musikalische Erfolge innerhalb der kleinen Kreise, in denen er sich bewegte, und zwischen all diesen überlappenden Berichten krochen andere Details aus ihren Verstecken hervor, nach und nach bildete sich innerhalb von Mordecais Erzählung eine andere Geschichte heraus, in der es, wie schon von mir vermutet, um ein Schauspielerleben mit ganz anderen Gagen ging als in Hollywood, wie sie ständig von den Medien kolportiert wurden, deren Journalisten vermutlich genau wussten, wie es auf den Bankkonten von Mordecai und den meisten seiner Kollegen aussah, aber daran gehindert wurden, über die tatsächliche – und oft herzzerreißende – Lage der Schauspieler zu berichten, auch weil es die Art und Weise ändern konnte, wie wir sie (die Filmstars) sahen, und damit möglicherweise den ganzen Promijournalismus in Gefahr brachte. Man wollte, dass ihr Leben schillerte, jedenfalls gedruckt und auf dem Bildschirm, es musste eine

Sphäre geben, die losgelöst vom gemeinen Volk existierte; Schauspieler, Regisseure und Produzenten durften ruhig Probleme mit Alkohol, Drogen oder mit der Moral haben; es stand ihnen frei, ihre Autos kaputtzurasen und sie auf dem Blechfriedhof am Mulholland Drive zu bestatten, den Nachbarn mit dem Messer zu bedrohen, auf dem Bürgersteig zusammenzubrechen, sich von der Brücke zu stürzen oder sich mit einem doppelläufigen Gewehr, das schon seit Ewigkeiten im Familienbesitz war und damit einen nicht unbeträchtlichen, über das Legendäre hinausgehenden Symbolwert besaß, den Kopf wegzublasen; sie konnten der Veröffentlichung privater Sexaufnahmen ausgesetzt werden (inklusive dem Geständnis, das sie selbst dafür gesorgt hatten, diese im Internet zu verbreiten) und in YouTube-Videos auftauchen, sternhagelvoll auf dem Badezimmerboden zwischen den halbverdauten Resten eines Burgers liegen oder wegen Gewaltdelikten oder Sorgerechtsstreits vor Gericht stehen und gegen eine Entzugsauflage nach der anderen verstoßen, als hingen sie in einer Drehtür fest. Es gab nur eines, was man nicht sein durfte, unter keinen Umständen, und zwar: arm. Vor allem wenn man das Kellner-aber-eigentlich-Schauspieler-Stadium hinter sich gelassen und einen minimalen Durchbruch geschafft hatte. Mordecai war es jedoch. Das heißt nicht arm in dem Sinne, dass er einen kaputten Einkaufswagen mit seinen Klamotten den Sunset Boulevard entlangschob und dabei wüst über die Behörden und seine vertanen Chancen schimpfte, aber die Filme, die er im Großen und Ganzen drehte (weit weniger, als er gehofft hatte), waren hauptsächlich unabhängige Low-Budget-Produktionen im mittleren Segment, bei denen ein Großteil des Budgets von den Drehkosten und dem Honorar der wirklich großen Stars verschlungen wurde, die sich weigerten, zu den Tarifen des Schauspielerverbands zu arbeiten. Er hatte Schulden. Einen schnöden Immobilienkredit, über den er nicht sprechen wollte. Eine Autofinanzierung. Das war nicht sexy. Überhaupt nicht. Dabei sollte es das sein. Sexy. In irgendeiner Form. Armut oder jedenfalls unübersichtliche, schwierige finanzielle Verhältnisse und erschütternde Erzählungen über ewige Widerstände sollten der Vergangenheit angehören und allenfalls dazu dienen, die phantastische Wendung zu beleuchten, die alles genommen hatte. Mordecai hatte allerdings immer noch Probleme, diese beiden Enden auf eine zitierfähige Weise zusammenzubringen, und schlimmer noch: Seine Geldnot war nicht einmal gravierend genug, um sich an der Essensausgabe für Obdachlose anstellen oder auf öffentlichen Toiletten in versteckten Winkeln von U-Bahn-Stationen oder in Notunterkünften übernachten zu müssen – vielleicht hätte das genug Mitleid hervorgerufen und Anerkennung für seinen Überlebenswillen und seine Zähigkeit. Er hatte lediglich, in all seiner alltäglichen Unzumutbarkeit und grausamen Gewöhnlichkeit, einen *finanziellen Engpass*. Ohne einen Hauch von Poesie. Seine Kollegen besuchten Wohltätigkeitsbälle, während er selbst in der Küche Spaghetti kochte, nicht einmal die frische Biovariante, sondern die billigste Sorte, die es im Vierkilopack bei dem Discounter gab, wo sonst niemand einkaufte. Er spielte mit dem Gedanken, sich einen Nebenjob zu suchen, mit dem er die Lücken zwischen seinen Engagements füllen wollte, doch seine Agentin riet ihm vehement davon ab, weil es negative Signale innerhalb der Branche aussenden und im schlimmsten Fall auf seine Eltern zurückfallen würde, vor allem auf Mr. Weintraub, der immerhin einen wichtigen Posten bei Lehman Brothers besetzt hatte, der ihm inzwischen – aus Gründen, an denen zu rütteln nicht weiter lohnte – abhandengekommen war.

Und dann war da noch die Sache mit Mordecais … «Lebensstil». *Nicht dass irgendjemand etwas dagegen hätte*, wie die Agentin unaufhörlich betonte, während sie beschwörend die Hände hob und aufrichtig, aber ein wenig resigniert lächelte; aber ein gewisser … *zurückhaltenderer Umgang* mit der Tatsache, dass er mit einem Mann zusammenlebte, sei durchaus angebracht. *Jacob*, sagte sie, *so heißt er doch, oder?* (was sie im Gegensatz zu mir sehr wohl wusste, allerdings vor lauter Professionalität jedes Mal «vergaß»), *ist sicher ein toller Typ und ein wesentlicher … Rückhalt für dich. Aber die brutale Wahrheit ist, dass Hollywood – und vor allem die Akademie – traditionelle Familienmodelle hochhält und, tja, wie kann ich es ausdrücken, ohne dass es unsensibel wirkt, vielleicht ist das unmöglich: So was wie* Brokeback Mountain *gibt es normalerweise nur alle zehn Jahre. Jetzt hatten wir ihn gerade, und nicht einmal der hat den Oscar für den besten Film gewonnen. Ich sage nicht, dass du deswegen lügen sollst oder ein Leben führen, mit dem du nicht glücklich bist. Ich sage nur, dass du dir ganz genau überlegen musst, was du willst, und gegebenenfalls die Konsequenzen tragen, wenn du ausgerechnet jetzt ganz offen damit bist. Okay? Gib dem Ganzen ein bisschen Zeit, und dann sehen wir weiter. Viele Schauspieler hatten ihr*, an dieser Stelle hob sie die Hände in die Luft und imitierte zwei Anführungszeichen, die Mordecai an kranke Kaninchen denken ließ, Coming-out. *Aber es ist alles eine Frage des Zeitpunkts. Und der Zeitpunkt gerade ist denkbar schlecht.*

«Wer ist … Jacob?», fragte ich.

«Er ist ausgezogen», sagte Mordecai. «Vor drei Monaten. Hat einen Job in Portland, Oregon angenommen. Wir waren mehr als drei Jahre zusammen.»

«Was macht er beruflich?»

«Er ist Landvermesser.»

Ein paar Jugendliche liefen johlend und aufgekratzt vorbei, sicher auf dem Weg zu einer Party in der Nähe. Einer von ihnen warf einen Blick in unsere Richtung und flüsterte seinem Kumpel etwas zu, und dann brachen sie beide in schallendes Gelächter aus und rannten weiter die Stewart hinab.

Wir waren älter geworden.

«Ich musste nur mal eine Zeitlang raus», sagte Mordecai.

«Verstehe.»

«Außerdem habe ich neuerdings diese Träume. Vom großen Erdbeben. Fast jede Nacht, lebensechte, lange Träume, in denen die verkeilten Platten der San-Andreas-Verwerfung auseinanderdriften und ein Erdbeben von mehr als 7,0 auf der Richterskala auslösen. Ich sehe, wie die Stadt in sich zusammenfällt und sich Erdfälle auftun, überall schreckliches Leid und Rauch, man sieht die eigene Hand nicht mehr vor Augen. Alles steht in Flammen. Palm Springs, San Diego, Imperial County. Der Geruch von verbranntem Fleisch. Und in den Träumen finde ich niemanden, ich laufe aus dem Haus, die Straße hinab, und ich höre Stimmen und Schreie, ich kann sogar Jacobs

Stimme heraushören, die sich unter die anderen gemischt hat. Und du bist auch da. Und Mischa. Ich rufe nach euch. Aber ich finde euch nie. Nicht ehe Los Angeles untergeht.»

«Das ist der Stress», versuchte ich ihn beruhigen, «du musst einen Weg finden, dich zu entspannen, das ist alles.»

«Letztes Jahr hat mir Jacob einen Seismographen zu Weihnachten geschenkt, den hatte ich mir gewünscht, seit wir, du weißt schon, wohnen, wo wir wohnen. Wo er *wohnte.* Wenn ich schweißgebadet aus diesen Träumen erwache, bleibe ich liegen und starre auf dieses Instrument, fixiere die digitalen Zahlen und erwarte, dass sie jede Sekunde anfangen, sich auf diese alles vernichtende Sieben zuzubewegen.»

«Vielleicht solltest du mit jemandem darüber reden?», schlug ich vor.

«Einem Psychologen, meinst du?» Er feixte. «Schon wieder? Von welchem Geld soll ich das zahlen? Ich habe nicht mal eine Krankenversicherung.»

«Könntest du deine Eltern um Hilfe bitten?»

«Nein, nein, nein, hast du eine Ahnung, welche Konsequenzen das hätte? Sie wissen nichts von alldem, sie gehen davon aus, dass Jacob und ich immer noch zusammenwohnen und wir mehr als genug verdienen. Ich habe gesagt, ich wäre wegen einer Produktion zu Hause, die bald losgeht, und fände es schön, sie für ein paar Wochen zu besuchen.»

«Dann solltest du dir wohl tatsächlich so ein Projekt suchen.»

«Ja, darüber habe ich auch schon nachgedacht.»

«Und, worauf bist du gekommen?»

Er stand auf, schwankte leicht und schüttelte seine Beine aus, ehe er sich zum Rucksack hinabbeugte und die letzte Weinflasche herauszog.

«Auf uns», sagte er listig und setzte sich wieder.

«Uns?»

«Uns. *Das* ist das Projekt. Dieser Ort.»

Eine böse Miene. Der Polizist hatte seinen Kopf halb durch das Fenster des Ford Pinto gesteckt.

«Sie können hier nicht schlafen, Sir.»

Mir wurde bewusst, dass ich zusammengekrümmt auf dem engen Rücksitz des Autos lag, mit Mordecais Jackett als Bettdecke. Ich erinnerte mich vage, wie wir kurz nach Sonnenaufgang den Baseballplatz verlassen hatten und im Zickzack zum Parkplatz geschlingert waren. Ich konnte mich nicht erinnern, dass er seine Jacke über mich gebreitet hatte.

«Sir, wir haben späten Vormittag, Sie können hier nicht bleiben.»

«Schon gut, schon gut, ich fahre ja gleich.»

«Haben Sie etwas getrunken?», fragte er misstrauisch.

Ich richtete mich auf dem Rücksitz auf, so gut es ging, und seufzte.

«Glauben Sie wirklich, ich liege hier, weil ich es so gemütlich finde? Wie wäre es mit ein bisschen Beifall, weil ich in diesem Zustand nicht gefahren bin?»

«Das Einzige, wofür ich Beifall klatschen würde, wäre die Idee, ein Taxi zu rufen», antwortete der Polizist mürrisch.

«Ich wohne in Manhattan.»

«Soweit ich weiß, haben sie da auch Bars.»

Da erkannte ich ihn wieder, oder jedenfalls glaubte ich es. Es war derselbe Polizist, der uns vor der MS-13 gewarnt hatte, als wir noch jung waren, in einer Dezembernacht am Garden City Golf Club.

«Aber ich bin hier aufgewachsen, erkennen Sie mich denn nicht wieder?»

«Und jetzt verbringen Sie Ihre Nächte in einem Auto, das nicht gerade viel hermacht, wenn Sie mir die Bemerkung gestatten. Na, herzlichen Glückwunsch.»

«Ich gestatte es.»

«Ihren Führerschein und die Fahrzeugpapiere, bitte.»

«Ich bin doch nirgendwo hingefahren.»

«Aber Sie sitzen *in* Ihrem Auto. Und der Zündschlüssel steckt. Gemäß Paragraph 1192, Artikel 31 des New York Vehicle & Traffic Law könnte ich Ihnen ein Bußgeld dafür auferlegen, dass Sie die Absicht hatten, unter Einfluss von Alkohol und/oder illegalen Drogen ein Fahrzeug zu führen. Seien Sie froh, dass ich's nicht tue. Und machen Sie einfach, was ich Ihnen sage.»

Ich machte, was er mir sagte. Wir waren in Amerika. Hier gab es für alles irgendeinen Paragraphen. Der Polizist studierte meine Papiere so eingehend, bis er sicher war, dass ich den Ernst der Lage begriff.

«Ist das Ihr Fahrzeug?»

«Gott sei Dank nicht. Es gehört meiner Freundin.» Ich bot ihm ihre Telefonnummer an.

«Wann haben Sie Ihren letzten Drink genommen?»

Ich musste auf die Uhr gucken. Anschließend zählte ich an meinen Fingern ab, wie viele Stunden es her war, und fügte ein paar hinzu.

«Vor acht Stunden.»

«Fühlen Sie sich fit genug, um nach Hause zu fahren?»

«Auf jeden Fall.»

«Dann würde ich vorschlagen, dass Sie jetzt genau das tun. Und nächstes Mal legen Sie sich ein Wohnmobil zu und fahren zu einem genehmigten Schlafplatz, denn in Nassau County ist es gesetzlich verboten, in einem PKW zu übernachten, und wenn ich das ergänzen darf: an den meisten anderen Orten auch. Und davon abgesehen ist es auch gefährlich.»

Die Sonne in meinem Gesicht, als ich zurück nach Manhattan fuhr. Sie fühlte sich an wie ein Segen, aber ich träumte von einer Aspirin, einer Zahnbürste und einem Masseur. Ich war gezwungen, ein paar Anrufe zu machen und mir etwas beim Lieferservice zu bestellen.

Mit einem Stück Pizza in der Hand ging ich in der großen Wohnung von Zimmer zu Zimmer, sah Mischas Klamotten in unserem Schlafzimmer über einem Stuhl hängen und auch ein paar auf dem Bett liegen, wo sie in letzter Sekunde beschlossen hatte, sie doch nicht mit nach Montreal zu nehmen. In der Küche stand die Kaffeetasse, die Owen gespült und zum Trocknen abgestellt hatte, ehe er abgereist war; ich stellte sie zurück in den Schrank. Ich schaute in meinem Büro vorbei und fand alles ordentlich an seinem Platz, Bücher, die in akkuraten Stapeln an der Wand lehnten, kein einziges Blatt, das herumlag.

Keine laufenden Projekte. Anschließend schlurfte ich ins Wohnzimmer und betrachtete das leere Sofa darin, es war wirklich riesig. Ich glaube, wir hatten den Kamin nie benutzt, ich wusste nicht einmal, ob er überhaupt funktionierte. Ich stellte die Stereoanlage an und drückte bei Owens Plattenspieler auf *play.* Sekunden später senkte sich die Nadel auf die Rillen hinab, und Charles Mingus' «Freedom» ertönte. Ich ließ die Musik laufen und ging zurück in den Flur.

Dieses Gefühl, an einem anderen Ort zu sein, als man sein sollte. Als wäre ich aus Montreal zurückgekehrt, bevor die Wohnung genug Zeit gehabt hatte, sich auf mich vorzubereiten und zum Leben zu erwachen.

Als wäre man hinter den Kulissen seiner selbst.

Es war hier viel zu still.

Ich nahm den Hörer ab. Mordecai meldete sich nach fünfzehn Sekunden.

«Wie geht es dir?»

«Ich lebe», antwortete er. «Und du? Du warst nicht mehr ganz du selbst, als ich gestern gegangen bin. Wie war es im Auto?»

«Eng. Was machst du gerade?»

«Nicht viel.»

«Du kannst eine Zeitlang hier wohnen, wenn du willst», sagte ich.

Mischa nahm die Nachricht, dass ich leider nicht nach Toronto kommen konnte, um ihre Eltern zu sehen, genauso auf wie befürchtet. Es war das unangenehmste Gespräch, das wir je geführt hatten. Für einen Moment war ich mir sicher, sie hätte aufgelegt, und überlegte, sie noch einmal anzurufen und ihr zu sagen, dass ich mich umentschieden hätte und doch kommen würde, natürlich würde ich zurückkommen, so wie wir es vereinbart hatten, mit ihr zusammen in Toronto sein, wie jedes Jahr. Dann aber hörte ich ihren Atem in der Stille der Leitung.

«Bist du noch da?»

«Ja», antwortete sie. «Ist es wegen Mordecai?»

«Er braucht mich hier», sagte ich.

«Und ich? Was ist, wenn ich dich auch brauche?»

«Du hast mich.»

«Nicht hier.»

«Man kann nicht an zwei Orten gleichzeitig sein.»

«Das ist schade.»

«Was meinst du?»

«Na, was du eben gesagt hast, dass man nicht an zwei Orten gleichzeitig sein kann. Das hätte mir gefallen. Zwei Leben.»

«Und wofür würdest du das zweite nutzen?», fragte ich.

Und musste lange auf eine Antwort warten.

«Weiß ich noch nicht.»

«Vielleicht hätte man doppelt so viele Probleme», sagte ich.

«Oder Freuden.»

«Vielleicht. Wer weiß? Soll ich deine Eltern anrufen und ihnen sagen, wie leid es mir tut, dass ich dieses Jahr nicht dabei bin?»

«Brauchst du nicht.»

«Wir können nächstes Jahr besonders lange bleiben, wenn du willst. Oder im Herbst noch mal fahren.»

«Mal sehen. Du, ich muss Schluss machen, Gabe und Catherine warten unten auf mich. Okay? Wir sehen uns in ein paar Wochen.»

Ich hätte sie gern gefragt, wie es Gabe ging, mein schlechtes Gewissen meldete sich leise zu Wort, als sie ihn erwähnte. Aber das war nicht der passende Zeitpunkt.

«Es tut mir leid», wiederholte ich. «Du weißt, dass ich es hasse, dich zu enttäuschen.»

«Mach dir keine Gedanken.»

«Ich rufe dich wieder an.»

«Schön.»

Pause.

«Ich liebe dich.»

«Ich dich auch.»

Der Keller des Apthorp war ein offenes Geheimnis, das jeder kannte. Jedenfalls wir, die dort wohnten. Wir sprachen untereinander nicht davon oder wenn wir auf dem Weg nach unten Nachbarn trafen, und erwähnten es nie auch nur mit einem Wort gegenüber Leuten, die von außerhalb kamen und das historische Gebäude und seine beeindruckende, nüchterne, aber zugleich auch stoische, kolossale Fassade bewunderten. Man wollte dort unten nicht gesehen werden, und hatte man doch das Pech, jemandem zu begegnen, wenn man seine Wäsche in einer der alten Maschinen wusch, verlief die Begegnung immer stumm – man beschränkte sich auf ein kurzes, höfliches Nicken, bevor jeder in seine Richtung eilte, um so schnell wie möglich wieder ans Tageslicht zu gelangen. Wenn es doch einmal unvermeidlich war, ihn zu benutzen, nuschelten wir das Wort *Keller*, so undeutlich es nur ging, *Klr*, und umgaben es mit einer Reihe von anderen Wörtern und Sätzen, um davon abzulenken. Wir sprachen nicht darüber, was es dort unten in den Katakomben alles gab, über die Mäuse, die wir, das konnten wir in den Gesichtern der anderen erkennen, alle schon einmal herumhuschen gesehen hatten, während sie nach einem Zugang zu unseren Wohnungen suchten (den sie ein Jahr später auch fanden), oder über das Asbest, das aus den Rohren neben dem abgeschlossenen Heizungskeller und aus den Rissen in den Wänden hervorquoll, oder über den Putz, der an manchen Stellen zentimeterhoch auf dem Boden lag und verräterisch knirschte, wenn man darauftrat, und an unseren Sohlen klebte. Wir sprachen nicht darüber. Der Keller war das erste Symptom dafür, dass das Apthorp vom Krebs zerfressen war, und immer wenn wir unten waren, entdeckten wir neue Metastasen. Wir glaubten, wir könnten es einfach aussitzen. Auch um die Sachen, die in den Gemeinschaftsräumen zurückgelassen wurden, machten wir nicht viel Aufhebens, auch wenn sich unter dem Gerümpel hin und wieder Kostbarkeiten fanden, die offenbar Bewohnern gehört hatten, die das Gebäude gar nicht schnell genug verlassen konnten oder aus diversen Gründen gezwungen waren, in kleinere Wohnungen zu ziehen. Beispielsweise stand dort, solange ich denken konnte, ein Reisekoffer von Louis Vuitton, der von Arbeitern, die irgendwann einmal da gewesen waren, um etwas zu reparieren, mit Backsteinen gefüllt worden war. In aller Regel gab es auch Sofas, vollkommen brauchbar, und Lampen und große Büsten von Persönlichkeiten, die wir nicht kannten, die es sich aber sicher irgendwann einmal verdient hatten, dass ihr Kopf auf einem Kaminsims stand, und Esstische aus der Vorkriegszeit, komplett mit sechs oder acht dazu passenden Stühlen, ohne eine einzige Schramme. Matratzen. Alte, fleckige Matratzen, auf denen sich Menschen im Tiefschlaf oder in grässlichen Albträumen schwitzend gewälzt hatten, auf denen sie ihre Körperflüssigkeiten vergossen und ihren letzten Atemzug getan hatten und manchmal anschließend tagelang liegen geblieben waren, ehe man sie fand, während die Verwesung ihren Lauf nahm, weshalb man ihre Umrisse auch später noch erahnte. Doch manche Matratzen waren auch unbenutzt, unberührt, mit ungeöffneter Plastikhülle, was entweder bedeutete, dass man es eilig gehabt und beschlossen hatte, für die nächste Wohnung ein neues Bett zu kaufen, oder dass Veränderungen im Beziehungsstatus dazu geführt hatten, dass man sich der schmalen Version entledigte oder der breiten, vierlagigen Supreme-Comfort-King-Size-Matratze, die man in den kommenden zehn Jahren so schön zu teilen geplant hatte. Eine der kleineren, funkelnagelneuen schleppte ich in die Wohnung hinauf und legte sie in mein Büro, ehe Mordecai wenige Stunden später ankam, mit einem Koffer, einem Kissen und einer Bettdecke, die er bei IKEA in Hicksville neu erstanden hatte, und voller Erleichterung darüber, nicht mehr bei seinen Eltern wohnen zu müssen.

Mischa in Montreal. Owen in Saigon. Verblüfft stellten wir fest, dass die Voraussetzungen an eine sturmfreie Bude erinnerten, und waren noch viel verblüffter darüber, wie wir unbewusst tatsächlich die Rollen von sich selbst überlassenen Teenies einnahmen; wie in einer Freiheitssimulation, nach der wir und jeder andere halbwegs normale Fünfzehnjährige gelechzt hatten, eigneten wir uns die Wohnung an, die schon vorher teilweise meine gewesen war, hörten zu laut und zu lange Musik; die alten Alben, die wir fast vergessen hatten, bedeuteten uns plötzlich alles. Vom Funken, der während unserer Wanderung durch Garden City entfacht worden war, endgültig entbrannt, beschworen wir wie Schamanen die neunziger Jahre rituell wieder herauf, und als wir am späteren Nachmittag zu Mordecais früherem Stammlokal in der Houston fuhren, der Pizzeria Arturo's – wo Arturo allerdings nicht mehr bereitstand, um Mordecai zu umarmen, als wäre er der verlorene Sohn, der nach einem ewigen Aufenthalt im Exil wieder heimkehrte, sondern einige Monate zuvor gestorben war, dieser Sohn eines Immigranten aus dem italienischen Cozena, im Alter von neunundsiebzig Jahren, nach fünfzig unermüdlichen Jahren im Restaurant, weshalb sein Sohn Scott (was war das bloß für ein Name?) den Laden übernommen hatte und am Laufen hielt und uns herzlich begrüßte –, hatten wir schon damit angefangen, die ersten, zaghaften Notizen zu etwas zu machen, was noch keine Form und kein Ziel hatte, aber sechzehn Monate später im Stück *Bob Ross Paints a Pretty Clear Picture* am Vineyard Theatre am Union Square kulminierte, einer Einmannvorstellung mit griechischem Chor, mit Mordecai in der Hauptrolle und einer Handlung, die in einem Sommer in Garden City Anfang der neunziger Jahre spielte, mit autobiographischen Handlungsfäden, die wir abwechselnd lockerten und festzogen und am Ende ganz fallenließen.

Wir standen früh auf, um sechs oder sieben Uhr, manchmal sogar zeitiger. Im Morgenlicht arbeitete jeder ein paar Stunden für sich, mit leerem Magen, elektrisiert vom Koffein aus unserer jeweiligen Kanne. Er saß im Büro, ich in der Küche oder im Wohnzimmer auf dem Sofa. Dann trafen wir uns zum Frühstück und aßen bei laufendem Radio zusammen, ohne viel zu reden. Synchron gingen wir ins Bad und verschwanden anschließend auf unseren Posten, und wieder vergingen mehrere Stunden, und die Zeit teilte sich in intensive Arbeitsphasen und lange Durststrecken, in denen wir, unwissend, dass es dem anderen genauso ging, apathisch dahockten und auf unsere Bleistifte und Blätter glotzten. Gegen 12 gingen die Türen auf, kamen wir hinaus, aßen in der Nähe zu Mittag und besprachen das, woran wir getrennt voneinander gearbeitet hatten, was wir gedacht, skizziert, womit wir gekämpft hatten. Wir redeten aufgeregt durcheinander, enthusiastisch und mit einer milden Strenge, wenn wir meinten, der andere würde sich falsch erinnern oder Erlebnisse, die wir geteilt hatten, fehlinterpretieren, wir lachten über Geschichten, die wir bis ins kleinste Detail heraufbeschworen und die wir uns schon einmal erzählt hatten, bohrten unsere Finger in die Wunden vergangener Tage, in der die Jugend besonders schwer gewesen war und die Enttäuschungen nicht abreißen wollten, und wir tranken auf die Siege, deren Relevanz wir erst jetzt erkannten. Man wartete auf den Sommer, man wartete auf den Schnee, auf die nächsten Ferien, auf Freunde und neue Alben und bessere Zeiten, man wartete darauf, dass der Schultag zu Ende ging, das Abendessen überstanden war, dass es endlich dunkel wurde und man genug Geld für eine Schachtel Kippen hatte, man wartete auf einen Tag, an dem einem nicht länger der Atem gefror, wenn man sich auf der Straße unterhielt, wartete auf das Älterwerden, das Erwachsenwerden, darauf, eine Freundin zu haben und endlich das zu erleben, wovon alle redeten, und von hier wegzukommen, nur weg, wohin auch immer, Hauptsache, man blieb nicht zurück. Die paar Stunden beruflichen Wartens vor der Ankunftshalle in JFK waren, verglichen mit den Jahren, die wir geduldig auf Long Island dessen harrten, wir selbst zu werden, Spucke im Ozean. Mordecai und ich aßen zu Mittag und redeten, wir zeichneten Übersichten und Handlungsgerüste auf Papiertischdecken und nach und nach auch Dialoge (wir mussten darum bitten, die Tischdecke mitnehmen zu dürfen, wenn wir gingen) und blieben meistens so lange sitzen, bis es zu spät war oder wir keine Energie mehr hatten, uns noch einmal aufzurappeln. Mit leeren Köpfen schlichen wir zurück zum Apthorp und schliefen ein paar Stunden, sahen fern oder machten Besorgungen in der Stadt. Und abends nahmen wir die Subway runter zu Arturo's und aßen unsere Pizza, die vielleicht nicht die beste der Welt war, aber dafür umsonst, genau wie die zwei Bier, die Scott uns dafür servierte, dass wir im Gegenzug in einer seiner Pausen unser neues Material an ihm ausprobierten. Es war ein seltsames Tauschgeschäft, denn im Grunde reagierte er jeden Tag mit demselben Achselzucken, nachdem er sich angehört hatte, was wir seit dem letzten Mal erarbeitet hatten, und sagte: *Warum schreibt ihr denn nichts darüber, was* gerade *in diesem*

Land passiert? Oder was wir dadrüben im Irak und in Afghanistan anrichten; da *habt ihr eure Tragödie.*

Am Mittwoch der dritten Augustwoche fuhren wir zurück nach Garden City, um ein für alle Mal sämtliche Straßen abzulatschen und um Gary im Plattenladen im Roosevelt Field zu besuchen – der immer noch da war, jetzt Mitte vierzig, und hinter der Verkaufstheke stand, wie er es auch schon getan hatte, bevor wir nach Long Island zogen. Der immer noch dieselben Platten hörte und dieselben T-Shirts mit den alten Bandnamen aus den Neunzigern trug; Gary, der gerührt war, wenn er davon sprach, wie *Eddie Vedder um ein ganz normales Leben in einer Welt kämpfte, in der Superstars wie Götter verehrt wurden.* Der die Verluste von Kurt Cobain und Andrew Wood und Shannon Hoon beweinte. Der die Gitarre hervorholte und «Hunger Strike» für uns spielte und immer noch wirklich jedes einzelne Wort ernst meinte. Wir hatten Mitleid mit ihm, und gleichzeitig beneideten wir ihn, weil er diese Zeit, in der alles bedeutungsvoll und aufgeladen zu sein schien, noch nicht hinter sich gelassen hatte. Uns wurde klar, dass eine von ihm inspirierte Figur unser griechischer Chor sein musste, das Einmannorchester, das die Wahrheit aussprach. Für uns wurde er zu einer Art unfreiwilligem Helden in einem Projekt, in dem es in erster Linie darum ging, die, die wir gewesen waren, und diesen Ort, an dem wir gewesen waren, mit dem gebührenden Ernst zu würdigen.

An jenem Mittwoch fuhren wir auf dem Heimweg bei meiner Mutter in Howard Beach vorbei und führten sie in ihr Stammrestaurant aus, in das auch sie mich schon einmal mitgenommen hatte. Wir verrieten nicht, dass uns das italienische Essen längst zum Hals heraushing. Sie freute sich, Mordecai wiederzusehen, ihre Münder bewegten sich in einem fort, während sie sich gegenseitig auf den neusten Stand brachten, ich musste mich nur zurücklehnen und ihnen zuhören, diesen beiden Menschen, denen es für ein paar Stunden so gut ging wie schon seit langem nicht mehr, seit einer Zeit, an die sie sich gar nicht mehr erinnern konnten, ohne dass es in irgendeiner Weise mein Verdienst war. Aber es wurde immer offensichtlicher: Die

Arbeit mit *Bob Ross* und Mordecais Umzug ins Apthorp brachten uns wieder zurück an den Anfang, es war, als würden wir uns noch einmal im Schwimmbad treffen und hätten all diese Jahre noch vor uns. Ich konnte nicht fassen, wie wir uns in den vergangenen Jahren so voneinander hatten entfernen können und was für ein großer Teil unserer Zukunft nun schon aufgebraucht war. Ich hoffte, er würde vergessen, wo er eigentlich lebte.

3

Aber. Nachdem alles gesagt und getan worden war, nach den umständlichen Vorbereitungen und den Seelenqualen, nach all dem Für und Wider und Wider und Für, nach den mentalen Übungen, bei denen er sich mit Hilfe von angelesenen Bewusstseinstechniken in dem notdürftigen Abbild umherbewegen konnte, das sein Gehirn von der Landschaft erstellte, in die er nun also noch einmal seine höchst realen Füße setzen wollte; nach täglichen und nächtlichen Auseinandersetzungen mit der inneren Unruhe, der äußeren Unruhe, der allumfassenden Unruhe; nach abendlichen Anrufen bei diversen Leuten, in denen er voller Bedauern mitteilte, er würde einen Rückzieher machen, und morgendlichen Anrufen bei denselben Leuten, in denen er sie informierte, dass er es sich doch wieder anders überlegt hatte und dabei sein wolle; nachdem er das Visumformular ausgefüllt hatte und zu einem Routinecheck beim Arzt gewesen war, wenn schon nicht aus freien Stücken oder ausgeprägtem Eigeninteresse, dann zumindest weil der Reiseleiter alle aufgefordert (lies: allen befohlen) hatte, sich einer solchen Untersuchung zu unterziehen – und zwar rechtzeitig im Voraus; nachdem sich die Erkenntnis herauskristallisiert hatte, dass das Bedürfnis aufzubrechen größer war als der Wunsch, zu Hause zu bleiben, für den es viele Argumente gab, darunter auch einige gute; nachdem er also beschlossen hatte, zum ersten Mal seit 1970, zum ersten Mal seit sechsunddreißig Jahren, ins Ausland zu reisen, nach all dem Auf und Ab, dem Packen und Umpacken, nachdem er sich für die nötige Anzahl an T-Shirts, Hemden, Hosen, Schuhen, ja sogar ein Paar Shorts entschieden hatte – nur für den Fall, obwohl er seit seiner Kindheit keine kurzen Hosen mehr getragen hatte und es damals schon nicht mochte, unter anderem, aber nicht nur, verschuldet durch ein Erlebnis während eines Familienausflugs nach Liseberg im Spätsommer 1952, als er acht Jahre alt war und Svein erst vier, weshalb er in diesem Sommerhalbjahr sozusagen *by default* kurze Hosen trug und der Hinweis der Mutter an Owen, sein kleiner Bruder würde deswegen auch keinen großen Zirkus machen, nur noch unangebrachter erschien, die Mutter jedoch auf seine Weigerung, dieses verhasste Kleidungsstück anzuziehen und allen und jedem seine dünnen und kränklich-blassen Beine zu zeigen, die er nicht mochte, mit dem Ultimatum reagierte, dass *keiner* in der Familie, und am allerwenigsten er selbst, den Vergnügungspark von innen zu sehen bekäme, wenn er sich nicht auf der Stelle zusammenrisse und umzöge, was Schuldgefühle, Wut und tiefste Verzweiflung in ihm aufsteigen ließ, während er das Jauchzen der Erwachsenen und Kinder hörte, die genau in dem Moment in der Achterbahn oder im Autoscooter oder einer der vielen anderen Attraktionen dort drinnen saßen, weil er wusste, dass sich alle in der Familie, wenngleich er am allermeisten, auf den Ausflug gefreut und im Vorfeld viel darüber gesprochen hatten, und er nun deshalb das Gefühl hatte, ihm bliebe keine andere Wahl, als zu gehorchen, und noch heute, mehr als fünfzig Jahre später, konnte er sich glasklar daran erinnern, wie es war, dort neben dem Auto zu stehen und die Hosen herunterzuziehen und danach die Unterhosen, weil laut seiner Mutter niemand sowohl Unterhosen als auch kurze Hosen trug, was laut seinem Vater so wäre, als würde man Gürtel und Hosenträger kombinieren; und wie grässlich es war, dort halbnackt auf dem Parkplatz zu stehen, mit entblößtem Unterleib, für Sekunden, die ihm wie Jahre vorkamen, während er sich in die kurze Hose zwängte, die seine Mutter ihm eigens für diesen Ausflug gekauft hatte; und wie der Parkplatz plötzlich überfüllt schien von anderen Familien mit gleichaltrigen oder älteren Kindern, die alle lachten und auf seinen Unterleib zeigten und seine Tränen nicht sahen und blind waren für die Scham, die dennoch nichts war im Vergleich zu dem Schmerz, den er siebeneinhalb Stunden später spürte, als er zum Auto zurückkehrte, das den ganzen Tag in der Sonne gestanden hatte, nach diesem Ausflug, der am Ende zum Glück fast so schön gewesen war wie gedacht und ihn über weite Strecken geradezu magisch von seinen unfreiwilligen Beinkleidern abgelenkt hatte, und er sich beeilte, auf den Rücksitz zu klettern, weil sein Vater meinte, sie wären spät dran und müssten den Zeitplan einhalten, den er in mühevoller Arbeit für sie aufgestellt und sogar mit der Schreibmaschine ins Reine getippt hatte, und Owen ihn sofort spürte, diesen Schmerz, der ihn durchzuckte, als die nackte Haut seiner Oberschenkel mit den schwarzen, glühenden Ledersitzen in Berührung kam, und wie er keinen Laut von sich zu geben wagte, weil er seine Quengelquote für diesen Tag bereits überschritten hatte, und sein Leid deshalb ohne einen Mucks und stoisch sitzend ertrug, obwohl er hätte schwören können, dass es nach verbranntem Fleisch roch, und immer wenn der Vater eine enge Kurve fuhr und die Gesetze der Schwerkraft dafür sorgten, dass Owen auf dem Rücksitz nach rechts oder nach links gedrückt wurde, wallte der brennende Schmerz erneut auf, und in der Nacht konnte er kaum schlafen und lag vollkommen reglos da, um zu vermeiden, dass seine Oberschenkel das (so fühlte es sich an) raue Laken berührten, und als er sich am darauffolgenden Montag nach dem Sportunterricht umzog, war es so, dass die ganze Klasse freie Sicht auf die großflächigen, noch immer feuerroten Abdrücke auf seinen Oberschenkeln bekam und Paul – der es insgeheim für eine Ehre hielt, als größter Fiesling der Schule zu gelten – weniger als dreißig Sekunden brauchte, um sich ein passendes Gerücht auszudenken, das bald ein Eigenleben auf dem Schulhof entwickelte, unter den Mädchen und den Jungs, und das besagte, dass Owen während des Scheißens auf der spezialangefertigten, elektrisch aufheizbaren Klobrille der Familie gesessen habe, die (so behauptete Paul) vom Vater angeschafft worden sei, weil der ein anhaltendes Problem mit blutenden Hämorrhoiden hätte – und das, obwohl jeder Idiot wusste, dass solche Klobrillen gar nicht erhältlich waren, jedenfalls nicht in *diesen Tagen*, und schon gar nicht in Norwegen (und dennoch war es ein beeindruckend innovativer Einfall vom jungen Paul, dem Sohn eines Klempners, wenn man bedenkt, dass die elektrisch beheizbare Klobrille erst im August 1963 von Cyrild Reginald Clayton in Essex zum Patent [UK patent no. 943209] angemeldet und unter dem Namen *The Deluxete* auf den Markt gebracht und produziert wurde, aus Glasfasern mit integrierten Heizelementen, von Quecksilberschaltern aktiviert, die die Brille aufwärmten, sobald der Deckel heruntergeklappt war; zehn Jahre später wurde sie zu einem deodorierenden Modell weiterentwickelt [UK patent no. 1260 402] und *Deodar* getauft, dann aber umbenannt und unter dem eingängigeren Namen *Readywarm* verkauft und abermals in den siebziger und achtziger Jahren von der japanischen Firma Matsushita zu einer ganzen Produktpalette ausgebaut, die man nicht brauchte und über die man auch nichts wissen musste), und darüber hinaus hätten sie wohl auch kaum einen lindernden Effekt gehabt, weil Hämorrhoiden, sofern der Vater überhaupt unter ihnen litt, am Darmausgang und nicht auf den Pobacken waren, aber Gerüchte interessierten sich nicht für Details oder Spitzfindigkeiten, vielmehr war man von dem Gedanken besessen, dass die Gefäßpolster im Rektalbereich Gottes Strafe für die kommunistische Gesinnung des Vaters seien, was zu dem zweideutigen Spitznamen Rothintern führte, unter dem Owen die 5¾ Jahre leiden musste, die er noch in der Volksschule ausharrte, und der zu seinem großen Kummer auch an seinen Bruder weitervererbt wurde, als dieser die erste Klasse antrat, und in den drei Jahren, als sie auf dieselbe Schule gingen, waren sie *Rothintern* und *Kleiner Roter*, und obwohl Svein jedes Mal darüber lachte und seinem Bruder immer wieder erklärte, dass es ihn nicht kümmerte und es doch am wichtigsten sei, dass sie beide einander hätten und er weiterhin zu seinem Bruder aufsehe, selbst wenn er sich tatsächlich durch eine elektrisch aufheizbare Klobrille Verbrennungen zugezogen hätte und selbst wenn er unter blutenden Hämorrhoiden oder etwas anderem, noch Schlimmerem, leiden würde, hatte Owen bis heute schwere Gewissensbisse, wenn er daran zurückdachte, was er in der Regel vermied, doch jetzt, kurz vor seiner Abreise nach Vietnam, nicht mehr verdrängen konnte, als er eine kurze Hose in seinen Koffer packte, obwohl er nicht vorhatte, sie zu tragen, höchstens ein oder zwei Tage, während er *in country* war, wenn die Hitze zu groß wurde –, nachdem er in der Nacht vor der Abreise schlaflos in der Wohnung herumgetigert und (am Ende doch) vor die Haustür getreten und aufgebrochen war, war es das, was uns Onkel Owen gegen elf Uhr am Vormittag, am Donnerstag, dem 17. August, als er von seiner großen Reise zurückgekehrt war und nun vom Jetlag gebeutelt mit Mordecai und mir vor einem ungewohnt frühen Abendessen beim Chinesen gegenüber vom Apthorp saß, nur wenige Minuten nachdem er zerstreut seine Zustimmung zu der gestiegenen Bewohnerzahl in unserer Wohnung auf unbestimmte Zeit gegeben hatte, erzählte: *Dort unten* sei ihm klargeworden, dass er doch keine Rechnung mehr mit Vietnam offen hatte. Per se. Die Reise sei überflüssig gewesen. Die ersten Anzeichen dafür habe er schon in Saigon beobachtet, erzählte er, vielleicht sogar schon in dem Moment, als er beim Ausstieg aus dem Flugzeug die Aluminiumtreppe betrat oder als er seinen Koffer auspackte, im Hotel in einem Stadtteil, in dem er schon einmal gewesen war und den er auch zu einem gewissen Grad wiedererkannte, obwohl er nichts mehr mit sich gemein hatte – keine der alten Bars oder Läden, sondern neue Kioske, die Handys und Souvenirs an Kriegsaficionados aus dem Westen verkauften; und zwei Tage später, als er auf einem kahlen Fleck auf einem Berg unweit des A-Shau-Tals stand, umgeben von dichtem Dschungel und von anderen Veteranen, viele von ihnen im Gegensatz zu ihm in Begleitung ihrer Frauen oder sogar Kinder, als er auf diesem riesigen, dunkelroten Flecken Erde stand, wo nichts mehr wuchs, seit man die Firebase Bastogne Ende der siebziger Jahre abgerissen hatte, und ein zunehmendes Unbehagen in ihm aufstieg, aber aus irgendeinem Grund auch ein schlechtes Gewissen, weil er nichts empfand, während sich die anderen schuldbewusst zunickten und ihre Partner und Nachkommen umarmten und ganz ungehemmt darüber weinten, was sie sowohl damals als auch in den Jahren darauf alles durchgemacht und geopfert hatten, und Owen so auf den Gedanken brachten, dass sie anders als er selbst Amerikaner waren, sie waren amerikanischer, durch und durch amerikanisch, auf eine ganze andere Weise Teil von alledem, als er selbst es je werden konnte, und in dem Moment begriff er, dass er hier keine offene Rechnung mehr zu begleichen hatte, dass es keine Katharsis und keine Heilung zu suchen oder zu finden gab, sondern lediglich: *Ödnis.* Also machte er sich aus dem Staub. Owen Larsen informierte die Reisegesellschaft kurz über seinen Beschluss, er entschuldigte sich, *es war wirklich nicht geplant*, sagte er, *dass es so kommen würde*, die anderen sollten auf keinen Fall das Gefühl haben, dass er sie und alles, was sie hier – in unterschiedlichem Ausmaß – erlebt, durchlebt, überlebt hatten, nicht ernst nehme (die meisten hatten aber auch mehr als genug zu verarbeiten; während ihre Väter im Zweiten Weltkrieg durchschnittlich vierzig Tage im Jahr im Gefecht gewesen waren, lag die Zahl für Soldaten in Vietnam bei 240, bedingt durch den umfangreichen Einsatz von Helikoptern, der in schwindelerregend kurzer Zeit eine Verlegung der Truppen in großen Gebieten ermöglichte) oder nicht an den psychologischen Nutzen einer Rückkehr zum Ort des Geschehens glaube. Sie sollten auch nicht denken, dass er sich eigentlich fürchte und A Shau ihn in Angstzustände versetzt habe, zu denen er nicht stehen könne. Aber jedenfalls, so schloss er, könne er hier nicht bleiben. Könne nicht, wolle nicht, und am wichtigsten: brauche auch nicht hier zu sein. Also trennte er sich von ihnen, sagte, er werde nicht mit ihnen weiterreisen, sondern wieder nach Saigon fahren, ins Hotel, um seine Koffer abzuholen, und wieder in die USA zurückkehren. Sie ließen ihn nur widerwillig gehen, sie protestierten und versuchten ihm klarzumachen, dass sein Entschluss überhastet sei und warum sie es für keine gute Idee hielten, einfach so auf eigene Faust loszuziehen, in dieser Gegend, auch nicht fünfunddreißig Jahre später – natürlich könnten sie ihn verstehen, das wäre nicht das Problem. Es sei einfach nur, so wiederholten sie, *eine richtig schlechte Idee*. Er geht trotzdem. Er lässt A Shau hinter sich, ein Mann Anfang sechzig, ein Amerikaner, der kein Amerikaner ist, in einer grünen Wanderhose und robusten Stiefeln, einer Jacke mit praktischen Taschen und mit einem kleinen Rucksack; er spaziert davon, als wäre er im Central Park und wollte vor dem Essen noch eine Runde drehen, unangestrengt, leichtfüßig; ein weißer Mann. Er empfindet Angst und Euphorie über seinen irrsinnigen Entschluss, einfach so in der vietnamesischen Wildnis von seiner Gruppe wegzumarschieren, es ist unerhört, und es verleiht ihm ein enormes Gefühl von Freiheit. Er stapft über ein Feld und eine Lichtung und grinst wie ein Irrer, er findet einen Kiesweg mit Reifenspuren. Er will Richtung

Osten laufen. Vor vierzig Jahren hätte das den Tod bedeutet, er wäre schon längst tot, es ist gut vorstellbar, dass er schon in dem Moment entdeckt worden wäre, in dem er seinen ersten Schritt außerhalb von Bastogne machte. Man hätte ihn bemerkt und nicht entkommen lassen. So ist es nicht mehr. Er ist nicht der Erste. Keiner von ihnen ist der Erste. Die Vergangenheit hat aufgehört. Die wenigen Bewohner, überwiegend Bauern, beachten ihn gar nicht, oder sie lächeln, sie winken und lächeln, als wäre es das Natürlichste auf der Welt, dass er, *solche wie er*, allein diesen Weg entlangspazieren, als wäre es nichts Besonderes. Ist es wohl auch nicht. Er ist schließlich nicht der Erste. Keiner von ihnen ist der Erste. Die Bauern sind seit Jahrtausenden hier, und sowohl vor als auch nach dem Krieg sind andere Ausländer durch dieses Gebiet gekommen, sie haben Französisch und Chinesisch und alle möglichen anderen Sprachen gesprochen, man hat es längst aufgegeben, alles überblicken zu wollen; stattdessen konzentriert man sich auf den Anbau. Er winkt, wenn sie winken, wenn er im Augenwinkel sieht, dass sie die Hand zum Gruß heben, ansonsten blickt er in eine andere Richtung, will sie nicht stören, will sie oder sich nicht in Verlegenheit bringen, indem er ihre Aufmerksamkeit erregt. Er will einfach nur nach Huế, zum Flughafen außerhalb der Stadt, ein Ticket kaufen und zurück nach Saigon fliegen. Und danach will er das Land verlassen. Er hat es nicht eilig. Er geht Richtung Osten, obwohl er weiß, dass Huế fünfzig Kilometer entfernt liegt, er kennt diesen Weg, es gab ihn auch damals schon, er schlängelt sich an den verstreut liegenden Hütten und kleinen Reisfelder vorbei, den bestellten Äckern, durch die saftig grüne Landschaft und durch die Dörfer, eins nach dem anderen; er geht stundenlang, und es ist warm, und er geht, und es ist warm und es macht nichts, dass es warm ist, oder dass er geht, und hinter ihm kommt ein Auto herangefahren und bremst neben ihm ab, zwei Bauern in einem Pick-up, sie blicken ihn fragend an: «You want ride, mister?» «Huế», antwortet er, und sie nicken, lächeln, öffnen ihm die Tür, und der Mann, der auf dem Beifahrersitz saß, rückt weiter in die Mitte und zwängt sich mit dem Fahrer zusammen, um Owen Platz zu machen. «You G.I.?», fragt der

Beifahrer, er muss die Frage dreimal wiederholen, ehe Owen ihn versteht und nickt. «Very sad», sagt der Beifahrer. «You know, beautiful country.» «Very sad», stimmt Owen ihm zu. «You go home now?» Owen nickt erneut. Am Flughafen bekommt er ein Ticket nach Saigon, nach Ho-Chi-Minh-Stadt, er hat diesen Namen immer noch nicht verinnerlicht, in seinem Kopf bleibt es Saigon. Es ist der letzte Flug an diesem Abend, gegen zehn: Er sitzt drei Stunden in der Abflughalle und sieht die anderen Passagiere kommen und gehen, Vietnamesen, die nach Hause zurückkehren, und Touristen, die wieder abreisen, mit Hipbags und Souvenirs und amerikanischem Akzent. Jugendliche, eingebildete Jungs und Mädchen mit weißen Zähnen und aufwendigen Frisuren, die schon seit drei Monaten mit dem Rucksack durch Asien ziehen, alle in der Hoffnung, sich selbst oder etwas Interessanteres zu finden, ehe sie an die Uni zurückkehren und in Büros arbeiten, wo sie die Papierberge Woche für Woche wachsen sehen und von einem Eckbüro und einem Aufstieg träumen und nicht merken, dass die Kette, die ihnen ein Mädchen oder ein Junge in Da Nang, Thailand oder am Strand von Goa, Indien gegeben hat – wo sie für ein paar Wochen in einer Bar gearbeitet und morgens Yoga geübt und abends Drogen genommen und mit dem Gedanken gespielt haben, für immer zu bleiben –, längst gerissen und von ihren Hälsen gefallen ist und der letzte Beweis dafür, dass sie überhaupt auf Reisen waren, das verblasste Tribal-Tattoo in ihrem Nacken ist, das sie nur sehen können, wenn sie zwei Spiegel halten. Die Kette und all die Fotos, die sie nie machten, weil es ihnen wichtiger schien, zu leben, als zu dokumentieren, dass man es tat. Er sitzt in der Abflughalle und betrachtet sie, er freut sich, nicht zu ihnen zu gehören, er ist erleichtert, nicht mehr zwanzig zu sein, erleichtert, dass die sechziger Jahre vorbei sind. Und die siebziger. Im Flugzeug trinkt er ein Bier, erst eins, dann noch eins, sein Sitznachbar – ein vietnamesischer Geschäftsmann – schläft, schnarcht, murmelt im Traum vor sich hin; es war für sie alle ein langer Tag. Aber Owen ist wach, er sitzt gelöst auf seinem Platz, sein Körper ist entspannt, und er blickt durch das Flugzeugfenster, es ist unmöglich, bis auf die Erde zu sehen, alle Konturen sind von der Nacht und den Wolken verwischt; der Himmel ist bewölkt. Er sieht nur das regelmäßige, grüne Licht an der Flügelspitze. Hätte er auf der anderen Seite der Kabine gesessen, wäre das Licht rot gewesen, damit die anderen Flugzeuge und das Bodenpersonal sehen können, in welche Richtung sich das Flugzeug bewegt. Und dann die Positionslichter, die Antikollisionslampen: ein weißer Puls, der in regelmäßigen Abständen von den Flügelspitzen abgeschossen wird und die Tragflächen und die Umgebung für eine halbe Sekunde erleuchtet. Es verschafft ihm ein Gefühl für Raum und Zeit; er ist in Bewegung. Auf dem Flughafen von Saigon ergattert er neue Tickets, er hat keine Lust, noch länger zu bleiben, aber nach New York will er auch nicht zurück. Er weiß nicht mehr, wo er hingehört. Er ist kein Amerikaner, er ist eine Fälschung, ein Betrüger. Er sehnt sich danach, an einen Ort zu gehören. Er studiert die Abflugtafel: Malaysia Air nach Kuala Lumpur, fünf Stunden Transit, dann weiter nach Australien. Eine Idee. Günstige Tickets. Oder jedenfalls im Rahmen. Aber in Australien hat er nichts zu suchen. Auch nicht. Noch einmal fünf Stunden an Bord eines Flugzeugs. Die Sonne geht unter, wieder ist es unmöglich für ihn, die Umgebung zu sehen, die spärlich besiedelten Landschaften unter ihm erstrecken sich endlos. In der Dunkelheit landet er in Perth. In diesem Land war er schon einmal, aber nicht in dieser Stadt, sie ist nicht so, wie er es sich vorgestellt hat. Er nimmt ein Taxi vom Flughafen, weiß nicht, wo er hinwill, er sagt, das wolle er erst später entscheiden. «Können wir nicht einfach ganz langsam in die Stadt hineinfahren?», bittet er den Fahrer. «Ich würde mich gern erst ein bisschen umschauen.» Es ist ein Uhr nachts, fast halb zwei. «Jetzt? Aber es ist doch stockfinster», erwidert der Fahrer verwirrt. «Trotzdem», sagt Owen, «ich will mich trotzdem umschauen.» Er ist aufs Geratewohl hergekommen, er weiß bereits, dass ihn die Reise ruinieren wird, dass er sie sich nicht leisten kann. Er wird ein Hotel zahlen müssen und, wenn er nicht über Saigon zurückfliegt, auch neue Tickets, und das wird sein Budget übersteigen, er sollte nach Vietnam zurück; es scheint undenkbar, dorthin zurückzukehren. Er wird seine ursprünglichen Flüge mit American Airlines von Saigon über Tokio-Narita nach New York verfallen lassen. Sie werden seinen Platz erneut verkaufen oder leer nach Japan fliegen, und die anderen Passagiere werden nicht wissen, dass dort eigentlich jemand hatte sitzen sollen. Es ist Morgen, es ist Morgen in Australien, und Winter, sechzehn Grad, ein kalter Wind. Er wohnt im Duxton, einem guten Hotel auf St. Georges Terrace, viel schöner, als es seine Finanzen erlauben. Eigentlich erlauben sie gar nicht erst, dass er hier ist, also kann er genauso gut anständig wohnen. Er will im Duxton wohnen. Zwei Straßen vom Swan River entfernt, er braucht zu Fuß nur ein paar Minuten dorthin, von hier aus kann er am Fluss entlangspazieren, zum Glockenturm bei der kleinen Marina, vielleicht noch weiter, zum Kings Park und zum Botanischen Garten, wo es ihm gefällt. In den nächsten Tagen geht er immer dorthin, zum Café am kleinen Teich in der Parkmitte, er setzt sich auf einen Stuhl und macht einfach nichts. Zwei Tage lang spaziert er durch den Kings Park, als ihn der Gedanke durchfährt, dass er sich genauso gut hier niederlassen, für immer hier wohnen bleiben könnte. Den ganzen Scheiß hinter sich lassen. Tabula rasa. Er könnte seine Sachen aus New York nachschicken lassen, das wenige, was er braucht, viel ist es nicht. Er könnte Max bitten, sich darum zu kümmern. Er könnte hier wohnen, und ihm fällt ein, dass es auch einmal so geplant gewesen war, hier zu wohnen, in Perth, ein loser Plan, eine Lösung: er und Eric und Agatha. Eric ist tot, er weiß nicht, ob Agatha noch lebt, ob sie immer noch hier wohnt, es ist nicht sicher, dass sie nach vierzig Jahren noch hier ist. Sie würde ihn nicht wiedererkennen. Aber er hätte hier wohnen können. Hierhergehören können. Genau hier. Nirgends sonst. Hier. Hier. Genau hier. Hier hätte er seine Schuhe unter den Kleiderständer stellen können, wenn er nach Hause gekommen wäre, vielleicht nach Fremantle, dort wohnte sie wohl. Agatha. Hier hätte er seine Schuhe ausziehen sollen. Genau hier. An keinen anderen Ort gehen oder zurück. Sondern hierbleiben. Mit einer Frau, die Erics Freundin ähnelte. Agatha. Einer wie ihr. Er war in sie verliebt. Es war einfach so passiert. Und auch in Fairfax, CA, war er noch in sie verliebt gewesen. Er war mit Martha zusammen, weil er nicht mit Agatha zusammen war. Er hätte hier wohnen können. Mit einer wie ihr. Einfach nur ihr. Hier. Er weiß nicht, ob sie noch lebt und ob sie nach wie vor hier ist. Genau hier. Owen und Agatha, er sieht es vor sich, er weiß noch genau, wie sie bei ihrer ersten Begegnung aussah, sie kam die Treppe des Hotels in Sydney herab, trug ein Kleid. Er verliebte sich in sie, und es war nicht seine Schuld. Er ging. Und er ging nicht zurück. Er hätte zurückgehen können. Bleiben können. Hier. Jetzt ist er hier. Genau hier. Es ist nicht undenkbar, dass er hier hätte wohnen können. Hierhergehört hätte. Perth. Ein Außenposten mit anderthalb Millionen Einwohnern und Tausenden Kilometern Outback vor Adelaide, Canberra, Sydney, Brisbane. Er wird nicht in Perth wohnen. 67 Hope Street. Dort wohnte sie, jedenfalls Anfang der siebziger Jahre, es ist ein Wunder und eine Katastrophe, dass er sich immer noch daran erinnert, er kennt sie kaum und erinnert sich an ihre Adresse, so wie er sich auch Telefonnummern und Geburtstage von Leuten merkt, die er nicht mehr kennt. Er nimmt einen Bus nach Fremantle, fragt sich durch und findet die Straße und das kleine, hellblaue Holzhaus oben auf dem Hügel, zwei Fenster, die zur Straße hinausgehen, ein winziger Gemüsegarten und ein an der Wand lehnendes Fahrrad, unter einem Akubra-Hut an einem Haken; er klingelt. Er kommt vom anderen Ende der Welt, es ist fast vierzig Jahre her, und er kennt sie nicht. Er klingelt. Wartet. Klingelt erneut. Es ist ein schönes Haus, ihm gefällt, dass es so klein ist; ihm hätte es gefallen, hier mit ihr gemeinsam zu wohnen, in einem Haus, so klein, dass er sie nie aus den Augen verloren hätte. Er hätte unter der Dusche stehen und sie hören können. Er hätte in der Küche stehen und sie sehen können, im Wohnzimmer oder im Schlafzimmer, wo sie sich gerade umzog, weil sie noch ausgehen wollten. Sie hätte ihm in der Küche zusehen können. Große Häuser sind eine Lüge, die Wände täuschen. Man kauft sich kein großes Haus, oder eine große Wohnung, wenn man zusammenbleiben will. Man kauft sie sich, wenn man sich aus dem Weg gehen will. Die glücklichsten Menschen wohnen immer unter schlimmsten Bedingungen: kleine Zimmer, ein abgelaufener Boden, billige Möbel; eine chaotische Küche. Dies hätte seine Straße sein können, er wäre sie jeden Morgen entlanggegangen, geradeaus und dann nach links, bis zur nächsten Straßenecke, wo der Bus hielt, mit dem er zur Arbeit gefahren wäre. Er weiß nicht, wo er gearbeitet, was er gemacht hätte. Er hätte alles machen können. Und wenn er nach Hause gekommen wäre, hätte sie auf ihn gewartet oder schon mit dem Kochen begonnen. Das erinnert an einen Groschenroman. Oder einen Hausfrauenporno. Lächerlicher Kitsch. Ein Mann mit Brille öffnet die Tür, er ist Mitte dreißig, nur halb bekleidet, hat dünnes Haar, eine Zigarette im Mundwinkel und die Tageszeitung in der Hand; er ist gerade erst aufgestanden, obwohl es schon spät am Vormittag ist. Er starrt Owen an, und als Owen nach ihr fragt, erwidert er: «Nie gehört.» Das überrascht sie beide nicht. Owen erklärt die Lage, und der Typ gähnt, für ihn ist es zu früh. «Nein, tut mir leid.» Ehe sich Owen wieder in den Bus zurück zum Hotel setzt, geht er die High Street und die Market Street entlang, er will ins Zentrum, wo sie früher unterwegs gewesen ist. *Hier hat sie eingekauft*, denkt er, *hier könnte sie entlanggelaufen sein, genau hier, dies könnten ihre Stammläden gewesen sein*. Er hätte sich hier mit ihr zusammen wohlgefühlt. Aber er wohnt hier nicht. Er bleibt im Hotel, das er sich nicht leisten kann. Tagsüber sitzt er auf Bänken und in Cafés in der Nähe des Hotels, er streift durch die Läden, er kann sie nirgends sehen. Sie muss jetzt Ende fünfzig sein, er ist sicher, dass er sie sofort wiedererkennen würde. Er geht zur Northbridge, nimmt Taxen, nach Subiaco, Nedlands, Peppermint Grove, nach Scarborough Beach und Cottesloe Beach, wo die Leute bibbernd ihre Hunde ausführen und auf den Sommer warten; er fährt nach Burswood, Applecross, Bicton, South Perth, Victoria Park, Lathlain; noble Vororte, üble Vororte, und verbringt in jedem davon ein paar Minuten oder eine Stunde: Rivervale, Ascot, Belmond, Redcliffe, Mount Lawley, Maylands, Darlington, Glen Forrest, Kalamunda, Rockingham, Mount Pleasant, Rossmoyne, Joondalup, Shelley, Como, North, East, West Perth. «Es gibt zweihundert Vororte», sagt der Rezeptionist im Hotel und markiert auf einer Karte jene Bereiche, deren Besuch er dem Hotelgast empfiehlt. Owen nimmt das Boot hinaus nach Rottnest Island und sucht zwischen den Quokkas nach ihr. «Aber Sie werden ja doch nicht alles abklappern können, nie zur richtigen Zeit am richtigen Ort sein», gibt der Rezeptionist zu bedenken. Abends, wenn er das Hotel verlässt und wieder das Viertel um die Hay Street ansteuert, spricht er die Leute auf der Straße an. «Agatha», sagt er und nennt ihnen die alte Adresse in Fremantle. «Ich würde sie gern finden», sagt er. «Sie ist wohl fast sechzig», sagt er. «Anfang der siebziger Jahre war sie mit einem Freund von mir zusammen», sagt er. Es macht keinen Unterschied. Er sieht sie die ganze Zeit, oder jedenfalls redet er es sich ein; er glaubt, sie wäre die Frau, die am Morgen auf der anderen Straßenseite entlanggeht, und später, am Nachmittag, diejenige, die gerade um die Ecke biegt, als er mit dem Taxi vorbeifährt und für einen Moment überlegt, ob er den Fahrer bitten soll, anzuhalten, damit er ihr hinterherlaufen, sie einholen kann. Dann erkennt er gerade noch, dass sie es doch nicht ist, sondern nur eine, die ihr ähnlich sieht, wenn überhaupt, die bestenfalls vage an sie erinnert, so wie alle anderen Menschen mit der gleichen Haarfarbe oder Haarlänge oder Körperhaltung – oder möglicherweise auch nur mit den gleichen Schuhen, eine Armee von Doppelgängerinnen, eine Nation von Imitaten und Reproduktionen, eine höhnische Erinnerung daran, dass er zu spät kommt. Also bleibt er länger, noch ein paar Tage, drei Tage, läuft weniger, sitzt mehr herum. Er hält sich an seine Plätze: das Café im Kings Park, den Campus der University of Western Australia; vier Stunden auf einer Bank in der Hay Street. Ein gleichmäßiger Strom von Fußgängern treibt an ihm vorüber, keine davon ist seine Fußgängerin; er mustert sie alle, positioniert sich gut sichtbar. Er wartet darauf, entdeckt zu werden, und will es doch nicht; auf der anderen Seite wünscht er sich das Unmögliche, das himmelschreiend Unwahrscheinliche, dass sie hier wohnt, in dieser Stadt, und sich hier aufhält, in derselben Straße wie er, zu genau dem Zeitpunkt, an dem er auf einer Bank sitzt und darauf wartet, dass sie ihn wiedererkennt und alles stehen und liegen lässt; und andererseits: die Angst, dass genau das passieren könnte. Dass die Entropie abnehmen könnte. Deshalb ist es eine enorme Erleichterung für ihn, als er an jenem Morgen in seinem Hotelzimmer aufwacht und die Entscheidung feststeht: *Er reist ab.* Er muss zurück in die USA, eigentlich hat er keine Wahl, ihm geht das Geld aus, er hat schon viel zu viel ausgegeben, war zu lange hier, das muss jetzt ein Ende haben. Schließlich weiß man, aus welchem finanziellen Ruin man sich wieder aufrappeln kann. Er muss los. Doch um zurückzukönnen, muss er das machen, was jetzt, nachdem er die Folgen seines Handelns kennt, geradezu widersinnig erscheint: Er muss seine Kreditkarte aus der Hand geben. Er muss sie dem Rezeptionisten geben, damit der seinen Namen und die Zahlen davon abtippen kann, auch die entscheidenden Ziffern, auf der Buchungsseite der Fluggesellschaft. Er muss dafür sorgen, dass ihm jemand die Heimreise organisiert. Er ist ein alternder Mann, ein Amerikaner über sechzig, der kein Amerikaner ist, aber über sechzig, und es gibt eine Zeit, wo sich selbst die einfachsten Dinge nicht mehr regeln lassen. Er sitzt in einem Taxi auf dem Weg zum Flughafen, als ihm dieser Gedanke durch den Kopf schießt, und dann ein anderer: Auch hierher wird er nie mehr zurückkommen. Und dann: eine Flugreise. Einunddreißig Stunden. Erst quer durch Australien, nach Melbourne, weiter über den großen Teich nach Los Angeles. Mehr als vierzehn Stunden auf demselben Platz. Er sitzt am Fenster, schläft, wacht auf, liest, wieder und wieder dieselben Zeitschriften, und dadurch vergeht die Zeit; er hat es nicht eilig. Er fliegt in den Morgen hinein, passiert die internationale Datumsgrenze, und als er benommen und erschöpft in LAX herumirrt und nach dem Gate des American-Airline-Flugs sucht, der ihn das letzte Stück über Amerika bringen soll, ist es vier Stunden früher, als es war, als er Melbourne verlassen hat. Noch immer derselbe Tag, als wollte er ihn nicht mehr loslassen. Als er in JFK landet, spürt er nichts als Erleichterung, Ruhe. Eine enorme Schlichtheit, alles ist einfach geworden. Er ist zurück, aber nicht zu Hause. So ist es. Alles hat Konsequenzen. Er lebt nicht in einem Groschenroman. Er hat keine stolzen Muskeln, sondern einen Bauchansatz. Schuppen auf den Schultern, buschige Augenbrauen. Beginnende Inkontinenz. Wenn er mit jemandem ins Bett gehen wollte, müsste er sicher dafür bezahlen; sie würde den strengen

Uringeruch in seiner Unterhose bemerken, während sie ihn auszieht (falls er sich nicht sogar selbst ausziehen muss, er weiß nicht, wie so etwas abläuft, auch das ist sicher unterschiedlich), und eine zusätzliche Bezahlung verlangen, im Voraus, und würde ihn bitten, sich vorher zu waschen, und während des gesamten Vorgangs die Augen geschlossen halten. Sie würde nicht über Nacht bleiben. Er ist kein freundlicher Opa, dem man das Beste wünscht, er ist einfach nur ein alternder Mann. Jeder Tag bietet die Chance, Buch über die eigenen Verluste zu führen, die Niederlagen. Er wird nicht mehr zu den Treffen der Vietnamveteranen in Brooklyn gehen. Das ist vorbei.

4

Wir standen vor dem Kalksteingebäude, Mischa, Owen, Mordecai und ich, bibbernd in der beißenden Märzkälte, und sahen aus, als müssten wir zu einer Beerdigung.

«Und jetzt?», fragte ich.

«Von hier sieht es gar nicht so schlimm aus», sagte Mordecai und hatte damit wohl recht. Von außen betrachtet, war das Apthorp immer noch eine beeindruckende Erscheinung, eine etwas verlebte Monstrosität auf der Upper West Side. Wie eine verführerische Nachtclubsängerin, die, erst nachdem du sie überredet hast, mit zu dir zu kommen und ihre Hüllen fallen zu lassen, ihre mangelhafte Intimhygiene offenbarte.

«Gekauft hat er es wohl trotzdem», sagte Owen hustend, er war erkältet.

Wir waren vorbereitet. Die Gerüchte kursierten schon seit Monaten, und Cyndi aus der 10F kannte sie alle, vor allem dieses: *Das Apthorp wird verkauft.* Und dieses: *Die Besitzer, 390 West End Associates, befinden sich schon in Verhandlungen.* Mit den ursprünglichen Besitzern hatte sie selbst verhandelt – sie hatte sie verklagt und gewonnen – und eine Mietminderung durchgesetzt, von mehr als dreitausend Dollar im Monat auf läppische tausend. Und jetzt hatte sie einen Typen, den sie wiedererkannt hatte, einen bekannten Immobilienhai, dabei beobachtet, wie er den paradiesisch versteckten, springbrunnengeschmückten Innenhof inspizierte, und zwar mit, wie sie es ausdrückte, *unverhohlener Begeisterung.* Das kam nicht gerade überraschend, wir verstanden zu gut, warum man das Gebäude und die immer lästigeren Mieter loswerden wollte, die ihre Wohnungen mit Zähnen und Klauen verteidigten. Sobald man ins Gebäudeinnere kam, bot sich ein ganz anderer Anblick. Der Sanierungsbedarf war von *empfohlen* über *notwendig* auf *dringend* gestiegen, und das Genörgel von uns Bewohnern, die diese Gemächer von vergangener Größe bewohnten, hatte im selben Maße an Lautstärke zugenommen. Wir beschwerten uns über den Zustand des Kellers und dass nichts in der «Mäusefrage» unternommen wurde, die sich nun auf mehrere Wohneinheiten ausgeweitet hatte (Mrs. Berkovitz, die fünfundneunzigjährige Holocaustüberlebende aus dem dritten Stock, die während des Nationalsozialismus ihren Mann und ihren Sohn verloren hatte, während sie sich zunächst in Warschau verstecken konnte und dann über Schanghai und Kuba nach New York geflohen war, hatte eilige Prozessionen von Pelztieren über ihren braunen Eichenboden huschen sehen, als sie abends vor dem Fernseher saß; erst als einige der Nager auch nachts durch die vielen Wolldecken bis zu ihr vorgedrungen waren – die Heizungen in ihrer Zweizimmerwohnung funktionierten schon seit November nicht mehr richtig –, hatte sie gehandelt und uns im Vertrauen davon erzählt: *Ich will nicht klagen, aber allmählich wird es doch etwas unangenehm*), und auch nicht gegen die Bleifarbe an den Wänden; wir äußerten unseren Unmut über das Asbest in den Rohrummantelungen, die umfassenden Wasserschäden in den obersten Wohnungen, die defekten Klingeln und die ständig ausfallende Zentralheizung; wir beschwerten uns immerzu über das Wasser, das morgens bestenfalls rostig und braun aus den Hähnen lief und schlimmstenfalls taubenfederhaltig war.

Cyndi sollte recht behalten. Am 9. November 2006 wurde das Apthorp für die hübsche Summe von vierhundertsechsundzwanzig Millionen Dollar an den Immobilienmagnaten Maurice Mann verkauft. Der New York Times gegenüber äußerte dieser, schon bei seinem ersten Besuch im Innenhof gewusst zu haben, das Gebäude unbedingt besitzen zu müssen. Für ihn sei das Apthorp die größte Trophäe auf der Upper West Side, erklärte er und beruhigte die Mieter damit, er wolle die 163 Wohneinheiten unverändert lassen und nicht in Eigentumswohnungen umwandeln. *Mehr als die Hälfte der Wohnungen fallen sowieso unter das Gesetz zur Mietpreisbindung oder -stabilisierung, daran werde auch ich nichts ändern können.* Aber Cyndi traute ihm nicht. «Wartet mal ab, ihr werdet schon sehen», sagte sie. Wir warteten, wir sahen, und auch diesmal sollte sie recht behalten. Anfang März

2007, ein paar Wochen nachdem das Eingangsportal an der West End Avenue, wo Antichrist gewirkt hatte, für immer geschlossen wurde – wegen angeblich bevorstehender Renovierungsarbeiten –, erreichte uns die beunruhigende Nachricht, dass das Unternehmen Africa Israel Investments Ltd., an dessen Spitze ein mysteriöser Multimilliardär namens Lew Lewiew aus Usbekistan stand, fünfzig Prozent des Gebäudes erworben habe. Ein Mann, der unter anderem durch den Aufkauf des Times-Gebäudes in der 42nd Street, seine enge Freundschaft zu Wladimir Putin und diverse ominöse Investitionen in die angolanische Diamantenförderung und den jüdischen Siedlungsbau von sich reden gemacht hatte. Tags darauf schrieb das Wall Street Journal, das Apthorp werde unter der Federführung von Mann in einen Komplex mit Eigentumswohnungen umgewandelt. Keiner der Eigentümer wollte irgendetwas bestätigen oder dementieren. Lew Lewiew äußerte sich ohnehin nicht, er hielt sich höchstens ein paar Tage im Jahr in den USA auf. Er nahm das Apthorp unbesehen und unkommentiert. Wir waren uns nicht sicher, ob ihm überhaupt klar war, dass hier jemand wohnte, und noch viel weniger, ob ihn das interessierte. «Du glaubst, du hättest den schlimmstmöglichen Vermieter», sagte Steve aus dem achten Stock des C-Flügels lakonisch, «und dann kommt dieser Typ an. Jetzt mal im Ernst.» Er gehörte zu den Ersten, die das Gebäude räumten, er suchte sich eine neue Wohnung irgendwo anders in der Stadt.

In diesem Frühling lernten wir viel über Mietrecht. Wir eigneten uns den Jargon an, übernahmen die Fachbegriffe und warfen damit um uns, bis sie zu einem Schutzpanzer wurden, der uns genauso stark machen sollte wie die Kräfte, die gegen uns arbeiteten. Wir blieben bis spät in die Nacht wach und rechneten, in diesem Sommer konnte man wahrscheinlich das Klappern der vielen Taschenrechnertastaturen hören, das durch die offenen Fenster drang und im Innenhof widerhallte, während wir alle wieder und wieder dieselben Rechnungen aufmachten, in der Hoffnung, diesmal zu einem besseren Ergebnis zu gelangen; mal voller Optimismus in den Fingern, dann wieder mit konservativen Größen und Worst-Case-Szenarien im Hinterkopf.

Wir hofften, wir könnten uns Zahlen herbeirechnen, die für uns akzeptabel waren, aber die Endsumme stürzte uns doch wieder in Dunkelheit und Verzweiflung. Es war unschwer zu erkennen: Die meisten von uns würden es sich nicht leisten können, hier wohnen zu bleiben, wir würden vor die Tür gesetzt werden. Wir waren Mieter einer untergehenden Welt. Wir würden es uns nie wieder leisten können, in einer solchen Gegend zu wohnen; wir würden vergessen, wie viel dreihundert Quadratmeter waren.

Es wurde Juli, eine infernalische Hitze lag über der Stadt, und die Klimaanlage funktionierte nicht. Wir schliefen schlecht. Noch wollten zwar weder Mann noch Lewiew die Gerüchte über die Eigentumswohnungen bestätigen oder dementieren, doch als in den Sommermonaten die Verträge der Bewohner ausliefen, die bereits eine an den freien Markt angepasste Miete zahlten, kamen die ersten, unstrittigen Beweise: Eine Zweizimmerwohnung im dritten Stock sollte über Nacht plötzlich nicht mehr sechstausend Dollar im Monat kosten, sondern fast fünfzehntausend. Die großen Fünfzimmerwohnungen explodierten von vierundzwanzigtausend auf vierzigtausend Dollar im Monat, einige sogar auf vierundfünfzigtausend. «Niemand wird zum Auszug gezwungen», sagte Mann und betonte, die neuen Preise seien «mit den Preisen von vergleichbaren Wohnungen in vergleichbaren Gebäuden vergleichbar».

Die Gerüchte breiteten sich mit derselben Geschwindigkeit aus wie die Paranoia. Der zweite Vorsitzende der Mietervereinigung war überzeugt, dass die neuen Besitzer jene ausspionierten, deren Wohnungen unter die gesetzliche Mietbegrenzung fielen, und heimlich ihre Leute auf unsere Treffen einschleusten, andere Bewohner berichteten von geheimnisvollen Schreiben, die in ihren Briefkästen lagen, von einem Absender namens AJ Clarke Real Estate Corp.; sie deuteten mögliche Vereinbarungen an, von denen «beide Seiten profitieren würden». Manche Mieter erzählten auch von ganz konkreten Angeboten, von Summen im unteren sechsstelligen Bereich dafür, dass man dem Apthorp den Rücken kehrte und seine mietregulierte Wohnung für immer verließ. Diese Angebote wurden später zurückgezogen und geleugnet.

Und das war noch nicht alles: Anfang August zogen drei Briten in das Gebäude, weniger als eine Woche nach Maurice Manns Rückkehr aus einem angeblichen langen «Urlaub» in Europa. Wir sahen die Engel in der Architektur nicht mehr; wir sahen Gespenster auf den Fluren.

Und dann: die Gewissheit. Wenn man es so nennen kann. Am Nachmittag des 28. August erhielten alle Bewohner die Aufforderung, am Eingang Ecke Broadway zu erscheinen, um ein Exemplar des sogenannten *Red-Herring*-Prospekts in Empfang zu nehmen. Feierlich und sibyllinisch wurden wir gebeten, unseren Führerschein abzugeben, damit er abfotografiert werden konnte, ehe wir jeweils ein Exemplar des 638 Seiten langen Dokuments überreicht bekamen. Und eine knappe Stunde später klopften Apthorp-Angestellte an unsere Türen, um sie wieder einzusammeln. Niemand konnte so schnell lesen. Zwar erhielten wir in der drauffolgenden Woche auch einen Brief, in dem wir darüber informiert wurden, dass wir unser persönliches Exemplar auf der Post abholen konnten, aber die meisten scheuten sich davor, weil sie überzeugt waren, dass ihnen dort, wenn überhaupt, nur eine Räumungsklage ausgehändigt würde. Das erwies sich glücklicherweise als falsch, der Ordnung halber enthielt das zwei Kilo schwere Dokument auch den Satz «Kein Mieter wird aufgrund der Umgestaltung von Mietwohnungen zu Eigentumswohnungen zu einer Räumung gezwungen». Wir stießen einen Seufzer der Erleichterung aus, und wer einen Anwalt hatte, schickte die Papiere gleich an ihn weiter, woraufhin dieser mit einem Röntgenblick jedes Detail prüfte, auf der Suche nach Schlupflöchern und Überlebensstrategien für seine nervösen Mandanten. Doch es gab nur wenig Grund zur Beruhigung, die Drucksache präsentierte die neue Vision schwarz auf weiß: Das Apthorp sollte als ultraexklusiver Wohnkomplex wiederauferstehen, und das Sahnehäubchen des Katalogs war eine herzlose Liste über die potenziellen Summen, mit denen man beim Verkauf der Wohnungen rechnete, wenn sie ein gutes Jahr später auf den Markt gebracht wurden. Die 2J beispielsweise, mit ihren vier Zimmern und 312 mietpreisgebundenen Quadratmetern, wurde mit 8 450 000 Dollar veranschlagt (die Bewohner, die sich noch darin befanden, bezahlten dagegen knapp tausend Dollar im Monat und hätten somit siebenhundertvier Jahre und ein paar Monate darin wohnen bleiben müssen, ehe sich der Kauf für sie lohnte); die 5F, die mit ihren 470 Quadratmetern größer und nicht mietpreisgebunden, sondern nur stabilisiert war, wurde auf zwölfeinhalb Millionen Dollar geschätzt, die 10F, in der Cyndi lebte, auf 6 150 000 Dollar. Um noch eine Weile bei den Zahlen zu bleiben: Insgesamt würde ein Verkauf aller 163 Wohnungen im Apthorp den neuen Besitzern 893 511 750 Dollar einbringen – mehr als das Doppelte der Summe, die Mann und Lewiew beim Kauf hingeblättert hatten. Ihr Problem war nur, dass selbst nach mehreren schamlosen Mieterhöhungen lediglich ein geringer Teil der Wohnungen leer stand, bereit zur Renovierung und Weiterveräußerung, und schlimmer noch: dass ganze 96 Einheiten in der Realität unantastbar waren, es sei denn, diese lästigen Leute, die auf ihren vorteilhaften Mietverträgen hockten, würden sterben, oder besser noch, damit man nicht so lange warten musste: aufgeben und abhauen. Darunter fiel auch Owens Wohnung. Die neuen Eigentümer konnten protestieren und schreien und zetern, so viel sie wollten, sie würden damit höchstens erreichen, dass sie heiser wurden. Glaubten wir. Bis wir verstanden, was sie eigentlich vorhatten und womit sie schon lange im Gange waren: Sie versuchten uns auszuräuchern. Das Feuer, das sie entfacht hatten, war die mangelnde Instandhaltung dieser Wohnungen, sie übertraf alles, was wir ohnehin schon gewohnt waren. Die übliche Langsamkeit, mit der man erst nach diversen Anrufen kleinere Mängel in unseren Wohnungen behoben hatte, wurde jetzt zum reinsten Psychoterror. Man rief an, um sich über die dunklen Hausflure zu beschweren, weil die Glühbirnen kaputt waren, und eine verständnisvolle Stimme am anderen Ende versprach, das Problem würde schon am nächsten Tag behoben, *bald ist alles wieder in Ordnung*, sagte sie. Doch niemand kam. Man rief erneut an, bekam dasselbe Versprechen und wartete noch einmal vergebens, irrte so lange durch die dunklen Flure, bis genug Zeit vergangen war, um einen dritten Anruf zu tätigen, in etwas schärferem Ton, aber die Mitarbeiterin von der Instandsetzungsabteilung versicherte noch einmal wohlwollend, man sei an der Sache dran, aber zurzeit gebe es so einiges, das man umgehend reparieren wolle / solle / müsse, und sie würden auf Hochtouren arbeiten. Maximale Kapazität. Man konnte das Knirschen des gemütlichen Lehnstuhls hören, in dem sie saß, während sie telefonierte. Das unterdrückte Gähnen. Die Langeweile. Wenn man ein viertes, fünftes, sechstes Mal anrief und bald verzweifelt, bald mit wütend erhobener Stimme seine Meinung sagte und die Person am anderen Ende der Leitung beschimpfte, änderte das noch immer nichts an der Haltung der Apthorp-Angestellten. *Wir kümmern uns, so schnell es geht*, sagten sie nur. *Wir tun unser Bestes.* Viele Mieter gaben irgendwann auf, kauften eigenhändig Glühbirnen und bekamen wieder Licht im Hausflur; wir informierten uns über Schwachstrom und Siphons und wurden unsere eigenen Elektriker und Klempner, wir tauschten Klingeln und Sicherungen und Dichtungen aus. Einige tätigten jedoch weiterhin Anrufe und schickten Briefe, um sich zu beschweren, weil sie nicht anders konnten oder wollten; sie machten es sich zur Aufgabe, jeden Tag einmal anzurufen und pro Woche mindestens einen Brief zu schicken, voller Verweise auf die unumstößlichen Mietgesetze des Staates New York hinsichtlich nach 1900 erbauter Wohnkomplexe, gespickt mit Fußnoten und Angaben zu Präzedenzfällen und früheren Verfahren. Die neue Apthorp-Verwaltung parierte die Anfrage kühl mit einer Abmahnung des Mieters wegen Vernachlässigung der ihm obliegenden Sorgfalt (inklusive aufgeführten Hinweisen auf eine Verwahrlosung der Mietwohnung wie Ameisen in Blumentöpfen, Ameisen, die sich angeblich nachweislich auf andere Gebäudeteile ausgebreitet hätten) in fünffacher Kopie und mit einer Räumungsandrohung. Hinzu kam der ständige Baulärm aus den Wohnungen, die verlassen worden waren und jetzt umfassend saniert wurden, er ging los, wenn die ersten Vögel zu zwitschern begannen, und endete erst, wenn sich die Obdachlosen im Park zur Ruhe betteten, im Vergleich dazu klang selbst die jährliche Puerto Rican Day Parade auf der 5th Avenue diesmal leidenschaftslos. So habe ich den Herbst 2007 in Erinnerung: als eiskalte Jahreszeit, in der wir tiefe Schützengräben gruben, und jeden Morgen schnupperten wir im Hof nach Gas und horchten auf herannahenden Donner; wir warteten auf die Flöte, in die eines Tages geblasen werden würde, und dann würden wir siegreich hinausklettern oder im Schlamm zugrunde gehen.

Innerhalb unserer – zumindest vorübergehend – eigenen vier Wände spielte sich ein anderer Kampf ab, weniger dramatisch und viel subtiler, aber gleichwohl real. Seit über zwei Jahren wohnte Mordecai nun schon in meinem Arbeitszimmer, während wir mit der *Bob-Ross*-Inszenierung beschäftigt waren, und seit über zwei Jahren hatten weder Mischa noch Owen ein Machtwort gesprochen oder auch nur in irgendeiner Weise ihr Missfallen darüber geäußert. Wobei, Letzteres stimmt wohl nicht ganz, wenn ich ehrlich bin. Mischa hatte schon vor zwei Jahren, noch am ersten Abend, als sie gerade von ihren Familientagen aus Toronto zurückgekehrt war, verhältnismäßig deutlich zum Ausdruck gebracht, dass sie dieses Arrangement ziemlich seltsam fand. Und die Zeit hatte sie nicht milder gestimmt. Wir lagen nebeneinander im Bett, bei ausgeschaltetem Licht, zum Schlafen bereit, als sie ein paar Worte fallenließ, einen beiläufigen Kommentar, mehr nicht, aber genug, damit ich antwortete und eine neue Bemerkung ihrerseits auslöste, und am Ende hatten wir stundenlang im Dunkeln gelegen und diskutiert. Mischa hatte das Apthorp immer geliebt, und sie betrachtete die Wohnung genauso sehr als die ihre, wie Owen und ich es taten, obwohl nur Owens Name im Mietvertrag stand und wir unseren monatlichen Beitrag direkt an ihn überwiesen. In den ersten Jahren war uns die Wohnung unfassbar groß erschienen, doch mit der Zeit hatten wir uns an die ungläubigen, kopfschüttelnden Reaktionen gewöhnt, wenn wir den Leuten erzählten, wo wir wohnten und wie viel Platz wir hatten und wie wenig wir dafür bezahlten; uns gefiel es, ja, wir machten uns geradezu in dem Bewusstsein breit, dass wir, ausgerechnet wir, den Goldesel gefangen hatten und an einem Ort wohnten, von dem man normalerweise nur träumen konnte. Doch ein jedes Haus und eine jede Wohnung verliert mit den Jahren an Glanz, selbst der fabelhafteste Wohnort wird zur Gewohnheit, wenn man die Türklinke nur oft genug heruntergedrückt hat und zehntausend Mal über denselben Boden gelaufen ist, wenn man lange genug dieselben

Räume bewohnt und dieselbe Aussicht genossen hat. Irgendwann kommt eine Zeit, in der die Fehler, Mängel und Abnutzungserscheinungen viel deutlicher zutage treten und in der selbst das, was einmal fehlerfrei und neu war, plötzlich deutliche Ermüdungsbrüche zeigt und weder eine weitere Ummöblierung noch ein Frühjahrsputz oder neue Sofas und Teppiche sie verbergen können oder die neue Perspektive oder ersehnte Frische bringen. Bedauerlicherweise galt dasselbe auch für die Beziehungen zwischen denen, die ihr Leben in diesen vier Wänden verbrachten. Und sie lassen sich noch viel weniger rundum erneuern. Ich glaube, es war in einer Nacht, in der wir im Dunkeln lagen und miteinander redeten und sich keiner von uns zur Seite streckte, um die Nachttischlampe anzuknipsen, wir ließen das Licht aus, wodurch unsere Stimmen sanfter und gleichzeitig klarer erschienen, als Mischa zum allerersten Mal die Bemerkung fallenließ, dass an diesem Bibelzitat, alles hat seine Zeit, etwas dran sei. «Ich meine», sagte sie, «wenn unsere Miete genauso erhöht wird wie in den anderen Wohnungen, ist das vielleicht ein Zeichen. Dass wir uns weiterbewegen sollten. Wir sind jetzt seit dreizehn Jahren hier. *Dreizehn.* Wir wohnen immer noch mit deinem Onkel zusammen. Und Mordecai ist jetzt schon das zweite Jahr da, auf unbestimmte Zeit, wie mir scheint. Ich weiß nicht, ich glaube nur nicht … so habe ich es mir jedenfalls nicht vorgestellt. Dass wir so lange hierbleiben würden. Dass *sie* so lange bleiben würden. Ich meine, ich mag deinen Onkel, ich mag Owen furchtbar gern, keine Frage, aber weißt du, *enough already.* Ich habe irgendwie nicht so richtig gedacht, dass wir hier alle für immer wohnen würden, sondern eher als Übergangslösung. Irgendwie werde ich den Gedanken nicht los, dass er uns jedes Mal hört, wenn ich mit dir schlafe. Ich weiß, dass es nicht so ist, aber ich denke jedes Mal daran, verstehst du? Es ist, als würde man bei seinen Schwiegereltern wohnen, nur ohne Regeln. Bei Schwiegereltern, die Klavier spielen und völlige Stille brauchen, um auch nur eine Note spielen zu können. Und Mordecai … bleibt er, geht er, wird er sich etwas Eigenes suchen, hat er nicht eigentlich schon was Eigenes, sollen wir weiterhin abwarten? Im Grunde kannst du auch gleich Gabe fragen, ob er nicht einziehen will, dann könnten wir ein paar Etagenbetten aufstellen und ein YMCA für Künstler aufmachen. Wir sind aus dem Grund hergezogen, dass wir mehr Platz haben wollten, mehr Platz, als wir es uns je hätten träumen lassen. Aber jetzt? Manchmal ist es hier enger als damals in Dumbo. Es sind einfach zu viele Leute. Ich … ich glaube, ich würde gern ausziehen.» Sofort wurde mir die Dunkelheit unangenehmer. Es war unmöglich vorherzusehen gewesen, was sie sich wünschte, und sie war diejenige, die das Geld hatte, eine Wohnung zu kaufen, nicht ich. Ich hatte ihre Kontoauszüge gesehen, ich war zusammen mit ihr und ihrem Galeristen zum Lunch gewesen. Ich hatte schweigend meine Gemüsebeilage verspeist, während sie über Summen diskutierten, die ich vom Theater nicht kannte. Gleichzeitig war mir nicht klar, ob das, was sie sagte, auch das war, was ich hörte, oder etwas, das sie sagte, weil sie das, was sie eigentlich sagen wollte, nicht sagen konnte. «Dieses Leben», fuhr sie fort, «wir, hier … das ist doch einfach nicht normal, oder? Und mit Mordecai –» «Er ist mein Freund», erwiderte ich, «er hätte dasselbe für mich getan.» Sie seufzte. «Und er leistet einen Beitrag», fügte ich hinzu. Das stimmte, er zahlte uns etwas, aber nur weil ich von den Produzenten einen Vorschuss von *Bob Ross* für ihn organisiert hatte. «Er geht zurück nach L. A.», sagte ich, «wenn die Vorstellungen gegeben sind.» «Von welcher Vorstellung redest du eigentlich?», fragte sie säuerlich. «Was soll das denn heißen?» «Ich glaube, das weißt du.» «Nein, weiß ich nicht.» «Wie auch immer», sagte Mischa und schwieg einen Moment, ehe sie sagte: «Und Owen hat angefangen, *Walden* zu lesen, hast du das auch bemerkt?» Ich schüttelte den Kopf, sie konnte es nicht sehen. «Es stimmt aber», sagte Mischa. «Sogar er träumt davon, dass wir alle ausziehen und ihn in Ruhe lassen.» «Mordecai war mal dort, wusstest du das?», fragte ich. «In Walden Pond, aber das ist auch schon ein paar Jahre her. Er war tatsächlich einen ganzen Sommer lang da, hat im Zelt gewohnt und so.» «Hat er auch gejagt und geangelt?» «Bist du verrückt? Er ist ein paar Mal die Woche zum Einkaufen nach Concord gefahren.» «Ich bin nach Shanghai eingeladen worden», sagte Mischa. «Und wann?» «Im Herbst. Eine Galerie will meine neuen *Land / Sea*-Bilder zeigen, im Anschluss an die Ausstellung hier. Sie wollen, dass ich komme. Ich überlege, ob ich das machen soll. Was meinst du?» Zum ersten Mal fragte sie mich nicht, ob ich mitkommen wollte. Und ich fragte sie auch nicht. «Weißt du was», sagte ich in die Dunkelheit hinein, «ich finde, du solltest fahren.» In dieser Nacht konnte ich hören, dass sich in unserer Beziehung feine Risse bildeten. Das Geräusch erinnerte daran, wie abends die Farbe über den Zwischenräumen der Rigipsplatten platzte, wenn die Temperatur fiel, wenn der Herbst kam und sich das Gebäude bewegte; ein leises, sporadisches Knarren und Knirschen, das immer von anderen Stellen kam als der, die man gerade im Blick hatte, erst am nächsten Morgen gaben sie sich zu erkennen, als hässliche, dunkle Streifen, die im Zickzack über der Wand verliefen. Wir schliefen miteinander, knarrten auf unsere ganz eigene Weise, so wie man es von Paaren erwartet, die lange getrennt waren, nach seltsamen Sommern, wenn man sich wieder trifft und konsolidiert, bevor der Herbst und die Kälte einsetzen und mit ihr die langwierigen Vorbereitungen für ein weiteres gemeinsames Jahr; wir schliefen miteinander, und an diesen Sex erinnere ich mich besser als an die meisten anderen Male, weil er dreizehn Sommer nach unserem ersten stattfand und mehr von einer Art gegenseitiger Notwendigkeit und Verzweiflung geprägt war als von Wohlwollen und ehrlichem Einsatz, es war ein Beischlaf mit Entscheidungsverweigerung, als wäre dies ein entscheidender Moment, der für keinen von uns so ausging, wie er es sich vorgestellt hatte. Irgendwie brachten wir es zu Ende, linkisch, in derselben Dunkelheit, in der es auch entstanden war, und anschließend rückten wir im Bett voneinander ab, auf unsere jeweilige Seite, lautlos, und dachten beide, wir wären jetzt so lange zusammen, dass sich die Türen allmählich für immer schlossen, wir uns aber nicht notwendigerweise auf derselben Seite befanden, wenn der Schlüssel im Schloss umgedreht wurde. Wir schliefen mit offenen Augen und dachten an Materialverschleiß und Setzungsschäden. Als wir am nächsten Morgen aufwachten, bemerkten wir an der Wand beim Fenster Spuren von Schwarzstaub. Hexenruß. Wir traten in eine neue Zeitrechnung ein, das Jahr null, der Kalender hatte keine Tage, Wochen,

Monate mehr, nur weiße Felder, in die wir jeden Tag Zahlen eintrugen; es war unmöglich zu wissen, wie lange es so weiterging und was wir tun konnten, um davonzukommen. Wir waren weiterhin handlungsunfähig, schockstarr angesichts des Gifts, das sich so unmerklich ausgebreitet hatte; wir sahen, dass es uns nicht mehr gut ging, und wir wussten nicht, warum, wussten nicht, was passiert war und wie es so weit kommen konnte, es war wie ein umgekehrtes Kennenlernen, wir wurden einander Stück für Stück unbekannter, wussten mit jedem Tag weniger voneinander, und unsere Gespräche waren unbeholfen, doppelbödig, hinterließen nicht mehr das brennende Bedürfnis in uns, sie fortsetzen zu müssen, sondern nur einen metallischen Geschmack in der Kehle und das eindeutige Gefühl, dass einer von uns die richtigen Worte finden musste, welche auch immer es waren, ehe der Tag kam, an dem wir nur noch erstickte Laute von uns geben oder uns anschreien konnten. Es wurde nicht besser dadurch, dass Mordecai weiterhin bei uns wohnen blieb, weshalb das Schlafzimmer im Grunde das einzige Zimmer war, das wir für uns allein hatten, oder dass die Miete auf das Doppelte erhöht wurde, nachdem die Eigentümer allerlei Schlupflöcher und Ausnahmeregelungen gefunden hatten, oder dass die Arbeit an *Bob Ross* immer mehr von meiner Zeit in Anspruch nahm. Es gab Tage, an denen es sich anfühlte, als hätten wir uns schon getrennt. Es wurde natürlich auch nicht besser dadurch, dass Mordecai und ich zwölf Stunden am Stück im Cherry Lane Theatre in Greenwich Village arbeiteten und minutiös eine Vergangenheit auferstehen ließen, in der es nicht nur unproblematisch, sondern das größte Vergnügen gewesen wäre, in einer WG zu wohnen, oder dass ein Mädchen, über das Mordecai in seiner Rolle im Stück sprach, ganz eindeutig Mischa war. Manchmal saß ich im Taxi nach Hause und war mir nicht mehr sicher, ob ich mich überhaupt an all diese Dinge erinnern wollte oder ob ich es nur Mordecai zuliebe tat, weil für ihn immer klarer wurde, dass es nie wieder etwas in seinem Leben geben würde, was mit diesen Jahren vergleichbar war. Aber auch Mordecai würde wieder eigene Wege gehen, wenn die Vorstellung vorbei war.

Das Apthorp, das verkauft wurde. Mischa, die eine andere war. Mordecai, der jederzeit seine Koffer packen konnte. Owen, der plötzlich eine beunruhigende Ruhe an sich hatte, seit er aus Australien zurückgekehrt war, eine Zen-Ausstrahlung, mit der er uns oder sich selbst davon überzeugen wollte, dass er seine Mitte gefunden hatte und es nichts mehr zu fürchten gab. Es gab zu viele Schützengräben und Fronten, zu viel Logistik und Munition in einem ständig expandierenden Niemandsland, wo alle miteinander verfeindet waren und hinter dem Stacheldraht standen.

Und Gabe.

Ein paar Mal waren wir ohne Mischa zusammen unterwegs und tranken Bier, Gabe, Mordecai und ich. Ich wollte unbedingt, dass sie sich kennen- und lieben lernten; ich dachte, es würde für mich leichter, sie beide zu behalten, wenn ich nur dafür sorgte, dass ihre Wurzeln tief genug in die Erde wuchsen und sich ineinanderschlangen.

Gabe kam auch zur Premiere von *Bob Ross Paints a Pretty Clear Picture* am zweiten Freitag im Oktober. Ich war schon lange fix und fertig, bevor der Vorhang aufging und Mordecai auf die Bühne schritt, die ein kleines Eckchen von Garden City abbilden sollte; den ganzen Vormittag hatte ich damit gekämpft, Alfred – dem fast völlig unfähigen Amateurschauspieler, den ich im Einvernehmen mit Mordecai angeheuert hatte, um den modernen griechischen Chor zu spielen, der die Handlung kommentieren und das Publikum durch das Stück führen sollte – seine Monologe einzubläuen und die Wichtigkeit des richtigen Timings und der Pausen (und ihm, nicht zu vergessen, auch begreiflich zu machen, dass es auf der Bühne etwas gab, das *Zu. Viel. Diktion.* hieß, und das britische Theater ein negatives Beispiel dafür war und er sich so gesehen auf dem falschen Kontinent befand). Unsere Wahl war nach dem Vorsprechen auf Alfred gefallen, weil er sich als so ungeschickt und unerfahren auf der Bühne erwiesen hatte, dass er uns wie eine glaubwürdige Besetzung für Gary aus dem Plattenladen in Garden City erschien, und weil er Gary noch dazu äußerlich so ähnlich war, dass ich dies in einem Moment der Schwäche als Zeichen gedeutet hatte, dass er der richtige Mann für den Job war. Doch er war es nicht. Seine Tollpatschigkeit nahm überhand, einfache Bewegungen und kleine Gesten wurden sofort steif und unbeholfen, sobald jemand den Saal betrat, der während der Proben nicht da gewesen war, um mir eine Nachricht zu überbringen oder etwas vorzubereiten. Bei den Generalproben war es noch schlimmer, er stand wie festgenagelt da und klammerte sich an seinen Verkaufstresen, während er der Souffleuse angsterfüllte Blicke zuwarf. Mir blieb keine andere Wahl, als noch am Premierentag so viel und so ungestört mit ihm zu arbeiten wie möglich, in der mageren Hoffnung, er wäre am Ende so kaputt, dass die Nervosität verflog. Und ihn danach mit einer halben Flasche Wein abzufüllen, um seine Glieder von der sich in rasendem Tempo ausbreitenden Totenstarre zu befreien. Als die Vorstellung vorbei war, klatschte er zusammen mit dem Publikum und musste von den Bühnenarbeitern hinter den Vorhang gezerrt werden. Ich konnte nichts anderes tun, als ihn zu zwingen, diesen Albtraum noch sechs Mal zu durchleben, bis Mordecais Zweitbesetzung den Text und die Pausen des Einmannchors eingeübt hatte, um einzuspringen. Jetzt mussten wir nur noch die Daumen drücken, dass Mordecai nicht vor der letzten Vorstellung Ende Dezember krank wurde. Ich gab der Zweitbesetzung eine DVD mit Aufnahmen von den Proben, und gemeinsam mit Mordecai gingen wir das Stück in der darauffolgenden Woche tagsüber mehrmals mit ihr durch. Dann feuerte ich Alfred. Er schien von einer enormen Bürde befreit, als er das Theater verließ, schüttelte mir mehrmals die Hand und lachte und freute sich, als könne ihm nichts auf dieser Welt mehr etwas anhaben. Soweit ich weiß, war es seine letzte Rolle.

In der Pause schlenderte Gabe im Foyer auf uns zu. Ich stand mit meiner Mutter, Mischa, Owen und Mordecais Eltern zusammen, wir nippten an unseren Weingläsern, die wir wie wild zwischen unseren Fingern drehten, um möglichst nachdenklich zu wirken und jeden verbalen Anlass zu umgehen, der ein analytisches Gespräch über Mordecais und meine Jugend ausgelöst hätte. Ich sagte trotzdem etwas, ich fühlte mich dazu verpflichtet, also antwortete ich, auch wenn mich niemand gefragt hatte, auf die imaginäre Frage, wie es gewesen war, Regie über seinen besten Freund zu führen und gewissermaßen sein Chef zu sein: Tja, wusste ich zu berichten, es sei gar nicht so schwer gewesen, im Großen und Ganzen hätte Mordecai genau das gedacht, was ich sagen wollte, noch bevor ich es sagte, und tatsächlich hätte es unglaublich wenig gegeben, worin wir uns uneins waren, wobei natürlich klar sei, dass ich ihm maximale Freiheiten eingeräumt hätte, seine Rolle zu gestalten und eigene Ideen einzubringen. Das fehle noch, sagte ich, wir hätten das Stück ja zusammen geschrieben, es sei genauso sehr seins wie meins. Es kamen keine Folgefragen. Wir tranken unseren Wein aus und sogen Luft durch die Zähne ein, und das Fiepen klang, als wären wir auf einer Generalversammlung der Nager.

Und dann stand Gabe also da, stattlich und strahlend, genauso fröhlich, wie ich ihn Erinnerung hatte.

«Ganz großes Kino», sagte er laut. «Ich muss schon sagen.» Er begrüßte meine Mutter, Owen und Mr. und Mrs. Weintraub, die sich als Mordecais Eltern vorstellten.

«Der Typ zieht den Leuten dadrinnen echt Hose und Schuhe aus», sagte er anerkennend zu ihnen und stieß mit ihnen an. Die Weintraubs sogen weiterhin unermüdlich Luft ein und wandten ihre Blicke ab.

«Hör mal», sagte Gabe und legte mir den Arm um die Schulter, «Mischa hat gesagt, ihr würdet nachher noch feiern. Und ich wäre so gern mitgekommen, wirklich. Aber übermorgen wird meine Ausstellung eröffnet, deshalb muss ich nachher dringend meinen Arsch in Bewegung setzen» – die Weintraubs zuckten zusammen – «und zum Atelier zurückflitzen, um noch die letzten Sachen zu erledigen, bevor wir morgen mit der Montage anfangen.» Erst jetzt sah ich, dass seine Hose schwarze Farbflecken hatte. «Tut mir leid», sagte er. «Ehrlich. Sind volle Tage gerade. Kennst du ja. Aber wir trinken ein andermal ein Bier zusammen; das ist wirklich saugut, das Stück. Du – ihr – habt es so eingefangen, wie es wirklich war, ich meine, die Jugend. In diesem Land. Ach so», er sah abwechselnd Mischa und mich an, «könnt ihr nicht am Donnerstag zur Vernissage kommen? Dann trinken wir da ein Glas?»

Die Klingel im Foyer verkündete das nahende Ende der Pause, und das Publikum strebte allmählich wieder zu den Eingängen. Die Weintraubs bekamen Boardingangst und überprüften noch zweimal ihre Karten, um sich zu erinnern, wo sie saßen, während Owen und meine Mutter ihnen folgten.

«Ich fliege morgen nach Shanghai», sagte Mischa.

«Oh nein, stimmt ja!» Gabe nickte. «Dann schon mal gute Reise, falls wir uns nicht mehr sehen.» Er umarmte sie umständlich und wandte sich mir zu. «Aber du kommst?»

«Kann ich machen.»

«Hervorragend.»

Ich eilte auf die Hinterbühne, um Mordecai letzte Anweisungen zu geben und Alfred mit noch mehr Rotwein am Leben zu halten. Mordecai lag auf dem Sofa und sah fern und rauchte, er wirkte vollkommen unbeeindruckt von den siebzig Minuten höchster Konzentration, die er hinter sich hatte. *Buddha time.*

«Läuft gar nicht schlecht», sagte er, als ich mich neben ihn setzte.

«Es läuft glänzend. Mach einfach so weiter und denk dran, dir in der Parkszene genug Zeit zu lassen, okay? Du hast alle Zeit der Welt, je langsamer, desto besser. Erlaube es dir, einfach dazustehen und das mit dem Publikum zusammen zu erleben, okay? Und dann Betonung auf die sechs Wörter, bevor du dich umdrehst und nach links abgehst.»

Er nickte und lächelte mich an. «Verstanden.» Dann erhob er sich, um die Toilette zu besuchen.

Mit Alfred verhielt es sich ganz anders. Er saß auf einem Stuhl, hatte die Ellbogen auf den Knien abgestützt und das Gesicht in den Händen verborgen. «Ich geh da nicht raus, ich geh da nicht raus, ich geh da nicht raus», sagte er leise vor sich hin. Ich konnte ihm den Gefallen nicht tun, so leid es mir tat. Wir mussten da jetzt durch.

«Komm», sagte ich. «Ich begleite dich nach draußen.» Ich half ihm auf die Beine und schob ihn vor mir her, Meter für Meter, zur Markierung auf der Hinterbühne, wo er stehen und warten sollte, bis das Licht anging. Er schlotterte, ich konnte seine Knochen klappern hören. Mit meiner freien Hand schickte ich Mordecais Zweitbesetzung eine SMS und bat ihn, mich am nächsten Tag um elf im Theater zu treffen.

Irgendwie ging es dann; in Anbetracht der Umstände ging es sogar gut. In dem Maße, in dem es möglich war, unsere Jahre in den Straßen von Long Island und einen ganzen Sommer auf knappe zwei Stunden zu komprimieren, kriegten wir es hin. Kriegte Mordecai es hin. Alfreds Lampenfieber leuchtete aus seinem Blick, und soweit ich beobachten konnte, vergaß er zu atmen und zu blinzeln, wenn sein Text kam, aber Mordecai stand wie ein Fels in der Brandung am Bühnenrand und sprach seinen letzten, halbstündigen Monolog über das fallende Laub und die lateinamerikanischen Laubbläser und die Amerikaner, die anscheinend ständig umzogen, immer weg von dort, wo auch immer sie waren, und über alles, was wir verloren hatten und das wir nie, nie wieder zurückbekamen, und wie befreiend es war, alles hinter sich zu lassen oder sich zumindest einzubilden, man wäre sich am Ende selbst entkommen; er stand breitbeinig im Scheinwerferlicht und deklamierte den Glauben an alles, was vor uns lag, und in dem Moment konnte ich nicht anders, als ihn anzustarren, ganz direkt, von meinem Platz am Außenrand der letzten Reihe, auf den ich mich nach ein paar Minuten geschlichen hatte; seine Stimme war laut und klar, und er nahm sich Zeit, genau wie ich es ihm noch einmal geraten hatte, er nahm sich viel Zeit und stand reglos da, während er sich dem Höhepunkt näherte und durch seine Wörter und Gesten unmerklich verwandelte, von einer fünfzehnjährigen, verschmolzenen Version von uns beiden, die unter dem Flutlicht auf dem Baseballplatz in Garden City stand, in einen zwanzigjährigen, fünfundzwanzigjährigen, dreißigjährigen Mann, auf demselben Platz, unter demselben Licht, klüger, aber auch dümmer und grauer, der nun die Hand in seine Jackentasche steckte und einen Baseball hervorholte, denselben Baseball, den er (wie das Publikum verstand) dem toten Alkoholiker auf Fire Island geklaut hatte, der jetzt abgewetzt und schmutzig war, und in den Saal blickte, mit den Schultern zuckte und sagte: *Und damit gibt es uns nicht*, ehe er den Ball in einem perfekten Bogen in das Gebüsch unter den Bäumen feuerte und abging.

Ich hastete aus dem Saal und durch die Gänge, um beim zweiten Applaus zusammen mit Mordecai und Alfred vor das Publikum zu treten. Wir empfingen die Blumen und den Applaus des Publikums, das für uns aufstand, wie an Premierenabenden üblich, weshalb es nicht unbedingt ein Zeichen für die unübertroffene Qualität des Stücks sein muss, sondern auch darauf hindeuten kann, dass sich die Leute schnellstmöglich auf den Weg ins Foyer machen wollen. Ich begleitete die Schauspieler in die Garderobe, drückte ihnen ein Bier in die Hand und stieß mit ihnen an, Alfred bekam zusätzlich eine Papiertüte, in die er atmen konnte, und dann hastete ich wieder ins Foyer, um Mischa abzufangen. Und in dem Moment, dort draußen im Wirrwarr der dicken Winterjacken und Mäntel und Schals, die umständlich um ihre Besitzer gewickelt wurden, sah ich plötzlich ein bekanntes Gesicht. Es war älter geworden, seit ich es das letzte Mal gesehen hatte. Ich bahnte mir mit ausgestreckten Armen den Weg durch die Menge, keine Ahnung, warum ich das tat, aber ich bereute es sofort, denn Wohlman streckte mir nur die Hand entgegen und grinste. Ich ergriff sie mit der anderen Hand auf dem Rücken, ich glaube, ich verbeugte mich sogar.

«Lange her» war alles, was ich hervorbrachte.

«Tja, ich lebe jetzt in Connecticut.»

«Aber wie … ich meine …»

«Ich lese immer noch Zeitung. Und dann habe ich gedacht, ich müsste mir endlich mal ansehen, was aus euch geworden ist, ob das, was ich euch vermitteln wollte, überhaupt von irgendeinem Wert war. Du weißt schon, als eine Art Lackmustest.»

«Und?»

«Ihr macht euch gut.»

Aus seinem Mund war das ein außerordentliches Kompliment.

«Danke», antwortete ich und meinte es ernst. Es war merkwürdig, ihn so vor mir zu haben, ohne Vorwarnung, ganz anders gekleidet als in meinen Erinnerungen, kein Cordsamt und keine warmen Herbstfarben mehr; ein glatzköpfiger Mann in einem schlichten, dunklen Anzug und einem praktischen grauen Mantel.

«Ich wusste gar nicht, dass mein Sturz in der Dusche damals so wichtig für euch war», sagte er spitz.

Ein sorgenvoller Schauer überkam mich. Was hatte Mordecai da oben auf der Bühne noch alles über Wohlman gesagt? Plötzlich konnte ich mich an keinen einzigen Satz erinnern. Enthielt das Manuskript noch etwas anderes als die Geschichte darüber, wie er sich vor unseren Augen verwandelt hatte, als er nackt vor uns ausgerutscht war? Ich glaubte nicht, jedenfalls nichts Kompromittierendes. Wir hatten ihn doch sehr gemocht.

«Warum bist du nicht Schauspieler geworden?», fragte er. «Ich hatte große Hoffnungen in dich gesetzt. Du hättest es weit bringen können.»

«Ich weiß nicht», erwiderte ich. «Ich weiß nicht, ob das stimmt.»

«Aber du hast Beckett verstanden.»

«Ich glaube, ich habe Angst bekommen.»

Er nickte vielsagend und band den Gürtel seines Mantels stramm um den Bauch, wodurch er etwas hilflos aussah.

«Angst ist nichts, wovor man Angst haben muss.»

«Haben Sie nicht den Typen gesehen, der den griechischen Chor gespielt hat?», fragte ich.

«Ja. Aber das ist Furcht. Das ist etwas ganz anderes.»

«Worin besteht der Unterschied?»

Wohlman kratzte sich eine Weile den grauen Bart.

«Dass du das nicht weißt, ist auch ein Grund dafür, warum du nicht Schauspieler geworden bist», sagte er. «Zu wenig von dem einen, zu viel von dem anderen. Oder das fehlende Vermögen, beides auseinanderzuhalten.»

Owen war an diesem Abend nicht gut in Form, er habe im Saal gefröstelt, erzählte er, als er zu mir ins Foyer hinauskam, um sich den Gratulanten anzuschließen. Er bedauerte seinen Zustand und teilte mir mit, er wolle lieber gleich nach Hause fahren, anstatt mit zu feiern, wenn das für mich in Ordnung sei. Er hustete, ich sah, dass er blass war und gerötete Augen hatte. Mischa schloss sich ihm an, nachdem sie Mordecai gratuliert hatte, ihr Flug ging früh, und sie hatte eine lange Reise vor sich. Abgesehen von einigen Bühnenarbeitern, dem Produzenten und ein paar Theaterangestellten waren also nur meine Mutter und die Weintraubs dabei, die schon, bevor wir aus den Türen auf die Cherry Lane getreten waren, erklärten, sie könnten nur für einen oder allerhöchstens zwei Drinks bleiben, weil sie zusehen müssten, wieder nach Long Island zu kommen, bevor es *zu spät* sei.

Und Wohlman kam mit. Er hatte keine anderen Pläne, und vielleicht hatte er sowieso schon mit der Möglichkeit geliebäugelt, noch ein Glas mit Mordecai und mir zu trinken, und im Grunde freuten wir uns einfach, ihn zu sehen. Und gleichzeitig war es nicht leicht, mit ihm an einem Tisch zu sitzen, ohne das Gefühl zu haben, er würde uns beurteilen; es lässt sich schwer fassen, was die Unterhaltung mit Wohlman in ihrer scheinbaren Leichtigkeit an diesem Abend so anstrengend machte, aber es könnte damit zusammenhängen, dass unsere Rollen nun andere waren. Plötzlich waren wir mit ihm auf Augenhöhe, tauschten Erfahrungen aus der Theaterwelt aus und Geschichten über gemeinsame Bekannte, Schauspieler, Regisseure und Produzenten, die wir, als Wohlman noch unser Lehrer und Mentor gewesen war, allenfalls als Namen, Projektionen und unerreichbare Personen wahrnahmen, denen wir in der Zwischenzeit aber viel näherstanden als er selbst. Das führte zu einem merkwürdigen Ungleichgewicht, ein Gefühl der Schwerelosigkeit, als gäbe es nicht länger eine Größe, mit der wir uns messen könnten, und wären nun uns selbst überlassen.

Wohlman unterrichtete immer noch, erzählte er uns, einen Abendkurs für Erwachsene, die in kleineren Amateurtheatern auftreten wollten. Zweimal im Monat hielt er Hof in einer Turnhalle in Bridgeport, nicht weit von seinem Haus entfernt, in dem er inzwischen wohnte, und ich überlegte, ob er für diese Schüler immer noch dieselbe Autorität darstellte wie damals für uns oder ob sie von den

Jahren und dem schwindenden Altersunterschied zwischen ihm und seinen Kursteilnehmern nivelliert worden war. Ob er immer noch vor ihnen stand und über Hamlet sprach wie über einen engen Freund, den er verloren hatte, und seine verbleibende Herzenswärme lieber an der Garderobe abgab, als mit seinen Schülern zu teilen, und ob er immer noch wütend jeden lächerlich machte, der andeutete, Dario Fos *Zufälliger Tod eines Anarchisten* sei wichtiges politisches Theater, oder meinte, der Dialog über den Kaffeekessel in Pinters *Der stumme Diener* hätte «ruhig etwas kürzer ausfallen können».

Die Bühnenarbeiter und das übrige Fachpersonal blieben wenig überraschend für sich, auch als wir im Restaurant angekommen waren, bildeten sie ein Grüppchen am Ende des langen Tisches, den die Inspizientin für mich reserviert hatte. Ich glaube, ich verlor schon in den fünf Minuten, die wir dort hinliefen, den Anschluss an sie; ich weiß nicht, warum, aber so war es schon immer, ich finde einfach keinen Zugang zu ihnen. Bei der Arbeit, solange wir mittendrin sind und innerhalb der Theaterwände, gibt es nur wenige Beteiligte, die mir näherstehen als die Bühnenarbeiter und all die anderen, die auf unterschiedliche Weise an der Produktion partizipieren – die Kostümbildner, Assistenten, Licht- und Tonmeister, Bühnen- und Maskenbildner, Requisiteure, Schreiner, Produzenten. Während wir zusammenarbeiten, teilen wir die Mahlzeiten und albern am Esstisch; der Ton ist leicht, es gibt eine Art Intimität zwischen uns, doch sobald wir ins Freie treten, sind wir einander so fremd, dass es fast unbehaglich wird. Linkisch. Kaum haben wir das Theater hinter uns gelassen und müssten über etwas anderes sprechen als über die Vorstellung, die wir gemeinsam auf die Beine stellen, wissen wir nicht mehr, was wir sagen, worüber wir sprechen sollen. Ich würde nie denken, sie hätten kein interessantes Leben, ich habe bloß nicht den Fitzel einer Idee, was ihre sonstigen Themen sind. Also wiederholt sie sich ein ums andere Mal, diese Trennung, wenn wir draußen unterwegs sind, als gäbe es eine Hierarchie oder, schlimmer noch, als würde ich mich plötzlich in einen Plantagenbesitzer verwandeln, der niemals, unter keinen Umständen, auf die verrückte Idee käme, sich mit seinen Sklaven gemeinzumachen. Im Übrigen glaube ich, die meisten wissen es zu schätzen, mal eine Pause von mir zu haben und in Ruhe zu reden, ohne dass ich zwischen ihnen sitze und diesen Regisseur-Odeur absondere, den ich sowieso nicht loswerde und der unleugbar für eine gewisse Distanz sorgt, unabhängig davon, von wem sie ausgeht.

Während meiner Tournee mit *Better Worlds Through Weyland-Yutani* war ich fast jeden Abend alleine.

Nein, das stimmt nicht ganz. In der einen Nacht in Chicago bin ich mit der Produktionsassistentin im Bett gelandet, aber das war im Grunde nur Zufall. Sie kam sternhagelvoll in die Hotellobby, als ich mir gerade ein paar Zeitungen mitnehmen wollte, um sie auf dem Zimmer zu lesen. Sie sagte, sie könne ihren Schlüssel nicht finden. Ich hörte ihn in ihrer Tasche klirren. Also ließ ich die Zeitungen liegen und nahm stattdessen sie mit. Sie sagte, es würden sowieso nur traurige Sachen passieren; ich bin mir nicht sicher, ob sie auf die Zeitungen anspielte. Wir rieben uns aneinander wie Gletscher und Gestein, wir knirschten und wanden uns durch den Ablauf; wir waren Teilnehmer eines komplizierten Hindernisparcours, und keiner von uns war fähig, da gut durchzukommen. Kurz darauf fiel ihr wieder ein, wo ihr Zimmerschlüssel war, und sie verschwand. Ich musste mich eine halbe Stunde später wieder an ihrem Zimmer vorbeischleichen, zurück zur Rezeption, um die Zeitungen zu holen, auf deren Lektüre ich mich gefreut hatte.

Die Weintraubs waren die Ersten, die uns verließen, nach anderthalb Drinks, genau wie angekündigt. Sie bedankten sich und verbeugten sich, und man merkte ihnen den Stolz an, den sie an einem Abend wie diesem für ihren Sohn empfanden, und die Erleichterung darüber, ihn wieder auf einer Bühne in New York zu sehen und nicht vor der Kamera mit *diesen Leuten* in Hollywood, wie sie stets sagten. Allerdings überlegte ich, ob sie das Restaurant nicht auch ein bisschen verwirrt und benommen verließen, weil sie unsicher waren, wie viel von dieser Vorstellung, die sie gerade gesehen hatten, eigentlich auf dem Leben ihres Sohnes beruhte und was auf meinen Erlebnissen, oder besser noch: reine Fiktion war. Als ich ihnen zum Abschied die Hand gab, konnte ich ihnen ansehen, dass sie sich auf der Rückfahrt im Auto darüber unterhalten würden, und ich fragte mich, ob Mordecai ihnen in seiner Jugend überhaupt irgendetwas über irgendetwas erzählt hatte. Wohlman rückte nach dem Abgang der Weintraubs am Tisch auf und saß nun meiner Mutter gegenüber, während ich auf den Platz neben ihn rutschte, um für Symmetrie und Gleichgewicht zu sorgen. Meine Mutter hatte, genau wie Wohlman, einen guten Tag, einen guten Abend, sie war fröhlich und leichtfüßig, als wir gegen halb eins aufbrachen, und ließ sich von Mordecai und mir zum Gershwin-Hotel begleiten, wo wir ein Zimmer für sie reserviert hatten. Im Laufe des kurzen Spaziergangs sagte sie gleich mehrmals den Satz: *Dieser Wohlman ist aber ein netter Mann.* Wahrscheinlich meinte sie gar nichts Bestimmtes damit, dachte ich, außer genau das, was sie sagte, dass er nett war, was natürlich stimmte, daran bestand kein Zweifel. Doch dann wurde ich plötzlich unsicher, ob diese ausufernde Freundlichkeit, die sie ihm gegenüber den ganzen Abend gezeigt hatte und die er erwidert hatte, nachdem die Weintraubs aufgebrochen waren und sie vis-à-vis saßen, nicht auch einen anderen Unterton gehabt hatte, der mir nicht aufgefallen war, nicht bis zu diesem Moment, wo sie zum vierten Mal betonte, wie nett – und *vernünftig* – er auf sie gewirkt habe, einen Unterton, der mich wie ein Blitz durchfuhr, vom Kopf bis in die Füße, als ich so neben ihr ging, und ich überlegte, wie lange sie wohl schon nicht mehr in Manhattan gewesen war oder überhaupt mit jemandem unterwegs, an einem Abend wie diesem, und wie so etwas einmal selbstverständlich für sie gewesen war und seither immer seltener passierte und inzwischen eine Ausnahme darstellte, eine so große Besonderheit, dass es einen Alarm in ihr auslöste, eine kleine Glocke, die infernalisch in ihrem Mittelohr schrillte und sie dazu brachte, all ihre Aufmerksamkeit auf diesen Mann zu richten, der vielleicht ein paar Jahre älter als sie war, aber nicht *zu* alt, und der in einer halbwegs ähnlichen Situation zu sein schien wie sie, und vor nur zehn Jahren hätte sie ihn vermutlich nicht einmal in Betracht gezogen, sofern sie ihn überhaupt bemerkt hätte, und in dem

Fall hätte sie gedacht, dass er zu traurig aussah und ein viel zu seltsames Gesicht hatte; sie hätten zwei verschiedenen Welten angehört, und diese beiden Welten wären trotz einiger gemeinsamer Interessen nie zusammengetroffen, mit der Konsequenz, dass sie Gefahr liefen, es jetzt zu tun, weil sich die Zeiten geändert hatten und die Einsamkeit eine Krankheit ist, die groteske Metastasen in allen Organen des Körpers bildet. Im Laufe von ein paar kurzen Sekunden sah ich es vor mir, den ganzen Verlauf, wie unglücklich sie werden würden, wenn sie einsahen, wie unglücklich sie schon vorher gewesen waren und dass sich ihr gemeinsames Unglück nicht gegenseitig aufhob, sondern verdoppelte und es noch schwieriger machte, den Kopf über Wasser zu halten, wie zwei Ertrinkende, die sich an dieselbe sinkende Rettungsplanke klammern, obwohl sie wissen, dass sie nicht groß genug ist, um ihrer beider Gewicht zu tragen, und deren Höflichkeit und Konfliktscheue sie davon abhielten, darauf hinzuweisen, bevor es zu spät war. Vielleicht wünschte ich mir aber auch einfach nur, dass es so wäre, weil Wohlman, bei all seinen Qualitäten, all seinem Wissen, im inneren Kreis fehl am Platz war. Es immer gewesen war. Indem er auf diese Weise aus der Versenkung auftauchte und auch noch mit meiner Mutter anbändelte, falls er es denn wirklich tat, würde er diese Barriere einreißen.

«Tja, Wohlman wohnt allerdings in Connecticut», sagte ich nur und hoffte, dass sie sich den Gedanken damit aus dem Kopf schlug.

«Erinnerst du dich an den Abend, als wir nach New Haven gefahren sind, um ins Theater zu gehen, Max, nur du und ich? Als wir *Zoo Story* gesehen haben?»

«Ja. Aber er wohnt in Bridgeport.»

«Oh», sagte sie.

Ich merkte ihr die Enttäuschung an. Wir wünschten uns noch schnell eine gute Nacht, und mir war auf der ganzen Taxifahrt zum Apthorp schwindelig, weil ich es einfach nicht fassen konnte. Wohlman? Ausgerechnet er, von allen möglichen Unmöglichkeiten. Das hatte ich wirklich nicht kommen sehen. Es wäre schöner gewesen und sinnvoller, dachte ich für mich, während Mordecai ans Fenster gelehnt döste und jedes Mal fester die Augen zusammenkniff, wenn ihn das Licht von einer Straßenlaterne oder einem entgegenkommenden Autoscheinwerfer blendete, wenn sie stattdessen Owen in Betracht gezogen hätte, wenn sie Augen für ihn gehabt hätte. Er hätte es viel nötiger gehabt, dachte ich. Aber Owen schlief, unwissend über diesen Hauch einer Möglichkeit, der in dem Moment verflog, als er die Gardine zuzog und ins Bett ging. Wir hörten ihn lauter als gewöhnlich schnarchen, als wir in die Wohnung schlichen. Ich trank ein Glas Wasser in der Küche, rauchte eine Zigarette, während ich in der beißenden Novemberkälte auf der Fensterbank saß, und in dem Moment konnte ich den Gedanken nicht mehr verdrängen, dass es auch etwas für sich hatte, dass Wohlman jetzt an die Türen unseres Lebens klopfte. Nicht weil er damit der Undenkbarste aller Stiefväter werden würde, diesen Platz könnte er niemals einnehmen, sondern weil er so gut verstand, was ich machte und womit ich zu kämpfen hatte, weil er selbst an diesem Punkt gewesen war und die Schwierigkeiten kannte. Plötzlich sah ich das eine befreiende Gespräch nach dem anderen vor mir, lange Abende, gute Abende, so wie mit Owen, und plötzlich fühlte ich mich geschmeichelt, dass er uns nicht vergessen hatte; und auch geehrt, dass meine Mutter einen so guten Eindruck auf ihn gemacht zu haben schien. Selbst wenn er nicht mehr ansatzweise die Aura hatte, die weit über die Tore des Schultheaters hinaus gestrahlt hatte. Aber er war noch immer Wohlman. Und meine Mutter war noch immer allein.

Ich ging ins Schlafzimmer, zog mich leise aus und legte mich so sachte wie möglich hin, aber Mischa wurde trotzdem wach.

«Wie viel Uhr ist es?», fragte sie leise, ihre Stimme kam tief aus ihrem Inneren.

«Es ist Nacht, du kannst noch viele Stunden schlafen.»

«Hattest du einen schönen Abend?»

«Ja.»

«Das ist gut.»

Dann drehte sie sich auf die Seite, und der Schlaf breitete wieder seine Decke über sie aus, ihr Atem wurde schwerer und gleichmäßiger; ich musste bei ihrem Anblick an ein kompliziertes Gerät denken, dessen Gebrauchsanweisung ich verschlampt hatte, und jetzt fürchtete ich mich davor, es kaputtzumachen. Im Widerschein ihres Weckers konnte ich ihren Pass sehen und ihre ausgedruckten Tickets. Sie würde zwei Wochen lang weg sein. Ich vermisste sie. Und dabei war sie noch da.

5

Gabes prophezeiter Durchbruch kam irgendwann wirklich. Jedenfalls zu einem gewissen Grad. Man konnte es an den teuren Schlitten erkennen, die in zwei Reihen vor der 537 West 22nd Street in Chelsea parkten, und drinnen war es auch nicht besser. Die Petzel Gallery barst schier vor erschreckend gutgekleideten Menschen mit teuren Frisuren und vor Journalisten und Freunden und Kollegen, die sich zwischen all dem Geld unwohl zu fühlen schienen. Und mittendrin stand Gabe, angemessen überwältigt. Er kippte ein Glas Champagner in sich hinein, während er zwei Interviews gleichzeitig gab und sein Bestes tat, nebenbei auch noch alle Bekannten zu begrüßen, die ihm gratulieren wollten. Es war nicht seine Schuld, dass die Millionen ab sofort locker sitzen würden, es war nicht seine Schuld, dass ein Teil der Gäste sich selbst deutlich interessanter fand als die ausgestellten Bilder. Aber es war seine Schuld, dass seine neuen Werke auch seine besten waren und in dieser Zusammenstellung einen umwerfenden Eindruck auf alle von uns machten, die sie überhaupt sahen. Die Schau mit dem passend minimalistischen Titel (*Dash*, wenn man ihn unbedingt aussprechen wollte, später bekannt als *Four Paintings Plus Dress*) nahm nur einen Bruchteil der Ausstellungsfläche ein, mit einem Werk im Format 120 × 120 cm an jeder der beiden Seitenwände im Hauptraum und zweien an der Rückwand. Doch das reichte vollkommen. Mehr wäre geradezu unerträglich gewesen. Zu sagen, dass die Gemälde schwarz waren, wäre eine ziemliche Untertreibung gewesen. Sie waren **SCHWARZ**, in aufdringlichen, fetten Buchstaben, es war, als würde man in vier schwarze Löcher starren. Genau genommen standen wir alle da und betrachteten das Nichts, mit wachsendem Unbehagen. Und so gaben die meisten auch nach weniger als einer Minute auf und wandten sich stattdessen ihrem Exemplar des dreihundertfünfzig Seiten langen Ausstellungskatalogs zu, den man ihnen am Eingang überreicht hatte – und der mit allen nur erdenklichen Essays und

Einführungen und überwiegend materialwissenschaftlichen Artikeln so gut wie möglich erklärte, was wir vor uns hatten –, oder starrten den Kurator an, der uns willkommen hieß und voll des Lobes über Gabes Bilder war und erzählte, wie glücklich er und die Petzel Gallery seien, mit diesem Künstler arbeiten zu dürfen und die Ersten zu sein, die bla, bla, bla. Es spielte keine Rolle, was er sagte, Hauptsache, wir hatten etwas anderes, das wir anschauen konnten.

Die vier Gemälde waren mit dem Prototyp eines neuen Ultraschwarz namens Vantablack entstanden, was eine Abkürzung von Vertically Arranged Nano Tube Arrays war. Technisch gesehen waren sie überhaupt nicht gemalt worden, sondern direkt auf der Leinwand angebracht, unter der Aufsicht von Briten in Laborkitteln und mit Gabe als begeistertem Zuschauer, Initiator und Regisseur. Das Material, das er entdeckt und eine Weile lang für einen Ausweg aus der Malerei gehalten hatte, verhalf ihm ironischerweise nur zu umso mehr Aufmerksamkeit und zu dem Markenzeichen, *der einzige lebende Gegenwartskünstler zu sein, der Farbe wirklich ernst nimmt;* es war ein dichter, akribisch gezüchteter Wald aus Kohlenstoffnanoröhren, so dünn und so zahlreich, dass 99,7 Prozent allen Lichts im sichtbaren Spektrum, das sie traf, zwischen den Röhren umherwirbelte, bis die Energie in Wärme umgewandelt und absorbiert wurde. Mit anderen Worten: nicht reflektiert. Mit anderen Worten: Wenn man einen Scheinwerfer auf die Bilder richten würde, kämen einem Zweifel, ob er wirklich eingeschaltet war. Mit anderen Worten: Diese Bilder zu betrachten, vermittelte einem das Gefühl, in etwas Grauenvolles hinabzustürzen. Ohne den geringsten Grad einer Farbabweichung, mit keinerlei Schattierungen und Nuancen, sondern nur dieser undurchdringlichen, gleichmäßigen Oberfläche, gab es, wie man es auch drehte und wendete: nichts zu sehen. Und genau das machte es so schwer erträglich, die Bilder zu betrachten.

Die Sache ist die: Bis zu diesem Punkt waren selbst die konturlosesten, monochromatischen Bilder, die Gabe gemalt hatte, unfreiwillig kommunikativ gewesen. Dasselbe galt für Reinhardts Werke. Selbst Rothko und die düstersten seiner Kapellenbilder in Houston (vor denen sich Besucher hin und wieder insgeheim fragten: *Aber wo sind die Bilder?*) lösten im Vergleich zu den vier Bildern der Reihe *Four Paintings Plus Dress* geradezu einen Sturm der Gefühle aus. Und darin lag das zutiefst Schockierende: Gabes schwarze Kompositionen hatten nicht den Hauch einer Erzählung an sich, nichts Sakrales; sie luden nicht zu einer Begegnung mit dem Bösen oder dem Glück ein; kein Tod und keine Hoffnung, einfach nichts, nichts zu machen; man konnte sie ansehen und anstarren und studieren, bis die Zeit zusammenschrumpfte und endete, aber man würde sie nie verstehen oder sich ihnen annähern. Sie waren monumental und verwirrend, aber sie hatten nichts zu sagen, keine Tiefe, nichts, woran sich das Bewusstsein verhaken konnte. Eine absolute, endlose Finsternis völliger Gleichgültigkeit, das war alles. Schielten wir deshalb nur für ein paar Sekunden von unseren Katalogen hinüber, um die Bilder erneut anzusehen? Weil wir Angst hatten, die Dunkelheit könnte uns verschlingen oder jemand könnte der Versuchung erliegen, sich hineinzustürzen?

Dann wurde alles noch seltsamer. Die Lichter in der Galerie wurden heller, und eine Frau betrat langsam den Raum. Das Publikum wich automatisch, teils auch panisch, zurück. Sie stand einfach nur da, mitten im Raum, in einem Kleid. Und das Kleid hatte dieselbe schwarze Farbe wie die Bilder. Einige lachten. Einem Typen wurde schlecht, er musste sich übergeben und den Raum verlassen. Wir anderen staunten nur, denn die Frau in dem kurzen Chanel-Kleid (ebenfalls im Katalog beschrieben, S. 149–160) sah überhaupt nicht aus wie ein Mensch. Jedenfalls nicht wie ein vollständiger Mensch. Wir sahen ihre Arme, den Kopf und den Hals, wir sahen ihre Beine. Aber die Körperteile schienen nicht miteinander verbunden zu sein. Sie hingen lose in der Luft, ein Effekt, der dadurch entstand, dass Vantablacks extremer Schwärzegrad alle Konturen und eventuelle Falten und Erhebungen im Stoff schluckte (S. 152). Ihr Kleid war zweidimensional. Wir sahen weg, als sie wortlos den Raum verließ. Wir klatschten mit geschlossenen Augen und hatten Angst, sie könnte zurückkommen und uns zum Tanzen auffordern.

Kurz darauf fand ich Gabe, er hatte sich an den Rand der Galerie gestellt, um etwas mehr Platz zu haben, aber die Horden, die ihm gratulieren und mit ihm reden wollten, folgten ihm und drängten ihn immer weiter an die Wand, ein unterbewusster Akt der Aggression seitens der Kunstsammler, die inzwischen erfahren hatten, dass die Werke nicht zum Verkauf standen, sondern vom Entwickler des Farbstoffs einbehalten wurden, um ein Produkt zu vermarkten, dessen Preis so hoch war, dass es im Katalog nicht einmal erwähnt, sondern durch ausufernde Hintergrundinformationen elegant verschleiert wurde (S. 12, 255 und 301). Ich konnte mich Gabe auf nicht mehr als fünf Meter annähern, schaffte es aber immerhin, eine Hand zum Gruß zu heben, und er winkte zurück, gab mir ein Zeichen, dass ich bleiben sollte und wir anschließend reden könnten. Aber ich wartete vergebens. Er konnte nichts dafür. Über eine Stunde schwamm ich im dichten Publikumsschwarm herum und steuerte mehrmals den Ausgang an und setzte mich auf den Bürgersteig, um eine Zigarette zu rauchen und eine Pause von den Bildern und Körpern und Anzügen und Kleidern zu machen, die sich unaufhörlich an mir rieben, sobald ich mich dort drinnen bewegte. Jedes Mal, wenn ich den Mut zusammennahm und wieder hineinging, hoffte ich, er wäre endlich fertig und hätte Zeit, ein Glas mit mir zu trinken, ein paar Worte zu wechseln. So hatte ich es mir vorgestellt, aus irgendeinem Grund hatte ich nicht damit gerechnet, dass andere Menschen dort sein würden, sondern mir gedacht, er und ich könnten gemeinsam auf dem Sofa sitzen und den Champagner leeren, der zu dem Anlass gekauft worden war, und später, wenn wir zusammen die Biege machten, vielleicht noch rüber ins Cherry Lane gehen und die letzten Minuten von *Bob Ross* ansehen, ehe wir Mordecai mitnehmen und irgendwo essen gehen würden. Doch jedes Mal, wenn es so aussah, als könnte Gabe sich loseisen und aus dem Kreis ausbrechen, wurde er von jemand Neues in Beschlag genommen. Ich fühlte mich wie ein Statist ohne soziale Kompetenz, einer, der, als er den Anruf für die Rolle bekam, vor lauter Aufregung das falsche Datum und den falschen Ort notiert hatte und zu früh oder zu spät auftauchte, als man ihn nicht mehr brauchte, oder der sich nicht rechtzeitig darüber informiert hatte, worum es in der Szene eigentlich ging und wann er auf die Bühne musste, und der deshalb mit wachsendem Unbehagen und schweißtreibender Sorge wie versteinert neben dem Tisch und der Kaffeekanne mit der Aufschrift *Crew* stand, wo die Chancen am größten waren, dass irgendwann jemand auftauchte und ihn ansprach, der jedoch am Ende resignierte, den Mut verlor und sich an einen Ort begab, wo wenigstens theoretisch die Chance bestand, im Hintergrund einer Szene aufzutauchen, wenn auch mit dem Risiko einhergehend, dass sie später herausgeschnitten würde, im Schneideraum, der immer klein und eng und schwach beleuchtet war und wo immer ein oder zwei Personen saßen, meistens Männer Mitte vierzig, mit Pferdeschwänzen und T-Shirts mit Anspielungen auf obskure Filme aus den siebziger Jahren, die an 180 Tagen im Jahr Überstunden machten und längst aufgehört hatten, Buch darüber zu führen (es war sinnlos, immer wieder an denselben Elektrozaun zu fassen), mit krummem Rücken vor zwei identischen Videomonitoren und einer Tastatur mit farblich codierten Tasten, eingelullt von einem kreischenden Geräusch wie aus einem Comic, das jedes Mal ertönte, wenn einer von ihnen in der Szene, die sie gerade schnitten, vor- oder zurückspulte, und hier, in diesen für alle anderen unzumutbaren, sauerstoffarmen Räumen, losgelöst von der Zeit, hätten sie die unbekannte Gestalt entdeckt, die im verschwommenen Hintergrund zum Vorschein trat, als sich der Fokus änderte und einen Statisten im falschen Kostüm enttarnt, der überhaupt nichts in dieser Szene zu suchen hatte, und der dort stand und verbissen an einem Kaffeebecher aus Pappe nippte und nervös blinzelte; genau so fühlte ich mich.

Außerdem kannte ich hier auch kein Schwein, und es war nicht unbedingt die Klientel, die zu Smalltalk mit Leuten geneigt war, die ihnen fremd waren und auch nicht sofort auf irgendeiner Karte von nützlichen Netzwerken zu verorten. Plötzlich vermisste ich Mischa ganz schrecklich, sie hätte mich durch all das hindurchgelotst, ohne auch nur mit der Wimper zu zucken. Oder einfach nur gesagt: *Wir hauen ab.* Und genau das tat ich auch. Ich haute ab. Mit hängendem

Kopf wich ich zum Ausgang zurück, den Blick ununterbrochen auf Gabe gerichtet, falls er doch in meine Richtung sehen oder sogar gehen würde, aber er stand ungerührt zwischen potenziellen Kunden und Galeristen und Freunden und bemerkte nicht, dass ich rückwärts durch die Tür ging, mich auf den Bürgersteig spulte und eine Häuserecke weiter, wo ich ein Taxi anhielt und zum Theater fuhr. Diesmal ging ich nicht in den Saal, sondern setzte mich stattdessen auf ein Sofa im Aufenthaltsraum unter der Bühne; dort, durch die offene Tür und die Ritzen der Bühnenbretter direkt über mir, konnte ich deutlich das Lachen und Schniefen und alle anderen Geräusche des Publikums hören, die im Takt mit Mordecais ritueller Würdigung unserer behüteten Vorstadtjugend und unserer wunderbaren Sommer anschwollen und wieder verebbten; und ich hörte Alfred, der sich durch seinen letzten Arbeitstag kämpfte, ehe die Zweitbesetzung George für ihn übernahm, um ihn von den unsäglichen Qualen zu erlösen, die er dort oben unter den glutheißen Scheinwerfern und vor dem unsichtbaren Publikum durchlitt, von dem er nur das trockene Husten und das nervtötende, passiv-aggressive Knistern des Bonbonpapiers hörte, in den unendlichen Pausen, während er nach dem nächsten Satz suchte und sich verzweifelt nach jemandem umsah, der ihm ein oder zwei Stichworte gab. *Und damit gibt es uns nicht*, schloss Mordecai dort oben. Ich hörte, wie der Basketball dumpf gegen die Wand hinter ihm prallte und das Publikum zu klatschen begann und die Sitze hinter ihnen hochklappten, als sie aufstanden und aus dem Saal und dem Abend marschierten, und in dem Moment waren Mordecai und Alfred schon auf dem Weg die Treppe hinab, Alfred wie immer weitaus besser gelaunt als zuvor, kaum dass es vorbei war, aber nichtsdestotrotz hetzte er in seine Garderobe, wischte die Schminke ab und schlüpfte schnell in seinen Mantel, ehe er uns einen schönen Abend wünschte und durch die Tür hinaus auf die Straße und in die Freiheit verschwand. Ich hoffte, dass irgendwo in der Stadt jemand auf ihn wartete, der ihm erzählte, er habe seine Sache gut gemacht, auch wenn es nicht stimmte. Jemand, der ihm gegenüber betonte, dass man seine Sache so gut machte, wie man konnte, und dass das immer genug sei.

Mordecai kam aus der Garderobe, um sich einen Tee zu machen.

«Gutes Publikum heute», sagte er. «Nicht ausverkauft, aber das beste Publikum seit langem, glaube ich. Hast du schon was gegessen?»

«Nein. Lass uns irgendwo hingehen.»

«Wie wär's mit Arturo's?»

«Was? Schon wieder? Können wir nicht zu dem anderen Restaurant auf der Bleecker Street gehen?»

«Du wirst nie wieder ins Arturo's gehen, wenn ich nicht mehr hier bin, dann sind seine Tage gezählt.»

«Na gut. Aber ich habe keine Lust auf Pizza, nur dass du es weißt.»

«Das musst du wissen. Du wirst Arturos Gefühle verletzen.»

«Er ist tot.»

«Aber sein Sohn lebt. Was ist mit Gabe, kommt er noch dazu?», fragte Mordecai, und ich glaubte, eine gewisse Erwartung in seiner Stimme zu vernehmen.

«Er hatte leider keine Zeit.»

«Schade.»

«Aber ich soll dich schön grüßen.»

«Wie war die Ausstellung?»

«Schön. Schön und schwarz.»

Bob Ross' Spielzeit am Cherry Lane Theatre wurde nicht über die vorgesehenen drei Wochen hinaus verlängert, trotz ziemlich solider Kritiken und entsprechender Zuschauerzahlen. Aber wir waren dort gewesen, *Bob Ross Paints a Pretty Clear Picture* hatte Form angenommen und seine Stimme da gefunden, wo sowohl Albee als auch Beckett uraufgeführt worden waren und Gertrude Stein und Tennessee Williams, Lorraine Hansberry, Pinter. T.S. Eliot war hier ein gerngesehener Gast gewesen. F. Scott Fitzgerald. Picasso. Ionesco. Tony Kushner hatte künftige Dramatiker unter diesem Dach unterrichtet. Ich glaube, wir hätten keinen besseren Ort für unsere Jugend finden können als diesen, mit solchen Namen im Rücken, mit den schmalen, engen Straßen, die das Theater umgaben, den roten Ziegelbauten, den Ulmen und Ahornbäumen, den Blumenbeeten und den altmodischen Laternenpfählen, vielleicht war es das schönste Viertel in ganz New York. Der Abschied vom Theater und dem, was dort passiert war – und auch von den Straßen an sich –, war schwieriger als gedacht. Noch Tage nachdem der letzte Vorhang gefallen war, kamen Mordecai und ich in die Gegend. Wie verwaiste Kinder oder Teenager, die nicht wahrhaben wollten, dass ihre Freundinnen nach heftiger Verliebtheit mit ihnen Schluss gemacht hatten, nach einer himmlischen Zeit voller Möglichkeiten und voller Optimismus, gammelten wir vor dem Theater oder in den umliegenden Straßen, als würden wir darauf warten, dass der Intendant jeden Moment herauskäme und uns anflehte, das Stück wieder auf den Spielplan nehmen zu dürfen, oder als würden wir, indem wir uns in der Nähe aufhielten, die Chancen auf ein neues Projekt erhöhen und so durch dieselben Pforten wieder eintreten können, durch die wir gerade hinausgegangen waren, und dort weitermachen, wo wir aufgehört hatten. Das Merkwürdige ist, dass wir beide so taten, als wäre es völlig normal, jeden Tag, in stummem, gegenseitigem Einvernehmen, an den Tatort zurückzukehren; für gewöhnlich landeten wir im Restaurant um die Ecke, mit einer mittelmäßigen Mahlzeit und einer Tasse Kaffee nach der anderen. Ich weiß nicht, ob wir so viel redeten, wie wir redeten, weil wir tatsächlich daran glaubten, auf diese Weise könnte etwas Neues entstehen, worauf wir eine weitere Zusammenarbeit gründen könnten, und weil wir wussten, dass der Augenblick, in dem wir nichts mehr zu sagen hatten, zwangsläufig auch Mordecais Rückkehr nach L. A. zur Folge hätte, wo wenigstens das eine oder andere Jobangebot auf ihn wartete – nicht immer toll, manchmal nicht einmal gut, aber auch nicht so schlecht, als dass er sich eine Absage hätte erlauben können. Ich glaube, keiner von uns glaubte daran, dass Mordecai zurückkommen würde. Das alles änderte jedoch nichts daran, dass ich, wahrscheinlich vor allem weil er damit ein klares Signal gab, ein wenig erleichtert war, wenn ich Mordecai spät am Abend oder in der Nacht in seinem Zimmer, also meinem Büro, rumoren hörte, es war das Geräusch von Umzugskartons, die gefüllt und zugeklebt wurden.

Unseren letzten Abend verbrachten wir im Arturo's, ich protestierte nicht, sondern bestand selbst darauf, dass wir dorthin fuhren und einen Drink nahmen, bevor Mischa und Owen nachkamen. Wir saßen mit unserem Pale Ale auf den Barhockern und plauderten mit Arturos Sohn Scott, der über den bevorstehenden Abschied aufrichtig traurig schien.

«Also, was hast du dort drüben vor?», fragte ich.

Mordecai trank einen Schluck und verzog das Gesicht.

«Mal sehen, was passiert. Ich habe ein paar Projekte angeleiert, da tut sich einiges. Früher oder später wird was draus.»

«Warum bleibst du nicht einfach hier?», fragte Scott. «Ich meine, du kannst dir doch auch mal ’ne Weile anschauen, was hier so läuft. Und wenn sich herausstellt, dass es nichts ist, würden wir dich hier immer mit offenen Armen empfangen.»

«Willst du, dass ich Pizzen backe?»

«Ich könnte es dir beibringen.»

Mordecai trank einen neuen Schluck.

«Ich komme zurück», sagte er. «Früher oder später.»

«Und ich komme dich besuchen», sagte ich, wie immer.

Er stellte seine Flasche auf dem Tresen ab.

«Das ist toll», erwiderte er, wie immer.

Davon abgesehen wurde Owen im Laufe dieses Dienstagabends ziemlich betrunken und feierlich und irgendwie auch seltsam verzagt, er wollte Mordecai aber trotzdem gern zeigen, wie schön es gewesen war, dass er mit uns zusammen im Apthorp gewohnt hatte. Er brachte Scott dazu, alle Gäste zu bitten, sich vom Klavier wegzudrehen, das dort oben auf der mikroskopisch kleinen Bühne stand, wo an einigen Abenden in der Woche eine lokale Jazzband spielte, und dann ging er hinauf, setzte sich mit dem Rücken zu den Rücken und schlug einen Ton an. Dieser hing lange und geduldig im Raum, als würde Owen erst prüfen, ob er sich auf ihn verlassen konnte, vielleicht war es aber auch das Klavier, dem er misstraute. Draußen fiel der Januarschnee, als er zu einer langsamen und fließenden, wohlklingenden Version von «Autumn Leaves» ansetzte. Im Laufe der ersten beiden Minuten musste er zweimal von vorn anfangen, ich wusste nicht, ob es die vielen Promille oder seine Nervosität waren oder ob es an unserer bloßen Anwesenheit lag, doch beim dritten Versuch saß das Stück, in bester Hank-Jones-Manier. Er spielte so schön, dass es niemand auch nur wagte, einen Blick in seine Richtung zu werfen, wir starrten lieber auf den Schnee dort draußen und dachten an den Herbst, der kommen und wieder gehen würde, und vielleicht dachten wir auch an die ein oder andere andere Sache, aber der Abschied vom Herbst war leichter zu verkraften, also hielten wir uns lieber daran fest und am Klang der Tasten, wie die Hämmerchen so vorsichtig gegen die Saiten schlugen, dass man fast meinte, Owen hätte Angst, etwas kaputt zu machen, aber das war nicht der Fall; er wusste, was er tat, er verzögerte sein Spiel, ich meine, ich hörte sogar einige eingestreute, eingängige Strophen von «Nature Boy» heraus, es war die reinste Nat-King-Cole-Stimmung, die schnell aufkam, wenn der Alkohol die Logik bestimmte, aber es dauerte nur einen kurzen Moment, ehe er einen Ausweg fand, hauchzart wieder zum Hauptthema zurückkehrte und der Herbst eins wurde mit dem Winter vor der Tür und alles so war, wie es sein sollte, und trotzdem ungeheuer schwierig.

Er war schon weg, als ich aufwachte. Hatte mit Owen gefrühstückt und sich verabschiedet. Wir hatten den Abschied zwar schon in der Nacht hinter uns gebracht, unglaublich umständlich, wenn man Owen Glauben schenkte; daran, was genau gesagt worden war und wie, habe ich nur noch verschwommene Erinnerungen. Ich ging in Mordecais Zimmer; es war wieder mein Büro geworden. So schnell ging das. Ich trug ein paar Papierstapel hinüber, die zweieinhalb Jahre unter dem Fenster bei Mischa und mir gestanden hatten, räumte die Matratze weg, die er an die Wand gelehnt hatte, und setzte mich auf den Stuhl. Draußen war es bewölkt und ungemütlich. Ich rief Gabe an, doch es sprang nur die Mailbox an, und eine Dreiviertelstunde später schickte er mir eine SMS; er war derzeit in Chicago. Es war einer dieser Tage. Ich trug Türme aus Papieren und Manuskripten zum Schreibtisch und verteilte alles über die Tischplatte. Widerstrebend und mechanisch ging ich die Berge durch, um zu sehen, ob ich auf irgendetwas stieß, wo ich ansetzen konnte, auf eine Art Anfang.

Das Stipendium kam überraschend und doch nicht. Fünf Jahre, verteilt auf 500 000 Dollar, oder umgekehrt. Das MacArthur Fellowship, besser bekannt als *Genie-Preis*, ein Spitzname, in dem eine ordentliche Prise Neid und Verachtung mitschwang und den sich vermutlich jemand ausgedacht hatte, der selbst nicht gerade genial war oder mit Stipendien bedacht wurde oder beides. Überraschend an der Entscheidung, die man mir Ende August 2008 telefonisch mitteilte, war unter anderem, dass mir nur äußerst wenige Momente im Gedächtnis geblieben waren, in denen ich mich selbst genial gefühlt hatte. Nicht überraschend, weil in den letzten Jahren so viel geredet und getuschelt und so laut mit den Stipendiensäbeln gerasselt worden war, dass ich beinahe schon darauf gewartet hatte, ich stand mehr oder weniger auf der Empfängerliste, als wäre es das AZT der Kunst, und als der Anruf kam, und kurz darauf auch die erste Auszahlung, war ich nur froh, dass sie mir nicht die Placebo-Variante gegeben haben, die Blindstudie, eine Summe, die nur existierte, wenn ich bei der Bank anrief und mir von einer weiblichen Computerstimme (die ein wenig verächtlich klang) den Saldo vorlesen ließ, aber plötzlich verschwunden war, wenn ich tatsächlich versuchte, im Laden etwas für das Geld zu kaufen.

Im Gegensatz zu früheren Stipendien, die ich erhalten hatte und deren Höhe variierte, im Großen und Ganzen aber ziemlich bescheiden blieb, war das Genie-Stipendium angenehm frei von Verpflichtungen. Es erforderte weder lange, komplizierte Bewerbungen im Voraus noch umständliche Arbeitsberichte währenddessen oder im Nachhinein, in denen die Verwendung jedes einzelnen Dollars aufgeführt und in einen Zusammenhang mit der künstlerischen Produktion gestellt werden musste, die (hoffentlich / zwingend) innerhalb dieses Zeitraums stattgefunden hatte, man musste die Hand aufhalten, als stünde man vor seinen Eltern, die einem das Taschengeld nur auszahlten, wenn auch das Bad geputzt war, inklusive der Dusche (und vor allem der Unterseite der Mischbatterie, dort, wo sich die Haare der diversen Familienmitglieder sammelten und mit einer unappetitlichen Mischung aus Seifenresten und einer Schmiere, die vielleicht aus Talg und abgestorbenen Hautresten bestand, zusammenklumpten), mit Scheuermilch (auf den Fliesen, auf dem Boden und an den Wänden) und Ajax (auf den Glaswänden, gefolgt von irgendeinem Antikalkmittel, bei dem wir im Voraus gewarnt worden waren, unsere Hände zu schützen und es nicht einzuatmen oder vorsichtiger damit umzugehen als mit Nitroglyzerin), und wenn man seinen Arbeitsauftrag nicht vor Ablauf einer bestimmten Frist erledigte, konnte man lange auf das Geld warten.

Der Genie-Preis wurde jedes Jahr an zwanzig bis dreißig Amerikaner vergeben, die als umtriebig, kreativ und intelligent galten und mit irgendeinem wichtigen Projekt befasst waren, und zwar auf eine Art und Weise, dass man die Vergabe eines Stipendiums an sich als Investition in ihre eigene Zukunft, aber auch die der Gesellschaft rechtfertigen konnte. Künstler, Autoren, Choreographen, Tänzer, Regisseure, Musiker und ein Haufen Professoren aus Berkeley, Harvard oder vom MIT gehörten zu den häufigsten Kandidaten, oft half es auch, wenn man ein wenig gegen den Strom gearbeitet hatte und als Underdog galt und außerdem weder Mitglied der NRA war noch als Wahlkampfhelfer für Reagan tätig gewesen. Man konnte sich nicht selbst bewerben, die Kandidaten wurden in einem geheimen Verfahren von Hunderten anonymen Personen ausgewählt, auf deren Radar man aufgetaucht war, diversen Experten, die sich theoretisch und praktisch mit den verschiedenen Feldern und Disziplinen befassten; diese Nominierungen wurden dann an ein eigenes Nominierungskomitee von 12 Personen mit Kompetenz und Geld im Rücken weitervermittelt, die wiederum eine Auswahl aus der Auswahl trafen und die Ergebnisse im September der Öffentlichkeit präsentierten. Die anderen Stipendiaten waren: eine nigerianische Autorin; ein *urban farmer* (und früherer Profibasketballer); ein Landarzt; eine evolutionäre Pflanzengenetikerin; ein Installationskünstler; eine Astrophysikerin aus Chicago, die sich mit Kinematik und adaptiver Optik befasste und die als Kind davon geträumt hatte, die erste weibliche Astronautin zu werden; ein Anthropologe; eine Weberin / Bildhauerin; eine kanadische Geigenspielerin; ein russisch-amerikanischer Physiker, der dafür bekannt geworden war, einen alternativen Faktorisierungsalgorithmus und den topologischen Quantencomputer der, tja, Allgemeinheit zugänglich gemacht zu haben; ein Instrumentenbauer und Komponist; eine Entwicklungsbiologin; eine Geriaterin; ein Geomorphologe; ein Ingenieur- und Architekturhistoriker; ein Notfallmediziner; ein weiterer Astrophysiker; ein Musikkritiker; der Schauspieler Daniel Marcus Riley, den ich mal bei einem Abendessen getroffen hatte und der sich erst jüngst einen Namen mit einer Inszenierung von *Richard III.* in Milwaukee, Wisconsin gemacht hatte, bei der er sämtliche Rollen gespielt hatte, darunter auch ein treues Pferd, das bei Shakespeare meines Wissens gar nicht vorkam; ein ägyptischstämmiger Experte für Infektionskrankheiten; eine Medizinhistorikerin; ein stark von Nikola Tesla inspirierter Astrophysiker aus Kroatien; eine Neurowissenschaftlerin und eine experimentelle Neurobiologin; eine Bühnenlichtdesignerin; ein puertoricanischer Saxophonist und Komponist. Und, zu guter Letzt, ich.

Der Zweck des Stipendiums bestand wohl – abgesehen davon, uns Anerkennung für die bereits geleistete Arbeit zu zeigen – auch darin, unsere Geniedrüsen noch weiter zu stimulieren. Doch das Erste, was ich tat, als die Summe auf meinem Konto einging, war, alle Papiere beiseitezulegen und mich darüber zu freuen, dass ich jetzt mehrere Jahre lang nicht einen Finger rühren müsste, wenn ich es nicht unbedingt wollte. Und noch viel wichtiger war, dass das Geld für eine Atempause in der angespannten Apthorp-Situation sorgte, in der die Mieten brutal stiegen, jetzt, da alle Einheiten in Eigentumswohnungen umgewandelt worden waren. Mischa war lange unser einziger Puffer gewesen, wenn wieder einmal unvorhersehbare Kosten auf uns zukamen, was zu einem willkürlich verschobenen Machtgleichgewicht und ungeteilter Verantwortung führte, die über einen längeren Zeitraum für niemanden wünschenswert oder gesund waren. Diese Zeit war jetzt vorbei.

Ich rief sie sofort an, nachdem ich mit dem Repräsentanten des MacArthur-Fellowship-Programms gesprochen hatte. Owen war gerade einkaufen, und ich musste es irgendjemandem erzählen, die Neuigkeit mitteilen, aber ihr Handy hatte gerade keinen Empfang oder keinen Akku mehr; Mischa befand sich zusammen mit mindestens fünfzigtausend anderen Menschen mitten in der glühend heißen Black-Rock-Wüste in Nevada, auf ihrem zweiten einwöchigen *Burning Man*, wo die radikale Selbstverwirklichung bejubelt wurde und es keine Kleiderordnung und damit auch keine Bekleidungspflicht gab. Das Thema des diesjährigen Happenings lautete *American Dream*, in meinen Augen eine Verbesserung zu ihrem ersten Besuch und dem Motto *Psyche: The Conscious, Subconscious & Unconscious.* Einer der damaligen Höhepunkte war die zwanzig Meter hohe Holzfigur gewesen, die traditionsgemäß am Samstag vor den Augen aller angezündet wurde, aber just in diesem Jahr auf einem rotierenden Podest installiert worden war, was es den Teilnehmern ermöglichte, sie nach eigenem Belieben zu drehen, sodass sich die anderen Besucher, die später eintrafen oder eine Pause vom Festival eingelegt hatten, nicht mehr an *the man* als Leitstern auf dem riesigen Gelände orientieren konnten, sondern, weil die anderen Teilnehmer aus Spaß unaufhörlich die Richtung änderten, in die der Holzmann zeigte, und die Himmelsrichtungen damit flüchtig und unberechenbar erscheinen ließen, auf der Suche nach ihren Park- oder Zeltplätzen endlose Kreise zogen oder, schlimmer noch, aufgaben und zurück nach Reno fuhren.

Mordecai war ein eingefleischter Anhänger des *Burning Man*, jahrelang hatte er das Festival besucht, um sich selbst zu finden oder auch dort in der goldfarbenen Wüste zu hinterlassen, wenn ihm nicht gefiel, wen er fand. Für Mischa ging es, als sie das erste Mal dorthin fuhr, nur darum, etwas zu machen, was sie noch nie gemacht hatte. Sie fuhr allein hin. Ich weiß nicht mehr, ob ich nicht mitkam, weil ich es nicht wollte oder weil ich es nicht wagte; das eine war die Wahrheit, das andere redete ich mir selbst ein, doch was auf was zutraf, konnte ich später nicht mehr genau sagen. Sie flog nach San Francisco, kaufte sich ein Zelt, Proviant und Wasser, eine Wüstensonnenbrille, fünf Rollen Panzertape, eine Taschenlampe und Batterien, Müll- und Kompostbeutel, einen tragbaren Aschenbecher, ein Fahrrad und Flickzeug, einen Schlafsack, eine Campingdusche, tubenweise Sonnencreme und diverse andere Notwendigkeiten, ehe sie sich ein Auto mietete und die sechs Stunden nach Nordosten fuhr, über Sacramento, vorbei am Lake Tahoe und am Pyramid Lake, hinein in die goldene Landschaft, zur Black-Rock-Wüste, die vor ihr lag und den Blick freigab auf Tausende mutierter Fahrzeuge und die Zeltlager in dem zweieinhalb Kilometer großen Halbkreis, der die erleuchtete Holzfigur in der Ferne umgab. Sie hatte keine Ahnung, was sie machen sollte, als sie dort ankam, nachdem sie am Eingang ein Ticket gekauft und ein Feld an einer der vielen ovalen Avenues auf dem riesigen Campgelände zugewiesen bekommen hatte. Die Teilnehmer des BM *(Burning Man)*, genannt *burners*, wurden vom LLC (dem Veranstalter, der Black Rock City Limited Liable Company) und dem BLM (Bureau of Land Management) strengstens dazu angehalten, während des Aufenthalts in BRC (Black Rock City, der halbmondförmigen, vorübergehenden Stadt, die während des BM entstand) die LNT-Regel *(Leave no trace)* einzuhalten und kein MOOP *(Matter out of place)* zu hinterlassen; doch obwohl die meisten alles daransetzten, die Richtlinien der LLC und BML zu befolgen, was das LNT und MOOP innerhalb des BRC-Gebiets anging, wo das BM stattfand, und sich im Übrigen an die Anweisungen zu halten, die man aus dem BMIR (Burning Man Information Radio) und von der PRC (Playa Restoration Crew) erhielt, mussten das BRC-DPW (Black Rock City Departement of Public Works) und die PRC (Playa Restoration Crew) nach dem BM bis zu vier Wochen in der Wüste bleiben und dafür sorgen, dass kein Fitzelchen MOOP von den *burnern* und den vielen RVs übrig blieb, die sie dabeihatten, und von den Resten der Kunst, die auf dem Gelände aufgebaut oder aufgeführt worden war, oft mit einer Förderung der BRAF (Black Rock Arts Foundation), die ihrerseits finanziell von der LLC unterstützt wurde. Das BM war, wenig verwunderlich, ein Paradies für Akronymabhängige. Aber gleichzeitig war es auch eine Veranstaltung ohne Veranstaltung, abgesehen von der rituellen Verbrennung von *the man*, wenn der Samstagabend anbrach, und vom Tempel am darauffolgenden Tag. Keine Konzerte oder im Voraus angekündigte Programmpunkte, nicht einmal Verkaufsbuden für Essen oder Getränke, sondern eine wilde Kakophonie aus Ereignissen und Ausdrucksmöglichkeiten, in die man sich einfach hineinstürzen konnte. Feuerschlucker und feuerspuckende Drachenautos, eindringliche Goa-Rhythmen und Tanz bis zum Hitzeschlag, stille Meditation in eigens dafür erbauten Hütten oder selbstgebastelten Wäldern mit Flokati-Teppichen als Waldbodenersatz, auf denen absolutes Schuhverbot herrschte, flackernde weiße Girlanden, Baumattrappen; spontane und häufig vollkommen unverständliche Paraden durch das Camp, plötzlich auftauchende Nudisten, die auf Fahrrädern vorbeizogen oder Hula-Hoop-Reifen schwangen, vermutlich auch ziemlich viel freier Sex, der sich eine Woche später nicht mehr ganz so frei anfühlte, oder gerade doch; Gitarrenklimpern und große Ideen, eine überwältigende Ruhe und das klare Bewusstsein, dass man an einem Ort war, wo die Dinge tatsächlich noch eine eigene Bedeutung hatten und nicht nur von Gewohnheiten und Konventionen diktiert wurden. Arbeit. Spiel. Teilhabe. Tanz. Geschenke. Zusammenhalt. Ausbleibender Schlaf und Brandwunden für jene, die barfuß auf der alkalischen Playa umherliefen. Ein Experiment, aus dem niemand unverändert hervorging, hieß es. Das *Burning Man*, so betonten es ja auch Mordecai und Mischa ständig, existierte außerhalb der Zeit, man konnte es nicht erklären, man musste es erleben oder sich dagegen entscheiden und es verpassen.

Wie dem auch sei – Folgendes erzählte Mischa über ihr erstes Mal: Sie war spät am Montagabend angekommen, mit einer leisen Unruhe, weil sie nicht wusste, was von ihr erwartet wurde. Sie packte ihr Auto aus, umgeben vom Licht der anderen Lager und der Leute, die an ihr vorbeigingen, -radelten, in selbstgebauten Fahrzeugen fuhren, sämtlich auf spektakuläre Weise beleuchtet, damit man sie in der totalen Finsternis der Wüste sehen konnte; sie schlug ihr Zelt auf und setzte sich hinein, öffnete den ersten Wasserkanister und lauschte den Discobeats, die aus allen Richtungen zu ihr vordrangen. Sie sagte: *Ich glaube, ich habe mich noch nie so einsam gefühlt wie in genau dem Moment, an dem Abend, weiter weg von allem, als ich es je gewesen war, gefangen zwischen fünfunddreißigtausend Menschen, von denen ich das Gefühl hatte, sie würden einander von früher kennen; es war so, als wäre ich die Einzige, die nicht dazugehörte. Und ich weinte wie ein Kind.* Hier war kein Platz für sie, nicht einmal durch das Thema wurde sie integriert, sie hatte keinerlei Verbindung zu etwas Bewusstem, Unbewusstem oder Bewusstlosem: Wenn überhaupt, war sie sich ihrer selbst bewusst, aber das war nicht Teil der Aufgabe. Als sie einschlief, träumte sie davon, dem Ganzen zu entkommen, einfach nur das Auto zurückzugeben und nach Hause zu fahren, begleitet von den hämmernden Rhythmen aus den Musikanlagen, die die Leute am Tanzen hielten, im Schein der Flammen, die von Bühnen und aus Fahrzeugen emporschlugen; als sie nachts aufwachte, herrschte eine unheimliche Stille, nur im Nachbarzelt unterhielten sich Leute leise, in der Nähe wurden gedämpfte Gespräche geführt, und in der Ferne ging die Party weiter, und die Musik klang dumpf, als würde jetzt unter der Erde gefeiert; als sie das nächste Mal aufwachte, war es schon Morgen, und die Sonne ging auf, und um sie herum summte wieder das Leben des gestrigen Abends, die wilde Energie, die ihre Zeltstangen und die dünnen Blechwände ihres Mietwagens erzittern ließ. Sie krabbelte aus dem Zelt, zog sich in der kühlen Morgenluft um und sah, wie die Sonne über die Berge im Osten floss. Es war der überwältigendste, schönste Sonnenaufgang, den sie je gesehen hatte und der abrupt von einem Mann unterbrochen wurde, der in vollem Tempo auf sie zurannte und als er sie erreicht hatte, abrupt abbremste, und ihr fiel auf, dass er sich als weißes Kaninchen verkleidet hatte, das heißt mit kurzen Hosen, einer weißen Fellmütze mit Kaninchenohren, einer abnehmbaren Kaninchennase am Gummiband und weißen Handschuhen aus Kaninchenpelz, dazu einen braunen Zweireiher, den er auf dem nackten Oberkörper trug, und im nächsten Moment zog er eine Uhr aus der Tasche und rief: *Oh seht, oh seht, ich komme viel zu spät … muss gehen muss gehen muss gehen!* (Hier betonte sie mir gegenüber, dass sie keineswegs bewusst eine Parallele zu *Alice im Wunderland* ziehen wollte, sondern dass ihr Tag schlichtweg so begonnen hatte, also mit einem Mann, der wie eine Strandausgabe des weißen Kaninchens mit der Taschenuhr aussah). Und dann lief er weiter zum Zentrum des Geländes und einer Verabredung, die er nie erreichen würde, weil das BM schon längst aus der

Spur war, weil die Nadel den Sprung auf der Platte überwunden hatte, an dem die Zeit sonst immer festhing. Sie sah sich um. Überall Leute in den ausgefallensten Kostümen, Seite an Seite mit Leuten in Shorts und Bikinis und hohen Stiefeln und jenen, die nicht einen Fetzen am Leib trugen und ihre Hängebrüste und Hängehoden nach der Nacht auslüfteten oder straff und jugendlich und oben ohne die Avenues entlangstolzierten, ohne einen Gedanken daran zu verschwenden, ob sie der Öffentlichkeit einen schönen Anblick boten. Mischa nahm ihr Fahrrad und schob es durch das innerste Hauptlager, um eine Toilette zu finden und sich ein bisschen zu orientieren, und unterwegs fiel ihr auf, dass ihr die Leute zuwinkten und riefen *wie geht's?* und *schönen Tag noch!;* als sie aus der Toilette kam, stand dort ein lächelnder, grauhaariger Mann Mitte sechzig mit Cowboyhut und einem staubigen T-Shirt und überreichte ihr ehrerbietig eine schwarze Mitgliedskarte zu einem *Geheimclub für Leute, die immer schon Geheimclubs angehören wollten, aber nie herausgefunden haben, wie man sich anmeldet*, ehe er sich bei ihr bedankte und verschwand. Sie sah Kinder, die spielten und über die phantasievollen Fahrzeuge und Kunstinstallationen und Klettergerüste staunten, Kinder von Eltern, die die sechziger Jahre entweder nie hinter sich gelassen hatten oder die sich von ihren Jobs im Silicon Valley freigenommen hatten, denn das *Burning Man* lockte nicht nur Spinner und Außenseiter, New-Age-Typen und Leute, die nirgends hinpassten, das *Burning Man* war ein Ort für alle Menschen, egal, was sie beruflich machten oder nicht machten; das BM war ein *free-for-all* der Entfaltung, und das war es, was sie an Tag zwei in Black Rock City verstand: dass sie gezwungen war, loszulassen, nachzugeben, alles fahrenzulassen, und dass der Mutige keine Einsamkeit kannte. Also tat sie es auch. Mischa besuchte das Heilzelt, wo die Verletzungen, die ihr das Stadtleben angeblich zugefügt hatte, behandelt wurden, und erlaubte es sich, anschließend einen markanten Unterschied zu spüren; sie grüßte so ungefähr jeden, der ihr über den Weg lief, und unterhielt sich mit ihm; sie nahm gemeinsam mit zwölf anderen an einer Versammlung in einem Zelt teil, wo allen die Aufgabe gestellt wurde, auf die kleine Bühne zu treten und den fremden

Zuhörern etwas über sich zu erzählen, was die Leute, die sie kannten, nicht wissen sollten; sie tanzte zu ein paar eingängigen Rhythmen an der Esplanade, bis ihr fast der Arsch abfiel, aber auch zu Rave, den sie normalerweise verabscheute und als geistlose Computermusik abtat, sie entspannte sich im Tempel und schrieb mit Filzstift Nachrichten an jene, die sie verloren oder zu denen sie den Kontakt abgebrochen hatte, auf das Holz; sie traf einen Typen, der sagte, er habe sich nur eine Kokosnuss besorgen wollen, aber einen *soulmate* gefunden; sie radelte stundenlang auf dem riesigen Gelände herum, betrachtete Kunstwerke, die idealistische Seelen und etablierte Künstler monatelang aufgebaut hatten; sie ging auf ein Lachfest und lachte, obwohl sie es gar nicht lustig fand; sie entdeckte Orte, wo sie stundenlang ungestört sitzen konnte, obwohl ständig Leute kamen und gingen, denn niemand störte den, der für sich sein wollte; sie nahm an verschiedenen Projekten teil, hielt einen Vortrag über amerikanische Gegenwartskunst und gab Malkurse, sie tischlerte mehr als fünfzig Minuten lang an einer Treppe mit fünf einzelnen Stufen, und eines späten Abends half sie dabei, Teile eines Mutantenautofahrgestells, das zu einem Seeräuberschiff umgebaut worden war, wieder anzuschweißen; sie zündete Kerzen an, zusammen mit hundertfünfzig anderen Freiwilligen, die jeden Abend eine Prozession durch die Hauptstraßen machten, und hängte Tausende Laternen auf; sie lauschte andächtig einem alten Mann, dessen Gitarrenspiel sie an Ry Cooders Musik in *Paris, Texas* erinnerte; sie spielte mit einer Horde Halbnackter aus der Bay Area Fußball mit einem imaginären Ball und gewann, nach Verlängerung, trotz eines schweren, aber ebenso imaginären Fouls und einer höchst realen Roten Karte, die der selbsternannte Schiedsrichter plötzlich zückte. Sie absolvierte einen Kurs zum Thema Atemtechnik und effektive Absonderung negativer Vibes und einen Kurs zum Thema Fährten von Klauentieren lesen (mit Hilfe des selbstgebauten Fährtenabdruckmachers des Kursleiters); sie zog aus ihrem Zelt aus und schlief in einem der Themenlager, wo der Boden mit weichen Decken und Kissen bedeckt war, auf denen es sich die Leute einfach bequem machen und die Augen schließen konnten; sie schlief zwischen Massen von wildfremden Menschen; sie stand mit ihrer Wüstenbrille in einem Sandsturm, bis sie keine Menschenseele mehr sah, und anschließend war ihr Haar grau und wirkte angegriffen, und all ihre Sachen im Zelt (dessen Reißverschluss sie zu schließen vergessen hatte) waren von einer feinen Staubschicht bedeckt; als der Sturm abgeflaut war, traf sie zwei sympathische Frauen Ende dreißig, die ihr ein herrliches Shampoo liehen und ihr Zutritt zu ihrer Dusche im Wohnmobil gewährten, sie zog bei ihnen ein und wohnte die letzten drei Tage dort, auf einer Matratze auf dem Boden zwischen den anderen Liegen; sie sah Sonnenaufgänge und Sonnenuntergänge, die kein Fotograf angemessen festhalten konnte, und als der Samstag kam und *the man* angezündet wurde und *the man* in Flammen aufging und *the man* brannte und umfiel und der ganze Himmel vom Feuer und dem Lärm der Teilnehmer erfüllt war, die jubelten und weinten und sich umarmten und brüllten und Gegenstände in das tosende Feuer warfen und 35 000 verschiedene persönliche Versionen davon hatten, wofür die brennende Holzfigur stand und was sie ihnen in diesem gefühlsmäßigen Orkan bedeutete, und immer weiter Flammen aufstiegen und die Musik lauter wurde und die Leute tanzten und es wie ein Traum war, eine surreale, fröhliche Variante der Szene in *Apocalypse Now*, in der die Do-Lung-Brücke jede Nacht wieder und wieder gesprengt wird; da fing sie an zu zittern, und ihr liefen die Tränen, und es war albern und schön und bedeutungsvoll; überwältigend. Das war es.

Wie gesagt, man musste da gewesen sein, um es zu verstehen.

Als sie Anfang September nach einer weiteren Woche in der Wüste wieder zurückkehrte, wie schon beim letzten Mal noch immer mit dem gelbweißen Staub in den Klamotten, hatte ich geplant, Owen und sie einzuladen und das MacArthur-Stipendium zu feiern, doch schon als wir von JFK Richtung Manhattan fuhren, verstand ich, dass daraus nichts werden würde. Sie war stiller als sonst, und in letzter Zeit war sie oft still gewesen.

«Als ich auf dem *Burning Man* war», sagte sie, «als ich für mich allein war oder als ich letztes Jahr in Shanghai war, bin ich durch die

Gegend gelaufen und habe nachgedacht, und die ganze Zeit habe ich gedacht: Wie gut es war, eine Zeitlang aus New York weg zu sein, aus Amerika.»

«Etwas Amerikanischeres als *Burning Man* gibt es ja wohl kaum.»

«Du weißt, was ich meine.»

«Ach, wirklich? Willst du nach China ziehen? Oder in die Wüste?», fragte ich, leicht gereizt darüber, dass die Nachricht über den Genie-Preis, den ich bereits erwähnt hatte, als ich den Wüstensand von ihrem Rucksack abklopfte und ihn in den Kofferraum stellte, schon längst vergessen schien.

«Das sage ich doch gar nicht.» Sie seufzte.

«Und was sagst du dann?»

«Dass es gut war, mal eine Zeitlang von dir weg zu sein. Von allem.»

Sie erzählte von den beiden Frauen, die sie schon beim ersten Mal auf dem *Burning Man* kennengelernt hatte und mit denen sie auch dieses Jahr viel Zeit verbracht hatte. Die beiden hätten sie eingeladen, erzählte sie, eine Weile mit ihnen zusammen in Kalifornien zu wohnen, ein paar Monate vielleicht. Sie besäßen ein großes Haus am Laurel Canyon, sie könne dort wohnen, wenn sie wolle, so lange sie wolle. Und sie würde gern herausfinden, ob sie in einer anderen Umgebung auch Inspiration für ein neues Projekt fände.

«Merkst du das denn nicht?», fragte sie. «Es läuft gerade nicht so zwischen uns, oder? Es geht uns schon lange nicht mehr gut, wir reden kaum noch miteinander, es ist, als wäre uns der Gesprächsstoff ausgegangen, als wäre alles schon gesagt, erklärt, verstanden. Ich weiß nicht, Max, ich bin einfach so erschöpft. Und ich weiß nicht, was ich machen soll. Und wir klammern uns krampfhaft an diese Wohnung …»

«Ich will dich nicht verlieren», sagte ich.

«Ich glaube, ich brauche eine Auszeit. Lass uns keine große Sache daraus machen, okay?»

«Wann willst du fahren?»

«Nach Weihnachten. Im Januar.»

«Und wie lange bleibst du weg?»

«Weiß nicht. Ein halbes Jahr vielleicht.»

Queensboro Bridge. Die Stadt. Es war ein warmer Abend, es war September, und es war schon seit sechzehn Jahren nicht mehr so heiß gewesen.

«Bist du sicher?», fragte ich.

«Nein. Aber gerade deshalb glaube ich, es wäre eine gute Idee.»

LEKTION IN DER KUNST DES FALLENS

(DROP THE BOMB, EXTERMINATE THEM ALL)

1970 – 1971

1

Es glich eher einer Arbeit als einem Krieg. Harter, körperlicher Arbeit. Ich war den vierten Monat hier, ich war ein Arbeiter geworden. *Wahrscheinlich*, dachte ich, wenn ich auf meine Hände blickte, die grob und rau geworden waren, ölverschmiert von der Wartung und der Arbeit an den Kanonen, *wahrscheinlich werde ich nie wieder Klavier spielen.* Der Gedanke faszinierte mich beinahe. Ich gehörte zu den ältesten Soldaten, sieben bis acht Jahre älter als die Jugend, deren Geburtsjahrgänge in der Militärlotterie gezogen worden waren, woraufhin man sie hergeschickt hatte. Ich war 27, sie nannten mich *den Alten.* Ich fing an, meinem Vater zu ähneln; zum ersten Mal seit zwanzig Jahren identifizierte ich mich mit ihm. Wir arbeiteten beide in der Industrie, in unserem jeweiligen Bereich. Er stand in derselben Halle wie immer, in der Rosenberg Werft, Tag für Tag für Tag, so wie ich ein ums andere Mal meinen unabänderlichen und festgelegten Platz einnahm, als Unteroffizier in der Bravo Batterie, 2. Bataillon, 11. Feldartillerieregiment, der 101. Luftlandedivision unterstellt, auf der Firebase Bastogne stationiert, genauer gesagt in der taktischen Zone des 1. Korps, grid YD 620095, kart 6441-1, Kartenserie L7014, in der Thua-Thien-Provinz, 20 km östlich von A Shau, 30 km westlich von Huế, inmitten des Nichts und trotzdem im Zentrum dessen, was vom Krieg noch übrig war. Der Unterschied zwischen meinem Vater, meinem Bruder und mir war, dass sie sowjettreue (aber Mao-kritische) bzw. Mao-treue (aber sowjetkritische) Flugblätter über Arbeitnehmerrechte austeilten und mit begründeter Sorge auf die Einstellung der neu aufgekommenen Ölbranche gegenüber den Gewerkschaften und der erodierenden Solidarität in Stavanger blickten, während ich damit beauftragt war, einen letzten, vergeblichen Versuch zu unternehmen, die weitere Ausbreitung des Sozialismus zu verhindern (oder wozu um alles in der Welt wir da waren), in Zusammenarbeit mit den Amerikanern, die meine Familie so verachtete. Ich schrieb ihnen nicht.

Ich arbeitete, ich erledigte den Job, für den ich da war, und es lässt sich nicht leugnen: Wenn es einmal darum ging, Granaten auf die Erde niederregnen zu lassen, legte ich ein gewisses Talent an den Tag. Die Logistik dahinter, es gefiel mir wohl, sie zu beherrschen. Drei Artilleriebatterien, Alpha, Bravo und Charlie; die ersten beiden mit jeweils sechs Haubitzen, 105 mm und 155 mm, und eine dritte mit den schlagkräftigen, aber unpräzisen Selbstfahrgeschützen, 175 mm, die sternförmig angeordnet wurden, damit die Granaten bei ihren Aufschlägen den größtmöglichen Effekt erzielten, mit einem Geschütz in der Mitte – der Hauptkanone –, die Leuchtmunition verschoss, wenn die Feldartillerie nachts in Aktion war; wir konnten es nicht selber sehen, dazu lagen die Ziele beim indirekten Richten zu weit entfernt, auf der anderen Seite der Berge, doch vor den Männern am Boden brannten die Leuchtgeschosse in einer Höhe von nur wenigen hundert Metern ab und erleuchteten den Nachthimmel lange genug, um das Ausmaß der Zerstörung sichtbar zu machen. Wir schossen unsere Granaten im hohen Bogen oder in langen, flachen Kurven ab, bis zu zehn Kilometer weit, wenn nötig, oder sogar zwanzig oder dreißig, wenn die größten Kanonen zum Einsatz kamen, mitunter hatten wir um die dreißig Geschosse in die Luft geschickt, ehe das erste davon auf den Boden schlug, über den Baumkronen, Reisfeldern, Bergen und Sümpfen, im Elefantengras, in den Händen und Armen und Gesichtern derer, die sich inmitten der Zone befanden; Brandgranaten, chemische Granaten, Willy-Pete-Granaten, Granaten mit Zeitzündern, die dann explodieren sollten, wenn die Berechnungen des Fire Direction Center bezüglich Wind, Temperatur und Feuchtigkeit es vorsahen. Und die *Beehive*-Granaten, gefüllt mit achttausend glühenden Stahlpfeilen, die sich anhörten wie ein Wespennest, wenn sie auf einen Menschen zurasten. Im Übrigen hatten wir einmal von einem Divisionsgeneral einen Gehörschutz erhalten. Den benutzten wir allerdings nur, wenn wir schlafen wollten, ansonsten steckten wir einfach die Finger in die Ohren; wir mussten einander hören und die Nachrichten vom vorgeschobenen Beobachter draußen im Feld empfangen können, die uns über das Fire Direction Center und den

Batteriechef weitergegeben wurden und dann den ganzen Dienstweg zurück zu den Leuten draußen im Dschungel wiederholten, weitergerufen an den Geschützführer, die Richt- und Munitionskanoniere, damit diese die Haubitze in die richtige Position bringen und die Informationen des Batteriechefs bestätigen konnten, während der Geschützführer die Sicht prüfte und der Rest der Mannschaft die richtigen Zünder an die Granaten schraubte, sie in die Kupferhülsen steckte und die Granate so weit in das Rohr des Geschützes schob, bis sie einrastete, und anschließend kamen die Treibladungen, eins, zwei, drei, vier, fünf, sechs oder alle sieben, abhängig davon, wie weit die Granate geschossen werden sollte; dann warteten wir, bis der Geschützführer das Handrad nach rechts drehte und Teilring und Rohrerhöhung einstellte. Während wir arbeiteten, dachten wir nicht daran, dass wir im Krieg waren. Ich dachte nicht daran. Wir waren in einer Fabrik, mit freiem Oberkörper in der Hitze, und wir beherrschten unsere Arbeit, wir justierten, positionierten und berechneten, schmierten die Läufe und beseitigten Pulverrückstände, warteten die Hydraulik und hielten das Tempo, zehn Schuss in der Minute von jedem Kanonier in den ersten drei Minuten, anschließend drei Schuss in der Minute, solange es nötig war, und der Rohrrücklauf der Haubitzen und die Endstücke, die zurückgeworfen wurden und die an Stempel erinnerten, die Messinghülsen, die rauchend auf den Boden fielen, als wir nachluden, waren das sinnlos gewordene Produkt.

Doch im Großen und Ganzen passierte nichts. Unsere Waffen ruhten, während wir auf Ablösung für die Kompanie warteten, die hier stationiert war, um uns zu beschützen oder ein Ranger-Team auf einer Long Range Reconnaissance Patrouille in der Nähe von A Shau zu unterstützen. Es gab Tage, an denen wir die höheren Mächte um eine Aufgabe anflehten und mit stundenlangem Weltuntergangsbeschuss auf einen armen, einsamen Heckenschützen reagierten, den jemand umzingelt hatte. Ich bin mir sicher, unsere Führung verbreitete auch Falschmeldungen, sodass wir einfach nur die Natur an sich angriffen, um uns die Zeit zu vertreiben und unsere Anspannung zu lindern. Keiner hatte ein schlechtes Gewissen deswegen, der Krieg näherte sich dem Ende, und wenn wir uns einer Sache sicher waren, dann der, dass keiner Lust haben würde, die ganze Munition wieder in die Staaten zu verfrachten. Während Nixons «Vietnamisierungskampagne», bei der sich Amerika zunehmend aus dem Krieg zurück- und seine Einheiten abzog, breitete sich eine unheimliche Stille über dem Stützpunkt Bastogne aus, die uns fast in den Wahnsinn trieb. Wir bekamen die ganze Zeit zu hören, dass den südvietnamesischen Soldaten der ARVN mehr Verantwortung für den Krieg übertragen werden sollte, und wir konnten nichts anderes tun, als darauf zu warten, bis wir endlich drankamen, wieder in die normale Welt zurückgeschickt zu werden. Und dennoch, wenn man dort im Bunker hockte und zum x-ten Mal dasselbe Buch las und der Marihuanaduft sanft über Teilen des Lagers hing, war die Einsicht, seine Zeit zu verschwenden, doppelt frustrierend. Allmählich wurde auch dem Letzten von uns klar, dass der einzige Grund, warum wir noch hier waren, der Plan der Nixon-Administration war, den Rückzug so langsam vonstattengehen zu lassen, dass man dabei nicht sein Gesicht verlor. Ein *ehrenvoller Frieden* war die ursprüngliche Absicht gewesen, jetzt ging es um die Wiederwahl. Und man brauchte kein General zu sein, um zu verstehen, dass sich die armen Soldaten der ARVN niemals die notwendige Kompetenz aneignen könnten, um den Krieg allein fortzuführen, jedenfalls nicht innerhalb der kurzen Zeit, die ihnen die US Army gab. Die Operation Lam Son 719 und die Invasion in Laos ließen daran keinen Zweifel mehr. Wir würden sie im Stich lassen, Saigon würde fallen, sobald wir im letzten Helikopter saßen, der das Land verließ, wir wussten es. Ich glaube, sie selbst müssen es auch gewusst haben. Aber wir unternahmen nichts dagegen. Bisher waren über zweihundertsechzigtausend Soldaten in die Staaten zurückgeschickt worden; wir warteten nur darauf, dass wir an der Reihe waren, und in der Zwischenzeit setzte uns die Frage zu, ob wir auch wirklich alle zu Hause ankämen oder ob einer von uns derjenige wäre, dessen Namen auf der Gedenktafel für den allerletzten Soldaten landete, der in diesem Land sein Leben verlieren würde.

Fast dreizehn Monate lang erwachte ich mit derselben Aussicht; jeden Abend, wenn ich schlafen ging, war ich von denselben Bergen umgeben. Die Tage und Nächte waren monotone, frustrierende Kopien voneinander, umgeben von derselben Natur, der niemand traute, denselben hohen Bergen und Anhöhen, meterhoch bedeckt von Elefantengras, Bambus und undurchdringlichem Regenwald, drei Schichten von Laubwerk, die nur wenige Lichtstrahlen auf den Boden dringen ließen. Im Inneren dieser Wälder war es immer dunkel. Der Tod und die Stille, überall waren sie spürbar, beinahe physisch: in den Pflanzen, den Büschen und Bäumen, in der krabbelnden Tierwelt auf dem Waldboden, über deren diskrete Pfade man nur einmal versehentlich stolperte und sich anschließend fernhielt. Und dann dieses Gefühl, langsam von der Umgebung erstickt zu werden, von den Stunden und Tagen, die ereignislos verstrichen, von dem uralten Wald, der bei jedem unserer Schritte weiterwuchs, ein vermoderndes und zugleich sprießendes Herbarium, und der unbehagliche Eindruck, vollkommen von der eigentlichen Wirklichkeit abgesondert zu sein. Man blinzelte in die Vegetation und konnte durch das wuchernde Grün nur schwer weiter als zehn oder zwanzig Meter sehen und sich oft auch unmöglich mehr als hundert Meter in der Stunde voranbewegen, so leise und vorsichtig man konnte, falls nötig, auch mit Macheten. Hier war es am besten, sich genau an die Karte zu halten und nur im vorgesehenen Gebiet zu patrouillieren, langsam und zielgerichtet, ohne etwas zu riskieren, dazu gab es so spät im Krieg keinen Grund mehr, und so oft wie möglich seine Position durchzugeben und niemals die Orientierungspunkte in der Topographie aus den Augen zu lassen; einen umgestürzten Baum, einen markanten Stein, einen Bach, der sich teilte. Man prüfte die Karte und sah, dass man sich sechs Kilometer östlich vom A-Shau-Tal befand, genau an der Grenze zu Laos, und war erleichtert, dass auch die heutige Patrouille nicht dorthin führte. Was auch passierte, niemand wurde alleingelassen in A Shau, das im Volksmund nur *der Fleischwolf* hieß. Es kursierten Gerüchte über diesen Ort, und die waren nicht schön. Vergessen, isoliert und unzugänglich, das gesamte Tal war in eine unwirtliche, gespenstische

Gegend verwandelt worden, von Luftangriffen, bei denen tonnenweise Agent Orange versprüht worden war, um die Vegetation zu vernichten und jede landwirtschaftliche Nutzung unmöglich zu machen, um Bauern wie Feinde zu vertreiben. Über A Shau sprach man mit gedämpfter Stimme. Schon seit der Krieg begonnen hatte, war es ein Ort, den man lieber mied. Nicht einmal die U. S. Army Special Forces konnten hier standhalten. Und auch sonst niemand; jeder einzelne, immer aufwendigere und verzweifeltere Versuch seitens des Militärs, das Tal unter Kontrolle zu bringen, scheiterte endgültig. Sie schickten Hunderte von Helikoptern, ein Bataillon nach dem anderen, ganze Regimenter, richteten alle verfügbare Artillerie auf das Tal, verwüsteten das Gebiet bis zur Unkenntlichkeit mit Flächenbombardements und warfen aus der Luft Napalmkanister ab. Doch es nützte alles nichts. Es war, als würden hier andere Regeln gelten, Logik griff nicht, sie löste sich im feuchten Klima auf, unter der stets dichten Wolkendecke. A Shau blieb nordvietnamesisches Territorium. Und sogar die LRRPs scheuten sich, mit ihren Aufklärungstrupps von sechs Mann hineinzugehen. Der Ho-Chi-Minh-Pfad, das logistische Netz, das die NVA nutzte, um enorme Mengen an Ausrüstung und Vorräten und Personal von Nordvietnam in den Süden zu schaffen, verlief quer durch das fast vierzig Kilometer lange Talgebiet; amerikanische Patrouillen, die dorthin vordrangen, riskierten, von ganzen Divisionen überrascht zu werden, die sich in dieser Vorhölle in Bunkern und Tunneln verbargen; sie riskierten, nie wieder zurückzukehren. Im Nachhinein verstanden wir, dass das Problem nichts mit Logik zu tun hatte, sondern mit der amerikanischen Armee. In ihrer Begeisterung über die eigene Technologie und den schier endlosen Zugang an Ausrüstung und Personal hatte sie eines übersehen: Dies war ein altes Reich. Vietnam hatte zweitausend Jahre Erfahrung im Freiheitskampf. Ein ums andere Mal hatte das Land gekämpft, gegen chinesische Dynastien, gegen den französischen Kolonialismus, jeder der Gegner hatte eine eigene Agenda und ein entsprechendes Verständnis von der Weltkarte gehabt. Amerika, knapp zweihundert Jahre alt, war nichts als ein kurzes Störfeuer, ein unbeholfener Teenager, dem früher oder später die Motivation oder das Taschengeld ausgehen würde; also musste man einfach nur darauf warten, bis wir wieder weg waren, und in der Zwischenzeit so weitermachen wie bisher.

Jeden Tag dieselbe Aussicht, morgens und abends. Die ewigen Berge. Grün und braun. Und die Gewissheit, was hinter ihnen lauerte.

Doch ich war nie dort, in dieser Umgebung. Jeden Tag pries ich mich glücklich, dass es nicht meine Aufgabe war, ins Feld zu ziehen, jenseits des Perimeters und in den Dschungel hinein, in Richtung A Shau oder anderer Ortschaften. Ich glaube, deshalb quälte mich die Aussicht so sehr; *ich war nie dort. Dort draußen. Indian country.* Ich kannte es nicht. Die Natur ängstigte mich zu Tode, sie war ganz anders als der norwegische Wald und die kahlen Berge, in denen ich so gern unterwegs gewesen war, und deshalb versuchte ich sie möglichst wenig anzusehen, sie zu ignorieren, als eine Art Kulisse zu betrachten, die früher oder später abgebaut, verstaut und abtransportiert werden würde. Und trotzdem, an dem einen oder anderen Nachmittag, wenn die Sonne in einer magischen Stunde durch die Wolken brach, durch den Monsunregen, wenn das Licht direkt auf Bastogne fiel und von der Artillerie und dem Staub und der kargen, roten Erde gebrochen wurde und das Gras vor dem Stützpunkt auf phantastische Weise aufleuchten ließ und die Berge fast vom goldenen Himmel verdrängt wurden, war Vietnam plötzlich erschreckend schön. Dann konnte ich es sehen. Ich kannte nichts Vergleichbares, keiner von uns. Die meisten hatten die USA noch nie verlassen, einige nicht einmal ihren Heimatstaat. Sie kamen aus Des Moines und Charlotte, aus Houston und Mobile und all diesen Orten, Bauern und Arbeiter, Hillbillys und Collegestudenten aus Städten und Dörfern, von denen ich noch nie etwas gehört hatte; sie kamen aus einem anderen Amerika, weit weg von allem, was ich kannte. Unter anderen Umständen wären wir uns wohl nie begegnet, und wenn, dann hätten wir es nicht eine Stunde miteinander ausgehalten. Aber hier waren wir dazu gezwungen, während nach und nach eine Art, ich weiß nicht, vielleicht Verständnis entstand. Konnte man das wirklich sagen? Ein gegenseitiges Verständnis? Ich weiß nicht, wie ich es besser beschreiben soll. Wir würden nie wieder etwas Vergleichbares erleben. Und wir blieben auf unseren Sandsäcken sitzen, auf den Haubitzen in Ruhestellung, oder standen aufrecht da, die Hände in die Seiten gestemmt, fast paralysiert vom Anblick, der uns umgab. In dem Moment sagte niemand ein Wort. Zigaretten wurden angesteckt, die schweren Helme abgenommen, und eine andächtige Stimmung ergriff uns. Einige machten Fotos. Eine Super-8-Kamera schwenkte über unsere Gesichter, und manche schnitten eine Grimasse oder winkten. Für einige Minuten war es fast so, als wäre man wieder zu Hause, die letzten Minuten, bevor unsere Eltern uns zum Essen riefen und wir widerwillig herbeitrotteten, mit dreckigen Hosen und Schürfwunden an den Ellenbogen, eine Heimkehr zu sauberen Bettlaken und Fragen, wie der Tag gewesen war, auf die wir lange und komplizierte Antworten gaben.

Doch dann kam die Dunkelheit. Die Sonne ging unter und der Tag mit ihr; wir wurden blind in der vietnamesischen Nacht zurückgelassen, und es gefiel uns nicht. Lediglich die beiden Lampen am Heliport und oben am Gefechtsstand verrieten, dass wir uns auf der Bastogne aufhielten, und mit Ausnahme jener Nächte, in denen wir die starken Suchscheinwerfer anwarfen und sie langsam über die Landschaft schweifen ließen, war es ein Gefühl, als befänden wir uns auf einer Insel, umgeben von absolut nichts; ein gespenstisches Gefühl, als hätten wir einen Fuß in die Unterwelt gesetzt. Die Geräusche wurden von der Schwärze verstärkt. Wir hörten die Zikaden durch den milden Frühlingsregen und saßen mucksmäuschenstill in unseren Bunkern und lauschten, oder unter Regenponchos, wenn wir auf einem Wachposten standen und mit den untauglichen Nachtsichtgeräten in die Finsternis starrten und immer wieder auf die Uhr schielten, um auch ja keine Sekunde länger als nötig dort auszuharren.

War die Aussicht auf die Berge tagsüber unheimlich, war sie in den Nächten geradezu unerträglich. Zwölf Stunden lang reines Nichts, ehe das erste Morgenlicht am Horizont auftauchte. Viele von uns hofften insgeheim auf einen nächtlichen Hilferuf von einem verzweifelten Ranger-Team oder anderen, die dort draußen in Schwierigkeiten geraten waren, damit wir ein bisschen Munition verfeuern, für einen Moment die Stille übertönen und mit den Mündungen, die die Projektile ausspuckten, ein wenig Licht erzeugen konnten. Doch im Großen und Ganzen blieb es ruhig. Wir warteten, jede Nacht, auf einen weiteren Morgen; wir klammerten uns an die Hoffnung, dass die vielen magnetischen, akustischen und seismischen Sensoren, die von Flugzeugen aus in den Dschungel abgeworfen wurden, eine eventuelle Bewegung in unsere Richtung auffangen und auf unseren Geräten ausschlagen würden und dass die Felder aus Claymore-Minen und Stacheldraht, die das Lager umschlossen – und im weiteren Umkreis: Bangalores und Phosphorminen –, dafür sorgten, dass uns niemand zu nahe käme. Jedenfalls nicht, ehe es hell wurde. Denn die Nacht war nicht unsere Zeit. Die Nacht gehörte den Vietnamesen. Nachts kamen sie, griffen auf ihre jahrhundertelange Erfahrung und ihre Ortskenntnis zurück und auf die Gewissheit, dass wir vor Sonnenaufgang nicht mit einer Verstärkung aus der Luft rechnen konnten. Wir hatten alle schon von NVA-Soldaten gehört, die lautlos durch die Minenfelder robbten und Löcher in den Stacheldraht schnitten und die Claymores behutsam in unsere Richtung drehten, sodass wir selbst von Tausenden Stahlkugeln getroffen wurden, sobald wir auf den Auslöser drückten, und wir hatten von Kämpfern des Vietcongs gehört, die sich die Zeit zunutze machten und lange Tunnel bis unter die Stützpunkte gruben, um sie von innen angreifen zu können. Es konnte passieren, wir sprachen nicht viel darüber, jedenfalls nicht offen, aber es gab niemanden auf der Firebase Bastogne, der nicht die Geschichte von der Schlacht um die Außenposten in Dien Bien Phu kannte, die Frankreich 1954 den Sieg gekostet hatte, oder von der langwierigen Belagerung von Khe Sanh. Und der Firebase Ripcord, weniger als drei Meilen nordwestlich von uns. Nur ein knappes Jahr zuvor hatte die 101. Luftlandedivision über vier Monate gegen ganze Divisionen der NVA gekämpft, die sich auf vier Anhöhen verschanzt hatten und immer weiter zum Stützpunkt vorrückten. Vierundsiebzig Soldaten waren getötet worden, sechs Mal so viele verletzt. Dem Dauerfeuer ausgesetzt, hatten die Überlebenden Ripcord am Ende aufgegeben und waren aus der Luft evakuiert worden. B-52-Flugzeuge bombardierten das verlassene Lager flächendeckend und machten es dem Erdboden gleich. Nach Ripcord war Bastogne ein naheliegendes Ziel, genau in der Mitte zwischen A Shau und Huế, direkt an der QL 547 gelegen, jener Hauptstraße, die seit der Tet-Offensive von der NVA genutzt wurde. Unsere Lage war ideal. Und früher oder später würden sie kommen. Wir konnten nur darauf hoffen, dass *wir* dann nicht mehr da wären.

Hätten wir eine bessere Militärführung gehabt, wäre unsere Sorge vielleicht nicht ganz so groß gewesen; ich bin mir sicher, dass wir im Jahr 1967 besser geschlafen hätten als jetzt, im Frühjahr 1971. Mit dem nahenden Kriegsende und einer zunehmenden negativen Berichterstattung über den steigenden Drogenmissbrauch, über Rassismus, Ungehorsam und Gewalt gegen Offiziere hatten massenhaft höhere Militärs längst aufgehört, ihren Dienst zu tun. Sie suchten sich andere, angenehmere Orte, an denen sie sich nützlich machen konnten, und infolgedessen waren es vor allem sogenannte *shake-'n'-bake*-Offiziere und Unteroffiziere frisch aus Westpoint und ähnlichen Militärakademien, die nun Soldaten führen sollten, die zum überwiegenden Teil rekrutiert und gegen ihren Willen nach Vietnam verfrachtet worden waren. Ich selbst war seit Dezember hier, in der neuen Wirklichkeit, in dieser Drehtür eines Konflikts. So weit entfernt von Majoren und Generälen, wie der Stützpunkt Bastogne lag, kam auch niemand her, um den gefährlichen Mangel an Enthusiasmus zu kurieren, und noch viel weniger, um dafür zu sorgen, dass wir die Uniformvorschriften befolgten, anstatt mit freiem Oberkörper in der schwülen Hitze herumzuschlendern und obszöne Zeichnungen auf den Haubitzenläufen zu hinterlassen. Sie hätten wenigstens kommen und sehen können, dass es allen Grund gab, die Ratten ernst zu nehmen.

Sie kamen abends.

Riesig, über ein halbes Kilo schwer, auf der Jagd nach amerikanischen Lebensmitteln und in der Lage, sie kilometerweit zu erschnuppern, egal, wie sauber wir unsere Bunker hielten. Glänzend, wimmelnd und nicht zu stoppen; ihr nächtliches Scharren sorgte dafür, dass wir von ihnen träumten, und wenn wir aufwachten, wurden die Träume Wirklichkeit. Man schaltete die Taschenlampe ein und starrte in ein Dutzend rote Augen, sie krabbelten über unsere Beine und Brustkörbe und über das Gesicht, wenn man nicht aufpasste. Wir waren gezwungen, in Hängematten zu schlafen. Sie lernten zu klettern. Es gab Zeiten, in denen man den Eindruck hatte, dass die Fire Base Bastogne aus nichts anderem als Ratten bestand, und in denen der Wachposten im Turm ihren Anblick nicht mehr aushielt, wenn er sein Nachtsichtgerät über das Lagergelände schweifen ließ, sondern lieber die Unwissenheit ertrug. Wir stellten Fallen auf, wir legten Gift aus, wir flehten höhere Mächte an, einen Flötenspieler zu schicken, der sie oder uns für immer in die Berge lockte.

So schnell, wie sie gekommen waren, verschwanden sie in regelmäßigen Abständen auch wieder; so gut wie alle. Es war ein Mysterium. Erleichtert konnten wir uns erneut auf die Langeweile und auf die Furcht vor einem nächtlichen Angriff konzentrieren. Bis sie wiederkamen, noch zahlreicher als vorher. Morgens entdeckten wir Myriaden von Rattenspuren auf dem Boden. Die Infanteriesoldaten machten sich darüber lustig, wie wir geradezu besessen die Zahl und die Wege der Nager aufzeichneten, wir saßen für einige Minuten unter einer Plane im gesegneten Schatten, als drei Unteroffiziere von der 101. vorbeikamen und unsere Diskussion mitbekamen, sie sagten: *Klingt ganz so, als hättet ihr Probleme damit, richtige Probleme zu finden. Ihr müsst den ganzen Komfort mal hinter euch lassen, die Köche und Betten und Duschen und die ganze Gemütlichkeit, dann werdet ihr den wahren Schrecken im Busch sehen. Schlangen. Spinnen. Giftige Tausendfüßler. Dadraußen gibt es Tiger*, sagten sie, *und Leoparden; sie werden vom Gestank unbegrabener Leichen angelockt und ändern ständig ihre Ernährungsgewohnheiten.* Wir taten es ab, Wandergeschichten und bloße Gerüchte, erwiderten wir, geboren aus dem Bedürfnis nach einer Mythologie, weil sie ihr Dasein vom unsrigen, auf der sicheren Seite der Kanonen, abheben wollten. Einer von ihnen trat seine Zigarette aus und verschwand ein paar Minuten. Als er zurückkam, legte er ruhig einen Stapel Zeitungsausschnitte vor uns auf den Sandsack. Ich beugte mich vor und studierte den ersten: *QUANG TRI, VIETNAM – ein menschenfressender Tiger wurde am Montag von Mitgliedern eines Fernspähtrupps getötet, nachdem das 200 kg schwere Tier einen Marine aus dem 3. Aufklärungsbataillon im Nordwesten von Südvietnam angegriffen hatte.*

Der Zustand des Marines, der dem Angriff ausgesetzt war und der in einem Militärkrankenhaus in der Provinz Quang Tri behandelt wird, ist den Angaben zufolge stabil. Bevor die Angehörigen über den Vorfall informiert wurden, wird seine Identität nicht bekanntgegeben.

Der sechs Mann starke Trupp befand sich im Rahmen eines Aufklärungsauftrags nahe der Fire Support Base Alpine etwa zehn Kilometer östlich der Grenze zu Laos, als er auf den Tiger traf. Das Team hatte seinen Auftrag abgeschlossen und wartete darauf, aus dem Gebiet ausgeflogen zu werden, als es passierte. Die schlechten Wetterverhältnisse behinderten die unmittelbare Evakuierung, und das Team hatte zwei Männer als Funkwache postiert, während sich die anderen zum Schlafen bereit machten.

Der Tiger schlug schnell und lautlos zu.

«Plötzlich hörte ich jemanden schreien», sagte PFC Thomas E. Shainline, «und dann riefen ein paar andere: Es ist ein Tiger, es ist ein Tiger!»

PFC Roy Reagan, der direkt neben dem Opfer geschlafen hatte, erzählte: «Ich schreckte hoch und sah meinen Kumpel im Maul des Tigers. Mein einziger Gedanke war, den Tiger von ihm wegzubekommen. Ich warf mich auf ihn, aber das Tier riss sich los und sprang in einen zehn Meter entfernten Bombenkrater, noch immer mit der Beute zwischen den Kiefern.»

Die Marines folgten dem Tiger zum Krater und eröffneten das Feuer auf das angreifende Tier. Es ist unklar, wer von ihnen den Tiger getötet hat, weil sie alle auf ihn geschossen haben. Doch nachdem das Tier getroffen worden war, ließ es seine Beute fallen, und der Mann taumelte aus dem Bombenkrater.

«Er sah verwirrt aus und fragte, was passiert sei», erinnert sich PFC Maurice M. Howell.

Sie leisteten Erste Hilfe, und kurz darauf kam ein CH-46-Helikopter, um den Mann, den Rest des Teams und den toten Tiger abzuholen. Der Soldat wurde mit Schnitt- und Bissverletzungen am Hals in das Krankenhaus des 3rd Medical Bataillon nach Quang Tri gebracht.

Der Tiger, der vom Kopf bis zur Schwanzspitze 2,7 Meter maß, wurde ins Hauptquartier des 3. Aufklärungsbataillons gebracht.

Das Ereignis fand zwanzig Kilometer südlich der demilitarisierten Zone statt, in der Nähe des Gebiets, wo bereits am 12. November ein junger Marine von einem menschenfressenden Tiger getötet worden war. (Pacific Stars & Stripes, 16. Januar 1969)

Und der nächste Artikel:

QUANG TRI, VIETNAM – Private Francis Baldino aus Ashland, PA, wurde während einer Kampfpatrouille am 14. November von einem Tiger getötet.

Der Patrouillenführer sagte aus, er habe sich nur drei Schritte vor Baldino – der Funker war – befunden und plötzlich ein leises Knurren und einen Schrei gehört. Als er sich umgedreht habe, sei Baldino verschwunden gewesen, sagte er.

Am darauffolgenden Morgen wurde Baldinos Leiche in einem Gebüsch gefunden. Andere Patrouillen wurden in das Gebiet geschickt und sahen zwei Tiger, doch es gelang ihnen nicht, sich den Tieren bis auf Schussweite zu nähern. (Pacific Stars & Stripes, 5. Dezember 1968)

Und der nächste:

(VIETNAM) Soldat aus Clark County getötet – nicht vom Vietcong, sondern von einem Tiger. Private Gerald R. Olmsted, 21, aus Camas, war zum betreffenden Zeitpunkt auf einer nächtlichen Aufklärungspatrouille. Nach Angaben von Armeesprechern erlag der Soldat den schweren Verletzungen, die er sich am vorausgegangenen Freitag durch den Angriff eines Tigers zugezogen hatte. Er diente in der Alpha Kompanie, 3. Bataillon, 8. Infanterie, 4. Infanteriedivision. Olmsted, dessen Eltern bereits verstorben sind, hinterlässt sieben Schwestern und einen Bruder. (The Columbian, Vancouver, WA, 14. Januar 1969)

Die anderen Ausschnitte erzählten allesamt von ähnlichen Ereignissen: *«150 kg schwerer Tiger attackierte Soldaten nördlich von Da Nang»*, *«Neugier kostete Katze all ihre neun Leben und schenkte dem Aufklärungstrupp des 2. Bataillons, 8. Infanterie, ein schönes Tigerfell»*, *«Corporal verbrachte nach Tigerangriff zwei Wochen im Krankenhaus»*, *«Soldat in der Nähe von A Shau schwer verwundet von Tiger»*.

Der untere Teil des Stapels bestand aus Fotografien, sie zeigten Soldaten, die sich neben ihren Trophäen hatten verewigen lassen. Alle blickten ernst drein, ich fand, sie sahen schockiert aus. Ich reichte den Stapel weiter, und die anderen Jungs von der Alpha Batterie blätterten sich schweigend durch die Ausschnitte und Bilder. Es gab nichts mehr zu sagen. Sie wussten ohnehin schon, dass wir großen Respekt vor der Arbeit hatten, die sie außerhalb von Bastogne leisteten, und wir wussten, dass sie uns im Großen und Ganzen den gleichen Respekt zollten, auch wenn es selten direkt ausgesprochen wurde. Vielleicht war er auch berechtigt, wir standen bereit, zu jeder Tages- und Nachtzeit, falls nötig, mit Artillerie. Wir beschützten sie, und sie beschützten uns. Aber das hier? Verdammt, niemand sollte gezwungen sein, unter solchen Bedingungen ins Feld zu ziehen.

Nach diesem Nachmittag erwähnten wir die Ratten mit keinem Wort mehr und taten so, als würden sie uns nicht weiter stören. Aber wir verfolgten die Entwicklung dennoch genau, im Verborgenen, das Unbehagen legte sich nicht, und wenn wir unter uns waren, verglichen wir unsere Notizen, wir saßen in unserem Bunker und gingen unsere Beobachtungen durch, die Häufigkeit der Ratteninvasionen und die Pausen dazwischen ließen allmählich eine vage Systematik erahnen. Und das stachelte uns nur umso mehr an, endlich dahinterzukommen. Wir verzeichneten die Lieferungen nach Bastogne, schrieben die Mahlzeiten auf, die serviert wurden, observierten die Müllgewohnheiten der verschiedenen Einheiten und experimentierten mit neuen Fallen; wir zogen Drahtnetze über unsere Bunker, um in Ruhe schlafen zu können. Alles in allem verbrachten wir unsere Zeit zwischen den einzelnen Feueraufträgen nicht mit der Rattenfrage, weil sie ein Riesenproblem für uns darstellte – die Infanteristen hatten recht, es gab weitaus Schlimmeres, das auf der anderen Seite des Stacheldrahtzauns lauerte. Ich glaube, genau deshalb beschäftigten wir uns damit, weil es eine Beschäftigung war, etwas Handfestes, etwas, was uns davon ablenkte, dass wir uns an einem der gefährlichsten Orte des Landes befanden, davon ablenkte, dass wir uns mit jedem Tag, der ohne einen Zwischenfall verging, dem Augenblick näherten, in dem es knallte.

Und: Eines Nachts erwachte ich jäh davon, dass eine Gestalt mitten im Raum stand. Sie stand vollkommen reglos da, ich konnte schemenhaft die Konturen erkennen, dort war eindeutig jemand, ein aufrechtes Wesen, kein Zweifel. Oder vielleicht doch? Langsam gewöhnten sich meine Augen an die Dunkelheit, ich sah mich um: Die vier anderen schliefen und hatten nichts bemerkt. Wovon war ich wach geworden? Von einem Geräusch? Oder nur von dem Gefühl, dass etwas nicht stimmte? Ich blickte wieder in Richtung der Gestalt, sie bewegte sich nicht. Dann war es wohl Einbildung, es passierte häufiger mal, dass einer von uns auf die Weise wach wurde, ich hatte grässliche Geschichten von Leuten im Busch gehört, die von einer nichtexistenten Hand geweckt wurden, die sich um ihren Hals legte und zudrückte, und von aufrechten Soldaten, die nachts von ihrem Wachposten wegrannten und schrien, dass alle tot wären, nur um kurz darauf einzusehen, dass sie geträumt hatten. Und ich wollte gerade wieder die Augen schließen, als sich die Gestalt so eindeutig bewegte, dass ich mich auf den Boden rollte, meine Waffe griff und nervös nach der Sicherung tastete. Die Gestalt drehte sich langsam zu mir um. «Pssst … ich bin es nur, Mire», flüsterte er, «wir müssen reden.» Rasend vor Wut warf ich meinen Helm nach ihm und schrie: «Du hast sie ja wohl nicht mehr alle, ich hätte dich abknallen können!» Das Spektakel weckte die anderen, und im nächsten Moment erhoben sich vier mürrische Köpfe aus ihren Hängematten und leuchteten uns mit ihren Taschenlampen an. «Was treibt ihr denn da?» Seltsamerweise hörte Mire nicht auf zu flüstern: «Ich glaube, ihr solltet mir zuhören. Okay? Die Ratten kommen immer aus dem Norden, stimmt's? Und es sind immer mehr von ihnen hier als bei der Alpha Batterie, oder etwa nicht?» «Ja, und?», fragte ich. «Erst sind sie einmal im Monat aufgetaucht, am Monatsanfang, nicht wahr? Aber in letzter Zeit werden die Abstände kürzer, erst drei Wochen, dann zwei Wochen, dann wieder drei Wochen. Und es ist immer ungefähr die gleiche Anzahl.» Ich kam nach wie vor nicht mit. «Sie kommen nicht von allein, nicht in dieser Regelmäßigkeit. Ich glaube, die NVA schickt sie uns.»

Gemeinsam mit Mire hasteten wir zum CP und brachten unser

Anliegen vor. Ich weiß nicht, womit ich gerechnet hatte, mit Kopfschütteln womöglich, doch stattdessen wurden Leute geweckt und Meldungen in der Befehlskette nach oben weitergegeben, und kurz darauf standen wir unvermittelt wieder vor denselben Soldaten aus der 101. Division, die uns noch vor ein paar Wochen ausgelacht hatten, und erzählten ihnen von unseren Schlussfolgerungen. Man sah ihnen die Irritation darüber an, in diesen Quatsch mit hineingezogen zu werden, einige verdrehten die Augen. Doch sie schickten drei Trupps in der Dämmerung hinaus, um die Sache zu untersuchen, und als sie einige Stunden später zurückkamen, war die Stimmung eine völlig andere. Dreihundert Meter nördlich von Bastogne hatte ein Team zwanzig leere Holzkisten mit kleinen Luken gefunden. Und direkt in unserer Sicherheitszone vor dem Lager, an einem Hang, inmitten unserer Claymore-Minen, entdeckten sie ein Plastikrohr, das halb verbuddelt und im Sand versteckt war und gerade groß genug, damit eine Ratte hindurchkrabbeln konnte. Wenig überraschend fand man das Ende desselben Rohrs kurz hinter der Grenze der Basis, unter ein paar Sandsäcken versteckt.

In den nächsten Tagen waren wir alle in höchster Alarmbereitschaft. Das Rohr wurde nicht entfernt, aber von Pionieren sorgfältig versiegelt und gesichert und die Sicherheitszone mit allem verstärkt, was wir finden konnten. Die Artillerie lief mehrmals am Tag auf Hochtouren, zu allen möglichen Zeiten erhielten wir Aufträge für Abriegelungs- und Störfeuer – ein mehr oder weniger willkürliches Bombardement auf vermutete Positionen, Zugangswege und Versammlungsstätten der NVA. Die Meldungen über die Funde auf dem Stützpunkt Bastogne drangen bis zum Divisionsstab, und keiner sprach mehr von Tigern; wir gingen rund um die Uhr auf Rattenjagd. Außerdem wurden Patrouillen ausgesandt, regelmäßig und in einem immer größeren Umkreis, und noch dazu bekamen wir Besuch von einer LRRP-Einheit aus dem Camp Eagle, die fünf Tage im Dschungel um uns herum nach Spuren des Feindes suchten.

Doch sie fanden nichts.

Niemand kam zurück, um uns weitere Ratten zu schicken. Dort

draußen tauchten auch keine weiteren Kisten auf oder Andeutungen von Bewegung; überhaupt herrschte eine unheimliche Stille, und es entstanden Gerüchte, dass das Rohr schon im Jahr 1968 von den Gründern der Bastogne dort hinterlassen worden sein könnte. Der Stützpunkt war später geschlossen worden, nur um im August des darauffolgenden Jahres von anderen Einheiten als der 101. wiedereröffnet zu werden, und nach allem, was wir wussten, hatten die Ersten, die kamen, eventuell Probleme mit der Entwässerung gehabt, das war schwer zu sagen. Detaillierte Grundrisse von Stützpunkten wie der Bastogne waren nicht erhalten, und die Berichte über die Zerstörungen waren immer umfassender als jene über den Aufbau von etwas.

2

Um für ein paar Tage von der Bastogne wegzukommen, beantragte ich Ende April R&R. Ich hatte die Wahl zwischen Hawaii, Sydney, Bangkok, Hongkong, Penang, Manila, Singapur, Taipeh und Tokio; die meisten, die ich kannte, waren entweder nach Hongkong gefahren, um sich den neusten Kassettenrekorder zu kaufen oder Uhren zu einem Drittel des Marktpreises, oder nach Bangkok, wo das Leben am günstigsten war und wo es wochenweise Mädchen zu mieten gab. Offenbar war dieser Handel einfach und sicher, man suchte sich in einer der Kneipen vor Ort eine Bardame aus, und damit stand sie einem als Stadtführerin und Gesellschafterin zur Verfügung, mit einem verbindlichen Vertrag und allem, und wenn sie Ärger machte, konnte man sogar zur Polizei gehen.

Ich entschied mich für Sydney, ich wollte mit niemandem schlafen; ich wollte einfach nur schlafen. Wie auch Hawaii hatte Australien den Vorteil, dass man eine ganze Woche bleiben durfte anstatt nur fünf Tage, wie an den anderen Orten, aber nach Hawaii fuhren fast nur Soldaten, die dort ihre Ehefrauen treffen wollten, und der Gedanke, eine ganze Woche zwischen Pärchen voller Wiedersehensfreude und sexueller Zeitnot zu verbringen, war nicht gerade verlockend. Da es in Sydney auf den Winter zuging, konnte ich mit einer ersehnten Pause von der Hitze rechnen, und weil die Temperatur gerade sank und damit auch die Aussicht auf Badefreuden und Paarung, gab es sicher nicht viele andere, die ebenfalls dort hinwollten. Deshalb hoffte ich, schon bald aufbrechen zu können.

Wie sich herausstellte, war ich allerdings doch nicht der Einzige, der so dachte. Es gab auch andere, die diese Hitze leid waren und den Krieg und alles, was an Asien erinnerte; wir wollten nach Hause und nahmen, was wir kriegen konnten. Erst Ende Mai wurde meinem Urlaubsantrag stattgegeben. Das heißt, mir wurde die Reise befohlen; man erhielt keine Erlaubnis, sondern einen Befehl, wie um noch einmal zu betonen, dass wir nichts zu sagen hatten. Aber das spielte keine Rolle. Wie fast alles: Es spielte überhaupt keine Rolle.

Ich gab meine Waffen und meine sonstige Ausrüstung ab, ich duschte und bemühte mich zu schlafen, aber es ging nicht, ich war zu angespannt, freute mich zu sehr; ich lag in der Dunkelheit und wartete nur darauf, endlich abreisen zu können. *Vielleicht kommen sie heute Nacht*, dachte ich, *vielleicht kommen sie gerade jetzt, kurz bevor ich abreise, durch den Stacheldraht. Oder was ist, wenn sie kommen, während ich weg bin? Was dann? Was ist, wenn ich zurückkomme und nichts mehr übrig ist?* Sie kamen nicht. Stattdessen kam der nächste Morgen, ich wurde abgeholt und mit dem Helikopter nach Da Nang gebracht, um dort auf den Linienflug nach Sydney zu warten, fast zwölf Stunden saß ich geduldig in der Abflughalle. Ich sah die anderen Flugzeuge, die im Minutentakt starteten und landeten, Frachtmaschinen und Kampfjets, Passagiermaschinen und Helikopter in allen Formen und Größen; in einem Verschlag am Flughafen zog ich Uniform und Helm aus und übergab sie einem Typen, der damit im Lager verschwand, nachdem er meinen Befehl kontrolliert und mich um eine Unterschrift hier, da und dort gebeten hatte, und meine Initialen und das Dokument dann an einen Arzt weiterreichte, der mich auf Geschlechtskrankheiten hin untersuchte. Am liebsten hätte ich ihn gefragt, ob es nicht sinnvoller wäre, das erst auf dem Rückweg zu erledigen, ließ es aber sein.

Dann war ich weg.

Wir flogen über Vietnam, aus der Luft wirkte es so friedlich, aber meine Aufmerksamkeit wurde von etwas anderem abgelenkt; den Stewardessen. Ich hatte noch nie etwas so Schönes gesehen, sie schwebten mit ihren phantastischen Uniformen und ihrer Freundlichkeit und ihrem Lächeln den Mittelgang entlang, wünschten uns einen angenehmen Flug, servierten uns kühle Drinks und erklärten uns, welches Essen sie demnächst servieren würden. Ich konnte nicht aufhören, sie anzusehen. Unmöglich. Doch dann landeten wir in Sydney, stiegen aus und gingen durch den Zoll, und meine Verwirrung war vollkommen: Hier lächelten alle, jedenfalls kam es mir so vor, die Zöllner und die Polizei und das weibliche Flughafenpersonal, das uns zuvorkommend den Weg zu den wartenden Bussen zeigte, alle hatten freundliche Gesichter, Gesichter, die ich gern fotografiert und für die Zukunft aufbewahrt hätte, aber vielleicht kam es mir auch nur im Kontrast zu den Gesichtern so vor, von denen ich sonst umgeben war. In geschlossenen Gruppen wurden wir zum Rest & Recreation Center im Chevron Hotel am King's Cross transportiert, und dort grinste sogar der komische Vogel von der Armee, als er eine geschlagene Stunde mit uns das durchging, was er die *Ja-und-nein-Liste* nannte, die unseren Aufenthalt betraf, und die Informationen darüber, in welchem Hotel wir auf Rechnung des Heeres übernachten konnten, wenn wir uns nicht selbst ein Zimmer suchen wollten, und wo wir uns Zivilkleidung leihen konnten, die wir unverzüglich zu tragen hätten, und eine lange Übersicht mit Telefonnummern von Kontaktpersonen und Sightseeing-Zielen für den neugierigen Armeeangehörigen. «Also», schloss er munter, während er amüsiert über die Versammlung der jungen Soldaten schaute, die mittlerweile auch zurücklächelten, «gesunder Menschenverstand und Urteilsvermögen sind eigentlich alles, was man braucht, um Ärger mit den örtlichen Behörden zu vermeiden. Trotzdem gibt es ein paar Kleinigkeiten, die ich noch erwähnen muss, lasst sie mich schnell durchgehen. Punkt 1 sind Drogen. Wenn ihr Pot, Hamp, Marihuana, LSD – was für ein Zeug auch immer – durch den Zoll geschmuggelt habt: Werdet es los, bevor ihr das Hotel verlasst. Schluckt es, raucht es, spritzt es, macht damit, was ihr wollt, Hauptsache, ihr werdet es los. Verlasst auf keinen Fall das Hotel damit. Spült es ins Klo oder liefert es bei mir ab. Wenn ihr Souvenirs von zu Hause mitgebracht habt, Claymore-Minen, Handgranaten, Pistolen, Schnappmesser oder irgendwelche anderen Waffen: Noch einmal, verlasst damit nicht das Hotel. Gebt sie bei mir ab, nachdem dieses Briefing vorbei ist, dann bekommt ihr eine Quittung mit dem Datum eurer Abreise – die gebt ihr am Abreisetag bei mir ab und bekommt euer *Spielzeug* zurück. Und es gibt noch ein paar andere Gesetze, die ihr euch merken solltet, während ihr hier seid: Nummer eins betrifft eine ordinäre Ausdrucksweise. Dafür könnt ihr zu einem Bußgeld von bis zu 50 australischen Dollar belegt werden. Und etwas, was wir von zu Hause auch nicht kennen: Trunkenheit in der Öffentlichkeit. Dafür werden 30 Dollar veranschlagt. Wenn ihr also stockbesoffen auf dem King's Cross herumtorkelt und flucht wie ein Seemann, müsst ihr dran denken, dass euch das schnell 80 Dollar kosten kann. Und wenn ihr gleichzeitig auf den Boden spuckt», fügte er hinzu, «sind es sogar 84 Dollar. So, das war's. Draußen warten die Busse, die euch zu euren jeweiligen Hotels bringen, und dann möchte ich euch noch mal auf die Begrüßungsparty hinweisen, die heute um 19 Uhr hier stattfindet, wo wir unter anderem auch netten weiblichen Besuch von Mitgliedern des Roten Kreuzes und anderen Organisationen bekommen. Da wird sich bestimmt auch die eine oder andere Gelegenheit zum Tanzen ergeben, würde ich meinen. Viel Spaß! Und herzlich willkommen in Australien!»

Weil ich weder einen Plan noch eine Präferenz hatte, ließ ich die Busse abfahren und registrierte mich in der Lobby des Chevron Hotels; die Mitarbeiter an der Rezeption erkundigten sich, ob ich eine weiche oder eine harte Matratze bevorzuge, und gaben mir ein Zimmer im elften Stock mit Meerblick. Sie lächelten, als sie mir den Schlüssel reichten.

Ich nahm den Aufzug nach oben.

Erst blieb ich nur auf dem Bett sitzen, ich legte mich hin, zog die Schuhe aus und streckte mich auf den weißen Laken aus. Durch das offene Fenster konnte ich Verkehrslärm hören, Leute, die sich unterhielten, angenehmes Meeresrauschen. Dann befiel mich die Rastlosigkeit. Ich stand auf und drückte einen Knopf neben dem Bett, und eine sanfte, belanglose Hintergrundmusik drang aus Lautsprechern, die ich nirgends entdecken konnte. Ich rief den Zimmerservice und ließ mir zwei Bier bringen. Das half, es half wirklich. Ich fing allmählich an, wieder ich selbst zu sein. Zufrieden schlüpfte ich in meine Schuhe, nahm den Aufzug nach unten und spazierte über die Straße in den erstbesten Klamottenladen, verschwand in der Umkleidekabine und kam in Zivil wieder hinaus, um hundert Dollar ärmer. Aber immerhin war ich bereit für King's Cross, wo die Luft brannte, jedenfalls wenn man dem Schwätzer glaubte, der uns die Einführung gegeben hatte, und so spazierte ich die Macleay Street entlang und durch die verschiedenen Straßen von Potts Point, bis ich ein Restaurant fand und etwas essen ging, bevor ich mich auf die Suche nach den anderen Soldaten machte. Nur wenige Minuten später entdeckte ich einen, der eindeutig zum amerikanischen Kontingent gehörte, er saß im Schneidersitz auf dem Bürgersteig, lehnte an einem Baum und war trotzdem kurz vorm Umfallen. Das schrie förmlich nach einem 30-Dollar-Bußgeld. «Wo geht man hier so hin?», fragte ich. Er hob den Kopf und suchte Blickkontakt; es war schwer zu sagen, wohin er gerade abgedriftet war, zweifellos weit weg von hier. «Wo geht man denn hier in der Stadt so hin?», fragte ich ihn noch einmal, diesmal langsam und deutlich. «Whiskey Go Go», murmelte er, «grrroooovy Club ...» Und dann erbrach er sich auf seine Beine.

Wie sich herausstellte, war der Nachtclub nicht schwer zu finden, er lag ganz in der Nähe, auf der William Street, und war leider nicht ganz das, was ich mir vorgestellt hatte. Eigentlich hätte ich mir einen ruhigen Ort mit schweren Möbeln und langsamem Jazz gewünscht, aber es war nicht mein Tag. Es war auch nicht mein Jahr. Und gleichzeitig, da hatte er recht, war hier viel los. Das Foyer des Whiskey A Go Go war mit einem vornehmen roten Teppich ausgelegt, und ich wurde von einem gutgekleideten, gutgelaunten Wirt begrüßt, der mich mehrmals *mate* nannte, während er mich in einen großen, weitläufigen Raum über zwei Etagen führte, die Tapeten waren silbern und die Gardinen golden, und im hinteren Bereich schwangen drei Tänzerinnen in selbstgenähten Bikinis auf einem Podest Brüste und Hüften, als ginge es um ihr Leben, zu Liedern, die ich nicht kannte. Die meisten Gäste saßen mit dem Rücken zu ihnen, trugen schicke Kleider und Anzüge und hatten Drinks vor sich, die teuer aussahen. Ich fühlte mich auf der Stelle unwohl; und anscheinend sah man es mir an, denn im selben Moment tauchte der Wirt wieder auf und forderte mich auf, ihm zu einem Tisch zu folgen. Ich bestellte mir ein Bier und sah mich um, während ich darauf wartete, dass er es mir brachte. Anscheinend war die ganze Bar voller Soldaten, ihre

Stimmen übertönten die Musik, sie redeten wild durcheinander, sie lachten und legten ihren Arm um die Mädchen, und die Mädchen legten die Köpfe auf ihre Schultern; ich glaube, sie brauchten das. Den Geruch von Parfüm und frischgewaschener Haut. Freundlichkeit, Fröhlichkeit, Hoffnung. Leben. Den Glauben daran, dass es auch ein 1972 geben würde, ein 1973, 74, 75, die Achtziger und Neunziger und in weiter Ferne das neue Jahrtausend. Den Glauben daran, dass bald alles besser sein würde. Und ich hatte das Gefühl, als Einziger allein an einem Ort wie diesem zu sein, am liebsten wäre ich einfach aufgestanden und gegangen, noch bevor das Bier kam, wäre einfach zum Hotel zurückspaziert, aber das konnte ich nicht, nicht jetzt; ich hatte mich auf diesen Augenblick gefreut, ich trug neue Klamotten, sie hatten hundert Dollar gekostet, ich sah so gut aus wie schon lange nicht mehr; ich wollte, dass mich jemand sah. Und ich wollte tanzen. Mehr nicht, einfach nur tanzen. Ich wollte sanft geschwungene Formen gegen all das Harte, Kantige. Doch ich konnte mich nicht überwinden, jemanden aufzufordern, sie wirkten unnahbar, und ich hätte auch nicht gewusst, wie ich tanzen sollte, selbst wenn ich es gewagt hätte; wie tanzte man im Jahr 1971? Vielleicht tanzte man überhaupt nicht mehr. Ich hätte gern getanzt, mit einem Mädchen, nur ein paar Minuten. Mehr nicht.

Nach einer Weile kamen drei Typen an meinen Tisch, deuteten fragend auf die freien Plätze und setzten sich, noch ehe ich antworten konnte. Was für eine Erleichterung, zumindest vorübergehend. Ich hob mein Glas und stieß mit ihnen an, sie gehörten zur 506. Infanterie und waren oben im Camp Evens stationiert, nördlich von Huế, aber irgendetwas daran, wie sie über den Krieg sprachen, an dieser ekelhaften Lässigkeit, machte mich unsicher, ob sie überhaupt begriffen hatten, was uns nach unserer Rückkehr erwartete. Wussten sie, dass im April Vietnamveteranen in Washington fünf Tage lang gegen den Krieg demonstriert hatten, waren sie sich darüber im Klaren, dass tausend von ihnen aus Wut und Verzweiflung ihre Medaillen, Helme und Uniformen weggeschleudert hatten, auf die Treppen des Kongresses? Oder war ihnen schlicht bewusst, dass sie nichts dagegen unternehmen konnten, dass es unausweichlich war und ihnen deshalb auch nichts anderes übrig blieb, als das Beste daraus zu machen; wenn schon nicht darüber zu lachen, dann doch wenigstens den Kopf über Wasser zu halten. Zwei von ihnen hatten die Belagerung von Ripcord miterlebt, sie waren nur wenige Wochen zuvor nach Vietnam gekommen und mitten ins Chaos geraten. Die Orte, an die sie später entsandt worden waren, die Patrouillen, auf die sie geschickt wurden, waren auch nicht besser gewesen. Ich konnte es mir nicht ansatzweise vorstellen, und ich musste an Norwegen denken. Hatte der Widerstand dort dieselbe Wucht entwickelt wie in Amerika? Jan Erik und Per, schickten sie immer noch vom St. Hanshaugen Papierlaternen in die Luft und protestierten auf Oslos Straßen? Ich hoffte es. Ich hoffte, sie taten es, und ich glaube, ich verstand immer besser, warum sie mir nicht mehr schrieben, aber was spielte das schon für eine Rolle? War es überhaupt von Bedeutung, wenn wir zurückkamen, falls wir zurückkamen, und ihnen sagten, dass wir sie verstehen konnten? Was sollten wir sagen? Womit sollten die sich verteidigen, die gar nicht darum gebeten hatten, hier zu sein, die nicht rechtzeitig nach Kanada gelangt waren, die es nicht wagten, abzuhauen, oder es nicht für richtig hielten, die sich auf Johnson und Nixon und McNamara und Spiro Agnew verlassen hatten, die Westmoreland geglaubt hatten und allem, was ihnen erzählt wurde, bis das Flugzeug abhob und es kein Zurück gab. Was zum Teufel sollten sie erzählen?

Sonntag. Montag. Dienstag. Die Tage rasten dahin, aber es störte mich nicht. Ich blieb im Hotel, lag auf dem Bett und las die Touristenbroschüren, die ich mir von der Rezeption holte, oder ich streunte durch die Stadt, lief zum Hafen, wo gerade die neue Oper gebaut wurde, umgeben von Kränen. Ich saß auf einer Bank im Hyde Park und beobachtete die Leute, die im Freien ihre Mittagspause machten, ehe sie wieder in ihre Büros und auf ihre Baustellen gingen. An einem Vormittag ging ich bei kühlem, klarem Wetter Richtung Osten, bis hinaus zum Bondi Beach, der fast menschenleer war, abgesehen von ein paar Hartgesottenen, die in den kalten Wellen surften. Ich blieb vor dem Schwimmverein sitzen und sah ihnen eine Weile dabei zu, wie sie immer weiter hinauspaddelten, ehe sie sich auf ihre Bretter stellten und wieder auf den Wellen hineinritten. Irgendwann verschwanden sie am Horizont, und ich stand auf, nahm einen Lokalzug, der mich zurück zum King's Cross brachte, und fragte mich durch bis zum Chevron. Als ich gerade in die Lobby gekommen war und an der Rezeption auf meinen Zimmerschlüssel wartete, entdeckte ich ein bekanntes Gesicht auf einer der Sitzgruppen. Ein Typ in einem braunen Baumwollhemd und einer beeindruckenden Schlaghose, er saß da wie ein ganz normaler Tourist und las Zeitung, und ich erlitt einen kleinen Schock. Das war verdammt noch mal wirklich *er*. Ich bekam den Schlüssel ausgehändigt und ging zu ihm hinüber. «Eric?», fragte ich. Er legte hastig die Zeitung beiseite, sah zu mir auf und wirkte genauso verwirrt wie ich; beinahe erschrocken. «Ove? Bist du das? Was zum Teufel machst du denn hier?» Er sprang auf und umarmte mich, es war fast so, als wäre ich wieder zurück in New York. Wir umklammerten einander. «R&R», sagte ich. «Und du? Ich dachte, du wolltest längst zu Hause sein.» Er lächelte, das war in dieser Stadt anscheinend ansteckend. «Habe verlängert. Noch sechs Monate.» «Bist du verrückt?» «Kann sein. Sie haben mir dreißig Tage Urlaub an einem Ort meiner Wahl gegeben, bevor ich wieder anfange.» «Und du wolltest hierher?» «Wegen einem Mädchen», antwortete er. «Ich habe sie letztes Jahr hier kennengelernt. Agatha. Sie wohnt auf der anderen Seite des Landes, in Fremantle, Perth. Warst du schon mal dort? Da musst du hin. Wahnsinn, Ove, da spielt das Leben. Vergiss Sydney, in Perth brennt die Luft! Die ziehen eine ganz neue Stadt hoch, von Grund auf. Und das Northern Territory, Mann. Ayers Rock, Darwin, Alice Springs. Du musst mal mitkommen, wir können zusammen fahren, wenn du fertig bist.» Ich lachte. «Wie lange wirst du eigentlich hier sein?», fragte ich. «Noch drei Wochen, wir sind gestern mit dem Indian Pacific gekommen.» «Wir?» «Agatha und ich, die lahmste Zugreise der Welt, Mann. Vier Tage von Perth, quer über den ganzen Kontinent, viertausend Kilometer. Man sieht unterwegs Kängurus, Ove.» Dann schien ihm plötzlich die Luft auszugehen, und er sank wieder auf seinen Stuhl. Er seufzte. «Du bist tatsächlich gekommen», stellte er fest. «Du hast dich anwerben lassen. Ich hätte nicht gedacht, dass du das machen würdest.» «Es gab nicht so viele andere Alternativen», antwortete ich. «Zu welcher Einheit gehörst du?» Ich nannte den Namen meines Truppenteils und erzählte von der Firebase Bastogne. «Verdammt, Ove, A Shau ist echt kein Spaß, bin selbst ein paar Mal da gewesen, und ich muss schon sagen, die lassen dich die Staatsbürgerschaft hart erarbeiten.» «Naja, zumindest haben sie mich nicht in den Busch geschickt.» Er kratzte sich am Hinterkopf. «Bin mir nicht sicher, ob das ein Vorteil ist. Ich glaube, bald ist man im Dschungel sicherer als eingesperrt hinter Stacheldraht. Diese Stützpunkte werden fallen, einer nach dem anderen, das weißt du, oder? Sobald die NVA spitzkriegt, dass kaum noch Leute da sind, um sie zu schützen, ist die Sache gegessen. Dieser Krieg ist längst vorbei, wir sitzen nur immer noch am Tisch und warten darauf, dass man uns die Rechnung bringt.» «Und wo bist du?», fragte ich, in erster Linie, um das Gespräch in eine andere Richtung zu lenken. «In den ersten zehn Monaten war ich 2. Bataillon, 27. Infanterie, unten in Tay Ninh. Und seit März bin ich 75. Ranger-Regiment.» «Du bist LRP?» Ich war überrascht. «Ich glaube echt, dass es momentan besser ist, in Bewegung zu bleiben, als dazusitzen und abzuwarten», sagte er. «Du weißt, dass es da draußen Tiger gibt, Eric?» «Ist mir schon mal zu Ohren gekommen, ja», antwortete er feixend.

Ach, wie gut es war, Eric in dieser Stadt zu haben. Ihn und Agatha. Ich verbrachte die letzten Tage mit ihnen zusammen, sie hatten nichts gegen Gesellschaft, ich glaube, Eric freute sich über ein vertrautes Gesicht, das ihn an zu Hause erinnerte. Wir gingen zusammen ins Kino, genossen harmonische Essen in den Restaurants im Zentrum und tranken Wein in ihrem Hotelzimmer, und Agatha suchte für uns Jazz im Radio, Miles Davis, *Bitches Brew*, ein fremder Klang für mich, etwas war mit dem Jazz passiert, während wir weg waren, und Eric redete davon, eine neue Band zu gründen, wenn wir zurückkämen – oder vielleicht sogar hier, sagte er, warum nicht, es war keineswegs undenkbar, dass er sich nach dem Krieg in Perth niederließ. Möglicherweise wolle er gar nicht mehr nach Hause. «Du könntest auch hierbleiben, Ove. Stell dir das mal vor, ich meine, ernsthaft, stell es dir einfach mal vor. Warum nicht?» «Eigentlich bin ich ja hier, damit ich die *amerikanische* Staatsbürgerschaft bekomme, ich weiß nicht, ob ich den ganzen Zirkus noch mal ertrage», antwortete ich und fügte hinzu: «Wirst du denn New York nicht vermissen? Den Frühling da oder den Park im Herbst, wenn die Bäume ihre Blätter abwerfen. Und die Menschen? Würde dir das überhaupt nicht fehlen?» «Aber man muss weiterkommen, weißt du, immer weiter.» Wir stießen darauf an, Eric, Agatha und ich, zusammengedrängt auf dem Sofa, als würden wir in dem Moment für die Nachwelt fotografiert, und Eric erzählte, dass Billy und Anton in der Zwischenzeit eine eigene Band gegründet hatten und wohl auch ziemlich bekannt geworden waren. «Es hat doch keinen Sinn, dahin zurückzukehren», sagte er. «Ich werde es mir durch den Kopf gehen lassen», sagte ich. Agatha legte ihre Arme um Eric und lächelte mich an: «Du überlegst es dir in Ruhe. Und wenn du kommst, sind wir auf jeden Fall hier.»

Agatha. Sie erinnerte ein bisschen an einen Zweig. Nein, das stimmt nicht, nicht an einen Zweig. Sie war nicht außergewöhnlich dünn. Und hatte auch keine Gliedmaßen, die seltsam vom Körper abstanden, wie bei Menschen, die schwer an Polio erkrankt waren. Irgendwie stimmt es aber doch, weil sie wirklich an einen Zweig erinnerte, in dem Sinne, dass sie nicht leicht zu fassen war. Und hübsch. Das weckte mein Interesse, ich musste sie immerzu ansehen. Jetzt stellst du dir bestimmt vor, sie wäre aus dem Leim, weil ich vielleicht den Eindruck erweckt habe, sie hätte keinen Anfang und kein Ende. Sie war aber nicht dick. Sie war gesund. Physische Beschreibungen von ihr sollte ich sein lassen, dabei kommt niemand gut weg, es ist kein gutes Bild. Aber es ist das einzige Bild, das ich zur Verfügung habe. Sie erinnerte mich eben ein bisschen an einen Zweig. Das war das Erste, was ich dachte, als Eric sie mir vorstellte, eine knappe halbe Stunde nachdem ich ihn in der Lobby getroffen hatte; ein Zweig. Im Übrigen hatte sie auch lange Arme. Sie war zweiundzwanzig und auf eine charmante Weise neben der Spur, und sie hatte die sanfteste

Stimme, die ich je gehört hatte. Ich verliebte mich sofort in sie. Sie kam in einem weißen, rot geblümten Kleid und ihrem Mantel über dem Arm die Treppe aus dem ersten Stock hinunter und sah sich diskret um, als wäre sie sicher, in Begleitung von jemandem gewesen zu sein, und jetzt wisse sie nicht mehr, wer genau es war und wo er geblieben war. Und sie hatte ein einzigartiges Pokerface, das sie nie ganz ablegte, ganz egal, was um sie herum passierte, sodass sie immer so aussah, als wäre sie unbeeindruckt von dem meisten, was in der Welt geschah, der sie selbst angehörte, oder immer ein bisschen peinlich berührt davon; ich erinnere mich, dass sie eher summte als lachte, selbst wenn Eric und ich vor Lachen längst vom Stuhl gefallen waren. Sie blieb sitzen. Sie musste etwas wissen, was mir entgangen war. Und wenn sie redete, hatte ich den Eindruck, sie hätte alle Bücher gelesen, die je erschienen waren. Sie nannte die meisten Jazzmusiker beim Vornamen, nicht weil sie sie getroffen hatte, sondern weil sie sich, wie sie sagte, mit ihnen identifizierte. Ich verliebte mich haltlos in sie, und ich konnte es nicht sagen. Eric sagte: «Wenn ich könnte, wenn das möglich wäre, würde ich sie mit der Matrize vervielfältigen, ich würde die Druckerei rund um die Uhr am Laufen halten, bis zum Hals in der Druckerschwärze stehen, und dann würde ich all diesen Exemplaren, einer ganzen Armee, Millionen von ihr, Leben einhauchen, und alles würde gut werden. Aber so ist die Welt nicht.» «Nein», antwortete ich. Sie war schon schlafen gegangen, wir saßen für uns unten an der Hotelbar, so weit wie möglich weg von den anderen Soldaten. Es war der vorletzte Abend, ehe ich zurückmusste. «Weißt du, sie arbeitet selbst in einem Hotel», sagte Eric. «In Perth. Deshalb bekommt sie hier Rabatt. Wir wohnen fast umsonst.» «Das ist toll», sagte ich. «Ja, es ist wirklich toll.» «Mir gefällt es, wie sie spricht», sagte ich, «dieses australische Englisch. Der Akzent, wie auch immer man es nennt.» «Ja, ist das nicht komisch, bei ihr klingt er sogar anziehend.» «Sie sollte Radiomoderatorin werden», sagte ich. «Da hast du vollkommen recht, das sollte sie. Sie könnte Sachen sagen wie: *An alle von euch, die jetzt gerade mit dem Lastwagen durch die Nacht und durch unser wunderbares Land fahren: Wir denken an euch und wünschen euch eine gute Hin- oder Rückfahrt. Hier sind* Ten Years After, *mit, ja, ihr habt es erraten*, ‹I'm Goin' Home›, *hier auf KWTY107,7*. Ach, und das Wort *harmlos* sollte sie auch einbauen, hast du sie das mal sagen hören? Nein? Komm, wir versuchen es ihr morgen irgendwie zu entlocken, dann wirst du hören, was ich meine. *Haaaarmlos. Eine gute Fahrt nach Hause auf unseren haaaarmlosen Straßen. Gebt acht auf die kreuzenden Kängurus*. Hinreißend. Wie auch immer, sie wird bestimmt nicht für immer im Hotel arbeiten.» Wir redeten weiter über sie, und es war egal, wie belanglos unser Gespräch mitunter war, solange der Gegenstand, um den es kreiste, so wesentlich war, von mir aus hätten wir wochenlang von ihr reden können. Und er erzählte, dass ihr Bruder auch in Vietnam gewesen war, es muss 66 oder 67 gewesen sein, im siebten Bataillon der Royal Australian Regiments oben bei Phuoc Tuy, und wie wütend sie gewesen war, als sie hörte, dass Eric verlängert hatte. Dass er nun auch LRP in der Ranger-Kompanie geworden war, hatte er ihr noch nicht zu erzählen gewagt. «Weiß sie, was das heißt», fragte ich, «dass nur fünf bis sechs Leute dadraußen unterwegs sind, tagelang?» «Ja, das weiß sie. Hier wird auch über den Krieg geschrieben. Die ganze Zeit. Australien und Neuseeland hatten zehntausend Soldaten drüben, sie haben schon mehrere hundert Mann verloren. Es ist ein unbeliebter Krieg, Ove, ich glaube, sie hassen uns hier genauso sehr wie zu Hause, sie zeigen es nur anders. Oder vielleicht sind wir ihnen auch egal.»

Wir. Das klang einfach nicht richtig, waren wir wirklich zu *ihnen* geworden? Einem Teil von ihnen? Jenen, die man hasste, für die es keine Hoffnung mehr gab. Eric und ich, *Babymörder, Imperialisten;* es kursierten Geschichten über heimgekehrte Krüppel, denen man auf der Straße nachrief: *Hey, bist du gestolpert und hast dich verletzt, als du einer Vietnamesin hinterhergerannt bist, um sie zu vergewaltigen?* Wir waren gekommen, weil wir glaubten, der Krieg wäre bald vorbei, wir wollten niemandem etwas Böses. Aber wir waren dabei, und allmählich ging mir auf, wie unverzeihlich das war. Eric fragte: «Alles in Ordnung mit dir?» Ich beugte mich zu ihm hinüber und flüsterte: «Hast du jemanden getötet?» «Mm», antwortete er abweisend. «Viele?», fuhr ich fort. «Tja, ich … sieben. Oder acht. Vielleicht auch mehr, ich weiß es nicht.» «Hast du sie gesehen, hast du ihre Gesichter gesehen?» Er seufzte. «Ja.» Er stellte sein Bier auf dem Tresen ab. «Und du?» «Niemanden, von dem ich weiß», murmelte ich. «Niemanden?» «Jedenfalls niemanden, von dem ich es sicher weiß. Wie fühlt sich das an?» «Was denn?» «Jemanden umzubringen?» «Warum willst du – können wir nicht einfach …» «Ich frage ja nur.» «Man versucht, nicht zu viel darüber nachzudenken, Ove.» «Verstehe.» «Das ist nicht gut für dich», fuhr er fort, «lass es uns einfach hinter uns bringen, okay?» *Aber*, dachte ich, *wenn du es einfach nur hinter dich bringen willst, warum hast du dann deinen Dienst verlängert* – und dann verstand ich es. Er hatte es nur getan, um diesen zusätzlichen Monat mit Agatha verbringen zu dürfen, um zu verhindern, dass er direkt in die Staaten zurückgeschickt wurde. Ein durch und durch irrationales Manöver. Und vollkommen verständlich.

Einen Großteil des letzten Tages ließ ich ihnen für sich. Nachdem wir ein paar Stunden im Zoo von Sydney verbracht hatten, wo Eric und ich vollkommen hin und weg vom Känguru-Gehege waren und uns weigerten, weiterzugehen, obwohl Agatha zunehmend genervt darauf beharrte, dass es auch andere Tiere gebe, die unsere Aufmerksamkeit verdient hätten, nicht zuletzt das Quokka, verabschiedete ich mich von ihnen und nahm wieder die Fähre zurück am Hafen vorbei. Ich ging die Pitt Street entlang, ich weiß nicht, wohin ich unterwegs war, aber ich wollte einfach nur gehen, gehen, so lange ich konnte, während ich noch die Möglichkeit hatte, so viele Straßen zu sehen, wie ich konnte, ehe es Abend und Nacht wurde und der Morgen kam, an dem ich zurück zur Firebase Bastogne musste, zu neuen Monaten, in denen es nichts anderes zu sehen gab als die pure Natur. An den Kreuzungen bog ich willkürlich rechts oder links ab, lief im Zickzack und im Kreis, plan- und ziellos, einfach nur durch die Straßen, bis ich zum Hyde Park kam und mich wieder auskannte; ich war schon einmal hier gewesen, nur nicht so weit unten, am Südende, beim Pool of reflections. Ich blieb in der kühlen Freitagssonne stehen, wickelte mich noch fester in die Jacke und starrte eine Weile lang auf die Spiegelungen im windstillen Wasser, lauter Wolken; es sah aus, als wäre der Himmel bereits auf die Erde gefallen. Ich zählte die Monate an den Fingern ab, Eric würde am 25. Dezember fertig sein und ich, wenn alles so lief wie geplant, einen knappen Monat zuvor. Ich könnte wieder herkommen, auf ihn warten, und vielleicht wäre ich dann derjenige, der schon auf Reisen gewesen war, wenn Eric käme; ich könnte aus der Wüste stolpern und am selben Tag in Sydney auftauchen, an dem er ankäme, mit lauter Geschichten im Gepäck, und wir könnten den Zug zusammen nach Perth zu Agatha nehmen oder fliegen; wir könnten ein Auto mieten und durch das Outback fahren, von Osten nach Westen, und mir gefiel es hier, ich könnte länger bleiben, nicht zwingend für immer, aber für ein paar Monate, ein halbes Jahr vielleicht, ehe ich wieder nach New York zurückginge. Ich könnte ein Haus in derselben Straße mieten, in der auch Agatha wohnte, in der Hope Street, Fremantle, es müsste doch möglich sein, dort etwas zu finden, in derselben Straße oder wenigstens im selben Viertel, und einen Job, ich könnte mir dort einen Job suchen, nur für ein paar Monate, bis ich wusste, was ich wollte; ich könnte bis zum Frühling dortbleiben, bis zum Sommer, bis der Krieg vorbei war und sich alles beruhigte; und ich könnte sie jeden Tag sehen.

Nachdem ich schon um sieben meinen Dufflebag gepackt und meinen im Hafen erstandenen australischen Militärregenmantel zusammengerollt und auf die anderen Sachen gelegt hatte, blieb mir nichts anderes übrig, als zu warten, dass die Zeit verging. Ich blieb liegen und lauschte dem Verkehr vor dem Fenster und den Stimmen und hatte für einen kurzen Moment den Eindruck, draußen Eric und Agatha zu hören, direkt vor dem Hotel, und ich stand auf, schob die Gardinen zur Seite und blickte auf das nächtliche Sydney herab. Sie waren es nicht.

Er hatte einen Brief geschickt. Mein Vater. Im Nachhinein weiß ich, dass es einer dieser Briefe war, die man hätte beantworten müssen. Ich weiß nicht, wo er ist; es kann durchaus sein, dass ich ihn weggeworfen habe. Er wartete auf mich, als ich zurück zum Stützpunkt Bastogne kam, und ich las ihn schnell, überflog ihn im Grunde eher. Dann legte ich ihn beiseite; es war nicht wichtig, was darin stand. Im ganzen Land wurde der Rückzug der amerikanischen Truppen fortgesetzt, die New York Times hatte Auszüge aus den geheimen Pentagon-Papieren veröffentlicht und damit deren vollständige Offenlegung erreicht, die Firebase 5 im zentralen Hochland, die Firebase Fuller und die Firebase Sarge unmittelbar südlich der DMZ wurden angegriffen, überall brannte es, und wir setzten den Artilleriebeschuss auch in den Nächten fort, um den sechstausend ARVN-Soldaten beizustehen, die in nördlicher Richtung das A-Shau-Tal durchquerten. Vor allem aber schossen wir, weil wir Angst hatten.

Und die Ratten. Die Ratten waren zurückgekommen. Es waren weniger als zuvor, aber diesmal wurden wir sie nicht wieder los. Nachts, wenn ich nicht schlafen konnte oder wenn ich Wache hatte und alles still war, konnte ich sie rumoren hören; ich hörte das Scharren ihrer Füße, das leise Schmatzen ihrer Pfoten im schlammigen Lehm, wenn es geregnet hatte.

Und es regnete.

Vielleicht sogar jeden Tag. Wir standen in Ponchos im strömenden Regen und schoben unsere Granaten in den Lauf: 105 mm, Sprenggranaten, Phosphor-, Leucht-, Flechets-; wir schraubten die Zünder fest, setzten die Geschosse in das Rohr, justierten Teilring und Rohrerhöhung, legten neue Treibladung und Treibladungsanzünder ein, verriegelten den Verschluss, zogen am Auslöser, öffneten den Verschluss, entnahmen die Hülse, rein mit der nächsten. Die Korrekturen kamen über Funk, das FDC berechnete und übermittelte sie von denen, die mitten in der Scheiße steckten: *adjust fire 5506-0305, danger close, shot over, right 200, drop 200, fire for effect*, je nach Bedarf zu wiederholen, bis zum Jüngsten Tag oder bis zu einer vorübergehenden Waffenruhe in diesem Inferno oder bis es einfach nichts mehr zu zerstören gab, und nur Gott allein wusste, wen oder was wir dort draußen trafen, wie viele unserer Salven das Ziel erreichten und wie viele in der Luft explodierten, noch bevor sie am Ziel ankamen, in Baumwipfel und Äste krachten. Wir experimentierten mit Zeitzündern, um sicherzugehen, dass sie durch das Laubwerk hindurchdrangen, ehe sie explodierten; wir träumten davon, sie alle zu töten; wir versuchten, uns Löcher in diesen unfassbar dichten Regenwald zu sprengen und anschließend alles, was wir hatten, durch die Öffnungen zu schicken; wir steckten uns die Finger in die Ohren, die trotzdem ständig pfiffen, wir schossen unsere Salven dicht an die ARVN-Truppen und unsere eigenen Ranger oder wen auch immer wir an diesem Tag/in dieser Nacht unterstützten, und wir mussten uns mehrmals vergewissern, ob sie den Ernst der Lage begriffen, wenn sie das Artilleriefeuer so nah an ihre eigenen Stellungen dirigierten; wir schossen Granaten ab, die zwischen unseren Leuten und der NVA landeten, wir schossen auf Befehl Salven, die hinter dem Feind landeten, sodass die ARVN ihn zwingen konnte, dem Tod in die Arme zu laufen, wir schossen Salven, die Stellungen zerschlugen, und Salven, die für nichts anderes gut waren, als wem auch immer, der gerade in der Nähe war, zu zeigen, dass wir diesen oder jenen Ort auch treffen konnten; ganze Batterien schossen wir auf NVA-Bataillone oder einen einzelnen Scharfschützen des Vietcongs, es spielte keine Rolle, wir machten weiter, solange die Munition reichte, und es erinnerte an Arbeit, wieder waren wir Arbeiter, das Proletariat des Militärs, der letzte Posten der industriellen Revolution; ich dachte an die Fabrikszene in einer düsteren Version von *Moderne Zeiten*, während unsere Haubitzen schossen, und ihr Geräusch, *tschung, tschung, tschung, tschung, tschung* – wie ein Stempel oder der abschließende Bericht Gottes, seine Finger, während er eine Schreibmaschinentaste nach der anderen in das andere Ende des Regenbogens der Haubitzen hämmerte, und wenn es Gott wirklich gab, war er schmutzig, versteckt zwischen Granaten und Bäumen, in den schlammigen Flüssen und in den Maden auf den Gesichtern der Leichen, die nicht abgeholt worden waren, und ich fragte mich, ob mein Vater das wusste, dass Gott auch hier war, wo mehr Spatzen zu Boden fielen, als irgendwer zählen konnte, ein Gott, der entweder zu erschöpft oder zu inkompetent war, um überhaupt einen Finger zu heben oder eine hilfreiche, ausgestreckte Hand, ein Gott, der sogar etwas vom freien Willen murmelte und dem das schon reichte, obwohl man viel eher Hilfe bei der Reparatur seiner Waffe gebraucht hätte, die gerade den Geist aufgab, oder wenigstens dabei, seine Freunde in die Leichensäcke zu stecken, bevor es der Gestank unmöglich machte, sich ihnen überhaupt zu nähern.

Nach dem Lärm die Stille. Sie wirkte mit einem Mal so ungewohnt, wie etwas nie Dagewesenes, sie gehörte nicht hierher. Wir redeten laut, wir riefen, obwohl wir direkt nebeneinanderstanden, die Köche klapperten mit den Töpfen, und abends, in der Dunkelheit, drehten wir das Radio laut: Wir wollten die Stille nicht haben, nicht so, es lag keine Ruhe in ihr, es war keine Stille, in der man entspannen konnte, in der man schlafen konnte; wir konnten nicht schlafen, wir lagen wach und lauschten dem Knarren der Bäume, dem Atem des Mannes in der Hängematte nebenan, den Lastwagenkonvois, die Munition zur Firebase Bastogne transportierten, auf den Straßen, die sich von Huế die Berge hinaufschlängelten. Wir hörten sie schon, lange bevor wir sie sahen, und wir vermissten sie, wenn sie weg waren, wenn wir nicht länger das Brummen der Dieselmotoren hören konnten und wussten, dass wir wieder allein waren. Wir hatten Angst, und wir sahen diejenigen, vor denen wir Angst hatten, nie, unsere Angst war gesichtslos, und das machte sie größer, unberechenbarer. Wir redeten mit den Infanteristen von der 101. Division und baten sie, uns zu erzählen, was sie gesehen hatten, womit wir rechnen mussten, wenn sie eines Tages Bastogne angriffen. Sie antworteten kurz und knapp, ohne Übertreibungen und Großtuerei, aber es machte uns nur noch mehr Sorge, dass sie den vorwurfsvollen Ton angesichts unseres zügellosen Lagerlebens abgelegt hatten und uns jetzt offensichtlich auf das vorbereiteten, was noch bevorstand; sie machten keinen Hehl daraus, dass es darum ging, was zuerst kam, der Angriff oder der Befehl, Bastogne zu räumen und in die Welt zurückzukehren.

Jemand schrie, Lentz kam mit verzweifeltem Blick auf uns zugelaufen. «Jim ist tot!», schrie er, wir saßen auf den Sandsäcken bei der Bravo Batterie und wurden von Panik erfasst: *Jim, Jim?* Wir kannten keinen Jim, wen meinte er, was war passiert? Wir kamen auf die Beine und wollten unsere Waffen holen, aber Lentz war schneller bei uns, er warf die Zeitung von sich und sank verzweifelt zu Boden. «Jim ist tot», wiederholte er, «das kann einfach nicht wahr sein.» Ich hob die Zeitung auf: *LOS ANGELES, 8. Juli (UPI). Jim Morrison, 27, Sänger der Rockgruppe The Doors, starb vergangenen Samstag in Paris, wie aus Kreisen der Band verlautet. Er sei eines natürlichen Todes gestorben, nähere Details werden erst bekannt gegeben, wenn der Agent des Sängers aus Frankreich zurückgekehrt ist. Die Beerdigung fand heute auf dem Friedhof Père Lachaise in Paris statt.* Lentz sah uns an. «Ein verdammt schlechtes Zeichen», sagte er. «Jetzt kommt *keiner* von uns lebend hier raus.»

Wir hätten ihm eine Tracht Prügel verpassen können, weil er uns so unnötig erschreckt hatte, wir hätten ihn grün und blau schlagen können, bis er nicht mehr gerade gehen konnte, bis er für den Rest seines Lebens auf allen vieren herumkriechen musste; stattdessen beschimpften wir ihn, das sorgte für mehr Lärm, und im Geschrei, das auf ihn einprasselte, wurden meine Augen wie magnetisch von der Verlustliste angezogen, und in der dritten Zeile entdeckte ich den Namen: *06/07/1971, F/75th (Ranger), SP4 Eric J. Wallace, Wichita, KS (A Shau / Thua Tien). KIA.*

Nicht die Trauer kam zuerst, sondern die Erschöpfung; ich war noch nie zuvor so erschöpft gewesen. Auch am späteren Abend kam die Trauer nicht, ich wartete auf sie, und sie kam nicht, die Sonne ging unter, und Lentz saß im Bunker und spielte auf dem Tonbandgerät der Kompanie die Doors, aber es ist nicht, wie du denkst, der Augenblick hatte nichts Mythisches an sich, kein psychedelischer lila Rauch und kein Tanz, es war kein Film, und in den Baumkronen explodierte kein Napalm; es war einfach nur ein weiterer Abend. Er saß allein und unbeweglich vor den leiernden Bändern, wir hörten, wie die Musik über das Gebiet wogte, und Bastogne war mit einem Mal einsam geworden, beinahe erbärmlich. Ich sprach mit niemandem darüber, was geschehen war, ich wollte es nicht, wozu hätte es auch gut sein sollen, es hätte ihnen nur noch mehr das Gefühl gegeben, dass jemand hinter uns her war und dass der Feind näher kam; ich behielt es für mich und wartete auf die erlösende Trauer, aber sie kam nicht. Die Müdigkeit wurde dagegen stärker, und trotzdem schlief ich schlechter, bis ich schließlich den Lagerarzt aufsuchen und mir Tabletten verschreiben lassen musste. Sie brachten mir Schlaf, aber es war ein unruhiger Schlaf, im Traum war ich von Ratten umgeben, die mein Hotelzimmer in Sydney belagerten, es waren Tausende, ich stand am offenen Fenster und schaufelte sie hinaus, aber sie krabbelten mir die ganze Zeit vom Spaten, klammerten sich an den Gardinen fest und krochen die Wände hoch, bis die ganze Decke von einer pulsierenden, braunen Masse in ständiger Bewegung bedeckt war; und jemand klopfte an die Tür, es war Agatha, ich ließ sie herein. *Hast du das mit Eric gehört?*, fragte ich. *Ja. Bist du sehr traurig? Das ist schwer zu sagen. Ich habe wohl ein Problem mit meiner Decke*, sagte ich und zeigte nach oben. Sie folgte meiner Hand. *Das macht nichts*, sagte sie. *Wir können es trotzdem schön haben.*

Tagsüber, wenn nichts los war und der Regen nicht nachließ, kamen die Gedanken. Ob ich ihr schreiben sollte, Agatha, einen Brief, ihr erzählen, wie traurig es mich machte, was passiert war; ob ich sie besuchen sollte, sobald ich von hier weg war, nach Perth fahren und ihr persönlich kondolieren, das könnte ich machen, eine solche Reise wäre nicht unmöglich. Aber dennoch. Was wünschte ich mir, was versprach ich mir davon? Ich war in sie verliebt, ich glaube, ich liebte sie, ohne sie zu kennen, ohne irgendeinen Anlass zu der Vermutung zu haben, es könnte auf Gegenseitigkeit beruhen. Ich ging unsere Tage in Sydney durch und suchte nach versteckten Hinweisen, kleinen Zeichen, einer Geste oder Bewegung, irgendetwas, über dessen Bedeutung ich phantasieren konnte, es war ein niederträchtiges Unterfangen; ich schämte mich und vermisste sie gleichzeitig. In der einen Sekunde erschien mir eine solche Reise zu ihr wie etwas, das ich tun musste, weil ich überzeugt war, dass sie in irgendeiner Weise auch auf mich wartete und dies die einzige Möglichkeit war, Erics Tod einen Sinn abzuringen; in der nächsten Sekunde war alles zur Unmöglichkeit geworden, zu etwas Widerwärtigem, und ich verabscheute mich selbst dafür, es überhaupt in Betracht gezogen zu haben. Hundert Mal am Tag änderte ich meine Meinung, es war unerträglich und zugleich die einzige Möglichkeit, um sich die Zeit zu vertreiben; ich konnte mich auf nichts anderes konzentrieren. In den Momenten, in denen ich überzeugt war, dass da irgendetwas zwischen uns gewesen war, überkam mich eine heftige Freude, ich phantasierte davon, nach Australien zu ziehen, unangemeldet bei ihr aufzutauchen und ihr die Situation zu erklären, zu sagen, ich hätte an sie gedacht, monatelang, mich umarmen und mit in ihre Wohnung nehmen zu lassen, während wir weinten und einander küssten, ich konnte mich tagelang mit diesen Gedanken beschäftigen, ich wartete die Haubitzen und dachte daran; ich führte Artilleriebefehle aus und dachte an sie und an Eric; ich hatte keine Freunde mehr, ich konnte mir eine Freundin suchen. Ich war kaum noch bei mir. Mechanisch und zerstreut führte ich meine Aufgaben aus und fühlte mich schwebend wie ein Sechzehnjähriger. Ich roch ihren Duft und den der Straßen, durch die wir gehen würden; es gab so vieles, was ich ihr erzählen wollte. Und dann kam dieses andere, die Dunkelheit, und walzte mich mit einer so gewaltigen Kraft nieder, dass es mir den Atem raubte und sich alles schwer anfühlte, unüberwindbar, ich war umgeben von einem klaffenden, schwarzen Loch, das immer weiter wuchs, und hatte das deutliche, klare Gefühl, dass es an dem Tag, an dem ich dimittiert würde, keinen Ort mehr für mich gäbe, mir graute vor dem Zeitpunkt, auf den ich mich früher mit einer Art Vorschusseuphorie gefreut hatte und der bislang immer in unsäglich weiter Ferne gelegen hatte: wenn ich zu Hause aus dem Flugzeug stieg und mich wieder für immer in Amerika befand.

Ich besuchte sie nicht.

Ich habe es später bereut, viele, viele Male. Es gibt Momente im Leben, die nachts blinken wie rote Lampen auf Hochhäusern in der Einflugschneise, kleine Augenblicke, in denen man alles ändern konnte. Aber wir sagen uns, dass es längst zu spät ist, dass es inzwischen zu unwahrscheinlich ist, zu lange her, zu riskant, nicht machbar. Man sagt, *ich hätte zu gern* und beendet den Satz mit einem *aber jetzt geht es natürlich nicht mehr.* Ich hätte hinfahren sollen, solange es noch ging.

Und das Fenster schloss sich. Der September wurde zum Oktober, und ich erlebte eine neue Phase, in der ich Agatha und Australien weit von mir wies und die Tage zählte, bis es vorbei war, jeden Abend machte ich eine neue Kerbe in den Stab neben meiner Hängematte, und überall implodierte der Krieg. Es kursierten Geschichten von Gefreiten mit Peacezeichen auf den T-Shirts und von Offizieren, die im Schlaf von Soldaten ermordet wurden, indem diese Granaten unter ihre Betten warfen; auf der Firebase Pace weigerten sich Soldaten, auf die selbstmörderischen Nachtpatrouillen rund um den belagerten Stützpunkt zu gehen, und hielten Pressekonferenzen über die Situation ab; es wurde als Meuterei bezeichnet, doch es war nichts als gesunder Menschenverstand und ausgeprägte Skepsis, gemischt mit der Sorge um den Nebenmann in einem sinnlosen Krieg, der für alle vorbei war, nur für die nicht, die noch immer im Land festsaßen und auf Nixons Stempel warteten, damit sie endlich nach Hause geschickt werden konnten. Am Ende wurden sie rausgeholt, habe ich gehört, von Helikoptern evakuiert, sie ließen die Haubitzen einfach stehen, ich glaube, sie wollten keine Sekunde länger als nötig am Boden bleiben. Mittlerweile wurden wir an manchen Abenden von Mörsern beschossen, kurze, unpräzise Angriffe, und wenn die Kompanien am nächsten Morgen auf Spurensuche gingen, war der Feind schon längst verduftet, weitergezogen zur nächsten Station, um mit seinen Lichtern zu blinken und deutlich zu machen, dass nun die Zeit zum Abzug gekommen war.

Wir waren bereit. Teufel, was waren wir bereit, endlich von hier wegzukommen.

Und so habe ich den letzten Tag in Erinnerung, er kam plötzlich, zwei Wochen früher als erwartet: Ich bekam drei Stunden Zeit, um meine Sachen zu packen, mich von der Bravo Batterie zu verabschieden und am Helipad für den Transport nach Da Nang einzufinden, und ich rannte durch Bastogne, um ein letztes Mal mit Mire zu sprechen und mit Lentz, der immer noch Morrisons Ableben betrauerte, und mit Williamson, Jimenez, McLaughlin und allen, mit denen zusammen ich Angst gehabt hatte und für kurze Momente auch glücklich gewesen war, mit denen ich gegessen und mich gelangweilt, mit denen ich gewartet und in die Nacht hinausgestarrt hatte, all jene, die nicht darum gebeten hatten, herzukommen, aber trotzdem hier waren, mit denen ich wach gelegen und ausgeheckt hatte, wie wir den Ratten den Garaus machen konnten, mit denen ich über Tiger, Mädchen, Musik, Waffen und Autos diskutiert hatte oder womit auch immer wir uns die Zeit vertrieben und von der Gewissheit ablenkten, dass die Wahrscheinlichkeit für einen Angriff mit jeder Minute, die wir blieben, stieg. Und ich erinnere mich daran, wie der Helikopter zum für mich letzten Mal von Bastogne abhob und ich in der Tür saß und auf diesen trostlosen Ort hinabblickte, wo viele immer noch Monate vor sich hatten, schlimmstenfalls sogar ein Jahr, falls in der Zwischenzeit keine anderen Befehle eintrafen, und der Stützpunkt aussah wie eine Wunde, schmutzig und staubig und voller Bakterien – es war leicht zu erkennen, warum sich die Natur von Anfang an gegen uns gewehrt hatte. Und ich erinnere mich an das Flugzeug aus Da Nang, wir saßen zusammengequetscht in den Reihen, und die Maschine hob von der Startbahn ab, gewann an Höhe und legte sich in eine Linkskurve, während sich der Pilot über den Lautsprecher meldete und uns anbot, eine Weile in nördlicher Richtung an der Küste entlangzufliegen, damit wir einen letzten Blick auf Vietnam werfen konnten. Wir wollten es nicht mehr sehen, wir wollten diesen Ort nie im Leben wiedersehen. Der Pilot erntete wütendes Gebrüll und Gefluche und am Ende auch Applaus, als seine Stimme das Flugzeug erneut mit den Worten erfüllte: *Schon gut, Leute, dann lasst uns Amerika ansteuern!*

3

Kalifornien. Noch vor vierundzwanzig Stunden hatte ich mich in einem abgeholzten Dschungel zwanzig Kilometer von A Shau befunden, jetzt lief ich auf dem internationalen Flughafen von San Francisco herum; es war nicht zu glauben. Andächtigen Schrittes drehte ich eine Runde im hell erleuchteten Terminal, um die Zeit bis zu meinem Anschluss nach New York City totzuschlagen. Männer in teuren Anzügen saßen in modernen Stühlen und lasen ungestört Zeitung, während sie auf ihre Flüge warteten. Kinder rannten hinter ihren Müttern her, und die Fenster zum Rollfeld waren weihnachtlich geschmückt, in einer Ecke drehte sich ein schiefer Tannenbaum im Kreis, und Bing Crosby sang aus den Lautsprechern der Cafés, in denen frischgemahlener Kaffee, eiskaltes Bier und die köstlichsten Gerichte serviert wurden.

Dann fiel mir noch etwas auf. Die Leute starrten mich an. Wohin ich auch sah, machten alle einen großen Bogen um mich. Wenn ich mich in eine Stuhlreihe setzte, blieben die Plätze neben mir leer, ich beobachtete, wie sich einige sogar lieber auf dem Boden niederließen. Im Café musste ich mit beiden Armen winken, ehe ich bedient wurde, die Kellnerinnen taten, als wäre ich nicht da, und wenn es mir gelang, für eine Sekunde ihren Blick zu erhaschen, wichen sie ihm gleich wieder aus und sahen weg. Es war nicht so, wie es sein sollte; es war so, wie es war. Und wie Eric es bereits vor mir verstanden und gesagt hatte: Man konnte nicht zurück. Nicht aus Vietnam. Es war nicht so, dass ich es nicht gewusst hätte. Aber es war etwas ganz anderes, es zu erleben. Ich ging in ein WC und setzte mich. Meine Uniform war sauber, die Reiseuniform, die ich bisher kaum getragen hatte. Trotzdem war sie blutbefleckt. Ich hatte Lust, ins Terminal hinauszustürmen und zu schreien, dass ich noch nie jemanden umgebracht hatte, jedenfalls nicht, soweit ich wusste; keine Babys, keine Frauen, keine Soldaten, ich war nicht daran beteiligt gewesen,

Dörfer zu evakuieren und Einwohner zwangsumzusiedeln, die einfach nur ihre Landwirtschaft weiterbetreiben wollten, ganz egal, wer den Krieg am Ende gewann; nicht ich hatte ihre Hütten angezündet, während sie hinausgetrieben wurden, weg von den Reisfeldern, die sie seit Generationen bewirtschaftet hatten, bis wir kamen und sie mit Unkrautvernichtungsmittel besprühten; nicht ich hatte Napalm auf unschuldige Zivilisten abgeworfen, und ich hatte keine vulgären Sprüche auf meinen Helm gekritzelt, ich war kein Dopehead, ich besaß ein Gewissen; ich hatte nie, nicht ein einziges Mal, mit meiner Waffe geschossen, ich hatte mein Bestes getan. Ich hätte ihnen gern zugerufen, ich wüsste, dass das bei weitem nicht genug war, könnte aber nichts daran ändern. *Ich will einfach nur nach Hause, so wie ihr alle nach Hause wollt*, hätte ich am liebsten so laut gebrüllt.

Ich ging nicht nach New York, ich konnte nicht. Der Gedanke an die lange Flugreise, noch immer in Uniform, überforderte mich, und daran, dort Leute zu treffen, die ich kannte, nur um zu erleben, dass sie mich mieden.

Ich hätte zurück nach Perth gehen sollen. Stattdessen ging ich zum Schalter, bat darum, mein Gepäck wieder ausgehändigt zu bekommen, und teilte dem Bodenpersonal mit, dass ich doch nicht nach New York fliegen wollte. «Möchten Sie Ihr Ticket umbuchen, Sir?», fragten sie. «Nein», antwortete ich.

Vor dem Terminal standen acht oder neun Antivietnamkriegsdemonstranten mit ernsten Mienen, als ich herauskam. Soweit ich mich erinnere, riefen sie nichts, sie bespuckten oder bewarfen mich nicht, sie standen einfach nur still da mit ihren Plakaten, und das war beinahe das Schlimmste, diese stumme Verurteilung meiner selbst und der anderen Soldaten, die in den letzten Stunden hier vorbeigegangen waren. Ich schämte mich so sehr, dass ich sie nicht anzusehen wagte. Mit dem Rücken zu ihnen wartete ich auf den Bus, mit ihnen im Nacken, aber ich wollte mich nicht umdrehen, ich starrte nur vor mich hin, und als der Bus endlich kam, stieg ich ohne zu zögern ein, warf meinen Dufflebag ab und setzte mich in die letzte Reihe. Die ganze Fahrt bis nach San Francisco saß ich allein, während sich die anderen Fahrgäste im Mittelgang drängten, mit dem Gleichgewicht kämpften und sich anlächelten, als wäre es das Natürlichste auf der Welt, dass die letzten Sitzreihen leer blieben.

Drei Tage hielt ich es in San Francisco aus. Selbst in meinen neuen Zivilklamotten schien es, als hätte ich ein Schild um den Hals, das verriet, wo ich herkam; als könnten sie es riechen. Am dritten Tag kaufte ich mir einen billigen Koffer, packte meine Sachen hinein und ging zur Folsom Street, von wo die Busse stadtauswärts abfuhren. Ich nahm den erstbesten und ließ San Francisco hinter mir. Wir passierten Presidio und überquerten die Golden Gate Bridge, von der ich schon so viel gehört hatte, ich hätte sie mir noch größer vorgestellt, aber immerhin hatte sie dieselbe Farbe, und dann fuhren wir plötzlich durch die hügelige Landschaft von Marin County, und ich hatte keine Ahnung, wo ich hinwollte.

Fairfax, Kalifornien.

Dort landete ich am Ende, es war die letzte Haltestelle. Gut, es war vielleicht nicht der beste Ort für solche wie mich, um sich zu verstecken, denn schon als ich mein erstes Bier in The Silver Peso auf der Bolinas Road trank, hörte ich die Legende vom Softballturnier zwischen den Grateful Deads und Jefferson Airplane, das offenbar vor einem halben Jahrzehnt auf dem hiesigen Sportplatz ausgetragen worden war. Es war eine waldreiche Kleinstadt mit knapp unter siebentausend Einwohnern. Ein Hippieparadies. Und dann fing auch noch jemand an, vom Krieg zu reden und wie schlimm das alles war. Aber ich hatte keine Lust, schon wieder weiterzuziehen. Ich sagte, es platzte einfach so aus mir heraus: «Ich bin erst vor einer Woche dort hergekommen.» Ich war schlagkaputt, ich verbarg mein Gesicht zwischen den Händen, sollten sie mich doch rauswerfen, wenn es ihnen dann besser ging, und in dem Moment spürte ich, wie sehr mir Eric fehlte, wie viel es mir bedeutet hätte, wenn er auch hier gewesen wäre, aber er war es nicht, er würde es nie wieder sein und auch sonst niemand, den ich kannte, und in Bastogne saßen immer noch Leute fest und kamen nicht weg, ich hasste mich dafür, dass ich überhaupt dorthin gegangen war, und ich hasste es, dass ich sie im Stich gelassen und meinen Dienst nicht verlängert hatte; ich hasste alles, was nicht so gelaufen war, wie es hätte laufen sollen, all die Sachen, die unterwegs kaputtgegangen waren und die sich nicht mehr kitten ließen, und dann brach das Ganze über mich herein, mein Vater, dem ich nicht geantwortet hatte und der so viel mehr verdient hätte, der sicher hart auf der Rosenberg Mekaniske schuftete und sich Sorgen machte, weil er nichts von mir hörte; ich hasste es, dass ich ihm immer noch nicht schreiben oder ihn anrufen wollte; ich hasste es, dass Jan Erik und Per und die ganze Vietnambewegung eine Demonstration nach der anderen veranstaltet hatten, zusammen mit Millionen anderen Menschen auf der ganzen Welt, während ich mich ins Flugzeug gesetzt und das getan hatte, von dem sie mich anflehten, es nicht zu tun. Weil ich verdammt noch mal Klavier spielen wollte. Ich hasste es, dass ich geglaubt hatte, ich wäre unschuldig; ich hasste es, dass ich es nicht schaffte, mich bei meinem eigenen Bruder zu melden. Ich hasste es, hier zu sein. Hasste es, dass die Leute in der Bar nichts zu mir sagten, sondern mich nur anglotzten und dass mir schlecht war und ich panische Angst hatte, und ich hasste es, dass ich nicht in New York war und dass nie etwas aus mir werden würde, und dann spürte ich eine Hand auf meiner Schulter, und jemand setzte sich neben mich, und der Barkeeper stellte mir ein neues Bier hin, und jemand sagte: «Mach dir keine Gedanken. *We got you.*» Ich verbrachte in der Weihnachtszeit jeden Abend in dieser Bar. Nicht weil ich den Alkohol brauchte. Sondern weil ich Menschen um mich brauchte. Weil es half. Nachts schlief ich unruhig in einem Motel um die Ecke, und irgendwann im Januar saß ich plötzlich da, ohne darüber nachzudenken, und las die Stellenanzeigen in der Lokalzeitung. Wollte ich hierbleiben? Der Gedanke überrumpelte und bedrückte mich. Aber ich las weiter. Wenige Tage darauf war ich wieder in San Francisco, um die letzten Formulare von Armee und Staat auszufüllen und meine neue Staatsbürgerschaft klarzumachen, jetzt konnte mich niemand mehr zurückschicken; ich war Amerikaner geworden. Die Leute auf dem Amt sagten: «Sie haben aber einen ungewöhnlichen Vornamen, wie spricht man das denn aus? Ov-ii?» «Ich möchte ihn gern ändern», sagte ich, «kann ich das ändern lassen, im Pass, im neuen Pass, kann ich auch gleich meinen Namen mit ändern?» «Ja, Sie können ihn ändern, wie Sie wollen», antworteten sie. «Ich möchte ein anderer werden», sagte ich. «Aha, und wer möchten Sie sein?» «Owen. O.W.E.N.» «Eine kluge Entscheidung. Aber Ihren Nachnamen möchten Sie behalten, nehme ich an? Hansen?» «Nein. *Larsen.* Owen Larsen. Ist das möglich?» «Kein Problem, Owen Larsen.» Ich unterschrieb an allen Stellen, die sie mir zeigten, und beantwortete alle Fragen, die sie mir stellten, ich war höflich und umsichtig, und während sie die restlichen Dokumente ausstellten und den letzten Stempel auf mein Gesicht im Pass drückten, spürte ich, wie ich mir selbst abhandenkam und dass es nötig war. Alles, was ich gewesen war, meine Familie, die alten Freunde, mein Land, Agatha auf der anderen Erdhalbkugel und die Erde und die Bäume in A Shau, meine Träume vom Jazz im Village Vanguard und meine Tage auf dem Lapskaus Boulevard, all das wurde mit einer einzigen Handbewegung dieses Beamten Geschichte.

Der Pass glühte in meiner Tasche, als ich auf die Straße trat, ich musste ihn mir wieder ansehen. Er gehörte Owen Larsen, hatte keine Vergangenheit, nur eine Gegenwart; ich kannte diesen neuen Menschen nicht, ich freute mich darauf, mit ihm zu leben, als er zu leben. Ich steckte den Pass zurück in meine Tasche und sagte: «Also gut. So fängt es an.»

Am Nachmittag: Owen nimmt den Bus zurück nach Fairfax, schließt die Tür zu seiner neuen Wohnung in der Mono Avenue auf, stellt seine Sachen ab, hängt seine Kleider in den alten Schrank des Vormieters, setzt sich auf den knirschenden Stuhl am Fenster und zieht ein.

Er nimmt einen Job als Asphaltbauer an, er schuftet lange und schwer; aber es gefällt ihm, es gefällt ihm, gebraucht zu werden und die Ergebnisse seiner Arbeit zu sehen. Er ist selbst überrascht, dass er sich nicht einmal bemüht hat, eine Stelle als Lehrer zu finden, sondern den erstbesten Job nimmt, den er kriegen konnte. Auch die Musik vermisst er nicht, es ist so lange her, dass er Klavier spielte, vielleicht hat er es gar nicht mehr in den Fingern. Und der Straßenbau ist ein Befreiungsschlag, konkret, einfach und vorhersehbar, wenn man nur sorgfältig und geduldig ist. Wenn man sich an die Anweisungen hält.

Er unternimmt Spaziergänge in der Gegend, in und rings um Fairfax, lange Spaziergänge, Kalifornien tut ihm gut, die Natur hört nicht auf, ihn zu verblüffen, sie ist so viel fruchtbarer, als er gedacht hätte, grün, er mag das Grüne, es ist ein freundliches Grün, eine ruhige Kleinstadt, überall freundliche Menschen. Er verbringt seine Freitag- und Samstagabende im Silver Peso, wo ihn die Leute gütig aufnehmen. Ohne ihn ist es nicht dasselbe, finden sie.

Wenn man sein altes Ich zurücklässt, wenn das überhaupt möglich ist, ohne dass es sich insgeheim im Rückenmark festsetzt und einen jede Nacht mit einem Kribbeln wach hält, wie ein blinder Passagier, der einen für den Rest des Lebens begleitet: Was wird dann daraus? Existiert es weiterhin, an einem anderen Ort, wo es willkommener ist, oder zieht es sich dorthin zurück, wo es herkam, als würde es sich wieder auf die Werkseinstellung zurücksetzen; überquert es den Ozean und begibt sich allein in die Berge, die Fjorde, den meterhohen Schnee, reist es über einen Umweg nach Hause, durch dunkle Winter- und strahlende Sommertage, schläft es unter freiem Himmel, auf dem Weg nach Süden, Richtung Stavanger, überwältigt vom Nordlicht und von der Freude, dich endlich losgeworden zu sein? Vermisst es dich, die Geborgenheit darin, dass ihr immerhin einander hattet, wenn sonst schon nichts, dann doch wenigstens das; oder geht es zugrunde, wenn man es nicht mehr haben will, ohne den kleinsten Hauch Sauerstoff?

Und was macht man, wenn man es eines Tages bitten möchte, wieder zurückzukommen? An wen wendet man sich?

1973, die Tage vor dem Jahresende. Nixons B-52 lassen Bomben über Hanoi regnen, draußen herrschen 22 Grad. Morgen muss er wieder in den Waschsalon gehen, er muss daran denken, ein paar Münzen rauszulegen.

LAUREL CANYON

(BLACK ON MAROON)

2009 – 2010

1

Eine Frage, die ich mir hin und wieder ziemlich beschämt stelle, gern in Momenten, wenn ich rückwärtszugehen scheine und meinen eigenen Spuren nach Hause folge, innerhalb dessen, was das Kübler-Ross-Modell (auch bekannt als die *Fünf Phasen des Sterbens und der Trauer*) als zweite Phase definiert, *Zorn*, ist die Frage, inwieweit Mischas Erfolg als Künstlerin, zumindest am Anfang, damit zusammenhing, dass einige, wenn nicht sogar etliche annahmen, sie wäre ein Mann. Es ist jedenfalls nicht undenkbar, dass manche es dachten. Wenn auch vermutlich nicht hinreichend. Jedenfalls kam es – und kommt es – hin und wieder vor, dass ich mir wünschte, es wäre so. Die Käufer von und Investoren in Kunst – mit ungeheuer wenig Zeit und ungeheuer viel Geld, ganz zu schweigen von einem oftmals absurd beschränkten Interesse für und / oder Wissen über diesen Bereich, jedenfalls abgesehen davon, dass er Geld bringt – sind größtenteils Männer. Und Männer ziehen es vor, Werke von Männern zu kaufen. Größtenteils. Wohingegen Frauen die Mehrheit der Besucher in Galerien und Museen ausmachen. Deshalb liegt, eingedenk Mischas früher Popularität, der Gedanke nah, dass einige der besagten Käufer mit der wenigsten Zeit und dem meisten Geld in den ersten Jahren folgerten, Mischa müsse ein Männername sein, da sowohl *Mischa* als auch die andere Schreibweise, *Misha*, hauptsächlich Jungen vorbehalten sind. Männern. Der Name, mit seinen russischen Wurzeln und einem Hauch von etwas Fremdem, verlockend Exotischem, ließ sie die Geldbörsen zücken, noch bevor sie den Lebenslauf des Künstlers kannten. Und die besagten Käufer – die sich nicht die Zeit nahmen, die vom Galeristen gefaxte Mischa-Grey-Biographie zu lesen, sondern nur die Information aufnahmen, dass diese Kunst *der letzte Schrei* sei – machten sich eigene mentale Bilder, Erzählungen darüber, was sich hinter diesem Namen verbarg. Mischa. Vielleicht sahen sie eine harte Kindheit in der Ukraine vor sich, in einem grauen Plattenbau in Odessa, oder ein bäuerliches Leben auf dem Lande, in einem abgelegenen Dorf, in dem die drohenden Missernten schwerer über dem Tal hingen als der eiserne Vorhang, den die Sowjetunion jeden Abend vorzog, schwerer als die Schwermut, die ihnen schon in die Wiege gelegt worden war und die sie nie auch nur ansatzweise loswurden, weil jemand denken könnte, sie wären nicht ganz richtig im Kopf, wenn sie zu viel lächelten; ein Ort, wo die Leute keinen Pfennig in der Tasche hatten, aber jeden Morgen demütig das Haupt senkten, in die Hände spuckten und ihr Tagwerk begannen, in der heimlichen Hoffnung auf bessere Zeiten. Vielleicht witterten besagte Käufer die Möglichkeit, den nächsten Marcus Yakovlevich Rothkowitz zu entdecken, bevor die Preise in die Höhe schnellten, einen Immigranten, der sich in Amerika niedergelassen, seinen Namen zu Mark Rothko vereinfacht hatte und der jetzt, post mortem, Kunst servierte, in deren Farbe das Leid des alten Landes konserviert war, für jene, die es sich leisten konnten und gern das Gefühl hatten, selbst am richtigen Ort geboren zu sein, was bedeutete: *Amerika.* Was auch bedeutete: ein Ort, an dem man aufwuchs, ohne sich mit der Abbildung solcher Dinge quälen zu müssen, damit es einem seelisch und finanziell gut ging, und das Geld stattdessen dafür ausgeben konnte, sich diese Bilder *anzuschaffen*, sie an weiße Wände mit hohen Decken zu hängen oder in einem Lager aufzubewahren, bis man sie wieder hervorholen und für ein Vielfaches weiterverkaufen konnte, wenn der richtige Zeitpunkt gekommen war.

Der Gedanke liegt nahe, dass besagte Käufer – vorausgesetzt, sie waren tatsächlich in die Geschlechterfalle gegangen – von einer kalten Angst gepackt wurden, als sie einsahen, dass Mischa kein autodidaktischer osteuropäischer Maler aus ärmlichen Verhältnissen war, sondern der gehobenen Mittelschicht Torontos entstammte und, viel schlimmer noch, eine Frau. Sie mussten einen Schock erlitten haben, denn eines war klar: Kunst von einer Künstler*in* war schwieriger zu verkaufen. Sie musste, das wurde nie gesagt, aber immer gedacht, doppelt so gut, doppelt so kontrovers, aggressiv und sexy sein, um auf dem Markt dieselben Preise zu erzielen wie die Werke der männlichen Kollegen. Zusätzlich geplagt von der Furcht, man könnte es womöglich auch noch mit *feministischer* Kunst zu tun haben, wälzten sich besagte Käufer angesichts ihrer unverkäuflichen Bilder im Wohnzimmer oder Lager nachts sicher schlaflos in ihren Betten. Die Eröffnungsfrage in Interviews mit Mischa, vor allem zu Beginn ihrer Karriere, lautete oft: «Würden Sie sich als feministische Künstlerin bezeichnen?» «Nein.» «Warum nicht?», gefolgt von der Überschrift *Absage an den Feminismus* oder Ähnliches. Oder so: «Erleben Sie es als schwierig, heutzutage eine weibliche Künstlerin in New York zu sein?» «Nein.» «Warum nicht?» Oder: «Sie haben sich für einen sieben Jahre jüngeren Freund *entschieden*, könnte man das auch als *Statement* werten?» «Nein.» «Warum nicht?» Etc. Sie erwarteten, dass sie eher Julia Kristeva paraphrasierte als Derrida, eher Germaine Greer als Chomsky. Sie zitierte keinen von ihnen. Sie paraphrasierte überhaupt fast nie.

Genau wie auf Mordecai und mir lastete auch auf Mischa ein Namensfluch. Auf ganz unterschiedliche Weise. Wir hätten alle anders heißen sollen. Wir hätten andere Menschen sein sollen, die an anderen Orten leben. Wir hätten einander nie treffen sollen. Ich hätte nie herkommen sollen. Aber der Name. *Mischa.* An schlechten Tagen, an Tagen wie heute, glaube ich, bin ich überzeugt, und würde es am liebsten aus dem Fenster brüllen und sie anrufen und in den Hörer schreien *Was zum Teufel hast du eigentlich gedacht*, dass die Verwirrung um ihren Namen auch zu ihrem frühen Ruhm beigetragen hat. An solchen Tagen glaube ich, dass die Aufklärung dieses Irrtums schuld daran ist, dass die Preise für Mischa-Grey-Originale lange unter dem vergleichbaren männlichen Durchschnitt blieben. Bis zur Explosion mit der *Toronto-Precision*-Serie im Herbst 2009.

Das waren die Bilder, die sie in Kalifornien malte.

Wie dem auch sei, an schlechten Tagen denke ich: Wäre dein Name ein anderer, hätte dich niemand gekannt, gesehen, beachtet. So wie auch niemand einen zweiten Blick auf ein frühes Werk einer Künstlerin namens Joanne Basquiat geworfen hätte. Oder einer Jasmine Jones. Einer Edith Paschke. Einer Jacky Pollock. Annie Warhol.

Niemand hätte gewusst, dass es dich gibt.

Niemand hätte dich vermisst.

Aber.

Aber ich vermisste sie. Ich vermisse dich immer noch. So wie damals, im Winter und Frühjahr 2009, und im Sommer; vor allem in jenem Sommer. Es war das Jahr, in dem alle still und angespannt warteten. Es war das Jahr, in dem die Leute erwachten und im Laufe einer Nacht beträchtlich gealtert waren und in dem man morgens das Laub aus dem Swimmingpool fischen musste, obwohl noch nicht Herbst war, und mehr Katzen als gewöhnlich verschwanden und niemand wusste, wo sie blieben, nur dass sie ihre Halsbänder miteinander getauscht hatten und anschließend zum falschen Besitzer zurückgebracht worden waren, wo sie ihr Leben fortsetzten, als wäre es das Normalste auf der Welt; und in dem die Wettervorhersager im Fernsehen nicht in die Tiefe gingen, sondern nur auf die Grafik hinter sich zeigten, mit den Schultern zuckten und sagten: *Es ist, wie es ist, Leute;* und man die ganze Nacht schlief und unentspannt in der morgendlichen Hitze erwachte und oft nur die Hälfte dessen schaffte, was man sich vornahm, und in dem alle Kopfweh hatten, und es war das Jahr, in dem den Apothekern das Aspirin ausging und sie stattdessen Phenazepam und Diazepam und Clonazepam und Dikaliumclorazepat austeilten und die epileptischen Anfälle abnahmen und die Leute feierten, dass die Zeit der Panikattacken anscheinend vorbei war; und man fortwährend hoffte, dass die Finanzkrise nicht zu einer Zwangsversteigerung des eigenen Hauses führte, bis es doch passierte, und die Leute wieder mit Greyhoundbussen fuhren, und das Jahr, in dem die Farbe schwarz war und die Zahl null und die Zeitungen mehrere Tage am Stück die gleiche Ausgabe druckten, weil es *Grenzen dafür gibt, wie viel man im Laufe eines Tages über sich ergehen lassen kann*, und im Fernsehen eine Wiederholung nach der anderen gezeigt wurde, und zwar von Kochsendungen; und alle Pappkartons ohne Boden produziert wurden, was für Kopfzerbrechen und große Unsicherheit in der Frachtindustrie sorgte; und es war das Jahr, in dem das Bellen aller Hunde so klang wie die erste Strophe von Pie

Jesus in Andrew Lloyd Webbers Version und überall das Unkraut wucherte und blühte, im staubigen Wind unter einem hohen, grauen Himmel voller Raben, und in den Straßen Müllberge lagen, die nicht abgeholt wurden, aber es war kein ekliger Müll, er war geschliffen und veredelt wie Rubine und Obsidian, und das Jahr, in dem die Frauen Balenciaga-Kleider mit roten Corsagen trugen und an amerikanische Engel erinnerten und das ganze Land aussah wie San Francisco nach einer wilden Nacht; und Menschen aus allen Gesellschaftsschichten, von den bettelnden Pennern und den Drogendealern an den Ecken bis hin zu den Magnaten, die hinter ihren Fenstern verächtlich die Wolkenkratzerfassaden hinabblickten, plötzlich mitten im Satz innehalten und ausrufen konnten:

Stop! Hammertime!

ehe sie ihren Gedanken oder was auch immer sie gerade formuliert hatten, zu Ende führten, ohne auch nur eine Miene zu verziehen; und es war das Jahr, in dem alle einen Sonnenbrand bekamen und die Luft noch bis weit in den Oktober hinein nach Aloe Vera roch und der künftige Präsident, der zum ersten Mal zu denken wagte: *Ich könnte das Ding tatsächlich gewinnen*, einige Tage nervös über die Möglichkeit nachdachte, ob er sich weigern sollte, an Thanksgiving auf dem Rasen vor dem Weißen Haus einen Truthahn zu begnadigen, auch noch vor den Augen der ganzen Welt, weil es eine wirklich *dumme, dumme Tradition* war, wenn man erst einmal in Ruhe darüber nachdachte; und es war das Jahr, in dem man nicht wusste, wie der Herbst werden würde, und erst recht nicht der Winter, und die Leute, die telefonieren sollten, einander nicht anriefen, sondern stattdessen jemand anderen; und sich der amerikanische Kontinent entlang der Mason-Dixon Line von Ost nach West teilte und es noch weiterging, sogar bis nach Oregon und an die Küste, wo der Pazifik hereinbrach, und die Menschen die gewaltigen Kräfte, die dort frei wurden, nicht mehr bändigen konnten und Kalifornien und New York nie weiter entfernt voneinander schienen als in diesem Moment.

Was ich eigentlich sagen will, ist, dass es ein schwieriges Jahr war, ein schwieriger Sommer.

Wenn wir alle zwei Wochen miteinander telefonierten, diskutierten Mischa und ich vor allem praktische Fragen wie die Entwicklung im Apthorp oder die Post, die für sie gekommen war und die ich öffnete, während ich sie am Ohr hatte; ich riss die Umschläge auf und referierte den Inhalt für sie, sodass sie entscheiden konnte, ob es etwas war, dass ich wegwerfen, aufbewahren oder nachsenden sollte. Und das Wetter. Wir redeten über das Wetter, in allen Details, und die Art und Weise, wie wir darüber redeten, gab Hinweise darauf, wie es an diesem Tag um unsere Beziehung stand und wie die Prognose für die kommenden Wochen aussah. Das Wetter; es wurde zu einem Gradmesser. Manchmal war sie kurz angebunden und sagte nur etwas wie *es ist warm* oder begnügte sich gar mit einem einzigen Wort: *sonnig.* Da verstand ich sofort, dass die Lage kritisch war, und wurde noch unruhiger; anschließend noch ein Gespräch in Gang zu bringen, war beinahe aussichtslos, mir fiel einfach nichts mehr ein, die Sätze stapelten sich hinter meinen Zähnen, bis nur noch Worthülsen herauskamen. Oder ich wurde still, vollkommen still, und horchte in der Stille auf ihrer Seite nach Nebengeräuschen oder Stimmen im Hintergrund, die ihre plötzliche Wortkargheit erklären konnten.

Meistens aber waren die Wettermeldungen länger. Sie waren ausschweifend, eingehend, Mischas Wetterfronten vermischten sich mit meinen, wir verglichen die Wolkendecke an der Ostküste mit der an der Westküste, Haufenwolken, Federwolken, Schichtwolken, Schäfchenwolken, wir verglichen die Temperaturen und den goldenen Sonnenschein bei ihr mit dem kälteren Licht bei mir; wir beschrieben Halos und Kondensstreifen an unseren Himmeln, Hochdruck und Tiefdruck, wir erzählten uns von den Niederschlägen, die gerade fielen oder kurz bevorstanden, von Schauern und Gewittern; wir nahmen uns auch das Wetter an anderen Orten vor, von dem wir in den Zeitungen gelesen hatten, Tornados, die durch Maryland oder Kansas rasten, Fluten und Dürre. Wir fanden eine helle Lichtung in der Sprache, einen neutralen Boden, wo wir das sagen konnten, was wir sagen wollten, ohne irgendetwas sagen zu müssen, das Thema war wirklich unerschöpflich. Allerdings war ich, wie jeder ordentliche Norweger, auch ein Meister dieses Fachs, von Kindesbeinen an darin geschult, die wettermäßigen Nuancen zu unterscheiden, die Konsistenz von Schnee oder Schneematsch mit einem schnellen Blick oder indem ich kurz den Finger in die Materie steckte, zu bestimmen und den Regen nicht einfach als Regen hinzunehmen, sondern als Sammelbegriff für eine ganze Bandbreite von Niederschlag, jeder mit einer eigenen Persönlichkeit und dem unterschiedlich ausgeprägten Vermögen, unpassend gekleidete Kinder innerhalb von fünf Minuten klatschnass zu machen. Und der Wind, der garstige Wind, der eisige, raue, störende Wind mit seinen hasserfüllten Böen, der in meiner Kindheit alle Regenschirme umstülpte, bis sie wie Parabolantennen aussahen, die sich zum Himmel reckten, auf der verzweifelten Suche nach intelligenten Meteorologen auf anderen Planeten. Zu warm oder zu kalt, zu feucht oder zu trocken; in dem Land, wo ich geboren bin, wartet man immer auf einen Wetterwechsel, hinter dem nächsten Berg oder am nächsten Fjord. Der Status quo war nie gut genug.

Die Telefonate mit Mischa zu beenden, wenn kein Wetter mehr übrig war, über das wir sprechen konnten, nachdem die knisternde Stille in der Leitung irgendwann so aufdringlich geworden war, dass wir sie beide nicht mehr ertrugen, war eine Qual. Keiner von uns wollte so kleinlich sein, das Ende einzuläuten und die obligatorischen Sätze auszusprechen, die zwangsläufig auf das *Ich muss langsam Schluss machen* oder das *Lass uns ein anderes Mal ausführlicher sprechen* folgten. Es hatte auch Züge einer Niederlage, wenn man sich dabei ertappte, dass man das Schweigen nicht mehr ertrug. Die irgendwie schon mit Gefühlen verknüpften, aber vollkommen unbedeutenden Füllworte, die wir wieder und wieder von uns gaben, um das Gespräch am Leben zu halten und so zu tun, als stünden wir nicht kurz vor der Kapitulation, hatten die Funktion einsamer Sonarimpulse in Gewässern, wo die Pausen zwischen den vernünftigen Sätzen unendlich lang geworden waren. *Ja … doch, doch … schön … na dann … wie auch immer … mm … komisch … aha …* Einige Male ging es sogar noch weiter, und wir ließen die Worte ganz hinter uns, bis der Dialog nur noch aus einem gedämpften Räuspern, Schniefen oder dem ungeduldigen

Klopfen von Fingern auf irgendeiner nahgelegenen Fläche mit genügend Resonanzboden bestand, auf dass die Person am anderen Ende den Wink begriff und aufgab, das Handtuch warf, sich ergab und die erlösenden Worte sprach: *Wir können ja ein anderes Mal wieder telefonieren.*

Jamachsgutduundwirhörenunseinfachwiederjamachenwirbisbaldtschüs. Klick.

Am schlimmsten waren die Tage nach dieser Metakommunikation. Ich lief durch die Gegend und bildete mir ein, dass ihr Zeitverständnis anders war als meines, dass sich ein Tag in New York wie eine Stunde in Kalifornien anfühlte und sie dachte, wir hätten doch gerade erst miteinander telefoniert, wenn die Zeit für unser nächstes Gespräch gekommen war und es sie jedes Mal große Überwindung kostete, das Handy hervorzuholen und mich anzurufen. Immerzu stellte ich mir vor, was sie dort alles machte, wie lebendig sie war, unbekümmert, hart arbeitend, aber auf eine Art und Weise, die nicht annähernd so anstrengend war, wie es ein entsprechender Tag zusammen mit mir gewesen wäre; ich stellte mir vor, wie sie frech grinste und über Sachen lachte, die nicht ich gesagt hatte, sondern andere, in meiner Abwesenheit; ich hörte, wie sie vom Lachen Schluckauf bekam, zusammen mit ganz neuen Leuten, über die sie am Telefon das eine oder andere Wort fallenlassen hatte, ohne dass ich ahnte, wer sie waren und wie sie aussahen. Ich hatte keine Angst davor, was sie ihnen von mir erzählte. Ich hatte Angst, sie würde mich nicht einmal erwähnen.

In New York wiederum blieb die Zeit stehen, ich tat nichts, als auf den Tag zu warten, an dem sie wieder anrufen würde.

Morgens, wenn ich laufen ging, am Hudson River oder auf den Wegen im Park, die stärker frequentiert waren, dachte ich nicht darüber nach. Es war ungefähr die einzige Stunde am Tag, manchmal auch zwei, an denen ich mir keine Gedanken machte, denn wenn ich lange oder schnell genug lief, war es gar nicht möglich, an etwas anderes zu denken als daran – dass ich lief. Wenn ich vom Laufschritt in ein schnelles Schritttempo überging oder ganz stehen blieb, an einem

Baum im Park oder einer Bank am Hudson River Greenway mit Blick auf New Jersey, dachte ich, wenn ich nur ein bisschen weiter liefe, einen Kilometer oder auch zehn, bis ich noch erschöpfter war, dann würde sich dieses Gefühl der Ruhe und Gleichgültigkeit darüber, ob ich noch eine Freundin hatte oder nicht, dauerhaft in mir festsetzen; ich war davon überzeugt, dass ich der Angst davonlaufen konnte, wenn ich nur nicht aufgab.

Aber ich gab immer auf. Wenn ich das Laktat zu sehr in den Beinen spürte oder die Shorts im Schritt zu scheuern begannen oder mein Kopf hämmernd nach Wasser verlangte. Dann schlurfte ich enttäuscht zurück zum Apthorp, und schon lange bevor ich das Gebäude sehen konnte, begannen die Gedanken wieder in meinem Kopf zu kreisen. Das Schwierige, ja geradezu Hoffnungslose, war, dass ich nicht darauf kam, wo der Fehler lag, und damit auch keine Möglichkeit sah, etwas zu reparieren. Uns zu reparieren. Dass sich etwas zwischen uns verändert hatte, war leicht zu erkennen, ich konnte Bilder von uns auf Fire Island heraufbeschwören, aus der Zeit in Dumbo, aus den ersten, langen, guten Jahren im Apthorp und sie mit Bildern von uns aus dem letzten Jahr, oder vielleicht sogar noch länger zurück, vergleichen, die in einem grelleren, kälteren Licht aufgenommen worden waren, beinahe unbehaglich: keine Ähnlichkeit. Überhaupt keine. Als wären es zwei vollkommen unterschiedliche Paare oder als hätte sich nachts jemand in unser Zimmer geschlichen, uns etwas ins Ohr geflüstert und andere Menschen aus uns gemacht, bevor wir wieder aufwachten. Sie hatte recht damit, dass wir kaum noch miteinander sprachen, jedenfalls nicht mehr so, wie wir es früher getan hatten. Doch woran es lag oder wann genau wir unseren Pfad verlassen hatten und in dem Gestrüpp gelandet waren, in dem wir jetzt festhingen, war schwer zu sagen. Vielleicht hatten wir uns einfach nur satt und bildeten uns ein, das wäre ungewöhnlich und dass es so bliebe, wenn keiner von uns etwas unternahm. Vielleicht kam jetzt plötzlich der Altersunterschied zwischen uns zum Tragen, und ihr fiel auf, dass wir von ganz verschiedenen Uhrwerken angetrieben wurden. Während bei ihr die Alarmglocken schrillten, haute ich wieder und wieder auf die Schlummertaste, unwillig, aus Owens Gemächern auszuziehen, unwillig, den nächsten Schritt zu gehen, wohin auch immer er führen sollte. Und soweit ich weiß, war mir der Schnitzer unterlaufen, dass ich mich in ihren Augen in einen stinklangweiligen Typen verwandelt hatte. Zu meiner Verteidigung muss ich sagen, dass die meisten Leute stinklangweilig sind, wenn man ihnen nur genug Zeit gibt, es zu beweisen.

Mit jedem Tag, der verging, verlor ich ein Stück von ihr, sie löste sich vor meinen Augen auf, und ich hatte keine Ahnung, wie ich sie wieder zusammensetzen, die einzelnen Scherben von ihr verleimen sollte. Dieses Gefühl, sie noch immer so sehr zu lieben und sie mir so inständig wieder nach New York zu wünschen, ohne eine klare Vorstellung davon zu haben, warum sie weggegangen war und wie ich sie dazu bringen könnte, sich ins Flugzeug zu setzen und herzukommen, war lähmend. Ich fing an, schlecht zu schlafen.

Owen musste bemerkt haben, dass es mir nicht gut ging, denn im Laufe des Frühlings änderte sich sein Verhalten mir gegenüber. Er klopfte häufiger an die Tür meines Büros, wo ich jeden Tag eine Stunde an einem neuen Manuskript arbeitete, das mir zugeschickt worden war, und die nächsten sechs Stunden damit verbrachte, mich auf meinem Stuhl im Kreis zu drehen und mir Vorwürfe zu machen, weil ich nicht arbeitete und auch keine Lust dazu hatte, während der Genie-Preis in meinem Kopf rief, dass ich mich zusammenreißen und endlich richtig loslegen müsste mit … was auch immer. Owen klopfte, stand unbeholfen in der Tür, stellte irgendeine unwichtige Frage und entschuldigte sich, dass er mich in meiner Konzentration gestört habe, aber irgendwann brauche er nun mal eine Antwort. Ich wusste seinen schlecht kaschierten Vorwand, mit dem er mich aus dem Graben ziehen wollte, in den ich gefallen war, zu schätzen, und ehe er ging, erzählte er mir immer, was er für den Rest des Tages plane, und fügte hinzu, als käme ihm der Gedanke erst in dem Moment, dass ich ihn selbstverständlich begleiten könne. *Vielleicht würde dir das guttun*, sagte er jedes Mal, so lautete das Mantra, und es tat mir tatsächlich gut, deshalb kam ich immer mit. Er war die Fürsorglichkeitspatrouille, immer rechtzeitig vor Ort, wenn jemand in sich zusammenzufallen drohte, immer bereit, diejenigen wieder aufzurichten und sie abzulenken, sodass sie vergaßen, wie erbärmlich sie sich fühlten. Ich glaube, er sah es als eine Möglichkeit, die Vaterrolle unter kontrollierten Verhältnissen auszutesten, obwohl er mir klar gesagt hatte, dass er nicht daran interessiert sei, sie zu übernehmen, als Mischa und ich bei ihm eingezogen waren. Es war ihm nicht einmal recht, wenn ich ihn als meinen Onkel bezeichnete, er hatte immer nur Owen sein wollen, doch unter den Umständen, die im Frühling 2009 herrschten, und angesichts der ungewissen Zukunft, mussten wir alle Steine umdrehen, die es gab, und neue Möglichkeiten in Betracht ziehen, und wenn es das war, was er versuchte, widmete er sich dem Projekt mit Ernst und Hingabe. Er hielt seine schützende Hand über mich und interessierte sich ehrlich für Dinge, die er früher nie verfolgt, geschweige denn überblickt hatte. Ob ich genug gegessen hätte? Und hungrig sei? Ob er mir etwas mitbringen solle oder ich vielleicht sogar zum Einkaufen mitkommen wolle? Ob ich heute schon vor der Tür gewesen sei – *frische Luft ist wichtig, weißt du.* Er stimmte seine Gänge in den Waschkeller auf meine Schmutzwäsche ab und überließ mir abends die Macht über die Fernbedienung, wenn wir auf dem Sofa saßen und zufällige Spiel- oder Dokumentarfilme sahen; es hätte nur noch gefehlt, dass er mir einen Baseballhandschuh kaufte und mich mit in den Hinterhof nahm, um beim Ballwerfen eine rührend echte Vater-Sohn-Bindung aufzubauen.

Das Einzige, was Owen nicht anbieten konnte, war ein Gespräch darüber. Wie es mir ging. Wenn ich etwas in diese Richtung anklingen ließ, wurde er abwesend, zögerlich und lenkte schnell auf ein anderes Thema oder fing irgendwas an, das auf keinen Fall warten konnte, egal was, Hauptsache, es ließ sich nicht mit einem Gespräch von einem solchen Vertraulichkeitsgrad vereinbaren, das er nicht beherrschte oder auf das er sich aus verschiedenen Gründen nicht einlassen wollte. Doch er kompensierte es, so gut er konnte, auf seine Weise, indem er mich ständig ablenkte und in Bewegung hielt. Morgens, wenn ich in die Küche kam, um den Kaffee aufzusetzen (oder mir eine Tasse zu holen, wenn er schon welchen gekocht hatte), lag ein Stapel Zeitungs- und Zeitschriftenausschnitte auf dem Tisch, die ich seiner Meinung nach lesen sollte und die mich hoffentlich ablenken würden. Überwiegend waren es Artikel aus der *Home & Garden*-Beilage der New York Times, die er regelmäßig las, wohingegen sie mir, wie er wusste, immer entging, und die oft von ungewöhnlichen Wohnungen oder Häusern in New York und anderen Ostküstenstaaten handelten und von deren Bewohnern und ihren mehr oder weniger interessanten Leben; es waren Leute, die auf Dächern von Wolkenkratzern in Manhattan japanische Gärten angelegt hatten oder in fünfzehn Quadratmeter großen Wohnungen hausten und abends im Lincoln Center for The Performing Arts Ballett tanzten, sechs Tage die Woche, oder ältere Damen, die riesige, längst abbezahlte Wohnungen auf der Upper East Side besaßen und dort schon seit Ewigkeiten residierten, nachdem ihre Millionärsgatten gestorben waren und ihnen ein Vermögen hinterlassen hatten, von denen sie nie auch nur einen Cent ausgaben, und einen Hund, den sie nur selten ausführten. Ich las nicht alles, was er mir hinlegte, auf die meisten Artikel warf ich nur einen kurzen Blick, überflog sie, solange noch Kaffee in der Tasse war. Doch einige, vor allem die, in denen es um Kunst ging, fesselten meine Aufmerksamkeit, teils weil sie mich an Mischa erinnerten, teils weil ich Redestoff für ihren nächsten Anruf sammeln wollte, damit sie das Gefühl hatte, ich würde mich wirklich für ihre Arbeit interessieren und könnte mir selbständig Wissen darüber aneignen. Einen dieser Artikel, aus einer Zeitschrift, die mir nichts sagte, habe ich aufbewahrt. Bis heute. Ich bin mir nicht sicher, warum ich es ursprünglich getan hatte, die meisten Ausschnitte wanderten im Laufe des Tages in den Müll, und damals hatte ich keine Ahnung, dass es eine Verbindung zu Mordecai gab. Der Text, fast zehn Seiten lang und um eine Reihe von Fotos ergänzt, die alle ein wenig unterbelichtet und unscharf waren – als wären sie hastig aufgenommen worden, von einer Person, die nicht entdeckt werden wollte –, ist von einem anonymen Autor verfasst worden und handelt von einer Installations- und Performance-Kunst-Ausstellung in einem Lagergebäude am Rande von Brooklyn, die von niemand

Geringerem kuratiert wurde als Marina Abramović. Von den zehn vertretenen, aufstrebenden Künstlern und Künstlerinnen waren neun belanglos und eine zutiefst problematisch, nämlich Agota Miškini mit ihrem Werk *The Smoking Gun.* Niemand hat je zuvor von dieser Künstlerin gehört. Angeblich stammt sie aus Litauen. Ob man ihr Werk als Installation oder aktive Performance betrachten kann, ist im besten Fall unklar, und dasselbe gilt im Prinzip auch für die Frage, *was es ist,* so ganz allgemein. Während die anderen Arbeiten im Westflügel der riesigen Lagerhalle ausgestellt sind, ist Miškinis Beitrag im Ostflügel platziert worden. Um hineinzugelangen und ihre Arbeit zu erleben, muss man durch eine Tür gehen, die zu einem Vorzimmer mit zwei weiteren Türen führt, auf der einen steht *Ausgang,* auf der anderen, tja, nichts. Um die erste Tür überhaupt passieren zu dürfen, muss man eine Reihe ziemlich fragwürdiger Formulare unterschreiben. Diese werden in einem Schalterhäuschen am Eingang ausgegeben, in dem drei versteinerte Männer mit offiziellem Aussehen und Gebaren sitzen und die Kandidaten in Augenschein nehmen, die notwendigen Papiere verteilen und verwalten, stempeln, signieren, versiegeln und hinter sich in einem Stahlschrank archivieren. Die Formulare enthalten – unter anderem – Folgendes: eine Erklärung zur eigenen Gesundheit, in der man bestätigt, dass man keine diagnostizierte psychische Erkrankung oder ein anderes Seelenleiden hat und auch in der näheren Verwandtschaft nichts dergleichen bekannt ist und dass man keine Selektiven Serotonin-Wiederaufnahmehemmer, auch SSRI genannt, oder Antidepressiva, Glückspillen und das ganze Rorschach-&-Prozac-Zeug einnimmt; ein anderes Formular verlangt die Bestätigung des Kandidaten, dass er aus eigenem, freiem Willen hier ist und von niemandem gezwungen wurde, Miškinis Ausstellung zu besuchen, und dass jegliche Interaktion mit dem Kunstwerk, inklusive all seiner Elemente, was auch immer hinter diesen Türen vor sich gehen mag, auf eigenes Risiko stattfindet. Es ist ein verhältnismäßig langes Dokument, für dessen Lektüre die meisten eine halbe Stunde oder mehr brauchen und das in einem Wirrwarr aus Paragraphen und Gewohnheitsrecht und Haftungsausschluss mündet – im Namen von

Miškini und der Galerie und dem Staat New York und den Vereinigten Staaten. *Abandon all hope, ye who enter here* usw. Das nächste Formular ist einfacher, kürzer, es besteht aus folgender Erklärung und Frage: *Agota Miškinis* The Smoking Gun *ist als eine potenzielle Bedrohungslage anzusehen. Das heißt, dass es in den Ausstellungsräumen Waffen geben kann und wird* (hier folgt eine längere Ausführung, was mit einer Bedrohungslage gemeint ist, vgl. diverse militärische oder polizeiliche Definitionen). *1) Ist Ihnen bewusst, dass Agota Miškinis* The Smoking Gun *eine solche Bedrohungslage sein kann und wird? 2) Ist Ihnen bewusst, was die Einschätzung ‹Bedrohungslage› beinhaltet? 3) Haben Sie, und nur Sie, die Entscheidung getroffen, sich in eine solche Lage hineinzubegeben? 4) Sind Sie bereit zu akzeptieren, dass weder der Künstler, die Galerie, der Staat New York noch die Vereinigten Staaten von Amerika die Verantwortung dafür übernehmen, was in den Ausstellungsräumen geschieht, weil Sie diese vorsätzlich, aus freiem Willen, um die potenziellen Gefahren wissend, betreten haben, und dass keine der bereits genannten Parteien moralisch, wirtschaftlich oder in irgendeiner anderen Weise verantwortlich gemacht werden kann für was auch immer passieren mag?* Wenn man auch dieses Dokument unterschreibt, bleiben noch zwei, eins davon ist die schriftliche Zusicherung, den Inhalt der Ausstellung nicht durch Texte, Videos, Tonaufnahmen, Fotos oder mündliche Berichte in den Medien, im Internet oder anderweitig an andere Menschen weiterzuvermitteln (wie es der anonyme Verfasser des Artikels getan hat), das andere ein trockenes, aber entscheidendes Formular, in dem man die Blutgruppe, das bevorzugte Krankenhaus und den Namen und die Telefonnummern der nächsten Angehörigen vermerkt. Hat man diese alarmierende Papierschlacht hinter sich gebracht, muss man nur noch sein Telefon, eventuell auch die Kamera und Lichtquellen wie Taschen- oder Stiftlampen und Ähnliches abgeben, ehe man sich zu guter Letzt in die Schlange stellen und darauf warten darf, dass man an die Reihe kommt.

Anschließend geht man hinein.

Der Raum ist schallisoliert. In seinem Inneren herrscht völlige Dunkelheit, der Boden ist mit Marmorfliesen oder Ähnlichem ausgelegt. Die Größe lässt sich unmöglich bestimmen, die Wände sind nicht sicht- oder spürbar; man könnte sich in einem zehn oder hundert Quadratmeter großen Raum befinden. In der Mitte steht ein einsamer Formica-Tisch, schwach erleuchtet von der Glühbirne darüber. Auf dem Tisch liegt ein Revolver. Es ist eine Smith & Wesson 15 mit einem hellbraunen Kolben, der mit fünf .38-Patronen geladen ist, eine der Kammern ist leer. Ein leichter Schmauchgeruch hängt in der Luft; im Aschenbecher neben dem Revolver liegt eine halbgerauchte Zigarette.

Dies sind die einzigen Gegenstände im Raum.

Es könnte sich um einen Fall von Snuff-Kunst oder ein prätentiöses Gedankenexperiment handeln, das lässt sich schwer sagen. Dasselbe gilt für die Frage, ob sich noch jemand in der Dunkelheit versteckt und, wie schon gesagt, nach der Größe des Raums. So oder so kann man das Erlebnis, sich hier aufzuhalten, wohl am ehesten als dreidimensionalen Albtraum beschreiben. Das Gefühl für Zeit und Raum nimmt nicht nur ab; es verrottet.

Die meisten verspüren einen unwiderstehlichen Drang, den Revolver in die Hand zu nehmen.

Die meisten treffen früher oder später die Entscheidung, sich zu bewegen.

Die allermeisten rufen zu irgendeinem Zeitpunkt *Hallo?* in den Raum hinein, ebenso sehr aus dem Bedürfnis heraus, ein Gefühl für die Dimensionen zu entwickeln, wie um eine Antwort zu erhalten.

Der akustische Ausbruch gibt weder Aufschluss über die Größe des Raums noch darüber, ob andere anwesend sind.

Das führt bei sämtlichen Besuchern zu großer Furcht.

In Einzelinterviews, die nach dem Aufenthalt in dem Raum mit den Besuchern geführt wurden, beschreiben mehrere von ihnen ein Gefühl von Todesnähe oder sogar eine Unsicherheit dahingehend, ob man schon tot oder noch lebendig sei. Keiner der Teilnehmer liegt richtig, wenn er schätzen soll, wie lange er sich in dem Raum aufgehalten hat. Die Mehrheit vertut sich um mehrere Stunden, drei Teilnehmer berichten gar von tage- oder wochenlangen Aufenthalten. Sämtliche Teilnehmer berichten, sie hätten dort drinnen andere

Bewegungen wahrgenommen, diese jedoch nicht näher untersuchen wollen. Die allermeisten sind überzeugt, der Raum wäre fast unendlich groß, erstrecke sich mindestens mehrere hundert Meter in alle Richtungen und würde ständig weiterexpandieren. Ein Großteil erzählt von einer anhaltenden Angst, sich a) zu dem Tisch mit dem Revolver oder b) überhaupt zu bewegen, nachdem man den Revolver entdeckt hat. Sehr viele sind im Laufe der ersten Minuten nach dem Erlebnis wütend, aufgewühlt, gebrochen, in Tränen aufgelöst. Verwirrt und unsicher. Mit Ausnahme eines einzigen Besuchers zeigen alle weniger als zehn Minuten später eine überbordende Freude und große Erleichterung. Dieses Gefühl hielt bei den meisten an, wenn sie nach drei Wochen erneut kontaktiert wurden.

Nur ein Besucher entscheidet sich dafür, den Revolver an den eigenen Kopf zu setzen und abzudrücken. Der Betreffende bleibt unverletzt, weil der Revolver mit Platzpatronen gefüllt ist. Er bleibt im Raum stehen, mit der Waffe in der Hand und einem intakten Kopf, und eine nicht näher identifizierte Person tritt sanft aus der Dunkelheit, geht auf den Betreffenden zu (der aus lauter Verwirrung die übrigen vier Schüsse auf sie abfeuert) und umarmt ihn. Die Umarmung ist von einer gewissen Länge und Intensität, die beidseitig empfunden wird. Der Augenblick wird fotografiert und verewigt. Dokumentiert. Dann reißt sich die Person von ihm los und verschwindet.

Dieser Besucher erlebt als einziger, wie das Licht eingeschaltet wird, und erkennt daher auch, dass der Raum nicht mehr als vierzig Quadratmeter groß ist. Der Betreffende sieht auch die Schrift an der Wand, riesige, gemalte Buchstaben, die den Satz bilden: *Alles wird gut.* Derselbe Besucher behauptet hartnäckig, auch drei Wochen später noch, der Satz habe in Wirklichkeit gelautet: *Alles wird anders.* Was wirklich zutrifft, bleibt ungewiss.

Ich erzählte Mischa von dem Artikel, als uns wieder einmal die Themen ausgingen. Das Gespräch kroch langsam dahin. Lange Pausen zwischen dem Klang unserer Stimmen.

«Ich weiß, wer sie ist», sagte sie.

«In dem Artikel steht, niemand hätte zuvor je von ihr gehört.»

«Das stimmt.»

«Du anscheinend schon.»

«Ich weiß, wer sie ist», sagte sie vieldeutig.

«Und?»

«Eine über siebzigjährige Frau. Aus Lettland.»

«Dort steht, sie käme aus Litauen.»

«Ich dachte, das wäre dasselbe Land.»

«Ist es nicht.»

«Wie dem auch sei, sie ist nicht ganz richtig im Kopf», erwiderte Mischa trocken.

«Nein, wahrscheinlich nicht.»

«Sie hat wohl zwanzig Jahre im Gefängnis gesessen, dadrüben in Lettland.»

«Litauen», korrigierte ich.

«Ist doch egal.»

«Weshalb? Saß sie im Gefängnis, meine ich.»

«Keine Ahnung, aber wohl kaum dafür, dass sie im botanischen Garten Blumen gepflückt hat.»

«Hat sie das denn?»

«Was?»

«Im botanischen Garten Blumen gepflückt?»

«Sehr witzig ...»

«Ja ...»

«Na jedenfalls ...»

«Ja ...»

Ich hörte im Hintergrund jemanden lachen und mit Möbeln und Gläsern rumoren, eine Tür fiel zu. Mir wurde unwohl, und ich wollte sie fragen, wer es war, aber sie sagte:

«Ich habe sie in Shanghai kennengelernt, sie hat *Smoking Gun* auch da gemacht.»

«Bist du reingegangen?»

«Klar.»

«Wie war es, wie lange warst du dadrinnen? Und warum hast du mir nichts davon erzählt?»

«Weiß nicht …»

«Aber hattest du Angst? Hattest du denn keine Angst, da reinzugehen?»

«Das ist nicht das, wovor ich Angst habe, Max.»

«Nein …»

«Nein …»

«Na dann …»

«Wie auch immer … ich glaube, ich muss bald ins Bett.»

«Ja …»

Die meisten Termine, die ich im Frühjahr 2009 hatte, waren von mir selbst initiiert worden. Allmählich wurden es viele, es ging um eine Reihe unwichtiger Dinge, und im Grunde hatte ich nie Lust, hinzugehen. Owen meinte aber, es wäre wichtig, auch geistig in Bewegung zu bleiben, also tätigte ich Anrufe, schickte E-Mails, sprach mit Intendanten, Produzenten, potenziellen Schauspielern und dem bosnisch-amerikanischen Filmemacher Milorad P. Andersson. Ich traf ihn mehrmals, immer spätabends. Er zeigte mir seine *Mill-Stone*-Filme, die im Grenzbereich zwischen Dokumentation und Fiktion lagen, und regte an, dass ich mich mit einem Essay von Arthur L. Radovanovic auseinandersetzte, «The Medium is Not The Message, The Media are a Mess: The Poetics of Subjectivity in an Age of Objectivity»; es klang wie ein Titel, den Mischa sich ausgedacht haben könnte. Milorad war ein grober Typ, der einen Mantel und beunruhigend schwere Sorel-Stiefel trug, obwohl es seit Monaten nicht geschneit hatte; damit weckte er den Eindruck, auf alle Eventualitäten vorbereitet zu sein und nicht einmal dem Wetterbericht zu trauen. Sein Kopf allerdings war im Verhältnis zum übrigen Körper viel zu klein und flach und breit, wie bei einer Gila-Krustenechse oder einem Muppet; ich hatte den Verdacht, dass er seinen ursprünglichen Kopf im Krieg verloren hatte und dass er, dank eines löblichen Überlebensinstinkts, kombiniert mit Tatendrang, der erstbesten Leiche, die ihm begegnete, den Kopf abgerissen und ihn trotzig auf seinen eigenen Hals geschraubt hatte, ehe er weiter über das Schlachtfeld gestapft war. Er gab eine komische Figur ab, wenn seine tiefe Stimme, die ganz unten in den Stiefeln zu entspringen schien, aus diesem nervös zuckenden kleinen Kopf kam, doch was er sagte, war ganz und gar nicht komisch. Wenn ich mich recht erinnere, lachte er nur ein einziges Mal, und zwar in dem Moment, als ich heftig gestikulierend mein Bier umwarf und über meine Hose kippte. «Als hättest du dich vollgepisst!», grölte er mit weitaufgerissenem Mund. Ich hätte schwören können, dass ich sein Zäpfchen sah. «Wie ein altes Weib», fügte er unnötigerweise auch noch hinzu. Ich lachte in seinem Beisein auch nicht viel, wir entspannten unsere Gesichtsmuskeln in dieser Zeit beide sehr. In Milorads Auseinandersetzung mit dem Bosnien-Krieg in den neunziger Jahren ging es ihm vor allem darum, ihn zu verstehen und zu vermitteln. Er machte einen Unterschied zwischen der schlagzeilenhungrigen Jagd der Medien nach einer Geschichte mit großem G einerseits und den Geschichten mit kleinem g andererseits, die eine andere Gesprächsform, oder überhaupt ein Gespräch, voraussetzen, um verstanden zu werden. Ich wusste wenig über Bosnien, beinahe nichts, außer dass Stig und seine Eltern dort in den achtziger Jahren Badeurlaub machten und in Sarajevo zehn Jahre vor Lillehammer die Olympischen Winterspiele stattgefunden hatten. Ich wusste wohl auch, dass Sarajevo fast vier Jahre unter serbischer Belagerung stand, dass in einer Stadt namens Srebrenica unaussprechliche Dinge passiert waren und der Begriff *ethnische Säuberung* anschließend zum allgemeinen Wortschatz gehörte. Das war aber auch schon alles. Milorad erzählte von seinen eigenen Erlebnissen und denen anderer, gespickt mit derben und verstörenden Witzen über seltsame bosnische Typen, die im Humor seines Heimatlandes offenbar eine wichtige Rolle spielten. Während er diese Witze erzählte, lächelte er nie.

Ich war nach einem Interview mit Milorad im *Toronto Star* kurz vor Weihnachten auf seine Filme aufmerksam geworden. Mischa kaufte diese Zeitung in Zeiten, in denen ihr Kanada *weiter weg, als es sollte*, vorkam, wie sie sagte, und obwohl sie sie meistens nur durchblätterte, wirkte sie schon allein dadurch, dass sie ein paar Tage in der Küche oder auf dem Wohnzimmertisch liegen blieb, wie eine heimliche Requisite. Auch Owen und ich stürzten uns nicht gerade darauf, aber die Tage vor Weihnachten waren einfach zu lang und zu monoton gewesen, wir hatten bereits unsere obligatorischen Geschenke gekauft und die Wohnung so dezent und beiläufig geschmückt, wie wir es immer taten (wofür wir höchstens zwanzig Minuten brauchten, inklusive der brandgefährlichen elektrischen Kerzen, zu denen wir misstrauisch hinüberschielten, während sie auf diese infernalische, epilepsieauslösende Weise blinkten, wie es nur billige Elektronik konnte), und mangels einer besseren Beschäftigung hatte ich mich auf das Sofa gesetzt und so gut wie alle Artikel in der Ausgabe des *Stars* vom 20. Dezember 2008 gelesen. Das Interview – und der nebenstehende Artikel, in dem Milorad P. Anderssons künstlerisches Werk vorgestellt wurde – war im Unterhaltungsteil abgedruckt oder besser gesagt fehlplatziert, jedenfalls konnte man sich nur schwer vorstellen, dass irgendjemand da oben in Kanada ein ganzseitiges, überladenes Interview über den bosnisch-amerikanischen Avantgardefilm in den neunziger Jahren unterhaltsam fand, noch dazu kurz vor Weihnachten. Für mich war es auch kein großer Gewinn, das meiste, worüber Milorad sprach, überstieg meinen Horizont, und außerdem ließ er auf arrogante Art ständig Namen und Begriffe fallen, die beim Leser ein umfassendes Wissen auf diesem Gebiet vorausgesetzt hätten. Doch es gab etwas anderes, was mich trotzdem dazu veranlasste, mich durch das komplizierte Interview durchzuarbeiten; die Schnipsel über Milorads eigene Geschichte fesselten mich, dass er eine Kindheit und Teile eines Landes erlebt hatte, die nur mehr als Idee existierten, und wie der Krieg ihn umgeben und in hohem Maß auch geformt hatte. Die verlorene Heimat, und dass es seine Rettung gewesen war, in dieses Land zu gehen, in dem ich selbst manchmal immer noch auf meine Evakuierung wartete. Er war, wie er sagte, «glücklich darüber, nach St. Louis gekommen zu sein und in diese verdammte Suppendose von einer Nation, in der man nicht mal ein essbares Cevapcici auftreiben konnte, obwohl es auf den Straßen nur so wimmelt von sentimentalen Exilbosniern, die einander mit Leidensgeschichten aus der alten Heimat übertrafen». Größer als Milorads Verachtung für das zerbrochene Sammelsurium, auf das Jugoslawien reduziert worden war, war nur seine Liebe zu dem Land, das es einst gegeben hatte. Doch als es 1992 zu existieren aufhörte, sah er auch keinen Grund, seinen Nachnamen zu behalten, der seinen Ursprung in der grünen, bosnischen Provinz hatte. In einer Form von kindlichem Protest beschloss er, den Nachnamen des erstbesten Menschen anzunehmen, der ihm am 4. Mai, an Titos Todestag, über den Weg lief. Für einen kurzen Moment hatte er überlegt, ob das Datum der Beerdigung nicht eine bessere Wahl gewesen wäre; da nicht weniger als vier Könige, einunddreißig Präsidenten, sechs Prinzen, einundzwanzig Staatsminister und siebenundvierzig Außenminister anwesend waren – zusätzlich zu einem unbekannten, aber vermutlich großen und schallenden Musikkorps –, war sie im Grunde größer als sein Tod, doch am Ende gab er dem alten Staatsführer selbst den Vorrang und entschied sich für den Tag, an dem Herr Josip Tito aus der Zeit hinausspaziert war, das heißt, eigentlich hatte man ihm erst zwei Tage zuvor den linken Fuß amputiert, sodass er wohl eher hinkte. Der vierte Mai also. Der Zufall, wie immer ein wenig grausam, wollte es, dass der erste Mensch, dem Milorad an diesem Tag begegnete, der Postbote war, der unten im Hausflur stand und Briefe und Rechnungen sortierte, ein gewisser Mr. Andersson, und damit war die Namensfrage geklärt. Wofür das P. in Milorads Namen stand, wusste niemand, nur dass er früher keinen Zweitnamen gehabt hatte und sein alter Nachname «irgendwas mit R» gewesen war. Wer so dumm war, ihn danach zu fragen, erhielt die immer gleiche Antwort: «Das steht für Pimmel, du Schwanzlutscher.» Milorad war ein ungeheuer intelligenter Mann, eine intellektuelle Kapazität. Aber er kompensierte es damit, ein besonders ungehobeltes Exemplar dieser Gattung zu sein.

Es war auch nicht so, dass ich, kaum hatte ich das Interview gelesen, sofort aufsprang und ihn kontaktierte. Ganz und gar nicht. Aber ich warf die Zeitung nicht weg, wie ich es sonst getan hätte, sondern steckte sie in meinem Büro in einen Umschlag, ohne etwas anderes damit zu planen, als den Artikel zu einem späteren Zeitpunkt noch einmal zu lesen. Anschließend geriet er in Vergessenheit und blieb unberührt liegen, bis zu einem Tag im Februar, an dem mir bewusst wurde, dass Mischa weg war und ich nicht sicher sein konnte, wann sie zurückkam. Falls sie es überhaupt tat. An jenem Tag wurde ich von Owen ausgeführt, ein langer Spaziergang durch die Straßen der Upper West Side, und ich glaube, ich redete vom 17. Mai. Zum ersten Mal nach ich weiß nicht wie vielen Jahren überkam mich der Wunsch, den Nationaltag zu feiern, auf norwegische Weise, zusammen mit den anderen Norwegern, die sich permanent oder vorübergehend in der Stadt niedergelassen hatten. Es gab etliche von ihnen, vielleicht nicht so viele wie damals, als Owen in den sechziger Jahren herkam, aber trotzdem viele, und ich hatte noch nie einen kennengelernt. Wenn überhaupt, hatte ich alles darangesetzt, ihnen aus dem Weg zu gehen. Ich hatte beispielsweise nie die Seemannskirche oder die Botschaft betreten, war nie im Scandinavia House auf der Park Avenue, wo The American Scandinavian Foundation ihren Sitz hatte und wo hin und wieder große Veranstaltungen stattfanden, und besuchte auch keine Arrangements der Sons of Norway, der Norwegian Immigration Association oder den Nordmannsforbundet. Ich hatte nie das Bedürfnis gehabt, Schafskopf und Stockfisch zu essen und so zu tun, als hätte ich es vermisst und würde es als wichtigen Bestandteil einer ausgewogenen Ernährung ansehen; wenn ich einmal auf der Straße Norwegisch hörte, was relativ oft vorkam, vor allem wenn ich mich in der Gegend um den Times Square bewegte, wo sich die norwegischen Touristen ballten und die immer gleichen Fotos machten, mit dem gleichen Hintergrund und dem gleichen breiten Grinsen, dann wich ich zurück, nahm einen anderen Weg, bevor ich enttarnt wurde. Und wenn es ein seltenes Mal vorkam, dass mich jemand anhielt, um mir eine Frage zu stellen, wie weit es zum Park war oder wo man Eintrittskarten für Letterman kaufen konnte, antwortete ich immer auf Englisch, ohne den Hauch eines Akzents oder andere Hinweise darauf, wo ich herkam. Ich weiß nicht genau, warum ich es tat, ob der Grund war, dass ich mich nicht mehr mit ihnen identifizierte, oder ob ein Teil von mir fürchtete, wenn ich den Mund öffnen und meine Muttersprache hinauslassen würde, könnte ich der Versuchung erliegen, mit ihnen gemeinsam zurückzufahren. Doch nach Mischas Aufbruch gen Westen war der Gedanke, den 17. Mai zu feiern, nicht länger ein Anachronismus, sondern eine Verteidigung, eine Flagge, die man in den Boden rammte, um zu sagen *hier bin ich, noch immer.* Mehr musste es nicht bedeuten, keine Verpflichtung zu irgendetwas, nur eine Vergegenwärtigung, dass ich einmal an einen Ort gehört hatte, auch *vor* ihr.

Owen und ich spazierten auf der 11th Avenue nach Süden und fröstelten im heftigsten Schneefall des Jahres, und infolge unseres Gesprächs darüber, ob wir dieses Jahr im 17.-Mai-Zug mitlaufen sollten (Owen verhielt sich der Idee gegenüber zurückhaltend positiv), fielen mir wieder Milorad P. Andersson und sein eigenes Datumsdilemma ein. Ich gab Owen den Inhalt des Interviews wieder, soweit ich ihn behalten hatte, und wir sprachen darüber, wie es war, aus seinem Land fort zu sein, und über Nationen, die nicht mehr existierten, und was das – im Guten wie im Schlechten – für die Menschen bedeutete. Wir sprachen darüber, was es für einen Unterschied machte, ob man mehr oder weniger freiwillig in ein Land kam oder kein Land mehr hatte, in das man zurückkehren konnte, und irgendwann da, oder in der anschließenden Diskussion, ob man einen Krieg wahrheitsgetreu nacherzählen könne oder nicht, sah ich allmählich die Konturen einer Bühnenfassung dieses Stoffs vor mir.

«Aber ich weiß ja kaum etwas über den Krieg in Bosnien», sagte ich zu Owen, als Einwand gegen seine Bemerkung, das klinge nach einem passenden Projekt für mich. «Ich weiß nicht, wie er angefangen hat, ich habe keine Ahnung, wann und wie er aufgehört hat, nur dass er irgendwann aufhörte, wie Kriege es immer tun, früher oder später. Ich weiß, dass Bosnien ein Land ist. Jetzt. Aber mehr ist es nicht, ich weiß nicht mal, wer der Böse war.»

«Wer glaubt, er könne etwas darüber erzählen, wer der Schuldige in einem Krieg ist, hat nichts über den Krieg verstanden», erwiderte Owen und rieb die Hände aneinander, um sie aufzutauen, ehe er sie wieder in seine Manteltaschen steckte. «Wen machst du für den Vietnamkrieg verantwortlich? Johnson? Oder Ho Chi Minh? Oder was ist mit Leclerc oder General Giáp? Oder Charles de Gaulle? Vietminh, Vietcong, NVA, US Army? Wer weiß das, und hat es überhaupt eine Bedeutung? Nein, hat es nicht. Wichtig ist, was wirklich passierte, wie wir dazu stehen, *wir*, im Sinne von wir, die da waren, wir, die dablieben, und wir, die nicht da waren, sondern nur darüber gelesen und die Bilder und Nachrichten gesehen haben. Wie kann man, wenn es überhaupt möglich ist – und das ist keinesfalls sicher –, all diese Parteien dazu bringen, sich auf ein kollektives Gedächtnis zu einigen? Nicht wahr, das ist die Frage. Und was das angeht, habt ihr, du und dieser …»

«Milorad P. Andersson.»

«… genau, Andersson, doch einen interessanten Ausgangspunkt. Weißt du, was ein Krieg mit der Geschichte einer Nation macht, ist, sie zu zersplittern; er löst sie vollständig auf. Es hat nichts zu sagen, ob ein Land seinen Namen oder seine Grenzen ändert, das ganze politische Gewäsch. Das ist nur Papierkram. Aber *die Gemeinschaft* implodiert, die kollektive Erzählung über diese Nation und wer die Menschen sind. Oder es entstehen so viele Einheiten, die so weit verstreut werden, dass es gar nicht mehr möglich ist, eine Geschichte zu erzählen, ohne große Teile davon zu überspringen, denn all diese kleinen Teile lassen sich nicht länger zusammensetzen, weil sie zu kaputt sind oder zu widersprüchlich. Nicht mehr kompatibel. Das habe ich verstanden, als ich wieder nach Hause zurückgekehrt bin. Wir sind Tausende Kilometer gereist, und für die meisten – und das klingt wie ein Klischee, ist dadurch aber nicht weniger wahr –, für die meisten war es ein Schock, zu erleben, dass sie sich mit jedem Menschen, den sie töteten, noch weiter von zu Hause entfernt haben. Auch als sie wieder zurück waren. Und viele von ihnen sind nie zurückgekehrt, auf die eine oder andere Art. Weil jemand ihr Land ausgetauscht hatte, während sie fort waren. Die Namen, Straßen, Adressen wurden beibehalten, das Essen, die Autos, die Häuser und Feiertage, sogar die Flagge blieben unverändert. Doch das Land war nicht mehr dasselbe, es ähnelte sich nicht einmal. Damit meine ich nicht, dass die Soldaten auf der einen Seite standen und die Demonstranten auf der anderen, für oder gegen den Krieg; ich rede über das Volk, wie findet man zur Erzählung einer Nation, die all diese Erlebnisse umfasst, wie hält man diese Erzählung dann aufrecht, ohne dass sie zum Erliegen kommt? Denn wenn diejenigen, die dort gewesen waren, mit denen redeten, die nicht dort gewesen waren, wurde allen bewusst, dass sie nicht über denselben Ort sprachen und einander nicht verstehen konnten; das Land hatte sich aufgelöst, während sie schliefen, auf ihrer jeweiligen Seite der Erde. Und jetzt, vierzig Jahre später? … Es ist wie mit Detroit. Die Stadt ist nicht mehr, was sie war, aber sie ist immer noch da. Verstehst du? Und uns ist immer noch nicht aufgegangen, dass wir nach der falschen Geschichte suchen, am falschen Ort. Denn Vietnam, Max, ist keine amerikanische Geschichte. Auch keine französische. Aber sowohl das eine wie auch das andere, und das macht das Ganze so kompliziert. In erster Linie aber ist es eine vietnamesische Geschichte, und wir haben nicht mal den Versuch unternommen, sie zu verstehen oder die Scherben wieder zusammenzufügen. Nach allem, was ich weiß, ist es auch zu spät, zumindest für uns. Die amerikanische Strategie scheint ja ohnehin zu sein: Warum sollte man sich umdrehen und die eigene Scheiße untersuchen, wenn man den Blick stattdessen nach vorn richten und auf etwas Neues pissen kann? Die Geschichte wurde früher immer von den Siegern geschrieben, Max. Im Nachhinein. Aber heutzutage kann man sie genauso gut im Voraus schreiben, aus der Perspektive der Sieger. Wie ein Treatment, ein Drehbuch. Ganz egal, wie etwas ausgeht. Das bedeutet nicht, dass die Leute denselben Film sehen. In diesem Land haben wir die Fähigkeit, einander zu verstehen, an dem Tag verloren, an dem der Schuss aus diesem Buchlager in Dallas abgefeuert wurde. Ganz schön symbolisch, oder? Mit den Schulbüchern im Rücken und dem Gewehr aus einem Fenster hat der Verstand ausgesetzt.»

«Willst du mir damit sagen, dass ich Milorad anrufen soll?»

«Was ich eigentlich sagen will», antwortete Owen, «ist, dass du scheitern wirst. Und du es genau deshalb tun solltest.» Er nahm die Hände aus den Taschen und pustete auf seine Finger. «Ich spüre meine Hände nicht mehr.»

«Du wolltest unbedingt rausgehen.»

«Ich wollte, dass du rausgehst. Und jetzt will ich wieder rein.»

Ich schrieb *The Mill Stone* zum größten Teil selbst, mit tatkräftiger Unterstützung von Milorad. Mehrmals kam er aus St. Louis angeflogen und blieb eine Woche am Stück, schlief auf Mordecais alter Matratze in meinem Büro. Er schnarchte fast unmenschlich laut, röchelte sich abwechselnd durch lawinenartiges Grollen und ein schrilles Fiepen wie von sterbenden Vögeln; wir mussten uns Spezialohrstöpsel kaufen, die eigentlich für die Flughafenmitarbeiter auf dem Vorfeld gedacht waren, und sie so tief in den Gehörgang schieben, dass unser Trommelfell zu platzen drohte. Und er trank erstaunlich viel und regelmäßig; wenn wir abends zusammensaßen, beobachtete ich ungläubig, wie er einen starken Drink nach dem anderen kippte, ohne dass es ihm auch nur ansatzweise etwas anzuhaben schien. Jedenfalls glaubten wir das, bis wir am Ende verstanden, dass er lediglich ein ganz besonderes Talent hatte, die Promille zu speichern und die Wirkung so lange hinauszuzögern, bis er allein war. Als uns das klarwurde, waren wir eher deprimiert als fasziniert. Wir hörten, wie er verzweifelt in meinem Büro umhertorkelte und vor die Hunde ging, wie er mit seinen großen, unbeholfenen Pranken Sachen umstieß und aggressive Beschwörungsformeln vor sich hin lallte, bis er schließlich das Fenster öffnete und sich erbrach, dass es unten im Hof nur so platschte.

Im Übrigen erinnere ich mich noch genau an das erste Mal, als er in unsere Wohnung kam, mit den schweren Stiefeln und diesem Mantel wie ein schwarzes Zelt um den Körper, und wie er aus alter Gewohnheit seinen kleinen Kopf einzog, als er über die Türschwelle trat, obwohl es unnötig war. Doch genauso war er, ein Mann, der an keinen Ort mehr passte.

Eigentlich hätte Owen das Stück schreiben müssen, ihm war die Problemstellung viel vertrauter als mir, und er mochte Milorad. Zwischen ihnen herrschte eine Eintracht, an die ich nicht herankam, zwei Brüder, die sich ihrer Namen und ihres früheren Lebens entledigt hatten; sie konnten stundenlang ihre Erlebnisse diskutieren und miteinander vergleichen, Milorad polternd und aufbrausend, Owen leise und nachdenklich, eine unmögliche Kombination, sollte man meinen, doch sie war möglich und endete in beneidenswerten Umarmungen, und mit Musik. Owen spielte ihm die ganze «Monk's Dream» und «Straight, No Chaser» vor, Milorad revanchierte sich für den Jazz mit Indexi, einer Sechziger-Jahre-Band aus Sarajevo, gegen die die Beatles seiner Meinung nach ziemlich alt aussahen, wenn sie «Jednom smo se svađaldi» spielten, eine Coverversion von «Nowhere Man», die auf Bosnisch den merkwürdigen, symptomatischen Titel «Einst haben wir gekämpft» – oder so ähnlich – trug. Milorad musste jedes Mal aufstehen, wenn das Lied gespielt wurde (und sie spielten es oft), und sich von einer Seite auf die andere schaukeln, als befände er sich bei Kap Hoorn auf See, und dann sang er aus vollem Hals, bis ihm die Tränen herunterkullerten und Owen mehr Schnaps holen musste, um ihn sicher an Land zu bringen.

Unter anderen Umständen – hätte Milorad nicht stets am siebten Tag seine Sachen gepackt und wäre zurück nach Bevo Mill in St. Louis gefahren – wären sie sicher gute Freunde geworden.

Sobald er das Gebäude verlassen hatte, ging die Arbeit nur zäh voran. Ich hatte keine Energie, nur Widerwillen. Alles, was für mich vollkommen klar und verständlich gewesen war, als Milorad es mir persönlich erklärt hatte, kam mir mit einem Mal vollkommen unbegreiflich vor. Während ich schrieb, tastete ich mich voran, ich saß in meinem Büro und presste die Buchstaben aus mir heraus, bis Owen wie jeden Tag wieder kam und mich rettete, indem er sagte, es sei wichtig, dass ich genau das tat; und ich brauchte jemanden, der mir erzählte, was wichtig war an dem, was ich tat. Insgeheim hoffte ich auch, Mischa wäre davon beeindruckt, das Projekt war jedenfalls ganz nach ihrem Geschmack, und wahrscheinlich erzählte ich deshalb nichts am Telefon davon, sondern wollte warten, bis es so weit war, dass ich sie damit begeistern konnte. Das war es, was ich vor mir sah, während ich arbeitete, dass wir zusammen zur Premiere gehen würden und dann alles anders wäre, eine andere Zeit angebrochen wäre;

sie würde zurück in der Stadt sein, und vielleicht wären wir dabei, aus dem Apthorp auszuziehen, und würden beide erleichtert ausatmen, weil wir trotz allem überlebt hatten. Vielleicht schrieb ich das Stück aber auch Owen zuliebe, um einen Vorwand zu haben, Milorad wieder einzuladen und ein bisschen Leben in die Bude zu bringen und nicht einsehen zu müssen, wie einsam mein Onkel eigentlich war.

2

Also liefen wir im Zug mit. Es war nicht so, wie ich erwartet hatte. Es war nicht so wie üblich. Am siebzehnten Tag des Monats Mai, einem frischen Morgen, an dem ein feiner Sprühregen in der Luft lag, zogen Owen und ich unsere feinsten Anzüge an und nahmen die Subway in Owens altes Viertel in Bay Ridge, Brooklyn, wo der Startschuss für die jährliche, norwegische 17.-Mai-Parade fiel. Wir hatten keine Flagge, die wir schwenken konnten, aber Owen feilschte mit einem alten Norwegisch-Amerikaner, der uns zwei sehr gebrauchte Fahnen in Rot, Weiß und Blau verkaufte, wodurch wir uns ein kleines bisschen weniger fehl am Platze fühlten zwischen den Hunderten festlich gestimmten Erwachsenen und Kindern im Bunad, die aus vollem Herzen die Nationalhymne sangen und im Takt zu den Fanfaren des grässlichen Musikkorps, das wieder und wieder den «Gammel Jegermarsj» spielte, durch die Straßen marschierten, wo sich die asiatischen Ladenbesitzer und Einwohner, die den Lapskaus Boulevard längst eingenommen hatten, am Kopf kratzten und sich fragten, ob sich dieser Volksauflauf spontan gebildet hatte, weil der Frühling gekommen war, oder ob vorher etwas darüber in den Zeitungen gestanden hatte. Wir redeten nicht mit vielen anderen Marschierenden, sondern lächelten und nickten und riefen *Hurra!*, wenn die anderen es auch taten, aber unsere Nacken waren schon ganz steif, nachdem wir uns so lange von Norwegen abgewandt hatten, wir machten fast einen traurigen Eindruck, weil wir irgendwie nicht ganz in den Rhythmus fanden, obwohl wir bester Absicht waren. Wir traten den Kindern vor uns jedes Mal in die Hacken, wenn sie anhielten, weil das Tanzkorps eines seiner Mädchen durch die Luft wirbeln musste oder die Ampel rot war, und wir konnten die Lieder nicht; und auch als die eigens aus dem Vestlandet eingeflogenen Volkstänzerinnen auftraten oder der Männerchor Symra aus vollem Hals zu «Zwischen Hügeln und Bergen» anhob, empfanden wir keinerlei Rührung. Wir stapften auch über das alljährliche *Viking Fest*, das vom Scandinavian East Coast Museum arrangiert wurde, diesmal lautete das Thema *Touched by the Vikings*, eine etwas unglückliche Wahl, wenn man bedachte, dass die Wikinger andere hauptsächlich mit der Schwertspitze oder dem erigierten Penis oder beidem berührt hatten. Der Veranstalter bedauerte, dass es aufgrund der angespannten finanziellen Lage nicht möglich gewesen sei, die Replika eines Wikingerschiffs im Maßstab 1:2 zu reparieren, ließ jedoch verlauten, dass es ersatzweise ein Konzert mit Weidenflöte, singender Säge und Bukkehorn gäbe und Spiele für die Kinder und mehr als genug Trockenfisch und Fischpudding für alle und außerdem Buden, wo man norwegisches Kunsthandwerk zu unnorwegischen Preisen kaufen konnte. Und der Generalkonsul hielt eine Rede und pries die nordische Mythologie.

Wir blieben trotzdem nicht. Es war nicht ihre Schuld. Ich war nur froh, dass Mischa mich in dem Moment nicht sehen konnte, so bedröppelt und fremdelnd. Owen und ich verließen still und leise die langen Tische und Feierlichkeiten, als die traditionelle Kür der Miss Norway of Greater New York begann, registrierten allerdings noch, dass die Zahl der geeigneten Kandidatinnen seit der Glanzzeit in den 1950er Jahren dramatisch gefallen sein musste.

Der Tag wurde schlimmer. Wir hätten früher dran sein und stattdessen Tito feiern sollen oder eine Parade für die Republik Nauru in Mikronesien zusammentrommeln, die am selben Datum den Verfassungstag feierte wie Norwegen. Als kleinster Staat der Welt direkt nach dem Vatikan hätte sie Aufmerksamkeit verdient. Man tut selten das, was man sollte. Wir hatten Lust, nach Hause zu gehen, den Tag zu überspringen, glaubten jedoch, wir könnten es uns noch nicht erlauben, noch nicht, wir würden es unserem feinen Zwirn schulden, noch ein Weilchen unterwegs zu sein, und während wir zur U-Bahn gingen, um irgendwo hinzufahren, wo man etwas Appetitlicheres essen konnte als den norwegischen Trockenfisch, dessen bloßer Anblick uns schon aufstieß, rief meine Mutter an.

«Seid ihr in Bay Ridge?», fragte sie.

«Sind gerade von da losgegangen und wollen jetzt nach Park Slope, um was essen zu gehen. Wo bist du?»

«Park Slope? Wie schön, wollt ihr nicht erst hier vorbeikommen und Samuel und mich treffen? Er ist übers Wochenende zu Besuch. Wir haben in der norwegischen Seemannskirche auf der 52nd gefeiert. Ich dachte, es wäre mal interessant für ihn, das mitzuerleben. Es gab Musik und ein Riesenbrimborium und massenhaft Menschen. Was meint ihr, wollen wir uns erst im Prospect Park treffen? Wir sind gerade dorthin unterwegs. Dann könnten wir einen Spaziergang machen und anschließend zusammen essen gehen. Samuel sagt, er würde hier mehrere gute Restaurants kennen.»

Samuel.

So war es inzwischen. Im Laufe der anderthalb Jahre, die meine Mutter nun schon mit Wohlman zusammen war, hatte er einen Vornamen bekommen. Ich hatte Mordecai angerufen, und wir hatten den Namen beide wiederholen müssen, als würde er irgendetwas enthüllen, uns den Schauspieler ohne Kostüm zeigen. Als wir auf die GCH gegangen waren, war er nur Wohlman gewesen, immer nur Wohlman. Ich weiß nicht, ob wir uns damals überhaupt vorstellen konnten, dass er einen Vornamen besaß. Jetzt war er einfach nur Samuel. Was keine guten Neuigkeiten waren. Wohlman hatte mir besser gefallen. Ich wusste, wie ich ihn zu nehmen hatte. Mit Samuel war es schwieriger. Er war der Freund meiner Mutter, und das war auch in Ordnung, doch anscheinend war er sich seiner selbst so unsicher, wenn ich zugegen war, dass er auf Wohlman umschaltete und es somit immer nervenaufreibender wurde, mit ihm in einem Raum zu sein. Diskutierte ich mit meiner Mutter über Theater oder was auch immer, suchte er sofort nach irgendeinem Anlass, mich zurechtzuweisen. Erklärte ich meiner Mutter die theatertheoretischen Ideen, die meiner Arbeit zugrunde lagen, ließ Samuel keine Gelegenheit aus, sich einzumischen und anzuzweifeln, ob ich das, worüber ich sprach, auch tatsächlich verstanden hatte, oder daran zu erinnern, wie er, als mein Lehrer, mir genau das einmal beigebracht hatte. Er kämpfte mit Klauen und Zähnen darum, seine Autorität zurückzuerlangen, und gleichzeitig wollte er sich auf unbeholfene Weise mit mir verbrüdern, und es endete stets damit, dass er an beiden Fronten versagte: Das Autoritäre wurde lächerlich und das Brüderliche aufgesetzt, und das frustrierte und verunsicherte ihn noch mehr, und ich brauchte lange, um zu verstehen, dass er es nicht böse meinte, sondern einfach nur große Angst hatte, meine Mutter zu verlieren. Er hatte Angst, ich ließe ihn noch älter aussehen und sie würde ihn als einen gescheiterten Theatermann sehen, als einen, der nicht mehr viel anderes vorzuweisen hatte als ein bisschen Abendunterricht; Angst, meine Karriere – über die er sich freute und zu der er zu Recht beigetragen zu haben glaubte – würde alles überschatten, was er selbst gehabt hatte. Und so wurde dieser Konkurrenzmodus zu seiner Grundeinstellung, die er nicht allein mir, sondern allmählich fast allen entgegenbrachte, um zu veschleiern, dass er eigentlich nur mich aus dem Rampenlicht halten wollte.

Es hatte Abendessen mit ihm und meiner Mutter gegeben, bei ihr zu Hause oder im Apthorp, bei denen ich körperliche Schmerzen empfunden hatte und kurz davor gewesen war, ihn in die Küche zu schleifen und ihm so freundlich wie möglich zu erklären, dass er sich nicht verstellen musste, dass er für uns alle gut genug war, so wie er war, und ich überaus dankbar für alles war, was er mir beigebracht hatte. Und dass meine Mutter das wusste. Und dass ich seit der GCH von ihm gesprochen hatte und meine Mutter nicht ununterbrochen von ihm beeindruckt werden musste, ganz im Gegenteil. Ich hätte ihm gesagt, dass ich keineswegs glaubte, mich besser mit dem Theater auszukennen als er, und, wenn überhaupt, daran interessiert war, Erfahrungen auszutauschen. Doch ich verlor jedes Mal im entscheidenden Moment den Mut, weil er entweder einen herablassenden Kommentar zu etwas fallenließ, von dem er anscheinend nur wenig Ahnung hatte, oder weil ich fürchtete, ihn zu demütigen, indem ich plötzlich ihm etwas sagte und nicht umgekehrt. Und es ging wohl doch nicht nur um meine Mutter, sondern auch darum, dass die Rollen von mir und Wohlman unwiderruflich auf den Kopf gestellt worden waren und ich jederzeit die Möglichkeit gehabt hätte, ihm eine Tür zu öffnen, ihn an einer Produktion zu beteiligen, ihm einen letzten Anlass zu geben, auf die Bühne zu treten, seinen Job zu machen und den verdienten Applaus und die garantiert überwältigenden Kritiken zu ernten, ihn wenigstens als Koregisseur, Sparringpartner, Berater, was auch immer, hätte ins Boot holen können, und dies war seine Strafe dafür, dass ich es nicht tat, denn ich revanchierte mich nicht bei ihm, und das in einer Branche, die vollkommen abhängig von solchen Freundschaftsdiensten und Gefallen war. Eine Strafe, verhängt aus Frust darüber, direkt vor der Tür zur Wiederauferstehung zu warten und nie vorgelassen zu werden.

Doch die Wahrheit war, dass er – obwohl er zweifellos gut war – nicht in meine Pläne passte. Die Wahrheit war auch, dass ich Angst hatte, er könne durch einen Coup alles an sich reißen. Und es besser machen, als ich es gekonnt hätte. Den letzten Zweifel wegfegen, von dem ich so abhängig geworden war. Und so hatte ich angefangen, ihm aus dem Weg zu gehen, wann immer es möglich war. Das half auch gegen das schlechte Gewissen und die Antipathie, die er abwechselnd in mir weckte, wenn er sich mir in einem Umkreis von zehn Metern näherte.

Allerdings war heute der 17. Mai. An einem Tag wie diesem konnte ich nicht sagen, was ich wollte, sondern nur das, was meine Mutter gern hörte.

«Gut», sagte ich seufzend. «Wir kommen.»

«Wohin denn, mit wem redest du?», fragte Owen und zeigte auf mein Telefon.

«Wir gehen in den Prospect Park, um Mama zu treffen. Und anschließend was essen.»

«In Ordnung.»

«Max?» Meine Mutter wieder.

«Ja?»

«Seid ihr im Zug mitgelaufen? In Brooklyn?»

«Ja doch.»

«War es schön?»

«Nicht so richtig. Ich melde mich, sobald wir in der Nähe sind.»

Wir trafen sie am südlichen Ende des Parks, auf dem Paradeplatz.

Samuel wartete trippelnd mit einem Vinylkoffer in der linken Hand neben meiner Mutter und war die Liebenswürdigkeit in Person. Er redete über das Wetter. Dabei war es wirklich nicht der Rede wert. Und davon abgesehen war es auch zu kalt, um im Anzug herumzustehen und zu plaudern. Es konnte jeden Moment anfangen zu regnen.

«Samuel möchte euch ein Spiel zeigen. Na, was sagt ihr?»

«Ich bin ziemlich durchgefroren», wandte Owen ein.

«Wir werden dich schon wieder aufwärmen», sagte Samuel, während er mit einer dramatischen Handbewegung den Reißverschluss des Koffers öffnete und sechs blankpolierte Stahlkugeln präsentierte. «Das ist *Pétanque.*» Er wiederholte das Wort mindestens dreimal hintereinander langsam, um sicherzugehen, dass wir auch den französischen Klang mitbekamen. «Habt ihr das schon mal gespielt?», fragte er, an Owen gewandt. «Das richtige Spiel für Männer im richtigen Alter. Es regt auch den Appetit an.»

Owen und ich sollten gegen Samuel und meine Mutter spielen, und meiner Mutter wurde die Ehre zuteil, die Zielkugel – das Schweinchen – auf den Kiesplatz zu werfen. Dann waren wir der Reihe nach dran, jeder drei Mal, und brachten die Kugel mal auf hoffnungslose Irrwege, mal aber auch treffsicher in Richtung des Schweinchens, woraufhin Samuel ängstlich zusammenzuckte und den Gürtel seines grauen Mantels enger zurrte, um sich für die bevorstehende Aufgabe zu wappnen. Das Spiel an sich war nicht sonderlich kompliziert, aber durch die mangelnde Bereitschaft von mir und Owen (und vielleicht auch meiner Mutter), es ernst zu nehmen, entstand eine angestrengte Stimmung. Denn Samuel hatte einen Mordsspaß dabei, und er wollte, dass es uns genauso ging, er gab sich redlich Mühe, und je klarer ihm wurde, dass sich unsere Begeisterung in Grenzen hielt, desto mehr strengte er sich an, uns mit der seinen anzustecken. Enthusiastisch kroch er auf allen vieren mit seinem Maßband herum, wenn wir eine Runde beendet hatten, und versorgte uns mit Zahlen, Abständen und Statistiken, um zu zeigen, wie wenig sich unsere Ergebnisse unterschieden, und dann polierte er alle Kugeln mit dem eigens dafür vorgesehenen Ledertuch, das die Unterschiede in der staubbedingten Friktion nivellieren sollte. «Wieder versuchen. Wieder scheitern. Besser scheitern», rief er, wenn Owen oder ich eine Kugel geworfen hatte, die dem Schweinchen gefährlich nahe kam oder Samuels nächstem Wurf in die Quere. Es war irritierend, wie er an diesem Tag ein Beckett-Zitat nach dem anderen fallenließ, was eindeutig an mich adressiert war, um sein Revier zu markieren. Doch als er schließlich auch noch *Nichts zu machen* daruntermischte, war das mehr, als ich ertragen konnte. Seit seinem Theaterunterricht an der Garden City High war das die Lebensregel, die Mordecai und ich ständig wiederholt hatten, dieser einzigartige Satz, den er uns eingetrichtert hatte und der uns die Augen dafür geöffnet hatte, welche Möglichkeiten das Theater bot und welche Kraft ein Theatertext entfalten kann. Und dann stand dieser glatzköpfige Typ in seinem lächerlichen Anzug und seinem lächerlichen Mantel da und reduzierte alles auf die Frage, ob er seine Bälle unter Kontrolle hatte oder nicht. Das ging so was von gar nicht.

Die Leute sammelten sich, um uns zuzusehen, Spaziergänger und Park-Slope-Bewohner, die schon fast alles gesehen hatten, es aber gern noch einmal sahen. Und genau in dem Moment, als ich dachte, dass es nicht schlimmer kommen konnte, als Samuel und meine Mutter fast die siegreichen dreizehn Punkte erreicht hatten und damit die Voraussetzung dafür, dass Samuel endlich wieder den Vinylkoffer öffnete und seine Sachen packte, kamen zu allem Übel auch noch Vertreter des neugegründeten New York Pétanque Club herbei, und natürlich war Samuel keineswegs unempfänglich für die Ratschläge dieser französisch-amerikanischen *connaisseure.* Vor einer reichen Zuschauerschar, jedenfalls in meiner Erinnerung, wiederholte er auf nervtötende Weise jede Anweisung von ihnen, als bildete er sich ein, sie sprächen französisch und er müsste für uns übersetzen; wir mussten darauf achten, unsere Knie zu beugen und aus dem Handgelenk heraus zu werfen, mit einem kreisförmigen Schwung – kontrolliert, kontrolliert, wiederholte Samuel immer wieder, zur Begeisterung der Clubvertreter –, und durch dieses überpädagogische Echo gelang es Samuel, nicht aus böser Absicht, sondern aus schlechter Gewohnheit,

Owen und meine Mutter und mich in unmündige Sechzehnjährige zu verwandeln. Wäre dies ein Film gewesen, hätte der Pétanque-Wettbewerb zu einem Moment von *comic relief* geführt, vielleicht in einer Montagesequenz im Zeitraffer mit harmloser Slapstickmusik, mit Bildern von uns, die wir uns vergebens abmühten, und Samuel, der uns nach bestem Wissen und nicht ohne Arroganz ans Schweinchen heran und bis zum Sieg coachte, doch ich kann versichern, dass es auf uns, die dabei waren, ganz anders wirkte. In Wirklichkeit war die Zeit stehengeblieben. Wir waren durchgefroren. Wir hatten Hunger. Wir waren resigniert. Ich fürchte, dass wir ihn an diesem Tag alle ein bisschen hassten, sogar meine Mutter, und das war doppelt traurig, denn sie wollte so gern, dass ich mich für sie mitfreute, aber es gelang mir einfach nicht mehr; ich fand, sie sah alt aus, wie sie dort in ihrer Festkleidung stand und bibberte, zum ersten Mal sah sie alt aus, als hätten Samuels überzählige Jahre auf sie abgefärbt, und sie würde es selbst merken, beschämt, darüber im Klaren, dass es keinen Weg zurück gab und dies vielleicht schon alles gewesen war und man sich ab einem bestimmten Zeitpunkt mit dem Treibgut zufriedengeben musste, das man zu fassen bekam.

«Ich hätte nicht gedacht, dass das so lange dauert», flüsterte meine Mutter in einer Pause, während Samuel eifrig und gespannt den Abstand des Schweinchens zu unseren Kugeln und jener der Clubmitglieder maß, die uns anschließend eingeladen hatten, eine Runde mit ihnen zu spielen. Ich beobachtete ihn, wie er dort kniete und aufgeregt gestikulierte; und ich empfand keinerlei Verbundenheit mehr mit ihm, es war deutlicher als je zuvor, dass wir inzwischen auf unterschiedlichen Planeten lebten, und als wir später in einem griechischen Restaurant in der Nähe saßen, schien selbst Samuel einzusehen, dass er den Bogen überspannt hatte. Er hielt sich weitgehend im Hintergrund, sah nur hin und wieder von seiner Speisekarte auf, bedachte uns mit milden Blicken und fragte mit sanfter Stimme, was wir gern trinken würden. Er muss gespürt haben, wie unerwünscht er in diesem Moment am Tisch war. Ich bin mir aber nicht sicher, ob er die Gründe verstand, dass es nicht nur mit diesem verteufelten

Pétanque-Spiel zu tun hatte, sondern dass er uns den 17. Mai kaputt gemacht hatte, ein Tag wie jeder andere in seinem Leben, für uns aber ein Tag, der einmal mit allem verbunden gewesen war, das wir an dem Land mochten, aus dem wir stammten, und zu dem wir viele Jahre lang ein angespanntes Verhältnis gehabt, es sogar aus unserem Bewusstsein verbannt hatten. Ich glaube, er verstand nicht, wie wichtig dieser Tag für uns war und dass drei Menschen um ihn herum saßen, die in einer anderen Sprache dachten, und dass sie gerade dachten, sie würden die Feier des Verfassungstags ganz hinten in den Schrank räumen und vermutlich nie wieder hervorholen.

Beim Essen redeten wir ein bisschen über Theater. Meine Mutter fragte, woran ich gerade arbeite und wann das Stück auf die Bühne komme, und Samuel, der sicher innerlich darauf brannte, seine Einschätzungen und «Ratschläge» abzugeben, blieb im Großen und Ganzen still, sagte nur *das klingt alles sehr richtig*, wenn meine Mutter und ich ihn ansahen, und ich war kurz davor, ihn zu fragen, ob er denn keine Vorschläge für mich hätte, um ein bisschen an jener Jämmerlichkeit zu kratzen, von der er plötzlich überzogen schien, und das Fiasko zu lindern, zu dem sich der Tag inzwischen auch für ihn entwickelt hatte. Doch dann erkundigte sich meine Mutter nach Mischa, und der Augenblick war vorbei. Sie fragte, wie es ihr gehe, und es gefiel mir, wie sie es fragte, so natürlich und diskret, ohne viel Aufhebens darum zu machen, dass Mischa seit Januar nicht mehr in New York gewesen war. *Mischa arbeitet zurzeit an einem Projekt in Kalifornien*, erklärte sie Samuel, *wirklich spannend, es geht um … Farben, nicht wahr, Max? Farben und Gedächtnis*, und ich nickte und sagte *ja, stimmt*, und meine Mutter sah mich schweigend an, voller Wärme und in der Hoffnung, ich würde ihr erklären, wie die Lage sei, aber ich konnte nur mit den Schultern zucken, und dann setzte Samuel zu einem langen Vortrag über die verschlungenen Wege des Gedächtnisses an, es ging um den Hirnstamm und das Langzeit- und Kurzzeitgedächtnis und einen Artikel im New England Journal of Medicine, aber keiner von uns konnte ihm so recht folgen, und am Ende hörte er einfach auf zu reden, mitten im Satz. Owen hustete, entschuldigte sich und hustete erneut. Ich klopfte ihm vorsichtig mehrmals auf den Rücken, und da spürte ich, wie nass seine Kleidung war. Er hatte während des ganzen Essens stark geschwitzt, obwohl wir anderen immer noch damit zu tun hatten, uns wieder aufzuwärmen. Selbst Samuel hatte einige Male schaudern und einräumen müssen, dass, im Nachhinein betrachtet, wenn er darüber nachdachte, nicht unbedingt das beste Pétanque-Wetter gewesen war. Noch nicht. Aber Owen schwitzte, ich sah, wie sich unter seinen Armen dunkle Flecke bildeten und auf seiner Stirn Schweißperlen, und als er nach dem Dessert auch noch mit den Zähnen klapperte, fiel mir auf, wie bleich er war. In dem Moment befand ich, wir hätten lange genug ausgeharrt. Ich fragte ihn, ob es ihm gut gehe, und er nickte, doch als ich ihm kurz darauf zuflüsterte, dass wir ruhig gehen könnten, wenn er wolle, schien er erleichtert und bejahte es. Samuel bestand darauf, uns einzuladen, und ich muss zugeben, dass ich dies insgeheim auch als eine angemessene Buße für das ansah, was er uns zugemutet hatte, deshalb begab ich mich gar nicht erst in den üblichen Fechtkampf der Kreditkarten und dankte meiner Mutter für einen schönen 17. Mai.

«Tja, der Tag war wohl für keinen von uns so, wie wir ihn uns vorgestellt hatten», sagte sie auf Norwegisch.

«Da hast du allerdings recht.»

«Aber ich bin froh, dass ihr trotzdem gekommen seid. Du weißt, wie viel mir das bedeutet, ich sehe dich ja so selten. Könntest du nicht versuchen, ein bisschen öfter zu Besuch zu kommen, was meinst du? Natürlich nicht ständig, ich weiß, du hast viel zu tun, aber ab und zu. So weit ist es gar nicht bis nach Queens.»

«Ich werde mir Mühe geben», sagte ich.

Dann fing sie an, von einer Reise nach Hawaii zu erzählen, auf die Samuel sie eingeladen hatte, Ende Juli. Ich wusste, dass sie immer schon Lust gehabt hatte, einmal dorthin zu fahren, sie hatte oft davon gesprochen, seit wir nach Amerika gezogen waren. Aber ich konnte mir nur schwer vorstellen, dass sie sich in ihren Träumen von Honolulu auch vorgestellt hatte, mit einem Mann wie Samuel am Strand durchs Wasser zu waten.

Es gab so viele Sachen, die schlimmer wurden, als wir darüber sprachen.

Ich umarmte meine Mutter und gab Samuel die Hand, murmelte irgendetwas Unverbindliches, als er vorschlug, eine weitere Runde Pétanque zu spielen, wenn wir uns das nächste Mal trafen, und zog Owen auf die Straße, wo ich ein Taxi anhielt. Ich bat den Fahrer, die Heizung aufzudrehen.

«Wie geht es dir?», fragte ich Owen, als wir über die Brücke fuhren.

Er hustete und zitterte, sah aus, als ginge es ihm nicht gut.

«Ich bin fünfundsechzig. Dank diesem Typen fühle ich mich doppelt so alt.»

«Wohlman?»

«Ist es ein Wunder, dass man da krank wird?»

«Der Sommer steht vor der Tür, bald wird es wärmer.»

Owen lehnte sich im Taxi zurück, schloss die Augen und seufzte. Draußen war einfach nur ein kalter Tag im Mai.

«Ich weiß nicht …», sagte ich.

«Was denn?», murmelte er, die Augen noch immer geschlossen.

Fünf Tage lang blieb Owen im Bett und hustete so sehr, dass seine Bronchien und das ganze Zimmer wackelten. Ich fütterte ihn mit Honig und Halsbonbons, mit Advil und Cold-Eeze und Sudafed und NyQuil und heißen, scharfen Suppen vom chinesischen Restaurant auf dem Broadway. Nur abends war er für ein paar Stunden auf den Beinen, oder besser gesagt auf dem Sofa im Wohnzimmer, in mehrere Decken gehüllt. Wir sahen fern, wir schauten Filme, und immer wenn er sich durch einen seiner Hustenanfälle quälte, gefolgt von der Schniefphase mit ihren integrierten *haaaaaas* und *tschiiiis*, drehte ich den Ton lauter, damit wir bei all dem Lärm noch die Dialoge verstehen konnten. Tagsüber, zwischen meinen Visiten bei Owen, arbeitete ich ein paar Stunden mit *Mill Stone.* Meistens gab ich aber sofort auf, wenn mir der Text nur das kleinste bisschen Widerstand entgegenbrachte, wenn ich nicht wusste, wie ich ein Problem im Dialog oder einen schwierigen Übergang lösen sollte. Dann ging ich lieber in den beginnenden Sommer hinaus, ich rannte, bis ich Blutgeschmack im Mund hatte, oder spazierte durchs Viertel oder fuhr zum Union Square und streifte durch die Buchhandlungen in der Gegend, setzte mich auf eine Bank und ließ den Tag verstreichen, während ich versuchte, nicht daran zu denken, wie lange es noch bis zum nächsten Telefonat mit Mischa wäre, im Grunde auch ein Mühlstein, der uns mit jeder Umdrehung weiter zermalmte. So verging der Sommer. Keine Reisen, keine Pläne, keine Ereignisse. Nur Tage, die kamen und gingen und denen man nicht nachtrauerte; Owen kam wieder auf die Beine, und wir fuhren während der Hitzewelle im Juni nach Coney Island, um zu baden, aber der Strand war so voll, dass die meisten nicht einmal nass wurden und diejenigen, die einen Fuß ins Wasser bekamen, nicht zurück an Land gelangten, sondern von der Strömung fortgerissen und in Breezy Point wieder angespült wurden. Einige Male besuchten wir meine Mutter und aßen mit ihr im üblichen Restaurant, zum Glück ohne Samuel, der zu Hause in Bridgeport war, wo er vermutlich detailversessen ihren Hawaiiurlaub plante und einen Haufen Ausflüge und andere Aktivitäten buchte, einen Tauchkurs für Anfänger, eine Einführung in den Hulatanz sowie Tische in den besten Restaurants, die er gefunden hatte, nachdem er das Internet mit den Argusaugen eines Ermittlers nach Indizien durchforstet und Kritiken und Bewertungen miteinander vergleichen hatte. Ich glaube, meiner Mutter war das ein bisschen viel, sie schien sich Sorgen zu machen, dass nicht genug Zeit bliebe für das, was sie sich am meisten wünschte: ein paar Spaziergänge unter Palmen zu unternehmen und ansonsten am Strand zu liegen. Aber es war klar, dass er sie auf keinen Fall verlieren wollte, jetzt, da er sie endlich gefunden hatte. Und was auch immer ich von diesem Mann hielt, der meine Mutter nun ins dritte Lebensalter mit seinen Witwen und Witwern und frühen Mittagessen führen durfte: Wohlman, nicht Samuel, war auch nach der Schule noch über Jahre ein großes Vorbild für mich und Mordecai gewesen, einer, an dem wir uns maßen und dessen Zustimmung wir für alles, was wir taten, ersehnten, auch als wir keinen Kontakt mehr zu ihm hatten, uns aber weiter die Frage stellten: *Was hätte Wohlman getan?*, und eine Szene nur aus dem Grund änderten, weil wir glaubten, wir könnten hören, was er vorgeschlagen oder selbst getan hätte, und uns dadurch Selbstvertrauen erarbeiteten und den Glauben, dass unsere Wahl richtig gewesen sei, und später auch den Applaus dafür ernteten; und obwohl es so schien, als könnte er anderen Menschen nicht mehr begegnen, ohne ihnen Regieanweisungen zu erteilen, und obwohl ich nicht den Eindruck hatte, dass meine Mutter besonders verliebt in ihn oder von ihm hingerissen war, versuchte er sein Möglichstes, die Produktion solide zu gestalten. Immerhin war er derjenige, der dafür sorgte, dass sie nicht allein am Ende von Queens herumhockte, während die Nachbarn über sie redeten, und nicht ich. Und er war der Grund dafür, dass ich Regisseur geworden war. Er war derjenige, der mir mit seinem neuen, ramponierten Ich das Letzte zeigte, was er anderen beibringen konnte und wofür ich ihn hasste: Es gibt keine Helden; es gibt nur Leute, die sich abmühen, Leute, die versuchen, ihr Bestes zu tun.

3

August. Sie war nicht zurückgekommen.

Also flog ich hin.

Sieben Stunden über Amerika via Dallas Forth Worth.

Ich saß in einem gelb-blauen Taxi, das mich auf der La Cienega von LAX Richtung Norden brachte, vorbei an den Ölfeldern in Baldwin Hills, wo die Tiefpumpen ihren Rhythmus aufrecht hielten und die Benzinpreise niedrig, und im Wageninneren roch es leicht nach Rasierwasser und ungewaschenem Schritt. Der Fahrer, ein jovialer Typ Ende fünfzig mit einem beeindruckenden Bart, einer selbstgestrickten Jacke und einer zu großen Sonnenbrille, hatte mir bereits in tristen, aber bewundernswert stoischen Wendungen seine Lebensgeschichte erzählt und sich während der Fahrt umgedreht, um mir einen Flyer für die monatlich stattfindende Yoga-Rave-Party «im Tal» zu geben, die er wärmstens empfahl; garantiert würde dort die ganze negative Energie, in der ich mich dadrüben in New York gesuhlt hatte, aus mir herausgesaugt, und ich würde wieder an die Hauptleitung meines inneren Glücks angeschlossen. Für den Fall, dass es nicht funktionierte, empfahl er mir noch ein ganzes Arsenal an Smoothies, die man mehrmals am Tag zu sich nehmen sollte. Willkommen in Los Angeles.

Wir fuhren weiter nach Norden, er redete weiter, und ich starrte weiter aus dem Fenster. Es war so, als würde die Vorstadt niemals enden, und dasselbe galt für die Läden, nach den Matratzenläden kamen die Teppichläden und dann die Whirlpoolservice-Geschäfte und die Klempner und neue Matratzenläden und Teppichläden und digitale Schilder, die über die Verkehrslage und den Smog informierten, und der Fahrer drehte sich um und sagte: «Die Leute hassen L. A. Dir sehe ich es auch an, ich sehe so was sofort. Bist du das erste Mal hier?»

«Ja.»

«Du hast L. A. schon lange, bevor du hergekommen bist, gehasst, habe ich recht?»

«Nein, na ja, ich –»

«Doch, hast du, das geht allen so. Und du hast recht, ihr alle habt recht. Diese Stadt ist ein Moloch. Ich meine, sieh dich nur mal um: Wer kann so etwas lieben?» Er hob eine Hand vom Lenkrad und hielt sie vor den Rückspiegel. Für jeden Problembereich schnellte ein Finger in die Höhe. «Wir haben drive-by-shootings, Bandenkriege, Waldbrände, lebensgefährliche Pumas und Klapperschlangen, Einbrüche und Tsunamis. Und da habe ich die Erdbeben noch gar nicht erwähnt, die ich natürlich erwähnen sollte, es aber nicht tue, weil es am besten ist, die einfachen Dinge nicht zu erwähnen. Aber ich sehe es dir an, so wie ich es euch allen ansehe: Ihr hasst diese Stadt. Es gibt Probleme mit dem öffentlichen Nahverkehr, keiner versteht, warum die Busse und die U-Bahn so dreckig sind, und abends ein Taxi zu erwischen, um ins Restaurant zu kommen, ist völlig aussichtslos, also müssen die Leute mit dem eigenen Auto fahren und 30 Dollar an einen pickeligen Parkwächter abdrücken, der nur Spanisch spricht – und du hasst auch die Leute hier, die ganzen falschen Leute, die alle irgendeinen Hintergedanken haben und die unhöflich sind, und diese sinnlosen Filme, die wir am Fließband produzieren, hasst du noch mehr, schaust sie dir aber trotzdem an, weil es nichts anderes gibt, und du hasst den Smog und den Verkehr und das Gefühl, das Wetter hätte sich aufgehängt, weil es immer gleich ist, tagein und tagaus; und diese ganzen schönheitsoperierten Visagen und die Greisinnen, die immer noch Kinder kriegen, weil sie sich medizinische Wunder leisten können, und du denkst, dass Los Angeles nicht mehr von Menschen bevölkert wird, sondern von Vampiren, die dir das Blut aussaugen wollen, und wenn nicht von ihnen, dann von diesen provozierenden Draufgängern, die mit nacktem Oberkörper herumstolzieren oder in Neonfarben und mit positiven Vibes auf Rollschuhen herumsausen, oder den Dopeheads und uralten Hippies, die immer noch mit New Age ihr Geld verdienen und Healing für Haustiere anbieten, um ihnen die Energie wiederzugehen, oder medizinisches Cannabis verkaufen und zwischen den Kundenbesuchen Didgeridoo spielen; du machst dich drüber lustig, so wie du dich auch über den Flyer mit dem Yoga-Rave lustig machst oder verächtlich über den Smoothie schnaubst und dir stattdessen ein Bier genehmigst, sobald du wieder in New York bist, und dann klopfst du dir auf die Schulter, weil du nicht so dumm bist, hier zu wohnen, wo nichts mehr echt ist.»

«Es ist nicht …», protestierte ich.

«Du brauchst dich nicht zu entschuldigen, ist schon in Ordnung, ich bin nicht beleidigt. Wenn ich leicht zu beleidigen wäre, würde ich nicht Taxi fahren. Du hasst diese Stadt, und das ist völlig in Ordnung, das tut ihr doch alle. Aber die Frage, die du dir stellen musst, von der ich hoffe, du wirst sie dir stellen, wenn wir ankommen – und glaube mir, der Ort, an dem wir ankommen werden, ist ein ganz anderes Los Angeles, als die meisten von euch zu sehen kriegen. Die Frage, von der ich möchte, dass du sie dir heute Abend stellst, ist folgende: *Was gibt dir dieser Hass? Wozu ist er gut?*»

Plötzlich wollte ich mich auf seine Seite schlagen. Ich antwortete: «Zu nichts?»

«Ganz genau. *Lass den Hass*, Mann.»

Wir fuhren unter dem Santa Monica Freeway hindurch und am Venice Boulevard vorbei, wo die Polizei den Verkehr mit Händen und Füßen lenkte, um den Stau aufzulösen, den eine Kollision dreier SUVs verursacht hatte.

«Also, was schlägst du vor?»

«Lass den Hass einfach sausen. Scheiß auf die Sachen, an denen du nichts ändern kannst. Vergiss den Yoga-Rave und all das Zeug, das ist nur was für uns, die gezwungenermaßen hier sind, verstehst du? Für uns, die hier überleben müssen. Fahr nach Norden, das mache ich auch, wenn es mir zu viel wird. Vergiss L.A. und fahr nach Monterey, San Francisco, Sausalito. Da haben wir das echte Kalifornien versteckt. Die Mammutbäume. Ich möchte, dass du dir ein paar gute Wanderstiefel kaufst und in die Muir Woods fährst und dir die Mammutbäume ankuckst. Wenn du Kalifornien danach immer noch hasst, kann ich auch nichts für dich tun. Dann stimmt mit dir was nicht. Worauf ich eigentlich hinauswill: Wenn du es nicht ändern kannst, fahr woandershin. Kapierst du? *Kannst du einen Weg sehen, musst du ihn gehen.*» Er steckte sich zwei Finger in den Bart, zog ein Kaugummi aus seinem Mund und warf es aus dem Fenster. Es landete auf der Motorhaube des nebenstehenden Autos, was den Fahrer sofort dazu veranlasste, wild auf die Hupe zu drücken. Sie gestikulierten hin und her, eine universelle Sprache. Anschließend sah er mich im Spiegel an.

«Und, beruflich oder zum Spaß hier?»

«Ich bin hier, um meine Freundin zurückzubekommen, ich weiß nicht, in welche Kategorie das fällt.»

«Ist sie auch aus New York?»

«Aus Kanada.»

«Osten oder Westen?»

«Osten. Toronto.»

«Dann hasst sie L. A. garantiert auch.»

«Scheint nicht so, immerhin ist sie seit Januar hier», antwortete ich.

Am Wilshire Blvd wartete ein neuer Stau auf uns. Der Fahrer drehte sich erneut zu mir um und stützte sich mit dem Ellbogen auf die Nackenstütze. Er grinste.

«Tja, dann nimm sie auf keinen Fall mit in die Mammutbaumwälder. Lauf lieber mit ihr den Rodeo Drive und Hollywood Boulevard auf und ab, bis sie keine Lust mehr hat. Dann kommt sie bestimmt wieder mir dir nach Hause.»

«Werd' mich bemühen.»

«Gründe eine Familie, Mann. Ich habe fünf Kinder. Das Beste, was mir passieren konnte.»

Melrose Avenue. Santa Monica Boulevard. Sunset. Der Fahrer bog auf der Hollywood nach links und beschleunigte an den dunklen Hügeln des Laurel Canyon Boulevard. Danach änderte sich die Landschaft so, wie er es versprochen hatte. Das ewige Vorstadtgefühl mit seinen Palmen und den ewig gleichen Ladenfassaden wurde von einer schmalen Straße abgelöst, die sich bergauf durch Laubbäume und Büsche schlängelte, mit verstreuter Bebauung, Bungalows, Häusern im

Cape-Cod-Stil, Apartments im Neu-Tudorstil aus den Dreißigern und Vierzigern, die ein wenig versteckt lagen.

«Siehst du das Haus auf der rechten Seite?» Er zeigte auf ein braunes Holzhaus, das in einer Kurve an der Straße klebte. «Rothdell Trail. Da hat Jim Morrison gelebt. Mit Pam. Du weißt schon, *Love Street*? Der Song?»

Ich erinnerte mich nicht daran. Mit wackelndem Bariton sang er eine Strophe, während wir uns weiter den Berg hinaufschraubten. *She lives on Love Street. Lingers Long on Love Street. She has a house and garden. I would like to see what happens.*

Jetzt erinnerte mich doch.

«Das war hier das Hippieparadies. Laurel Canyon, meine ich. Joni Mitchell. Crosby, Stills & Nash. Byrds. Buffalo Springfield. Zappa. Alle haben sie hier gewohnt. Manche von ihnen oben auf dem Lookout Mountain, da musst du auch hin, der abgefahrenste Ort von allen. In den sechziger und siebziger Jahren schallte da oben Musik aus allen Fenstern, und die Leute haben aufeinander aufgepasst. Haben alle möglichen Sachen miteinander geteilt, wenn du kapierst, was ich meine. Nicht so wie heute, jeder für sich und der ganze Scheiß. Man konnte einfach auftauchen und bekam ein Bett angeboten, so nach dem Motto: *Hey, wie schön dich zu sehen, egal wer du bist, bleib doch 'ne Woche.* Hier oben haben wir alles gemeinsam hinbekommen. Mit einfachen Sachen, die wir seither anscheinend vergessen haben. Dass Liebe sinnvoller ist als Hass. Und Frieden besser als Krieg. Verstehst du? Dieser Ort … das war die reinste Magie, Mann. Und angeblich ist es immer noch so. Aber jetzt sind andere Leute da. Andere Zeiten. Du hörst niemanden gegen den Irakkrieg singen. Du hörst Rap und Elektrobeats. Wir leben in einer echt beschissenen Zeit. Ich bin nur froh, dass ich nicht mehr jung bin. Welche Nummer, hast du gesagt?»

Dann bogen wir in die Lookout Mountain Avenue, wo die Wege noch schmaler und zugewachsener waren und die Häuser mehr oder weniger von der Vegetation getarnt. Überall standen hohe Bäume, die sich vor Sonne und Aussicht geschoben hatten. Und vermutlich auch vor fremden Blicken schützten. Es war ein schöner Ort, eine schöne

Straße. Er hatte recht, es war ein ganz anderes Los Angeles als alles, was ich mit dieser Stadt verband. Ich wühlte in meinen Sachen und fand die Adresse, an die ich schon so oft Post weitergeleitet hatte.

«8421», sagte ich.

Wir tuckerten das letzte Stück bergauf und rollten langsam zwischen den Häusern entlang, während er nach der Nummer Ausschau hielt. Und dann, kurz bevor sich der Weg teilte, hielt er an.

«Da wären wir.»

Ich blickte aus dem Fenster, ohne etwas zu sehen.

«Sicher? Wo denn?»

«Da oben. 8421.»

Er beugte sich über den Beifahrersitz, um es mir zu zeigen. Ich folgte seinem Zeigefinger und musste mich konzentrieren, um zu sehen, wo die Natur aufhörte und das Gebäude anfing. Doch dann entdeckte ich es, hinter Baumkronen verborgen, stand ein seltsames, altes Holzhaus mit zwei oder drei Stockwerken, in Graublau und Braun, die Fassade war mit Holzplanken verkleidet und mit einem Kreuz- und Rautenmuster aus Balken verziert, es gab eine Außentreppe, deren Anfang und Ende ich nicht erkennen konnte. Es sah aus wie eine vornehme Holzhütte. Oder eine Art asiatisches Kloster, das umherreisende Mönche vor Jahrhunderten aufgebaut und wieder verlassen hatten.

In dem Moment wurde ich plötzlich nervös.

«Sie weiß nicht, dass ich komme», sagte ich.

Er nickte mir im Spiegel zu.

«Das macht die Sache komplizierter, meine ich. Hast du einen Plan B, wenn es nicht funktioniert?»

Hatte ich nicht. Jedes Mal, wenn ich daran gedacht hatte, dass ich eines Tages hier stehen würde, hatte ich mir vorgestellt, sie würde den Motor des Autos hören, das vor dem Haus hielt, während ich bezahlte und mein Gepäck aus dem Kofferraum hob. Und dann kam sie immer angerannt, und alles war wieder gut.

«Nein …»

Sein Bart öffnete sich und gab ein echtes Lächeln frei, und ich bildete mir ein, dass einfach alles bedeutend besser wäre, wenn nur alle Leute anfangen würden, einander so anzulächeln.

«Gut», sagte er. «Man darf sich selbst nie einen Ausweg lassen, sonst klappt es sowieso nicht. Und solltest du auf die Schnauze fallen, gibt es dafür keinen besseren Ort.»

Am liebsten wäre ich gar nicht ausgestiegen.

«Möchtest du, dass ich warte?», fragte er.

Ich starrte zu dem Haus empor und überlegte.

«Keine Auswege», antwortete ich.

Er hielt das Taxameter an und drehte sich zum letzten Mal um.

«Hätte ich sowieso nicht gemacht.»

Da stand ich mit meinem Koffer. Stand ewig auf der Lookout Mountain Avenue herum und hatte keine Ahnung, was ich machen sollte. Es war kurz nach drei am Nachmittag, und weit und breit war kein Auto zu sehen und auch kein Mensch. Ich blickte zum Haus. Zu der Treppe, die im Zickzack an der Fassade entlanglief. Holte tief Luft. Zählte bis zehn. Flehte die höheren Mächte an, dass sie zu Hause sein würde. Und ich vermisst worden war.

Dann ging ich. Ich schleppte meinen Koffer die knarrenden Treppen hinauf und suchte nach einer Tür, an der ich klingeln konnte.

Es war so unendlich viel schwerer, meinen Finger zur Klingel zu bewegen als damals in Dumbo. Er klebte in meiner Tasche fest.

Ich stellte den Koffer ab. Ich klingelte.

Nach einer gefühlten Ewigkeit mit unendlich vielen Möglichkeiten, mich umzudrehen und wieder zu gehen, hörte ich hinter der Tür Schritte auf einer Treppe, jemand räusperte sich und blickte sicherlich durch den Spion, nestelte dann an mehreren Schlössern herum und öffnete die schmale Tür, die stark nach Beize roch.

«Ja?»

Mein erster Gedanke war, dass die Dame in der Tür die Frau des Taxifahrers hätte sein können. Doch sie war viel hübscher. Und kräftiger. Ich schätzte sie auf Anfang sechzig, sie trug weite Kleidung in Braun- und Grüntönen. Das scheinbar zufällig zerzauste Aussehen ihres grauen, lockigen Haars hatte bestimmt Zeit und Geld gekostet. Sie roch nach Tee. Und ließ mich nicht aus den Augen. Ihre schwarze Designerbrille half ihr, den Fokus zu behalten.

«Ist M…», stotterte ich und verlor den Faden, musste noch mal von vorn anfangen. «Also, mein Name ist Max … Hansen, ich suche nach, oder … Mischa, wohnt sie hier? Mischa Grey? Wir wohnen in New York zusammen, und …»

«Ich weiß, wer du bist», sagte sie freundlich. «Erwartet sie dich?»

Dieser idiotische Koffer, warum hatte ich ihn nicht neben der Garage abgestellt. Sie warf einen verstohlenen Blick darauf.

«Tja, wie ich sehe, bist du immerhin vorbereitet. Das ist …» Sie machte eine viel zu lange Pause. «… optimistisch. Mischa ist gerade nicht zu Hause, sie kommt aber heute Abend zurück. Willst du in der Zwischenzeit eine Tasse Tee?»

Was ich wollte, war eine Creme, die mich unsichtbar machte. Ein Taxi zurück zum Flughafen. Eine Zeitmaschine. Einen Stromzähler, den ich ablesen konnte, um so meinen Besuch zu legitimieren. Einen Revolver, den ich mir tief in den Rachen steckte und abdrückte und der mich für immer auslöschte.

«Ja, gerne. Danke.»

Sie ließ mich ins Haus, in dem ein süßer, angenehmer Duft hing. Ich stellte den Koffer so unauffällig wie möglich im Flur ab und folgte ihr in das große, offene Wohnzimmer, ein verwohnter Raum mit abgelaufenen Dielen, einer Holzverkleidung und Webteppichen mit uralten Mustern an den Wänden, mit schweren Möbeln, großen Sofas und weichen Decken. Mitten im Zimmer führte eine Treppe ins nächste Stockwerk und vielleicht noch weiter nach oben. Es war ein schöner Raum. Ich sah vor mir, wie Mischa barfuß hier umherlief und es ohne mich gut hatte. Das Inventar war größtenteils in den gleichen Farben gehalten wie die Frau selbst, Grünschattierungen und Brauntöne, abgesehen von der Küche in kreischendem Orange und blendendem Weiß. Sie ging hinein, um mir einen Tee zu holen.

«Bist du den ganzen Weg von New York gekommen?», fragte sie aus der Küche.

«Ja, bin ich», murmelte ich.

Ich war mitten im Zimmer stehen geblieben, weil ich nicht wusste, was von mir erwartet wurde, ob ich mich setzen sollte oder meinen Tee im Stehen trinken und dann wieder gehen.

«Das ist eine weite Reise. Dafür, dass man vorher nicht anruft, meine ich.»

Ich tat so, als hätte ich ihre Bemerkung überhört. Angestrengt studierte ich die groben, massiven Dachbalken, die südamerikanischen und asiatischen Dekorationsgegenstände, die ihre Regale schmückten, die Kunst an den Wänden und die schweren Statuen und anderen Dinge, die ich nicht näher identifizieren konnte und die im vorteilhaften Licht des dämmrigen Zimmers auf dem Boden standen.

«Du darfst dich gern setzen, wenn du möchtest», sagte sie, als sie mit einer Kanne Tee und zwei unterschiedlichen Tassen zurückkehrte, die von Kindern getöpfert sein mussten, die man sehr liebte, oder von einem untalentierten Keramiker, den man nicht vor den Kopf stoßen wollte. Ich drehte mich ein paar Mal im Kreis, weil ich mir unsicher war, welche Sitzgruppe sie wohl bevorzugte, bis sie sich auf ein vier Meter breites Sofa voller Kissen warf und auf einen Sessel auf der anderen Seite des Tisches deutete. Ich nahm meinen Platz ein.

«Milch? Zucker?»

«Nein, danke.»

Sie schenkte uns ein. Draußen sang ein Vogel. Oder besser gesagt grölte. Ich hatte keine Ahnung, was für ein Vogel es war. Ich räusperte mich, ohne Worte folgen zu lassen. Stattdessen trank ich einen Schluck. Und noch einen. Sie lächelte mich an, es war so ein Ich-verstehe-dass-es-nicht-leicht-ist-ein-Mensch-zu-sein-aber-würdest-du-mir-bitte-etwas-darüber-erzählen-was-du-eigentlich-hier-zu-suchen-hast-Lächeln. Sie trank aus ihrer Tasse, ich musste warten, bis ich wieder an der Reihe war und entwaffnend zurücklächelte: *Ich-habe-keine-Ahnung-wie-man-so-was-macht.* Sekunden verstrichen. Minuten. Und der Vogel setzte sein lautstarkes Zwitschern auf einem anderen Ast vor dem nächsten Fenster fort und betonte unser Schweigen damit nur umso mehr.

«Fährst du auch immer aufs *Burning Man*?», fragte ich plötzlich und war so erleichtert darüber, meine eigene Stimme zu hören, dass ich die halbe Tasse in einem einzigen, langen, lippenverbrennenden Schluck trank.

«Nein, um Himmels willen.» Sie verdrehte die Augen, und ihre Stimme war sanft, und plötzlich war es, als hätte nie ein betretenes Schweigen zwischen uns geherrscht, nur eine natürliche Pause in einem flüssigen, angenehmen Gespräch. «*Burning Man*», sagte sie, «da verläuft eine Grenze für mich. Wenn ich Leute sehen will, die sich mit Selbstfindung abmühen, brauche ich nur zu meinem Nachbarn rüberzugehen. Der sucht schon seit über vierzig Jahren und hat noch rein gar nichts gefunden, jedenfalls nichts, wozu er sich offen bekennen kann. Und außerdem sieht man im Fernsehen doch ständig nackte Leute, da sehe ich keinen Grund, warum ich in die Wüste fahren sollte, um dieses Bedürfnis zu befriedigen. Das ist Erins und Alyces Ding. Ja, und sie haben Mischa auch zuerst kennengelernt. Sie fahren schon seit Jahren hin.»

«Und haben sich selbst gefunden?»

«Das ist eine gute Frage. Sie lassen sich wohl immer ablenken und vergessen zu suchen, während sie da sind. Oder so in der Art. Kann sein, dass sie deshalb jedes Jahr wieder hinmüssen, wer weiß?» Sie schenkt uns Tee nach. «Ich heiße übrigens Marcie.»

«Es ist schön hier», sagte ich und meinte es ernst.

Sie lächelte erneut. Sie lächelte oft.

«Ja, nicht wahr? Ich wohne hier schon seit sechzig Jahren, mein ganzes Leben, weißt du, in diesen Räumen. Mein Großvater hat das Haus vor fast hundert Jahren gebaut. Er kam als einundzwanzigjähriger Ingenieur von Denver nach Kalifornien, um William Mulholland bei der Fertigstellung des Los-Angeles-Avedukts zu unterstützen, das das Wasser aus den Bergen in die Sierra Nevada bringt. Den Namen hast du vielleicht schon mal gehört? Mulholland, meine ich. Nein? Seine Karriere hat ein jähes Ende genommen, als der St.-Francis-Staudamm nur wenige Stunden nach der Eröffnung brach. Er sollte ein wichtiges Wasserreservoir für Los Angeles werden, aber … ich weiß nicht. Ich glaube, es war eine Konstruktionsschwäche. So muss es gewesen sein. Der Damm brach am Eröffnungstag um wenige Minuten vor Mitternacht, es heißt, die Flutwelle wäre siebenunddreißig Meter hoch gewesen. Sie hat das Tal in Richtung Valencia, Santa Clarita und Newhall überschwemmt. Keiner kennt die genaue Zahl der Opfer, aber es müssen Hunderte gewesen sein; ein Großteil wurde in den Pazifik hinausgetrieben und nie gefunden, andere wurden an Strände gespült oder bis an die mexikanische Grenze. Noch vor zehn Jahren hat man an den seltsamsten Orten Knochenreste gefunden, an Hängen und mitten im Nichts, teilweise auch mehr oder weniger unversehrte Körper, die in den tiefen, sauerstoffarmen Schichten konserviert worden waren.»

«Und dein Großvater?»

Sie hatte sich aufs Sofa gelegt, die Hände im Schoß verschränkt und den Blick zur Decke gerichtet. Von Zeit zu Zeit wendete sie sich mir zu, während sie redete, was mir das seltsame Gefühl vermittelte, in einer umgekehrten Psychoanalyse zu sein, wo der Therapeut seine eigene, mildere Version des Geschehens wiedergeben konnte und nicht vom ewigen Gejammer der Patienten über die immer gleichen Probleme gestört wurde.

«Zum Glück hatte er damit nichts zu tun», sagte sie. «Mulholland und mein Großvater hatten sich da schon seit Jahren nicht mehr gesprochen, ein Disput über eine offene Zeche in einer Bar, nachdem sie eine erhitzte Diskussion über Präsident Woodrow Wilsons Haltung zur amerikanischen Beteiligung am Ersten Weltkrieg geführt hatten, stand einer weiteren Zusammenarbeit der beiden ab 1916 für immer im Weg. Aber nach nur einem von ihnen wurde eine Straße benannt. Bist du schon da gewesen? Auf dem Mulholland Drive? Nein, stimmt, du bist schließlich gerade erst gekommen. Ich weiß ja nicht, wenn du ein bisschen länger bleibst, können wir mal dorthin fahren, von manchen Punkten aus hat man einen phantastischen Blick über die ganze Stadt. Mein Großvater, Charles, hat anschließend andere Sachen gemacht und am Ende ein Reparatur- und Eisenwarengeschäft auf dem Sunset eröffnet, direkt da gegenüber, wo jetzt das *Whiskey a Go Go* liegt – den Laden gibt es nicht mehr, dort ist jetzt eine Tankstelle. Aber das hat er jedenfalls gemacht, und ja, was wollte ich eigentlich sagen: dieses Haus. Großvater Charles hat es von dem Geld erbaut, das er für seine Arbeit an den Avedukten bekam, und wie der Dichter Robert Creeley einmal gesagt hat: *Alles ist Wasser, wenn man lange genug hinsieht.* Er hat es selbst entworfen, hat das Holz die Hügel hinaufgeschleppt und auf dem Grundstück im Zelt übernachtet, während er es baute. Kuck dir mal die großen Balken an, die hier quer über uns verlaufen, wenn du genau hinschaust, wirst du sehen, dass er an jedem Ende seine Initialen eingeritzt hat; er war wohl ziemlich stolz darauf, dass er sich ein eigenes Dach über dem Kopf gebaut hatte. Weißt du, zu dieser Zeit gab es hier oben kaum etwas, nur vereinzelte Häuser hier und da, davon abgesehen war Laurel Canyon eher als Naherholungs- und Urlaubsgebiet für die Wohlhabenden gedacht. Aber er wollte hier wohnen, ihm gefiel es im Wald, in gewisser Weise erinnerte es ihn wohl auch an Colorado, könnte ich mir denken. Anfang der zwanziger Jahre fuhr außerdem ein Oberleitungsbus vom Sunset bis hinauf zum Lookout Mountain, sodass er sich wahrscheinlich nicht von der Zivilisation abgeschnitten fühlte. Er liebte diesen Bus, die Fahrt aus der Stadt, die kurvigen Straßen hinauf. Im Bus lernte er auch Dolores kennen, meine Großmutter, nur ein paar Monate bevor die Linie geschlossen wurde, sie fuhr mit ihrer Familie bergauf zu einem Sonntagsausflug, und ich glaube, er war gerade erst mit ihr ins Gespräch gekommen, als sie auch schon wieder aussteigen mussten, jedenfalls wissen wir, dass er stundenlang dadrüben an der Haltestelle wartete, bis sie endlich wieder auftauchte, um wieder zurück in die Stadt zu fahren. Und er tat dasselbe, obwohl er längst zu Hause war und wusste, dass es der letzte Bus an diesem Tag war und er deshalb den ganzen Weg zu Fuß würde laufen müssen. Doch er nahm mit ihr zusammen den Oberleitungsbus, hinunter zum Sunset, und bevor er sich von ihr verabschiedete, hatte er die Erlaubnis bekommen, sie in der darauffolgenden Woche wiederzutreffen – von meinem Urgroßvater, einem Mann, der Avedukte, gute Ingenieurskunst und nicht zuletzt

Opa Charles' pazifistische Einstellung den Großen Krieg betreffend über die Maßen zu schätzen wusste.

Am Samstag darauf nahmen sie erneut den Bus hinauf, Großvater holte seine Dolores an der Ecke Sunset und La Cienega ab und zeigte ihr sein Haus. Er muss ihr auch noch mehr gezeigt haben, denn ein Jahr später wurde mein Vater hier geboren, in dem Zimmer dadrüben, an der Ecke. Mein Vater, Thomas hieß er, ist hier aufgewachsen und nie wieder ausgezogen, er arbeitete auch im Laden meines Großvaters, den meine Mutter – Emily – im Jahr 1946 aufsuchte, um einen Nachschlüssel anfertigen zu lassen. Um es kurz zu machen: Ein paar Monate später hatte niemand in Los Angeles so viele Nachschlüssel wie sie. Sie heirateten zwei Jahre später, und Emily zog auch ins Haus ein. Großvater Charles errichtete einen Anbau für sie, und ein knappes Jahr darauf wurde ich geboren. Ich erinnere mich kaum noch an Charles, er starb, als ich sechs Jahre alt war, an einem Frühlingstag im Jahr 1954, ich erinnere mich nur noch daran, dass er am Nachmittag davor außer sich gewesen war, weil er seinen Hut nicht finden konnte und immer noch suchte, als ich schon ins Bett gegangen war; ich hörte ihn hin und her laufen, zunehmend frustriert über meine Großmutter, die nicht verstehen konnte, warum er nicht einfach einen anderen nahm. Hut, meine ich. Und als ich am nächsten Morgen aufwachte, war er nicht mehr da. Meine Großmutter hielt länger durch, bis in die siebziger Jahre. Ich glaube, für sie waren die Veränderungen unten im Tal nur schwer zu akzeptieren. Du weißt schon, mit all den Musikern und Alternativen, die sich dort niederließen. Großmutter hatte wahrlich nicht viel Verständnis für die sexuelle Revolution und die Bewusstseinserweiterung. Aber ich hatte sie schrecklich gern, selbst an den Tagen, wo sie in einer Ecke des Hauses stand und verächtlich schnaubte, wenn ich mit einem meiner Typen oder einfach nur Freunden nach Hause kam, die längere Haare als ich hatten und Farben trugen, die in ihrer Palette gar nicht erst existierten, und Musik hörten, bei der sie aus dem Wohnzimmer das Wort *Katzenjammer* rief, durch ihre zusammengebissenen Zähne, aber laut genug, dass sie sicher sein konnte, wir würden es mitbekommen.» Marcie bemerkte, dass ich ein

Gähnen unterdrückte und mir das Gesicht rieb. «Bitte entschuldige, ich bin wohl ins Reden gekommen», sagte sie, stand vom Sofa auf und sammelte unsere Tassen ein.

Ich bereute es sofort, dass ich mich hatte erwischen lassen, denn in Wirklichkeit gefiel es mir, wie sie das Gespräch am Laufen hielt. Es gefiel mir, von ihrer Familie zu hören, auch weil es die Geschichte von Menschen war, die sich an einem Ort niedergelassen hatten und dort geblieben waren. Für immer. Ich betrachtete die abgelaufenen Dielen, die davon zeugten, dass die Leute seit fast hundert Jahren auf ihnen hin und her gegangen waren. Kinder hatten dort gespielt, Schuhe mit kleinen Steinchen im Profil hatten sie zerkratzt, Stilettos hatten nach heftigen Abenden mit Tanz und Gesellschaft tiefe Kerben hinterlassen, ich sah Spuren von gelungenen und weniger gelungenen Versuchen, den Boden abzuschleifen und ihn zu lackieren, Schrammen von einem oder mehreren Haustieren, bestimmt Hunde; ich stellte mir den Hund vor, den keiner von ihnen mochte und der niemals starb, aber den auch niemand einschläfern lassen konnte, das brachten sie nicht übers Herz, weshalb er jeden Abend zufrieden unter diesem Tisch lag und furzte, auch er war damals gekommen, um zu bleiben. Außerdem: Es gefiel mir, dass ich selbst nicht zu reden brauchte. Ich hatte wirklich nicht viel zu sagen.

«Es liegt nicht an dir», sagte ich, «es tut mir leid, es ist nur … es war so ein langer Tag. Ich weiß nicht mal, ob ich wirklich hätte kommen sollen.»

Marcie sah mich an.

«Du solltest dich eher fragen, warum du nicht schon früher gekommen bist.» Sie ging in die Küche, spülte die Teekanne und die Tassen. Als sie zurückkam, sagte sie: «Wenn du dich noch ein paar Stunden ausruhen willst, bevor Mischa kommt, kannst du dich in ihr Zimmer legen.»

«Ich –»

«Hier entlang.»

Ich glaube, sie hatte meine dunklen Augenringe gesehen, die Spuren der letzten drei Nächte mit nur ein paar Stunden flüchtigem

Schlaf in unserem viel zu großen Bett, ehe ich in New York aufbrach, und danach: der lange Flug voller Kinder und aufgeregter Touristen; der lange Weg von LAX hier hoch.

Ich folgte ihr brav. Ging hinter ihr die solide Treppe von der Mitte des Wohnzimmers hinauf in den ersten Stock (oder war es der zweite, ich weiß es nicht mehr), jedenfalls weiter hinauf und nach innen, durch einen dunklen Flur, zu einer Tür, die sie öffnete und das Licht einschaltete. Ich sah das Bett, das neben dem Fenster stand. Ich sah Mischas Klamotten, die aus dem Kleiderschrank quollen und über den Boden verstreut lagen, so wie ich es gewohnt war. Einen Stapel Bücher auf dem Boden neben der Lampe. Ihre Notizbücher. Eine Jacke, die über dem Stuhl neben dem Schreibtisch hing, eine grüne Kapuzenjacke, an die ich mich nicht erinnern konnte. Die musste sie hier gekauft haben.

«Ich wecke dich, wenn sie kommen», sagte Marcie. «Okay?»

Ich starrte auf diese verdammte Jacke.

«Ja», antwortete ich. «Danke.»

Ich setzte mich auf ihr Bett, vorsichtig, ganz außen, als wäre ich heimlich hier und wollte keine Spuren hinterlassen. Ich musste sauer aufstoßen, sah mich nach einer Flasche Wasser um, konnte aber keine finden. Nach unten gehen wollte ich auch nicht noch einmal.

Hier wohnt sie, dachte ich. *Hier ist sie all die Monate gewesen.*

Und hier bin ich.

Ich streifte meine Schuhe ab, legte mich vorsichtig aufs Bett und schloss die Augen. In dem Moment spürte ich, wie das ganze Zimmer nach ihr roch. Der Geruch strömte auf mich ein und machte mich ungeduldig, ich wollte, dass sie jetzt hier war; ich wollte die Hügel hinablaufen und sie finden und meine Arme um sie schlingen, ich wollte keine Sekunde länger warten. Ich lag da und empfand unfassbare Freude, war mit einem Mal überzeugt, dass sie genau darauf gewartet hatte, dass ich kam und sie abholte. Ich ruhte in der Geborgenheit ihres Geruchs auf dem Kopfkissen und grinste darüber, wie idiotisch und paranoid ich gewesen war, monatelang durch die Gegend zu laufen und Angst davor zu haben, dass ich sie verlieren könnte.

Es ist doch immer noch Mischa, sagte dieses Zimmer.

Machst du dir denn solche Sorgen? Es gibt keinen Grund, Angst zu haben. Ich bin es doch nur.

Wir sind es.

Ich glaube, dass ich sie noch nie so sehr geliebt hatte wie in diesem Zimmer. An diesem Tag.

Mit jeder Minute, die auf der lärmenden Wanduhr vorübertickte, kam sie näher. Ich hätte die Fenster aufreißen und mein Glück hinausschreien können, bis sich alle Köter in der Nachbarschaft die Ohren zuhielten.

An Schlaf war überhaupt nicht zu denken. Ich musste aufstehen, ich drehte Runden im Zimmer und lauschte an der Tür. Ich blätterte in den Büchern, die auf dem Boden lagen, und musste lächeln. Upton Sinclairs *Oil!*. Ein Buch über Hüsker Dü mit Eselsohren auf jeder zweiten Seite und Tausenden Unterstreichungen. Notizbücher, in denen ich anstandshalber nicht blätterte. Widerwillig ließ ich mich wieder auf das Bett sinken und zwang mich, ruhig dazuliegen und zu warten. Und wie sich später herausstellen sollte, legte sich ungefähr gleichzeitig auf der anderen Seite des Landes auch Owen Larsen, mein Onkel, so ungewohnt früh ins Bett, nachdem er von einem Arztbesuch zurückgekehrt war – dem ersten seit seinem Ausflug nach Vietnam –, bei dem er Dr. Geier erzählte, wie er sich schon seit längerer Zeit fühlte, nämlich nicht besonders gut, was Dr. Geier dazu veranlasste, unbestimmt zu nicken und einige Blutproben zu nehmen und Fragen zu stellen und ein paar Notizen in der Krankenakte zu machen und sich auf seinem Stuhl zurückzulehnen, während er auf beunruhigende Weise die Arme über der Brust verschränkte und so tief Luft holte, dass seine Oberlippe fast die Nase berührte, bis er schließlich sagte: *Zuerst würde ich jetzt gern ein paar weitere Tests mit Ihnen durchführen. Nur um, Sie wissen schon … bestimmte Sachen auszuschließen. Würde es Ihnen morgen früh um neun passen?*

Dann war sie da. Mischa. Einfach so. Ohne dass ich es bemerkt hatte. Ich erwachte, und sie saß auf der Bettkante und stützte ihr Kinn auf die Hand. Sie betrachtete mich; ich wusste nicht, wie ich diesen Blick deuten sollte.

«Warum bist du hier?»

Ich war mir auch nicht sicher, wie ich ihre Stimme deuten sollte. Ihr Haar war länger geworden. Sie war dünner, als ich sie in Erinnerung hatte, und als sie aufstand, wirkte sie auch größer. «Ist etwas passiert?», fragte sie.

«Ich vermisse dich. Ich habe dich vermisst, seit du gefahren bist.»

«Aber warum hast du nicht angerufen?»

«Ich habe doch angerufen. Es hat nichts geholfen. Du bist nicht gekommen.»

Sie seufzte schwer und fing an, ein paar Klamotten wegzuräumen. Ich blieb liegen, ohne sie anzusehen.

«Wo bist du heute gewesen?», fragte ich.

«Ich? Im Griffith-Observatorium, zusammen mit Erin und Alyce.»

«Was hast du gesehen?»

«Ich weiß nicht, was du meinst.»

«Es ist ein Observatorium, du musst doch wohl etwas observiert haben?»

«Ah! Sie hatten ein schönes Planetarium. Und eine Teslaspule, unter anderem. Ich nehme an, dass du Marcie kennengelernt hast. Hat sie dir die ganze Familienchronik erzählt? Das macht sie immer, das ist ihr Evangelium, der letzte Beweis für etwas Bleibendes in dieser Stadt, genau dein Ding, würde ich meinen. Marcie glaubt an einen Ort westlich der Wirtschaft, an offene Türen und daran, dass große Häuser mit Menschen gefüllt werden müssen. Sie hat nie woanders gewohnt. Und angeblich hat sie auch noch nie jemanden abgewiesen, der hier geklingelt und darum gebeten hat, eine Weile bei ihr zu wohnen. Es ist nicht so, dass ihr die Leute die Tür einrennen, meistens waren es wohl Künstler, Marcie ist Kuratorin am LACMA … also … was machen wir denn jetzt?»

«Ich will nur wissen, wo wir stehen.»

«Aha.»

«Ist das denn zu viel verlangt? Du bist schon lange hier.»

Sie setzte sich auf den Stuhl neben dem Bett und steckte sich eine Zigarette an. Ich hätte sie so gern berührt, mich an sie geklammert. Hätte neben ihr im Bett gelegen, hätte gewollt, dass alles so war wie früher. Doch sie war meilenweit entfernt, und es bestand kein Zweifel daran, wer hier die Oberhand hatte. Ich hasste es, neben ihr zu liegen wie irgendein dämlicher Patient. Das Schlimmste aber war, dass sie so nah bei mir saß. Ich konnte sie riechen, konnte alle Einzelheiten in ihrem Gesicht sehen, ihr Haar, ihre Augen, ihren Körper, ihre Kleidung, alles, was ich im Laufe der Jahre wie automatisch gespeichert und lange nicht mehr wahrgenommen hatte; jetzt war sie klarer als je zuvor, hochaufgelöst und real, und das machte nur umso deutlicher, wie viel auf dem Spiel stand und was ich zu verlieren hatte. Ich liebte sie mehr denn je. Und war unsicher, ob dies der richtige Moment war, es ihr zu sagen. Ihre dünnen Finger, der kanadische Akzent, vor allem wenn sie *Toronto* sagte und es sich anhörte wie *Toronno* oder *about*, was klang wie *abeut*, und wie sie lachte und sich mit diesem charakteristischen Knick im Handgelenk den Bauch hielt, wenn ich etwas besonders Lustiges sagte, und wie sie oft *mm* machte und dann ein paar Sekunden still war, ehe der nächste Satz über ihre Lippen kam, die Bücher, die sie las, und die Musik, die sie hörte, und dieses T-Shirt, das sie immer tragen sollte; ich liebte sie, weil sie schmatzte und nie merkte, wenn ihr noch Essensreste zwischen den Vorderzähnen hingen, und auch nicht beleidigt war, wenn ich sie darauf aufmerksam machte; ich liebte sie, weil sie einen erbärmlichen Orientierungssinn hatte und meistens selbst die elementarsten Songtexte nicht mitbekam und ganze Lieder, Alben, Bands missverstand; ich liebte sie für ihre ungewöhnliche Begabung im Kopfrechnen und wie sie beim Einkaufen nie auf die Preise achtete, und nicht mal auf den Betrag kuckte, wenn sie an der Kasse ihre Geheimzahl eintippte, und wie sie keinen blassen Dunst hatte, wie teuer Waren des täglichen Bedarfs waren; ich liebte sie, weil es ihr egal war, ob ihre Socken dieselbe Farbe hatten oder nicht, bei Schuhen jedoch auf Qualität achtete; weil sie in dem uralten, einst roten, jetzt undefinierbar verfärbten Singlet schlief, das sie Owen in einem Jahr zum Geburtstag geschenkt hatte, ohne es ironisch oder böse zu meinen, sondern einfach nur gut, und das er aus verständlichen Gründen trotzdem nie trug, worüber sie aufrichtig verwundert war, ohne jedoch verstimmt zu sein oder auf den Gedanken zu kommen, dass es ein mieses Geschenk war, stattdessen nahm sie es einfach selbst in Gebrauch, dieses Unterhemd mit der Aufschrift *I'm not a dirty old man, I'm a sexy bastard*, und behielt es, wegen der unvergleichlichen Baumwollqualität, wie sie sagte, denn wenn es eine Skala für die Weichheit von Baumwolle gegeben hätte, wäre dieses Shirt durch die Decke gegangen, versteckte es aber stets ganz unten im Wäschekorb, wenn sie zum Waschkeller ging, damit Außenstehende keinen Blick darauf erhaschten. Oder Owen selbst, denn das wäre wirklich seltsam gewesen. Es war ein Kleidungsstück, wie es im Grunde nur zwei Sorten von Menschen tragen und damit durchkommen können: einerseits diejenigen, die so gut aussehen – und genügend Selbstbewusstsein besitzen, es zu wissen –, dass ein solcher Text von jedem als eindeutig ironisch und scherzhaft aufgefasst werden würde, und andererseits diejenigen, die überhaupt nicht gut aussehen – und genügend Selbsterkenntnis besitzen, um es zu wissen –, in niemandes Augen, sondern ausgesprochen hässlich, jene, die unter ästhetischer Parodontitis leiden, die ein krummes Gesicht haben und nicht nur eine Darmverschlingung, sondern sogar eine Körperverschlingung, die symmetrisch Leprösen, Leute mit Charme im Darm und der Liebenswürdigkeit in einem Stomabeutel am Bauch, jene, die dort, wo bei anderen das Lächeln zu finden war, nur Eiter im Gesicht haben, die untröstlich beeinträchtigten Individuen, die freundlich Psoriastischen, die Tracheotomie-Bejahenden und jene, die nichts als Marschmusik hören, die unheilbar Freundlosen ohne Klingel, die von Gottes Wegen Unerlösten oder unglücklich als Abstrakte oder Experimentelle oder nicht abgeholte Fundstücke Eingestuften, die, derentwegen man die Party abblasen würde, wenn die Alternative darin bestünde, sie einzuladen, die visuell Retardierten, die chronisch Abstoßenden oder auch faszinierend Verkrüppelten, graziös Beschränkten, charismatisch Entzündeten, jene mit niedrigem Wow-Faktor und zu hohen Idiotie-Werten, die Unproportionierten, Großköpfigen, aber ach so kurzbeinigen Zeitgenossen, jene mit Podagra in der Ausstrahlung und einem Tinnitus in der Seele, die terminal Unangenehmen, die äußerlich Obstipierten, deren Spiegelbild stets unfreundlich zu ihnen war, die frenetisch Flatulierenden, die unmittelbar allergische Reaktionen auslösenden Persönlichkeiten, die ungenießbaren Gestalten, die beweinenswert Bedauerlichen, die leicht verderblichen Repräsentanten der Menschheit, die im Namen der Anständigkeit Elternlosen, die Unerträglichen, Abscheulichen und Furchtbaren und die spektakulär Widerwärtigen, die Verfluchten und die geradezu Gruseligen; mit anderen Worten, diejenigen, die ein solches Kleidungsstück auf eine andere, eher Ich-trage-mein-Herz-zur-Schau-artige und resignierte Weise benutzen, als wollten sie sagen: Was zum Teufel spielt es eigentlich für eine Rolle, wie ich *aussehe*?; ich liebte sie, wenn sie so lachte, dass sie Schluckauf bekam, und wenn sie beim Kochen improvisierte und die Zutaten nach Gefühl mischte und das ein oder andere im Ofen anbrennen ließ, sodass wir stattdessen essen gehen mussten; ich liebte sie für ihren unverfälschten Enthusiasmus und die Neugier, die sie ihrer Arbeit entgegenbrachte, und weil sie überrascht und stolz war, wenn ihr das gelang, was sie sich gedacht hatte oder sogar noch etwas Besseres, und wie sie stundenlang vor ihren Bildern sitzen und sie bewundern konnte, nicht weil sie die Urheberin war, sondern weil es ihr gelang, sie isoliert und von sich selbst losgelöst zu betrachten; weil sie nur selten Make-up benutzte und höchstens ein paar Minuten darauf verwendete, irgendetwas ins Gesicht zu schmieren, was gerade im Bad herumlag, und wie sie furchtlos mit nassen Haaren hinausging und auch nie krank wurde, während ich, der, in meine dicke Winterjacke eingepackt und mit Schal, Mütze und gefütterten Stiefeln, neben ihr lief, anschließend eine halbe Woche mit Schnupfen und Fieberträumen im Bett lag und Angst hatte, mir eine Bell'sche Parese zuzuziehen, wenn ich in den Wind hinausging, bevor ich wieder ganz gesund war; ich liebte sie, weil sie nicht an Durchzug glaubte; ich liebte sie, weil sie nach der Uhrzeit fragte, anstatt einen Blick auf ihr Handy zu werfen, und eigentlich nie wusste, wie spät es gerade war, und sich immer um eine Stunde oder mehr verschätzte, wenn sie raten sollte, aber trotzdem noch nie in ihrem Leben einen Flug verpasst hatte; ich liebte sie dafür, wie sich ihr Gesicht verzerrte, wenn sie weinte, bis es so aussah, als müsste es von Grund auf neu erschaffen werden; ich liebte sie dafür, dass sie in Monaten mit R ein indifferentes Verhältnis zur Rasur von Beinen und Achselhöhlen pflegte und eher zu einem gründlichen Frühjahrsputz neigte als zu einer wöchentlichen Grundreinigung; dafür, wie sie manchmal nach wie vor Olive Oyl und / oder Shelley Duvall im Herbst 1970 ähnlich sah; dafür, wie sie nicht ansprechbar war, wenn sie Bücher oder Zeitungen las, und zwar stundenlang (was auch für Irritation sorgen konnte); dafür, wie sie ständig von einem Bein aufs andere trat, wenn sie Schlange stand, als müsste sie unbedingt zeigen, dass sie das Warten noch viel beschissener fand als alle anderen um sie herum; für ihr merkwürdiges Französisch und wie sie sich zum Fernseher vorbeugte, wenn etwas spannend war und nickte oder den Kopf schüttelte, wenn sie Diskussionsrunden verfolgte, je nachdem, ob sie den Argumenten zustimmte oder nicht; ich liebte sie, weil sie klüger war als ich, viel viel klüger, aber auch naiver; dafür, wie sie mehrmals geschworen hatte, nie im Leben eine Latzhose zu tragen, sich jedoch bei einem Anlass, der sich über vier Tage erstreckte, als wir das Haus ihrer Eltern in Toronto strichen, aus praktischen und friedenserhaltenden Gründen doch gezwungen sah, eine solche anzuziehen, und währenddessen zu 90 Prozent den Malerpinsel schwang und zu 10 Prozent über die diabolische Erbärmlichkeit der Hosenkonstruktion schimpfte; dafür, dass sie morgens nie ordentlich ihren Bademantel zuband, sondern ihn offen um sich herumflattern ließ, sodass das ein oder andere zum Vorschein kam und ich sagte *eigentlich bräuchtest du eher einen Poncho*, und sie sagte *ich lasse meine Brüste lufttrocknen*, und ich sagte *du stillst doch nicht*, und sie sagte *noch nicht*, und wir redeten nie über Kinder.

«Ich glaube, wir treten auf der Stelle», antwortete sie. «Willst du sehen, womit ich hier die ganze Zeit gearbeitet habe?»

«Ich … okay.»

Mischa führte mich aus dem Raum, die Treppe hinab und durch

die Flure in ein geräumiges Zimmer auf der Rückseite, durch dessen große Fenster man Aussicht auf die Bäume hatte. An den Wänden standen große Bilder aufgereiht, alle mit präzisen, gleichmäßigen, bunten Streifen in verschiedenen Farben bemalt, die waagerecht über die Leinwand liefen. Sie sahen aus wie mit dem Lineal gezogen und erinnerten mich an das frühere Fernsehtestbild.

«Ich male Gedächtnis», sagte sie. «Glaube ich. Mein Gedächtnis. Es gibt so vieles, was ich vergessen habe.»

«Das da gefällt mir.» Ich zeigte auf das Bild, das neben dem größten Fenster lehnte. «Wie heißt es?»

«We grew up in The Sprawl 1981.»

«Erklär mal.»

«Nein, danke.»

«Aber es geht um Toronto?»

«Mm.»

«Und das da? Mir gefallen die Blautöne.»

«We Waited Under a Tree Until The Rain Stopped. But When The Sun Came Back We Had Already Kissed 1984.»

«Verstehe.»

«Wirklich?»

«Weiß nicht.»

«Ich auch nicht. Ich nenne sie *Toronto Precision.* Weil sie im Herbst im AGO ausgestellt werden sollen. Vor ein paar Wochen war ich da und habe mir die Räume angesehen.»

«In Toronto?»

«Ja, natürlich. Musste meine Eltern besuchen.»

«Davon hast du gar nichts erzählt, als wir letztes Mal telefoniert haben.»

«Habe ich wohl vergessen. Aber du weißt ja, dass ich jeden Sommer hinfahre.»

Ich? Wir fuhren jeden Sommer hin. Das grenzte an Geschichtsklitterung.

«Was hast du denn über mich gesagt? Zu ihnen?»

«Nicht so viel. Ich habe wohl gesagt, dass es gerade schwierig ist.

Irgendwie ungewiss. Mehr habe ich, glaube ich, nicht gesagt. Ich soll dich übrigens grüßen. Mein Vater hat ein neues Auto, ich musste ihm versprechen, dass ich dir Bilder davon zeige.»

«Was für ein Auto?»

«Weiß ich nicht mehr. Aber ich habe Fotos davon auf meinem Handy.»

«Warst du … auch in Montreal?»

«Nur kurz, eine Woche.»

«Nur du allein?»

«Nee … ein paar Freunde waren zu Besuch.»

«Wer denn?»

«Kennst du nicht, glaube ich. Freunde von Freunden, im Grunde. Größtenteils. Und du, wie war dein Sommer in der Stadt?»

«Ich glaube, das weißt du.»

«Aber war es denn warm?»

«Auf Coney Island haben wir uns gefühlt wie in einer Sardinenbüchse.»

«Ja, dadraußen kann es dann eng werden.»

«Total hoffnungslos.»

«Mm. Du bleibst bis morgen, oder? Dann könntest du mit uns zusammen essen, ich glaube, Marcie wollte kochen, und das kann sie gut.»

«Ich weiß nicht, wie lange ich bleibe», sagte ich kleinlaut.

«Wie auch immer, ich muss ein paar Sachen mit Alyce besprechen, ich habe ihr versprochen, noch mal bei ihr vorbeizuschauen. Wir sehen uns später, ja? Fühl dich einfach wie zu Hause.»

Dann verschwand sie, überließ mich mir selbst und ihren Bildern, und nichts daran erinnerte mich an das Mal, als wir in Fire Island ihre unvollendeten Bilder betrachtet hatten. Keine versteckten Botschaften. Keines dieser Bilder handelte von mir. Und ob ich sie mochte oder nicht, war auch egal.

4

Anbei noch eine invasive Fußnote aus dem bereits erwähnten Katalog der Ausstellung *Grey – A Retrospective* im Whitney Museum, diesmal aus der Einführung des Kurators Jeffrey Wilkins zu Mischas *Toronto-Precision*-Reihe: «Indem sie zu demselben Material zurückkehrte, jenen groben Leinwänden, die sie auch bei ihren *Vietnamization*-Werken verwendet hatte, erschuf Grey mit *Toronto Precision* eine Serie von nahezu autobiographischen Gemälden, die in Textur wie auch Ausführung an Wandteppiche erinnern. Da es ihr Wunsch war, den Bildern eine organische Struktur zu verleihen, erwog sie sechs Monate lang, einen Webkurs zu belegen, ehe sie einsah, dass es ihr für diese Handwerkstechnik an Geduld fehle, weshalb sie sich stattdessen zum Kauf von fast hundert Metern spezialgefertigtem Leinenstoff entschied, der annähernd den gewünschten Effekt erzeugte. Die zehn Gemälde, die 2009 in der Ausstellung in The Art Gallery of Ontario gezeigt wurden (der ersten Schau in ihrer Heimatstadt), sind, wie der Titel schon sagt, *präzise*. Hier finden sich keine schiefen oder willkürlichen Linien, keine verwischten oder getropften Farben, hier ist kein Platz für Fehler oder Improvisation. Die verschiedenen Farben mischen sich an keiner Stelle miteinander, sondern wurden mit großer Sorgfalt und Geduld auf die Leinwand aufgetragen. Stark beeinflusst von Mark Rothko, Barnett Newman und anderen abstrakten Expressionisten der 1940er und 1950er Jahre, schien sie den Vorsatz gefasst zu haben, in deren Revieren zu wildern – bewaffnet mit der Kraft endlicher geometrischer Formen. Im Gegensatz zu Rothko war es jedoch nicht Greys Ziel, die Aussagen der Bilder auf ihre Emotionalität zu reduzieren. Vielmehr war sie auf der Suche nach einer einfachen Methode, um das kommunikative Potenzial, das jeder Farbe innewohnt (vorausgesetzt, man setzt sie richtig und bewusst ein), mit der ihr eigenen Fähigkeit zu kombinieren, bestimmte Orte, Objekte und Wetterlagen präzise wiederzugeben, und dadurch – in Verbindung mit den individuellen Titeln der Werke – zehn verschiedene, aber zugleich in vielerlei Hinsicht dialogische und ineinander verflochtene Geschichten zu erzählen. Sie beharrte darauf, ihr Projekt mit einer eigens hergeleiteten ‹Farbrepräsentation› zu verknüpfen, und begann infolgedessen, täglich Notizen zu machen und Episoden aus ihrem Leben niederzuschreiben, die sie dechiffriert und von schlichten, bunten Rechtecken repräsentiert sehen wollte.

Woran erinnern wir uns? Und wie rufen wir uns Erinnerungen an frühere Erfahrungen und Erlebnisse ins Gedächtnis? Mündlich, indem wir mit anderen sprechen, mit denen wir diese Erfahrungen teilen; mit Hilfe von Tönen, die etwas wachrufen, das wir in der Ausgangssituation wahrgenommen haben, oder indem wir Musik hören, die uns an einen bestimmten Augenblick, einen Tag, eine Jahreszeit, ein Jahr oder ein bestimmtes Ereignis erinnert; mit Hilfe von Geruch und Geschmack, natürlich, zum Beispiel so, wie etwa ein Kaugummi (aber nur Juicy Fruit) für den Verfasser dieser Einführung sofort die Türen zur Vergangenheit öffnet, oder nicht zu vergessen, die Madeleine in Prousts *Auf der Suche nach der verlorenen Zeit.* Aber was ist mit Farbe? Und nichts als Farbe? Genau das möchte Mischa Grey untersuchen – inwieweit Farben, wenn sie in einer bestimmten Quantität und Reihenfolge präsentiert werden, den gleichen Effekt haben. Und falls ja: Ist es möglich, die hervorgerufene Erinnerung in einem Gemälde zu bewahren, das ausschließlich aus horizontalen, bunten Feldern besteht? Was uns direkt zur nächsten Frage führt: Welche Farben sollten das sein? Wenn wir die zehn Bilder betrachten, die zusammen die *Toronto-Precision*-Ausstellung bilden, wird deutlich, dass verschiedene Annäherungsweisen probiert wurden. In *We Waited Under a Tree Until The Rain Stopped. But When The Sun Came Back We Had Already Kissed 1984* ist der im Titel erwähnte Regenschauer – was natürlich erscheint – in verschiedenen Blautönen gehalten, von einem hellen Blau oben und unten bis hin zu den tiefblauen, fast schwarzen Feldern in der Mitte. Betrachten wir das Bild genauer, wird jedoch deutlich, dass es mehr vermag, als nur den fallenden Regen zu zeigen. Unter anderem ist die Perspektive interessant: Der Regen fällt auf uns herab, um uns herum, als wäre das Werk aus der Sicht einer Person gemalt, die aufschaut. Jemand steht unter einem Baum, in der Dunkelheit, in der Mitte, sicher und trocken und doch umgeben von blauen Kaskaden. Und dann die Farbrepräsentation des Gedächtnisses: Das fast schwarze Feld kann auch stellvertretend für ein generelles Erleben von Unsicherheit und zugleich Freude darüber gedeutet werden, an einen ganz neuen Ort mitgenommen zu werden, wie sie auch die Person, die unter dem Baum steht und küsst oder geküsst wird oder beides, empfindet. Wenn wir uns den letzten Teil des Titels ansehen, die Zahlen, die den Jahrgang der Erinnerung repräsentieren, in diesem Fall 1984, als die Künstlerin vierzehn war, sind wir plötzlich imstande, Türen in uns selbst zu öffnen, was es uns zusätzlich erleichtert, die einzelnen Punkte, die zunächst das subjektive Gedächtnis der Künstlerin bilden, zu lesen und in letzter Instanz auch miteinander zu verbinden. Vieles davon gilt auch für *Farmland 1982*. Basierend auf einer Erinnerung an einen Familienausflug nach Wisconsin, als Mischa Grey zwölf Jahre alt war, lassen sich die Rechtecke in variierender Breite leicht mit dem assoziieren, was der Titel bereits andeutet: Ackerland. Vor dem geistigen Auge tauchen sofort Felder und Anbaugebiete in einer beeindruckenden Landschaft auf, von oben betrachtet. Doch die Farben, die Grey verwendet, wirken in diesem Erinnerungsbild auch ein wenig ‹verfälscht›, zu wenig gesättigt, beinahe blass, als hätte sie sich mit den Nuancen und Schattierungen vertan. Doch einerseits wissen wir nicht sicher, *wann* genau im Jahr 1982 Greys Eltern sie mit nach Wisconsin genommen haben, ob es im Sommer oder im Frühling war oder im Spätherbst, als die Farbintensität allmählich abnahm. Andererseits ist auch nicht sicher, dass die Farben tatsächlich ‹wahrheitsgetreu› abgebildet werden sollen, also so, wie Grey sie tatsächlich sah, oder ob sie in Wirklichkeit das Erlebnis als solches wiedererschaffen will, ihr Gefühl. Dies sind die Farben, die sie vom Ausflug in Erinnerung hat, so hat sie sie gesehen, und deshalb sind es auch diese Farben, die dafür sorgen, dass ihre Erinnerung wieder erwacht, und diesen Vorgang zeigen. Dieses Phänomen ist kein Einzelfall, das Gedächtnis der meisten Menschen verhält sich keineswegs 1:1 zur objektiven Wahrheit, und unser Gehirn hat die Tendenz, Gebäude und Landschaften umzuräumen, wie es ihm beliebt (im Großen und Ganzen, glücklicherweise, dennoch im Rahmen der Plausibilität). Wer New York zum ersten Mal besucht, könnte sich zum Beispiel später daran erinnern, dass sich die Freiheitsstatue an der Mündung des East River befindet, bei Governors Island, und nicht in der Nähe von New Jersey, im Süden direkt vor Ellis Island. Vielleicht hat der Besucher den Central Park auch größer oder kleiner in Erinnerung, als er tatsächlich ist, oder weiter nördlich oder südlich, abhängig von Faktoren wie seiner Erwartung und der Zeit, die er im Park verbracht hat, und der Lage seines Hotels im Verhältnis zum Park oder wie lange es dauerte, zu Fuß dorthin zu gelangen. Oder mit dem Taxi. Oder der U-Bahn. Was es zusätzlich erschwert, den Abstand zwischen A und B anzugeben. Und dann die Farben: Eine Person, die an einem Oktobermorgen auf der Aussichtsplattform des Empire State Building steht und nach Osten blickt, wird sich andersfarbig an die Stadt erinnern als jemand, der den Aufzug im Juli nur wenige Minuten vor Sonnenuntergang nimmt und nach Westen blickt. Ganz zu schweigen von den Unterschieden im visuellen Gedächtnis, je nachdem, ob man die Stadt vom Empire State Building aus erlebt oder vom Rockefeller Center.

Was Mischa Grey mit *Toronto Precision* anstrebte, war die Entwicklung eines Strichcodesystems ihres Gedächtnisses, um es visuell scannen und dadurch Zugang zu besonderen Erinnerungen erhalten zu können und auf diese Weise, über Assoziationen und Konnotationen, auch anderen die Möglichkeit zu geben, Zugang zu ihren oder zu den eigenen Erinnerungen zu finden. Monatelang arbeitete sie mit den Aufzeichnungen dessen, was sie als ‹brauchbare Erinnerungen› bezeichnet. Sie schrieb sie nieder und verwendete viele Stunden darauf, die Beziehungen zwischen ihnen (oder den Mangel daran) herauszuarbeiten. Als sie das Gefühl hatte, mehr als genug Rohmaterial gesammelt zu haben, um mit der Arbeit beginnen zu können, machte sie sich daran, die Länge der niedergeschriebenen Erinnerungen auf fünf bis zehn Wörter zu reduzieren. Des Weiteren wählte sie zehn Wortverbindungen aus, die ihr für das Projekt am nützlichsten erschienen, und begann jedes einzelne Wort zu analysieren und zu transkribieren und so herauszufinden, mit welcher Farbe es verknüpft sein sollte. Um zu diesen Antworten zu gelangen, bediente sie sich keiner Farbtheorie und versuchte auch nicht, zu einem möglichst harmonischen Ergebnis zu gelangen, genauso wenig, wie sie nach einem direkten Weg von Wort zu Farbe suchte. Stattdessen zerlegte sie das einzelne Wort in seine grundlegenden Komponenten, Laute und Silben, Konsonanten und Vokale, und noch wichtiger: in die Signifikanz und den subjektiven Wert des Wortes in Verbindung mit der aktivierten Erinnerung. Anders ausgedrückt: Welche Farbe passte zu der Erinnerung, die mit dem Wort verbunden war? In der Semiotik ist das Zeichen, wie es der Schweizer Linguist Ferdinand de Saussure (1857–1913) erklärt, eine arbiträre Verbindung zweier Konzepte, des *Signifikats* einerseits (das die Idee an sich oder die mentale Vorstellung, auf die sich das Zeichen bezieht, bezeichnet) und des *Signifikanten* (des Ausdrucks an sich). Indem man die Semiotik auf Farbe überträgt, könnte man dafür argumentieren, dass hier dieselbe Aufspaltung ermöglicht wird oder gar von allein stattfindet und die Farbe Rot nicht mehr nur einfach Rot ist, sondern etwas, was man assoziiert, oder besser konnotiert mit, und übersetzt in Einheiten und Begriffe wie Wärme, Liebe, Gefahr etc., jedenfalls innerhalb des westlichen Farbverständnisses. Was Greys Gemälde angeht, versuchte sie allerdings, diese erste Interpretationsschicht zu transzendieren und auf einer rein subjektiven Deutung von Farbe und ihrer Loslösung von einem klassischen (westlichen) Verständnis zu beharren. Das Ergebnis daraus war eine detaillierte Farbübersicht, die das Gedächtnis beschrieb, mit genauen Anweisungen, welche Farben sie für welches Bild verwenden würde, in welcher Quantität und Reihenfolge. Zum ersten Mal wusste sie schon lange vor dem ersten Pinselstrich, wie ihre Bilder aussehen würden, indem sie einfach nur dieser Farbkarte durch die zerebrale Landschaft folgte. Was sie überraschte und was den Vergleich mit Saussures Semiotik zugleich erschwert, war die Art und Weise, wie jedes einzelne Werk und die visuelle Reproduktion des Gedächtnisses eine autonome Logik bekam. Manchmal erwies sich der Zusammenhang zwischen Gedächtnis und Farbfeld als relativ selbsterklärend und gleichwertig, wie in *We Waited Under a Tree Until The Rain Stopped. But When The Sun Came Back We Had Already Kissed 1984*, wo der Regen, wie bereits erwähnt, einfach zu erkennen ist, und zwar so, dass man schon nach wenigen Sekunden imstande ist, die Position und die Perspektive auszumachen, die man als Zuschauer des Regens innehat, was das Bild wiederum zu einer annähernd realistischen Darstellung der im Titel beschriebenen Szene macht; in *Fire Island 1993* ist dies noch deutlicher. Auch wenn die Farben hier auf den ersten Blick merkwürdig erscheinen könnten, ist es durchaus möglich, die horizontalen Rechtecke von oben nach unten als Repräsentanten von Himmel / Meer / Strand / Gras (oder Bebauung) zu lesen. Eine ähnliche Lesart lässt auch *Driving From Toronto to New York 1991* zu, wo wir uns mindestens eine Szene vorstellen, bestehend aus einer Fahrerin (Grey), auf der Autobahn, abends / nachts (daher die schwarzen und grünen Felder), denen auf der anderen Straßenseite ein Auto entgegenkommt (der gedämpfte, gelbe Streifen). Richten wir unseren Blick hingegen auf Werke wie *Holiday 1977, We Grew up in The Sprawl 1981, Polish Grandmother 1976, Artificial Flavoring 1979* und *That Day I Walked Home From School Alone 1980*, ist der Zusammenhang zwischen den Farben und dem, was sie repräsentieren, zunächst weitaus unklarer für den Betrachter. Ausgehend von den Jahreszahlen jedes Titels können wir uns vorstellen, welche Farbtöne Greys Kleidung zu dieser Zeit hatte, und annehmen, dass sich die Farben in *We Grew Up in The Sprawl 1981* danach richten und die Erinnerung daran die Tür an die Erinnerung an sich geöffnet hat – an etwas, was an einem bestimmten Tag ihrer Kindheit passierte, oder einfach nur die Erfahrung, ein elfjähriges Mädchen in Toronto zu sein. Dasselbe gilt für *Artificial Flavoring 1979*: Möglicherweise sind wir nicht imstande, uns in die konkrete, tatsächliche Erinnerung hineinzuversetzen, die sie dazu veranlasste, dieses Bild zu malen, aber wir glauben zu ahnen, dass eine Süßigkeit, vielleicht sogar eine ganz bestimmte Süßigkeitensorte, ein zentrales Motiv in dieser Erinnerung und dadurch im Gesamtwerk darstellt. Entsprechend können wir in *Holiday 1977*, ausgehend von der Farbpalette, erraten, dass Greys Eltern mit ihr nach Mexiko verreisten (weil die Farben für den Autor dieser Zeilen eine solche Lesart nahelegen oder zumindest ermöglichen). Doch das Interessante – was Grey hiermit erreichen will – ist nicht notwendigerweise, dass wir das Mysterium ‹lösen› und herausfinden sollen, wo sie den Sommer 1977 verbrachte, ebenso wenig, wie wir die eigentliche Erinnerung und/oder die Bedeutung selbiger in ihrem Leben verstehen sollen, sondern dass die Farben, ihre Kombination, Reihenfolge, Anordnung und ihr Mischverhältnis, zusammen mit dem Titel (in diesem Fall das Wort *Ferien* und die Jahreszahl *1977*), es ermöglichen oder es sogar wahrscheinlich machen, dass wir selbst unterbewusst anfangen, über eigene Erinnerungen nachzudenken, aus diesem Jahr, aus einem Urlaub oder gar beides. Grey selbst hat es konsequent vermieden, die Details der Erinnerungen zu lüften, auf denen die Werke basieren, mit der löblichen Ausnahme von *All Those Moments Will Be Lost in Time 1986.* Dies ist auch das Werk, das aus den meisten horizontalen Farbfeldern besteht (ganze sechzehn im Vergleich zu durchschnittlich sieben in den übrigen Gemälden dieser Serie). Die obersten vier sind übrigens die gleichen – und befinden sich auch in der gleichen Reihenfolge – wie jene in *Fire Island 1993*, und im Gegensatz zum Rest der Serie sind sämtliche Farben aus dem Film *Blade Runner* (1982) entliehen. Mischa Grey hat über das Bild gesagt: ‹Ich war fünfzehn, fast sechzehn und hatte keine Freunde, und meine Eltern waren an dem Wochenende weg, sodass ich mir selbst überlassen war. Ich bin in die örtliche Videothek gegangen, um mich nach etwas umzusehen, das meine Stimmung heben und mir helfen würde, die Zeit totzuschlagen. So stieß ich zufällig auf *Blade Runner.* Ich war nie ein großer Science-Fiction-Fan, und die Hülle sah ziemlich dunkel und finster aus, das weiß ich noch, überhaupt nicht das, was ich eigentlich gesucht hatte. Also konnte ich sie mir eigentlich nur ausgeliehen haben, weil Harrison Ford mitspielt. Ich erinnere mich noch gut an die Anfangsszene und die phantastische Musik, Vangelis ist das wohl, das Eröffnungsbild von Los Angeles im Jahr 2019, die Farben und die ganze Stimmung, mit den Flammen, die im Hintergrund emporschlagen, auf den Dächern der Gebäude, und die in der Großaufnahme des Auges reflektiert werden … wow. Das hat mich zutiefst ergriffen, ich konnte meinen Blick nicht abwenden. Und dann war da Roy. Auf ihn kam es an, nicht auf Deckard, nicht auf Harrison Ford. Rutger Hauer als Roy Batty, der Nexus-6-Replikant, ein biorobotischer Android von europäischem Aussehen, der von Fords Deckard gejagt wird, um getötet zu werden – das heißt ‚aus dem Verkehr gezogen', nannten sie es wohl. Ich verliebte mich Hals über Kopf in Rutger Hauer, als ich den Film gesehen hatte, ich sah ihn bestimmt drei Mal, ehe ich ihn wieder zurückbrachte. Das restliche Wochenende stellte ich mir dann vor, dass ich auch ein Replikant war, und das erklärte, warum ich sozusagen auf der Außenseite der Welt stand … falls das einen Sinn ergibt. Ich war eine Maschine und würde mich nie integrieren können. Ich erinnere mich an diesen Gedanken als überwältigend erleichternd. Solange er währte. Ich träumte, dass auch ich eines Tages meinem Schicksal ins Auge sehen würde, wie Roy auf dem Dach mit Deckard im Regen, und dann würde ich denselben Monolog halten wie er, einer der anrührendsten, den ich je auf Zelluloid gebannt gesehen habe: *I've … seen things you people wouldn't believe … attack ships on fire off the shoulder of Orion. I watched C-beams glitter in the dark near the Tannhauser Gate. All those … moments … will be lost in time, like … tears … in … rain.*›

An alle diese Momente erinnert sich Roy. Und Mischa tut dasselbe. Augenblicke und Erinnerungen, die man unmöglich festhalten kann; selbst wenn man alle Filmrollen und alle Farbflächen der Welt hätte und unbegrenzt Zeit, um die Zehntausenden von Gemälden zu produzieren, die man bräuchte, um sein Leben zu dokumentieren, würden sie früher oder später zerfallen. Mischa Greys Aussage macht jedenfalls deutlich, dass dieser Film einen enormen Einfluss auf sie hatte und der Startschuss für die ganze *Toronto-Precision*-Reihe gewesen sein könnte. Die Augen, die Fähigkeit, sich optisch mit etwas zu identifizieren, die aktive Handlung, die das Sehen darstellt, und die Fragen, die die Konservierung von Erinnerungen aufwirft, sind auch ein fundamentaler Bestandteil von *Blade Runner.* Die Augen des Replikanten werden in einer Fabrik entwickelt und hergestellt, und in das Endprodukt werden künstliche Kindheitserinnerungen implantiert. Aufgrund dessen teilen viele der Figuren dieselben Erinnerungen, was die Gültigkeit von Erinnerungen in Frage stellt, die eigentlich nicht die eigenen sind. Wenn man die Erinnerung an ein Ereignis nicht selbst geschaffen hat, wenn die Erinnerungen schlechthin nicht die eigenen sind, kann man sie dann noch schätzen? Können sie einen noch immer beeinflussen? In gewisser Weise ist dies die Kernfrage, die Grey uns stellt und sich selbst, während sie auf subtile Weise versucht, ihre eigenen Erinnerungen in uns, die Betrachter ihrer Werke, zu implantieren.»

Ergänzung: Jetzt wird mir allmählich klar, dass das, woran Mischa in Laurel Canyon gearbeitet hat, mit dem zu tun hat, was ich mir selbst vorgenommen habe. Ein letzter Versuch. Aber nicht nur deine Erinnerungen. Meine. Unsere. Eine Dokumentation. Oktober 2012, bald November, es ist mehr als drei Jahre her, dass ich dich in Lookout Mountain gefunden habe. Ich bin in Seattle, ich schlafe schlecht. Eine Stadt im Regen. Morgen fahre ich Richtung Süden, nach Seattle, die letzte Stadt, die letzten Vorstellungen von *Weyland-Yutani.* Achtzehn Stunden. Mindestens. Durch Oregon, zurück nach Kalifornien. Und sie ist in Kanada. Vielleicht habe ich meine letzte Produktion schon auf die Bühne gebracht, ich hoffe wirklich, dass es meine letzte ist. Es muss jetzt aufhören. Jetzt muss es verdammt noch mal wirklich aufhören. Zurück zum Text etc.

In der Hackordnung des Essens wird der Bodensatz wie folgt sortiert, als eine Abwärtsspirale: die kalten Essen, die ursprünglich warm sein sollten und es so lange blieben, bis man verhindert war, rechtzeitig nach Hause zu kommen; die durch und durch schrecklichen Essen (die Reste-Essen oder die Reste-Restessen, auch bekannt als Dienstagsessen vom letzten Sonntag, wo die Qualität des zähen, faserigen Fleisches in drastischem Kontrast zum vergnügten Kauen deiner Eltern steht, die in ihrer eigenen Sparsamkeit schwelgen), Essen, die einem gastronomischen russischen Roulette gleichen, weil beschlossen wurde, dass alle Haltbarkeitsdaten nur Empfehlungen sind, nichts sonst, und man am darauffolgenden Tag die Lektion daraus lernt; die Essensgesellschaften, bei denen man von Wildfremden umgeben ist, deren Namen man sofort wieder vergisst und an denen man schon während der Vorspeise das Interesse verliert und anschließend jede weitere Konversation vermeidet, indem man das Essen demonstrativ lange kaut; und ganz unten: die Essen, zu denen man nicht eingeladen ist. Bei denen man eigentlich nicht willkommen ist. Und trotzdem essen muss.

Marcie servierte Pasta mit gemischtem gebratenem Gemüse und einer Tomatensoße, die Mischa, Erin und Alyce der Reihe nach über den grünen Klee lobten. Es war eine gute Tomatensoße. Ich sagte es aber nicht. Ich saß zwischen Mischa und Erin, und die meiste Zeit redeten sie über meinen Kopf hinweg, buchstäblich, meine ich, immer wenn ich mich nach vorn beugte, um das Essen auf meine Gabel zu schieben, nahmen sie das Gespräch wieder auf, das unterbrochen worden war, als ich mich aufgerichtet hatte, um mich beispielsweise nach dem Weinglas zu strecken. Bei McDonald's wäre es gemütlicher gewesen. Und wenn sie mir direkt gesagt hätten, dass sie mich nicht da haben wollten, wäre es auch einfacher gewesen, zu essen, wenn sie mich zum Teufel gejagt hätten, anstatt die ganze Zeit so zu tun, als hätten sie meine Anwesenheit vergessen, und auf ihren Stühlen zusammenzuzucken und ihr Besteck für ein paar Sekunden von sich zu strecken, wenn ich etwas zu sagen versuchte, kommentierte, einen Ton von mir gab, als würden sie gar nicht verstehen, wo das Geräusch herkam; und hin und wieder, wenn ich lange still gewesen war, fragte mich eine von ihnen *Wie geht es dir?*, als wäre eine Veränderung eingetreten, seit die Letzte von ihnen gefragt hatte, als seien sie an einer Antwort interessiert, als glaubten sie, es würde mir guttun, dort zu sitzen und zu essen, als wäre die Tomatensoße *so* hervorragend, und wenn ich antwortete *Danke, gut*, lächelten sie, ohne ihr Kauen zu unterbrechen, und ihr Lächeln war unheimlich und erinnerte an ein Lächeln, mit dem man Männer bedachte, die ihre Frauen schlugen und in schlammbespritzten Pick-ups herumfuhren und Countrymusic hörten und ihr Budweiser kippten, während sie darauf warteten, dass ihre Weiber wieder aus dem Krankenhaus entlassen wurden oder von ihrem Zufluchtsort bei der Schwester zurückkehrten und erneut bei ihnen einzogen, damit sie ihnen die nächste Tracht Prügel verpassen und noch mehr Country hören konnten, wenn weiter genug Benzin im Tank war.

Aber ich bin ungerecht. Der Eingeladene und der Eindringling sind nicht zwei Seiten derselben Medaille. Ich war ein ungebetener Gast. Aber ich war da. Ich kam in guter Absicht, das musste auch Mischa bemerkt haben, doch letzten Endes war es Marcie, die das meiste Mitgefühl aufbrachte und sich als Erste für satt erklärte und mich von diesem Tisch erlöste und einlud, mit auf die Terrasse zu kommen, um *den Abendsmog über L. A. zu genießen*, wie sie es formulierte. Sie nahm die Weinflasche mit, und ich trug die Gläser mit hinaus auf die Holzveranda, wo sie sich sofort auf einem Korbsofa ausstreckte und mich auf einen der Stühle verwies, eine Wiederholung unserer Sitzordnung vom Vormittag.

«Ich hoffe, du siehst es mir nach, dass ich mich hinlege», sagte sie, «aber mein Rücken ist nicht mehr das, was er mal war. Nicht dass er jemals war, was er sein sollte. Und außerdem war ich schon immer der Meinung, dass man sich nach einer guten Mahlzeit der Länge nach ausstrecken sollte, um die Nahrung nicht ins System hinabzuzwingen. Weißt du, Schwerkraft ist eine gute Sache, aber niemand hat gern Verstopfung. Du bist herzlich eingeladen, dich auch hinzulegen, du kannst dir ruhig ein paar Sitzkissen unterlegen, du musst dir keine Gedanken machen, ob sie schmutzig werden. Du bist an einem Ort, wo wir uns nicht groß um so etwas kümmern.»

Ich sammelte die Kissen von zwei Stühlen zusammen, legte sie hintereinander auf die Terrassenplanken und legte mich hin. Sie hatte recht, so war es viel angenehmer.

«Du könntest dich auf mich legen, aber ich glaube, das würde Mischa nicht so gefallen», sagte sie lachend und streckte sich nach ihrem Glas. «Es ist schön hier draußen, findest du nicht auch? L. A. kann auch so sein, weißt du. Ein friedlicher Ort.»

Ich sah mich um, wir waren von Bäumen und Büschen umgeben, verwildert und geschützt.

«Danke für das Essen», sagte ich. «Die Soße …»

«Ach, hör doch mit der Soße auf, wenigstens du. Es ist schon genug, dass die drei dadrinnen in Jubel ausbrechen und glauben, mich würde das interessieren. Nur weil sie selbst nicht mal in der Lage sind, eine Dose Campbell's aufzuwärmen. Ich habe doch gesehen, wie unangenehm dir die Situation war, mich wundert es, dass du überhaupt einen Bissen runterbekommen hast. Ich kann mit ihr reden, wenn du willst. Mit Mischa. Die anderen müssen wir wohl oder übel nehmen, wie sie sind. Keramikerinnen …»

«Nicht nötig, aber danke. Ich hätte umgekehrt sicher genauso reagiert.»

«Beziehungen sind nicht einfach», sagte Marcie und sah hinauf in den Abendhimmel. «Und ihr wart lange zusammen. Es wäre sicher einfacher, wenn du ein Arschloch wärst. Aber den Eindruck machst du nicht.» Sie nahm einen weiteren Schluck, ich sah sie nicht mehr, hörte aber, wie das Glas geleert und von neuem gefüllt wurde. «Sie redet viel von dir, weißt du, vor allem am Anfang hat sie das getan. Ich glaube, sie liebt dich, aber sie ist verwirrt. Das passiert Frauen manchmal. Und Männern auch. Aber selten gleichzeitig, scheint mir. Und sie hat hier eine einzigartige Arbeit geschaffen, findest du nicht? Das hilft aber auch nicht. Möchtest du noch mehr Wein? Bedien dich einfach.»

«Danke, mein Glas ist noch halb voll.»

«Du sollst dich nicht die ganze Zeit bedanken, du sollst trinken. Dann kannst du heute Nacht besser schlafen. Wie ein Kind. Also, dann leeren wir mal unsere Gläser und fangen von vorn an, einverstanden?»

«Okay.»

Wir kippten unseren Wein, und Marcie hievte sich in den Sitz, um uns bis zum Rand nachzuschenken.

«Sieh dir mal dieses Sofa an, das habe ich schon seit … keine Ahnung, wie lange, aber auf jeden Fall lange. Wie du sehen kannst, hält es gerade noch so, ich muss mich auf eine ganz bestimmte Weise darauflegen, damit es nicht zusammenbricht, jedenfalls fühlt es sich so an. Und wenn wir Leute zu Besuch haben, fragen sie immer ganz höflich, ob es nicht bald mal Zeit für ein neues wäre. Und … ich meine, wenn du ein neues Sofa kaufst, unabhängig davon, in welchem Zustand sich das alte befindet, und erklärst, *ich habe es jetzt schon so viele Jahre*, werden die Leute verständnisvoll nicken und zustimmen, dass es nun wirklich Zeit für ein neues Sofa sei. Oder was auch immer. Aber wenn es um Beziehungen geht? Da wird erwartet, dass man auf demselben Sofa sitzen bleibt, auch wenn es schon längst zusammengebrochen und aus allen Nähten geplatzt ist … Tut mir leid, ich habe auf diesem Gebiet nicht gerade Meriten erworben, um gute Ratschläge zu erteilen. Ich kann nur sagen, dass ich verstehe, wie schwierig es sein muss, ich war noch nie länger als sechs oder acht Monate oder so mit jemandem zusammen. Und du musst wissen, dass ich mich wirklich bemüht habe. Es ist nur nie etwas Dauerhaftes daraus geworden … Ja, ich glaube, sie hat Angst. Aber nicht annähernd so viel Angst wie du.»

«Hier draußen liegt ihr also?» Mischa stand mit einem Glas in der Hand und einem kleinen Paket unter dem Arm in der Tür. «Darf ich mich zu euch setzen?»

Ich rückte zur Seite, und sie setzte sich im Schneidersitz neben mich.

«Ich habe vor einiger Zeit ein Geschenk für dich gekauft», sagte sie, «eigentlich wollte ich es dir schicken, aber …» Sie reichte es mir.

«Soll ich es jetzt aufmachen?»

«Wenn du willst.»

«Ist das …?», fragte Marcie und schielte zu Mischa hinüber.

«Mm.»

Langsam riss ich das Geschenkpapier auf und sah, dass es ein altes, eingebundenes Buch war. Ich zog es aus dem Schuber und sah das Wort *NOTES* in großen Buchstaben auf einer verschwommenen, grünen Nahaufnahme von Palmen und Dschungel. Der Name der Autorin stand unten, in kursiv: *Eleanor Coppola.* Ich blätterte zum Impressum: Simon & Schuster 1979.

«Hast du davon gehört? Es ist das Tagebuch, das sie auf den Philippinen geschrieben hat, während Francis *Apocalypse Now* drehte. Ich dachte, du würdest dich darüber freuen.»

«Ich habe es noch nicht gelesen», flüsterte ich, während ich langsam darin blätterte. Ich sah Sätze, in denen die zirkusähnlichen Zustände während der Aufnahmen bei der Do-Lung-Brücke beschrieben wurden oder Francis Ford Coppolas Frust darüber, dass die Plantagensequenzen nicht funktionierten, oder Eleanors Sorge, dass es den Kindern vielleicht nicht guttun würde, mit dem Vater zusammen zu sein und den Rohschnitt der aufreizend tanzenden Playboy-Häschen und der notgeilen Soldaten mitanzusehen, bis er das richtige Material für eine sechs Minuten lange Szene gefunden hatte; ich las einen Abschnitt darüber, wie die sechsjährige Tochter Sofia am Set umherstolzierte und zufällig vorbeikommenden Mitgliedern der Filmcrew zurief *Und Action!*, während sie die Hand vors Gesicht führte, durch ihre Finger sah, fokussierte und filmte. «Danke schön», sagte ich und umarmte sie. «Vielen, vielen Dank.»

«Irgendwie hat er den Tick, sich immer bedanken zu müssen», kommentierte Marcie.

Anschließend: Schlaf. Sich wieder neben Mischa zu legen, in dasselbe Bett, nach monatelanger Trennung; und wir hielten uns nicht in den Armen und sagten fast nichts in der Dunkelheit, und es herrschte ein schrecklicher Abstand zwischen uns, wir waren wie zwei Fußballspieler in der B-Jugend, die sich nicht kannten und nicht mal in derselben Mannschaft spielten, sondern in Konkurrenz zueinander standen, weshalb ihnen eine Verbrüderung nichts brachte, und die sich in der riesigen, leeren Turnhalle immer mehr voneinander entfernten, wo sie, als die zuletzt Eingetroffenen, die Nacht verbringen mussten, anstatt im Schulinternat, wie alle anderen, nur weil sie den Bus am Morgen verpassten und stattdessen mit einem normalen Linienbus fahren mussten und erst als sie an der Haltestelle ausstiegen, mit ihrer Sporttasche über dem Rücken und einem Fußball in der Hand, verstanden, dass sie dasselbe Ziel hatten. Doch dann sagte sie auch noch:

Ist es okay, wenn wir einfach schlafen und lieber erst morgen über alles sprechen, wenn ich mit der Arbeit fertig bin? Wir können … du kannst dir sicher Marcies Auto leihen, wenn du willst, ich weiß nicht, falls du dir ein bisschen die Gegend ansehen willst oder so.»

«Okay.»

«War komisch, dich heute zu sehen», sagte sie.

«Geht mir genauso.»

«Aber schön.»

«Heißt das, du hast dich darüber gefreut, dass ich gekommen bin?»

«Vielleicht. Ich glaube schon. Jedenfalls in gewisser Weise. Können wir nicht einfach morgen über alles reden?»

«Okay.»

«Okay?»

«… okay.»

«Okay. Gute Nacht.»

Doch es war nicht okay. Und keine gute Nacht. Der Wein, den ich getrunken hatte, versetzte mich in einen tiefen Schlaf, riss mich aber schon nach wenigen Stunden wieder heraus. Ich erwachte und fühlte mich, als hätte ich Fieber, schweißnass in dem klammen Raum, und Mischa schlief fest neben mir, so wie Leute nach einer gewissen Zeit in einem Bett schlafen, wenn sie sich die Matratze angeeignet und den Raum eingenommen hatten. Ich musste an die Jahre denken, in denen ich Regie am AMDA studiert hatte, als wir gerade ins Apthorp gezogen waren, all die Unruhe, die ich in mir verspürt hatte, und wie ich oft wach neben ihr gelegen und an die noch ziemlich unbekannte Decke gestarrt hatte, während ich mein Bestes tat, um mich zu entspannen und meine Gedanken zu sortieren, die umeinander kreisten und zu nichts führten. Der Unterschied war, dass ich mich damals auf die Seite gedreht und sie betrachtet hatte, während sie schlief, ihr Gesicht war ganz weich, das Haar wie zufällig auf dem Kissen ausgebreitet. Und ich hätte sie wecken können. Einige Male hatte ich es sogar gemacht, wenn mir alles zu viel wurde und ich beim Rhythmus ihres Atems nicht zur Ruhe kam und einschlief. Sie war nie wütend geworden, hatte sich nie darüber aufgeregt, dass ich sie mitten in der

Nacht aufweckte und ihren Schlaf störte. Sie hatte mir versichert, dass ich das Richtige tat. *Ich freue mich einfach nur, wenn ich helfen kann*, so etwas konnte sie sagen, obwohl sie nur zwei oder drei Stunden geschlafen hatte und völlig erschöpft war. Denn niemand sollte allein daliegen und zusehen, wie die Probleme im Schatten ihrer selbst zu etwas Monströsem wurden. In manchen Nächten war es, wenn ich sie vorsichtig am Arm gerüttelt hatte, der Auftakt zu stundenlangen Gesprächen gewesen; einige Male waren wir aufgestanden und hatten uns in die Küche gesetzt. Oder ins Wohnzimmer, wo wir den Fernseher einschalteten und die Lautstärke so weit herunterdrehten, dass wir uns die Dialoge denken mussten. Manchmal waren wir hinausgegangen, das muss spät im Frühling oder im Sommer gewesen sein, denn ich erinnere mich nicht daran, dass wir froren, und sehe sie in leichter Kleidung, in Shorts und T-Shirts und Turnschuhen, vor mir. Ich sehe sie an der 78th Street Ecke Broadway vor mir, auf dem Weg zu einem Kiosk, wo wir etwas zu trinken bekommen konnten, und dass wir uns auf einer Bank küssten und auf der Treppe des 77th-Street-Eingangs zum Museum of Natural History saßen, bis es hell wurde oder unsere Hintern vom Granit weh taten. Sie jetzt zu wecken, kam nicht in Frage. Auch die andere Alternative erschien mir nicht denkbar: aufzustehen und allein hinauszugehen, einen Spaziergang durch die benachbarten Straßen zu machen und mich abzukühlen. Ich hatte Angst davor, was ich sagen sollte, wenn ich sie weckte, ich hatte Angst, sie zu wecken, Angst, die anderen zu wecken, wenn die Treppe oder die Tür oder die Dielen knarrten; ich hatte Angst, nicht mehr zurückzufinden, wenn ich zu weit ging. Also rührte ich mich nicht, ich war bei lebendigem Leib begraben. Schlafen konnte ich auch nicht. Ich lag auf dem Bett, sie atmete schwer, und ich atmete flach, und wir waren in keiner Weise synchron. Meine Beine schmerzten, die Arme, der Kopf, und dann überkam er mich, der unaufhaltsame Drang, mich zu bewegen, und damit einhergehend die Überzeugung, ich hätte mich schon zu viel bewegt und würde sie sicher wecken, wenn ich noch mehr rumorte, und so zwang ich mich, mucksmäuschenstill dazuliegen und meine Gedanken auf andere Dinge zu lenken, wie ich es manchmal in ähnlichen Situationen tat; ich konnte im Geiste die Handlung eines Films durchgehen oder ein Theaterstück, ich konnte mir Orte vor Augen rufen, an denen ich schon gewesen war, und in ihren Straßen umherlaufen oder semikomplizierte Rechenaufgaben lösen oder Interviews simulieren, bei denen ich die Fragen sowohl stellte als auch beantwortete, das waren allesamt effektive Zeitschlucker, aber dieser Raum entzog mir jede Phantasie und zerstörte sie; die Überlegungen lösten sich wieder auf, noch ehe ich nach ihnen greifen konnte, und der einzige Gedanke, den ich zu fassen bekam, war, dass ich wach war, und die Wichtigkeit von und das verzweifelte, akute Bedürfnis nach Schlaf, jetzt, mit einem Mal, der wieder auf den Gedanken zurückführte, dass ich mich nicht bewegte und wie sehr es mich schmerzte, mehr als vorher, und weiter zu dem bohrenden Gedanken, dass ich keine Ahnung hatte, wie viel Uhr es war, aber dass es der Dunkelheit nach zu urteilen mitten in der Nacht sein musste und dass ich als Nächstes sicher ganz das Zeitgefühl verlöre und haltlos umhertriebe in einem zähfließenden Nichts aus Selbstprüfung und Selbstverachtung bis in die kleinste Faser meines Ichs, und einer brennenden Wut darüber, nicht einmal mehr zu etwas so Grundsätzlichem wie Schlaf fähig zu sein, und sich das Verhältnis zwischen Stunden, Minuten und Sekunden auflösen würde und mich – wenn der Morgen schließlich dämmerte – mit einem Gefühl zurückließe, dass ich schon seit Wochen dort läge, wie in einem Koma, mit weitaufgerissenen Augen. Abgelöst von der Wiederholung des Gedankens, dass ich nicht schlief. Gefolgt vom Gedanken meiner selbstauferlegten Immobilität etc., in ständig expandierenden Kreisen, bis der Morgen tatsächlich kam und die Sonne brutal durchs Fenster schien und das halbe Bett überflutete, das andere Bett, in dem Mischa nun nicht mehr lag, sie war aufgestanden und hatte das Zimmer verlassen, und ich stellte fest, dass ich irgendwann doch weggedämmert sein und damit, entgegen allen Erwartungen, geschlafen haben musste.

Dass es schon mitten am Tag war, wurde mir dagegen erst klar, als ich nach unten ins offene Wohnzimmer kam und zunächst dachte, ich wäre allein, bis ich Marcie draußen auf der Terrasse erahnen konnte, die gerade mit einer sehr eigenen Form des Tai-Chis beschäftigt war und annahm, dies sei eine Routine, die sie durchführte, während der Tag sozusagen noch originalverpackt war. Doch auf der Uhr in der Küche war es halb zwölf. Ich wollte gerade zu ihr gehen, um ihr guten Tag zu sagen, machte dann allerdings abrupt kehrt, jedoch nicht schnell genug, um zu übersehen, wie das erste ihrer Kleidungsstücke fiel und die üppige Hippiedame in all ihrer Natürlichkeit offenbarte, ehe sie zur Außendusche schritt, die halb hinter den Büschen versteckt war, und sich mit vielen *Brrrs* und *Ahhhs* für das bereitschrubbte, was auch immer kommen mochte. Ich musste an Wohlman denken.

«So eine Dusche am Morgen ist herrlich, findest du nicht?», sagte sie, als sie kurz darauf hereinkam, in einem ackergelben Kimono und nicht einen Hauch verlegen darüber, dass ich sie gesehen haben könnte. «Du solltest das auch ausprobieren, das Wasser ist wirklich frisch, viel besser als die Dusche im Bad, und gar nicht so kalt. Kaffee?»

«Danke, gern. Wo ist Mischa?»

«Im Hinterzimmer. Sie arbeitet.»

«Vielleicht sollte ich mal vorbeigehen und hallo sagen. Aber einen Kaffee würde ich trotzdem nehmen.»

«Weißt du, ich glaube, es ist besser, sie nicht zu stören. Sie hat mir erzählt, dass sie diese Nacht nicht gut geschlafen hat. Lass sie erst mal in Ruhe ein paar Stunden arbeiten. Bis heute Nachmittag. Du wirst sehen, dass es sich lohnt.»

Also hatten wir beide abwechselnd wach gelegen. In Schichten geschlafen. Auch da waren wir nicht mehr auf einer Linie.

«Okay, dann warte ich lieber. Sie hat übrigens gesagt, dass … ich mir vielleicht ein Auto leihen könnte? Wenn ich – ?»

«Aber natürlich, mein Lieber. Die Schlüssel liegen in der Schale neben der Tür, es ist der blaue Nissan unten in der Garage. Wo willst du denn hin?»

«Ich …»

«Das solltest du auf jeden Fall machen, ich meine – ich will mich ja nicht einmischen, aber falls du noch nichts geplant hast: Fahr ins LACMA, wir haben gerade eine hervorragende Ausstellung mit zwölf koreanischen Gegenwartskünstlern. Warte mal, ich habe bestimmt noch irgendwo eine Freikarte für dich. Aber du musst natürlich auch nicht dorthin, wenn du nicht willst.» Sie ging in die Küche und kam mit einem Kaffee und einer Eintrittskarte zurück. «Damit hast du Zutritt zu allen Abteilungen, fühl dich wie zu Hause. Es sei denn, du willst stattdessen das Hollywood-Schild fotografieren. Manche machen das ja, das soll einer verstehen. Ich tu's jedenfalls nicht.»

Ich trank den Kaffee, sie kochte starken Kaffee.

«Ach, hättest du vielleicht auch eine Straßenkarte, die ich mir ausleihen könnte?»

Nicht nach Süden, sondern nach Norden, nordöstlich; wir nennen es Norden. Nicht zum LACMA, sondern auf dem Ventura Freeway nach Burbank, eine knappe halbe Stunde Fahrt vom Lookout Mountain, mit dem Straßenatlas auf dem Schoß. Sein Haus war leicht zu finden. Ich hatte Mordecai nicht gesagt, dass ich in der Stadt war. Auch nicht, dass ich zu ihm unterwegs war. Der Beschluss, hierherzukommen und Mischa einfach wieder mitzunehmen, war so spontan gefallen, dass mir erst am Check-in-Schalter in LaGuardia der Gedanke kam, wen ich dort noch alles besuchen könnte. Mordecai und ich hatten Kontakt gehalten, nachdem er zum zweiten Mal nach Kalifornien gezogen war, wir telefonierten immer noch nicht so oft, manchmal vergingen Monate zwischen unseren Gesprächen, aber wir schrieben uns Mails, in Wellen, mal lang, mal kurz, brachten uns auf den neusten Stand oder tauschten komplizierte Empfehlungen aus, *lies dies* oder *hör das*, und eine dieser Mails hatte sicher auch eine Erklärung dafür enthalten, warum er jetzt nicht die Tür aufmachte, als ich bei ihm klingelte, bereit, ihn zu überraschen und die Türschwelle zu dem Haus zu überqueren, dass er seit fast acht Jahren bewohnte, in der East Olive Avenue. Am Ende der Straße. Am Fuß des Bergs. Im Flugzeug hatte ich mir vorgestellt, wie ich, hoffentlich zusammen mit Mischa, vorfahren würde, und wenn er öffnete, würden wir einfach nur unsere Koffer abstellen und sagen: *Ist es okay, dass wir ein paar Tage bleiben?* Es wäre eine große Freude für ihn. Und mich. Der erste Besuch. Wir würden uns in seinem Wohnzimmer niederlassen, und alles würde sich regeln. Er spräche mich nicht darauf an, dass ich acht Jahre gebraucht hatte, um endlich bei ihm zu klingeln, wohingegen ich mich schon nach acht Monaten in ein Flugzeug gesetzt hatte, um zu Mischa zu gelangen.

Ich klingelte noch einmal, nur um sicherzugehen, legte die Hände auf die Scheiben und spähte in die Fenster. Im dunklen Flur hingen auf einer Kleiderstange, die aussah wie aus einem Laden, ein paar Jacketts. Ich sah sein Wohnzimmer mit zwei einfachen Sofas und einem niedrigen Tisch dazwischen, ein paar Sesseln und einen Kamin, den er bestimmt nicht benutzte, es sei denn, er wollte es sich richtig gemütlich machen, was mir, wenn ich mir die übrige Einrichtung so ansah, eher unwahrscheinlich erschien; ich sah einen großen Esstisch, der mit Büchern und Papieren übersät war, und zu wenige Stühle, um Gäste einzuladen; und in seiner Küche: Schachteln mit Cornflakes und anderen Frühstücksflocken und Stapel von gelesenen Zeitschriften und Zeitungen auf der Bank, ein großes Plakat von Truffauts *Jules et Jim* an der Wand über dem kleinen Tisch. Möglicherweise auch *Les Quatre Cents Coups*, ich erinnere mich nicht genau. Was mich überraschte, während ich dort mit gekrümmtem Rücken stand und in die Gemächer meines Freundes spähte, war, wie sehr dieses Haus anderen Häusern glich. Ich konnte kaum fassen, dass er an diesem Ort Jahre seines Lebens verbracht hatte. Doch es war sein Name, der auf dem kleinen Schild neben der Klingel stand, unter der Hausnummer. Das Haus erinnerte an ein Wartezimmer. Ich war beinahe froh, dass er nicht da war und dass Mischa nicht dabei war, es wirkte nicht gerade verlockend, in diese Leere dort drinnen einzutreten.

«Er ist verreist», sagte eine schleppende Stimme hinter mir. «In … Ungarn, glaube ich. Europa jedenfalls.» Ich drehte mich um, und ein wohlgenährter Herr Mitte sechzig in Freizeitklamotten und mit einem Gartenschlauch in der Hand trat zwischen den Ziersträuchern vor dem bedeutend größeren Nachbarhaus hervor. «Oder wollen Sie dort einbrechen? Wenn das so ist, steht meine Frau schon bereit, um die Polizei anzurufen, und Sie werden auch nicht viel Wertvolles finden, da würde ich lieber wieder umkehren.»

«Ich bin … Mordecai ist ein alter Freund von mir», sagte ich. «Aus New York. Wir haben zusammen auf Long Island gewohnt. Ich wollte ihn einfach nur überraschen.»

«Wenn das so ist, bin ich mir sicher, dass er das sehr zu schätzen gewusst hätte.»

«Seit wann ist er denn schon weg?»

Er drehte an der Düse des Schlauchs und benetzte die Blätter seiner Pflanzen mit einem feinen Sprühregen.

«Lassen Sie mich mal überlegen … zwei Wochen oder drei vielleicht. Ist schwer, da noch mitzukommen. Wenn man im Rentenalter ist, gleicht ein Tag dem anderen. Inzwischen zähle ich nur noch die Monate. Aber mindestens zwei Wochen, ich kann meine Frau fragen, wenn Sie wollen, die hat die Zeit besser im Blick. Sie ist jünger als ich, aus Vietnam.»

«Nein, das ist nicht so wichtig. Er ist ja offenbar ohnehin nicht da?»

«Wie gesagt, er ist in Ungarn.»

«Ah. Ja.»

«Glaube ich. Irgendwelche Drehs. Kennen Sie den? *If you're Hungary and don't mind Greece, get Turkey. I'll pick up the Czech.*»

«Witzig.»

«Nicht wahr? Der ist von mir. Und was ist mit dem: *Don't be Freud while you're Jung*? Der ist von meiner Frau, sie ist Psychiaterin … Schauen Sie sich dieses Elend an», sagte er und zeigte auf die großen Pflanzen in seinem Garten, «diese Stadt wird irgendwann austrocknen. In fünfzig Jahren wohnen wir alle in der Wüste … ich werde ihm ausrichten, dass Sie da waren, wenn ich ihn das nächste Mal sehe.»

Ungarn. Darauf konnte ich mir keinen Reim machen. Als wir zuletzt telefoniert hatten, irgendwann im Winter, hatte er von einem Dreh in Berlin erzählt. Doch der sollte erst im September anfangen. Er hatte gerade die Nachricht von seinem Agenten erhalten, dass Lee

Bauer ihm die Hauptrolle in seinem nächsten Spielfilm geben würde; *The People at UL 12.11;* es würde seine erste Hauptrolle sein und der erste Film mit einem Budget, das im Vergleich zu dem, was er sonst gewohnt war, geradezu unbegrenzt erschien. Ich erinnere mich daran, wie glücklich er geklungen hatte, als ich damals mit ihm sprach.

«Darauf habe ich die ganze Zeit gewartet», sagte er, «genau darum geht es, verstehst du? Durchzuhalten, das zu machen, was du machen musst, und in Bewegung bleiben. Ich glaube, das könnte das *Apocalypse Now* unserer Zeit werden.»

Es war ein Gespräch, das all unseren Enthusiasmus wachgerufen hatte, nach mehr als zehn Jahren mit Theaterproduktionen, die er in New York gemacht und nur selten gemocht hatte; er hatte Joey in *The Homecoming* gespielt und Gordon Shaw in einer Marathoninszenierung von O'Neills *Strange Interlude;* ich hatte ihn als Happy in *Death of a Salesman* gesehen und in Parkers *All These Great Buildings*, im einzigartigen *Pacific Fishing* und im Kino in der Komödie *In The Year of The Blowfish* und in *Fisherman Ashore* (des deutschen Semiavantgardisten August Helle, den viele als den neuen Werner Herzog feierten). Eine Zeitlang hätte man fast denken können, er wolle nur an Projekten mit maritimen Titeln teilnehmen. Er war aber auch in bahnbrechenden modernen Inszenierungen von *The Glass Menagerie* und *The Iceman Cometh* zu sehen sowie in einer ganzen Reihe von Shakespeare-Produktionen von ziemlich schwankender Qualität und wankender Treue zum Original. Und das war nur eine Auswahl. Während ich zögerte und mich kaum zu etwas aufraffen konnte, hatte er die ganze Stadt nach Auditions abgegrast und jede Rolle angenommen, die er bekommen konnte, um Erfahrungen zu sammeln oder einfach nur im Geschäft zu bleiben. Und dann Kalifornien. Ich hatte ihn in Fernsehserien gesehen, von denen ich wusste, dass er sie hasste, und die ich selbst wiederum auch nur gekuckt hatte, weil er mitspielte. Über sie sprachen wir nur selten. Und dann waren da noch die Low-Budget-Filme, die unabhängigen Produktionen, die ihn ruinierten, weil sie sich lange hinzogen und man noch länger auf sein bescheidenes Honorar warten musste, die aber künstlerisch wertvoll waren und gute

Kritiken bekamen und immerhin dafür sorgten, dass er immer weiter aufrückte in der Hierarchie der soliden, seriösen Schauspieler *mit einer Zukunft.* Obwohl niemand genau vorhersehen konnte, wann diese Zukunft endlich beginnen würde und wie sie aussähe. Aber er war immer in Bewegung geblieben. *Trees & Glasses*; *Sidney*; *Kindly*; *Men in Recliners, Reclining* (der über weite Strecken ein Film genau darüber war und über herzlich wenig anderes); *The Final Paper*; *Petrichor Point*; *Potholes*; einige dieser Filme hatten mich zutiefst beeindruckt, bei anderen hatte ich mich sehr anstrengen müssen, um etwas Nettes – oder manchmal auch nur Vernünftiges – darüber zu sagen.

Mit *The People at UL 12.11* hatte er jedoch die andere Seite des Flusses erreicht, das war uns beiden klar. Der Film basierte auf einem autobiographischen Roman des deutschen Autors Berndt Kempf und handelte von drei langhaarigen Ingenieurstudenten aus der DDR, die im Herbst 1982 durch einen selbstgegrabenen Tunnel nahe des Grenzübergangs Bornholmer Straße, wo Berndts eigener Vater Wachsoldat war, nach Westberlin flohen und auf der anderen Seite neue Jobs und neue Wohnungen fanden, ihre Sommer jedoch weiterhin ausschließlich in den anerkannten FDGB-Zielen im Baltikum und in der Tschechoslowakei verbrachten und jedes Wochenende zurück nach Ostberlin fuhren, um Heavy-Metal-Partys zu organisieren und Platten von Iron Maiden, Venom, Diamond Head und Black Sabbath (manchmal sogar Grand Funk Railroad) zu spielen, die sie drüben gekauft hatten, und manchmal auch die neusten Filme aus dem Westen zu zeigen, vor einer wachsenden Schar gleichgesinnter Freunde und mit der ständigen Gefahr im Nacken, bei der Stasi verraten zu werden. Was die drei versuchten, so hatte Mordecai mir erklärt, sei nicht etwa, den Staat von innen zu unterwandern und auf eine Wiedervereinigung mit Westdeutschland und den Fall des sozialistischen Staats zu hoffen, sondern dem Land, in dem sie aufgewachsen waren, einen anderen, modernen Farbanstrich zu verpassen und gegen die Verbote von Erich Honecker aufzubegehren, der alles untersagte, von dem er keine Ahnung hatte. Wie bestimmte Musikgenres. Und Filme, hauptsächlich amerikanische. Und Klamotten. Und nicht zuletzt Haarmoden. Die Punkbewegung. Die Umweltschützer. Und eine lange Liste anderer Sachen, die für sich genommen keine ernste Bedrohung für einen Staat dargestellt hätten, wenn Erich Mielkes Agenten nur in der Lage gewesen wären, hin und wieder ein Auge zuzudrücken. Die drei Freunde im Film halten die Mauer für das, was man ihnen dazu gesagt hat, für einen *antifaschistischen Schutzwall*, sehen aber auch, dass sich das Land einem Wendepunkt nähert, an dem es riskiert, unter dem Gewicht seiner eigenen, beharrlichen Rückwärtsgewandtheit, seiner Bürokratie und der mitunter fast parodistischen Überwachung, der es seine Bevölkerung aussetzt, zugrunde zu gehen. Ihr Motiv dafür, sich aus der DDR herauszugraben, ist nichts als der gute Wille, später Dinge einzuschmuggeln, von denen sie wissen, dass die Leute sie gern hätten, unter dem Motto *Social Sozialismus* und *Es kann nicht schaden.* Sie wollen, dass das Land zu einer echten Familie wird, sagte Mordecai, zu einem guten Ort. Ein Ort, der wie kein zweiter ist und der Erichs & Erichs dynamisches Duo überdauert. Sie träumen davon, Iron Maiden am Brandenburger Tor spielen zu sehen. Doch du ahnst es sicher schon, sagte Mordecai, das, was als unschuldiger, übermütiger Stunt anfängt, begangen von jungen Menschen, denen die mangelnde Coolness der FDJ gehörig auf den Sack geht – genau wie deren immer schlechter kaschierter Militarismus, mit Beitrittszwang, Schießtraining und der sogenannten Ordnungsgruppe, die in Kooperation mit der Polizei und der Staatssicherheit die Aufgabe hat, jede Person unter fünfundzwanzig aufzustöbern, die nach moralischem Verfall, westlichem Kultureinfluss, Arbeitsverweigerung oder lupenreiner Kriminalität riecht –, löst eine Kettenreaktion aus, über die sie bald die Kontrolle verlieren. Zunächst als Helden und Befreier gefeiert, die ihren Freunden die neusten Platten und Band-Aufnäher und Levi's-Jeansjacken und den Duft materiellen Freigeists aus dem Westen bringen und das einjährige Jubiläum ihres Tunnels feiern, indem sie eine selbstgebastelte Version von Maidens Maskottchen Eddie, mit Helium gefüllt, über dem Reichstag schweben lassen, zur großen Verwirrung der Polizei und des Politbüros, die bald von Irritation abgelöst wurde und dann von Furcht vor den Konsequenzen und schließlich von Tatkraft, die dieses Monstrum mit zwei bis drei gutplatzierten (und, so wurde später berichtet, von höchster Stelle angeordneten) Gewehrschüssen vom Dach des Reichtags herunterholt und in die Knie zwingt, zunächst also als Helden und Befreier gefeiert, werden sie in den Augen der anderen schließlich zu Gefängniswärtern, weil sie niemandem verraten, wie es ihnen jede Woche gelingt, die Grenze zwischen beiden Welten zu überwinden. Mehr noch: Sie lehnen jede Bitte von Außenstehenden ab, mit nach Westberlin genommen zu werden, aber nicht aus Angst davor, geschnappt zu werden, sondern aus Angst davor, dass es ihnen niemand gleichtun und wieder zurückkommen wird. Doch Neid ist giftig und ansteckend; bald sind sie gezwungen, immer öfter hin- und herzufahren, mit Waren für eine stetig wachsende Anzahl «Freunde», die immer mehr dafür verlangen, dass sie dichthalten. Sie müssen expandieren, Risiken eingehen, um Helfer einzugliedern, die sie entlasten, und bald sind sie eine Organisation von zwölf Personen, die unterhalb des Stasi-Radars durch die geteilte Stadt pendeln, und ab da sei alles immer komplizierter geworden, erzählte Mordecai. Die zunehmende Menge an Logistik, Forderungen und Beteiligten machen die Mitglieder in Berndts Gruppe misstrauisch und paranoid; es entstehen Gerüchte, dass einer oder mehrere von ihnen angefangen haben, Personal-Dokumente zu produzieren und nachts durch den Tunnel Leute aus der DDR hinauszuschmuggeln, und so beschließen sie, ihn zu überwachen, was bald auch zu einer gegenseitigen Überwachung der Mitglieder untereinander führt, und bald weiß niemand mehr, wen sie mehr fürchten müssen, die Stasi oder ihre eigenen Freunde, und es kommt sogar die Frage auf, ob es überhaupt noch einen Unterschied gibt. Es gibt Versuche, Autos zu manipulieren. Familienmitglieder werden bespitzelt und verhaftet. Telefone abgehört, Wanzen gefunden, Menschen beschattet, und Berndt beschließt, den Tunnel zu sprengen. Doch zu spät. Die Welt um die drei früheren Ingenieure ist längst zusammengebrochen; die DDR geht ihrem Ende entgegen. *Die Wende kommt*, sagte Mordecai. Die Leute gehen auf die Straße, Hunderttausende protestieren in Leipzig und Berlin, und Ungarn öffnet die Grenzübergänge nach Österreich, Tausende suchen Zuflucht in den westdeutschen Botschaften, und im Fernsehen verplappert sich Schabowski bei einer Pressekonferenz. Nach diesem Abend ist es unmöglich, dem Druck der Ostberliner standzuhalten, die zu den Grenzübergängen strömen, und kurz vor Mitternacht gaben die Grenzposten an der Bornholmer Straße nach und öffneten die Tore für die Massen, und in der Mitte steht Berndts Vater in seiner Grenzeruniform und kann nur hilflos dabei zusehen, wie der Job, dem er sich ein ganzes Leben lang verschrieben hatte, bedeutungslos wird und am nächsten Tag ganz hinfällig ist. Dasselbe gilt für die DDR. Wenn die Leute das System nach eigenem Gutdünken verlassen können, ist das System wertlos. Und dann die Bilder, die Deutschen, die mit Flaggen auf dem Brandenburger Tor stehen und feiern, die Grenzsoldaten, die ihre Posten verlassen, und die ersten Hammerschläge gegen die Mauer. Doch Berndt ist nicht da, seine beiden Freunde sind es auch nicht. Er ist der Einzige der drei, der später lebend gesehen wird, als er zehn Jahre darauf nach Deutschland zurückkehrt, von Schuldgefühlen geplagt, nachdem er an einem doppelten Vatermord beteiligt gewesen war. Er hat das Gefühl, dass es ihn – genau wie das Land, aus dem er stammt – nicht mehr gibt.

Ich dankte Mordecais Nachbarn für die Auskunft, ging zurück zum Auto, fuhr die Straße entlang Richtung Süden zu einer Art Zentrum. Dort kaufte ich mir einen Becher Kaffee, suchte mir eine Bank vor einer Bank und setzte mich, unsicher, was ich jetzt tun sollte. Dann rief ich Mordecai an. Ich warf einen Blick auf die Uhr, während ich dem ungewohnten Klingelton lauschte, der verriet, dass sich sein Telefon in weiter Ferne befand, bei ihm musste es jetzt Abend sein, neun oder zehn, und die Sekunden verstrichen, ich wollte gerade aufgeben, als seine Stimme plötzlich aus dem kleinen Lautsprecher ertönte.

«Hallo? Max?» Er klang erschrocken. «Bist du das? Max? Bist du noch da?»

«Ich bin da. Na, wie ist es in Ungarn?»

«Ich –» Er unterbrach sich selbst und schien kurz mit anderen Leuten im Hintergrund zu sprechen. «Woher weißt du, wo ich bin?»

«Tja, rate mal, wo *ich* bin.»

«Ich verstehe nicht ganz. Long Island? Bist du in Garden City, Max?»

«East Olive Avenue. Ich habe gerade vor deinem Haus gestanden.»

Wieder wurde es still. Die Zeit verstrich.

«Was machst du in Kalifornien?», fragte er, es klang wie ein Vorwurf. «Bist du mit Mischa hier?»

«Ja und nein, ich weiß nicht. Es ist kompliziert.»

Er sagte etwas, das ich nicht verstand.

«Die Verbindung ist schlecht», sagte ich. «Es knistert in der Leitung.»

Er redete einfach weiter. Er sagte:

«Ich habe gesagt: *Fahr nicht ohne sie nach Hause, Max.* Warte mal, ich gehe mal aus dem Hotel raus, der Empfang ist auf der … äh … Straße besser. Ich ruf dich in zwei Minuten zurück, okay?»

Mordecai legte auf, es vergingen fünf Minuten; ich sah ihn vor mir, wie er durch Hotelflure ging, in die Lobby hinunter und auf den Bürgersteig. In gemächlichem Tempo. Dann war er wieder da.

«Ich bin jetzt draußen. Besser?»

Ich hörte ihn tatsächlich viel deutlicher, auch wenn er von Verkehrslärm umgeben war. Doch seine Stimme klang ungewohnt verzagt und zittrig.

«Besser. Wie geht es dir?»

«Ich … ich bin in Budapest.» Er sagte es, als würde es ihm erst in dem Moment bewusst werden.

«Aber ist alles in Ordnung?», fragte ich. «Was machst du denn da, ich dachte, du würdest nach Berlin fahren. Im September.»

«Es ist …» Es schien, als hätte er sogleich den Faden verloren und müsste nach dem Rest des Satzes suchen. Vier Autos rauschten an ihm vorüber. An meinem Ende der Welt flanierte gerade ein vierzigjähriger Mann an mir vorbei, der sich als Spock verkleidet hatte. Er hatte noch einen weiten Weg vor sich, wenn er bis zum Hollywood

Walk of Fame kommen wollte. «Ich bin …», fuhr Mordecai fort, «im Corinthia Hotel, es ist … ich bin hergefahren, um mich ein bisschen einzugewöhnen, bevor die Aufnahmen anfangen. In Berlin, meine ich. Die Produzenten zahlen mir eine Suite. Du solltest diese Straße mal sehen, sie ist wirklich eine Klasse für sich. Die ganze Stadt eigentlich. Diese Gebäude, ich meine … wir kommen definitiv aus dem falschen Land … direkt vor meinem Fenster fährt eine Straßenbahn vorbei.»

«Aha. Und wie lange bleibst du da?», fragte ich.

«Bis die Dreharbeiten anfangen.»

«In ein und demselben Hotel, machst du Witze? Wie lange dauert das denn noch, sieben oder acht Wochen?»

«So in etwa», antwortete er lahm.

«Bist du mit jemand zusammen auf Reisen?»

«Nein.» Er zögerte. «Nur ich. Nur ich allein.»

«Du hättest mir Bescheid geben sollen, dann wäre ich mitgekommen», sagte ich.

Wieder entstand eine Pause, ich dachte schon, die Verbindung wäre unterbrochen.

«Bist du noch da?»

«Hättest du das wirklich gemacht?», fragte er vorsichtig.

«Vielleicht.»

Seine Stimme veränderte sich, wurde kühler. «Tja, wer weiß … im Übrigen glaube ich, dass ich diese Rolle *Bob Ross* zu verdanken habe, ich meine, dass es das war, was Lee dazu veranlasst hat, mich zu engagieren. Er hat eine der letzten Vorstellungen gesehen.»

«Das ist gut», sagte ich. «War ja auch eine tolle Leistung, die du auf der Bühne vollbracht hast. Aber er hat sicher auch ein paar deiner Filme gesehen, meinst du nicht? Zumindest *Sidney* oder *Cleveland*. Einen davon muss er gesehen haben. Und *Blowfish*, würde ich tippen.»

«Da bin ich mir nicht sicher. Er hat nichts davon gesagt. Hast du ihn gesehen?»

«*Blowfish*? Du hattest mir doch eine Einladung zur New-York-

Premiere geschickt. Wir haben noch am selben Abend telefoniert, ich mochte ihn wirklich. Wir haben eine Stunde darüber gesprochen.»

«Wirklich, Max? Ich erinnere mich nicht. Aber Japan war surreal … da fahre ich verdammt noch mal nicht wieder hin.»

«Aber du konntest dein Japanisch bestimmt ein bisschen auffrischen?»

«Nicht so richtig. Max?»

«Ja?»

«Du musst Mischa nach Hause holen.»

«Ich versuche es.»

«Max?»

«Was denn?»

«Es ist nur … ach, nichts.»

«Was wolltest du sagen?» Der Verkehr um ihn herum nahm zu; ich hörte Sirenen und Schreie im Hintergrund. «Was ist denn da los?»

«Ein Unfall», antwortete Mordecai. «Glaube ich. Es sieht so aus, als wäre auf der anderen Straßenseite jemand umgefallen, eine Frau. Vielleicht sollte ich … es ist nur so, dass … ich meine, du bist vor meinem Haus mitten in L. A., und ich bin in einem Hotel in … wo zum Teufel auch immer ich hier bin, und Mischa ist auf dem Hippietrip und Wohlman und deine Mutter, es ist nur … ich denke zurzeit so viel an *Bob Ross*, Max. Wir hätten nicht so tief in diesen Sachen graben sollen. Die Vergangenheit ruhen lassen. Es ist so, als würde ich es jetzt nicht mehr schaffen, den Deckel wieder draufzulegen. Verstehst du? Alles ist einfach … ich bin hier und doch nicht hier, zur selben Zeit, verstehst du? Hier fährt eine Straßenbahn lang, direkt vor mir.»

«Das sagtest du bereits.»

Erneutes Sirenengeheul. Sie jaulten an ihm und seinem Telefon vorbei.

«–gst», sagte Mordecai.

«Wie bitte?»

«Ich habe gesagt, dass ich Angst habe. Ich bin im Hotel und habe Angst; ich bin in der Lobby und habe Angst; ich bin in den Straßen und habe Angst. Ich bin in Ungarn und habe Angst.»

«Wovor?»

«Die. Ganze. Zeit. Ich wache auf und habe Angst und schlafe ein und habe Angst. Ich habe Angst zu bleiben und Angst zu gehen. Und dieser Film … ich glaube, der ist eine Nummer zu groß für mich, ich finde diesen Charakter nicht, Max. Ich suche und finde nichts, keine Spur. Nachmittags und abends sitze ich stundenlang da und sehe Dokumentarfilme über die DDR, ich lese die Bücher, die sie mir schicken, und höre die Musik, die Berndt durch den Tunnel geschmuggelt hat. Und es ist einfach nur zu viel; ich finde mich selbst nicht. Oder ihn. Oder irgendwen sonst.»

«Das kommt schon noch», versuchte ich ihn zu beruhigen. «Wenn du in Berlin bist, wenn die Aufnahmen beginnen. Manchmal kann es sogar ein Vorteil für einen Regisseur sein, wenn die Schauspieler ihre Rollen nicht schon im Vorhinein klar haben. Viele meiner Schauspieler sind erst am Premierentag so weit.»

«Nein, nein, nein, das ist etwas anderes, verstehst du das denn nicht? Die haben die ganze Probenzeit und machen ihren Job von Anfang bis Ende und ohne Unterbrechungen. Bei diesem Film ist das nicht so. Lee ruft ständig an und fragt, wer ich bin. *Warum baust du einen Tunnel?*, fragt er mich.»

«Du bist einfach nur … du musst dich ein bisschen entspannen, ich höre, dass du erschöpft bist.»

«Max?»

«Ja?»

«Wenn ich dich bitten würde zu kommen, würdest du dann kommen? Hierher.»

«Du weißt, dass ich das tun würde. Wenn du mich fragen würdest.»

«Selbst wenn das bedeuten würde, dass du Mischa morgen dort zurücklassen müsstest?»

«Das –»

«Nur dass du es weißt: Die haben tolles Gras hier drüben.»

«*So sehr* brauchst du dich nun auch wieder nicht zu entspannen. Übertreib es nicht mit dem Zeug, versprochen?»

«Hier bauen das Zigeuner an. Nette Leute.»

«Alles wird sich regeln, Mordecai.»

«Wirklich?»

«Erlaube mir eine Frage: Was zahlen sie dir für diesen Film?»

«Drei Millionen Dollar. Nach Drehschluss.»

«Wie ich schon sagte: Alles wird sich regeln.»

«Hm. Ja … ich komme vor Weihnachten nach New York, hoffe ich, können wir uns dann sehen?»

«Ja, natürlich.»

«Du, Mischa und ich? Im Arturo's.»

«Abgemacht.»

«Ich überlege, ob ich mir eine Wohnung in Manhattan kaufen soll. Damit ich … ich habe Lust, öfter da zu sein.»

«Das sind phantastische Nachrichten, nichts würde mich mehr freuen. Solange du nichts im Apthorp kaufst.»

«Du kannst ja in der Zwischenzeit mal die Augen für mich offen halten, würdest du das machen?»

«Klar, mache ich. Mordecai?»

«Ja?»

«Bleib nicht bis September in diesem Hotel, sieh zu, dass du rauskommst, okay? Also jedenfalls nicht, wenn du gerade so, du weißt schon. Fahr nach Paris oder so. Oder nach Madrid, in die Sonne; nach Italien oder meinetwegen nach Norwegen, falls dir danach ist, schau dir ein paar Berge und Fjorde an. Aber sieh zu, dass du aus diesem Hotel rauskommst, versprichst du mir das?»

«Ich werde sehen, was ich tun kann», antwortete er leise.

«Ich meine es ernst, pack deinen Koffer und sorge dafür, dass du wegkommst, scheiß auf die Rolle, scheiß auf den Film, scheiß auf das alles; es wird schon gut gehen, das wird sich alles fügen, wenn du erst mal angefangen hast. Du musst dich nur aus dieser Situation befreien, eine neue Sicht auf die Dinge bekommen.»

«Ich werde mich bemühen.»

«Du kannst mich jederzeit anrufen.»

Doch er rief nicht an.

Ich rief ihn an, vier Tage später, und seine Stimme hörte sich nur unwesentlich besser an. Ich fragte ihn, wo er sei, und er zögerte lange, ehe er sagte: *Lausanne.* Ich fragte, wie es dort aussehe. Er sagte, es sehe so aus, als hätten es die Leute dort gut.

Über das Ende des Sommers und den Anfang des Herbstes hinweg schickte er mir Mails, eine nach der anderen, schrieb, dass er am Ufer der Seine sitze und Paris ihm gefalle; er schrieb, er habe den Sonnenuntergang am Templo de Debod in Madrid gesehen und sei auf dem Weg ins Baskenland, wo er von irgendwem ein Steinhaus auf einem Berg mieten könne. Auch ein paar norwegische Fjorde erwähnte er, aber so, wie er darüber schrieb, ließ sich unmöglich erahnen, ob er tatsächlich an diesen Orten gewesen war oder sie sich lediglich aus seiner Hotelzimmergrotte in Budapest ergoogelt hatte. Keine seiner E-Mails enthielt irgendwelche fotografischen Beweise. Aber ich wollte daran glauben, dass er aufgebrochen war, ich verlangte gar keine Beweise. Und als es Ende September wurde, tauchte er so oder so in Berlin auf, und wie später die Besucherzahlen zeigten und die Filmkritiken und nationalen und internationalen Nominierungen von BFI, BFCA, SAG, DFCS, ADG, BAFTA, AACTA, TFCA und einer Reihe anderer Abkürzungen für *The People of UL 12.11* und Mordecais schauspielerische Leistung und im Jahr 2010 auch die Goldene Palme, die er sich mit dem thailändischen Kunstfilm *Uncle Boonmee Who Can Recall His Past Lives* teilte, so wie sie sich *Apocalypse Now* damals mit *Die Blechtrommel* teilen musste, hatte er seine Rolle am Ende doch auf eine Weise gefunden, wie es sonst wohl kaum jemand geschafft hätte.

Das, seinerseits, verhalf ihm zu weiteren Rollen. Und Wahlmöglichkeiten. Und einer Oscarnominierung für die beste männliche Hauptrolle in Noah Mosleys *Cleveland.* Und einer größeren Wohnung in Manhattan, als er es sich vorgestellt hatte, hundertzwölf Quadratmeter in der Mercer Street. Doch es verhalf ihm kaum zu mehr Zeit, um dort zu sein.

Stattdessen zu massenhaft Zweifeln. An so ziemlich allem.

5

Durch die Stadt. In der Vormittagshitze auf der Autobahn, vorbei an anderen Fahrern im fragilen Gleichgewicht zwischen zurückgelehnter Gelassenheit und einer latenten Aggression jenes Typs, die live übertragen und von mindestens einem Hubschrauber begleitet wird und niemals gut ausgeht, vorbei an Industriegebieten mit Flachbauten, Fabriken und Lagerhallen und Dächern aus Wellblech und Aluminium, die in der Sonne funkeln und eine unerträgliche Kakophonie auslösen würden, stünde man bei Regen darunter – was nicht der Fall ist. Ungewiss, was sie dadrinnen herstellen und ob es etwas Nützliches ist. Vorbei an Laternenpfählen und Mittelleitplanken aus hellem Beton und Stromleitungen, die sich zwischen den Masten heben und senken und keinerlei Ähnlichkeit mit Zugvögeln haben, dich aber trotzdem daran erinnern, und den Bergen auf beiden Seiten, karg, golden, merkwürdig furchteinflößend, die dich gleichwohl erwärmen und dir Lust aufs Baden machen, obwohl es von hier bis zum Meer weit ist und sich noch weiter anfühlt, und über den Los Angeles River, der an dieser Stelle beinahe trockengelegt ist und blubbert, der flächige, schräge Betongrund rissig und stellenweise von Pflanzen überwuchert, von Bäumen, die nicht überleben werden, es aber noch nicht wissen und deshalb weiterwachsen, unter der Aufsicht von Umweltschützern mit gequälten Mienen und praktischen Schuhen: Was es hier noch an Wasser gibt, sind vor allem Abwässer aus den Fabriken und Wohnungen weiter oben im Tal. Dann kommt das Dodger Stadium, nach ein paar Kilometern, auf der Karte zu sehen, aber nicht vom Auto aus, und hättest du Ahnung von Baseball gehabt, wäre es wichtig für dich, aber so ist es nur noch ein Gebäude, und es tauchen noch mehr auf, vor der Motorhaube: Dies ist Downtown L. A. Von hier aus weiter die Autobahn entlang, ein unaufmerksamer Blick und eine Abfahrt zu früh, in Straßen hinein, die dich an Straßen erinnern, die du aus Filmen kennst, und die zu den

Gründen gehören, warum du schon früh beschlossen hast, niemals hierherzuziehen (ehe andere Gründe hinzukamen) und die vom Wageninneren aus gar nicht mehr so furchteinflößend wirken. South Central. Jetzt umbenannt in South Los Angeles, als würde die Namensänderung das Risiko senken, dass einem die Radkappen gerippt werden oder man eine Glock an den Hals gedrückt bekommt; und es ist rassistisch, das zu sagen, und die Quintessenz von Stereotypisierung, aber du wünschst dir manchmal, du wärst in einem Stadtteil und einer Nachbarschaft wie dieser aufgewachsen, und sei es nur, weil du denkst, das hätte dich abgehärtet, Yojimbo, sodass du imstande wärst, die bleichgesichtigen Autofahrer, die sich hierher verirren, herausfordernd anzulächeln und mit den Fäusten die Zentralverriegelung zu traktieren, und du wünschst dir auf keinen Fall, als Polizist in dieser Gegend zu arbeiten, in dieser Stadt, und bewunderst jene, die willens sind, es zu tun, und stellst ihre Entscheidung zugleich in Frage und überlegst, ob es so etwas wie beruflichen Altruismus gibt; denn das Geld kann sie nicht locken, bei Zwölfstundenschichten, Personalmangel und Sparzwängen, und am Prestige kann es auch nicht liegen, denn wie viel Prestige hat dieser Job überhaupt noch, nach Jahrzehnten voller Anschuldigungen – und auch Enthüllungen – über Rassismus, Polizeigewalt und Korruption – eine Ausnahme stellen die Ermittler vom Morddezernat dar, die einen gewissen Respekt genießen, aber wer will sich den ganzen Tag mit einem solchen Elend beschäftigen, und deutet das nicht schon darauf hin, dass man selbst ein ebenso spezieller Fall ist – und deshalb muss es an der Mythologisierung und den vier vielsagenden Buchstaben an sich liegen: LAPD, und manche Tage sind gut, und anderen bekommt das Tageslicht nicht, und überall in der Stadt hallen die Sirenen zwischen den Hauswänden wider, aber man kann nicht an allen Orten gleichzeitig sein. Und dann kommt LAX in Sicht, nicht das Rollfeld, aber die Lagergebäude und die Reihen von Trailern, nur einen Steinwurf vom Imperial Highway entfernt: LSG Sky Chefs, AeroMexico, Korean Air Cargo, Nippon Airlines, JAL, FedEx und DHL und USPS, Air Canada Cargo, Lufthansa Cargo, Air New Zealand, China Airlines,

BA, Virgin, Cathay, Delta, United und Southwest und AA. Ein flüchtiger Schimmer vom Pazifik vor der Rechtskurve, und über deinem Kopf fliegen die Flugzeuge jetzt häufiger und niedriger, Start und Landung, und irgendjemand hat den Überblick, die Kontrolle, eine nicht unbedeutende Choreographie, und ein schöner Flughafen ist es nicht. Imbissstände und Billboards in den angrenzenden Straßen, Bagger und Männer mit Reflexwesten und Spaten, hier entstehen neue Parkplätze. Und ich möchte zu keinem der Terminals, sondern zum LAX Parkplatz B, der in keinem noch so aktuellen Stadtplan zu finden ist, hier hat mein Vater mich hinbestellt, um ihn zu treffen, und ich habe keine Ahnung, warum, er hatte sich schon nach dem dritten Klingeln gemeldet, als ich ihn anrief, um seiner Mailbox zu erzählen, warum ich ihn zu erreichen versuchte, weil ich gerade in der Stadt sei und so weiter, eine Sommerüberraschung. Ich kann mich nicht erinnern, dass ich ihn je einfach so erreicht habe, ohne darauf warten zu müssen, dass er mich später zurückrief, ich hatte die Wahrscheinlichkeit, dass er sich in der Luft oder im Transit oder außer Landes befand, auf 90 Prozent veranschlagt, ganz unabhängig davon, wann man ihn anrief. Dies waren die übrigen zehn Prozent. Dies ist mein Vater. Es ist Sommer.

Er hatte mich auf den Parkplatz bestellt – keinen von denen, die von den reisenden *Zivilen* benutzt wurden, nicht Wally Park, nicht The Spot, nicht Park 'n' Fly und nicht C, ja nicht einmal den Angestelltenparkplatz, sondern B – an der 111th Street und La Cienega, hinter dem Restaurant The Proud Bird, nur 100 Meter entfernt vom Rollfeld 25L, wo alle vier Minuten die großen Flugzeuge im Landeanflug herabdonnerten. Ich bog auf den Stellplatz ein und wurde zu einem Wachhäuschen zwischen EINGANG und AUSGANG dirigiert, der Uniformierte, der seinen Kopf aus der Luke steckte, verlangte einen Namen und eine Nummer von mir, ehe er mir erklärte, dass ich die Rampe hinauf- und dann rechts und wieder rechts fahren müsse, bis zu einem Feld mit einer ganzen Reihe von Wohnwagen und Wohnmobilen, sechzig oder siebzig an der Zahl, und neben einem davon, einem weißen, entdeckte ich meinen Vater, der gerade mehrere Einkaufstüten aus dem Kofferraum hob. Er stellte sie hastig ab, als er mich sah, als würden sie eigentlich gar nicht ihm gehören, und winkte mir zu. Ich parkte neben ihm. Er sah alt aus. Grau. Über dem Parkplatz hing ein Geruch von Kerosin.

«Da bist du ja. So schön, dich zu sehen.»

«Also …», sagte ich, nachdem ich ihn umarmt hatte. «Das verlangt schon nach einer Erklärung, oder?»

Er verstand anscheinend nicht, was ich meinte. «Ich dachte, ich hätte erwähnt, dass ich um sechs einen Flug nach Atlanta habe», sagte er verwirrt. «Als wir telefoniert haben? Ich dachte, es wäre praktischer, wenn wir uns hier treffen, damit wir so viel Zeit wie möglich haben … aber komm erst mal her, lass dich noch mal umarmen, es ist so schön, dich zu sehen, Max. Wann war eigentlich das letzte Mal? Im Oktober, glaube ich, in New York. Ja, so muss es gewesen sein. Die beiden Tage Ende des Monats, erinnerst du dich? Aber das ist das erste Mal, dass du mich hier draußen besuchst, oder? Doch. Wie geht es dir? Du hättest mich früher anrufen sollen, dann hätte ich ein bisschen mit meinen Diensten jonglieren können. Aber jetzt ist es leider so, wie es ist, da führt kein Weg dran vorbei. Erzähl mal, wie geht es dir und was führt dich eigentlich nach Kalifornien?»

«Willst du Campingurlaub machen?» Ich deutete auf seine Einkäufe und die Wohnwagen ringsherum.

«Habe ich nicht davon erzählt, als wir an Weihnachten telefoniert haben? Das ist nur vorübergehend. Vier Tage die Woche.»

«Wohnst du hier?», fragte ich entsetzt. «Auf einem Parkplatz?»

Er sah beleidigt aus. «Wäre das denn so schlimm? Wenn es so wäre? In diesen Dingen bist du einfach zu verwöhnt, Max. Es kann sich eben nicht jeder Hunderte von Quadratmetern in Manhattan leisten. Die wenigsten leben so wie du, das muss dir doch klar sein.»

«Aber das hier?»

«Reiner Pragmatismus. Nachdem Jennifer und ich uns letztes Jahr getrennt haben, bin ich nach San Diego gezogen und –»

«Du bist wieder geschieden?»

«Habe ich das auch nicht erzählt? Worüber haben wir damals eigentlich gesprochen?»

«Im Dezember? Wir sprachen über … na, jedenfalls nicht darüber.»

Das war nicht weiter verwunderlich. Diese Telefonate waren reine Pflichtübungen, keiner von uns bekam sie elegant über die Bühne. Wir stempelten ein, stempelten aus; wir legten auf.

«Nein, was?» Mein Vater nickte. «Dann machen wir das jetzt.»

Er nahm mich mit in den Winnebago, in dem er an den vier Tagen in der Woche wohnte, an denen er Zehnstundenschichten hatte und keine Lust, noch zusätzliche vier Stunden nach San Diego und wieder zurück zu fahren, wo er eine kleine, günstige Wohnung hatte; ich half ihm, seine Einkäufe in den Kühlschrank und die Regale zu räumen, und setzte mich an den ausgeklappten Esstisch, während er uns einen Kaffee kochte und ein paar Kekse herausstellte. Der beigefarbene Teppichboden, mit dem auch die Decke verkleidet war; die Schränke und Türen aus hochwertigem Kiefernimitat oder nicht ganz so hochwertigem Kiefernholz; die Bodenfliesen und Wände in zartem Himmelblau, wie in einer öffentlichen Toilette, und dann der diskrete Geruch der Zigaretten des Vorbesitzers: Das alles machte einen ziemlich traurigen Eindruck, auch wenn mein Vater sein Bestes getan hatte, um Ordnung zu halten und es sich gemütlich zu machen, mit einer Tischdecke, potenziell echten Blumen und einem wahnsinnig bequemen La-Z-Boy-Stuhl, den er hineingequetscht hatte, um die Fahrerkabine zu verbergen und den Innenraum wie eine Wohnung aussehen zu lassen. Ich wollte nicht, dass er hier leben musste.

«Immerhin habe ich es nicht weit …»

Mein Vater verstummte. Ein Flugzeug auf dem Weg nach 25L dröhnte über unsere Köpfe hinweg, und der Winnebago fing an zu vibrieren; es klang, als würden die Flugzeugräder jeden Moment das Dach streifen. Ich machte mich klein und bereitete mich auf das Schlimmste vor. Doch dann wurde das Geräusch leiser, und wir hörten, wie die Triebwerke auf der Landebahn allmählich verstummten.

«… bis zur Arbeit», fuhr er fort. «Man nennt das hier das *LAX-Ghetto.* Wir sind die Bewohner der Asphaltwüste. Hier wohnen vor allem Piloten, Cargoabfertiger, Mechaniker und Flugbegleiter, also vorübergehend. Man braucht eine Genehmigung, um hier stehen zu dürfen. Ob du es glaubst oder nicht, aber die Leute lassen sich sogar auf eine Warteliste setzen, um hier einen Platz zu bekommen. Es sind harte Zeiten, Max. Und es wird immer schlimmer.»

Mein Vater an diesem Tag. So offen wie schon lange nicht mehr. Der Parkplatz. Der Winnebago. In Kalifornien war nichts so, wie es sein sollte. Mein Vater sprach von einem Rückgang im Fluggeschäft, er sagte: «Der 11. September hat viel kaputt gemacht im Flugverkehr, dasselbe gilt für SARS, und jetzt, mit der Finanzkrise und allem … überall geht es den Leuten schlecht, wir sind nicht die Einzigen, die zu leiden haben. Also leicht ist es nicht, das kann ich dir sagen.» Als Teil ihres Sparprogramms hatte American Airlines, genau wie ein Großteil der Konkurrenz, eine Reihe von Verantwortlichen Piloten zu Kopiloten degradiert, darunter auch meinen Vater, was mit einer Lohnsenkung einherging, viele Angestellte hatten auch ihre festen Routen oder ihre Jobs an den nahegelegenen Lokalflughäfen verloren und mussten sich entweder etwas anderes suchen – was leichter gesagt als getan war – oder die endlosen Fahrten zwischen den großen Knotenpunkten wie LAX und ihren Wohnorten am Rand von Kalifornien, oder noch weiter entfernt, hinnehmen. Da viele Fluggesellschaften neuerdings nur noch die aktive Flugzeit entlohnten, was dazu führte, dass von einem Flug, der mit der Vor- und Nachbereitung bis zu acht Stunden Zeit in Anspruch nahm, nur zwei Stunden tatsächlich bezahlt wurden, konnten sich viele nicht einmal mehr das in jeder Hinsicht teure Pendeln leisten, und Hotelaufenthalte waren für die meisten erst recht nicht drin. Als mein Vater mich mit einigen Nachbarn bekanntmachte, traf ich Menschen, die Familien in Fresno, Seattle, Salt Lake City und Minneapolis hatten. In Los Angeles gab es auch Piloten-WGs, in denen die Betten und Laken je nach Flugzeiten gewechselt wurden und deren Bewohner zusammenhielten, so gut es ging, doch für viele, die nicht mit der ganzen Familie umziehen wollten, weil sie die Krise für eine vorübergehende Phase hielten, und für jene – in der Regel – Männer, die sich wie auch mein Vater dem Ende ihrer Karriere näherten und den Stolz und unbeugsamen Willen hatten, wenigstens die Illusion von Freiheit zu bewahren, war die Kolonie neben LAX heimeliger und lebenswerter als eine Tür im Herzen von L.A., an der nicht einmal ein Namensschild hing, sondern nur eine Zahl, und selbst die nur für einige Tage oder Stunden. Abends ging die Landebahnbeleuchtung an und tauchte das Innere der Wohnwagen in ein gelbes und rotes Licht; tagsüber brannte die Sonne auf die Fenster. Dies und dass die Bewohner zu allen möglichen Tages- und Nachtzeiten arbeiteten und davon abhängig waren, zu schlafen, wenn sie gerade die Möglichkeit dazu hatten, erklärte, warum so viele ihre Fenster mit schwarzer Plastikfolie abgedeckt hatten. Sie schliefen zum Geräusch von Kassettenrekordern, die weißes Rauschen abspielten, um den Flugzeuglärm über ihren Köpfen zu übertönen, es klang wie Waschmaschinengeräusche, und wenn man mitten in der Nacht auf dem Parkplatz gestanden hätte, in den Minuten zwischen den Landungen, hätte man geglaubt, es wäre gerade Waschtag. Die Leute waren ein oder zwei Tage am Stück hier, eine halbe Woche, manchmal auch länger; manche verbrachten ganze drei Wochen in den Wohnwagen und fuhren dann quer durch die Staaten, um zehn kurze Tage mit ihren Familien zu verbringen. Die Kolonie hatte sogar ihren eigenen Sprecher. Als würde sie sich darauf vorbereiten, eines Tages zu einer ganzen Stadt anzuwachsen. Das Proletariat der New Economy.

«Nein, weißt du», sagte mein Vater, wir saßen in zwei Gartenstühlen vor seinem Wohnmobil, und er musste pünktlich auf seinen Flug kommen. «Jennifer. Sie wollte nicht mehr. Wir haben es versucht, aber … ich habe mich nicht genug angestrengt. Wahrscheinlich. Und als die Kinder aus dem Haus waren, gab es nur noch uns beide. Wenn zwei Leute alleine zurückbleiben, kommen die Fehler umso deutlicher zum Vorschein, stimmt's? Sie hat letzten Sommer die Scheidung eingereicht, wir waren gerade aus Florida zurück, ich dachte, wir würden es noch einmal schaffen. Aber. Du weißt …» Ein Flugzeug übertönte ihn, und er folgte ihm zwanzig Sekunden lang mit dem Blick. «Wir hatten fünfzehn Jahre miteinander. Darunter einige gute.»

«Bist du traurig deswegen?», fragte ich.

Er verschränkte die Arme und fuhr sich mit der Zunge über die Zähne.

«Nee. Ich habe das bekommen, was ich verdient habe.»

«Darf ich dich etwas fragen? Kommt es vor, dass du an Mama denkst?»

Er warf mir einen seltsamen Blick zu. «Warum fragst du?»

«Antworte mir doch einfach.»

«Ob ich an sie denke? Hm.» Er kratzte sich am Kopf. «Das ist jetzt lange her, weißt du. Aber doch, das kann vorkommen. Ab und zu.»

«Schön.»

«Vor allem nach Jennifer, glaube ich», fügte er hinzu. «Doch, ich habe an sie gedacht. Ich habe sie schrecklich gern gehabt, weißt du. Aber wenn du zurückblickst, während du eigentlich vorwärtsgehen willst, stolperst du nur, und dann ist es besser, die Sachen auf sich beruhen zu lassen. Wie geht es ihr denn, deiner Mutter?»

«Gut. Ihr geht es gut.»

«Immer noch allein, nehme ich an?»

Ich schüttelte den Kopf. «Erinnerst du dich noch an Wohlman, meinen Schauspiellehrer aus Garden City?»

«Das ist nicht dein Ernst», sagte er und riss die Augen auf. «Ist das wirklich dein Ernst? Ja, ist es wohl. *Der?*»

«Ja, ich weiß.»

«Ist er nicht – er ist doch viel älter, oder? Was um alles in der Welt ist denn in sie gefahren?»

Darauf wusste ich auch keine Antwort.

«Das soll einer verstehen», sagte mein Vater ungläubig. «Deshalb springen die Leute auf Religionen an, weißt du. Religion und Politik. Weil es dort Regeln gibt. Systeme, an denen man sich orientieren kann. Wohingegen das», er machte eine ausholende Geste, die wohl absolut alles andere miteinbeziehen sollte, «das bloße Chaos ist.»

«Du warst derjenige, der uns hierhergebracht hat», sagte ich.

«Ja. *War.* Aber ich *bin* es nicht mehr. Nicht mehr. Du kannst mich, uns, nicht länger dafür verantwortlich machen, du musst dir im Klaren darüber sein, dass du nicht mehr hier bist, weil du es musst. Ich weiß, dass du deshalb wütend auf mich warst, aber du kannst es doch nicht bis heute sein, niemand zwingt dich dazu, hierzubleiben, Max. Ich weiß, dass die Art und Weise, wie wir Norwegen verlassen haben, nicht gut war, aber wir haben das getan, was wir damals für das Beste hielten. Das ist es, was Eltern tun: *Sie treffen Entscheidungen.* Und es ist nicht einfach. Aber es muss einfach aussehen, das ist das Schwierige daran. Wir wussten auch nicht, wie das geht, wir hatten es doch auch noch nie gemacht, verstehst du? Keiner ist Experte auf diesem Gebiet. Und es gibt auch keine Garantie dafür, dass irgendjemand von uns glücklicher gewesen wäre, wenn wir Norwegen nicht verlassen hätten. Keinerlei Garantie. Und wären wir nicht ausgewandert, hättest du Mischa nicht kennengelernt …» Wir mussten auf ein Flugzeug im Landeanflug warten. «Du wärst nicht auf die Schulen gegangen, auf die du gegangen bist», fuhr er fort, «vielleicht wäre etwas ganz anderes aus dir geworden. Aber jetzt? Du bist Theaterregisseur in New York, Max, ist dir klar, wie viele Leute in Norwegen sich die Arme abhacken würden, um dieselben Möglichkeiten wie du zu bekommen? Du wohnst an einem der begehrtesten Orte der Welt; manchmal weiß man erst im Nachhinein, dass man das einzig Richtige getan hat.»

«Wir müssen umziehen», sagte ich. «Das Apthorp ist verkauft worden, sie ekeln die Mieter raus und wandeln die Einheiten in Eigentumswohnungen um. Owen weiß nicht, wo er hinsoll.»

«Ach, der wird schon zurechtkommen.»

«Sicher? Wann wirst du wieder mit ihm reden? Wie war das noch? Manchmal weiß man erst im Nachhinein, dass man das einzig Richtige getan hat?»

«Und worüber sollten wir deiner Meinung nach reden? Nein, ich weiß nicht. Das muss bis zur Hochzeit warten. Wenn ihr heiratet, Mischa und du, werde ich mit ihm reden. Das verspreche ich.»

«Deshalb bin ich eigentlich hier», sagte ich.

«Was sagst du da, werdet ihr heiraten? Hier, jetzt?»

«Nein, es kann sogar sein, dass ich sie verloren habe. Sie ist schon seit Neujahr hier. Bei ein paar Hippiefreundinnen im Laurel Canyon. Ich habe Angst, sie könnte mich verlassen haben.»

Mein Vater hob den Arm und sah auf seine Uhr, derselbe Arm, dieselbe Uhr, er musste diese Uhr schon seit über zwanzig Jahren haben, ich kannte sie noch aus Stavanger, ein solides Instrument, Piloten hüten ihre Uhren wie Seemänner ihre Sextanten; seine Armhaare verfingen sich immer noch zwischen den Metallgliedern des Armbands, fiel mir auf. Direkt über unseren Köpfen dröhnte der Southwest Flight 4744 aus Reno auf dem Weg zum 25L durch die Luft, und wenn du in die Richtung blinzeln würdest, aus der es kam, würdest du ein paar Minuten dahinter die American Airlines 2220 aus Chicago sehen und dahinter die LH 452 aus München und die AA 109 aus London, die AA 2023, die aus Phoenix hereinkam, die SkyWest 2878 aus Albuquerque und dahinter, dahinter, dahinter, dahinter etc. etc.

«Dann haben wir beide versagt», meinte mein Vater.

Und dann, schließlich, am Ende: wieder zurück. Nicht dieselbe Strecke, sondern auf geradem Wege Richtung Norden, eine Imitation der Route, die der Taxifahrer am Vortag genommen hatte, durch Inglewood und die Ölfelder, wo vor aller Augen ununterbrochen das Fracking stattfand und das methanverseuchte Trinkwasser bei den Bewohnern von Culver City, Ladera Heights und Baldwin Hills zu Ausschlag, brennenden Augen, Atemproblemen, Kopfschmerzen und Schwindel führte oder zu nichts dergleichen, wenn eine Klausel zu den Ausgleichszahlungen sie ewig schweigsam machte und/oder die teuren Untersuchungsberichte zu einer anderen Erkenntnis kamen, nämlich *keine Gesundheitsgefährdung festzustellen, geringes Risiko*, und durch Little Ethiopia, durch West Hollywood, die Berge hinauf, Laurel Canyon, die Kurven, an manchen Stellen gewunden wie ein Fluss, und ich behielt mit einem Auge die Straße im Blick und mit dem anderen den Straßenatlas, um zwischen den Bäumen die richtige Abfahrt zum Lookout Mountain zu erhaschen, und als ich zu Marcies

Haus kam, musste ich den Nissan mühsam in die Garage manövrieren, vorbei an einem anderen Auto, das auf dem Bürgersteig stand, und zwei dunkelbraunen Fixies; ich hörte die Stimmen schon, als ich die Treppe zur Haustür hinaufkam.

Im Wohnzimmer saßen mehrere Leute am Esstisch. Marcie. Erin und Alyce natürlich. Und Mischa, die gerade in einem langen Vortrag steckte, den sie einem der drei anderen Gäste am Tisch hielt, sie saßen neben ihr, zwei davon Männer in meinem Alter oder ein bisschen darüber, uniformierte Hipster, einer davon mit Vollbart und verwaschenen Jeans, einem offenen Cardigan über einem offenen Hemd (in ganz zufällig aufeinander abgestimmten Erdtönen) und darunter ein T-Shirt mit dem Text *SYLVIA PLATH!* über dem Umriss eines geöffneten Gasofens, und er lauschte ihr aufmerksam und unterbrach sie nur gelegentlich, um einen schlagfertigen Kommentar, eine Pointe oder auch nur eine Frage einzuschmuggeln, damit sie weitersprach, und über manches lachte sie, während sie anderes ignorierte, und er lehnte sich auf seinem Stuhl zurück und machte seine Schultern oberhalb der Rückenlehne breit und steckte sich eine Zigarette an, während er mit der freien Hand nach seinem Weinglas griff und einen Schluck daraus trank, und als er das Glas abstellte und seine Hand wieder frei wurde, legte er sie auf Mischas Schulter, und daraus, wie sie relativ lange liegen blieb, konnte ich ableiten, dass sie nicht das erste Mal dort war, und der Typ sagte etwas wie: … *und deshalb musst du unbedingt mitkommen und diese Ausstellung sehen.*

«Setz dich zu uns, Max», sagte Marcie, «du kommst genau richtig. Ich hole dir einen Teller.» Ich sah mich nach einem Stuhl um und wollte ihn dorthin schieben, wo Mischa saß, aber weder sie noch die beiden Typen – die sich nichtsdestotrotz die Zeit nahmen, sich umzudrehen und mich in Augenschein zu nehmen – machten Anstalten, ein Stück zu rücken, um mir Platz zu machen, also blieb ich sozusagen in der Luft hängen, halb hinter dem einen Gast, und als ich mit einer Handbewegung Mischa gegenüber zeigen wollte, dass ich gern neben ihr sitzen würde, sagte sie nur *Einen Moment, ich erzähle hier gerade was*, und der Moment dauerte und dauerte, Marcie kam aus der Küche zurück und platzierte den Teller mit dem Essen neben sich ans andere Ende des Tisches, wo mehr als genug Platz war, also blieb mir keine andere Wahl, als meinen Stuhl wieder mitzunehmen und zu ihr zu tragen, und erst als ich schon die Hälfte meines in Kokosmilch pochierten Tofu (mit Zitronengras und rotem Curry) verspeist hatte, sah ich, wie Mischa mich zu sich winkte und quer über den Tisch sagte: *Jetzt kannst du kommen*, und ich dachte gereizt *Ich bin verdammt noch mal nicht dein Hund* und nickte ihr nur kurz zu, ehe ich meine Aufmerksamkeit wieder Marcie zuwandte, die über die Schweinegrippe und den Air-France-Flug zwischen Rio und Paris sprach, der mitten zwischen zwei Kontinenten abgestürzt war, auf eine Weise, die sie *wirklich, also wirklich* an diese Serie erinnerte, nach der sie gerade süchtig war und die ich *unbedingt* kucken müsse, *wenn ich wieder in New York war*, und wie sie das sagte, quälte mich, weil sie ganz selbstverständlich davon ausging, dass ich zurückfahren würde, und das Schlüsselwort war *ich*, nicht *wir*, in dieser Gleichung war keine Mischa enthalten, und als sich auch Alyce und Erin und eine andere Frau, die ich bisher nicht bemerkt hatte, in die Diskussion über die Serie und die verschiedenen Theorien des Was und Wie und Warum einklinkten, von der jede Folge zu handeln schien, entschuldigte ich mich unter dem Vorwand, draußen eine rauchen zu gehen, obwohl man bei Marcie auch drinnen rauchen durfte, und als ich an Mischa vorbeiging – als würde ich sie nicht sehen, als wäre ich so zielstrebig, dass ich sie vergessen hätte –, unterbrach sie sich, griff nach meinem Arm, hielt mich fest und sagte freundlich und süß: «Du musst unbedingt meine Freunde kennenlernen.»

«Ich wusste gar nicht, dass ihr heute Gäste habt», entfuhr es mir.

«Wir auch nicht, sie sind einfach vorbeigekommen. Ist doch nett, ein paar Leute um sich zu haben – Das ist Jason, und das», sie legte die andere Hand, mit der sie mich nicht festhielt, auf die Schulter des Sylvia-Plath-Typen, eine spiegelverkehrte Wiederholung seiner eigenen Geste, «das ist Shane. Er ist Graphiker.»

«Na ja, ich dilettiere jedenfalls ein bisschen in dem Bereich herum», sagte Shane. «Freut mich, dich kennenzulernen.»

«Shane ist ein guter Freund von mir», sagte sie, und ich hasste die Leichtigkeit in ihrer Stimme, als sie mich ihnen vorstellte, als ob es rein gar nichts zu bedeuten hätte, und diese künstliche, nonchalante Haltung, die sie an den Tag legte, und das Wort *guter* Freund, mit dem sie ganz offensichtlich meine Reaktion testen wollte, als ob es nur darum ginge, ob ich eine Szene machen würde oder nicht, obwohl ich so oder so nicht als Sieger vom Platz ginge, während sie sich gleichzeitig hinter einer aufgesetzten Naivität versteckte, mit der sie die *Beleidigte-Leberwurst*-Karte ausspielen wollte, sobald ich ihr unterstellen würde, dass es irgendwie seltsam war, plötzlich so gute Freunde zu haben, ohne sie mir gegenüber bisher auch nur ansatzweise erwähnt zu haben.

«Ich war gerade auf dem Weg nach draußen», sagte ich und zeigte auf die Terrassentür.

«Wo willst du hin?», fragte Mischa.

«Nach draußen», wiederholte ich. «Ich glaube, das ist der richtige Weg.»

Ich ging hinaus und setzte mich auf Marcies Korbsofa, starrte die Pflanzen an und rauchte drei Zigaretten, ehe Mischa zu mir herauskam. Ich schickte eine SMS an Owen und fragte, wie die Lage in New York sei. Ich schrieb, dass ich L.A. hasste. Ich schrieb, dass ich bald nach Hause käme. *Möglicherweise komme ich allein*, schrieb ich.

«Ist etwas?» Mischa kam und setzte sich neben mich, vornübergebeugt, die Arme überkreuzt auf ihren Knien, als hätte sie eine wunderbare Zeit und könnte gar nicht verstehen, was ich hier draußen wollte.

«Eigentlich nicht.»

«Kommst du dann bald wieder rein?»

«Ich dachte, wir wollten heute Abend reden?»

Sie nahm mir die vierte Zigarette aus der Hand und schob sie sich zwischen die Lippen.

«Ich konnte ja nicht ahnen, dass sie kommen würden», erwiderte sie. «Ich habe sie nicht eingeladen, aber jetzt sind sie nun mal hier.» Sie legte ihren Kopf schief, ich hasste es, dass sie jetzt ihren Kopf schief legte. «Wie lange bleibst du?»

«Ich bin einmal quer über dieses ganze verdammte Land geflogen», sagte ich.

Sie zerdrückte die Zigarette im Aschenbecher. «Gut. Lass mich nur eben mein Glas holen.» Sie stand auf, und im nächsten Moment war diese verdammte Leichtigkeit wieder da. «Möchtest du auch was? Hm?»

«Nein, danke.»

«Sicher? Nicht mal ein Glas Wein? Damit du dich ein bisschen entspannst?»

Ich überlegte, ob ich noch den letzten Flug nach JFK oder LaGuardia erwischen würde, wenn ich auf der Stelle aufbrach.

«Nein, ich brauche nichts», antwortete ich.

«Wie du willst. Bin gleich zurück.»

Sie schlüpfte ins Haus und tänzelte durchs Zimmer, bis zu dem Tisch, wo sie sich Wein einschenkte und kurz auf die Stuhlkante setzte, um etwas zu Shane und Jason zu sagen. Sie blieb lange sitzen, fast zehn Minuten, jedoch ohne es sich bequemer zu machen, sodass ich auch keinen Vorwand hatte, wieder hineinzumarschieren und zu fragen, was das jetzt wieder war. Ich hörte, wie sie herzlich und japsend über etwas lachte und beinahe zusammenbrach. Schließlich konnte sie sich doch losreißen und kam hinaus, setzte sich neben mich und legte ihre Zigaretten und das Feuerzeug auf den Tisch. Sie hatte die Marke gewechselt. King's Blue. Ich hob die hellblaue Schachtel hoch.

«Was ist das denn?»

«Wollte mal was Neues ausprobieren. Die kommen aus Dänemark. Hast du schon mal davon gehört?»

Ich schüttelte den Kopf.

«Bedien dich einfach. Also, wer von uns beiden soll anfangen.»

«Ich finde, du solltest anfangen.»

«Aber ich weiß nicht, was ich sagen soll.» Sie knibbelte an ihren Fingernägeln herum.

«Wie wäre es, wenn du mir erzählst, was du eigentlich gerade tust?»

«Wie meinst du das?»

«Denn ich verstehe es nicht», sagte ich. «Wenn ich dich wegen irgendetwas um Entschuldigung bitten soll, kann ich das gerne tun, mehr als gern, und wenn es irgendetwas gibt, was ich nicht verstehen kann, hätte ich es gern erklärt, denn ich begreife ehrlich gesagt nicht, was wir gerade machen und warum wir auf einer Terrasse in … *Kalifornien* … sitzen und irgendwelche dänischen Zigaretten rauchen und du mich wie den letzten Dreck behandelst.»

«Findest du, ich behandle dich wie den letzten Dreck?»

«Tja, was denkst du? Es hat jedenfalls ganz den Anschein, als würdest du lieber drinnen mit den anderen zusammensitzen.»

«Ich weiß nicht – vielleicht.» Sie seufzte erneut. «Es tut mir leid», sagte sie, «ich weiß auch nicht, warum ich so zu dir bin. Aber es … es erscheint mir einfacher.»

«Als was?»

Sie steckte sich eine ihrer fancy Zigaretten an.

«Ich bin hierhergefahren, weil ich nachdenken musste.»

«Und, hast du inzwischen nachgedacht?»

«Ja.»

«Auch über mich?»

«Unter anderem.»

«Und?»

«Was soll ich sagen, Max? Was willst du hören? Dass alles in Ordnung ist? Es ist nicht so, dass ich hier sitze und einen Haufen Schlussfolgerungen parat habe. Aber hier ist das, was ich weiß: Ich werde bald vierzig. Uns geht es nicht gut, mir geht es nicht gut, ich weiß nicht. Geht es dir gut?»

«Mir ging es gut.»

«Wir stecken in einer Zwickmühle, Max. Es geht uns nicht gut, aber ich kann keinen eindeutigen Grund dafür benennen. Ich weiß es nicht. Seit Tausenden von Jahren haben sich Menschen in der gleichen Situation befunden wie wir gerade, aber wir haben immer noch unsere Probleme, es zu erklären. Uns selbst. Und einander. Ich weiß nicht, ob es jemals zu einem Bruch gekommen ist, ohne dass eine der beiden Parteien zu irgendeinem Zeitpunkt sagt: *Ich weiß nicht, was ich sagen soll.*»

«Ist das denn ein Bruch?»

«Ich glaube schon.»

Ich starrte ihren Mund an. Es war schwer zu akzeptieren, dass diese Wörter zu ihr gehörten.

«Wenn etwas …» Sie seufzte. «Es ist wie ein Traum, verstehst du? Ich befinde mich mitten in einem Traum, und in diesem Traum nehmen ich und du dasselbe Zimmer ein, ein Zimmer von einer gewissen Größe, ein Quadrat, wo nichts anderes existiert, jedenfalls nichts, von dem wir wissen. Es ist ein abgeschlossener Raum. Nur wir beide befinden uns darin. Du. Und ich. Wir waren dort sicher. Uns mangelte es an nichts. Aber ab und zu fällt mir auf, wie mir der Atem ausgeht, als wäre der Sauerstoffgehalt auf einen kritischen Wert abgesunken, ohne dass wir es bemerkt hätten, und es ist überlebenswichtig, wieder hinauszukommen. Aus diesem Zimmer. Bevor wir ersticken. Bevor es implodiert. Aber in dem Traum habe ich nicht einmal daran gedacht, dass es einen Ausgang gibt, ich habe keinen gebraucht; ich habe mich gar nicht erst nach einer Tür umgesehen … und jetzt habe ich damit begonnen. Ich habe diese Tür ständig im Blick, Max, und der Gedanke, dass ich sie jederzeit öffnen und hinausgehen kann, zu was auch immer auf der anderen Seite liegt, berauscht mich beinahe. Wie einfach es wäre. Ich kann loslassen, ich kann einfach alles loslassen. Denkst du so etwas nie? Wie phantastisch es wäre, alles loszulassen und nicht so verzweifelt an allem festzuhalten. Nicht diese ganze … *Verantwortung*, immerzu. Aber … das ist ungerechtfertigt, ich weiß das, denn es ist ja nicht so, du nimmst mir nicht die Luft zum Atmen, das hast du nie getan, und ich trage auch nicht die Verantwortung für dich, nicht so; du machst alles, so gut du kannst, und ich habe dich gern, ich habe dich immer noch gern, du bist mein allerbester … Freund. Es kann sein, dass ich dich immer noch liebe. Doch egal, wie sehr ich mich angestrengt habe, nicht daran zu denken, wie sehr ich mir auch eingeredet habe, dass es dort draußen nichts als Monster gibt und dass, na ja, dass wir uns deshalb in diesem Zimmer aufgehalten haben … es hilft nichts. Verstehst du? Ich laufe nur noch durch die Gegend und warte darauf, dass ich es wage, die Tür zu öffnen.

Hinauszugehen. Herauszufinden, wer ich wirklich bin, wer ich war. Zu wem ich *werde*, wenn ich es tue. Und dann komme ich darauf, dass es überhaupt kein Traum ist und die Konsequenzen echt sein würden, und man sollte meinen, das würde es … weniger reizvoll machen, es zu tun. Dich zu verlassen. Nach all den Jahren, nachdem wir einander gefunden haben und zusammengewachsen sind, zu einer Pflanze, die ich so gern gegossen habe … und kultiviert. Und gestutzt. Ich werde nie wieder jemanden finden wie dich. Dich zu verlassen, scheint das Gefährlichste zu sein, was ich tun kann. Die größte Tragödie, zu der ich fähig bin. Und genau deshalb ist es ab und zu das Einzige, was ich mir wünsche. Ein anderes Zimmer. Das nur mir allein gehört. Wie auch immer das Zimmer aussehen mag. Ergibt irgendetwas davon auch nur ansatzweise einen Sinn?»

Ich schüttelte den Kopf. «Ich versuche einfach nur, mich in Position zu bringen, um dir nachzulaufen, wenn es so weit ist. Und ich hoffe, dass ich dann schneller als du bin.»

«Noch bin ich ja nicht durch die Tür gegangen … aber irgendetwas muss sich ändern, ich weiß nicht, was.»

Sie trank ihren Wein aus. Sie sah auf den Boden. Sie sah auf ihre Füße. Ich auch. Sie hatte schöne Füße.

«Also, was sollen wir machen?», fragte ich.

«Ich finde, wir sollten vielleicht eine Pause machen. Fürs Erste.»

«Ich dachte, genau das hätten wir in den letzten acht Monaten getan. Eine Pause ist nie der Anfang, sie ist die Glocke, die den dritten Akt einläutet.»

«Dann müssen wir uns eben jetzt entscheiden, ob wir zu unseren Plätzen zurückgehen oder nicht.»

«Das ist kein Traum», sagte ich. «Das ist ein beschissener Bergman-Film.»

Da lachte sie, es war der heißersehnte Wetterwechsel, in dem eine gewisse Hoffnung mitschwang. Sie wollte das Thema wechseln.

«Und, was hast du heute gemacht? Marcie hat gesagt, du würdest vielleicht ins LACMA gehen?»

«Nee. Ich habe das Auto genommen, um Mordecai zu besuchen.»

«Wie geht es ihm?»

«Er war nicht zu Hause, er ist in Budapest. Wegen eines Films.»

«Aber das wusstest du nicht?»

«Nein.»

«Dann hättest du ihn vielleicht öfter anrufen müssen.»

«Aber ich habe mich mit meinem Vater getroffen.»

Sie sah mich erwartungsvoll an.

«Ach, echt?»

«Er ist wieder geschieden, er wohnt in einem Wohnmobil auf einem Parkplatz neben LAX.»

Sie lachte erneut, am liebsten hätte ich ewig so weitergemacht, hätte alles hervorgekramt, was mir einfiel, damit sie weiterlachte und alles vergaß, was sie gesagt hatte. Aber dann konnte ich es doch nicht lassen.

«Wer ist Shane?», fragte ich.

«Ein Freund. Habe ich doch gesagt.»

«Bist du in ihn verliebt?»

«Nein. Ich glaube nicht … vielleicht ein bisschen.»

«Hast du mit ihm geknutscht?»

Sie wartete unbehaglich lange mit einer Antwort.

«Einmal. Wir waren betrunken.»

«Warst du auch mit ihm im Bett?»

«Wenn wir eine Pause hatten, geht dich das eigentlich nichts an, oder? Aber ich … nein.»

«Ich frage ja nur.»

«Stell mir keine Frage, mit deren Antwort du vielleicht nicht umgehen kannst. Du kannst mich alles fragen, aber dann musst du auch mit den Antworten zurechtkommen; wenn nicht: Lass es einfach.»

Ich fragte sie nie wieder, also weiß ich auch nicht, ob sie in Kalifornien mit ihm oder anderen schlief, und falls ja, ob es eine Ausnahme war oder etwas Festes, oder ob der Zweifel, in dem sie mich ließ, einzig dem Zweck diente, mir Angst einzujagen, damit ich gar keine Fragen mehr stellte. Sie hatte ja auch recht, es war besser, so etwas nicht sicher zu wissen, das eröffnete mir die Möglichkeit zu glauben, dass ich es mir lediglich einbildete und es nichts war, was ich mit Sicherheit wusste und ihr hätte verzeihen müssen.

Ich nahm mir eine ihrer Zigaretten.

«Ich hasse diese Stadt», sagte ich.

«Ich weiß, deshalb bin ich auch hergekommen.»

Und in dieser Nacht, als wir uns hinlegten, nachdem die Gäste wieder gefahren und Alyce und Erin und schließlich auch Marcie ins Bett gegangen waren und Mischa und ich die spezielle Situation nicht weiter hinauszögern konnten, die darin bestand, zusammen schlafen zu gehen, ohne zu wissen, ob man sich getrennt hat oder nicht – mit allen Herausforderungen, die das mit sich bringt, hinsichtlich der Frage, inwieweit man weiterhin miteinander reden sollte, ganz zu schweigen davon, ob man nebeneinanderliegen sollte oder einander küssen oder gar versuchen, miteinander zu schlafen, sozusagen sicherheitshalber, falls sich die Chance nie wieder böte; in dieser Nacht, als sie sich vor dem Bett auszog und ich auch nicht wusste, ob ich mich wegdrehen oder hinsehen konnte, fiel mir außerdem auf, dass sie sich neue Unterwäsche gekauft hatte. Nichts Ausgefallenes, nichts auffällig Aufreizendes. Einfach nur schön. Das war das Traurigste von allem. Dieser Kauf. Normalerweise trug sie ihre Unterhosen, bis sie auseinanderfielen, sie war das, was man eine Unterwäschesentimentalistin nennen könnte. Da wusste ich, dass ich eine Antwort auf das erhalten hatte, worüber ich keine weiteren Fragen stellen wollte, und deshalb konnte ich, als keiner von uns einschlief und sie am Ende fragte, ob ich wach sei, und ich ja sagte, und sie sagte, *Ich komme mit zurück nach New York, gib mir einfach nur eine Woche, um hier alles abzuschließen*, nichts anderes sagen als *Schön* und die Augen schließen, während ich daran dachte, dass es eigentlich nichts anderes bedeutete, als dass sie der Sache noch eine Chance geben würde. Uns. Ohne jede Garantie. Dass es überhaupt nichts bedeuten musste.

Ansonsten lässt sich wenig sagen über die Woche, die ich in Los Angeles auf Mischa wartete. Tagsüber hielt ich mich so weit wie möglich vom Haus fern, um sie in Ruhe arbeiten zu lassen, und an den

Abenden versuchte ich mich von meiner besten Seite zu zeigen. Ich überkompensierte garantiert. Ich lieh mir Marcies Auto, wenn sie es nicht brauchte, so oft ich konnte, und sah mir unterschiedliche Ecken an – spazierte im historischen Venice-Canal-Distrikt umher und lag am Strand oder schwamm im Pazifik. Ich fuhr ziemlich viel herum. Ich wurde nicht warm mit der Stadt. Unter anderen Umständen wäre ich dem Laurel Canyon erlegen. Und der Aussicht vom Mulholland, die Marcie mir zeigte. Und dem Mount Baldy in San Bernadino. Aber so war es nicht. In manchen Nächten schliefen Mischa und ich miteinander, ich erinnerte mich an das heftige Glück, das mich überschwemmte, und an die tiefe Verzweiflung danach, wenn wir nebeneinanderlagen und vieles darauf hindeutete, dass es nur Schwanengesang gewesen war. Und die Tage waren lang. Aber ich schlief gut, wie ein Kind, neben Mischa, und wurde erst wach, als sie schon längst aufgestanden und an die Arbeit gegangen war. Ich schlief gut, weil ich mich in der Schwebe befand, sie hatte mich nicht verlassen, und die mühsame Arbeit, unsere Beziehung in der Wohnung im Apthorp zu reparieren, hatte noch nicht begonnen.

Am letzten Tag kam die Firma, die ihre fertigen Werke routiniert und sorgfältig einpackte und sie für den Transport nach Toronto vorbereitete; wir standen daneben und sahen zu, wie sie die Bilder mit weißen Handschuhen anfassten und die großen, schmalen Kartons die Treppen runter und zum Lastwagen trugen. Marcie weinte und sagte, sie hätte jeden einzelnen Tag genossen, an dem Mischa da gewesen sei, und wie dankbar sie für alles wäre, was sie von ihr gelernt hätte (ich fragte nicht weiter), und Mischa weinte auch, und ich zog mich ein wenig zurück und nestelte am Zahlenschloss meines Koffers herum, während sie sich versprachen, einander bald wiederzusehen, und als Mischa sich ins Taxi setzte und ich Marcie umarmte und ihr für die Gastfreundschaft dankte, flüsterte sie mir ins Ohr:

«Du hättest früher kommen sollen, Max. Es ist schade, dass du das nicht getan hast. Aber wenn du das meisterst, wirst du sie nie wieder verlieren. Das verspreche ich dir.»

Dann flogen wir. Das ist eine aufreizende Vereinfachung des Vorgangs, der uns und 89 weitere Personen inklusive der Besatzung sowie den Airbus 321-200 an sich in die Lüfte brachte mit seinen nicht gerade unbedeutenden 48500 kg Leergewicht plus rund fünfundzwanzig Tonnen Treibstoff plus unserem Gepäck und der übrigen Fracht plus des gesammelten Gewichts von Bordmagazinen, Sicherheitshinweisen, Geschirr und Besteck, Toilettenpapier und Flüssigseife von garantiert antiallergener Qualität (lt. den Versicherungen des Lieferanten, die als Argument hoffentlich genauso schwer wogen wie der günstigste Preis), Kaffeekannen, Kaffee, Teebeuteln, Zucker und Milch, Eiswürfeln, Mineralwasser, Bier und Wein und Nüssen und Mahlzeiten in exakt bemessenen Einwegportionen, ein Gradmesser für Servicequalität, damit die Leute beim nächsten Mal wieder diese Fluggesellschaft wählten, aber nicht entscheidend genug, als dass es die Besatzung davon abhielt, gleich bei mehreren Gelegenheiten zu Kreuze zu kriechen und den Passagieren aus ganzem Herzen dafür zu danken, dass sie sich trotz der Fülle an anderen Möglichkeiten für American Airlines entschieden hatten; plus uns, also des Gewichts der Passagiere, von denen einzelne ein schlechtes Gewissen aufgrund der Belastung hatten, die sie hinsichtlich der Faktoren Masse und Volumen zu dieser von vornherein schon komplizierten Gleichung beitrugen, aber auch ein schlechtes Gewissen gegenüber sich selbst (weil sie zugenommen hatten), ihren Angehörigen und in diesem Fall auch den Mitpassagieren, die sich unfreiwillig in ihren Sitzen klein machen und ihre Armlehne freigeben mussten, um ihnen (den gargantuanischen Sitznachbarn) den nötigen Platz zu gewährleisten, oder gegenüber den Flugbegleitern, die mit Feuchttüchern den Gang entlangeilten, um ihnen den rinnenden Schweiß von ihren glänzenden Stirnen zu tupfen, und / oder – wenn diese Schwergewichtler am Mittelgang saßen – mit dem Trolley-Jaggernauten gegen sie stießen und alles zum Überschwappen brachten, wenn sie sich an ihnen vorbeizwängten. Und das war weiß Gott oft der Fall, denn diese Leute (d. h. die Fluggesellschaft) versuchten, jeden einzelnen Sitz zu füllen, und nahmen auf nichts mehr Rücksicht, sondern flogen so schnell und kosteneffektiv, wie es irgend ging, auf einer der IFR-Routen quer über das Land, von VHF-basiertem VOR zu VOR: LOOP6 DAG J100 LAS J76 TBC J64 RSK J110 BUM KK54K CARRF ROD DJB JHW J70 MAGIO J70 LVZ LENDY6 oder die eindeutig üblichere LOOP7 DAG J146 DVC HGO HLC KK57C SPI VHP ROD DJB JHW J70 LVZ LENDY6, bei FL350, und wenn Sie jetzt links einen Blick aus dem Fenster werfen, können Sie in wenigen Minuten bla, bla, bla sehen, wer weiß schon, was, und wen interessierte es auch, abgesehen von denen, die ihren Taschenrechner in den schweißnassen Händen hielten und deren Jobs am seidenen Faden hingen, und vor dem Abflug war ich so damit beschäftigt gewesen, Mischas Laune zu erahnen, dass ich nicht einmal die Durchsage des Ersten Offiziers vor dem Start gehört hatte und später überlegte, ob wir vielleicht von meinem Vater geflogen wurden, von KLAX nach KJFK, aber so war es nicht, und Mischa hatte den Fensterplatz, sie sah fast die ganze Zeit hinaus, während ich das Buch las, das sie mir geschenkt hatte. Ich las die Schilderungen von Francis Ford Coppolas chaotischen Monaten beim Dreh von *Apocalypse Now* aus der Sicht seiner Frau, über seinen Zweifel und die Frustration und die Dekadenz und die Kosten und die zeitweise sorglos ausgelegten Sicherheitsvorkehrungen; ich las von logistischen Albträumen und Taifunen, von einem Bürgerkrieg, dessentwegen die Helikopter, von denen Coppola abhängig war, jederzeit während der Aufnahmen ihren Kurs ändern konnten, um echte Kämpfe auszutragen, und davon, dass Eleanor Coppola anfangs Angst hatte, mit ihnen zu fliegen, aber bald schon auf den Sicherheitsgurt pfiff und die Türen offen ließ, während sie in der einen Hand ihre Dokumentarfilmkamera hielt und in der anderen die Filmrollen. Ich las eingehende Beschreibungen des berühmten Tigers in der Mango-Szene, den Coppola aus L.A. einfliegen lassen hatte, und wie er – nachdem er aus Los Angeles hergebracht worden war und sich Jetlag und Erschöpfung gelegt hatten – die Zusammenarbeit verweigerte, als man ihn zum Drehort bringen wollte, oder vielleicht war es auch der Transportkäfig, der nicht an Bord passte (dieses Detail ist mir wohl entfallen), und wie man den Tiger am Ende einfach in den hinteren Bereich des Flugszeugs führte wie einen gewöhnlichen

Passagier, unter lauten Protesten der italienischen Ehefrauen, die angereist waren, um ihre an der Produktion beteiligten Männer zu besuchen; und wie sich der Pilot weigerte, loszufliegen, solange die Bestie an Bord war, und sich am Ende doch darauf einließ, mit Hilfe einer Leiter ins Cockpit ein- und auszusteigen. Was mir bei der Lektüre des Buchs jedoch am deutlichsten bewusst wurde und was, so mein Verdacht, auch der eigentliche Grund war, warum Mischa es mir geschenkt hatte, war Eleanors Beschreibung ihres eigenen Lebens, wie sehr sie Francis in jeder Hinsicht unterstützte, aber auch was sie verkraftete, aushielt, wie sie immer wieder selbst zurücksteckte und die ganze Zeit nach Wegen suchte, um ein Dasein zu akzeptieren, ja sogar zu begrüßen, in dem ihre eigenen künstlerischen Ambitionen ständig im Schatten ihres Mannes standen. Und seiner Arbeit. Sie war zu dem Schluss gekommen, dass es das Opfer wert war und auch eine gewisse Freiheit damit einherging. Doch diese Schlussfolgerung war keine Selbstverständlichkeit. Ich kannte Eleanor nicht, aber was Mischa und mich anging, war völlig klar, wo das wahre Talent lag. Zudem war ich immer von anderen abhängig, die meine Ideen ausführen konnten. Die seltenen Male, wenn ich einmal vor allen anderen im Theater ankam, wurde mir das erschreckend klar: Alleine war ich wertlos. Und dann drehten wir ein paar Schleifen über Long Island, und die Räder wurden ausgefahren, und wir bogen in eine breite Linkskurve und landeten, und ich schaltete mein Handy ein, als wir zum Terminal rollten, aber Owen hatte noch immer auf keine meiner Nachrichten geantwortet, ich kontrollierte mein Handy erneut, während wir mit dem Taxi die Brücke überquerten und zum Apthorp fuhren, doch nichts von ihm, kein Ton, und die Wohnung lag im Dunkeln, als wir ankamen, als wir zurückkamen, und ich fand, dass Mischa etwas widerwillig über die Türschwelle trat, drinnen war die Luft abgestanden, und ich ging umher und schaltete das Licht ein und hatte währenddessen das merkwürdige Gefühl, dass Owen ausgezogen wäre.

Wir setzten uns ins Wohnzimmer und warteten, unsicher, wie wir unser Zusammenleben wieder aufnehmen sollten, ob wir die alten Routinen einfach weiterführen sollten. Wir warteten darauf, dass der andere den ersten Schritt machte. Wir warteten darauf, wieder wir selbst zu sein. Und genau in dem Moment, als im drückenden Stupor abermals alles schiefzugehen drohte, hörten wir, wie Owen die Tür aufschloss. Lange Minuten warteten wir weiter, diesmal auf ihn, und als er ins Wohnzimmer kam, machte er nicht viel Aufhebens darum, das wir beide da waren, sondern fragte nur, ob wir gerade erst gekommen seien, und ließ sich in seinen Sessel fallen.

«Wo bist du gewesen?», fragte ich. «Ich habe dir mehrere Nachrichten geschickt, hast du die nicht bekommen?»

«Ich hatte vergessen, mein Telefon mitzunehmen», antwortete er. «Es tut mir leid. Ich war letzte Woche im Krankenhaus.»

Mischa und ich sahen erst einander an, dann Owen. Und er uns auch.

«Es sieht so aus, als hätte ich Krebs», sagte er.

Wir hatten gute und schlechte Phasen, es gab immer Schwankungen, aber keine Festigung, weder für Owen noch für Mischa und mich. Er kränkelte, wir kränkelten; ich beendete meine Arbeit mit *The Mill Stone* und führte die Proben durch, ohne es zu Hause mit einem Wort zu erwähnen, und so kam die Premiere für die anderen überraschend. Wir fuhren zusammen hin, wir gingen getrennt voneinander nach Hause. Noch gab es Abende, an denen Mischa und ich etwas gemeinsam unternahmen, ins Kino oder ins Konzert oder morgens / vormittags / nachmittags in den Park gingen oder Besorgungen machten, bei denen wir uns dem Anschein nach verhielten wie immer, doch der Unterschied war, dass wir keine gemeinschaftlichen Anschaffungen mehr machten, für die Wohnung. Wir kauften keine neuen Töpfe, keine Bettbezüge und auch kein Waschmittel, es sei denn, ich schlug es vor und sagte, wir bräuchten das ein oder andere, dann ging sie darauf ein und begleitete mich in die richtigen Läden zu den richtigen Regalen, wo das lag, was uns fehlte, allerdings nie ohne einen unterschwelligen und dauerhaften Widerwillen, ein Funksignal auf niedriger Frequenz, das die ganze Zeit sendete, wir würden doch auch mit dem zurechtkommen, was wir schon besaßen, und es hätte keinen Sinn, dieses

Spiel weiter fortzusetzen. Als hätten wir keine andere Wahl mehr, als uns zu trennen, wenn eines Tages kein Spülmittel und keine sauberen Töpfe mehr in der Wohnung waren. Wir wohnten weiter zusammen, und wir küssten uns, wenn wir uns am Nachmittag wiedersahen, nachdem einer von uns draußen gewesen war; diese Küsse waren schnell und trocken, mehr Pflicht als Gefühl, ein formeller Händedruck, mit dem Mund ausgeführt. Es war so, dass sie an den Abenden eher allein loszog, als sie mit mir zu verbringen, und Freunde traf, die ich nicht oder kaum kannte, oder mich nur zu Dingen einlud, von denen sie wusste, dass ich sie langweilig finden und deshalb früher aufbrechen würde, vor ihr, und zu denen ich trotzdem fast jedes Mal ja sagte und mich in Schale warf und die Schuhe wechselte und mitkam, damit sie mir nicht vorwerfen konnte, dass ich nie zu etwas mitkam, was sie vorschlug und sie interessierte. Außerdem sagte ich ja, weil ich mit ihr zusammen sein wollte. Ich begleitete sie auf Ausstellungen und saß neben ihr und konversierte mit ihren Freunden und lauschte allem, was sie sagten, und reagierte mit Enthusiasmus und Neugier und Freundlichkeit, weil ich wollte, dass Mischa mich sah und sah, dass ich mich für jene interessierte, die ihr wichtig waren, und ich redete mit ihnen, weil ich mit ihr reden wollte, und benutzte sie als Brücke zu ihr, ich bahnte mir redend einen Weg über den Tisch, bis zu dem Punkt, wo ich sie von dem Gespräch loseisen konnte, das sie mit anderen führte, und sie in meines miteinbeziehen, und wenn ich endlich Kontakt zu ihr hergestellt hatte und sagte, was auch immer ich sagen wollte, machte sie selten mehr als *hm* oder ein bestätigendes *mm*, als wäre sie gestört worden oder gäbe keinen Pfifferling mehr auf diesen Dialog oder, schlimmer noch, als dächte sie, ich würde mich mit ein paar nichtssagenden Sprachfetzen zufriedengeben und sie gierig in mich hineinstopfen, woraufhin sie ihre eigentliche Diskussion noch ein Weilchen weiterführen konnte, ohne wieder gestört zu werden, ehe ich sie erneut aus dem Konzept brachte. Und auf dem Heimweg, nicht im Taxi, aber wenn wir zu Fuß gingen, war sie die Liebenswürdigkeit in Person, redete ununterbrochen, lachte und schlug manchmal sogar vor, dass wir unterwegs anhielten und noch einen

Absacker tranken, in einer Bar, wo auch immer, und dann konnten wir wieder über alles sprechen, unangestrengt, solange ich nicht der Versuchung erlag und sie fragte, warum sie mich den halben Abend lang ignoriert hatte oder auf anderem Wege das Thema *Wir* oder *die Zukunft* ansprach, was sofort dazu führte, dass ihr Vokabular wieder zu jenen *hms* und *mms* regredierte, die alles zwischen Himmel und Erde bedeuten konnten, in den meisten Fällen aber nur einen feuchten Kehricht. Ich flog auch mit ihr nach Toronto und nahm an der Eröffnung der *Toronto-Precision*-Ausstellung teil, die glänzende Kritiken in den kanadischen Zeitungen erhielt, und dasselbe galt für New York, als sie dort gezeigt wurde und Leute wie Saatchi und Gagosian mit gezückten Geldbörsen auftauchten; ich hielt mich im Schatten, während sie mit kanadischen Freunden, mit Kollegen, Journalisten und potenziellen Käufern sprach. Das einzig bekannte Gesicht war Gabe, der allerdings eher Mischa als mir zuliebe vorbeischaute; er hatte einen Abstecher von einer Tournee mit den Vantablack-Bildern gemacht, von denen er nicht mehr wegkam, und ich fand, dass er kaputt aussah, wie er dort mit seinem Glas Champagner neben mir stand und so tat, als würde er daran nippen, und ständig irgendwelchen Menschen zunickte, die vorbeikamen und ihm zu seiner eigenen Arbeit gratulierten und Dinge sagten wie *ruf mich an* und *wir sollten uns mal treffen*. Ich war trotzdem froh, dass er da war, unabhängig von seinem Zustand.

«Diese Bilder sind definitiv das Beste, was sie je gemacht hat», sagte er und betrachtete *We Grew up in The Sprawl 1981*, das uns gegenüber am anderen Ende des Raums hing.

«Stimmt. Wo ist eigentlich Catherine?», fragte ich, um über etwas anderes zu sprechen als die Bilder.

«Catherine? Hm. Es ist über ein Jahr her, dass ich dir darauf hätte antworten können. Ich glaube, sie ist in Chicago und kommt gut zurecht. Weißt du, eigentlich haben wir von Anfang an nicht zusammengepasst, und dann meine vielen Reisen, also … Aber wie geht es dir denn, ich habe diese enthusiastische Kritik von *Mill Stone* in der New York Times gelesen, das muss eine Erleichterung für dich gewesen sein. Ich meine, bei dem Thema und allem. Hardcore.»

«Allerdings kam niemand, um es zu sehen», sagte ich. «Es wurde schon nach zwei Wochen abgesetzt.»

«Aber du hast es gemacht.» Er nickte freundlich einem Ehepaar in den Sechzigern zu, das an uns vorbeischlich. «Und dann habe ich noch gehört, dass du Mischa im Sommer in Kalifornien besucht hast. Warst du in dieser koreanischen Ausstellung im LACMA? Heftige Sachen. Ich habe zwei Tage dort verbracht.»

Besucht? Im Ernst? *Besucht?*

«Ich dachte, du wolltest nach deiner letzten Ausstellung aufgeben. Ganz mit der Kunst aufhören.»

Diesmal tat er nicht nur so, als ob er trank, sondern öffnete den Mund und kippte das Glas in einem Zug herunter.

«Ich auch», sagte er.

Wir gingen durch die Ausstellungsräume, um nach den Toiletten und anschließend der Bar zu suchen, und wir standen in unserer jeweiligen Kabine, als Gabe, über die Trennwand hinweg, sagte:

«Aber was hältst du von Marcie und diesem Haus in der Lookout Avenue, schon ganz schön schräg, oder?»

Ich hatte keine Ahnung, dass er dort zu Besuch gewesen war. Das hatte sie nicht erzählt. Und hätte sie es erzählt, hätte ich womöglich auch gefragt, in welchem Bett er übernachtet hatte.

«Irgendwie ist es aber auch cool, dass es noch Menschen gibt, die so wohnen wie sie und an das ganze Kommunen-Zeug und so glauben, findest du nicht?», fragte er.

Doch da war ich schon auf dem Weg nach draußen, durch die Ausstellung, hinaus auf die Straße. Ich rief Mordecai an, aber er ging nicht ans Telefon. Ich rief meine Mutter an und hörte ihren Anrufbeantworter, der immer noch mit der Stimme von Wohlman im Hintergrund endete, der gerade fragte *Hat er jetzt aufgenommen?* und ihrem aufgeregten *Ich weiß nicht, ich weiß es doch nicht!*, obwohl sie nicht mehr mit Wohlman zusammen war (es reicht wohl zu sagen, dass ihre Reise nach Hawaii *unüberwindbare Differenzen* zutage förderte, was die Erwartungen und die Meinung, wie man seine Zeit in der Sonne zu verbringen hatte, anging). Seit es aus war, hatte sie es nicht geschafft, die Ansage zu ändern. Oder es nicht gewollt. Ich rief Owen an.

«Ist was passiert?», fragte er. Seine Stimme war tief und heiser.

«Warum fragst du?»

«Ich liege schon im Bett, es ist nach Mitternacht.»

«Sorry, das war mir nicht klar.»

«Ich habe eine Ambien genommen, ich sollte wohl besser –»

«Wir reden Montag», sagte ich und hörte, wie er auflegte.

Meinen Vater rief ich nicht an.

Am Sonntagabend gingen wir in einem unserer Lieblingsrestaurants essen, Mischa, Gabe und ich. Ihre Eltern kamen auch dazu. Ich las die Speisekarte mehrmals von oben bis unten, obwohl sie unverändert war und ich sie noch fast auswendig kannte. Wir verabschiedeten uns am Toronto Pearson International von Gabe, er eilte auf das Gate zu, wo ein A380 wartete, um ihn nach Berlin zu bringen, von wo aus er weiter nach Amsterdam musste, und schlenderten selbst zu unserem American-Airlines-Flug zurück nach New York, und anderthalb Wochen darauf kam sie an einem Vormittag in mein Arbeitszimmer.

«Ich habe das Haus in der Rue Rivard gekauft», sagte sie. «Ich ziehe nach Montreal.»

Sie fragte nicht, ob ich mitkommen wollte.

So endete es. Nach sechzehn Jahren. Mit einem Gefühl, dass die Zukunft dem Ende entgegenging. Keiner von uns sagte, dass es aus war, nicht direkt. Keiner warf Sachen an die Wand oder überhäufte den anderen mit Vorwürfen. Ich hätte es tun sollen. Hätte sagen sollen, dass es so verdammt noch mal nicht ging. Schreiben sollen: *Was machst du da!?* Wenn wir weinten, dann nie im selben Raum und nie gleichzeitig. Ich behandelte die Sache wie einen Umzug; ich half ihr beim Packen, klebte die Böden ihrer Kartons sorgfältig mit Klebeband zu, damit nichts hinausfiel. Ich tat so, als wäre ich einverstanden, als wäre es das einzig Logische. *Das ist eine erwachsene Entscheidung*, sagte ich. Ich vermittelte den Eindruck, dass ich ihre Wahl respektierte. *Du wirst immer meine beste Freundin sein*, sagte ich. *Sollten plötzlich zwei Jahre vergehen, ehe wir wieder voneinander hören, bin ich mir sicher, dass wir das*

Gespräch einfach so wieder aufnehmen können, sagte ich. Ich sagte *Man weiß ja nie* und sie sagte *Man weiß ja nie. Vielleicht werden wir einander vermissen*, sagte ich. *Wer weiß*, sagte sie. Ich tat so, als hätte ich alles unter Kontrolle. Als wäre es in Ordnung. Als käme ich schon zurecht. Als würde ich mich darauf freuen, das ein oder andere auszuprobieren. Ich beschriftete ihre Kartons mit schwarzem Edding und half ihr, sie vor die Tür zu räumen, bevor die Umzugsleute kamen. Gabe half ihr, das Atelier in SoHo zu räumen. Ich sagte *Ich weiß nicht, ob ich das schaffe.* Ich sagte *Ist es normal, dass es so schmerzhaft ist?* Ich sagte, dass ich manchmal das Gefühl hätte, keine Luft mehr zu bekommen. Ich arbeitete nicht. Ich tat nur so. Ich sagte *Aber was willst du?* Ich sagte *Wer soll ich denn jetzt sein? Für wen soll ich all diese Sachen machen? Geh nicht weg. Bleib. Ich liebe dich. Ich kann dir dabei helfen, alles wieder auszupacken. Wir können zusammen weggehen. Was ist, wenn ich eines Tages komme, was ist, wenn ich eines Tages einfach bei dir vor der Tür stehe? Was dann?* Wir aßen im Restaurant auf der anderen Seite der Straße, und ich dachte, die gute Stimmung wäre ein gutes Zeichen. Ich tat so, als würde sie mich nicht verlassen. Sie tat so, als hätte sie es nicht schon vor Wochen getan. Ich sprach über Fire Island und sie von den Sachen, die sie im neuen Haus noch erledigen musste. Wir schliefen in dem Bett, das nicht mehr unseres war, in dem Zimmer, das keinem mehr gehörte. Als ich aufwachte, hatte das Taxi sie schon abgeholt, auf dem kleinen Tisch im Flur, wo wir unsere Schlüssel hinwarfen, wenn wir nach Hause kamen, lag ein Zettel für mich. Es stand nicht das darauf, was ich lesen wollte.

Ich ging in die Küche, kochte Kaffee. Las die Zeitung. Und ein merkwürdiges Gefühl von Freiheit überkam mich. Ich dachte, dass es schon gut gehen würde. Es war doch gar nicht so schwer, das alles. Dann weckte ich Owen und wartete, während er sich bereit machte, damit ich ihn ins Krankenhaus begleiten konnte, wo er neue Untersuchungen über sich ergehen lassen musste, und Untersuchungsergebnisse erhalten.

Mir war übel, als wir aufbrachen. Drei U-Bahn-Stationen darauf schlug die Angst richtig zu.

VESTERHEIM

(OLEANNA MALAISE)

HERBST 2010 – HERBST 2011

1

Oktober 2010

Hier ist ein Tag. Schau ihn dir an. Hier ist ein Tag, der nicht wiederkommt. Ein Tag weniger, noch ein Tag. Hier ist die Zeit. Dies ist der Weg nach Iowa. Er fährt selbst. Sein Neffe hätte lieber nicht, dass er es tut, sein Neffe sitzt auf dem Beifahrersitz und schielt nach jedem Kilometer einmal zu Owen hinüber, um sich zu vergewissern, dass er, du weißt schon, die Kontrolle behält. Nur weil man krank ist, todkrank, glauben die Leute, man wäre automatisch auch vergesslich, unaufmerksam, schwerhörig und nicht ganz zurechnungsfähig. Sie machen sich Sorgen, man könnte auf die Straße rennen und überfahren werden, und fürchten, man würde sich zu viel zumuten. Ständig diese Frage, ob man sich nicht ein wenig ausruhen wolle. Diese Ermahnungen, man solle alles langsam angehen, Kräfte sparen. Als käme noch etwas, für das man die Kräfte sammeln, in Form sein müsste. Als würde es irgendeine Rolle spielen, ob man an einem Dienstag stirbt anstatt an einem Freitag. Als könnte man es anschließend noch bereuen. Am liebsten hätte er länger gelebt, am liebsten wäre er viel älter geworden, achtzig oder vielleicht neunzig oder vierundneunzig. Hundert wäre das Allerbeste gewesen, er hätte gern in der Nachmittagssonne unter einer Patchworkdecke gesessen und nichts anderes gemacht, als sein Gebiss herauszunehmen und wieder einzusetzen und darauf zu warten, dass er 101 würde. Niemand hätte ihn dafür kritisiert. Wenn überhaupt, hätte ihn jemand dafür bejubelt, dass er immer noch ohne fremde Hilfe sein Gebiss herausnehmen und wieder einsetzen kann. Und allen möglichen Leuten zahnlos und herzlich zulächeln. Es hätte ihm gefallen, vor dem Fernseher einzuschlafen, während gerade Sport läuft. Er wird nicht wieder gesund werden. Er ist 66; er ist krank. Er wird sterben, um Weihnachten herum oder im Frühjahr, es ist seine letzte Krankheit. Nicht mal siebzig. Das ist kein Alter. Die Leute glauben, er würde nicht mehr alles mitbekommen. Seine Klamotten passen ihm nicht mehr. Das letzte Mal hat er 1970 so wenig gewogen, wenn er sich morgens im Spiegel betrachtet, sieht er ganz seltsam aus, ein Sechsundzwanzigjähriger in der Haut eines Sechsundsechzigjährigen, ein Mann in einem Trenchcoat aus seiner eigenen Haut, der sich nicht mehr ablegen lässt, nicht einmal nachts. Seine Hosen sind zu weit und müssen mit Hilfe eines Gürtels zusammengezurrt werden, seine Hemden schlackern; er will sich nichts Neues mehr kaufen. Er hasst es, in Bekleidungsgeschäfte zu gehen, schon seit er denken kann, hat er so viel wie möglich im Katalog bestellt, in den letzten zehn oder zwölf Jahren hat die Freundin seines Neffen das meiste für ihn eingekauft, sie wusste, was ihm gefiel, was ihm stand. Er mochte es, dass sie für ihn einkaufte, er mochte sie. Sie hieß Mischa. Jetzt ist sie weg. Auch deshalb will er sich keine neuen Sachen kaufen, weil er sie damit ganz aus seinem Leben entfernen würde, vor allem aber, weil seine Kleidung das Einzige ist, was ihn noch an ihn selbst erinnert. Wenn sein Blick das eigene Spiegelbild streift, nackt, wenn er aus der Dusche steigt, erschaudert er bei dem Anblick und beeilt sich, schnell etwas anzuziehen, um wieder er selbst zu werden oder zumindest jemand, der ihn selbst imitiert. Zusätzlich zum Gewichtsverlust plagt ihn auch Husten, damit fing es an, und er ist immer noch da, ein Husten, der an den Bronchien zerrt und dafür sorgt, dass die Leute Angst um ihn haben. Und die Verstopfungen, fast die ganze Zeit hat er Verstopfungen. Wenn er überhaupt etwas hinausbekommt, ist Blut dabei, Blut in der Kloschüssel. Und er schwitzt in den Nächten, Nachtschweiß, erwacht bibbernd und durchnässt und desorientiert und muss aufstehen, um sein T-Shirt zu wechseln, manchmal auch das Laken, er hat einen ganzen Stapel T-Shirts neben dem Bett liegen. Sie hat auch seine Sachen mitgewaschen, Mischa. Jetzt wäscht er seine Kleidung nur, wenn es absolut notwendig ist; er will seinen Neffen nicht um Hilfe bitten, warum sollte er auch? Er ist krank, er wird sterben, aber er hat schließlich immer noch Arme, die an seinem Körper festsitzen. Und der Bauch, teilweise hat er starke Bauchschmerzen, oft am Vormittag oder am frühen Nachmittag, abends ist es meistens etwas besser. Weniger schmerzhaft. Weitere Chemos hat er abgelehnt. *Nicht noch mehr*, hat er gesagt. Wenn er zu sehr an den Stuhl denkt, auf dem er während der Behandlung saß, oder den Geruch des Raumes bemerkt, in dem der Stuhl stand, muss er sich übergeben. Der Krebs breitet sich aus. Eine ganze Fauna aus Fachbegriffen und lateinischen Wörtern wurde verwendet, um ihm zu erklären, was mit ihm passiert ist, was in diesem Moment passiert und nicht zuletzt, was mit ihm passieren wird und in ihm. Er hat sich nicht die Mühe gemacht, auch nur eines dieser Wörter zu behalten. Nach versprengten Angriffen aus dem Hinterhalt, Phasen des Rückzugs und einer Neugruppierung haben die Krebszellen breite Frontlinien gebildet, sie expandieren, breiten sich über den Oregon Trail in seinem Inneren aus. Migration. *Manifest Destiny.* Eines Tages werden sie die Küste erreichen. Noch immer kann Owen die Stimme seines ersten Arztes hören, als der ihn fragte, ob er während seines Aufenthalts in Vietnam eventuell mit Agent Orange in Kontakt gekommen sein könne. Der Arzt sagt, er habe über die Operation Ranch Hand gelesen und dass von Sammelklagen gegen den Staat die Rede sei. Millionen von Vietnamesen leiden an den Spätfolgen der Chemikalien, große Anbauflächen wurden zerstört, und nach wie vor kommen Kinder mit Missbildungen zur Welt. Der Arzt sagt, dass mehr als siebzig Millionen Tonnen Agent Orange über Südvietnam geschüttet worden seien. Owen sagt, soweit er wisse, habe all das vor seiner Zeit stattgefunden: Bastogne war bereits von der Vegetation bereinigt, als er ankam, ein verstaubter Erdhaufen, aber im Lager seien drei orangefarbene Tonnen aufbewahrt worden, ungeöffnet, die darauf warteten, von jemandem abgeholt zu werden, der niemals kam. Er sagte, dass er jeden Tag an ihnen vorbeigegangen sei, mehrmals täglich, sie alle seien daran vorbeigegangen, ohne einen Gedanken daran zu verschwenden, dass es gesundheitsschädlich sein könne. Soweit er wisse, seien sie nie geöffnet oder bewegt worden. «Die anderen offensichtlichen Kandidaten», sagt der Arzt, «sind der Staub und das Asbest und was Sie noch so alles eingeatmet haben in den Wochen, als Sie am Ground Zero waren. Und dann kommen wir leider auch nicht um den dritten und wahrscheinlichsten Kandidaten herum: das Pech. Solche Dinge passieren einfach. Der Lauf der Natur oder schlimmer noch: Wir wissen nicht, warum. Viel unspektakulärer, fürchte ich. Und es ist schwierig, dagegen zu klagen.» Er sagt nicht: Es ist schwierig, das zu überleben. Seither hat es viele Ärzte gegeben, eine ganze Reihe, viele Spezialisten und höhere Rechnungen. Zu dem letzten Arzt sagt er: «Sagen Sie einmal, wenn Sie alle vagen Antworten beiseitelassen, wenn ich von der Aussage absehe, dass niemand ein Wunder ausschließen kann, und davon, dass es immer etwas gibt, was ihr Mediziner noch versuchen könnt, und dass die Schmerztherapie heutzutage schon so weit fortgeschritten ist und so weiter und dass es nicht so schlimm werden wird, wie ich glaube, oder ich noch ein halbes Jahr, ein Jahr, zwei Jahre weiterleben kann: Werde ich daran sterben?» Der letzte Arzt antwortete: «Ja, das werden Sie.» Anschließend wird das Gespräch etwas kompliziert. Er geht durch die Stadt nach Hause, und der Tod ist nicht länger abstrakt. Er liegt ihm auf der Tasche, drückt in den Schuhen, in seinem Mund, die ganze Zeit kann er ihn spüren, nicht als etwas Schweres, Belastendes, sondern eher scharf und kantig. Der Tod ist physisch, und es ist nicht so, dass ihn das erschreckt. Es ist enttäuschend. Owen hätte gern länger gelebt. Die Leute behandeln ihn, als könne er zerbrechen, sobald sie das K-Wort in den Mund nehmen, und er kann auch keinen Jazz mehr hören. Die Alben setzen in den Regalen im Wohnzimmer Staub an, in seinem Zimmer, beim Gedanken an komplexe Musik und Improvisation wird ihm übel, er hat das Klavier nicht mehr angerührt, seit er vom ersten Arzt zurückkam. Wenn er Musik hört, muss sie einfach sein, am liebsten überhaupt kein Klavier mehr, gern einfach nur eine akustische Gitarre, das kann er ertragen, seine eigenen Aufnahmen hervorzuholen, ist dagegen ausgeschlossen. Zu seiner Überraschung und Begeisterung hat er Townes Van Zandt und die frühsten Alben von Kris Kristofferson zu schätzen gelernt, Mischa hat sie ihm geschenkt, als sie auszog, sie sagte, sie hätte keinen Platz mehr dafür, aber das stimmt nicht, sie hatte Platz; er bekam sie trotzdem. Diese

Platten hört er, wenn sein Neffe nicht da ist, er weiß, dass Max es nicht mag, wenn sie gespielt werden und er es hören kann. Es ist die Schlichtheit, die Owen an dieser Musik mag. Also, warum Iowa? Er will hinaus aus der Stadt, will reisen, es könnte das letzte Mal sein, das er die Möglichkeit dazu hat, einfach aus seiner Wohnung hinauszuspazieren und selbst zu entscheiden, wohin er fahren will. Er hätte viel mehr reisen sollen, es hat ihn gequält, dass er keine Lust hatte, woanders hinzufahren, sondern immer nur zu Hause sein wollte, so gut wie jeder Ausflug wurde von einem heftigen Widerwillen begleitet, selbst wenn er nur für eine Nacht oder zwei weg war. Die Angst im Hinterkopf, dass der Ort, den er verließ, sicher nicht mehr da wäre, wenn er zurückkäme. Inzwischen hat er verstanden, dass es unerheblich ist, ob er diesen Ort bewacht oder nicht, er verliert ihn ohnehin; er wird aus dem Apthorp-Gebäude ausziehen müssen, er kann es sich nicht mehr leisten, dort zu wohnen, und der Zustand der Wohnungen ist durch die ausbleibende Instandsetzung so desolat, dass selbst die letzten Standhaften gezwungen sind, ihre Einheiten und Quadratmeter aufzugeben. Er kann nur darauf hoffen, dass er stirbt, bevor er seine Schlüssel abgeben muss. Das Einzige, was er noch mehr verabscheut als das Reisen, ist das Umziehen. Aber diese Straße führt nach Iowa. Es ist noch weit. Zwei Tage brauchen sie mindestens. Er fährt drei Stunden am Stück, dann eine Pause, einen Happen Essen. Anschließend wieder drei Stunden. Seit Jahren sprechen sie schon davon, dort hinzufahren, nach Decorah, IA, um Vesterheim zu besuchen, das größte norwegisch-amerikanische Museum der Welt. Owen ist schon einmal dort gewesen, vor über dreißig Jahren, als er aus Kalifornien kam und zum ersten Mal davon hörte, als er in Des Moines war, und einen Abstecher dorthin machte, ein in Frischhaltefolie gepacktes und mit Bauernmalerei verziertes Norwegen, die Museumsräume bis zur Decke gefüllt mit Gegenständen, Möbeln und Kunsthandwerk, wie es seine Großeltern damals eiligst loswerden wollten, um Platz für Moderneres zu schaffen, und auf der Rückseite des Gebäudes: norwegische Zimmermänner, die dabei waren, ein ganzes norwegisches Bauernhaus aus den 1860er Jahren wieder zusammenzusetzen, das man auf einem Hof in Valdres bis auf den letzten Holzbalken auseinandergenommen und über das Meer geschifft hatte. Er stand mit verschränkten Armen in der brennenden Sonne und betrachtete sie bei der Arbeit, und es verschaffte ihm eine gewisse Freude, das mitanzusehen und einerseits frei von allem Norwegischen zu sein, andererseits aber auch die Gewissheit zu haben, dass es bewahrt wurde, jemand anders hatte sich dessen angenommen; er brauchte sich nicht länger darum zu kümmern, er konnte sein, wer er wollte. Er war Owen, er hatte keinerlei Bedürfnis, wieder Ove zu werden. Jetzt ist es anders, er wünschte, er könnte als er selbst von dieser Erde scheiden, als Ove. Er wünschte, er wäre zu Hause. Aber er ist hier: Dayton, OH; Normal, IL, Autobahnen und Dörfer, herbstgraue Äcker unter einem drückenden Himmel; Regen, Scheibenwischer, Cafés und Tankstellen. Das Autoradio, das immer läuft und ihnen beispringt, wenn die Gesprächsthemen ausgehen. Sie schlafen in getrennten Zimmer in den Motels, bei denen sie unterwegs halten, etwas anderes käme nicht in Frage. Doch wenn sie sich für die Nacht verabschieden, nachdem sie zu Abend gegessen und die Route des nächsten Tages besprochen haben, wenn sie vor ihren Einzelzimmern stehen und ihre Türen aufschließen, beginnt die Einsamkeit. Er erwähnt es dem Neffen gegenüber nicht, sondern bleibt auf dem Bett sitzen und hört ihn auf der anderen Seite der Wand rumoren, hat die eine Hand immer erhoben, um dagegenzuklopfen und die Aufmerksamkeit des Neffen zu erregen, seine Scham zu überwinden und es auszusprechen; dass er neuerdings Angst hat, allein zu sein, dass er viel besser schlafen würde, wenn er wüsste, dass noch jemand im Zimmer ist. Es ist neu, dieses Unbehagen, das damit verknüpft ist, allein zu sein, ausgerechnet er, der erst mehrere Runden (viele, viele Runden) mit sich kämpfen musste, ehe er seinerzeit den Neffen und seine Freundin überzeugend bitten konnte, bei ihm zu wohnen. In erster Linie rang er sich dazu durch, weil es ihm wie eine gute Tat erschien. Als Nächstes, weil Andy meinte, es würde ihm guttun. Und zuallerletzt, weil er nicht für sich sein wollte. Mit der Zeit hatte er sich an sie gewöhnt, sie liebgewonnen. Am Ende wollte er auf keinen von ihnen verzichten, sie wurden seine besten Freunde, seine wichtigsten Menschen. Und jetzt, da er krank ist, weiß er nicht sicher, ob er auch nur einen Tag ohne jemanden in seiner Nähe durchstehen würde. Wenn er nachts wach wird und hört, wie sein Neffe aufsteht, um auf die Toilette zu gehen, ist er jedes Mal davon überzeugt, dass er auch das Geräusch von Autoschlüsseln hört, die in die Hand genommen werden, und sieht vor sich, wie Max ihn verlässt, dass er genug von dieser Abhängigkeit und von dieser Anhänglichkeit hat, die sein Onkel verströmt. Wenn sie sich am nächsten Morgen zum Frühstück treffen und sich wohlfühlen, wie sie es in Gesellschaft des anderen schon immer getan haben, erscheint ihm der Gedanke absurd; er beruhigt sich damit, dass die nächste Nacht einfacher wird – während er zum Auto geht, wieder neue Stunden hinter dem Steuer, Abfahrt von der I-52, in den Wald hinein, vorbei am Luther College und die Berge hinab, über den Fluss, dies ist Decorah, 8172 Einwohner und eine Hauptstraße. Der Neffe lenkt das Auto hindurch und parkt hinter dem Winneshiek Hotel. Es ist spät. Sie essen Pizza in einem Lokal um die Ecke, gehen zurück zum Hotel, ihre Zimmer liegen nicht nebeneinander, er kann nicht hören, wenn Max aufsteht oder aufs Klo geht oder nicht schlafen kann. Jedes Mal, wenn er selbst aufstehen muss, wirft er einen Blick auf den Parkplatz. Morgens steht das Auto immer noch da. In Decorah. Der Ort ist klein. Sie stehen mitten auf der Straße und können sehen, wo er anfängt und wo er aufhört. Verblasste norwegische Flaggen vor einigen Souvenirläden, auf einer Fassade der Umriss eines Wikingerschiffs; sie gehen hinein und finden gemütliche Strickpullover, Pudelmützen, Spitzendeckchen, norwegische Bücher und importierte Lebensmittel: Schokolade, saure Sahne, Ziegenkäse. Trockenfisch. Aus scheppernden Lautsprechern dringen norwegische Volkslieder, und die Verkäuferin ist begeistert, als Owen und Max mit einem Nicken auf ihre Frage reagieren, ob sie Norweger sind, doch ihr Interesse nimmt sofort ab, als herauskommt, dass sie einen Großteil ihres Lebens in New York verbracht haben, das scheint nicht zu zählen. Dann sind sie auch nicht besser als die hiesigen Angestellten. Vesterheim haben sie fast für sich allein, nur ein paar deutsche Touristen, die sich verfahren haben, streifen mit ihnen durch das stille Museum, und sie nicken einander jedes Mal verlegen zu, wenn sich ihre Wege kreuzen, während sie umherlaufen und schöne, handgefertigte Gegenstände betrachten und Werkzeuge und im Bauernstil bemalte Möbel und Beispiele für Blockhütten und Tafeln, die von der abenteuerlichen Emigrationsgeschichte und der Gottesfürchtigkeit erzählen, die die Norweger mit ins neue Land brachten. Hier gibt es eine beeindruckende Sammlung Reisekisten, Trachten und Alltagskleider aus einer Zeit, an die sich keiner von ihnen erinnert. Es ist ermüdend, das alles anzusehen.

Er ruht sich aus, wenn er sich unbeobachtet wähnt, sobald er in einen neuen Raum kommt, erspäht er alle verfügbaren Hocker und Stühle. «Geht es dir gut?», fragt Max. «Ja, natürlich», antwortet Owen und steht auf, deutet auf ein 25-Fuß-Segelboot, das mitten im Raum steht. *Tradewind.* «Damit haben sie den Atlantik überquert. Zwei Brüder, im Jahr 1933, um zur Weltausstellung in Chicago zu gelangen. Wirklich beeindruckend. Aber sie kamen hundert Jahre zu spät, um die ersten Einwanderer noch einzuholen. Kannst du dir das vorstellen, Max: kein Empire State, kein Times Square. Keine Wolkenkratzer. Keine Freiheitsstatue, die dich bei der Einfahrt begrüßt, aber sie kamen trotzdem. Quäker, Haugianer, Dissidenten. Aus Stavanger kamen sie, die allerersten norwegischen Immigranten, am neunten Oktober 1825, nach über drei Monaten auf hoher See mit der Schaluppe *Restauration.* Cleng Peerson empfing sie, insgesamt zweiundfünfzig Personen. New York City hatte zu der Zeit nur 150 000 Einwohner, weshalb sich am Hudson ein Menschenauflauf am Kai bildete, als die exotischen Norweger von Bord des bescheidenen Segelschiffs ans Ufer traten, in selbstgewebter Kleidung, die nicht ansatzweise der Mode entsprach, die die Leute hier damals trugen. Sie beherrschten weder die Sprache, noch wussten sie, wo genau sie sich niederlassen sollten und was sie erwartete, wie hart die Arbeit werden würde. Als sie an Land gingen, wurde die *Restauration* von den Zollbehörden in Beschlag genommen, denn das Schiff war für diese Nutzung zu klein, es waren zu viele Passagiere an Bord, der Skipper hatte nicht die richtigen Papiere; jedem

Passagier wurde ein Bußgeld von 150 Dollar auferlegt, damals eine astronomische Summe, ein katastrophaler Betrag. Wenn sie sowohl das Schiff als auch das schwedische Eisen verkauften, das sie an Bord dabeihatten, wäre noch immer nicht einmal die Hälfte abgedeckt, und dieses Geld war eigentlich für andere Zwecke gedacht – die Weiterreise, den Kauf von Land und Gerätschaften und Vorräten, damit sie unbeschadet durch den ersten Winter kamen. Stattdessen riskierten sie es nun, wieder zurückgeschickt zu werden. Doch Cleng Peerson mobilisierte seine einflussreichen Quäkerfreunde in der Stadt. Geld wurde gesammelt, und die unglücklichen Norweger, die eine so strapaziöse Überfahrt hinter sich hatten, bekamen Essen und ein Dach über dem Kopf, kannst du dir vorstellen, wie es ihnen hier ergangen ist, Max, in den ersten Nächten, als sie zu schlafen versuchten, am anderen Ende der Welt, mit dem Lärm einer Stadt, die größer war als alles, was sie je gesehen hatten, und die unendlich schnell um sie herum wuchs? Am Ende durften sie weiterreisen, die Passagiere. Formalitäten wurden erledigt, Papiere ausgehändigt, Juristen brachten ihre abschließenden Argumente vor. Die Einwanderer seien in gutem Glauben gekommen, erklärte man, sie sprachen kein Englisch, sie wollten einfach nur Bauern werden und neuen Boden beackern, ehe der Winter kam und sich über die Gegenden im Landesinneren legte. Am Ende durften sie weiterziehen. Ohne das Geld, das sie sich vom Verkauf des Schiffs und seiner Last versprochen hatten, in nordwestlicher Richtung zum Lake Ontario, wo der Winter in Kendall Township schon in seinen Nachtfrost gehüllt bereitlag und wartete, und mit dem Winter kam der Schnee, und mit ihm die hoffnungslosen Bedingungen. Sie waren arm und sprachlos, krank und untröstlich, hatten einen riesigen Wald vor sich und nicht die richtigen Werkzeuge, ihn zu bezwingen, und auf den Nachbarhöfen konnten sie sich kein Gerät leihen, denn auch sie wurden von Neusiedlern bewohnt, die ihre Ausrüstung bitter benötigten. Sie hatten großes Heimweh, Max. Ich glaube, sie träumten nachts von zu Hause, jede Nacht. Doch es war sinnlos, sie hatten weder das Geld für die Heimreise noch ein Heim, in das sie zurückkehren konnten. Also taten sie, was sie konnten. Sie hielten aus. Kinder wurden geboren. Einige Paare heirateten. Und als der Sommer kam, wurde nichts besser. Die Landschaft war sumpfig, die Leute aus Rogaland wurden von Mücken gejagt und zogen sich Malaria zu; sie starben, mehrere von ihnen starben. Sie müssen gedacht haben, Gott hätte sie für das gestraft, was sie getan hatten. Doch sie gingen weiter in den Westen, und die nächsten, die auf sie folgten, ebenfalls, und auch die, die danach kamen. In den Westen, nach Wisconsin und Illinois, Iowa und Minnesota, North und South Dakota. Viele auch nach Kanada. Quebec. Sie kamen und kamen und kamen, 150 Jahre lang kamen sie, wie die Italiener und Iren, die Polen und Ukrainer und all die anderen Nationalitäten, die alles hinter sich ließen, was sie kannten, und mit der Armut kämpften, um im neuen Land Fuß zu fassen; achthunderttausend Norweger, einige von ihnen gingen bis an die Pazifikküste, nach Washington und Kalifornien. Fast dreißig Prozent der Bevölkerung wanderte aus. Abgesehen von Irland, verabschiedete kein anderes Land mehr Einwohner. Wir sind nicht allein. Wir haben in diesem Land fünf Millionen andere hinter uns, inzwischen gibt es hier mehr von uns als in Norwegen.» «Aber wir kennen keinen davon», sagt der Neffe. «Nein», sagt Owen, «wir kennen keinen.» Abends essen sie im Restaurant des Hotels. Sie sprechen nicht vom Museum und der Ausstellung, die sie gesehen haben. Kein Wort über das gemeinsame Erlebnis, dessentwegen sie hergekommen sind. Was hatte er erwartet? Vielleicht hatte er gehofft, beim Anblick dieser Artefakte überbordende Freude zu empfinden, vielleicht hatte er gehofft, dass Vesterheim sie wieder verankern würde. Aber wenn ja, worin, in einem Land? Welchem Land? Es ist nicht unwahrscheinlich, dass sie beide dasselbe denken, dass die Gegenstände, die sie betrachtet haben, vor denen sie sich pflichtschuldig herabgebeugt haben, um die Schilder zu lesen, überhaupt nichts mit ihnen zu tun haben. Sie gehören nicht zu ihnen, sie gehören zu einer anderen Zeit und einem anderen Volk, nicht zu dem Land, das sie verlassen haben. All dies war bereits alt, als sie selbst aufbrachen, war Teil der Geschichte geworden. Mehr als vom Glück, das die Norweger in Amerika zu finden hofften, zeugt das Museum vom Unglück ihrer Abreise. Alles, was diese Immigranten mit sich über das Meer schleppten, tonnenweise Möbel, Geräte, Bücher, Instrumente, Kunstgegenstände, alles, was sie so mühevoll bewahrten oder nach alter Tradition um sich herum wiedererschufen, um das neue Land dem alten so ähnlich wie möglich zu machen. Sie gingen nicht mit offenen Armen auf Amerika zu; sie zogen her und klammerten sich an ihr Eigenes, hielten sich an ihre Eigenen, klammerten sich an ihre Sprache und zäunten ihre Traditionen ein; sie sehnten sich nach Hause. Sie schrieben Briefe und erzählten, wie schön es hier sei. Sie wollten Norweger sein; sie wollten keine Norweger in Norwegen sein. Und als diese nervösen Gestalten merkten, wie das neue Land einen neugefundenen Nationalismus entstehen ließ und ihre Sprache verdächtig wurde, nahmen sie die Worte mit in ihre eigenen vier Wände, hielten sie behutsam in ihren gefalteten Händen, sangen sie hinter verschlossenen Türen, versteckten sie in Schmuckkästchen und unter Kopfkissen und vergaßen sie schließlich, bis sie sich unmöglich wiederfinden ließen. Bis sie in Kochbüchern nachschlagen mussten, wie man Trockenfisch zubereitete, und sich Konversationslexika für die jährlichen Norway-Celebration-Feierlichkeiten kauften und Sehnenentzündungen bekamen, wenn sie Selbu-Muster akkurat stricken wollten. Sie wurden Republikaner und Demokraten und entwickelten sich zu einer neuen Art, viel gelungener und lebenstüchtiger als er und sein Neffe, eine Art ausgeglichene Hybride, die herzlich und unangestrengt von *my heritage* sprachen und überall zu Hause waren. Sie waren *Amerikaner* geworden.

2

Frühjahr 2011

Er sitzt viel in der Küche, an den offenen Fenstern, hier ist er gern. Max hat den besten Sessel aus dem Wohnzimmer hereingeholt, damit er es so bequem wie möglich hat. Und die Stereoanlage und den Plattenspieler. Einen Großteil des Tages verbringt er damit, die Zeitung zu lesen. Er trinkt Kaffee, liest. Sein Neffe ist fast rund um die Uhr mit seiner nächsten Theatervorstellung beschäftigt, *Better Worlds Through Weyland-Yutani*, sodass Owen allein dort sitzt. Wenn er nicht die Kraft zu etwas anderem aufbringen kann, als dort zu sitzen. Es ist ein merkwürdiges Erlebnis, Zeuge dessen zu sein, wie alles weitergeht, während er selbst auf das Ende zusteuert. Zu wissen, dass nächstes Jahr auch wieder ein Frühling kommt und er vielleicht noch wärmer wird. Er hat es aufgegeben, wieder zuzunehmen, sein Husten ist schlimmer geworden und hält ihn nachts häufig wach, und hinzu kommen die Verstopfung, die Schweißausbrüche, die Inkontinenz. Nichts wird besser, alles nimmt nur seinen Lauf. Mitunter denkt er, dass es in Ordnung wäre, endlich mit alldem fertig zu werden. Wenn sein Neffe abends nach Hause kommt, sind sie beide erschöpft. Trotzdem kocht Max immer für ihn oder bringt etwas aus einem der nahegelegenen Restaurants mit. «Wie geht es dir?», fragt er den Onkel. «Gut», antwortet er. «Und dir?» «Gut.» Keinem von ihnen geht es gut. Er schämt sich dafür, wie viel Zeit er in der Küche verbringt, wie viel der Neffe machen muss und wie wenig er selbst beiträgt. Er schämt sich für seine nassen Unterhosen, die er nach bestem Wissen und Gewissen spült und zu trocknen versucht, bevor er sie in den Wäschekorb legt, damit sie in den Wäschekeller gebracht werden können. Und wieder zu ihm hinauf. Er sitzt in der Küche und hört Kris Kristofferson. Früher hat er Bill Evans gehört. Er achtet darauf, die Musik auszustellen, wenn er hört, wie sein Neffe die Wohnungstür aufschließt. Er achtet darauf, das Interview mit Mischa wegzuwerfen, auf das er im Feuilleton der New York Times stößt: «Greys Fokus auf Farbe als treibende Kraft ihres Werks – beginnend mit der *Jungles*-Serie (Orange County Museum of Art, Newport Beach, CA), fortgeführt mit *Land/Sea* (Petzel Gallery, NY; ShanghART Gallery, Shanghai, China; Itochu Aoyama Art Square, Tokio, Japan) und schließlich kulminierend in ihrem Erfolg *Toronto Precision* (Art Gallery of Toronto, Kanada) im Jahr 2009 – scheint sich nun verschoben zu haben. In der Ausstellung *Grey on Gray*, die an diesem Wochenende in der Petzel Gallery in der 456 West Street in Manhattan eröffnet wird, fehlt jeder Hauch von Farbe. Nach ihrer Aussage liegt das daran, dass ‹meine Tage keine Rothko-Tage mehr sind. Rothkos Gemälde sind nach wie vor unendlich wichtig für mich, aber ich möchte nicht länger so das Leben der Menschen in Beschlag nehmen, wie es diese masochistische Verwendung von Farbe repräsentiert. Ich bin nicht nur der Meinung, dass es in gewisser Weise zu einfach geworden ist, diese verschiedenen Paletten zu entdecken, die eine Art abstrakte Kommunikation mit dem Publikum in Gang setzen, ich meine auch, dass sie zu einer *Ich vs. die anderen*-Beziehung führen, die von Grund auf überdacht werden muss.› Greys neue Ausstellung ist auch ein Abschied von den geometrischen Formen des letzten Jahres und eine Hinwendung zur eher intuitiven Annäherung an die physischen Möglichkeiten der Werke; sie benutzt große Malerrollen, die normalerweise zum Streichen von Industriegebäuden verwendet werden, und hat sich auf sechs verschiedene Nuancen von Grau beschränkt – ein achromatischer Ton, der in unserem Teil der Welt mit Langeweile, Konformität, Gleichgültigkeit, Alter usw. usf. in Verbindung gebracht wird –, um auf diese Weise das Potenzial einer einzigen Nichtfarbe auszuschöpfen. ‹Viele würden das sicher als Einschränkung auffassen, aber mir hat es ein Gefühl von absoluter Freiheit gegeben. Ich habe mir gewünscht, auf derselben Seite wie die Betrachter zu stehen, nicht zu ihnen zu sprechen oder sie herumzukommandieren, wie ich es mit diesen großen Farbflächen getan habe, indem ich sie anweise, dies oder jenes zu empfinden, sondern stattdessen lieber im selben Rettungsboot wie sie Platz zu nehmen, wissen

Sie. Deshalb sind diese Bilder nicht als Behauptungen, sondern eher als Fragen gedacht, wie beispielsweise: *Wie geht es uns eigentlich?* Solche Sachen. Und bevor Sie mich jetzt fragen, nein, mein Name hat nichts damit zu tun. Jedenfalls nicht bewusst.›» An einem der letzten Tage der Ausstellung, während Max am Theater beschäftigt ist, lässt Owen sich im Taxi nach Chelsea hinabkarren, um die großen Bilder mit eigenen Augen zu sehen. Sie sind so, wie im Interview beschrieben: grau. Und schön. Helle und dunkle Töne, die in Bezug zueinander stehen und die, so scheint es, mit einer Mischung aus Vorsicht und Wut auf die Leinwand aufgetragen wurden. Sie singen. Sie singen zu ihm. Zum ersten Mal hat sie etwas geschaffen, das er wirklich liebt. Am Nachmittag schickt er ihr eine Kurzmitteilung. Er schreibt einfach nur: *Danke. Owen.* Zwei Tage später antwortet sie ihm: *Danke. Mischa.*

Juli 2011

Noch lebt er. Ist das nicht seltsam? Als könne er einfach kein Ende finden. Sein Neffe nimmt ihn mit nach Coney Island. Sie sitzen einen ganzen Tag unter einem Sonnenschirm im Sand. Keiner von ihnen badet. Keiner von ihnen hat Lust, wieder nach Hause zu fahren, als es Abend wird. So hätte es sein sollen. Mehr solcher Tage.

3

Herbst 2011

Er ist nicht da, als Max ihr Hab und Gut einpackt und für sie beide aus der Apthorp-Wohnung auszieht. Einschließlich, aber keinesfalls begrenzt auf 1 St. Siebdruck des Künstlers Per Kleiva, mit dem Titel *Das Ei*, einen halben Meter im Quadrat, den der Betrachter eindeutig in den 1960er Jahren verortet, in Rot, Weiß und Blau (und Schwarz), der einzig sichtbare Hinweis auf Norwegen unter den verschiedenen Bildern von Mischa, die im Laufe der Jahre ihre Wände schmückten. Auch Möbel, Kleidung, LPs, alles zusammen in New Jersey eingelagert. Er ist nicht da, als Max ein letztes Mal durch die Räume geht, um sich zu vergewissern, dass er auch nichts vergessen hat, ehe er die Schlüssel übergibt und durch den Park zum Hotel auf der anderen Seite schlendert. Er ist nicht da, er sieht vom Krankenhausbett aus, wie der Herbst Form annimmt, und es ist ein Herbst wie jeder andere. Es wäre schön gewesen, wenn es ein Herbst wäre, den man nur schwer zurücklässt, er hätte sich eine letzte Jahreszeit gewünscht, die wirklich strahlte. Es ist Herbst, und er ist wie jeder andere Herbst, nichts Besonderes. Die Blätter fallen. Totes Laub. Er wird diesen Herbst nicht überleben. Er bekommt jeden Tag Besuch, sein Neffe kommt immer vormittags vorbei, ehe er ins Theater fährt, manchmal ruft er auch abends noch einmal an. Auch Beate war mehrmals da, sie strickt eine Mütze für ihn, obwohl er diesen Winter nicht mehr hinausgehen wird. Sein Bruder hat ihn nicht besucht. Er liegt im Bett und hört, wie sein Neffe die Stimme hebt, um die Laubbläser im Park vor dem Fenster zu übertönen; er erhält Berichte darüber, wie die Arbeit läuft, über alltägliche Ereignisse und die neusten Nachrichten. Es ist seltsam, nicht mehr Teil des Ganzen zu sein. Er hört Max reden, und nichts davon geht ihn etwas an, es ist nicht wie andere Krankheiten, als er ein Kind war und seine Freunde zu Besuch kamen, als seine Genesung voranschritt, mit Hausaufgaben oder dem Neusten vom Schulhof und aus der Freizeit, sodass er zwei, drei oder vier Tage später, wenn er wieder aufstehen und hinausgehen und mit ihnen zusammen sein durfte, genauso viel wusste wie sie und einfach dort weitermachen konnte, wo er aufgehört hatte. Es ist seltsam, nie wieder hinauszugehen, nicht einmal das Gebäude zu verlassen. Und bald auch nicht mehr das Bett. Es ist nicht mehr wichtig, über die neusten Entwicklungen im Bilde zu sein. Wie wird es sein, sich zum letzten Mal hinzulegen? Wenn Max geht, ist das ein Segen und eine Katastrophe, er ist erschöpft vom Besuch, erschöpft vom Reden; er hat Angst davor, allein zu sterben, wenn der Neffe nicht da ist, in der Nacht, wenn alles still ist und so wenig Pflegepersonal anwesend, dass er meistens nur ihre Schritte auf dem Gang hört, Gummisohlen auf frischgebohnertem Linoleum; sie gehen schnell, energisch, sie kommen selten bei ihm vorbei, und wenn, dann stecken sie nur kurz den Kopf zur Tür herein, um sich zu vergewissern, dass er noch atmet. Wenn er die Klingel betätigt, muss er in der Regel eine halbe Stunde warten, ehe sie kommen, und wenn er nichts anderes will, als ein paar Minuten mit ihnen zu reden, reagieren sie gereizt und erklären ihm, dass sie sich um viele Patienten kümmern müssten; sie hätten nicht so viel Zeit, wie wünschenswert wäre, sagen sie. Sie wünschten, sie hätten mehr Zeit, um sich zu ihm zu setzen. Er würde sich auch mehr Zeit wünschen, er sagt es nicht. Er hat viel weniger Zeit als sie. Im Nachbarzimmer schaut ein anderer Patient fern, eine Unterhaltungssendung nach der anderen, er hört schrilles Lachen und synthetische Erkennungsmelodien. Max hat ihm Kopfhörer und ein neues Telefon geschenkt, mit dem er alle Musik streamen könnte, die er sich nur denken kann. Doch er kann sich nur selten dazu überwinden, es kostet ihn zu viel Kraft, die Platten zu hören, die er geliebt hat; die meiste Zeit liegt er nur da und lauscht den Geräuschen des Raums. Dem Summen. Den Schritten auf dem Gang. Den Laubbläsern und dem Verkehr. Nachts versucht er sich vorstellen, wie es sein wird zu sterben, niemand hat ihm erzählt, wie man das macht, er wird improvisieren müssen. Es gibt gute und schlechte Nächte. Mitunter wird er vollständig von dem Gedanken gelähmt, nicht mehr da zu sein und wie unmöglich es ist, sich vorzustellen, dass man nicht weiter existiert, nie wieder; alles, was er je getan und gesagt hat, all die Erfahrung, jeder Witz, über den er herzlich gelacht hat, all die Musik, alles, was er gesehen und gelernt hat, alle, mit denen er gesprochen hat, die Einkäufe, die er getätigt hat, all seine Sachen, all die Freude und all das Leid, absolut alles wird seine Bedeutung verlieren, alles wird zurückbleiben. Brutale Sinnlosigkeit. In guten Nächten ist der gleiche Gedanke unwiderstehlich, er träumt davon, endlich wegzukommen, er bildet sich ein, dass die Ursache für den Verlust von allem, was er gewesen ist, darin zu finden sein muss, dass das, was auf der Kehrseite des Lebens liegt, all das, was dem Tod vorausgeht, vollkommen unbedeutend ist. Er hat erfüllende Phantasien vom Jenseits, der Ort ist nicht verkehrt. Mit Schlaf von einer Qualität, um die ihn jeder Lebende beneiden würde. Er grübelt auch über den Augenblick, in dem er stirbt, die letzten Minuten, während Max neben ihm sitzt und seine Hand hält (er hofft, dass er dann seine Hand hält, er will einfach nicht allein sein), die letzten Sekunden, wenn er merkt, dass er im Bett schwerer wird und der Raum an Farbe verliert, die Geräusche und Gerüche, und er müde wird und sein Blick glasig, bis ein Punkt kommt, an dem er die Stimme seines Neffen kaum noch hört und keine Angst mehr hat, sondern loslässt und erleichtert ausatmet. Und geht. Es muss nicht schwer sein. Es dauert nicht mehr lange. Ein paar Tage oder Wochen, mehr nicht. Und dann wird er begraben werden, auch das sieht er vor sich, er hat seinem Neffen eine Liste der Menschen gegeben, die er kontaktieren soll, und einige musikalische Präferenzen und andere Anweisungen. Er ist noch nie gern auf Friedhöfe gegangen, zwischen Grabsteinen herumgelaufen, er ist froh, dass es ihm erspart blieb, die Gräber seiner Angehörigen zu besuchen und zu pflegen, Unkraut zu jäten. Er stellt sich vor, wie Max auf der Beerdigung nach vorn geht und etwas sagt, er hätte gern gewusst, was gesagt werden wird, hätte gern alles mitbekommen. Er hätte gern länger gelebt. Hoffentlich wird Beate da sein, es ist ein selbstverständlicher Gedanke, dass sie kommt. Und Mischa, vielleicht reist sie aus Kanada an, um ihn auf seinem letzten Weg zu begleiten; das hofft er. Und jemand aus den Plattenstudios der Stadt, vermutlich. Und Mordecai. Und Andy. Leute von KPM vielleicht. Freunde aus dem Vietnamveteranenverein in Brooklyn. Und sein Bruder. Diesmal wird er doch wohl kommen. Wenn er die Liste im Kopf durchgeht, zeichnet sich die Möglichkeit einer respektablen Gästeschar ab. Das reicht. Es ist nichts mehr von ihm übrig, er ist fertig. Er hat lange durchgehalten. Es ist nicht so schlimm.

2. November 2011

Nacht. Zweiundzwanzig Minuten nach eins. Der Verkehr draußen. Die Stille hier drinnen. Max ist im Zimmer. Neben ihm. Seine Hand ist warm. Alles singt.

Jetzt.

[IV]

SANDY

(EVERYBODY TALKS ABOUT THE WEATHER ... WE DON'T)

HERBST 2012

1

Ich bin nicht hier.

Nachdem ich *Better Worlds Through Weyland-Yutani* unzählige Male gesehen habe, in New York City, Boston, Cleveland, Chicago, Minneapolis, Milwaukee, Houston, Albuquerque, Wichita, Denver, Phoenix, San Francisco und Seattle, bin ich nahezu taub für die Dialoge. Das passiert, wenn man nicht selbst auf der Bühne steht und deshalb auch nicht auf die Stichwörter reagieren muss oder darauf, was die Figuren tatsächlich sagen, sondern passiv von Informationen und Geräuschen überschwemmt wird, auf einem Sitz hinten im Saal oder, wie in meinem Fall, hinter der Bühne, wo ich mich die meiste Zeit aufhalte. Ich höre nicht mehr, was sie sagen, die Vorstellungen gleiten als Geräuschkulisse, als Bewegung an mir vorüber. Ich kann unmöglich entscheiden, ob das Stück mit jedem Tag deprimierender und unerträglicher wird oder ob etwas anderes darin entstanden ist, das überhandnehmen könnte, wenn die Schauspieler nur lange genug durchhalten. Es ist unmöglich zu bestimmen, ob die Aufführung immer noch gut ist oder ob wir längst hätten zusammenpacken und die Leute in Ruhe lassen sollen. Ich sehe die Schauspieler sprechen, ich sehe, wie sich ihre Münder bewegen, und ausgehend davon, was ich von meinem Platz aus beobachten kann, folgen sie den Regieanweisungen, ohne nachzudenken, vollkommen automatisch. Aber ich höre sie nicht. Mit Ausnahme eines Satzes gegen Ende (ich glaube, es war gegen Ende, zu meiner Verteidigung muss ich sagen, dass auch dieser Punkt sich ständig verschiebt, das Stück dehnt sich aus und zieht sich zusammen, es japst und prustet, es schnappt nach Luft); Yamauchi spricht ihn aus, er sitzt auf seinem angestammten Platz am Konferenztisch, am weitesten vom Bühnenrand entfernt und mir somit am nächsten, vielleicht höre ich ihn deshalb. Und zwei Drittel des Publikums verpasst ihn vermutlich, weil er ihn so leise ausspricht. Aber ich höre ihn, deutlich, jeden Abend, den einzigen Satz, und er erscheint mir wie die wichtigste Aussage der ganzen Inszenierung, das fehlende Glied, das Gewicht in der Waagschale; er sitzt dort in seinem Anzug, der ihm nicht mehr passt (falls er es je getan hat) und der zerschlissen ist, zu viele Sitzungen, zu lange Abende, zu viele Sorgen und zu viele Unterlagen, in die er sich einlesen muss, zu wenig zu gewinnen und zu viel zu verlieren, den knapp dreißig Prozent im Publikum, die ihn hören können, sagt er, mitten in einem anderen Dialogteil über die ökonomischen Verpflichtungen des Konglomerats, die mit der Dynamik des Wirtschaftswachstums zusammenhängen, denn in diesem Raum, während dieser Sitzung, gibt es nichts anderes zu sagen, und von den dreißig Prozent ist knapp die Hälfte unsicher, ob er es in seiner Rolle sagt oder zu sich selbst, zu den anderen Schauspielern, was diese Hälfte, die sich nicht sicher ist, ob der Satz wirklich ins Manuskript gehört, dazu veranlasst, nervös ihre Sitzhaltung zu überprüfen und sich auf das Schlimmste vorzubereiten (ich gehöre auch zu dieser Hälfte, ich erinnere mich nicht mehr), und es hört sich so traurig an, und seine Augen sehen traurig aus, und sein Gesicht ist traurig, und sein Körper ist traurig, in der Katatonie, in dieser Erstarrung, sagt er, und es ist beinahe ein Flüstern, in seinem Tonfall liegt Traurigkeit und Überraschung und, mehr als alles andere, Trost, eine vertrauliche Mitteilung an sich selbst und eine Erkenntnis, an der er festhalten kann, während die Sitzung um ihn herum weiterläuft, ohne dass es danach aussieht, als würde sie dem Ende entgegengehen, sagt er, die Figur des Yamauchi: *Ich bin nicht hier.*

Dreimal sagt er es, im Abstand von einigen Sekunden, manchmal liegt sogar eine ganze Minute dazwischen. Ich bin nicht hier. Doch was uns wahrhaft Unbehagen bereitet, mir und den höchstens dreißig Prozent, die ihn hören, und der Hälfte davon, die daran zweifeln, ob dieser Satz ins Manuskript gehört oder nicht, ist die Tatsache, dass er nichts dazu sagt, *wo* er ist. Wir wissen nur, dass er nicht hier ist.

Aber ich bin hier. Zurück in Los Angeles. Zwischen den noch leeren Sitzreihen im Mark Taper Forum. Es ist das größte Theater auf der Tournee, der Produzent wollte kein anderes. Siebenhundertvierzig Plätze. Ausverkauft. Vier Vorstellungen. Mehr als siebenhundert

Menschen werden hören, wie Yamauchi sich selbst sagt, dass er nicht hier ist. Fünfhundert von ihnen werden sich sorgen, ob er das wirklich sagen sollte, und auf das Schlimmste vorbereiten. Es wird aber nichts passieren. Und niemand wird erfahren, wo er tatsächlich ist. Ob es ein besserer oder schlechterer Ort ist als dieser, diese Vorstandssitzung. In dieser Stadt. Der letzten Stadt. Noch vier Vorstellungen: Freitag, Samstag. Montag, Dienstag. Dann ist es vorbei. Ich wünschte, ich wäre nicht hier. Ich wünschte, dies wäre meine letzte Produktion. Es ist nicht sicher, dass sie es ist. *Ich kann nicht weitermachen, ich werde weitermachen.*

Nichts zu machen.

Miranda ist zu Hause, seit Houston redet sie von nichts anderem als ihrer Wohnung; jetzt kann sie nach den Vorstellungen heimfahren und unter Laken liegen, die ihr nicht fremd erscheinen. Sie sagt, sie vermisst ihren eigenen Geruch.

Aber ich bin hier. Gestern angekommen, nach tausendachthundert Kilometern von Seattle durch ein verregnetes Oregon und einer Übernachtung in der Kleinstadt Weed am Fuße des Mount Shasta, kurz nachdem ich die Grenze zu Kalifornien passiert hatte, die Frau, die das Hi-Lo Motell, Cafe & RV Park führte, erlaubte mir, gegen einen symbolischen Betrag auf dem Parkplatz dahinter zu parken und die Dusche und die Toiletten zu benutzen, die normalerweise den Gästen mit Wohnmobilen vorbehalten waren. Ich aß im Café zu Abend. Ich schlief beim Rauschen des Baches ein, der nur ein paar Meter vom Auto entfernt lag. Der nächste Morgen, weiter. Zwölf gemächliche Stunden nach Süden, vorbei an Sacramento, Fresno und Bakersfield, gegen halb zehn am Abend nach L. A. hinein, mildes Oktoberwetter und niemand, der Fragen stellte, als ich mich nach einem kurzen Treffen mit der Inspizientin in der Nähe des Theaters verabschiedete und zum Topanga Beach hinausfuhr, wo ich kaum den Motor ausgestellt hatte, als das Blaulicht zu blinken begann und der Hinweis auf das Parkverbot, das in der Zeit zwischen 22 und 5 Uhr für den gesamten Pacific Coast Hwy galt, in einer Weise erfolgte, die keinen Zweifel daran ließ, dass es zwecklos wäre, eine Runde zu drehen, zum Tatort zurückzukehren und zu hoffen, die Polizei würde nicht wieder und wieder kommen, um mich zu kontrollieren. Daraufhin fuhr ich wieder dorthin zurück, von wo ich gekommen war, und weil ich das Sightseeing in dieser Stadt schon drei Jahre zuvor erledigt und mittlerweile eine zweistellige Anzahl von Stunden hinter dem Lenkrad verbracht hatte, checkte ich im Chateau Marmont auf dem Sunset ein, und zwar nur deshalb, weil es das einzige Hotel war, das mir so kurzfristig einfiel, weil ich es damals, als ich zum Laurel Canyon gefahren war, so oft gesehen hatte. Das alte Hotel war in den neunziger Jahren vom «The Standard»-Hotelmogul André Balazs gekauft und renoviert worden, wobei «renoviert» in diesem Fall beinahe mit «restauriert» gleichzusetzen war, ohne dass es wieder an seine Glanzzeiten in den dreißiger und vierziger Jahren herankam. Stattdessen versetzte er das Hotel zwanghaft in die Epoche, die von den dekadentesten Gästen und größten Exzessen geprägt war, und jetzt sieht das Marmont aus – und fühlt sich auch so an – wie ein ewiges 1972, mit Shabbyretro, Patina und zerschlissenen Räumen, wie geschaffen, um dich erst zu enttäuschen, weil die Qualität nicht dem Preis entspricht, dann aber in anerkennendes Staunen zu versetzen, wenn du verstehst, dass es hier immer noch so aussieht wie damals, als Belushi krepierte, in einem der Bungalows im Garten, die noch mehr Privatsphäre und Diskretion versprechen für jene Stars, die nicht die größten sind, aber selbst daran glauben und das Marmont häufig frequentieren und eine Zeitlang hier unterkommen, obwohl sie nur zwanzig Minuten entfernt wohnen, selbst im dicksten Verkehr, weil sie sich hier *zurückziehen* und *ganz sie selbst sein* können und ihre Ruhe haben, und weil alle wissen, dass sie hier sind, können sie auch, angeblich überrumpelt von den Paparazzi draußen auf dem Sunset, ein paar genervte Kommentare fallenlassen, dass sie sich eigentlich *zurückziehen und ihre Ruhe haben und für sich sein wollten und bitte keine Fotos*. Einst gehörte das Chateau Marmont zu den kreativsten Absteigen in diesem Land, das Westküstenspiegelbild des Chelsea Hotels. Jetzt ist es der Ort, wo Karrieren entstehen, um anschließend irrelevant zu werden. Abgesehen von Sofia, die dem Hotel in ihrem letzten

Film eine Hauptrolle gab und ihm so neues Leben einhauchte, und das könnte wiederum auch zu meiner Aversion gegen das Marmont beigetragen haben, dass sich Sofia und Mischa über Kim kennengelernt hatten und Mischa sie mir erst nicht vorstellen wollte (also Sofia, was mir vielleicht eine Bekanntschaft mit ihrem Vater ermöglicht hätte und in der nächsten Instanz einen Ausflug nach Napa, um Wein in seinem PBR zu trinken und vielleicht sogar mit dem Regisseur persönlich die Arbeitsfassung von *Apocalypse Now* durchzusehen und zu besprechen), und zwar ironischerweise, weil sie fürchtete, ich könnte Sofia verfallen (nicht nur wegen der Familienzugehörigkeit) und Theater machen und dann, wenn die Katze aus dem Sack war, meine Gefühle für Sofia aber nicht erwidert würden, unter dem Deckmantel eines Scherzes alles auf eine Karte setzen und einen flotten Dreier vorschlagen, *un petit ménage à trois*, und Mischa war sich nicht sicher, ob Sofia das Angebot unter allen Umständen ausschlagen würde und sie selbst vielleicht auch nicht, und diese Unsicherheit sei einfach zu viel, weil sie Sofia mochte, aber eben nicht so, sondern mehr wie eine gute Freundin. Das führte dazu, dass Mischa den Erzählbogen überspannte, indem sie mich einen ganzen Sommer lang neckend Guido nannte, es war der Sommer 2002, wenn mich nicht alles täuscht. Wir hatten gerade *8 ½* gesehen, und sie sagte, der Regisseur würde sie an mich erinnern, an die Art und Weise, wie ich mich um mich selbst drehte, wenn ich nicht wusste, was ich als Nächstes vorhatte, und nie in die Gänge kam, und dass diese Phantasie von einem Harem, wo sich die Frauen auf ihn stürzen, um sich im nächsten Moment von ihm abzuwenden, nur um kurz darauf zuzugeben, dass sie nur so taten, und sich gleich noch wilder auf ihn stürzten, ebenfalls zu mir passte *wie Deckel auf Topf* und dass ich es maximal verdient hätte, Saraghina am Strand Rumba tanzen zu sehen, bis ich es leid war; und das könnte wiederum auch zu meiner Aversion gegen das Marmont beigetragen haben, die Erinnerung daran, dass sie nicht mehr Teil meines Lebens war und ich nie in Napa gewesen und Wein im PBR getrunken und kein einziges Mitglied der Coppola-Familie kennengelernt hatte.

Wieder im Hotel, wieder in Innenräumen. Wieder kann ich nicht schlafen. Nachts waren die Flure vom Lärm junger Menschen erfüllt, die sich wünschten, in einer Zeit vor ihrer Geburt gelebt zu haben. Es ist nicht wie das Sherry-Netherland, wo ich in den letzten sieben Monaten vor Beginn der Tournee gewohnt hatte, nachdem wir aus dem Apthorp ausziehen mussten und Owen gestorben war. Kein so leichtgewichtiges Hotel, einmal schräg durch den Park von meinem früheren Zuhause entfernt, mit stuckverzierten Decken in meiner Lieblingslobby, mit Fabelwesen an der Fassade, mit Liftboys, die weiße Handschuhe tragen, und täglich zwei Zimmerreinigungen. Schwere Laken, schwere Betten. Schwere Gardinen und ein gutgefüllter Servierwagen mit Frühstück und Zeitungen, die von Steven oder Francisco neben mein Bett gelegt wurden, während ich noch schlief und das puerto-ricanische Zimmermädchen auch schon auf dem Weg zu mir war, um die Gardinen aufzuziehen und *ein bisschen Licht in den Tag zu bringen*, wie sie immer sagte, und den beigefarbenen Morgenmantel mit dem Hotelmonogramm auf den Hocker am Fußende zu drapieren und eine handgeschriebene Wetteraussicht auf den ovalen Glastisch unter dem Kronleuchter zu legen. Hier hatte ich meine Schlaflosigkeit entwickelt und kultiviert, in *Wohnung 3*, der kleinsten Einheit in der Etage über den Hotelzimmern und de facto auch nicht mehr als das, von der Form und Größe her ein Hotelzimmer, in der 26. Etage, mit Blick auf den Hof, vom Besitzer zur Langzeitnutzung bereitgestellt, weil er es nicht über das Herz brachte, die Wohnung einem Immobilienmarkt im freien Fall zu überlassen; es war der Produzent von *Weyland-Yutani* gewesen, der das alles zu einem Zeitpunkt, als mir allein der Gedanke, eine neue Bleibe suchen zu müssen, deprimierend und unüberwindbar schien, vorgeschlagen und arrangiert hatte; er hatte Maklerfreunde und sorgte dafür, dass ich einen Mietvertrag über fast ein Jahr bekam, für einen Preis, der unmöglich Kristallleuchter, puerto-ricanische Zimmermädchen, diskrete Besuche von Steven / Francisco sowie den Zugang zum Hotelpool und einen 24-Stunden-Concierge-Service enthalten konnte, aber so war es. Ich mochte das Sherry, weil ich dort nicht hingehörte und mich nie daran gewöhnen würde, dort zu leben. Jedes Mal, wenn mich der Portier begrüßte und mir die Tür zu der kleinen, aber schicken Lobby öffnete, wo mich meine Freundin Aubrey herzlich begrüßte und der Liftboy mich stumm in den 26. Stock brachte, dachte ich, dass es nur vorübergehend war. Dasselbe am Vormittag, wenn ich endlich aufstand und meinen Kaffee trank, der in der Kanne immer noch heiß oder fast heiß war. Wenn ich mit dem Aufzug hinabfuhr und die 5th Avenue und die Touristen mit ihren Bauchtaschen – in Extase darüber, den Park gefunden zu haben – direkt vor der Nase hatte und daran erinnert wurde, wie sehr Mischa und ich diejenigen bemitleidet hatten, die in dieser unwohnlichen Ecke der Stadt wohnten, verspürte ich Erleichterung darüber, bald wieder umziehen zu können.

Ich checkte aus, als wir New York verließen und mit der Produktion nach Boston weiterzogen. Jetzt wohne ich nirgends. Aber die Möglichkeiten sind jetzt andere. Und auch die Pflichten. Mit den 1,2 Millionen Dollar, die Sotheby's mir nach dem verdammten Verkauf von Mischas *Colby* überweisen wird, fehlen mir die Ausreden, keine Adresse mehr zu haben. Hinzu kommt das, was Owen mir hinterlassen hat. Allmählich häuft es sich. Bislang habe ich meine wenigen Besitztümer bei meiner Mutter in Howard Beach auf dem Dachboden gelagert.

Ich bin hier. In wenigen Stunden beginnt die Vorstellung. Es sind noch vier. Mehr nicht. Mehr als genug.

Die Inspizientin kommt an. Sie sortiert ihre Papiere, die sie schon so oft sortiert hat, dass ich den Anblick nicht mehr ertrage. Sie hat den vollen Überblick, es gibt keinen Grund für das, was sie macht. Aber wir machen schon so lange dasselbe, dass wir inzwischen Angst davor haben, was passieren würde, wenn wir damit aufhören. Dann die Schauspieler, einer nach dem anderen kommen sie an, stellen ihre Taschen ab und drehen sich ein paar Mal um die eigene Achse, ehe sie auf noch einem neuen Sofa, noch einem neuen Stuhl Platz nehmen, die den Sofas und Stühlen, auf denen sie in anderen Städten gesessen haben, zum Verwechseln ähneln; sie holen füreinander Kaffee aus der immer gleichen, silbergrauen Großküchenkanne und schenken ihn in Pappbecher, deren Henkel sie gedankenverloren und routiniert ausklappen, während sie über dieselben Sachen sprechen wie immer.

Die Inspizientin sagt: *Noch eine halbe Stunde bis Vorstellungsbeginn.*

Mehr Kaffee. Weitere Toilettenbesuche. Wachsende Angst, dass die Menge des Kaffees nicht mit der Länge der Vorstellung vereinbar ist. Die übliche Nervosität der Schauspieler wegen allem Möglichen und die letzten Justierungen von Kostümen und Requisiten und Maske und das rituell Panische, grundlose Umherschwirren, wie Boxer, die gleich in den Ring steigen.

Meine letzten Bemerkungen, nachdem ich mir die Notizen aus der vorherigen Vorstellung angesehen habe. Ich sage: *Jetzt kommt es drauf an. Das ist das Ende unserer Tournee. Das ist das Mark Taper Forum. Jetzt kommt es drauf an.*

Die Inspizientin räuspert sich und ordnet ihre Papiere, ehe sie sagt: *Noch zehn Minuten bis Vorstellungsbeginn.* Ich spähe verstohlen in den Saal, er ist voll. Das obligatorische Husten und unruhige Blättern in den Programmheften. Stimmen. Zähne. Nichts fürchte ich mehr als das Publikum. Die Inspizientin sagt: *Noch fünf Minuten.* Die Inspizientin fragt: *Licht bereit?* Die Inspizientin sagt: *Ton bereit?* Die Inspizientin sagt: *Okay? Alle okay? Geht es allen gut?* Die Inspizientin dreht sich zu mir und sagt: *Bevor ich es vergesse, da hat vorhin jemand für dich angerufen, ein Typ namens Stanley Barnes. Er hat gesagt, er würde dich aus der Highschool kennen und müsse dringend mit dir sprechen. Er hat gesagt, es wäre wichtig. Ich habe ihm versprochen, dass du zurückrufst. Hier ist die Nummer.* Die Inspizientin sagt: *Cue Musik. Cue Licht. Und … bitte schön.*

Während das Licht über der Bühne aufgeht, meinen Anweisungen entsprechend ungeheuer langsam – es dauert fast fünfzehn Minuten, bis es seine volle Stärke erreicht, und das hat einen fast lähmenden Effekt auf das Publikum, als würde der Saal immer weiter wachsen und wachsen, und die Grenzen und die Welt dadraußen würden verschwimmen – gehe ich hinter die Bühne und setzte mich auf einen der unbequemen Plastikstühle. Ich werfe einen Blick auf die Nummer, die die Inspizientin notiert hat. Stanley. Wir haben schon seit siebzehn

Jahren nicht mehr miteinander gesprochen. Meine letzte Erinnerung an ihn datiert auf den Tag, als wir in unserem albernen Aufzug an der Garden City High unsere Examenszeugnisse in Empfang nahmen. Anschließend verschwand er. Er und Nate und alle anderen.

Dann rufe ich ihn an. Er geht fast sofort ans Telefon.

«Stanley», sage ich fröhlich, weil ich mich eigentlich freue, ihn wieder zu hören. «Lang ist's her, ich meine, *wirklich* lang. Wie geht es dir denn? Also, falls du wegen irgendeines Klassentreffens anrufst, kannst du mich gleich in die *Vielleicht*-Spalte setzen, was in Wirklichkeit bedeutet *Nie im Leben*.» Ich lache. Er nicht.

«Hallo, Max», sagt er mit gepresster Stimme, Arbeitsstimme. «Da bist du ja. Ja, ich habe versucht dich zu erreichen. Wie geht es dir? Du machst Karriere am Theater, habe ich gehört. Das freut mich für dich. Aber …» Er zögert.

«Was?»

«Es geht um Mordecai. Ich bin sein Anwalt. Ich arbeite für Barnes, Barnes & Fisher LLP.»

«Ach, wirklich?»

«Ja, wirklich.»

«Und?»

«Hast du es noch nicht gehört?»

«Was denn?»

«Es tut mir wirklich leid. Mordecai wurde am Mittwoch tot aufgefunden. In Burbank, Kalifornien. Er hatte ein Haus dort.»

Es ist, als wäre alle Luft aus mir herausgeschlagen worden. Übelkeit. Pulsrasen.

«Ich weiß, wo er wohnt», sage ich, beinahe wütend, als würde ich nicht verstehen, was er mir eigentlich erzählt. «Ich habe doch erst vor ein paar Wochen mit ihm gesprochen.»

«Es tut mir wirklich leid.»

Ich warte. Ich weiß nicht, worauf ich warte. Ich warte trotzdem. Über mir geht die Vorstellung einfach weiter, ich glaube, ich höre Yamauchi sagen *Ich bin nicht hier*, aber das wäre viel zu früh und ich bin viel zu weit weg, als dass es sein kann.

«Wie – was ist passiert?», frage ich.

Stanley holt tief Luft, jetzt höre ich, wie er auf seinem ledernen Bürostuhl die Sitzhaltung ändert. Ich sehe ihn in seinem Büro vor mir, irgendwo in Manhattan, in einer Etage, die hoch genug liegt, dass es beeindruckend klingt, obwohl man nur direkt ins Nachbargebäude blickt, oder vielleicht auch in Boston; wahrscheinlicher wohl in Boston; ich habe keine Ahnung, wo er ist.

«Wir warten natürlich noch auf den endgültigen Obduktionsbericht, aber, wie soll ich sagen … es deutet alles darauf hin, dass er sich in seiner Küche erhängt hat. Irgendwann in den Morgenstunden, am Mittwoch, dem 17. Oktober.»

«Aber ich habe doch gerade erst mit ihm geredet.»

«Wie gesagt, es tut mir wirklich leid.»

«Hat er irgendetwas hinterlassen … einen Brief oder so?»

Stanley seufzt. «Eigentlich hatte ich in erster Linie angerufen, um dich über Zeit und Ort der Beerdigung in Kenntnis zu setzen, die am Mittwoch, dem 24. Oktober, stattfindet. Die Familie hätte sich natürlich ein früheres Datum gewünscht, im Einklang mit der jüdischen Tradition, aber mit der Obduktion und dem Transport und der ganzen Logistik dauert das. Die Adresse ist … einen Moment, lass mich sehen: Fairchild Sons Funeral Home in Garden City. Weißt du, wo das ist? 1201 Franklin Avenue. Ich weiß, dass du gerade in Los Angeles bist, deine Assistentin hatte mir das gesagt, aber … ich hoffe wirklich, dass du kommen kannst. Es hätte ihm viel bedeutet.»

«Natürlich komme ich», sage ich, noch immer ganz verwirrt und unpassend aufgeweckt. Ich schiebe ein paar angestrengt ernste Wörter und Sätze hinterher, um es zu kompensieren. Wenn man solche Nachrichten erhält, passiert etwas Seltsames, die Verspätung, die einsetzt, die Trauer, die noch nicht angekommen ist und zu unvorhergesehenen und schwankenden Reaktionen führt, als wäre man wieder im Stimmbruch und hätte keinerlei Kontrolle über irgendetwas; und die Leugnung, denn noch während ich sage, dass ich natürlich komme, denke ich gleichzeitig, ich müsste unbedingt Mordecai selbst fragen, was zum Teufel hier eigentlich gerade los ist.

«Nachdem wir das geklärt hätten», fährt Stanley fort, «wollte ich noch sagen, dass ich auch anwesend sein werde und dich gern im Anschluss treffen würde, wenn du Zeit hast. Dann könnten wir den Teil des Testaments durchgehen, der dich betrifft. Und … ein paar schriftliche Mitteilungen, die ich aushändigen soll. Wie gesagt: Es tut mir leid, dass wir uns ausgerechnet unter diesen Umständen wieder sprechen.»

«Er war ein guter Typ», sage ich.

«Ja, das war er», sagt Stanley. «Dann sehen wir uns also dort.»

Mein Gehör ist zurück, ich bin nicht länger taub. Obwohl ich es am liebsten wäre. Über mir, hinter mir, in weiter Ferne spricht einer der Schauspieler seinen Text, in dem er den Inhalt eines Briefs von Thomas Jefferson keinesfalls zitiert, sondern paraphrasiert und in einem solchen *freestyle* wiedergibt, dass er nicht zum Kern der Sache vordringt, die sorgfältig ausgewählten Worte des alten Präsidenten aber so bravourös und lautstark darbietet, dass weder ich noch die siebenhundertvierzig Ohrenpaare draußen im Saal die Tirade überhören können, in der es, ganz grob gesagt, um die Aristokratie und die Banken geht, um ausgeplünderte Bauern und bettelarme *yeomen*, gefolgt von Ausführungen über die britischen Freibauern im 17. Jahrhundert, ehe er seine Stimme noch etwas hebt und sagt, dass Wachstum um des Wachstums willen die Krebszelle jeder Ideologie sei, und dann schraubt er seine Stimme so hoch, dass die Wände zittern, und betont *ich paraphrasiere immer noch*, und schleudert denen, die dafür bezahlt haben, hier zu sein, Marx' Behauptung entgegen, die Bourgeoisie habe dem Familienverhältnis seinen rührend-sentimentalen Schleier abgerissen und es auf ein reines Geldverhältnis zurückgeführt; es folgen ein paar Minuten mit ausgewählten Chomsky-Zitaten und irgendwelchen Einsprengseln von Hellen Keller, die an dieser Stelle unpassend und unsachlich erscheinen, bis er schließlich bei (F. D.) Roosevelt landet und, diesmal nicht in Form einer Phrasierung, sondern *als echtes Zitat*, wie er rasch hinzufügt, jetzt in etwas leiserer Tonlage, weil den Leuten schon die Ohren bluten, verkündet:

Die Freiheit einer Demokratie ist nicht gesichert, wenn die Bevölkerung das Wachstum privater Macht bis zu dem Punkt duldet, wo die private Macht mächtiger ist als der Staat selber. Das bedeutet in seiner Essenz: Faschismus – die Eigentümerschaft einer Regierung durch eine einzelne Person oder durch eine mächtige Gruppe. Das ist das Letzte, was er sagt, bevor er gebeten wird, die Vorstandssitzung zu verlassen. In der nächsten halben Stunde geht es vor allem darum, seine Paraphrasen mit Hilfe verkupferter kapitalistischer Theorien zurückzuweisen und praktische Angelegenheiten bezüglich des Umgangs mit und der Behandlung von Xenomorph XX121 zu diskutieren, sobald dieser den überaus kompetenten Leuten von Weyland-Yutani in die Hände fällt.

Ich gehe raus. Gehe über die Straße in den Park, wo die Palmen im Abenddunkel sachte erleuchtet werden, und noch habe ich diese Ruhe in mir, noch lebt er, wie ein Fisch, den man an Land gezogen hat, mit hervorquellenden Augen nach Luft schnappend, nach wie vor für Berührungen empfänglich, und zappelt immer weiter, wenn man ihn anhebt, als gäbe es noch einen Weg zurück. Ich bin hier. In Los Angeles, einen Tag zu spät, und es hätte keinen Unterschied gemacht; wir sind beide in der Stadt, aber auch diesmal treffen wir uns nicht, und als ich das denke, fällt mir ein, dass wir uns ja doch treffen wollten, morgen, am Samstag, das hatten wir bei unserem letzten Telefonat ausgemacht, als ich ihm die Daten durchgab, wann ich hier sein würde, und ich werde den naiven Gedanken nicht los, dass er es vergessen haben muss, dass er es nicht getan hätte, wenn ihm bewusst gewesen wäre, dass ich morgen zu ihm nach Hause kommen würde, nach der Vorstellung, die er Montag oder Dienstag sehen wollte, weshalb ich die Inspizientin gebeten hatte, Karten für ihn zurückzulegen, damit er sie abholen konnte. Hätte abholen können. Abgelöst vom absurden Gefühl, dass er nie vorhatte, das Stück zu sehen, weil er in Wirklichkeit andere Pläne hatte, und von einem noch haarsträubenderen, aber unfreiwilligen Gefühl der Kränkung, weil er das wusste und diese Pläne auch schon gehabt hatte, als wir telefonierten, und mir nur nach dem Mund redete und auch die ganze Zeit wusste, dass wir uns nicht sehen würden, und dem grotesken Gedanken, unter diesen Voraussetzungen hätte er auch nicht unbedingt zwei Tickets in Anspruch nehmen müssen, eins für Montag und eins für Dienstag, Tickets, die man an andere Menschen hätte verkaufen oder verschenken können, die am Leben waren und in der Lage, tatsächlich zu kommen und einen Platz zu belegen. Ich sitze im Park und zeige alle typischen Reaktionen, die im Lehrbuch *in order of appearance* auftreten, in der wirklichen Welt aber gleichzeitig, verwickelt und chaotisch, Schuldgefühl und Selbstvorwürfe, Wut, unkontrollierte Wut und Einschläge von Panik. Und dann die Trauer, der schlimmste Teil, als ich verstehe, dass er weg ist. Was *weg* bedeutet. Und dass das Schlimmste am Erwachsenwerden die Fähigkeit ist, voll und ganz einzusehen, was *weg* beinhaltet. Die Konsequenzen. *Kommt nie mehr wieder.* Das Wort *nie* zu begreifen. Das Ausmaß. Dann bin ich plötzlich in der Lage, seine Stimme zu hören, nur ein willkürliches Wort oder zwei, aus einem Gespräch, das wir geführt haben mussten, die Art und Weise, wie er ein Wort ausspricht (aussprach), und auf diesen Klang folgen Bilder, kleine Viewmaster-Fenster aus Manhattan und Long Island, und es ist erst ein Jahr her, dass ich Owen verloren habe, ich weiß nicht, ob ich jetzt noch einen Verlust verkrafte, und ich denke an die Hunderte von Seiten, die ich für sie geschrieben habe, für Mischa, für mich, und wie ich mir vorstellte, ihm davon zu erzählen, wenn wir uns träfen, vielleicht sogar ein Stück für ihn zu lesen, und wie es ihm gefallen hätte, das zu hören, uns beiden noch einmal durch die Straßen zu folgen; diese Wörter, die ich jetzt schreibe, bald wird niemand mehr da sein, um sie zu lesen, und dann sammeln sich die tropfenden Bilder zu großen Pfützen, in denen ich herumwaten kann, ich bin umgeben von Mordecai und ganzen Tagen mit ihm: Ich sehe uns in Manhattan, vor dem Apthorp-Gebäude, in einem Taxi, und auf der W27th Street, 72nd Street, 85th Street, Spring Street, Watts, Thompson, Lincoln Center und Union Square, The Strand, überall; ich sehe ihn auf dem Weg zum Vorsprechen und auf dem Rückweg von Theatervorstellungen, sehe ihn in Garden City und auf Fire Island. Und dann sehe ich ihn auch, als ich nicht dabei bin, zusammen mit Alison in jenem Herbst, und auf dem Fahrrad, auf dem Weg zu mir, und im Sommerlager oder im Flugzeug nach Los Angeles, als er umzog und nicht glaubte, dass er zurückkommen würde, und ich sehe ihn im Haus in der East Olive Avenue, in Burbank, am Dienstagabend, wie er damit beschäftigt ist, das Haus zu putzen, die Böden zu saugen und die trockene Wäsche zusammenzulegen und in den Schrank zu räumen, und er hört Musik, lässt die Stereoanlage eingeschaltet, als er duscht und darauf achtet, anschließend den Boden zu wischen, und das Handtuch über die Duschvorhangstange zum Trocknen aufhängt und wieder ins Wohnzimmer geht. Die Musik läuft noch immer, er hat auf den Knopf der Fernbedienung mit dem kleinen Symbol gedrückt, das einen Halbkreis mit einem Pfeil am Ende zeigt, und die Musik wird in einer Endlosschleife weiterlaufen, bis jemand sie ausstellt. Für einen Moment überlegt er, ob er jemanden anrufen soll, nur um ein letztes Gespräch zu führen, eventuelle Missverständnisse auszuräumen. Aber er entscheidet sich dagegen, geht stattdessen in sein Büro, verschickt ein paar wichtige Mails und fährt den Computer herunter; anschließend läuft er durchs Haus, um das Licht in den Zimmern auszuschalten, in denen er sich nicht aufhält. Wenn es Abschiedsbriefe gibt, dann sind sie handgeschrieben und liegen sortiert in der Küche, er schrieb bis zuletzt schneller per Hand als auf der Tastatur. Er geht ins Schlafzimmer und macht das Bett, hängt seine Jacketts an ihren Platz im Schrank und nimmt die Tüte vom Eisenwarenhandel heraus, die unten auf seinen Schuhen liegt, zieht das zusammengerollte Seil aus der Tüte und faltet sie zusammen, nimmt beides mit in die Küche, wo er die Tüte in den Müll wirft und den Müll neben die Tür stellt, legt das Seil auf die Küchenbank, holt ein Glas aus dem Schrank und füllt es mit Leitungswasser. Er setzt sich an den Küchentisch. Blickt auf den Baum in den Garten, der von Steinen umkränzt ist. Der Baum wird bleiben. Er wird ausziehen. Dann trinkt er einen Schluck Wasser und denkt, dass dies sein allerletztes Glas Wasser sein wird, und an die Banalität und doch so entscheidende Notwendigkeit des Wassers. Er hofft, dass er später keinen Durst bekommt. Anschließend sitzt er eine ganze Stunde lang da, in einer meditativen, surrealen und vegetativen Stille. In der Küche.

Vor irgendeinem Truffaut-Plakat, welches, spielt wirklich keine Rolle. Und als die Stunde um ist (er hat die Eieruhr gestellt), nimmt er den Müll mit raus, wirft ihn in die Tonne, setzt sich auf die Steinplatten direkt vor die Haustür, steckt sich eine Kippe an, blickt über die Straße, zu den Häusern auf der anderen Straßenseite. Vielleicht sieht er ein Auto vorbeifahren. Oder wechselt ein paar Worte mit seinem Rentnernachbarn. Unabhängig davon ist es ein Augenblick. Das ist es: ein Augenblick von Klarheit. Die Schlussfolgerung, das Ergebnis. Dies, hier und jetzt, ist das Leben. Eine Straße, ein Auto. Ein Baum und die Brise, die hindurchweht. Ein Nachbar, der seine Ziersträucher gießt. Mordecai betritt erneut das Haus und schließt die Tür. Dann geht er in die Küche und erhängt sich, ohne große Dramatik. Was danach passiert, geht ihn nichts mehr an.

Wie die Geschichte, die ich von einem der Schauspieler gehört habe, als wir mit dem Stück noch in New York waren, über seinen Großvater oder einen Freund des Großvaters, ich erinnere mich nicht, aber der Großvater oder sein Freund, ein erfolgreicher Handwerker Mitte sechzig mit außergewöhnlich gutem Ruf, stand am Morgen seines letzten Tages auf, setzte sich in sein Auto und fuhr zu verschiedenen Eisenwarenhändlern und Baumärkten, ehe er bei Sears stoppte, wo er – so erzählte es jedenfalls der Angestellte, der den Verstorbenen auf dem Foto seines Nachrufs erkannte und die Familie eine Woche darauf anrief – mehrere Stunden vor den verschiedenen elektrischen Drillbohrern und Sägen zubrachte und die Schleifmaschinen in der Hand wog, die er so sehr zu schätzen wusste und zutiefst bewunderte.

Alle haben ihr eigenes Ritual.

Ich fahre zurück ins Hotel, rufe meine Mutter an, erzähle ihr, dass ich am Dienstag, dem 23., zurückkomme, und sie weint und sagt, dass ich natürlich kommen müsse, und fragt, wie es gehe, und ich sage, dass wir zum Glück nur noch drei Vorstellungen vor uns haben, und sie sagt *Ich meinte, wie es dir geht?* Ich tätige auch noch ein paar andere Anrufe, um sicherzugehen, dass diejenigen, von denen er sich gewünscht hätte, dass sie kommen, überlegen können, ob sie die Zeit haben oder nicht. Und ich werde Mischa anrufen müssen. Ich will nicht, aber es führt kein Weg daran vorbei. Ich muss sie anrufen und ihr erzählen, was passiert ist, und ich habe Angst. Angst davor, es zu tun, Angst davor, dass jemand anders ans Telefon geht, ein Mann; Angst davor, ihre Stimme wieder zu hören; ich habe schon seit zwei Jahren nicht mehr mit ihr gesprochen, seit sie aus dem Apthorp ausgezogen ist. Ich habe sie nicht einmal angerufen, als Owen starb. Ich war kurz davor, es zu tun, aber ich tat es nicht. Ich werde ihr erzählen müssen, dass auch er nicht mehr da ist.

Aber ich drücke mich. Warte. Mir graut davor, sie anzurufen, von der ich jeden Tag hoffe, sie würde mich anrufen. Ich blättere durch den Katalog zu ihrer Whitney-Ausstellung, den ich mir zuschicken ließ, anstatt persönlich ins Museum zu gehen, weil ich solche Angst hatte, ihr dort zu begegnen. Im letzten Text geht es um ihre neuste Serie, die ich ebenfalls nicht gesehen habe, als sie in SoHo ausgestellt wurde. Aber das Terrain ist vertraut: «Glaubt man Thomas Allan Nelson, dem Autor des Buchs *Kubrick: Inside a Film Artist's Maze*, ist Shelley Duvall *eine Frau ohne sexuelle Anziehungskraft.* Die Bemerkung fiel in Verbindung mit einer Analyse von *The Shining* (1980) und ihrer vielleicht bekanntesten Rolle, als Jack Torrances Frau Wendy. Andere Kubrick-Forscher gingen sogar noch weiter und bezeichneten sie als hässlich (die Branchenzeitung *Variety* goss mit ihrer berüchtigten Kritik von Duvalls Darstellung der albernen, *teils zurückgebliebenen Hysterikerin* zusätzlich Öl ins Feuer) und streuten das Gerücht, der Regisseur habe sie vor allem ausgewählt, weil beides (die mangelnde sexuelle Ausstrahlung und die Hässlichkeit) Duvall zu einer Figur werden lässt, gegen die alle Zuschauer (auch die weiblichen) eine gewisse Abneigung entwickeln und dadurch mehr Verständnis / Sympathie für Jack Nicholsons gegen sie gerichtete Wut und Gewalt aufbringen würden. Misogynie kennt offenbar keine Geschlechtergrenzen. Ebenfalls gut dokumentiert scheint Fräulein Duvalls unglückliches Dasein während der Dreharbeiten infolge einer Trennung, die schwierig für sie gewesen war. Und während der Filmaufnahmen war sie nicht nur monatelang gezwungen gewesen, eine Frau zu porträtieren, die weinend und hyperventilierend am Rande eines Nervenzusammenbruchs stand, der Regisseur behandelte sie auch noch deutlich schlechter als die anderen Schauspieler, ließ seinen Frust an ihr aus und kritisierte sie vor den Augen der ganzen Filmcrew in einem solchen Maße, dass sie den Dreh später als etwas bezeichnete, auf das sie nicht hätte verzichten wollen, es aber auch nie wieder tun würde. In Woody Allens *Annie Hall* (1977) erscheint Duvall ganz kurz in der Rolle der Rockjournalistin / schrägen Tussi / Bettbekanntschaft, die Alvy Singer (Allen) postkoital erzählt, dass es eine *kafkaeske Erfahrung* sei, mit ihm zu schlafen, ehe er plötzlich mitten in der Nacht zu seiner Exfreundin Annie (Diane Keaton) verschwindet, nachdem deren Bad von einer furchterregenden Spinne in Beschlag genommen wird. Duvalls Rolle im Film, wenn auch klein und zurückgenommen im Gegensatz zu ihrem Einsatz in *The Shining* drei Jahre darauf, ist die Gestaltung der *Frau, die man nicht lieben kann*. Der hässlichen. In *Annie Hall* ist sowohl ihr Aussehen als auch ihr Verhalten einfach zu merkwürdig, als dass Woody Allen sie länger in seiner Nähe ertragen würde, und in *The Shining* ist sie zu selbstmitleidig und anstrengend, um am Leben bleiben zu dürfen. Beide Regisseure tun damit ihr Bestes, um sie auf der Leinwand «sterben» zu lassen, und rechtfertigen es, indem sie zu sagen scheinen: *Aber seht sie euch doch nur mal an. Sie muss weg.*

Dennoch gibt es auch einen anderen Zugang zu Shelley Duvall. In Robert Altmans *Popeye* (1980) ist es dieselbe, nicht zu liebende, zerstreute, seltsame und Borderline-Hass hervorrufende Schauspielerin, die Olive Oyl spielt. Sie ist mit dem ständig jähzornigen Kapitän Bluto verlobt, der sie genauso schrecklich und kalt behandelt wie Jack / Kubrick und Alvy / Allen es tun, wird allerdings zum Objekt der Begierde oder zu einem lacanschen *objet petit a* für Popeye (Robin Williams), den Skipper, der bereit ist, so große Mengen an Spinat zu verspeisen wie nötig, um das Mädchen zu retten, das seine Liebe erwidert. Und Olive Oyl singt *For once, for once in life I finally felt that someone needed me / And it turns out real / Then love can turn the wheel / Because he needs me / He needs me / He needs me / He needs me …* Shelley Duvall machte zwischen 1970 und 1980 sieben Filme mit Robert Altman, von *Brewster McCloud* (eine Rolle, die sie nur deshalb bekam, weil Altman sie in Houston auf der Straße entdeckte und sie überredete, sie anzunehmen. Duvall, die zu diesem Zeitpunkt noch nie außerhalb von Texas gewesen war, flog nach L. A., unterzeichnete den Vertrag und spielte die Rolle der freien Seele Suzanne) bis hin zu *Popeye*, dazwischen auch Filme wie *McCabe & Mrs. Miller, Thieves Like Us* und *Nashville*. Altman erschuf mit Duvall nicht nur eine Schauspielerin und eine Schauspielkarriere, sondern sah sie auch als seine Muse und ließ sich von seiner an Verliebtheit grenzenden Faszination für dieses etwas linkische und schlaksige Mädchen inspirieren, das erst zwanzig Jahre alt war, als es in *Brewster McCloud* debütierte. Und als sie in dem Film, der ihr letzter gemeinsamer werden sollte, *he needs me, he needs me, he needs me* sang, widmete sie das Lied vielleicht genauso sehr ihrem Mentor und Regisseur Altman.

Mischa Greys künstlerische Annäherung an Duvall beschränkt sich allerdings nicht allein auf eine Fortführung des altmanschen Projekts – die Schauspielerin (Duvall) als eine attraktive, liebenswerte und auch sexuell begehrenswerte Person zu zeigen, daher auch der Titel der Ausstellung: *Mischa Grey vs. Shelley Duvall*. Die fünfzehn Werke, sämtlich Digitaldrucke auf spezialangefertigtem, riesigem Klebeband und Leinwand (sie überzeugte den Hersteller einer bekannten Marke davon, ein Meter breite Klebebandrollen für sie zu produzieren), die sowohl eine Konstruktion als auch eine Reparatur des Narrativen andeuten, beschäftigen sich sowohl mit der Schauspielerin als auch mit der Künstlerin und verschleiern galant, wo die eine endet und die andere beginnt. Man könnte sogar so weit gehen und behaupten, die Bilder hätten überhaupt nichts mit Duvall zu tun, sondern nur mit Grey selbst und Duvalls Rolle bestünde allein darin, Grey ein Gesicht zu geben, um einen Puffer zwischen dem Allgemein-Persönlichen und dem Individuell-Privaten zu schaffen. Andererseits besteht eine unverkennbare Ähnlichkeit zwischen Grey und Duvall, vor allem wenn man die neun Werke betrachtet. Sie basieren auf Fotos, die in den Drehpausen von *Brewster McCloud* aufgenommen wurden, und auf Promobildern desselben Films. Als Vorlage für die übrigen sechs Werke dienten Standfotos aus der letzten Hälfte von Kubricks *The*

Shining und erzeugen einen starken Kontrast zu der Unschuld, Jugend und Wärme, die die *McCloud*-Bilder ausstrahlen. Zwei von ihnen zeigen Duvall, wie sie vergebens versucht, ein Funkgerät zum Laufen zu bringen, auf dem nächsten läuft sie vor dem Overlook Hotel durch den Schnee. Die halbe Fotografie wird im oberen Teil des Werks wiederholt, ein Hinweis auf Greys *Track-Control*-Serie aus dem Jahr 1997, aber auch ein Hinweis darauf, dass die Geschwindigkeit erhöht und die Kontrolle abgegeben wurde. In den drei abschließenden Werken geben die Nahaufnahmen von Duvall, bewaffnet mit einem Küchenmesser, das Gesicht ängstlich und verzweifelt, deutliche Hinweise auf einen völligen Zusammenbruch, möglicherweise sowohl der Schauspielerin / ihrer Rolle wie auch der Künstlerin selbst. Das Bild *Shelley no. 15* spielt hier eine besonders wichtige Rolle. Es beschließt die Serie nicht nur, sondern hebt sich auch davon ab – als perfektes Beispiel für Greys Blick für Details, der schon in ihren hyperrealistischen Gemälden zu Beginn der neunziger Jahre extrem ausgeprägt war. Auf den ersten Blick scheint sie das Klebeband zufällig und nachlässig auf der Leinwand angebracht zu haben, doch wenn wir einen Moment innehalten und es betrachten, werden wir die Botschaft, die sie dergestalt verschlüsselt hat, dechiffrieren können. Man achte darauf, wie nur ein Feld des Werks nicht mit Klebeband präpariert ist und Duvalls Augen und Nase uns dadurch förmlich entgegenspringen. Sie kann uns sehen, sie kann uns riechen und hören. Aber sie kann nicht sprechen. Ihr Mund, und damit auch ihre Möglichkeit, Luft zu holen, ist teilweise verschwunden. Und zusätzlich verlaufen, ebenfalls scheinbar zufällig, zwei reinweiße Streifen quer über die Leinwand. Die Streifen oder Linien sind das Ergebnis einer zusätzlichen Schicht Klebeband, die aufgetragen wurde, um eine subtile Differenz in der Tiefe des Bildes zu erschaffen, die dem Werk eine eigene Topographie verleiht, wichtiger ist aber dennoch, *wo genau* sich diese kühlen Streifen in die Bildoberfläche bohren: Der obere durchtrennt aggressiv Duvalls Kehle und verläuft bis zum linken Bildrand, wo er auf den Griff des Messers in ihrer Hand trifft. Der untere durchschneidet ihre Brüste (oder den Brustkorb direkt darunter) beinahe misogynisch. Als wäre dies ein Versuch, nicht Shelley Duvall auszulöschen, sondern Mischa Greys Selbstbild und alles damit verbundene, in dem sie ein interessantes Doppelgängermotiv wählt. Aus Furcht, das Thema (Selbst-)-Verstümmelung / Tod des Ichs könne zu deutlich zutage treten, schuf Grey drei weitere Versionen von *Shelley no. 15*, mit den Untertiteln *B*, *C* und D. Darin verlaufen die weißen Streifen vertikal und horizontal, in anderen Winkeln und aus anderen Richtungen, auf eine Weise, die einen beliebig wirkenden Eindruck von Rhythmik erzeugt. Wenn diese Werke nebeneinanderhängen, sieht man auf dem *B*-Bild ganz links einen vertikalen, nach unten verlaufenden Streifen auf der linken Körperhälfte von Duvall, gefolgt von den beiden horizontalen im Original *(Shelley no. 15)*, einen einfachen, horizontalen Streifen im *C*-Bild und schließlich, ganz rechts, in *Shelley no. 15 D*, zwei vertikal platzierte Streifen, die von der rechten Seite des Bildes nach unten verlaufen und Duvalls Gesicht und linke Schulter durchtrennen. Von einem autobiographischen Standpunkt betrachtet, wäre es auch möglich, die Bilder als einen Kommentar zum Innenleben der Künstlerin zu lesen, oder nicht nur dem Innenleben, sondern dem Leben an sich, und zwei Fragen, die unbeantwortet bleiben, drängen sich auf: Gibt es immer noch jemanden, der singt *he needs me, he needs me*? Und wenn ja, ist es dann Shelley Duvall oder Mischa Grey, die das Mikrophon hält?»

Es ist halb eins, als ich sie anrufe.

«Hallo?»

Das bedeutet, dass meine Nummer nicht mehr gespeichert ist.

«Ich bin's.»

Sie schweigt. Dann sagt sie trocken:

«Ach, *du* bist es.»

Ich bin nur eine Haaresbreite davon entfernt, wieder aufzulegen, als sie mich fragt, wie es mir geht, und es so klingt, als würde es sie tatsächlich interessieren.

«Ich bin in L. A.», sage ich.

«Aha. Ich dachte, es gefällt dir dort nicht.»

Inzwischen habe ich sie schon so lange nicht mehr gehört, dass ich fast körperlich darauf reagiere, als sie spricht; ich habe ihre Stimme unzählige Male in meinem Kopf abgespielt, seit sie weg ist, aber die Zeit hatte sie verzerrt und verändert, abgeschliffen, und sie hatte nichts mehr damit zu tun, wie Mischa tatsächlich spricht, wie sie immer gesprochen hat, es ist, als würde ich sie jetzt in Hi-Fi hören, nachdem ich vorher mit einem alten Grammophon vorliebnehmen musste. Sie hat erst dreizehn Wörter gesagt, aber schon sind all ihre Nuancen da.

«Eine Vorstellung», sage ich, «wir sind auf Tournee.»

«Mm. Hab davon gelesen. Wo wohnst du da?»

«Chateau Marmont.»

«*Classy.*»

«Ich hatte Lookout Mountain in Betracht gezogen, aber es kam mir komisch vor», sage ich in einem Versuch, lustig zu sein. Sie lacht nicht.

«Verstehe», erwidert sie.

Und dann sage ich:

«Ich rufe an, weil Mordecai tot ist.»

Sie atmet hastig ein. Ich warte darauf, dass sie wieder ausatmet.

«Oh nein, oh nein», flüstert sie. «Armer kleiner Mordecai.»

«Er ist am Mittwoch gestorben. Sie glauben, dass er sich das Leben genommen hat.»

«Sie?»

«Er hat sich das Leben genommen.»

Pause.

«Wie?», fragt sie vorsichtig.

«Ist das wichtig?»

«Ich würde es nur gern wissen.»

«Er hat sich in seiner Küche erhängt.»

Sie ist eine Weile still, und wir lauschen unserem Schweigen.

«Ich habe gehört, dass er sich vor ein paar Monaten in eine Entzugsklinik in North Dakota einweisen lassen hat», sagt sie.

«Ich wusste nicht, dass er ein Drogenproblem hatte.»

«Muss ja auch nicht so sein.»

«Wie dem auch sei, ich wollte, dass du es von mir erfährst. Ich werde zur Beerdigung fahren.»

«Das weiß ich zu schätzen.»

«Dass ich es dir erzählt habe oder dass ich dort sein werde, um ihn zu verabschieden?»

Diesmal ist sie noch länger still.

«*Colby* hat einen sehr guten Preis bei Sotheby's erzielt», sagt sie ruhig. «Gratuliere.»

«Ich möchte nicht darüber reden.»

«Natürlich nicht.»

«Und ich sehe, dass du Bilder von Shelley Duvall machst.»

«*Darüber* möchte *ich* nicht reden. Wann ist die Beerdigung?»

Ich nenne ihr die Zeit und den Ort.

«Ich werde es versuchen», sagt sie. «Wir sehen uns da.»

«Danke», sage ich.

Dann legt sie auf.

2

Es wundert mich und macht mich verlegen, dass das gesamte Ensemble darauf besteht, das lange geplante Abschiedsfest auf den Abend vor der letzten Vorstellung zu verlegen, nachdem die Inspizientin ihnen mitgeteilt hat, dass ich schon vor ihnen nach New York zurück muss, wegen Mordecai – den die meisten kennen, nicht persönlich, aber durch seine Theater- und Filmkarriere, und dessen Schaffen sie, wie sich herausstellt, einen geradezu rührend großen Respekt zollen. Das heißt mit Ausnahme seiner lustlosen oder, freiheraus gesagt, schlechten Filme *Men in Recliners, Reclining* und *Potholes*, über die sie jedoch mit derselben Selbstverständlichkeit hinwegsehen wie über manche ihrer eigenen Rollen, die sie gezwungenermaßen annehmen mussten, um ihre Karriere am Laufen zu halten, weil alle wissen, dass man sich durch Berge von Scheiße fressen muss, ehe man zu dem Festmahl gelangt, das auf der anderen Seite unter einer Glocke wartet. Eine gewisse Braunfärbung der Zähne ist in dieser Branche unvermeidbar; man kann nur lächeln und es ignorieren.

Als hätte ich diese Filme gedreht oder gar selbst darin mitgespielt, erzählen sie mir, wie sehr Mordecai sie beeindruckt hat und wie viel er ihnen daher bedeutet, in *Sidney*, in *Trees & Glasses* und *The Final Paper*, in *The People at UL 12.11* (*wow*, sagen sie tatsächlich. *Wow*); einige haben ihn in *Strange Interlude* auf der Bühne gesehen, andere in *These Great Buildings* und *Fishermen Ashore*. Es ist das erste Mal, dass ich mit Leuten, die ihn nicht kennen, über seine Arbeit spreche, und sosehr es mich freut, wie sie ihn – ebenso sehr mir zuliebe – mit neuem Leben füllen und nicht nur sein Talent bestätigen, sondern, noch wichtiger, seine *Bedeutung* (es hätte ihm gefallen, dabei zu sein und diese Rückmeldungen zu hören, obwohl man es ihm nicht angesehen hätte und er nichts davon hätte hören wollen und früh gegangen wäre, in der geheimen Hoffnung, dass die Panegyrik in seiner Abwesenheit weiterginge), so deutlich ist auch, dass wir eigentlich nicht über dieselbe

Person sprechen. Bis auf den einzigen Schauspieler, der Mordecai tatsächlich kennengelernt hat und der sich bei der künstlerischen Post-mortem-Feier eher im Hintergrund hält, wissen sie auffällig wenig über ihn, und vieles basiert lediglich auf Annahmen, Herleitungen und Irrtümern über alles Mögliche, wo er herkam und in wen er kam und wie er seine Rollen wählte und damit umging. Ich vermisse mehr den anderen Mordecai. Aber ich unterbreche sie auch nicht.

Schlimmer ist es mit dem eigentlichen Fest, eine knappe Stunde nachdem zum vorletzten Mal der Vorhang nach *Better Worlds Through Weyland-Yutani* fällt. Gemeinsam mit den Schauspielern, Bühnenarbeitern, der Inspizientin und ein paar anderen aus dem Produktionsapparat sowie einigen wohlmeinenden Wohltätern aus der Stadt sitze ich in einem Séparée in einem Restaurant, das so modern ist, dass es nicht einmal einen Namen hat (und natürlich auch keine Speisekarte) und über das man im Volksmund deshalb auch nur lautlos spricht, *ich habe einen Tisch reserviert im* –, gefolgt von einer kurzen Pause und einer diskreten, touretteartigen Kopfbewegung nach rechts, und bin von Kellnern umgeben, die allesamt normal bis nachlässig gekleidet sind und die zwischen unserem Hinterzimmer und dem eigentlichen Restaurant hin- und hereilen, wo alles noch innovativer ist; hier sitzen die Köche und die Kellner inkognito an eigenen Tischen in dem sparsam dekorierten Raum und stehen ohne Vorwarnung auf, um den Gästen Wein zu servieren oder in die Küche zu eilen und Steaks zu braten, sobald die Bestellung aufgenommen wurde. Aber das kümmert mich nicht, meine Verlegenheit hat einen anderen Grund. Ich bin überhaupt nicht in der Stimmung, irgendetwas zu feiern, und ich habe Angst, ich könnte es nicht gut genug verbergen und würde all jenen den Abend verderben, die nicht in Gedanken woanders sind, einen frühen Flug kriegen und auf eine Beerdigung gehen müssen und nicht die geringste Ahnung haben, was sie machen sollen, wenn beides überstanden ist. Meine Verlegenheit hängt auch damit zusammen, dass es unter denen, die an der Vorstellung mitgearbeitet haben, anscheinend ein dringendes Bedürfnis zum Feiern gibt, sie wollen nicht nur feiern, dass es bald geschafft ist, dass die anstrengenden Abende vorbei sind und darauf Tage folgen, an denen sie wie erschlagen auf dem Sofa liegen und neue Kraft schöpfen und den Glauben wiederfinden, dass in diesem Land noch nicht alle Hoffnung verloren ist, sondern dass ich derjenige bin, der ihnen das Vertrauen, den Raum und die regiemäßigen Navigationsinstrumente gegeben habe, die sie brauchten, um mit diesem radikal deprimierenden Stoff zurechtzukommen. Ich bekomme, durch die ausgebrachten Toasts und spontanen Reden und auch die ein oder andere vergossene Träne, den Eindruck, dass sie an etwas *Wichtigem* gearbeitet haben. Etwas *Entscheidendem*. Etwas, das sie nie vergessen werden.

Dann fragen sie mich, was ich anschließend machen werde. Was mein nächstes Projekt sein wird. Ich bringe es nicht übers Herz, ihnen zu sagen, dass ich nicht mehr will, dass ich hoffe, es kommt nichts mehr. Dass ich sie darum beneide, noch nicht ausgebrannt zu sein und die Kraft zu haben, das Ganze noch mal durchzustehen. Und noch mal. Also sage ich:

«Ich glaube, als Nächstes werde ich einen Western machen.»

Nickende Köpfe. Es war das Dümmste, was mir so schnell einfiel. Sie können es alle genau vor sich sehen, und irgendwer sagt sogar, es sei eine gute Idee, und nennt es *die natürliche Konsequenz* dessen, was ich mit dieser letzten Produktion auf die Bühne gebracht habe. Ich denke an Gabe. Wie er auch nach den Vantablack-Bildern weitergemacht hat, obwohl er die Möglichkeit gehabt hätte, aufzuhören. Wie er den Moment verstreichen ließ. Es ist nicht sicher, dass er wiederkommt. Die neue, verbesserte Version von Vantablack absorbiert jetzt 99,965 Prozent der Strahlung im sichtbaren Spektrum.

Das Problem ist, dass ich tags darauf verkatert und zerschlagen in sechsunddreißigtausend Fuß Höhe auf Platz 3 F – erste Klasse – im American Airlines Flug 34 (ohne meinen Vater), erwartete Ankunftszeit in JFK 16.35 Uhr, in einer Kabine mit drei freien Sitzen und sechs anderen, lautlosen Passagieren um mich herum, im leisen, einschläfernden Brummen der Triebwerke und der Klimaanlage, die klingt wie kosmisches Rauschen oder die Geräusche an Bord der Nostromo in den Sekunden, bevor etwas Hässliches und Namenloses aus dem Schatten hervorschießt, sitze und beinahe mechanisch und zerstreut Notizen in eine Kladde mache, auf deren Titelblatt ich ein Wort und ein Fragezeichen geschrieben habe: *Western?*

3

Es ist kalt hier. Dienstag. Winter und Halloween liegen in der Luft. Als ich aufbrach, war noch Sommer, fühlte es sich an wie Sommer. Er ging aufs Ende zu. Nicht mehr meine Stadt. Ich sitze im Flughafenzug nach Howard Beach und bin einfach nur froh, dass ich heute nicht nach Manhattan hineinfahren muss, die übliche Strecke, eine rituelle Taxifahrt durch Brooklyn und über die Brücke, die Avenues hinauf. Aus irgendeinem Grund kann ich eine Art Glück darüber empfinden, dass ich weder zum Apthorp noch zum Sherry-Netherland muss. Und morgen werde ich, werden wir, zurück nach Garden City fahren. Dort hinzufahren habe ich auch keine Lust.

Meine Mutter im Wohnzimmer. Ich sehe sie von der Straße aus, das blaue Fernsehlicht erlischt sofort, als ich klingle, und sie steht auf, eilt nach unten und schließt die Tür von innen auf. Weitgeöffnete Arme.

«Komm doch rein», sagt sie und lotst mich in den Flur, wo sie meinen Koffer entgegennimmt und an die Wand lehnt, «es ist eiskalt dadraußen. Wie war die Reise?»

«Gut.»

«Das ist so fürchterlich», sagt sie, und ich glaube, sie weint. «Alles noch vor sich, das Leben kaum angefangen, und dann … und dann einfach einen Schlussstrich daruntergezogen. Er muss so schrecklich einsam gewesen sein.» Sie sagt etwas darüber, wie es sein muss, wenn man nur noch ein paar Minuten oder eine halbe Stunde vor sich hat, und dass sie hoffe, er sei erleichtert gewesen, nachdem die Entscheidung einmal getroffen war; dann taumelt sie in eine Art existenziellen Seiltanz und weint, jetzt ganz offensichtlich, ehe sie sich wieder fängt und mit dem Zipfel ihres Flanellhemds die Tränen abtupft.

«Puh, so.» Sie holt tief Luft. «Na, ist es denn gut, dass die Tournee vorbei ist? Das war eine lange Zeit, um ständig auf Reisen zu sein, oder? Würde ich jedenfalls meinen. Aus dem Koffer zu leben. Nein, ich weiß nicht, ob ich das könnte. Aber es ist doch phantastisch, dass es so gut läuft und du so viel gesehen hast, da darf man sich wohl nicht beschweren.»

«Nein, sicher nicht.»

Sie schiebt mich die Treppen zum Wohnzimmer hinauf.

«Ich wollte eigentlich gerade was kochen – ich meine, das will ich immer noch, aber ich wurde, ich bin … es ist doch in Ordnung, wenn wir ein bisschen später essen, oder? Ich bin vor den Nachrichten hängengeblieben, du hast doch sicher vom Orkan Sandy gehört, oder? Die Meterologen haben ausgerechnet, dass er auch nach New York kommen wird.»

«Ich würde mir an deiner Stelle nicht solche Sorgen machen», erwidere ich und verfolge mit halbem Auge die CNN-Nachrichten, die sie wieder eingeschaltet hat. «Letztes Jahr war es doch genau dasselbe, mit Irene, erinnerst du dich? Du hast das halbe Haus mit Sandsäcken umstellt und die Fenster verbarrikadiert, bevor du dich selbst nach Florida evakuiert hast, und abgesehen von ein paar umgestürzten Bäumen und überschwemmten Kellern war das einzig Spannende, was passiert ist, der Typ, der auf dem überfluteten Cross Bay Boulevard seine Kraultechnik verfeinern wollte. Und sich die Ellbogen aufgeschürft hat.»

«Ich habe das auf Fox gesehen, das war lustig. Aber andere Orte an der Küste wurden schwer getroffen. Du meinst also, dass es diesmal auch nicht so schlimm wird?»

«Kuck doch mal», sage ich und zeige auf den Fernseher, wo eine ziemlich beeindruckende graphische Animation des Orkans über die Karte wirbelt und vom Wetteransager mit dünnem Haar und großer Geste erläutert wird, während durch seine Position vor dem Greenscreen ein Schein um seinen Kopf entsteht und das kümmerliche Haar noch aufgeplusterter und trauriger wirkt, «das da soll bis hierherkommen von, ja, von wo, Jamaica? Irgend so was? Das ist wirklich weit, und es wird nicht mehr viel Schwung haben, wenn es da ist. Ein paar gute Gummistiefel reichen da völlig aus.»

«Das ist das Klima», sagt sie. «Ich mag das nicht.»

«Du magst das Klima nicht?»

«Den Klimawandel. Dieses … extreme Wetter. Sie sagen, dass uns in Zukunft noch mehr davon bevorsteht. Stürme. Orkane. Erdbeben.»

«Vielleicht. Aber um diesen hier würde ich mir nicht solche Sorgen machen.»

«Bist du sicher? Okay. Aber kannst du nicht trotzdem so lange bleiben, bis er vorbei ist? Nur noch ein paar Tage. Dann können wir auch mal in den Laden fahren, damit du einen ordentlichen Wollpulli bekommst, ich habe da einen, der dir bestimmt gefällt.»

Der Laden, auf den sie sich an dieser Stelle bezieht und der auch der Grund dafür ist, dass sie inzwischen jünger aussieht als ich, mit einer gesünderen Gesichtsfarbe und dem Status als derzeit glücklichstes Mitglied der Familie Hansen, nennt sich *Cool Wool*, ein Vogel Phönix ihres Garn- und Handarbeitsladens in Stavanger, dessen Name und Konzept von mir stammt und Anfang der neunziger Jahre einmal von ihr zurückgewiesen wurde, weil sie keinen Markt dafür sah oder Angst vor dem Scheitern hatte, nach Exit-Wohlman und einem außergewöhnlich kalten Winter jedoch wieder aus ihrem Gedächtnis hervorgekramt worden war, vor allem als Überlebensstrategie, weil ein weiteres Jahr unter den *Altweiberkleidern* im Laden am Cross Bay Blvd ihr Ende gewesen wäre. *Cool Wool* lag in derselben Straße, aber näher am Wasser, ein Ladenlokal, das aufgrund der Kreditzinssituation nach 2008 die Größe eines Fingerhuts hatte und zwischen Sorentino's und Anchor Motors eingeklemmt lag. Aber groß genug, um gesehen und mit importierter Wollkleidung aus Norwegen, Island und den Färöern befüllt zu werden, und ihren eigenen Kreationen und einer breiten Auswahl an Wollknäueln in diversen Größen, Qualitäten und Preislagen, überwiegend in den Erd- und Herbstfarben gehalten, die sie selbst mochte und in denen sie die Leute gern das ganze Jahr über gesehen hätte, und Büchern mit Strickmustern, Anregungen und Tipps für Anfänger und chronische Tendinopathiker. Auf magische Weise war es ihr gelungen, drei Stühle und einen wirklich kleinen Tisch hineinzubekommen, auf dem immer eine bedrohlich wackelnde Kaffeekanne stand, und diese Kombination aus warmen Getränken und behaglicher Wolle erwies sich als ungeheuer erfolgreich – und wirkte ein bisschen exotisch, was auch half – an einem Ort, wo die drei anderen Klamottenläden im Großen und Ganzen dasselbe verkauften, nur in unterschiedlichen Farben, und die meisten Kunden Bootsbesitzer waren, die mehr als alle anderen Menschen wussten, was frieren hieß, auf einem langen Turn nach Sandy Hook oder rund um Breezy Point nach Rockaway Beach und Long Beach, und deswegen konnte sie ihren Kundenkreis auch auf Männer ausweiten, lokale Fischer, im Grunde sogar mehr Männer als Frauen, und genau wie in Stavanger kamen sie nicht allein der Wolle wegen, sie kamen, um sich einen Moment hinzusetzen und sich aufzuwärmen und einen Schwatz zu halten, nicht unbedingt über die große Politik, jedenfalls nicht mit revolutionären Anklängen wie damals in *Verflechtung* (obwohl sie ab und zu ein kritisches Wort über den freien Markt und die Wall Street fallenlässt und Upton Sinclair an die Wand gehängt hat, wie er die *fig leave edition* von *Oil!* in den Straßen von Boston verkauft, ein großes Plakat, das ein Kunde eigens für sie hergestellt hatte als Bezahlung für *1 Wollmütze, braun / grau, o. Bommel*), aber vielen guten Gesprächen über das Wetter und Lokales und Norwegen und die USA. Sie nahmen sie unter ihre Fittiche, die Kunden, machten sie zu einer der ihren, verhalfen ihr zu neuen Freunden und weiteren Stammkunden. Im Gegenzug hielt sie die Preise so niedrig, wie sie konnte, und strickte *custom made* für alle, die das wünschten (und es waren einige), Lieferzeit drei Wochen, Reparatur im Preis inbegriffen.

Am Abend: Schneeregen. Noch bevor ich einschlafe, wird er zu Schnee, ist dabei, noch kälter zu werden. Ein Sturm ist im Anzug. Ich liege im Gästezimmer meiner Mutter und kann nicht schlafen, während die Bäume hinter dem Haus langsam in Weiß gehüllt werden. Morgen wird Mordecai nicht mehr unter uns sein, obwohl *unter uns* zurzeit auch nicht mehr bedeutet als eine überdimensionale Kiste aus rostfreiem Stahl, die quer durchs Land transportiert und im Keller von Fairchild Sons in der Franklin zwischengelagert wurde, wo ein schläfriger Shomer auf einem unbequemen Stuhl vor der Tür des Kühlraums sitzt und für die verwirrte Seele des Verstorbenen im Spagat zwischen dem Tod und der Beisetzung jüdische Psalmen und Passagen aus Jobs Buch murmelt; aber das ist alles, was wir haben. Er kommt nicht zurück. *Weg.* Und morgen werde ich Mischa wiedersehen. Es ist anders, und es ist dasselbe; auch sie wird nicht zurückkommen.

Wir tragen Schwarz, meine Mutter und ich, wir frösteln in ihrem Honda, der nach Gebrauchtwagen riecht und dessen Heizung kaputt ist. Schichten von grauem, schmutzigem Schnee an den Fensterleisten und auf der Karosserie; wir sind zu schick für dieses Auto. Ich reibe mir mit der einen Hand fest das Kinn, während wir fahren, weil es sich besser anfühlt, als wenn ich es nicht tue. Vielleicht hinterlasse ich rote Abdrücke. Ich hätte mich rasieren sollen; ich habe es vergessen. Ich kann mich auch nicht erinnern, ob ich nach dem Duschen Deo benutzt habe, obwohl es wohl so war. Ich verspüre das dringende Bedürfnis, der Sache nachzugehen und mich durch das Hemd bis zur Achselhöhle durchzuschnuppern, aber dazu müsste ich meine Hand wegnehmen, mit der ich mir unaufhörlich das Kinn reibe, und dazu bin ich noch nicht bereit, dann könnte alles auseinanderfallen, mein ganzes Gesicht. Meine Mutter biegt vom Belt Pkwy ab, und ich habe keine Lust, anzukommen, ich will es einfach nur überstehen. Ich möchte, dass es nicht passiert oder bereits passiert ist, es ist dieser Zwischenzustand, der so unerträglich ist. Letzte Nacht habe ich wieder von ihm geträumt; wir waren in Garden City, und es schneite. Er lächelte und zeigte mir den Inhalt des Rucksacks, den er auf dem Rücken trug. Ich lachte und sagte etwas wie *Du bist doch gar nicht echt, Mann*, und er sah mich nur an und sagte: *Das geht vorbei.* Ich wollte, dass der Traum etwas bedeutete, irgendeine Symbolik enthielt, aber so war es nicht. Alles nur Zufälle. Jetzt sind wir bald wieder in Garden City, beide. Zusammen. Aber das gilt nicht. Blöder Idiot.

Meine Mutter sagt, soweit sie wisse, werde der Sarg sehr schlicht sein und geschlossen, weil es bei den Juden als unhöflich gelte, jemanden anzuschauen, der nicht zurückschauen kann, und dass Mordecai vermutlich ein schlichtes weißes Leinenhemd trage, ohne Taschen, was unterstreiche, dass man, wohin auch immer man nach dem Tod gelangt, mit nichts als sich selbst und der Summe seiner Handlungen und Taten ankomme. Der Sarg sei nicht mit Blumen und Kränzen geschmückt, sagt sie, aber ein paar wenige, schlichte Gestecke werde der Rabbiner akzeptieren. Etc, etc. Anscheinend ist der Rabbiner derjenige, den man bei fast allen Dingen fragt. Sie sagt, am Eingang würden Kippot verteilt, und ich müsse daran denken, sie aufzusetzen, bevor ich hineinginge. Sie fragt, wie es mir geht. Ich reibe mir das Kinn und sage, dass es mir gut geht. Sie wechselt die Spur und schaltet das Radio ein, um dem Schweigen im Auto zu entkommen, und wir hören den zugeschalteten Meteorologen über den Fujiwhara-Effekt sprechen, bei dem zwei Zyklone zu einem Supersturm verschmelzen, was uns auch in dieser Gegend bevorstehe, wenn Sandy bei der Ankunft noch genauso stark ist und sich mit dem bereits vorhandenen Regen, Schnee und Wind mischt. Einer der Moderatoren, der die gute Vormittagsstimmung der Hörer nicht ruinieren will, weist darauf hin, dass ja bald Halloween sei, und schlägt vor, das Unwetter in Frankensturm umzutaufen, aber der Experte räuspert sich nur und sagt: «Dies ist bitterer Ernst, meine Damen und Herren. Kategorie 3.»

Wir parken auf der Rückseite des ehrwürdigen Backsteingebäudes mit Säulen neben dem Eingang, und ich setze pflichtschuldig die billige, glatte Satinkippa auf den Kopf, die jemand diskret an die eindeutigen Gojim verteilt, nachdem mir meine Mutter ebenso diskret eine Haarnadel zugesteckt hat. In der Kapelle, die mit burgunderfarbenem Teppich ausgelegt und so dicht bestuhlt ist, dass die Knie darunter leiden würden, scheint die Schwerelosigkeit des Toten schon auf die Lebenden übergegangen; die Leute schweben umher und suchen nach Boden unter den Füßen oder nach anderen Händen, an die sie sich klammern können. Ich erkenne mehrere der Gäste, einige sind Schauspieler, die ich nicht persönlich kenne, aber aus den Filmen, in denen er mitgespielt hat. Andere sind Theaterleute, mit denen wir beide zu tun hatten und denen ich zunicke oder die Hand gebe, und mit einigen wechsle ich ein paar kurze, nichtssagende Sätze, bevor wir auf unsere Plätze gehen und kollektiv dem Rabbiner lauschen, der hinter der dünnen Wand zum Nebenraum mit Mordecais Eltern spricht: *Adonai natan, Adonai lakach, yehi shem Adonai m'vorach.* Dann kommen sie heraus, mit dem Rabbiner im Schlepptau. Setzen sich in die erste Reihe. Es geht los.

Hier ist Mr. Weintraub mit dem toten Gesicht, einer Totenmaske, wachsartig, so grau und ausdruckslos, dass es den anderen Gästen unangenehm ist und / oder sie sogar überlegen, ob man schleunigst den Tischler beauftragen soll, einen zweiten Sarg zu zimmern.

Hier ist Mrs. Weintraub, die beinahe lächelt, vor allem weil sie eine gewagte Menge Valium eingenommen hat, um den Tag zu überstehen, und sich jetzt gar nicht so schlecht fühlt.

Hier sind alle, die tief erschüttert sind über das, was passiert ist, die es nicht ganz glauben und sich selbst nur schwer verzeihen können, dass sie nicht genug getan haben, *nichts* getan haben, um Mordecai zu helfen, als es ihm am schlechtesten ging. Diejenigen, die auf Gott wütend sind, weil er nicht aufgepasst hat. Sie sitzen auf ihren Stühlen und sterben selbst ein kleines bisschen, denn wenn es einen Menschen gab, der wunderbar war und alles Gute verdiente und von dem sie sicher waren, dass er älter und glücklicher werden würde, als sie es je hoffen konnten, dann war er es.

Hier sind alle, die nicht verstehen, wie so etwas passieren kann, die die Lust am Essen verloren haben und die Lust an der Arbeit, die Lust im Allgemeinen, und die jeden Tag grübelnd herumsitzen.

Hier sind Freunde und Verwandte. Zugereiste. Sie kommen aus dem ganzen Land.

Hier ist eine Meschugge mit ihren Kindern. Sie hat sie nicht aus dem Grund mitgebracht, weil sie den Toten besonders gut kannten, und sie drückt sie auch nicht an sich, um sie zu umarmen; sie benutzt sie als Taschentuch und schnäuzt unablässig ihre Trauer in sie hinein, und wenn sie die Kapelle verlassen, wird der Rotz von ihren Haaren und Jacken tropfen.

Hier ist die Person, die sich Mordecai nicht verbunden genug fühlt, um so viel zu weinen, wie sie es am liebsten täte. Es ist lange her, dass sie Nachrufe auf ihre eigenen Eltern und Geschwister geschrieben hat, einen Entwurf nach dem anderen, bis daraus allmählich brillante Beerdigungsreden wurden, ausgedruckt auf Baumwollpapier in offwhite mit abgerissenen Kanten, verstaut in einer Mappe in einer Schublade in dem Raum, den sie als *Büro* bezeichnen, obwohl keiner in der Familie es zum Arbeiten nutzt, höchstens zum Fernsehen, wenn derjenige, der im Wohnzimmer sitzt, irgendetwas schaut, das einen nicht interessiert. Die Texte, in einer feinen, kursiven Schnörkelschrift, liegen für den Tag bereit, an dem die Eltern / Geschwister aus dem Leben scheiden, Texte, so schön und so sehnsuchts- und liebevoll, dass sie sogar ein besonderes Talent offenbaren, *Verlust* in Worte zu fassen, ein formulierter Nadelstich zwischen anderen Nachrufen, und niemand wird davon unberührt bleiben und ihr anschließend nicht danken und ihr eine vollkommene Sprachbeherrschung attestieren.

Hier ist eine, die viel, viel mehr geweint hätte, sich aber zurückhält, weil bei ihrer Schwester nebenan alle Dämme gebrochen sind und die Tränen nur so strömen.

Hier ist einer, der den Tatsachen nicht ins Auge sehen will und alle möglichen Erklärungen dafür hat, warum Mordecai nicht zurückruft.

Hier ist eine Yenta, die meint, all die heiklen Details über den Todesfall zu kennen, und darauf brennt, sie jemandem mitzuteilen.

Hier ist einer, der wünschte, er könnte jetzt einfach singen.

Hier ist der Großvater, der überlegt, wie viele dieser Gesichter auch auf seiner Beerdigung auftauchen werden oder ob sie an einem Tag stattfinden wird, der vielen nicht passt, was bei seinem ständigen Pech typisch wäre.

Hier ist eine, die sich umdreht, um zu sehen, ob die Leute mitbekommen, wie sehr sie schluchzt, und missbilligend auf jene herabsieht, die nicht im selben Maße schluchzen, denn daran erkennt man gute Menschen; gute Menschen weinen.

Hier ist einer, der sich nächste Woche umbringen wird.

Hier ist ein echter Mensch, der am Tag nach der Todesnachricht eine harte Diagnose bekam, aber heute nichts darüber sagen wird, weil er niemandem die Show stehlen und diesen Tag, der sowieso schon in Trümmern liegt, nicht noch mehr zerstören will.

Hier ist eine, die mit ihrer neuen Kleidung zufrieden ist, die ihr Budget ein wenig überschritten hat. Aber es werden weitere Beerdigungen folgen. Sie betrachtet es als sinnvolle Investition.

Hier ist ein Mann, der Lee Van Cleef ähnelt.

Hier ist ein Mann Ende zwanzig, Anfang dreißig, der denkt, dass es wirklich nichts mit Größe zu tun hat; die freiwillig Toten, sei es der sechzig Jahre alte, grotesk übergewichtige Mann mit der Schrotflinte in der Garage oder das zierliche, neun Jahre alte Mädchen, das beschließt, nicht aus der Schule oder von ihren Freundinnen nach Hause zurückzukehren, sondern aus weitgehend unklaren Gründen in den Wald radelt, zu dem kleinen Fluss, in den sie, die Taschen voller schlammiger Steine vom Ufer, hinauswatet, singend oder nicht singend, bis ihre geflochtenen Zöpfe nass werden und sie unter dem Wasser verschwindet und erst Wochen später gefunden wird, von Spaziergängern, die an dem großen Abwasserrohr vorbeikommen, wo ein grobmaschiges Stahlgitter Äste und anderen organischen Abfall vom unteren Teil des Flusses und des Damms am Ende abfangen soll, nicht halbverweste Mädchen: Die Größe ist unwichtig. Sie wiegen nichts. Denn alle, die ihrem Leben selbst das Etikett des Todes verpasst haben, werden in der Begegnung mit den Lebenden so seltsam klein, man hätte sie so gern vor den Elementen beschützt. Ganz gleich, ob sie unsympathisch oder zutiefst geliebt und bewundert waren, man möchte sie in seinen großen Händen durch die Nacht tragen und flüstern, dass bald, in nicht allzu langer Zeit, wenn es wieder hell ist, und vielleicht auch dann nicht, aber trotzdem früher oder später, alles wieder gut wird. *Die Dinge werden besser.* Unabhängig davon, ob es objektiv betrachtet stimmt oder nicht. Während die von der Krankheit aus dem Leben Gestoßenen, die unschuldig Verunglückten oder vom Herzstillstand Getroffenen ein enormes Gewicht bekommen, während sie daliegen und auf eine letzte Barmherzigkeit von ihren Angehörigen oder dem Pflegepersonal warten, als wollten sie die Schwere des Verlusts und die Bedeutung des Lebens, das sie hinter sich lassen, betonen, sind die eigenhändig Terminierten unbegreiflich und provozierend leicht (das deckt sich leider nicht mit den Erfahrungen der Rettungssanitäter oder Bestatter, denen die oft rückgratbrechende Aufgabe zukommt, die verrenkten Überreste von einst mehr oder weniger aufrecht gehenden Wesen von der Decke oder aus dem Wasser zu heben) und daher schwer zu fassen. Sosehr man sich auch anstrengt. Sie scheinen *weg.* Sie entwischen dem Verständnis und entwischen den Fängen der Trauer ebenso sehr wie der letzten Umarmung, die man ihnen gern gegeben hätte, und es ist schwer zu sagen, ob das in Zusammenhang mit diesem beinahe kindischen Neiein! steht, das ihre letzte Handlung darstellt, oder ob es an den Umständen an sich liegt, denn wenn es Temperaturen von Einsamkeit gibt, sind diese letzten Minuten die kältesten, weit unter dem Nullpunkt, ein Ort, zu dem Telefone und Stimmen und Freunde und Familie nicht mehr durchdringen und in dem sich alle Moleküle zu einer unerschütterlichen Ruhe ordnen, und du hättest diese Schwebenden gern auf deine Schultern gehoben und bis nach Hause getragen und immer wieder den Zeigefinger ausgestreckt und gesagt *Da, kuck doch mal* und *Was ist damit? Wie kannst du all das zurücklassen?* Liebend gern hättest du alles stehen und liegen lassen, was du gerade im Begriff zu tun warst, und wärst zu ihnen gegangen und hättest gesagt *Komm, wir sehen nur noch den einen Film zu Ende, nur noch ein paar Stunden, komm, wir nehmen uns einfach die Zeit und sehen ihn an, ich muss nirgends hin. Ja?* Wenn du sie nur mit deinen riesigen Händen hättest fangen können. Aber so ist es nicht. Früher oder später wärst du gegangen. Das wissen sie. Du weißt es. Und das macht es so schwierig. Weil du Dinge zu erledigen hattest, Verpflichtungen, Jobs und Verabredungen, die sich nicht verschieben ließen; weil du auch schlafen musstest oder weil die Stunden, Tagen und Wochen mit diesen deprimierenden Monologen in deinem Ohr viel zermürbender waren, als du es dir vorgestellt hattest, und es dich allmählich ansteckte und du nicht gedacht hättest, dass es so lange dauern und so viel Zeit kosten würde und so ermüdend wäre, ein so harter Weg.

Und dann.

Keine Mystik. Nur die Realitäten. Die Konsequenzen.

Hier ist einer, der überzeugt ist, dass sein Rabbiner ihn hasst, und der erfolglos versucht hat, ihn zurückzuhassen, und der jetzt überlegt, ob er das Thema bei der Beerdigung diesem anderen Rabbiner gegenüber ansprechen soll und den Wunsch äußern, einen Tausch vorzunehmen, wenn sich das machen lässt und, wenn ja, wie das vor sich geht; er fürchtet jedoch, dass die Rabbiner sich untereinander austauschen und er in nur noch größeres Elend gestürzt wird.

Hier ist eine Frau, zaftig und rundlich und Anfang fünfzig, der vor der Schiwa graut und was sie sagen soll, denn was kann man dazu sagen?

Hier sind die beiden, die finden, dass er es verdient hat und Selbstmord nichts anderes ist als manifestierte Schwäche.

Hier ist einer, der wünschte, er wäre auch tot, weil seine Frau mit seinem besten Freund – und vielleicht auch mit ihrem Kollegen Todd – ins Bett geht, aber er hat nicht genug Arsch in der Hose, um zu gehen.

Hier sind jene, die der Meinung sind, die Schuld für «das, was passiert ist» läge bei a) den Eltern, b) Hollywood, c) der schwulen Community.

Von den Trauernden wird erwartet, dass sie sieben Tage lang alle Spiegel im Haus abdecken, weil ihr Aussehen bedeutungslos ist, und auf den unbequemsten Stühlen und Hockern sitzen, um den Schmerz zu verstärken, den sie empfinden.

Hier ist ein Produzent, der sich so schnell nicht erinnert, was in seinen Verträgen mit Mordecai Weintraub über plötzliche Todesfälle steht und, du weißt schon, Geld. Und Haftungsansprüche.

Hier ist einer, der nicht zur Verwandtschaft gehört, aber das Bedürfnis hat, gesehen zu werden, und der die Chuzpe besitzt, vollkommen am Boden zerstört zu sein, um nachher Trost und Aufmerksamkeit zu ernten.

Hier ist ein Schmock, der anschließend noch zu einem Termin muss und sich Sorgen um den Verkehr in Manhattan macht.

Hier ist einer, der es, *shalom und oy vey*, als seine Pflicht ansieht, zu so vielen jüdischen Beerdigungen in Garden City zu gehen wie möglich, und weil es nicht viele davon gibt, ist es ebenso sehr eine Pflicht wie ein Ereignis.

Hier ist einer, der den vorzeitigen Samenerguss mehr fürchtet als den Tod.

Hier ist ein *pischer*, ein *yutz*, ein *nudnik*, der allenfalls vage und längst vergangene Beziehungen zu Mordecai Weintraub pflegte, aber gern sagen können möchte, dass er auf Mordecai Weintraubs Beerdigung war, ein Beerdigungszaungast, der die Gelegenheit außerdem dazu nutzen will, vor oder nach der Zeremonie mit einigen potenziellen Promis ins Gespräch zu kommen.

Hier ist der Mann, der nächsten Dienstag in der Nähe einen Schuhladen für Frauen eröffnen wird. Keiner weiß, warum er hier ist.

Hier sind Tod und Tragödie, en gros.

Hier ist ein *ganef*, der auf Beerdigungen geht, um nach Frauen zu spähen, die er mit seinem Penis trösten kann, ein Mann, dessen *shtick* es ist, tränentriefende Geschichten über den Verstorbenen zu erzählen, die in Wahrheit auf Informationen basieren, die sich jeder *schlub* in null Komma nichts ergoogeln kann.

Hier ist die Frau, die kapores geht, weil sie solche Angst hat, jetzt, da die Weintraubs ihren Sohn verloren haben, auch ihre Kinder zu verlieren, und der nach einer ernstlichen und dauerhaften Verschärfung der Sicherheit und nach Verboten und Verordnungen und Hausarresten für die beiden Teenager, die am Ende tatsächlich damit drohen, etwas Unbedachtes zu tun, wenn sich die Mutter nicht zusammenreißt, Jahre voller unterdrückter Ängste bevorstehen, die sie dank einer haarfein ausbalancierten Mischung aus therapeutischen Gesprächen und einer Selbstmedikamentierung mit Alkohol und einem speziellen Typ von Serotonin-Wiederaufnahmehemmer, der herrliche Albträume und Einschlafhalluzinationen in glitzerndem Technicolor hervorruft und dadurch abends auch die sporadische Einnahme von Stilnox erfordert, damit sie genug ZZZZZ bekommt, unter Kontrolle hält, ohne sich jedoch der Tatsache bewusst zu sein, dass es inzwischen der Alkohol ist, der die Therapie notwendig macht, und die Therapie, die den Alkohol unabdingbar macht, um weiter durchzuhalten, und die von einer Pille aus Paracetamol und Zolpidem und selektiven SSRI und vielleicht auch einem Ünzchen Diazepam träumt, damit sie den ganzen Mist ohne Kater und ohne irgendein Unwohlsein einfach verschlafen kann.

Hier ist der kleine Junge, der, ohne dass es ihm ganz gelingt, zu begreifen versucht, was genau das Konzept *weg* bedeutet, oder *kommt nicht mehr zurück*, der aber nach einigen Wochen Grübelei versteht, dass auch seine eigenen Eltern einmal weg sein werden und all seine Freunde, ja sogar er selbst, eines Tages, es kann jederzeit passieren, obwohl es wahrscheinlich noch lange, lange dauern wird, aber die Zeit (so findet er weitere zwei Wochen später heraus) ist relativ, und das sind auf keinen Fall gute Neuigkeiten, und das wirkliche Problem ist jetzt eigentlich nicht die Frage, warum es in diesem Fall keinen Sinn hat, gesund zu essen, den Teller zu leeren und in die Schule zu gehen, eine gute Ausbildung zu machen und einen Job zu finden, bei dem ein ordentliches, hoffentlich sogar gutes Gehalt herausspringt, und die große Liebe und ein Haus und ein Auto und Kinder und ein Hobby und ein Abo für dies oder jenes und regelmäßig seine Kollegen, Freunde und Familie zu sehen und in den Urlaub zu fahren, um zu entspannen, oder zu aufregenden, fernen und exotischen Zielen aufzubrechen, um sein Wissen und seinen Horizont zu erweitern; das Problem, das wirkliche Problem ist, dass er keine gute Antwort darauf findet. Und das jagt ihm eine Heidenangst ein.

Hier ist ein Mädchen, das nur schwer versteht, wie man sterben kann, bevor man alt ist, ohne krank zu sein, und dass man auch krank sein kann, ohne dass es von außen zu sehen ist und ohne dass man Fieber hat.

Hier ist Wohlman, der in der Variety oder im Hollywood Reporter oder der New York Times von dem Todesfall gelesen hat und mich anrief, um den Zeitpunkt und Ort der Beerdigung zu erfahren, und der jetzt aus reinem Respekt hier ist, geradewegs aus Bridgeport gekommen, ein wenig schuldgeplagt, weil einige der Lehrsätze, die er dem jungen Mann seinerzeit auf der GCH beigebracht hat, vielleicht nicht der unmittelbare Grund dafür waren, dass Weintraub seinen Kopf durch die Schlinge steckte und den Stuhl unter sich wegtrat, aber vielleicht gleichwohl ein Saatkorn für die grausamste Pflanze in ihm gelegt hatten. Wohlman vermeidet es konsequent, in die Richtung meiner Mutter zu sehen, obwohl er sich dafür fast den Nacken ausrenkt.

Hier ist Jacob, ein Landvermesser, der Mordecai einmal einen Seismographen und einen letzten Blowjob schenkte und dann nach Portland, Oregon, zog.

Hier ist Mordecais Agentin, die lieber nichts von Jakob wissen wollte und erleichtert ausatmete, als er wegzog.

Hier sind ein paar andere, mehr oder weniger flüchtige Liebhaber und Bekannte, die entweder bei ihm aufwachten oder bei sich aufwachten und ihn schlafend neben sich fanden.

Hier ist Alison, sie wohnt immer noch in Garden City, ist Hausfrau und vierfache Mutter. Sie ist zufrieden. Das erzählt sie allen, die fragen.

Hier ist Stanley, Anwalt und Freund, der nicht mehr im ausgebauten Dachboden der großen Backsteinvilla an der Ecke Hilton und 5th Street wohnt, sondern mit Frau und Kind in Beacon Hill, Boston. Mit einer seriösen Arbeit. Er schwimmt weiterhin dreimal in der Woche, ein Old-Boys-Team, das nur noch ab und zu an Wettkämpfen teilnimmt. Er ist der sichtbare Beweis dafür, dass wir erwachsen geworden sind.

Hier ist eine Kapelle, die nach Zitrone und antiseptischer Seife riecht. Der Mensch im Sarg ist zu jung, um hier zu sein. Und deshalb sind die Anwesenden kaum anwesend, oder nur körperlich, als würden sie mit unsichtbaren Händen ihre Seelen beschützen

Hier sind Toiletten, die schon viele nervöse Mägen erlebt haben.

Hier ist ein Raum, in dem sich niemand aufhalten will.

Hier ist eine andere Fahrtstrecke nach Hause, auf unbekannten Straßen, und ein Katalog mit anderen jüdischen Sitten und Gebräuchen und Ritualen und Mahnungen, keine davon sind obligatorisch, sondern können in dieser Stunde der Not mit deinem lokalen Rabbiner besprochen werden.

Hier bin ich, der sich hinter jüdischen Schrullen versteckt, als hätte ich irgendeine Zugehörigkeit; hier bin ich, der nicht daran denken kann, dass ich selbst hier bin oder warum, und deshalb stattdessen an alle anderen denkt, die hier sind.

Hier ist Mordecai.

Ich rücke meine Kippa zurecht, und der grobschlächtige, aber freundliche und relativ junge Rabbiner, der 100 % echte Empathie ausstrahlt, liest aus dem Buch der Psalmen, ehe er auf eine Weise von Mordecai spricht, die allen (vor allem ihm selbst) peinlich bewusst macht, dass er nicht die geringste Ahnung davon hat, wer der Mensch vor ihm war, mit Beschreibungen und Redewendungen, die auf jeden zutreffen würden und vermutlich auf einem Schema F und den wenigen Informationen beruhen, die er den am Boden zerstörten Eltern entlocken konnte. Der Rabbiner sagt, Mordecai habe seinen Beruf geliebt. Viele von uns wissen, dass das nur die halbe Wahrheit ist. Der Rabbiner macht es, so gut er kann, und man merkt ihm deutlich an, dass er wünschte, er könnte es besser. Er spricht das Kaddisch, und es ist schön, auch wenn ich kein Wort verstehe, abgesehen davon, dass ich glaube, er sagt mehrmals *Israel.* Ich erinnere mich, wie Mordecai ausdrücklich sagte, er würde um keinen Preis der Welt dort hinfahren, aber darauf, wo er sich zu diesem Zeitpunkt wirklich aufhält, hat niemand Einfluss, wir wissen nur, er ist nicht mehr *hier*. Der Rabbiner singt das Kaddisch, es ist schön, ich wünschte, ich wäre jüdisch, und er erhält Antwort aus der Versammlung – von jenen, die wissen, wann man Amen antworten muss, und vermutlich auch verstehen, was gesagt wird.

Hier ist Mischa.

Ich habe mir auch nach der Autofahrt das Kinn gerieben und die Minuten gezählt, bis dies vorbei ist; erst jetzt, als ich sie sehe und begreife, dass sie es ist, höre ich auf, es ist, wie wenn man zufällig einen Promi erblickt, und plötzlich stockt einem der Atem, und man verliert die Orientierung; sie ist es, und ich kann nicht glauben, dass sie es ist, kann weder glauben, dass sie hier ist, noch, dass ich sie bisher noch gar nicht entdeckt habe, sie muss lange vor mir und meiner Mutter hereingekommen sein; sie steht weiter vorn, auf der rechten Seite des Raums, am Ende der dritten Reihe. Es sieht aus, als hätte ihr Friseur dringend Geld gebraucht, ihr Haar ist nur knapp einen Zentimeter lang. Es steht ihr. Sie sieht gesund aus. Sie steht gebeugt, den Kopf gesenkt, trägt einen dunkelblauen Samtrock, eine Bluse und einen dunkelbraunen Cardigan, und ja, tatsächlich dunkelblaue Onitsuka-Tiger-Sneakers, die unter diesen Umständen auf keinen Fall koscher sein können, aber niemand kümmert sich darum, denn Mordecais Cousin David ist gerade nach vorn gegangen, um ein paar Worte zu sagen, und am anschwellenden Schluchzen und den flatternden Taschentüchern lässt sich erahnen, dass er den richtigen Ton getroffen hat.

Eine enorme Ruhe erfüllt mich, während ich sie betrachte, ich kann meinen Blick nicht mehr von ihr abwenden. Ihre Kleider. Ihre Hände. Ihre Schuhe. Ihre Finger und das Haar. Ich sehe zu der Person neben ihr, sie scheinen einander nicht zu kennen; sie ist allein hier.

Ich versuche mir zurechtzulegen, was ich nachher zu ihr sage. Keines der Gespräche, die ich geübt, kategorisiert und archiviert habe, passt in diese Situation.

Ich überlege, ob ich noch vor dem Ende gehen soll, weil es leichter wäre.

Und dann dreht sie sich um.

Sie kommt zu mir, während ich mit meiner Mutter draußen auf dem Bürgersteig stehe und mit einigen anderen Gästen rede und mit der Schuhspitze gegen das gelbe und rote Laub trete, das in einer dicken Schicht um uns herum liegt.

«Hallo», sagt sie leise und drückt meine Mutter an sich (die die Umarmung nur hastig und ein wenig widerwillig erwidert). Dann mich.

«Hallo.»

«Es ist wirklich traurig», sagt Mischa. Meine Mutter nickt, während sie wegsieht, um zu bestätigen, dass es eine schwere Tragödie ist, dass Mordecai nicht mehr lebt, und gleichzeitig dem Bedürfnis nachzugeben, sich von der Frau zu distanzieren, die nicht mehr ihre künftige Schwiegertochter ist, sondern für rote Zahlen in der Glücksrechnung ihres Sohnes gesorgt hat und somit auch keine Aufmerksamkeit oder Aufmunterung ihrerseits verdient hat, noch dazu an einem Tag, wo das Vorkommen von und der Zugang zu allem Munteren ohnehin sehr begrenzt ist. Mischa bemerkt dies (man muss auch blind sein, um es nicht zu tun), ignoriert es aber und fragt mich stattdessen:

«Wo wird er beerdigt?»

«Beth Davis», sage ich. «Das ist nicht weit weg. Aber die Eltern wünschen sich eine Beisetzung im engsten Familienkreis. Die Schiwa beginnt um 16 Uhr.»

«Tja», sagt sie, zu mir, nicht zu meiner Mutter, «wollen wir in der Zwischenzeit einen Kaffee trinken gehen?»

Ich kann immer noch nicht glauben, dass sie hier ist.

«Ich habe kein Auto», sage ich, ohne nachzudenken, «ich bin mit meiner Mutter zusammen gekommen, ich sollte wahrscheinlich –»

«Ich auch nicht. Wir können zu Fuß gehen.»

Ich sage meiner Mutter, ich käme später mit dem Zug zurück. Sie antwortet mit einem vieldeutigen *Aha*, mit dem sie nicht verhehlt, dass sie das für eine schlechte Idee hält und ich es besser wissen sollte, es mir aber natürlich, wie seit jeher, freisteht, Fehler zu machen und in Fallen zu tappen, so wie ich es anscheinend möchte / brauche, um wieder zur Vernunft zu kommen.

Mischa und ich gehen die Franklin entlang.

«Komisch, wieder hier zu sein», sagt sie, aber nicht die Umgebung ist ungewohnt, sondern dass wir zusammen hier sind. «Findest du nicht? Weißt du, ich war mir gar nicht sicher, ob ich wirklich kommen sollte oder ob du das nur gesagt hast, weil du wusstest, dass es Mordecais Wunsch gewesen wäre. Ich war mir nicht sicher, wie du reagieren würdest.»

«Und wie reagiere ich?», frage ich.

«Gut.»

«Ich wollte, dass du kommst.»

«Okay.»

Das ist meine größte Freude seit ich weiß nicht, wann: wir beide in dieser Straße. Jetzt. Sie hängt mit der größten Angst seit mindestens genauso langer Zeit zusammen, dass ich etwas sagen könnte, was sie dazu bringen würde, sich umzudrehen und zu gehen.

«Ich mag dein Haar», sage ich. «Das steht dir.»

«Danke. Du siehst fertig aus.»

Ich betrachte den Bürgersteig.

«Ich glaube, ich habe gerade meine letzte Theaterproduktion gemacht.»

«Das glaubst du immer, Guido.»

«Aber ich habe mir Notizen für einen Western gemacht.»

Wir trinken Kaffee, ich weiß nicht, wie der Laden heißt, als ich hier gewohnt habe, gab es ihn noch nicht, es ist eines dieser Cafés, in denen ewig braunes Papier in den Fenstern hängt, auf dem mit schwarzem Edding steht «Bald Neueröffnung», und deren Renovierung und Konzeptentwicklung länger dauern, als es am Ende existiert. Wir reden größtenteils über harmlose Dinge, wie der Kaffee schmeckt, über den Laden meiner Mutter, über Mischas Eltern, über Filme, die wir gesehen, und Bücher, die wir gelesen haben. Die ganze Zeit über sehe ich sie an, heimlich, wenn sie in eine andere Richtung blickt oder in ihre Tasse oder zur Decke. Sie ist inzwischen vierzig. Hat die ersten Falten um die Augen, die Mundwinkel herum. Genau wie ihre neuen kurzen Haare stehen sie ihr und verleihen ihr eine seltsame Coolness, als hätte sie ihre Falten absichtlich kultiviert. Hier mit ihr zu sitzen, während die billige und überraschungsarme Best of Your Favourite Classic Jazz aus den Lautsprechern an der Decke auf uns herabrieselt, obwohl die zwanzigjährige Barista mit Dreads und Piercings in Nase und Lippe der Musik sicher bestenfalls gleichgültig gegenübersteht, vermutlich aber nicht die geringste Ahnung hat, dass es Ellingtons «Take The A-Train» ist, das ihr zum Hals raushängt und sie fast in den Wahnsinn treibt, jedoch nichts anderes auflegen darf, weil sich der

Besitzer – alle Konzepte außer Acht lassend – einbildet, Jazz wäre gut für sein Café und würde ihm einen Hauch von Exklusivität verleihen; hier mit Mischa zu sitzen und zu wissen, dass wir uns unaufhaltsam dem Punkt nähern, an dem sie sagen wird *Tja, ich glaube, ich muss jetzt so langsam mal los* und ich gezwungen bin, auf die nächste Beerdigung oder Tragödie zu warten, ehe ich sie wiedersehe, führt dazu, dass mir schlecht wird und ich mich erbärmlich fühle. Es besteht kein Zweifel daran, dass ich sie immer noch übermäßig liebe. Das kann unmöglich gesund sein. Es dauert drei Tassen vom Kaffee des Tages und einen Haufen dummes Gerede, ehe ich mich endlich überwinden kann, sie zu fragen:

«Wie ist Montreal?»

«Mir gefällt es dort», antwortet sie und steckt sich eine Zigarette an.

«Ich dachte, du hättest aufgehört?»

«Aber das sind kanadische», erwidert sie. «Das zählt nicht.» Sie legt eine Schachtel Du Maurier auf den Tisch. «Bist du in einer Beziehung?»

Ich schüttele den Kopf. «Und du?»

«Nicht so richtig.»

Das Baristamädchen hämmert auf ihren Kaffeemaschinen herum, um mit Mühe und Not einen doppelten Caffè Latte mit Sojamilch zu produzieren – zum Mitnehmen. Sie ruft nach dem Abnehmer. Jemand nimmt ihn mit.

«Was heißt das?», frage ich.

«Wahrscheinlich nein», antwortet Mischa und sieht auf die Uhr. «Ich glaube, ich werde die Schiwa auslassen, wenn das für dich in Ordnung ist.»

«Die findet ja nicht für mich statt», sage ich. «Das entscheidest du.»

Ich folge ihr auf die Straße, und sie begleitet mich noch ein Stück in nördliche Richtung, bis wir bei der 10th Street ankommen.

«Ich glaube fast, ich muss hier abbiegen», sage ich, weil ich es sagen muss.

«Hat er hier gewohnt?»

Ich deute mit dem Finger in die Straße. «Ein paar hundert Meter weiter dort, ja.»

Wir umarmen uns. Lange und gründlich, und ehe ich michs versehe, entsteht ein halber Kuss, ich weiß nicht, ob er auf einem Missverständnis beruht, aber es war jedenfalls nicht meine Initiative. Es ist ein guter Tag, er ist gut geworden. Sie lässt sich von mir umarmen. Und ich lasse sie erst los, als ich es muss.

«Wenn du möchtest», sagt sie, «kannst du mich mal besuchen kommen. In Montreal.»

«Als Freund?»

Sie steckt die Hände in ihre Jackentaschen, sie friert. Es ist ein guter Tag und ein kalter Tag.

«Nein, ich glaube, eigentlich brauche ich nicht noch mehr Freunde.»

Stanley ist schon lange da, als ich ihn am nächsten Vormittag im Balthazar in SoHo treffe. Er sagt, dass er die meisten Termine mit seinen Mandanten hier abhält, wenn er in der Stadt ist, und sich am selben Tisch durch Frühstück, Lunch und Abendessen arbeitet, während er Fälle diskutiert und Papierkram erledigt. Ich bin der zweite von drei Terminen; er ist beim Lunch angekommen, Omelette mit Pommes frites und Kräutern. Ich habe keinen Hunger.

«Die Zwiebelsuppe ist ziemlich gut», sagt er.

Ich bestelle mir ein Glas Wein.

«Du musst den Anzug entschuldigen», sagt er und zupft nachlässig am Ärmel seines grauen Jacketts, unter dem er ein professionell gebügeltes Hemd trägt. «Das ist in dem Beruf leider notwendig. Ich würde mich gern wie ein normaler Mensch kleiden, aber ich fürchte, dann würde ich nur die Hälfte verdienen. Wie geht es dir, bist du erkältet?»

Ich ziehe meinen Schal aus. «Nein», antworte ich.

«Du bist also ans Theater gegangen. Das ist gut, sonst wärst du noch eines Tages beim Schwimmen ertrunken. Ihr wärt beide ertrunken.» Stanley isst die Hälfte seines Omelettes und sagt: «Ja, das wollte ich doch noch erzählen, ich habe deine letzte Vorstellung gesehen, als ihr mit der Tournee in Boston wart. Meine Frau und ich. Sag mal, glaubst du an diese Sachen?»

«An den Inhalt oder an das Theater als solches?»

«Ich dachte eher an die Kapitalismusfrage. So habe ich dich gar nicht in Erinnerung. Außerdem dachte ich immer, deine Eltern wären Kommunisten?»

«Ich weiß es nicht», antwortete ich ehrlich. «Ich habe wirklich keine Ahnung.»

Dann redeten wir eine Zeitlang über Mordecai, über alte Zeiten und Garden City, über Alison, über all die Mädchen und alle, von denen wir nicht mehr wissen, wo sie leben und was aus ihnen geworden ist. Wir lachen so laut, dass eine holländische Touristenfamilie am Nebentisch vom Lärm genervt ist und angestrengt die Rechnung herbeiwinkt, und es ist beinahe genauso nett, wie es die Abende bei Stanley im ausgebauten Dachgeschoss früher waren, als er schließlich seine Ledertasche hebt, einen Stapel Papiere herauszieht und zum Kern der Sache kommt.

«Okay», sagt er seufzend. «Bringen wir es hinter uns. Mordecais Testament führt eine Reihe von Erben –»

«Entschuldige, aber darf ich erst etwas fragen?»

«Natürlich.»

«Wie kam es, dass du sein Anwalt wurdest? Ich meine, warst du es immer schon? Ich dachte eigentlich, Mordecai und ich hätten nach der GCH beide den Kontakt zu Nate und dir verloren.»

«Er hat sich bei mir gemeldet, im, wann war das … Sommer 2009, glaube ich, als er in Budapest war. Kurz bevor er diesen Film über die Berliner Mauer gedreht hat, wie heißt der noch?»

«*The People at UL 12.11.*»

«War der nicht gut? Wahnsinnig gut, wenn du mich fragst. Na, jedenfalls hat er mich angerufen, als er dort im Hotel wohnte, und gesagt, dass er einige Dinge regeln müsste und dabei Hilfe bräuchte. Also habe ich ihm geholfen, pro bono, natürlich – dasselbe gilt auch für dich, falls du mal einen Rechtsbeistand brauchst. Du weißt ja, wie er war. Ein paar Monate später hatte Barnes, Barnes & Fisher auf einmal einen riesigen Mandantenkreis aus in Kalifornien lebenden Schauspielern. Er hatte uns allen empfohlen, die er kannte. Diesmal nicht pro bono, sondern eher pro rata, wenn du weißt, was ich meine. Wie auch immer, im Testament wird festgehalten, wer sein Haus in L. A. und einen Großteil seines Besitzes und Geldes erbt, das meiste geht an seine Familie. Aber einzelne Gegenstände sollen auf seinen Wunsch hin an Freunde und Bekannte verteilt werden. Und das ist es, was wir jetzt einmal durchgehen werden. Mordecai hatte nämlich einen Unterpunkt für dich, wenn du möchtest, kann ich dir später eine Kopie davon aushändigen. Ich denke aber, hier und jetzt reicht es, wenn wir das Wichtigste mündlich durchnehmen. Der erste Gegenstand ist ein Jackett, ich glaube, es ist eines von denen, die er früher in der Schule getragen hat, und er wollte, dass du es bekommst. Wenn du mir deine Adresse gibst, werde ich sie an die Kanzlei weiterleiten.»

«Ob du es glaubst oder nicht, ich habe zurzeit gar keinen festen Wohnsitz. Ich musste aus meiner Wohnung auf der Upper West Side ausziehen und lebe seither im Hotel.»

Ich erwarte, dass Stanley eine Augenbraue hebt oder in irgendeiner anderen Weise auf meine Obdachlosigkeit reagiert, aber er wirkt vollkommen unbeeindruckt.

«Na gut. Dann kümmere dich doch einfach drum, mir innerhalb von dreißig Tagen irgendeine Adresse zu nennen. Meine Nummer hast du ja noch, oder?»

«Ja.»

«Die nächste Sache: Stimmt es, dass du Anfang Herbst über Sotheby's ein Bild von Mischa Grey verkauft hast?»

«Ja, das stimmt, wieso?»

«Rate mal, wer es gekauft hat.»

Ich spüre, wie es mir kalt den Rücken herunterläuft.

«Nicht zu fassen», sage ich. «Er.»

«Genau. Du brauchst also nicht auf der Straße zu leben. Was mich zum nächsten Punkt führt, rein formal: Mordecai hinterlässt dir also das Werk *Vietnamization (Colby)* und in diesem Zusammenhang auch das hier.»

Stanley reicht mir einen Umschlag. Ich öffne ihn und erkenne Mordecais Handschrift auf einem Zettel. Es sind nur ein paar Zeilen: «Was zum Teufel machst du da gerade? *Sell the house. Sell the car. Sell the kids. I'm never coming back.* Erinnerst du dich? … Fahr nach Hause, Colby. M.»

«Ich kann nicht glauben, dass er all sein Geld ausgegeben hat, um das zu kaufen … für mich», sage ich schockiert.

Stanley lächelt und isst den Rest seines Omelettes.

«Bei dem letzten Gegenstand hat er ebenfalls festgehalten, dass er dir persönlich übergeben werden soll. Lass mich mal sehen.» Stanley wühlt in seiner Tasche und holt zwei abgenutzte VHS-Kassetten heraus, die in durchsichtiges Plastik eingepackt und mit dem Logo der Anwaltskanzlei versehen sind. Ich lese die schwarze Filzstiftbeschriftung: *Apocalypse Now workprint pt. I* und *pt. II*.

Jetzt muss ich lächeln.

«Eine Frage noch», sagt Stanley. «Ihr habt doch in der Poplar Street gewohnt, oder?»

«Genau.»

«Erinnerst du dich zufällig noch an die Hausnummer?»

«Vierundsechzig.»

«Ja, so hatte ich es auch in Erinnerung. Kanntest du – oder besser gesagt, kannte Mordecai – irgendeinen der Nachbarn?»

Ich verstehe nicht, worauf er hinauswill.

«Was heißt schon kennen», antworte ich. «Ich wusste natürlich, wer sie waren, wir haben uns auf der Straße gegrüßt, aber mehr nicht. Meine Eltern hatten wohl etwas regeren Kontakt zu ihnen, aber auch nicht viel. Warum fragst du?»

«Hat Mordecai dir gegenüber erwähnt, dass er seine Wohnung in der Mercer Street in Manhattan verkauft hat?»

«Nein, hat er?»

«Ja, im Januar. Ich habe ihm beim Verkauf geholfen und später auch mit dem anderen Haus, das er eventuell kaufen wollte.»

«Welches Haus?»

«Poplar Street 61. Wenn ich es richtig verstanden habe, ist es das Haus schräg gegenüber von dem, wo ihr gewohnt habt.»

«Ein rotes Backsteinhaus, wenn ich mich recht erinnere.»

«Genau. Ich war einmal mit ihm zusammen da und habe es mir angesehen, ein schönes Haus.»

«Aber was zur Hölle wollte er damit?»

«Genau das habe ich ihn auch gefragt. Er war jedenfalls ganz versessen darauf, es zu kaufen, bis er es sich vor einem Monat auf einmal anders überlegt hat. Einfach so.»

«Das verstehe ich nicht.»

«Ich auch nicht. An einem Morgen hat er mich einfach angerufen und gesagt *Wir lassen es.* Und so war es.»

Wir reden noch eine Weile weiter, ich bestelle ein weiteres Glas Wein, und Stanley erzählt alles, woran er sich im Zusammenhang mit Mordecais bevorstehendem Hauskauf erinnert, ohne dass wir daraus schlau werden. Wir unterhalten uns über die letzten Gespräche, die wir mit ihm geführt haben, trösten uns damit, dass wir unmöglich wissen konnten, was bevorstand, doch wenn wir seine Worte zwischen uns auf den Tisch legen, gab es mehr als genug Zeichen, die verrieten, dass er nicht die Absicht hatte, noch lange zu bleiben.

Stanleys dritter Termin steht kurz bevor, und er muss vorher noch einmal auf die Toilette und sich die Beine vertreten, ehe der nächste kommt – ein Mandant, der gerade entlassen wurde, eine ziemliche Nervensäge, der einen hoffnungslosen Prozess gegen seinen ehemaligen Arbeitgeber führt, obwohl Stanley nicht nachvollziehen kann, warum der Betreffende, oder irgendein anderer Mensch, überhaupt für ihn arbeiten wollen würde. Ich lege ein bisschen Geld auf den Tisch, aber er schiebt es schnell zu mir zurück und sagt das magische Wort *Firmenkreditkarte* und anschließend: «Es war wirklich schön, dich zu treffen, Max. Obwohl ich mir wünschen würde, wir wären alle drei hier gewesen. Mordecai hat viel von dir gesprochen, weißt du. Wenn wir miteinander sprachen. Ich hatte das Gefühl, dass er immer genau verfolgt hat, was du gerade machst. Ruf mich an, wenn du mal in Boston bist, dann trinken wir ein Bier zusammen, ja?»

«Ja, natürlich.»

«Und du?», sagt er, als ich gerade gehen will. «Vergiss nicht, mir deine neue Adresse zu schicken. Und pass auf dich auf.»

«Du auch», sage ich.

4

Meine Mutter sagt *Aber schau dir nur mal sein Gesicht an*, und das mache ich, und es stimmt, dass Bürgermeister Bloombergs Miene jetzt viel besorgter aussieht als noch vor vierundzwanzig Stunden, während er die neusten Prognosen zum Orkan Sandy übermittelt, der jetzt auf dem Weg zu uns ist, und sagt, je nachdem, wie sich die Situation entwickle, müssten entsprechende Maßnahmen getroffen werden, und alle bittet, *die Situation äußerst ernst zu nehmen.* Letzteres wiederholt er mehrmals, ihm ist schmerzlich bewusst, dass es noch mehr Leute als mich gibt, die aus Gründen der Bequemlichkeit und Hybris nicht vorhaben, in irgendeiner Weise auf seine Bitte zu reagieren.

«Ich finde wirklich, wir sollten jetzt fahren», sagt meine Mutter nervös und fixiert den Fernseher neben dem Eingang. Wir sind im Waldbaum's an der Ecke Cross Bay und 156th, um wie alle anderen Essen und Wasser zu hamstern, und trotz der zahlreicher werdenden Analysen, Reportagen und öffentlichen Aufrufe, wie wichtig es sei, das alles ernst zu nehmen, ist es leichter gesagt als getan. Vor allem weil man sich nur schwer vorstellen kann, dass der Orkan nicht bald völlig an Schwung verliert, nachdem er schon so lange wütet und von der Kategorie 3 herabgestuft wurde zum tropischen Sturm, und weil ich nicht um den Gedanken herumkomme, dass die ganzen Zusatzausgaben der Fernsehsender für Wetterexperten, umfassende Graphiken und dramatische Melodien wieder hereingeholt werden wollen, selbst wenn die Leute nur ein bisschen nasse Füße bekommen.

Außerdem: Ich habe meiner Mutter schon geholfen, die Sandsäcke an Ort und Stelle zu schleppen, die seit Irene in der Garage lagen, und Kartons ins Wohnzimmer im Obergeschoss zu tragen. Ihr Haus erinnert an eine Festung.

In Wirklichkeit freue ich mich auf das, was kommt.

«Hör mal», sage ich, «ich glaube, das könnte ziemlich spannend werden. Ich habe Lust, mal ein richtiges Unwetter zu erleben. Aus nächster Nähe. Dein Haus liegt in der B-Zone, da besteht keine Gefahr. Okay, es könnte ein bisschen nass im Keller werden, so wie letztes Jahr, aber darauf sind wir ja vorbereitet. Es ist ein robustes Haus. Und kuck doch mal hier», ich zeige auf unseren überfüllten Einkaufswagen, «wir haben alles, was wir brauchen, und sogar mehr, wir kommen über eine Woche damit über die Runden, wenn der Strom ausfällt. Was er sicherlich tun wird. Und ich verstehe, dass es beängstigend für ältere Menschen und Familien mit kleinen Kindern und so weiter ist, die davon abhängig sind, dass alles funktioniert. Aber wir sind es nicht.» Anschließend lenke ich unsere Aufmerksamkeit auf die absurden Mengen von Kerzen in festlichen Formen und Farben, die wir in der Geburtstags- und Dekorationsabteilung gefunden haben, die einzigen, die nicht längst aus den Regalen gezerrt wurden. «Könnte das nicht auch ganz gemütlich sein? Wenn du mal genauer darüber nachdenkst? Draußen heulender Wind und Regengüsse, ein Kofferradio mit Batterie und flackernde Kerzen. Dann kannst du deinen Freundinnen anschließend erzählen, dass du alles von der Tribüne aus verfolgt hast.»

Meine Mutter zögert. «Ich glaube nur einfach nicht, dass es eine gute Idee ist», sagt sie, während sie eine Packung Happy-Mickey-Mouse-Kerzen in der Hand wiegt. «Wenn sie schon so ernste Warnungen aussprechen, meine ich.»

«Who's the leader of this club that's made for you and me? M-I-C-K-E-Y-M-O-U-S-E», singe ich.

«Machst du dir denn gar keine Sorgen?», fragt sie. «Hast du Katrina schon vergessen?»

Ich seufze. «Das ist nicht Katrina, Mama. Das ist einfach nur *Wetter.* In rauen Mengen, auf einmal, und das beunruhigt die Behörden, weil es ihr Job ist, beunruhigt zu sein. Gerade wegen Katrina. Keiner will am Ende als derjenige dastehen, der nicht alle nötigen Maßnahmen ergriffen hat, denn sonst wird man nicht wiedergewählt. Du musst verstehen, dass so etwas teilweise auch Politik ist. Aber ich habe einen Vorschlag. Wenn du nicht in Howard Beach bleiben willst. Das wäre überhaupt kein Problem, ich möchte nicht, dass du bleibst, wenn du es … unheimlich findest. Dann würde ich vorschlagen, dass du ins Sherry-Netherland ziehst – ich kann Aubrey sofort anrufen und mich darum kümmern, und dann fahren wir zusammen hin. Wenn du dir das Ganze lieber im Fernsehen anschauen würdest. Was meinst du?»

Sie überlegt eine Weile. «Nur wenn du mitkommst», sagt sie. «Wir könnten es uns richtig schön machen, weißt du? Wie einen kleinen Urlaub.»

Ich schiebe unseren Einkaufswagen zur Kasse.

«Aber es muss auch jemand auf dein Haus aufpassen. Damit es nicht allein und verlassen dasteht. Das ist eine größere Gefahr als der Sturm, wenn du mal genauer darüber nachdenkst. Dass du zurückkommst und das Haus in gutem Zustand vorfindest, aber all deine Wertsachen weg sind, weil das ganze Viertel leer steht.»

«Aber was ist, wenn es schlimm wird?», fragt sie.

«Dann fahre ich. Ich würde das Auto hierbehalten. Ich bin bereit.»

Mit der Antwort meiner Mutter habe ich nicht gerechnet.

«Ja, vielleicht könntest du dann wirklich für mich im Hotel anrufen.»

Jetzt bekomme auch ich Angst.

Wir fahren nach Howard Beach und tragen die Waren in die Küche hinauf. Ich fülle den Kühlschrank bis zum Rand, während meine Mutter ihren Koffer packt und darauf besteht, dass ich es ihr gleichtue, wenigstens eine kleine Tasche, die ich schnell ins Auto mitnehmen kann, wenn ich es mir doch anders überlege oder *zur Vernunft komme*, wie sie kurz darauf murmelt. Ich habe Aubrey von der Rezeption angerufen und sie gebeten, die 1909 mit ihrem großen, europäischen Wohnzimmer und Aussicht auf den Park und die 5th Avenue zu reservieren. Ich bezahle die Suite vom Geld eines Gemäldes, das ich verkauft habe und nach wie vor besitze. Die Ironie darin, dass ich diesmal lieber bei meiner Mutter wohnen wollte, weil ich den Gedanken nicht ertrage, noch einmal ins Sherry-Netherland zu gehen – und jetzt in der Lobby ebendieses Hotels stehe, weil sie den Gedanken nicht erträgt, in Howard Beach zu bleiben –, ist augenscheinlich, aber nicht besonders amüsant, und ich thematisiere sie auch nicht, nachdem Aubrey meine Mutter willkommen geheißen hat und mir vorschlägt, doch auch selbst einzuchecken, zum Beispiel in die 301, die sie mir vierundzwanzig Stunden freihalten könnte, wenn ich Zeit bräuchte, darüber nachzudenken, aber nicht länger. Immerhin stehe ein Unwetter bevor, und zwar ein schlimmes, und ihre Vorgesetzten würden ihr *den Kopf abreißen* (ihre Worte), wenn sie auch nur eine Besenkammer leer stehen lasse, während die Menschen draußen vom Wind fortgerissen und ihre Geldbörsen und Kreditkarten ins Meer gespült würden. «Howard Beach», sagt sie fragend zu meiner Mutter und schüttelt den Kopf, «da wird er eine solide Verankerung brauchen, um nicht abzuheben.»

Aubrey Lombardi: nicht mit Vince Lombardi verwandt und auch nicht besonders an Sport interessiert, aber dafür bekannt, NY-Yankees-Kappen an Gäste zu verteilen, die mit Kindern einchecken. Alle lieben diese Frau. Wenn du eincheckst und sie dich fragt, welche Zeitung du aufs Zimmer gebracht haben möchtest, sagt sie *Gute Wahl*, wenn du dich für die NYT oder Washington Post entscheidest, sodass du das Gefühl hast, ihr wärt Verbündete. Sie wohnt in Brooklyn mit einem autodidaktischen Architekten zusammen, von dem ich nicht weiß, ob sie verheiratet sind oder nur Mitbewohner oder ob es ein Mann oder eine Frau ist, weil sie die Person konsequent als *the autodidactic architect* bezeichnet, halb liebevoll und halb spöttisch, ohne dass man genau weiß, ob es das Architektonische oder das Autodidaktische ist, was sie nicht ganz ernst zu nehmen vermag. Aubrey hat einundzwanzig Jahre in diesem Hotel auf dem Buckel und eine robuste Statur, und 90 Prozent ihres Körpers scheinen mit Professionalität und Liebenswürdigkeit tätowiert zu sein. Die übrigen 10 Prozent sind paradoxerweise einer ziemlich direkten Art vorbehalten, die erst nur zurückhaltend zum Ausdruck kommt, die aber, wenn man sie besser kennt, unmöglich im Zaum zu halten ist, wie beispielsweise in diesem Fall, wo sie meiner Mutter gegenüber, die sie gerade erst kennengelernt hat, das Risiko erwähnt, dass ich *abheben könnte*, während sie normalerweise gesagt hätte, ich würde in die Hölle geschleudert und getötet und in alle Winde verstreut. Oder bekäme den Kopf abgerissen, wie es Aubreys Vokabular und Logik zufolge in diesem Leben jedem jederzeit widerfahren kann. Mit der metaphorischen goldenen Uhr ihres Berufslebens und den ausgefüllten Zufriedenheitsbögen der Hotelgäste in der Hand, die ein ums andere Mal bestätigen, dass ihre Wiederkehr zum zweiten, dritten, vierten, fünften etc. Mal – und das trotz der ziemlich stolzen Zimmerpreise – vor allem Aubreys Hilfsbereitschaft und Freundlichkeit zu verdanken ist, hat sie auch keine Bedenken, ihre Arbeitszeiten ein wenig flexibler zu gestalten und die alleinige Verantwortung für die Rezeption einem Untergebenen zu überlassen, wenn es ihr gerade passt, manchmal auch bis zu einer Stunde, wie etwa heute, als sie uns ins Restaurant begleitet und dafür sorgt, dass meine Mutter und ich ein Mittagessen aufs Haus bekommen (und Aubrey ein Glas Rotwein, das in einer Kaffeetasse serviert wird – eine Bestellung, die Aubreys Kollegen ihr zufolge kennen und respektieren, weil sie nicht verantworten wollen, dass ihrer Kollegin der Kopf abgerissen würde, wenn eines Tages herauskäme, dass sie während der Arbeitszeit trinkt. Was ohnehin alle wissen, die Tarnung soll eher die Gäste beruhigen).

«Es ist so schön, Sie zu sehen», sagt Aubrey noch einmal und nippt an ihrem vermeintlichen Kaffee. «Sie sehen blendend aus, nicht mehr so ausgelaugt und grau wie letztes Mal. Es ging Ihnen auch nicht gut, oder? Aber jetzt – sehen Sie sich nur mal an!»

Das Paradox an Aubreys paradoxer Unverblümtheit ist Folgendes: Manchmal lügt sie, dass sich die Balken biegen. Ich hätte blutüberströmt und mit einer verrosteten Axt im Schädel auftauchen können, und sie hätte trotzdem gesagt, dass ich gut aussehe. Unverblümt heißt nicht unbedingt wahrheitsgetreu; ein wichtiger Teil ihres Jobs besteht darin, die Leute dazu zu bringen, dass sie zurückkommen und sich in dieselben Betten legen. Falls das nicht der Fall ist: keine Abwesenheit von der Rezeption mehr. Kein Wein mehr aus der Tasse. Gar nichts mehr.

«Danke», sage ich und erwidere das Kompliment. Aus meiner Sicht ist es nicht notwendig, die Wahrheit zu ihrem Vorteil zu verbiegen, Aubrey sieht immer aus, als hätte sie gut geschlafen und einen guten

Tag gehabt und würde sich auf den Abend freuen. Zwei Jahrzehnte in denselben Räumen und vorhersehbare Lichtverhältnisse haben es ihr ermöglicht, ihr Make-up zu perfektionieren. Doch wenn sie auf die Straße geht, sieht sie vermutlich nicht mehr so aus wie sie selbst. Außerhalb des Hotels bin ich ihr noch nie begegnet. Ich habe keine Ahnung, wie sie zur Arbeit kommt und wieder nach Hause, und es ist nicht ausgeschlossen, dass sie sich erst schminkt, wenn sie im Personalraum eintrifft, und das Make-up wieder entfernt, bevor sie nach Hause fährt. Ihr Job ist trotz allem größtenteils eine Show. Aubrey beugt sich über unsere Teller, nachdem sie vor uns auf dem Tisch abgestellt wurden, und sagt zu meiner Mutter, als wäre es ein Insidertipp: «Die Küche hat gute und weniger gute Tage. Das sieht mir aus wie ein guter.» Wieder hat sie ihre Wortwahl darauf abgestimmt, wie lange sich der Empfänger schon in ihren Kreisen bewegt. Als ich hier wohnte, flüsterte sie mir manchmal Dinge zu wie *Halten Sie sich vom Risotto fern, wenn Sie nicht die ganze Nacht auf dem Klo hocken wollen* oder *In der Küche braut sich ein Shitstorm zusammen*, wenn ich in die Lobby kam, um meinen Schlüssel zu holen. Und dennoch, auch das reiht sich in die paradoxen Paradoxe ein: Sie hätte nie ein schlechtes Wort über das Sherry-Netherland an sich oder seine sonstigen Annehmlichkeiten oder Angestellten verloren. Wenn es etwas zu bemängeln gegeben hätte. Was eigentlich nie der Fall war. Alles war immer in schönster Ordnung, während ich hier wohnte, so sehr, dass ich mich manchmal sogar anstrengte, um irgendein Haar in der Suppe zu finden. Doch ich bin vollkommen überzeugt, dass sie, selbst wenn die ganze Lobby in Brand stünde und die Leute nasse Wolldecken warfen und um Hilfe riefen und in Fleischpfützen dahinschmolzen, freundlich lächeln und irgendetwas Amüsantes über eine bevorstehende Renovierung sagen oder die Umstände bedauern würde. Etwas anderes, was ich ihr nie entlocken konnte, war auch nur eine einzige politische Aussage. Ihr Job erforderte auch das Talent, dem gleichmäßigen Strom der Gäste mit demselben Respekt gegenüberzutreten, egal welcher Gesellschaftsschicht, Nationalität oder politischen Gruppierung sie angehörten, und ich hätte vermutlich auch in SS-Uniform hereinkommen und einen Karren mit Zyklon B hinter mir herziehen können. Dann hätte sie einen Pagen hinzugerufen, um die Gasbehälter sicher auf mein Zimmer zu transportieren, und persönlich dafür gesorgt, dass mir morgens alte Ausgaben vom Völkischen Beobachter und dem Angriff aufs Zimmer geliefert werden würden. Als wir über den Supersturm sprechen, den die ganze Ostküste mit Schrecken erwartet, antwortet Aubrey folglich nur, sie sei sicher, dass die Stadt auch das überstehen würde, wie sie schon so vieles überstanden hatte. «Die New Yorker sind hartgesotten», sagt sie.

Auf dem Rückweg nach Queens, nachdem ich meine Mutter in die Suite hinaufbegleitet habe, die sie staunend betrat und sich mit ihrem innersten sozialistischen ‹Ich› dafür schämte, hier die kommenden Nächte zu verbringen, kommen mir Zweifel, ob Aubreys Aussage auch mich miteinbezieht, in dem Maße, in dem ich New Yorker geworden bin. Die Stadt ist makellos schön in der Dunkelheit und im Regen, ausnahmsweise ruhig und abwartend, in allen Straßen herrscht weniger Verkehr, und die Fußgänger bewegen sich zielstrebiger als sonst; sie wollen nach Hause. Sie bereiten sich vor.

Ich schalte das Radio ein. Eine tiefe, dunkle Stimme mit starkem baltischem Akzent spricht über ein neues Kunstprojekt mit dem Titel *Hoorahcane*, das an diesem Wochenende in Texarkana in Arkansas ausgestellt wird. Die Interviewte, eine gewisse Agota Miškini, beteuert, dass die zeitliche Überschneidung mit dem bevorstehenden Wirbelsturm Sandy rein zufällig sei, und lacht lauthals über die Unterstellung; es ist ein Lachen, das von hunderttausend Zigaretten zeugt. «Ich wünschte, ich wäre so kommerziell», sagt sie und wird daraufhin gebeten, sie möge das Konzept hinter ihrer neusten *Vorstellung* (ein Wort, das dem Interviewer mehrmals versehentlich herausrutscht, woraufhin Miškini sofort protestiert und anscheinend außer sich gerät und sagt *Das ist keine Show, das ist keine Unterhaltung. Das ist ein Angriff auf den Verstand)* erklären, die ihrer Behauptung zufolge in Zusammenarbeit mit den U.S. Marines entstanden sei, obwohl deren Presseabteilung das nachdrücklich bestreitet und sagt, es habe keine Anfrage von ihr gegeben. *Hoorahcane*, sagt Miškini langsam, *das ist das, was passiert, wenn das Gehirn explodiert. Von innen. Als würde man eine Million Fernsehprogramme auf einmal sehen.* Sie hält einen Vortrag über die Zusammenhänge zwischen der Corioliskraft und der Fernsehunterhaltung, der so technisch ist, dass ihr gebrochenes Englisch von lateinischen Wörtern invadiert wird und am Ende in einem Meer aus Unverständlichkeiten untergeht, bis der Interviewer sie unterbricht und fragt, ob auch in dieser Ausstellung eine Waffe dabei sei. *Nein*, versichert sie. *Das verspreche ich. Keine konventionellen Waffen diesmal.* Dann kommen die Nachrichten. Sandy ist wieder zu einem Kategorie-1-Orkan hochgestuft worden.

Ich bin mir nicht mehr sicher, ob ich in die richtige Richtung fahre.

Als ich ein Kind war und wie die meisten Norweger nicht nur imstande, über das Wetter zu klagen, sondern es auch zu ertragen, mit unermüdlichen Verweisen auf Nansen und Amundsen und den Nord- und Südpol und Leif Eiriksson und die Wikinger und dies und jenes, schalteten wir den Fernseher und alle Lampen aus, wenn ein Gewitter aufkam. Im Stockdunkeln saß die ganze Familie versammelt und übertraf sich dabei, die unheimlichsten und furchteinflößendsten Grimassen zu ziehen, sobald der Blitz für einen kurzen Moment unsere Gesichter erhellte; mit weitaufgerissenen Mündern, gefletschten Zähnen und Fingern wie Klauen imitierten wir Tote und Sterbende und alle Monster, die uns in den Sinn kamen, wir strapazierten unsere Phantasie bis zum Bersten, um uns gegenseitig zu erschrecken, und freuten uns und lachten, wenn uns die Dunkelheit erneut umschloss und eine neue Chance gab, einander zu übertrumpfen. Wenn das Gewitter wirklich heftig war, setzte mein Vater seine Dracula-Zähne genau dann ein, wenn eine Reihe von Blitzen ihr Crescendo erreichten, und fauchte seine arme Familie so laut wie möglich an, um auch den darauffolgenden Donner zu übertönen. Normalerweise ging er auf diese Weise als Sieger aus der Schreckenspartie hervor. Bis zu jenem Mal, das auch das letzte sein sollte, im Spätherbst 1989, als es Ulrikke in einer Phase jugendlicher Rebellion, geleitet von dem Wunsch, die Gummizähne meines Vaters für immer in Rente zu schicken, gelang, vollkommen lautlos das Wohnzimmer zu verlassen und sich erst mehrere Minuten später wieder hereinzuschleichen und auf einen anderen Platz zu setzen als zuvor. Als der nächste Blitz einschlug und ein phantastisch helles, kaltes Licht in unserem Wohnzimmer aufflackerte, zeigte sie sich als Baphomet verkleidet, komplett mit Ziegenkopf, schwarzen Flügeln, Horn und Hufen, mit einem Pentagramm auf der Stirn und den Wörtern SOLVE und COAGULA auf die Arme geschrieben, die zum Himmel bzw. zur Erde zeigten. Daraufhin sprang meine Mutter fuchsteufelswild vom Sofa auf, schaltete alle Lampen an und tauchte das Zimmer in Fluchtlicht, während sie Ulrikke anschrie, dass sie diesmal zu weit gegangen wäre und mit ihren okkultistischen Kindereien eine (so sagte sie wirklich) *schöne Familientradition* zerstört habe und sie doch wohl alt genug sei, um auf erwachsene Weise mitzuteilen, dass sie nicht mehr mitmachen wolle, anstatt ihrem kleinen Bruder Albträume zu bereiten und dafür zu sorgen, dass er für immer Angst vor der Dunkelheit habe. Ich erinnere mich, dass ich mich auf die Seite meiner Mutter schlug, weil es mir am sichersten erschien, aber ich weiß auch, dass ich später Ulrikke gegenüber meine Bewunderung dafür ausdrückte, wie sie sich unbemerkt in der Dunkelheit bewegt hatte, und sagte, sie habe alles, was man brauche, um ein ausgezeichneter LRRP zu werden. Bedauerlicherweise zog sie bei der Berufswahl eine Karriere als Fernspäher nicht in Betracht. Und ihr Interesse an Aleister Crowley und Konsorten war nur von kurzer Dauer.

Familientradition hin oder her, das *Donnerspiel* (wie es prosaisch genannt wurde) war, wie so vieles andere, was meine Eltern mit uns unternahmen, mehr als nur Spiel und Zerstreuung, sondern auch eine Gelegenheit, um uns beizubringen, dass wir keineswegs gezwungen waren, uns dem Wetter zu unterwerfen und einfach nur zu warten, bis es vorbei war, sondern es stattdessen akzeptieren und sinnvoll nutzen konnten (darin noch nicht eingeschlossen: die lehrreichen Lektionen meines Vaters über die Entstehung und die potenzielle Kraft des Donners, die Thermik usw. usf.). Genau wie uns meine Mutter jedes Mal, wenn es im Sommer schüttete und wir klagten, weil wir nicht zum Strand fahren konnten, daran erinnerte, wie glücklich die Bauern sein würden; wenn eine steife Brise wehte und die Regenschirme von Stig und Andri umstülpte, während ich im Ölzeug zwischen ihnen lief, weil meine Eltern meinten, der Regenschirm wäre eine nutzlose, bürgerliche Erfindung, erinnerte mein Vater uns daran, wie gut die flatternde Wäsche auf der Leine trocknen würde, sobald der Regen aufgehört hatte; wenn es stürmte, stellten wir uns in den Wind und spielten, wir könnten fliegen; schneite es viel, war das angeblich gut für eine ganze Reihe von Tierarten und für das Gras, das unter dem weißen Teppich wuchs; und wenn die Kälte sich manchmal wochenlang wie ein Deckel auf die Stadt legte und die Bürgersteige spiegelglatt waren und unsere Gesichter steif und taub, betonten sie beide, dass die klarere, gesündere Luft gut für die Entwicklung unserer Lungen sei. Von der Redewendung, dass es kein schlechtes Wetter gäbe, sondern nur schlechte Kleidung, waren meine Eltern natürlich auch voll und ganz überzeugt, es war nichts, was sie nur sagten, um ihre Kinder für ein paar Stunden ins Freie zu schicken und ihre Ruhe zu haben. Manchmal fuhren wir bis nach Jæren, um dort am Strand zu stehen und uns so sehr vom Wind durchpusten zu lassen, dass man kaum noch Luft bekam. «Jæren ist für Wetter wie dieses gemacht», sagte mein Vater dann, mit wild abstehendem Haar und einer knatternden Jacke. Auch sprachen meine Eltern glühend vom Orkan, der im Jahr 69 in Rogaland gewütet hatte, als wären sie dankbar dafür, ihn erlebt zu haben. In Jørpeland wurde der Vergnügungspark Basso vom Sturm zu Kleinholz gemacht, und in Åkra hatte der Keeper der Minikickers im entscheidenden Spiel der Kreismeisterschaft immer wieder verzweifelt den Ball aus dem Tor gestoßen, um zuzusehen, wie er ein ums andere Mal von den Böen ins Netz zurückgeworfen wurde, und das war erst der Anfang gewesen. Hunderte Bäume waren entwurzelt worden, die Boote im Hafen rissen sich los oder sanken oder wurden an Land geschleudert, Tausende Dachziegel flogen durch die Luft, und die Leute klammerten sich an den Hausecken fest, bis die Wände einstürzten.

Mein Vater sprach auch oft von all den Stürmen, über oder unter denen er hinweg- oder um die er herum-, wenn nicht sogar hindurchgeflogen war, und wie oft er sie zu seinem Vorteil genutzt hatte, um Zeit zu sparen und vor der planmäßigen Ankunft da zu sein.

Wir hatten gelernt, keine Angst vor dem Wetter zu haben.

Sonntagvormittag. Mit einem Durchmesser von achtzehnhundert Kilometern ist Sandy inzwischen der größte Orkan, der je in der nördlichen Hemisphäre gemessen wurde. Er ist über Jamaika, Kuba, die Bahamas und Haiti gefegt. Jetzt nähert er sich New Jersey.

Ich sitze im Sessel meiner Mutter am Fenster und verfolge die letzte Pressekonferenz im Fernsehen; Gouverneur Cuoma hat in New York den Notstand ausgerufen, und Präsident Obama hat bereits die Dokumente für den Einsatz der Katastrophenschutzbehörde unterschrieben. Bürgermeister Bloomberg, der eine Art Freizeitkleidung trägt und damit nur den Eindruck verstärkt, dass er dabei ist, die Stadt zu verlassen, sagt, dass Cuomo auch die MTA angewiesen habe, am Abend den gesamten Bus- und U-Bahn-Verkehr einzustellen. *Bis auf weiteres.* Das Port Authority Bus Terminal schließt ebenfalls, PATH, Metro North und Long Island Rail Roads haben alle Züge gestrichen, dasselbe gilt für die Flüge nach und ab JFK, LGA und EWR und an der gesamten Ostküste, fünftausend Starts und Landungen. Die Nationalgarde wird mobilisiert. An der New Yorker Börse und dem NASDAQ findet kein Handel mehr statt, es ist die erste zweitägige Pause seit dem großen Schneesturm von 1888. Alle Starbucks-Filialen haben zugemacht, um ihren Angestellten die Möglichkeit zu geben, nach Hause zu kommen, bevor der öffentliche Nahverkehr eingestellt wird. Der Brooklyn Battery Tunnel und Holland Tunnel werden wegen der vorausgesagten schweren Überschwemmungen gesperrt. Dasselbe gilt für die meisten Brücken und Fähranleger. Am Broadway werden in den nächsten beiden Tagen keine Vorstellungen stattfinden. Das Grand Central Terminal, der Central Park und der Battery Park sind nicht mehr für Besucher zugänglich, dasselbe gilt für die Freiheitsstatue und mehrere öffentliche Parks auf Long Island. Bloomberg hat sämtliche Schulen in New York schließen lassen und informiert darüber, wo man demnächst Informationen über die 76 Notfallzentren finden kann, die an strategischen Orten in der Stadt eingerichtet werden, für all jene, die keine Freunde oder Verwandte in den sicheren Gebieten haben, bei denen sie unterkommen können. Wer Haustiere hat, soll diese mitbringen. Benutzen Sie nicht den Aufzug, füllen Sie Wasser ab und lagern Sie es in der Küche, halten sie alle Türen und Fenster geschlossen. Anschließend erklärt er kurz, wie die Evakuierung der Zone ablaufen wird, die große Teile der Südspitze von Manhattan inklusive SoHo, Tribeca und Greenwich Village umfasst sowie einige gefährdete Gebiete weiter nördlich am Hudson und am East River, Teile der Bronx und von Queens (insbesondere Breezy Point) und die Red-Hook-Gebiete von Brooklyn; Coney Island; die ganze Rockaway-Halbinsel und große Teile von Staten Island, alles in allem 370 000 Personen. Zudem haben die Behörden der Bezirke Nassau und Suffolk die Evakuierung der Küstengebiete von Long Island angeordnet, von JFK bis zu den East Hamptons und Teilen von Montauk; hinzu kommen Long Beach und ganz Fire Island. «Gestern Abend haben wir davor gewarnt, dass dies ein schwerer und gefährlicher Sturm ist», sagt Bloomberg. «Daran hat sich nichts geändert. Die Sturmflut wird noch höher sein als gestern angegeben, der Wasserstand kann auf bis zu vier Meter steigen, und der Wind und die Gezeiten können das alles noch verschlimmern. Die Evakuierung von Zone A ist obligatorisch», sagt Bloomberg. «Dies ist keine Empfehlung, es ist kein Vorschlag. Die Evakuierung ist nicht freiwillig. Wir fordern Sie dringend dazu auf, diesen Bereich zu verlassen. Entscheiden Sie sich, zu bleiben, bringen Sie nicht nur Ihr eigenes Leben in Gefahr, sondern auch das der Helfer, der FEMA-Arbeiter und der NYPD, die dann gezwungen sein werden, auszurücken und Ihnen zu helfen. Sie haben nicht das Recht, zu bleiben. Wenn Sie sich innerhalb der Zone A befinden: *Verlassen Sie sie.* Ich kann das nicht deutlich genug sagen. Ich bin sicher, dass sich Ihre Freunde und Verwandten freuen werden, Sie heute Abend bei sich zum Essen zu haben, und selbst wenn Sie auf dem Sofa oder auf dem Boden schlafen müssen und das vielleicht nicht das Bequemste ist, was Sie sich vorstellen können, ist es immer noch besser, als sich der Gefahr auszusetzen. Diese Stadt hat in den letzten elf Jahren vieles durchstehen müssen, und wir werden auch das durchstehen – am besten, ohne dass dabei Menschen zu Schaden kommen.»

Anschließend fasst er das Wichtigste auf Spanisch zusammen.

Kaum hat Bloomberg die letzte Journalistenfrage beantwortet, ruft meine Mutter an.

«Hast du die Pressekonferenz gesehen?», fragt sie. «Sie evakuieren Howard Beach. Bist du auf dem Weg hierher?»

«Nein, das gilt nur für Hamilton, der Rest gehört zur Zone B. Glaub mir, es wird alles gut gehen. Die meisten deiner Nachbarn bleiben auch hier, ich habe mit einigen gesprochen, als ich draußen war, um die Zeitung zu holen. Im Leben nicht, haben sie gesagt. Sie haben keine Lust mehr, jedes Jahr ihre Sachen zu packen und zu flüchten, sobald der Sturm an die Tür klopft; sie sagen *Hör mal, wir wohnen hier schon seit vierzig Jahren und sind immer über die Runden gekommen.* Und ich muss ihnen recht geben. Deshalb haben wir ja diese Zoneneinteilung, damit man weiß, ob man schnell seine Decke einpacken und rennen muss oder einfach nur die Tür abzuschließen braucht. Und wie ist es bei dir?»

«Ich … hier ist alles bestens, aber ich finde, du solltest kein unnötiges Risiko eingehen. Es ist nur ein Haus, verstehst du? *Dich* will ich nicht verlieren.»

«Wir sind bestens vorbereitet, Mama.»

«Aubrey lässt übrigens grüßen und fragt, ob sie dir das Zimmer freihalten soll.»

«Nein, sie soll es weggeben, ich habe alles, was ich brauche. Ich muss nur noch den Regenmantel und den Südwester anziehen, und es kann losgehen.»

«Im Fernsehen haben sie gesagt, dass es heute Abend auffrischen soll. Die Sturmflut könnte euch schon heute Nacht erreichen, versprich mir, dass du …»

«Wie Goebbels schon sagte: *Nun, Volk, steh auf und Sturm bricht los!*»

«Max …»

«Mach dir keine Sorgen. Ich ruf dich morgen an.»

Ich lege auf, gehe nach unten und mache einen Spaziergang im Wind und Regen, die stärker geworden sind und im Laufe des Nachmittags noch heftiger werden, und am Abend sehe ich, wie das Wasser langsam über die Cross Bay hereinsickert, wo die tarnfarbenen Humvees der Nationalgarde wie eine still stehende Parade auf dem Bürgersteig parken, doch es steigt nicht weiter an, als dass ich in meinen Gummistiefeln immer noch trockene Füße habe, und als ich zum Haus zurückgehe, sehe ich Menschen an den Fenstern stehen, sie starren auf die Jamaica Bay hinaus und warten, und das ist auch das Einzige, was man jetzt machen kann, und durch den Sturm kann ich in der Ferne gerade so hören, wie die NYPD und die FDNY in Hamilton Beach herumfahren und an Türen klopfen und durch Lautsprecher plärren, um die letzten Nachzügler abzuholen und all jene, die nichts von den Evakuierungsbefehlen mitbekommen haben, so unwahrscheinlich das auch sein mag. Es wäre gelogen, wenn ich behaupten würde, dass ich nicht auch in dieselbe Richtung schielen würde wie die Nachbarn oder nicht bemerken, dass die Hauptstraße so gut wie frei von Verkehr ist und fast gänzlich von Wasser überspült, oder dass ich nicht überlege, wie viel Wasser Spring Creek Park – die Feuchtwiese, die die Straße meiner Mutter umgibt, die Auffangzone – aufnehmen kann, wenn es wirklich bis hierher kommt. Nichts zu machen. In Gummistiefeln, mit gezückter Kamera und hinter dem Rücken gekreuzten Fingern warten wir auf das Monster. Ich finde in den Schränken meiner Mutter Pasta und Wein, das Abendessen im Zeichen der Verleugnung ist in trockenen Tüchern; ich fülle den Zweiliterkanister, den wir gekauft haben, mit Wasser aus dem Hahn und stelle ihn ins Schlafzimmer, und dann mache ich das, was alle Zurückgebliebenen tun: Ich gaffe. Und warte. Und sehe fern, weil es dadraußen so dunkel ist, dass man ohnehin nicht viel sehen und auch nur schwer erkennen kann, ob das Wasser auf der Straße schon die Bordsteinkante erreicht hat oder ob es nur eine Spiegelung ist. Im Fernsehen erscheint einem ohnehin alles viel realer und aktueller, wenn auch nicht nur im positiven Sinne, selbst Präsident Obama sieht etwas angeschlagen aus, aber es ist auch nicht so beunruhigend, dass ich nicht schlafen gehen würde, als ich am Boden der Weinflasche angekommen bin, und zum Geräusch von Regen und Wasser und Wind träume, ich wäre auf einem Schiff, einem riesigen, schaukelnden Schiff, auf dessen Brücke Owen und Mordecai in beeindruckenden Admiralsuniformen stehen, und sie lachen und sagen etwas wie *Wir wollten dir einen letzten Gruß schicken*, nur dass das Schiff gar kein Schiff ist, sondern ganz Manhattan, das sich oben an der Bronx aus seiner Vertäuung gerissen hat, und die Brücke eigentlich das Dach des World Trade Centers. Grässliche, knirschende, schrille Geräusche, die von der Williamsburg, Manhattan und Brooklyn Bridge herüberdringen, bis auch sie nachgeben, den Halt verlieren und noch eine Weile wie überdimensionierte Sprungbretter am Festland hängen bleiben, ehe sie in den East River stürzen und die Insel durch den Sund donnert und Governors Island beiseiteschiebt und Teile von Brooklyn und Staten Island mitreißt, hinaus ins offene Meer, nach Süden, Tage und Wochen, bis die Türme erneut einstürzen und wir untergehen und mit offenen Mündern am Kap Horn ertrinken, als wir den vergeblichen Versuch unternehmen, den Pazifik zu erreichen. In diesem Moment wache ich auf.

Auf der 165th hat sich das Wasser ein wenig zurückgezogen. Glaube ich; hoffe ich. In Howard Beach kommt der Asphalt wieder zum Vorschein, und der Wind ist leicht abgeflaut, eine Atempause. Gegen zwölf rufe ich meine Mutter an, sie fragt, wie es aussieht. «Um ehrlich zu sein», antworte ich selbst ein bisschen überrascht, «ist es gar nicht so schlimm. Ungefähr so wie erwartet.» Ich höre, wie sie ein wenig durchatmet, als ich es sage. «Rufst du mich heute Abend auch noch mal an?», fragt sie. «Ja», sage ich, und dann füge ich hinzu: «Apropos nichts, hast du noch unseren alten Videorekorder?» Anschließend klappe ich die Leiter zum Dachboden herunter, klettere hinauf und wühle mich fast eine Stunde lang durch die Umzugskartons meiner Mutter und unser altes Leben, ehe ich den prähistorischen, hässlichen VHS-Rekorder finde, ins Wohnzimmer runtertrage, an den Fernseher anschließe und die Videokassetten hole, die Mordecai mir hinterlassen hat. Sie wurden mindestens acht Mal überspielt und sind absurd ausgeleiert, sie lassen sich nur mit einem gleichmäßigen, klagenden Kreischen abspielen, und die Tonqualität ist unterirdisch, es ist, als könnte man die lange und unfreiwillige Reise hören, die dieses Material schon hinter sich hat, vom ersten, heimlich von Coppola in Napa Valley entliehenen Betamax-Exemplar durch eine Reihe unbekannter, verschwitzter Hände, die diese Kassetten mit zunehmender Erwartung und Gier in den einen Rekorder gesteckt und auf dem anderen *Record* gedrückt hatten. Die *Workprint*-Version von *Apocalypse Now* zu sehen, mit diesem Timecode, der ununterbrochen herausstellt, wie die Zeit vergeht und dass Zeit Geld ist, fühlt sich so an, als befände man sich im Schneideraum, mit der Angst, nie einen verständlichen Zusammenhang zwischen den Hunderttausenden Metern Film zu finden, die gedreht wurden. Sie enthält ziemlich viel Doors-Musik. «I Can't See Your Face in My Mind». «Summer's Almost Gone». «When the Music's Over». «The End»; eine endlose Reihe von langatmigen Szenen, die in einem kränklichen, lahmen Tempo aufeinanderfolgen. Oft sind sie unscharf, die Farben so verschwommen, dass Umgebung und Personen ineinander übergehen, als wäre die Natur dabei, sie bei lebendigem Leibe zu verdauen, ab und zu wird das Bild schwarz, und darüber erscheint in weißen Buchstaben der Text *Scene Missing*. Eine gewisse Ödnis ist nicht von der Hand zu weisen. Ein Großteil des unbekannten Materials besteht aus peinlich ausgeschmückten Fassungen von bekannten Szenen und Sequenzen, die in der Redux-Version vernünftig bearbeitet und restauriert wurden. Käpt'n Willard tanzt episch betrunken in seinem Hotelzimmer in Saigon, und es ist leicht zu erkennen, dass Martin Sheen nicht länger spielt, sondern wirklich stockbesoffen ist, und noch dazu auch voller Selbsthass und Zweifel, halbnackt und schließlich ganz nackt auf dem Boden, mit seinem eigenen und höchst realen Blut beschmiert. Der Helikopterangriff auf das vietnamesische Dorf mit den hervorragenden Surfbedingungen dauert fast dreißig Minuten und wirkt mit einem Mal sehr suggestiv, ein Mastertake nach dem anderen, aus allen erdenklichen Winkeln, lange Strecken, die nicht für Spannung sorgen oder die Handlung vorantreiben, sondern zu einem wahr gewordenen Regiealbtraum werden, bei dem Zehntausende Dollar durch die klammen Finger des Filmemachers rinnen. Der Diebstahl von Kilgores Surfbrett, die Szenen mit den unglücklichen Playboy-Mädchen, die im strömenden Regen auf der verschlammten, vom Typhoon getroffenen Medevac-Station gestrandet sind und auf Treibstoff für den Helikopter warten. Und die französische Plantagenszene. Noch länger. Tatsächlich so lang wie ein echtes Diner. Auch hier jedoch ohne jede Form und ohne jede Zurückhaltung, vollkommen frei von der gespenstischen Stimmung, die zuletzt herrscht. Ohne die Sätze des Voice Overs, die ich trotzdem zu hören glaube: *They weren't French anymore and they'd never been Vietnamese; they were floating loose in history without a country.* Die Rohfassung der Aufnahmen von der Do-Lung-Brücke. Unendlich. Marlon Brando stürzt sich in der Dunkelheit in lange, improvisierte Dialoge und liest ganze Zeitungsartikel vor. Er liest T. S. Eliot. Und Colby kommt aus dem Schatten, platzt mitten in die Szene. Die Playboy-Mädchen sitzen im Regen fest, die Franzosen in der Geschichte; Colby steckt im Krieg. Endlich öffnet er den Mund, spricht leise und langsam über einen NVA-Angriff am Vorabend, und als Willard ihn fragt, was er fühlt, wenn er tötet, antwortet er *I feel the recoil from the shutgun*, in einer Szene, die aus guten Gründen herausgeschnitten wurde, und trotzdem hat er, wenn man genauer hinsieht, nichts von einem lächerlichen Macho à la John Wayne / Green Beret, aber nichtsdestotrotz ist es eine Antwort, die ihn selbst erstaunt, und er muss einen Schritt zurücktreten, als hätte ihm gerade jemand den Arm abgeschlagen, und es würde ein paar Minuten dauern, ehe es sich auswirkt. Und es ist zu spät; der Arm kann nicht mehr angenäht werden. Der Rückstoß ist das Einzige, was bleibt. Das Blut fließt. Auch metaphorisch. Später ermordet Colby Dennis Hoppers namenlosen Journalisten und bekommt im Gegenzug von Willard ein Messer in den Rücken gerammt und einen Anlass, um Willard zu bitten, mit seiner Familie zu sprechen, und das hat, im Gegensatz zu der Rückstoß-Antwort, etwas Unmotiviertes und Willkürliches, etwas, das bei Lichte betrachtet pathetisch und lächerlich ist, aber nach mehr als vier, ja fast fünf Stunden unterhalb jedes Radars liegt, denn das ist es, was passiert, wenn die Bildqualität und der Ton so sind, wie sie sind, und die Zeit nicht existiert, man sieht den Film ganz anders als zuvor, aufmerksamer, zu den verschwommenen Bildern vorgebeugt, damit einem nichts entgeht, und die Langsamkeit erzeugt einen eigenen Rhythmus, das weiße Rauschen, das sich brutal über alle anderen Geräusche legt und sich anhört wie strömender Regen, wird nach ein paar Stunden zu einer Tür, die sich öffnet, und auf der anderen Seite sitzt auch Mordecai auf dem Sofa, und Stig ist da und sein Bruder und Andri, der die Hände vors Gesicht schlägt, und wir sind zusammen, reglos, und Colby verstärkt das ohnehin schon unheimliche Gefühl, dass es nicht Kurtz ist, mit dem etwas nicht stimmt, sondern der Ort an sich, dies ist eine träge Endstation, bar jeder Hoffnung und Logik, ja, einzig mit der Gewissheit, dass derjenige, der nicht von hier wegkommt, vollkommen den Verstand verlieren und niemals den Weg zurückfinden wird, und mir fällt auf, dass es wieder dunkel ist und die Fenster in unserem Wohnzimmer regennass sind.

Und dann kommt er. Jetzt.

Der ganze verdammte Atlantik. Nicht schleichend; es ist eine Invasion. Eine Welle nach der anderen donnert über die Feuchtwiesen in Richtung der 165th Avenue, am Horizont rasende Schaumkronen, und die Straße und der Bürgersteig stehen dreißig Zentimeter tief unter Wasser. Ein Blinzeln, und das Wasser vor dem Haus ist auf einen halben Meter angestiegen. Die Wellen toben. Der Wind zerrt an den Markisen vor den Eingängen, Fernsehantennen fliegen durch die Luft. Die Sandsäcke haben längst vor den Naturgewalten kapituliert. Die Alarmanlagen der Autos springen an, und die Frontscheinwerfer flackern verzweifelt, ehe das Salzwasser in die Elektronik dringt und sie erblinden lässt, jetzt steht das Wasser fast einen Meter hoch, und eine Stunde darauf treiben einige der Autos phlegmatisch davon, führerlos und sich selbst überlassen. Bäume stürzen um. Ehe sie umstürzen, hatte man sie im Sturm gehört, und mit jedem Baum, der nicht mehr knarrt, wird das Geräusch des anschwellenden Windes lauter; im Radio wird gesagt, dass der Belt Pkwy überschwemmt ist, und

Leute, Leute, Leute: Wenn ihr zu Hause seid und euch innerhalb von Zone A oder B aufhaltet, bleibt um Gottes willen zu Hause, passt auf euch auf, haltet euch fest und wählt die 311 oder die 911, wenn ihr Hilfe braucht: und sagt den Leuten, wo ihr seid, und die ganze Straße entlang schießen lilafarbene und weiße Blitze aus den Strommasten, und wenn die Äste, die nach wie vor knarren, sie streifen, regnen die Funken ins schmutzige Wasser hinab, und bald auch einfach so, und am Küchenfenster erscheint das Gesicht des Nachbarn, und es sieht aus, als würde er lächeln und den Kopf schütteln und mit den Schultern zucken, sodass man nur schwer oder gar nicht versteht, was er mitteilen möchte, und als ich meine Mutter wieder anrufe, ist das Wasser an der Fassade ihres Hauses auf anderthalb Meter gestiegen, aber ich erreiche sie nicht, nur eine Ansage, die sagt *your call can not be completed, please try again*, und die von einer Frau eingesprochen wurde, deren Stimme völlig frei ist von Empathie und Mitgefühl, als hätte sie nichts damit zu tun, als wäre es nicht ihr Fehler und nicht ihr Problem, als fiele es überhaupt nicht in ihren Bereich; sie ist BESCHÄFTIGT!, und ihre Nachricht soll genau das vermitteln, eine Art *such dir jemand anderen, den du quälen kannst*, und die Fenster in der ersten Etage geben dem Druck nach oder dem Wind oder dem, was die Wellen und die Strömung an Beifang mitführen. Das Gästezimmer steht unter Wasser. Das Haus wackelt, und das Geräusch von donnernden Turbinen, die in Wirklichkeit Luftströme sind – allerdings in beeindruckendem Tempo –, übertönt alles, als das Wasser hereinströmt und das Auto und die Zimmer meiner Mutter überschwemmt und innerhalb von Sekunden die Treppen zum ersten Stock hinaufwallt; es ist seltsam, wie es aufwärtszuströmen scheint, als wären die Gesetze der Schwerkraft ausgehebelt; es schwappt die Treppen hinauf, und ihre Teppiche werden dunkel. In den Rettungszentralen gehen 20 000 Anrufe in der Stunde ein, weil niemand damit gerechnet hatte, dass es so schlimm werden würde, nicht einmal die düstersten Prognosen haben das vorhergesehen. Aber es ist schlimm. Das Wasser steigt. Hunderttausende von uns starren verbissen auf ihre Uhren und beten, dass die Zeit schneller vergehen möge, aber es ist noch lange nicht 21 Uhr, wenn die Ebbe kommt und sich auf alles legt, was aus dem Meer reingedrückt wurde. Schicht für Schicht, stapelweise Wasser. An manchen Orten soll die Sturmflut einen Pegel von fast vier Metern erreichen. Howard Beach liegt genau einen jämmerlichen Meter über dem Meer. An diesem Abend sind wir alle Mathematiker. Die Rechnung ist einfach und gnadenlos, aber wir wiederholen sie ein ums andere Mal, ohne zu einem zufriedenstellenden Ergebnis zu gelangen. Wir sind eine Gemeinschaft aus Idioten und mehr oder weniger harten Kerlen, aus Sturmflutexperten und Faulpelzen, aus Leuten, die bis zu den Zähnen mit überflüssigen Ausreden bewaffnet sind, aus Ignoranten und echten Unglücksraben, die mittlerweile lügen, wenn sie behaupten, sie seien nicht besorgt – was im Grunde nur eine Umschreibung von zunehmend panisch ist –, während sie die Verpackungen ihrer Kerzen aufreißen (m. od. o. Micky-Maus-Deko) und neue Batterien in ihre Taschenlampen und Radios einsetzen und verstehen, was es zu bedeuten hat, wenn die Wohnzimmerlampe blinkt, und dann ertönt ein Knall beim Nachbarn, der lächelte oder nicht lächelte, als der größte Baum vom Bürgersteig auf den Dachfirst kracht und das, was am Vormittag noch ein Garten war, vom Atlantik verschlungen wird, hier steht das Wasser jetzt fast bis zu den Wohnzimmerfenstern; der Baum reißt Stromleitungen mit, und das Wasser wird elektrisch, für ein paar Sekunden erinnert es an Meeresleuchten, und ich bleibe am Fenster stehen und betrachte es eher fasziniert als erschrocken. Wir alle gehören zu einer Großfamilie, die nur noch wegwill. Ich lege die Batterien in das alte Radio mit Kassettendeck ein und ziehe den Stecker, dann drehe ich am Rad und höre die Meldung, dass der Wind draußen in Islip eine Stärke von 140 m/s erreicht hat und ganz Hamilton unter Wasser steht und zerstört ist und die Lage auf Fire Island wirklich dramatisch. In Breezy Point brennt es. Es gibt Nachrichten aus New Jersey und Staten Island und Lower Manhattan: Keine davon ist gut. Das Wasser hat die Wohnzimmerfenster erreicht und sickert durch die Tür. Dann fällt der Strom aus. Die Wohnzimmerlampen flackern noch ein letztes Mal auf, gefolgt von einem elektrischen Fauchen und dem Versuch der Sicherungen, alles am Laufen zu halten, dann ist ein dumpfer Schlag zu hören, und alles wird finster; Howard Beach ist in Schwarz gehüllt. Das passiert, bevor oder nachdem das Seewasser die Sicherheitsschleusen und Flutmauern des Con Edison Kraftwerks im East Village überwunden hat und einer der Transformatoren mit einer herkulischen Kugel explodiert, die blendend weiß den Abendhimmel erleuchtet und nur Sekunden später ganz Manhattan in Dunkel hüllt, vom Battery bis hinauf zur 39th Street, wo der Holland Tunnel überschwemmt ist, genau wie vier, dann fünf, dann sechs, dann sieben Subway-Tunnel, kilometerweit sind sie bis unter die Decke mit Wasser gefüllt, und trotzdem sind die Gegebenheiten dort weitaus angenehmer als hier unten. Diese Dunkelheit ist unnormal, sie ist undurchdringbar und absolut und scheint ein ganz eigenes Gewicht zu haben, man duckt sich und tastet mit der Taschenlampe nach dem Stromschalter, und wenn man nur ihren Lichtkegel hat, um sich visuelle Anhaltspunkte zu suchen, scheinen die Geräusche lauter; ich bin imstande zu hören, wie das Haus langsam vom Wasser zerstört wird, wie es in die Grundmauern und ins Holz dringt, in den Boden, in den Teppich unter meinen Füßen. Maritime Zustände. Ich hocke auf der Armlehne des Sofas, und laut der Uhr und allen Prognosen sollten wir den höchsten Pegelstand erreicht haben, aber es sieht nicht so aus, und hier verbringe ich die nächsten beiden Stunden, wie gelähmt auf dem Sofa, sitzend oder liegend, die Taschenlampe auf die Wohnzimmerfenster gerichtet, an deren unteres Drittel das Wasser schwappt. Wie in einem Aquarium. Und fünfzehn Zentimeter Wasser auf dem Fußboden. Die Plastikhüllen der VHS-Kassetten treiben feierlich zwischen dem Eigentum meiner Mutter auf dem Salzwasser, das regelmäßig und unverdrossen ins Haus hineinströmt. Meine Angst ist nicht mehr so groß, vielmehr bin ich von einem wehmütigen Seelenfrieden erfüllt, nachdem ich akzeptiert habe, dass dieses Haus abgerissen werden wird. Ich bin der letzte Bewohner, der Letzte, der sich in diesen Räumen aufhält. Das Licht ist für immer und ewig ausgeschaltet, es gibt nur noch die Taschenlampe, die durch das Wohnzimmer wandert, in dem meine Mutter mehr als zehn Jahre lang gelebt hat, und aus Respekt vor dem, was sie sich hier aufgebaut hat, ein Zuhause, oder weil es keine Rolle mehr spielt, was ich tue und lasse, suche ich auf der UKW nach einem Kanal, der nicht nur die offensichtliche Tatsache verbreitet, dass diese Stadt ertrinkt, sondern Musik für all jene von uns spielt, die keinen Ort haben, an den sie gehen können, und ich lächle in der Dunkelheit über diesen dummen, absurden Zufall und die ziemlich geschmacklose Musikauswahl, als der Moderator eines lokalen Hipstersenders – mit eindeutig marihuanaverhangener Stimme, die zur Situation zu passen scheint – erst etwas vom Ende der Welt murmelt und dann etwas über das Gitarrenintro von «The End», und Jim Morrison singt für mich, während ich ausgestreckt auf einem Sofa liege, das sich mit Wasser vollsaugt und bereit ist, in See zu stechen, und das Schlagzeug begleitet den Regen und die Sirenen in der Ferne und das Wasser, Wasser, Wasser, und die Zeit ändert ihre Gestalt, sie streckt sich aus, und der Moderator hat vergessen, sein Mikro auszuschalten, er brabbelt vor sich hin *verdammt noch mal, so was kann ich mindestens genauso gut spielen wie der, und wieder und wieder, bis wir durch sind oder fertig oder was auch immer*, und ich höre genau, dass er sich dort im warmen, trockenen Studio eine neue Tüte baut, das Knistern des Papers und des Feuersteins, der den Funken in seinem Feuerzeug entfacht, und Morrison ödipussiert sich wie gewohnt durch das Lied, verspricht mit der Hand auf dem Herzen, dies sei das Ende aller gut durchdachten Pläne, all dessen, was stand, keine Sicherheit und keine Überraschung, und dann blende ich ihn aus und lausche stattdessen der Orgel, oder der Gitarre, getrennt voneinander, werde aber die ganze Zeit vom Moderator herausgerissen, der mit zunehmend unsympathischer Gier an seinem Joint zieht, während er vermutlich am Mikrophon klebt, denn das Knistern des Papers wird immer lauter, und er summt langsam mit, aber nur sehr ungefähr im Takt der Musik, und dann nimmt er einen überirdisch tiefen Zug, und der Rauch sickert aus den Lautsprechern in das Zimmer, wo ich liege, es riecht verbrannt; Morrisons Mörder hat sich die Stiefel ausgezogen, er ist zum vierzehnten Mal auf Familienbesuch und ruft immer wieder *KILL KILL KILL*, als ich endlich aus meinem resignierten Dämmerzustand erwache und verstehe, dass der Rauch und der Geruch gar nicht aus dem Radio kommen, sondern vom Nachbarn, und auf der anderen Seite des Wohnzimmers hat der Himmel seine Farbe verändert, von Kohlschwarz zu Tieforange, im Sturm wird die Glut hochgewirbelt und verdeckt die Aussicht. Dies ist kein Ort zum Verweilen. Widerwillig setze ich meine Füße ins Wasser, wate in die Küche, um Plastiktüten zu holen, und in das Schlafzimmer meiner Mutter und werfe meine Sachen in ihren imprägnierten Wanderrucksack, der an der Wand hängt (als Erinnerung an jene Zeit, in der sie noch wandern ging), dann bahne ich mir den Weg zurück ins Wohnzimmer und angle die ertrunkenen Gummistiefel aus dem Wasser, zu deren Kauf sie mich bei Waldbaum's drängte, befestige sie am Rucksack und schicke meiner Mutter und dem Haus einen letzten Gruß, ehe ich von Bord gehe, durch die Hintertür, und die Hitze, die mir entgegenschlägt, als ich die Tür öffne und das Flutwasser hereinströmt, ist überwältigend; das Nachbarhaus steht in Flammen. Der Himmel brennt. Wie in Whistlers Gemälde. Ich wage den Schritt in das eiskalte Wasser, versinke bis zur Brust, und mit dem Rucksack auf dem Kopf bewege ich mich von den Flammen weg, nach Westen, den einen Fuß vor den anderen durch das, was einmal schattige Hinterhöfe waren, auf dem Weg zu den Resten des Zauns an der 83rd Street, und plötzlich gibt der Boden unter mir nach, verschwindet, zieht mich in die Tiefe, und ich verliere den Rucksack und die Taschenlampe, und für ein paar Sekunden befällt mich die Panik, ich schlucke Wasser, ich schreie, ohne einen Laut von mir zu geben, und als ich instinktiv die Augen öffne, um zu sehen, was passiert ist, kann ich im grellen Feuerschein die Konturen von Keramikfliesen erahnen; ich bin im verdammten Swimmingpool des Nachbarn gelandet. Jetzt eher wütend als ängstlich, stoße ich mich mit den Beinen ab und schwimme dem Rucksack nach, habe für einen kurzen Moment wieder Boden unter den Füßen, um ein paar Meter später direkt ins nächste Becken zu stürzen, und ich glaube, ich rufe, durch den Wind und den Regen, denn jetzt ruft jemand zurück, ich höre Stimmen, sie rufen um Hilfe, und sie rufen *Ist da jemand*, und ich wate zum Zaun, umklammere ihn mit weißen Fingerknöcheln, klettere hinüber und purzle auf der anderen Seite ins Wasser, und von dort aus schlage ich mich schwimmend und watend durch, bis ich wieder bei der 165th und der Vorderseite vom Haus meiner Mutter bin; das Dach brennt. Wenn der Morgen kommt, wird es weg sein, das Haus. Und ein Stück weiter die Straße hinab, als schwarze Silhouetten vor dem leuchtend orangefarbenen und schwarzen Himmel, stehen Menschen und winken den Feuerwehrleuten zu, die mit Gummibooten und Scheinwerfern auf dem Weg zu ihnen sind. *Zu viel Wasser!*, höre ich die Feuerwehrleute wieder und wieder den Nachbarn zurufen, die sich verzweifelt an die Koffer klammern, die neben ihnen in der Gischt schaukeln. *Viel zu viel Wasser. Bis sich die Flut zurückzieht, können wir nicht mit den Löschzügen heranfahren, hört ihr, was wir sagen? Wir können jetzt nichts machen, Leute, außer so schnell wie möglich von hier wegzukommen. Es tut uns leid. Es tut uns wirklich leid.* Dann fangen sie an, die Hauslosen in ihre Boote zu zwingen, und ich schreie in ihre Richtung, damit sie mich sehen, doch meine Stimme geht im Grollen der Außenbordmotoren unter; mir ist kalt, meine Beine sind taub, und meine Finger schmerzen, es war ein so langer Tag, ein so langer Abend, eine so lange Nacht; allmählich wird es hell, und das Wasser geht endlich zurück, als ich mit allerletzter Kraft zu den Booten wate, doch sie sehen mich nicht, sie nehmen Kurs auf die Cross Bay Ave, und ich rufe sie; sie hören mich nicht. Man kann so laut schreien, dass man das Gefühl hat, die Kehle fiele einem ab. Ich schreie, und ich flehe sie an, dass sie umdrehen und mich mitnehmen, ich habe jetzt solche Angst, und dann flaut der Wind ab, und sie hören mich doch, so muss es sein, denn das eine Boot dreht um, es braucht eine Ewigkeit, und um mich herum sind Fische im Wasser, und zwei Scheinwerfer streifen über die Oberfläche und treffen mich im Gesicht, und ich höre einen der Feuerwehrmänner sagen, *zurück, zurück, dort unten ist noch jemand*, und ich gehe winkend auf sie zu, und sie packen mich unter den Armen und hieven mich an Bord, werfen mich auf den Boden, und dann höre ich den Motor aufheulen, und das Boot schießt über die Straße. Ich sehe, wie das Wohnzimmer im Haus meiner Mutter brennt und alles, was sie besitzt, alles, was wir aus Norwegen mitgebracht hatten und was sie

22 Jahre lang aufbewahrte, weil sie es nicht übers Herz brachte, es wegzuwerfen, und dort oben, unter Wasser, befinden sich auch zwei VHS-Kassetten, für die ich früher bereitwillig ertrunken wäre, und ein Notizbuch mit der Aufschrift *Western?*, und wir fahren im Boot die Straße entlang, die jetzt ein Fluss ist, ich umklammere den Rucksack, und die Feuerwehrleute blicken auf meine Gummistiefel herab und grinsen, aber freundlich, und sie berichten uns, dass in Breezy Point 111 Häuser brennen würden und die Lage an vielen Orten dramatisch sei, aber *Ihr seid in Sicherheit*, sagen sie die ganze Zeit, *wir haben euch*. Keiner reagiert. Die Dankbarkeit, wenn man aus einer Situation gerettet werden muss, die man fälschlicherweise als ungefährlich eingestuft hat, ist naturgemäß eine stille. Unverhältnismäßig viel *Was-wäre-wenn*-Aktivität in unseren Gehirnen. Mentale Verdauung. Leute, die ihr Zuhause verlieren, haben selten viel zu sagen. Wir werden zur Sammelstelle beim Cross Bay Blvd gebracht, wo zwei andere Boote liegen und warten, auch sie sind schon voller Menschen, ein paar Kinder, ansonsten vor allem Ältere, insgesamt sind wir zu elft, und es wird hell, als ich es höre, das unverkennbare Geräusch zweier Huey-Helikopter, die, aus Norden kommend, tief über die Hausdächer fliegen, die Nationalgarde ist auf dem Weg zu uns, aus der Luft, und der eine Feuerwehrmann schießt eine Leuchtrakete ab, während die Hubschrauber im starken Wind über uns hängen, und dann ruft er uns zu: *Leute, momentan gibt es keine freien Lastwagen, also bekommt ihr heute Abend eine Spezialbehandlung.*

Wir werden in Zweiergruppen in die Helikopter gehievt, zuerst die Kinder und ihre Eltern, dann der Rest von uns, aufgrund der Konstruktion des Rettungsgurts in inniger Umarmung, aber es ist gut, dass man sich an jemanden klammern kann, während wir in Sicherheit gezogen werden, und unter uns müssen sich die Feuerwehrleute anstrengen, im Abwind der Rotoren ihre Gummiboote unter Kontrolle zu behalten, es wirkt wie ein eigener Orkan, und ich werde auf einen der Plätze im zweiten Hubschrauber gebracht, der Howard Beach verlässt, mit unserem Retter, der in der offenen Tür sitzt, die Beine auf der einen Kufe abgestellt, und das Einzige, was ich im Rotorenlärm, umgeben von panischen Mitpassagieren, die fürchten, sie könnten herausfallen, noch denken kann, ist, dass jetzt der Augenblick gekommen ist, nach zweiundzwanzig Jahren im Feld werde ich endlich aus dem Dschungel geholt; während wir über das fast völlig dunkle, nur von einzelnen, brennenden Häusern erhellte Wohngebiet fliegen, über den Belt Parkway, wo gestrandete, verlassene Autos in einer Reihe stehen, über den Ozone Park und Richmond Hill, Van Wyck und Liberty Avenue, nimmt der Boden im Morgenlicht eine tiefgrüne Farbe an, die Wege werden von vietnamesischer Vegetation und dreifachen Laubdächern überwuchert, und das Gras wirbelt hoch, als die beiden Helikopter vor dem provisorischen Aufnahmezentrum am York College landen, und wir ducken uns unter den Rotorenblättern und werden hintereinander nach drinnen geführt, durch weiße Flure und Türen bis in eine große Turnhalle, wo uns die Mitarbeiter der FEMA lächelnd in Empfang nehmen, unsere Namen notieren und uns Informationsfaltblätter und Decken überreichen und etwas, das verdächtig an alte Feldrationen erinnert, zusammen mit der Nachricht, dass ihnen momentan leider das Wasser ausgegangen sei, und wir sammeln uns in der einen Ecke des großen Saals, die Howard-Beach-Gang, als hätten wir Angst, die Hunderten anderen zu wecken, die bereits dort liegen und versuchen, auf einfachen Feldbetten zu schlafen, oder als hätten wir nicht vor, länger als ein paar Minuten hierzubleiben, und erst hier, in unsere Decken gehüllt, während wir mit Plastiklöffeln im kalten Essen stochern, wechseln wir ein paar Worte, vor allem über die Schäden an den Häusern und darüber, wie wir hinausgelangten. Und wer wir sind. *Was ist mit Ihnen, sind Sie aus der 8311 gekommen? Sie sind Frau Hansens Sohn, oder?* Ich nicke. Sie wollen wissen, wo sie ist. Ich erzähle es ihnen, und sie sagen *Das ist eine gute Nachricht*, und sie nennen mir ihre Namen und bitten mich, meine Mutter zu grüßen. *Erzählen Sie ihr bitte, dass wir zurückkommen*, sagen sie. *Wir kommen alle zurück.* Dann fangen sie an, ihre Kinder und Freunde anzurufen, um sie darüber zu informieren, dass sie gerettet wurden und wo sie jetzt sind. Ich entschuldige mich und verlasse die Turnhalle, setze mich im Gang auf einen Plastikstuhl und suche mein Handy, aber ich finde es nicht. Ich taste all meine Taschen ab und durchwühle den nassen Rucksack: Es ist nicht da. Aber ich weiß, wo es ist, zur letzten Ruhe gebettet auf dem Boden von Nachbars Swimmingpool, voller Wasser, mit all meinen Nummern, allen Theaterkontakten, die ich in fünfzehn Jahren gesammelt habe, jedes Mal sorgfältig überführt, wenn ich das Telefon gewechselt habe, mit allen Notizen und Verabredungen: Alles ertrunken. Kein Back-up. Um ehrlich zu sein, ist es eine enorme Befreiung, den ganzen Dreck endlich los zu sein.

Ich rufe meine Mutter von der Telefonzelle ein Stück entfernt im Gang an, ihre Nummer ist eine der wenigen, die ich auswendig kann.

«Wo bist du?», fragt sie. «Ist alles in Ordnung?»

«Irgendwo in Queens. Jamaica, glaube ich. York College. Mir geht es gut.»

Sie stellt mir die immer gleiche Frage, und so muss ich ihr im Detail erklären, wie ich hier gelandet bin, und ihr die Grüße von den Nachbarn übermitteln. Wir sprechen mehrere Minuten miteinander, ehe sie endlich realisiert hat, dass ich in jeder Hinsicht unverletzt bin.

Und dann. Sie möchte nicht fragen, ich bin gezwungen, es zu sagen.

«Das Haus ist weg», sage ich leise.

Meine Mutter weint. Ich höre im Hintergrund, wie Aubrey sie tröstet, dann nimmt sie das Telefon in die Hand, weil meine Mutter nicht weitersprechen kann.

«Hallo, Max», sagt Aubrey, «es tut mir so leid. Sie alle tun mir so unendlich leid.» Sie sagt es mit einer Stimme, die ich nicht kenne, dunkler, sehr ernst. «Aber das wird schon wieder», fährt sie fort. «Auch diesmal. Es wird immer. Wo sind Sie?»

«Queens. Jamaica.»

«Die Brücken sind gesperrt», sagt Aubrey, «wir haben keine andere Wahl, als zu warten, bis sie wieder öffnen, aber die Gerüchte besagen, dass es in ein paar Stunden so weit ist. Dann kommen Sie her, okay? Ich werde mich zwischendurch um Ihre Mutter kümmern, ich habe sonst keine Pläne. Sie ist meine neue Freundin, wissen Sie.»

Ich höre, wie meine Mutter ein wenig lacht.

«Okay», antworte ich. «Danke.»

Am anderen Ende wechselt das Telefon wieder die Hand, meine Mutter ist zurück in der Leitung.

«Ich habe das Haus geliebt», sagt sie. «Wirklich sehr. Mein eigenes Haus.»

«Ich weiß.»

Wieder fängt sie an zu weinen, sie schluchzt, das ist das Schlimmste von allem, zu hören, wie sie über das weint, was sie verloren hat. Sie ist nicht allein. Tausende Menschen haben ihre Häuser verloren. Ihr ganzes Eigentum. Milliarden Dollar. In Staten Island sind Menschen ertrunken, in Brooklyn wurden zwei Jugendliche, ein Mädchen und ein Junge, von einem umstürzenden Baum erschlagen. Millionen Menschen sind ohne Strom. Dann sagt sie, ihr Laden sei auch zerstört, jemand habe angerufen und erzählt, dass sie versucht hätten, ihn zu retten, am Ende aber aufgeben und fliehen mussten.

«Ich ziehe nicht weg», sagt meine Mutter. «Nicht noch mal. Es heißt, dass ganz Howard Beach von jetzt an auch zur Zone A gehören wird, aber ich will zurück, Max. Verstehst du das?»

«Ja. Wir sprechen darüber, wenn ich komme, okay? Ich muss jetzt Schluss machen, hinter mir warten schon Leute, die auch ans Telefon wollen.»

«Okay. Pass auf dich auf, Max.»

Ich lege auf, und die Schlange hinter mir rückt ein Stück vor. In der Turnhalle sitzen die Leute, mit denen ich gekommen bin, vornübergebeugt auf Feldbetten, halten mit leisen Stimmen ein Debriefing ab, weinen. Trösten einander.

Wir versuchen alle zu schlafen.

Die Brücken über den East River öffnen um elf. Ich bin schon seit Stunden wach, bin ruhelos über die Gänge gestreift. Die Information, dass die U-Bahn noch immer geschlossen ist (dasselbe gilt auch für die Flughäfen), aber Teile des FDR und andere Autobahnen geöffnet wurden und manche Buslinien wieder fahren und bis auf weiteres kostenlos sind, verbreitet sich schnell in der Turnhalle; Handys piepsen, Menschen versammeln sich um Fernseher und sehen das Ausmaß der Zerstörung im grellen Tageslicht, nachdem ein Nachrichtenhubschrauber die Bezirke von New York City überflogen hat. Die Aufnahmen erleichtern es keinem, das Geschehene zu begreifen. Ich binde meinen Schal um und packe meine Sachen. Unterschreibe auf einer Liste und verlasse das College. Will nicht mehr hier sein. Ich gehe auf der Jamaica Avenue Richtung Norden, ich bin nicht der Einzige: In beiden Richtungen stehen Menschen mit Taschen und Tüten auf den Bürgersteigen, mit geröteten Augen und wirrem Haar. Sie kämpfen um die wenigen Taxis, die durch das Gebiet fahren, oder drängen sich an den überfüllten Bushaltestellen zusammen. Fast zwei Stunden lang bin ich einer von denen, die ihre Arme den gelben Autos entgegenstrecken, die jedes Mal woanders halten oder längst bis zum Rand mit Passagieren gefüllt sind, sobald sie in Reichweite sind. Und als schließlich ein Taxi vor mir abbremst, nachdem ich mich halb auf die Straße gestellt und es so an der Weiterfahrt gehindert habe und nun sehe, dass es leer ist, kommt es mir beinahe unwirklich vor. Ich stehe einfach nur da und starre es an, und der Fahrer muss hupen, um mich aus meiner Starre zu wecken. Zeit zu fahren. «Central Park?», rufe ich hinter mich, während ich die Autotür öffne und meinen Rucksack auf die Rückbank werfe. Ich drehe mich zu den Leuten in der Nähe um, den anderen Wartenden. «Muss jemand nach Manhattan?», rufe ich wieder, diesmal lauter. Und bekomme eine Antwort. *Hier, hier! Wartet.* Drei Afroamerikaner – zwei Erwachsene und ein Kind, ein zehn- bis zwölfjähriges Mädchen – tauchen hinter einer Reihe anderer Menschen auf, rennen mit dankbaren Mienen herbei, stopfen ihre Taschen und zusammengeknoteten Tüten in den Kofferraum, und der Taxifahrer schiebt diskret seine eigenen Sachen vom Beifahrersitz, damit wir alle Platz haben. Das Mädchen sagt kein Wort, starrt ununterbrochen auf seine Beine.

Normalerweise dauert die Fahrt knapp fünfundvierzig Minuten. Am Ende brauchen wir zwei Stunden, um überhaupt die Queensboro Bridge zu erreichen, und in Manhattan sind die Staus noch schlimmer, so endlos und entmutigend, dass ich aufgebe, das Taxi zahle und die letzten Blocks zu Fuß zurücklege. Ich gehe durch kalte, nasse Straßen, bis der Park in Sicht kommt, und über seinen mitgenommenen Bäumen ragt es auf, The Sherry-Netherland, offenbar unbeeindruckt von den Ereignissen, wenn man einmal von einem gelben Schild mit der Aufschrift *Achtung! Rutschgefahr!* absieht, das in der Lobby steht, und den beiden Typen mit ihren Aufnehmern, die mit den Aufzugtechnikern plaudern und anscheinend alle Zeit der Welt haben.

Ich nehme die Treppe.

5

Der Tag beginnt.

Meine Mutter schläft. Seit ich denken kann, sieht sie immer gleich aus, wenn sie schläft. Menschen, die schlafen, sind alterslos. Sie sind keine Kinder. Keine Erwachsenen oder Alten. Sie schlafen. In einer anderen Zeitzone. Sobald man aufwacht, wird man älter. Ich bin wach, in einem Zimmer ihrer Suite. Jemand ist hier gewesen und hat die Gardinen vorgezogen, während wir schliefen, und aufgeräumt, jemand war hier; das muss ein Gruß von Aubrey sein. Sie ist gestern Abend nach Hause gefahren, nachdem sie sechzig Stunden am Stück gearbeitet hat. Ich weiß nicht, wie sie heimkam. Aber ich weiß, dass meine Mutter vorher eine Flasche Wein bestellt hatte, die wir zu dritt tranken. Und anschließend, als wir nur noch zu zweit waren, bestellten wir weitere, wir waren immer mehr überzeugt, dass es das einzig Richtige sei. Sich zu betrinken. Manchmal gibt es keine anderen Lösungen. Wir tranken auf Owen und auf Mordecai; auf das Sherry-Netherland und Aubrey, auf Sotheby's und *Colby* und genug Geld, um ihr Haus und vielleicht auch andere in Howard Beach wieder aufzubauen; wir tranken auf Strickmuster, Norwegen und Obdachlosigkeit und auf andere Dinge, die keinen was angehen.

Der Fernseher läuft. Ohne Ton. Das Fernsehen kommt den Menschen immer zuvor. Egal, wie früh man aufsteht, die Leute im Fernsehen sind immer schon wach und sorgen dafür, dir Folgendes mitzuteilen: *Und für alle, die gerade erst eingeschaltet haben, wiederholen wir noch einmal die Meldung, dass Kennedy und Newark den Betrieb wieder aufgenommen haben, LaGuardia aufgrund von Wasserschäden und Wasser auf dem Rollfeld aber immer noch geschlossen ist.*

Ich stehe auf und gehe zum Fenster. Es regnet. Es könnte ein schöner Tag werden. Im Park haben die Arbeiter damit begonnen, umgestürzte Bäume wegzuräumen und Schäden zu beheben. Das Geräusch der Motorsägen dringt durch das Fenster und aus der Ferne das Rattern von Presslufthammern. Ein gutes Geräusch. Wenn die Straßen trocknen, kommen die Laubbläser. Es fällt schwer, diese Stadt nicht zu mögen; sie gibt niemals auf, macht immer weiter und weiter und weiter. Es kann ein Zeichen von Stärke oder von Dummheit sein, ich weiß es nicht. Das Fernsehen zeigt Bilder von vollbeladenen Lastwagen und Straßen, die freigeräumt werden. Und Interviews mit den Bewohnern von Rockaway und Fire Island, die sagen, sie wollen nicht wegziehen. «Wir wohnen doch hier», sagen sie, als würden sie die Frage nicht verstehen. Ich dusche, ziehe mich an, gehe zu meiner Mutter hinein und wecke sie vorsichtig.

«Ich haue jetzt ab», flüstere ich.

«Melde dich, wenn du angekommen bist.»

«Okay.»

Meine Mutter. Ich. Beide obdachlos. Sie wird für eine Woche hierbleiben, ehe sie vorübergehend zu Aubrey und *the autodidactic architect* zieht, bis die Wiederaufbauarbeiten in Howard Beach abgeschlossen sind. Wie sich herausstellt, ist es eine autodidaktische Architektin. Ein Mysterium weniger. Auch wenn es im Grunde egal ist.

Ich nehme den Aufzug hinab und lasse mir vom Wagenmeister ein Taxi heranwinken. Der Fahrer, der eindeutig mit dem falschen Fuß aufgestanden ist und dessen Körpersprache keinen Zweifel daran lässt, dass er am liebsten gar nicht aufgestanden wäre, und wenn überhaupt, dann an einem anderen Ort, später, viel, viel später. Und auch lieber zu einem anderen Job gegangen / gefahren wäre. Und zu einer anderen Familie nach Hause gekommen. Außerdem wäre er, wo wir schon einmal dabei sind und die Gelegenheit für weitere Einwürfe, Wünsche und Kommentare günstig ist, eigentlich auch gern jünger. Und zu guter Letzt möchte er noch, nur fürs Protokoll, loswerden, dass dieses Leben, so wie es ist, nichts als eine persönliche Beleidigung ist.

Noch ein Tag. New Day Rising.

«Dreckskarre», schimpft er laut und unternimmt einen neuen Versuch, seine Gebetskette oder was auch immer es ist, am Rückspiegel zu befestigen. Doch sie fällt immer wieder auf das Armaturenbrett. Zusammen mit dem Spiegel. «Man hat uns neue Autos versprochen», klagt er, als wäre es meine Schuld, «aber ob Sie es glauben oder nicht, in Hoboken sind zweihundert nagelneue Taxis untergegangen, und jetzt werden wir bis in alle Ewigkeit in diesen Schrottlauben sitzen. Verdammtes Wetter. Also, wo wollen Sie hin?»

«JFK», sage ich.

Die Stadt ist schön vom Auto aus.

Terminal 8. Termine und Besprechungen, die man einhalten muss. Eine Milliarde Feriengäste. Orte, an denen man schon gestern sein wollte. Ein Rückstau von Flügen, und die Angestellten schwirren mit einer Hand auf dem Handy und einem Auge auf der Uhr durch die Gegend, darauf trainiert, so auszusehen, als hätten sie die volle Kontrolle und eine göttliche Ruhe. Die Zeit ist ein Faktor. Hier drinnen ist sie Lösung und Problem zugleich. Die Rechnung besteht aus der sich beschleunigenden Zeit abzüglich des Talents eines Flughafens, die Passagiere von dieser Beschleunigung abzulenken. Die Drehkreuz-Gleichung. Der *Nichtort.* Hohe Decken, genügend Läden, genügend Restaurants, Toiletten, Liegen und Stühle, Duschen, Wi-Fi-Punkte, Steckdosen und Gebetsräume, Fernseher und Kunst an den Wänden und Spielplätze, bis man vergisst, dass man gerade eine Zwangspause macht. Bis man gar nicht mehr wegwill. Passagiere im Transit, die wach sind, seit sie auf der anderen Seite des Planeten gestartet sind, stehen neben denen, die gerade erst das Bett verlassen und nur ein paar Kilometer Anfahrt hinter sich haben. Der Tag beginnt nie, ist nie vorbei. Künstliches Tageslicht überall. Stunden jenseits der Zeit. Eine Informationstafel mit einem Terminalplan und den Worten: *You are here.*

Ich bin hier.

Ich trinke Kaffee in einer Bar, und vor mir auf dem Tresen liegt mein gesamtes Gepäck: Kreditkarten und ein Prepaid-Telefon. Den Rucksack habe ich meiner Mutter zurückgegeben und sie gebeten, die Gummistiefel bis zum nächsten Mal einzulagern, meinen übrigen Besitz trage ich am Leib. Ich bin hier. Mir geht es gut. Hinter mir, in den Reihen mit Kunstledersitzen, Passagiere, die einfach nur warten. Dieselben Gesichter im ganzen Terminal. Sie sehen sich zum

Verwechseln ähnlich, wie sie dort sitzen und ihre Bücher und Zeitschriften lesen oder auf ihren Handys tippen und sich gegenseitig fotografieren. Kinder im Schneidersitz mit irgendeinem Spiel in den Händen. Hunderte Tablets. Gedämpfte Gespräche zwischen Paaren, Kollegen, Freunden. Die, die allein reisen. Die, die in die Luft starren. Die, die ihr Handgepäck durchwühlen, weil sie fürchten, sie hätten etwas vergessen, oder weil sie einfach nur die Zeit rumbringen wollen. Die Müden und die Wachen. Dieselben Mienen der Ungeduld und Anspannung. Die, die wegwollen, und die, die es nicht wollen. Früher gehörte ich zu Letzteren. Jetzt nicht mehr.

Ich wähle eine Nummer, die ich nie vergessen könnte.

«Hallo.»

«Ich hätte nicht gedacht, dass du dich meldest», sagt Mischa.

«Tja. Hier bin ich.»

Sie lässt sich viel Zeit, ehe sie wieder etwas sagt.

«Schön, deine Stimme zu hören … warst du in New York, als Sandy kam?»

«Ja. In Howard Beach.»

«Ich habe in den Nachrichten gesehen, dass es hart getroffen wurde. Wie geht es dir?»

«Ich bin immer noch nicht ganz trocken. Musste schwimmen. Das Haus meiner Mutter ist weg.»

«Das ist ja fürchterlich, wo ist sie denn jetzt?»

«Sherry-Netherland. Sie trägt es mit Fassung.»

«Und du?»

«Ich bin am Flughafen.»

Wieder warte ich eine Weile darauf, dass sie etwas sagt.

«Und wo … wo fliegst du hin?», fragt sie.

«Ich hatte an Montreal gedacht.»

«Verstehe.»

Ein Putzmann staubsaugt zwölfmal hintereinander die Matte am Gate 12 und schimpft über das kurze Kabel. Die Leute flüchten, es könnte am Geräusch liegen oder an ihm.

«Kann ich vorbeikommen?», frage ich.

«Ja.»

«Bist du sicher?»

Ich höre, dass sie etwas trinkt. Schluckt. Tee.

«Was meinst du, wie lange du bleibst?», fragt sie.

«Wie lange soll ich denn bleiben?»

Pause.

«Lang», antwortet sie.

Ein Typ setzt sich auf den Hocker neben mir, als ich das Gespräch beende, er sieht aus wie ein Fernfahrer. Sein Bart ist nicht von schlechten Eltern.

«Dasselbe wie der Herr», sagt er zum Barkeeper und deutet auf meine Kaffeetasse. Dann auf mich. Anscheinend deutet er gern.

«Montreal?», fragt er, den Finger noch immer auf mich gerichtet.

Ich nicke. «Woher wusstest du das?»

Terminalgemeinschaft. Man kann jederzeit mit jedem ins Gespräch kommen, denn dieser Ort ist nicht das, wo wir herkommen, und nicht das, wo wir hinwollen. Niemand gehört hierher. Niemand ist hier zu Hause, niemand hat vor, hierzubleiben; hier ist einfach nur *hier.* Nicht mehr und nicht weniger.

«Ich bin Hellseher», antwortet er trocken und leert seine Kaffeetasse in einem einzigen, ziemlich beeindruckenden Zug.

«Okay», sage ich.

«Nur Spaß, ich stand hinter dir am Check-in und konnte es nicht überhören, ich fliege da auch hin. Du bist Max Hansen, stimmt's? Ich hab einige deiner Produktionen gesehen. Du triffst einen Punkt, wenn ich das sagen darf. Vor allem mit *Ocean* und *LAX*. Es gefällt mir, wie du die Natur des Wartens einfängst.»

«Danke.»

«Ich heiße übrigens Desmon Nowak, ich bin Choreograph, ich arbeitete da oben schon seit ein paar Jahren mit einem Ensemble.»

Man kann sich nur schwer vorstellen, dass dieser Mensch tanzt oder es je getan hat.

«Und, Geschäftsreise oder Urlaub?»

«Mal sehen.»

Wir starren beide auf den Fernseher, der hinter dem Barkeeper hängt; die FEMA-Lastwagenkarawane rollt in Breezy Point ein. Die Häuser sind bis auf die Grundmauern abgebrannt. Die ganze Gegend ein Katastrophengebiet.

«In dieser Stadt braucht man allmählich Schwimmhäute zwischen den Zehen. Hast du was von Sandy mitbekommen?»

«Das kann man wohl sagen.»

Er bestellt noch einen Kaffee.

«Montreal», sagt er. «Tolle Stadt, wenn du mich fragst. Warst du schon mal da?»

«Ja.»

«Wirklich, wir hätten die Stadt annektieren sollen. Wir Amerikaner, meine ich.»

«Ich bin mir nicht sicher, ob das der FLQ so gut gefallen hätte», sage ich.

«Was?»

«Nichts.»

«Na gut. Im Übrigen glaube ich, dass es die FLQ gar nicht mehr gibt. Bleibst du denn länger? In Montreal?»

«Weiß nicht, vielleicht für immer.»

Ein FEMA-Mitarbeiter wird von einer CBS-Journalistin interviewt. Er sieht nicht besorgt aus, das tun sie nie. Was Vor- und Nachteile haben kann.

«Weißt du, was das größte Problem zeitgenössischer Tanzproduktionen ist?»

Ich weiß es nicht.

«Die meisten Tänzer tanzen zu viel. Viel zu viel. Darauf verwende ich die meiste Zeit, wenn ich an neuen Vorstellungen arbeite; ich versuche, sie vom Tanzen abzuhalten. Deshalb habe ich *Ocean* und *LAX* so gern gemocht, die Schauspieler belagern die Bühne nicht, sie bewohnen sie. Du hast es verstanden.»

«Was?»

«Dass alles Bewegung ist. Es gibt keinen Stillstand. Nur zu viele Wörter.»

Er schreibt eine Adresse auf eine Serviette.

«Komm mal vorbei, wenn du länger bleibst. Dann zeige ich dir, was ich meine.»

Die Lautsprecherstimme ermahnt die Passagiere des Fluges X nach Y, sich unverzüglich zum Ausgang Z zu begeben, ehe der Flug geschlossen wird.

Zeit ist, wie gesagt, ein Faktor.

«Das werde ich –»

«Psst», sagt mein Sitznachbar und spitzt die Ohren. Die Durchsage wird auf Französisch wiederholt.

Er stellt die Tasse ab, sieht mich an und deutet auf den Lautsprecher. Lächelt.

Mesdames et Messieurs, ceci est le tout dernier appel pour le vol American Airlines 4166 à destination de Montréal. Nous demandons à tous les passagers de bien vouloir se présenter à la porte 14 pour un embarquement immédiat, avant annulation des billets. Merci.

«Well», sagt er. «This is for us.»

Und wir rennen.

Die Zitate aus «Warten auf Godot» von Samuel Beckett sind der zuerst 1953 im Suhrkamp Verlag erschienenen Übersetzung von Elmar Tophoven entnommen.

Samuel Becketts «Worstward Ho. Aufs Schlimmste zu» ist nach der aus dem Englischen von Erika Tophoven-Schöningh übersetzten Ausgabe des Suhrkamp Verlags, 1990 (1989), zitiert worden.

Die Zitate aus Edward Albee, «Die Zoogeschichte», übersetzte Pinkas Braun.

Die Zitate aus «Die Nashörner» von Eugène Ionesco stammen aus der 1964 im S. Fischer Verlag erschienenen Ausgabe, die von Claus Bremer und H. R. Stauffacher aus dem Französischen übersetzt wurde.

*

Milorad P. Anderssons filmisches Werk wurde zuerst von John Erik Riley in dessen Erzählsammlung «Mølleland» beschrieben, die 2001 im Gyldendal Norsk Forlag erschien und nicht übersetzt ist.

It's an anthem in a vacuum on a hyperstation
Day dreaming days in a daydream nation

SONIC YOUTH